U0107355

中华国学文库

世说新语笺疏

〔南朝宋〕刘义庆 著

〔南朝梁〕刘孝标 注

余嘉锡 笺疏

周祖谟 余淑宜 周士琦 整理

中华书局

图书在版编目(CIP)数据

世说新语笺疏/(南朝宋)刘义庆著;(南朝梁)刘孝标注;余嘉锡笺疏.—北京:中华书局,2011.3(2023.12 重印)
(中华国学文库)
ISBN 978-7-101-07782-7

Ⅰ.世…　Ⅱ.①刘…②刘…③余…　Ⅲ.世说新语-注释
Ⅳ.I242.1

中国版本图书馆 CIP 数据核字(2010)第 249237 号

书　　名　世说新语笺疏
著　　者　〔南朝宋〕刘义庆
注　　者　〔南朝梁〕刘孝标
笺 疏 者　余嘉锡
丛 书 名　中华国学文库
责任编辑　尹　涛
责任印制　陈丽娜
出版发行　中华书局
　　　　　(北京市丰台区太平桥西里 38 号　100073)
　　　　　http://www.zhbc.com.cn
　　　　　E-mail:zhbc@zhbc.com.cn
印　　刷　河北新华第一印刷有限责任公司
版　　次　2011 年 3 月第 1 版
　　　　　2023 年 12 月第 11 次印刷
规　　格　开本/880×1230 毫米　1/32
　　　　　印张 30⅞　插页 2　字数 531 千字
印　　数　51001-53000 册
国际书号　ISBN 978-7-101-07782-7
定　　价　98.00 元

中华国学文库出版缘起

《中华国学文库》的出版缘起，要从九十年前说起。

1920 年，中华书局在创办人陆费伯鸿先生的主持下，开始编纂《四部备要》。这套汇集三百三十六种典籍的大型丛书，精选经史子集的"最要之书"，校订成"通行善本"，以精雅的仿宋体铅字排印。一经推出，即以其选目实用、文字准确、品相精美、价格低廉的鲜明特点，最大限度地满足了国人研治学问、阅读典籍的需要，广受欢迎。丛书中的许多品种，至今仍为常用之书。

新中国成立之后，党和国家倡导系统整理中国传统文献典籍。六十馀年来，在新的学术理念和新的整理方法的指导下，数千种古籍得到了系统整理，并涌现出许多精校精注整理本，已成为超越前代的新善本，为学界所必备。

同时，随着中华民族以前所未有的自信快速发展，全社会对中国固有的学术文化——国学，也表现出前所未有的关注和重视。让中华文化的优秀成果得到继承和创新，并在世界范围内进行传播和弘扬，普惠全人类，已经成为中华民族的历史使命。当此之时，符合当代国民阅读需要的权威的国学经典读本的出现，实为当务之急。于是,《中华国学文库》应运而生。

《中华国学文库》是我们追慕前贤、服务当代的产物,因此,它自当具备以下三个基本特点:

一、《文库》所选均为中国学术文化的“最要之书”。举凡哲学、历史、文学、宗教、科学、艺术等各类基本典籍,只要是公认的国学经典,皆在此列。

二、《文库》所选均为代表当代最新学术水平的“最善之本”,即经过精校精注的最有品质的整理本。其中既有传统旧注本的点校整理本,如朱熹《四书章句集注》,也有获得学界定评的新校新注本,如余嘉锡《世说新语笺疏》。总之,不以新旧为别,惟以善本是求。

三、《文库》所选均以新式标点、简体横排刊印。中国古籍向以繁体竖排为标准样式。时至当代,繁体竖排的标准古籍整理方式仍通行于学术界,但绝大多数国人早已习惯于现代通行的简体横排的图书样式。《文库》作为服务当代公众的国学读本,标准简体字横排本自当是恰当的选择。

《中华国学文库》将逐年分辑出版,每辑十种,一次推出;期以十年,以毕其功。在此,我们诚挚希望得到学术界、出版界同仁的襄助和广大读者的支持。

中华书局自1912年成立,至今已近百岁。我们将《中华国学文库》当作向中华书局百年诞辰敬献的一份贺礼,更是向致力于中华民族和平崛起、实现复兴大业的全国人民敬献的一份厚礼。我们自当努力,让《中华国学文库》当得起这份重任,这份荣誉。

中华书局编辑部

2010年12月

目　录

前言 …… 1

凡例 …… 1

世说新语卷上之上

德行第一 …… 1

言语第二 …… 49

世说新语卷上之下

政事第三 …… 143

文学第四 …… 165

世说新语卷中之上

方正第五 …… 245

雅量第六 …… 302

识鉴第七 …… 337

世说新语卷中之下

赏誉第八上 …… 365

赏誉第八下 …… 386
品藻第九 …… 437
规箴第十 …… 478
捷悟第十一 …… 502
夙惠第十二 …… 508
豪爽第十三 …… 515

世说新语卷下之上

容止第十四 …… 525
自新第十五 …… 542
企羡第十六 …… 545
伤逝第十七 …… 549
栖逸第十八 …… 560
贤媛第十九 …… 573
术解第二十 …… 607
巧艺第二十一 …… 616
宠礼第二十二 …… 625
任诞第二十三 …… 627
简傲第二十四 …… 661

世说新语卷下之下

排调第二十五 …… 673
轻诋第二十六 …… 713
假谲第二十七 …… 735
黜免第二十八 …… 746
俭啬第二十九 …… 753

汰侈第三十 …………………………………………………… 755
忿狷第三十一 ………………………………………………… 763
谗险第三十二 ………………………………………………… 766
尤悔第三十三 ………………………………………………… 769
纰漏第三十四 ………………………………………………… 782
惑溺第三十五 ………………………………………………… 788
仇隙第三十六 ………………………………………………… 793
附录一
世说新语序目 ………………………………………………… 801
附录二
世说旧题一首旧跋二首 ……………………………………… 803

世说新语索引
《世说新语》常见人名异称表 ……………………………… 1
《世说新语》人名索引 …………………………………… 12
《世说新语》引书索引 …………………………………… 135

前　言

周祖谟

世说新语虽是古代的一部小说，但一直为研究汉末魏晋间的历史、语言和文学的人所重视。作者南朝宋临川王刘义庆，史称“爱好文义，文辞虽不多，足为宗室之表”。此书采集前代遗闻轶事，错综比类，分德行、言语等十八门，所涉及的重要人物不下五六百人，上自帝王卿相，下至士庶僧徒，都有所记载。从中我们可以观察到当时人物的风貌、思想、言行和社会的风俗、习尚，这确实是很好的历史资料。至于文辞之美，简朴隽永，尤为人所称道。其书又得梁刘孝标为之注，于人物事迹，记述更加详备。

孝标博综群书，随文施注，所引经史杂著四百馀种，诗赋杂文七十馀种，可谓弘富；而且所引的书籍后代大都亡佚无存，所以清代的辑佚家莫不视为鸿宝。因刘孝标注以前，旧有敬胤注，见日本影印的宋本世说汪藻所撰的叙录考异。汪藻在考异中所录敬胤书共五十一条，其中十三条无注。案敬胤事迹无考，据“王丞相云刁玄亮之察察’一条注文，知与卞彬同时，当为南齐人。

敬胤注与刘孝标注全不相同，虽采录史书较详，而缺乏翦裁，除杂引史书外，间或对临川原作有所驳正。今本世说尤悔篇“刘琨善能招延”一条的注文中尚有敬胤注按语，不曾被宋人删去，惟文句小有裁截。敬胤原书早已亡佚，而刘孝标注独传至今，这或与孝标书晚出，且引据该洽、注释详密、翦裁得当有关。孝标的名声又高于敬胤，自不待言。今本孝标注几经传写，宋刻本已与唐写本不尽相同，疑其中也不免有敬胤按语夹杂在内。惟孝标所注，虽说精密，仍有疏漏纰缪，直至近代始有人钩沉索隐，为之补正。

本书名为“笺疏”，是外舅余嘉锡（季豫）先生所著。作者为史学名家，以精于考证古代文献著称，历任北京各大学教授，讲授目录学、经学通论、骈体文等课程。平生以著述为事，博览群书，对子史杂著尤为娴熟，著有四库提要辨证、目录学发微、余嘉锡论学杂著等书。本书经始于一九三七年，曾分用五色笔以唐、宋类书和唐写本世说残卷校勘今本，一九三八年五月又用日本影印宋本与明、清刻本对校。于时国难日深，民族存亡，危如累卵，令人愤闷难平。七月七日卢沟桥事变作，北平沦陷，作者不得南旋，书后有题记称：“读之一过，深有感于永嘉之事，后之视今，亦犹今之视昔。他日重读，回思在莒，不知其欣戚为何如也。”自此以后，作者一面笔录李慈铭的批校、程炎震的笺证、李详（审言）的笺释（载一九三九年制言杂志第五十二期）以及近人谈到的有关世说的解释，一面泛览史传群书，随文疏解，详加考校，分别用朱墨等色笔书写在三部刻本中。每条疏记，动辄长达二三百字，楷法精细不苟。字大者如豆，小者如粟，甚且错落于刻本字里行间，稠密无间。用心之专，殆非常人所能及。平时夙兴夜寐，直至逝世前二年，即一九五三年。十馀年间，几乎有一半时日用在这部笺疏上了。惟平生写作，向无片楮笺记，临纸检书，全凭记忆，随笔而下。自谓："一生所著甚多，于此最为劳瘁。"可惜晚年右臂麻痹，精力就衰，未能亲自誊录，编次成书。因而书中也有征引别家之说，而没有能加案语的。今承乏整理，前后披寻，屡经抄录，才转成清本。

笺疏内容极为广泛，但重点不在训解文字，而主要注重考案史实。对世说原作和刘孝标注所说的人物事迹，一一寻检史籍，考核异同；对原书不备的，略为增补，以广异闻；对事乖情理的，则有所评论，以明是非。同时，对晋书也多有驳正。这种作法跟刘孝标注和裴松之三国志注的作法如出一辙。裴松之上三国志注表说："按三国虽历年不远，而事关汉、晋，首尾所涉，出入百载，注记纷错，每多舛互。其寿（陈寿）所不载，事宜存录者，则罔不毕取，以补其阙。或同说一事，而辞有乖杂，或出事本异，疑不能判，并皆抄内，以备异闻。若乃纰缪显然，言不附理，则随违矫正，以惩其妄。"这些话也恰恰可以说明本书作者意旨之所向。古人说"君子多识前言往行以畜其德"，研究前代历史，自当明鉴戒，励节概。作者注此书时，正当国家多难，剥久未复之际，既"有感于永嘉之事"，则于魏、晋风习之浇薄，赏誉之不当，不能不有所议论，用意在于砥砺士节，明辨是非，这又与史评相类。

这部书的原稿既然分写在三部书中，要条分缕析，整理成书是极为困难的。首先要综合各本，逐录成编，然后依照原书每条正文和注文的先后序列笺疏，使与原文相对应。幸得友人相助，始录成清稿二十六册。于五十年代中曾远寄沪滨，由中华书局上海编辑所请徐震谔先生覆检所抄有无错误，以便定稿付印。然稽留三载，未能检校，但别纸加己案若干条于笺疏之后，而与原来邀请覆查之旨不符。因索回与妻余淑宜和长子士琦就清稿检核，并加标点。淑宜着力最多，理当同署。对于徐氏案语，一律不用，以免掠美之嫌。

本书自开始整理迄今，中间一再拖延，屡承海内外学者垂问，现在总算有了定稿，可以跟读者见面了。笺疏既然是遗著，未便妄加删节。标点容有疏失，希望读者指正。又本书付印时，承中华书局张忱石先生细心审校，在此谨致谢意。

一九八〇年十二月一日于北京大学

凡　例

一、世说新语流传较早的刻本是南宋刻本。现在所知有三种：（一）日本尊经阁丛刊中所影印的宋高宗绍兴八年董弅刻本。书分三卷，书后有汪藻所撰叙录两卷，包括考异和人名谱各一卷。（二）宋孝宗淳熙十五年陆游刻本，明嘉靖间吴郡袁褧（尚之）嘉趣堂有重雕本。书分三卷，每卷又分上下。清道光间浦江周心如纷欣阁又重雕袁本，稍有刊正。光绪间王先谦又据纷欣阁本传刻。（三）清初徐乾学传是楼所藏宋淳熙十六年湘中刻本，与绍兴八年本相近而与袁本颇有不同。沈宝砚有校记，见涵芬楼影印嘉趣堂本后。三种宋刻本，以第一种董弅本最佳。

二、唐人称世说新语为世说新书。日本旧家藏有唐写本世说新书残卷，上虞罗氏曾影印行世。全书当为十卷本，与隋书经籍志所著录的世说刘孝标注卷数相同。此本只存"规箴"、"捷悟"、"夙慧"、"豪爽"几篇，文字远胜于宋本。

三、本书所印世说新语采用王先谦重雕纷欣阁本，以影宋本、袁本、沈宝砚本对校，摘其重要者记于每条之后。举凡一般的异体字和各本的明显讹误，概不录入。所录都略有断制，不以不备为嫌。董芥本和沈本都从晏殊本出，所以遇“殊”字都改作“绝”，文义往往不通，今一律不记。

四、本书一依原书编次，笺疏列于原文每条之后，用数字标志先后，与原书正文或注文之下所加数字相对照，读者可以依次寻阅。

五、笺疏一条之内先举前人已有的笺释或按语，后出作者己说。前人所解，凡有引用，均标明姓氏。如与作者所见不合，则别加案语。凡未举前人姓氏的都是作者的笺注。

六、王氏重刻纷欣阁本卷首有世说新语序跋，今附印于书后，以资参考。

七、世说（包括刘注）所涉及人物共达一千五百馀人，而名号及称谓不一，旧刻本虽附有“释名”，然极不完备。又世说一书，刘注征引典籍达四百馀种，今绝大部分已亡佚。为便于读者查索本书中的人名、书名，特编世说新语常见人名异称表、世说新语人名索引、世说新语引书索引，三者皆张忱石先生为之。

世说新语卷上之上

德行第一

1　陈仲举言为士则，行为世范〔一〕，登车揽辔，有澄清天下之志。汝南先贤传曰："陈蕃字仲举，汝南平舆人。有室荒芜不埽除，曰：'大丈夫当为国家扫天下。'〔二〕值汉桓之末，阉竖用事，外戚豪横。及拜太傅，与大将军窦武谋诛宦官，反为所害。"为豫章太守〔三〕，海内先贤传曰："蕃为尚书，以忠正忤贵戚，不得在台，迁豫章太守。"至，便问徐孺子所在〔四〕，欲先看之。谢承后汉书曰："徐稺字孺子，豫章南昌人。清妙高跱，超世绝俗。前后为诸公所辟，虽不就，及其死，万里赴吊。常豫炙鸡一只，以绵渍酒中，暴干以裹鸡，径到所赴冢隧外，以水渍绵，斗米饭，白茅为藉，以鸡置前。酹酒毕，留谒即去，不见丧主。"主簿白："群情欲府君先入廨。"〔五〕陈曰："武王式商容之闾，席不暇煖。许叔重曰："商容，殷之贤人，老子师也。"车上跽曰式〔六〕。吾之礼贤，有何不可！"袁宏汉纪曰："蕃在豫章，为穉独设一榻，去则悬之，见礼如此。”

【笺疏】

〔一〕李详云：“案蔡邕陈太丘碑文‘文为德表，范为士则’。魏志邓艾传作‘文为世范，行为士则’。”

〔二〕后汉书陈蕃传曰：“父友同郡薛勤来候之，谓蕃曰：‘孺子何不洒扫以待宾客？’蕃曰云云。”

〔三〕程炎震云：“陈为豫章，范书不记其年，以穉传‘延熹二年，蕃与胡广上疏荐穉等’推之，知在永寿间。”

〔四〕御览四百三引海内先贤行状曰：“徐孺子征聘未尝出门，赴丧不远万里。常事江夏黄公，薨，往会其葬。家贫无以自供，赍磨镜具自随。每至所在，赁磨取资，然后得前。既至设祭，哭毕而返。陈仲举为豫章太守，召之则到，馈之则受，但不服事，以成其节。”袁宏后汉纪二十二云：“蕃以礼请为功曹，穉为之起，既谒而退。蕃馈之粟，受而分诸邻里。”又云：“穉少时，游学国中，江夏黄琼教授于家，故穉从之谘访大义。琼后仕进，位至三司，穉绝不复交。及琼薨当葬，穉乃赴吊进爵，哀哭而去。”据此则琼尝为孺子所师事，宜其万里赴吊，不徒感其辟举之恩而已。然平生笃于风义，其所赴吊不独黄琼，凡故旧死丧，莫不奔赴。故本传称郭林宗有母忧，穉往吊之，置生刍一束于庐前而去。又宋谈钥嘉泰吴兴志卷四曰：“乌程县孺山在县东三十八里。三吴土地记云：‘后汉徐孺子哭友人冀州刺史姚元起于此。时九江何子翼嘲之曰：南州孺子，吊生哭死。前慰林宗，后伤元起。’”皆其证。风俗通三曰：“公车征士，豫章徐孺子比为太尉黄琼所辟，礼文有加。孺子隐者，初不答命。琼薨，既葬，负筃弆赍一盘醊，哭于坟前。孙子琰故五官郎将，以长孙制杖，闻有哭者，不知其谁，亦于倚庐哀泣而已。孺子无有谒刺，事讫便去。子琰大怪其故，遣琼门生茅季玮追请，辞谢，终不肯还。”御览四百七十四引谢承后汉书曰：“徐稺字孺子，豫章人。家贫常自耕稼，恭俭义让，所居服其德。屡辟公府不起。时陈蕃为太守，以礼请署功曹，稺不免之，既谒而退。蕃在郡不接宾客，唯稺来特设一榻，去则悬之。后举有道，拜太原太守，皆不就。”朱子语类百三十五曰：“徐孺子以绵渍酒藏之鸡中去吊丧，便以水浸绵为酒以奠之便归。所以如此者，是要用他自家酒，不用别处底。所以绵渍者，盖路远难以器皿盛故也。”

〔五〕左暄三馀偶笔五曰：“汉人称太守为明府。章怀注后汉书张湛传云：‘郡守所居曰府，府者尊高之称。’又府君亦太守之称，如后汉书刘平传：‘庞萌反于彭城，攻败太守孙萌。平时为郡吏，号泣请曰：愿以身代府君。’三国志：‘孙策进军豫章，华歆为太守，葛巾迎策。策谓歆曰：府君年德名望，远近所归。’”

〔六〕李慈铭云：“所引许叔重云云，当出许君淮南子注。今淮南子缪称训‘老子学商容’，高诱注云：‘商容，神人也。’与许君异。”太平寰宇记一百六洪州南昌县：“徐孺子台在州东南二里。舆地志云：‘台在县东湖小洲上。郡守陈蕃所立。’”

2　周子居常云：“吾时月不见黄叔度，则鄙吝之心已复生矣。”〔一〕子居别见。典略曰：“黄宪字叔度，汝南慎阳人。时论者咸云‘颜子复生’。而族出孤鄙，父为牛医。颍川荀季和执宪手曰：‘足下吾师范也。’后见袁奉高曰：‘卿国有颜子，宁知之乎？’奉高曰：‘卿见吾叔度邪？’戴良少所服下，见宪则自降薄，怅然若有所失。母问：‘汝何不乐乎？复从牛医儿所来邪？’良曰：‘瞻之在前，忽焉在后，所谓良之师也。’”

【笺疏】

〔一〕李慈铭云：“案子居名乘，见下赏誉门注引汝南先贤传云云。后汉书黄宪传以此二语为陈蕃、周举之言。”嘉锡案：黄叔度尝与周子居同举孝廉，见风俗通及圣贤群辅录。本书赏誉篇注言“子居非陈仲举、黄叔度之俦则不交”。此宜是子居之言，范书盖误也。程炎震云：“范书黄宪传载此语，作陈蕃、周举相谓之词。袁宏后汉纪则作子居语。”

3　郭林宗至汝南造袁奉高，续汉书曰：“郭泰字林宗，太原介休人。泰少孤，年二十，行学至成皋屈伯彦精庐。乏食，衣不盖形，而处约味道，不改其乐。李元礼一见称之曰：‘吾见士多矣，无如林宗者也。’及卒，蔡伯喈为作碑，曰：‘吾为人作铭，未尝不有惭容，唯为郭有道碑颂无愧耳。’初，以有道君子征。泰曰：‘吾观乾象、人事，天之所废，不可支也。’遂辞以疾。”汝南先贤传曰：“袁宏字奉高，慎阳人。友黄叔度于童齿，荐陈仲举于家巷。辟太尉掾，卒。”〔一〕车不停轨，鸾不辍轭。诣黄叔度，乃弥日信宿。人问其故，林宗曰：“叔度汪汪如万顷之陂。澄之不清，扰之不浊，其器深广，难测量也。”泰别传曰：“薛恭祖问之，泰曰：‘奉高之器，譬诸汎滥〔二〕，虽清易挹也。’”

【校文】

注“成皋”　景宋本及袁本俱作“城皐”。

注“虽清易挹也”　“也”字景宋本及沈本俱作“耳”。

【笺疏】

〔一〕嘉锡案：广记卷一百六十九引世说曰：“郭泰秀立高峙，澹然渊停。九州之士，悉凛凛宗仰，以为覆盖。蔡伯喈告卢子幹、马日磾曰：‘吾为天下碑铭多矣，未尝不有惭，唯为郭先生碑颂，无愧色耳。’”疑所引即是此注，其详略不同者，今本已为宋人所刊削故也。寰宇记四十一曰：“周武帝时除天下碑，唯林宗碑，诏特留。”

程炎震云："刘攽曰：'袁阆字奉高，袁闳字夏甫。此言奉高，则闳当作阆。'按闳是袁安玄孙。安传云：汝阳人。阆尝为汝南功曹，见范书王龚传，明著其字奉高。刘说是也。奉高、叔度，同为慎阳人，故林宗得并造之耳。文选褚渊碑注引范书，误作袁宏。胡氏考异订宏为闳。足知唐初范书已误袁阆作袁闳矣。"李慈铭云："案后汉书：袁闳字夏甫，汝南汝阳人。司徒安之玄孙。终身未尝应辟召，而黄宪传亦载奉高之器云云。章怀注：奉高为闳字。然王龚传云：龚迁汝南太守。功曹袁阆字奉高，数辞公府之命。则奉高乃袁阆。此注引汝南先贤传，似亦阆而非闳。但范书未著阆为何县人，亦不言其卒于何官，而此下言语篇有边文礼见袁奉高云云。又有荀慈明与汝南袁阆相见云云。宋刘原父谓黄宪传袁闳乃袁阆之讹。近时洪筠轩说亦同。而孙颐谷谓当时盖有两袁闳：一字夏甫，一字奉高。又有一袁阆。然黄宪传中先出袁闳注云：闳一作阆。疑此闳字本是误文。刘氏、洪氏之说差为得之。若据孙说，不容汝南一郡之中，同时名士有两袁闳；又不容慎阳一县，并时有两袁奉高也。"嘉锡案：文选集注百十六李善引范晔后汉书，正作袁阆。足见唐初人所见范书并不误。其文选注及此注作袁闳者，乃宋时浅人据误本范书改之耳。诸家纷纷考辨，虽复与古暗合，然今既见唐写本，则此事不待繁言而自解矣。

〔二〕程炎震云："汎当依范书黄宪传作氿。"嘉锡案：此出郭泰别传，见后汉书黄宪传注及御览四百四十六。

4 李元礼风格秀整，高自标持，欲以天下名教是非为己任〔一〕。薛莹后汉书曰："李膺字元礼，颍川襄城人。抗志清妙，有文武俊才。迁司隶校尉，为党事自杀。"后进之士，有升其堂者，皆以为登龙门。三秦记曰："龙门，一名河津，去长安九百里。水悬绝，龟鱼之属莫能上，上则化为龙矣。"

【笺疏】

〔一〕御览四百四十七引袁子正书曰："李膺言出于口，人莫得违也。有难李君之言者，则乡党非之。李君与人同舆载，则名闻天下。"嘉锡案：此出袁山松后汉书，见御览四百六十五。又出袁宏后汉纪二十二。

5　李元礼尝叹荀淑、锺皓先贤行状曰："荀淑字季和，颍川颍阴人也。所拔韦褐刍牧之中，执案刀笔之吏，皆为英彦。举方正，补朗陵侯相，所在流化。锺皓字季明，颍川长社人。父、祖至德著名。皓高风承世，除林虑长，不之官。人位不足，天爵有馀。"曰："荀君清识难尚，锺君至德可师。"海内先贤传曰："颍川先辈，为海内所师者：定陵陈稺叔、颍阴荀淑、长社锺皓。少府李膺宗此三君，常言：'荀君清识难尚，陈、锺至德可师。'"〔一〕

【笺疏】

〔一〕嘉锡案：魏志锺繇传注引先贤行状亦言"时郡中先辈为海内所归者，苍梧太守定陵陈稚叔、故黎阳令颍阴荀淑及皓"。宋本作"陈锺叔"，误也。程炎震云："四长年辈以范书考之，锺无卒年。荀最早，生于建初八年，长元礼二十七岁。陈最少，生于永元十六年，长元礼六岁。锺年六十九，范史不著卒于何年。魏书锺繇传注引先贤行状，陈寔少皓十七岁，则皓生于元和三年丙戌，长元礼二十四岁也。"

6　陈太丘诣荀朗陵，贫俭无仆役。陈寔字仲弓，颍川许昌人。为闻喜令、太丘长，风化宣流。乃使元方将车，先贤行状曰："陈纪字元方，寔长子也。至德绝俗，与寔高名并著，而弟谌又配之。每宰府辟召，羔雁成群，世号'三君'，百城皆图画。"〔一〕季方持杖后从。长文尚小，载箸车中。既至，荀使叔慈应门，慈明行酒，馀六龙下食。张璠汉纪曰："淑有八子：俭、鲲、靖、焘、汪、爽、肃、敷。淑居西豪里，县令苑康曰：'昔高阳氏有才子八人。'遂署其里为高阳里。时人号曰八龙。"〔二〕文若亦小，坐箸厀前。于时太史奏："真人东行。"〔三〕檀道鸾续晋阳秋曰："陈仲弓从诸子侄造荀父子，于时德星聚，太史奏：'五百里贤人聚。'"〔四〕

【校文】

注"陈寔字仲弓"　景宋本及袁本"陈"字下皆有"寔传曰"三字。

"持杖后从"　"后从"，景宋本及沈本俱作"从后"。

注"鲲"　景宋本及沈本俱作"绲"。

【笺疏】

〔一〕古文苑十九邯郸淳后汉鸿胪陈君碑云："君讳纪字元方，太丘君之元子也。显考君以茂行崇冠先畴，季弟亦以英才知名当世。孝灵之初，并遭党锢，俱处于家，号曰三君。及太丘君疾病终亡，丧过乎哀。礼既除，戚容弥甚。豫州刺史嘉懿至德，命敕百城，图画形象。"

〔二〕史通采撰篇曰："夫郡国之籍，谱牒之书，务欲矜其州里，夸其氏族。读之者安可不练其得失，明其真伪者乎？至于江东五俊，始自会稽典录；颍川八龙，出于荀氏家传。而脩汉、晋史者，皆征彼虚誉，定为实录。苟不别加研核，何以详其是非？"嘉锡案：八龙之名，见范书荀淑传，而其事迹，则惟爽有传。靖附见淑传云："靖有至行，年五十而终，号曰玄行先生。"悦传云："俭之子也。俭早卒。”彧传云：“父绲为济南相。绲畏惮宦官，乃为彧娶中常侍唐衡女。”如是而已。魏志彧传亦仅云：“父绲济南相，叔爽司空。”其馀四龙，生平竟不见于史传。孝标注征引至详，亦仅慈明见言语篇注。叔慈见品藻篇注。而此条注中并不言八龙始末，惟陶渊明圣贤群辅录引荀氏谱云：“荀俭字伯慈，汉侍中悦之父。俭弟绲，字仲慈，济南相，汉光禄大夫彧之父，年六十六。绲弟靖，字叔慈。或问汝南许劭‘靖爽孰贤？’劭曰：‘二人皆玉也。慈明外朗，叔慈内润。’靖隐身修学，进退以礼。太尉辟不就，年五十五。靖弟焘，字慈光，举孝廉，年七十。焘弟汪，字孟慈，昆阳令，年六十。汪弟爽，字慈明，董卓征为平原相，迁光禄勋、司空，出自岩薮，九十三日遂登台司，年六十三。爽弟肃，字敬慈，守舞阳令，年五十。肃弟旉，字幼慈，司徒掾，年七十。”此可补孝标注之遗。观诸书所述，八龙之中，慈明名最著，叔慈次之，馀六龙碌碌无所短长。足见纯盗虚声，原非实录。据群辅录，后汉时尚有汝南周燕五子，及北海公沙穆五子，并号五龙，乃不为人所知。而荀氏八龙，独为人所称述。盖以慈明位至三公，文若及其子孙又显于魏、晋故也。考悦、彧同为曹操所辟，而悦忠于献帝，与彧终为曹氏佐命者不同。所著汉纪、申鉴，皆卓然足以自传，不愧为荀氏之才子。文若小于仲豫十三岁，而此节言德星之聚，有文若而无仲豫，其故可知矣。大较后汉人之以龙名者，惟孔明卧龙、管宁龙尾，斯为不负。他皆虚美溢量，未可信以为实也。嘉锡又案：魏志荀彧传注引零陵先贤传曰：“仲豫名悦，朗陵长俭之少子。”则俭亦尝仕宦。但俭父淑为朗陵侯相，不应俭亦适为朗陵长。荀氏谱既不言，疑魏志注误也。

〔三〕程炎震云：“案范书荀淑年六十七，建和三年卒。荀彧以建安十七年卒，年五十，则当生于延熹六年。距荀淑之卒已十四年矣。若非范史纪年有误，则其事必虚。考袁山松后汉书亦载此事，而云荀数诣陈，盖荀陈州里故旧，过从时有，而必以文若实之，则反形其矫诬矣。”

〔四〕御览三百八十四引汉杂事曰：“陈寔字仲弓。汉末太史家瞻星，有德星见，当有英才贤德同游者。书下诸郡县问。颍川郡上事：其日有陈太丘父子四人俱共会社，小儿季方御，大儿元方从，抱孙子长文，此是也。”嘉锡案：父子同游，人间常事，何至上动天文？此盖好事者为之，本无可信之理。据汉杂事所载，殆时人钦重太丘名德，造作此言，与荀氏无与焉。乃其后人自为家传，附会此事，以为家门光宠，斯其诬罔虚谬，足令识者齿冷矣。隋志有汉魏吴蜀旧事八卷，又秦汉以来旧事十卷，唐志并著录。御览所引汉杂事，不知是出此二书否？朱子晦庵文集三十五答刘子澄书曰：“近看温公论东汉名节处，觉得有未尽处。但知党锢诸贤趋死不避，为光武明章之烈，而不知建安以后，中州士大夫只知有曹氏，不知有汉室，却是党锢杀戮之祸有以驱之也。且以荀氏一门论之，则荀淑正言于梁氏用事之日，而其子爽已濡迹于董卓专命之朝，及其孙彧则遂为唐衡之壻，曹操之臣，而不知以为非矣。盖刚方直大之气，折于凶虐之馀，而渐图所以全身就事之计。想其当时父兄师友之间，自有一种议论，文饰盖覆，使骤而听之者不觉其为非，而真以为是必有深谋奇计，可以活国救民于万分之一也。邪说横流，所以甚于洪水猛兽之害，孟子岂欺予哉！”

7　客有问陈季方：海内先贤传曰：“陈谌字季方，寔少子也。才识博达。司空掾公车征，不就。”“足下家君太丘，有何功德而荷天下重名？”季方曰：“吾家君譬如桂树生泰山之阿，上有万仞之高，下有不测之深；上为甘露所沾，下为渊泉所润。当斯之时，桂树焉知泰山之高，渊泉之深，不知有功德与无也！”〔一〕

【笺疏】

〔一〕枚乘七发云“龙门之桐，高百尺而无枝。中郁结之轮菌，根扶疏以分离。上有千仞之峰，下临百丈之谿。湍流遡波，又澹淡之。其根半死半生，冬则烈风漂霰飞雪之所激也，夏则雷霆霹雳之所感也”云云。季方之言，全出于此。魏、晋诸名士不独善谈名理，即造次之间，发言吐词，莫不风流蕴藉，文采斐然，盖自后汉已然矣。

8　陈元方子长文有英才，魏书曰：“陈群字长文，祖寔，尝谓宗人曰：‘此儿必兴吾宗。’及长，有识度。其所善，皆父党。”与季方子孝先，陈氏谱曰：“谌子忠，字孝先。州辟不就。”各论其父功德，争之不能决，咨于太丘。太丘曰：“元方难为兄，季方难为弟。”一作“元方难为弟，季方难为兄”。

9　荀巨伯远看友人疾，荀氏家传曰：“巨伯，汉桓帝时人也。亦出颍川，未详其始末。”值胡贼攻郡，友人语巨伯曰：“吾今死矣，子可去！”巨伯曰：“远来相视，子令吾去，败义以求生，岂荀巨伯所行邪？”贼既至，谓巨伯曰：“大军至，一郡尽空，汝何男子，而敢独止？”巨伯曰：“友人有疾，不忍委之，宁以我身代友人命。”贼相谓曰：“我辈无义之人，而入有义之国！”遂班军而还，一郡并获全〔一〕。

【笺疏】

〔一〕后汉书桓帝纪：永寿元年秋七月，南匈奴左薁鞬台耆、且渠伯德等叛，寇美稷，安定属国都尉张奂讨除之。二年秋七月，鲜卑寇云中。延熹元年十二月，鲜卑寇边，使匈奴中郎将张奂率南单于击破之。二年春二月，鲜卑寇雁门。六月鲜卑寇辽东。六年五月鲜卑寇辽东属国。九年六月南匈奴及乌桓、鲜卑寇缘边九郡。秋七月遣使匈奴中郎将张奂击南匈奴、乌桓、鲜卑。永康元年正月，夫馀王寇玄菟，太守公孙域与战，破之。嘉锡案：桓帝时，羌胡并叛，其胡贼之难如此。然他胡辄为汉所击败，惟鲜卑常自来自去。此条末云"贼班师而还"，则巨伯所值者，其鲜卑乎？其事既无可考，不知究在何年、何郡也。嘉锡又案：原本说郛卷四引襄阳记载此事，较世说为略，盖有删节。第不知果出襄阳记原书否？当更考之。

10　华歆遇子弟甚整，虽閒室之内，严若朝典。魏志曰："歆字子鱼，平原高唐人。"魏略曰："灵帝时与北海邴原、管宁俱游学相善，时号三人为一龙。谓歆为龙头，宁为龙腹，原为龙尾。"〔一〕陈元方兄弟恣柔爱之道，〔二〕而二门之里，两不失雍熙之轨焉。

【校文】

"严若朝典"　"严"，景宋本作"俨"。

【笺疏】

〔一〕魏志华歆传注曰："臣松之以为邴根矩之徽猷懿望，不必有愧华公；管幼安含德高蹈，又恐弗当为尾。魏略此言未可以定其先后也。"洪亮吉四史发伏九曰："案时人号三人为一龙，其头腹尾盖以齿之长幼而定。考歆卒于太和五年。魏书云年七十五。宁卒于正始二年，年八十四。是歆长宁一年。邴原之年虽无可考，以时人之称谓及宁传中三人次序度之，原当幼于歆，长于宁也。时人以三人相善而齐名，不当即分优劣，故以年之前后为定。松之乃云原不应后歆，宁复勿当为尾，误矣。”

〔二〕后汉书陈寔传：“有六子，纪、谌最贤。纪字元方，亦以至德称。兄弟孝养，闺门廱和，后进之士皆推慕其风。”嘉锡案：详本传。所谓兄弟，盖兼举六人言之，不独元方也。惟世说之意，则似专指二人耳。

11 管宁、华歆共园中锄菜，傅子曰：“宁字幼安，北海朱虚人，齐相管仲之后也。”见地有片金，管挥锄与瓦石不异，华捉而掷去之。又尝同席读书，有乘轩冕过门者，宁读如故，歆废书出看。宁割席分坐曰：“子非吾友也。”魏略曰：“宁少恬静，常笑邴原、华子鱼有仕宦意。及歆为司徒，上书让宁。宁闻之笑曰：‘子鱼本欲作老吏，故荣之耳。’”

12 王朗每以识度推华歆。魏书曰：“朗字景兴，东海郯人，魏司徒。”歆蜡日，礼记曰：“天子大蜡八，伊耆氏始为蜡。蜡，索也。岁十二月，合聚万物而索飨之。”五经要义曰：‘三代名腊：夏曰嘉平，殷曰清祀，周曰大蜡，总谓之腊。”晋博士张亮议曰：“蜡者，合聚百物索飨之，岁终休老息民也。腊者，祭宗庙五祀。传曰：“腊，接也。’祭则新故交接也。秦、汉以来，腊之明日为祝岁，〔一〕古之遗语也。”尝集子侄燕饮，王亦学之。有人向张华说此事，张曰：“王之学华，皆是形骸之外，去之所以更远。”〔二〕王隐晋书曰：“张华字茂先，范阳人也。累迁司空，而为赵王伦所害。”

【校文】

注“腊之明日为祝岁”　“祝”，景宋本及沈本俱作“初”。

【笺疏】

〔一〕程炎震云：“全晋文一百二十七卷据类聚五、御览三十三引作‘俗谓腊之明日为初岁。秦、汉以来，有祝岁者，古之遗语也’。于文为备，此恐有脱文。”

〔二〕李慈铭云：“案华守豫章，兵至即迎；王守会稽，犹知拒战。华党曹氏，发壁牵后；王被操征，积年乃至。此盖所谓‘学之形骸之外，去之更远’者也。二人优劣，不问可知。晋人清谈如此。”

13　华歆、王朗俱乘船避难〔一〕，有一人欲依附，歆辄难之〔二〕。朗曰：“幸尚宽，何为不可？”后贼追至，王欲舍所携人。歆曰：“本所以疑，正为此耳。既已纳其自托，宁可以急相弃邪？”遂携拯如初。世以此定华、王之优劣〔三〕。华峤谱叙曰：“歆为下邽令，汉室方乱，乃与同志士郑太等六七人避世。自武关出，道遇一丈夫独行，愿得与俱。皆哀许之。歆独曰：‘不可。今在危险中，祸福患害，义犹一也。今无故受之，不知其义，若有进退，可中弃乎？’众不忍，卒与俱行。此丈夫中道堕井，皆欲弃之。歆乃曰：‘已与俱矣，弃之不义。’卒共还，出之而后别。”

【笺疏】

〔一〕程炎震云：“据华峤谱叙，是献帝在长安时事。王朗方从陶谦于徐州，不得同行也。”

〔二〕章炳麟菿汉昌言五曰：“汉、魏废兴之际，陈群所为，未若华歆之甚也。及魏受禅，群与歆皆有戚容，时人议群者犹曰‘公惭卿，卿惭长’，独于歆，魏、晋间皆颂美不容口。曹植亦不慊于其兄之夺汉者，然所作辅臣论，称歆‘清素寡欲，聪敏特达，志存太虚，安心玄妙。处平则以和养德，遭变则以义断事’。然则歆之矫伪干誉，有非恒人所能测者矣。”又曰：“歆之得誉，亦缘峤之谱叙，范书载歆勒兵收伏后事，本诸吴人所作曹瞒传，若峤所作后汉书，必不载也。”

〔三〕嘉锡案：自后汉之末，以至六朝，士人往往饰容止、盛言谈，小廉曲谨，以邀声誉。逮至闻望既高，四方宗仰，虽卖国求荣，犹翕然以名德推之。华歆、王朗、陈群之徒，其作俑者也。观吴志孙策传注引献帝春秋，朗对孙策诘问，自称降虏，稽颡乞命。蜀志许靖传注引魏略，朗与靖书，自喜目睹圣主受终，如处唐虞之世。其顽钝无耻，亦已甚矣。特作恶不如歆之甚耳，此其优劣，无足深论也。

14 王祥事后母朱夫人甚谨。晋诸公赞曰：“祥字休徵，琅邪临沂人。”祥世家曰：“祥父融，娶高平薛氏，生祥。继室以庐江朱氏，生览。”晋阳秋曰：“后母数谮祥，屡以非理使祥，弟览辄与祥俱。又虐使祥妇，览妻亦趋而共之。母患，方盛寒冰冻，母欲生鱼，祥解衣将剖冰求之，会有处冰小解，鱼出。”〔一〕萧广济孝子传曰：“祥后母忽欲黄雀炙，祥念难卒致。须臾，有数十黄雀飞入其幕。母之所须，必自奔走，无不得焉。其诚至如此。”家有一李树，结子殊好，母恒使守之。时风雨忽至，祥抱树而泣。萧广济孝子传曰：“祥后母庭中有李，始结子，使祥昼视鸟雀，夜则趋鼠。一夜，风雨大至，祥抱泣至晓，母见之恻然。”祥尝在别床眠，母自往闇斫之。值祥私起〔二〕，空斫得被。既还，知母憾之不已，因跪前请死。母于是感悟，爱之如己子。虞预晋书曰：“祥以后母故，陵迟不仕。年向六十，刺史吕虔檄为别驾，时人歌之曰：‘海、沂之康，寔赖王祥；邦国不空，别驾之

功！’累迁太保。”〔三〕

【校文】

注“昼视鸟雀，夜则趁鼠”　“雀”、“趁”，景宋本及沈本作“爵”、“趍”。

【笺疏】

〔一〕后山谈丛二曰：“世传王祥卧冰求鱼以养母。至今沂水岁寒冰厚，独祥卧处，阙而不合。”焦循易馀籥录二十曰：“晋书王祥传：‘母常欲生鱼，时天寒水冻，祥解衣将剖冰求之。’按解衣者，将用力击开冰冻，冬月衣厚，不便用力也，非必裸至于赤体。俗传为卧冰，无此事也。”嘉锡案：初学记三引师觉孝子传曰：“王祥少有德行，失母，后母憎而谮之，祥孝弥谨。盛寒河冰，网罟不施，母欲得生鱼。祥解褐扣冰求之，忽冰少开，有双鲤出游，祥垂纶获之而归。人谓之至孝所致也。”其叙事极为明晢，可见祥未尝卧冰。记纂渊海二引孝子传曰：“王祥事继母至孝，母疾思食鱼，时冬月，冰坚不可得。祥解衣卧冰上，少时冰开，双鲤跃出。”此所引孝子传，不知何家；卧冰之说，盖始于此。则其传讹，亦已久矣。

〔二〕刘盼遂曰：“左氏襄十五年传：‘师慧过宋朝，将私焉。’杜注：‘私，小便。’”

〔三〕今晋书王祥传亦云：“徐州刺史吕虔檄为别驾，祥年垂耳顺，固辞不受，览劝之。”钱大昕二十二史考异云：“祥以泰始五年薨，年八十五。魏志吕虔为徐州刺史，在文帝时。计文帝黄初元年，祥才三十有六耳。即使被征在黄初之末，亦止四十馀，何得云耳顺也。王隐晋书云：‘祥始出仕，年过五十。’盖据举秀才除温令而言，非指为别驾之日也。”嘉锡案：魏志吕虔传云：“文帝即王位，加裨将军，封益寿亭侯，迁徐州刺史。请琅邪王祥为别驾，民事一以委之。”似虔之迁徐州檄祥为别驾，尚在延康元年未改元黄初之前。

晋书祥传载祥遗令曰："吾年八十有五，启手何恨。"又云："泰始五年，薨。"故钱氏本此计祥年寿。然裴松之注引王隐晋书曰："祥泰始四年年八十九，薨。"与武帝纪书"泰始四年夏四月戊戌，太保睢陵公王祥薨"合。本传遗令及卒年，疑皆传写之误。若依王隐书计之，则祥当生于汉光和三年，至延康元年，年四十有一；即下至黄初七年魏文崩时，亦止四十七。总之，与年垂耳顺之语不合。此盖臧荣绪误依虞预，而唐史臣因之，未及考之王隐书也。

15　晋文王称阮嗣宗至慎，每与之言，言皆玄远，未尝臧否人物。魏书曰："文王讳昭，字子上，宣帝第二子也。"魏氏春秋曰："阮籍字嗣宗，陈留尉氏人，阮瑀子也。宏达不羁，不拘礼俗。兖州刺史王昶请与相见，终日不得与言。昶愧叹之，自以不能测也。口不论事，自然高迈。"李康家诫曰〔一〕："昔尝侍坐于先帝，时有三长史俱见，临辞出，上曰：'为官长当清、当慎、当勤，修此三者，何患不治乎？'并受诏。上顾谓吾等曰：'必不得已而去，于斯三者何先？'或对曰'清固为本'。复问吾，吾对曰：'清慎之道，相须而成，必不得已，慎乃为大。'上曰：'卿言得之矣，可举近世能慎者谁乎？'吾乃举故太尉荀景倩、尚书董仲达、仆射王公仲。上曰：'此诸人者，温恭朝夕，执事有恪，亦各其慎也。然天下之至慎者，其唯阮嗣宗乎！每与之言，言及玄远，而未尝评论时事，臧否人物，可谓至慎乎！'"〔二〕

【笺疏】

〔一〕李慈铭云："李康当作李秉。三国志李通传注引王隐晋书作李秉。秉与康字形近也。各本皆误。秉字玄胄，通之孙也。所云先帝者，司马昭也。秉官至秦州刺史、都亭定侯。唐修晋书附见其子重传。改秉作景者，避世祖昞字嫌讳。"嘉锡案：严可均全晋文五十三李秉家诫下注曰："魏志李通传注引王隐晋书，秉尝答司马文王问，因以为家诫。世说德行篇注及御览四百三十引王隐晋书并作李康。因秉字俗写作秉，与康形近而误也。李康字萧远，中山人。文选运命论注引刘义庆集林康早卒，未必入晋也。”是秉、康之误，严氏已辨之甚明。因其书刊行较晚，李氏未见，故重费考正耳。

〔二〕文选嵇叔夜与山巨源绝交书曰：“阮嗣宗口不论人过，吾每师之，而未能及。至性过人，与物无伤，唯饮酒过差耳。至为礼法之士所绳，疾之如雠，幸赖大将军保持之耳。”

16　王戎云：“与嵇康居二十年，未尝见其喜愠之色。”康集叙曰：“康字叔夜，谯国铚人。”王隐晋书曰：“嵇本姓溪，其先避怨徙上虞，移谯国铚县。以出自会稽，取国一支，音同本奚焉。”虞预晋书曰：“铚有嵇山，家于其侧，因氏焉。”康别传曰：“康性含垢藏瑕，爱恶不争于怀，喜怒不寄于颜。所知王濬冲在襄城，面数百，未尝见其疾声朱颜。此亦方中之美范，人伦之胜业也。”文章叙录曰〔一〕：“康以魏长乐亭主壻迁郎中，拜中散大夫。”〔二〕

【校文】

注“嵇本姓溪”　“溪”，景宋本及沈本俱作“奚”。

【笺疏】

〔一〕张政烺曰：“文选注卷六十四引王隐晋书：‘荀勖字公曾，领祕书监，与中书令张华，依刘向别录，整理错乱，又得汲冢竹书。身自撰次，以为中经。’隋书经籍志史部簿录类：‘杂撰文章家集叙十卷，荀勖撰。’‘杂撰’当作‘新撰’。两唐志不误，惟皆作五卷，疑卷数有分合；否则残缺矣。此当即晋中经新撰书录之一部分。中世重文，流行独久。史汉三国无文苑传，范晔创意为之，大抵依据此书；而他传具文章篇目者，其辞多本于此。盖承初平、永嘉，图籍丧焚，一代文献之足征者，仅此而已。新撰文章家集叙一书，久佚不传。三国志注、世说新语注等书征引，皆简称文章叙录。”

〔二〕嘉锡案：魏志二十“沛穆王林薨，子纬嗣”，注云：“案嵇氏谱：嵇康妻，林子之女也。”据此知长乐亭主乃曹操之曾孙女。文选恨赋注引王隐晋书曰：“嵇康妻，魏武帝孙、穆王林女也。”与谱异，当以谱为正。

17 王戎、和峤同时遭大丧，俱以孝称。王鸡骨支床，和哭泣备礼〔一〕。晋诸公赞曰：“戎字濬冲，琅邪人，太保祥宗族也。文皇帝辅政，锺会荐之曰：‘裴楷清通，王戎简要。’即俱辟为掾。晋践祚，累迁荆州刺史，以平吴功，封安丰侯。”晋阳秋曰：“戎为豫州刺史，遭母忧，性至孝，不拘礼制，饮酒食肉，或观棋弈，而容貌毁悴，杖而后起。时汝南和峤，亦名士也，以礼法自持。处大忧，量米而食，然憔悴哀毁不逮戎也。”武帝谓刘仲雄曰：王隐晋书曰：“刘毅字仲雄，东莱掖人，汉城阳景王后也。亮直清方，见有不善，必评论之。王公大人，望风惮之。侨居阳平〔二〕，太守杜恕致为功曹，沙汰郡吏三百馀人。三魏佥曰：‘但闻刘功曹，不闻杜府君。’累迁尚书司隶校尉。”“卿数省王、和不？闻和哀苦过礼，使人忧之。”仲雄曰：“和峤虽备礼，神气不损；王戎虽不备礼，而哀毁骨立。臣以和峤生孝，王戎死孝。陛下不应忧峤，而应忧戎。”〔三〕晋阳秋曰：“世祖及时谈以此贵戎也。”

【笺疏】

〔一〕程炎震云：“晋书王戎传云：‘时和峤亦居父丧。’考峤传不言父丧去官，而峤父附见于魏书和洽传内，则未尝入晋矣。戎传云：‘自豫州征为侍中，后迁光禄勋、吏部尚书，以母忧去职。’峤传亦云：‘太康末，为尚书，以母忧去职。’据戎为豫州，在咸宁五年，而刘毅卒于太康六年。知戎、峤遭忧，必在此数年中。而晋书戎传称和峤父丧，峤传称太康末，皆有误字也。”嘉锡案：此自史臣纪叙之疏耳，非传写之误也。嘉锡又案：孝友之道，关乎天性，未有孝于其亲而薄于骨肉者。而孝之与友，尤不单行。王戎女贷钱数万而色不悦，必待还钱乃始释然。和峤诸弟食其园李，皆计核责钱（均见俭啬篇）。二人之重货财而轻骨肉如此。王戎犹可，若和峤之视兄弟如路人，虽不得遽谓之不孝，而其所以事亲养志者，殆未能过从其厚矣。

〔二〕程炎震云：“魏志杜恕传不言为阳平，则别是一人，非元凯之父。”

〔三〕后汉书逸民传曰：“戴良字叔鸾。良少诞节。母卒，兄伯鸾居庐啜粥，非礼不行。良独食肉饮酒，哀至乃哭。而二人俱有毁容。或问良曰：‘子之居丧，礼乎？’良曰：‘然。礼所以制情佚也。情苟不佚，何礼之论？夫食旨不甘，故致毁容之实；若味不存口，食之可也。’论者不能夺之。”嘉锡案：抱朴子汉过篇曰：“反经诡圣，顺非而博者，谓之庄老之客。”是老庄之学，在后汉之末已盛行。庄子大宗师曰：“子桑户、孟子反、子琴张三人相与友。子桑户死，未葬；孔子使子贡往待事焉。或编曲，或鼓琴，相和而歌。子贡趋而进曰：‘敢问临尸而歌，礼乎？’二人相视而笑曰：‘是恶知礼意！’”戴良之言，或出于此。居丧与王戎、和峤不谋而合。盖魏、晋人一切风气，无不自后汉开之。抱朴子刺峤以戴叔鸾、阮嗣宗并论，良有以也。

18　梁王、赵王，朱凤晋书曰：“宣帝张夫人生梁孝王肜，字子徽，位至太宰。桓夫人生赵王伦，字子彝，位至相国。”国之近属，贵重当时。裴令公晋诸公赞曰：“裴楷字叔则，河东闻喜人，司空秀之从弟也。父徽，冀州刺史，有俊识。楷特精易义。累迁河南尹、中书令，卒。”岁请二国租钱数百万，以恤中表之贫者。或讥之曰：“何以乞物行惠？”裴曰：“损有馀，补不足，天之道也。”〔一〕名士传曰：“楷行己取与，任心而动，毁誉虽至，处之晏然。”皆此类。

【笺疏】

〔一〕老子曰：“天之道其犹张弓乎？高者抑之，下者举之；有馀者损之，不足者与之。天之道，损有馀，而补不足。”

19 王戎云：“太保居在正始中，不在能言之流。及与之言，理中清远，将无以德掩其言！”晋阳秋曰：“祥少有美德行。”〔一〕

【笺疏】

〔一〕通鉴七十九胡注曰：“正始所谓能言者，何平叔数人也。魏转而为晋，何益于世哉？王祥所以可尚者，孝于后母，与不拜晋王耳。君子犹谓其任人柱石，而倾人栋梁也。理致清远，言乎？德乎？清谈之祸，迄乎永嘉，流及江左，犹未已也。”嘉锡案：胡氏之论王祥是矣，若其以祥之不拜司马昭为可尚，则犹未免徇世俗之论而未察也。考其时祥与何曾、荀顗并为三公，曾顗皆司马氏之私党，而祥特以虚名徇资格得之。祥若同拜，将徒为昭所轻；长揖不屈，则汲黯所谓“大将军有揖客，反不重耶”之意也。故昭亦以祥为见待不薄，不怒而反喜。此正可见祥之为人，老于世故，亦何足贵！五代之时，郭威反，隐帝被弑，威纵兵大掠。然见宰相冯道，犹为之拜。道受拜如平时，徐曰：“侍中此行不易。”若道之所为，岂不更难于祥？然后人不以此称道而笑骂之，至今未已，则以欧阳修作传极诋道之无耻也。魏晋之际，如王祥等辈，皆冯道之流，其不为人所笑骂者，亦幸而不遇欧阳氏为作佳传耳。

20　王安丰遭艰，至性过人。裴令往吊之，曰："若使一恸果能伤人，濬冲必不免灭性之讥。"〔一〕曲礼曰："居丧之礼，毁瘠不形，视听不衰。不胜丧，乃比于不慈不孝。"孝经曰："毁不灭性，圣人之教也。"

【笺疏】

〔一〕张文虎螺江日记七曰："世说新语载王戎遭艰，裴令往吊之曰：'濬冲必不免灭性之讥。'濬冲，戎字。裴令者，裴楷也。楷为中书令，故称裴令。二人齐名交好，锺会尝称裴楷清通、王戎简要者，故其言若是。乃晋书戎传改裴令为裴頠。按頠为戎女夫，未有女夫对妇翁而可直呼其字者，虽晋世不拘礼法，亦不应倨傲至此。"

21　王戎父浑有令名，官至凉州刺史。世语曰："浑字长源，有才望。历尚书、凉州刺史。"浑薨，所历九郡义故〔一〕，怀其德惠，相率致赙数百万，戎悉不受。虞预晋书曰："戎由是显名。"

【笺疏】

〔一〕"九郡"，程炎震云："御览五百五十引作'州郡'是也。"

22　刘道真尝为徒〔一〕，晋百官名曰："刘宝字道真，高平人。"徒，罪役作者。扶风王骏虞预晋书曰："骏字子臧，宣帝第十七子。好学至孝。"晋诸公赞曰："骏八岁为散骑常侍，侍魏齐王讲。晋受禅，封扶风王，镇关中，为政最美。薨，赠武王。西土思之，但见其碑赞者，皆拜之而泣。其遗爱如此。"〔二〕以五百疋布赎之，既而用为从事中郎。当时以为美事。

【笺疏】

〔一〕隋书经籍志："汉书驳议二卷，晋安北将军刘宝撰。"颜师古汉书叙例曰："刘宝字道真，高平人。晋中书郎、河内太守、御史中丞、太子中庶子、吏部郎、安北将军，侍皇太子讲汉书，别有驳义。"

〔二〕程炎震云："蜀志五诸葛亮传注引蜀记：'晋初扶风王骏镇关中，有司马高平刘宝。'按骏初封汝阴王，泰始六年镇关中，咸宁三年改封扶风。"

23　王平子、胡毋彦国诸人，皆以任放为达，或有裸体者。晋诸公赞曰："王澄字平子，有达识，荆州刺史。"永嘉流人名曰："胡毋辅之字彦国，泰山奉高人，湘州刺史。"王隐晋书曰："魏末阮籍，嗜酒荒放，露头散发，裸袒箕踞。其后贵游子弟阮瞻、王澄、谢鲲、胡毋辅之之徒，皆祖述于籍，谓得大道之本。故去巾帻，脱衣服，露丑恶，同禽兽。甚者名之为通，次者名之为达也。"乐广笑曰："名教中自有乐地，何为乃尔也！"〔一〕

【笺疏】

〔一〕嘉锡案：乐广此语戴逵竹林七贤论盛称之。见任诞篇"阮浑长成"条注引。

24　郗公值永嘉丧乱，在乡里甚穷馁。乡人以公名德，传共饴之。公常携兄子迈及外生周翼二小儿往食。乡人曰："各自饥困，以君之贤，欲共济君耳，恐不能兼有所存。"公于是独往食，辄含饭著两颊边，还吐与二儿。后并得存，同过江。郗鉴别传曰："鉴字道徽，高平金乡人。

汉御史大夫郗虑后也。少有体正，耽思经籍，以儒雅著名。永嘉末，天下大乱，饥馑相望，冠带以下，皆割己之资供鉴〔一〕。元皇征为领军，迁司空、太尉。”中兴书曰：“鉴兄子迈，字思远，有干世才略。累迁少府、中护军。”郗公亡，翼为剡县，解职归，席苫于公灵床头，心丧终三年。周氏谱曰：“翼字子卿，陈郡人。祖奕，上谷太守。父优，车骑咨议。历剡令〔二〕、青州刺史、少府卿，六十四而卒。”

【校文】

“剡县” 沈本作“郯县”。

【笺疏】

〔一〕嘉锡案：别传言：“冠带以下，皆割己之资供鉴。”割资尚无所爱，岂复惜饭不肯兼存两儿？且郗公既受人之资给，那得犹须乞食。别传当时人所作，理自可信。世说此言，疑非事实。晋书本传云：“于时所在饥荒，州中之士，素有感其恩义者，相与资赡。鉴复分所得以恤宗族及乡曲孤老，赖而全济者甚多。”与别传之言合。而其后复袭用世说此条。夫鉴之力足以恤宗族乡里，岂不能全活两儿？揆之事情，斯为谬矣。

〔二〕嘉锡案：“历剡令”上当有“翼”字。

25 顾荣在洛阳〔一〕，尝应人请，觉行炙人有欲炙之色，因辍己施焉。同坐嗤之。荣曰：“岂有终日执之，而不知其味者乎？”后遭乱渡江，每经危急，常有一人左右己，问其所以，乃受炙人也〔二〕。文士传曰：“荣字彦先，吴郡人。其先越王句践之支庶，封于顾邑，子孙遂氏焉，世为吴著姓。大父雍，吴丞相。父穆，宜都太守。荣少朗俊机警，风颖标彻，历廷尉正。曾在省与同僚共饮，见行炙者有异于常仆，乃割炙以啖之。后赵王伦篡位，其子为中领军，逼用荣为长史。及伦诛，荣亦被执。凡受戮等辈十有馀人。或有救荣者，问其故，曰：'某省中受炙臣也。'荣乃悟而叹曰：'一餐之惠，恩今不忘，古人岂虚言哉！'"

【校文】

注"割炙以噉之"　"噉"，景宋本及沈本俱作"啖"。

注"一餐之惠"　"餐"，景宋本作"飡"。

【笺疏】

〔一〕吴志顾雍传曰："长子邵早卒，次子裕有笃疾，少子济嗣，无后，绝。诏以裕袭爵，为醴陵侯。"注引吴录曰："裕一名穆，终宜都太守。裕子荣。"

〔二〕嘉锡案：晋书顾荣传曰："荣与同僚宴，见执炙者，状貌不凡，有欲炙之色。荣割炙啖之。"建康实录五略同。本注引文士传，亦云"荣见行炙者，有异于常仆"，然则荣盖赏其人物俊伟，故加以异待，不徒因其有欲炙之色而已。此其感激，当过于灵辄，宜乎终食其报也。嘉锡又案：晋书、建康实录均言荣为赵王伦子虔长史，伦败，荣被执，而执炙者为督率，救之得免。此独谓为遭乱渡江时遇救，便自不同。疑世说采自顾氏家传，故为荣讳耳。南史阴铿传云："铿尝与宾友宴饮，见行觞者，因回酒炙以授之，众坐皆笑。铿曰：'吾侪终日饮酒，而执爵者不知其味，非人情也。'及侯景之乱，铿当为贼禽，或救之，获免。铿问之，乃前所行觞者。"嘉锡案：此与顾荣事终末全同，疑为后人因荣事而傅会。

26　祖光禄少孤贫，性至孝，常自为母炊爨作食。王隐晋书曰："祖纳字士言，范阳遒人，九世孝廉。纳诸母三兄，最治行操，能清言，历太子中庶子，廷尉卿。避地江南，温峤荐为光禄大夫。"王平北闻其佳名〔一〕，以两婢饷之，因取为中郎。王乂别传曰:“乂字叔元，琅邪临沂人。时蜀新平，二将作乱，文帝西之长安，乃征为相国司马，迁大尚书、出督幽州诸军事、平北将军。”有人戏之者曰:“奴价倍婢。”祖云:“百里奚亦何必轻于五羖之皮邪?”楚国先贤传曰:“百里奚字凡伯，楚国人。少仕于虞，为大夫。晋欲假道于虞以伐虢，谏而不听，奚乃去之。”说苑曰:“秦穆公使贾人载盐于虞，诸贾人买百里奚以五羊皮。穆公观盐，怪其牛肥，问其故，对曰:‘饮食以时，使之不暴，是以肥也。’公令有司沐浴衣冠之。公孙支让其卿位，号曰五羖大夫。”

【校文】

注“字凡伯”　“凡”，景宋本及袁本俱作“井”，是。

【笺疏】

〔一〕李详云:“案晋书祖纳传作平北将军王敦闻之，遗其二婢。敦乃乂字之讹。王敦未尝为平北将军。乂督幽州，纳范阳人，为其部民，故得饷云。”

27　周镇罢临川郡还都，未及上，住泊青溪渚，永嘉流人名曰:“镇字康时，陈留尉氏人也。祖父和，故安令。父震，司空长史。”中兴书曰:“镇清约寡欲，所在有异绩。”王丞相往看之。丞相别传曰:“王导字茂弘，琅邪人。祖览，以德行称。父裁，侍御史。导少知名，家世贫约，恬畅乐道，未尝以风尘经怀也。”时夏月，暴雨卒至，舫至狭小，而又大漏，殆无复坐处。王曰:“胡威之清，何以过此!”即启用为吴兴郡。晋阳秋曰:“胡威字伯虎，淮南人。父质以忠清显。质为荆州，威自京师往省之。及告归，质赐威绢一匹。威跪曰:‘大人清高，于何得此?’质曰:‘是吾奉禄之馀，故以为汝粮耳。’威受而去，每至客舍，自放驴取樵爨炊。食毕，复随旅进道。质帐下都督阴赍粮要之，因与为伴。每事相助经营之，又进少饭，威疑之〔一〕，密诱问之，乃知都督也。谢而遣之〔二〕。后以白质，质杖都督一百，除其吏名。父子清慎如此。及威为徐州，世祖赐见，与论边事及平生。帝叹其父清，因谓威曰：'卿清孰与父？'对曰：'臣清不如也。'帝曰：'何以为胜汝邪？'对曰：'臣父清畏人知，臣清畏人不知，是以不如远矣。'"〔三〕

【笺疏】

〔一〕嘉锡案：魏志胡质传注引作"行数百里，威疑之"。

〔二〕嘉锡案：魏志注作"因取向所赐绢答谢而遣之"。

〔三〕嘉锡案：魏志胡质传曰："质字文德，楚国寿春人也。"注引晋阳秋叙威事较此注为详，疑今本为宋人所删除。群书治要引晋书曰："荆州帐下都督闻威将去，请假还家。持资粮，于路要威，因与为伴。每事佐助，又进饮食。威疑而诱问之。既知，乃取所赐绢与都督，谢而遣之。后因他信以白质。质杖都督一百，除吏名。"所引盖臧荣绪书，与魏志注所引晋阳秋合。嘉锡又案：都督此举，诚有意为谄，然虽相助经营，又进少饭，威已谢之以绢，无损于父子之清白。威诚不能隐而不白以欺其父。为质者闻之，唤都督来，呵斥其非，使知愧悔足矣。此辈小人，何足深责！竟与除名，已嫌稍过；而又杖之一百，岂非欲众口喧传，使人知其清乎？好名之徒，伤于矫激，乃曰"清畏人知"，吾不信也。

28 邓攸始避难，于道中弃己子，全弟子〔一〕。晋阳秋曰："攸字伯道，平阳襄陵人。七岁丧父母及祖父母，持重九年。性清慎平简。"邓粲晋纪曰："永嘉中，攸为石勒所获，召见，立幕下与语，说之，坐而饭焉。攸车所止，与胡人邻毂，胡人失火烧车营，勒吏案问胡，胡诬攸。攸度不可与争，乃曰：'向为老姥作粥，失火延逸，罪应万死。'勒知遣之。所诬胡厚德攸，遗其驴马护送令得逸。"王隐晋书曰："攸以路远，斫坏车，以牛马负妻子以叛。贼又掠其牛马。攸语妻曰：‘吾弟早亡，唯有遗民。今当步走，儋两儿尽死，不如弃己儿，抱遗民。吾后犹当有儿。’妇从之。”中兴书曰：“攸弃儿于草中，儿啼呼追之，至莫复及。攸明日系儿于树而去，遂渡江，至尚书左仆射，卒。弟子绥服攸齐衰三年。”既过江，取一妾，甚宠爱。历年后讯其所由，妾具说是北人遭乱，忆父母姓名，乃攸之甥也。攸素有德业，言行无玷，闻之哀恨终身，遂不复畜妾〔二〕。

【校文】

注“以叛贼”　“叛”，沈本作“逃”，则“以逃”属上句读。

【笺疏】

〔一〕嘉锡案：攸弃己子，全弟子，固常人之所难能，然系儿于树则太残忍，不近人情。故晋书史臣论极不满之。详见赏誉篇“谢太傅重邓仆射”条下。

〔二〕曲礼曰：“取妻不取同姓，故买妾不知其姓，则卜之。”郑注曰：“为其近禽兽也。”嘉锡案：古者姓氏有别，所买之妾若出于微贱，不能知其氏族之所自出，犹必询之卜筮，以决其疑。自汉以后，姓氏归一，人非生而无家，未有不知其姓者。此妾既具知父母姓名，而攸曾不一问，宠之历年，然后讯其邦族，虽哀恨终身，何嗟及矣！白圭之玷，尚可磨乎？

29　王长豫为人谨顺，事亲尽色养之孝。中兴书曰：“王悦字长豫，丞相导长子也。仕至中书侍郎。”〔一〕丞相见长豫辄喜，见敬豫辄嗔。文字志曰：“王恬字敬豫，导次子也。少卓荦不羁，疾学尚武，不为导所重。至中军将军。多才艺，善隶书，与济阳江虨以善弈闻。”长豫与丞相语，恒以慎密为端。丞相还台〔二〕，及行，未尝不送至车后。恒与曹夫人并当箱箧[三]。长豫亡后，丞相还台，登车后，哭至台门。曹夫人作簏，封而不忍开。王氏谱曰："导娶彭城曹韶女，名淑。"

【校文】

注"江彪"　"彪"，景宋本作"虨"。

【笺疏】

〔一〕法苑珠林九十五引幽明录曰："中书郎王长豫有美名。父丞相至所珍爱。遇疾转笃，丞相忧念特至，政在床上坐，不食已积日。忽为现一人，形状甚壮，著铠执刀，王问：'君是何人？'答曰：'仆是蒋侯也。公儿不佳，欲为请命，故来耳，勿复忧。'王欣喜动容。即命求食，食遂至数升，内外咸未达所以。食毕，忽复惨然，谓王曰：'中书命尽，非可救者！'言终不见。"

〔二〕程炎震曰："台谓尚书省也。导时录尚书事，故云还台。通典：'尚书省总谓尚书台，亦曰中台。'"

〔三〕"并当"，雅量篇"祖士少好财"条作"屏当"。慧琳一切经音义三十七曰："摒儅，上并娉反，去声字也。广雅云：'摒，除也。'古今正字：'从手，屏声，亦作拼。'下当浪反，字镜云：'儅者，不中儅也。今摒除之。'文字典说：'从人，當声。'"又五十八曰："摒挡，通俗文除物曰摒挡，拼除也。"宋吴曾能改斋漫录二曰："并当二字，俗训收拾。"

30　桓常侍闻人道深公者，辄曰："此公既有宿名，加先达知称，又与先人至交，不宜说之。"[一]桓彝别传曰："彝字茂伦，谯国龙亢人，汉五更桓荣十世孙也。父颖，有高名。彝少孤，识鉴明朗，避乱渡江，累迁散骑常侍。"僧法深[二]，不知其俗姓，盖衣冠之胤也。道徽高扇，誉播山东，为中州刘公弟子。值永嘉乱，投迹杨土，居止京邑，内持法纲，外允具瞻，弘道之法师也。以业慈清净，而不耐风尘，考室剡县东二百里岬山中，同游十馀人，高栖浩然。支道林宗其风范，与高丽道人书，称其德行。年七十有九，终于山中也〔三〕。

【校文】

注“父颖”　“颖”，景宋本及沈本俱作“颢”。

注“散骑常侍”　景宋本及沈本俱脱“常侍”，非。

注“业慈”　“慈”，景宋本及沈本俱作“滋”。

【笺疏】

〔一〕程炎震曰：“以两人之年考之，桓且长于深公十岁，此恐是元子语，非茂伦语。”

〔二〕程炎震曰：“僧法深上必有脱文，不知所引何书矣。”

〔三〕嘉锡案：高僧传四云：“竺道潜字法深，姓王，瑯琊人，晋丞相武昌郡公敦之弟也。年十八出家，事中州刘元真为师。晋永嘉初，避乱过江。中宗元皇及肃祖明帝、丞相王茂弘、太尉庾元规并钦其风德，友而敬焉。及中宗肃祖升遐，王、庾又薨，乃隐迹剡山，以避当世。以晋宁康二年卒于山馆，春秋八十有九。烈宗孝武诏曰‘潜法师理悟虚远、风鉴清贞。弃宰相之荣，袭染衣之素’”云云。本注谓“不知其俗姓”。而高僧传以为王敦之弟。考之诸家晋史，并不言王敦有此弟。疑因孝武诏中“弃宰相之荣”语附会之。实则深公本衣冠之胤，所谓宰相，盖别有所指，不必是王敦也。

31　庾公乘马有的卢，晋阳秋曰：“庾亮字元规，颍川鄢陵人，明穆皇后长兄也。渊雅有德量，时人方之夏侯太初、陈长文之伦。侍从父琛，避地会稽，端拱巍然，郡人严惮之。觐接之者，数人而已。累迁征西大将军、荆州刺史。”伯乐相马经曰：“马白额入口至齿者，名曰榆雁，一名的卢。奴乘客死，主乘弃市，凶马也。”或语令卖去。语林曰：“殷浩劝公卖马。”庾云：“卖之必有买者，即当害其主。宁可不安己而移于他人哉〔一〕？昔孙叔敖杀两头蛇以为后人，古之美谈，贾谊新书曰：“孙叔敖为儿时，出道上，见两头蛇，杀而埋之。归见其母，泣。问其故，对曰：‘夫见两头蛇者，必死。今出见之，故尔。’母曰：‘蛇今安在？’对曰：‘恐后人见，杀而埋之矣。’母曰：‘夫有阴德，必有阳报，尔无忧也。’后遂兴于楚朝。及长，为楚令尹。”效之，不亦达乎！”

【校文】

注“鄢陵”　　“鄢”，景宋本作“隔”。

【笺疏】

〔一〕白氏六帖二十九曰：“庾亮有的卢，殷浩以不利主，劝卖之。亮曰：‘己所不欲，不施于人。’”

32　阮光禄在剡〔一〕，曾有好车，借者无不皆给。有人葬母，意欲借而不敢言。阮后闻之，叹曰：“吾有车而使人不敢借，何以车为？”遂焚之。阮光禄别传曰：“裕字思旷，陈留尉氏人。祖略，齐国内史。父颢，汝南太守。裕淹通有理识，累迁侍中。以疾筑室会稽剡山。征金紫光禄大夫，不就。年六十一卒。”

【笺疏】

〔一〕李慈铭云：“案世说于阮裕或称光禄，或称其字思旷，无举其名者。临川避宋武讳也。”

33　谢奕作剡令，中兴书曰：“谢奕字无奕，陈郡阳夏人。祖衡，太子少傅。父裒，吏部尚书。奕少有器鉴，辟太尉掾、剡令，累迁豫州刺史。”有一老翁犯法，谢以醇酒罚之，乃至过醉而犹未已。太傅时年七八岁，箸青布绔，在兄膝边坐，谏曰：“阿兄！老翁可念，何可作此。”奕于是改容曰：“阿奴欲放去邪？”〔一〕遂遣之。

【笺疏】

〔一〕嘉锡案：阿奴为晋人呼其所亲爱者之词，故兄以此呼弟。说见方正篇“周叔治”条。

34　谢太傅绝重褚公，常称：“褚季野虽不言，而四时之气亦备。”文字志曰：“谢安字安石，奕弟也。世有学行，安弘粹通远，温雅融畅。桓彝见其四岁时，称之曰：‘此儿风神秀彻，当继踪王东海。’善行书。累迁太保、录尚书事。赠太傅。”晋阳秋曰：“褚裒字季野，河南阳翟人。祖䂮，安东将军。父治，武昌太守。裒少有简贵之风，冲默之称。累迁江、兖二州刺史。赠侍中、太傅。”〔一〕

【校文】

注“父治”　“治”，景宋本及沈本俱作“洽”。

【笺疏】

〔一〕程炎震曰：“裒长安十七岁。”

35　刘尹在郡，临终绵惙〔一〕，闻阁下祠神鼓舞。正色曰：“莫得淫祀！”刘尹别传曰：“惔字真长，沛国萧人也。汉氏之后。真长有雅裁，虽荜门陋巷，晏如也。历司徒左长史、侍中、丹阳尹。为政务镇静信诚，风尘不能移也。”外请杀车中牛祭神〔二〕。真长答曰：“丘之祷久矣，勿复为烦。”包氏论语曰：“祷，请也。”孔安国曰：“孔子素行合于神明，故曰：‘丘之祷久矣。’”

【笺疏】

〔一〕说文云："绵联，微也。惙，忧也。一曰意不定也。"慧琳一切经音义十七引声类云："短气皃也。"又六十七引考声云："惙，弱也。"嘉锡案：绵惙正言其气绵绵然，短促将绝之像也。家语观周篇注云："绵绵，微细。"素问方盛衰论注云："绵绵乎，谓动息微也。"

〔二〕程大昌演繁露一曰："汉初马少，故曰自天子不能具醇驷，将相或乘牛车。自吴、楚反后，诸侯惟是食租衣税，无有横入，故贫者或乘牛车。则此之以牛而驾，自缘贫窭，无资可具，非有禁约也。汉书玄成以列侯侍祠，天雨淖，不驾驷马车而骑至庙下，有司劾奏削爵。则舍车而骑，汉已有禁矣。东晋惟许乘车，其或骑者，御史弹之，则汉法仍在也。至其驾车，遂改用牛。王导驾短辕犊车，王恺（原误作济）之八百里驳，石崇之牛疾奔，人不能追，南史吴兴太守之官皆杀轭下牛以祭项羽，知驾车用牛也，岂通晋之制，皆不得驾马也耶?"钱大昕二十二史考异六曰："舆服志：古之贵者不乘牛车，汉武帝推恩之末，诸侯寡弱，贫者至乘牛车，其后稍见贵之。自灵、献以来，天子至士，遂以为常乘。按古制乘车、兵车、田车，皆曲辕，驾驷马。惟平地任载之车驾牛，乃有两辕。考工记所谓'大车之辕挚，其登又难'者也。牛车本庶人所乘，史记平准书言：'汉兴，接秦之敝，自天子不能具钧驷，而将相或乘牛车。'则汉初贵者已乘之矣。晋时御衣车、御书车、御轺车、御药车、画轮车，皆驾牛，则并施于卤簿。隋书阎毗传言：'属车八十一乘，以牛驾车，不足以益文物。'是自晋至隋，属车皆驾牛也。石崇传：'崇与王恺出游，争入洛城。崇牛迅若飞禽，恺绝不能及。'王衍传：'衍引王导共载，谓导曰：尔看吾目光在牛背上矣。'王导传：'导以所执麈尾驱牛而进。'世说：'刘尹临终，外请杀车中牛祭神。'南史刘瑀传：'谓何偃曰："君辔何疾?"偃曰："牛骏驭精，所以疾耳！"'徐偃之传：'与弟淳之共乘车行，牛奔车坏。'朱脩之传：'至建业，奔牛坠车折脚。'刘德顺传：'善御车，尝立两柱，未至数尺，打牛奔，从柱前直过。'梁本纪：'常乘折角小牛车。'萧琛传：'郡有项羽庙，前后二千石皆以轭下牛充祭。'北史高允传：'特赐允蜀牛一头，四望蜀车一乘。'彭城王勰传：'登车入东掖门，牛伤人，挽而入。'北海王详传：'详与咸阳王禧、彭城王勰共乘犊车。'常景传：'齐神武以景清贫，特给牛车四乘。'元仲景传：'兼御史中尉，每向台，恒驾赤牛，时人号赤牛中尉。'尒朱世隆传：'今旦为令王借牛车一乘，王嫌牛小，更将一青牛驾车。'毕义云传：'高元海遣犊车迎义云入北宫。'琅邪王俨传：'魏氏旧制，中丞出，千步清道，王公皆遥住车，去牛，顿轭于地，以待中丞过。'和士开传：'遣韩宝业以犊车迎士开入内。'牛弘传：'弟弼常醉，射杀弘驾车牛。'艺术传：'天兴五年，牛大疫，舆驾所乘巨犗数百头，同日毙于路侧。'此则自晋至隋，王公士大夫竞乘牛车之证也。"嘉锡案：以晋事考之，盖驾车用牛，而乘骑方得用马，其见他书者姑不具引。只以世说所载言之：本篇庾公乘马有的卢，又"桓南郡"条注引中兴书，罗企生回马授手；言语篇支道林常养数匹马；方正篇杨济往大夏门盘马，羊穉舒不坐便去，去数里住马，羊忱不暇被马，帖骑而避；雅量篇庾翼于道开卤簿盘马，王东亭为桓宣武主簿，公于内走马直出突之；赏誉篇王济使王湛骑难乘马；规箴篇桓南郡好猎，骋良马驰击若飞；捷悟篇王东亭乘马出郊；豪爽篇桓石虔策马于数万众中，莫有抗者；贤媛篇范逵投陶侃宿，马仆甚多；术解篇羊祜坠马折臂，王武子马惜障泥；任诞篇人为山季伦歌曰"复能骑骏马"；简傲篇王子猷作参军，桓问何署，答曰"时见牵马来，似是马曹"；假谲篇明帝戎服骑巴賨马；汰侈篇王武子好马射。如此十馀条，凡言马者，皆不云以驾车。盖中国固不产马，汉武时极力牧养，始稍繁息。东京马政，已不如前。汉、魏之际，丧乱相仍，沿至有晋，户口凋敝，马之孳生益少。且其驾车服重，本不如牛，故爱重之，只供乘骑而已。晋书武帝纪曰："有司尝奏，御牛青丝靷断，诏以青麻代之。"此天子乘牛车之证。其臣下之驾牛，自不待言。王恺、石崇，豪富汰侈，非不能致善马者，而亦只用牛车。程氏疑晋制不得驾马，斯言得之矣。下至隋代，牛车犹盛行。及唐太宗以战争得天下，讲求牧政，不遗馀力，逮其极盛之时，国马之数，突过西汉，而天下至以一缣易一马。自是以后，士大夫无不骑马。其或驾车，亦皆用马。牛车虽存，只以供农田之用而已。嘉锡又案：伤逝篇注引搜神记曰："庾亮病，术士戴洋曰：'昔苏峻事，公于白石祠中许赛车下牛，从来未解，为此鬼所考。'"则杀驾车之牛以祭神，乃晋人常有之事也。

36　谢公夫人教儿〔一〕，问太傅："那得初不见君教儿？"答曰："我常自教儿。"谢氏谱曰："安娶沛国刘耽女。"按：太尉刘子真，清洁有志操，行己以礼。而二子不才，并黩货致罪。子真坐免官。客曰："子奚不训导之？"子真曰："吾之行事，是其耳目所闻见，而不放效，岂严训所变邪？"安石之旨，同子真之意也。〔二〕

【笺疏】

〔一〕吴承仕曰：晋书七十九谢安传曰："安妻刘惔妹也。"

〔二〕刘寔字子真，此事今见晋书本传，而文不同。

37　晋简文为抚军时〔一〕，续晋阳秋曰："帝讳昱，字道万，中宗少子也。仁闻有智度。穆帝幼冲，以抚军辅政。大司马桓温废海西公而立帝，在位三年而崩。"所坐床上尘不听拂，见鼠行迹，视以为佳。有参军见鼠白日行，以手板批杀之，抚军意色不说。门下起弹，教曰："鼠被害，尚不能忘怀；今复以鼠损人，无乃不可乎？"

【笺疏】

〔一〕程炎震云："咸康六年，简文为抚军将军。永和元年，进抚军大将军。"

38　范宣年八岁，后园挑菜，误伤指，大啼。人问："痛邪？"答曰："非为痛，身体发肤，不敢毁伤，是以啼耳！"宣别传曰："宣字子宣，陈留人，汉莱芜长范丹后也。年十岁，能诵诗书。儿童时，手伤改容，家人以其年幼，皆异之。征太学博士、散骑常侍，一无所就。年五十四卒。'宣洁行廉约，韩豫章遗绢百匹，不受。中兴书曰："宣家至贫，罕交人事。豫章太守殷羡见宣茅茨不完，欲为改室，宣固辞。羡爱之，以宣贫，加年饥疾疫，厚饷给之，宣又不受。"〔一〕续晋阳秋曰："韩伯字康伯，颍川人。好学，善言理。历豫章太守、领军将军。"减五十匹，复不受。如是减半，遂至一匹，既终不受。韩后与范同载〔二〕，就车中裂二丈与范，云："人宁可使妇无幝邪？"范笑而受之。

【校文】

"人宁可使妇无幝邪"　"幝"，景宋本及沈本俱作"裈"。

【笺疏】

〔一〕嘉锡案：晋书儒林传，饷给范宣者，乃庾爰之。吴士鉴注谓："世说注羡爱之三字为庾爰之之讹。"其说是也。

〔二〕嘉锡案：栖逸篇曰："范宣未尝入公门。韩康伯与同载，遂诱俱入郡。范便于车后趋下。”今此又言“同载”，盖韩敬范之为人，同车出入之时亦多矣。

39　王子敬病笃〔一〕，道家上章应首过〔二〕，问子敬“由来有何异同得失？”子敬云：“不觉有馀事，惟忆与郗家离婚。”〔三〕王氏谱曰：“献之娶高平郗昙女，名道茂，后离婚。”献之别传曰：“祖父旷，淮南太守。父羲之，右将军。咸宁中，诏尚馀姚公主，迁中书令，卒。”〔四〕

【笺疏】

〔一〕嘉锡案：本书言语篇注引晋安帝纪曰：“凝之事五斗米道。孙恩之攻会稽，凝之谓民吏曰：‘不须备防，吾已请大道，许遣鬼兵相助，贼自破矣。’既不设备，遂为恩所害。”晋书王羲之传亦云：“王氏世事张氏五斗米道，凝之弥笃。”此所谓道家，即五斗米道也。魏志张鲁传云：“祖父陵，学道鹄鸣山中，造作道书，以惑百姓。从受道者，出五斗米，故世号米贼。鲁据汉中，以鬼道教民。其来学道者，皆教以诚信不欺诈。有病自首其过。”注引典略曰：“张角为太平道，张脩为五斗米道。太平道者，师持九节杖为符祝，教病人叩头思过，因以符水饮之。脩法略与角同。加施静室，使病者处其中思过。又使人为鬼吏，主为病者请祷。请祷之法，书病者姓名，说服罪之意，作三通：其一上之天，著山上，其一埋之地，其一沈之水，谓之三官手书。使病者家出五斗米以为常，故号曰五斗米师。”今子敬病笃，而请道家上章首过，正是五斗米师为之请祷耳。宋米芾画史云：“海州刘先生收王献之画符及神咒一卷，小字，五斗米道也。”本书伤逝篇注引幽明录言：泰元中有一师从远来，云：“人命应终，有生乐代者，则死者可生。”子敬疾属纩，子猷请以馀年代弟。此亦必是五斗米师以符水为人治病者。足征王氏兄弟信道者不独凝之矣。御览六百六十六引太平经曰："王右军病，请杜恭。恭谓弟子曰：'右军病不差，何用吾？'十馀日果卒。"杜恭者，即晋书孙恩传之钱唐杜子恭。恩叔父泰师事之，而恩传其术，亦五斗米道也。则羲之传谓"王氏世事五斗米道"不虚矣。以右军之高明有识，不溺于老、庄之虚浮，而不免为天师所惑。盖其家世及妇家郗氏皆信道，右军又好服食养性，与道士许迈游，为之作传，述其灵异之迹甚多。迈亦五斗米道，即真诰所谓许先生者。右军盖深信学道可以登仙也。然真诰阐幽微云："王逸少有事系禁中，已五年，云事已散。"是右军奉道，生不为杜子恭所佑；死乃为鬼所考。子猷、子敬，疾终不愈，五斗米师符祝无灵，而凝之恃大道鬼兵，反为孙恩所杀。奉道之无益，昭然可见；而东晋士大夫不慕老、庄，则信五斗米道，虽逸少、子敬犹不免，此儒学之衰，可为太息！

〔二〕李详云："案隋书经籍志道经有诸消灾度厄之法。依阴阳五行术数推人年命，书之如章表之仪，并具贽币，烧香陈读，云奏上天曹，请为除厄。谓之上章。后汉书皇甫嵩传：'张角自称大贤良师，奉事黄、老道，蓄养弟子，跪拜首过。'"

〔三〕嘉锡案：淳化阁帖九有王献之帖云："虽奉对积年，可以为尽日之欢，常苦不尽触额之畅。方欲与姊极当年之疋，以之偕老，岂谓乖别至此。诸怀怅塞实深，当复何由日夕见姊耶！俯仰悲咽，实无已已，惟当绝气耳！"黄伯思东观馀论上谓当是与郗家帖，引世说此条为证，是也。

〔四〕程炎震云："新安公主，简文帝女也。见晋书孝武文李太后传，母徐贵人。初学记十引王隐晋书曰：'安禧皇后王氏，字神受，王献之女，新安公主生，即安帝姑也。'御览一百五十二引中兴书曰：

‘新安愍公主道福，简文第三女，徐淑媛所生，适桓济，重适王献之。’献之以选尚主，必是简文即位之后，此咸宁当作咸安。郗昙已前卒十馀年，其离婚之故不可知。或者守道不笃，如黄子艾耶？宜其饮恨至死矣。”程氏又云：“‘馀姚’，晋书八十献之传、三十二后妃传并作‘新安’，盖追封。”伤逝篇注曰：“献之以泰元十五年卒，年四十五。”

40 殷仲堪既为荆州〔一〕，值水，俭食，常五盌盘，外无馀肴。饭粒脱落盘席间，辄拾以啖之。虽欲率物，亦缘其性真素〔二〕。每语子弟云：“勿以我受任方州〔三〕，云我豁平昔时意。今吾处之不易。贫者士之常〔四〕，焉得登枝而捐其本！尔曹其存之！”晋安帝纪曰：“仲堪，陈郡人，太常融孙也。车骑将军谢玄请为长史，孝武说之，俄为黄门侍郎。自杀袁悦之后，上深为晏驾后计，故先出王恭为北蕃。荆州刺史王忱死，乃中诏用仲堪代焉。”

【笺疏】

〔一〕程炎震云：“太元十七年，仲堪为荆州。”

〔二〕嘉锡案：世说盛称仲堪之俭约，然晋书本传云：“仲堪少奉天师道，又精心事神，不吝财贿，而怠行仁义，啬于周急。”然则仲堪之俭，特鄙吝之天性耳。道藏“怀”字号唐王悬河三洞珠囊一，引道学传第十六卷云：“殷仲堪者，陈郡人也。为太子中庶子，少奉天师道，受治及正一，精心事法，不吝财贿。家有疾病，躬为章符，往往有应。乡人及左右或请为之，时行周救，弘益不少也。”与本传可以互证。俭于自奉，而侈于事神，将不为达士所笑乎？晋时士大夫奉天师道者，有琅邪王氏父子、郗愔郗昙兄弟及仲堪。此皆明著于本传者。其他史所不言，不知凡几。释宝唱比丘尼传一道容尼传曰："简文帝先事清水道师。道师，京都所谓王濮阳也。"考御览六百六十六引太平经曰"濮阳者，不知何许人，事道专心，祈请皆验。晋简文废世子，无嗣，时使人祈请于阳"云云。比丘尼传所指必是此人。其事迹既附见于太平经中，则所谓清水道，即太平道也。御览六百七十一引上元宝经曰："濮阳，曲水人。辞家学道，后授三元真一，游变人间。"亦即此人。以一代帝王而所崇如此，可想见其势力之盛。晋之风俗，亦可知矣。

〔三〕嘉锡案：广雅释诂云："方，大也。"谓大州为方州，乃晋人常用之语。晋书王敦传云敦上疏曰"往段匹磾尚未有劳，便以方州与之"，是也。淮南览冥训云："颛民生背方州，抱圆天。"注云："方州，地。"班固典引云："卓荦乎方州，羡溢乎要荒。"则谓四方诸州耳。均与此不同。

〔四〕嘉锡案：说苑杂言篇云："孔子见荣启期问曰：'先生何乐也？'对曰：'夫贫者，士之常也；死者，民之终也。处常待终，当何忧乎？'"家语六本篇略同。

41　初桓南郡、杨广共说殷荆州，宜夺殷觊南蛮以自树〔一〕。桓玄别传曰："玄字敬道，谯国龙亢人，大司马温少子也。幼童中，温甚爱之。临终命以为嗣。年七岁，袭封南郡公，拜太子洗马、义兴太守。不得志，少时去职，归其国。与荆州刺史殷仲堪素旧，情好甚隆。"周祗隆安记曰："广字德度，弘农人，杨震后也。"晋安帝纪曰："觊字伯道，陈郡人。由中书郎出为南蛮校尉。觊亦以率易才悟著称，与从弟仲堪俱知名。"中兴书曰："初，仲堪欲起兵，密邀觊，觊不同。杨广与弟佺期劝杀觊，仲堪不许。"觊亦即晓其旨，尝因行散〔二〕，率尔去下舍，便不复还，内外无预知者。意色萧然，远同鬬生之无

愠〔三〕。时论以此多之。春秋传曰："楚令尹子文，鬬氏也。"论语曰："令尹子文，三仕为令尹，无喜色；三已之，无愠色。'

【笺疏】

〔一〕程炎震云："仲堪夺殷觊南蛮事，在隆安元年。"

〔二〕嘉锡案：散者，寒食散也。巢氏诸病源候论六寒食散发候篇引皇甫谧云："服药后宜烦劳。若羸著床不能行者，扶起行之，亦谓之行药。"文选二十二有鲍明远行药诗。详见余寒食散考。

〔三〕张文黼螺江日记续编四曰："世说载殷觊去官，而称曰'远同鬬生之无愠'，前未有称子文为鬬生者。此与夏侯太初称乐毅为乐生同属创造。又刘峻广绝交论'罕生逝而国子悲'，谓罕虎也。夏侯湛作羊秉叙'岂非司马生之所惑'，谓司马子长也。江淹上建平王书'直生岂疑于盗金'，谓直不疑也。赵至与嵇茂齐书'梁生适越，登岳长谣'，谓梁鸿也。前此未有此称，以此见古人行文，随兴所至，不必尽有所本。陆机豪士赋序'伊生抱明，允以婴戮'，称伊尹为伊生，更奇。"嘉锡案：秦汉人称人为生，皆尊之之意。史记儒林传曰："言诗，于齐则辕固生；言尚书，自济南伏生；言礼，自鲁高堂生；言易，自菑川田生；言春秋，于齐鲁自胡母生。"索隐云："自汉以来，儒者皆号生，亦先生者省字呼之耳。"是也。六朝人为文沿用此例，称古人为某生，犹之先生云尔。或为省字，或欲便文，此修词常法，未足深讶。而张氏讥其创造，引为大奇，可谓"少所见，多所怪"矣！

42 王仆射在江州，为殷、桓所逐，奔窜豫章〔一〕，存亡未测。徐广晋纪曰："王愉字茂和，太原晋阳人，安北将军坦之次子也。以辅国司马，出为江州刺史。愉始至镇，而桓玄、杨佺期举兵以应王恭，乘流奄至，愉无防，惶遽奔临川，为玄所得。玄篡位，迁尚书左仆射。”王绥在都，既忧慽在貌，居处饮食，每事有降。时人谓为试守孝子。中兴书曰：“绥字彦猷，愉子也。少有令誉。自王浑至坦之，六世盛德〔二〕，绥又知名，于时冠冕，莫与为比。位至中书令、荆州刺史。桓玄败后，与父愉谋反，伏诛。”〔三〕

【校文】

“既忧慽在貌”　“慽”，景宋本及沈本俱作“戚”。

注“自王浑”　“浑”，景宋本作“泽”，是。

【笺疏】

〔一〕程炎震云：“隆安二年八月，江州刺史王愉奔于临川。”

〔二〕李慈铭云：“案王浑当作王泽。泽生昶、昶生湛、湛生承、承生述、述生坦之。正得六世。若浑，乃昶之长子，湛之兄，于坦之为从曾祖，安得有六世？晋书王绥传云：‘自昶父汉雁门太守泽，已有名称。忱又秀出，绥亦著称。八叶继轨，轩冕莫与为比焉。’可证浑当作泽。以字形相近而误，各本皆同。王应麟小学绀珠氏族类载王昶至坦之五世盛德。而注引世说注中兴书，亦作王浑。则南宋时已误。”

〔三〕李慈铭荀学斋日记丙集上曰：“晋书愉传，言愉之诛，以潜结司州刺史温详谋作乱。而宋书武帝纪言绥以高祖起自布衣，甚相凌忽。又以桓氏甥有自疑之志，遂被诛。又王谌谓其兄谧亦曰：‘王驹无罪而诛，此是翦除胜己，以绝人望。’驹，愉小字也。是潜结谋乱之言，亦刘裕所诬，非其实事。此皆晋书之疏也。安帝纪亦止言刘裕诛王愉王绥等，不云愉等谋乱。”嘉锡案：南史宋武帝纪曰：“初，荆州刺史王绥以江左冠族，又桓氏之甥，素甚陵帝。至是及其父尚书左仆射愉有自疑志，并及诛。”魏书王慧龙传曰：“初刘裕微时，愉不为礼；及得志，愉合家见诛。”与宋书合。而中兴书谓其谋反。盖凡易代之际，以触忤新朝受害者，史官相承，不曰谋反，即曰作乱。王愉父子，自因忤刘裕被杀。中兴书为宋湘东太守何法盛所撰，书本朝开国时事，自不能无曲笔。晋、宋、魏书修于异代，故皆直著其轻侮刘裕。李氏谓愉父子潜结温详，为裕之诬辞。然通鉴一百十三于义熙三年书"尚书左仆射王愉及子荆州刺史绥谋袭裕，事泄，族诛"，则愉、绥似实有谋，特不知温公别有所本否耳。愉为桓玄仆射，不可谓无罪。绥之事亲，无愧孝子，而亦为玄中书令（见本传）。建康实录十一引裴子野曰："桓敬道坐盗社稷，王谧以民望镇领，王绥、谢混以后进光辉。"是绥为玄所宠用，亦一贼党也。盖魏晋士大夫止知有家，不知有国。故奉亲思孝，或有其人；杀身成仁，徒闻其语。王祥、何曾之流，皆不免党篡。求忠臣必于孝子之门，竟成虚言。六代相沿，如出一辙，而国家亦几胥而为夷。爰及唐、宋，正学复明，忠义之士，史不绝书。故得常治久安，而吾中国亦遂能灭而复兴，亡而复存。览历代之兴亡，察其风俗之变迁，可以深长思矣。嘉锡又案：晋书王愉传曰："刘裕义旗建，加前将军。愉既桓氏壻，父子宠贵，又尝轻侮刘裕，心不自安。潜结司州刺史温详，谋作乱，事泄被诛。子孙十馀人皆伏法。"此即中兴书所谓"绥与父愉谋反"也。

43　桓南郡玄也。既破殷荆州，收殷将佐十许人，咨议罗企生亦在焉〔一〕。玄别传曰："玄克荆州，杀殷道护及仲堪参军罗企生、鲍季礼，皆仲堪所亲仗也。"桓素待企生厚，将有所戮，先遣人语云："若谢我，当释罪。"企生答曰："为殷荆州吏，今荆州奔亡，存亡未判，我何颜谢桓公？"中兴书曰："企生字宗伯，豫章人。殷仲堪初请为府功曹，桓玄来攻，转咨议参军。仲堪多疑少决，企生深忧之，谓其弟遵生曰：'殷侯仁而无断，事必无成。成败天也，吾当死生以之。’及仲堪走，文武并无送者，惟企生从焉。路经家门，遵生绐之曰：‘作如此分别，何可不执手？’企生回马授手，遵生便牵下之，谓曰：‘家有老母，将欲何行？’企生挥泣曰：‘今日之事，我必死之。汝等奉养，不失子道，一门之内，有忠与孝，亦复何恨！’遵生抱之愈急，仲堪于路待之。企生遥呼曰：‘今日死生是同，愿少见待！’仲堪见其无脱理，策马而去。俄而玄至，人士悉诣玄，企生独不往而营理仲堪家。或谓曰：‘玄性猜急，未能取卿诚节，若遂不诣，祸必至矣！’企生正色曰：‘我殷侯吏，见遇以国士，不能共殄丑逆，致此奔败，何面目就桓求生乎？’玄闻，怒而收之。谓曰：‘相遇如此，何以见负？’企生曰：‘使君口血未干，而生此奸计，自伤力劣，不能翦定凶逆，我死恨晚尔！’玄遂斩之。时年三十有七，众咸悼之。”〔二〕既出市，桓又遣人问欲何言，答曰：“昔晋文王杀嵇康，而嵇绍为晋忠臣。王隐晋书曰：“绍字延祖，谯国铚人。父康有奇才俊辩。绍十岁而孤，事母孝谨，累迁散骑常侍。惠帝败于荡阴，百官左右皆奔散，唯绍俨然端冕，以身卫帝。兵交御辇，飞箭雨集，遂以见害也。”从公乞一弟以养老母。”桓亦如言宥之。桓先曾以一羔裘与企生母胡，胡时在豫章，企生问至，即日焚裘〔三〕。

【笺疏】

〔一〕程炎震云：“隆安三年十二月，桓玄袭江陵，害殷仲堪。”

〔二〕嘉锡案：观中兴书所载企生对桓玄之语，词严义正，生气凛然。在有晋士大夫间，不愧朝阳之鸣凤。而临终不免逊词乞怜者，徒以有老母故也。忠孝之道，于斯两全。虽所事非人，有惭择木，君子善善从长，可无深责尔矣。

〔三〕宋书五十胡藩传曰：“藩字道序，豫章南昌人也。祖随，散骑常侍。父仲任，治书侍御史。藩参郗恢征虏军事。时殷仲堪为荆州刺史，藩外兄罗企生为仲堪参军。藩请假还，过江陵，省企生。仲堪要藩相见，接待甚厚，藩因说仲堪曰：'桓玄意趣不常，每怏怏于失职。节下崇待太过，非将来之计也。'仲堪色不悦，藩退而谓企生曰：'倒戈授人，必至之祸。若不早规去就，后悔无及。'玄自夏口袭仲堪，藩参玄后军军事。仲堪败，企生果以附从及祸。"嘉锡案：据此，则企生母盖胡随之女、藩之姑也。

44　王恭从会稽还，周祗隆安记曰："恭字孝伯，太原晋阳人。祖父濛，司徒左长史，风流标望。父蕴，镇军将军，亦得世誉。"恭别传曰："恭清廉贵峻，志存格正。起家著作郎，历丹阳尹、中书令。出为五州都督、前将军，青、兖二州刺史。"王大看之。王忱，小字佛大。晋安帝纪曰："忱字元达，北平将军坦之第四子也。甚得名于当世，与族子恭少相善，齐声见称。仕至荆州刺史。"见其坐六尺簟，因语恭："卿东来，故应有此物，可以一领及我。"恭无言。大去后，即举所坐者送之。既无馀席，便坐荐上。后大闻之甚惊，曰："吾本谓卿多，故求耳。"对曰："丈人不悉恭，恭作人无长物。"

45　吴郡陈遗，未详〔一〕。家至孝，母好食铛底焦饭。遗作郡主簿〔二〕，恒装一囊，每煮食，辄贮录焦饭，归以遗母。后值孙恩贼出吴郡，晋安帝纪曰："孙恩一名灵秀，琅邪人。叔父泰，事五斗米道，以谋反诛。恩逸逃于海上，聚众十万人，攻没郡县。后为临海太守辛昺斩首送之。"〔三〕袁府君山松，别见。即日便征〔四〕，遗已聚敛得数斗焦饭，未展归家，遂带以从军。战于沪渎，败。军人溃散，逃走山泽，皆多饥死，遗独以焦饭得活。时人以为纯孝之报也〔五〕。

【笺疏】

〔一〕御览四百十一引宋躬孝子传曰:“陈遗吴郡人,少为郡吏。”

〔二〕嘉锡案:宋躬孝子传及南史均止云“少为郡吏”,不知其为主簿也。

〔三〕隋志有晋临海太守辛德远集五卷。新唐志有辛昞集四卷。文廷式补晋书艺文志六云:“德远盖昞字,唐人讳昞,故称其字也。”嘉锡案:晋书安帝纪、孙恩传作辛景,亦避讳改字。安帝纪:“元兴元年三月,临海太守辛景击孙恩,斩之。”又孙恩传:“恩复寇临海,临海太守辛景讨破之。恩穷蹙赴海自沈。”嘉锡案:辛景即辛昺,盖唐人修史时避讳改之。宋书高祖纪:“元兴三年,兖州刺史辛禺怀贰。会北青州刺史刘该反,禺求征该,次淮阴,又反。禺长史羊穆之斩禺,传首京师。”湘潭孙彪宋书考论云:“禺、昺字形相似,盖即一人。”嘉锡案:元兴元年三月,桓玄总百揆。二年十二月,篡位。辛昺若于三年为兖州刺史,则必玄所用。御览三百三十七有辛昞洛戍时与桓郎笺曰:“桓振武令下官将千二百人袭□营。”振武者,桓石民也。则昺乃桓氏旧部,宜其降后复叛矣。

〔四〕程炎震云:“隆安五年,袁山松死于沪渎。”

〔五〕宋躬孝子传又曰:“母昼夜涕泣,目为失明,耳无所闻。遗还入户,再拜号咽,母豁然有闻见。”嘉锡案:陈遗见南史孝义传,较此为详。考法苑珠林四十九、御览四百十一引宋躬孝子传,广记百六十二引孝子传,并有陈遗事。字句大同小异,盖同引一书也。南史云:“母昼夜泣涕,目为失明,耳无所闻。遗还入户,再拜号咽,母豁然即明。”此事世说所无,而宋躬传有之。盖即南史所本,且不独此一事而已。凡孝义传中所载,如贾恩、丘杰、孙棘、何子平、王虚之、华宝、韩灵敏诸人,无不采自宋躬书者。考之类聚、御览所引，便可见矣。宋躬孝子传二十卷，隋书经籍志著录，不详时代。两唐志作宗躬。姚振宗隋志考证二十，据南齐书孔稚圭传，永明中有廷尉监宋躬，南史袁彖传有江陵令宗躬，隋志别集类有齐平西谘议宗躬集，因以考得其仕履。今案：南史王虚之传中有齐永明间事，则宋躬书即著于齐代，临川已不及见。世说此条，必别有所本。孝标注中不言遗母目瞽复明，盖亦未睹其书也。南史称宋初吴郡人陈遗，则遗之遭难不死虽在晋末，而其人实卒于宋初。考世说所载多魏、晋之事，其下逮宋朝者，不过王谧、傅亮、谢灵运数人而已，皆名士之冠绝当时者。遗南土寒人，仕才州郡，独蒙纪录，褎然为一代称首。盖因其纯孝足贯神明，不以微贱而遗之也。自中原云扰，五马南浮，虽王纲解纽，风教陵夷，而孝弟之行，独为朝野所重。自晋至梁，撰孝子传者，隋志八家，九十六卷；两唐志又益三家，十九卷。其他传记所载，犹复累牍连篇。伦常赖以维系，道德由之不亡。故虽江左偏安，五朝递嬗，犹能支拄二百七十馀年，不为胡羯所吞噬。至于京洛沦陷，北俗腥膻，而索虏鲜卑，亦复用夏变夷。终乃鸱鸮革音，归我至化，而其国亦入版图。胡汉种族不同，而孝乃为人之本。然则处晦盲否塞之秋，而欲拨乱世反之正者，其可不加之意也哉！

46　孔仆射为孝武侍中，豫蒙眷接烈宗山陵。孔时为太常，形素羸瘦，著重服，竟日涕泗流涟，见者以为真孝子。续晋阳秋曰："孔安国字安国，会稽山阴人，车骑愉第六子也。少而孤贫，能善树节，以儒素见称。历侍中、太常、尚书，迁左仆射、特进，卒。"

47　吴道助、附子兄弟，居在丹阳郡。后遭母童夫人艰，道助，坦之小字。附子，隐之小字也。吴氏谱曰："坦之字处靖，濮阳人〔一〕。仕至西中郎将功曹。父坚，取东苑童侩女，名秦姬。"朝夕哭临。及思至〔二〕，宾客吊省，号踊哀绝，路人为之落泪。韩康伯时为丹阳尹，母殷在郡，每闻二吴之哭，辄为凄恻。语康伯曰："汝若为选官，当好料理此人。"〔三〕康伯亦甚相知。韩后果为吏部尚书。大吴不免哀制〔四〕，小吴遂大贵达〔五〕。郑缉孝子传曰："隐之字处默，少有孝行，遭母丧，哀毁过礼。时与太常韩康伯邻居，康伯母扬州刺史殷浩之妹，聪明妇人也。隐之每哭，康伯母辄辍事流涕，悲不自胜，终其丧如此。谓康伯曰：'汝后若居铨衡，当用此辈人。'后康伯为吏部尚书，乃进用之。"晋安帝纪曰："隐之既有至性，加以廉洁，奉禄颁九族，冬月无被。桓玄欲革岭南之弊，以为广州刺史。去州二十里有贪泉，世传饮之者其心无厌。隐之乃至水上，酌而饮之，因赋诗曰：'石门有贪泉，一歃重千金。试使夷、齐饮，终当不易心。'为卢循所攻，还京师。历尚书、领军将军。"晋中兴书曰："旧云：往广州，饮贪泉，失廉洁之性。吴隐之为刺史，自酌贪泉饮之，题石门为诗云云。"

【笺疏】

〔一〕程炎震云："晋书云：'濮阳鄄城人，魏侍中质六世孙。'"

〔二〕李慈铭云："案'思至'二字有误，各本皆同。晋书作'每至哭临之时，恒有双鹤惊叫。及祥练之夕，复有群雁俱集'。疑此'思至'二字，当作'周忌'，思、周，形近；至、忌，声近。"

〔三〕元李治敬斋古今黈十曰："料理之语，见于世说者三：韩康伯母闻吴隐之兄弟居丧孝，语康伯曰：'汝若为选官，当好料理此人。'王子猷为桓温车骑参军，温谓子猷曰：'卿在府日久，比当相料理。'卫展在江州，知旧投之，都不料理。料理者，盖营护之意，犹今俚俗所谓照顾觑当耳。石林以为'料理'犹言谁何，料多作平音。作平音固是，其言谁何则非也。谁何乃诃喝禁御之谓。"嘉锡案：李以营护照顾释料理，似也。然与桓车骑之语意不合，且车骑是桓冲非温也。南史陈本纪论引梁末童谣云："黄尘汙人衣，皂荚相料理。"以皂荚浣衣，而谓之料理，岂可解为照顾乎？考释玄应一切经音义十四曰："撩理，音力条反。通俗文云：'理乱谓之撩理。'又说文云：'撩，理也。'谓撩捋整理也。今多作料量之料字也。"释慧琳一切经音义三十七曰："撩理，上了雕反，顾野王云：'撩谓整理也。'"此两音义所引，乃料理之本义。盖撩通作料，训为整理，故凡营护其人，为整治其事物，皆可谓之料理也。钱大昕恒言录二曰："料理，双声字。"翟灏通俗编十二云："按料字平声，韩退之诗：'为逢桃树相料理。'康与之诗：'东风着意相料理。'黄庭坚诗：'平生习气难料理。'皆可证。今俗读如字。"

〔四〕程炎震云："哀制，谓服中也。不免哀制，似谓不胜丧。然晋书云坦之后为袁真功曹。"类聚二十引宗躬孝子传曰："吴坦之，隐之兄也。母葬，夕设九饭祭，坦之每临一祭，辄号痛断绝，至七祭，吐血而死。"嘉锡案：此即世说所谓大吴不免哀制也。晋书哀帝纪隆和元年二月，以龙骧将军袁真为西中郎将，监护豫、司、并、冀四州诸军事、豫州刺史，镇汝南。桓温传太和四年，温率西中郎将袁真北伐，温军败绩，归罪于真。表废为庶人。吴坦之之为西中郎将参军，当不出此数年中。韩康伯平生历官，本传无年月。考建康实录九：伯累迁至吏部尚书，改授太常。孝武帝太元五年八月卒。则伯之官吏部，最早亦不过太元之初，上距袁真之废免，凡六七年矣。坦之盖不待府废，已丁忧罢官，哭母以死。故康伯不及用也。程氏谓后为袁真功曹，殊失之不考。

〔五〕群书治要三十引晋书曰："吴隐之字处默，濮阳人也。早孤，事母孝谨，爱敬著于色养，几灭性于执丧。居近韩康伯家，康伯母贤明妇人，每闻隐之哭，临馔辍餐，当织投杼，为之悲泣，如此终其丧。谓伯曰：‘汝若得在官人之任，当举如此之徒。’及伯为吏部，超选隐之，遂阶清级，为龙骧将军，广州刺史。”按治要所引晋书，不著姓名。张聪咸经史质疑录与阮侍郎论晋逸史例曰：“梁陈以下至唐初，凡引史者单称晋书，皆臧氏书也。”

言语第二

1　边文礼见袁奉高，闳也。失次序〔一〕。文士传曰：“边让字文礼，陈留人。才俊辩逸，大将军何进闻其名，召署令史，以礼见之。让占对闲雅，声气如流，坐客皆慕之。让出就曹，时孔融、王朗等并前为掾，共书刺从让，让平衡与交接。后为九江太守，为魏武帝所杀。”奉高曰：“昔尧聘许由，面无怍色，皇甫谧曰：“由字武仲，阳城槐里人也。尧舜皆师而学事焉，后隐于沛泽之中，尧乃致天下而让焉。由为人据义履方，邪席不坐，邪膳不食，闻尧让而去。其友巢父闻由为尧所让，以为污己，乃临池洗耳。池主怒曰：‘何以污我水？’由于是遁耕于中岳颍水之阳，箕山之下，终身无经天下色。死葬箕山之巅，在阳城之南十里。尧因就其墓，号曰箕山公神，以配食五岳，世世奉祀，至今不绝也。”先生何为颠倒衣裳？”文礼答曰：“明府初临，尧德未彰，是以贱民颠倒衣裳耳。”按：袁闳卒于太尉掾，未尝为汝南，斯说谬矣〔二〕。

【笺疏】

〔一〕嘉锡案：失次序谓举止失措，故下文云“颠倒衣裳”。

〔二〕程炎震云：“案范书袁闳未尝为太尉掾，益明此注闳字是阆之误。

汉时吏民通称守相为明府，注中汝南字当作陈留，文礼，陈留浚仪人也。”

2　徐孺子穉也。年九岁，尝月下戏。人语之曰：“若令月中无物，当极明邪？”五经通议曰：“月中有兔、蟾蜍者何？月，阴也；蟾蜍，亦阴也，而与兔并明，阴系于阳也。”徐曰：“不然，譬如人眼中有瞳子，无此必不明。”

3　孔文举融也。年十岁，随父到洛。时李元礼有盛名，为司隶校尉，诣门者皆俊才清称及中表亲戚乃通。文举至门，谓吏曰：“我是李府君亲。”〔一〕既通，前坐。元礼问曰：“君与仆有何亲？”对曰：“昔先君仲尼与君先人伯阳，有师资之尊，是仆与君奕世为通好也。”元礼及宾客莫不奇之。太中大夫陈韪后至，人以其语语之。韪曰：“小时了了，大未必佳！”文举曰：“想君小时，必当了了！”韪大踧踖。续汉书曰：“孔融字文举，鲁国人，孔子二十四世孙也〔二〕。高祖父尚，钜鹿太守。父宙，泰山都尉。”融别传曰：“融四岁，与兄食梨，辄引小者。人问其故，答曰：‘小儿，法当取小者。’年十岁，随父诣京师。河南尹李膺有重名，融欲观其为人，遂造之。膺问：‘高明父祖，尝与仆周旋乎？’融曰：‘然。先君孔子与君先人李老君，同德比义，而相师友。则融与君累世通家也。’〔三〕众坐莫不叹息，佥曰：‘异童子也！’太中大夫陈韪后至，同坐以告。韪曰：‘人小时了了者，长大未必能奇。’融应声曰：‘即如所言，君之幼时，岂实慧乎？’膺大笑，顾谓融曰：‘长大必为伟器。’”〔四〕

【校文】

注“辄引小者”　“引”，沈本作“取”。

【笺疏】

〔一〕嘉锡案：府君，汉人本以称太守。今元礼为司隶校尉，亦有此称者，盖司隶比二千石，有府舍，故得通称之也。

〔二〕孔宙碑云：“君讳宙字季将，孔子十九世之孙也。”嘉锡案：宙为十九世，则融不得为二十四世，续汉书误也。后汉书本传作二十世孙，不误。

〔三〕嘉锡案：御览四百六十三引范晔后汉书叙孔融李膺事，与此注所引融别传及今本范书孔融传，字句小异，且于“累世通家也”下增出一段云：“膺大悦，引坐，谓曰：‘卿欲食乎？’融曰：‘须食。’膺曰：‘教卿为客之礼：主人问食，但让不须。’融曰：‘不然，教君为主之礼：但置于食，不须问客。’膺惭，乃叹曰：‘吾将老死，不见卿富贵也。’融曰：‘公殊未死。’膺曰：‘如何？’融曰：‘鸟之将死，其鸣也哀；人之将死，其言也善。向来公所言未有善也，故知未死。’膺甚奇之。后与膺谈论百家经史，应答如流，膺不能下之。”凡百二十七字。既非范蔚宗书所有，考魏志崔琰传注引续汉书，亦无此一段，不知为何书之误。惟类林杂说五辩捷篇与御览同，无与膺谈论以下，而多与陈炜往复语，作“‘小时了了，大不能佳’。融曰：‘观君小时，定当了了。’炜甚踧踖”。与世说合。而与马、范书皆不同。然不引书名，莫得而考也。

〔四〕程炎震云：“文举以建安十三年死，年五十六，则十岁为延熹六年。通鉴以李膺自河南尹输作左校系之延熹八年，盖元礼尹京历三年也，其为司隶校尉则在八年以后矣。范书亦称河南尹，与续汉书同。孝标引续汉书盖隐以驳正本文也。若李贤注引孔融家传云太尉李固则误甚，延熹六年太尉是杨秉。又魏书崔琰传注引续汉书作十馀岁。”嘉锡案：孝标注中所引河南尹李膺云，乃孔融别传，非续汉书也，程氏误矣。

4　孔文举有二子，大者六岁，小者五岁。昼日父眠，小者床头盗酒饮之。大儿谓曰：“何以不拜？”答曰：“偷，那得行礼！”

5　孔融被收，中外惶怖。时融儿大者九岁，小者八岁。二儿故琢钉戏〔一〕，了无遽容。融谓使者曰：“冀罪止于身，二儿可得全不？”儿徐进曰：“大人岂见覆巢之下，复有完卵乎？”寻亦收至〔二〕。魏氏春秋曰：“融对孙权使有讪谤之言，坐弃市。二子方八岁、九岁，融见收，弈棋端坐不起。左右曰：‘而父见执。’二子曰：‘安有巢覆而卵不破者哉！’遂俱见杀。”世语曰：“魏太祖以岁俭禁酒，融谓酒以成礼，不宜禁。由是惑众，太祖收寘法焉。二子龆龀见收，顾谓二子曰：‘何以不辟？’二子曰：‘父尚如此，复何所辟？’”裴松之以为世语云融儿不辟，知必俱死，犹差可安。孙盛之言，诚所未譬。八岁小儿，能悬了祸患，聪明特达，卓然既远，则其忧乐之情，固亦有过成人矣。安有见父被执，而无变容，弈棋不起，若在暇豫者乎？昔申生就命，言不忘父，不以己之将死而废念父之情也。父安尚犹若兹，而况颠沛哉！盛以此为美谈，无乃贼夫人之子与？盖由好奇情多，而不知言之伤理也。

【校文】

注“安有巢覆而卵不破者哉”　“覆”，景宋本及沈本俱作“毁”。

【笺疏】

〔一〕周亮工因树屋书影三曰：“金陵童子有琢钉戏，画地为界，琢钉其中，先以小钉琢地，名曰签，以签之所在为主。出界者负，彼此不中者负，中而触所主签亦负。按孔北海被收时，两郎方为琢钉戏，乃知此戏相传久矣。”

〔二〕后汉书融传以为融妻子皆被诛，女年七岁，男年九岁，方弈棋，融被收而不动。又言曹操尽杀之，女谓兄曰："若死者有知，得见死者，岂非至愿。”乃延颈就刑，颜色不变。与世说诸书又异。赵一清三国志注补十二曰："晋书羊祜传'祜前母孔融女，生兄发'，则戮不及嗣，可知裴世期之言为有征也。”嘉锡案：世期未尝辩戮不及嗣。融子未必不死。赵氏之言，独可驳范书耳。嘉锡又案：说苑权谋篇云："覆巢毁卵，则凤凰不翔。”家语困誓篇同。"毁”作"破”。

6　颍川太守髡陈仲弓〔一〕。按寔之在乡里，州郡有疑狱不能决者，皆将诣寔。或到而情首，或中途改辞，或托狂悸，皆曰："宁为刑戮所苦，不为陈君所非。”岂有盛德感人若斯之甚，而不自卫，反招刑辟，殆不然乎？此所谓东野之言耳〔二〕！客有问元方："府君何如？”元方曰："高明之君也。”"足下家君何如？”曰："忠臣孝子也。”客曰："易称'二人同心，其利断金；同心之言，其臭如兰'。王廙注系辞曰："金至坚矣，同心者，其利无不入。兰芳物也，无不乐者。言其同心者，物无不乐也。”何有高明之君而刑忠臣孝子者乎？”元方曰："足下言何其谬也！故不相答。”客曰："足下但因伛为恭不能答。”〔三〕元方曰："昔高宗放孝子孝己，帝王世纪曰："殷高宗武丁有贤子孝己，其母蚤死，高宗惑后妻之言，放之而死，天下哀之。”〔四〕尹吉甫放孝子伯奇〔五〕，琴操曰："尹吉甫，周卿也，有子伯奇，母死，更娶。后妻生子曰伯邦。乃谮伯奇于吉甫，于是放伯奇于野。宣王出游，吉甫从，伯奇乃作歌，以言感之。

宣王闻之曰：'此孝子之辞也。'吉甫乃求伯奇于野，而射杀后妻。"董仲舒放孝子符起。未详。唯此三君，高明之君；唯此三子，忠臣孝子。"客惭而退〔六〕。

【校文】

"足下但因伛为恭"　"为恭"下，景宋本袁本俱有"而"字。

【笺疏】

〔一〕嘉锡案：后汉书陈寔传云："少作县吏，县令邓邵奇之，听受业太学。后令复召为吏，乃避隐阳城山中。时有杀人者，同县扬吏以疑寔，县遂逮系。考掠无实，而后得出。"此逮系仲弓者乃许令，而非颍川太守。传又云："除太丘长，解印绶去。及后逮捕党人，事亦连寔。馀人多逃避求免，寔曰：'吾不就狱，众无所恃。'乃请囚焉。遇赦得出。"

〔二〕嘉锡案：范书陈寔传云："寔在乡闾，平心率物，其有争讼，辄求判正。晓譬曲直，退无怨者。至乃叹曰：'宁为刑戮所加，不为陈君所短。'"与此注事同而文异。孝标盖别有所本。

〔三〕嘉锡案：左氏昭七年传："正考父佐戴、武、宣，三命兹益共。故其鼎铭云：'一命而偻，再命而伛，三命而俯。'"御览四百三十二引作"滋益恭"，并引贾逵曰："俯恭于伛，伛恭于偻。"此言因己问及君父，元方乃不得不虚词褒扬，本非诚意。犹之人有病伛者，其容不得不俯，因遂谬为恭敬，非其心之实然也。

〔四〕嘉锡案：战国策秦一曰："孝己爱其亲，天下欲以为子。"注："孝己，殷王高宗戊丁之子也。"据史记殷本纪，"戊丁"当为"武丁"，盖音近而讹。又燕一曰："孝如曾参孝己，则不过养其亲。"庄子外物篇曰："人亲莫不欲其子之孝，而孝未必爱，故孝己忧而曾参悲。"荀子性恶篇曰："天非私曾、骞、孝己而外众人也。然而曾、骞、孝己独厚于孝之实，而全于孝之名者，何也？以綦于礼义故也。”又大略篇曰：“虞舜、孝己孝而亲不爱，比干、子胥忠而君不用。”文选长笛赋注引尸子云：“孝己事亲，一夜而五起，视衣厚薄，枕之高下也。”诸书只言其孝，其被放事，惟见于帝王世纪。故孝标引以为注。文选注同。

〔五〕张澍养素堂集十一尹吉甫子伯奇考云：“水经注扬雄琴清英曰：‘尹吉甫子伯奇至孝，后母谮之，自投江中，衣落带藻。忽梦见水仙赐其美药，思惟养亲，扬声悲歌，船人闻而学之。吉甫闻船人之声，疑似伯奇，援琴作子安之操。’澍案琴操亦言之。江阳今泸州，子云蜀人，以此事叙入江阳，是以尹氏为江阳人也。郑樵氏族略云：‘尹氏少昊之子，封于尹城，因以为氏。子孙世为周卿士，食采于尹。’今汾州有尹吉甫墓，在南皮县西三十里，高三丈。则吉甫之非蜀人，灼然矣。曹植恶鸟论言吉甫杀伯奇，未尝投江，则失之。说苑独云：‘王国君前母子伯奇，后母子伯封。’亦异闻也。”嘉锡案：水经江水注“绵水至江阳县方山下入江”引扬雄琴清英云云，故张氏谓雄以尹吉甫为江阳人也。御览九百二十三引陈思王植恶鸟论曰：“昔尹吉甫信后妻之谗而杀孝子伯奇，其弟伯封求之不得，作黍离之诗。俗传云：吉甫后悟，追伤伯奇，出游于田，见异鸟鸣于桑，其声噭然。吉甫心动曰：‘无乃伯奇乎？是吾子，栖吾舆；非吾子，飞勿居。’言未卒，鸟寻声而栖其盖。吉甫命后妻载弩射之，遂射杀后妻以谢之。案琴清英、琴操均不言伯奇之死，而恶鸟论乃以为被杀。考家语弟子解：“曾参告其子曰：‘高宗以后妻杀孝己，尹吉甫以后妻放伯奇。’”汉书中山靖王胜传曰：“斯伯奇所以流离，比干所以横分也。”师古曰：“伯奇，周尹吉甫之子也，事后母至孝。后母谮之于吉甫，吉甫欲杀之，伯奇乃亡走山林。”师古此注，必有所本。后汉书郅恽传：“恽说太子曰：‘昔高宗明君，吉甫贤臣，及有纤介，放逐孝子。’”风俗通二云：“曾子失妻而不娶，曰：'吾不及用（尹之误）吉甫，子不如伯奇。以吉甫之贤，伯奇之孝，尚有放逐之败，我何人哉？'"以此诸书考之，伯奇原未尝死，而张氏翻以曹植不言其投江为失实，吾不知其何说也。御览四百六十九引韩诗曰："黍离，伯封作也。"与恶鸟论合。刘注引琴操作伯邽，今本又作伯邦，皆伯封传写之误耳。张氏所引说苑，乃今本佚文，似出汉书注，检之未得，俟再考。

〔六〕程炎震云："蹇尝逮系，又以党事请囚，遇赦得出。盖缘此而增饰之耳。"

7 荀慈明与汝南袁阆相见，荀爽一名谞。汉南纪曰："谞文章典籍无不涉，时人谚曰：'荀氏八龙，慈明无双。'潜处笃志，征聘无所就。"张璠汉纪曰："董卓秉政，复征爽，爽欲遁去，吏持之急。起布衣，九十五日而至三公。"〔一〕问颍川人士，慈明先及诸兄。阆笑曰："士但可因亲旧而已乎？"慈明曰："足下相难，依据者何经？"阆曰："方问国士，而及诸兄，是以尤之耳。"慈明曰："昔者祁奚内举不失其子，外举不失其仇，以为至公。春秋传曰："祁奚为中军尉，请老，晋侯问嗣焉。称解狐，其仇也。将立之而卒。又问焉。对曰：'午也可。'其子也。君子谓祁奚可谓能举善矣。称其仇不为谄，立其子不为比。"公旦文王之诗，不论尧舜之德，而颂文武者，亲亲之义也〔二〕。春秋之义，内其国而外诸夏。且不爱其亲而爱他人者，不为悖德乎？"〔三〕

【校文】

"依据者何经"　"经"，景宋本及沈本俱作"因"。

注"祁奚为中军尉"　景宋本及沈本俱无"尉"字。按应有，两本盖偶脱。

【笺疏】

〔一〕李慈铭云："案此处袁阆下无注，可知前所云袁闳，皆袁阆之讹。故孝标注例已见于前者，不复注也。"袁宏后汉纪二十六曰："献帝初，董卓荐爽为平原相。未到官，征为光禄勋。至府三日，迁司空。当此之时，忠正者慷慨，而怀道者深嘿。爽既解祸于董卓之朝，又旬日之间位极人臣。君子以此讥之。"

〔二〕嘉锡案：毛诗序："文王，文王受命作周也。"其诗只颂文王，不及武王，而云颂文武者，盖统文王之什言之。陆德明释文云："文王至灵台八篇，是文王之大雅；下武至文王有声二篇，是武王之大雅。"至慈明以为公旦所作，则毛诗无文，疑出三家诗遗说。

〔三〕刘盼遂曰："（末）二句为孝经圣治章语。"

8 祢衡被魏武谪为鼓吏〔一〕，正月半试鼓。衡扬枹为渔阳掺挝〔二〕，渊渊有金石声，四坐为之改容。典略曰："衡字正平，平原般人也。"文士传曰："衡不知先所出，逸才飘举。少与孔融作尔汝之交，时衡未满二十，融已五十。敬衡才秀，共结殷勤，不能相违。以建安初北游，或劝其诣京师贵游者，衡怀一刺，遂至漫灭，竟无所诣。融数与武帝笺，称其才，帝倾心欲见。衡称疾不肯往，而数有言论。帝甚忿之，以其才名不杀，图欲辱之，乃令录为鼓吏。后至八月朝会，大阅试鼓节，作三重阁，列坐宾客。以帛绢制衣，作一岑牟、一单绞及小幝。鼓吏度者，皆当脱其故衣，著此新衣。次传衡，衡击鼓为渔阳掺挝，蹋地来前，蹑馺脚足〔三〕，容态不常，鼓声甚悲，音节殊妙。坐客莫不忼慨，知必衡也。既度，不肯易衣。吏呵之曰：'鼓吏何独不易服？'衡便止。当武帝前，先脱幝，次脱馀衣，裸身而立。徐徐乃著岑牟，次著单绞，后乃著幝。毕，复击鼓掺槌而去，颜色无怍。武帝笑谓四坐曰：'本欲辱衡，衡反辱孤。’至今有渔阳掺挝，自衡造也〔四〕。为黄祖所杀。” 孔融曰：“祢衡罪同胥靡，不能发明王之梦。” 皇甫谧帝王世纪曰：‘武丁梦天赐己贤人，使百工写其象，求诸天下。见筑者胥靡，衣褐于傅岩之野，是谓傅说。”张晏曰：“胥靡，刑名。胥，相也；靡，从也。谓相从坐轻刑也。” 魏武惭而赦之。

【笺疏】

〔一〕嘉锡案：旧唐书李纲传曰“魏武使祢衡击鼓。衡先解朝服，露体而击之。云不敢以先王法服为伶人之衣”云云。据其所言，则非为吏所呵而著鼓吏之服也，与后汉书及文士传皆不合，不知所出何书。抱朴子外篇四十七弹祢篇曰：“曹公尝切齿欲杀之，然复无正有入死之罪，又惜有杀儒生之名，乃谪作鼓吏。衡了无悔情耻色，乃缚角丁柱，口就吹之，乃有异声，并摇鼗击鼓，闻者不知其一人也。而论更剧，无所顾忌。寻亡走投荆州牧刘表。”嘉锡又案：此与渔阳参挝之说不同，与范书本传操送往刘表之事亦异，当别有所本。

〔二〕李慈铭云：“案掺檛后汉书作参挝，章怀注曰：‘参挝足击鼓之法，槌及挝并击鼓杖也。’注引文士传亦作参挝。其下掺檛作参槌。章怀音参，七甘反。以音七绀反读去声者为非。惠氏补注引杨文公谈苑载祢衡鼓歌曰：‘边城晏关渔阳掺，黄尘萧萧白日暗。’又引徐锴曰：‘参，音七鉴反，三檛鼓也。以其三檛鼓故，因谓之参。’案古诚有蹋鼓之法，然此既云扬枹，则非足击可知，疑徐说为是。”

〔三〕李氏又云：“案后汉书注引文士传作‘蹑驱足脚’。驱，说文：‘马行相及也。’玉篇：‘先合切，马行皃。’广韵：‘苏合切，马行疾。’集韵：‘悉合切。’西京赋：‘驱娑骀荡。’案蹑驱盖本作蹑趿。说文：‘趿，进足有所拾取也。’驱趿通借字。后汉书作蹀躞而前。

蹑蹑、蹀躞皆叠韵字，行貌也。蹀躞亦作蹀躞，皆以马之行状人之行。西京赋作駮娑，双声字也。駮是误字。李本作鼓，乃不知而妄改矣。”

〔四〕嘉锡案：后汉书祢衡传注云：“臣贤案：搥及挝，并击鼓杖也。参挝是击鼓之法，而王僧孺诗云：‘散度广陵音，参写渔阳曲。’而于其诗自音云：参，音七绀反。后诸文人，多同用之。据此诗意，则参曲奏之名，则挝字入于下句，全不成文。其云复参挝而去。是知参挝二字当相连而读。参字音为去声，不知何所凭也。参，七甘反。”详章怀注意，盖王僧孺音七绀反者，是以掺为鼓曲之名，如琴之名操，笛之名弄。章怀因后汉书及文士传皆参挝二字连读，不以僧孺之说为然。意谓参挝即是以鼓杖三击鼓，故曰参挝是击鼓之法。莼客先生偶据监本后汉书是字误作足，遂谓章怀解为以足击鼓，又从而辩其非是，可谓郢书而燕说之矣。至于惠栋补注所引谈苑，乃从能改斋漫录卷三稗贩得之，而又误其句读，遂有所谓“祢衡鼓歌，似是衡所自作”。以后汉人而作唐人歌行，尤为可笑。今录漫录原文于下，云：“杨文公谈苑载徐锴仕江南为中书舍人。校祕书时，吴淑为校理，古乐府中有掺字，淑多改作操。盖以为章草之变。锴曰：‘不可，非可以一例。若渔阳掺，音七鉴反，三挝鼓也。祢衡作渔阳掺挝。古歌云：“边城晏开渔阳掺，黄尘萧萧白日暗。”’淑叹服之。”漫录所引谈苑如此。徐锴所谓古歌，疑即唐人李颀听觱篥歌，本作“忽然更作渔阳掺，黄云萧条白日暗”。传写偶有不同耳，恶睹所谓祢衡鼓歌者乎！锴谓掺音七鉴反，是用王僧孺之说。而解为三挝鼓，则又与章怀之意同。音义两不相应，亦非定论。漫录又曰：“余按诗遵大路篇云：‘掺执子之袪兮。’陆德明音所览反及所斩反。葛屦篇‘掺掺女手’。则又音以所衔、所感、息廉三反。则掺字元非一义。桓谭新论有微子掺、箕子掺，乃知掺者，古已有之。”嘉锡以为新论两掺字皆操字之误，非鼓曲之掺。姑并录之以备考。谈苑语亦见履斋示儿编卷二十三引。

9　南郡庞士元闻司马德操在颍川〔一〕，故二千里候之。至，遇德操采桑，士元从车中谓曰：“吾闻丈夫处世，当带金佩紫，焉有屈洪流之量，而执丝妇之事。”蜀志曰：“庞统字士元，襄阳人。少时朴钝，未有识者。颍川司马徽有知人之鉴，士元弱冠往见徽，徽采桑树上，坐士元树下，共语，自昼至夜〔二〕。徽异之曰：‘生当为南州士人之冠冕。’由是渐显。”襄阳记曰：“士元，德公之从子也。年少未有识者，唯德公重之。年十八，使往见德操，与语，叹曰：‘德公诚知人，实盛德也。’后刘备访世事于德操，德操曰：‘俗士岂识时务，此间自有伏龙、凤雏。’谓诸葛孔明与士元也。”华阳国志曰：“刘备引士元为军师中郎将，从攻洛〔三〕，为流矢所中，卒。时年三十八。”德操曰：司马徽别传曰：“徽字德操，颍川阳翟人。有人伦鉴识，居荆州。知刘表性暗，必害善人，乃括囊不谈议时人〔四〕。有以人物问徽者，初不辨其高下，每辄言佳。其妇谏曰：‘人质所疑，君宜辨论，而一皆言佳，岂人所以咨君之意乎？’徽曰：‘如君所言，亦复佳。’〔五〕其婉约逊遁如此。尝有妄认徽猪者〔六〕，便推与之。后得其猪，叩头来还，徽又厚辞谢之。刘表子琮往候徽，遣问在不，会徽自锄园，琮左右问：‘司马君在邪？’徽曰：‘我是也。’琮左右见其丑陋，骂曰：‘死佣，将军诸郎欲求见司马君，汝何等田奴，而自称是邪！’徽归，刘头著帻出见。琮左右见徽故是向老翁，恐，向琮道之。琮起，叩头辞谢。徽乃谓曰：‘卿真不可，然吾甚羞之。此自锄园，唯卿知之耳。’有人临蚕求簇箔者，徽自弃其蚕而与之。或曰：‘凡人损己以赡人者，谓彼急我缓也。今彼此正等，何为与人？’徽曰：‘人未尝求己，求之不与将惭。何有以财物令人惭者！’人谓刘表曰：‘司马德操，奇士也，但未遇耳。’表后见之，曰：‘世间人为妄语，此直小书生耳。’其智而能愚皆此类。荆州破，为曹操所得，操欲大用，会其病死。”〔七〕“子且下车，子适知邪径之速，不虑失道之迷。昔伯成耦耕，不慕诸侯之荣；庄子曰：“尧治天下，伯成子高立为诸侯，禹为天子，伯成辞诸侯而耕于野。禹往见之，趋就下风而问焉。子高曰：‘昔尧治天下，不赏而民劝，不罚而民畏。今子赏罚而民且不仁，德自此衰，刑自此立。夫子盍行邪？毋落吾事！’”原宪桑枢，不易有官之宅。家语曰：“原宪字子思，宋人，孔子弟子。居鲁，环堵之室，茨以生草，蓬户不完，桑枢而瓮牖，上漏下湿，坐而弦歌。子贡轩车不容巷，往见之，曰：‘先生何病也？’宪曰：‘宪闻无财谓之贫，学而不能行谓之病。今宪贫也，非病也。夫希世而行，比周而友，学以为人，教以为己。仁义之慝，舆马之饰，宪不忍为也。’”何有坐则华屋，行则肥马，侍女数十，然后为奇？此乃许、父许由、巢父。所以忼慨，夷、齐所以长叹。孟子曰：“伯夷、叔齐目不视恶色，耳不听恶声，与乡人居，若在涂炭，盖圣人之清也。”虽有窃秦之爵〔八〕，千驷之富，古史考曰：“吕不韦为秦子楚行千金货于华阳夫人，请立子楚为嗣。及子楚立，封不韦洛阳十万户，号文信侯。”以诈获爵，故曰窃也。论语曰：“齐景公有马千驷，民无德而称焉。”孔安国曰：“千驷，四千匹。”不足贵也！”士元曰：“仆生出边垂〔九〕，寡见大义。若不一叩洪锺，伐雷鼓，则不识其音响也。”〔一〇〕

【笺疏】

〔一〕程炎震云：“庞统之卒，通鉴系之建安十九年，则弱冠是初平、建安间，司马德操当已在荆州，不在颍川矣。或是自襄阳往江陵也。”

〔二〕书钞九十八引荆州先贤传云：“庞士元师事司马德操，蚕月躬采桑，士元与之谈，遂移日忘餐。”

〔三〕李慈铭云："案洛当作雒，续汉志广汉郡有雒县，为刺史治。"

〔四〕嘉锡案：山谷内集卷十三注引"括囊"下有"畏慎"二字。

〔五〕嘉锡案：类林杂说二儒行篇引文士传："司马徽字德操，颍川人，有大度，不说人之短长。所谘请，莫问吉凶，悉称好，终不言恶。有乡人往见徽。徽问安否？乡人云：'子死。'徽曰：'好。'其妻责之：'以君有乡人，故语问之。云何闻人死知其好？'徽答曰：'如卿之言亦好。'"与别传不同。文士传，晋张骘作。魏志王粲传注称骘虚伪妄作，则其书不足据也。

〔六〕嘉锡案：山谷内集十戏答王定国题门绝句云："白鸥入群颇相委。"注云："委，谓谙识也。世说司马徽人有委认徽猪者。"则任渊在北宋时所见本是"委"。非"妄"字。

〔七〕程炎震云："蜀志云年三十六。"

〔八〕嘉锡案：窃秦者，谓不韦以吕易嬴，有窃国之谋也。史记不韦传云："不韦取邯郸诸姬绝好善舞者与居，知有身，子楚请之，不韦欲以钓奇，乃遂献其姬。姬自匿有身，至大期时生子政。子楚立，是为庄襄王。三年薨，太子政立，尊不韦为相国，号称仲父。"此所谓窃秦之爵也。若不韦之为子楚谋为嗣，虽以诈获爵，然于子楚不为无功，不得谓之窃。

〔九〕嘉锡案：襄阳之在汉世，不得谓之边垂，此明是魏、晋人语。

〔一〇〕嘉锡案：据蜀志注引襄阳记，德公称司马德操为水镜，是德公甚服德操之为人。德操尝迳入德公室，呼其妻子使作黍，其妻子皆罗列拜于堂下，奔走供设。则二人交谊之深可知。士元以年少通家子承命往见，岂得不下车拜伏，而顾安坐车中呼而与之语乎？孔明尝拜德公，又拜士元之父。士元与孔明比德齐名，不应傲慢如此也。且士元雅有人伦之鉴，故与陆绩、顾劭、全琮一见即加以品题。德操之为人，士元当闻之已熟，岂有于高士之前进其鄙陋之说，劝其

"带金佩紫"者乎？若其言果如此，则亦不足为南州士人之冠冕，德操必不叹为盛德矣。观其问答，盖仿客难、解嘲之体，特缩大篇为短章耳。此必晋代文士所拟作，非事实也。

10 刘公幹以失敬罹罪〔一〕，典略曰："刘桢字公幹，东平宁阳人。建安十六年，世子为五官中郎将，妙选文学，使桢随侍太子。酒酣坐欢，乃使夫人甄氏出拜，坐上客多伏，而桢独平视。他日公闻，乃收桢，减死输作部。"文士传曰："桢性辩捷，所问应声而答。坐平视甄夫人，配输作部，使磨石。武帝至尚方观作者，见桢匡坐正色磨石。武帝问曰：'石何如？'桢因得喻己自理，跪而对曰：'石出荆山悬岩之巅，外有五色之章，内含卞氏之珍。磨之不加莹，雕之不增文，禀气坚贞，受之自然。顾其理枉屈纡绕而不得申。'帝顾左右大笑，即日赦之。"文帝问曰："卿何以不谨于文宪？"桢答曰："臣诚庸短，亦由陛下纲目不疏。"魏志曰："帝讳丕，字子桓，受汉禅。"按诸书或云桢被刑魏武之世〔二〕，建安二十年病亡。后七年文帝乃即位，而谓桢得罪黄初之时，谬矣。

【校文】

注"太子"　景宋本作"世子"。

【笺疏】

〔一〕杭世骏道古堂集二十一论刘桢曰："桢以平视输作，颜之推著家训，而訾以为屈强（家训文章篇曰："刘桢屈强输作。"），吾以为此不足以服桢也。恒人之情，有所忮忌，则必迁之他事以泄其不平之气。矧魏武为奸人之雄乎？甄氏之美，其欲之也久矣。'今年破贼正为奴'（语见惑溺篇），是于父子之间特忍情抑怒，默而已焉。而五官乃命之出拜坐客，非所谓'逢彼之怒'耶？桢亦不幸而遘此也。或曰：子亦有所征乎？曰：有。一征之于郦氏之注水经：太祖乘步牵车乘城，降阅簿作。诸徒咸敬，而桢抠坐磨石不动。石如何性之对，则真可谓屈强矣。太祖非惟不罪，而且为复其文学（见水经谷水注引文士传）。非前刻于桢而后独宽也。所妬于甄氏者既久，则其气平也，于桢何尤焉。一征之于裴氏之注三国志：吴质别传曰：文帝尝召质及曹休欢会，命郭后出见质等。帝曰：'卿仰谛视之。'夫桢以平视而输作，则郭后可以不令出见，而帝顾曰'卿仰谛视之'。则桢之平视，固非五官将所不悦也。吾故曰：魏武特借之以泄怒也。"嘉锡案：杭氏谓魏武妒其子之纳甄氏而迁怒于桢，此臆测之词，未必合于当时情事。惟所引吴质事，颇可以见丕之出其妻妾以见群臣，固自数见不鲜，故录之以相证。

〔二〕程炎震云："或当作咸。文选南都赋注：'咸以折盘为七盘。'胡氏考异以咸当为或。是咸或相混，可反证也。魏志云二十二年卒，此或别有据，然云后七年文帝即位，亦不合。盖传写误耳。"嘉锡案："或云"当作"咸云"，各本皆误。

11　钟毓、钟会少有令誉。魏书曰："毓字稚叔，颍川长社人，相国繇长子也。年十四，为散骑侍郎，机捷谈笑有父风，仕至车骑将军。"年十三，魏文帝闻之，语其父钟繇魏志曰："繇字元常，家贫好学，为周易、老子训。历大理、相国，迁太傅。"曰："可令二子来！"于是敕见。毓面有汗，帝曰："卿面何以汗？"毓对曰："战战惶惶，汗出如浆。"复问会："卿何以不汗？"对曰："战战栗栗，汗不敢出。"〔一〕

【笺疏】

〔一〕程炎震云："此似谓毓、会年并十三也。考毓传云'年十四为散骑侍郎，机捷谈笑有父风。太和初，蜀相诸葛亮围祁山。明帝欲亲西征，毓上疏’云云。则太和之初，年出十四矣。会为其母传，自云黄初六年生会。则十三岁是景初元年，不惟不及文帝，繇亦前卒七年矣。此语诬甚。”赵一清三国志注补十三曰：“今志无此语。”嘉锡案：魏志疑魏书之误。

12　钟毓兄弟小时，值父昼寝，因共偷服药酒。其父时觉，且托寐以观之。毓拜而后饮，会饮而不拜。魏志曰：“会字士季，繇少子也。敏惠夙成。中护军蒋济著论，谓观其眸子，足以知人。会年五岁，繇遣见济。济甚异之，曰：‘非常人也！’及壮，有才数，精练名理，累迁黄门侍郎。诸葛诞反，文王征之，会谋居多，时人谓之子房。拜镇西将军。伐蜀，蜀平，进位司徒。自谓功名盖世，不可复为人下。谓所亲曰：‘我淮南已来，画无遗策，四海共知，持此欲安归乎？’遂谋反，见诛，时年四十。”既而问毓何以拜，毓曰：“酒以成礼，不敢不拜。”又问会何以不拜，会曰：“偷本非礼，所以不拜。”〔一〕

【校文】

“药酒”　北堂书钞卷八十五作“散酒”。

注“持此”　景宋本及沈本俱作“将此”。

“偷本非礼”　北堂书钞“偷”下有“酒”字。

【笺疏】

〔一〕嘉锡案：此与本篇孔文举二子盗酒事略同。盖即一事，而传闻异辞。

13　魏明帝为外祖母筑馆于甄氏〔一〕。魏本传曰：“帝讳叡，字元仲，文帝太子。以其母废，未立为嗣。文帝与俱猎，见子母鹿，文帝射其母，应弦而倒。复令帝射其子，帝置弓泣曰：'陛下已杀其母，臣不忍复杀其子。'文帝曰：'好语动人心。'遂定为嗣，是为明帝。"魏书曰："文昭甄皇后，明帝母也。父逸，上蔡令。烈宗即位，追封上蔡君。嫡孙象袭爵，象薨，子畅嗣，起大第，车驾亲自临之。"既成，自行视，谓左右曰："馆当以何为名？"侍中缪袭曰：文章叙录曰："袭字熙伯，东海兰陵人。有才学，累迁侍中、光禄勋。""陛下圣思齐于哲王；罔极过于曾、闵。此馆之兴，情锺舅氏，宜以'渭阳'为名。"秦诗曰："渭阳，康公念母也。康公之母，晋献公之女。文公遭骊姬之难，未反而秦姬卒。穆公纳文公，康公时为太子，赠送文公于渭之阳，念母之不见也。我见舅氏，如母存焉。"按魏书：帝于后园为象母起观，名其里曰渭阳。然则象母即帝之舅母，非外祖母也。且"渭阳"为馆名，亦乖旧史也。

【笺疏】

〔一〕金楼子著书篇曰："洛城之前，犹有甄侯之馆。"

14　何平叔云："服五石散，非惟治病，亦觉神明开朗。"魏略曰："何晏字平叔，南阳宛人，汉大将军进孙也。或云何苗孙也。尚主，又好色，故黄初时无所事任。正始中，曹爽用为中书，主选举，宿旧者多得济拔。为司马宣王所诛。"秦丞相寒食散论曰〔一〕："寒食散之方虽出汉代，而用之者寡，靡有传焉。魏尚书何晏首获神效，由是大行于世，服者相寻也。"

【笺疏】

〔一〕文廷式纯常子枝语卷四云："此乃秦承祖之误。承祖医书，隋志著录甚多，严铁桥以愍帝曾嗣封秦王，为丞相，因以入之，非也。"

15　嵇中散语赵景真：嵇绍赵至叙曰："至字景真，代郡人。汉末，其祖流宕客缑氏。令新之官，至年十二，与母共道傍看，母曰：'汝先世非微贱家也，汝后能如此不？'至曰：'可尔耳。'归便求师诵书，蚤闻父耕叱牛声，释书而泣。师问之，答曰：'自伤不能致荣华，而使老父不免勤苦。'年十四，入太学观，时先君在学写石经古文〔一〕，事讫去。遂随车问先君姓名。先君曰：'年少何以问我？'至曰：'观君风器非常，故问耳。'先君具告之。至年十五，阳病，数数狂走五里三里，为家追得，又炙身体十数处。年十六，遂亡命，径至洛阳，求索先君不得。至邺，沛国史仲和是魏领军史涣孙也，至便依之，遂名翼，字阳和。先君到邺，至具道太学中事，便逐先君归山阳经年。至长七尺三寸，洁白黑发，赤唇明目，鬓须不多〔二〕，闲详安谛，体若不胜衣。先君尝谓之曰：'卿头小而锐，瞳子白黑分明，视瞻停谛，有白起风。'至论议清辩，有从横才，然亦不以自长也。孟元基辟为辽东从事，在郡断九狱，见称清当。自痛弃亲远游，母亡不见，吐血发病，服未竟而亡。"〔三〕"卿瞳子白黑分明，有白起之风，严尤三将叙曰："白起，平原君劝赵孝成王受冯亭，王曰：'受之，秦兵必至，武安君必将，谁能当之者乎？'对曰：'渑池之会，臣察武安君小头而面锐，瞳子白黑分明，视瞻不转。小头而面锐者，敢断决也；瞳子白黑分明者，见事明也；视瞻不转者，执志强也。可与持久，难与争锋。廉颇为人，勇鸷而爱士，知难而忍耻，与之野战则不如，持守足以当之。'王从其计。"恨量小狭。"赵云："尺表能审玑衡之度，周髀曰："夏至，北方二万六千里，冬至，南方十三万五千里，日中树表则无影矣。周髀长八尺，夏至日，晷尺六寸。髀，股也；晷，句也。正南千里，句尺五寸；正北千里，句尺七寸。"周髀之书也。寸管能测往复之气。吕氏春秋曰："黄帝使伶伦自大夏之西、昆仑之阴，取竹之嶰谷生，其窍厚薄均者，断两节间而吹之，以为黄锺之管。制十二筩，以听凤凰之鸣。雄鸣六，雌鸣六，以为律吕。"续汉书律历志曰："十二律之变，至于六十，以律候气。候气之法：为室三重，户闭，涂衅必周，密布缇幔，以木为案，加律其上，以葭莩灰抑其内，为气所动者，其灰散也。以此候之。”何必在大，但问识如何耳！”

【校文】

注“制十二笛”　“笛”，为“箫”之残讹。

注“雌鸣六”　“鸣”，景宋本及沈本俱作“亦”。

【笺疏】

〔一〕嘉锡案：此谓嵇康写石经古文者。魏正始中立石经，为古文、篆、隶三体。康游太学见之，因传写其古文也。朱彝尊经义考二百八十八曰：“晋书赵至云年十四，诣洛阳，游太学，遇嵇康写石经。嵇绍亦曰：‘先君写石经古文。’然则正始石经，实康等所书也。”全祖望鲒埼亭集外编二十三石经考异序亦曰：“正始石经亦出于淳，嵇康等祖之。嵇绍曰：‘先君在太学写石经古文。’即是正始间事。”嘉锡又案：二家之说皆非。黄生字诂曰：“说文：‘写，传置也。’礼记：‘器之溉者不写，其馀皆写。’注谓‘传之器中’是也。盖传此器之物于他器，谓之写。因借传此本书，书于他本，亦谓之写，古云‘杀青缮写’。又云‘一字三写，乌焉成马’。又云‘在官写书，亦是罪过’。皆此义也。今人以书字为写字，讹而不辨久矣。”黄氏此言，至为精确，然则不得因嵇康写古文，便谓石经为康所书亦明矣。且即以赵至传证之，传云：“太康中赴洛，方知母亡，恸哭流血而卒，时年三十七。”虽不知其确卒于何年，姑以太康元年起算，上数三十七年为正始五年。其十四岁，则陈留王奂之甘露二年也。三体石经之立久矣，尚待至此时始书之乎？此其显而易见者。朱全二家之说，皆不细考之过也。嘉锡又案：春渚纪闻六曰：“古人作字，谓之字画。所谓画者，盖有用笔深意。作字之法，要笔直而字圆。若作画则无有不圆，如锥画沙是也。不知何时改作写字。写训传，则是传模之谓，全失秉笔之意也。又弈棋，古亦谓之行棋。行字亦有深意，不知何时改作著棋。著如著帽、著履，皆训容也。不知于棋有何干涉也？且写字、著棋，天下至俗无理之语，而并贤愚皆承其说，何也？”何薳为何去非之子，不过洛学之馀，而能以写字为不然，其言深合语训。清儒动谓宋人不知小学，乃其言且开黄生之先，竹垞、谢山不免为其所笑也。

〔二〕嘉锡案：御览三百六十八引赵志自叙曰：“志长七尺四寸，洁白黑发，明眉赤唇，髭鬓不多。”其文与此同。赵志盖即赵至，则嵇绍此文，即本之至自叙也。

〔三〕李详云：“刘注所引赵至叙，今以晋书九十二赵至传稍疏异同于下：‘十二’，传作‘十三’。‘径至洛阳’，传作‘亡到山阳’。‘遂名翼，字阳和，先君到邺，至具道太学中事，便逐先君归山阳’，传作‘游邺，与康相遇，随康还山阳。改名浚，字允元’。‘孟元基辟为辽东从事，在郡断九狱’，传作‘幽州三辟部从事，断九狱见称’。‘未竟而亡’，传作‘卒时年三十七’。”

16　司马景王东征，魏书曰：“司马师字子元，相国宣文侯长子也。以道德清粹，重于朝廷，为大将军、录尚书事。毌丘俭反，师自征之，薨谥景王。”取上党李喜，以为从事中郎。因问喜曰：“昔先公辟君不就，今孤召君，何以来？”喜对曰：“先公以礼见待，故得以礼进退；明公以法见绳，喜畏法而至耳！”晋诸公赞曰：“喜字季和，上党铜鞮人也。少有高行，研精艺学。宣帝为相国，辟喜，喜固辞疾。景帝辅政，为从事中郎，累迁光禄大夫，特进。赠太保。”

17　邓艾口喫[一]，语称"艾艾"。魏志曰："艾字士载，棘阳人，少为农人养犊。年十二，随母至颍川，读故太丘长碑文曰'言为世范，行为士则'[二]，遂名范，字士则。后宗族有同者，故改焉。每见高山大泽，辄规度指画军营处所，时人多笑焉。后见司马宣王，三辟为掾，累迁征西将军。伐蜀，蜀平，进位太尉。为卫瓘所害。"晋文王戏之曰："卿云艾艾，定是几艾？"对曰："凤兮凤兮，故是一凤。"[三]朱凤晋纪曰："文王讳昭，字子上，宣帝次子也。"列仙传曰："陆通者，楚狂接舆也。好养性，游诸名山。尝遇孔子而歌曰：'凤兮凤兮，何德之衰！往者不可谏，来者犹可追。'后入蜀，在峨嵋山中也。"

【校文】

"口喫"　景宋本及沈本俱作"口吃"。

注"司马宣王三辟为掾"　案止当作"司马宣王辟为掾"，景宋本误增"帝"字，后人删之，又误增"三"字。

【笺疏】

〔一〕李慈铭云："案喫当作吃。说文：'吃，语蹇难也。'玉篇始有喫字，云：'啖，喫也。'后人遂分别口吃之吃为吃，啖喫之喫为喫。其实古只有吃无喫也。故啖喫字可仍作吃，而口吃字不可作喫。三国魏志邓艾传作吃不误。"

〔二〕程炎震云："'言为世范，行为士则'。魏志二十八艾传作'言文为世范，行为士则'，此脱'文'字，然所引亦误。文选五十八载碑'文为德表，范为士则'。"

〔三〕嘉锡案：此出裴启语林，见御览四百六十四引。

18　嵇中散既被诛，向子期举郡计入洛，文王引进，问曰："闻君有箕山之志，何以在此？"对曰："巢、许狷介之士，不足多慕。”〔一〕王大咨嗟。向秀别传曰：“秀字子期，河内人。少为同郡山涛所知，又与谯国嵇康、东平吕安友善，并有拔俗之韵，其进止无不同，而造事营生，业亦不异。常与嵇康偶锻于洛邑，与吕安灌园于山阳，不虑家之有无，外物不足怫其心。弱冠著儒道论，弃而不录，好事者或存之。或云是其族人所作，困于不行，乃告秀，欲假其名。秀笑曰：‘可复尔耳！’后康被诛，秀遂失图。乃应岁举，到京师，诣大将军司马文王，文王问曰：‘闻君有箕山之志，何能自屈？’秀曰：‘常谓彼人不达尧意，本非所慕也。’一坐皆说。随次转至黄门侍郎、散骑常侍。”〔二〕

【校文】

注“无不同”　“不同”，景宋本及沈本俱作“固必”。

注“不虑家之有无”　“之”，景宋本及沈本俱作“人”。

【笺疏】

〔一〕庄子逍遥游：“尧让天下于许由，曰：‘夫子立而天下治，而我犹尸之，吾自视缺然，请致天下。’许由曰：‘子治天下，天下既已治也。’”郭象注曰：“夫能令天下治，不治天下者也。故尧以不治治之，非治之而治者也。今许由方明既治，则无所代之，而治实由尧，故有子治之言。宜忘言以寻其所况，而或者遂云治之而治者尧也；不治而尧得以治者，许由也。斯失之远矣。夫治之由乎不治，为之出乎无为也。取于尧而足，岂借之许由哉？若谓拱默乎山林之中，而后得称无为者，此庄、老之谈所以见弃于当涂。当涂者自必于有为之域而不反者，斯由之也。”嘉锡案：庄生曳尾涂中，终身不仕，故称许由而毁尧、舜。郭象注庄，号为特会庄生之旨。乃于开卷便调停尧、许之间，不以山林独往者为然，与漆园宗旨大相乖谬，殊为可异。姚范援鹑堂笔记五十以此为向秀之注，引秀答司马昭语为证。且曰：“郭象之注，多本向秀。此疑鉴于叔夜非薄汤、武之言，故称山林、当涂之一致，对物自守之偏狥，盖逊避免祸之辞欤?”嘉锡以为姚氏之言似矣，而未尽是也。观文学篇注引向、郭逍遥义，始末全同。今郭注亦具载之。则此篇之注出于向秀固无疑义。但文学篇注又引秀别传曰:“秀与嵇康、吕安为友，注庄子既成，以示二子。”是向秀书成之时，嵇康尚无恙。姚氏谓“鉴于叔夜非薄汤、武之言”者，非也。或者后来有所改定耶?要之魏、晋士大夫虽遗弃世事，高唱无为，而又贪恋禄位，不能决然舍去。遂至进退失据，无以自处。良以时重世族，身仕乱朝，欲当官而行，则生命可忧；欲高蹈远引，则门户靡托。于是务为自全之策。居其位而不事其事，以为合于老、庄清静玄虚之道。我无为而无不为，不治即所以为治也。魏志王昶传载昶为兄子及子作名字，且以书戒之，略曰：夫人为子之道，莫大于宝身全行，以显父母。欲使汝曹立身行已，遵儒者之教，履道家之言，故以玄默冲虚为名。欲使汝顾名思义，不敢违越也。夫能屈以为伸，让以为得，弱以为强，鲜不遂矣。若夫山林之士，夷、叔之伦，甘长饥于首阳，安赴火于绵山，虽可以激贪励俗，然圣人不可为，吾亦不愿也。昶之言如此，可以见魏、晋士大夫之心理矣。向子期之举郡计入洛，虽或怵于嵇中散之被诛，而其以巢、许为不足慕，则正与所注逍遥游之意同。阮籍、王衍之徒所见大抵如此，不独子期一人借以逊词免祸而已。嘉锡又案：晋书刘毅传：文帝辟为相国掾，辞疾，积年不就，时人谓毅忠于魏氏。而帝以其顾望，将加重辟，毅惧，应命。司马昭之待士如此，宜向子期之惧而失图也。

〔二〕晋书本传曰:“后为散骑侍郎，转黄门侍郎。散骑常侍在朝不任职，容迹而已。”劳格晋书校勘记卷中曰:“案任恺传:‘庾纯、张华、温颙、向秀、和峤之徒，皆与恺善；杨珧、王恂、华廙等，充所亲敬。于是朋党纷然。’则秀实系奔竞之徒，乌得云容迹而已哉!”嘉锡案：子期入任恺之党，诚违老氏和光同尘之旨；然恺与庾纯、张华、和峤之徒，皆忠于晋室，秀与之友善，不失为君子以同德为朋。劳氏讥为奔竞，未免稍过。

19 晋武帝始登阼，探策得"一"。晋世谱曰："世祖讳炎，字安宇，咸熙二年受魏禅。"王者世数，系此多少。帝既不说，群臣失色，莫能有言者。侍中裴楷进曰〔一〕："臣闻天得一以清，地得一以宁，侯王得一以为天下贞。"帝说，群臣叹服。王弼老子注云："一者，数之始，物之极也。各是一物，所以为主也。各以其一，致此清、宁、贞。"〔二〕

【校文】

注"安宇" 沈本作"安世"，与晋书武帝纪合。

【笺疏】

〔一〕程炎震云："御览卷一天部引晋书云：'吏部郎中裴楷。'亦与今晋书不同。据今晋书楷传，楷时已自吏部郎转中书郎。"

〔二〕王弼本老子第三十九章云："昔之得一者：天得一以清；地得一以宁；神得一以灵；谷得一以盈；万物得一以生；侯王得一以为天下贞。"嘉锡案：河上公本作"侯王得一以天下为正"。

20 满奋畏风。在晋武帝坐，北窗作琉璃屏，实密似疏，奋有难色〔一〕。帝笑之。荀绰冀州记曰："奋字武秋，高平人，魏太尉宠之孙也。性清平有识，自吏部郎出为冀州刺史。"晋诸公赞曰："奋体量清雅，有曾祖宠之风，迁尚书令，为荀颉所害。"〔二〕奋答曰："臣犹吴牛，见月而喘。"〔三〕今之水牛，惟生江淮间，故谓之吴牛也。南土多暑，而此牛畏热，见月疑是日，所以见月则喘。

【校文】

“琉璃屏” 景宋木及沈本俱作“琉璃扇屏风”。

注“有曾祖宠之风” “曾”字误衍。

【笺疏】

〔一〕嘉锡案:“难”，山谷内集注八引作“寒”。

〔二〕程炎震云:“案奋为上官己所杀，见晋书周馥传。在惠帝永兴元年，荀顗死久矣。此荀顗字必误。文选沈约奏弹王源文注引干宝晋纪曰:‘苗愿杀司隶校尉满奋。’明是苗愿字误为荀顗也。御览三百七十八引异苑曰:‘晋司隶校尉高平满奋，字武秋。丰肥，肤肉溃裂，每至暑夏，辄膏汗流溢。有爱妾，夜取以燃照，炎灼发于屋表。奋大恶之，悉盛而埋之。暨永嘉之乱，为胡贼所烧，皎若烛光。’案奋之死，不至永嘉。上官己之乱，亦非胡贼。异苑殊误。”

〔三〕嘉锡案：事类赋卷一引风俗通曰:“吴牛望见月则喘，使之苦于日月，怖而喘焉。”满奋之言，盖出于此。嘉锡又案：此出郭子，见御览一百八十八引。

21 诸葛靓在吴，于朝堂大会。晋诸公赞曰:“靓字仲思，琅邪人，司空诞少子也。雅正有才望。诞以寿阳叛，遣靓入质于吴，以靓为右将军、大司马。”孙皓问:“卿字仲思，为何所思?”对曰:“在家思孝，事君思忠，朋友思信，如斯而已。”

【校文】

“如斯而已” “而已”下沈本有“矣”字。

22 蔡洪洪集录曰:“洪字叔开，吴郡人，有才辩，初仕吴朝。太康中，本州从事，举秀才。”王隐晋书曰:“洪仕至松滋令。”〔一〕赴洛，洛中人问曰："幕府初开，群公辟命，求英奇于仄陋，采贤俊于岩穴。君吴楚之士，亡国之馀，有何异才，而应斯举？"〔二〕蔡答曰："夜光之珠，不必出于孟津之河；旧说云："隋侯出行，有蛇斩而中断者，侯连而续之，蛇遂得生而去。后衔明月珠以报其德，光明照夜同昼，因曰隋珠。"左思蜀都赋所谓"隋侯鄙其夜光"也。盈握之璧，不必采于昆仑之山。韩氏曰："和氏之璧，盖出于井里之中。"大禹生于东夷，文王生于西羌，按孟子曰："舜生于诸冯，东夷人也；文王生于岐周，西戎人也。"则东夷是舜非禹也。圣贤所出，何必常处。昔武王伐纣，迁顽民于洛邑，尚书曰："成周既成，迁殷顽民，作多士。"孔安国注曰："殷大夫心不则德义之经，故徙于王都，迩教诲也。"得无诸君是其苗裔乎？"按华令思举秀才入洛，与王武子相酬对，皆与此言不异，无容二人同有此辞。疑世说穿凿也〔三〕。

【笺疏】

〔一〕隋志云："梁有松滋令蔡洪集二卷，录一卷，亡。"

〔二〕李慈铭云："案太平广记俊辩类引刘氏小说，载晋蔡洪赴洛，洛中人问曰云云，与此一字不异。其下载又问洪，吴旧姓何如？答曰：'吴府君圣朝之盛佐'云云。刘氏小说亦义庆所作。旧唐书经籍志载刘义庆小说十卷，其吴府君以下云云，亦见此书赏誉门。惟首云'有问秀才吴旧姓何如'，不言是问蔡洪。孝标注曰：'秀才蔡洪也。'其馀语异同，别识彼卷。"嘉锡案：孝标注于此条以华令思之对王武子，与此言不异，疑世说为穿凿。于赏誉篇"有问秀才吴旧姓"条，则引蔡洪集与刺史周俊书以证其异同。明此二条所出不同，本非一事。广记所引小说，强相联贯，非也。隋志小说家于殷芸小说外，又有小说五卷，不著撰人。两唐志始有小说十卷，题为刘义庆，未知可据否。考直斋书录解题十一有唐刘悚小说三卷。然则广记所引，未必定是义庆书也。

〔三〕程炎震云："御览四百六十四引文士传亦作华谭。"嘉锡案：书钞七十九引晋中兴书云："华谭举秀才，至洛，王济嘲之。"又引干宝晋纪云"周浚举华谭为秀才，王武子嘲之"云云。其问答之辞，与世说颇异，而意同。唐修晋书，采入华谭传。又称谭尝荐干宝于朝。则谭之言行，宝当知之甚详。宝实良史，必不阿所好，勦袭蔡洪之辞以为谭语。宜乎孝标以世说为穿凿也。

23 诸名士共至洛水戏。竹林七贤论曰："王济诸人尝至洛水解禊事。明日，或问济曰：'昨游，有何语议？'济云云。"〔一〕还，乐令广也。问王夷甫曰："今日戏乐乎？"虞预晋书曰："王衍字夷甫，琅邪临沂人，司徒戎从弟，父乂，平北将军。夷甫蚤知名，以清虚通理称，仕至太尉，为石勒所害。"王曰："裴仆射善谈名理，混混有雅致〔二〕；晋惠帝起居注曰："裴頠字逸民，河东闻喜人，司空秀之少子也。"冀州记曰："頠弘济有清识，稽古善言名理。履行高整，自少知名。历侍中、尚书左仆射，为赵王伦所害。"张茂先论史汉，靡靡可听〔三〕；晋阳秋曰："华博览洽闻，无不贯综。世祖尝问汉事，及建章千门万户。华画地成图，应对如流，张安世不能过也。"我与王安丰戎也。说延陵、子房，亦超超玄箸。"晋诸公赞曰："夷甫好尚谈称，为时人物所宗。"

【笺疏】

〔一〕李详云："案晋书王戎传作或问王济云云。御览三十引竹林七贤论：王济尝解禊洛水，明日，或问王云云。两书皆属济，与此不同。"嘉锡案：孝标注引七贤论，正所以著其与世说不同，审言置刘注不言，而必旁引御览，何也？

〔二〕李慈铭云："案混混读如孟子原泉混混之混。"

〔三〕御览引七贤论作"裴逸民叙前言往行，衮衮可听"。

24　王武子、晋诸公赞曰："王济字武子、太原晋阳人，司徒浑第二子也。有俊才，能清言。起家中书郎，终太仆。"孙子荆文士传曰："孙楚字子荆，太原中都人也。"晋阳秋曰："楚，骠骑将军资之孙，南阳太守弘之子。乡人王济，豪俊公子，为本州大中正，访问弘为乡里品状，济曰：'此人非乡评所能名，吾自状之。曰："天才英特，亮拔不群。"'〔一〕仕至冯翊太守。"各言其土地人物之美。王云："其地坦而平，其水淡而清，其人廉且贞。"孙云："其山嶵巍以嵯峨〔二〕，其水泙渫而扬波，其人磊砢而英多。"〔三〕按：三秦记、语林载蜀人伊籍称吴土地人物，与此语同。

【笺疏】

〔一〕程炎震云："魏志孙资传注引晋阳秋云：'访问关求楚品状。'晋书楚传云：'访问铨邑人品状。'此注云：'访问弘为邑人品状。'盖衍'弘'字。天才二语，文选五十四辨命论，六十竟陵王行状注，两引郭子作'孙楚状王济'，盖传闻异辞。御览二百六十五引郭子较选注为详，仍是王状孙，非孙状王也。"李慈铭云："案弘字误。晋书孙楚传作'访问铨邑人品状，至楚，济曰："此人非卿所能目，吾自为之。"乃状楚曰'云云。访问者，魏、晋制，中正以下，皆设访问。晋书刘卞传：'卞入太学试经，为台四品吏，访问令写黄纸一鹿车，卞曰："刘卞非为人写黄纸者也。"访问怒，言于中正，退为尚书令史。'"

〔二〕文选十一鲁灵光殿赋云："瞻彼灵光之为状也，则嵯峨嶵嵬，峞巍巉嵲。”张载注曰：“皆其形也。”李善注曰：“皆高峻之貌。”古文苑十二董仲舒山川颂云：“山则巃嵸嵓巃，嵬嶵嶊巍。”章樵注曰：“嶊，才贿反。巍嵬字平声，并高峻崇积貌。”

〔三〕嘉锡案：慧琳一切经音义四十六大智度论音云：“字林：浃渫，谓冰冻（原误东）相著也。论文作甲，非体也。”据慧琳言，则大智度论作甲渫，盖即浻渫之省写。浻字说文所无。当作浃渫。此云“浻渫而扬波”，盖状波动之貌，如冰冻之相著也。文选八上林赋“水玉磊砢”，郭玑注曰：“水玉，水精也。磊砢，魁礨貌也。”

25　乐令女适大将军成都王颖。虞预晋书曰：“乐广字彦辅，南阳人。清夷冲旷，加有理识。累迁侍中、河南尹。在朝廷用心虚淡，时人重其贞贵，代王戎为尚书令。”八王故事曰：“司马颖字叔度，世祖第十九子，封成都王、大将军。”王兄长沙王执权于洛，晋百官名曰：“司马乂字士度，封长沙王。”八王故事曰：“世祖第十七子。”遂构兵相图。长沙王亲近小人，远外君子，凡在朝者，人怀危惧。乐令既允朝望，加有婚亲，群小谗于长沙。长沙尝问乐令，乐令神色自若，徐答曰：“岂以五男易一女？”〔一〕晋阳秋曰：“成都王之起兵，长沙王猜广，广曰：‘宁以一女而易五男？’乂犹疑之，遂以忧卒。”由是释然，无复疑虑〔二〕。

【校文】

“既允朝望”　“允”，景宋本及沈本俱作“处”。

【笺疏】

〔一〕通鉴八十五胡注曰：“谓附颖，则五男被诛。”

〔二〕嘉锡案：晋阳秋谓“乂犹疑之”，而世说以为“无复疑虑”，盖传闻异辞。颖以大安二年起兵讨乂，而乐广即卒于次岁永兴元年正月。则晋阳秋谓广以忧卒，信矣。故晋书本传不从世说。

26　陆机诣王武子，晋阳秋曰："机字士衡，吴郡人。祖逊，吴丞相。父抗，大司马。机与弟云并有俊才。司空张华见而说之，曰：'平吴之利，在获二俊。'"机别传曰："博学善属文，非礼不动。入晋，仕著作郎，至平原内史。"武子前置数斛羊酪，指以示陆曰："卿江东何以敌此？"陆云："有千里莼羹，但未下盐豉耳！"〔一〕

【笺疏】

〔一〕黄朝英缃素杂记三云："陆机曰：'千里莼羹，末下盐豉。'所载此而已。及观世说曰：'千里莼羹，但未下盐豉耳！'或以谓千里、末下皆地名，是未尝读世说而妄为之说也。或以谓千里者，言其地之广，是盖不思之甚也。如以千里为地之广，则当云莼菜，不当云羹也。或以谓莼羹不必盐豉，乃得其真味，故云未下盐豉。是又不然。盖洛中去吴有千里之远，吴中莼羹自可敌羊酪。第以其地远未可卒致，故云但未下盐豉耳。意谓莼羹得盐豉尤美也。此言近之矣。今询之吴人信然。"（杂记于此下仍以千里、末下为地名，自驳其前说。详审文义，乃后人评语，混入正文，非原书所有。今不取。）胡仔苕溪渔隐丛话后集八引艺苑雌黄云："作晋史者取世说之语，而删去两字，但云'千里莼羹，未下盐豉'。故人多疑之。或言千里、未下皆地名，或言自洛至吴有千里之遥，是皆不然。盖千里，湖名也。千里湖之莼菜，以之为羹，其美可敌羊酪，然未可猝至，故云'但未下盐豉耳'！子美有别贺兰铦诗云：'我恋岷下芋，君思千里莼。'以'岷下'对'千里'，则千里为湖名可知。酉阳杂俎酒食品，亦有千里莼。"（按见杂俎卷七。）王楙野客丛书十云："湖人陈和之言千里地名，在建康境上，其地所产莼菜甚佳。计末下亦必地名。缃素杂记、渔隐丛话皆引世说之言，谓末下当云未下。仆谓末下少见出处，千里莼言者甚多。如南史载沈文季谓崔祖思曰：‘千里莼羹，非关鲁卫。’梁太子启曰：‘吴愧千里之莼，蜀惭七菜之赋。’吴均移曰：‘千里莼羹，万丈名脍。’千里之莼，其见称如此。”嘉锡案：陆机此事，出于郭子。书钞一百四十四、御览八百五十八及八百六十一引郭子，均作“千里莼羹，未下盐豉”。世说采用郭子，嫌其语意不明，增加数字耳。艺苑雌黄以为晋书删世说者，非也。六朝、唐人均以千里莼为一物，杜甫又以对岷下之芋，则千里自当是地名。蔡梦弼草堂诗笺二十三曰：“千里者，吴石塘湖名也。”石塘湖不知在何县。太平寰宇记九十曰：“溧阳县千里湖产莼，陆机云‘千里莼羹，未下盐豉’，即此。”景定建康志十八曰：“千里湖在溧阳县东南十五里，至今产美莼，俗呼千里湌，与故县湌相连。”是千里湖确有其地，与野客丛书在建康境之说合。然御览一百七十引舆地志曰：“吴大帝以陆逊为华亭侯，以其所居为封也。华亭谷出佳鱼、莼菜，故陆机云‘千里莼羹，未下盐豉’。”则所谓千里湖者，似当在华亭，而不在溧阳。及考之诸书，华亭谷水，却无千里湖之名。疑不能明，存以俟考。要之，千里之为地名，乃唐、宋相承之旧说，不可易也。世说云：“但未下盐豉耳！”语意明白，无烦曲解。齐民要术八曰：“食脍鱼、莼羹、芼羹之菜，莼为第一。唯芼莼而不得著葱韰及米糁菹醋等，莼尤不宜咸。羹熟，即下清冷水。大率羹一斗，用水一升，多则加之益羹，清隽甜美（吉石盦影宋本作羹，误）。悉不得搅，搅则鱼莼碎，令羹浊而不得好。”又引食经曰：“莼羹，鱼长二寸，唯莼不切。鲤鱼冷水入莼，白鱼冷水入莼，沸入鱼与咸豉。”又云：“鱼半体熟，煮三沸，浑下莼与豉汁渍盐。”此皆作莼羹必下盐豉之证也。陆云“但未下盐豉”者，言莼羹之浓滑甜美，足敌羊酪。但以二物相较，则羊酪乃未下盐豉之莼羹耳。盖酪味纯甜，莼下盐豉则其味咸，与酪不类矣。不明言酪不如莼，而言外自见莼味尤在酪上，此所以为名对也。徒以唐修晋书采用郭子较世说少二虚字，而宋时刻本又或误未下为末下，（今涵芬楼影印宋刻本尚不误。）于是异说纷然，以末下为地名。夷考其实，则古今并无此地，乃在无何有之乡。建康志从而为之说曰"或说千当作芊，末当作秣。千末皆省文也。秣下即秣陵"云云。无论秣陵之称末下，绝不见于他书，且由未而之末，由末而之秣，一字数变，以伸其说，穿凿附会，亦已甚矣！信如所言，则千里莼羹与末下盐豉，乃是两物。不知水煮盐豉，是何美味？士衡乃举以敌羊酪，宁不为伧人所笑哉！齐民要术六有作酪法："牛羊乳皆得别作，和作，随作意。"陆游剑南诗稿卷二十七戏咏山阴风物自注云："莼菜最宜盐豉，所谓'未下盐豉'者，言下盐豉则非羊酪可敌，盖盛言莼菜之美尔。"嘉锡案：自来解释此两句，惟此说最确。明末人徐树丕识小录卷三云："千里，湖名，其地莼菜最佳。陆机答谓未下盐豉，尚能敌酪；若下盐豉，酪不能敌矣。"徐氏此解极妙，与余意合。

27　中朝有小儿，父病，行乞药。主人问病，曰："患疟也。"主人曰："尊侯明德君子，何以病疟？"俗传行疟鬼小，多不病巨人。故光武尝谓景丹曰："尝闻壮士不病疟，大将军反病疟耶？"答曰："来病君子，所以为疟耳。"

【校文】

注"光武"下，景宋本及沈本俱有"皇帝"二字。

28　崔正熊诣都郡。都郡将姓陈[一]，问正熊："君去崔杼几世？"答曰："民去崔杼，如明府之去陈恒。"晋百

官名曰："崔豹字正熊，燕国人，惠帝时官至太傅丞。"〔二〕

【笺疏】

〔一〕嘉锡案：都郡将者，以他郡太守兼都督本郡军事也。

〔二〕李慈铭云："案太傅无丞，当是仆字之误。"

29　元帝始过江，朱凤晋书曰："帝讳叡，字景文。祖伷，封琅邪王，父恭王瑾嗣。帝袭爵为琅邪王。少而明惠，因乱过江起义，遂即皇帝位。谥法曰：始建国都曰元。"谓顾骠骑曰："寄人国土，心常怀惭。"荣跪对曰："臣闻王者以天下为家，是以耿、亳无定处，帝王世纪曰："殷祖乙徙耿，为河所毁。"今河东皮氏耿乡是也。"盘庚五迁，复南居亳。"今景亳是也。九鼎迁洛邑。春秋传曰："武王克商，迁九鼎于洛邑。"今之偃师是也。愿陛下勿以迁都为念。"〔一〕

【笺疏】

〔一〕嘉锡案：顾荣卒于元帝未即位以前，不当称陛下。世说此条已为敬胤所驳，见汪藻考异。

30　庾公造周伯仁。虞预晋书曰："周顗字伯仁，汝南安城人，扬州刺史浚长子也。"晋阳秋曰："顗有风流才气，少知名，正体嶷然，侪辈不敢媟也。汝南贲泰渊通清操之士，尝叹曰：'汝、颍固多贤士，自顷陵迟，雅道殆衰，今复见周伯仁，伯仁将祛旧风，清我邦族矣。'举寒素，累迁尚书仆射，为王敦所害。"伯仁曰："君子何欣说而忽肥？"庾曰："君复何所忧惨而忽瘦？"伯仁曰："吾无所忧，直是清虚日来，滓秽日去耳。"

31　过江诸人，每至美日，辄相邀新亭〔一〕，藉卉饮宴。丹阳记曰："新亭，吴旧立，先基崩沦。隆安中，丹阳尹司马恢之徙创今地。"周侯颛也。中坐而叹曰："风景不殊，正自有山河之异！"〔二〕皆相视流泪。唯王丞相导也。愀然变色曰："当共勠力王室，克复神州，何至作楚囚相对？"春秋传曰："楚伐郑，诸侯救之。郑执郧公锺仪献晋，景公观军府，见而问之曰：'南冠而絷者为谁？'有司对曰：'楚囚也。'使税之。问其族，对曰：'伶人也。''能为乐乎？'曰：'先父之职，敢有二事？'与之琴，操南音。范文子曰：'楚囚，君子也。乐操土风，不忘旧也。君盍归之，以合晋、楚之成。'"

【校文】

注"使税之"　"税"，景宋本及沈本俱作"脱"。

【笺疏】

〔一〕程炎震云："御览一百九十四引丹阳记曰：'京师三亭。新亭，吴旧亭也。故基沦毁。隆安中，有丹阳尹司马恢移创今地。谢石创征虏亭。三吴缙绅创冶亭。并太元中。'演繁露续集卷二云：'案此所言，乃王导正色处，则凡晋、宋间新亭，已非吴时新亭矣。'"

〔二〕赵绍祖通鉴注商四曰："按王导传本作'有江山之异'。此大概言神州陆沈，非复一统之旧，故诸名士闻之伤心，相视流涕。通鉴偶易作江河，注遂为之傅会，乃使情味索然。"李慈铭云："案孙氏志祖曰：'通鉴八十七作"举目有江河之异"。胡三省注云："言洛都游宴多在河滨，而新亭临江渚也。"解江河二字最明析。世说改江河作山河，殊无义。晋书王导传作江山亦非。'"陈援庵通鉴胡注表微校雠篇云："江河，世说新语作山河。太平御览一九四所引同。晋书王导传，宋本作江河，明监本、汲古阁本、清殿本均作江山。赵绍祖读误本晋书，先入为主，故以江山为是，以江河为'情味索然'。不知温公、身之所据之晋书，自作江河，何得谓通鉴偶易？又何得谓胡注傅会？"说郛卷二十引周密浩然斋意抄云："风景不殊，举目有山河之异。此江左新亭语，寻常读去，不晓其语。盖洛阳四山围，伊、洛、瀍、涧在中。时建康亦四山围，秦淮直其中，故云耳。所以李白诗曰'山似洛阳多'。许浑诗云'只有青山似洛中'。"嘉锡案：方舆胜览引曾极金陵百咏，其新亭题下自注与此略同。密盖即用极说也。嘉锡又案：敦煌唐写本残类书客游篇引世说，"美日"作"暇日"。新亭上有"出"字，"正自有山河之异"句作"举目有江山之异"，与晋书合，知唐人所见世说固作"江"。本篇袁彦伯叹曰："江山辽落，居然有万里之势。"知"江山"为晋人常语，不必改作"江河"也。

32　卫洗马初欲渡江，形神惨悴，语左右云："见此芒芒，不觉百端交集。苟未免有情，亦复谁能遣此！"晋诸公赞曰："卫玠字叔宝，河东安邑人。祖父瓘，太尉。父恒，黄门侍郎。"玠别传曰："玠颖识通达，天韵标令，陈郡谢幼舆敬以亚父之礼。论者以为出王眉子、平子、武子之右。世咸谓'诸王三子，不如卫家一儿'。娶乐广女。裴叔道曰：'妻父有冰清之姿，壻有璧润之望，所谓秦晋之匹也。'为太子洗马〔一〕。永嘉四年，南至江夏，与兄别于梁里涧，语曰：'在三之义，人之所重，今日忠臣致身之道，可不勉乎？'行至豫章，乃卒。"〔二〕

【笺疏】

〔一〕李慈铭云："案洗马之洗，读为先，去声。此官始于东汉。续汉志：'太子洗马，比六百石，员十六人。太子出，则当直者前导威仪。'盖洗马犹前马。国语：'越王亲为夫差前马。'见汉书如淳注，引作'先马'，云'先或作洗'。韩非子云：'身执戈为吴王洗马。'洗者，先之借字也。"

〔二〕御览四百八十九引晋中兴书曰："卫玠兄璪，时为散骑侍郎，内侍怀帝。玠以天下将乱，移家南行，母曰：'我不能舍仲宝而去也。'玠启喻深至，为门户大计，母涕泣从之。临别，玠谓璪曰：'在三之义，人之所重。今可谓致身授命之日，兄其勉之!'乃扶将老母，转至豫章。而洛城失守，璪没焉。"嘉锡案：今晋书玠传略同。然则叔宝南行，纯出于不得已。明知此后转徙流亡，未必有生还之日。观其与兄临诀之语，无异生人作死别矣。当将欲渡江之时，以北人初履南土，家国之忧，身世之感，千头万绪，纷至沓来，故曰不觉百端交集，非复寻常逝水之叹而已。

33　顾司空未知名，诣王丞相。丞相小极〔一〕，对之疲睡。顾思所以叩会之，顾和别传曰："和字君孝，吴郡人。祖容，吴荆州刺史。父相，晋临海太守。和总角知名，族人顾荣雅相器爱，曰：'此吾家之骐骥也，必振衰族。'累迁尚书令。"因谓同坐曰："昔每闻元公顾荣。道公协赞中宗〔二〕，保全江表，邓粲晋纪曰："导与元帝有布衣之好，知中国将乱，劝帝渡江，求为安东司马，政皆决之，号仲父。晋中兴之功，导实居其首。"体小不安，令人喘息。"丞相因觉，谓顾曰："此子珪璋特达〔三〕，机警有锋。"

【笺疏】

〔一〕程炎震云："小极字亦见本书文学篇'中朝有怀道之流'条。汉书匈奴传：'匈奴孕重堕殰，罢极，苦之。'师古曰：'极，困也。'魏志华陀传：'人体欲得劳动，但不得当使极耳。'又晋书顾和传云'赠侍中司空'，此注未备，恐有脱文。"

〔二〕程炎震云："王导初为扬州，以和为从事，在元帝时，安得称中宗？宜张南漪讥之也。"

〔三〕刘盼遂曰："按小戴记聘义：'珪璋特达，德也。'郑注：'惟有德者，无所不达，不有须而成也。'王丞相引礼文以赞顾，盖用郑义，谓顾不须绍介自足通达也。"

34　会稽贺生，体识清远，言行以礼。贺循别见〔一〕。不徒东南之美，尔雅曰："东南之美者，有会稽之竹箭焉。"实为海内之秀〔二〕。

【笺疏】

〔一〕循事见规箴篇"元帝时廷尉张闿"条注。

〔二〕李慈铭云："案会稽贺生上，疑有脱文。晋书顾和传以不徒东南之美二句，皆是王导目和语。"嘉锡案：此不知何人之言，世说自他书摘出，失其本末耳。

35　刘琨虽隔阂寇戎，志存本朝，王隐晋书曰："琨字越石，中山魏昌人。祖迈，有经国之才。父蕃，光禄大夫。琨少称俊朗，累迁司徒长史、尚书右丞。迎大驾于长安，以有殊勋，封广武侯。年三十五，出为并州刺史，为段日磾所害。"谓温峤曰："班彪识刘氏之复兴，马援知汉光之可辅。汉书叙传曰："彪字叔皮，扶风人，客于天水。陇西隗嚣有窥觎之志，彪作王命论以讽之。"东观汉记曰："马援字文渊，茂陵人。从公孙述、隗嚣游，后见光武曰：'天下反覆，盗名字者不可胜数，今见陛下寥廓大度，同符高祖，乃知帝王自有真也'。帝甚壮之。"今晋阼虽衰，天命未改。吾欲立功于河北，使卿延誉于江南。子其行乎？"温曰："峤虽不敏，才非昔人，明公以桓、文之姿，建匡立之功，岂敢辞命！"虞预晋书曰："峤字太真，太原祁人。少标俊清彻，英颖显名，为司空刘琨左司马。是时二都倾覆，天下大乱，琨闻元皇受命中兴，忼慨幽、朔，志存本朝。使峤奉使，峤喟然对曰：'峤虽乏管、张之才，而明公有桓、文之志，敢辞不敏，以违高旨？'以左长史奉使劝进，累迁骠骑大将军。"

【校文】

注"尚书右丞"　景宋本"书"下有"左"字。

注"殊勋"　景宋本及沈本俱作"异勋"。疑宋人刻书避晏殊名改。

36　温峤初为刘琨使来过江〔一〕。于时江左营建始尔，纲纪未举。温新至，深有诸虑。既诣王丞相，陈主上幽越，社稷焚灭，山陵夷毁之酷，有黍离之痛。温忠慨深烈，言与泗俱，丞相亦与之对泣。叙情既毕，便深自陈结，丞相亦厚相酬纳。既出，欢然言曰："江左自有管夷吾，此复何忧？"史记曰："管仲夷吾者，颍上人。相齐桓公，九合诸侯，一匡天下。"语林曰："初温奉使劝进，晋王大集宾客见之。温公始入，姿形甚陋，合坐尽惊。既坐，陈说九服分崩，皇室弛绝，晋王君臣莫不歔欷。及言天下不可以无主，闻者莫不踊跃，植发穿冠。王丞相深相付托。温公既见丞相，便游乐不住，曰：'既见管仲，天下事无复忧。'"

【笺疏】

〔一〕文选劝进表注引王隐晋书曰："温峤字泰真，太原人也。刘琨假守左长史西台，除司空右司马。五年，琨使诣江南。"嘉锡案：愍帝建兴五年，即元帝建武元年。

37　王敦兄含为光禄勋。含别传曰："含字处弘，琅邪临沂人。累迁徐州刺史、光禄勋，与弟敦作逆，伏诛。"敦既逆谋〔一〕，屯据南州，含委职奔姑孰。邓粲晋纪曰："初，王导协赞中兴，敦有方面之功。敦以刘隗为间己，举兵讨之。故含南奔武昌，朝廷始警备也。"〔二〕王丞相诣阙谢。中兴书曰："导从兄敦，举兵讨刘隗，导率子弟二十馀人，旦旦到公车，泥首谢罪。"司徒、丞相、扬州官僚问讯〔三〕，仓卒不知何辞。顾司空时为扬州别驾〔四〕，援翰曰："王光禄远避流言，明公蒙尘路次，群下不宁，不审尊体起居何如？"

【笺疏】

〔一〕李慈铭云："案'逆谋'当是'谋逆'误倒。"

〔二〕程炎震云："南州解在本篇'宣武移镇南州'条下。然敦以太宁二年，下屯于湖，自领扬州牧，故姑孰得蒙州称。若永昌元年，但进兵芜湖，未据姑孰。刘注引邓粲晋纪，足以正本文之失也。"

〔三〕程炎震："永昌元年，王敦叛时，导为司空，不为司徒。至成帝咸康四年，改司徒为丞相，以导为之。去永昌之元，十六七年矣。此司徒丞相四字，徒当作空，丞相二字当衍，止是司空扬州西府官僚耳。"

〔四〕通典三十二云王丞相集有教曰："顾和理识清敏，劭今端古，宜得其才，以为别驾。"

38　郗太尉拜司空〔一〕，语同坐曰："平生意不在多，值世故纷纭，遂至台鼎。朱博翰音，实愧于怀。"〔二〕汉书曰〔三〕："朱博字子元，杜陵人。为丞相，临拜，延登受策，有大声如锺鸣。上问扬雄，李寻对曰〔四〕：'洪范所谓鼓妖者也。人君不聪，空名得进，则有无形之声。'〔五〕博后坐事自杀。"〔六〕故序传曰："博之翰音，鼓妖先作。"易中孚曰："上九，翰音登于天，贞凶。"王弼注曰："翰，高飞也。飞者，

音飞而实不从也。”〔七〕

【校文】

注“飞者音飞”　上“飞”字景宋本作“音”。

【笺疏】

〔一〕程炎震云：“咸和四年，郗鉴为司空。”

〔二〕嘉锡案：鉴志存谦退，故其言如此。御览二百七引晋中兴书曰：“郗鉴为太尉，虽在公位，冲心愈约。劳谦日仄，诵玩坟索。自少及长，身无择行。家本书生，后因丧乱，解巾从戎，非其本愿，常怀慨然。”可与此条相印证。

〔三〕注文汉书，系指五行志也。

〔四〕“李寻对曰”，汉书作“寻对曰”。

〔五〕“则有无形之声”，汉书作“有声无形，不知所从生”。

〔六〕“博后坐事自杀”，汉书作“博坐为奸谋自杀”。

〔七〕嘉锡案：王弼魏人，其注似未可以解汉书。然观李寻谓博“空名得进，有声无形”，亦有音飞而实不从之义。则班固之意，当与王弼无大异也。周易集解十二中孚上九象曰：“翰音登于天，何可长也。”侯果曰：“穷上失位，信不由中。以此申命，有声无实。中实内丧，虚华外扬，是翰音登天也。巽为鸡，鸡曰翰音，虚音登天，何可久也。”可与汉书相发明。

39　高坐道人不作汉语〔一〕，或问此意，简文曰：“以简应对之烦。”高坐别传曰：“和尚胡名尸黎密，西域人。传云国王子，以国让弟，遂为沙门。永嘉中，始到此土，止于大市中。和尚天姿高朗，风韵遒迈。丞相王公一见奇之，以为吾之徒也。周仆射领选，抚其背而叹曰：‘若选得此贤，令人无恨。’俄而周侯遇害，和尚对其灵坐，作胡祝数千言，音声高畅，既而挥涕收泪，其哀乐废兴皆此类。性高简，不学晋语。

诸公与之言，皆因传译。然神领意得，顿在言前。”塔寺记曰：“尸黎密冢曰高坐，在石子冈常行头陀，卒于梅冈，即葬焉。晋元帝于冢边立寺，因名高坐。”〔二〕

【校文】

注“冢曰”　景宋本作“宋曰”者是。“宋曰”犹云“汉曰”、“晋曰”，谓以中国语译西域语也。沈本作“家曰”，亦非。

【笺疏】

〔一〕宋周必大二老堂杂志五引高僧传，载高坐事，自注云：“疑若今时谓僧为上坐。’

〔二〕嘉锡案：高僧传一帛尸梨蜜传与注所引高坐别传略同。惟云“晋咸康中卒，春秋八十馀。蜜常在石子冈东行头陀，既卒，因葬于此。成帝怀其风，为树刹冢所。后有关右沙门来游京师，乃于冢处起寺，陈郡谢混赞成其业，追旌往事，仍曰高座寺也”。与注所引塔寺记大异。咸康是成帝年号，蜜既卒于咸康，则立寺者是成帝，而非元帝明矣。

40　周仆射雍容好仪形，诣王公，初下车，隐数人〔一〕，王公含笑看之。既坐，傲然啸咏。王公曰：“卿欲希嵇、阮邪？”答曰：“何敢近舍明公，远希嵇、阮！”邓粲晋纪曰：“伯仁仪容弘伟，善于俛仰应答，精神足以荫映数人。深自持，能致人，而未尝往焉。”

【笺疏】

〔一〕刘盼遂曰：“隐数人，解者多谓隐为荫映，非也。隐即㥯之借字。说文𢀖部：‘㥯，有所依也。从𢀖工，读与隐同。’故㥯亦可用隐为之。孟子‘隐几而卧’，赵注：‘隐，倚也。’本书贤媛篇：‘韩康伯母隐古几毁坏。’是隐作依解之证。而隐依亦声转也。仆射之隐数人，盖谓凭依数人而行耳。本书雅量篇：‘子敬神色恬然，徐唤左右，扶凭而出，不异平常。’‘顾和始作扬州从事’条注引语林曰：‘周侯饮酒已醉，著白袷，凭两人来诣丞相。’宋书五行志一：‘谢灵运每出入，自扶接者常数人。民间谣曰：‘四人挈衣裙，三人捉坐席。’是南朝人士出入扶依人者，自成见惯。仆射之下车隐数人，亦犹是矣。”周祖谟曰：“隐释为依，极是。但不必谓隐为㥯之借字也。”嘉锡案：庄子齐物论“南郭子綦，隐几而坐”，释文云：“隐，凭也。”邓粲晋纪所谓“伯仁精神，足以荫映数人”，别是一义，与世说语本不相蒙。若因此释隐为荫映则误矣。

41 庾公尝入佛图，见卧佛，涅槃经云：“如来背痛，于双树间北首而卧，故后之图绘者为此象。”曰：“此子疲于津梁。”〔一〕于时以为名言。

【笺疏】

〔一〕国语晋语二曰：“公子夷吾私于公子絷曰：‘亡人苟入，且入河外列城五，岂谓君无有，亦为君之东游津梁之上，无有急难也。’”注云：“津，水也。梁，桥也。”尔雅释天曰：“箕斗之间，汉津也。”注云：“箕，龙尾。斗，南斗。天汉之津梁。”嘉锡案：此譬喻之言，谓佛说法接引，普渡众生，咸登觉岸，如济水之有津梁也。高僧传七载僧肇答刘遗民书曰：“领公远举，乃是千载之津梁。”意与此同。晋书孔愉传，安帝隆安中下诏曰：“领军将军孔安国，可以本官领东海王师，必能导达津梁，依仁游艺。”以津梁喻师道，其义一也。

42 挚瞻曾作四郡太守，大将军户曹参军，复出作内史，挚氏世本曰："瞻字景游，京兆长安人，太常虞兄子也。父育，凉州刺史。瞻少善属文，起家著作郎。中朝乱，依王敦为户曹参军。历安丰、新蔡、西阳太守〔一〕。见敦以故坏裘赐老病外部都督。瞻谏曰：'尊裘虽故，不宜与小吏。'敦曰：'何为不可？'瞻时因醉，曰：'若上服皆可用赐，貂蝉亦可赐下乎？'敦曰：'非喻，所引如此，不堪二千石。'瞻曰：'瞻视去西阳，如脱屣耳！'敦反〔二〕，乃左迁随郡内史。'年始二十九。尝别王敦，敦谓瞻曰："卿年未三十，已为万石，亦太蚤。"瞻曰："方于将军，少为太蚤；比之甘罗，已为太老。"挚氏世本曰："瞻高亮有气节，故以此答敦。后知敦有异志，建兴四年，与第五琦据荆州以距敦，竟为所害。"〔三〕史记曰："甘罗，秦相茂之孙也。年十二，而秦相吕不韦欲使张唐相燕，唐不肯行，甘罗说而行之。又请车五乘以使赵，还报秦，秦封甘罗为上卿，赐以甘茂田宅。"

【校文】

注"西阳太守"　"太守"，景宋本及沈本俱作"内史"。

注"第五琦"　"琦"，景宋本及沈本俱作"猗"。

【笺疏】

〔一〕案世说言曾作四郡太守，而此只有三郡，疑有脱字。

〔二〕李慈铭云："案反当是怒字之误。是时敦未反也。其后与第五猗拒敦被害，时敦方为元帝所倚任。晋书周访传至称为'贼帅杜曾、挚瞻、胡混等'，则其寃甚矣。"嘉锡案：瞻以大兴二年五月被害，王敦至永昌元年正月始举兵反，在瞻死后一年有馀。方瞻未死之时，敦固元帝之亲信大臣也。而此已云敦反者，盖第五猗奉愍帝命来镇荆州，而敦自以其从弟廙为荆州刺史，发兵拒猗。是抗天子之命吏，故书之以反，非谓其反元帝也。然如此书法，亦太不为元帝留馀地矣。

〔三〕嘉锡案：建兴四年，为愍帝之末。明年元帝即位，改元建武。晋书元帝纪云："建武元年八月，荆州刺史第五猗为贼帅杜曾所推，遂与曾同反。周访讨曾，大破之。"与挚氏世本年月不合。周访传云："时梁州刺史张光卒，愍帝以侍中第五猗为征南大将军，监荆、梁、益、宁四州，出自武关。贼率杜曾、挚瞻、胡混等并迎猗，奉之。"叙事较元纪为详，而又不著年月。通鉴八十九叙杜曾迎猗事于建兴三年，盖据华阳国志八。张光之死，在建兴元年九月，约计必数月之后，朝廷始得闻之。及出镇，间关赴任，逮其至达武关，当在是年耳。至于杜曾、挚瞻之与猗并力，不必同在一时。晋书特因周访之破曾在建武元年，遂总叙之于此。其实瞻之与猗距敦，不妨自在建兴之末。故晋书、通鉴及挚氏世本年月虽不合，似矛盾而非矛盾也。元帝纪又曰："大兴二年五月甲子，梁州刺史周访及杜曾战于武当，斩之，擒第五猗。"周访传云："王敦以从弟廙为荆州刺史，讨曾大败。曾遂逐廙，径造沔口，大为寇害。元帝命访击之。进至沌阳，访亲鸣鼓，将士皆腾跃奔走，曾遂大溃。访夜追之，鼓行而进，遂定汉、沔。曾等走固武当。"此即元纪建武元年八月事也。又云："访谓僚佐曰：'今不斩曾，祸难未已。'于是出其不意，又击破之。曾遁走，访部将苏温收曾诣军，并获第五猗、胡混、挚瞻等，送于王敦。又白敦，说猗逼于曾，不宜杀。敦不从而斩之。"此即元纪大兴二年五月事也。世本既言瞻以距敦被害，则必与第五猗同时死矣。晋书及通鉴九十一竟不言瞻所终，则未考孝标之注也。瞻为王敦参军，当在建兴四年以前。吴士鉴晋书斠注五十八谓猗为敦所斩，而瞻则敦用为参军，非也。李慈铭越缦堂日记二十三册光绪元年九月二十四日记云："晋书周访传，有贼率挚瞻。考世说注引挚氏世本，瞻固晋之忠臣。第五猗受愍帝之命，由侍中出为荆州刺史。时元帝已有江表之地，而长安旋没于刘聪。愍帝被虏，猗特不顺于元帝，与华轶、周馥同科。元帝之讨灭猗等，正与汉光武之杀谢躬无异。而晋书元帝纪遽书猗与杜曾同反，已为乖误，至王敦此时方为元帝所倚信，未有反迹。要之，挚瞻自以忤敦而死，而名为贼帅，何其谬耶！”

43　梁国杨氏子，九岁，甚聪惠。孔君平王隐晋书曰：“孔坦字君平，会稽山阴人。善春秋，有文辩。历太子舍人，累迁廷尉卿。”诣其父，父不在，乃呼儿出，为设果。果有杨梅，孔指以示儿曰：“此是君家果。”儿应声答曰：“未闻孔雀是夫子家禽。”〔一〕

【笺疏】

〔一〕程炎震云：“御览三百八十五，四百六十四引郭子同。五百二十八引郭子作杨修、孔融。”李慈铭云：“案金楼子捷对篇作杨子州答孔永语。太平广记诙谐门引启颜录作晋杨修答孔君平。”嘉锡案：杨德祖非晋人，晋亦不闻别有杨修，启颜录误也。敦煌本残类书曰：“杨德祖少时与孔融对食梅。融戏曰：‘此君家菓。’祖曰：‘孔雀岂夫子家禽？’”与诸书又不同。皆一事而传闻异辞。

44　孔廷尉以裘与从弟沈，孔氏谱曰：“沈字德度，会稽山阴人。祖父奕，全椒令。父群，鸿胪卿。沈至琅邪王文学。”沈辞不受。廷尉曰：“晏平仲之俭，祠其先人，豚肩不掩豆，犹狐裘数十年，刘向别录曰：“晏平仲名婴，东莱夷维人。事齐灵公、庄公，以节俭力行重于齐。”礼记曰：“晏平仲祀其先人，豚肩不掩豆，君子以为俭也。”又曰：“晏子一狐裘三十年，晏子焉知礼？”注：“豚，俎实也。豆，径尺。言并豚之两肩不能掩豆，喻少也。”卿复何辞此？”于是受而服之。

45　佛图澄与诸石游〔一〕，澄别传曰："道人佛图澄，不知何许人，出于燉煌，好佛道，出家为沙门。永嘉中，至洛阳，值京师有难，潜遁草泽间。石勒雄异好杀害，因勒大将军郭默略见勒。以麻油涂掌，占见吉凶。数百里外听浮图铃声，逆知祸福。勒甚敬信之。虎即位，亦师澄，号大和尚。自知终日。开棺无屍，唯袈裟法服在焉。"林公曰："澄以石虎为海鸥鸟。"赵书曰："虎字季龙，勒从弟也。征伐每斩将搴旗。勒死，诛勒诸儿，袭位。"庄子曰："海上之人好鸥者，每旦之海上，从鸥游，鸥之至者数百而不止。其父曰：'吾闻鸥鸟从汝游，取来玩之。'明日之海上，鸥舞而不下。"〔二〕

【校文】

注"开棺无屍"　"屍"，景宋本及沈本俱作"尸"。

注"来玩之"　"玩"，景宋本作"翫"。

【笺疏】

〔一〕封氏闻见记卷八云："邢州内丘县西，古中丘城寺有碑，后赵石勒光初五年所立也。碑云：'太和上佛图澄愿者，天竺大国罽宾小王之元子，本姓湿。所以言湿者，思润里（一作理）国，泽被无外，是以号之为湿。'按高僧传、名僧传、晋书艺术传，佛图澄并无此姓。今云姓湿，亦异闻也。"

〔二〕程炎震云："今庄子无鸥鸟事，乃在列子黄帝篇耳。然宋书六十七谢灵运山居赋云：'抚鸥鯈而悦豫。'其自注亦云：'庄周云："海人有机心，鸥鸟舞而不下。"'疑今本庄子有佚文也。"嘉锡案：汉书艺文志庄子五十二篇，今郭象注本止三十三篇，逸者多矣。刘注所引，逸篇之文也。列子伪书，袭自庄子耳。困学纪闻十、读书脞录续编三所辑庄子逸文甚多，独失载此条，盖偶未检。

46　谢仁祖年八岁〔一〕，谢豫章鲲。子别见。将送客，尔时语已神悟，自参上流。诸人咸共叹之曰："年少一坐之颜回。"仁祖曰："坐无尼父，焉别颜回？"晋阳秋曰："谢尚字仁祖，陈郡人，鲲之子也。龆龀丧兄，哀恸过人。及遭父丧，温峤唁之，尚号叫极哀。既而收涕告诉，有异常童。峤奇之，由是知名，仕至镇西将军、豫州刺史。"

【笺疏】

〔一〕程炎震云："尚生于永嘉二年戊辰，鲲以永昌元年壬午卒，尚时年十五。"

47　陶公疾笃〔一〕，都无献替之言，朝士以为恨。陶氏叙曰："侃字士衡，其先鄱阳人，后徙寻阳。侃少有远概纲维宇宙之志。察孝廉入洛，司空张华见而谓曰：'后来匡主宁民，君其人也。'刘弘镇沔南，取为长史，谓侃曰：'昔吾为羊太傅参佐，见语云："君后当居身处。"今相观，亦复然矣。'累迁湘、广、荆三州刺史、加羽葆鼓吹，封长沙郡公、大将军。赞拜不名，剑履上殿。进太尉，赠大司马，谥桓公。"按王隐晋书载侃临终表曰："臣少长孤寒，始愿有限，过蒙先朝历世异恩。臣年垂八十，位极人臣，启手启足，当复何恨！但以馀寇未诛，山陵未复，所以愤慨兼怀，唯此而已！犹冀犬马之齿，尚可少延，欲为陛下北吞石虎，西诛李雄，势遂不振，良图永息。临书振腕，涕泗横流。伏愿遴选代人，使必得良才，足以奉宣王猷，遵成志业。则虽死之日，犹生之年。"有表若此，非无献替。仁祖闻之曰："时无竖刁，故不贻陶公话言。"吕氏春秋曰："管仲病，桓公问曰：'子如不讳，谁代子相者？竖刁何如？'管仲曰：'自宫以事君，非人情，必不可用！'后果乱齐。"时贤以为德音。

【校文】

注“临书振腕”　“振”，景宋本及沈本俱作“扼”。

【笺疏】

〔一〕程炎震云：“咸和九年陶侃薨。”

48　竺法深在简文坐，刘尹问：“道人何以游朱门？”答曰：“君自见其朱门，贫道如游蓬户。”高逸沙门传曰：“法师居会稽，皇帝重其风德，遣使迎焉，法师暂出应命。司徒会稽王天性虚澹，与法师结殷勤之欢。师虽升履丹墀，出入朱邸，泯然旷达，不异蓬宇也。”或云卞令。别见〔一〕。

【笺疏】

〔一〕嘉锡案：高僧传卷四竺道潜传作潜常于简文处遇沛国刘恢，恢嘲之曰“道士何以游朱门”云云，与此不同者。刘惔与刘恢实即一人，故彼作刘恢，而此称刘尹，说详赏誉篇“庾稺恭与桓温书”条下。

49　孙盛为庾公记室参军，中兴书曰：“盛字安国，太原中都人。博学强识，历著作郎，浏阳令。庾亮为荆州，以为征西主簿，累迁祕书监。”从猎，将其二儿俱行。庾公不知，忽于猎场见齐庄，时年七八岁。庾谓曰：“君亦复来邪？”应声答曰：“所谓‘无小无大，从公于迈’。”〔一〕

【笺疏】

〔一〕嘉锡案：二语乃诗鲁颂泮宫篇语。

50　孙齐由、齐庄二人小时诣庾公，公问齐由“何字”，答曰：“字齐由。”公曰：“欲何齐邪？”曰：“齐许由。”晋百官名曰：“孙潜字齐由，太原人。”中兴书曰：“潜，盛长子也，豫章太守。殷仲堪下讨王国宝，潜时在郡，逼为咨议参军，固辞不就，遂以忧卒。”齐庄“何字”，答曰：“字齐庄。”公曰：“欲何齐？”曰：“齐庄周。”公曰：“何不慕仲尼而慕庄周？”对曰：“圣人生知，故难企慕。”庾公大喜小儿对。孙放别传曰：“放字齐庄，监君次子也。年八岁，太尉庾公召见之。放清秀，欲观试，乃授纸笔令书，放便自疏名字。公题后问之曰：‘为欲慕庄周邪？’放书答曰：‘意欲慕之。’公曰：‘何故不慕仲尼而慕庄周？’放曰：‘仲尼生而知之，非希企所及；至于庄周，是其次者，故慕耳。’公谓宾客曰：‘王辅嗣应答，恐不能胜之。’卒长沙王相。”〔一〕

【笺疏】

〔一〕书钞一百三十八引孙放别传曰：“庾公建学校，君年最幼，入为学生，班在诸生后。公问：‘君何独居后？’答曰：‘不见船柂乎？在后所以正舡也。’”

51　张玄之、顾敷，是顾和中外孙，皆少而聪惠。和并知之，而常谓顾胜，亲重偏至，张颇不恹。敷别见。续晋阳秋曰：“张玄之字祖希，吴郡太守澄之孙也。少以学显，历吏部尚书，出为冠军将军、吴兴太守。会稽内史谢玄同时之郡，论者以为南北之望。玄之名亚谢玄，时亦称南北二玄，卒于郡。”于时张年九岁，顾年七岁，和与俱至寺中。见佛般泥洹像，弟子有泣者，有不泣者，和以问二孙。玄谓“被亲故泣，不被亲故不泣”。敷曰：“不然，当由忘情故不泣，不能忘情故泣。”大智度论曰：“佛在阴庵罗双树间入般涅槃，卧北首〔一〕，大地震动。诸三学人，佥然不乐，郁伊交涕；诸无学人，但念诸法，一切无常。”

【校文】

“被亲”　“被”，景宋本及沈本俱作“彼”。

“不被”　景宋本及沈本俱作“彼不”。

注“卧北首”　“卧”，景宋本及沈本俱作“床”。

注“诸三”　景宋本作“诸二”。

【笺疏】

〔一〕慧琳一切经音义廿五曰：“般者，音补末反，此梵语也。准经翻为入也。涅槃，此翻为圆寂也。”希麟续一切经音义十曰：“泥洹，或云般泥洹，或云泥越，或云般涅槃，或但云涅槃。此云圆寂。”法云翻译名义集五曰：“肇师涅槃论曰：秦言无为，亦名灭度。言其大患永灭，超度四流。法华、金刚皆云灭度。奘三藏翻为圆寂，贤首云：德无不备称圆，障无不尽称寂。”

52　庾法畅造庾太尉〔一〕，握麈尾至佳〔二〕，公曰：“此至佳，那得在？”法畅曰：“廉者不求，贪者不与，故得在耳。”法畅氏族所出未详〔三〕。法畅著人物论，自叙其美云：“悟锐有神，才辞通辩。”

【笺疏】

〔一〕嘉锡案：庾法畅当作康法畅。

〔二〕嘉锡案：今人某氏（忘其名氏）日本正仓院考古记曰：“麈尾有四柄，此即魏、晋人清谈所挥之麈。其形如羽扇，柄之左右傅以麈尾之毫，绝不似今之马尾拂尘。此种麈尾，恒于魏、齐维摩说法造像中见之。最初者，当始于云冈石窟魏献文帝时代造营之第五洞，洞内后室中央大塔二层四面中央之维摩。厥后龙门滨阳洞中，洞正面上部右面之维摩。天龙山第三洞，东壁南端之维摩。又瑞典西伦氏中国雕刻集中所载，北魏正始元年、孝昌三年，北齐天保八年诸石刻中维摩所持之麈尾，几无不与正仓院所陈者同形。不过依时代关系，形式略有变化。然皆作扇形也。陈品中有柹柄麈尾。柄，柹木质。牙装剥落，尾毫尚存少许。今陈黑漆函中，可想见其原形。”

〔三〕嘉锡案：高僧传四康僧渊传云：“晋成之世，与康法畅、支敏度等俱过江。畅亦有才思，善为往复，著人物始义论等。畅常执麈尾行。每值名宾，辄清谈尽日。庾元规谓畅曰：‘此麈尾何以常在？’畅曰云云。”考晋代沙门，无以庾为姓者。康为西域胡姓。然晋人出家，亦从师为姓。故孝标以为疑。后文学篇注于康僧渊亦云：“氏族所出未详。”足证二人皆姓康矣。

53 庾稺恭为荆州，庾翼别传曰：“翼字稺恭，颍川鄢陵人也。少有大度，时论以经略许之。兄太尉亮薨，朝议推才，乃以翼都督七州。进征南将军、荆州刺史。”〔一〕以毛扇上武帝〔二〕。武帝疑是故物。傅咸羽扇赋序曰：“昔吴人直截鸟翼而摇之，风不减方圆二扇，而功无加，然中国莫有生意者。灭吴之后，翕然贵之，无人不用。”按庾怿以白羽扇献武帝，帝嫌其非新，反之，不闻翼也〔三〕。侍中刘劭曰：文字志曰：“劭字彦祖，彭城丛亭人。祖讷，司隶校尉。父松，成皋令。劭博识好学，多艺能，善草隶。初仕领军参军，太傅出东，劭谓京洛必危，乃单马奔扬州。历侍中、豫章太守。”“柏梁云构，工匠先居其下；管弦繁奏，锺、夔先听其音。锺，锺期也。夔，舜乐正。稺恭上扇，以好不以新。”庾后闻之曰：“此人宜在帝左右。”〔四〕

【笺疏】

〔一〕嘉锡案：文馆词林四百五十七：张望江州都督庾翼碑铭云：“建元二年，康帝晏驾。俄而季兄司空薨逝，乃授都督江、荆、司、冀、雍、梁、益七州诸军事，征西将军、领护南蛮校尉，刺史如故。”据碑，亮薨后翼先督三州，进督六州，又连转督三州五州，冰薨后乃督七州。注所引别传有删节，又碑及晋书穆帝纪、翼本传均作征西将军。此作征南误。

〔二〕李慈铭云：“案武帝当作成帝。晋书庾怿传言是怿上成帝。成与武字形相似也。各本皆误。”

〔三〕嘉锡案：类聚卷六十九引语林，正作成帝。御览卷七百二误作城帝。书钞一百三十四引嵇含羽扇赋序曰：“吴楚之士，多执鹤翼以为扇。虽曰出自南鄙，而可以遏阳隔暑。大晋附吴，迁其羽扇，御于上国。”与傅咸序可以互证。演繁露曰：“诸葛武侯挥白羽扇，指麾三军。顾荣征陈敏，自以羽扇挥之。敏众大溃。晋中兴征说曰：‘旧羽扇翮用十毛，王敦始省改止用八毛。其羽翮损少，飞翥不终，此其兆也。’据此语以求其制度，则是取鸟羽之白者，插扇柄中，全而用之，不细析也。”嘉锡又案：傅咸言直截鸟翼而摇之，正谓用全翮。今之羽扇犹如此。知其制古今不异，想南宋时不甚行用，故程泰之重费考证耳。

〔四〕嘉锡案：“此人宜在帝左右”，此出语林，见御览卷七百二引。

54　何骠骑亡后，何充别见〔一〕。征褚公入。既至石头，王长史、刘尹同诣褚。褚曰：“真长何以处我？”真长顾王曰：“此子能言。”褚因视王，王曰：“国自有周公。”晋阳秋曰：“充之卒，议者谓太后父裒宜秉朝政，裒自丹徒入朝。吏部尚书刘遐劝裒曰：‘会稽王令德，国之周公也，足下宜以大政付之。’裒长史王胡之亦劝归藩，于是固辞归京。”〔二〕

【笺疏】

〔一〕程炎震云："永和二年何充卒。"

〔二〕李慈铭云："案褚裒先以都督徐、兖二州刺史，假节镇京口。此处京下脱一'口'字，各本皆脱。"

55 桓公北征经金城，见前为琅邪时种柳，皆已十围，慨然曰："木犹如此，人何以堪！"攀枝执条，泫然流泪〔一〕。桓温别传曰："温字元子，谯国龙亢人，汉五更桓荣后也。父彝，有识鉴。温少有豪迈风气，为温峤所知，累迁琅邪内史，进征西大将军，镇西夏。时逆胡未诛，馀烬假息，温亲勒郡卒，建旗致讨，清荡伊、洛，展敬园陵。薨，谥宣武侯。"

【笺疏】

〔一〕李详云："晋书桓温传作'自江陵北伐'，即采此条。钱少詹大昕晋书考异云：'宋书州郡志："晋乱，琅邪国人随元帝过江千馀户。太兴三年立怀德县。成帝咸康元年，桓温领郡，镇江乘之蒲洲上，求割丹阳之江乘县立郡。"则温所治之琅玡在江南之江乘，金城亦在江乘。今上元县北境也。温自江陵北伐，何容取道江南邪？'又案郝懿行晋宋书故：'金城是琅邪郡下小地名，控镇南北。而晋书地理志无之。宋书州郡志亦无此县，唯南琅邪郡下云"成帝咸康元年，桓温领郡"云云。而世说言语篇"桓公北征"云云，温北征乃自江陵，何由至琅邪之金城？此世说误耳。'"刘盼遂曰："案通鉴晋纪：穆帝永和十二年，温自江陵北伐。海西公太和四年，温发姑孰伐燕。金城泣柳事，当在太和四年之行。由姑孰赴广陵，金城为所必经。攀枝流涕，当此时矣。唐修晋书误系此事于永和十二年北伐之役，可谓大误。温于永和十二年之役，北伐姚襄，由江陵赴洛阳，浮汉北上。宁容迂道丹阳？此一不合也。太初四年枋头之役，温时已成六十之叟，览此树之葱茏，伤大命之未集，故抚今追昔，悲不自胜。若洛阳之役，在兹十年前，正温强武之时，宁肯颓唐若是？此二不合也。缘晋书致误，由于采摭世说及庾信枯树赋而未加以核校，故有此失。钱氏考异亦止考其不合，而未能求其合也。”嘉锡案：建康实录九引图经云：“金城，吴筑，在今县城东北五十里。中宗于此立瑯琊郡也。”通鉴九十七：康帝建元二年，以褚裒为左将军，都督兖州、徐州之琅玡诸军事，兖州刺史，镇金城。注云：“金城在江乘之蒲洲。琅玡侨郡，亦以为治所。”景定建康志十五云：“晋元帝于江乘之金城立琅邪郡，在旧江宁县东北五十里。”又卷二十引旧志：“金城在城东二十五里，吴筑。今上元县金城乡地名金城戍，即其地。”并附考证云“吴后主宝鼎二年，以灵舆法驾迎神于明陵。后主于金城门外露宿。晋大兴中，王氏举兵反，将军刘隗军于金城。咸康中，桓温出镇江东之金城。后温北伐，经金城，见为琅邪时所种柳”云云。然则金城即南琅邪郡治，先有金城，而后有琅邪。钱氏谓琅邪、金城皆在江乘，郝氏以金城为琅邪郡下小地名，皆非也。钱氏又云：“晋书桓温传：‘温自江陵北伐，行经金城，见少为琅邪时所种柳皆已千围。’乃因庾信枯树赋有‘昔年移柳，依依汉南’之语。遂疑金城为汉南地耳。不知赋家寓言，多非其实。即以此赋言之，殷仲文为东阳太守，在桓玄事败之后。而篇末乃言‘桓大司马闻而叹曰’，岂非子虚亡是之谈乎？此事出世说言语篇，但云北征，本无江陵字。”嘉锡以为：此非独唐修晋书之误，其先盖亦有所承也。何以言之？建康实录自卷五至卷十，皆叙东晋之事，与今晋书异同极夥，不知本之何家。其卷九桓温附传“寻又北伐，经金城”云云，虽不言自江陵北伐，然叙在大破姚襄于伊水之前，与今晋书合。此必臧荣绪诸家有采用世说，而误以金城为在汉南者。故庾信摭以入赋。唐修晋书又因袭之耳。赋家固多寓言，亦何必悠谬其词，移之千里哉！至于世说所叙，本无可疑。而郝氏不加详考，强指为误，则其史学不精之过也。

56 简文作抚军时，尝与桓宣武俱入朝，更相让在前。宣武不得已而先之，因曰："伯也执殳，为王前驱。"〔一〕卫诗也。殳，长一丈二尺，无刃。简文曰："所谓'无小无大，从公于迈'。"〔二〕

【笺疏】

〔一〕伯也执殳二句，见诗伯兮篇。

〔二〕无小无大二句，见诗鲁颂泮宫篇。

57 顾悦与简文同年〔一〕，而发蚤白。中兴书曰："悦字君叔，晋陵人。初为殷浩扬州别驾。浩卒，上疏理浩。或谏以浩为太宗所废，必不依许，悦固争之，浩果得申，物论称之。后至尚书左丞。"简文曰："卿何以先白？"对曰："蒲柳之姿，望秋而落；松柏之质，经霜弥茂。"〔二〕顾凯之为父传曰："君以直道陵迟于世。入见王，王发无二毛，而君已斑白。问君年，乃曰：'卿何偏蚤白？'君曰：'松柏之姿，经霜犹茂；臣蒲柳之质，望秋先零。受命之异也。'王称善久之。"

【笺疏】

〔一〕李慈铭云："案晋书作顾悦之。"程炎震云："简文崩时年五十三。"

〔二〕学林五云："尔雅曰：'柽，河柳。杨，蒲柳。'所谓蒲柳者，乃柳之一种，其名为蒲柳，是一物也。春秋左氏传曰：'董泽之蒲，可胜既乎？'杜预注曰：'蒲柳可以为箭。'崔豹古今注曰：'蒲柳，水边生，叶似青杨，亦名蒲杨。'马融广成颂曰：'树以蒲柳，被以绿莎。'用蒲柳对绿莎，不误也。晋书：'顾悦之与简文帝同年，而发早白。帝问其故，对曰："松柏之姿，经霜犹茂；蒲柳之质，望秋先零。"'以松柏对蒲柳，意谓蒲草与柳为二物也，误矣。杜子美重过何氏诗曰：'手自移蒲柳，家才足稻粱。'亦以蒲柳为二物，盖循悦之误也。"嘉锡案：晋书及世说皆用顾凯之所撰家传，非史臣所自记。晋、唐诗文，虽尚骈偶，然只须字面相对。非如宋人四六必求，铢两悉称也。如观国说，顾悦之既不知蒲柳之为一物，而杜诗又沿其误，则试问如学林卷八所举杜诗"天上鸣鸿雁，池中足鲤鱼。浪传乌鹊喜，深得鹡鸰诗"皆以二物对一物，又沿谁之误乎？如其必不可对也，岂其诗律极细之老杜，尚不之知？必待一素无诗名之王观国吹毛而求疵乎？然则顾悦之与杜子美皆未尝误也。观国能考证而不知文义，遽妄议古人，殊为可哂！以其说蒲柳尚详，故仍录之，备参考焉。

58　桓公入峡，绝壁天悬，腾波迅急。晋阳秋曰："温以永和二年，率所领七千馀人伐蜀，拜表辄行。"乃叹曰："既为忠臣，不得为孝子，如何？"汉书曰："王阳为益州刺史，行部至邛僰九折坂，叹曰：'奉先人遗体，奈何数乘此险！'以病去官。后王尊为刺史，至其坂，问吏曰：'非王阳所畏之道邪？'吏曰：'是。'叱其驭曰：'驱之！王阳为孝子，王尊为忠臣。'"

59　初，荧惑入太微，寻废海西。晋阳秋曰："泰和六年闰十月，荧惑守太微端门。十一月，大司马桓温废帝为海西公。"晋安帝纪曰："桓温于枋头奔败，知民望之去也，乃屠袁真于寿阳。既而谓郗超曰：'足以雪枋头之耻乎？'超曰：'未厌有识之情也。公六十之年，败于大举，不建高世之勋，未足以镇厌民望。’因说温以废立之事。时温夙有此谋，深纳超言，遂废海西。”〔一〕简文登阼，复入太微，帝恶之。徐广晋纪曰：“咸安元年十二月，荧惑逆行入太微，至二年七月，犹在焉。帝惩海西之事，心甚忧之。”时郗超为中书在直。中兴书曰：“超字景兴，高平人，司空愔之子也。少而卓荦不羁，有旷世之度。累迁中书郎、司徒左长史。”引超入曰：“天命修短，故非所计，政当无复近日事不？”超曰：“大司马方将外固封疆，内镇社稷，必无若此之虑。臣为陛下以百口保之。”帝因诵庾仲初诗庾阐从征诗也。曰：“志士痛朝危，忠臣哀主辱。”声甚凄厉。郗受假还东，帝曰：“致意尊公，家国之事，遂至于此！由是身不能以道匡卫，思患预防，愧叹之深，言何能喻！”因泣下流襟。续晋阳秋曰：“帝外压强臣，忧愤不得志，在位二年而崩。”〔二〕

【校文】

注“枋头之耻乎”　“乎”，景宋本作“耳”。

注“外压强臣”　“压”，景宋本作“厌”。

【笺疏】

〔一〕李慈铭云：“案安帝纪，安字误。考隋书经籍志，不载有晋诸帝之纪。此注所引，亦止有安帝。盖其书唐初已亡。然海西被废之事，不应载于安帝之纪，所未喻也。隋志载陆机、干宝、曹嘉之、邓粲、刘谦之、王韶之、徐广、郭季产八家晋纪。旧唐志陆机晋纪作晋帝纪要。皆荀悦汉纪之类，非以一帝为一纪也。此注所引有邓粲纪。”嘉锡案：李说误甚。隋志有晋纪十卷，宋吴兴太守王韶之撰。章宗源考证二曰：“宋书王韶之传：父伟之，少有志尚，当世诏命表奏，辄自书写。泰元隆安时事，小大悉撰录之。韶之因此私撰晋安帝阳秋。既成，时人谓宜居史职。即除著作佐郎，使续后事，迄义熙九年。善叙事，辞论可观，为后代嘉史。”南史萧韶传曰：“昔王韶之为隆安纪十卷。说晋末之乱。”史通杂述篇曰：“若王韶之晋安陆记，此之谓偏记者也。”世说注、初学记所引，并题韶之晋安帝纪。新、旧唐志则称韶之崇安记。

〔二〕程炎震云：“文选三十八任昉为齐明帝让宣城公第一表注引孙盛晋阳春秋曰：‘郗超假还东，简文帝谓之曰：“致意尊公，家国之事，遂至于此。”’是此文出于孙盛，而孝标不引。吾疑安国著书于枋头败后，未必及禅代事，或选注误耶？御览四百六十九引此文，则云郭子。”嘉锡案：隋志于晋阳秋下明注云“讫哀帝”，则其书不得有简文时事，无待繁言。选注“孙盛晋阳春秋”六字，乃檀道鸾续晋阳秋之误标，本条注可证。其所以不引此数语者，以其文与世说同，不须复引耳。通鉴一百三注曰：“此亦清谈，但情溢于言外耳。”

60　简文在暗室中坐，召宣武。宣武至，问：“上何在？”简文曰：“某在斯。”时人以为能〔一〕。论语曰：“师冕见，及阶，子曰：‘阶也。’及席，子曰：‘席也。’皆坐，子告之曰：‘某在斯，某在斯。’”注：“历告坐中人也。”

【笺疏】

〔一〕李慈铭云：“案‘能’下当有‘言’字，各本皆脱。”

61　简文入华林园，顾谓左右曰：“会心处不必在远。翳然林水，便自有濠、濮间想也。濠、濮，二水名也。庄子曰：“庄子与惠子游濠梁水上，庄子曰：‘鯈鱼出游从容，是鱼乐也。’惠子曰：'子非鱼，安知鱼之乐邪？'庄子曰：'子非我，安知我之不知鱼之乐也？'""庄周钓在濮水，楚王使二大夫造焉，曰：'愿以境内累庄子。'庄子持竿不顾，曰'吾闻楚有神龟者，死已三千年矣，巾笥而藏于庙。此宁曳尾于涂中，宁留骨而贵乎？'二大夫曰：'宁曳尾于涂中。'庄子曰：'往矣！吾亦宁曳尾于涂中。'"觉鸟兽禽鱼，自来亲人。"

【校文】

注"钓在濮水"　"在"，沈本作"于"。

注"吾亦宁曳尾于涂中"　景宋本及沈本皆无"于"字。

"觉鸟兽"　"觉"上景宋本及沈本俱有"不"字。

62　谢太傅语王右军曰："中年伤于哀乐，与亲友别，辄作数日恶。"王曰：文字志曰："王羲之字逸少，琅邪临沂人。父矿〔一〕，淮南太守。羲之少朗拔，为叔父廙所赏。善草隶。累迁江州刺史、右军将军、会稽内史。""年在桑榆〔二〕，自然至此，正赖丝竹陶写。恒恐儿辈觉，损欣乐之趣。"〔三〕

【校文】

注"父矿"　"矿"，景宋本作"旷"，是。

【笺疏】

〔一〕李慈铭云："案矿当作旷。晋书作旷，各本皆误。"

〔二〕初学记一引淮南子曰："日西垂景在树端，谓之桑榆。"注云："言其光在桑榆树上。"嘉锡案：当是天文训之文，今本脱去。后汉书冯异传："玺书劳异曰：'始虽垂翅回溪，终能奋翼黾池。可谓失之东隅，收之桑榆。'"李贤注："淮南子曰：'至于衡阳，是谓隅中。'"又前书谷子云曰："太白出西方六十日，法当参天。今已过期，尚在桑榆间。"桑榆，谓晚也。

〔三〕文选二十四张茂先答何劭诗曰:"自昔同寮寀,于今比园庐。衰夕近辱殆,庶几并悬舆。散发重阴下,抱杖临清渠。属耳听莺鸣,流目玩儵鱼。从容养馀日,取乐于桑榆。"右军之言,似出于此。散发岩阿与陶情丝竹,虽风趣不同,而所以欣然自乐,以遣馀年,其致一也。谢安晚岁,虽期功之惨,不废妓乐。盖借以寄兴消愁。王坦之苦相谏阻,而安不从。至谓"安北出户,不复使人思",正愤其不能相谅耳。惟右军深解其意,故其言莫逆于心。案右军尝谏安浮文妨要,岂于此忽相阿谀?盖右军亦深于情者。读兰亭序,足以知其怀抱。本传言其誓墓之后,偏游名山,自言当以乐死。是其所好不在声色,"丝竹陶写"之言,殆专为安石发也。然持论之正,终不及坦之。读者赏其名隽可耳。

63 支道林常养数匹马〔一〕。或言"道人畜马不韵"。支曰:"贫道重其神骏。"〔二〕高逸沙门传曰:"支遁字道林,河内林虑人,或曰陈留人,本姓关氏。少而任心独往,风期高亮,家世奉法。尝于馀杭山沈思道行,泠然独畅。年二十五始释形入道。年五十三终于洛阳。"〔三〕

【笺疏】

〔一〕吴郡志九云:支遁庵在南峰,古号支硎山,晋高僧支遁尝居此。剜山为龛,甚宽敞。道林喜养骏马,今有白马磵,云饮马处也。庵旁石上有马足四,云是道林飞步马迹也。

〔二〕建康实录八引许玄度集曰:"遁字道林,常隐剡东山,不游人事,好养鹰马,而不乘放,人或讥之,遁曰:'贫道爱其神骏。'"

〔三〕程炎震云:"道林安得终于洛阳!下卷伤逝门引支遁传云:'太和元年终于剡之石城山。'高僧传则云:'先经馀姚坞山中住,晋太和元年闰四月四日,终于所住,因葬焉。'"

64　刘尹与桓宣武共听讲礼记。桓云："时有入心处，便觉咫尺玄门。"刘曰："此未关至极，自是金华殿之语。"〔一〕汉书叙传曰："班伯少受诗于师丹。大将军王凤荐伯于成帝，宜劝学，召见宴暱〔二〕，拜为中常侍。时上方向学，郑宽中、张禹朝夕入说尚书、论语于金华殿，诏伯受之。"

【校文】

注"宴暱"　景宋本作"宴昵"。

【笺疏】

〔一〕李慈铭云："案之字误。"嘉锡案：刘尹意谓所听者，不过儒生为帝王说书之常谈，非其至也。"之"字不误。

〔二〕李慈铭云："案汉书作'召见宴昵殿'。张注：'亲戚宴饮会同之殿也。'"

65　羊秉为抚军参军，少亡，有令誉。夏侯孝若为之叙，极相赞悼。羊秉叙曰："秉字长达，太山平阳人。汉南阳太守续曾孙。大父魏郡府君，即车骑掾元子也〔一〕。府君夫人郑氏无子，乃养秉。齠龀而佳，小心敬慎。十岁而郑夫人薨，秉思容尽哀，俄而公府掾及夫人并卒，秉群从父率礼相承，人不间其亲，雍雍如也。仕参抚军将军事，将奋千里之足，挥冲天之翼，惜乎春秋三十有二而卒。昔罕虎死，子产以为无与为善，自夫子之没，有子产之叹矣！亡后有子男又不育，是何行善而祸繁也？岂非司马生之所惑欤？"羊权为黄门侍郎，侍简文坐。帝问曰："夏侯湛别见。作羊秉叙，绝可想〔二〕。是卿何物？有后不？"羊氏谱曰："权字道舆，徐州刺史悦之子也。仕至尚书左丞。"〔三〕权潸然对曰："亡伯令问夙彰，而无有继嗣。虽名播天听，然胤绝圣世。”帝嗟慨久之。

【笺疏】

〔一〕李慈铭云：“案魏郡府君，羊祉也。车骑掾者，羊繇也。但晋书羊祜传，言魏郡太守祉为京兆太守祕之子。据此叙称大父，是祉与祕皆续之子。则祉为祕弟，疑晋书误也。”

〔二〕嘉锡案：湛事见文学篇“夏侯湛作周诗”条注。

〔三〕李慈铭云：“案悦当作忱。卷中方正篇两见，皆作忱。宋书羊欣传亦言‘曾祖忱，晋徐州刺史’。”

66　王长史与刘真长别后相见〔一〕，王长史别传曰：“濛字仲祖，太原晋阳人。其先出自周室，经汉、魏，世为大族。祖父佐，北军中候。父讷〔二〕，叶令。濛神气清韶，年十馀岁，放迈不群。弱冠检尚，风流雅正，外绝荣竞，内寡私欲。辟司徒掾、中书郎，以后父赠光禄大夫。”王谓刘曰：“卿更长进。”答曰：“此若天之自高耳。”〔三〕语林曰：“仲祖语真长曰：‘卿近大进。’刘曰：‘卿仰看邪？’王问何意，刘曰：‘不尔，何由测天之高也。’”

【笺疏】

〔一〕历代名画记五曰：“王濛字仲祖，晋阳人。放诞不羁，书比庾翼。丹青特妙，颇希高达。常往驴肆家画辎车，自云：‘我嗜酒、好肉、善画，但人有饮食、美酒、精绢，我何不往也？’特善清言，为时所重。卒时年三十九。官至司徒左长史。”原注云：“事见中兴书。”

〔二〕嘉锡案：容止篇注引王氏谱云：“讷父祐，散骑常侍。”晋书王湛传云：“峤字开山（湛族孙），父佑，以才智称，为杨骏腹心。骏之排汝南王亮，退卫瓘，皆佑之谋也。位至北军中候。”王濛传亦云：“佑，北军中候。”杨骏传云：“济（骏弟）与兄珧，深虑盛满，乃共切谏。骏斥出王佑为河东太守。”隋志有晋散骑常侍王佑集三卷，录一卷。两唐志均作王祜。其人名及官职，互有不同如此。吴士鉴作王濛传注，谓祐为佑之讹。又误作祜。官名则各举其一，其说是也。讷事见容止篇“周侯说王长史父”条。

〔三〕李慈铭云：“案：人虽妄甚，无敢以天自比者。晋人狂诞，习为大言。所诩精理玄辞，大率摭袭佛老。浮文支语，眩惑愚蒙。盛自矜标，相为欺蔽。王、刘清谈宗主，风流所归。真长识元子之野心，戒车牛之祷疾。在于侪辈，最为可称。而有此谵言，至为愚妄。临川载之，无识甚矣。”程炎震云：“天之自高，用庄子田子方篇语，刘氏失注。”庄子：“老聃曰：‘至人之于德也，不修而物不能离焉。若天之至高，地之至厚，日月之自明，夫何脩焉？’”

67　刘尹云：“人想王荆产佳，此想长松下当有清风耳。”荆产，王微小字也。王氏谱曰：“微字幼仁，琅邪人。祖父乂，平北将军。父澄，荆州刺史。微历尚书郎、右军司马。”

【校文】

注诸“微”字　沈本俱作“徽”。晋书澄传云：“次子徽，右军司马。”则作徽者是。

68　王仲祖闻蛮语不解，茫然曰：“若使介葛卢来朝，故当不昧此语。”春秋传曰：“介葛卢来朝鲁，闻牛鸣，曰：‘是生三牺，皆用之矣。其音云。’问之而信。”杜预注曰：“介，东夷国。葛卢，其君名也。”

69　刘真长为丹阳尹〔一〕，许玄度出都就刘宿〔二〕。续晋阳秋曰：“许询字玄度，高阳人，魏中领军允玄孙。总角秀惠，众称神童，长而风情简素。司徒掾辟〔三〕，不就，蚤卒。”床帷新丽，饮食丰甘。许曰：“若保全此处，殊胜东山。”刘曰：“卿若知吉凶由人，吾安得不保此！”春秋传曰：“吉凶无门，惟人所召。”王逸少在坐曰：“令巢、许遇稷、契，当无此言。”二人并有愧色。

【校文】

“就刘宿” 景宋本及沈本俱无“刘”字。

【笺疏】

〔一〕程炎震云：“刘惔为尹，晋书不著何年。德行篇云：‘刘尹在郡，临终绵惙。’惔传亦云‘卒官’。传又记孙绰诣褚裒，言及惔流涕事。按裒以永和五年卒，则惔之死，必先于裒。而简文辅政在永和二年，知惔之为尹，亦在二年以后，五年以前矣。晋书王羲之传叙此于永和十一年去官之后，殊谬。”嘉锡案：惔传云：“简文帝初作相，与王濛并为谈客，累迁丹阳尹。”故程氏以为惔为尹必在简文辅政之后，然不引本传语，意殊不明。建康实录八云：“永和三年十二月，以侍中刘惔为丹阳尹。”然则无烦考证矣。

〔二〕李慈铭云：“案许询晋书无传。宋高似孙剡录引晋中兴书云：‘父旼，元帝渡江，迁会稽内史，因居焉。’又引许氏谱云：‘玄度母华轶女。’”玄度至建业，刘尹为于郡立斋以处之。详见后“刘尹云”条。又案：越缦堂日记第二十一册五十六叶云：“晋书无许询支遁等传。名言佳事，刊落甚多。盖以鸠摩罗什，佛图澄皆有道术，故入之艺术传。遁既缁流，而以风尚著称，无类可归，遂从阙略。然不列询于隐逸，又何说乎？若收许询，便可附入道林。因及释道安、竺法深、慧远诸人，标举胜会，亦自可观，作史者所不当遗也。许询，剡录有传，集晋书、世说及晋阳秋、中兴书而成者。”

嘉锡案：剡录传末有“入剡山，莫知所止。或以为升仙”数语，乃御览五百三所引中兴书，其文本兼叙高阳许询、丹阳许玄二人之事。此数语乃玄事也。而高似孙误属之询。知其所辑，不可尽据矣。文选三十一江文通拟许征君自序诗，李善注引晋中兴书曰：“高阳许询，字玄度。寓居会稽，司徒蔡谟辟不起。询有才藻，善属文，时人士皆钦爱之。”唐无名氏文选集注六十二引公孙罗文选抄曰：“征为司徒掾，不就。故号征君，好神游，乐隐遁之事。祖式，濮阳太守。父助，山阴令。”隐录云：“询总角奇秀，众谓神童。隐在会稽幽究山，与谢安、支遁游处，以弋钓啸咏为事。”建康实录八曰：“询字玄度，高阳人。父归，以瑯玡太守随中宗过江，迁会稽内史，因家于山阴。询幼冲灵，好泉石，清风朗月，举酒永怀。中宗闻而征为议郎，辞不受职。遂托迹，居永兴。肃宗连征司徒掾，不就。乃策杖披裘，隐于永兴西山。凭树构堂，萧然自致。至今此地，名为萧山。遂舍永兴、山阴二宅为寺。家财珍异，悉皆是给。既成，启奏。孝宗诏曰：‘山阴旧宅，为祇洹寺。永兴新居，为崇化寺。’既而移皋屯之岩，常与沙门支遁及谢安石、王羲之往来。至今皋屯呼为许玄度岩也。”嘉锡案：合此三书，玄度生平可以见矣。刘注引续晋阳秋，惟云允玄孙，不及其祖父。唐书宰相世系表云：“许允，魏中领军镇北将军。三子：殷、动、猛。允孙式。式子贩，字仲仁，晋司徒掾。子询，字玄度。”与续晋阳秋言允玄孙者合。考魏志夏侯尚传附许允事。裴注引世语曰：“允二子：奇、猛。猛幽州刺史。”则唐表谓允三子者误。又引晋诸公赞曰：“猛子式，字仪祖，有才干。至濮阳内史、平原太守。”则玄度之祖式，乃猛之子。可以补唐表之阙。惟其父之名乃有旼、助、归、贩四字之不同。考元和姓纂六、古今姓氏书辩证二十三、上声八语，均作“式子皈”，即归字。与建康实录合。其作旼、作助、作贩者，皆以形近致误也。其官亦当以实录言会稽内史者为是。唐表言司徒掾，乃误以玄度之官，加之其父耳。

〔三〕嘉锡案：注“司徒掾辟”当作“辟司徒掾”，各本皆误倒。

70　王右军与谢太傅共登冶城。扬州记曰：“冶城，吴时鼓铸之所。吴平，犹不废。王茂弘所治也。”谢悠然远想，有高世之志。王谓谢曰：“夏禹勤王，手足胼胝；帝王世纪曰：“禹治洪水，手足胼胝。世传禹病偏枯，足不相过，今称禹步是也。”文王旰食，日不暇给。尚书曰：“文王自朝至于日昃，不遑暇食。”今四郊多垒，礼记曰：“四郊多垒，卿大夫之辱也。”宜人人自效。而虚谈废务，浮文妨要，恐非当今所宜。”〔一〕谢答曰：“秦任商鞅，二世而亡，战国策曰：“卫商鞅，诸庶孽子，名鞅，姓公孙氏〔二〕。少好刑名学，为秦孝公相，封于商。”岂清言致患邪？”〔三〕

【校文】

注“卫商鞅诸庶孽子”　景宋本及沈本作“卫鞅卫诸庶孽子也”。

【笺疏】

〔一〕程炎震云：“王、谢冶城之语，晋书载于安石执政时，诚误。晋略列传二十七谢安传，作‘咸康中，庾冰强致之。会羲之亦为庾亮长史，入都，共登冶城’云云。其自注曰：‘安执政，羲之已殁。’递推上年，惟是时二人共在京师。考庾冰为扬州，传不记其年。据本纪，当是咸康五年，王导薨后。其明年正月一日，庾亮亦薨。如周说，则王、谢相遇必于是年矣。然是年安石方二十岁，传云弱冠诣王濛，为所赏。中经司徒府辟，又除佐著作郎。恐庾冰强致，非当年事。右军长安石十七岁，方佐剧府，鞅掌不遑。下都游憩，事或有之，无缘对未经事任之少年，而责以自效也。吾意是永和二三年间右军为护军时事。安石虽累避征辟，而其兄仁祖方镇历阳，容有下都之事，且年事既长，不能无意于当世，故右军有此言耳。过此以往，则右军入东，不至京师矣。”

〔二〕李慈铭云：“案史记商君传：‘商君者，卫之诸庶孽公子也。名鞅，姓公孙氏。’若战国策，无此语。魏策但载公孙痤曰：‘痤御庶子公孙鞅。’又秦策魏鞅下高诱注云：‘卫公子叔痤之子也。’”嘉锡案：疑刘子误史记为战国策耳。此处卫与商鞅字又误倒，各本皆同。

〔三〕姚鼐惜抱轩笔记五云：“晋书谢安传载安登石头远想，羲之规之。按逸少誓墓之后，未尝更入都，而安之仕进，在逸少去官后。安在官而有远想遗事之过，逸少安得规之？此事出于世说，则世说之妄也。唐时执笔者盖乏学识，故其取舍皆谬。”

71　谢太傅寒雪日内集，与儿女讲论文义。俄而雪骤，公欣然曰：“白雪纷纷何所似？”兄子胡儿曰：胡儿：谢朗小字也。续晋阳秋曰：“朗字长度，安次兄据之长子。安蚤知之。文义艳发，名亚于玄，仕至东阳太守。”“撒盐空中差可拟。”兄女曰：“未若柳絮因风起。”〔一〕公大笑乐。即公大兄无奕女，左将军王凝之妻也。王氏谱曰：“凝之字叔平，右将军羲之第二子也。历江州刺史、左将军、会稽内史。”晋安帝纪曰：“凝之事五斗米道。孙恩之攻会稽，凝之谓民吏曰：‘不须备防，吾已请大道，许遣鬼兵相助，贼自破矣。’既不设备，遂为恩所害。”妇人集曰：“谢夫人名道蕴，有文才。所著诗、赋、诔、颂传于世。”〔二〕

【笺疏】

〔一〕宋陈善扪虱新话三云：“撒盐空中，此米雪也。柳絮因风起，此鹅毛雪也。然当时但以道韫之语为工。予谓诗云：‘相彼雨雪，先集维霰。’霰即今所谓米雪耳。乃知谢氏二句，当各有谓，固未可优劣论也。”嘉锡案：二句虽各有谓，而风调自以道韫为优。

〔二〕丁国钧晋书校文四曰：“道韫名韬元，见唐陈子良辩正论注。”嘉锡案：唐释法琳辨正论七云：“谢氏通魂，见亡子而祈福。”子良注引晋录曰：“瑯玡王凝之夫人，陈郡谢氏，名韬元，奕女也。清心玄旨，姿才秀远。丧二男，痛甚，六年不开帷幕。忽见二儿还，钳锁大械，劝母自宽，云：‘罪无得脱，惟福德可免耳。’具叙诸苦，母为祈福，冀获福祐也。”广记三百二十引幽冥录、法苑珠林四十五兴福篇引冥祥记，均有王凝之夫人谢氏见二亡儿事。但无“夫人名韬元”及“清心”以下二语。此所引晋录不知何书，疑是何法盛晋中兴书鬼神录也，所叙荒诞不足据。而道韫之名，则诸书所未闻。故从丁氏说，录之于此，以补孝标注所未备焉。晋书安帝纪：“隆安三年十一月甲寅，妖贼孙恩陷会稽，内史王凝之死之。”嘉锡案：羲之七子，晋书附传者五人，均不言年若干。考其次第，凝之第二，见此注。献之第七，见品藻篇“桓玄为太傅”条。伤逝篇注曰：“献之以泰元十二年卒，年四十五。”凝之之年，当较献之十年以长。其死难时，献之卒已十二年，则凝之寿当六十有馀，且七十矣。道韫之年，盖与相若，故晋书列女传言其为献之解围时，施青绫步障自蔽。及嫠居会稽，见太守刘柳，乃簪髻素褥，坐于帐中。柳束脩整带，造于别榻。则因年事已老，无嫌于后生也。

72　王中郎令伏玄度、习凿齿王中郎传曰：“坦之字文度，太原晋阳人。祖东海太守承，清淡平远。父述，贞贵简正。坦之器度淳深，孝友天至，誉辑朝野，标的当时。累迁侍中、中书令，领北中郎将，徐、兖二州刺史。”中兴书曰：“伏滔，字玄度，平昌安丘人。少有才学，举秀才。大司马桓温参军，领大著作，掌国史，游击将军，卒。习凿齿字彦威，襄阳人。少以文称，善尺牍。桓温在荆州，辟为从事。历治中、别驾，迁荥阳太守。”论青、楚人物。滔集载其论，略曰[一]：滔以春秋时鲍叔、管仲、隰朋、召忽、轮扁、甯戚、麦丘人、逢丑父、晏婴、涓子[二]；战国时公羊高、孟轲、邹衍、田单、荀卿、邹奭、莒大夫、田子方、檀子、鲁连、淳于髡、盼子、田光、颜歜、黔子、於陵仲子、王叔[三]、即墨大夫；前汉时伏征君、终军、东郭先生[四]、叔孙通、万石君、东方朔、安期先生；后汉时大司徒、伏三老、江革、逢萌、禽庆、承幼子、徐防、薛方、郑康成、周孟玉、刘祖荣、临孝存、侍其元矩、孙宾硕、刘仲谋、刘公山、王仪伯、郎宗、祢正平、刘成国[五]；魏时管幼安、邴根矩、华子鱼、徐伟长、任昭先、伏高阳。此皆青士有才德者也。凿齿以神农生于黔中，邵南咏其美化，春秋称其多才，汉广之风，不同鸡鸣之篇，子文、叔敖，羞与管仲比德。接舆之歌凤兮，渔父之咏沧浪，汉阴丈人之折子贡，市南宜僚、屠羊说之不为利回，鲁仲连不及老莱夫妻，田光之于屈原，邓禹、卓茂无敌于天下，管幼安不胜庞公[六]，庞士元不推华子鱼，何、邓二尚书独步于魏朝，乐令无对于晋世。昔伏羲葬南郡，少昊葬长沙，舜葬零陵。比其人，则准的如此；论其土，则群圣之所葬；考其风，则诗人之所歌；寻其事，则未有赤眉黄巾之贼。此何如青州邪？滔与相往反，凿齿无以对也。临成，以示韩康伯。康伯都无言，王曰：“何故不言？”韩曰：“无可无不可。”马融注论语曰：“惟义所在。”

【校文】

注“于陵仲子”　“仲子”，景宋本及沈本俱作“子仲”。

【笺疏】

〔一〕隋志有晋伏滔集十一卷并目录，注云：“梁五卷，录一卷。”

〔二〕轮扁，见庄子天道篇。甯戚，见齐语。麦丘人，见韩诗外传十，新序四。涓子，汉书艺文志道家有蜎子十三篇。注云：“名渊，楚人。”史记孟荀传有环渊，亦云楚人。而列仙传云：“涓子者，齐人也。钓于荷泽，隐于宕山。”此以为青州人物，盖从列仙传。

〔三〕颜歜，见齐策。黔子，渚宫旧事五作慎子。王叔，旧事作王斗，见齐策。

〔四〕东郭先生，见汉书蒯通传。

〔五〕李慈铭云：“案后汉书：伏湛官大司徒，其兄子恭官司空，肃宗以为三老。案后汉书：承宫字少子，琅玡人。案王应麟姓氏急就章注引七录：汉有博士侍其生。”嘉锡案：承幼子，后汉书有承宫，字少子，琅邪姑幕人。疑即此人。薛方，字子容，齐人，见汉书鲍宣传。孟玉名璆，临济人，见后汉书陈蕃传。刘祖荣名宠，东莱牟平人，见后汉书循吏传。临孝存，北海人，见后汉书郑玄及孔融传。孙宾硕名嵩，北海安丘人，见后汉书郑玄及赵岐传，作宾石。盖古字通用。刘公山名岱，附见后汉书刘宠传。王仪伯当作伯仪，党锢传序有王章，在八厨之列。又云：“王璋字伯仪，东莱曲城人，少府卿。”章与璋盖即一人。郎宗字仲绥，北海安丘人，附子觊传。明缪宋本释名有陈道人题记，引馆阁书目云：“汉征士北海刘熙字成国撰。”熙见蜀志许慈传、吴志程秉及薛综韦曜传，均不载爵里及字。隋志梁有谥法三卷，后汉安南太守刘熙注，未知即一人否。

〔六〕任昭先名嘏，乐安人。见后汉书郑玄传及魏志王昶传。“青士”，士旧事作土。“邵南”，邵旧事作召。“管仲”，仲旧事作晏。“汉阴丈人之折子贡”，折旧事作见与。市南宜僚，见左氏哀十六年传及庄子徐无鬼。屠羊说，见庄子让王及韩诗外传八。老莱夫妻，见列女传。“之于屈原”，之于旧事作不及。庞公，旧事作司马德操。

73 刘尹云：“清风朗月，辄思玄度。”〔一〕晋中兴士人书曰：“许询能清言，于时士人皆钦慕仰爱之。”

【笺疏】

〔一〕唐释道宣三宝感通录一引地志曰：“晋时高阳许询诣建业，见者倾都。刘恢为丹阳尹，有名当世。日数造之，叹曰：'今见许公，使我遂为轻薄京尹。' 于郡立斋以处之。至于梁代，此屋犹在。许掾既反，刘尹尝至其斋曰：'清风朗月，何尝不恒思玄度矣。'" 嘉锡案：刘恢，即刘惔也。真长之名，惔恢互出。说见赏誉篇"庾稺恭与桓温书"条下。

74　荀中郎在京口，晋阳秋曰："荀羡字令则，颍川人，光禄大夫崧之子也。清和有识裁，少以主壻为驸马都尉。是时殷浩参谋百揆，引羡为援，频莅义兴、吴郡，超授北中郎将、徐州刺史，以蕃屏焉。" 中兴书曰："羡年二十八，出为徐、兖二州。中兴方伯之少，未有若羡者也。" 登北固望海云〔一〕：南徐州记曰："城西北有别岭入江，三面临水，高数十丈，号曰北固。""虽未睹三山，便自使人有凌云意。若秦、汉之君，必当褰裳濡足。" 史记封禅书曰："蓬莱、方丈、瀛洲此三山，世传在海中，去人不远。尝有至者，言诸仙人不死药在焉。黄金白银为宫阙，草物禽兽尽白，望之如云。及至，反居水下。欲到，即风引船而去，终莫能至。秦始皇登会稽，并海上，冀遇三神山之奇药。汉武帝既封泰山，无风雨变至，方士更言蓬莱诸药可得，于是上欣然东至海，冀获蓬莱者。"

【笺疏】

〔一〕嘉定镇江志六云："北固山即今府治。"

75　谢公云："贤圣去人，其间亦迩。" 子侄未之许。公叹曰："若郗超闻此语，必不至河汉。" 超别传曰："超精于理义，沙门支道林以为一时之俊。" 庄子曰："肩吾问于连叔曰：'吾闻言于接舆，大而无当，往而不反。怪怖其言，犹河汉而无极也。'"

【校文】

注"怪布"　"怪"，沈本作"惊"。

76　支公好鹤，住剡东峁山。支公书曰："山去会稽二百里。"有人遗其双鹤，少时翅长欲飞。支意惜之，乃铩其翮。鹤轩翥不复能飞，乃反顾翅，垂头。视之，如有懊丧意。林曰："既有凌霄之姿，何肯为人作耳目近玩？"养令翮成，置使飞去〔一〕。

【笺疏】

〔一〕吴郡志九云："支遁庵在南峰，古号支硎山。晋高僧支遁尝居此，剜山为龛，甚宽敞。道林又尝放鹤于此。今有亭基。"

77　谢中郎经曲阿后湖，问左右："此是何水？"中兴书曰："谢万字万石，太傅安弟也。才气高俊，蚤知名。历吏部郎、西中郎将、豫州刺史、散骑常侍。"答曰："曲阿湖。"太康地记曰："曲阿本名云阳，秦始皇以有王气，凿北阬山以败其势，截其直道，使其阿曲，故曰曲阿也。吴还为云阳，今复名曲阿。"谢曰："故当渊注渟著，纳而不流。"

【校文】

注"北阬山"　"北"，沈本作"地"。

78　晋武帝每饷山涛恒少。谢太傅安也。以问子弟，车骑玄也。答曰："当由欲者不多，而使与者忘少。"谢车骑家传曰："玄字幼度，镇西奕第三子也。神理明俊，善微言。叔父太傅尝与子侄燕集，问：‘武帝任山公以三事，任以官人，至于赐予，不过斤合，当有旨不？’玄答有辞致也。”

79　谢胡儿语庾道季：道季，庾龢小字。徐广晋纪曰：“龢字道季，太尉亮子也。风情率悟，以文谈致称于时。历仕至丹阳尹，兼中领军。”“诸人莫当就卿谈〔一〕，可坚城垒。”庾曰：“若文度来，我以偏师待之；康伯来，济河焚舟。”春秋传曰：“秦伯伐晋，济河焚舟。”杜预曰：“示必死。”

【笺疏】

〔一〕文廷式纯常子枝语卷十四云：“莫字揣摩之词，意与或近。秦桧言‘莫须有’之莫字，正与此同。俗语约莫，亦揣度之词。”

80　李弘度常叹不被遇。中兴书曰：“李充字弘度，江夏鄳人也。祖康〔一〕、父矩，皆有美名。充初辟丞相掾、记室参军，以贫，求剡县，迁大著作、中书郎。”殷扬州殷浩别见。知其家贫〔二〕，问：“君能屈志百里不？”李答曰：“北门之叹，久已上闻。卫诗：北门，刺仕不得志也。穷猿奔林，岂暇择木！”〔三〕遂授剡县〔四〕。

【笺疏】

〔一〕程炎震云：“康字误，当作秉。”全晋文五十三李秉家诫下严可均注曰：“世说言语篇注引晋中兴书：李充祖康。彼康字，亦秉之误。”嘉锡案：严氏说详见德行篇“司马文王”条。

〔二〕李详云：“晋书李充传事属褚裒，非殷也。”嘉锡案：晋书所据，自与世说不同，未可以彼非此。

〔三〕左氏哀十一年传曰：“孔文子之将攻大叔也，访于仲尼。仲尼曰：‘胡簋之食，则尝学之矣；甲兵之事，未之闻也。’退，命驾而行，曰：'鸟则择木，木岂能择鸟？'"

〔四〕程炎震云："剡，御览四百八十五作郯。"

81　王司州至吴兴印渚中看。王胡之别传曰："胡之字修龄，琅邪临沂人，王廙之子也[一]。历吴兴太守，征侍中、丹阳尹、祕书监，并不就。拜使持节，都督司州诸军事、西中郎将、司州刺史。"吴兴记曰："於潜县东七十里，有印渚，渚傍有白石山，峻壁四十丈。印渚盖众溪之下流也。印渚已上至县，悉石濑恶道，不可行船；印渚已下，水道无险，故行旅集焉。"[二]叹曰："非惟使人情开涤[三]，亦觉日月清朗。"

【笺疏】

〔一〕法书要录十，王羲之致司空高平郗公书："尊叔廙，平南将军、荆州刺史、侍中、骠骑将军、武陵康侯，夫人雍州刺史济阴郗诜女。诞颐之、胡之、耆之、美之。"

〔二〕御览引吴兴记与此详略互异。有云："印渚山上承浮溪水。"

〔三〕程炎震云：御览四十六引吴兴记"情"上有"心"字，当据补。

82　谢万作豫州都督[一]，新拜，当西之都邑，相送累日，谢疲顿。于是高侍中往，中兴书曰："高崧字茂琰，广陵人。父悝，光禄大夫。崧少好学，善史传。累迁吏部郎、侍中，以公累免官。"径就谢坐，因问："卿今仗节方州，当疆理西蕃，何以为政？"谢粗道其意。高便为谢道形势，作数百语。谢遂起坐。高去后，谢追曰："阿酃故粗有才具。"阿酃，崧小字也。谢因此得终坐。

【笺疏】

〔一〕程炎震云："谢万为豫州，在升平二年。"

83 袁彦伯为谢安南司马，安南，谢奉，别见〔一〕。都下诸人送至濑乡。将别，既自凄惘，叹曰："江山辽落，居然有万里之势。"续晋阳秋曰："袁宏字彦伯，陈郡人，魏郎中令焕六世孙也。祖猷，侍中。父勖，临汝令。宏起家建威参军，安南司马记室〔二〕。太傅谢安赏宏机捷辩速，自吏部郎出为东阳郡，乃祖之于冶亭，时贤皆集。安欲卒迫试之，执手将别，顾左右取一扇而赠之。宏应声答曰：'辄当奉扬仁风，慰彼黎庶。'合坐叹其要捷。性直亮，故位不显也。在郡卒。"〔三〕

【校文】

注"魏郎中令焕六世孙也"　"焕"，沈本作"涣"。

【笺疏】

〔一〕嘉锡案：奉见雅量篇"谢安南免吏部尚书"条。

〔二〕程炎震云："今晋书宏传云'累迁大司马桓温府记室'。此有脱文。"

〔三〕李详云："晋书宏传：'太元初，卒于东阳，年四十九。'"

84　孙绰赋遂初，筑室畎川，自言见止足之分〔一〕。中兴书曰："绰字兴公，太原中都人。少以文称，历太学博士、大著作、散骑常侍。"遂初赋叙曰："余少慕老庄之道，仰其风流久矣。却感於陵贤妻之言，怅然悟之。乃经始东山，建五亩之宅，带长阜，倚茂林，孰与坐华幕击锺鼓者同年而语其乐哉！"斋前种一株松，恒自手壅治之。高世远时亦邻居〔二〕，世远，高柔字也。别见。语孙曰："松树子非不楚楚可怜，但永无栋梁用耳！"孙曰："枫柳虽合抱，亦何所施？"〔三〕

【笺疏】

〔一〕文选集注六十二公孙罗文选钞引文录云："于时才华之士，有伏滔、庾阐、曹毗、李充，皆名显当世。绰冠其道焉。故温、郄、王、庾诸公之薨，非兴公为文，则不刻石也。"

〔二〕嘉锡案：轻诋篇注曰"高柔字世远"，宋本作崇者，非。又案：彼注引孙统为柔集叙曰："柔营宅于伏川。""伏川"盖"畎川"之误。则柔与绰正是邻居。统乃绰兄，故为柔集作叙。李慈铭云："案晋书但作邻人。"

〔三〕嘉锡案：兴公为孙子荆之孙。高柔之言，乃斥其祖之名以戏之。孙答语中当亦还斥高柔祖父之名，但不可考耳。

85 桓征西治江陵城甚丽〔一〕，盛弘之荆州记曰："荆州城临汉江，临江王所治。王被征，出城北门而车轴折，父老泣曰：'吾王去不还矣！'从此不开北门。"〔二〕会宾僚出江津望之，云："若能目此城者有赏。"顾长康时为客，在坐，目曰："遥望层城，丹楼如霞。"桓即赏以二婢。

【校文】

"目曰"　"目"，景宋本及沈本俱作"因"。

【笺疏】

〔一〕程炎震云："案恺之传：恺之虽尝入温府，而始出即为大司马参军，是不及温为征西时矣。此征西当是桓豁。温既内镇，豁为荆州。宁康元年温死，豁进号征西将军，太元二年卒。桓冲代之，则移镇上，明不治江陵。"嘉锡案：渚宫旧事五云："温治江陵城，甚丽。"则唐人不以为桓豁。舆地纪胜六十四云："自桓温于江陵营城府，此后尝以江陵为荆州理所。"自注云："此据元和郡县志。"又云："今治所，桓温所筑城也。"舆地广记二十七江陵府云："今郡城晋桓温所筑，有龙山汉江。"是自宋以前，地理书皆以此城为温所筑，相承无异说。考晋书哀帝纪云：“兴宁元年五月，加征西大将军桓温侍中、大司马、都督中外诸军事、录尚书事。”则温虽为大司马，未尝去征西之号也。程氏之言，似是而非矣。

〔二〕李慈铭云：“案注引荆州记王被征云云，亦见汉书临江闵王传。王即景帝栗太子也。”渚宫旧事四云：“至今江陵北门塞而不开，盖伤王之不令终也。”

86　王子敬语王孝伯曰：“羊叔子自复佳耳，然亦何与人事？晋诸公赞曰：“羊祜字叔子，太山平阳人也。世长吏二千石，至祜九世，以清德称。为儿时，游汶滨，有行父止而观焉，叹息曰：‘处士大好相，善为之，未六十，当有重功于天下。即富贵，无相忘。’遂去，莫知所在。累迁都督荆州诸军事。自在南夏，吴人说服，称曰羊公，莫敢名者。南州人闻公丧，号哭罢市。”故不如铜雀台上妓。”〔一〕魏武遗令曰：“以吾妾与妓人皆著铜雀台上，施六尺床穗帷，月朝十五日，辄使向帐作伎。”

【笺疏】

〔一〕嘉锡案：子敬吉人辞寡，亦复有此放诞之言，有愧其父多矣。

87　林公见东阳长山曰〔一〕：“何其坦迤！”会稽土地志曰：“山靡迤而长，县因山得名。”

【笺疏】

〔一〕程炎震云：“晋书地理志：扬州东阳郡有长山县。李申耆曰：‘今金华县。’续汉志会稽郡乌伤县注：越绝书曰：‘有常山，古圣所采药，高且神。’英雄交争记曰：‘初平三年分县南乡为长山县。’御览四十七引郡国志曰：‘长山相连三百馀里，一名金华山。’又引吴录地理志曰：'常山，仙人采药处，谓之长山。'"

88　顾长康从会稽还〔一〕，人问山川之美，顾云："千岩竞秀，万壑争流，草木蒙笼其上，若云兴霞蔚。"丘渊之文章录曰："顾恺之字长康，晋陵人。父说，尚书左丞。恺之，义熙初为散骑常侍。"

【校文】

注"父说"　景宋本"说"作"悦"。

【笺疏】

〔一〕寰宇记九十六引此作刘义庆俗说，盖误。任渊山谷内集注四曰："按艺文类聚引世说，顾恺之为虎头将军。然今世说不载。而历代名画记云'恺之小字虎头'，未知孰是。'嘉锡案：古时将军，不闻有虎头之号。南齐书曹虎传云："本名虎头，世祖以虎头名鄙，敕改之。"是六朝人固有以虎头为名字者，疑名画记之说是也。

89　简文崩，孝武年十馀岁立，至暝不临。宋明帝文章志曰："孝武皇帝讳昌明，简文第三子也。初，简文观谶书曰：'晋氏阼尽昌明。'及帝诞育，东方始明，故因生时以为讳，而相与忘告简文。问之，乃以讳对。简文流涕曰：'不意我家昌明便出。'帝聪惠，推贤任才，年三十五崩。"左右启"依常应临"。帝曰："哀至则哭，何常之有！'

90　孝武将讲孝经，谢公兄弟与诸人私庭讲习。续晋阳秋曰："宁康三年九月九日，帝讲孝经。仆射谢安侍坐，吏部尚书陆纳兼侍中卞耽读，黄门侍郎谢石、吏部袁宏兼执经，中书郎车胤、丹阳尹王混摘句。”车武子难苦问谢，车胤别见。谓袁羊曰：“不问则德音有遗，多问则重劳二谢。”袁羊，乔小字也。袁氏家传曰：“乔字彦升，陈郡人。父瓌，光禄大夫。乔历尚书郎、江夏相。从桓温平蜀，封湘西伯、益州刺史。”袁曰：“必无此嫌。”车曰：“何以知尔？”袁曰：“何尝见明镜疲于屡照，清流惮于惠风！”〔一〕

【校文】

注“王混”　景宋本及沈本俱作“王温”。

【笺疏】

〔一〕程炎震云：“袁乔从桓温平蜀，寻卒。在永和中，安得至孝武宁康时乎？此必袁虎之误。上注明引袁宏，此注乃指为袁乔。数行之中，便不契勘，刘注似此，非小失也。彦升，晋书作彦叔，名字相应，则升为是。”嘉锡案：晋书乔附其父瓌传，云“乔卒，温甚悼惜之”。考桓温以宁康元年卒，乔卒又在其前。自不得与于宁康三年讲经之会，程说是也。

91　王子敬曰：“从山阴道上行，会稽土地志曰：“邑在山阴，故以名焉。”山川自相映发，使人应接不暇。若秋冬之际，尤难为怀。”会稽郡记曰：“会稽境特多名山水，峰崿隆峻，吐纳云雾。松栝枫柏，擢干竦条，潭壑镜彻，清流泻注。王子敬见之曰：‘山水之美，使人应接不暇。’”〔一〕

【笺疏】

〔一〕刘盼遂曰：“戏鸿堂帖载子敬杂帖云：‘镜湖澄澈，清流写注，山川之美，使人应接不暇。’较世说为详备。注引会稽郡记文，与杂帖相合。殆取子敬文所缀欤？”

92　谢太傅问诸子侄："子弟亦何预人事，而正欲使其佳？"诸人莫有言者，车骑答曰：谢玄。"譬如芝兰玉树，欲使其生于阶庭耳。"〔一〕

【笺疏】

〔一〕嘉锡案：此出语林，见类聚八十一引。

93　道壹道人好整饰音辞〔一〕，王珣游严陵濑诗叙曰："道壹姓竺氏，名德。"沙门题目曰："道壹文锋富赡。孙绰为之赞曰：'驰骋游说，言固不虚。惟兹壹公，绰然有馀。譬若春圃，载芬载敷。条柯猗蔚，枝干扶疏。'"〔二〕从都下还东山，经吴中。已而会雪下，未甚寒。诸道人问在道所经。壹公曰："风霜固所不论，乃先集其惨澹。郊邑正自飘瞥，林岫便已皓然。"

【笺疏】

〔一〕高僧传五曰："竺道壹姓陆，吴人也。少出家，贞正有学业。琅邪王珣兄弟深加敬事。晋太和中，出都，止瓦官寺，从汰公受学。数年之中，思彻渊深，讲倾都邑，为时论所宗，晋简文皇帝深所知重。及帝崩，汰死，壹乃还东，止虎邱山。郡守琅邪王荟于邑西起嘉祥寺，请居僧首。后暂往吴之虎丘山。以晋隆安中遇疾而卒，春秋七十有一矣。"

〔二〕程炎震云："高僧传五作'驰辞说，言因缘不虚'，是也。"嘉锡案：本注文义为长，高僧传妄有改窜，不可从。

94　张天锡为凉州刺史，称制西隅。既为苻坚所禽，用为侍中。后于寿阳俱败，至都，张资凉州记曰："天锡字纯嘏，安定乌氏人，张耳后也。曾祖轨，永嘉中为凉州刺史，值京师大乱，遂据凉土。天锡篡位，自立为凉州牧。苻坚使将姚苌攻没凉州，天锡归长安，坚以为侍中、比部尚书、归义侯。从坚至寿阳，坚军败，遂南归。拜散骑常侍、西平公。”中兴书曰：“天锡后以贫拜庐江太守。薨，赠侍中。”为孝武所器。每入言论，无不竟日。颇有嫉己者，于坐问张：“北方何物可贵？”张曰：“桑椹甘香，鸱鸮革响。诗鲁颂曰：“翩彼飞鸮，集于泮林。食我桑椹，怀我好音。”淳酪养性，人无嫉心。”〔一〕西河旧事曰：“河西牛羊肥，酪过精好，但写酪置革上，都不解散也。”

【笺疏】

〔一〕书钞五十八引臧荣绪晋书曰：“张天锡字纯嘏，为苻融征南司马。谢安等大破苻坚于淮肥，天锡于阵归国，诏以为散骑常侍左员外。”

95 顾长康拜桓宣武墓〔一〕，作诗云：“山崩溟海竭，鱼鸟将何依。”〔二〕宋明帝文章志曰：“恺之为桓温参军，甚被亲暱。”人问之曰：“卿凭重桓乃尔，哭之状其可见乎？”顾曰：“鼻如广莫长风，眼如悬河决溜。”春秋考异邮曰：“距不周风四十五日，广莫风至。广莫者，精大备也。盖北风也，一曰寒风。”或曰：“声如震雷破山，泪如倾河注海。”〔三〕

【校文】

注“亲暱”　景宋本作“亲昵”。

【笺疏】

〔一〕嘉锡案：陆游入蜀记云：“太平州正据姑熟溪北，桓温墓亦在近郊。有石兽石马，制作精妙。又有碑，悉刻当时车马衣冠之类。极可观，恨不一到也。”南齐书周山图传云：“永徽三年，迁淮南太守。盗发桓温冢，大获宝物。客窃取以遗山图。山图不受，簿以还官。”则虽当时故谬其处，后终不免被发矣。是亦奸雄之报也。

〔二〕程炎震云：“文选二十三谢灵运庐陵王墓下作注引顾恺之拜桓宣王墓诗曰：‘远念羡昔存，抚坟哀今亡。’盖别一首。御览五百五十六引谢绰宋拾遗记曰：‘桓温葬姑熟之青山，平坟不为封域。于墓傍开隧立碑，故谬其处，令后代不知所在。’”

〔三〕嘉锡案：恺之父悦尝上疏理殷浩，为时所称。见本篇注引晋中兴书及晋书殷浩传。浩乃温之所废，而悦为之讼冤，则与温异矣。恺之身为悦子，怀温入幙之遇，忘其问鼎之奸。感激伤恸，至于如此。此固可见温之能牢笼才俊，而当时士大夫之不识名义，亦已甚矣！恺之痴人，无足深责尔。

96　毛伯成既负其才气，常称：“宁为兰摧玉折，不作萧敷艾荣。”〔一〕征西寮属名曰：“毛玄字伯成，颍川人。仕至征西行军参军。”

【笺疏】

〔一〕离骚曰：“人好恶其不同兮，惟此党人其独异。户服艾以盈要兮，谓幽兰其不可佩。”又曰：“何昔日之芳草兮，今直为此萧艾也。”

97　范甯作豫章〔一〕，中兴书曰：“甯字武子，慎阳县人。博学通览，累迁中书郎、豫章太守。”八日请佛有板〔二〕。众僧疑，或欲作答。有小沙弥在坐末曰：“世尊默然，则为许可。”众从其义〔三〕。

【笺疏】

〔一〕程炎震云："高僧传六慧持传曰：'豫章太守范甯，请讲法华毗昙。'王珣与范甯书云：'远公持公孰愈？'范答书云：'诚为难兄难弟也。'"嘉锡案：范武子湛深经术，粹然儒者。尝深疾浮虚，谓王弼、何晏之罪，深于桀、纣。其识高矣。而亦拜佛讲经，皈依彼法。盖南北朝人，风气如此。韩昌黎所谓不入于老，则入于佛也。辩正论七信毁交报篇、陈子良注引孔琼别传云"吏部尚书孔琼，字彦宝，素不信佛。因与范泰四月八日至瓦官寺共放生忏悔。死后数旬，托梦与兄子云'吾本不信佛，因与范泰放生，乘一善力，今得脱苦'"云云。泰即甯之子，宋书本传言其暮年事佛甚精。今观此事，始知范氏不惟世奉三宝；乃至八日请佛，亦复传为家风。其行持之笃如此。然则彼之著论诋毁王、何，殆犹不免入主出奴之见也乎。

〔二〕八日，盖四月八日也。岁华纪丽二引荆楚岁时记云："荆楚以四月八日，诸寺各设会，香汤浴佛，共作龙华会，以为弥勒下生之征也。"又云："荆楚人相承此日迎八字之佛于金城。设榻幢，歌鼓，以为法华会。"玉烛宝典四云："后人每二月八日巡城围绕，四月八日行像供养。"王国维简牍检署考云："至汉中叶，而简策之用尚盛。至言事通问之文，则全用版奏。虽蔡伦造纸后犹然。晋人承制拜官，则曰版授，抗章言事，则曰露版。"嘉锡案：请佛而用板者，盖亦露版之类。所以表至敬，犹之礼佛之文，亦称为疏也。

〔三〕程炎震云："高僧传十一杯度传云：'时湖沟有朱文殊者，谓度曰："弟子脱舍身没苦，愿见救度。脱在好处，愿为法侣。"度不答。文殊喜曰："佛法默然，已为许矣。"'"

98　司马太傅斋中夜坐，孝文王传曰："王讳道子，简文皇帝第五子也。封会稽王，领司徒、扬州刺史，进太傅。为桓玄所害，赠丞相。”于时天月明净，都无纤翳。太傅叹以为佳。谢景重在坐，续晋阳秋曰：“谢重字景重，陈郡人。父朗，东阳太守。重明秀有才会，终骠骑长史。”答曰：“意谓乃不如微云点缀。”太傅因戏谢曰：“卿居心不净，乃复强欲滓秽太清邪？”

99　王中郎甚爱张天锡〔一〕，问之曰：“卿观过江诸人，经纬江左，轨辙有何伟异？后来之彦，复何如中原？”张曰：“研求幽邃，自王、何以还；因时修制，荀、乐之风。”荀颉、荀勖修定法制，乐则未闻〔二〕。王曰：“卿知见有馀，何故为苻坚所制？”张资凉州记曰：“天锡明鉴颖发，英声少著。”答曰：“阳消阴息，故天步屯蹇；否剥成象，岂足多讥？”

【笺疏】

〔一〕程炎震云：“坦之卒于宁康三年，天锡以淝水败来降，不及见矣。此王中郎，盖别是一人。”

〔二〕嘉锡案：乐谓乐广也。广未尝修定法制，故云“未闻”。

100　谢景重女适王孝伯儿，二门公甚相爱美。谢女谱曰：“重女月镜，适王恭子愔之。”谢为太傅长史，被弹；王即取作长史，带晋陵郡。太傅已构嫌孝伯，不欲使其得谢，还取作咨议。外示絷维，而实以乖间之。及孝伯败后，太傅绕东府城行散，丹阳记曰：“东府城西，有简文为会稽王时第，东则孝文王道子府。道子领扬州，仍住先舍，故俗称东府。”僚属悉在南门要望候拜，时谓谢曰：“王甯异谋，阿甯，王恭小字也。云是卿为其计。”谢曾无惧色，敛笏对曰：“乐彦辅有言：‘岂以五男易一女？’”太傅善其对，因举酒劝之曰：“故自佳！故自佳！”

【校文】

注“谢女谱”　当是“谢氏谱”之误。

101　桓玄义兴还后，见司马太傅，太傅已醉，坐上多客，问人云：“桓温来欲作贼，如何？”〔一〕晋安帝纪曰：“温在姑孰，讽朝廷，求九锡。谢安使吏部郎袁宏具其草，以示仆射王彪之。彪之作色曰：‘丈夫岂可以此事语人邪？’安徐问其计。彪之曰：‘闻其疾已笃，且可缓其事。’安从之，故不行。”桓玄伏不得起。谢景重时为长史，举板答曰：“故宣武公黜昏暗，登圣明，功超伊、霍。纷纭之议，裁之圣鉴。”太傅曰：“我知！我知！”即举酒云：“桓义兴，劝卿酒。”桓出谢过。檀道鸾论之曰：“道子可谓易于由言，谢重能解纷纭矣。”〔二〕

【笺疏】

〔一〕李慈铭云：“案桓温下当有一‘晚’字。晋书作‘桓温晚涂欲作贼’可证。各本皆脱。”

〔二〕李慈铭云：“案桓温桀逆，罪不容诛。当日王珣既被偏知，感恩短簿。谢公名德，亦以温府司马进身，故新亭之迎，九锡之议，当时懔懔，亦以不速毙为忧。乃至告终，哀荣备尽，盖王、谢二族，世执晋柄，终怀顾己之私，莫发不臣之迹。据晋书范宏之传，宏之申雪殷浩，因列桓温移鼎之迹，一疏甫上，遂为王珣所仇，终身沦谪。盖诸臣既各持其门户，孝武亦私感其援立简文，隐忍相安，终成灵宝之篡。观此景重之答，动以废昏立明，借口归功，道子即举酒相劝。其君臣幽隐，已喻之深。道鸾尚称谢重能解纷纭，何其无识！终晋之世，昌言温罪者，惟宏之上会稽王书、与王珣书，辞气伉直，不畏强御，一人而已。”御览四百九十七引檀道鸾晋书（按当作晋阳秋）曰：“桓玄诣会稽王道子。道子已醉，对玄张目瞩四座云：‘桓温作贼！’玄见此醉势难测，伏地流汗。”嘉锡案：据此，则玄之伏不能起，不徒以道子直斥温名，加以大逆，使之无地自容而已，直恐其醉中暴怒，于座上收缚，或牵出就刑，故惧而流汗耳。嘉锡又案：桓玄飞扬跋扈，包藏祸心，蜷伏爪牙，观衅而动，能早除之固善。然道子昏庸，见不及此。本无杀之之意，而乘醉肆詈，辱及所生，使之羞愤难堪。是时四坐动容，主宾交窘，景重出而转圜，实足息一时之纷纠。其言宣武废昏立明，不过权词解围耳。使道子果欲正温不臣之罪，固当奏之孝武，明发诏令，岂容失色于杯酒间乎？道鸾就事立论，未为大失；莼客之评，借端牵涉，窃所不取。至于谢傅处置桓氏，实具苦心。若于温身后便削夺官爵，除其邮典，不知何以处桓冲。设竟激之生变，如庾亮之于苏峻，小朝廷何堪再扰乎？莼客云云，又不审时势之言也。惟其论王珣、范宏之处，颇有可采，故仍存之。晋书儒林传云：“范弘之字长文，安北将军汪之孙。为太学博士。时卫将军谢石薨，请谥。弘之议宜谥曰襄墨公。又论殷浩宜加赠谥，不得因桓温之黜，以为国典，仍多叙温移鼎之迹。时谢族方显，桓宗犹盛。尚书仆射王珣，温故吏也，素为温所宠。三怨交集，乃出弘之为馀杭令。将行，与会稽王道子笺曰：‘桓温事迹，布在天朝。逆顺之情，暴之四海。举朝嘿嘿，未有唱言者。是以顿笔按气，不敢多云。王珣以下官议殷浩谥不宜暴扬桓温之恶。珣感其提拔之恩，怀其入幙之遇。托以废黜昏暗，建立圣明，自谓此事足以明其忠贞之节。明公试复以一事观之，若温忠为社稷，诚存本朝，何不奉还万机，退守屏藩？方提勒公王，匡总朝廷，又逼胁袁宏，使作九锡。备物光赫，其文具存。朝廷畏怖，莫不景从。惟谢安、王坦之以死守之，故得稽留耳。今主上亲览万机，明公光赞百揆，复不于今大明国典，作制百代。不审复欲待谁？愿明公远览殷周，近察汉魏。虑其所以危，求其所以安。如此而已。'" 嘉锡案：谢石薨于太元十三年十二月。弘之谥议，当上于十四年。至其为殷浩请谥，不知何时。本传言其为王珣及谢氏所怨，出为馀杭令。故通鉴一百七叙于十六年九月，以王珣为左仆射、谢琰为右仆射之时。盖是也。越一年，而桓玄出守义兴，其或者庙堂之上，颇为弘之说所动欤？余尝推勘纪传，察玄之出处，则孝武太元之间，政府用人之得失，亦有可言者。自宁康元年，录尚书大司马桓温薨，其二年，仅命仆射谢安总关中书事。尚书无录公者凡三年。太元元年，始进安中书监、录尚书事。八年，命琅邪王道子录尚书六条事，以谢石为尚书令。然政柄犹在于安。至十年八月，安薨，道子加领扬州刺史、录尚书。自是始专政，而谢石为尚书令如故。十三年十二月，石卒。十四年九月，以左仆射陆纳为令。桓玄至是二十二岁矣，尚未出仕。盖十五年九月以吴郡太守王珣为尚书仆射（珣传作右仆射），领吏部。谢安夙疑之而不用。安死，而政府犹沿其雅意也。十六年始拜太子洗马。其为珣所援引，较然甚明。观范弘之传言珣之护持桓氏，及珣本传言珣卒后，玄与道子书悼叹之深（此书见御览二百十一引晋中兴书及三百八十引谢安别传），可见二人互相交结。则玄之出仕，必珣所引用，其故可知也。及十七年出玄补外，珣仍握选政而不能救，是必出于谢琰之意，而道子从之。珣迫于录公，故不能抗耳。玄自义兴还后，上疏自辩曰："自顷权门日盛，丑政实繁。咸称述时旨，互相扇附。以臣之兄弟，皆晋之罪人，臣等复何理苟存圣世？"（玄传）玄此时羽毛未丰，忧危方盛，必不敢指斥相王。当代大臣，家世足当权门之目者，非谢氏而谁？称述时旨者，言石、琰等祖述安之意旨也。则玄之不得志，始终为安兄弟父子所扼，又可知矣。琰虽恶范弘之，而于其暴扬桓温之恶，未必不采纳其言。道子于众中辱玄，言桓温晚来欲作贼，殆亦有弘之所上之书存于胸中，故乘酒兴，不觉倾吐而出也。然春秋传不云乎，当其时，不能治也。后之人何罪？东晋君臣，畏桓氏之强，于温之死，方宠以殊礼，称为伊、霍。道子身为辅相，朝野具瞻，既不能用弘之之言，大明国典；复不能慎其嚬笑，知玄之雄豪可疑，而无术以制之，加以挫辱，使之愧耻，无以自容。徒一旦得志，肆其愤毒，遂致父子俱死人手，为天下笑，非不幸也。晋书桓玄传云："玄常负其才地，以雄豪自处。朝廷疑而未用。年二十三，始拜太子洗马。时议谓温有不臣之迹，故折玄兄弟而为素官。太元末，出为义兴太守，郁郁不得志。尝登高望震泽叹曰：'父为九州伯，儿为五湖长。'弃官归国。"嘉锡案：玄死于元兴三年，年三十六（见本传）。其二十三时，乃晋孝武太元十六年也。建康实录九云："太元十七年九月，除南郡公桓玄义兴太守。"太元凡二十一年，则十七年不得谓之末。晋书误也。玄其时年二十四，其自义兴还，不知何时。魏书岛夷桓玄传云："玄出为义兴太守，不得志，少时去职。"考释宝唱比丘尼传一云："荆州刺史王忱死，烈宗意欲以王恭代之。时桓玄在江陵，知殷仲堪弱才，乃遣使凭妙音尼为堪图州。"检孝武纪，太元十七年十月，王忱卒。十一月以殷仲堪为荆州刺史。玄以九月出为太守，旋去职，还都，见道子。而十月已在江陵，则其到义兴任，不过十许日耳。玄擅自去官，而道子不问，亦不复用，又从而挫辱之，宜玄之益不自安，切齿于道子矣（见道子传）。通鉴一百八以为玄先诣道子，后出补义兴太守，亦误也。嘉锡又案：御览三百八十七引续晋阳秋曰："桓玄尝诣会稽王道子。道子已醉，对玄张眼属四坐云：'桓温作贼！'玄见此辞势难测，伏席流汗。长史谢重敛板正色曰：'故大司马公废昏立明，功全社稷。风尘之论，宜绝圣听。'"孝标以其与世说无大异，故但存其论说。然其言仍可供参考，爰复录之于此。

102　宣武移镇南州〔一〕，制街衢平直。人谓王东亭曰：王司徒传曰："王珣字元琳，丞相导之孙，领军洽之子也。少以清秀称。大司马桓温辟为主簿，从讨袁真，封交趾望海县东亭侯，累迁尚书左仆射、领选、进尚书令。""丞相初营建康，无所因承，而制置纡曲，方此为劣。"晋阳秋曰："苏峻既诛，大事克平之后，都邑残荒。温峤议徙都豫章，以即丰全。朝士及三吴豪杰，谓可迁都会稽，王导独谓'不宜迁都。建业，往之秣陵，古者既有帝王所治之表，又孙仲谋、刘玄德俱谓是王者之宅。今虽凋残，宜修劳来旋定之道，镇静群情。且百堵皆作，何患不克复乎！'终至康宁，导之策也。"东亭曰："此丞相乃所以为巧。江左地促，不如中国；若使阡陌条畅，则一览而尽。故纡馀委曲，若不可测。"〔二〕

【笺疏】

〔一〕程炎震云："文选二十二殷仲文南州桓公九井作一首注引水经注曰：'淮南郡之于湖县南，所谓姑孰，即所谓南州矣。'案赵一清曰：'今本水经注沔水篇无此文。'"程氏又云："晋书哀帝纪：'兴宁二年五月，以桓温为扬州牧，录尚书事。八月，温至赭圻，遂城而居之。'通鉴：'兴宁三年，移镇姑孰。'盖遥领扬州牧，州府即随之而移。以姑孰在建康南，故得南州之名，如西州之比矣。”

〔二〕嘉锡案：景定建康志十六云：“今台城在府城东北，而御街迤逦向南，属之朱雀门。”则其势诚纡迴深远不可测矣。

103　桓玄诣殷荆州，殷在妾房昼眠，左右辞不之通。桓后言及此事，殷云：“初不眠，纵有此，岂不以‘贤贤易色’也。”孔安国注论语曰：“言以好色之心好贤人则善。”

104　桓玄问羊孚：羊氏谱曰：“孚字子道，泰山人。祖楷，尚书郎。父绥，中书郎。孚历太学博士、州别驾、太尉参军。年四十六卒。”“何以共重吴声？”羊曰：“当以其妖而浮。”

105　谢混问羊孚：“何以器举瑚琏？”晋安帝纪曰：“混字叔源，陈郡人，司空琰少子也。文学砥砺立名。累迁中书令、尚书左仆射。坐党刘毅伏诛。”论语：“子贡问曰：‘赐也何如？’子曰：‘汝器也。’曰：‘何器也？’曰：‘瑚琏也。’”郑玄注曰：“黍稷器。夏曰瑚，殷曰琏。”羊曰：“故当以为接神之器。”

106　桓玄既篡位〔一〕，后御床微陷，群臣失色。侍中殷仲文进曰：续晋阳秋曰：“仲文字仲文，陈郡人。祖融，太常。父康，吴兴太守。仲文闻玄平京邑，弃郡投焉〔二〕。玄甚说之，引为咨议参军〔三〕。时王谧见礼而不亲，卞范之被亲而少礼。其宠遇隆重，兼于王、卞矣。及玄篡位，以佐命亲贵，厚自封崇。舆马器服，穷极绮丽，后房妓妾数十，丝竹不绝音。性甚贪吝，多纳贿赂，家累千金，常若不足。玄既败，先投义军。累迁侍中尚书。以罪伏诛。”“当由圣德渊重，厚地所以不能载。”时人善之〔四〕。

【校文】

注“咨议” 景宋本作“谘议”。

【笺疏】

〔一〕程炎震云：“元兴二年，桓玄篡位。”

〔二〕程炎震云：“晋书云：‘仲文为新安太守，弃众投玄。’此处盖有脱文。”

〔三〕文选集注六十二江文通拟殷东阳兴瞩诗注引王韶晋纪云：“仲文少有才，美容貌，桓玄姊夫。玄甚悦之，引为谘议参军。”

〔四〕李慈铭云：“案此学裴楷‘天得一以清’之言，而取媚无稽，流为狂悖。晋武帝受禅，至惠而衰，得一之征，实为显著。灵宝篡逆，覆载不容，仲文晋臣，谬称名士。而既弃朝廷所授之郡，复忘其兄仲堪之仇。蒙面丧心，敢诬厚地。犬彘不食，无忌小人。临川之简编，夸其言语，无识甚矣！”

107 桓玄既篡位，将改置直馆，问左右：“虎贲中郎省，应在何处？”有人答曰：“无省。”当时殊忤旨。问：“何以知无？”答曰：“潘岳秋兴赋叙曰：‘余兼虎贲中郎将，寓直散骑之省。’”岳别见。其赋叙曰：“晋十有四年，余年三十二，始见二毛，以太尉掾兼虎贲中郎将，寓直散骑之省。高阁连云，阳景罕曜。仆野人也，猥厕朝列，譬犹池鱼笼鸟，有江湖山薮之思。于是染翰操纸，慨然而赋。于时秋至，故以秋兴命篇。”玄咨嗟称善。刘谦之晋纪曰：“玄欲复虎贲中郎将，疑应直与不，访之僚佐，咸莫能定。参军刘简之对曰〔一〕：‘昔潘岳秋兴赋叙云：“余兼虎贲中郎将，寓直于散骑之省。”以此言之，是应直也。’玄欢然从之。”此语微异，又答者未知姓名，故详载之。

【校文】

“殊忤旨”　“殊”，景宋本及沈本俱作“绝”。

【笺疏】

〔一〕程炎震云：“刘简之文选十三秋兴赋注引作刘荀之，御览二百四十一引作刘兰之，皆误也。简之者，谦之之兄，彭城吕人，见宋书刘康祖传。”嘉锡案：姚振宗隋志考证三十九以简之为即本书方正篇之刘简，误也。简之弟名谦之、虔之，简弟名耽，非一人明矣。隋志：梁有晋太尉咨议刘简之集十卷，亡。

108　谢灵运好戴曲柄笠，丘渊之新集录曰：“灵运，陈郡阳夏人。祖玄，车骑将军。父涣，秘书郎。灵运历秘书监、侍中、临川内史。以罪伏诛。”〔一〕孔隐士谓曰：“卿欲希心高远，何不能遗曲盖之貌？”〔二〕宋书曰：“孔淳之字彦深，鲁国人。少以辞荣就约，征聘无所就。元嘉初，散骑郎征，不到，隐上虞山。”谢答曰：“将不畏影者未能忘怀。”〔三〕庄子云：“渔父谓孔子曰：‘人有畏影恶迹而去之走者，举足逾数而迹逾多，走逾疾而影不离，自以尚迟，疾走不休，绝力而死。不知处阴以休影，处静以息迹，愚亦甚矣！子脩心守真，还以物与人，则无异矣。不脩身而求之人，不亦外事者乎？’”

【校文】

注“以罪伏诛”　景宋本及沈本俱无“以罪”二字。

【笺疏】

〔一〕晋书谢玄传曰：“子瑍嗣，祕书郎，早卒。子灵运嗣。瑍少不惠，而灵运文藻艳逸。玄尝称曰：'我尚生瑍，瑍那得不生灵运？'"嘉锡案：玄以晋孝武帝太元十三年卒，年四十六，而据宋书谢灵运传灵运以宋文帝元嘉十年于广州弃市，年四十九。以此推之，当生于太元十年。玄卒之时，灵运尚不满四岁，甫能牙牙学语，何从知其文藻艳逸乎？宋书作"瑍生而不慧，灵运幼便颖悟，玄甚异之，谓亲知曰：'我乃生瑍，瑍那得生灵运'"，是也。晋书妄加改窜，遂成语病耳。诗品上云："灵运生于会稽，旬日而谢玄亡。"此又传闻之谬，与晋书所言两失之矣。

〔二〕程炎震云："晋书艺术陈训传云：'周顗问训以官位，训曰："酉年当有曲盖。"后顗果为金紫将军。'蜀志诸葛亮传注：'亮南征，赐曲盖一。'吴志孙峻传注：'留赞解曲盖印绶付子弟以归。'"程氏又云："古今注：'曲盖，太公所作也。武王伐纣，大风折盖。太公因折盖之形而制曲盖焉。战国常以赐将帅，自汉朝乘舆用四，谓为辎輗盖。有军号者赐其一也。'"俞樾春在堂随笔八云："古今注：太公因折盖之形而制曲盖焉。曲盖之制，于古无征。余观冯氏金石索载嘉祥刘村洪福院汉画像石，有周公辅成王像。成王居中，旁一人执盖，其盖折而下垂。此正古曲盖之制。盖太公因折盖而制曲盖，自当曲而下垂。若曲而上，则失其义矣。世人罕知此制，故特表出之。"嘉锡案：崔豹之书名古今注，其舆服注一篇，皆考当时之制，而证之于古。然则有军号者方得赐曲盖，晋制盖与汉同。笠者，野人高士之服，而曲柄笠，笠上有柄，曲而后垂，绝似曲盖之形。灵运好戴之，故淳之讥其虽希心高远，而不能忘情于轩冕也。灵运以为惟畏影者乃始恶迹，心苟漠然不以为意，何迹之足畏？如淳之言，将无犹有贵贱之形迹存于胸中，未能尽忘乎？

〔三〕李慈铭云："案'将不'者犹言'将毋'也，即今所谓'得无'。"

世说新语卷上之下

政事第三

1　陈仲弓为太丘长，时吏有诈称母病求假。事觉收之，令吏杀焉。主簿请付狱，考众奸。仲弓曰："欺君不忠，病母不孝。不忠不孝，其罪莫大。考求众奸，岂复过此？"〔一〕陈寔已别见。

【笺疏】

〔一〕晋书熊远传，远上疏曰："选官用人，不料实德；称职以违俗见讥，虚资以从容见贵。当官者以理事为俗吏，奉法为苛刻，尽礼为谄谀，从容为高妙，放荡为达士，骄蹇为简雅。"

2　陈仲弓为太丘长，有劫贼杀财主〔一〕，主者捕之。未至发所，道闻民有在草不起子者〔二〕，回车往治之。主簿曰："贼大，宜先按讨。"仲弓曰："盗杀财主，何如骨肉相残？”〔三〕按后汉时贾彪有此事，不闻寔也〔四〕。

【笺疏】

〔一〕李慈铭云：“案下主字疑衍，当云‘有劫贼杀财主者’为一句。”

〔二〕李详云：“淮南子本经训‘刳孕妇’，高诱注：‘孕妇，妊身将就草之妇。’高诱去太丘时不远，在草、就草，皆谓汉季坐蓐俗称。”刘盼遂曰：“按草为妇人分娩时借荐之具。晋书惠贾皇后传：‘后诈有身，内藁物为产具，遂取妹夫韩寿子养之。’元帝纪：‘生于洛阳，所籍藁如始刈。’藁亦草也。高僧传四：‘于法开尝投人家，值妇人在草甚急。开针之，须臾，羊膜裹儿而出。’今沇沂之间谓小儿始生曰落草。”嘉锡案：金匮要略卷下附方云：“千金三物黄芩汤，治妇人在草蓐自发露得风。”世说所云“在草”，即谓在草蓐也。今千金方三只云“在蓐”，无草字。然由此可知凡医书言在蓐即在草矣。

〔三〕翟灏通俗编二十三曰：“周礼：‘朝士凡民同货财者。’疏云：‘同货财，谓财主出债，与生利还主，则同有货财。’又‘凡属责者’，疏云：‘谓有人取他责乃别转与人，使子本依契而还财主。’世说‘盗杀财主，何如骨肉相残’。按古云财主，俱对债者而言，非若今之泛称富室。”嘉锡案：左传云“盗憎主人”，主即对盗而言。以其富有赀财，致为盗所劫，故谓之财主。虽非泛指富室，然与周礼疏所言出债生利之财主不同。翟说微误。

〔四〕后汉书党锢传云：“贾彪字伟节，补新息长。小民贫困，多不养子。彪严为其制，与杀人同罪。城南有盗劫害人者，北有妇人杀子者。彪出，案发，而掾吏欲引南。彪怒曰：‘贼寇害人，此则常理；母子相残，逆天违道。’遂驱车北行，案验其罪。城南贼闻之，亦面缚自首。”嘉锡案：仲弓、伟节，同时并有此事，何其相类之甚也？疑为陈氏子孙剽取旧闻，以为美谈，而临川误以为实。然观孝标之注，固已疑之矣。

3　陈元方年十一时，陈纪已见。候袁公。袁公问曰："贤家君在太丘，远近称之，何所履行？"元方曰："老父在太丘，强者绥之以德，弱者抚之以仁，恣其所安，久而益敬。"袁宏汉纪曰："寔为太丘，其政不严而治，百姓敬之。"袁公曰："孤往者尝为邺令，正行此事。不知卿家君法孤？孤法卿父？"检众汉书，袁氏诸公，未知谁为邺令。故阙其文以待通识者。元方曰："周公、孔子，异世而出，周旋动静，万里如一。周公不师孔子，孔子亦不师周公。"〔一〕

【笺疏】

〔一〕嘉锡案：古文苑十九邯郸淳后汉鸿胪陈君碑云："年七十有一，建安四年六月卒。"以此推之，当生于汉顺帝永建四年。其十一岁，则永和四年也。后汉书陈纪传虽不言卒于何年，然云"建安初，袁绍为太尉，让于纪，纪不受。年七十一卒"，与碑未尝不合。陈寔传云："司空黄琼辟选理剧，补闻喜长。旬月，以期丧去官。复再迁，除太丘长。"考桓帝纪元嘉元年冬闰月（闰十一月），太常黄琼为司空。二年十一月免。上距永和四年，十二三年矣。又延熹四年五月前太尉黄琼所选举，要不出元嘉、延熹之间，其除太丘长，又当在其后一二年。元方若于年十一时见袁公，安得问其家君太丘之政乎？此必魏、晋间好事者之所为，以资谈助，非实事也。

4　贺太傅作吴郡，初不出门。吴中诸强族轻之，乃题府门云："会稽鸡，不能啼。"环济吴纪曰："贺邵字兴伯，会稽山阴人。祖齐，父景，并历美官〔一〕。邵历散骑常侍，出为吴郡太守。后迁太子太傅。”贺闻故出行，至门反顾，索笔足之曰：“不可啼，杀吴儿！”于是至诸屯邸〔二〕，检校诸顾、陆役使官兵及藏逋亡〔三〕，悉以事言上，罪者甚众。陆抗时为江陵都督，吴录曰：“抗字幼节，吴郡人，丞相逊子，孙策外孙也。为江陵都督，累迁大司马、荆州牧。”故下请孙皓，然后得释。

【校文】

注“并历美官”　“美”，景宋本及沈本俱作“吴”。

【笺疏】

〔一〕吴志贺齐传云：“齐字公苗，封山阴侯，迁后将军，假节领徐州牧。子达及弟景，皆有令名，为佳将。”注引会稽典录曰：“景为灭贼校尉，早卒。”

〔二〕嘉锡案：说文云：“邸，属国舍。”慧琳一切经音义三十九引仓颉篇云：“邸，市中舍也。”汉书文帝纪注云：“郡国朝宿之舍在京师者，率名邸。”屯邸者，于时顾、陆诸子弟多将兵屯戍于外，而其居舍在吴郡，故谓之屯邸，如吴志顾承传“承为吴郡西部都尉，屯军章阬”是也。

〔三〕嘉锡案：藏逋亡者，丧乱之时，赋繁役重，人多离其本土，逃亡在外，辄为势家所藏匿，官不敢问。观本篇“谢公时，兵厮逋亡”条注所引续晋阳秋，便可知矣。

5　山公以器重朝望，年逾七十，犹知管时任。虞预晋书曰：“山涛字巨源，河内怀人。祖本，郡孝廉。父曜，冤句令〔一〕。涛蚤孤而贫，少有器量，宿士犹不慢之。年十七〔二〕，宗人谓宣帝曰：‘涛当与景、文共纲纪天下者也。’〔三〕帝戏曰：‘卿小族，那得此快人邪？’好庄、老，与嵇康善。为河内从事，与石鉴共传宿，涛夜起蹋鉴曰：'今何等时而眠也！知太傅卧何意？'鉴曰：'宰相三日不朝，与尺一令归第，君何虑焉？'涛曰：'咄！石生，无事马蹄间也。'投传而去，果有曹爽事，遂隐身不交世务。累迁吏部尚书、仆射、太子少傅、司徒。年七十九薨，谥康侯。"贵胜年少，若和、裴、王之徒，并共言咏。有署阁柱曰："阁东[四]，有大牛，和峤鞅，裴楷鞦，王济剔嬲不得休。"王隐晋书曰："初，涛领吏部，潘岳内非之，密为作谣曰：'阁东，有大牛，王济鞅，裴楷鞦，和峤刺促不得休。'"[五]竹林七贤论曰："涛之处选，非望路绝，故贻是言。"或云潘尼作之[六]。文士传曰："尼字正叔，荥阳人。祖最，尚书左丞。父满，平原太守。并以文学称。尼少有清才，文词温雅。初应州辟，终太常卿。"

【校文】

注"冤句"　"冤"，沈本作"宛"。

"并共言咏"　"言"，景宋本作"宗"。

注"祖最"　"最"，景宋本作"勗"。

【笺疏】

〔一〕嘉锡案：冤句，晋书本传作宛句。元和姓纂卷四亦云"山辉宛句令"，然考诸史地志，济阴郡有冤句县，作"宛"者非。

〔二〕吴承仕曰："涛年十七为黄初二年。"嘉锡案：山涛之年，吴氏以晋书本传言"太康四年薨，年七十九"推知之也。

〔三〕李慈铭云："案宗人下当有脱字。晋书言涛与宣穆后有中表亲。宣穆后者，司马懿夫人张氏也。此云景、文者，指懿子师、昭，乃后人追述之辞。然对父而生称其子之谥，有以见预书之无法。"嘉锡案：景、文谓懿子景帝师，文帝昭也。按晋书本纪：师以魏正元二年卒，年四十八，当生于汉建安十三年。昭以咸熙二年卒，年五十五，当生于建安十六年。下数至魏文帝黄初二年，师才十四岁，昭十一岁耳。纵令早慧夙成，亦安知其他日必能纲纪天下？且懿是年始为侍中尚书右仆射，柄用方新，勋名尚浅，虽有不臣之心，而反形未具，外人恶能测其心腹，知其必能父子相继，盗弄天下之柄耶？虞预之言，明出傅会，理不可信。唐修晋书弃而不取，当矣。

〔四〕程炎震云："晋书潘岳传云'阁道东'，此及注文并当有道字。晋书五行志：'永兴二年七月甲午，尚书诸曹火起，延崇礼闼及阁道。'盖阁道与尚书省相近，故岳得题其柱耳。"文选陆士衡答贾谧诗注引谢承后汉书曰："承父婴，为尚书侍郎，每读高祖及光武之后将相名臣策文通训，条在南宫，祕于省阁。唯台郎升复道取急，因得开览。"嘉锡案：汉、晋台阁之制殆相似。

〔五〕考工记辀人云："故登阤者，倍任者也。犹能以登及其下阤也。不援其邸，必緧其牛后。"郑注："阤，阪也。倍任，用力倍也。"惠士奇礼说十四曰："说文'马尾靯，今之般緧'，则般緧在马尾，故曰緧其后。緧一作鞦。释名曰：'鞦，遒也。在后遒追，使不得却缩也。'潘岳疾王济、裴楷，乃题阁道为谣曰：'阁道东，有大牛，王济鞅，裴楷鞧。'夹颈为鞅，后遒为鞧。言济在前，楷在后也。"嘉锡案：惠氏所用乃今晋书潘岳传，故与孝标所引王隐书不尽同。岳意以大牛比山涛，言其为人所牵制，不能自主也。黄生义府下曰："世说'蹋𨇤不得休'，方言云：'妯，扰也。'嵇康绝交书：'𨇤之不置。'注：'擿娆也。'蹋𨇤即妯扰，即擿娆。"李详云："黄生义府引作蹋𨇤，方言：'妯，娆也。'嵇康绝交书'𨇤之不置'，注，擿娆也。蹋𨇤即擿娆。又按胡氏绍煐文选笺证：说文：娆，苛也。段注：谓𨇤乃娆之俗。众经音义引三仓：𨇤、娆同乃了切。𨇤、娆一字。孙氏星衍以为𨇤即嬲字，盖娆为本字，别作嬲。草书作嬲，遂误而为𨇤。"嘉锡案：宋、明本俱作剔𨇤，黄生清初人，未必别见古本，不足据也。

〔六〕程炎震云："山涛以太康四年卒。此事当在咸宁太康间。涛传曰：'太康初，自尚书仆射迁右仆射，掌选如故。'时和峤为中书令，裴楷、王济并为侍中也。潘岳尝为尚书郎，盖在其时。岳传载于河阳怀令之间，或有别本。潘尼则于太康中始举秀才，为太常博士，疑不及涛时矣。"

6 贾充初定律令，晋诸公赞曰："充字公闾，襄陵人。父逵，魏豫州刺史。充起家为尚书，迁廷尉，听讼称平。晋受禅，封鲁郡公。充有才识，明达治体，加善刑法，由此与散骑常侍裴楷共定科令，蠲除密网，以为晋律。薨，赠太宰。"与羊祜共咨太傅郑冲。王隐晋书曰："冲字文和，荥阳开封人。有核练才，清虚寡欲，喜论经史，草衣缊袍，不以为忧。累迁司徒、太保。晋受禅，进太傅。"冲曰："皋陶严明之旨，非仆闇懦所探。"羊曰："上意欲令小加弘润。"冲乃粗下意。续晋阳秋曰："初，文帝命荀勖、贾充、裴秀等分定礼仪律令，皆先咨郑冲，然后施行也。"

【校文】

注"充起家为尚书"　沈本"充"下有"早知名"三字；"书"下有"郎"字。案晋书本传作"尚书郎"。

7 山司徒前后选〔一〕，殆周遍百官，举无失才。凡所题目，皆如其言。惟用陆亮，是诏所用，与公意异，争之不从。亮亦寻为贿败〔二〕。晋诸公赞曰："亮字长兴，河内野王人，太常陆乂兄也。性高明而率至，为贾充所亲待。山涛为左仆射领选，涛行业即与充异，自以为世祖所敬，选用之事，与充咨论，充每不得其所欲。好事者说充：'宜授心腹人为吏部尚书，参同选举。若意不齐，事不得谐，可不召公与选，而实得叙所怀。’充以为然。乃启亮公忠无私。涛以亮将与己异，又恐其协情不允，累启亮可为左丞相，非选官才〔三〕。世祖不许，涛乃辞疾还家。亮在职果不能允，坐事免官。”

【校文】

注“左丞相”　“相”，沈本作“初”。

【笺疏】

〔一〕李慈铭云：“案选上当脱一领字。晋书作‘前后选举，周徧内外，而并得其才’。”

〔二〕嘉锡案：赏誉篇注引山涛启事曰“吏部郎史曜出处缺当选。涛荐阮咸，诏用陆亮”，可与此条互证。此出王隐晋书，见书钞六十。

〔三〕嘉锡案：晋无左丞相，且安有不可为吏部尚书而可为丞相者？“相”字明是误字，作“初”是也。

8　嵇康被诛后，山公举康子绍为秘书丞〔一〕。山公启事曰：“诏选秘书丞。涛荐曰：‘绍平简温敏，有文思，又晓音，当成济也。犹宜先作秘书郎。’诏曰：‘绍如此，便可为丞，不足复为郎也。’”晋诸公赞曰：“康遇事后二十年，绍乃为涛所拔。”王隐晋书曰：“时以绍父康被法，选官不敢举。年二十八，山涛启用之，世祖发诏，以为秘书丞。”绍咨公出处，竹林七贤论曰：“绍惧不自容，将解褐，故咨之于涛。”公曰：“为君思之久矣！天地四时，犹有消息，而况人乎？”〔二〕王隐晋书曰：“绍字延祖，雅有文才，山涛启武帝云云。”

【笺疏】

〔一〕程炎震云：“绍十岁而孤。康死于魏景元四年，则绍年二十八，是晋武太康元年。”

〔二〕嘉锡案：绍自为山涛所荐，后遂死于荡阴之难。夫食焉不避其难。既食其禄，自不得临难苟免。绍之死无可议，其失在不当出仕耳。

御览四百四十五引王隐晋书曰："河南郭象著文，称嵇绍父死非罪，曾无耿介，贪位死闇主，义不足多。曾以问郄公曰：'王裒（原误褒，下同）之父，亦非罪死，裒犹辞征，绍不辞用，谁为多少?'郄公曰：'王胜于嵇。'或曰：'魏、晋所杀，子皆仕宦，何以无非也?'答曰：'殛鲧兴禹。禹不辞兴者，以鲧犯罪也。若以时君所杀为当耶，则同于禹。以不当耶，则同于嵇。'又曰：'世皆以嵇见危授命。'答曰：'纪信代汉高之死，可谓见危授命。如嵇偏善其一可也。以备体论之，则未得也。'"郭象之言甚善，不可以人废言。郄鉴、王隐之论，尤为词严义正。由斯以谈，绍固不免于罪矣。劝之出者岂非陷人于不义乎！所谓"天地四时，犹有消息"，尤辩而无理。大抵清谈诸人，多不明出处之义。日知录十三曰："有亡国，有亡天下，亡国与亡天下奚辨？曰：易姓改号，谓之亡国。仁义充塞，而至于率兽食人，人将相食，谓之亡天下。魏、晋人之清谈，何以亡天下？是孟子所谓杨、墨之言使天下无父无君而入于禽兽者也。昔者嵇绍之父康被杀于晋文王，至武帝革命之时，而山涛荐之入仕。绍时屏居私门，欲辞不就。涛谓之曰：'为君思之久矣！天地四时，犹有消息，而况于人乎?'一时传诵以为名言，而不知其败义伤教，至于率天下而无父也。夫绍之于晋，非其君也。忘其父而事其非君，当其未死，三十馀年之间，为无父之人，亦已久矣。而荡阴之死，何足以赎其罪乎？且其入仕之初，岂知必有乘舆败绩之事，而可树其忠名，以盖于晚也。自正始以来，而大义之不明，偏于天下。如山涛者，既为邪说之魁，遂使嵇绍之贤，且犯天下之不韪而不顾。夫邪正之说，不容两立。使谓绍为忠，则必谓王裒为不忠，然后可也。何怪其相率臣于刘聪、石勒，观其故主青衣行酒，而不以动其心者乎？是故知保天下然后知保其国。保国者，其君其臣，肉食者谋之。保天下者，匹夫之贱，与有责焉耳矣。”嘉锡案：顾氏之言，可谓痛切。使在今日有风教之责者，得其说而讲明之，尤救时之良药也。明诗纪事辛签卷五转引明李延是南吴旧话云：“夏存古十馀岁，陈卧子适访其父。存古案头有世说，卧子问曰：‘诸葛靓逃于厕中，终不见晋世祖，而嵇绍竟死荡阴之役，何以忠孝殊途？’存古拱手对曰：‘此时当计出处。苟忆顾日影而弹琴，自当与诸葛为侣。’卧子叹曰：‘君言先得吾心者。’”易丰卦彖曰：“日中则昃，月盈则食。天地盈虚，与时消息。而况于人乎！况于鬼神乎！”嘉锡案：山涛之言，义取诸此，以喻人之出处进退，当与时屈信，不可执一也。然绍父康无罪而死于司马昭之手。礼曰：“父之雠，弗与共戴天。”此而可以消息，忘父之雠，而北面于其子之朝，以邀富贵，是犹禽兽不知有父也。涛乃傅会周易，以为之劝，真可谓饰六艺以文奸言，此魏、晋人老、易之学，所以率天下而祸仁义也。

9　王安期为东海郡，名士传曰：“王承字安期，太原晋阳人。父湛，汝南太守。承冲淡寡欲，无所循尚。累迁东海内史，为政清静，吏民怀之。避乱渡江，是时道路寇盗，人怀忧惧，承每遇艰险，处之怡然。元皇为镇东，引为从事中郎。”小吏盗池中鱼，纲纪推之〔一〕。王曰：“文王之囿，与众共之。孟子曰：“齐宣王问：‘文王之囿，方七十里，有诸？若是其大乎？’对曰：‘民犹以为小也。’王曰：‘寡人之囿，方四十里，民犹以为大，何邪？’孟子曰：‘文王之囿，刍荛者往焉，与民同之，民以为小，不亦宜乎？今王之囿，杀麋鹿者如杀人罪，是以四十里为阱于国中也，民以为大，不亦宜乎？’”池鱼复何足惜！”

【笺疏】

〔一〕程炎震曰：“文选三十六傅季友为宋公修张良庙教注曰：‘纲纪，谓主簿也。教主簿宣之，故曰纲纪，犹今诏书称门下也。’虞预晋书：‘东平主簿王豹白事，齐王曰：“况豹虽陋，故大州之纲纪也。”’”

10 王安期作东海郡，吏录一犯夜人来。王问：“何处来？”云：“从师家受书还，不觉日晚。”王曰：“鞭挞甯越以立威名，恐非致理之本。”〔一〕吕氏春秋曰：“甯越者，中牟鄙人也。苦耕稼之劳，谓其友曰：‘何为可以免此苦也？’其友曰：‘莫如学也。学三十岁则可以达矣。’甯越曰：‘请以十五岁。人将休，吾不敢休；人将卧，吾不敢卧。’学十五岁而为周威公之师也。”使吏送令归家。

【笺疏】

〔一〕嘉锡案：致理当作致治，唐人避讳改之耳。

11 成帝在石头，晋世谱曰：“帝讳衍，字世根，明帝太子。年二十二崩。”任让在帝前戮侍中锺雅、晋阳秋曰：“让，乐安人，诸任之后。随苏峻作乱。”雅别传曰：“雅字彦胄，颍川长社人，魏太傅锺繇弟仲常曾孙也。少有才志，累迁至侍中。”右卫将军刘超。晋阳秋曰：“超字世逾，琅邪人，汉成阳景王六世孙。封临沂慈乡侯，遂家焉。父徵为琅邪国上将军。超为县小吏，稍迁记室掾、安东舍人。忠清慎密，为中宗所拔。自以职在中书，绝不与人交关书疏，闭门不通宾客，家无儋石之储。讨王敦有功，封零阳伯，为义兴太守，而受拜及往还朝，莫有知者，其慎默如此。迁右卫大将军。”帝泣曰：“还我侍中！”〔一〕让不奉诏，遂斩超、雅。雅别传曰：“苏峻逼主上幸石头，雅与刘超并侍帝侧匡卫，与石头中人密期拔至尊出，事觉被害。”事平之后，陶公与让有旧，欲宥之。许柳许氏谱曰：“柳字季祖，高阳人。祖允，魏中领军。

父猛，吏部郎。”刘谦之晋纪曰：“柳妻，祖逖子涣女。苏峻招祖约为逆，约遣柳以众会。峻既克京师，拜丹阳尹。后以罪诛。”儿思妣者至佳，诸公欲全之。许氏谱曰：“永字思妣。”若全思妣，则不得不为陶全让，于是欲并宥之。事奏，帝曰：“让是杀我侍中者，不可宥！”诸公以少主不可违，并斩二人。

【校文】

注“父徵”　“徵”，景宋本作“微”。

【笺疏】

〔一〕程炎震云：“据文侍中下当脱右卫二字。晋书刘超传亦有，下同。”

12　王丞相拜扬州〔一〕，宾客数百人并加沾接，人人有说色。惟有临海一客姓任语林曰：“任名颙，时官在都，预王公坐。”及数胡人为未洽，公因便还到过任边云：“君出，临海便无复人。”任大喜说。因过胡人前弹指云：“兰阇，兰阇。”群胡同笑〔二〕，四坐并欢。晋阳秋曰：“王导接诱应会，少有牾者。虽疏交常宾，一见多输写款诚，自谓为导所遇，同之旧暱。”

【校文】

注“时官在都”　“官”，景宋本作“宦”。

注“少有牾者”　“牾”，景宋本作“迕”。

注“旧暱”　“暱”，景宋本作“昵”。

【笺疏】

〔一〕程炎震云：“王导拜扬州，一在建兴三年王敦拜江州之后；一在明帝太宁二年六月丁卯。此似是初拜时。”

〔二〕朱子语类百三十六曰：“王导为相，只周旋人过一生。谓胡僧曰：‘兰奢，兰奢。’乃胡语之褒誉者也。”嘉锡案：兰奢当作兰阇，盖记者之误。然朱子不言所以为褒誉之义。王伯厚又以为即兰若。考释慧琳一切经音义五云："阿练若，或云阿兰若，或但云兰若，此土义译云寂静处，或云无诤地。所居不一，皆出聚落，一俱卢舍之外，远离喧噪，牛畜鸡犬之声寂静，安心修习禅定。"又二十一云："阿兰若者，此翻为无诤声。谓说诸法本来湛寂无作义，因名其处为法阿兰若处，此中处者，即菩提场中是也。"释法云翻译名义集七云："阿兰若大论翻远离处。萨婆多论翻闲静处。天台云：不作众事，名之为闲。无愦闹，故名之为静。或翻无诤，谓所居不与世诤。"慧琳、法云释兰若之义甚详，而不言及兰阇。伯厚谓兰阇即兰若，当别有所本。译音本无定字也。茂宏之意，盖赞美诸胡僧于宾客喧噪之地，而能寂静安心，如处菩提场中。然则己之未加沾接者，正恐扰其禅定耳。群胡意外得此褒誉，故皆大欢喜也。程炎震云："困学纪闻二十云：'兰阇，即兰若也。'"

13　陆太尉诣王丞相咨事，过后辄翻异。王公怪其如此，后以问陆。陆玩别传曰："玩字士瑶，吴郡吴人。祖瑁，父英，仕郡有誉。玩器量淹雅，累迁侍中、尚书左仆射、尚书令，赠太尉。"陆曰："公长民短，临时不知所言，既后觉其不可耳。"〔一〕

【笺疏】

〔一〕程炎震云："此盖咸和中玩为尚书左仆射时，导以司徒录尚书事，故得咨事也。导犹领扬州刺史，故玩自称民。"嘉锡案：方正篇载导请婚于玩，而玩拒以义，不为乱伦之始，可见其意颇轻导。此答以"公长民短"，谦词耳。亦可谓居下不谄矣。

14　丞相尝夏月至石头看庾公。庾公正料事，丞相云："暑可小简之。"庾公曰："公之遗事，天下亦未以为允。"〔一〕殷羡言行曰："王公薨后，庾冰代相，网密刑峻。羡时行，遇收捕者于途，慨然叹曰：'丙吉问牛喘，似不尔！'尝从容谓冰曰：'卿辈自是网目不失，皆是小道小善耳。至如王公，故能行无理事。'谢安石每叹咏此唱。庾赤玉曾问羡：'王公治何似？讵是所长？'羡曰：'其馀令绩，不复称论。然三捉三治，三休三败。'"

【校文】

注"网密刑峻"　"密"，沈本作"繁"。

注"讵是所长"　"讵"，景宋本作"谁"。

注"三捉三治"　"捉"，沈本作"投"。

【笺疏】

〔一〕程炎震云："此事当在成帝初，王导、庾亮参辅朝政时。陶侃所谓'君修石头以拟老子'者也。苏峻乱后，亮卒于外任矣。"

15　丞相末年，略不复省事，正封箓诺之〔一〕。自叹曰："人言我愦愦，后人当思此愦愦。"〔二〕徐广历纪曰："导阿衡三世，经纶夷险，政务宽恕，事从简易，故垂遗爱之誉也。"

【笺疏】

〔一〕嘉锡案：文选晋纪总论注引刘谦晋纪应詹表曰："元康以来，望白署空，显以台衡之量；寻文谨案，目以兰薰之器。"导阿衡三世，而但封箓画诺，真所谓"望白署空"也。

〔二〕翟灏通俗篇十五曰："太玄经：'晓天下之愦愦，莹天下之晦晦。'"三国志蒋琬传："杨敏毁琬作事愦愦。"孙琳传："骂其妻曰：'汝父愦愦，败我大事。'"广雅释训曰："愦愦，乱也。"王念孙疏证曰："前卷三云：愦，乱也。重言之则曰愦愦。大雅召旻篇：'溃溃回遹。'传云：'溃溃，乱也。'庄子大宗师篇云：'愦愦然为世俗之礼。'溃与愦通。"

16　陶公性检厉[一]，勤于事。晋阳秋曰："侃练核庶事，勤务稼穑，虽戎陈武士，皆劝厉之。有奉馈者，皆问其所由。若力役所致，欢喜慰赐；若他所得，则呵辱还之。是以军民勤于农稼，家给人足。性纤密好问，颇类赵广汉。尝课营种柳，都尉夏施盗拔武昌郡西门所种。侃后自出，驻车施门，问：'此是武昌西门柳，何以盗之？'施惶怖首伏，三军称其明察。侃勤而整，自强不息。又好督劝于人，常云：'民生在勤，大禹圣人，犹惜寸阴，至于凡俗，当惜分阴。岂可游逸，生无益于时，死无闻于后，是自弃也。又老庄浮华，非先王之法言而不敢行。君子当正其衣冠，摄以威仪，何有乱头养望，自谓宏达邪？'"中兴书曰："侃尝检校佐吏，若得樗蒲博弈之具，投之曰：'樗蒲，老子入胡所作，外国戏耳。围棋，尧、舜以教愚子。博弈，纣所造。诸君国器，何以为此？若王事之暇，患邑邑者，文士何不读书？武士何不射弓？'谈者无以易也。"作荆州时[二]，敕船官悉录锯木屑，不限多少，咸不解此意。后正会，值积雪始晴，听事前除雪后犹湿，于是悉用木屑覆之，都无所妨。官用竹皆令录厚头，积之如山。后桓宣武伐蜀，装船，悉以作钉。又云：尝发所在竹篙，有一官长连根取之，仍当足，乃超两阶用之。

【校文】

注"督劝于人"　"于"，沈本作"他"。

【笺疏】

〔一〕李慈铭云："案检疑当作俭。"嘉锡案：检厉盖综核之意，检字不误。

〔二〕类聚五十引王隐晋书曰："陶侃为都督荆、雍、益、梁四州诸军事，是时荆州大饥，百姓多饿死。侃至秋熟，辄籴。至饥，复价粜之。士庶欢悦，咸蒙济赖。"

17 何骠骑作会稽〔一〕，晋阳秋曰："何充字次道，庐江人。思韵淹通，有文义才情。累迁会稽内史、侍中、骠骑将军、扬州刺史。赠司徒。"虞存弟謇作郡主簿〔二〕，孙统存诔叙曰："存字道长，会稽山阴人也。祖阳，散骑常侍。父伟，州西曹。存幼而卓拔，风情高逸，历卫军长史、尚书吏部郎。"范汪棋品曰："謇字道真，仕至郡功曹。"以何见客劳损，欲白断常客，使家人节量，择可通者，作白事成以见存。存时为何上佐〔三〕，正与謇共食，语云："白事甚好，待我食毕作教。"食竟，取笔题白事后云〔四〕："若得门庭长如郭林宗者〔五〕，当如所白。泰别传曰："泰字林宗，有人伦鉴识。题品海内之士，或在幼童，或在里肆，后皆成英彦六十馀人。自著书一卷，论取士之本，未行，遭乱亡失。"汝何处得此人？"謇于是止〔六〕。

【校文】

注"道真"　沈本作"道直"。

"欲白断常客"　景宋本及沈本俱无"白"字。

【笺疏】

〔一〕程炎震云："晋职官志，郡属主簿为首，存犹为上佐，必是丞矣。通典三十三，晋成帝咸康七年，省诸郡丞，惟丹阳丞不省。知充作会稽在咸康七年以前也，证之充传亦合。"

〔二〕书钞卷七十三引韦昭辨释名云："主簿者，主诸簿书，簿，普也，普闻诸事也。"通典卷三十二云："主簿一人，录门下众事，省署文书。"强汝询汉州郡县吏制考上云："谢承书：'刘祐仕郡为主簿，郡守子常出钱付令买果，祐悉买笔、墨、书具与之。'吴录：'包咸为吴郡主簿，太守黄君行春，咸留守其郡。郎君缘楼探雀卵，咸杖之三十。'案此可见主簿为亲近吏，郡守家事亦关之也。"嘉锡案：虞謇欲为何充断常客，并使其家人节量者，正以主簿得普闻众事，且治郡守家政故也。强氏所引谢承书见刘祐本传注，吴录亦见书钞七十三。

〔三〕嘉锡案：上佐盖谓治中也。治中与别驾并为州府要职，故称上佐。书钞卷三十八引语林曰"何公为扬州，虞存为治中"，是其证也。

〔四〕嘉锡案：通典卷三十二云："治中从事史一人，居中治事，主众曹文书。"然则治中之职主治文书，得为刺史作答教。故謇之白事，先以见存，而存遂取笔题其后也。

〔五〕程炎震云："庭当作亭。续汉志司隶校尉所属假佐二十五人，本注有门亭长。又每郡所属正门，有亭长一人。晋多仍汉制。职官志：州有主簿、门亭长等。郡有主簿，不言门亭长，而别有门下及门下吏。袁宏后汉纪延熹七年，史弼为河东太守。初至，敕门下：有请，一无所通。常侍侯览遣诸生赍书求假盐税及有所属，门长不为通。此门长即门亭长之省文。知郡属之门下，即门亭长也。"嘉锡案：晋书李含传云："安定皇甫商欲与结交，含拒而不纳，商恨焉。遂讽州以短檄召含为门亭长。"此州门亭长之见于列传者。又光逸传曰："初为博昌小吏，后为门亭长，迎新令至京师。"此县之门亭长也。州县皆有此职，则郡亦宜有之，程氏之言是也。

〔六〕嘉锡案：品藻篇曰："何次道为宰相，人有讥其信任不得其人。"注引晋阳秋曰："充所暱庸杂，以此损名。"然则充之为人，乃不择交友者。其作会稽时，必已如此。虞謇盖嫌其宾客繁猥，故欲加以节量，不独虑其劳损而已。

18　王、刘与林公共看何骠骑，骠骑看文书不顾之。晋阳秋曰："何充与王濛、刘惔好尚不同，由此见讥于当世。"王谓何曰：

“我今故与林公来相看〔一〕，望卿摆拨常务，应对玄言，那得方低头看此邪?”何曰：“我不看此，卿等何以得存?”诸人以为佳。

【校文】

“玄言”　景宋本及沈本俱作“共言”。

【笺疏】

〔一〕程炎震云：“康帝初，充以骠骑辅政，时支遁未尝至都。此林公字必是深公之误。高僧传四云‘竺道潜字法深，司空何次道尊以师资之敬’，是其证也。浅人见林公，罕见深公，故辄改耳。”

19　桓公在荆州，全欲以德被江、汉，耻以威刑肃物。温别传曰：“温以永和元年自徐州迁荆州刺史，在州宽和，百姓安之。”令史受杖，正从朱衣上过。桓式年少，从外来，式，桓歆小字也。桓氏谱曰：“歆字叔道，温第三子，仕至尚书。”云：“向从阁下过，见令史受杖，上捎云根，下拂地足。”〔一〕意讥不著。桓公云：“我犹患其重。”〔二〕

【校文】

“桓式年少”　“式”，北堂书钞引作“武”，非。

【笺疏】

〔一〕程炎震云：“金楼子立言下云：‘桓元子在荆州，耻以威刑为政。与令史杖，上捎云根，下拂地足，余比庶几焉。’盖用此文。然云根云云乃桓式语。梁元帝认为实事，毋亦如颜介所讥吴台之鹊耶?”

〔二〕嘉锡案：桓公，渚宫旧事五作桓冲，下文桓公云作冲云，与孝标注作桓温者不同。桓温自徐州迁荆州，在永和元年。桓冲亦自徐州迁荆州，则在太元二年。温与冲俱有别传。世说于温例称桓公，于冲只称车骑。以此考之，旧事为误。然云耻以威刑肃物，在州宽和，殊不类温之为人。桓式语含讥讽，亦不类以子对父，似此事本属桓冲，旧事别有所本。世说属之桓温，乃传闻异辞，疑不能明，俟更详考。

20 简文为相，事动经年，然后得过。桓公甚患其迟，常加劝免。太宗曰〔一〕："一日万机，那得速！"尚书皋陶谟："一日万机。"孔安国曰："几，微也。言当戒惧万事之微。"

【笺疏】

〔一〕嘉锡案：上称"简文"，下云"太宗"，一简之内，称谓互见，此左氏之旧法，世说亦往往有之。如言语篇"元帝始过江"条，上称顾骠骑，下称荣是也。

21 山遐去东阳〔一〕，王长史就简文索东阳云〔二〕："承借猛政，故可以和静致治。"东阳记云："遐字彦林，河内人。祖涛，司徒。父简，仪同三司。遐历武陵王友、东阳太守。"江惇传曰："山遐为东阳，风政严苛，多任刑杀，郡内苦之。惇隐东阳，以仁恕怀物，遐感其德，为微损威猛。"

【校文】

注"山遐去东阳" 景宋本"遐"下有"之"字。

【笺疏】

〔一〕程炎震云："晋书遐传云'郡境肃然，卒于官'，与此不同。又云'康帝下诏'云云，然简文于穆帝时始辅政，遐或于永和初年去郡，旋卒耳。"

〔二〕嘉锡案：方正篇云："长史求东阳，抚军不用。后疾笃，临终命用之。”然则濛虽有此求，而简文未之许也。

22 殷浩始作扬州〔一〕，浩别传曰：“浩字渊源，陈郡长平人。祖识，濮阳相。父羡，光禄勋。浩少有重名，仕至扬州刺史、中军将军。”中兴书曰：“建元初，庾亮兄弟、何充等相寻薨，太宗以抚军辅政，征浩为扬州，从民誉也。”刘尹行，日小欲晚，便使左右取襆〔二〕，人问其故，答曰：“刺史严，不敢夜行。”

【笺疏】

〔一〕嘉锡案：晋书穆帝纪永和二年三月，以殷浩为扬州刺史。浩传云：“浩频陈让，自三月至七月，乃受拜焉。”据建康实录八，永和三年十二月始以刘惔为丹阳尹，距浩受拜时已一年有半。而谓之始作者，盖浩尝以父忧去职，服阕复为扬州刺史。以其前后两任，至永和九年始被废去职，治扬颇久，故以初任为始作也。

〔二〕程炎震云：“尔雅曰：‘裳削幅谓之纀。’玉篇：‘襆，布木切，裳削幅也。’广韵一屋：‘纀，博木切。同襆。’晋书魏舒传：‘襆被而出。’音义曰：‘房玉反。’陆纳传：‘为吴兴太守，临发，纀被而已。’”御览卷七百四引通俗文曰：“帛三幅曰帊，帊衣曰幞。”通鉴一百十七注曰：“襆，防玉翻，帊也，以裹衣物。”魏舒“襆被而出”，韩文“襆被入直”，皆此义也。

23 谢公时，兵厮逋亡，多近窜南塘下诸舫中〔一〕。或欲求一时搜索，谢公不许，云：“若不容置此辈，何以为京都？”〔二〕续晋阳秋曰：“自中原丧乱，民离本域，江左造创，豪族并兼，或客寓流离，名籍不立。太元中，外御强氐，蒐简民实，三吴颇加澄检，正其里伍。其中时有山湖遁逸，往来都邑者。后将军安方接客，时人有于坐言宜纠舍藏之失者。安每以厚德化物，去其烦细。又以强寇入境，不宜加动人情。乃答之云：‘卿所忧，在于客耳！然不尔，何以为京都?’言者有惭色。”

【笺疏】

〔一〕程炎震云：“晋书明帝纪：‘太宁二年，破王敦军于南塘。’通鉴一百十五：‘刘裕拒卢循，自石头出，屯南塘。’本书任诞篇祖逖曰：‘昨夜复南塘一出。’”

〔二〕嘉锡案：“京都”，御览一百五十五引作“京师”。按公羊桓九年传云：“京师者何？天子之居也。京者何？大也。师者何？众也。天子之居，必以众大之辞言之。”独断上云：“天子所居曰京师。京，水也。地下之众者，莫过于水；地上之众者，莫过于人。京，大；师，众也。故曰京师也。”据此二义，京师之所以为京师，正以其为众所聚，故谢公云尔。

24　王大为吏部郎，王忱，已见。尝作选草，临当奏，王僧弥来，聊出示之。僧弥，王珉小字也。珉别传曰：“珉字季琰，琅邪人，丞相导孙，中领军洽少子。有才蓺，善行书，名出兄珣右，累迁侍中、中书令。赠太常。”僧弥得便以己意改易所选者近半，王大甚以为佳，更写即奏〔一〕。

【校文】

“王大甚以为佳”　“王大”，景宋本及沈本俱作“主人”。

【笺疏】

〔一〕嘉锡案：此见王珉意在奖拔贤能，不以侵官为虑。而王忱亦能服善，惟以人才为急，不以侵己之权为嫌。为王珉易，为王忱难。

25　王东亭与张冠军善。张玄，已见。王既作吴郡，人问小令曰：续晋阳秋曰："王献之为中书令，王珉代之，时人曰'大、小王令'。""东亭作郡，风政何似？"答曰："不知治化何如，惟与张祖希情好日隆耳。"〔一〕

【笺疏】

〔一〕嘉锡案：本书言语篇注引续晋阳秋，称玄之少以学显，论者以为与谢玄同为南北之望，名亚谢玄。可见玄之甚为时人所推服。小令为东亭之弟，不便直誉其兄，故举此以见意耳。

26　殷仲堪当之荆州，王东亭问曰："德以居全为称，仁以不害物为名。方今宰牧华夏，处杀戮之职，与本操将不乖乎？"殷答曰："皋陶造刑辟之制，不为不贤；古史考曰："庭坚号曰皋陶，舜谋臣也。舜举之于尧，尧令作士，主刑。"孔丘居司寇之任，未为不仁。"家语曰："孔子自鲁司空为大司寇，三日而诛乱法大夫少正卯。"

【校文】

"王东亭问曰"　"问"，沈本作"谓"。

注"三日"　景宋本作"七日"。

文学第四

1 郑玄在马融门下，融自叙曰："融字季长，右扶风茂陵人。少而好问，学无常师。大将军邓骘召为舍人，弃，游武都。会羌虏起，自关以西道断。融以谓古人有言：'左手据天下之图，而右手刎其喉，愚夫不为。'何则？生贵于天下也。岂以曲俗咫尺为羞，灭无限之身哉？因往应之，为校书郎，出为南郡太守。"三年不得相见，高足弟子传授而已。尝算浑天不合〔一〕，诸弟子莫能解。或言玄能者，融召令算，一转便决，众咸骇服。及玄业成辞归，既而融有"礼乐皆东"之叹。高士传曰："玄字康成，北海高密人。八世祖崇，汉尚书。"玄别传曰："玄少好学书数，十三诵五经，好天文、占候、风角、隐术。年十七〔二〕，见大风起，诣县曰：'某时当有火灾。'至时果然，智者异之。年二十一，博极群书，精历数图纬之言，兼精算术。遂去吏，师故兖州刺史第五元先。就东郡张恭祖受周礼、礼记、春秋传。周流博观，每经历山川，及接颜一见，皆终身不忘。扶风马季长以英儒著名，玄往从之，参考同异。季长后戚，嫚于待士，玄不得见，住左右，自起精庐，既因绍介得通。时涿郡卢子乾为门人冠首〔三〕，季长又不解剖裂七事，玄思得五，子乾得三。季长谓子乾曰：'吾与汝皆弗如也。'季长临别，执玄手曰：'大道东矣，子勉之！'后遇党锢，隐居著述，凡百馀万言。大将军何进辟玄，乃缝掖相见。玄长八尺馀，须眉美秀，姿容甚伟。进待以宾礼，授以几杖。玄多所匡正，不用而退。袁绍辟玄，及去，饯之城东，欲玄必醉。会者三百馀人，皆离席奉觞，自旦及莫，度玄饮三百馀杯，而温克之容，终日无怠。献帝在许都，征为大司农，行至元城卒。"〔四〕恐玄擅名而心忌焉。玄亦疑有追，乃坐桥下，在水上据屐。融果转式逐之〔五〕，告左右曰："玄在土下水上而据木，此必死矣。"遂罢追，玄竟以得免。马融海内大儒，被服仁义。郑玄名列门人，亲传其业，何猜忌而行鸩毒乎？委巷之言，贼夫人之子〔六〕。

【校文】

注"自旦及莫"　"莫"，景宋本作"暮"。

【笺疏】

〔一〕李慈铭云："案说文'筭长六寸。计数者，算数也'。是筭为筹筭实字，算为算数虚字，然古书多不分别。此处李本作算是也。"程炎震云："'算浑天不合'以下，御览三百九十三引作语林。"

〔二〕王鸣盛蛾术编卷五十八云："十三岁为永和四年己卯，十七岁为汉安二年癸未。"

〔三〕说郛六十六宋窦革酒谱引郑玄别传曰："与卢子乾相善，在门下七年，以母老归养。"

〔四〕王鸣盛蛾术编卷五十八云："世说注'献帝在许都，征为大司农。行至元城卒'。案本传此事无年，而袁宏纪云建安三年，时康成年七十二。合之刘孝标所引别传献帝云云，则袁纪以为三年者是。若孝标所云'行至元城卒'，则大谬。本传于征为大司农乞还家下书五年，方叙袁绍逼康成随军，至元城疾笃不进，卒于元城。此五年事，何得以为三年征大司农事乎？"嘉锡案：此事诚谬，然是别传之谬，不应归过孝标。且别传为魏、晋人作，亦不当谬误至此。盖今本世说注为宋人所删改，非其旧也。

〔五〕李慈铭云："案史记日者传：'旋式正綦。'索隐曰：'式，即栻也。旋，转也。栻之形上圆象天，下方法地，用之则转天纲加地之辰，故云旋栻。'周礼：'抱天时与太师同车。'郑司农注云：'抱式以知天时。’汉书艺文志有羡门式法二十卷。王莽传云：‘天文郎按栻于前。’师古曰：‘栻所以占时日天文，即今之用栻者也。音式。’”嘉锡案：李氏所引书，桂馥札朴三栻字条均已引之，但未引索隐及郑司农颜师古注耳。桂氏又云：“庾开府诗：‘枫子留为式，桐孙待作琴。’广韵：‘枫，木名，子可为式。’广雅：‘曲道，栻梮也。梮有天地，所以推阴阳，占吉凶，以枫子枣心木为之。’”唐六典十四曰：“周礼：太史抱天时与太师同车。”郑司农云：“抱式以知天时也。今其局以枫木为天，枣心为地。刻十二辰，下布十二辰，以加占为常，以月将加卜时，视日辰阴阳，以立四课。”

〔六〕蛾术编卷五十八云：“融欲害郑，未必有其事，而郑鄙融却有之。盖融以侈汰为贞士所轻，载赵岐传注。郑虽师融，著述中从未引融语。独于月令注云：‘俗人云：周公作月令，未通于古。’疏云：‘俗人，马融之徒。’”程炎震云：“季长以章帝建初四年己卯生，年八十八。桓帝延熹九年丙午卒。康成以顺帝永建二年丁卯生，少季长四十八岁。季长卒时，康成年四十。”晋书儒林传序曰：“有晋始自中朝，迄于江左，莫不崇饰华竞，祖述玄虚。摈阙里之典经，习正始之馀论。指礼法为流俗，目纵诞以清高。遂使宪章弛废，名教颓毁。五胡乘间而竞逐，二京继踵以沦胥。运极道消，可为长叹息者矣。”南史儒林传序亦曰：“两汉登贤，咸资经术，洎魏正始以后更尚玄虚。公卿士庶，罕通经业。时荀顗、挚虞之徒，虽议创制，未有能易俗移风者也。自是中原横溃，衣冠道尽。”嘉锡案：此节盖采自语林，见御览三百九十三，非义庆之所杜撰也。广记二百十五引异苑，载有两说。前一说与此同，后一说云：“郑康成师马融，三载无闻，融鄙而遣还。玄过树阴假寐，见一老父，以刀开腹心，谓曰：‘子可以学矣。’于是寤而即返，遂精洞典籍。融叹曰：‘诗书礼乐，皆已东矣。’潜欲杀玄，玄知而窃去。融推式以筭玄，玄当在土木上，躬骑马袭之。玄入一桥下，俯伏柱上，融踟蹰桥侧云：'土木之间，此则当矣。有水，非也。'从此而归。玄用免焉。"观语林异苑之所载，知此说为晋、宋间人所盛传。然马融送别，执手殷勤，有"礼乐皆东"之叹，其爱而赞之如此，何至转瞬之间，便思杀害！苟非狂易丧心，恶有此事？裴启既不免矫诬，义庆亦失于轻信。孝标斥为委巷之言，不亦宜乎！

2　郑玄欲注春秋传，尚未成时，行与服子慎遇宿客舍，先未相识，服在外车上与人说己注传意。汉南纪曰："服虔字子慎，河南荥阳人。少行清苦，为诸生，尤明春秋左氏传，为作训解。举孝廉，为尚书郎、九江太守。"玄听之良久，多与己同。玄就车与语曰："吾久欲注，尚未了。听君向言，多与吾同。今当尽以所注与君。"遂为服氏注〔一〕。

【笺疏】

〔一〕后汉书本传云："中平末拜九江太守，免，遭乱，行客病卒。"吴承仕经籍旧音序录曰："汉书序例云：'尚书郎、高平令、九江太守。'案尚书郎、高平令，皆先时所历官也。后汉书朱儁传，陶谦等推儁共讨李傕，奏记于儁，称前九江太守服虔。时为初平三年，知虔官九江太守，首尾不过五年。隋书经籍志云：'春秋左氏传解谊三十一卷，汉九江太守服虔注。'惠栋后汉书补注十八云：'栋案：服氏解谊，僖十五年遇归妹之睽，文十二年在师之临，皆以互体说易，与郑氏合，世说所称为不谬矣。'郑珍郑学录三云：'按六艺论序春秋云：玄又为之注（自注见刘知几议）。'是康成实注左传，自言明甚。其所以世无郑注者，尽用所注之文与服子慎，而与服比注耳。义庆之言，为得其实。"嘉锡案：赵坦保甓斋札记言服注虽本郑氏，然有与郑违异者。曾朴补后汉书艺文志考二既历举服、郑之异义，又胪列其所以同，具详彼书，文繁不录。

3　郑玄家奴婢皆读书。尝使一婢，不称旨，将挞之。方自陈说，玄怒，使人曳箸泥中。须臾，复有一婢来，问曰："胡为乎泥中？"卫式微诗也。毛公曰："泥中，卫邑名也。"答曰："薄言往愬，逢彼之怒。"〔一〕卫、邶柏舟之诗。

【笺疏】

〔一〕连鹤寿校蛾术编五十八注云："'胡为乎泥中'云云，似晋人气习。且郑公厚德，安有曳婢泥中之事？小说家欲以矜郑，适以诬郑耳。"嘉锡案：此事别无证据，难以断其有无。特世说杂采群书，不皆实录，连氏之言，意有可取，存以备考。丁晏郑君年谱云："若夫义庆之说，婢曳泥而知书；乐天之诗，牛触墙而成字。小说傅会，亦无取焉。"马元调本白氏长庆集二十六双鹦鹉诗云："'郑牛识字吾常叹，丁鹤能歌尔亦知'。自注引谚云：'郑玄家牛触墙成八字。'"嘉锡案：康成盖代大儒，盛名远播，流传逸事，遂近街谈。不惟婢解读书，乃至牛亦识字。然白傅之引鄙谚，虽有类于齐谐；而临川之著新书，实不同于燕说。且子政童奴，皆吟左氏（见论衡案书篇）；刘琰侍婢，悉诵灵光（见蜀志）。斯固古人所常有，安见郑氏之必无？既不能悬断其子虚，亦何妨姑留为佳话。丁氏必斥其傅会，所谓"固哉高叟之为诗也"！

4　服虔既善春秋，将为注，欲参考同异；闻崔烈集门生讲传，挚虞文章志曰："烈字威考，高阳安平人，骃之孙，瑗之兄子也。灵帝时，官至司徒、太尉，封阳平亭侯。"遂匿姓名，为烈门人赁作食。每当至讲时，辄窃听户壁间。既知不能逾己，稍共诸生叙其短长。烈闻，不测何人，然素闻虔名，意疑之。明蚤往，及未寤，便呼："子慎！子慎！"虔不觉惊应，遂相与友善〔一〕。

【笺疏】

〔一〕嘉锡案：崔烈见后汉书崔骃传。史但言其有重名于北州，入钱五百万为司徒，致有铜臭之讥，而不言其经学。然崔骃传言骃年十三，能通诗、易、春秋，博学有伟才。孔僖传亦称僖与崔骃同游太学，习春秋。崔瑗传言其好学，尽能传父之业。年十八，从侍中贾逵质正大义，逵善待之。逵固以左氏传名家者，然则崔氏盖世传左氏者也。烈承其家学，故亦以左传讲授，与服子慎共术同方，则其于春秋为不浅，得此可补史阙。知冀州名士，固非浪得虚声者矣。其后烈卒死李傕之难。烈子钧身讨董卓，旋欲因报父雠不得而卒。钧弟州平，从诸葛孔明游。奕世忠贞，无负于经学，所宜表而出之者也。

5　锺会撰四本论始毕，甚欲使嵇公一见。置怀中，既定，畏其难，怀不敢出，于户外遥掷，便回急走〔一〕。魏志曰："会论才性同异，传于世。四本者：言才性同，才性异，才性合，才性离也。尚书傅嘏论同，中书令李丰论异，侍郎锺会论合，屯骑校尉王广论离。文多不载。"〔二〕

【校文】

"既定"　"定"，沈本作"见"。

"便回急走"　"回"，景宋本及沈本俱作"面"。

【笺疏】

〔一〕程炎震云："'便回'，御览三百六十五面门，又三百九十四走门均引作'面'字，是也。"

〔二〕嘉锡案：南齐书王僧虔传载僧虔诫子书云："才性四本，声无哀乐，皆言家口实。如客至之有设也，汝皆未经拂耳瞥目，岂有庖厨不修，而欲延大宾者哉？"清谈之重四本论如此，殆如儒佛之经典矣。

6 何晏为吏部尚书〔一〕，有位望，时谈客盈坐，文章叙录曰："晏能清言，而当时权势，天下谈士，多宗尚之。"魏氏春秋曰："晏少有异才，善谈易、老。"王弼未弱冠往见之〔二〕。晏闻弼名，弼别传曰："弼字辅嗣，山阳高平人。少而察惠，十馀岁便好庄、老。通辩能言，为傅嘏所知。吏部尚书何晏甚奇之，题之曰：'后生可畏。若斯人者，可与言天人之际矣！'以弼补台郎。弼事功雅非所长，益不留意，颇以所长笑人，故为时士所嫉。又为人浅而不识物情。初与王黎、荀融善，黎夺其黄门郎，于是恨黎，与融亦不终好。正始中以公事免。其秋遇疠疾亡〔三〕，时年二十四。弼之卒也，晋景帝嗟叹之累日，曰：'天丧予！'其为高识悼惜如此。"〔四〕因条向者胜理语弼曰："此理仆以为极，可得复难不？"弼便作难，一坐人便以为屈，于是弼自为客主数番，皆一坐所不及。

【校文】

"仆以为极"　"为"下景宋本有"理"字。

【笺疏】

〔一〕魏志管辂传注引辂别传曰："举为秀才，辂辞裴使君，使君言'何尚书神明精微，言皆巧妙，巧妙之志，殆破秋豪，君当慎之'。"

又曰："裴使君问：'何平叔一代才名，其实何如？'辂曰：'其才若盆盎之水，所见者清；所不见者浊。神在广博，志不务学，弗能成才。欲以盆盎之水，求一山之形，形不可得，则知由此惑。故说老、庄则巧而多华，说易生义则美而多伪。华则道浮，伪则神虚。得上才则浅而流绝，得中才则游精而独出。辂以为少功之才也。'裴使君曰：'诚如来论。吾数与平叔共说老、庄及易，常觉其辞妙于理，不能折之。又时人吸习，皆归服之焉，益令不了。相见得清言，然后灼灼耳。'"嘉锡案：传所谓裴使君者，裴徽也。辂与徽问答，在晏败之后，或不免诋之过当。然别传又曰："裴冀州、何、邓二尚书及乡里刘太常颍川兄弟，辂自言与此五君共语，使人精神清发，昏不暇寐。自此以下，殆白日欲寝矣。"是辂亦甚推服晏也。合裴徽与辂之言观之，盖晏之为人，妙于言而不足于理，宜其非王弼之敌矣。

〔二〕经典释文序录曰："其后谈论者，莫不宗尚玄言，唯王辅嗣妙得虚无之旨。"魏志钟会传注引弼传曰："弼注易，颍川人荀融难弼大衍义。"

〔三〕魏志荀彧传注引荀氏家传曰："衍，彧第三兄。衍子绍。绍子融，字伯雅，与王弼、钟会俱知名，为洛阳令，参大将军军事。与弼、会论易、老义，传于世。"程炎震云："御览二百二十一引傅子曰：'王黎为黄门郎，轩轩然得志，煦煦然自乐。'魏书钟会传注引作'正始十年，曹爽废，以事免'。于文为备。此注盖经删节，故'其秋'字无着落。且正始止于十年，不得云中也。"

〔四〕李详云："传为何劭撰，见魏志钟会传裴注引。今取较此注'十馀岁便好庄、老'，彼作'年十馀好老氏'。'题之曰后生可畏'，彼作'叹之曰仲尼称后生可畏'。'故为时士所嫉'，彼作'故时为士君子所忌'。'正始中以公事免'，彼作'正始十年曹爽废，以公事免’。‘高识悼惜’，彼作‘所惜’。弼传甚长，刘注才得二三耳。”焦循易馀籥录一曰：“刘表以女妻王凯，生业。业生二子，长宏，次弼。凯为王粲族兄，粲二子被诛，业为粲嗣。然则王辅嗣为刘表外曾孙，而王粲之嗣孙也。刘表为荆州牧，开立学官，博求儒士，使宋衷等撰定五经章句。表撰易章句五卷、衷注易九卷，弼兄宏字正宗亦撰易义（原注见释文）。王氏之于易，盖渊源于刘表，而表则受学于王畅，畅为粲之祖父。刘表、王业皆山阳高平人。”

7　何平叔注老子，始成，诣王辅嗣。见王注精奇，乃神伏曰：“若斯人，可与论天人之际矣！”因以所注为道德二论〔一〕。魏氏春秋曰：“弼论道约美不如晏，自然出拔过之。”

【校文】

注“自然出拔过之”　“自”上景宋本及沈本俱有“然”字。

【笺疏】

〔一〕魏志锺会传注引弼别传曰：“其论道附会文辞不如何晏，自然有所拔得多晏也。”嘉锡案：河上公及王弼老子注，皆以上卷为道经，下卷为德经，盖汉、魏旧本如此。平叔此论亦上篇言道，下篇言德，故为二论。隋志云：“梁有老子道德论二卷，何晏撰，亡。”旧唐志仍著录。新唐志于道家老子下有何晏讲疏四卷，又道德问二卷。疑道德问即道德论也。其书今亡。嘉锡又案：列子天瑞篇张湛注引何晏道论曰：“有之为有，恃无以生；事而为事，由无以成。夫道之而无语，名之而无名，视之而无形，听之而无声，则道之全焉。故能昭音向而出气物，包形神而章光影。玄以之黑，素以之白，矩以之方，规以之员。员方得形，而此无形，白黑得名，而此无名也。”此其论之仅存者。严可均全三国文三十九何晏集内未收，故具录之。观其持论，理甚肤浅，不及王注远矣。文心雕龙论说篇曰："魏之初霸，术兼名法。傅嘏、王粲校练名理。迄至正始，务欲守文。何晏之徒，始盛玄论。于是聃、周当路，与尼父争涂矣。详观兰石之才性，仲宣之去代，辅嗣之两例，平叔之二论，并师心独见，锋颖精密，盖人伦之英也。"姚振宗隋志考证六曰："王弼两例即易老略例。平叔二论即道德论也。"孙诒让札迻十二曰："考晏有无为论，见晋书王衍传。又有无名论，见列子仲尼篇注。无为、无名皆道德经语，殆即二论之细目与？"

8　王辅嗣弱冠诣裴徽〔一〕，永嘉流人名曰："徽字文季，河东闻喜人，太常潜少弟也。仕至冀州刺史。"徽问曰："夫无者，诚万物之所资，圣人莫肯致言，而老子申之无已，何邪？"弼别传曰："弼父为尚书郎，裴徽为吏部郎，徽见异之，故问。"弼曰："圣人体无，无又不可以训，故言必及有；老、庄未免于有，恒训其所不足。"〔二〕

【笺疏】

〔一〕魏志管辂传注引辂别传曰："冀州裴使君才理清明，能释玄虚。每论易及老、庄之道，未尝不注精于严、瞿之徒也。"

〔二〕陈澧东塾读书记十六曰："辅嗣谈老、庄，而以圣人加于老、庄之上。然其所言圣人体无，则仍是老、庄之学也。犹后儒谈禅学而以圣人加于佛之上，然其所言圣学，则仍是禅学也。"嘉锡案：此出何劭为弼别传，见魏志锺会传注。

9　傅嘏善言虚胜，魏志曰："嘏字兰硕，北地泥阳人，傅介子之后也。累迁河南尹、尚书。嘏尝论才性同异，锺会集而论之。"傅子曰："嘏既达治好正，而有清理识要，如论才性，原本精微，鲜能及之。司隶锺会年甚少，嘏以明知交会。”荀粲谈尚玄远[一]。粲别传曰：“粲字奉倩，颍川颍阴人，太尉彧少子也。粲诸兄儒术论议各知名。粲能言玄远，常以子贡称‘夫子之言性与天道，不可得而闻也’，然则六籍虽存，固圣人之糠粃。能言者不能屈。”每至共语，有争而不相喻。裴冀州释二家之义，通彼我之怀，常使两情皆得，彼此俱畅。粲别传曰：“粲太和初到京邑，与傅嘏谈，嘏善名理，而粲尚玄远，宗致虽同，仓卒时或格而不相得意。裴徽通彼我之怀，为二家释。顷之，粲与嘏善。”管辂传曰：“裴使君有高才逸度，善言玄妙也。”[二]

【笺疏】

〔一〕程炎震云：“列子仲尼篇张湛注：荀粲谓傅嘏、夏侯玄曰：‘子等在世，荣问功名胜我，识减我耳。’嘏、玄曰：‘夫能成功名者，识也。天下孰有本不足而有馀于末者耶？’答曰：‘成功名者，志也，局之所弊也。然则志局自一物也，固非识之所独济。我以能使子等为贵，而未必能济子之所为也。’”

〔二〕嘉锡案：此魏志管辂传注裴松之语也。古人引书往往以注为正文。

10　何晏注老子未毕，见王弼自说注老子旨。何意多所短，不复得作声，但应诺诺，遂不复注，因作道德论[一]。文章叙录曰：“自儒者论以老子非圣人，绝礼弃学。晏说与圣人同，著论行于世也。”

【校文】

“但应诺诺”　“诺诺”，景宋本及沈本俱作“之”。

【笺疏】

〔一〕嘉锡案：此与上文“何平叔注老子”条，一事两见。而一云始成，一云未毕，馀亦小异。盖本出两书，临川不能定其是非，故并存之也。

11　中朝时，有怀道之流，有诣王夷甫咨疑者。值王昨已语多，小极，不复相酬答，乃谓客曰："身今少恶〔一〕，裴逸民亦近在此，君可往问。"晋诸公赞曰："裴頠谈理，与王夷甫不相推下。"

【笺疏】

〔一〕焦循易馀籥录十八曰："尔雅云：'余，身也。'舍人云：'余，卑谦之身也。'郭璞云：'今人亦自呼为身。'按三国志张飞曰：'身是张益德也。'"

12　裴成公作崇有论，〔一〕时人攻难之，莫能折。唯王夷甫来，如小屈〔二〕。时人即以王理难裴，理还复申。晋诸公赞曰："自魏太常夏侯玄、步兵校尉阮籍等，皆著道德论。于时侍中乐广、吏部郎刘汉亦体道而言约〔三〕，尚书令王夷甫讲理而才虚，散骑常侍戴奥以学道为业，后进庾敳之徒皆希慕简旷。頠疾世俗尚虚无之理，故著崇有二论以折之。才博喻广，学者不能究。后乐广与頠清闲欲说理，而頠辞喻丰博，广自以体虚无，笑而不复言。"惠帝起居注曰："頠著二论以规虚诞之弊。文词精富，为世名论。"〔四〕

【笺疏】

〔一〕嘉锡案：成公，裴頠谥也。其论全载晋书本传。群书治要三十引晋书曰："頠深患时俗放荡，不尊儒术，魏末以来，转更增甚。何晏、阮籍素有高名于世，口谈浮虚，不遵礼法。尸禄耽宠，仕不事事。至王衍之徒，声誉太甚，位高势重，不以物务自婴，遂相放效，风教陵迟。頠著崇有之论，以释其蔽。世虽知其言之益治，而莫能革也。朝廷之士，皆以遗事为高，四海尚宁，而有识者知其将乱矣。而夷狄遂沦中州者，其礼久亡故也。”嘉锡案：治要所引者，臧荣绪书也。其言痛切有识，足为成公张目。唐修晋书用之而删去“世虽知其言之益治”以下，不如原书远矣。

〔二〕李详云：“如，似也。为句中助词。汉书袁盎传：‘丞相如有骄主色。’颜注：‘如，似也。’”

〔三〕程炎震云：“刘汉当作刘漠，辨见赏誉第二十二条。”

〔四〕魏志裴潜传注引陆机惠帝起居注云：“頠理具渊博，赡于论难。著崇有、贵无二论，以矫虚诞之弊。”嘉锡案：頠贵无论即附崇有论后。此引无“贵无”二字，盖宋人不考晋书，以为頠既“崇有”不应复“贵无”，遂妄行删去。不知崇有只一篇，安得谓之二论乎？

13　诸葛厷年少不肯学问〔一〕。始与王夷甫谈，便已超诣。王叹曰：“卿天才卓出，若复小加研寻，一无所愧。”厷后看庄、老，更与王语，便足相抗衡。王隐晋书曰：“厷字茂远，琅邪人，魏雍州刺史绪之子〔二〕。有逸才，仕至司空主簿。”

【笺疏】

〔一〕倭名类聚钞卷一引本书黜免篇作“诸葛宏”，狩谷望之注曰：“王隐晋书：‘厷字茂远。’按厷，臂上也。或作肱。宏，屋深响也，转训大也。依茂远之义，作宏似是。”

〔二〕嘉锡案：绪仕魏，初为泰山太守，见魏志邓艾传。迁雍州刺史，受诏与邓艾、锺会同伐蜀，见陈留王纪及艾传。入晋为太常、崇礼卫尉，见锺会传注引百官名，注又引荀绰兖州记，但言绪子冲，冲子铨、玫，殊不及厷。盖绰著书时厷尚未知名耳。绪系出琅邪诸葛氏，当是龙、虎、狗三君之同族，但不知其亲属何如也。

14　卫玠总角时问乐令“梦”，乐云“是想”。卫曰：“形神所不接而梦，岂是想邪？”乐云：“因也。未尝梦乘车入鼠穴，捣齑噉铁杵，皆无想无因故也。”〔一〕周礼有六梦：一曰正梦，谓无所感动，平安而梦也。二曰噩梦，谓惊愕而梦也。三曰思梦，谓觉时所思念也。四曰寤梦，谓觉时道之而梦也。五曰喜梦，谓喜说而梦也。六曰惧梦，谓恐惧而梦也。按乐所言“想”者，盖思梦也。“因”者，盖正梦也〔二〕。卫思“因”，经日不得，遂成病。乐闻，故命驾为剖析之。卫既小差。乐叹曰：“此儿胸中当必无膏肓之疾！”春秋传曰：“晋景公有疾，求医于秦，秦伯使医缓为之。未至，公梦疾为二竖子。曰：‘彼，良医也。惧伤我焉！’其一曰：‘居肓之上，膏之下，若我何？’医至，曰：‘疾不可为也！在肓之上，膏之下，攻之不可达，刺之不可及，药不至焉。’公曰：‘良医也。’”注：“肓，鬲也。心下为膏。”

【笺疏】

〔一〕酉阳杂俎八曰：“夫瞽者无梦，则知梦者习也。愚者少梦，不独至人。问之驺皁，百夕无一梦也。”嘉锡案：瞽者目不见物，则无可想像；愚者不知用心，则不解想。可与乐令语相证明。

〔二〕注文周礼六梦云云，乃以周礼春官占梦经注合引，凡谓字以下，皆注也。潜夫论梦列篇曰：“凡梦有直，有象，有精，有想，有人，有感，有时，有反，有病，有性。昔武王邑姜方震太叔，梦帝谓己：‘命尔子虞而与之唐。’及生，手掌曰虞，因以为名。成王灭唐，遂以封之。此谓直应之梦也。人有所思，即梦其到；有忧，即梦其事。此谓记想之梦也。”嘉锡案：潜夫所谓直梦，盖即周礼之正梦。

想梦即思梦也。

15 庾子嵩读庄子，开卷一尺许便放去，曰："了不异人意。"晋阳秋曰："庾敳字子嵩，颍川人，侍中峻第三子。恢廓有度量，自谓是老、庄之徒。曰：'昔未读此书，意尝谓至理如此。今见之，正与人意暗同。'仕至豫州长史。"〔一〕

【笺疏】

〔一〕嘉锡案：今晋书敳传叙其仕履，只云"迁吏部郎，参东海王越太傅军谘祭酒"，而其下乃有"豫州牧长史河南郭象善老、庄"云云。似以豫州长史属之郭象。然本篇注引文士传及今晋书郭象传，均云象辟司空掾、太傅主簿，不言为此官。则仕至豫州长史者，自是庾敳。晋书有脱误耳。且长史上不当称某州牧，牧字亦衍文也。

16 客问乐令"旨不至"者，乐亦不复剖析文句，直以麈尾柄确几曰："至不？"客曰："至！"乐因又举麈尾曰："若至者，那得去？"夫藏舟潜往，交臂恒谢，一息不留，忽焉生灭。故飞鸟之影，莫见其移；驰车之轮，会不掩地。是以去不去矣，庸有至乎？至不至矣，庸有去乎？然则前至不异后至，至名所以生；前去不异后去，去名所以立。今天下无去矣，而去者非假哉？既为假矣，而至者岂实哉？于是客乃悟服。乐辞约而旨达，皆此类〔一〕。

【笺疏】

〔一〕嘉锡案：公孙龙子有指物论，谓物莫非指，而指非指。庄子天下篇载惠施之说曰"指不至，至不绝"，此客盖举庄子以问乐令也。陆德明释文引司马云："夫指之取物，不能自至，要假物，故至也。然假物由指不绝也。一云指之取火以钳，刺鼠以锥。故假于物，指是不至也。”夫理涉玄门，贵乎妙悟，稍参迹象，便落言诠。司马所注，诚不如乐令之超脱。今姑录之，以存古义。其他家所释，咸无取焉。嘉锡又案：乐令未闻学佛，又晋时禅学未兴，然此与禅家机锋，抑何神似？盖老、佛同源，其顿悟固有相类者也。

17　初，注庄子者数十家，莫能究其旨要。向秀于旧注外为解义，妙析奇致，大畅玄风。秀别传曰：“秀与嵇康、吕安为友，趣舍不同。嵇康傲世不羁，安放逸迈俗，而秀雅好读书。二子颇以此嗤之。后秀将注庄子，先以告康、安，康、安咸曰：‘此书讵复须注〔一〕？徒弃人作乐事耳！’及成，以示二子。康曰：‘尔故复胜不？’安乃惊曰：‘庄周不死矣！’后注周易〔二〕，大义可观，而与汉世诸儒互有彼此，未若隐庄之绝伦也。”秀本传或言，秀游托数贤，萧屑卒岁，都无注述。惟好庄子，聊应崔譔所注，以备遗忘云。竹林七贤论云：“秀为此义，读之者无不超然，若已出尘埃而窥绝冥，始了视听之表。有神德玄哲，能遗天下，外万物。虽复使动竞之人顾观所徇，皆怅然自有振拔之情矣。”惟秋水、至乐二篇未竟而秀卒。秀子幼，义遂零落，然犹有别本。郭象者，为人薄行，有俊才。文士传曰：“象字子玄，河南人。少有才理，慕道好学，托志老、庄。时人咸以为王弼之亚，辟司空掾、太傅主簿。”见秀义不传于世，遂窃以为己注。乃自注秋水、至乐二篇，又易马蹄一篇，其馀众篇，或定点文句而已。文士传曰：“象作庄子注，最有清辞遒旨。”后秀义别本出，故今有向、郭二庄，其义一也〔三〕。

【校文】

注“此书讵复须注”　景宋本及沈本俱无“此”字。

注“太傅主簿”　景宋本及沈本俱作“太学博士”。

【笺疏】

〔一〕嘉锡案：书不须注，亦与禅宗意思相类。其实即庄生忘筌之旨，不当有“此”字。盖康、安之意，凡书皆不须注，不仅庄子也。陆象山所谓“六经注我”，亦是此意。

〔二〕嘉锡案：秀周易注，隋志不著录。经典释文序录载张璠集解十二卷，集二十二家解。序云：依向秀本。并载二十二家名氏云：“向秀字子期，河内人，晋散骑常侍，为易义。”

〔三〕嘉锡案：向秀庄子注今已不传，无以考见向、郭异同。四库总目一百四十六庄子提要尝就列子张湛注、陆氏释文所引秀义，以校郭注。有向有郭无者，有绝不相同者，有互相出入者，有郭与向全同者，有郭增减字句大同小异者。知郭点定文句，殆非无证。

18　阮宣子有令闻，太尉王夷甫见而问曰：“老、庄与圣教同异？”对曰：“将无同？”〔一〕太尉善其言，辟之为掾。世谓“三语掾”。卫玠嘲之曰：“一言可辟，何假于三？”宣子曰：“苟是天下人望，亦可无言而辟，复何假一？”遂相与为友〔二〕。名士传曰：“阮修字宣子，陈留尉氏人。好老、易，能言理。不喜见俗人，时误相逢，即舍去。傲然无营，家无儋石之储，晏如也。琅邪王处仲为鸿胪卿，谓曰：‘鸿胪丞差有禄，卿常无食，能作不？’修曰：‘为复可耳。’遂为鸿胪丞、太子洗马。”

【校文】

注“鸿胪丞差有禄，卿常无食”　沈本作“卿常无食，鸿胪丞差有禄”。

【笺疏】

〔一〕黄生义府下云：“将无者，然而未遽然之辞。谢太傅云‘将无归’，晋人语度舒缓，类如此。后人妄意生解，总由不悉当时口语耳。”

嘉锡案：此与演繁露之说合。演繁露续集卷五云："不直云同而云将毋同者，晋人语度自尔也。庾亮辟孟嘉为从事，正旦大会，褚裒问嘉何在，亮曰：'但自觅之。'裒历观指嘉曰：'将毋是乎？'将毋者，犹言殆是此人也。意以为是而未敢自主也。其指孔、老为同，亦此义也。"王若虚滹南遗老集亦曰：'瞻意盖言同耳。将无云者，犹无乃、得无之类。荀晞从母子求为将，晞拒之曰：'吾不以王法贷人，将无后悔耶。'刘裕受禅，徐广攀晋帝车泣涕，谢晦谓之曰：'徐公得无小过？'皆是类也。"嘉锡案：雅量篇："谢太傅泛海戏，风急浪猛。公徐云：'如此，将毋归？'"任诞篇："谢安戏失车牛，便杖策步归，道逢刘尹曰：'安石将无伤？'"并可与此互证。盖"将毋"者，自以为如此，而不欲直言之，委婉其辞，与人商榷之语也。王若虚曰："盖欲直言其同，而不必疑也。"方以智通雅卷五曰："将毋、得亡、毋乃称，皆发问之声也。韩诗外传：客见周公，周公曰：'何以道旦？'曰：'入乎将毋？'曰：'请入。'曰：'坐乎将毋？'曰：'请坐。'曰：'疾言则翕翕，徐言则不闻，言乎将毋？'方言：'无写，谓相见驩喜，有得亡之意也。'庄子：子产曰：'子毋乃称。'左氏用以转语，庄、韩用以结句。古人善摹人之声音神状如此。阮千里曰：'将毋同？'本谓'得毋乃同乎'，犹言'能毋同也'。叶梦得为之解曰：'本自无同，何因有异。'此是东坡所谓'设械匿形，推堕滉漾'之伎俩耳。"

〔二〕程炎震云："御览二百九太尉掾门及三百九十言语门引卫玠别传载此事，均作阮千里。则是瞻，非修也。"嘉锡案：今晋书阮瞻传亦作"瞻见司徒王戎，戎问曰：'圣人贵名教，老、庄明自然，其旨同异？'瞻曰：'将无同？'"唐修晋书喜用世说，此独与世说不同，知其必有所考矣。御览二百九所引，先见类聚十九。

19　裴散骑娶王太尉女。婚后三日，诸婿大会，晋诸公赞曰：“裴遐字叔道，河东人。父绰〔一〕，长水校尉。遐少有理称，辟司空掾、散骑郎。”永嘉流人名：“衍字夷甫，第四女适遐也。”当时名士，王、裴子弟悉集。郭子玄在坐，挑与裴谈。子玄才甚丰赡，始数交未快。郭陈张甚盛，裴徐理前语，理致甚微，四坐咨嗟称快。邓粲晋纪曰：“遐以辩论为业，善叙名理，辞气清畅，泠然若琴瑟〔二〕。闻其言者，知与不知，无不叹服。”王亦以为奇，谓诸人曰：“君辈勿为尔，将受困寡人女婿！”〔三〕

【校文】

“王裴子弟悉集”　景宋本及沈本“弟”下俱有“皆”字。

注“泠然若琴瑟”　景宋本无“瑟”字。

【笺疏】

〔一〕嘉锡案：“纬”当作“绰”，见品藻篇第六条及晋书附裴楷传，又见后妃传下。

〔二〕嘉锡案：晋、宋人清谈，不惟善言名理，其音响轻重疾徐，皆自有一种风韵。宋书张敷传云：“善持音仪，尽详缓之致。与人别，执手曰：‘念相闻。’馀响久之不绝。”裴遐之“泠然若琴瑟”，亦若此而已。

〔三〕李详云：“案晋世，寡人上下通称，不以为僭。孙过庭书谱述王羲之语：‘假令寡人耽之若此，未必谢之。’可为此条确证。张彦远法书要录引作‘若吾耽之若此，未必谢之’。彦远与虞礼皆唐人，虞礼审晋世言语，故仍其旧；彦远改同俗称，便觉其陋。”

20　卫玠始度江，见王大将军。敦别传曰："敦字处仲，琅邪临沂人。少有名理，累迁青州刺史。避地江左，历侍中、丞相、大将军、扬州牧。以罪伏诛。"因夜坐，大将军命谢幼舆。晋阳秋曰："谢鲲字幼舆，陈郡人。父衡，晋硕儒。鲲性通简，好老、易，善音乐，以琴书为业。避乱江东，为豫章太守，王敦引为长史。"鲲别传曰："鲲四十三卒，赠太常。"玠见谢，甚说之，都不复顾王，遂达旦微言。王永夕不得豫。玠体素羸，恒为母所禁。尔夕忽极，于此病笃，遂不起。玠别传曰："玠少有名理，善易、老，自抱羸疾，初不于外擅相酬对。时友叹曰：'卫君不言，言必入真。'〔一〕武昌见大将军王敦，敦与谈论，咨嗟不能自已。"

【校文】

注"言必入真"　"真"，景宋本及沈本俱作"冥"。

【笺疏】

〔一〕程炎震云："真，宋本作冥。疑本是玄字，与言为韵，宋人避讳作真，或作冥耳。本篇'司马太傅问谢车骑'条，亦有入玄字。"

21　旧云：王丞相过江左，止道声无哀乐、嵇康声无哀乐论略曰〔一〕："夫殊方异俗，歌笑不同。使错而用之，或闻哭而欢，或听歌而戚，然哀乐之情均也。今用均同之情，发万殊之声，斯非音声之无常乎？"养生、嵇叔夜养生论曰〔二〕："夫虱箸头而黑，麝食柏而香，颈处险而瘿，齿居晋而黄。岂惟蒸之使重无使轻，芬之使香无使延哉？诚能蒸以灵芝，润以醴泉，无为自得，体妙心玄。庶与羡门比寿，王乔争年。何为不可养生哉？"言尽意，欧阳坚石言尽意论略曰："夫理得于心，非言不畅。物定于彼，非名不辨。名逐物而迁，言因理而变，不得相与为二矣。苟无其二，言无不尽矣。"〔三〕三理而已。然宛转关生，无所不入。

【校文】

注“殊方”　景宋本作“他方”。

注“麝食柏”　“食”，景宋本及沈本俱作“得”。

注“无使延哉”　“无”，景宋本作“勿”。

【笺疏】

〔一〕嘉锡案：此论全篇见嵇中散集五。

〔二〕嘉锡案：论载文选五十三，嵇中散集四又有答向子期难养生论一首。

〔三〕嘉锡案：艺文类聚十九引晋欧阳建言尽意论，较此注为详，文长不录。

22　殷中军为庾公长史，按庾亮僚属名及中兴书，浩为亮司马，非为长史也。下都，王丞相为之集，桓公、王长史、王蓝田、王述别传曰：“述字怀祖，太原晋阳人。祖湛，父承，并有高名。述蚤孤，事亲孝谨，箪瓢陋巷，宴安永日。由是为有识所知，袭爵蓝田侯。”谢镇西并在。丞相自起解帐带麈尾〔一〕，语殷曰：“身今日当与君共谈析理。”既共清言，遂达三更。丞相与殷共相往反，其馀诸贤，略无所关。既彼我相尽，丞相乃叹曰：“向来语，乃竟未知理源所归，至于辞喻不相负。正始之音〔二〕，正当尔耳！”明旦，桓宣武语人曰：“昨夜听殷、王清言甚佳，仁祖亦不寂寞，我亦时复造心，顾看两王掾，王濛、王述，并为王导所辟。辄翣如生母狗馨。”〔三〕

【笺疏】

〔一〕嘉锡案：麈尾悬于帐带，故自起解之。御览七百三引世说曰："王丞相常悬一麈尾，著帐中。及殷中军来，乃取之曰：'今以遗汝。'"今本无之，当是此处注文。惟不知所引何书耳。

〔二〕嘉锡案："正始之音"，日知录十三论之甚详，见赏誉下"王敦为大将军"条。

〔三〕芦浦笔记一云："予读世说，见晋人言多带馨字，只如今人说怎地。"嘉锡案：宋书前废帝纪："太后怒曰：'将刀来剖我腹，那得生如此宁馨儿。'"建康实录十三引裴子野宋略作"那得生如此儿"，金楼子箴戒篇同。南史宋本纪中则作"那得生宁馨儿"，是"宁馨"之为"如此"，证之六朝、唐人之书而已足，无烦曲解矣。养新录四云："宁馨之馨，可读仄声。方回听航船歌'五千斤蜡三千漆，宁馨时年欲夜行'是也。刘禹锡诗'几人雄猛得宁馨'，二字俱读平声。张谓诗'家无阿堵物，门有宁馨儿'，宁读去声，馨读平声。"嘉锡又案：馨语助词，犹宁馨也。宋以后笔记解宁馨者甚多，皆不能明备；惟郝懿行晋宋书故云："晋书王衍传：'何物老妪，生宁馨儿。'宋书前废帝纪：'太后怒，语侍者："将刀来剖我腹，那得生如此宁馨儿！"'今按宁馨，晋、宋方言即为如此之意。沈休文著书不得其解，妄有增加，翻为重复。后世词人喜用宁馨，有平去二音。而方以智通雅以宁馨为呼语词，谓今云能亨，此盖明季方音。证以今时语，或云那杭，或云簫杭，皆宁馨二字之音转字变耳。又晋、宋人或言尔馨、如馨，或单言馨，此并语词及语馀声也。世说文学篇：桓宣武语人曰：'顾看两王掾，辄翣如生母狗馨。'忿狷篇：王胡之雪中诣王螭，持其臂，螭拨其手曰：'冷如鬼手馨，强来捉人臂！'此皆单言馨者也。方正篇：刘尹语桓大司马曰：'使君如馨地，宁可战斗求胜？'容止篇注：王仲祖每揽镜自照曰：‘王文开那生如馨儿！’此皆以如馨代宁馨。如读若女，即宁之转音也。文学篇刘尹目殷中军云：‘田舍儿强学人作尔馨语。’品藻篇王丞相云：‘与何次道语，惟举手指地曰：“正自尔馨！”’此又以尔馨代宁馨。尔读若你，亦宁之转音矣。”

23　殷中军见佛经云：“理亦应阿堵上。”〔一〕佛经之行中国尚矣，莫详其始。牟子曰〔二〕：“汉明帝夜梦神人，身有日光，明日，博问群臣。通人傅毅对曰：‘臣闻天竺有道者号曰佛，轻举能飞，身有日光，殆将其神也。’于是遣羽林将军秦景、博士弟子王遵等十二人之大月氏国，写取佛经四十二部，在兰台石室。”刘子政列仙传曰：“历观百家之中，以相检验，得仙者百四十六人，其七十四人已在佛经，故撰得七十。可以多闻博识者遐观焉。”如此，即汉成、哀之间，已有经矣。与牟子传记便为不同。魏略西戎传曰：“天竺城中有临儿国。浮屠经云：其国王生浮图。浮图者，太子也。父曰屑头邪，母曰莫邪。浮屠者，身服色黄，发如青丝，爪如铜。其母梦白象而孕。及生，从右胁出，而有髻，坠地能行七步。天竺又有神人曰沙津。昔汉哀帝元寿元年，博士弟子景虑，受大月氏王使伊存口传浮屠经。曰復豆者，其人也。”汉武故事曰：“昆邪王杀休屠王，以其众来降，得其金人之神，置之甘泉宫。金人皆长丈馀，其祭不用牛羊，惟烧香礼拜。上使依其国俗祀之。”此神全类于佛，岂当汉武之时，其经未行于中土，而但神明事之邪。故验刘向、鱼豢之说，佛至自哀、成之世明矣。然则牟传所言四十二者，其文今存非妄。盖明帝遣使广求异闻，非是时无经也〔三〕。

【校文】

注“故撰得七十”　景宋本无“故”字。

注“浮屠者”　“屠”，景宋本及沈本俱作“图”。

注“而但神明事之邪”　“邪”，景宋本作“耳”。

【笺疏】

〔一〕刘盼遂曰："阿堵二字，自来多昧其解。俞理初癸巳类稿卷七'等还音义'条引此事，谓等义为何等，又为此等，故通底又通堵。所谓阿堵、宁底，皆言此等也云云，其说迂曲。按阿为发声之词，堵即者字，同音互用。史记张释之传：'堵阳人也。'韦昭注：'堵音赭。'汉书张释之传师古注'堵音者'，是六朝旧音，堵读为者，故可互用。说文：'者，别事词也。'今人尚谓此为者，如者里、者回是也。俗书作这，无以下笔。古人语缓，故堵字上加阿，以足语气。犹名蒙者，自称阿蒙；言谁者，语作阿谁耳。阿字本自无意义也。知乎此，则殷中军之言'理亦应在阿堵上'，以宋、元语录例之，乃'名理应在者上'也。由此说推之，巧艺篇'顾长康画人'条'传神写照，正在阿堵'，即'传神写照，应在者里'也。规箴篇'王夷甫雅尚玄远'条'呼婢举阿堵物却'（从唐本改），即'呼婢举者物出去'也。雅量篇'桓公伏甲设馔'条注'明公何有壁间置阿堵辈'，即'壁间置者辈'也。如此乃至为明鬯易读，何劳俞氏以浙西方音证之耶？况王夷甫、殷渊源诸人，本非吴士乎。"嘉锡案："阿堵"犹言"者箇"也。解在规箴篇。"宁馨"、"阿堵"，叶大庆考古质疑六考之已详。

〔二〕嘉锡案：牟子即牟子理惑论，原在释僧祐弘明集内，详见余所作理惑论检讨。

〔三〕嘉锡案：今本列仙传无此语，广弘明集辨惑篇七引列仙传云："吾搜检藏书，□寻太史创撰列仙图，自黄帝以下六代，迄到于今，得道者七百馀人，向检虚实，定得一百四十六人。"又云："其七十四人，已见佛经矣。"与孝标所引详略互有不同。今本无之，盖为后人所删节耳。详见余所著四库提要辨证道家类。牟子传记即谓理惑论，盖古人于五经之外，皆谓之传记。赵岐孟子题辞所谓"后罢传记博士，独立五经而已”，谓论语、孝经、孟子、尔雅也。牟子亦孟子之类，故称传记，说详检讨。

24　谢安年少时，请阮光禄道白马论。孔丛子曰：“赵人公孙龙云：‘白马非马。马者所以命形，白者所以命色。夫命色者非命形，故曰白马非马也。’”为论以示谢，于时谢不即解阮语，重相咨尽。阮乃叹曰：“非但能言人不可得，正索解人亦不可得！”中兴书曰：“裕甚精论难。”

25　褚季野语孙安国褚裒、孙盛并已见。云：“北人学问，渊综广博。”孙答曰：“南人学问，清通简要。”支道林闻之曰：“圣贤固所忘言。自中人以还，北人看书，如显处视月；南人学问，如牖中窥日。”〔一〕支所言，但譬成孙、褚之理也。然则学广则难周，难周则识闇，故如显处视月；学寡则易核，易核，则智明，故如牖中窥日也。

【笺疏】

〔一〕嘉锡案：北史儒林传序曰：“南人约简，得其英华；北学深芜，穷其枝叶。”语即本此。实则道林之言，特为清谈名理而发。延寿亦不过谓南人文学胜于北人耳。夫朴学浮文，本难一致。春华秋实，乌可并言？北人著述存于今者，如水经注、齐民要术之类，渊综广博，自有千古，非南人所敢望也。嘉锡又案：此言北人博而不精，南人精而不博。

26　刘真长与殷渊源谈，刘理如小屈，殷曰：“恶卿不欲作将善云梯仰攻？”〔一〕墨子曰：“公输般为高云梯，欲以攻宋。墨子闻之，自鲁往。裂裳裹足，日夜不休，十日十夜而至于郢。见楚王曰：‘闻大王将攻宋，有之乎？’王曰：‘然！’墨子曰：‘请令公输般设攻宋之具，臣请试守之。’于是公输般设攻宋之计，墨子萦带守之。输九攻之，而墨子九却之。不能入，遂辍兵。”

【校文】

注“为高云梯”　沈本无“云”字。

【笺疏】

〔一〕李慈铭云：“案恶卿句有误。”

27　殷中军云：“康伯未得我牙后慧。”浩别传曰：“浩善老、易，能清言。”康伯，浩甥也，甚爱之。

28　谢镇西少时，闻殷浩能清言，故往造之。殷未过有所通，为谢标榜诸义，作数百语。既有佳致，兼辞条丰蔚，甚足以动心骇听。谢注神倾意，不觉流汗交面。殷徐语左右：“取手巾与谢郎拭面。”按殷浩大谢尚三岁，便是时流。或当贵其胜致，故为之挥汗。

29　宣武集诸名胜讲易，易乾凿度曰：“孔子曰：‘易者，易也，变易也，不易也。三成德，为道包龠者，易也。其德也光明四通，日月星辰布，八卦序，四时和也。变也者〔一〕，天地不变，不能成朝；夫妇不变，不能成家。不易者，其位也。天在上，地在下；君南面，臣北面；父坐，子伏。此其不易也。故易者天地人道也。’”郑玄序易曰：“易之为名也，一言而函三义：简易一也，变易二也，不易三也。系辞曰：‘乾坤，易之蕴也，易之门户也。’又曰：‘乾确然示人易矣，坤隤然示人简矣。易则易知，简则易从。’此言其简易法则也。又曰：‘其为道也屡迁，变动不居，周流六虚，上下无常，刚柔相易，不可以为典要，惟变所适。’此则言其从时出入移动也。又曰：‘天尊地卑，乾坤定矣；卑高以陈，贵贱位矣；动静有常，刚柔断矣。’此则言其张设布列不易也。”据此三义而说易之道，广矣，大矣。日说一卦。简文欲听，闻此便还。曰：“义自当有难易，其以一卦为限邪？”

【笺疏】

〔一〕李慈铭云：“案今本乾凿度作‘管三成德，为道苞籥。（殿本作“管三成为道德苞籥”，盖误。）易者以言其德也。’以下文句，较此甚緐。古人引书多从节省。惟此处三上脱管字，籥下衍者字，易也当作易者。皆传写之误。‘变也者’本作‘变易也者，其气也’。此处亦脱误。”

30　有北来道人好才理，与林公相遇于瓦官寺，讲小品。于时竺法深、孙兴公悉共听。此道人语，屡设疑难，林公辩答清析，辞气俱爽。此道人每辄摧屈。孙问深公：“上人当是逆风家〔一〕，向来何以都不言？”庾法畅人物论曰〔二〕：“法深学义渊博，名声蚤著，弘道法师也。”深公笑而不答。林公曰：“白旃檀非不馥〔三〕，焉能逆风？”〔四〕成实论曰：“波利质多天树，其香则逆风而闻。”深公得此义，夷然不屑。

【笺疏】

〔一〕嘉锡案：言法深学义不在道林之下，当不至从风而靡，故谓之逆风家。

〔二〕全晋文百五十七自注曰：“高僧传四康僧渊传云‘康法畅著人物始

义论等’，世说注作‘庾法畅’，字之误也。”

〔三〕慧琳一切经音义二十九云：“旃檀，梵语香木名也。唐无正译，即白檀香是也。微赤色者为上。”嘉锡案：道林以为虽法深亦不能抗己。

〔四〕翻译名义集三众香篇曰：“阿难白佛，世有三种香：一曰根香，二曰枝香，三曰华香。此三品香，唯能随风，不能逆风。”

31　孙安国往殷中军许共论，往反精苦，客主无间。左右进食，冷而复暖者数四。彼我奋掷麈尾，悉脱落，满餐饭中。宾主遂至莫忘食。殷乃语孙曰：“卿莫作强口马，我当穿卿鼻。”〔一〕孙曰：“卿不见决鼻牛，人当穿卿颊。”〔二〕续晋阳秋曰：“孙盛善理义。时中军将军殷浩擅名一时，能与剧谈相抗者，惟盛而已。”

【笺疏】

〔一〕“我当穿卿鼻”，郭子作“我当并卿控”。

〔二〕嘉锡案：牛鼻乃为人所穿，马不穿鼻也。然穿鼻者常决鼻逃去，穿颊则莫能遁矣。此出郭子，见御览三百八十。

32　庄子逍遥篇，旧是难处，诸名贤所可钻味〔一〕，而不能拔理于郭、向之外。支道林在白马寺中〔二〕，将冯太常共语，冯氏谱曰：“冯怀字祖思，长乐人。历太常、护国将军。”〔三〕因及逍遥。支卓然标新理于二家之表，立异义于众贤之外，皆是诸名贤寻味之所不得。后遂用支理〔四〕。向子期、郭子玄逍遥义曰：“夫大鹏之上九万，尺鷃之起榆枋，小大虽差，各任其性。苟当其分，逍遥一也。然物之芸芸，同资有待，得其所待，然后逍遥耳。惟圣人与物冥而循大变，为能无待而常通，岂独自通而已。又从有待者不失其所待，不失，则同于大通矣。”支氏逍遥论曰：“夫逍遥者，明至人之心也。庄生建言大道，而寄指鹏、鷃。鹏以营生之路旷，故失适于体外；鷃以在近而笑远，有矜伐于心内。至人乘天正而高兴，游无穷于放浪，物物而不物于物，则遥然不我得，玄感不为，不疾而速，则逍然靡不适。此所以为逍遥也。若夫有欲当其所足，足于所足，快然有似天真。犹饥者一饱，渴者一盈，岂忘烝尝于糗粮，绝觞爵于醪醴哉？苟非至足，岂所以逍遥乎？”此向、郭之注所未尽〔五〕。

【校文】

注“护国将军”　“国”，景宋本及沈本俱作“军”。

注“尺鷃”　沈本作“斥鷃”。

注“犹饥者”　“饥”，景宋本作“饥”。

【笺疏】

〔一〕李慈铭云：“案可字误，通行删节本作共。”

〔二〕程炎震云：“据高僧传遁传叙次，则此白马寺在馀杭。”

〔三〕李慈铭云：“案护国当是护军，或是辅国。晋有护军将军、辅国将军，无护国将军也。”

〔四〕李慈铭云：“案太平广记卷八十七引高僧传：‘遁尝在白马寺与刘系之等谈庄子逍遥，遁曰：“不然，夫桀、纣以残害为性，若适性为得者，彼亦逍遥矣。”为是退而注逍遥篇，群儒旧学，莫不叹服。’”嘉锡案：此出慧皎高僧传四支遁传云：“遁常在白马寺与刘系之等谈庄子逍遥篇，云：‘各适性以为逍遥。’遁曰：‘不然。’云云。” 193

〔五〕嘉锡案：今郭象逍遥游注，惟无首二句，其馀与此全同。但原系两段，分属篇题及“彼且恶乎待哉”之下耳。四库提要一百四十六以为孝标所引，今本无之者，非也。嘉锡又案：经典释文逍遥游篇音义引支遁凡五条：如坳堂，支遁云："谓有坳垤形也。"抢，支遁云："抢，突也。"莽苍，支遁云："冢间也。"朝菌，支遁云："一名舜英，朝生暮落。"敖者，支云："伺彼怠敖，谓承夫闲殆也。"皆篇中之注，与高僧传退而注逍遥篇之说合。然则支并详释名物训诂，如注经之体。不独作论标新立异而已。或者此论即在注中，如上引逍遥篇义，亦正是向、郭之注耳。

33 殷中军浩也。尝至刘尹所清言。良久，殷理小屈，游辞不已，刘亦不复答。殷去后，乃云："田舍儿，强学人作尔馨语。"〔一〕刘惔，已见。

【校文】

注"浩也"　沈本"浩"作大字，归正文，无"也"字。

【笺疏】

〔一〕文廷式纯常子枝语卷十曰："俗语呼尔为你。按尔字本有你音。世说：'田舍儿，强学人作尔馨语。'晋书王衍传：'何物老妪，生宁馨儿。'尔馨即宁馨，盖读尔为你，故与宁字双声通转。"

34 殷中军虽思虑通长，然于才性偏精。忽言及四本，便苦汤池铁城，无可攻之势。神农书曰："夫有石城七仞，汤池百步，带甲百万而无粟者，不能自固也。"

【校文】

"苦"　景宋本作"若"。

35 支道林造即色论〔一〕，支道林集妙观章云："夫色之性也，不自有色。色不自有，虽色而空。故曰色即为空，色复异空。"论成，示王中郎，王坦之，已见。中郎都无言。支曰："默而识之乎？"论语曰："默而识之，诲人不倦，何有于我哉？"王曰："既无文殊，谁能见赏？"维摩诘经曰："文殊师利问维摩诘云：'何者是菩萨入不二法门？'时维摩诘默然无言。文殊师利叹曰：'是真入不二法门也。'"

【校文】

正文及注"默"字　景宋本俱作"嘿"。

注"不二法门也"　景宋本于"也"上有"者"字。

【笺疏】

〔一〕程炎震云："高僧传四支遁传云：'乃注安般、四禅诸经及即色游玄论、圣不辩知论、道行旨归、学道诫等。'"

36　王逸少作会稽，初至，支道林在焉。孙兴公谓王曰："支道林拔新领异，胸怀所及乃自佳，卿欲见不？"王本自有一往隽气，殊自轻之。后孙与支共载往王许，王都领域，不与交言。须臾支退，后正值王当行，车已在门。支语王曰："君未可去，贫道与君小语。"因论庄子逍遥游。支作数千言，才藻新奇，花烂映发。王遂披襟解带，留连不能已〔一〕。支法师传曰："法师研十地，则知顿悟于七住；寻庄周，则辩圣人之逍遥。当时名胜，咸味其音旨。"道贤论以七沙门比竹林七贤。遁比向秀，雅尚庄、老。二子异时，风尚玄同也。

【校文】

"卿欲见不"　"欲"，景宋本及沈本俱作"欣"。

"留连"　景宋本作"流连"。

【笺疏】

〔一〕程炎震云："高僧传云：'王羲之时在会稽，素闻遁名，未之信，谓人曰："一往之气，何足可言?"后遁既还剡，经由于郡，王故诣遁，观其风力。既至，王谓遁曰："逍遥篇可得闻乎？"遁乃作数千字，标揭新理，才藻惊绝。王遂披襟解带，留连不能已。仍请住灵嘉寺，意存相近。'"

37　三乘佛家滞义，支道林分判，使三乘炳然〔一〕。诸人在下坐听，皆云可通。支下坐，自共说，正当得两，入三便乱。今义弟子虽传，犹不尽得。法华经曰："三乘者：一曰声闻乘，二曰缘觉乘，三曰菩萨乘。声闻者，悟四谛而得道也。缘觉者，悟因缘而得道也。菩萨者，行六度而得道也。然则罗汉得道，全由佛教，故以声闻为名也。辟支佛得道，或闻因缘而解，或听环佩而得悟。神能独达，故以缘觉为名也。菩萨者，大道之人也。方便则止行六度，真教则通修万善，功不为己，志存广济，故以大道为名也。"

【校文】

注"志存广济"　"志存"，景宋本作"悉皆"。

【笺疏】

〔一〕嘉锡案：释僧祐出三藏记集十二，宋明帝敕中书侍郎陆澄撰法论目录及释道宣大唐内典录三、释道世法苑珠林一百传记篇并有支道林辩三乘论。然则道林之分判三乘，不惟升座宣讲，且已撰述成书矣。

38　许掾询也。年少时，人以比王苟子〔一〕，苟子，王脩小字也。文字志曰："脩字敬仁，太原晋阳人。父濛，司徒左长史。脩明秀有美称，善隶行书，号曰'流奕清举'。起家著作佐郎，琅邪王文学，转中军司马，未拜而卒，时年二十四。昔王弼之没，与脩同年，故脩弟熙乃叹曰：'无愧于古人，而年与之齐也。'"〔二〕许大不平。时诸人士及於法师并在会稽西寺讲〔三〕，王亦在焉。许意甚忿，便往西寺与王论理，共决优劣。苦相折挫，王遂大屈。许复执王理，王执许理，更相覆疏，王复屈。许谓支法师曰："弟子向语何似？"支从容曰："君语佳则佳矣，何至相苦邪？岂是求理中之谈哉！"

【校文】

注"询也"　景宋本及沈本"询"字均大字居中，无"也"字。

注"王脩"　景宋本俱作"王循"。又"王脩小字也"，"小"字上景宋本及沈本俱有"之"字。

注"脩弟熙乃叹曰"　景宋本及沈本俱无"乃"字。

"及於法师"　"於"，景宋本及沈本俱作"林"。

【笺疏】

〔一〕程炎震云："法书要录载张怀瓘书断云：'王脩以升平元年卒，年二十四。'则生于咸和九年甲午，许询或年相若耶？王脩小字，诸书皆作苟。惟颜氏家训风操篇作狗，且以与长卿犬子并举。黄门博雅，必有所据，盖亦如张敬儿之比。后乃耻其鄙俚，文饰之耳。"

〔二〕刘盼遂曰："按本书雅量篇注引中兴书云：'熙为脩弟蕴之子。'晋书外戚传亦言曰：'濛有脩、蕴二子。'此注脩弟下显敚'子'字。"嘉锡案：雅量篇注引中兴书，但云"熙，恭次弟"，不云脩弟蕴之子。盼遂殊误。然考德行篇注引隆安记曰："恭祖父濛，父蕴。"晋书外戚传云："蕴子华、次恭。"恭传亦云："光禄大夫蕴子。"熙既为恭弟，则自是脩之弟子矣。此注之脱误，无可疑者。盼遂曰："无愧古人二句，用曹子桓与吴质书中语。晋书作'脩临终自叹'，较世说为胜。"嘉锡案：曹与吴书曰："光武言：年三十馀，在兵中十岁，所更非一。吾德不及之，年与之齐矣。”刘笺言较世说为胜，当作较文字志为胜。然吾谓从文字志作熙追赞之语自得，晋书不知所本，未见其所以胜也。

〔三〕李慈铭云：“案今晋书王脩传云‘年二十四，临终叹曰：“无愧古人，年与之齐矣。”’先既不载王弼之没与脩同年，则‘古人’二字无着，又以其弟语为脩语，皆非也。案‘于’当作‘林’，李本亦误。刘辰翁评本及坊间所行王世贞删节本皆作‘林’，不误。又案：西寺即光相寺，在西郭西光坊下岸光相桥之北，去予家仅数十武。光相寺者，传是晋义熙中寺发瑞光，安帝因赐此额。西光坊本名西光相坊，其东曰东光相坊，坊与桥皆因寺得名者。”

39　林道人诣谢公，东阳时始总角，新病起，体未堪劳。与林公讲论，遂至相苦。东阳，谢朗也，已见。中兴书曰：“朗博涉有逸才，善言玄理。”母王夫人在壁后听之，再遣信令还，而太傅留之。王夫人因自出云：“新妇少遭家难〔一〕，一生所寄，惟在此儿。”因流涕抱儿以归。谢公语同坐曰：“家嫂辞情忼慨，致可传述，恨不使朝士见。”谢氏谱曰：“朗父据，取太康王韬女，名绥。”

【笺疏】

〔一〕嘉锡案：“新妇”解在排调篇“王浑与妇锺氏共坐”条。

40　支道林、许掾诸人共在会稽王斋头〔一〕。简文。支为法师，许为都讲。高逸沙门传曰：“道林时讲维摩诘经。”支通一义，四坐莫不厌心。许送一难，众人莫不抃舞。但共嗟咏二家之美，不辩其理之所在〔二〕。

【笺疏】

〔一〕吴承仕曰："按斋字又见本书豪爽篇云：'桓石虔尝住宣武斋头。'纰漏篇云：'胡儿懊热，一月日闭斋不出。'仇隟篇云：'刘玙兄弟就王恺宿，在后斋中眠。'并此凡四见。疑静室可以斋心，故因名斋，当与精舍同意。周语：'王即斋宫。'韦昭解曰：'所斋之宫也。'斋之名其昉于此乎？"程炎震云："高僧传四云：'遁晚出山阴，讲维摩经，遁为法师，许询为都讲。'则非在会稽王斋头也。"

〔二〕高僧传曰："遁通一义，众人咸谓询无以厝难。询每设一难，亦谓遁不复能通。如此至竟，两家不竭。"程炎震云："高僧传云：'凡在听者，或谓审得遁旨，回令自说，得两三反便乱。'于义为长。"嘉锡案：世说及高僧传所据之书本自不同，即其词意，亦复小异。程氏独以传义为长，非也。

41 谢车骑在安西艰中〔一〕，安西，谢奕。已见。林道人往就语，将夕乃退。有人道上见者，问云："公何处来？"答云："今日与谢孝剧谈一出来。"玄别传曰："玄能清言，善名理。"

【笺疏】

〔一〕程炎震云："晋书穆帝纪：升平二年秋八月，征西将军谢奕卒。"

42 支道林初从东出，住东安寺中。高逸沙门传曰："遁居会稽，晋哀帝钦其风味，遣中使至东迎之。遁遂辞丘壑，高步天邑。"王长史宿构精理，并撰其才藻，往与支语，不大当对。王叙致作数百语，自谓是名理奇藻。支徐徐谓曰："身与君别多年，君义言了不长进。"王大惭而退〔一〕。

【笺疏】

〔一〕程炎震云："王濛卒于永和三年，支道林以哀帝时至都，濛死久矣。高僧传亦同，并是传闻之误。下文有'道林、许、谢共集王家'之语，盖王濛为长山令，尝至东耳。"

43　殷中军读小品，释氏辨空经，有详者焉，有略者焉。详者为大品，略者为小品。下二百签，皆是精微，世之幽滞。尝欲与支道林辩之，竟不得。今小品犹存。高逸沙门传曰："殷浩能言名理，自以有所不达，欲访之于遁。遂邂逅不遇，深以为恨。其为名识赏重，如此之至焉。"语林曰："浩于佛经有所不了，故遣人迎林公，林乃虚怀欲往。王右军驻之曰：'渊源思致渊富，既未易为敌，且己所不解，上人未必能通。纵复服从，亦名不益高。若佻脱不合，便丧十年所保。可不须往！'林公亦以为然，遂止。"

44　佛经以为祛练神明，则圣人可致。释氏经曰："一切众生，皆有佛性。但能修智慧，断烦恼，万行具足，便成佛也。"简文云："不知便可登峰造极不？然陶练之功，尚不可诬。"

45　于法开始与支公争名，后精渐归支，意甚不忿〔一〕，遂遁迹剡下。遣弟子出都〔二〕，语使过会稽。于时支公正讲小品。开戒弟子："道林讲，比汝至，当在某品中。"因示语攻难数十番，云："旧此中不可复通。"弟子如言诣支公。正值讲，因谨述开意。往反多时，林公遂屈。厉声曰："君何足复受人寄载！"〔三〕名德沙门题目曰："于法

开才辨从横，以数术弘教。”高逸沙门传曰：“法开初以义学著名，后与支遁有竞，故遁居剡县，更学医术。”〔四〕

【校文】

“受人寄载” 景宋本“载”下有“来”字。袁本亦有。

【笺疏】

〔一〕李慈铭云：“案精当是称之误，忿当是伏或是平之误。然各本皆同，万历绍兴志引世说亦如是。”

〔二〕李慈铭云：“案施宿嘉泰会稽志称：‘弟子名法威，最知名。’”

〔三〕高僧传四曰：“于法开不知何许人，事兰公为弟子。深思孤发，独见言表。妙通医法。还剡石城，续修元华寺，移白山灵鹫寺。每与支道林争即色空义。庐江何默申明开难，高平郄超宣述林解，并传于世。开有弟子法威，清悟有枢辩。开尝使威出都，经过山阴，支遁正讲小品。开语威言：道林讲，比汝至，当至某品中。示语攻难数十番云：‘此中旧难通。’威既至郡，正值遁讲，果如开言。往复多番，遁遂屈，因厉声曰：‘君何足复受人寄载来耶?’故东山谚云：‘深量开思，林谈识记。’年六十卒于山寺。孙绰为之目曰：‘才辩纵横，以数术弘教，其在开公乎!’”嘉锡案：本篇云支公讲小品，于法开戒弟子示语攻难数十番，云“旧此中不可复通”，弟子如言，往反多时，林公遂屈。渊源所签世之幽滞，必有即法开所谓“旧不可通”者。然则渊源之所不解者，道林亦未必尽解也。右军惧其败名，可谓“爱人以德”，林公遂不复往，亦庶乎知难而退者矣。

〔四〕嘉锡案：法开医术之妙，见本书术解篇“郗愔信道”条及注。隋志医方类有议论备豫方一卷，于法开撰。

46 殷中军问：“自然无心于禀受，何以正善人少，恶人多？”诸人莫有言者。刘尹答曰：“譬如写水著地，正自纵横流漫，略无正方圆者。”一时绝叹，以为名通〔一〕。庄子曰：“天籁者，吹万不同，而使其自已也。”郭子玄注曰：“无既无矣，则不能生有。有之未生，又不能为生。然则生生者谁哉？块然而自生耳，非我生也。我不生物，物不生我，则自然而已然，谓之天然。天然非为也，故以天言之，所以明其自然故也。”

【笺疏】

〔一〕嘉锡案：“通”谓解说其义理，使之通畅也。晋、宋人于讲经谈理了无滞义者，并谓之通。本篇云“殷浩能清言，未过有所通”，“支为法师，许为都讲，支通一义，四座莫不厌心”，“长史诸贤来清言，客主有不通处”，“许询得渔父一篇，谢安看题，便各使四坐通”，“支道林先通，作七百许语”，“羊孚与仲堪道齐物，乃至四番后一通”云云，皆是也。“名通”之为言，犹之“名言”、“名论”云尔。后人用此，误以为名贵通达，失其义矣。

47　康僧渊初过江〔一〕，未有知者，恒周旋市肆，乞索以自营。忽往殷渊源许，值盛有宾客，殷使坐，粗与寒温，遂及义理。语言辞旨，曾无愧色。领略粗举，一往参诣。由是知之〔二〕。僧渊氏族，所出未详。疑是胡人。尚书令沈约撰晋书，亦称其有义学〔三〕。

【笺疏】

〔一〕李详云：“案高僧传：康僧渊本西域人，生于长安。又有康僧会传，在渊之前，云：‘其先康居人，世居天竺。’僧渊盖亦僧会之族，义已见上，故但云西域人。世说所引僧渊三条，皆见传内。”

〔二〕高僧传四又曰：“康僧渊本西域人，生于长安。貌虽梵人，语实中国。容止详正，志业弘深。晋成之世，与康法畅、支敏度等俱过江，渊虽德愈畅、度，而别以清约自处。常乞匄自资，人未之识。后因分卫之次，遇陈郡殷浩。浩始问佛经深远之理，却辩俗书性情之义。自昼至曛，浩不能屈，由是改观。后于豫章山立寺，去邑数十里，带江傍岭，松竹郁茂。名僧胜达，响附成群。常以持心梵天经空理幽远，故偏加讲说。尚学之徒，往还填委。后卒于寺焉。"

〔三〕嘉锡案：梁书武帝纪二："天监六年冬闰月（闰十月），以尚书左仆射沈约为尚书令，行太子少傅。九年春正月，以尚书令行太子少傅沈约为左光禄大夫，行少傅如故。"计约之为令，不过二年馀耳。刘峻传云："天监初召入西省，与学士贺踪典校祕书，为有司所奏，免官。安成王秀好峻学，及迁荆州，引为户曹参军。"考广弘明集三引阮孝绪七录序云："有梁之初，于文德殿内别藏众书，使学士刘孝标重加校进。"与本传所云"典校祕书"者合。虽不知为何年之事，然孝绪序后所附古今书最有梁天监四年文德正御四部及术数书目录，足见孝标于此年已入西省。武帝纪云："天监七年五月，以安成王秀为平西将军、荆州刺史。"孝标之为秀所引，当在此时。又可以推知孝标免官之年矣。世说注中孝标自叙所见，言必称臣，盖奉梁武敕旨所撰。当沈约迁尚书令之时，孝标正在西省，此处特书其现居之官，亦因奏御之体，固当如此。然则孝标此注，盖作于天监六七年之间也。

48　殷、谢诸人共集。殷浩、谢安。谢因问殷："眼往属万形，万形来入眼不？"成实论曰："眼识不待到而知，虚尘假空与明，故得见色。若眼到色到，色閒则无空明。如眼触目，则不能见彼。当知眼识不到而知。"依如此说，则眼不往，形不入，遥属而见也。谢有问，殷无答，疑阙文。

【校文】

"万形来入眼不"　景宋本无"来"字。

注"色閒"　"閒",景宋本及沈本作"闻"。

注"不能见彼"　"彼",景宋本及沈本作"色"。

注"殷无答"　景宋本及沈本"殷"上有"而"字。

49　人有问殷中军:"何以将得位而梦棺器〔一〕,将得财而梦矢秽?"殷曰:"官本是臭腐,所以将得而梦棺尸;财本是粪土,所以将得而梦秽汙。"时人以为名通。

【笺疏】

〔一〕嘉锡案:晋书艺术索紞传云:"索充初梦天上有二棺落充前。紞曰:'棺者,职也。当有京师贵人举君,二官者,频再迁。'俄而司徒王戎书属太守,使举充。太守先署充功曹,而举孝廉。"此即所谓将得位而梦棺器也。

50　殷中军被废东阳,浩黜废事,别见。始看佛经。初视维摩诘,僧肇注维摩经曰:"维摩诘者,秦言净名,盖法身之大士,见居此土,以弘道也。"疑"般若波罗密"太多,后见小品,恨此语少。波罗密,此言到彼岸也。经云:"到者有六焉:一曰檀;檀者,施也。二曰毗黎;毗黎者,持戒也。三曰羼提;羼提者,忍辱也。四曰尸罗;尸罗者,精进也。五曰禅;禅者,定也。六曰般若;般若者,智慧也。然则五者为舟,般若为导,导则俱绝有相之流,升无相之彼岸也。故曰波罗密也。"渊源未畅其致,少而疑其多;已而究其宗,多而患其少也。

【校文】

注“导则俱绝”　“俱”，景宋本及沈本作“为”。

51　支道林、殷渊源俱在相王许。简文。相王谓二人：“可试一交言。而才性殆是渊源崤、函之固〔一〕，崤，谓二陵之地，函，函谷关也。并秦之险塞，王者之居。左思魏都赋曰：“崤、函帝王之宅。”君其慎焉！”支初作，改辙远之，数四交，不觉入其玄中。相王抚肩笑曰：“此自是其胜场，安可争锋！”〔二〕

【笺疏】

〔一〕李慈铭云：“案此谓殷之言才性无人可攻，如崤、函之固。即前所云殷中军于才性偏精也。”

〔二〕程炎震云：“道林何得与殷浩共集简文许？前注引高逸沙门传，殆隐以驳此条也。证之高僧传，其误显然。”

52　谢公因子弟集聚，问毛诗何句最佳？遏称曰：谢玄小字。已见。“昔我往矣，杨柳依依；今我来思，雨雪霏霏。”公曰：“訏谟定命，远猷辰告。”大雅诗也。毛苌注曰：“訏，大也。谟，谋也。辰，时也。”郑玄注曰：“猷，图也。大谋定命，谓正月始和，布政于邦国都鄙。”谓此句偏有雅人深致〔一〕。

【笺疏】

〔一〕宋祁宋景文笔记卷中云：“诗云‘萧萧马鸣，悠悠旆旌’，见整而静也，颜之推爱之。‘杨柳依依，雨雪霏霏’，写物态，慰人情也，谢玄爱之。‘远猷辰告’，谢安以为佳语。”王士祯古夫于亭杂录二云：“愚按玄与之推所云是矣。太傅所谓‘雅人深致’，终不能喻其指。”

53　张凭举孝廉出都，负其才气，谓必参时彦。欲诣刘尹，乡里及同举者共笑之。张遂诣刘。刘洗濯料事，处之下坐，惟通寒暑，神意不接。张欲自发无端。顷之，长史诸贤来清言。客主有不通处，张乃遥于末坐判之，言约旨远，足畅彼我之怀，一坐皆惊。真长延之上坐，清言弥日，因留宿至晓。张退，刘曰："卿且去，正当取卿共诣抚军。"张还船，同侣问何处宿？张笑而不答。须臾，真长遣传教觅张孝廉船，同侣惋愕。即同载诣抚军。至门，刘前进谓抚军曰："下官今日为公得一太常博士妙选！"既前，抚军与之话言，咨嗟称善曰："张凭勃窣为理窟。"〔一〕即用为太常博士〔二〕。宋明帝文章志曰："凭字长宗，吴郡人。有意气，为乡闾所称。学尚所得，敏而有文。太守以才选举孝廉，试策高第。为惔所举，补太常博士。累迁吏部郎、御史中丞。"

【校文】

"共笑之"　沈本无"共"字。

【笺疏】

〔一〕程炎震云："汉书司马相如传：'媻姗勃窣。'师古曰：'谓行于丛薄之间也。'文选子虚赋作'教窣'。注引韦昭曰：'媻姗教窣，匍匐上也。'史记索隐引作'匍匐上下'。沈钦韩曰：'楚词：嫈母勃屑而日侍。注：勃屑，犹媻姗，膝行貌。世说：张凭勃窣为理窟，则勃窣亦蹩躠之状也。'王先谦曰：'勃、教同字。'"

〔二〕嘉锡案：此出郭子，见御览二百二十九。

54　汰法师云："六通、三明同归，正异名耳。"安法师传曰："竺法汰者，体器弘简，道情冥到，法师友而善焉。"一说法汰即安公弟子也〔一〕。经云："六通者，三乘之功德也。一曰天眼通，见远方之色；二曰天耳通，闻障外之声；三曰身通，飞行隐显；四曰它心通，水镜万虑；五曰宿命通，神知已往；六曰漏尽通，慧解累世。三明者：解脱在心，朗照三世者也。"然则天眼、天耳、身通、它心、漏尽此五者，皆见在心之明也。宿命则过去心之明也。因天眼发未来之智，则未来心之明也。同归异名，义在斯矣。

【笺疏】

〔一〕高僧传卷五云："竺法汰东莞人。少与道安同学。虽才辩不逮，而姿过之。或有言曰'汰是安公弟子'者，非也。"嘉锡案：道安本随师姓竺，后乃以释为氏。由是其弟子皆姓释。今法汰以竺为姓，知是同门，非弟子也。

55　支道林、许、谢盛德，共集王家。许询、谢安、王濛。谢顾谓诸人："今日可谓彦会，时既不可留，此集固亦难常。当共言咏，以写其怀。"许便问主人有庄子不？正得渔父一篇。庄子曰："孔子游乎缁帷之林，休坐乎杏坛之上。孔子弦歌鼓琴，奏曲未半，有渔者下船而来，须眉交白，被发揄袂，行原以上，距陆而止，左手据膝，右手持颐以听。曲终而招子贡、子路语曰：'彼何为者也？'曰：'孔氏。'曰：'孔氏何治？'子贡曰：'服忠信，行仁义，饰礼乐，选人伦，孔氏之所治也。'曰：'有土之君欤？'曰：'非也。'渔父曰：'仁则仁矣，恐不免其身。'孔子闻而求问之，遂言八疵、四病，以诫孔子。"谢看题，便各使四坐通。支道林先通，作七百许语，叙致精丽，才藻奇拔，众咸称善。于是四坐各言怀毕。谢问曰："卿等尽不？"皆曰："今日之言，少不自竭。"谢后粗难，因自叙其意，作万馀语，才峰秀逸。文字志曰："安神情秀悟，善谈玄速。"既自难干，加意气拟托，萧然自得，四坐莫不厌心。支谓谢曰："君一往奔诣，故复自佳耳。"

56 殷中军、孙安国、王、谢能言诸贤，悉在会稽王许。殷与孙共论易象，妙于见形。其论略曰："圣人知观器不足以达变，故表圆应于蓍龟。圆应不可为典要，故寄妙迹于六爻。六爻周流，唯化所适。故虽一画，而吉凶并彰，微一则失之矣。拟器托象，而庆咎交著，系器则失之矣。故设八卦者，盖缘化之影迹也。天下者，寄见之一形也。圆影备未备之象，一形兼未形之形。故尽二仪之道，不与乾、坤齐妙。风雨之变，不与巽、坎同体矣。"孙语道合，意气干云。一坐咸不安孙理，而辞不能屈。会稽王慨然叹曰："使真长来，故应有以制彼。"既迎真长，孙意已不如。真长既至，先令孙自叙本理。孙粗说己语，亦觉殊不及向。刘便作二百许语，辞难简切，孙理遂屈。一坐同时拊掌而笑，称美良久〔一〕。

【笺疏】

〔一〕程炎震云："此王、谢是王濛、谢尚，非逸少、安石也。知者以此称会稽，不称抚军与相王，知是成帝咸康六年事。当深源屏居墓所之时，濛、尚同为会稽谈客。安国虽历佐陶侃、庾翼，容亦奉使下都。若安石、逸少，永和中始会于都下，安国方从桓温征伐蜀、洛矣。注不斥言王、谢何人，殆阙疑之意。晋书惔传取此，并没王、谢不言。”

57　僧意在瓦官寺中，未详僧意氏族所出。王苟子来，苟子，王脩小字。与共语，便使其唱理。意谓王曰：“圣人有情不？”王曰：“无。”重问曰：“圣人如柱邪？”王曰：“如筹算，虽无情，运之者有情。”僧意云：“谁运圣人邪？”苟子不得答而去。诸本无僧意最后一句，意疑其阙，庆校众本皆然〔一〕。惟一书有之，故取以成其义。然王脩善言理，如此论，特不近人情，犹疑斯文为谬也。

【校文】

注“王脩”　景宋本作“王循”。

注“庆校众本”　“庆”，景宋本作“广”。

【笺疏】

〔一〕李慈铭云：“案‘庆校众本’，庆字当作峻。刘孝标本名峻，梁书、南史皆同。传写者因此书止题刘孝标注，不知其本名峻，遂妄改为庆。以为临川自注语耳。史言孝标以字行，据此，则其自称固仍本名也。各本皆误。”嘉锡案：作“庆”固非，作“峻”亦未安。惟宋本作“广”，妙合语气。庆与广字形相近，因而致误耳。又案：卷下贤媛篇注曰：“臣谓王广名士，岂以妻父为戏。”汰侈篇注曰“臣按其相经”云云，然则孝标此注为奉敕而作，故自称臣。以此例之，则此条必不自名曰峻亦明矣。莼客先生未之思耳。又案：惑溺篇注：“臣按傅畅所言，则郭氏贤明妇人也。”

58　司马太傅问谢车骑：“惠子其书五车，何以无一言入玄？”谢曰：“故当是其妙处不传。”庄子曰：“惠施多方，其书五车，其道舛驳，其言不中。谓卵有毛，鸡三足，马有卵，犬可为羊，火不热，目不见，龟长于蛇，丁子有尾，白狗黑，连环可解。能胜人之口，不能服人之心。盖辩者之囿也。”

59　殷中军被废，徙东阳，大读佛经，皆精解。惟至“事数”处不解。事数：谓若五阴、十二入、四谛、十二因缘，五根、五九、七觉之声。遇见一道人，问所签，便释然。

【校文】

注“五九七觉之声”　“九”，景宋本作“力”。“声”，景宋本及沈本作“属”。

60　殷仲堪精核玄论，人谓莫不研究。殷乃叹曰：“使我解四本，谈不翅尔。”周祗隆安记曰：“仲堪好学而有理思也。”

61　殷荆州曾问远公：张野远法师铭曰：“沙门释惠远，雁门楼烦人。本姓贾氏，世为冠族。年十二，随舅令狐氏游学许、洛。年二十一，欲南渡，就范宣子学，道阻不通，遇释道安以为师。抽簪落发，研求法藏。释昙翼每资以灯烛之费。诵鉴淹远，高悟冥赜。安常叹曰：‘道流东国，其在远乎？’襄阳既没，振锡南游，结宇灵岳。自年六十，不复出山。名被流沙，彼国僧众，皆称汉地有大乘沙门。每至然香礼拜，辄东向致敬。年八十三而终。”“易以何为体？”答曰：“易以感为体。”殷曰：“铜山西崩，灵钟东应，便是易耶？”东方朔传曰：“孝武皇帝时，未央宫前殿钟无故自鸣，三日三夜不止。诏问太史待诏王朔，朔言恐有兵气。更问东方朔，朔曰：‘臣闻铜者山之子，山者铜之母，以阴阳气类言之，子母相感，山恐有崩弛者，故钟先鸣。易曰："鸣鹤在阴，其子和之。"精之至也。其应在后五日内。'居三日，南郡太守上书言山崩，延袤二十馀里。"樊英别传曰："汉顺帝时，殿下钟鸣，问英。对曰：'蜀岷山崩。山于铜为母，母崩子鸣，非圣朝灾。'后蜀果上山崩，日月相应。"二说微异，故并载之。远公笑而不答〔一〕。

【校文】

注"诵鉴淹远"　"诵"，景宋本及沈本作"识"。

【笺疏】

〔一〕程炎震云："高僧传六慧远传曰：'义熙十二年八月六日终，年八十三。'"

62　羊孚弟娶王永言女。孚弟，辅也。羊氏谱曰："辅字幼仁，泰山人。祖楷，尚书郎。父绥，中书郎。辅仕至卫军功曹。娶琅邪王讷之女，字僧首。"及王家见壻，孚送弟俱往。时永言父东阳尚在，王氏谱曰："讷之字永言，琅邪人。祖彪之，光禄大夫。父临之，东阳太守。讷之历尚书左丞、御史中丞。"殷仲堪是东阳女壻，亦在坐。殷氏谱曰："仲堪娶琅邪王临之女，字英彦。"孚雅善理义，乃与仲堪道齐物。庄子篇也。殷难之，羊云："君四番后，当得见同。"殷笑曰："乃可得尽，何必相同？"乃至四番后一通。殷咨嗟曰："仆便无以相异。"叹为新拔者久之。

63　殷仲堪云："三日不读道德经，便觉舌本间强。"晋安帝纪曰："仲堪有思理，能清言。"

64　提婆初至，为东亭第讲阿毗昙〔一〕。出经叙曰："僧伽提婆，罽宾人，姓瞿昙氏。俊朗有深鉴，符坚至长安〔二〕，出诸经。后渡江，远法师请译阿毗昙。"远法师阿毗昙叙曰："阿毗昙心者，三藏之要领，咏歌之微言。源流广大，管综众经，领其宗会，故作者以心为名焉。有出家开士字法胜，以阿毗昙源流广大，卒难寻究，别撰斯部，凡二百五十偈，以为要解，号之曰'心'。罽宾沙门僧伽提婆，少玩斯文，因请令译焉。"阿毗昙者，晋言大法也。道标法师曰："阿毗昙者，秦言无比法也。"始发讲，坐裁半，僧弥便云："都已晓。"即于坐分数四有意道人，更就馀屋自讲。提婆讲竟，东亭问法冈道人曰：法冈，未详氏族。"弟子都未解，阿弥那得已解？所得云何？"曰："大略全是，故当小未精核耳。"〔三〕出经叙曰："提婆以隆安初游京师，东亭侯王珣迎至舍讲阿毗昙。提婆宗致既明，振发义奥，王僧弥一听便自讲，其明义易启人心如此。未详年卒。"

【校文】

注"符坚"　"符"，沈本作"苻"，是。

【笺疏】

〔一〕嘉锡案：吴地记云："虎邱山本晋司徒王珣与司空王珉之别墅。咸和二年，舍山宅为东西二寺。"吴郡图经续记中略同，惟"别墅"作"宅"。按注引出经叙云："提婆以隆安初至京师，王珣迎至舍。"则此所云东亭第，当在建康，非虎丘之宅也。景定建康志四十二第宅类无王珣宅，疑当仍在乌衣巷耳。程炎震云："高僧传一僧伽提婆传曰：'隆安元年来游京师，时卫军东亭侯王珣建立精舍，广招学众。提婆既至，珣即延请，仍于其舍讲阿毗昙。'"

〔二〕开元释教录卷三曰："沙门瞿昙僧伽提婆，晋言众天，罽宾国人。苻秦建元中来入长安，宣流法化，译论二部。后以晋孝武帝世太元十六年辛卯游化江左庐岳，即以其年请出阿毗昙心及三法度等。提婆乃于般若台手执梵文，口宣晋语，去华存实，务尽义本。今之所传，盖其文也。至安帝隆安元年丁酉，来游建康。晋朝王公及风流名士，莫不造席致敬。”程炎震云：“苻坚下当有脱文。高僧传一云：‘苻氏建元中，来入长安。’苻坚下疑脱时字。”

〔三〕程炎震云：“僧彌，王珉小字也。晋书珉传亦取此事。然珉卒于太元十三年。至隆安之元，首尾十年矣。高僧传作王僧珍，盖别是一人。因珍（珎）弥二字，草书相乱，故误仞为王珉耳，法冈，高僧传作法纲。”

65　桓南郡与殷荆州共谈，每相攻难。年馀后，但一两番。桓自叹才思转退。殷云：“此乃是君转解。”〔一〕周祗隆安记曰：“玄善言理，弃郡还国，常与殷荆州仲堪终日谈论不辍。”

【笺疏】

〔一〕嘉锡案：言彼此共谈既久，玄于己所言转能了解，故攻难渐少，非才退也。

66　文帝尝令东阿王七步中作诗，不成者行大法。应声便为诗曰：“煮豆持作羹，漉菽以为汁。其在釜下然，豆在釜中泣。本自同根生，相煎何太急？”帝深有惭色〔一〕。魏志曰：“陈思王植字子建，文帝同母弟也。年十馀岁诵诗论及辞赋数万言。善属文，太祖尝视其文曰：‘汝倩人邪？’植跪曰：“出言为论，下笔成章，顾当面试，奈何倩人？’时邺铜雀台新成，太祖悉将诸子登之，使各为赋。植援笔立成，可观。性简易，不治威仪，舆马服饰，不尚华丽。每见难问，应声而答，太祖宠爱之，几为太子者数矣。文帝即位，封鄄城侯，后徙雍丘，复封东阿〔二〕。植每求试不得，而国亟迁易，汲汲无欢。年四十一薨。”

【校文】

“漉菽以为汁”　“菽”，景宋本及沈本作“豉”。

注“后徙雍丘”　“后”，景宋本作“後”。

【笺疏】

〔一〕李慈铭云：“案临川之意分此以上为学，此以下为文。然其所谓学者，清言、释、老而已。”

〔二〕李慈铭云：“案魏志植由鄄城侯立为鄄城王，徙封雍邱王，又徙浚仪王，复为雍邱王，旋封东阿王，后进封陈王。”

67　魏朝封晋文王为公，备礼九锡，文王固让不受。公卿将校当诣府敦喻。司空郑冲冲已见。驰遣信就阮籍求文。籍时在袁孝尼家，袁氏世纪曰：“准字孝尼，陈郡阳夏人。父涣，魏郎中令。准忠信居正，不耻下问，唯恐人不胜己也。世事多险，故治退不敢求进。著书十万馀言。”荀绰兖州记曰：“准有隽才，泰始中位给事中。”宿醉扶起，书札为之，无所点定，乃写付使。时人以为神笔〔一〕。顾恺之晋文章记曰：“阮籍劝进，落落有宏致，至转说徐而摄之也。一本注阮籍劝进文略曰：“窃闻明公固让，冲等眷眷，实怀愚心。以为圣王作制，百代同风，褒德赏功，其来久矣。周公借已成之业，据既安之势，光宅曲阜，奄有龟蒙。明公宜奉圣旨，受兹介福也。”

【校文】

注“故治退不敢求进”。“治”，沈本作“恬”。

【笺疏】

〔一〕程炎震云：“晋书阮籍传取此，但云醉后，不言袁孝尼家，亦不云郑冲求文。文帝纪载阮文于魏景元四年，而云帝乃受命。文选注引臧荣绪曰：‘魏帝封太祖为晋公，太原等十郡为邑。太祖让不受命，公卿将校皆诣府劝进。阮籍为之词。’又曰：‘魏帝，高贵乡公也。太祖，晋文帝也。’则李善之意不以为景元时。以魏志、晋书考之，是甘露三年五月，以太原等八郡封晋公。时昭始终让不受也。详阮文云‘西征灵州，东诛叛逆’。李注引王隐晋书，以姜维寇陇右及斩诸葛诞事证之，于甘露三年情事为得。若景元四年之十月，则已大举伐蜀，献捷文至。魏帝策文且云‘巴、汉震叠，江、汉云彻’，而劝进之笺，不一及之，宁得称神笔乎？故知李氏亲见臧书，乃下确证。惟所引‘十郡’字，或传写之误，当为‘八郡’耳。张熷读史举正三曰：文帝纪：司空郑冲劝进。案魏志冲时已为司徒，今考魏志：齐王嘉平三年，郑冲为司空。高贵乡公甘露元年十月，迁司徒，卢毓代之。二年三月，毓薨。四月，诸葛诞为司空，不就征。自是司空不除人。三年二月诞平，至八月，乃以王昶为司空。则三年五月时，司空虚位，冲或以故官兼之。而其时太尉高柔已笃老，故三司中惟冲遣信求阮文也。若景元四年之策文，明有兼司徒武陔，必别有故，而史阙不具矣。晋书云‘帝乃受命’，盖欲盛夸阮文，故移其系年以迁就之。文选但云郑冲，不具其官，或本阮集，或昭明删之，斯其慎矣。然选云‘晋王’，则又误‘公’为‘王’也。”嘉锡案：晋书与世说本自不同，当别有所据。程氏以为取诸世说，非也。嘉锡又案：此出竹林七贤论，见书钞百三十三，御览七百一十引。

68　左太冲作三都赋初成〔一〕，思别传曰：“思字太冲，齐国临淄人。父雍起于笔札，多所掌练，为殿中御史〔二〕。思蚤丧母，雍怜之，不甚教其书学〔三〕。及长，博览名文，遍阅百家。司空张华辟为祭酒，贾谧举为秘书郎。谧诛，归乡里，专思著述。齐王冏请为记室参军，不起。时为三都赋未成也。后数年疾终。其三都赋改定，至终乃上。初，作蜀都赋云：'金马电发于高冈，碧鸡振翼而云披。鬼弹飞丸以礌礉〔四〕，火井腾光以赫曦。'今无鬼弹，故其赋往往不同。思为人无吏干而有文才，又颇以椒房自矜，故齐人不重也。"时人互有讥訾，思意不惬。后示张公。张华已见。张曰："此二京可三，然君文未重于世，宜以经高名之士。"思乃询求于皇甫谧。王隐晋书曰："谧字士安，安定朝那人，汉太尉嵩曾孙也。祖叔献，灞陵令。父叔侯，举孝廉。谧族从皆累世富贵，独守寒素。所养叔母叹曰：'昔孟母以三徙成子，曾父以亨家存教〔五〕，岂我居不卜邻，何尔鲁之甚乎？修身笃学，自汝得之，于我何有？'因对之流涕，谧乃感激。年二十馀，就乡里席坦受书，遭人而问，少有宁日。武帝借其书二车，遂博览。太子中庶子、议郎征，并不就，终于家。"谧见之嗟叹，遂为作叙。于是先相非贰者，莫不敛衽赞述焉〔六〕。思别传曰："思造张载，问岷、蜀事，交接亦疏。皇甫谧西州高士，挚仲治宿儒知名，非思伦匹。刘渊林、卫伯舆并蚤终，皆不为思赋序注也〔七〕。凡诸注解，皆思自为，欲重其文，故假时人名姓也。"〔八〕

【校文】

注"蚤丧母雍怜之"　景宋本作"少孤"，非。

注"后数年"　"后"，景宋本作"後"。

注"亨家存教"　"亨家"，景宋本作"烹豕"。

注"武帝借其书二车"　"其"，沈本作"与"，"二"作"一"。

【笺疏】

〔一〕文选三都赋李善序注引臧荣绪晋书曰："左思字太冲，齐国人。少博览文史，欲作三都赋。乃诣著作郎张载，访岷、邛之事。遂构思十稔，门庭藩溷，皆著纸笔，遇得一句即疏之。征为秘书。赋成，张华见而咨嗟，都邑豪贵，竞相传写。"文选集注八引王隐晋书曰：

"左思少好经术，尝习锺、胡书不成。学琴又不成。貌丑口讷，甚有大才。博览诸经，遍通子史。于时天下三分，各相夸竞。当思之时，吴国为晋所平，思乃赋此三都，以极眩曜。其蜀事访于张载，吴事访于陆机，后乃成之。"嘉锡案：今晋书思本传，但言诣著作郎张载访岷、邛之事，而不言访吴事于机。盖唐史臣专以臧书为本，不及参取王隐书也。思生于魏、晋，平生足迹不及江南。既访蜀事于张载，则吴事必有所访矣。本传载机闻思作此赋而笑之，有覆酒甕之诮。盖即因其访问吴事，故先知之耳。又案：唐六典十引晋书云："左太冲为三都赋，自以所见不博，求为祕书郎中。"与今晋书不同，盖臧荣绪书。

〔二〕御览二百二十六引曹氏传曰："左擁起于碎吏，武帝以为能，擢为殿中侍御史。"嘉锡案：书钞一百二引王隐晋书作"父雍起卑吏"。御览作擁者，传写误耳。

〔三〕嘉锡案：宋本作"思少孤"。据晋书文苑传云："思少学锺、胡书及鼓琴并不成。雍谓友人曰：'思所晓解，不及我少时。'思遂感激勤学。"则思未尝少孤也。且既云少孤，又云不甚教其书学，文义殆不相属。其误明甚。嘉锡又案：文馆词林一百五十二有左思悼离赠妹诗二首略云："惟我惟妹，寔惟同生。早丧先妣，恩百常情。女子有行，实远父兄。"又云："永去骨肉，内充紫庭。至情至念，惟父惟兄。悲其生离，泣下交颈。"然则思实蚤丧母，至左贵嫔选入内庭时，其父尚在也。

〔四〕程炎震云："御览十五引南中八郡曰：'永昌郡有禁水，有恶毒气。中物则有声，中树木则折，名曰鬼弹。中人则奄然青烂。'"罗振玉校本引蒋子遵校云："鬼弹见水经注：'禁水出永昌县。此水傍瘴气特恶，气中有物，不见其形。其作有声，中木则折，中人则害，名曰鬼弹。惟十一月十二月差可渡。正月至十月迳之，无不害人。故郡有罪人，徙之禁傍，不过十日皆死也。'"

〔五〕李详云："案亨古烹，家当作豕。韩非子外储说：'曾子之妻之市，其子随之而泣，其母曰："女还，顾反，为女杀彘。"适市来，曾子欲捕彘杀之，妻止之曰："特与婴儿戏耳！"曾子曰："婴儿非与戏也，听父母之教。今子欺之，是教子欺也。"遂烹彘。'"嘉锡案：今景宋本正作"烹豕"。

〔六〕程炎震云："御览五百八十七引世说曰'左思字太冲，齐国临沂人也。作三都赋，十年乃成。门庭户席，皆置笔砚，得一句即便疏之。赋成，时人皆有讥訾'云云，与今本不同。盖杂有注语。又'敛衽赞述焉'以下有'陆机入洛，欲为此赋。闻思作之，抚掌而笑。与弟云书："此闻有伧父，欲作三都赋。须其成，当以覆酒瓮耳。"及思赋出，机绝叹服，以为不能加也'五十三字。"

〔七〕文选集注八引陆善经曰："臧荣绪晋书云：刘逵注吴、蜀。张载注魏都。綦毋邃序注本及集题云：张载注蜀都。刘逵注吴、魏。今虽列其异同，且依臧为定。"嘉锡案：隋志云梁有张载及晋侍中刘逵、晋怀令卫瓘注左思三都赋三卷。綦毋邃注三都赋三卷亡。今皇甫谧序录入文选。刘逵、张载注在李善注中。而文选集注于左思序亦引有綦毋邃注。卫瓘作吴都赋序及注，见魏志卫臻传注。惟挚虞所注不知何篇。晋书左思传谓陈留卫瓘为思赋作略解。全晋文一百五以为瓘即权之误。然据思传所载瓘序，乃是并注三都，与魏志注言权但注吴都者不同。未详孰是。程炎震云："魏志卫臻传：'子烈。'裴注云：'烈二弟京、楷，皆二千石。楷子权，字伯舆。晋大司马汝南王亮辅政，以权为尚书郎。作左思吴都赋序及注。序粗有文辞，注了无发明。不合传写。'"

〔八〕王士祯古夫于亭杂录三云："按太冲三都赋，自足接迹扬、马，乃云假诸人为重，何其陋耶！且西晋诗气体高妙，自刘越石而外，岂复有太冲之比？别传不知何人所作，定出怨谤之口，不足信也。”嘉锡案：别传之说虽未必可信，然彼自论三都赋序注耳，初不评诗也。太冲诗虽高，与赋之序注何与耶？王氏此言未免节外生枝。

69　刘伶著酒德颂，意气所寄〔一〕。名士传曰：“伶字伯伦，沛郡人。肆意放荡，以宇宙为狭。常乘鹿车，携一壶酒，使人荷锸随之，云：‘死便掘地以埋。’土木形骸，遨游一世。”〔二〕竹林七贤论曰：“伶处天地间，悠悠荡荡，无所用心。尝与俗士相牾，其人攘袂而起，欲必筑之。伶和其色曰：‘鸡肋岂足以当尊拳！’其人不觉废然而返。未尝措意文章，终其世，凡著酒德颂一篇而已〔三〕。其辞曰：‘有大人先生者，以天地为一朝，万期为须臾，日月为扃牖，八荒为庭衢。行无辙迹，居无室庐，幕天席地，纵意所如。行则操卮执瓢，动则挈榼提壶，唯酒是务，焉知其馀？有贵介公子，缙绅处士，闻吾风声，议其所以。乃奋袂攘襟，怒目切齿，陈说礼法，是非锋起。先生于是方捧罂承槽，衔杯漱醪，奋髯箕踞，枕麹借糟。无思无虑，其乐陶陶。兀然而醉，慌尔而醒，静听不闻雷霆之声，熟视不见太山之形，不觉寒暑之切肌，利欲之感情。俯观万物之扰扰，如江、汉之载浮萍。二豪侍侧焉，如蜾蠃之与螟蛉。’”

【校文】

注“以宇宙为狭”　“狭”，沈本作“细”。

注“与俗士相牾”　“牾”，景宋本及沈本俱作“迕”。

注“行无辙迹”　“无”，景宋本作“無”。“辙”，景宋本及沈本俱作“轨”。

注“操卮执瓢”　“瓢”，景宋本及沈本作“觚”。

注“箕踞”　“箕”，景宋本作“踑”。

注“承糟”　“糟”，景宋本作“槽”。

【笺疏】

〔一〕李慈铭云:“案‘意气所寄’语不完,下有脱文。”伶当作灵。沈涛交翠轩笔记四云:“涛案:文选酒德颂五臣注引臧荣绪晋书:‘刘灵字伯伦。’文苑英华卷十三皇甫湜醉赋:‘昔刘灵作酒德颂。’彭叔夏辨证云:‘颜延之五君咏:‘刘灵善闭关。’文中子:‘刘灵古之闭关人也。’语林:‘天生刘灵,以酒为名。’并作灵。而唐太宗晋书本传作伶,故他书通用伶云云。又陆龟蒙中酒赋有‘龇卓擒灵之伍,我愿先登’。卓谓毕卓,灵谓刘灵。李商隐暇日诗‘谁向刘灵天幕内’,亦作灵,不作伶。盖伶从令声,令、灵古字通用。荀子强国篇:‘其在赵者,剡然有苓,而据松柏之塞。’注‘苓与灵同’。说文雨部引诗‘霝雨其濛’,今诗作‘零’。虫部引诗‘螟蠕有子’,今诗作‘蛉’。汉吴仲山碑:‘神零有知。’隶释云:‘以零为灵。’刘字伯伦,本取伶伦之义,而字假借作灵。后人习见今本晋书作伶,遂以作灵为误,是以不狂为狂耳。御览饮食部引世说:‘刘灵纵酒放达。’今本世说作伶。盖浅人据晋书所改。”嘉锡案:胡氏刻仿宋本文选李善注于思旧赋注引臧荣绪晋书,五君咏注引竹林名士传及臧书,均作灵。惟酒德颂注引臧书,误作伶。然文选集注九十三酒德颂下引李善注仍作灵,不误也。御览所引世说,是任诞篇。以此推之,则凡本书作刘伶者,皆出宋人所改无疑。

〔二〕文选集注九十三公孙罗文选钞引臧荣绪晋书曰:“刘灵父为太祖大将军掾,有宠,早亡。灵长六尺,貌甚丑悴,而志气旷放,以宇宙为狭也。与阮籍、嵇康为友,相遇欣然,怡神解裳。乘鹿车,携一壶酒,使荷锸自随,以为死便埋之。留连于酒中之德,乃著酒德颂。”嘉锡案:此叙事与名士传略同而加详,录之以广佚闻。至元嘉禾志十三:“刘伶墓在嘉兴县西北二十七里。钱氏讳镠,改呼刘为金。俗因呼为金伶墓。”

〔三〕宋朱弁风月堂诗话上曰：“东坡云‘诗文岂在多，一颂了伯伦’，是伯伦他文字不见于世矣。予尝阅唐史艺文志刘伶有文集三卷，则伯伦非无他文章也。但酒德颂幸而传耳。坡之论岂偶然得于落笔之时乎？抑别有所闻乎？”嘉锡案：东坡即本之世说注耳。考新唐志并无刘伶集，隋志旧唐志亦未著录，朱氏之说盖误。然艺文类聚七引有魏刘伶北邙客舍诗，则伶之文章不止一篇。盖伶平生不措意于文，故无文集行世。而酒德颂则盛传，谈者因以为只此一篇，实不然也。

70　乐令善于清言，而不长于手笔。将让河南尹，请潘岳为表。晋阳秋曰：‘岳字安仁，荥阳人。夙以才颖发名。善属文，清绮绝世，蔡邕未能过也。仕至黄门侍郎，为孙秀所害。”潘云：“可作耳。要当得君意。”乐为述己所以为让，标位二百许语〔一〕。潘直取错综，便成名笔。时人咸云：“若乐不假潘之文，潘不取乐之旨，则无以成斯矣。”

【笺疏】

〔一〕嘉锡案：“标位二百许语”，“位”景宋本作“佇”，佇盖作之误，后人不识，因妄改为位。

71　夏侯湛作周诗成〔一〕，文士传曰：“湛字孝若，谯国人，魏征西将军夏侯渊曾孙也。有盛才，文章巧思，善补雅词，名亚潘岳。历中书侍郎。”湛集载其叙曰：“周诗者，南陔、白华、华黍、由庚、崇丘、由仪六篇，有其义而亡其辞。湛续其亡，故云周诗也。”示潘安仁。安仁曰：“此非徒温雅，乃别见孝悌之性。”其诗曰：“既殷斯虔，仰说洪恩。夕定辰省，奉朝侍昏。宵中告退，鸡鸣在门。孳孳恭诲，夙夜是敦。”潘因此遂作家风诗。岳家风诗载其宗祖之德及自戒也。

【笺疏】

〔一〕文选五十七潘安仁夏侯常侍诔曰：“显祖曜德，牧兖及荆。父守淮、岱，治亦有声。”李善注引王隐晋书曰：“夏侯威字季权，荆、兖二州刺史。威次子庄，淮南太守。”文选集注百十三引文选钞曰：“魏志云：‘夏侯瓆字子威，至兖州刺史。’王隐晋书：‘威次子庄，为淮南太守。’然岱郡书传无文，而此诔言守海岱也。”嘉锡案：今魏志夏侯渊传，渊中子霸之弟威，无“名瓆字子威”语。集注殆有讹误。裴注引世语与王隐晋书同。艺文类聚二十三载其诗曰：“绾发绾发，发亦鬓止。日祇日祇，敬亦慎止。靡专靡有，受之父母。鸣鹤匪和，析薪弗荷。隐忧孔疚，我堂靡构。义方既训，家道颖颖。岂敢荒宁，一日三省。’又文选五十八褚渊碑文注引其诗曰：“经始复图终，葺宇营丘园。”

72　孙子荆除妇服，作诗以示王武子〔一〕。孙楚集云：“妇胡毋氏也。”其诗曰：“时迈不停，日月电流。神爽登遐，忽已一周。礼制有叙，告除灵丘。临祠感痛，中心若抽。”王曰：“未知文生于情，情生于文。一作“文于情生，情于文生”。览之凄然，增伉俪之重。”〔二〕

【笺疏】

〔一〕嘉锡案：文馆词林一百五十二有西晋孙楚赠妇胡毋夫人别一首，惜有目无诗。

〔二〕文心雕龙情采篇曰：“夫情者文之经，辞者理之纬。经正而后纬成，理定而后辞畅，此立文之本源也。昔诗人什篇，为情而造文；辞人赋颂，为文而造情。何以明其然？盖风雅之兴，志思蓄愤，而吟咏情性，以讽其上，此为情而造文也。诸子之徒，心非郁陶，苟驰夸饰，鬻声钓世，此为文而造情也。故为情者要约而写真，为文者淫丽而烦滥。而后之作者，采滥忽真，远弃风雅，近师辞赋。故体情之制日疏，逐文之篇愈盛。故有志深轩冕，而泛咏皋壤；心缠几务，而虚述人外。真宰弗存，翩其反矣。”嘉锡案：彦和此论，似即从武子之言悟出。

73　太叔广甚辩给，而挚仲治长于翰墨，俱为列卿。每至公坐，广谈，仲治不能对。退著笔难广，广又不能答〔一〕。王隐晋书曰：“广字季思，东平人。拜成都王为太弟〔二〕。欲使诣洛，广子孙多在洛，虑害，乃自杀。挚虞字仲治，京兆长安人。祖茂，秀才。父模，太仆卿。虞少好学，师事皇甫谧，善校练文义，多所著述。历秘书监、太常卿。从惠帝至长安，遂流离鄠、杜间。性好博古，而文籍荡尽。永嘉五年，洛中大饥，遂饿而死。虞与广名位略同，广长口才，虞长笔才，俱少政事。众坐广谈，虞不能对；虞退笔难广，广不能答。于是更相嗤笑，纷然于世。广无可记，虞多所录，于斯为胜也。”

【笺疏】

〔一〕北史常景传云：“友人刁整每谓曰：‘卿清德自居，不事家业，吾恐挚太常方馁于柏谷耳。’”

〔二〕李慈铭云：“案拜下有脱文。”

74　江左殷太常父子并能言理〔一〕，亦有辩讷之异。扬州口谈至剧，太常辄云：“汝更思吾论。”中兴书曰：“殷融字洪远，陈郡人。桓彝有人伦鉴，见融甚叹美之。著象不尽意、大贤须易论〔二〕，理义精微，谈者称焉。兄子浩亦能清言，每与浩谈，有时而屈，退而著论，融更居长。为司徒左西属〔三〕。饮酒善舞，终日啸咏，未尝以世务自婴。累迁吏部尚书、太常卿，卒。”

【笺疏】

〔一〕孙志祖读书脞录六云：“古人称叔侄亦曰父子。汉书疏广传：‘父子并为师傅。’谓广为太子太傅，其兄子受为少傅也。后汉蔡邕传：‘阳球飞章言邕及质。邕上书自陈：“如臣父子，欲相伤陷。”’晋书谢安传：‘朝议欲以谢玄为荆州刺史，谢安自以父子名位太重。’质乃邕之叔父，玄亦安之兄子也。世说文学篇：‘江左殷太常父子并能言理。’谓殷融及兄子浩。又通鉴卷一百十慕舆护曰：‘以子拒父犹可，况以父拒子乎？’慕容德于宝为叔父，亦称父子，晋以后则罕见矣。”

〔二〕嘉锡案：隋志有晋太常卿殷融集十卷。

〔三〕御览二百九引晋中兴书曰：“殷融字洪远，司徒王导以为左西属。”

75　庾子嵩作意赋成，晋阳秋曰：“敳永嘉中为石勒所害。先是敳见王室多难，知终婴其祸，乃作意赋以寄怀。”从子文康见，问曰：“若有意邪，非赋之所尽；若无意邪，复何所赋？”答曰：“正在有意无意之间。”

76　郭景纯诗云：“林无静树，川无停流。”王隐晋书曰：“郭璞字景纯，河东闻喜人。父瑗，建平太守。”璞别传曰：“璞奇博多通，文藻粲丽，才学赏豫，足参上流。其诗赋诔颂，并传于世，而讷于言。造次咏语，常人无异。又不持仪检，形质颓索，纵情嫚惰，时有醉饱之失。友人干令升戒之曰：‘此伐性之斧也。’璞曰：‘吾所受有分，恒恐用之不尽，岂酒色之能害！’王敦取为参军。敦纵兵都辇，乃咨以大事，璞极言成败，不为回屈。敦忌而害之。”诗，璞幽思篇者。阮孚云：阮孚别见。“泓峥萧瑟，实不可言。每读此文，辄觉神超形越。”

77　庾阐始作扬都赋〔一〕，道温、庾云：“温挺义之标，庾作民之望。方响则金声，比德则玉亮。”庾公闻赋成，求看，兼赠贶之。阐更改“望”为“俊”，以“亮”为“润”云〔二〕。中兴书曰：“阐字仲初，颍川人，太尉亮之族也。少孤，九岁便能属文。迁散骑侍郎，领大著作。为扬都赋，邈绝当时。五十四卒。”

【笺疏】

〔一〕嘉锡案：扬都赋见艺文类聚六十一，删节非全篇。严可均据世说、书钞、初学记、文选注、三国志注、水经注、御览诸书，搜集其佚文，载入全晋文三十八。但真诰握真辅第一引有两节二百馀字，竟漏未辑入，以此知博闻强记之难也。类林杂说七文章篇曰：“庾阐作扬都赋未成，出妻。后更娶谢氏，使于午夜以燃镫于甕中。仲初思至，速火来，即为出镫。因此赋成，流于后世。”亦见敦煌写本残类书弃妻篇，均不言出于何书。

〔二〕嘉锡案：以亮字犯庾名，故改之也。

78　孙兴公作庾公诔。袁羊曰：“见此张缓。”于时以为名赏。袁氏家传曰：“乔有文才。”

79　庾仲初作扬都赋成，以呈庾亮。亮以亲族之怀，大为其名价云："可三二京，四三都。"于此人人竞写，都下纸为之贵。谢太傅云："不得尔。此是屋下架屋耳，事事拟学，而不免俭狭。"王隐论扬雄太玄经曰："玄经虽妙，非益也。是以古人谓其屋下架屋。"

80 习凿齿史才不常，宣武甚器之，未三十，便用为荆州治中〔一〕。凿齿谢笺亦云："不遇明公，荆州老从事耳！"后至都见简文，返命，宣武问："见相王何如？"答云："一生不曾见此人！"从此忤旨，出为衡阳郡〔二〕，性理遂错。于病中犹作汉晋春秋，品评卓逸〔三〕。续晋阳秋曰："凿齿少而博学，才情秀逸，温甚奇之。自州从事岁中三转至治中。后以忤旨，左迁户曹参军、衡阳太守。在郡著汉晋春秋，斥温觊觎之心也。"凿齿集载其论，略曰："静汉末累世之交争，廓九域之蒙晦，大定千载之盛功者，皆司马氏也。若以魏有代王之德，则不足；有静乱之功，则孙、刘鼎立。共王〔四〕，秦政，犹不见叙于帝王，况暂制数州之众哉！且汉有系周之业，则晋无所承魏之迹矣〔五〕。春秋之时，吴、楚称王。若推有德，彼必自系于周，不推吴、楚也。况长辔庙堂，吴、蜀两定，天下之功也。"

【校文】

"衡阳"　景宋本作"荣阳"，沈本作"荥阳"。

注"不推吴楚也"　景宋本及沈本"楚"下俱有"者"字。

【笺疏】

〔一〕渚宫旧事五曰："温在镇三十年。参佐习凿齿、袁宏、谢安、王坦之、孙盛、孟嘉、王珣、罗友、郗超、伏滔、谢奕、顾恺之、王子猷、谢玄、罗含、范汪、郝隆、车胤、韩康等，皆海内奇士，伏其知人。"

〔二〕程炎震云："宋本衡作荥。晋书习凿齿传亦作荥。与宋本同。然荥阳属司州，自穆帝末已陷没，至太元间始复。温时不得置守，亦别无侨郡，当作衡阳为是。"晋书本传作"荥阳太守"，吴士鉴注曰："元和姓纂十作衡阳。是时司州非晋所有，荥阳当是衡阳之误。"隋志有晋荥阳太守习凿齿集五卷。

〔三〕晋书本传云："凿齿临终上疏曰：'谨力疾著论一篇，写上如左。'"

〔四〕李慈铭云："案共王当作共工。"嘉锡案：本传载其文曰："昔共工伯有九州，秦政奄平区夏，鞭挞华戎，专总六合，犹不见序于帝王。"则共王为共工之误明矣。

〔五〕程炎震云："'且汉有系周之业，则晋无所承魏之迹矣。'二句当有误字。晋书无此语，盖隐括其文，故无可校。"嘉锡案：凿齿上疏谓晋宜越魏继汉，故比之于越秦系周。其论有云："夫成业者，系于所为，不系所借；立功者，言其所济，不言所起。是故汉高禀命于怀王，刘氏乘毙于亡秦。超二伪以远嗣，不论近而计功。季无承楚之号，汉有继周之业。取之既美，而己德亦重故也。"又曰："以晋承汉，功实显然。正名当事，情体亦厌。又何为虚尊不正之魏，而亏我道于大通哉？"凿齿之意谓魏躬为篡逆，晋之代魏，本非禅让，实灭其国，犹汉之灭秦。司马氏虽世为魏臣，不过如汉高之禀命怀王。秦政、楚怀，皆是僭伪，汉高遂继周而王。例之有晋，自当越魏而承汉矣。故曰汉有系周之业，则晋无承魏之迹。文义甚明，并无误字。程氏此语，本不足论，恐后之读者亦有此疑，故举而辨之耳。

81　孙兴公云："三都、二京，五经鼓吹。"言此五赋是经典之羽翼。

82 谢太傅问主簿陆退：陆氏谱曰："退字黎民，吴郡人。高祖凯，吴丞相。祖仰，吏部郎。父伊，州主簿。退仕至光禄大夫。""张凭何以作母诔，而不作父诔？"退答曰："故当是丈夫之德，表于事行；妇人之美，非诔不显。"陆氏谱曰："退，凭壻也。"

83 王敬仁年十三，作贤人论〔一〕。长史送示真长，真长答云："见敬仁所作论，便足参微言。"脩集载其论曰："或问'易称贤人，黄裳元吉，苟未能闇与理会，何得不求通？求通则有损，有损则元吉之称将虚设乎？'答曰：'贤人诚未能闇与理会，当居然人从，比之理尽，犹一豪之领一梁。一豪之领一梁，虽于理有损，不足以挠梁。贤有情之至寡，豪有形之至小，豪不至挠梁，于贤人何有损之者哉！'"〔二〕

【校文】

注"居然人从"　"人"，景宋本作"体"。

【笺疏】

〔一〕隋志云："梁有骠骑司马王脩集二卷。录一卷，亡。"

〔二〕嘉锡案：此论所言，浅薄无取。"一豪之领一梁"云云，尤晦涩难通。晋人之所谓微言，如此而已。

84 孙兴公云："潘文烂若披锦，无处不善；续文章志曰："岳为文选言简章，清绮绝伦。"陆文若排沙简金，往往见宝。"〔一〕文章传曰："机善属文，司空张华见其文章，篇篇称善，犹讥其作文大治〔二〕。谓曰：'人之作文，患于不才；至子为文，乃患太多也。'"

【校文】

注“作文大治”　“治”，沈本作“冶”。

【笺疏】

〔一〕李详云：“详案：锺嵘诗品，谢混云：‘潘诗烂若舒锦。陆文如披沙简金，往往见宝。’如锺所引潘、陆，各就诗文言之。柳子厚披沙拣金赋前有小引，云出刘义庆世说‘陆士衡文如披沙拣金’，亦作‘披’字。今世说诸本皆作‘排’，非也。”程炎震云：“锺嵘诗品以此为谢混语，盖益寿述兴公耳。”

〔二〕李详云：“案大治谓推阐尽致。颜氏家训名实篇‘治点文章，以为声价’，可证治字之义。晋书机传无此句，别本世说或改‘治’为‘冶’，亦非。”

85　简文称许掾云：“玄度五言诗，可谓妙绝时人。”〔一〕续晋阳秋曰：“询有才藻，善属文。自司马相如、王褒、扬雄诸贤，世尚赋颂，皆体则诗、骚，傍综百家之言。及至建安，而诗章大盛。逮乎西朝之末，潘、陆之徒虽时有质文，而宗归不异也。正始中，王弼、何晏好庄、老玄胜之谈，而世遂贵焉。至江左李充尤盛〔二〕。故郭璞五言始会合道家之言而韵之。询及太原孙绰转相祖尚，又加以三世之辞〔三〕，而诗、骚之体尽矣。询、绰并为一时文宗，自此作者悉体之〔四〕。至义熙中，谢混始改〔五〕。”

【笺疏】

〔一〕李详云：“案魏文帝与吴质书：‘孔融其五言诗之善者，妙绝时人。’简文用曹语。”嘉锡案：锺嵘诗品自序曰：“永嘉时，贵黄、老，稍尚虚谈。于时篇什理过其辞，淡乎寡味。爰及江表，微波尚传。孙绰、许询、桓、庾诸公诗皆平典，似道德论。建安风力尽矣。”又其诗品卷下评晋骠骑王济、征南将军杜预、廷尉孙绰、征士许询诗曰:“永嘉以来，清虚在俗。王武子辈诗贵道家之言。爰及江表，玄风尚备。真长、仲祖、桓、庾诸公犹相袭。世称孙、许，弥善恬淡之词。”观嵘之言，知在晋末玄风大畅之时，玄度与兴公之诗固一时之眉目也。今其诗存者，古诗纪四十二仅录竹扇一首，盖自艺文类聚六十九扇部采入者。其词曰:“良工眇方林，妙思触物骋。篾疑秋蝉翼，团取望舒景。”如是而已，未见所以为妙绝者。此外则类聚八十八、初学记二十八松部均引询诗曰:“青松凝素髓，秋菊落芳英。”虽颇雕琢字句，犹有潘、陆之遗，亦未便冠绝当代。文选三十一江文通拟张绰（张应从文选集注六十二作孙）杂述诗注引询农里诗曰:“亹亹玄思得，濯濯情累除。”惟此二句稍有清虚之致，可以窥见其作风。然亦不过孙子荆之流亚耳。观江文通所拟自序之篇，知其好用庄、老矣。简文之所以盛称之者，盖简文雅尚清谈，询与刘惔、王濛辈并蒙叹赏，以询诗与真长之徒较，固当高出一头，遂尔咨嗟，以为妙绝也。寻锺嵘之所品评，可以知其故矣。夫诗人什篇，为情而造文。晋代诸公，乃谈玄以制诗。既欲张皇幽渺，自不免堕入理障。虽一时蔚成风尚，而沿袭日久，便无异土饭尘羹。及夫义熙之末，爰逮元嘉之间，庄、老告退，而山水方滋，虚无之说，忘机之言，遂为谈艺者所不道。锺嵘评诗，虽录及孙、许，然特置之下品。昭明文选于谈玄诸家，惟取子荆零雨之章，盖赏其音调。（沈约云：零雨之章，正以音律调韵，取高前式。）因以见一朝之风气，故不以谈理废也。其于兴公、玄度之诗，鄙其浮浅，遂不登一字。由是日远日微，以至于亡。七录犹有晋征士许询集八卷、录一卷，隋、唐志仅存三卷；宋以后遂不著录。良由依人作计，其精神不足以自传，可无庸为之叹惜矣。嘉锡又案：诗品谓王武子辈，诗贵道家之言，与此所谓道家，名同而实异。武子所贵，即是老、庄。以其属于诸子九流中之道家，故诗品之言云尔。此之所指，则东汉以后之神仙家言，托于道家者也。会合云者，取庄、老玄胜之谈，合之于神仙轻举之说耳。刘勰、锺嵘之徒，论诗及于景纯，必举游仙之篇。檀氏此言，固当不异。景纯游仙诗，今存者十四首。除昭明所选外，见于类聚七十八、初学记二十三者，凡七首。古诗纪四十一汇而录之。观其所咏漆园傲吏，高蹈风尘；颍阳高人，临河洗耳。因微禽之变，而哀吾生之不化；睹杂县之至，而惧风暖之为灾。言或出于南华，义实取之柱下。至于征文数典，驱策群言，若赤松、容成之伦，浮丘、洪崖之辈，非本刘向之传，即采葛洪之书，此其合庄、老与神仙为一家之证也。刘勰尝言：正始明道，诗杂仙心。则景纯此体，亦滥觞于王、何，而加以变化。与王齐、孙楚辈，同源而异流。特其文采独高，彪炳可玩，不似平叔之浮浅，永嘉之平淡耳。若谓景纯之诗，为合佛理与道家而韵之，则不独游仙诸篇，无一字出于梵典，即赠温峤、潘尼诸诗（亦见类聚及古诗纪），亦无片语涉及金仙也。悠谬之言，吾所不取。隋志有魏尚书何晏集十一卷。又言梁有王弼集五卷、录一卷。按王、何祖尚浮虚，人所习知，然不闻有称辅嗣能诗者。其诗亦无只字之传，殆本非所长也。文心雕龙明诗篇曰："正始明道，诗杂仙心。何晏之徒，率多浮浅。"锺嵘诗品以晏与晋孙楚、王赞、张翰、潘尼同入中品，而评之曰："平叔鸿雁之篇，风规见矣。"盖嵘之所取者，仅此而已。鸿雁篇者，即本书规箴篇注所引也。古诗纪二十七据以录入，而以类聚九十所引校其字句，又从初学记二十七录"转蓬去其根"一首。晏诗之存者，止此两篇，馀惟书钞百五十引有"浮云翳白日，微风轻尘起"二句。相其所作，尚不失魏、晋人本色，与建安、太康诸人，亦未至大相迳庭。盖其以庄、老玄胜之谈，寓之于诗者，久已散佚无馀矣。

〔二〕嘉锡案：各本"至过江，佛理尤盛"。文选集注六十二公孙罗引檀氏论文章作“至江左李充尤盛”。又案：宋书谢灵运传论曰：“在晋中兴，玄风独扇。”文心雕龙明诗篇曰：“江左篇制，溺乎玄风。”诗品序曰：“永嘉贵黄、老，尚虚谈，爰及江左，微波尚传。”三家之言皆源于檀氏。重规叠矩，并为一谈，不闻有佛理之说。检寻广弘明集，支遁始有赞佛咏怀诸诗，慧远遂撰念佛三昧之集。虽在典午之世，却非过江之初。且系释家之外篇，无与诗人之比兴。檀氏安得援此一端，概之当世乎？况下文云郭璞始合道家之言而韵之，若必如今本，是谓景纯合佛理于道家也。郭氏之诗以游仙为最著，今存者十馀首。道家之言固有之，未尝一字及于佛理也。檀氏安得发此虚言，无的放矢乎？此必原本残阙，宋人肆臆妄填，乖谬不通，所宜亟为改正者矣。李充者，元帝时人，正当渡江之始。晋书本传言其诗赋表颂等杂文二百四十首，隋志有集二十二卷，是其著作甚富。传又言有释庄论上下二篇。御览五百九十七引充起居诫，自言家奉道法，知其好道家之言。其诗存者，玉台新咏三有嘲友人一首，叙其夫妇离别之情，颇类陆士衡代顾彦先赠妇。文选注二十一及五十九各引武功歌二句，皆颂扬功德之泛语。类聚四及书钞百五十五俱引七月七日诗，亦不过牛女之常谈，皆不足以见其风致。惟初学记十八引充送许从诗曰：“来若迅风欢，逝如归云征。离合理之常，聚散安足惊。”颇得老、庄之旨。选注二十八引充九曲歌曰“肥骨销灭随尘去”，亦似有刍狗万物之意。然存诗过少，此特一鳞片甲耳。至其所以祖述王、何，较西晋诸家为尤甚者，吾不得而见之矣。

〔三〕嘉锡案：文选抄引“三世”上有“释氏”二字。“三世”之辞，盖用佛家轮回之说，以明报应因果也。诗体至此，风斯下矣。若上文果作“佛理尤盛”，则自过江以来，谈此者当已多矣，何必待之孙、许哉？

〔四〕嘉锡案：许询诗已具见于前。隋志有晋卫尉卿孙绰集十五卷，注云：梁二十五卷。则绰之诗文，较询为多。古诗纪四十二录绰诗五首：表哀诗（出类聚二十）、三月三日（出类聚四）皆四言。秋日（出类聚三）、情人碧玉歌（二首出玉台十）皆五言。又诗纪四十三兰亭集诗有孙绰二首，四言、五言各一。观其句法，盖在玄度伯仲之间。然不见所谓玄胜之谈，与三世之辞者。惟秋日诗末句云"淡然怀古心，濠上岂伊遥"，为用庄子之语。文选注二十二引绰答许询诗曰"倒景沦东溟"，似敩郭璞体耳。盖其诗亡佚已多，故不得复考。然江文通拟绰杂述诗，通首皆谈玄理，无一语不出于蒙庄，虽非绰所自作，譬之唐临晋帖，可以窥其笔意矣。

〔五〕嘉锡案：宋书谢灵运传论曰："自建武暨于义熙，历载将百……遒丽之辞，无闻焉耳。仲文始革孙、许之风，叔源大变太元之气。爰逮宋氏，颜、谢腾声……并方轨前秀，垂范后昆。"诗品序曰"永嘉时贵黄、老，江表微波尚传，孙绰、许询平典似道德论。先是郭景纯用俊上之才，变创其体。刘越石仗清刚之气，赞成厥美。然彼众我寡，未能动俗。逮义熙中，谢益寿（混小字）斐然继作。元嘉中有谢灵运，才高词盛，富艳难踪"云云。二家之言，并导源于檀氏。然沈约以仲文、叔源并举，而锺嵘论诗之正变，殊不及殷氏，与道鸾之论若合符契。固知晋、宋之际，于诗道起衰救敝，上摧孙、许，下开颜、谢，叔源为首功。但明而未融，及风雅中兴，玄谈渐替，昭明文选一举而廓清之，玄度、兴公之诗，遂皆不入录。其间源流因革，檀氏此论实首发其蕴矣。诗品卷中评宋豫章太守谢瞻、仆射谢混、太尉袁淑、征君宋微、征虏将军王僧达诗曰："其源出于张华，才力苦弱，故务其清谈，殊得风流媚趣。课其实录，则豫章、仆射，宜分庭抗礼；征君、太尉，可托乘后车。征虏卓卓，殆欲度骅骝前。"又其卷下评晋征士戴逵、东阳太守殷仲文诗曰："晋、宋之际，殆无诗乎？义熙中以谢益寿、殷仲文为华绮之冠，殷不竞矣。"然则当晋末诗体初变，殷、谢本自齐名。而衡其高下，殷不及谢，故檀论锺序，并略而不数也。由是观之：益寿之在南朝，率然高蹈，邈焉寡俦。革历朝之积弊，开数百年之先河，其犹唐初之陈子昂乎？谢瞻乃其族子，袁淑等年辈在后，并非其伦也。学者诚欲扬榷千古，尚论六朝，试取道鸾此篇，与休文、彦和、仲伟（嵘字）之书合而观之，则于魏、晋以下诗歌一门，兴衰得失，了如指掌矣。隋志有晋左仆射谢混集三卷，梁五卷，文选二十二录其游西池一首。古诗纪四十六又从初学记十八补送二王在领军府集一首，从南史谢弘微传补诫族子一首。存诗虽少，然风规可见，尝鼎一脔，足知至味矣。

86　孙兴公作天台赋成，以示范荣期，中兴书曰："范启字荣期，慎阳人。父坚，护军。启以才义显于世，仕至黄门郎。"云："卿试掷地，要作金石声。"范曰："恐子之金石，非宫商中声！"然每至佳句，"赤城霞起而建标，瀑布飞流而界道"。此赋之佳处。辄云："应是我辈语。"

87　桓公见谢安石作简文谥议，看竟，掷与坐上诸客曰："此是安石碎金。"刘谦之晋纪载安议曰："谨按谥法：'一德不懈曰简，道德博闻曰文。'易简而天下之理得，观乎人文，化成天下，仪之景行，犹有彷佛。宜尊号曰太宗，谥曰简文。"

88　袁虎少贫，虎，袁宏小字也。尝为人佣载运租。谢镇西经船行，其夜清风朗月，闻江渚间估客船上有咏诗声，甚有情致。所诵五言，又其所未尝闻，叹美不能已。即遣委曲讯问，乃是袁自咏其所作咏史诗。因此相要，大相赏得〔一〕。续晋阳秋曰："虎少有逸才，文章绝丽，曾为咏史诗，是其风情所寄。少孤而贫，以运租为业。镇西谢尚，时镇牛渚〔二〕，乘秋佳风月，率尔与左右微服泛江。会虎在运租船中讽咏，声既清会，辞文藻拔。非尚所曾闻，遂住听之，乃遣问讯。答曰：'是袁临汝郎诵诗，即其咏史之作也。'尚佳其率有胜致，即遣要迎，谈话申旦。自此名誉日茂。"

【校文】

注"辞文藻拔"　"文"，景宋本及沈本俱作"又"。

【笺疏】

〔一〕嘉锡案：艺文类聚五十五杂文部史传门引晋袁宏诗曰："周昌梗概臣，辞达不为讷。汲黯社稷器，栋梁表天骨。陆贾厌解纷，时与酒梼杌。婉转将相门，一言和平、勃。趋舍各有之，俱令道不没。"又曰："无名困蝼蚁，有名世所疑。中庸难为体，狂狷不及时。杨恽非忌贵，智及有馀辞。躬耕南山下，芜秽不遑治。赵瑟奏哀音，秦声歌新诗。吐音非凡唱，负此欲何之？"盖即其租船所咏之诗，古诗纪四十二题为"咏史"是也。

〔二〕御览四十六引舆地志云："牛渚山首有人潜行，云此处连洞庭，傍达无底。见有金牛状异，乃惊怪而出。牛渚山北，谓之采石。按今对采石渡口，上有谢将军祠。吴初周瑜屯牛渚。镇西将军谢尚亦镇此城。"

89　孙兴公云："潘文浅而净，陆文深而芜。"〔一〕

【笺疏】

〔一〕嘉锡案：陆文固深于潘，然未见潘之果较陆为净也。此自兴公性分有限，故喜潘之浅耳。

90　裴郎作语林，始出，大为远近所传。时流年少，无不传写，各有一通。载王东亭作经王公酒垆下赋〔一〕，甚有才情。裴氏家传曰："裴荣字荣期，河东人。父稺，丰城令。荣期少有风姿才气，好论古今人物。撰语林数卷，号曰裴子。"檀道鸾谓裴松之，以为启作语林，荣傥别名启乎？

【笺疏】

〔一〕刘盼遂曰："王公疑作黄公，声之误也。黄公酒垆或即谓王濬冲所过处也（见伤逝篇）。本书轻诋篇注引续晋阳秋，正作黄公酒垆赋。"嘉锡案：以伤逝、轻诋二条互证，东亭所赋即王戎事，无可疑也。又案："王公"当作"黄公"，本书轻诋篇注引续晋阳秋曰："河东裴启撰语林。有人于谢坐叙其黄公酒垆，司徒王珣为之赋。"是其证。又伤逝篇曰："王濬冲为尚书令，经黄公酒垆下过。顾谓后车客：'吾昔与嵇叔夜、阮嗣宗共酣饮于此垆。今日视此虽近，邈若山河。'"是也。东亭正赋此事耳。晋书王戎传亦作"黄"，其赋今不传。

91　谢万作八贤论〔一〕，与孙兴公往反，小有利钝。中兴书曰："万善属文，能谈论。"万集载其叙四隐四显，为八贤之论，谓渔父、屈原、季主、贾谊、楚老、龚胜、孙登、嵇康也。其旨以处者为优，出者为劣。孙绰难之，以谓体玄识远者，出处同归。文多不载。谢后出以示顾君齐，顾氏谱曰："夷字君齐，吴郡人。祖歒，孝廉。父霸，少府卿。夷辟州主簿，不就。"顾曰："我亦作，知卿当无所名。"

【笺疏】

〔一〕嘉锡案：初学记十七引有谢万八贤楚老颂。东晋谢万七贤嵇中散赞又引谢万八贤颂“皎皎屈原”云云。当是论后继之以颂。然嵇中散赞独称七贤，所未喻也。

92　桓宣武命袁彦伯作北征赋，续晋阳秋曰：“宏从温征鲜卑〔一〕，故作北征赋，宏文之高者。”既成，公与时贤共看，咸嗟叹之。时王珣在坐云：“恨少一句，得‘写’字足韵，当佳。”袁即于坐揽笔益云：“感不绝于余心，泝流风而独写。”公谓王曰：“当今不得不以此事推袁。”宏集载其赋云：“闻所闻于相传，云获麟于此野。诞灵物以瑞德，奚授体于虞者。悲尼父之恸泣，似实恸而非假。岂一物之足伤，实致伤于天下。感不绝于余心，泝流风而独写。”晋阳秋曰：“宏尝与王珣、伏滔同侍温坐，温令滔读其赋，至‘致伤于天下’，于此改韵。云：‘此韵所咏，慨深千载。今于“天下”之后便移韵〔二〕，于写送之致，如为未尽。’滔乃云：‘得益“写”一句，或当小胜。’桓公语宏：‘卿试思益之。’宏应声而益，王、伏称善。”〔三〕

【笺疏】

〔一〕程炎震云：“慕容恪死，温乃伐燕，在太和四年。”

〔二〕李详云：“案晋书九十二袁宏传‘移韵’下有‘徙事’二字，此言最佳。盖移韵便别咏古人一事，故云徙事。班彪北征、潘岳西征，皆如此。”

〔三〕隋志有东阳太守袁宏集十五卷，注云：“梁二十卷，录一卷。”

93　孙兴公道曹辅佐才如白地明光锦〔一〕，中兴书曰：“曹毗字辅佐，谯国人，魏大司马休曾孙也。好文籍，能属词，累迁太学博士、尚书郎、光禄勋。”**裁为负版绔**，论语曰：“孔子式负版者。”〔二〕郑氏注曰：“版，谓邦国籍也。负之者，贱隶人也。”**非无文采，酷无裁制**〔三〕。

【笺疏】

〔一〕李详云：“案锦有地，即俗所谓底子也。魏志倭国传，载魏赐倭有绛地交龙锦，绀地勾文锦。陆翙邺中记有黄地博山文锦。御览引异物志有丹地锦。与此俱以色名。裴松之魏志注谓地当为绨，谓此字不体，非魏朝之失，则传写之误。此自裴误，非魏失也。”嘉锡案：尔雅释天云“素锦绸杠”，注云：“以白地锦，韬旗之竿。”御览八百十五引邺中记载石虎时织锦署诸锦名，有大明光、小明光，均可为世说此句作证。又考御览引邺中记，“黄地博山文锦”句，秘府略残卷八百六十八引作“或用清绨大明光锦，或用绯绨登高文锦，或用黄绨博山文锦”。其引织锦署一条，于诸锦名下，较御览多“或青绨，或白绨，或黄绨，或绿绨，或紫绨，或蜀绨”等句，然则绨即地也。地本俗称，故或借用绨字为之。裴松之必谓当作绨，盖失之拘。沈涛铜熨斗斋随笔五云：“地犹言质，今人犹以锦绣之本质为地。其语盖古，裴世期以为地应作绨者，非也。”

〔二〕罗振玉鸣沙石室古佚书论语郑氏注跋曰：“世说新语注引‘式负版者’，郑注此卷无是语。集解及文选华子冈诗注并引孔注：‘负版，持邦国之图籍者也。’是误以孔注为郑也。”

〔三〕晋书文苑本传云：“凡所著文笔十五卷，传于世。”隋志有光禄勋曹毗集十卷。注云：“梁十五卷、录一卷。”嘉锡案：毗文传于今者，本传有对儒一首，文馆词林三百四十七有伐蜀颂一首，其馀零篇断句，见全晋文一百七。其诗则梅鼎祚古诗纪四十一录其五首，又四十九录毗江左宗庙歌十首。

94　袁彦伯作名士传成，宏以夏侯太初、何平叔、王辅嗣为正始名士，阮嗣宗、嵇叔夜、山巨源、向子期、刘伯伦、阮仲容、王濬仲为竹林名士，裴叔则、乐彦辅、王夷甫、庾子嵩、王安期、阮千里、卫叔宝、谢幼舆为中朝名士。见谢公。公笑曰："我尝与诸人道江北事，特作狡狯耳！彦伯遂以箸书。"

95　王东亭到桓公吏，既伏阁下〔一〕，桓令人窃取其白事。东亭即于阁下更作，无复向一字。续晋阳秋曰："珣学涉通敏，文高当世。"

【校文】

"无复向一字"　"向"，北堂书钞六十九引作"同"。

【笺疏】

〔一〕程炎震云："宋书五十一宗室传：'刘袭在郢州，暑月露裈上听事。纲纪正伏阁，怪之，访问乃知。'"

96　桓宣武北征，温别传曰："温以太和四年上疏自征鲜卑。"袁虎时从，被责免官〔一〕。会须露布文，唤袁倚马前令作。手不辍笔，俄得七纸，殊可观。东亭在侧，极叹其才。袁虎云："当令齿舌间得利。"〔二〕

【笺疏】

〔一〕嘉锡案：宏盖以对王衍事失温意，遂致被责。详见轻诋篇。

〔二〕文选集注四十九三国名臣序赞注引臧荣绪晋书云："袁宏好学，善属文，谢尚以为豫州别驾。桓温命为安西参军。温北讨，须露布文，呼宏使制。宏傍马前，手不辍，俄顷而就。"

97　袁宏始作东征赋，都不道陶公。胡奴诱之狭室中，临以白刃，胡奴，陶范。别见。曰："先公勋业如是！君作东征赋，云何相忽略？"宏窘蹙无计，便答："我大道公，何以云无？"因诵曰："精金百炼〔一〕，在割能断。功则治人，职思靖乱。长沙之勋，为史所赞。"续晋阳秋曰："宏为大司马记室参军，后为东征赋，悉称过江诸名望。时桓温在南州，宏语众云：'我决不及桓宣城。'时伏滔在温府，与宏善，苦谏之，宏笑而不答。滔密以启温，温甚忿，以宏一时文宗，又闻此赋有声，不欲令人显闻之。后游青山饮酌，既归，公命宏同载，众为危惧。行数里，问宏曰：'闻君作东征赋，多称先贤，何故不及家君？'宏答曰：'尊公称谓，自非下官所敢专，故未呈启，不敢显之耳。'温乃云：'君欲为何辞？'宏即答云：'风鉴散朗，或搜或引。身虽可亡，道不可陨。则宣城之节，信为允也。'〔二〕温泫然而止。"二说不同，故详载焉〔三〕。

【笺疏】

〔一〕李详云："案晋书宏传'炼'作'汰'。"

〔二〕李详云："案晋书宏传作'信义为允也'。考宏此效左思魏都赋'军容弗犯'以下四段句法。左赋每段末语'自解纷，若兰芬，有令闻'句，皆三字，与上合韵。加也字为助词。唐修晋书不知其模拟所出，误添义字，非是。"

〔三〕程炎震云："御览五百八十七赋门引并及二事，皆作世说，盖杂以注文。"嘉锡案：孝标之意，盖疑不道陶公与不及桓彝为即一事，而传闻异辞。今晋书文苑宏传则两事并载。嘉锡以为二者宜皆有之。陶侃为庾亮所忌，于其身后奏废其子夏，又杀其子称，由是陶氏不显于晋。当宏作赋时，陶氏式微已甚。其孙虽嗣爵，而名宦不达。陶范虽存，复不为名氏所与。观方正篇载王修龄却陶胡奴送米，厌恶之情可见。非必胡奴之为人果得罪于清议也，直以其家出自寒门，摈之不以为气类，以示流品之严而已。宏之不道陶公，亦犹是耳。至于桓温，固是老兵，然生杀在手，宏安敢违忤取祸？其初所以宣言不及桓宣城者，盖腹稿已成，欲激温发问，因而献谀，以感动之耳。

98　或问顾长康："君筝赋何如嵇康琴赋？"顾曰："不赏者，作后出相遗。深识者，亦以高奇见贵。"中兴书曰："恺之博学有才气，为人迟钝而自矜尚，为时所笑。"宋明帝文章志曰："桓温云：'顾长康体中痴黠各半，合而论之，正平平耳。'世云有三绝，画绝、文绝、痴绝。"续晋阳秋曰："恺之矜伐过实，诸年少因相称誉，以为戏弄。为散骑常侍，与谢瞻连省，夜于月下长咏，自云得先贤风制，瞻每遥赞之。恺之得此，弥自力忘倦。瞻将眠，语搥脚人令代，恺之不觉有异，遂几申旦而后止。"

99　殷仲文天才宏赡，续晋阳秋曰："仲文雅有才藻，著文数十篇。"而读书不甚广，博亮叹曰〔一〕：亮，别见。"若使殷仲文读书半袁豹〔二〕，丘渊之文章叙曰："豹字士蔚，陈郡人。祖耽，历阳太守。父质，琅邪内史。豹隆安中著作佐郎，累迁太尉长史、丹阳尹。义熙九年卒。"才不减班固。"〔三〕续汉书曰："固字孟坚，右扶风人。幼有俊才，学无常师，善属文，经传无不究览。"

【笺疏】

〔一〕李慈铭云："案晋书殷仲文传作谢灵运语。此称亮者，不知何人。据注'亮别见'之文，疑上文博字当作傅字。谓傅亮也。此上当以广字读句。傅亮见卷中识鉴篇注。各本皆误。”嘉锡案：宋本亮上一字残缺，然似是傅字。程炎震云：“傅亮见识鉴篇‘郗超与傅瑗周旋’条。”

〔二〕隋志有晋东阳太守殷仲文集七卷，注云：“梁五卷。”隋志有晋丹阳太守袁豹集八卷，注云：“梁十卷，录一卷。”

〔三〕嘉锡案：晋书仲文传作谢灵运语，且云“言其文多而见书少也”，与此不同。又案文选集注六十二江文通拟殷东阳兴瞩诗注引杂说云：“谢灵运谓仲文曰：‘若读书半袁豹，则文史不减班固。’”考隋志杂家有杂说二卷，沈约撰。则本传自有所本，故与世说不同。

100　羊孚作雪赞云：“资清以化，乘气以霏。遇象能鲜，即洁成辉。”桓胤遂以书扇。中兴书曰：“胤字茂祖，谯国人。祖冲，太尉。父嗣，江州刺史。胤少有清操，以恬退见称，仕至中书令。玄败，徙安成郡，后见诛。”

101　王孝伯在京行散，至其弟王睹户前，睹，王爽小字也。中兴书曰：“爽字季明，恭第四弟也。仕至侍中，恭事败，赠太常。”〔一〕问：“古诗中何句为最？”睹思未答。孝伯咏“‘所遇无故物，焉得不速老！’此句为佳。”

【笺疏】

〔一〕李慈铭云：“案事败下当有被诛二字。”程炎震云：“晋书爽传云：‘恭败，被诛。’王恭传云：‘及玄执政，爽赠太常。’此注有脱文。”

102　桓玄尝登江陵城南楼云：“我今欲为王孝伯作

诔。”因吟啸良久，随而下笔。一坐之间，诔以之成。晋安帝纪曰：“玄文翰之美，高于一世。”玄集载其诔叙曰：“隆安二年九月十七日，前将军青、兖二州刺史太原王孝伯薨。川岳降神，哲人是育。既爽其灵，不贻其福。天导茫昧，孰测倚伏？犬马反噬，豺狼翘陆。岭摧高梧，林残故竹。人之云亡，邦国丧牧。于以诔之，爰旌芳郁。”文多，不尽载。

103 桓玄初并西夏，领荆、江二州，二府一国。玄别传曰：“玄既克殷仲堪，后杨佺期〔一〕，遣使讽朝廷，朝廷以玄都督八州，领江州、荆州二刺史。”于时始雪，五处俱贺〔二〕，五版并入。玄在听事上，版至即答版后，皆粲然成章，不相揉杂。

【笺疏】

〔一〕程炎震云：“后字误，或是杀字。”李慈铭云：“案后字误。当作破，或作获。”

〔二〕程炎震云：“隆安三年十二月，桓玄袭江陵，荆州刺史殷仲堪、南蛮校尉杨佺期并遇害。盖玄以南郡公为广州，并殷得荆州，并杨得雍州，又争得桓修之江州，故有五处俱贺之事。此注未晰。”

104 桓玄下都〔一〕，羊孚时为兖州别驾，从京来诣门，笺云：“自顷世故睽离，心事沦蕴。明公启晨光于积晦，澄百流以一源。”桓见笺，驰唤前，云：“子道，子道，来何迟？”即用为记室参军〔二〕。孟昶别见。为刘牢之主簿，续晋阳秋曰：“牢之字道坚，彭城人，世以将显。父遁〔三〕，征虏将军。牢之沈毅多计，数为谢玄参军。苻坚之役，以骁猛成功。及平王恭，转徐州刺史。桓玄下都，以牢之为前锋，行征西将军。玄至归降，用为会稽内史。欲解其兵，奔而缢死。”诣门谢，见云：“羊侯，羊侯，百口赖卿!”

【笺疏】

〔一〕程炎震云:“元兴元年三月,桓玄入京师。”

〔二〕程炎震云:“玄自称太尉,此是太尉记室参军。”

〔三〕李慈铭云:“案遁当作建,晋书作建。”

世说新语卷中之上

方正第五

1　陈太丘与友期行，期日中。过中不至，太丘舍去，去后乃至。元方时年七岁〔一〕，门外戏。陈寔及纪，并已见。客问元方："尊君在不?"答曰："待君久不至，已去。"友人便怒曰："非人哉！与人期行，相委而去。"元方曰："君与家君期日中。日中不至，则是无信；对子骂父，则是无礼。"友人惭，下车引之。元方入门不顾。

【笺疏】

〔一〕程炎震云："古文苑邯郸淳撰陈纪碑云：'年七十一，建安四年卒。'则七岁是顺帝阳嘉四年乙亥，太丘年三十四。"嘉锡案：据后汉书陈寔传：寔为司空，黄琼所辟。始补闻喜长，当在桓帝元嘉以后（详见政事篇"陈元方年十一"条下），寔年已四十馀矣。除太丘长，又在其后。元方七岁时，寔尚未出仕，此称太丘，盖追叙之辞。

2　南阳宗世林[一]，魏武同时，而甚薄其为人，不与之交。及魏武作司空，总朝政，从容问宗曰："可以交未？"答曰："松柏之志犹存。"世林既以忤旨见疏，位不配德。文帝兄弟每造其门，皆独拜床下，其见礼如此[二]。楚国先贤传曰："宗承字世林，南阳安众人。父资[三]，有美誉。承少而修德雅正，确然不群，征聘不就，闻德而至者如林。魏武弱冠，屡造其门，值宾客猥积，不能得言。乃伺承起，往要之，捉手请交，承拒而不纳。帝后为司空，辅汉朝，乃谓承曰：'卿昔不顾吾，今可为交未？'承曰：'松柏之志犹存。'帝不说，以其名贤，犹敬礼之。敕文帝修子弟礼，就家拜汉中太守。武帝平冀州，从至邺，陈群等皆为之拜。帝犹以旧情介意，薄其位而优其礼，就家访以朝政，居宾客之右。文帝征为直谏大夫。明帝欲引以为相，以老固辞。"

【笺疏】

〔一〕程炎震云："御览三十七引宋躬孝子传曰：'宗承字世林，父资丧，葬旧茔，负土作坟，不役僮仆。一夕间土壤高五尺，松竹生焉。'魏志十荀攸传注引汉末名士录曰：'袁术与南阳宗承会于阙下，术发怒曰："何伯求凶德也，吾当杀之！"承曰："何生英俊之士，足下善遇之，使延令名于天下。"术乃止。'"李详云："详案：晋书七十五王述传称其'曾祖魏司空昶白笺于文帝曰：昔与南阳宗世林共为东宫官属。世林少得好名，州里瞻敬，及其年老，汲汲自厉，时人咸共笑之。'此疑是昶爱憎之言。"程炎震笺亦引此节，惟末云"当即此人"。

〔二〕嘉锡案：宗承少而薄操之为人，老乃食丕之禄，不愿为汉司空之友，顾甘为魏皇帝之臣。魏、晋人所谓方正者，大抵如此。东汉节义之风，其存焉者盖寡矣。

〔三〕后汉书党锢传序云："汝南太守宗资任功曹范滂，郡为谣曰：'汝南太守范孟博，南阳宗资主画诺。'"注引谢承书曰："宗资字叔都，南阳安众人也。御史中丞、汝南太守，署范滂为功曹，委任政事，推功于滂，不伐其美。任善之名，闻于海内也。"

3 魏文帝受禅，陈群有慽容〔一〕。帝问曰："朕应天受命，卿何以不乐？"群曰："臣与华歆，服膺先朝，今虽欣圣化，犹义形于色。"〔二〕华峤谱叙曰："魏受禅，朝臣三公以下，并受爵位。华歆以形色忤时，徙为司空〔三〕，不进爵。文帝久不怿，以问尚书令陈群曰：'我应天受命，百辟莫不说喜，形于声色；而相国及公独有不怡者，何邪？'群起离席长跪曰：'臣与相国曾事汉朝，心虽说喜，义干其色〔四〕，亦惧陛下，实应见憎。'帝大说，叹息良久，遂重异之。"

【笺疏】

〔一〕李慈铭云："案陈群自比孔父，义形于色。可谓不识羞耻，颜孔厚矣！疑群尔时尚未能为此语。与其子泰对司马昭'但见其上'之言，皆出其子弟门生妄相附会。如华峤谱叙称其祖'歆以形色忤时'，狗面人言，何足取信！"容斋随笔卷十曰："夫曹氏篡汉，忠臣义士之所宜痛心疾首，纵力不能讨，忍复仕其朝为公卿乎？歆、群为一世之贤，所立不过如是。盖自党锢祸起，天下贤士大夫如李膺、范滂之徒，屠戮殆尽，故所存者，如是而已！士风不竞，悲夫！"嘉锡案：华歆为曹操勒兵入宫收伏后，坏户发壁牵后出，躬行弑逆。是亦魏之贾充，何至"以形色忤时"！歆、群累表劝进，安得复有戚容？莼客以为出于其子孙所附会，当矣。容斋以二人为一世之贤，犹未免流俗之见也。

〔二〕公羊桓二年传云："宋督弑其君与夷及其大夫孔父。此何以书？贤也。何贤乎孔父？孔父可谓义形于色矣。其义形于色奈何？督将弑殇公，孔父生而存，则殇公不可得而弑也，故于是攻孔父之家。殇公知孔父死，己必死，趋而救之，皆死焉。孔父正色而立于朝，则人莫敢过而致难于其君者，孔父可谓义形于色矣。"

〔三〕程炎震云："魏志十三华歆传注司空作司徒。"

〔四〕程炎震云："魏志注干作形。"

4　郭淮作关中都督，甚得民情，亦屡有战庸。魏志曰："淮字伯济，太原阳曲人。建安中，除平原府丞。黄初元年，奉使贺文帝践阼，而稽留不及。群臣欢会，帝正色责之曰：'昔禹会诸侯于涂山，防风氏后至，便行大戮。今溥天同庆，而卿最留迟，何也？'淮曰：'臣闻五帝先教，导民以德，夏后政衰，始用刑辟。今臣遭唐、虞之世，是以知免防风氏之诛。'帝说之，擢为雍州刺史，迁征西将军。淮在关中三十馀年，功绩显著，迁仪同三司，赠大将军。"淮妻，太尉王凌之妹，坐凌事当并诛。魏略曰："凌字彦云，太原祁人。历司空、太尉、征东将军。密欲立楚王彪，司马宣王自讨之。凌自缚归罪，遥谓太傅曰：'卿直以折简召我，我当不至邪？'太傅曰：'以卿非肯逐折简者也。"遂使人送至西。凌自知罪重，试索棺钉，以观太傅意，太傅给之。凌行至项城，夜呼掾属与决曰：'行年八十，身名俱灭。命邪！'遂自杀。"使者征摄甚急，淮使戒装，克日当发。州府文武及百姓劝淮举兵，淮不许。至期，遣妻，百姓号泣追呼者数万人。行数十里，淮乃命左右追夫人还，于是文武奔驰，如徇身首之急。既至，淮与宣帝书曰："五子哀恋，思念其母，其母既亡，则无五子。五子若殒，亦复无淮。"宣帝乃表，特原淮妻。世语曰："淮妻当从坐，侍御史往收。督将及羌胡渠帅数千人叩头，请淮上表留妻，淮不从。妻上道，莫不流涕，人人扼腕，欲劫留之。淮五子叩头流血请淮，淮不忍视，乃命追之，于是数千骑往追还。淮以书白司马宣王曰：'五子哀母，不惜其身。若无其母，是无五子，五子若亡，亦无淮也。今辄追还，若于法未通，当受罪于主者。'书至，宣王乃表原之。"

【校文】

注"三十馀年"　"三"，景宋本及沈本作"二"。

5　诸葛亮之次渭滨，关中震动。蜀志曰："亮字孔明，琅邪阳都人。客于荆州，躬耕陇亩，好为梁甫吟。长八尺，每自比管仲、乐毅，时人莫之许也。惟博陵崔州平、颍川徐元直谓为信然。先主屯新野，徐庶见先主曰：'诸葛孔明，卧龙也。将军岂愿见之乎？'先主曰：'君与俱来。'庶曰：'此人可就见，不可屈致也。'先主遂诣亮，谓关羽、张飞曰：'孤之有孔明，犹鱼之有水也。'累迁丞相、益州牧。率众北征，卒于渭南。"魏明帝深惧晋宣王战，乃遣辛毗为军司马。魏志曰："毗字佐治，颍川阳翟人。累迁卫尉。"宣王既与亮对渭而陈，亮设诱谲万方。宣王果大忿，将欲应之以重兵。亮遣间谍觇之，还曰："有一老夫，毅然仗黄钺，当军门立，军不得出。"亮曰："此必辛佐治也。"〔一〕晋阳秋曰："诸葛亮寇于郿，据渭水南原，诏使高祖拒之。亮善抚御，又戎政严明，且侨军远征，粮运艰涩，利在野战。朝廷每闻其出，欲以不战屈之，高祖亦以为然。而拥大军御侮于外，不宜远露怯弱之形以亏大势，故秣马坐甲，每见吞并之威。亮虽挑战，或遗高祖巾帼。巾帼，妇女之饰，欲以激怒，冀获曹咎之利。朝廷虑高祖不胜忿愤，而卫尉辛毗骨鲠之臣，帝乃使毗仗节为高祖军司马。

亮果复挑战，高祖乃奋怒，将出应之，毗仗节中门而立，高祖乃止。将士闻见者益加勇锐。识者以人臣虽拥众千万而屈于王人，大略深长，皆如此之类也。”

【笺疏】

〔一〕嘉锡案：蜀志亮传注引汉晋春秋曰：“亮自至，数挑战，宣王亦表固请战，使卫尉辛毗持节以制之。姜维谓亮曰：‘辛佐治仗节而到，贼不复出矣。’亮曰：‘彼本无战情，所以固请战者，以示武于其众耳。将在军，君命有所不受，苟能制吾，岂千里而请战耶？’”亮之此言，深得老贼之情。故唐修晋书亦载之宣纪。朱子语类一百三十六曰：“司马懿甚畏孔明，便使得辛毗来，遏令不出兵，其实是不敢出也。”斯言当矣。盖懿自审战则必败，畏蜀如虎，故惟深沟高垒以自保。然以坐拥大军而显露怯弱之形，群情愤激，怨谤纷然，乃不得不累表请战以弭谤。睿心知其然，遂使辛毗至军，假君命以威众。君臣上下，相与为伪，设为此谋，以老蜀师。佐治之仗节当门，装模作样，不过傀儡登场，听人提掇耳。唐太宗御撰宣帝论曰：“既而拥众西举，与诸葛相持。抑其甲兵，本无斗志。遗其巾帼，方发愤心。杖节当门，雄图顿屈。请战千里，诈欲示威。”程炎震云：“魏志毗传云：‘青龙二年，诸葛亮率众出渭南。先是，大将军司马宣王数请与亮战，明帝终不听。是岁，恐不能禁，乃以毗为大将军军师，使持节。’晋书宣纪亦云：‘辛毗仗节为军师。’通典二十九曰：‘初隗嚣军中尝置军师，至魏武帝又置师官四人。晋避景帝讳，改为军司，凡诸军皆置之。’炎震案：此及注文军司马并衍马字。盖毗在魏世，自是军师。临川或沿袭晋人习用语以为司，浅人不知，妄添马字。魏、晋以后，虽以司马为军府之官，然不名军司马也。”

6 夏侯玄既被桎梏，魏氏春秋曰："玄字太初，谯国人，夏侯尚之子，大将军前妻兄也。风格高朗，弘辩博畅。正始中，护军〔一〕。曹爽诛，征为太常。内知不免，不交人事，不畜笔研。及太傅薨，许允谓玄曰：'子无复忧矣！'玄叹曰：'士宗，卿何不见事乎？此人尤能以通家年少遇我，子元、子上不吾容也。'后中书令李丰恶大将军执政，遂谋以玄代之。大将军闻其谋，诛丰，收玄送廷尉。"干宝晋纪曰："初，丰之谋也，使告玄，玄答曰：'宜详之尔！'不以闻也，故及于难。"时锺毓为廷尉，锺会先不与玄相知，因便狎之。玄曰："虽复刑馀之人，未敢闻命！"世语曰："玄至廷尉，不肯下辞，廷尉锺毓自临履玄。玄正色曰：'吾当何辞？为令史责人邪？卿便为吾作。'〔二〕毓以玄名士，节高不可屈，而狱当竟，夜为作辞，令与事相附。流涕以示玄，玄视之曰：'不当若是邪？'锺会年少于玄，玄不与交，是日于毓坐狎玄，玄正色曰：'锺君，何得如是！'"名士传曰："初，玄以锺毓志趣不同，不与之交。玄被收时，毓为廷尉，执玄手曰：'太初何至于此？'玄正色曰：'虽复刑馀之人，不可得交。'"按：郭颁西晋人，时世相近，为晋魏世语，事多详核。孙盛之徒皆采以著书，并云玄距锺会。而袁宏名士传最后出，不依前史，以为锺毓，可谓谬矣。考掠初无一言，临刑东市，颜色不异。魏志曰："玄格量弘济，临斩，颜色不异，举止自若。"

【校文】

注"此人尤能以通家年少遇我"　"尤"，景宋本及沈本作"犹"。

【笺疏】

〔一〕李慈铭云："案魏志夏侯玄传：玄正始中为护军，出为征西将军，都督雍、凉州诸军事。曹爽诛，征为大鸿胪。数年徙太常。此处'护军'上有脱字。曹爽以大将军辅政，玄为爽之姑子也。"

〔二〕李慈铭云："案玄传注引世语作'锺毓自临治玄，玄正色责毓曰："吾当何辞？卿为令史责人也，卿便为吾作。"'此处治作履，为令史上脱卿字，皆误。”程炎震云：“通鉴七十六胡注曰：‘自汉以来，公府有令史，廷尉则有狱史耳。’玄盖责毓以身为九卿，乃承公府指，自临治我，是为公府令史而责人也。”

7 夏侯泰初与广陵陈本善。本与玄在本母前宴饮，世语曰：“本字休元，临淮东阳人。”魏志曰：“本，广陵东阳人。父矫，司徒。本历郡守、廷尉。所在操纲领，举大体，能使群下自尽，有率御之才。不亲小事，不读法律，而得廷尉之称。迁镇北将军。”本弟骞晋阳秋曰：“骞字休渊，司徒第二子，无謇谔风，滑稽而多智谋。仕至大司马。”行还，径入，至堂户。泰初因起曰：“可得同，不可得而杂。”〔一〕名士传曰：“玄以乡党贵齿，本不论德位，年长者必为拜。与陈本母前饮，骞来而出，其可得同，不可得而杂者也。”

【笺疏】

〔一〕御览四百九十八引习凿齿汉晋春秋曰：“陈蹇兄丕，有名于世，与夏侯玄亲交。玄拜其母，蹇时为中领军，闻玄会于其家，悦而归，既入户，玄曰：‘相与未至于此。’蹇当户立良久，曰：‘如君言。’乃趋而出，意气自若。玄大以此知之。”嘉锡案：蹇者骞之误，丕者本之误也。以骞之为人，太初视之，盖不啻粪土，而习氏翻谓大为太初所知，其言附会，不足信。

8 高贵乡公薨，内外喧哗。魏志曰：“高贵乡公讳髦，字彦士，文帝孙，东海定王霖之子也。初封郯县。高贵乡公好学夙成。齐王废，群臣迎之，即皇帝位。”汉晋春秋曰：“自曹芳事后，魏人省彻宿卫，无复铠甲，诸门戎兵，老弱而已。曹髦见威权日去，不胜其忿，召侍中王沈、尚书王经、散骑常侍王业谓曰：‘司马昭之心，路人所知也。吾不能坐受废辱，今日当与卿自出讨之。'王经谏不听，乃出怀中板令投地曰：'行之决矣！正使死，何所恨！况不必死邪！'于是入白太后。沈、业奔走告昭，昭为之备。髦遂率僮仆数百，鼓噪而出。昭弟屯骑校尉伷入，遇髦于东止车门，左右诃之，伷众奔走。中护军贾充又逆髦，战于南阙下。髦自用剑，众欲退。太子舍人成济问充曰：'事急矣！当云何？'充曰：'公畜汝等，正为今日。今日之事，无所问也。'济即前刺髦，刃出于背。"魏氏春秋曰："帝将诛大将军，诏有司复进位相国，加九锡。帝夜自将冗从仆射李昭、黄门从官焦伯等下陵云台，铠仗授兵，欲因际会，遣使自出致讨〔一〕，会雨而却。明日，遂见王经等，出黄素诏于怀曰：'是可忍也，孰不可忍？今当决行此事。'帝遂拔剑升辇，率殿中宿卫仓头官僮，击战鼓，出云龙门。贾充自外而入，帝师溃散，帝犹称天子，手剑奋击，众莫敢逼。充率厉将士，骑督成倅、弟济以矛进，帝崩于师。时暴雨，雷电晦冥。"司马文王问侍中陈泰曰〔二〕：魏志曰："泰字玄伯，司空群之子也。""何以静之？"泰云："唯杀贾充，以谢天下。"文王曰："可复下此不？"对曰："但见其上，未见其下。"干宝晋纪曰："高贵乡公之杀，司马文王召朝臣谋其故，太常陈泰不至〔三〕，使其舅荀顗召之，告以可不。泰曰：'世之论者，以泰方于舅，今舅不如泰也。'子弟内外咸共逼之，垂涕而入。文王待之曲室，谓曰：'玄伯，卿何以处我？'对曰：'可诛贾充以谢天下。'文王曰：'为吾更思其次。'泰曰：'惟有进于此，不知其次。'文王乃止。"汉晋春秋曰："曹髦之薨，司马昭闻之，自投于地曰：'天下谓我何？'于是召百官议其事。昭垂涕问陈泰曰：'何以居我？'泰曰：'公光辅数世，功盖天下，谓当并迹古人，垂美于后，一旦有杀君之事，不亦惜乎！速斩贾充，犹可以自明也。'昭曰：'公闾不可得杀也，卿更思馀计。'泰厉声曰：'意惟有进于此耳，馀无足委者也。'归而自杀。"魏氏春秋曰："泰劝大将军诛贾充，大将军曰：'卿更思其他。'泰曰：'岂可使泰复发后言。'遂呕血死。"

【笺疏】

〔一〕程炎震云:"魏志高贵乡公传注无遣使二字。"

〔二〕程炎震云:"据泰传时为尚书左仆射,不云加侍中。"

〔三〕程炎震云:"魏志陈泰传裴注曰:'案本传,泰不为太常,未详干宝所由知之。'"

9　和峤为武帝所亲重,语峤曰:"东宫顷似更成进,卿试往看。"还问:"何如?"答云:"皇太子圣质如初。"

晋诸公赞曰:"峤字长舆,汝南西平人。父逌,太常,知名。峤少以雅量称,深为贾充所知,每向世祖称之。历尚书、太子少傅。"干宝晋纪曰:"皇太子有醇古之风,美于信受。侍中和峤数言于上曰:'季世多伪,而太子尚信,非四海之主。忧太子不了陛下家事,愿追思文、武之阼。'上既重长適,又怀齐王,朋党之论弗入也。后上谓峤曰:'太子近入朝,吾谓差进,卿可与荀侍中共往言。'及颉奉诏还,对上曰:'太子明识弘新,有如明诏。'问峤,峤对曰:'圣质如初。'上默然。"晋阳秋曰:"世祖疑惠帝不可承继大业,遣和峤、荀勖往观察之。既见,勖称叹曰:'太子德更进茂,不同于故。'峤曰:'皇太子圣质如初,此陛下家事,非臣所尽。'天下闻之,莫不称峤为忠,而欲灰灭勖也。"按:荀颉清雅,性不阿谀。校之二说,则孙盛为得也〔一〕。

【校文】

注"文武之阼"　"阼",景宋本及沈本作"祚"。

【笺疏】

〔一〕程炎震云:"与和峤同往观太子者,干宝以为荀颉,孙盛以为荀勖,王隐亦以为荀勖。晋书勖传与王隐、孙盛同。盖取刘氏此注也。峤传则并举颉、勖二人,殊罕裁断。惟裴松之注三国志荀彧传云'和峤为侍中,荀颉亡没久矣。荀勖位亚台司,不与峤同班,无缘方称侍中。二书所云皆非也。考其时位，恺实当之，恺位至征西大将军。'其辨确矣。刘氏于孔融二儿事引世语说，以惑孙盛之伤理。而此未及引，或亦偶有不照欤？王隐说见御览一百四十八太子门。"嘉锡案：恺，荀彧之曾孙，魏志附见彧传。裴注先引荀氏家传曰："恺，晋武帝时为侍中"，然后引干宝、孙盛之说，而辨其不然。盖以据荀氏家传，惟恺与和峤同时为侍中也。程氏不引家传，则"考其时位，恺实当之"二语，不知所谓，今为补出。

10　诸葛靓后入晋，除大司马，召不起〔一〕。以与晋室有雠，常背洛水而坐。与武帝有旧，帝欲见之而无由，乃请诸葛妃呼靓。既来，帝就太妃间相见〔二〕。礼毕，酒酣，帝曰："卿故复忆竹马之好不？"靓曰："臣不能吞炭漆身，今日复睹圣颜。"因涕泗百行。帝于是惭悔而出。

晋诸公赞曰："吴亡，靓入洛，以父诞为太祖所杀，誓不见世祖。世祖叔母琅邪王妃，靓之姊也。帝后因靓在姊间，往就见焉，靓逃于厕中，于是以至孝发名。时嵇康亦被法，而康子绍死荡阴之役。谈者咸曰：'观绍、靓二人，然后知忠孝之道，区以别矣。'"〔三〕

【笺疏】

〔一〕程炎震云："晋书诸葛恢传云：'父靓奔吴，为大司马。吴平，逃窜不出。武帝与靓有旧云云。诏以为侍中，固辞不拜。'此'除大司马，召不起'七字有误。"

〔二〕程炎震云："平吴之役，瑯玡王伷出涂中，靓归命于伷。见晋书伷传。靓姊即伷妃。此云太妃，或于太康四年伷薨后，始与武帝相见耳。"

〔三〕嘉锡案：靓姊为司马懿子琅邪王伷妃，伷先封东莞王。晋书伷传：

"伷长子恭王觐，字思祖。"考书钞六十三、御览二百四十二引晋武起居注均作"东莞王世子瑾"。则觐本名瑾，乃与诸葛子瑜同名。其字思祖，欲令思其外祖也。三子繇字思玄。诸葛亮传称"亮从父玄"，本书品藻篇称"诞为瑾、亮之从弟"，则诞盖玄之子。思玄者，欲令思其外曾祖也。御览三百七十六引魏末传曰："诸葛诞杀文钦。及城陷，钦子鸯、虎先入杀诞，啖其肝。"魏志诸葛诞传注曰："鸯一名俶。"又引晋诸公赞曰："东安公繇，诸葛诞外孙。欲杀俶，因诛杨骏，诬俶谋逆，遂夷三族。"按晋书伷传："繇诛俶后，始遭母丧。"则繇之此举，疑出诸葛妃之意，使其子杀俶，以报父雠。然则不独靓为孝子，即其姊亦孝女也。诸葛氏之世泽，可谓远矣。然傅畅没在胡中，为石勒之臣，乃著诸公赞，降志辱身，何足以议绍？

11　武帝语和峤曰："我欲先痛骂王武子，然后爵之。"峤曰："武子俊爽，恐不可屈。"帝遂召武子，苦责之，因曰："知愧不？"晋诸公赞曰："齐王当出藩，而王济谏请无数，又累遣常山主与妇长广公主共入稽颡[一]，陈乞留之。世祖甚恚，谓王戎曰：'我兄弟至亲，今出齐王，自朕家计，而甄德、王济连遣妇人来，生哭人邪？济等尚尔，况馀者乎？'济自此被责，左迁国子祭酒。"武子曰："'尺布斗粟'之谣，常为陛下耻之！汉书曰："淮南厉王长，高祖少子也。有罪，文帝徙之于蜀，不食而死。民作歌曰：'一尺布，尚可缝；一斗粟，尚可舂。兄弟二人，不能相容。'瓒注曰：'言一尺布帛，可缝而共衣；一斗米粟，可舂而共食。况以天下之广，而不相容也。'"它人能令疏亲，臣不能使亲疏[二]，以此愧陛下。"

【校文】

注“以天下之广”　景宋本及沈本作“以天子之属”。

【笺疏】

〔一〕李慈铭云：“案王济尚常山公主。晋书济传称：‘济既谏请，又累使公主及甄德妻长广公主俱入稽颡泣请。’此注下亦有甄德、王济云云，盖此处常山下脱公字，与下脱甄德二字。”

〔二〕程炎震云：“晋书济传作‘他人能亲疏，臣不能使亲亲。”

12　杜预之荆州，顿七里桥〔一〕，朝士悉祖。王隐晋书曰：“预字元凯，京兆杜陵人，汉御史大夫延年十一世孙。祖畿，魏太保。父恕，幽州、荆州刺史。预智谋渊博，明于治乱，常称立德者非所企及，立功、立言所庶几也。累迁河南尹，为镇南将军，都督荆州诸军事，镇襄阳。以平吴勋封当阳侯。预无伎艺之能，身不跨马，射不穿札，而每有大事，辄在将帅之限。赠征南将军，仪同三司。”预少贱〔二〕，好豪侠，不为物所许。杨济既名氏〔三〕，雄俊不堪〔四〕，不坐而去。八王故事曰：“济字文通，弘农人，杨骏弟也。有才识，累迁太子太保，与骏同诛。”须臾，和长舆来，问：“杨右卫何在？”客曰：“向来，不坐而去。”长舆曰：“必大夏门下盘马。”往大夏门，果大阅骑，长舆抱内车，共载归，坐如初。

【笺疏】

〔一〕程炎震云：“晋书预传：‘预以羊祜荐，以本官领征南军师。’武纪：‘咸宁四年十一月，杜预都督荆州诸军事。”武纪：‘泰始十年十一月，立城东七里涧石桥。’”洛阳伽蓝记二曰：“崇义里东有七里桥，以石为之。中朝时，杜预之荆州，出顿之所也。”案据伽蓝记：“洛阳城东面北头第一门曰建春门。门外御道北名建阳里。建阳里东有绥民里。绥民里东，即崇义里也。”

〔二〕嘉锡案：预为杜延年十一世孙，系出名家。祖、父仕魏，亦皆贵显。而谓之少贱者，据晋书预传言“其父与宣帝不相能，遂以幽死。预久不得调，故少长贫贱”。魏志杜畿传不言恕与司马懿不相能。第谓恕为征北将军程喜所劾奏，下廷尉，当死。以父畿勤事水死，免为庶人，徙章武郡。裴注引杜氏新书，亦只言程喜深文劾恕，不及司马懿。盖恕之得罪，实出懿意。杜氏子孙不欲言其祖与司马氏不协，故讳之耳。预于司马昭嗣立后，得尚昭妹高陆公主，始起家拜尚书郎，袭祖爵，遂以功名自奋。预卒于太康五年，年六十三，则当生于魏黄初三年。

〔三〕程炎震云：“济为右卫将军，本传不载，盖略之。”

〔四〕李慈铭云：“案‘雄俊不堪’四字有误。”

13 杜预拜镇南将军，朝士悉至，皆在连榻坐。语林曰：“中朝方镇还，不与元凯共坐。预征吴还，独榻，不与宾客共也。”〔一〕时亦有裴叔则。羊稺舒后至，曰：“杜元凯乃复连榻坐客！”不坐便去。晋诸公赞曰：“羊琇字稺舒，泰山人。通济有才干，与世祖同年相善，谓世祖曰：‘后富贵时，见用作领护军各十年。’世祖即位，累迁左将军、特进。”杜请裴追之，羊去数里住马，既而俱还杜许〔二〕。

【笺疏】

〔一〕程炎震云：“按预传，拜镇南在赴荆之后，则朝士无缘悉至也。注引语林云征吴还为是。晋书羊琇传悉取此文，自与预传违伐矣。”

〔二〕嘉锡案：晋书琇为司马师妻景献皇后之从父弟，杨济亦司马炎妻武悼皇后之叔父，与杜预并晋室懿亲。预功名远出其上，而二人皆鄙预如此者，盖以预为罪人之子，出身贫贱，故不屑与之同坐也。此为挟贵而骄，不当列于方正之篇。又案：此出郭子，见书钞一百三十三。

14 晋武帝时，荀勖为中书监，虞预晋书曰："勖字公曾，颍川颍阴人，汉司空爽曾孙也。十馀岁能属文，外祖锺繇曰：'此儿当及其曾祖。'为安阳令，民生为立祠。累迁侍中、中书监。"和峤为令。故事，监、令由来共车，峤性雅正，常疾勖谄谀。王隐晋书曰："勖性佞媚，誉太子，出齐王。当时私议，损国害民，孙、刘之匹也。后世若有良史，当著佞幸传。"后公车来，峤便登，正向前坐〔一〕，不复容勖。勖方更觅车，然后得去。监、令各给车自此始。曹嘉之晋纪曰："中书监、令常同车入朝。至和峤为令，而荀勖为监，峤意强抗，专车而坐，乃使监、令异车，自此始也。"

【笺疏】

〔一〕吴承仕曰："登车正向前坐，此时已不立乘矣。"

15 山公大儿著短帢，车中倚。武帝欲见之，山公不敢辞，问儿，儿不肯行。时论乃云胜山公〔一〕。晋诸公赞曰："山该字伯伦，司徒涛长子也。雄有器识，仕至左卫将军。"

【校文】

注"雄有器识"　"雄"，景宋本及沈本作"雅"。

【笺疏】

〔一〕李慈铭云："案晋书山涛传以为'涛第三子允，少尪病，形甚短小。武帝欲见之，涛不敢辞，以问允，允自以尪陋不肯行，涛以为胜己。'与此互异。"嘉锡案：晋书涛传："涛五子：该、淳、允、谟、简。”此称山公大儿，自是该事。详其文义，该所以不肯行者，即因著帢之故，别无馀事。御览三百七十八引臧荣绪晋书曰：“山涛子淳、元尫疾不仕，世祖闻其短小而聪敏，欲见之。涛面答：‘淳、元自谓形容宜绝人事，不肯受诏。’论者奇之。”元盖允之误。其说与世说不同，或者各为一事也。而唐修晋书兼采两说，合为一事，曰“淳、允并少尫病，形甚短小，而聪敏过人。武帝闻而欲见之。涛不敢辞，以问于允，允自以尫陋不肯行，涛以为胜己。”其文左右采获，使两书所载皆失其真，可谓大误。程炎震云：“晋书舆服志：‘成帝咸和九年制：听尚书八座丞郎门下三省侍官乘车，白帢低帏，出入掖门。又二宫直官著乌纱帢。’则前此者，王人虽宴居著帢，不得以见天子。故山该不肯行耳。”

16　向雄为河内主簿，有公事不及雄，而太守刘淮横怒〔一〕，遂与杖遣之。雄后为黄门郎，刘为侍中，初不交言。武帝闻之，敕雄复君臣之好，雄不得已，诣刘，再拜曰：“向受诏而来，而君臣之义绝，何如？”〔二〕于是即去。武帝闻尚不和，乃怒问雄曰：“我令卿复君臣之好，何以犹绝？”汉晋春秋曰：“雄字茂伯，河内人。”世语曰：“雄有节概，仕至黄门郎、护军将军。”按：王隐、孙盛不与故君相闻议曰：“昔在晋初，河内温县领校向雄，送御牺牛，不先呈郡，辄随比送洛。值天大热，郡送牛多暍死。台法甚重，太守吴奋召雄与杖〔三〕，雄不受杖，曰：‘郡牛者亦死也，呈牛者亦死也。’奋大怒，下雄狱，将大治之。会司隶辟雄都官从事，数年，为黄门侍郎。奋为侍中，同省，相避不相见。武帝闻之，给雄酒礼，使诣奋解，雄乃奉诏。”此则非刘淮也。晋诸公赞曰：“淮字君平，沛国杼秋人。少以清正称。累迁河内太守、侍中、尚书仆射、司徒。”雄曰：“古之君子，进人以礼，退人以礼；今之君子，进人若将加诸鄰，退人若将坠诸渊。臣于刘河内，不为戎首，亦已幸甚，安复为君臣之好？”武帝从之〔四〕。

礼记曰：“穆公问于子思曰：‘为旧君反服，古邪？’子思曰：‘古之君子，进人以礼，退人以礼，故有旧君反服之礼；今之君子，进人若将加诸鄰，退人若将坠诸渊。无为戎首，不亦善乎，又何反服之有？’”郑玄曰：“为兵主求攻伐，故曰戎首也。”

【校文】

“加诸鄰”　“鄰”，景宋本作“膝”。

注“求攻伐”　“求”，景宋本及沈本俱作“来”。

【笺疏】

〔一〕程炎震云：“淮字君平，则淮当作準，因準省为准，故误为淮耳。”

〔二〕程炎震云：“何如，晋书雄传作如何。是也。”

〔三〕程炎震云：“吴奋为河内太守，亦见晋书孙铄传。”

〔四〕程炎震云：通典九十九引王隐议曰：“礼虽云：‘君不君，臣不可以不臣。当为小恶也，三谏不从则去，不见齿于其君，则不敢立其朝。’至于仲子称‘人以国士遇我，我以国士报之；以凡人遇我，我以凡人报之’。此犹轻于戎首，则可逢而避之，至死不往可也。雄无诏敕逢避，未可非也。”嘉锡案：通典于王隐议前叙雄、奋事，与刘注所引同，但较略耳。盖隐为此议先具其事之始末，以为缘起也。其孙盛议叙事同，而议则亡矣。李慈铭云：“案晋书向雄传言太守刘毅常以非罪笞雄，及吴奋代毅为太守，又以小谴系雄于狱。司隶锺会于狱中辟雄为都官从事，后为黄门侍郎。时吴奋、刘毅俱为侍中，同在门下，雄初不交言。武帝敕雄复君臣之好，雄不得已，乃诣毅再拜云云。与此又异。考刘毅传，未尝为河内太守。盖唐人修晋书，杂采诸说，既并两事一之，又误淮为毅，前云吴奋、刘毅两人同为侍中，后止云诣毅再拜，皆不合也。”

17 齐王冏为大司马辅政，虞预晋书曰：“冏字景治，齐王攸子也。少聪惠，及长，谦约好施。赵王伦篡位，冏起义兵诛伦，拜大司马，加九锡，政皆决之。而恣用群小，不复朝觐，遂为长沙王所诛。”嵇绍为侍中，诣冏咨事。冏设宰会〔一〕，召葛旟齐王官属名曰：“旟字虚旟，齐王从事中郎。”晋阳秋曰：“齐王起义，转长史。既克赵王伦，与董艾等专执威权。冏败，见诛。”董艾等八王故事曰：“艾字叔智，弘农人。祖遇，魏侍中。父绥，祕书监。艾少好功名，不修士检。齐王起义，艾为新汲令，赴军，用艾领右将军。王败，见诛。”共论时宜〔二〕。旟等白冏：“嵇侍中善于丝竹，公可令操之。”遂送乐器。绍推却不受。冏曰：“今日共为欢，卿何却邪？”绍曰：“公协辅皇室，令作事可法。绍虽官卑，职备常伯。操丝比竹，盖乐官之事，不可以先王法服，为伶人之业。今逼高命，不敢苟辞，当释冠冕，袭私服，此绍之心也。”旟等不自得而退。

【校文】

注“父绥”　“绥”，景宋本作“绥”。

【笺疏】

〔一〕程炎震云：“宰会字恐误，晋书绍传作谯会。”

〔二〕晋书齐王冏传云：“封葛旟为牟平公。”嘉锡案：冏传称龙骧将军董艾。又载河间王颙表曰：“董艾放纵，无所畏忌。中丞按奏，而取退免。葛旟小竖，维持国命，操弄王爵，货赂公行，群奸聚党，擅断杀生，密署腹心，实为货谋，斥罪忠良，伺窥神器。”

18　卢志于众坐世语曰："志字子通，范阳人，尚书珽少子。少知名，起家鄴令，历成都王长史、卫尉卿、尚书郎。"问陆士衡："陆逊、陆抗，是君何物？"抗已见。吴书曰："逊字伯言，吴郡人，世为冠族。初领海昌令，号神君，累迁丞相。"答曰："如卿于卢毓、卢珽。"魏志曰："毓字子家，涿人。父植，有名于世。累迁吏部郎、尚书。选举，先性行而后言才，进司空。珽，咸熙中为泰山太守，字子笏，位至尚书。"士龙失色。云别见。既出户，谓兄曰："何至如此，彼容不相知也？"士衡正色曰："我父祖名播海内，宁有不知，鬼子敢尔！"孔氏志怪曰："卢充者，范阳人。家西三十里有崔少府墓。充先冬至一日，出家西猎，见一獐，举弓而射，即中之。獐倒而复起，充逐之，不觉远。忽见一里门如府舍，门中一铃下有唱家前〔一〕。充问：'此何府也？'答曰：'少府府也。'充曰：'我衣恶，那得见贵人？'即有人提襆新衣迎之。充著尽可体，便进见少府，展姓名。酒炙数行，崔曰：'近得尊府君书，为君索小女婚，故相延耳。'即举书示充。充，父亡时虽小，然已见父手迹，便歔欷无辞。崔即敕内，令女郎庄严，使充就东廊。充至，妇已下车，立席头，共拜。为三日毕，还见崔。崔曰：'君可归矣。女有娠相，生男，当以相还；生女，当留自养。'敕外严车送客。崔送至门，执手零涕，离别之感，无异生人。复致衣一袭，被褥一副。充便上车，去如电逝，须臾至家。家人相见，悲喜推问，知崔是亡人，而入其墓，追以懊惋。居四年，三月三日临水戏，忽见一犊车，乍浮乍没。既上岸，充往开车后户，见崔氏女与三岁男儿共载。充见之忻然，欲捉其手。女举手指后车曰：'府君见人。'即见少府，充往问讯。女抱儿还充，又与金盌，别，并赠诗曰：'煌煌灵芝质，光丽何猗猗！华艳当时显，嘉异表神奇。含英未及秀，中夏罹霜萎。荣曜长幽灭，世路永无施。不悟阴阳运，哲人忽来仪。会浅离别速，皆由灵与祇。何以赠余亲，金盌可颐儿。爱恩从此别，断绝伤肝脾。’充取儿盌及诗，忽不见二车处。将儿还，四坐谓是鬼魅，佥遥唾之，形如故。问儿：‘谁是汝父?’儿径就充怀。众初怪恶，传省其诗，慨然叹死生之玄通也。充诣市卖盌，高举其价，不欲速售，冀有识者。欻有一老婢，问充得盌之由。还报其大家，即女姨也。遣视之〔二〕，果是。谓充曰：‘我姨姊，崔少府女，未嫁而亡，家亲痛之，赠一金盌箸棺中。今视卿盌甚似，得盌本末可得闻不?’充以事对〔三〕。即诣充家迎儿。儿有崔氏状，又似充貌。姨曰：‘我舅甥三月末间产。父曰：“春暖温也，愿休强也。”即字温休。“温休”盖幽婚也。其兆先彰矣。’〔四〕儿遂成为令器。历数郡二千石，皆著绩。其后生植，为汉尚书。植子毓，为魏司空。冠盖相承至今也。”〔五〕议者疑二陆优劣，谢公以此定之〔六〕。

【校文】

注诸“盌”字　景宋本及沈本俱作“椀”。

注“谓是鬼魅”　“魅”，景宋本及沈本作“媚”。

注“我舅甥”　“甥”，景宋本及沈本作“生”。

【笺疏】

〔一〕李慈铭云：“案有唱家前四字有误。太平广记卷三百十六引搜神记作唱客前。此处家字盖客字之误。”

〔二〕嘉锡案：“遣视之”，搜神记及雕玉集皆作“遣儿视之”。儿者，女姨母所生之儿也，故下文称女为姨姊。

〔三〕嘉锡案：“充以事对”，搜神记此下有“此儿亦为悲咽，赍还白母”二句，于情事为合。

〔四〕李慈铭云：“案搜神记作‘姨曰：我外甥也。即字温休。’案温休、幽婚为反语。寻此注‘姨曰：我舅甥’云云，盖汉以后俗称从母曰姨，沿其父之称也。此姨是崔少府妻之妹，为女之姨，故呼女曰甥。三月末间产者，即谓女也。父即指崔少府也。温休即女小字，故以为幽婚之先兆。上姨姊当是姊婿之误。我舅甥，舅字亦衍文。今本搜神记以温休为儿之字，盖由后人误改。”嘉锡案：莼客所校，与雕玉集暗合。

〔五〕嘉锡案：唐人雕玉集感应篇引有世说一节，即此注中志怪之文也。所引颇有删节，而字句反多溢出今本之外者。盖今本为宋人所删，遂失古人小品文字风韵。嘉锡又案：隋唐志均有孔氏志怪四卷，不言时代名字。章宗源隋志考证十三云："文苑英华顾况戴氏广异记序（案见英华七百三十七）称孔慎言神怪志，文廷式补晋志丙部五云，太平广记二百七十六晋明帝条引孔约志怪，约当是其名。"嘉锡以此参互考之，知其人名约，字慎言。本书排调篇注引其书，有干宝作搜神记事，则其人在干宝之后。隋志著录，序次于祖台之志怪之下，疑其并在台之后矣。台之，晋孝武时人，孔氏至早亦晋末人也。又案：此事亦见搜神记卷十六，与此注所引志怪互有详略。虽今本搜神记出于后人缀辑，然卢充事广记三百十六已引之，知实出自干宝书矣。夫同一事而宝与孔氏先后互载，可见当时已盛传。余谓此乃齐东野人之语，非实录也。无论其事怪诞不经，且范阳卢氏皆只以植为祖，不闻有所谓卢充者。后汉书卢植传、魏志卢毓传、晋书卢钦传均不载植祖父名字。唐书宰相世系表亦只云卢氏秦有博士敖，裔孙植，字子干。元和姓纂十一模云：秦有博士卢敖，后汉尚书植（误作慎），皆不详植之先代世系。今孔氏志怪独云植为卢充之孙，而崔氏女所生之子即植之父，竟不能举其名。所谓温休者，乃崔氏女之小字，非植父也。六朝人最重谱学，若植父果为时令器，仕历数郡二千石，乌有不知其名字者乎？盖卢氏在汉本自寒微，至植始大。故其子孙虽冠盖相承，为时著姓，亦不能退数先代之典矣。流俗相传，乃有幽婚之说，并为植祖杜撰名字，疑是魏、晋之间有不快于卢氏者之所为。干宝、孔约喜其新异，从而笔之于书。孝标因世说有“鬼子敢尔”之语，遂引志怪之说以实之。不知世说此条，采自郭澄之所撰郭子。御览三百八十八引郭子并无“鬼子敢尔”一句。唐修晋书陆机传亦无此语，可以为证。此殆刘义庆著书时之所加。义庆尝作宣验记、幽明录，固笃信鬼神之事者。其于干宝辈之书，必读之甚熟，故于世说特著此语，以形容士衡之怒骂，而不悟其言之失实也。

〔六〕叶梦得避暑录话上曰：“晋史以为议者以此定二陆优劣，毕竟机优乎？云优乎？度晋史意，不书于云传，而书于机传，盖谓机优也。以吾观之，机不逮云远矣。人斥其祖父名固非是，吾能少忍，未必为不孝。而亦从而斥之，是一言之间，志在报复，而自忘其过，尚能置大恩怨乎？若河桥之败，使机所怨者当之，亦必杀矣。云爱士不竞，真有过机者，不但此一事。方颖欲杀云，迟之三日不决。以赵王伦杀赵浚赦其子骧而复击伦事劝颖杀云者，乃卢志也。兄弟之祸，志应有力，哀哉！人惟不争于胜负强弱，而后不役于恩怨爱憎。云累于机，为可痛也！”嘉锡案：晋、六朝人极重避讳，卢志面斥士衡祖父之名，是为无礼。此虽生今之世，亦所不许。揆以当时人情，更不容忍受。故谢安以士衡为优。此乃古今风俗不同，无足怪也。

19　羊忱性甚贞烈〔一〕。赵王伦为相国，忱为太傅长史，乃版以参相国军事。使者卒至，忱深惧豫祸，不暇被马，于是帖骑而避。使者追之，忱善射，矢左右发，使者不敢进，遂得免。文字志曰：“忱字长和，一名陶，泰山平阳人。世为冠族。父繇，车骑掾。忱历太傅长史、扬州刺史，迁侍中。永嘉五年，遭乱被害，年五十馀。”

【笺疏】

〔一〕李慈铭云:“案忱,晋书羊祜传作陶,与注引文字志一名陶合。惟卷中赏誉篇注引羊氏谱作悦,而此下‘诸葛恢女’一条注引羊氏谱仍作忱,盖赏誉篇注误。”程炎震云:“晋书羊祜传云:陶,徐州刺史。”

20 王太尉不与庾子嵩交,王夷甫、庾敳。庾卿之不置。王曰:“君不得为尔。”庾曰:“卿自君我,我自卿卿。我自用我法,卿自用卿法。”

21 阮宣子伐社树,阮修已见。春秋传曰:“共工氏有子曰句龙,为后土,后土为社。”〔一〕风俗通曰:“孝经称社者,土也。广博不可备敬,故封土以为社而祀之报功也。”〔二〕然则社自祀句龙,非土之祭也。有人止之。宣子曰:“社而为树,伐树则社亡;树而为社,伐树则社移矣。”〔三〕

【笺疏】

〔一〕左传昭公二十九年:“共工氏有子曰句龙,为后土;后土为社。”

〔二〕孝经诸侯:“在上不骄……然后能保其社稷。”据邢昺疏引韩诗外传:“天子大社:东方青,南方赤,西方白,北方黑,中央黄土。若封诸侯,各割其方色土,苴以白茅而与之。诸侯以此土封之为社,明受于天子也。”

〔三〕程炎震云:“晋书亡、移二字两句互易。御览五百三十二引世说亦同。”

22 阮宣子论鬼神有无者,或以人死有鬼〔一〕,宣子独以为无，曰："今见鬼者云，箸生时衣服，若人死有鬼，衣服复有鬼邪？"论衡曰："世谓人死为鬼，非也。人死不为鬼，无知，不能害人。如审鬼者死人精神，人见之宜从裸袒之形，无为见衣带被服也。何则？衣无精神也。由此言之，见衣服象人，则形体亦象人。象人，知非死人之精神也。凡天地之间有鬼，非人死之精神也。"

【笺疏】

〔一〕程炎震云："晋书作'尝有论鬼神有无者，皆以人死者有鬼'，于文为合。句首阮宣子三字当衍。"

23　元皇帝既登阼，以郑后之宠，欲舍明帝而立简文。时议者咸谓："舍长立少，既于理非伦，且明帝以聪亮英断，益宜为储副。"周、王诸公，并苦争恳切。中兴书曰："郑太后字阿春，荥阳人。少孤，先嫁田氏，夫亡，依舅吴氏。时中宗敬后虞氏先崩，将纳吴氏，后与吴氏女游后园，有言之于中宗者，纳为夫人，甚宠。生简文。帝即位，尊之曰文宣太后。"唯刁玄亮独欲奉少主，以阿帝旨。元帝便欲施行，虑诸公不奉诏。于是先唤周侯、丞相入，然后欲出诏付刁。刁协。周、王既入，始至阶头，帝逆遣传诏，遏使就东厢。周侯未悟，即却略下阶。丞相披拨传诏，径至御床前曰："不审陛下何以见臣。"帝默然无言，乃探怀中黄纸诏裂掷之。由此皇储始定。周侯方慨然愧叹曰："我常自言胜茂弘，今始知不如也！"中兴书曰："元皇以明帝及琅邪王裒并非敬后所生，而谓裒有大成之度，胜于明帝，因从容问王导曰：'立子以德不以年，今二子孰贤？'导曰：'世子、宣城俱有爽明之德，莫能优劣。如此，故当以年。'

于是更封裒为琅邪王。”而此与世说互异，然法盛采摭典故，以何为实？且从容调谏，理或可安。岂有登阶一言，曾无奇说，便为之改计乎〔一〕？

【校文】

注“从容调谏”　“调”，景宋本作“讽”。

【笺疏】

〔一〕李慈铭云：“案简文崩时年五十三。当元帝之崩，未三岁耳。是年三月頵即被害。果有此言，又当在前。儿甫堕地，便欲废立，揆之理势，断为虚诬。”

24　王丞相初在江左，欲结援吴人，请婚陆太尉。对曰：“培塿无松柏，薰莸不同器〔一〕。杜预左传注曰：“培塿，小阜。松柏，大木也。薰，香草。莸，臭草。”玩虽不才，义不为乱伦之始。”〔二〕玩已见〔三〕。

【笺疏】

〔一〕程炎震云：“文选沈约弹王源注引家语：颜回曰：‘薰莸不同器而藏。’”

〔二〕嘉锡案：王、陆先世，各有名臣，而功名之盛，王不如陆。过江之初，王导勋名未著，南人方以北人为伧父，故玩托词以拒之。其言虽谦，而意实不屑也。嘉锡又案：排调篇云：“陆太尉诣王丞相，食酪病，与王笺云：‘民虽吴人，几为伧鬼。’”可见其于王导轻侮不逊，宜其不与之通婚矣。导屡见侮于玩而不怒，亦以其族大宗强，为吴人之望故也。若蔡谟九锡之戏，导即愤然形于词色矣。又案：晋书玩传载此两事，亦曰“其轻易权贵如此”。

〔三〕玩见政事篇“陆太尉”条。

25　诸葛恢大女适太尉庾亮儿，恢别传曰："恢字道明，琅邪阳都人。祖诞，司空。父靓，亦知名。恢少有令问，称为明贤。避难江左，中宗召补主簿，累迁尚书令。"庾氏谱曰："庾亮子会，娶恢女，名文彪。"庾会别见〔一〕。次女适徐州刺史羊忱儿。羊氏谱曰："羊楷字道茂。祖繇，车骑掾。父忱，侍中。楷仕至尚书郎。娶诸葛恢次女。"亮子被苏峻害，改适江虨〔二〕。虨别见。恢儿娶邓攸女〔三〕。诸葛氏谱曰："恢子衡，字峻文，仕至荥阳太守。娶河南邓攸女。"〔四〕于时谢尚书求其小女婚。恢乃云："羊、邓是世婚，江家我顾伊，庾家伊顾我，不能复与谢裒儿婚。"永嘉流人名曰："裒字幼儒，陈郡人。父衡，博士。裒历侍中、吏部尚书、吴国内史。"及恢亡，遂婚〔五〕。谢氏谱曰："裒子石，娶恢小女，名文熊。"中兴书曰："石字石奴，历尚书令，聚敛无厌，取讥当世。"于是王右军往谢家看新妇，犹有恢之遗法，威仪端详，容服光整。王叹曰："我在遣女裁得尔耳！"〔六〕

【笺疏】

〔一〕嘉锡案：庾会见雅量篇"庾太尉风仪伟长"条。

〔二〕嘉锡案：虨见本篇"江仆射年少"条，其娶恢女事见假谲篇。

〔三〕魏志诸葛诞传注引干宝晋纪曰："恢追赠左光禄大夫开府。"程炎震云："晋书穆帝纪：'永和元年五月，诸葛恢卒。'"

〔四〕程炎震云："此云河南邓攸，则非平阳之邓伯道也。"

〔五〕嘉锡案：诸葛三君，功名鼎盛，彪炳人寰，继以瞻、恪、靓，皆有重名。故渡江之初，犹以王、葛并称。至于谢氏，虽为江左高门，而实自万、安兄弟其名始盛。谢裒（安父）父衡，虽以儒素称，而官止国子祭酒（见谢鲲传），功业无闻，非诸葛氏之比，故恢不肯与为婚。恢死后，谢氏兴，而葛氏微，其女遂卒归谢氏。后来太傅名德，冠绝当时，封、胡、羯、末，争荣竞秀。由是王、谢齐名，无复知有王、葛矣。可见寒门士族，相与代兴，固自存乎其人。冢中枯骨，未可尽恃。又可见一姓家门之盛，亦非一朝一夕之故也。嘉锡又案：简傲篇载阮思旷讥谢万为“新出门户，笃而无礼”。可见当时人尚不以谢氏为世家。

〔六〕嘉锡案：全晋文二十六载王羲之杂帖云：“二族旧对，故欲结援诸葛。若以家穷，自当供助昏事。”疑即指诸葛恢女嫁谢石事。二族为婚，右军尝与闻，故往谢家看新妇，于情事亦合。右军虽有供助之意，而云“我在遣女裁得尔耳”，则诸葛氏固不受其助也。然亦可见恢死后家已中落，其子弟欲结援强宗，遂不能守恢之遗旨矣。俞正燮癸巳存稿卷十一曰：“看新妇，古礼也。后亦有之。世说云：‘王右军往谢家看新妇。’南史齐河东王传云：‘武帝为纳柳世隆女，帝与群臣看新妇。’顾协传：‘晋、宋以来，初昏三日，妇见舅姑，众宾皆列观。’”

26　周叔治作晋陵太守，周侯、仲智往别。叔治以将别，涕泗不止。仲智恚之曰：“斯人乃妇女，与人别惟啼泣！”便舍去。邓粲晋纪曰：“周谟字叔治，顗次弟也。仕至中护军。嵩字仲智，谟兄也〔一〕。性狡直果侠，每以才气陵物。顗被害，王敦使人吊焉。嵩曰：‘亡兄，天下有义人，为天下无义人所杀，复何所吊？’敦甚衔之。犹取为从事中郎，因事诛嵩。”晋阳秋曰：“嵩事佛，临刑犹诵经。”周侯独留，与饮酒言话，临别流涕，抚其背曰：“奴好自爱。”〔二〕阿奴，谟小字〔三〕。

【校文】

注“才气陵物”　“陵”，景宋本作“凌”。

“奴好自爱”　“奴”上景宋本及沈本有“阿”字。

【笺疏】

〔一〕嘉锡案：隋志：梁有大鸿胪周嵩集三卷，录一卷，亡。又今晋书本传不言嵩为大鸿胪。严氏全晋文八十六以为敦平后追赠，理或然也。

〔二〕嘉锡案：此出郭子，见御览四百八十九，“阿奴”作“阿孥”。

〔三〕汪师韩谈书录曰：“晋书列女传，周嵩曰：‘阿奴碌碌，当在阿母目下耳。’阿奴，谟小字也。按周𫖮传：‘嵩尝因酒瞋目谓𫖮曰：“兄才不及弟，何乃横得重名？”以所燃蜡烛投之。𫖮神色无忤，徐曰：“阿奴火攻，固出下策耳！”’夫嵩谓谟为阿奴。𫖮谓嵩亦云阿奴，然则阿奴岂是谟之小字哉？盖兄于弟亲爱之词也。南史齐郁林王纪：‘武帝临崩执帝手曰：“阿奴若忆翁，当好作。”如此再而崩。’又郁林王何妃传：‘女巫子杨珉之有美貌，妃尤爱之。与同寝处，如伉俪。明帝与徐孝嗣、王广之并面请，不听。又令萧谌、坦之固请，皇后与帝同席坐，流涕覆面，坦之耳语于帝曰：“此事别是一意，不可令人闻。”帝谓皇后曰：“阿奴暂去。”’隋书麦铁杖传：‘将度辽，谓其三子曰：“阿奴当备浅色黄衫。吾荷国恩，今是死日。我既被杀，尔当富贵。”’是则阿奴为尊呼其卑，无论男女，皆有之矣。晋书误认为小名耳。”嘉锡案：汪说是也。但晋书皆采之世说，其以阿奴为周谟小字，亦是承孝标之误。今即以世说证之。德行篇曰：“谢奕作郯令，有一老翁犯法，谢以醇酒罚之。乃至过醉，而犹未已。太傅时年七八岁，在兄膝边坐，谏曰：‘阿兄！老翁可念，何可作此？’奕于是改容曰：‘阿奴欲放去邪？’遂遣之。”此亦兄呼弟为阿奴也。容止篇曰：“王敬豫有美形，问讯王公，抚其肩曰：‘阿奴，恨才不称！’”此父呼其子为阿奴也。品藻篇曰：“刘尹抚王长史背曰：‘阿奴比丞相，但有都长。’”又曰：“刘尹与王长史同坐。长史酒酣起舞，刘尹曰：‘阿奴今日不复灭向子期。’”此盖刘恢放诞自恣，且示亲昵于濛，故亦以此呼之。而孝标又谓“阿奴为王濛小字”，亦非也。孝标生于梁时，不应不解南北朝人语，岂偶误耶？抑为唐以后人所妄改，非原本所有耶？

27　周伯仁为吏部尚书，在省内夜疾危急。时刁玄亮为尚书令，营救备亲好之至，良久小损。虞预晋书曰：“刁协字玄亮，勃海饶安人。少好学，虽不研精，而多所博涉。中兴制度，皆禀于协。累迁尚书令，中宗信重之。为王敦所忌，举兵讨之，奔至江南，败死。”明旦，报仲智，仲智狼狈来。始入户，刁下床对之大泣，说伯仁昨危急之状。仲智手批之，刁为辟易于户侧。既前，都不问病，直云：“君在中朝，与和长舆齐名，那与佞人刁协有情？”径便出。

【校文】

注“勃海”　景宋本及沈本作“渤海”。

注“奔至江南”　“奔”，沈本作“败”。

注“败死”　景宋本作“为人所杀”，沈本作“为人杀死”。

28　王含作庐江郡，贪浊狼籍。王敦护其兄，故于众坐称：“家兄在郡定佳，庐江人士咸称之！”时何充为敦主簿，在坐，正色曰：“充即庐江人，所闻异于此！”敦默然。旁人为之反侧，充晏然，神意自若。中兴书曰：“王敦以震主之威，收罗贤俊，辟充为主簿。充知敦有异志，逡巡疏外。及敦称含有惠政，一坐畏敦，击节而已，充独抗之。其时众人为之失色。由是忤敦，出为东海王文学。”

29 顾孟著尝以酒劝周伯仁，伯仁不受。顾因移劝柱，而语柱曰：“讵可便作栋梁自遇。”周得之欣然，遂为衿契。徐广晋纪曰：“顾显字孟著，吴郡人，骠骑荣兄子。少有重名，泰兴中为骑郎。蚤卒，时为悼惜之。”

30 明帝在西堂〔一〕，会诸公饮酒，未大醉，帝问：“今名臣共集，何如尧、舜时？”周伯仁为仆射，因厉声曰：“今虽同人主，复那得等于圣治！”帝大怒，还内，作手诏满一黄纸，遂付廷尉令收，因欲杀之。按明帝未即位，𫖮已为王敦所杀，此说非也〔二〕。后数日，诏出周，群臣往省之。周曰：“近知当不死，罪不足至此。”

【笺疏】

〔一〕程炎震云：“晋书帝纪：成帝、哀帝皆崩于西堂。洪北江曰：即太极殿之东西堂。”

〔二〕程炎震云：“晋书𫖮传叙此事于元帝太兴初，知唐人所见世说本作元帝，此注或后人所为，非孝标原文。”嘉锡案：晋书叙事与世说异同者多矣。此事亦或别有所本，不必定出于世说。且安知非唐之史臣因孝标之注加以修正？程氏疑此注是后人所为，窃恐未然。

31 王大将军当下，时咸谓无缘尔。伯仁曰：“今主非尧、舜，何能无过？且人臣安得称兵以向朝廷？处仲狼抗刚愎〔一〕，王平子何在？”颢别传曰：“王敦讨刘隗，时温太真为东宫庶子，在承华门外，与颢相见，曰：‘大将军此举有在，义无有滥。’颢曰：‘君年少，希更事，未有人臣若此而不作乱，共相推戴数年而为此者乎？处仲狼抗而强忌，平子何在？’”晋阳秋曰：“王澄为荆州，群贼并起，乃奔豫章。而恃其宿名，犹陵侮敦，敦使勇士路戎等搤而杀之。”裴子曰：“平子从荆州下，大将军因欲杀之。而平子左右有二十人，甚健，皆持铁楯马鞭，平子恒持玉枕。大将军乃犒荆州文武，二十人积饮食，皆不能动，乃借平子玉枕，便持下床。平子手引大将军带绝，与力士斗甚苦，乃得上屋上，久许而死。”

【校文】

注“因欲杀之”　“因”，景宋本及沈本作“伺”。

【笺疏】

〔一〕刘盼遂曰：“狼抗，叠韵连绵字，形容贪残之貌。亦作㰍㰓。广韵十一唐‘㰍㰓，贪貌’，本书品藻篇‘嵩性狼抗，亦不容于世’，尤为明据。胡身之注通鉴晋纪云‘狼似犬，锐头白颊，高前广后，贪而敢抗，人故以为喻’，是未达状字之例也。夫双声叠韵之字，因声以见义，固不拘绞于形体也。”嘉锡案：盼遂以狼抗为叠韵字及驳胡注，皆是也。谓即广韵之㰍㰓，释为贪残，则尚可商。所引周嵩语，实见本书识鉴篇，乃嵩对其母自叙之词。人即能知其过，亦必不肯直认为贪残。且以嵩平生观之：过于婞直则有之，未尝有贪残之事。嵩何苦无故自诬？此其必不然者也。晋书列女传叙嵩语作“嵩性抗直，亦不容于世”。唐人最明于双声叠韵，必不望文生义。然则狼抗者，抗直貌也。联绵之字虽因声以见义，然往往文变而义与之俱变。以广韵所收之字言之：㰍㰓为贪貌。躴躿为身长貌。哴吭为吹貌。盖皆狼抗之变，而义各不同。狼抗之不可为贪，犹之㰍㰓之不可为身长也。果蠃之实栝楼，其字从木。转为瓝瓠，则从瓜。转为蛞蝼，则从虫。安得谓因声见义，必无关于形体哉？晋书周顗传作“处仲刚愎强忍，狼抗无上”。狼抗即状其无上之貌。盖抗直之极，其弊必至于无上也。

32　王敦既下，住船石头，欲有废明帝意〔一〕。宾客盈坐，敦知帝聪明，欲以不孝废之。每言帝不孝之状，而皆云“温太真所说。温尝为东宫率，后为吾司马，甚悉之”〔二〕。须臾，温来，敦便奋其威容，问温曰：“皇太子作人何似？”温曰：“小人无以测君子。”敦声色并厉，欲以威力使从己，乃重问温：“太子何以称佳？”温曰：“钩深致远，盖非浅识所测。然以礼侍亲，可称为孝。”〔三〕刘谦之晋纪曰：“敦欲废明帝，言于众曰：‘太子子道有亏，温司马昔在东宫悉其事。’峤既正言，敦忿而愧焉。”

【笺疏】

〔一〕嘉锡案：御览四百十八引晋中兴书曰：“王敦欲谤帝以不孝，于众坐明帝罪云：‘温太真在东宫久，最所知悉。’因厉声问峤，谓惧威必与己同。峤正色对曰：‘钩深致远，小人无以测君子。当今谅闇之际，惟有至性可称。’敦嘿然不悦。然惮其居正，不敢害之。”观其称当今谅闇之际，则此事当在永昌元年闰十一月元帝崩之后，明帝太宁元年四月王敦下屯于湖之前。敦方谋篡逆，故有废帝之意。注引刘谦之晋纪，虽不言何时，然观其称太真为温司马，知亦在明帝即位之后。其仍称帝为太子者，敦心不以为君，以其即位未久，故仍呼以旧号。即其答王含语所谓“尚未南郊，何得称天子”也。世说不知本之何书，以为敦下住石头时之事，已不免有误。通鉴因之，叙入永昌元年三月敦入据石头之后，则与晋纪及中兴书所记皆不合。尚不如晋书载于明帝纪之前，不著年月之为得也。

〔二〕程炎震云："案晋书纪传，峤为太子中庶子，不为左右卫率。考晋志，率与中庶子别官。峤或兼摄之耶？此永昌元年敦至石头时事。峤为敦左司马，则在明帝即位之后，不得便以司马目峤也。晋书明纪及通鉴九十二均不载'敦云温太真所说'云云，于义为得。"御览二百四十五引晋中兴书曰："温峤拜太子中庶子。峤在东宫，特见嘉宠，僚属莫与为比。峤与阮放等共劝太子游谈老、庄，不教以经史，太子甚爱之，数规谏讽议。"

〔三〕嘉锡案：此言皇太子是否有钩深致远之才，诚非己之浅识所能测度。但观其以礼事亲，固不失为孝子也。通鉴九十二注以为言太子既有钩深致远之才，而又尽事亲之礼，非也。

33　王大将军既反，至石头，周伯仁往见之。谓周曰："卿何以相负？"〔一〕对曰："公戎车犯正，下官忝率六军，而王师不振，以此负公。"〔二〕晋阳秋曰："王敦既下，六军败绩。顗长史郝嘏及左右文武劝顗避难，顗曰：'吾备位大臣，朝廷倾挠，岂可草间求活，投身胡虏邪？'乃与朝士诣敦，敦曰：'近日战有馀力不？'对曰：'恨力不足，岂有馀邪？'"

【笺疏】

〔一〕晋书顗传作"伯仁！卿负我"。通鉴九十二胡注曰："愍帝建兴元年，顗为杜弢所困，投敦于豫章，故敦以为德。"

〔二〕嘉锡案：伯仁临难不屈，义正词严，可谓正色立朝，有孔父之节者矣。世说方正篇之目，惟伯仁、太真及锺雅数公可以无愧焉。其他诸人之事，虽复播为美谈，皆自好者优为之耳。晋书孝友颜含传曰："或问江左群士优劣，答曰：'周伯仁之正，邓伯道之清，卞望之之节，馀则吾不知也。'"谅哉言乎！

34　苏峻既至石头，百僚奔散，王隐晋书曰："峻字子高，长广掖人。少有才学，仕郡主簿，举孝廉。值中原乱，招合流旧三千馀家，结垒本县，宣示王化，收葬枯骨，远近感其恩义，咸共宗焉。讨王敦有功，封公，迁历阳太守〔一〕。峻外营将表曰：'鼓自鸣。'峻自斫鼓曰：'我乡里时，有此则空城。'有顷，诏书征峻。峻曰：'台下云我反，反岂得活邪？我宁山头望廷尉，不能廷尉望山头。'乃作乱。"晋阳秋曰："峻率众二万，济自横江，至于蒋山，王师败绩。"唯侍中锺雅独在帝侧。或谓锺曰："见可而进，知难而退，古之道也。君性亮直，必不容于寇雠，何不用随时之宜，而坐待其弊邪？"〔二〕锺曰："国乱不能匡，君危不能济，而各逊遁以求免，吾惧董狐将执简而进矣！"

【校文】

注"三千馀"　"三"，景宋本及沈本作"六"。

【笺疏】

〔一〕李慈铭云："案晋书，峻由淮陵内史以南塘破王敦功，进使持节冠军将军、历阳内史，加散骑常侍，封邵陵公。"

〔二〕程炎震云："弊，晋书作毙。"

35　庾公临去，顾语锺后事，深以相委。锺曰："栋折榱崩，谁之责邪？"庾曰："今日之事，不容复言，卿当期克复之效耳！"锺曰："想足下不愧荀林父耳。"春秋传曰："楚庄王围郑，晋使荀林父率师救郑，与楚战于邲，晋师败绩。桓子归，请死。晋平公将许之，士贞子谏而止。后林父败赤狄于曲梁，赏桓子狄臣千室，亦赏士伯以瓜衍之田，曰：'吾获狄田，子之功也。微子，吾丧伯氏矣。'"

36　苏峻时，孔群在横塘为匡术所逼。王丞相保存术，会稽后贤记曰："群字敬休，会稽山阴人。祖竺，吴豫章太守。父奕，全椒令。群有智局，仕至御史中丞。"晋阳秋曰："匡术为阜陵令，逃亡无行。庾亮征苏峻，术劝峻诛亮，遂与峻同反。后以宛城降。"〔一〕因众坐戏语，令术劝酒，以释横塘之憾。群答曰："德非孔子，厄同匡人。家语曰："孔子之宋，匡简子以甲士围之。子路怒，奋戟将战。孔子止之曰：'夫诗书之不讲，礼乐之不习，是丘之过也。若述先王之道而为咎者，非丘罪也。命也夫！歌，予和汝。'子路弹剑，孔子和之。曲三终，匡人解甲罢。"虽阳和布气，鹰化为鸠，至于识者，犹憎其眼。"礼记月令曰："仲春之月，鹰化为鸠。"郑玄曰："鸠，播谷也。"夏小正曰："鹰则为鸠。鹰也者，其杀之时也；鸠也者，非杀之时也。善变而之仁，故具之。"

【笺疏】

〔一〕李慈铭云："案宛当作苑。苑城者，建康之宫城也。"程炎震云："宛城当作苑城。晋书苏峻传云：'峻迁天子于石头，逼迫居人，尽聚之后苑，使怀德令匡术守苑城。'成纪：'咸和四年春正月，术以苑城归顺。'"

37　苏子高事平，灵鬼志谣征曰："明帝初，有谣曰：'高山崩，石自破。'高山，峻也。硕，峻弟也。后诸公诛峻，硕犹据石头，溃散而逃，追斩之。"〔一〕王、庾诸公欲用孔廷尉为丹阳〔二〕。孔坦。乱离之后，百姓凋弊，孔慨然曰："昔肃祖临崩，诸君亲升御床，并蒙眷识，共奉遗诏。孔坦疏贱，不在顾命之列。

既有艰难，则以微臣为先，今犹俎上腐肉，任人脍截耳!”于是拂衣而去，诸公亦止〔三〕。按王隐晋书：“苏峻事平，陶侃欲将坦上，用为豫章太守，坦辞母老不行。台以为吴郡。吴郡多名族，而坦年少，乃授吴兴内史。”不闻尹京。

【笺疏】

〔一〕李慈铭云：“案晋书苏峻传，以硕为峻子。而五行志亦载此谣，又以为峻弟石。其谣曰：‘恻恻力力，放马山侧。大马死，小马饿。高山崩，石自破。’大马死者，谓明帝崩也。小马饿者，谓成帝幼，为峻逼迁于石头，御膳不足也。”

〔二〕书钞七十六引语林曰：“苏峻新平，温、庾诸公以朝廷初复，京尹宜得望实，唯孔君平可以处之也。”

〔三〕嘉锡案：此出语林，见御览二百五十二。

38　孔车骑与中丞共行，孔愉别传曰：“愉字敬康，会稽山阴人。初辟中宗参军，讨华轶有功，封馀不亭侯。愉少时尝得一龟，放于馀不溪中，龟于路左顾者数过。及后铸印，而龟左顾，更铸犹如此。印师以闻，愉悟，取而佩焉。累迁尚书左仆射、赠车骑将军。”中丞，孔群也〔一〕。在御道逢匡术，宾从甚盛，因往与车骑共语。中丞初不视，直云：“鹰化为鸠，众鸟犹恶其眼。”术大怒，便欲刃之。车骑下车，抱术曰：“族弟发狂，卿为我宥之!”始得全首领〔二〕。

【笺疏】

〔一〕范成大骖鸾录云：“宿德清县，泊舟左顾亭。左顾亭者，孔愉放龟处。亭前两大枯木，可千年。孔侯墓庙在焉。庙居墓前，与其夫人像皆盘膝坐，盖是几席未废时所作。”

〔二〕嘉锡案：此与上“孔群在横塘”一条，即一事而传闻异辞。观其两条，皆以鹰化为鸠为言，则当同在峻败术降之后。而一则术劝以酒，而群犹不释憾。一则群仅不视术，而几被手刃。所言未尝有异，何所遭之不同耶？晋书不悟世说传疑之意，乃合两事为一，云“苏峻入石头时，匡术有宠于峻，宾从甚盛。群与从兄愉同行于横塘，遇之。愉止与语，而群初不视术，术怒欲刃之。后峻平，王导保存术”云云。既妄易“御道”为“横塘”以傅会其事，又删去“鹰化为鸠，众鸟犹恶其眼”二语以泯其迹。盖晋书好采小说，不欲有所取舍，故为此弥缝之术也。晋书群附孔愉传。

39　梅颐尝有惠于陶公。后为豫章太守〔一〕，有事，王丞相遣收之。侃曰：“天子富于春秋，万机自诸侯出，王公既得录，陶公何为不可放？”乃遣人于江口夺之。晋诸公赞曰：“颐字仲真，汝南西平人。少好学隐退，而求实进止。”永嘉流人名曰：“颐，领军司马。颐弟陶，字叔真。”邓粲晋纪曰：“初，有赞侃于王敦者，乃以从弟廙代侃为荆州，左迁侃广州。侃文武距廙而求侃，敦闻大怒。及侃将莅广州，过敦，敦陈兵欲害侃。敦咨议参军梅陶谏敦，乃止，厚礼而遣之。”王隐晋书亦同。按二书所叙，则有惠于陶是梅陶，非颐也〔二〕。颐见陶公，拜，陶公止之。颐曰：“梅仲真膝，明日岂可复屈邪？”

【校文】

注“少好学隐退，而求实进止”　景宋本“好”作“以”，“求”作“才”。沈本无“好”字，“求”亦作“才”。

注“赞”　景宋本作“谮”。

【笺疏】

〔一〕程炎震云："梅颐当作梅赜。尚书舜典孔疏云：'东晋之初，豫章内史梅赜上孔氏传。'阮元校勘记：'梅赜，元王天与尚书纂传作梅颐'，是其例矣。隋书经籍志亦作梅赜。虞书孔疏又引晋书：晋太保公郑冲以古文授扶风苏愉，愉字休预。预授天水梁柳，字洪季，即皇甫谧外弟也。季授城阳臧曹，字彦始。始授郡守子汝南梅赜，字仲真。真为豫章内史。知赜之父尝为城阳太守也。"嘉锡案：隋书经籍志、尚书虞书孔疏及经典释文序录均作豫章内史。至其姓名，则孔疏作梅赜，释文作枚赜。

〔二〕嘉锡案：今晋书陶侃传曰："敦将杀侃，谘议参军梅陶、长史陈颁言于敦曰：'周访与侃亲姻，如左右手。安有断人左手，而右手不应者乎？'敦意遂解。于是设盛馔以饯之。"与邓粲、王隐书并合。盖有惠于陶公者，自是梅叔真。陶公之救仲真，乃感叔真之惠，而藉手其兄以报之耳。世说谓颐有惠于陶公，当属传闻之误。

40　王丞相作女伎，施设床席。蔡公先在坐，不说而去，王亦不留。蔡司徒别传曰："谟字道明，济阳考城人。博学有识，避地江左，历左光禄、录尚书事、扬州刺史。薨，赠司空。"

41　何次导、庾季坚二人并为元辅。晋阳秋曰："庾冰字季坚，太尉亮之弟也。少有检操，兄亮常器之，曰：'吾家晏平仲。'累迁车骑将军、江州刺史。"成帝初崩，于时嗣君未定，何欲立嗣子，庾及朝议以外寇方强，嗣子冲幼，乃立康帝。中兴书曰："帝讳岳，字世同，成帝同母弟也。成帝崩，即位，年二十二。"康帝登阼，会群臣，谓何曰："朕今所以承大业，为谁之议？"

何答曰："陛下龙飞，此是庾冰之功，非臣之力。于时用微臣之议，今不睹盛明之世。"〔一〕晋阳秋曰："初，显宗临崩，庾冰议立长君，何充谓宜奉皇子。争之不得，充不自安，求处外任。及冰出镇武昌，充自京驰还，言于帝曰：'冰不宜出，昔年陛下龙飞，使晋德再隆者，冰之勋也。臣无与焉。'"帝有惭色。

【校文】

"盛明之世"　"盛"，沈本作"圣"。

【笺疏】

〔一〕嘉锡案：御览四百二十八引晋中兴书曰："初庾冰兄弟每说显宗：国有强敌，宜须长君。显宗晏驾，何充建议曰：'父子相传，先王旧典。忽妄改易，惧非长计。'冰等不从，遂立康帝。康帝临轩，冰、充侍坐。帝曰：'朕嗣洪业，二君之力也。'充对曰：'陛下龙飞，臣冰之力。若如臣议，不睹升平之世。'其强正不挠，率皆如此。"与世说及晋阳秋并小异。

42　江仆射年少，王丞相呼与共棋〔一〕。王手尝不如两道许，而欲敌道戏，试以观之。江不即下。王曰："君何以不行？"江曰："恐不得尔。"徐广晋纪曰："江虨字思玄，陈留人。博学知名，兼善弈，为中兴之冠。累迁尚书左仆射、护军将军。"傍有客曰："此年少戏乃不恶。"王徐举首曰："此年少非惟围棋见胜。"范汪棋品曰："虨与王恬等，棋第一品，导第五品。"

【笺疏】

〔一〕程炎震云："晋书不载思玄之年。据其弟思悛永和九年卒，年四十九，盖导年大三十馀岁，然未必是导为丞相时方共棋也。"

43　孔君平疾笃〔一〕，庾司空为会稽，省之，庾冰。相问讯甚至，为之流涕。庾既下床，孔慨然曰："大丈夫将终，不问安国宁家之术，乃作儿女子相问！"庾闻，回谢之，请其话言。王隐晋书曰："坦方直而有雅望。"

【校文】

"回谢之"　"回"，景宋本及沈本作"迴"。

【笺疏】

〔一〕程炎震云："晋书坦传：年五十一。不云卒于何年。盖在咸康二年以后，六年以前。"

44　桓大司马诣刘尹，卧不起。桓弯弹弹刘枕，丸迸碎床褥间。刘作色而起曰："使君如馨地，宁可斗战求胜？"中兴书曰："温曾为徐州刺史。"沛国属徐州，故呼温使君。斗战者，以温为将也。桓甚有恨容。刘尹，真长。已见。

45　后来年少多有道深公者。深公谓曰："黄吻年少，勿为评论宿士。昔尝与元明二帝、王庾二公周旋。"高逸沙门传曰："晋元、明二帝，游心玄虚，托情道味，以宾友礼待法师。王公、庾公倾心侧席，好同臭味也。"

46　王中郎年少时，坦之，已见。江彪为仆射领选〔一〕，欲拟之为尚书郎。有语王者，王曰："自过江来，尚书郎正用第二人，何得拟我？"江闻而止〔二〕。按王彪之别传曰："彪之从伯导谓彪之曰：'选曹举汝为尚书郎，幸可作诸王佐邪？'"此知郎官，寒素之品也〔三〕。

【笺疏】

〔一〕程炎震云："晋书彪传云：代王彪之为尚书仆射，则在升平三四年间，坦之年已出三十，不为少矣。晋书坦之传叙此于为抚军掾之前，盖误。"

〔二〕晋书王国宝传曰："妇父谢安，恶其倾侧，每抑而不用。除尚书郎，国宝以中兴膏腴之族，惟作吏郎，不为馀曹郎，甚怨望，固辞不拜。"嘉锡案：国宝即坦之子。正可与此条互证。

〔三〕嘉锡案：后汉尚书郎，多以孝廉或博士高第为之。名公钜卿，往往出于其间。至西晋山涛启事，尚称尚书郎极清望，号称大臣之副（见书钞六十引），其为要职可知。而过江以后，膏粱子弟遂薄之不为。以致坦之拒之于前，国宝辞之于后。其故何也？盖自中朝名士王衍之徒，祖尚浮虚，不以物务自婴，转相放效，习成风尚。以遗事为高，以任职为俗，江左偏安，此弊未改。尚书诸曹郎，主文书起草（见汉、晋志），无吏部之权势，而有刀笔之烦，固名士之所不屑。惟出身寒素者为能黾勉奉公，不以簿书期会为耻，选曹亦乐得而用焉。相沿日久，积重难返。坦之尝著废庄之论，非不欲了公事者，然以世族例不为此官，亦拂然拒之矣。士大夫之风气如此，而欲望其鞠躬尽瘁，知无不为，何可得也！

47 王述转尚书令〔一〕，事行便拜。文度曰："故应让杜许。"〔二〕蓝田云："汝谓我堪此不？"文度曰："何为不堪！但克让自是美事，恐不可阙。"蓝田慨然曰："既云堪，何为复让？人言汝胜我，定不如我。"述别传曰："述常以为人之处世，当先量己而后动，义无虚让，是以应辞便当固执。其贞正不逾皆此类。”

【笺疏】

〔一〕程炎震云：“哀帝兴宁二年五月，述自扬州为尚书令、卫将军，以桓温牧扬州，徙避之也。”

〔二〕刘盼遂曰：“杜许未详。晋书王述传作‘坦之谏，以为故事应让’。”

48 孙兴公作庾公诔〔一〕，文多托寄之辞。绰集载诔文曰：“咨予与公，风流同归。拟量托情，视公犹师。君子之交，相与无私。虚中纳是，吐诚悔非。虽实不敏，敬佩弦韦。永戢话言，口诵心悲。”既成，示庾道恩。庾见，慨然送还之，曰：“先君与君，自不至于此。”道恩，庾羲小字。徐广晋纪曰：“羲，字叔和，太保亮第三子。拔尚率到。位建威将军、吴国内史。”

【校文】

注“太保亮”　“太保”，当依景宋本及沈本作“太尉”。袁本作“太和”，亦误。

【笺疏】

〔一〕程炎震云：“咸康六年，庾亮卒。”

49 王长史求东阳，抚军不用。简文。后疾笃，临终〔一〕，抚军哀叹曰：“吾将负仲祖于此！”命用之。长史曰：“人言会稽王痴，真痴。”〔二〕王濛，已见。

【笺疏】

〔一〕程炎震云：“法书要录九载张怀瓘书断云：‘濛以永和三年卒，年三十九。’”

〔二〕嘉锡案：事见政事篇“山遐去东阳”条。又案：此出郭子，见御览四百九十引。

50　刘简作桓宣武别驾，后为东曹参军，刘氏谱曰：“简字仲约，南阳人。祖乔，豫州刺史。父珽，颍川太守。简仕至大司马参军。”〔一〕颇以刚直见疏。尝听记，简都无言。宣武问：“刘东曹何以不下意？”答曰：“会不能用。”宣武亦无怪色。

【校文】

注“父珽”　“珽”，景宋本及沈本作“挺”。

“尝听记”　“记”，景宋本及沈本作“讯”。

【笺疏】

〔一〕唐书宰相世系表：南阳刘氏，出自长沙定王，生安众康侯丹。裔孙廙，字恭嗣，魏侍中、关内侯，无子，以弟子阜嗣。阜字伯陵，陈留太守。生乔，字仲彦，晋太傅军咨祭酒。生挺，颍川太守，二子简、耽。嘉锡案：晋书刘乔传只云子挺，挺子耽，竟不及简，此可补其阙。

51　刘真长、王仲祖共行，日旰未食。有相识小人贻其餐，肴案甚盛，真长辞焉。仲祖曰：“聊以充虚，何苦辞？”真长曰：“小人都不可与作缘。”孔子称：“惟女子与小人为难养，近之则不逊，远之则怨。”刘尹之意，盖从此言也。

52　王脩龄尝在东山，甚贫乏。司州，已见。陶胡奴为乌程令，胡奴，陶范小字也。陶侃别传曰：“范字道则，侃第十子也。侃诸子中最知名。历尚书、祕书监。”何法盛以为第九子。送一船米遗

之，却不肯取。直答语：“王脩龄若饥，自当就谢仁祖索食，不须陶胡奴米。”〔一〕

【笺疏】

〔一〕嘉锡案：侃别传及今晋书均言范最知名，不知其人以何事得罪于清议，致修龄拒之如此其甚。疑因陶氏本出寒门，士行虽立大功，而王、谢家儿不免犹以老兵视之。其子夏、斌复不肖，同室操戈，以取大戮。故修龄羞与范为伍。于此固见晋人流品之严，而寒士欲立门户为士大夫亦至不易矣。赏誉篇曰：“谢太傅语真长：‘阿龄于此事故欲太厉。’刘曰：‘亦名士之高操者。’”观修龄之拒胡奴，殆所谓风操太厉者欤？

53　阮光禄阮裕，已见。赴山陵〔一〕，至都，不往殷、刘许，过事便还。诸人相与追之，阮亦知时流必当逐己，乃遄疾而去，至方山不相及。中兴书曰：“裕终日颓然，无所错综，而物自宗之。”刘尹时为会稽，乃叹曰：“我入，当泊安石渚下耳，不敢复近思旷傍〔二〕。伊便能捉杖打人，不易。”〔三〕

【校文】

“时为会稽”　“为”，沈本作“索”。

【笺疏】

〔一〕程炎震云：“晋书裕传云：‘成帝崩，裕赴山陵。’康纪：‘咸康八年七月，葬成帝于兴平陵。’”

〔二〕嘉锡案：晋书阮裕传云：“家居会稽剡县。寻征侍中，不就。还剡山，有肥遁之志。”其下即叙赴山陵之事。又云：“在东山久之，经年敦逼，并无所就。御史中丞周闵奏裕及谢安违诏累载，并应有罪，禁锢终身。诏书贳之。”谢安传亦云：“寓居会稽，与王羲之及高阳许询、桑门支遁游处。出则渔弋山水，入则言咏属文，无处世意。有司奏安被召历年不至，禁锢终身。”以此两传互证，知阮、谢同时隐居会稽，方思旷赴陵还剡之日，亦正安石高卧东山之时。故真长发为此叹。其所以言惟当泊安石渚下，不敢近思旷者，盖安石为真长妹婿，且其平日携妓游赏，与人同乐，固自和易近人。而思旷则务远时流，沈冥独往故也。后来两人之出处殊途，亦可于此观之矣。

〔三〕程炎震云："文选二十谢灵运邻里相送方山诗注引丹阳郡图经曰：'方山在江宁县东五十里，下有湖水，旧扬州有四津，方山为东，石头为西。''刘尹时为会稽'，为宋本作索，是也。我入云云，是自揣到官后之词，若已为会稽，则不作是语矣。康帝之初，何充当国，与惔好尚不同，或求而不得，故晋书惔传不言为会稽也。裕传亦取此事，而删此句，但言刘惔叹曰云云，语妙全失。"

54　王、刘与桓公共至覆舟山看〔一〕。酒酣后，刘牵脚加桓公颈。桓公甚不堪，举手拨去。既还，王长史语刘曰："伊讵可以形色加人不？"温别传曰："温有豪迈风气也。"

【笺疏】

〔一〕程炎震云："晋书苏峻传'据蒋陵覆舟山'，成纪作'蒋山'。礼志'咸和五年，于覆舟山南立北郊'。"

55　桓公问桓子野："谢安石料万石必败，何以不谏？"〔一〕子野，桓伊小字也。续晋阳秋曰："伊字叔夏，谯国铚人。父景，护军将军。伊少有才艺，又善声律，加以标悟省率，为王濛、刘惔所知。累迁豫州刺史，赠右将军。"子野答曰："故当出于难犯耳！"桓作色曰："万石挠弱凡才，有何严颜难犯？"

【笺疏】

〔一〕嘉锡案：本书简傲篇："谢公甚器爱万，而审其必败，乃俱行。从容谓万曰：'汝为元帅，宜数唤诸将宴会，以说众心。'"推此而言，非不谏也。意者友于义重，务在掩覆，不令彰著，故无闻焉耳。御览七百一引俗说曰："谢万作吴兴郡，其兄安时随至郡中。万眠常晏起，安清朝便往床前，叩屏风呼万起。"其于万之寝兴尚约束之如此，岂有知其必败而不谏者乎？

56　罗君章曾在人家〔一〕，主人令与坐上客共语。答曰："相识已多，不烦复尔。"罗府君别传曰："含字君章，桂阳枣阳人。盖楚熊姓之后，启土罗国，遂氏族焉。后寓湘境，故为桂阳人。含，临海太守彦曾孙，荥阳太守绥少子也。桓宣武辟为别驾，以官廨喧扰，于城西池小洲上立茅茨，伐木为床，织苇为席，布衣蔬食，晏若有馀。桓公尝谓众坐曰：'此自江左之清秀，岂惟荆楚而已！'累迁散骑常侍、廷尉、长沙相，致仕中散大夫〔二〕，门施行马〔三〕。含自在官舍，有一白雀栖集堂宇，及致仕还家，阶庭忽兰菊挺生。岂非至行之征邪？"

【校文】

注"枣阳人"　"枣"，沈本作"耒"。

注"缓少子"　"缓"，景宋本作"绥"。

【笺疏】

〔一〕程炎震云："御览四百九十八引语林云：'在宣武坐。'"

〔二〕程炎震云："晋书含传中散上有加字，当据补。"

〔三〕演繁露一云："晋、魏以后，官至贵品，其门得施行马。行马者，一木横中，两木互穿，以成四角，施之于门，以为约禁。周礼谓之陛枑，今官府前叉子是也。"

57　韩康伯病，拄杖前庭消摇〔一〕。韩伯，已见。见诸谢皆富贵，轰隐交路〔二〕，叹曰："此复何异王莽时?"〔三〕汉书曰："王莽宗族凡十侯、五大司马。"

【校文】

注"大司马"下景宋本、沈本有"外戚莫盛焉"一句。

【笺疏】

〔一〕刘盼遂曰："按礼记檀弓：'负手曳杖，消摇于门。'疏：'消摇，放荡以自宽纵。'庄子逍遥游释文云：'义取闲放不拘，怡然自得。'按逍遥即消摇之俗字。"

〔二〕李详云："案张衡西京赋：'商旅联隔，隐隐展展。'薛综注：'隐隐展展，重车声。'此言谢车声属路也。"

〔三〕嘉锡案：识鉴篇云："韩康伯与谢玄亦无深好，玄北伐，康伯曰：'此人好名，必能战。'玄闻之甚忿。"可见康伯与诸谢积有夙嫌。书钞六十四引晋起居注曰："武帝太始四年诏曰：'尚书韩伯陈疾解职，领军闲，无上直之劳，可得从容养疾，更以伯为领军。'"武帝太始四年乃孝武帝太元四年之误。时苻坚强盛，诸将败退相继，谢安遣弟石及兄子玄应机征讨（见安传）。是年四月，秦将俱难、彭超攻淮南。五月，围幽州刺史田洛于三阿。兖州刺史谢玄自广陵救三阿，难、超战败。六月退屯淮北，玄追之，战于君川，复大败之，难、超仅以身免。玄还广陵，诏进号冠军将军、加领徐州刺史（通鉴一百四）。五年五月，以谢安为卫将军、仪同三司（孝武纪）、封建昌县公（安传）。石封兴平县伯。（石传称石以尚书仆射征俱难，误也。据纪石由尚书迁仆射在六年正月。）玄封东兴县侯。（石、玄封爵，本传无年月，以本纪安迁官推之，当在同时。）康伯拄杖消摇，必此时事也。盖其心既与谢氏不平，见其兄弟叔侄三人同时受封，忌其太盛，故以王莽之十侯为比。据建康实录九，康伯即以五年八月卒。其后苻坚入寇，玄与安子琰大破之于肥水，为国家建再造之功，则康伯已不及见矣。谢安善处功名之际，玄、琰亦尽瘁国事，有何跋扈，至同王莽！此乃康伯怀挟私愤，肆行谗谤。临川不察，滥加采摭，甚无谓也。孝标注亦未详。嘉锡又案：康伯此言，极为唐突，殆非无因而发。晋书韩伯传曰："陈郡周勰为谢安主簿，居丧废礼，脱落名教。伯为中正，不通勰议曰：'拜下之敬，犹违众从礼，情理之极，不宜以多比为通。'时人惮焉。识者谓伯可谓澄世所不能澄，而裁世所不能裁者矣。与夫容己顺众者，岂得同时而共称哉！"按中正之设，原所以主持清议，故阮咸重服追婢，世议纷然（见任诞篇注）。温峤绝裾劝进，乡品不过（见尤悔篇）。况如周勰之居丧废礼，伯不通其议，事至寻常。勰位不过主簿，非如温峤之崇贵，有何不能裁者，而议者之言如此。盖以勰与谢安同郡，又为其幕僚，他人不免为求容己而曲顺其意，伯独不畏强御故也。安虽未必以此介意，而伯固已存芥蒂于胸中矣。

58　王文度为桓公长史时，桓为儿求王女，王许咨蓝田。王坦之、王述并已见。既还，蓝田爱念文度，虽长大犹抱著膝上。文度因言桓求己女婚。蓝田大怒，排文度下膝，曰："恶见文度已复痴，畏桓温面？兵，那可嫁女与之！"〔一〕文度还报云："下官家中先得婚处。"桓公曰："吾知矣，此尊府君不肯耳。"后桓女遂嫁文度儿〔二〕。王氏谱曰："坦之子恺，娶桓温第二女，字伯子。"中兴书曰："恺字茂仁，历吴国内史、丹阳尹，赠太常。"〔三〕

【校文】

“王文度为桓公长史时”　景宋本及沈本无“时”字。

“恶见文度已复痴畏桓温面”　此十一字沈本无。

【笺疏】

〔一〕李详云：“案晋书王述传作‘汝竟痴耶？讵可畏温面，而以女妻兵也’！语较世说为优。本书容止篇‘桓温鬓如反猬皮，眉如紫石棱’，故自可畏。”

〔二〕嘉锡案：谢奕为温司马，尝逼温饮。温走入南康主间避之。奕遂引温一兵帅共饮曰：“失一老兵，得一老兵，亦何所在？”（见晋书奕传）今蓝田又呼其子为兵。盖温虽为桓荣之后，桓彝之子，而彝之先世名位不昌，不在名门贵族之列。故温虽位极人臣，而当时士大夫犹鄙其地寒，不以士流处之。于此可见门户之严。本篇载刘真长作色语温：“使君宁可战斗求胜？”亦是此意。又案：王湛娶郝普之女，周浚娶李伯宗之女（均见贤媛篇），皆非其偶。而王源嫁女与满氏，沈休文至挂之弹章，谓王、满连姻，寔骇物听。知寒族之女，可适名门；而名门之女，必不可下嫁寒族也。

〔三〕野客丛书十八云：“世说注谓王恺娶桓温第二女，不知乃其弟愉，非恺也。”嘉锡案：晋书王湛传称愉为桓氏婿，又谓愉子绥为桓氏甥。宋书武帝纪亦云绥，桓氏甥，有自疑之志，高祖诛之。唐修晋书纵不足据，沈约宋书固当可信。然则世说注果误也。观注引中兴书，所谓“历吴国内史、丹阳尹，赠太常”者，皆恺之官职。是孝标固以为娶桓温女者，是王恺而非王愉。非今本传写之误，岂孝标所见王氏谱先已误耶？抑文度两儿，皆娶桓氏女耶？夫正史虽属可信，家谱尤不应有误，既彼此参互，所当存疑。

59　王子敬数岁时，尝看诸门生樗蒲〔一〕。见有胜负，因曰："南风不竞。"春秋传曰："楚伐郑。师旷曰：'不害，吾骤歌南风。南风不竞，多死声，楚必无功。'"杜预曰："歌者吹律，以咏八风，南风音微，故曰不竞也。"门生辈轻其小儿，乃曰："此郎亦管中窥豹〔二〕，时见一斑。"〔三〕子敬瞋目曰："远惭荀奉倩，近愧刘真长！"遂拂衣而去〔四〕。荀、刘，已见。

【笺疏】

〔一〕日知录二十四有门生一条略云："南史所称门生，今之门下人也。其人所执者，奔走仆隶之役。其初至，皆入钱为之。南齐书谢超宗传云，白从王永先，又云门生王永先，谓之白从，以其异于在官之人。陈书沈洙传：'建康令沈孝轨门生陈三儿，牒称主人翁。'颜氏家训亦以门生、僮仆并称。而宋书顾琛传：'尚书寺门有制：八座以下，门生随入者，各有差，不得杂以人士。'其冗贱可知矣。梁傅昭不畜私门生，盖所以矫时人之弊乎？"陔馀丛考三十六则曰："六朝时仕宦者，许各募部曲，谓之义从。其在门下亲侍者，则谓之门生，如今门子之类耳。其与僮仆稍异者，僮仆则在私家，此盖在官人役，与胥史同。然富人子弟多有为之者。盖其时仕宦皆世族，而寒人则无进身之路，惟此可以年资得官，故不惜身为贱役，且有出贿赂以为之者。陆慧晓为吏部尚书，王晏典选，内外要职，多用门生义故，慧晓不甚措意。王琨为吏部，自公卿下至士大夫，例用两门生。江夏王义恭属用二人，后复有所属，琨不许。此可以见当日规制也。顾宁人既谓六朝门生与傔仆同而谓其非在官之人，则未知门生有可入仕之路，则不得谓非在官之人也。"嘉锡案：所谓在官之人，本书赏誉篇："谢公作宣武司马，属门生数十人于田曹中郎赵悦子，悦子以告宣武。宣武云：'且为用半。'赵俄而悉用之。"则虽以谢安之力，犹几乎半不得用，况在他人之门生，又岂得人人入仕！史称之曰白从，曰私门生，其非在官之人亦明矣。如宋书谢灵运传："灵运为永嘉太守，称疾去职，还始宁。因父祖之资，奴僮既众，义故门生数百，凿山浚湖，功役无已。"于时灵运身已无官，其门生安得在官乎？窃谓此种门生盖即通典食货五所谓"都下人多为诸王公贵人左右佃客、典计、衣食客之类，皆无课役"者也。其初至时，入钱为之，尤与衣食客之义协。晋书食货志言官品第一第二者，佃客可至五十户（通典作四十户），假设二十馀人为一户，则五十户可至千馀人矣。典计及衣食客最多各不过三人，然未必无溢数。特不知所谓门生者，究属何等耳。赵氏以门生为胥史，官私不分，可谓乱道。顾氏、赵氏所引证甚详，文繁不备录。法书要录二梁虞龢论书表云："羲之尝诣一门生家，设佳馔，感之，欲以书相报。见有一新棐床几，至滑净，乃书之，草正相半。"晋书本传略同。此羲之家有门生之证也。魏志荀彧传注及本书惑溺篇并引荀粲别传曰："粲简贵不与常人交接，所交皆一时俊杰。"晋书刘惔传云："为政清整，门无杂宾。"本篇又载真长言"小人不可与作缘"。二人之严于择交如此，必不畜门生。即令有之，亦必不与之款洽。献之自悔看门生游戏，且轻易发言，致为所侮，故以荀、刘为愧。观其词气如此，可谓幼有成人之度矣。然虞龢表云："子敬门生以子敬书种蚕，后人于蚕纸中大有所得。"则子敬后来竟不能不自畜门生。其发此言，特一时之愤耳。荀、刘二人为风流宗主，其行事播在人口，无不知者。故子敬童而习焉。孝标亦不复详注，后人读之，有不解其为何语者矣。

〔二〕日知录云："郎者，奴仆称其主人之辞。（原注："通鉴注：'门生、家奴呼其主为郎，今俗犹谓之郎主。'"）其名起自秦、汉郎官。三国志：周瑜至吴时，年二十四，吴中皆呼为周郎。江表传：孙策年少，虽有位号，而士民皆呼为孙郎。世说：桓石虔小字镇恶，年十七八，未被举，而僮隶已呼为镇恶郎。后周独孤信少年好自修饰，服章有殊于众，军中呼为独孤郎。隋书：滕王瓒，周世以贵公子，又尚公主，时人号曰杨三郎。温大雅创业起居注：时文武官人，并未署置，军中呼太子、秦王为大郎、二郎。自唐以后，僮仆称主人，通谓之郎。”嘉锡案：汉时公卿得任子弟为郎，其后习俗相沿，凡贵公子及年少为人所尊敬者，皆呼为郎，如周瑜、孙策等是也。乃至妻父母呼婿为某郎，嫂呼叔为小郎，皆缘于此。僮仆呼人为郎，本以称其主人之子。如此条羲之门生呼献之为郎，豪爽篇桓豁童隶呼石虔为镇恶郎，轻诋篇王丞相轻蔡公条注引妒记“丞相曹夫人望见两三儿骑羊，问是谁家儿？给使答云：是第四、五等诸郎”是也。乃唐以后，凡于主人皆呼郎者，盖少主人年虽长大，其旧日僮仆犹称之不改。其后乃一例呼主为郎，不问其年之老少矣。

〔三〕鸡肋编上云：“管中窥豹，世人惟知为王献之事，而其原乃魏武令中语也。魏志注：‘建安八年庚申，令曰：“议者或以军吏虽有功能，德行不足堪任郡国之选。故明君不官无功之臣，不赏不战之士。治平尚德行，有事赏功能。论者之言，一似管窥虎豹。”’”嘉锡案：魏志注实作“管窥虎欤”，并无豹字。文馆词林六百九十五载此令作“管窥兽”。乃唐人避讳所改，亦无豹字。但此既言“时见一斑”，自是窥豹矣。

〔四〕李慈铭晋书札记四曰：“所举荀奉倩、刘真长，皆主婿。献之时方数岁，何由豫知尚主取以自比？疑此二语是尚主以后，因他事触怒之言。世说误合观樗蒲为一事。或世说传写脱落耳。”

60　谢公闻羊绥佳，致意令来，终不肯诣。羊氏谱曰：“绥字仲彦，太山人。父楷，尚书郎。绥仕至中书侍郎。”后绥为太学博士，因事见谢公，公即取以为主簿。

61　王右军与谢公诣阮公，阮思旷也。至门语谢：“故当共推主人。”谢曰：“推人正自难。”〔一〕

【笺疏】

〔一〕程炎震云：“王长于谢十七岁。阮以年少呼右军，亦当长十馀岁，视谢更为宿齿矣。而谢不相推，岂亦如根矩之于康成耶？”

62　太极殿始成，徐广晋纪曰：“孝武宁康二年，尚书令王彪之等启改作新宫。太元三年二月，内外军六千人始营筑，至七月而成。太极殿高八丈，长二十七丈，广十丈。尚书谢万监视，赐爵关内侯。大匠毛安之，关中侯。”王子敬时为谢公长史，谢送版，使王题之。王有不平色，语信云〔一〕：“可掷箸门外。”谢后见王曰：“题之上殿何若？昔魏朝韦诞诸人〔二〕，亦自为也。”王曰：“魏阼所以不长。”谢以为名言。宋明帝文章志曰：“太元中，新宫成，议者欲屈王献之题榜，以为万代宝。谢安与王语次，因及魏时起陵云阁忘题榜，乃使韦仲将县梯上题之。比下，须发尽白，裁馀气息。还语子弟云：‘宜绝楷法！’安欲以此风动其意。王解其旨，正色曰：‘此奇事。韦仲将魏朝大臣，宁可使其若此？有以知魏德之不长。’安知其心，乃不复逼之。”〔三〕

【校文】

注“县梯”　“梯”，景宋本作“橙”。

【笺疏】

〔一〕信，使人也。东观馀论上法帖刊误云：“续帖中炎报帖：炎，晋武名，非孝武也。帖末云：故遣信还。古人谓使为信，故逸少帖云：

信遂不取答。真诰云：公至山下，又遣一信相告。谢宣城传云：荆州信去倚待。陶隐居帖云：明旦信还，仍过取反。凡言信者，皆谓使人也。近世犹有此语，故虞永兴帖云：事已，信人口具。而今之流俗，遂以遗书馈物为信，故谓之书信。而谓前人之语亦然，不复知魏、晋以还所谓信者，乃使之别名耳。"日知录三十二云："东观馀论谓凡言信者，皆谓使人，杨用修又引古乐府'有信数寄书，无信长相忆'为证，良是。然此语起于东汉以下。杨太尉夫人袁氏答曹公卞夫人书云：'辄附往信。'古诗为焦仲卿妻作：'自可断来信，徐徐更谓之。'魏杜挚赠毌丘俭诗：'闻有韩众药，信来给一丸。'以使人为信，始见于此。若古人所谓信者，乃符验之别名。墨子：'大将使人操信符。'史记刺客传：'今行而无信，则秦未可亲也。'周礼掌节注：'节，犹信也。行者所执之信。'此如今人言印信、信牌之信，不得为使人也。"黄汝成集释曰："司马相如谕巴蜀檄云：'故遣信使。'是西汉已然。"嘉锡案：相如盖因出使，执有符信，故自称信使。颜师古、李善以为诚信之使，恐非。且为天子之使，与魏、晋人以寻常使人为信尤不同。使人之称信，仍当从顾氏说，起于东汉以下。

〔二〕水经谷水注曰："魏明帝上法太极，于洛阳南宫起太极殿于汉崇德之故处。改雉门为阊阖门。昔在汉世，洛阳宫殿门题，多是大篆，言是蔡邕诸字。自董卓焚宫殿，魏太祖平荆州，汉吏部尚书安定梁孟皇，善师宜官八分体，求以赎死。太祖善其法，常仰系帐中爱玩，以为胜宜官。北宫榜题，咸是鹄笔。南宫既建，明帝令侍中京兆韦诞以古篆书之。'嘉锡案：安石言韦诞诸人，盖兼指梁鹄言之也。

〔三〕元李治敬斋古今黈以忘钉榜之事为不实。详见巧艺篇"韦仲将能书"条。晋书献之传与文章志全同。李慈铭晋书札记四曰："宫殿题榜，国之大事。虽在高流，岂宜为耻。谢以宰相择人书之，何至难言？王亦何能深拒？据世说言：‘谢送版使王题之，王有不平色。后谢见王，言昔魏韦诞诸人亦为之。王曰：“魏阼所以不长。”’是则献之特以谢不先语之，径使书，故有不平。及谢举韦事，献之意犹歉然，故有此对。然世说虽曰谢公以为名言，亦未云遂不之逼。盖献之终亦书之，不能辞也。刘孝标注引宋明帝文章志，乃有‘欲屈献之题榜为万代宝’及‘谢安举韦仲将悬梯上题’等语，此传云云，全本彼注，非事实也。”嘉锡案：世说固未云谢安遂不之逼，但亦不言献之终竟书之。莼客不知据何征验，乃能悬断晋书之不然。考御览七百四十八、广记二百七并引书断曰：“晋韦昶字文休，太元中，孝武帝改治宫室及庙诸门，并欲使王献之隶书题榜，献之固辞。乃使刘瓌以八分书之，后又使文休以大篆改八分焉（今本书断脱去太元中以下）。”法书要录二引梁庾肩吾书品论，有云“文休题注”，似亦指其书宫殿榜事。然则献之终已固辞，谢安果不之逼矣。凡考史事，最忌凿空，莼客臆说，不可从也。

63　王恭欲请江卢奴为长史〔一〕，晨往诣江，江犹在帐中。王坐，不敢即言，良久乃得及。江不应，卢奴，江敳小字也。晋安帝纪曰：“敳字仲凯，济阳人。祖正〔二〕，散骑常侍。父彪，仆射。并以义正器素，知名当世。敳历位内外，简退箸称，历黄门侍郎、骠骑咨议。”直唤人取酒，自饮一碗，又不与王。王且笑且言：“那得独饮？”江云：“卿亦复须邪？”更使酌与王，王饮酒毕，因得自解去。未出户，江叹曰：“人自量，固为难。”宋书曰：“敳即湘州江夷之父也。夷字茂远，湘州刺史。”

【校文】

注“父彪”　景宋本及沈本作“父彪”。

【笺疏】

〔一〕嘉锡案：山谷内集注八引作“江虏奴”，当从之。盖以虏奴为小字，取其贱而易长成。犹之陶胡奴及谢家之封、胡、羯、末也。程炎震云：“晋书孝武纪：太元十五年，王恭为前将军，青、兖二州刺史，持节，故得置长史。”

〔二〕程炎震云：“正当作统，即江应元也。”晋书江彪传吴士鉴注云：“世说注晋安帝纪曰：‘敳祖正，散骑常侍。’案祖统改为祖正，盖梁世避讳，凡统字皆作正。识鉴篇注引车频秦书徐正，即载记之徐统，此可证也。”嘉锡案：此避昭明太子之讳，吴说是也。然本书注中统字亦多不避，盖为宋人所回改，此二条则改之未尽者耳。

64　孝武问王爽：“卿何如卿兄？”王答曰：“风流秀出，臣不如恭，忠孝亦何可以假人！”中兴书曰：“爽忠孝正直。烈宗崩，王国宝夜开门入，为遗诏。爽为黄门郎，距之曰：‘大行晏驾，太子未立，敢有先入者，斩！’国宝惧，乃止。”

65　王爽与司马太傅饮酒。太傅醉，呼王为“小子”。王曰：“亡祖长史，与简文皇帝为布衣之交。亡姑、亡姊，伉俪二宫。何小子之有？”中兴书曰：“王濛女讳穆之，为哀帝皇后。王蕴女讳法惠，为孝武皇后。”

66　张玄与王建武先不相识，张玄已见。建武，王忱也。晋安帝纪曰：“忱初作荆州刺史，后为建武将军。”后遇于范豫章许，范令二人共语。范宁已见。张因正坐敛衽，王孰视良久，不对。张大失望，便去。范苦譬留之，遂不肯住。范是王之舅，王氏谱曰：“王坦之娶顺阳郡范汪女，名盖，即宁妹也，生忱。”〔一〕乃让王曰：“张玄，吴士之秀，亦见遇于时，而使至于此，深不可解。”王笑曰：“张祖希若欲相识，自应见诣。”范驰报张，张便束带造之。遂举觞对语，宾主无愧色。

【笺疏】

〔一〕程炎震云：“晋书忱传叙于忱为骠骑长史之后。”

雅量第六

1　豫章太守顾邵，环济吴纪曰："邵字孝则，吴郡人。年二十七起家为豫章太守，举善以教民，风化大行。"是雍之子。邵在郡卒，雍盛集僚属，自围棋。江表传曰："雍字元叹，曾就蔡伯喈，伯喈赏异之，以其名与之。"吴志曰："雍累迁尚书令，封阳遂乡侯，拜侯还第，家人不知。为人不饮酒，寡言语。孙权尝曰：'顾侯在坐，令人不乐。'位至丞相。"外启信至，而无儿书，虽神气不变，而心了其故。以爪掐掌，血流沾褥。宾客既散，方叹曰："已无延陵之高，岂可有丧明之责？"礼记曰："延陵季子适齐，及其反也，其长子死，葬于嬴、博之间。孔子曰：'延陵季子，吴之习于礼者也。'往而观其葬焉。其坎深不至于泉，其敛以时服。既葬而封，广轮掩坎，其高可隐也。既封，左袒，右还其封，且号者三，曰：'骨肉归复于土，命也。若魂气，则无不之也。'而遂行。孔子曰：'延陵季子之于礼也，其合矣乎！'子夏哭其子而丧其明，曾子吊之，曰：'朋友丧明则哭之。'曾子哭，子夏亦哭，曰：'天乎！予之无罪也。'曾子怒曰：'商，汝何无罪也？吾与汝事夫子于洙、泗之间，退而老于西河之上，使西河之民，疑汝于夫子，尔罪一也；丧尔亲，使民未有闻焉，尔罪二也；丧尔子，丧尔明，尔罪三也。'子夏投其杖而拜曰：'吾过矣！吾过矣！'"于是豁情散哀，颜色自若。

【校文】

正文及注"邵"字　景宋本俱作"劭"。

2　嵇中散临刑东市〔一〕，神气不变。索琴弹之，奏广陵散。曲终曰："袁孝尼尝请学此散〔二〕，吾靳固不与，广陵散于今绝矣！"〔三〕晋阳秋曰："初，康与东平吕安亲善。安嫡兄逊淫安妻徐氏，安欲告逊遣妻，以咨于康，康喻而抑之〔四〕。逊内不自安，阴告安挝母，表求徙边。安当徙，诉自理，辞引康。"〔五〕文士传曰："吕安罹事，康诣狱以明之。锺会庭论康〔六〕，曰：'今皇道开明，四海风靡，边鄙无诡随之民，街巷无异口之议。而康上不臣天子，下不事王侯，轻时傲世，不为物用，无益于今，有败于俗。昔太公诛华士，孔子戮少正卯，以其负才乱群惑众也。今不诛康，无以清洁王道。'于是录康闭狱，临死，而兄弟亲族咸与共别。康颜色不变，问其兄曰：'向以琴来不邪？'兄曰：'以来。'康取调之，为太平引，曲成，叹曰：'太平引于今绝也！'"太学生三千人上书，请以为师，不许。文王亦寻悔焉。王隐晋书曰："康之下狱，太学生数千人请之，于时豪俊皆随康入狱，悉解喻，一时散遣。康竟与安同诛。"

【校文】

"不与"　景宋本及沈本俱作"未与"。

注"清洁"　景宋本及沈本作"清絜"。

【笺疏】

〔一〕程炎震云："水经注谷水篇：'水南即马市。洛阳有三市，斯其一也。亦嵇叔夜为司马昭所害处也。'朱笺引陆机洛阳记曰：'洛阳旧有三市：一曰金市，在宫西大城内。二曰马市，在城东。三曰羊市，在城南。'"洛阳伽蓝记二曰："出建春门外一里馀，至东石桥，南北而行。晋太康元年造桥，南有魏朝时马市，刑嵇康之所也。"嘉锡案：据杨衒之自序："洛阳城东面第一门曰建春门，汉曰上东门。"然则马市一名东市者，以其在东门外耳。

〔二〕魏志袁涣传注云："袁氏世纪曰：'准字孝尼，著书数十万言，论治五经滞义，圣人之微言，以传于世。'荀绰九州记称'准有俊才，泰始中为给事中’。”

〔三〕唐无名氏文选集注八十五赵景真与嵇茂齐书注引公孙罗文选钞曰：“干宝晋纪云：‘吕安与康相善，安兄巽。康有隐遁之志，不能披褐怀玉宝，矜才而上人。安妻美，巽使妇人醉而幸之。丑恶发露，巽病之，反告安谤己。巽善锺会，有宠于太祖，遂徙安边郡。安还书与康，其中云：“顾影中原，愤气云踊。哀物悼世，激情风厉。龙啸大野，虎睇六合。猛志纷纭，雄心四据。思蹑云梯，横奋八极。披艰扫难，荡海夷岳。蹴昆仑使西倒，蹋太山令东覆。平涤九区，恢维宇宙。斯吾之鄙愿也。岂能与吾同大丈夫之忧乐哉？”太祖恶之，追收下狱。康理之，俱死。’又嵇绍集云：‘此书赵景真与从兄嵇茂齐书，时人误以为吕仲悌与先君书，故具列其本末。’寻其至实，则干宝说吕安书为实，何者？嵇康之死，实为吕安事相连。吕安不为此书言太壮，何为至死？当死之时，人即称为此书而死。嵇绍晚始成人，恶其父与吕安为党，故作此说以拒之。若说是景真为书，景真孝子，必不肯为不忠之言也。又景真为辽东从事，于理何苦而云‘愤气云踊，哀物悼世’乎？实是吕安见枉，非理徙边之言也。但为此言，与康相知，所以得使锺会构成其罪。若真为杀安（二字有误）遣妻，引康为证，未足以加刑也。干宝见绍之非，故于修史，陈其正义。今文选所撰，以为亲不过子，故从绍言以书之，其实非也。”文选五君咏注引顾凯之嵇康赞曰：“南海太守鲍靓，通灵士也，东海徐宁师之。宁夜闻靓室有琴声，怪其妙而问焉。靓曰：‘嵇叔夜。’宁曰：‘嵇临命东市，何得在兹？’靓曰：‘叔夜迹示终，而实尸解。’”广记三百十七引灵鬼志曰：“嵇康灯下弹琴，忽有一人长丈馀，著黑单衣革带，熟视之。乃吹火灭之，曰：‘耻与魑魅争光。’尝行，去路数十里，有亭名月华。投此亭，由来杀人。中散心神萧散，了无惧意。至一更，操琴先作诸弄，雅声逸奏，空中称善。中散抚琴而呼之：‘君是何人？’答云：‘身是故人，幽没于此。闻君弹琴，音曲清和，昔所好，故来听耳。身不幸非理就终，形体残毁，不宜接见君子，然爱君之琴，要当相见，君勿怪恶之。君可更作数曲。’中散复为抚琴击节曰：‘夜已久，何不来也？形骸之间，复何足计？’乃手挈其头曰：‘闻君奏琴，不觉心开神悟，恍若暂生。’遂与共论音声之趣，辞甚清辩，谓中散曰：‘君试以琴见与。’乃弹广陵散，便从受之，果悉得。中散先所受引，殊不及。与中散誓：不得教人。天明语中散：‘相与虽一遇于今夕，可以远同千载。于此长绝，不能怅然。’”御览五百七十九引作灵异志，无“耻与魑魅争光”事。“去路”作“去洛”，“月华”作“华阳”，与晋书本传合。馀亦互有异同。广记三百二十四又引幽明录曰：“会稽贺思令善弹琴，尝夜在月中坐，临风抚奏。忽有一人形器甚伟，著械，有惨色，至其中庭。称善，便与共语。自云是嵇中散，谓贺云：‘卿下手极快，但于古法未合。’因授以广陵散。贺因得之，于今不绝。”御览五百七十九引作世说，盖误也。嘉锡案：广陵散异闻甚多。灵鬼志见隋志，题荀氏撰。广记三百二十二引其书“蛮兵”条，自言义熙初为南平国郎中，当是晋、宋间人。幽明录即临川王义庆所撰，去嵇康之死皆不过百数十年，而其所载广陵散之源流率恍惚如此。然文选十八嵇叔夜琴赋曰：“若次其曲引所宜，则广陵止息，东武太山，飞龙鹿鸣，鹍鸡游弦。更唱迭奏，声若自然。”李善注云：“广陵等曲，今并犹存，未详所起。应璩与刘孔才书曰：听广陵之清散。傅玄琴赋曰：马融谭思于止息。”然引应及傅者，明古有此曲，转以相证耳。非嵇康之言，出于此也。文选同卷又载潘安仁笙赋曰：“辍张女之哀弹，流广陵之名散。”由斯以谈，则广陵散乃古之名曲，弹之者不一其人，非嵇康之所独得。康死之后，其曲仍流传不辍，未尝因康死而便至绝响也。世说及魏志注所引康别传，载康临终之言，盖康自以为妙绝时人，不同凡响，平生过自珍贵，不肯教人。及将死之时，遂发此叹，以为从此以后，无复能继己者耳。后人耳食相传，误以为能弹此曲者，惟叔夜一人。遂转相傅会，造此言语，谓其初为古之灵鬼所授，其后为嵇之精魂所传。信若斯言，则魏志王粲传注引文章叙录，应璩以嘉平四年卒，通鉴七十八书嵇康以景元三年卒，相去不过十年，正同时之人。璩所谓听广陵之清散者，岂康为之鼓抚耶？抑灵鬼先出教之操弄耶？潘岳之死，通鉴八十三系之永康元年，距康被害已三十八年，广陵散当已久绝。而云"流广陵之名散"，岂康死后数数显灵耶？读李善注古有此曲，今并犹存之语，知一切志怪之书，皆非实录，无稽之谈，本不足辩。以欲明世说所载，不过康时感叹之言，广陵散实未尝绝，故不免词费如此。其馀一切纪载，如谓广陵散为嵇叔夜所作及袁孝尼所传者，皆不可信。具详辅仁学志五卷戴生明扬广陵散考中，此不复论。

〔四〕嵇中散集二与吕悌绝交书曰："昔与足下年时相比，以故数面相亲。足下笃意，遂成大好。及中间知阿都志力开悟，每喜足下家复有此弟。而阿都去年向吾有言，诚忿足下，意欲发举，吾深抑之。亦自恃足下不足迫之，故从吾言。间令足下因其顺亲，盖惜足下门户，欲令彼此无恙也。又足下许吾终不系都，以子父六人为誓，吾乃慨然感足下。重言慰都，都遂释然，不复兴意。足下阴自阻疑，密表系都。先首服诬都。此为都故信吾，又无言。何意足下苞藏祸心耶！都之含忍足下，实由吾言。今都获罪，吾为负之。吾之负都，由足下之负吾也。怅然失图，复何言哉？若此，无心复与足下交矣。古之君子绝交，不出丑言。从此别矣，临别恨恨。嵇康白。"嘉锡案：吕巽字长悌，见魏志杜畿传注。阿都盖吕安小字。中散调停吕氏兄弟间之曲折，具见于此书。据其所言，巽先密表系安，旋复自承诬告，后乃别以阴谋陷害也。至云“今都获罪，吾为负之”。可见安先定罪徙边，后乃见杀，与干宝之言合。向使安入狱即死，则中散亦已系狱，岂尚从容与巽绝交哉？

〔五〕嘉锡案：叔夜之死，晋书本传及魏志王粲传注引魏氏春秋，文选恨赋注引臧荣绪晋书，并孝标此注所引晋阳秋文士传，均言吕安被兄诬告，引康为证见诛，不言安尝徙边及与康书事。惟文选思旧赋注亦引干宝晋书，与公孙罗所引略同。然李善于此无所考辨，罗独明干宝之是，证嵇绍之非，其言甚核。五臣李周翰注，亦谓绍之家集未足可据。然则叔夜之死，实因吕安一书，牵连受祸，非仅因证安被诬事也。是亦读史者所当知矣。文选集注又引陆善经注，以为详其书意，自“吾子植根芳苑”已下，则非与康明矣。陆氏之意，盖谓吕安与康至善，不应诋康也。余谓叔夜下狱之后，作幽愤诗亦云：“曰余不敏，好善闇人。”似有悔与安交之意。当时情事如何，固非吾辈所了。惟使吕安下狱即死，无徙边之事，则景真书中明云“经迴路，涉沙漠”，所言皆边塞之景。安既未至其地，时人恶得误以为安作也？且嵇绍欲辨明此书非吕仲悌与其父者，只须曰“仲悌未尝至边郡，书中情景皆不合”，数语足矣。何用屑屑叙赵景真之本末哉？惟其吕安实尝徙边，虽绍亦不敢言无此事，始详叙赵景真之本末，明其尝至辽东，以证此书之为景真作也。夫吕安既已徙边，又追回下狱，与叔夜俱死，则二人之死，不独因吕巽之诬亦明矣。嵇绍欲为晋忠臣，不欲其父不忠于晋，使人谓彼为罪人之子，故有此辩。其实不忠于晋者，未必非忠于魏也。绍叙赵景真事，见言语篇注。

〔六〕嘉锡案：锺会衔康不为之礼，遂因而谮康。事见本书简傲篇及魏志王粲传注。锺会本传亦曰：“迁司隶校尉，虽在外司，时政损益，当世与夺，无不综与。嵇康等见诛，皆会谋也。”盖会时以司隶治吕安之狱，故得庭论康。

3　夏侯太初尝倚柱作书。时大雨，霹雳破所倚柱，衣服焦然，神色无变，书亦如故〔一〕。宾客左右，皆跌荡不得住。见顾恺之书赞。语林曰：“太初从魏帝拜陵，陪列于松柏下。时暴雨霹雳，正中所立之树。冠冕焦坏，左右睹之皆伏，太初颜色不改。”臧荣绪又以为诸葛诞也〔二〕。

【校文】

“衣服焦然”　“焦”，景宋本及沈本作“燋”。

注“松柏下”　沈本“柏”下有“之”字。

【笺疏】

〔一〕嘉锡案：山谷内集注引作“读书如故”。

〔二〕嘉锡案：书钞百五十二，御览十三，事类赋三并引曹嘉之晋纪曰：“诸葛诞以气迈称。常倚柱读书，霹雳震其柱，诞自若。”臧荣绪晋书盖本于此。

4　王戎七岁，尝与诸小儿游。看道边李树多子折枝。诸儿竞走取之，惟戎不动。人问之，答曰：“树在道边而多子，此必苦李。”取之，信然。名士传曰：“戎由是幼有神理之称也。”

5　魏明帝于宣武场上断虎爪牙，纵百姓观之〔一〕。王戎七岁〔二〕，亦往看。虎承间攀栏而吼，其声震地，观者无不辟易颠仆。戎湛然不动，了无恐色。竹林七贤论曰："明帝自阁上望见，使人问戎姓名而异之。"

【笺疏】

〔一〕水经十六穀水注引竹林七贤论曰："王戎幼而清秀。魏明帝于宣武场上为栏苞虎阱，使力士袒裼，迭与之搏，纵百姓观之。"

〔二〕程炎震云："晋书戎传云'惠帝永兴二年卒，年七十二'，则七岁是齐王芳正始二年。此云明帝，误矣。"

6　王戎为侍中，南郡太守刘肇遗筒中笺布五端〔一〕，戎虽不受，厚报其书。晋阳秋曰："司隶校尉刘毅奏：'南郡太守刘肇以布五十疋杂物遗前豫州刺史王戎，请槛车征付廷尉治罪，除名终身。'戎以书未达，不坐。"竹林七贤论曰："戎报肇书，议者佥以为讥。世祖患之，乃发口诏曰：'以戎之为士，义岂怀私？'"议者乃息，戎亦不谢。"

【笺疏】

〔一〕李详云："案文选蜀都赋刘逵注：'黄润筒中，细布也。'扬雄蜀都赋：'筒中黄润，一端数金。'左传昭二十六年杜注：'二丈为一端。'"

7　裴叔则被收，神气无变，举止自若。求纸笔作书。书成，救者多，乃得免。后位仪同三司。晋诸公赞曰："楷息瓒，取杨骏女。骏诛，以相婚党，收付廷尉。侍中傅祗证楷素意，由此得免。"名士传曰："楚王之难，李肇恶楷名重，收将害之。楷神色不变，举动自若，诸人请救，得免。"晋阳秋曰："楷与王戎俱加仪同三司。"〔一〕

【校文】

注"以相婚党"　"相"，景宋本及沈本作"楷"。

【笺疏】

〔一〕程炎震云："晋书楷传：'楚王之难，楷以匿免，不被收。'刘注具二说而不能决，盖以广异同。以当日情事推之，玮举事一日而败，恐不得收楷。晋书不从名士传，得之。"

8 王夷甫尝属族人事，经时未行，遇于一处饮燕，因语之曰："近属尊事，那得不行？"族人大怒，便举樏掷其面〔一〕。夷甫都无言，盥洗毕，牵王丞相臂，与共载去。在车中照镜语丞相曰："汝看我眼光，乃出牛背上。"王夷甫盖自谓风神英俊，不至与人校。

【笺疏】

〔一〕李慈铭云："案玉篇木部：'樏，力诡切。扁榼谓之樏。'广韵四纸：'樏，力委切。似盘，中有隔也。'樏即说文之欙，读平声，力追切。引虞书说：'山行乘欙。'康熙字典引唐韵：'音累，似盘，中有隔也。'"嘉锡案：类聚八十二引杜兰香别传曰"香降张硕，赍瓦榼酒、七子樏。樏多菜而无他味，亦有世间常菜，并有非时菜"云云。七子樏，盖樏中有七隔，以盛肴馔，即今之食盒，一名攒盒者是也。书钞一百四十二引祖台之志怪云，"建康小吏曹著见庐山夫人，为设酒馔，下七子盒盘，盘内无俗间常肴敉。"所谓七子盒盘，亦即樏也。东坡续集卷四与滕达导书简云："某好携具野饮，欲问公求红朱累子两卓二十四隔者。"累子亦即樏也。日本狩谷望之倭名类聚钞注卷六曰："樏，其器有隔，故谓之累，言其多也。后从木作樏。"馀详任诞篇"襄阳罗友"条。

9 裴遐在周馥所〔一〕，馥设主人。邓粲晋纪曰："馥字祖宣，汝南人。代刘淮为镇东将军，镇寿阳。移檄四方，欲奉迎天子。元皇使甘卓攻之，馥出奔，道卒。”遐与人围棋，馥司马行酒〔二〕。遐正戏，不时为饮。司马恚，因曳遐坠地。遐还坐，举止如常，颜色不变〔三〕，复戏如故。王夷甫问遐：“当时何得颜色不异？”答曰：“直是闇当故耳。”〔四〕一作闇故当耳。一作真是斗将故耳。

【笺疏】

〔一〕嘉锡案：遐附见裴楷传。

〔二〕程炎震云：“晋书遐传云：‘在平东将军周馥坐。’故得有司马。”

〔三〕程炎震云：“御览三百九十三引邓粲晋纪曰：‘同类有试遐者，推堕床下，遐拂衣还坐，言无异色。’”

〔四〕“闇当”未详。陈仅扪烛脞谈十二曰：“闇当似云默受，当读为抵当之当，去声。”嘉锡案：陈说亦想当然耳。未便可从。

10　刘庆孙在太傅府，于时人士，多为所构。唯庾子嵩纵心事外，无迹可间。后以其性俭家富，说太傅令换千万，冀其有吝，于此可乘。晋阳秋曰：“刘舆字庆孙〔一〕，中山人。有豪侠才算，善交结。为范阳王虓所昵，虓薨，太傅召之，大相委仗，用为长史。”八王故事曰：“司马越字元超，高密王泰长子。少尚布衣之操，为中外所归。累迁司空、太傅。”太傅于众坐中问庾，庾时颓然已醉，帻坠几上，以头就穿取〔二〕，徐答云：“下官家故可有两娑千万〔三〕，随公所取。”于是乃服。后有人向庾道此，庾曰：“可谓以小人之虑，度君子之心。”〔四〕

【笺疏】

〔一〕嘉锡案：刘舆乃刘琨之兄，晋书附琨传。世说此条注及赏誉篇“太傅府有三才”条注皆作“舆”。而仇隟篇“刘璵兄弟”，正文及注则皆作“璵”，必有一误。丁国钧晋书校文三曰：“以弟名琨例之，疑本作‘璵’。”然今晋书无作“璵”者。

〔二〕程炎震云：“通典五十七云：‘帻，汉制，上下群臣贵贱皆服之。晋因之。’帻有屋，故得以头就穿取。”

〔三〕程炎震云：“故可字，娑字，晋书本传皆无。”李慈铭云：“案晋书作二千万，娑字盖当时方言，如馨字、阿堵字之比耳。‘以小人之虑’二句，晋书作司马越语。”刘盼遂曰：“按：两娑千万者，两三千万也。娑以声借作三。娑、三双声，今北方多读三如沙，想当典午之世而已然矣。世说多录当日方言，此亦一斑。刘氏助字辨略云：‘两娑千万，娑，语辞，犹言两个千万也。’按淇以娑为语辞，无征。晋书庾敳传作‘两千万’，盖不知古语而删。”嘉锡案：北史儒林李业兴传云：“业兴上党长子人，家世农夫，虽学殖而旧音不改。梁武问其宗门多少？答曰：‘萨四十家。’”盖三转为沙，重言之则为萨。此又两娑为两三之证。今山西人犹读三为萨。

〔四〕程炎震云：“晋书以小人云云为司马越语。”

11　王夷甫与裴景声志好不同。景声恶欲取之，卒不能回。乃故诣王，肆言极骂，要王答己，欲以分谤。王不为动色，徐曰：“白眼儿遂作。”晋诸公赞曰：“邈字景声，河东闻喜人。少有通才，从兄頠器赏之，每与清言，终日达曙。自谓理构多如，辄每谢之，然未能出也。历太傅从事中郎、左司马，监东海王军事。少为文士，而经事为将，虽非其才，而以罕重称也。”

【校文】

注"多如"　"如"，景宋本及沈本俱作"知"。

12　王夷甫长裴成公四岁〔一〕，不与相知。时共集一处，皆当时名士，谓王曰："裴令令望何足计！"王便卿裴。裴曰："自可全君雅志。"裴頠，已见。

【笺疏】

〔一〕程炎震云："据晋书王、裴二传，则王长裴五岁。"

13　有往来者云：庾公有东下意。或谓王公："可潜稍严，以备不虞。"王公曰："我与元规虽俱王臣，本怀布衣之好。若其欲来，吾角巾径还乌衣〔一〕，丹阳记曰："乌衣之起，吴时乌衣营处所也。江左初立，琅邪诸王所居。"何所稍严。"中兴书曰："于是风尘自消，内外缉穆。"

【笺疏】

〔一〕程炎震云："通典五十七云：'葛巾，东晋制。以葛为之，形如帢而横著之，尊卑共服。太元中，国子生见祭酒博士，冠角巾。'晋书导传作'角巾还第'，似失语妙。羊祜传：'祜与从弟琇书曰："既定边事，当角巾东归故里。"'"景定建康志十六引旧志云："乌衣巷在秦淮南。晋南渡，王、谢诸名族居此，时谓其子弟为乌衣诸郎。今城南长干寺北有小巷曰乌衣，去朱雀桥不远。"又四十二引旧志云："王导宅在乌衣巷中，南临骠骑航。"

14　王丞相主簿欲检校帐下。公语主簿："欲与主簿周旋，无为知人几案间事。"

15　祖士少好财，阮遥集好屐，并恒自经营。同是一累，而未判其得失。祖约别传曰："约字士少，范阳遒人。累迁平西将军、豫州刺史，镇寿阳。与苏峻反，峻败，约投石勒。约本幽州冠族，宾客填门，勒登高望见车骑，大惊。又使占夺乡里先人田地，地主多恨。勒恶之，遂诛约。"晋阳秋曰："阮孚字遥集，陈留人，咸第二子也。少有智调，而无俊异。累迁侍中、吏部尚书、广州刺史。"人有诣祖，见料视财物。客至，屏当未尽，馀两小簏箸背后，倾身障之，意未能平。或有诣阮，见自吹火蜡屐，因叹曰："未知一生当箸几量屐？"神色闲畅。于是胜负始分〔一〕。孚别传曰："孚风韵疏诞，少有门风。"

【笺疏】

〔一〕嘉锡案：好财之为鄙俗，三尺童子知之。即好屐亦属嗜好之偏，何足令人介意，本可置之不谈。而晋人以此品量人物，甚至不能判其得失，无识甚矣。王若虚滹南遗老集二十八曰："晋史载祖约好财事，其为人猥鄙可知。阮孚蜡屐之叹，虽若差胜，然何所见之晚耶？是区区者而未能忘怀，不知二子所以得天下重名者果何事也？"又曰："晋士以虚谈相高，自名而夸世者不可胜数。'将无同'三语有何难道？或者乃因而辟之。一生几量屐，妇人所知，而遂以决祖、阮之胜负，其风至此，天下苍生，安得不误哉？"梁溪漫志五云："晋史书事，鄙陋可笑。如论阮孚好屐，祖约好财，同是累而未判得失。夫蜡屐固非雅事，然特嗜好之僻尔，岂可与贪财下俚者同日语哉？而作史者必待客见其料财物倾身障簏意未能平，方以分胜负，此乃市井屠沽之所不若，何足以汙史笔，尚足论胜负哉！许敬宗之徒，汙下无识，东坡以为人奴，不为过也。"

16　许侍中、顾司空俱作丞相从事，尔时已被遇，游宴集聚，略无不同。晋百官名曰："许璪字思文，义兴阳羡人。"许氏谱曰："璪祖艳，字子良，永兴长。父裴，字季显，乌程令。璪仕至吏部侍郎。"尝夜至丞相许戏，二人欢极，丞相便命使入己帐眠。顾至晓回转，不得快孰。许上床便咍台大鼾〔一〕。丞相顾诸客曰："此中亦难得眠处。"顾和字君孝，少知名。族人顾荣曰："此吾家骐骥也，必兴吾宗。"仕至尚书令。五子：治、隗、淳、履、之。

【校文】

"快孰"　"孰"，景宋本及沈本作"熟"。

【笺疏】

〔一〕刘盼遂曰："庄子达生篇：'公反诶诒为病。'释文：'诶诒，司马云解倦貌，李颐云失魂魄也。诒音台。'诶诒同从目声，咍台即诶诒也。之部，叠韵连语。"

17　庾太尉风仪伟长，不轻举止，时人皆以为假。亮有大儿数岁，雅重之质，便自如此，人知是天性。温太真尝隐幔怛之，此儿神色恬然，乃徐跪曰："君侯何以为此？"论者谓不减亮。苏峻时遇害。庾氏谱曰："会字会宗，太尉亮长子。年十九，咸和六年遇害。"或云："见阿恭，知元规非假。"阿恭，会小字也。

18　褚公于章安令迁太尉记室参军，按庾亮启参佐名，裒时直为参军，不掌记室也。名字已显而位微，人未多识。公东出，乘估客船，送故吏数人投钱唐亭住。钱唐县记曰："县近海，为潮漂没，县诸豪姓，敛钱雇人，辇土为塘，因以为名也。"〔一〕尔时吴兴沈充为县令，未详。当送客过浙江，客出，亭吏驱公移牛屋下。潮水至，沈令起仿徨，问："牛屋下是何物？"吏云："昨有一伧父来寄亭中〔二〕，晋阳秋曰："吴人以中州人为伧。"有尊贵客，权移之。"令有酒色，因遥问："伧父欲食饼不？姓何等？可共语。"褚因举手答曰："河南褚季野。"远近久承公名，令于是大遽，不敢移公，便于牛屋下修刺诣公。更宰杀为馔，具于公前。鞭挞亭吏，欲以谢惭。公与之酌宴，言色无异，状如不觉。令送公至界。

【校文】

"屋下是何物"　景宋本"物"下有"人"字，袁本同。

【笺疏】

〔一〕按此条注为宋人所删改，非复本文。演繁露卷十三引世说注钱塘云："晋人沈姓而令其县者，将筑塘，患土不给用，设诡曰：'有致土一畚者，以钱一畚易之。'土既大集，遂诿曰：'今不复须土矣。'人皆弃土而去。因取此土，以筑塘岸，故名钱塘。"嘉锡案：所引与今本大异。原本说郛卷十七有希通录，不知何人所作，其引世说注亦与演繁露略同。盖所据皆未删改以前之本。然考水经注卷四十引钱唐记曰："防海大塘在县东一里许，郡议曹华信家议立此塘，以防海水。始开，募有能致一斛土者，即与钱一千。旬日之间，来者云集。塘未成而不复取。于是载土石者皆弃而去，塘以之成，故名钱塘焉。”世说注所引，当即此条，互有删节耳。而以为晋沈令筑塘，与华信姓名不同，未详其故。或因下文“吴兴沈为县令”而误，非孝标原本也。元和郡县志卷二十五曰：“钱塘记云：‘昔州境逼近海，县理灵隐下，今馀址犹存。郡议曹华信乃立塘以防水。募有能致土石者，即与钱。及塘成，县境蒙利，乃移理此地，于是改为钱塘。’按华信汉时为郡议曹，据史记：始皇至钱塘，临浙江。秦时已有此名，疑所说为谬。”则钱塘记之说，已为李吉甫所驳矣。

〔二〕程炎震云：“玉篇人部：‘伧，士衡切。’亦引晋阳秋云：‘吴人谓中国人为伧。’此文但以作谓，州作国。广韵十二庚：‘伧，楚人别种也。助庚切。’”嘉锡案：晋阳秋所称中国人，指西晋时北人及过江人士言之。此中州字，必孝标所改，盖不欲称北朝所在之地为中国也。慧琳一切经音义六十五云：“晋阳秋曰：‘吴人谓中国人为伧人。又总谓江、淮间杂楚谓伧。’”然并不言所以名伧之义。惟汉书贾谊传，“国制抢攘”注引晋灼曰：“抢音伧，吴人骂楚人曰伧。伧攘，乱貌也。”余谓伧字盖有四义：伧攘本释乱貌，故凡目鄙野不文之人皆曰伧，本无地域之分。广记二百六十二引笑林曰“伧人欲相共吊丧，各不知仪，一人言粗习，谓同伴曰：‘汝随我举止。’”云云，此但极言乡愚之粗俗，不必其楚人、中国人也。一也。中国为声名文物之邦，彬彬大雅，本不当有荒伧之称。但自三国鼎峙，南北相轻，于是北人骂吴人为貉子（见本书尤悔篇“孙秀降晋”条），吴人骂北人曰伧父。类聚七十二引笑林曰：“吴人至京师，为设食者有酪苏，食之，归吐，遂至困顿。谓其子曰：‘与伧人同死，亦无所恨，然汝故宜慎之！’”笑林，隋志以为汉给事中邯郸淳撰。淳颍川人，在三国时未尝入吴，而其书记有张温事，非淳所及见。僧赞宁笋谱称陆云著笑林论，当必有据。此所谓京师，洛阳也。晋书左思传曰：“陆机入洛，与弟云书曰：‘此间有伧父欲作三都赋。’”降至东晋，此语尤繁。过江士大夫，皆被此目。而中原旧族，居吴既久，又以目后来之北人。晋阳秋所谓吴人以中国人为伧也。二也。孙权初都武昌，旋徙建业。吴人轻薄，自名上国，鄙楚人为荒陋，亦被此目。晋灼著书于典午中朝（见汉书序例），而云吴人骂楚人为伧，是未过江以前语也。三也。长江以北，淮水流域，本属楚境。永嘉丧乱，幽、冀、青、并、兖诸州之民相率避地于江、淮之间。于是侨立州郡以司牧之（见宋书州郡志）。其地多中原村鄙之民与楚人杂处，谓之杂楚。吴人薄之，亦呼伧楚。别目九江、豫章诸楚人为傒（详见容止篇“石头事故”条）。而于荆州之楚，无所指目，非复如东渡以前，统骂楚人为伧矣。晋阳秋云：“吴人总谓江、淮间杂楚为伧。”梁书锺嵘传云：“侨杂伧楚，应在绥附。”皆其义也。四也。由此观之，伧之为名，本无定地。但于其所鄙薄，则以此加之。故南北朝时，北人亦目南人为伧楚。北史王昕传：文宣下诏曰：“元景（昕字）本自庸才，素无动行，伪赏宾郎之味，好咏轻薄之篇。自谓模拟伧楚，曲尽风制。”此乃以楚统目南人，而骂之为伧。与吴人谓江、淮间人为伧楚者，又异矣。章炳麟新方言二云：“寻方言：壮、将皆训大。将、仓声通，如‘鸾声将将’，‘鸟兽跄跄’，是伧人犹言壮夫耳。昔陆机谓左思为伧父，盖谓其粗勇也。今自镇江而下至于海滨，无赖相呼曰老伧。”按章氏不知伧之为名，取义于抢攘，乃以将、仓声通，训为壮夫，真曲说也。

19　郗太傅在京口〔一〕，遣门生与王丞相书，求女婿。丞相语郗信：“君往东厢，任意选之。”门生归，白郗曰："王家诸郎，亦皆可嘉，闻来觅婿，咸自矜持。惟有一郎，在床上坦腹卧[二]，如不闻。"郗公云："正此好！"访之，乃是逸少，因嫁女与焉。王氏谱曰："逸少，羲之小字。羲之妻，太傅郗鉴女，名璇，字子房。"

【校文】

"在床上坦腹卧"　景宋本"床"上有"东"字。

【笺疏】

〔一〕程炎震云："晋书成纪：咸和元年，郗鉴以车骑将军领徐州刺史。考之鉴传，初为兖州刺史，镇广陵，至是兼领徐州。至苏峻平后，乃城京口，故地理志亦云然也。然咸和四年，右军年二十七矣。"

〔二〕御览八百六十引王隐晋书曰："王羲之幼有风操。郗虞卿闻王氏诸子皆俊（当作俊），令使选婿。诸子皆饰容以待客，羲之独坦腹东床，啮胡饼，神色自若。使具以告。虞卿曰：'此真吾子婿也！'问为谁？果是逸少。乃妻之。"今晋书羲之传与世说全同。而独改"在床上坦腹卧"为"在东床坦腹食"。用王隐"啮胡饼"之说也。宋王观国学林四遂谓古人称床榻非特卧具也，多是坐物。引羲之"东床坦腹而食"为证。不知床之为物，固可坐可卧。世说自作"在床上坦腹卧"，与晋书不同。不得谓羲之必坐而不卧也。袁文瓮牖闲评八又云："东床坦腹，乃绳床之床，非床榻之床也。人多以其坦腹，误认床榻之床，岂绳床之上，独不容坦腹耶？"嘉锡案：绳床即古之胡床，固是坐具。但晋书及世说并不云是胡床，不识袁氏何以知之。且胡床又名交床，元为可以随处移置。今晋书既云东床，恐仍是床榻之床耳。

20　过江初，拜官，舆饰供馔。羊曼拜丹阳尹[一]，客来蚤者，并得佳设。日晏渐罄，不复及精，随客早晚，不问贵贱。曼别传曰："曼字延祖，泰山南城人。父暨，阳平太守。曼颓纵宏任，饮酒诞节，与陈留阮放等号兖州八达。累迁丹阳尹，为苏峻所害。"羊固拜临海，竟日皆美供。虽晚至，亦获盛馔。时论以固之丰华，不如曼之真率。明帝东宫僚属名曰："固字道安，太山人。"文字志曰："固父坦，车骑长史。固善草行，著名一时，避乱渡江，累迁黄门侍郎。褒其清俭，赠大鸿胪。"

【笺疏】

〔一〕程炎震云："晋书云：代阮孚为丹阳尹，盖在咸和二年。"

21　周仲智饮酒醉，瞋目还面谓伯仁曰："君才不如弟，而横得重名！"须臾，举蜡烛火掷伯仁。伯仁笑曰："阿奴火攻〔一〕，固出下策耳！"孙子兵法曰："火攻有五：一曰火人，二曰火积，三曰火车，四曰火军，五曰火队。"〔二〕凡军必知五火之变，故以火攻者，明也。

【笺疏】

〔一〕嘉锡案：方正篇注云"阿奴，谟小字"，此条上文云"周仲智饮酒"，则是嵩，而非谟，谟字叔治，不当称阿奴。吴士鉴晋书周顗传注据御览四百八十九引郭子作"阿拏"。今考影宋本御览作"阿拏"，不作"阿拏"。且郭子所言乃周叔治为晋陵周侯仲智送别之事，与方正篇同。则"阿拏自爱"仍是呼叔治。奴、拏通用字耳。后识鉴篇注亦引邓粲晋纪曰："阿奴，嵩之弟周谟也。"能改斋漫录八云："投烛之事，当云'阿嵩，火攻固出下策耳'。其称阿奴，盖史误也。"嘉锡以为周嵩、周谟皆称阿奴，可见为父兄泛称子弟之辞，非谟小字，说见方正篇"周叔治条"下。

〔二〕嘉锡案：孙子火攻作“三曰火辎，四曰火库”。

22 顾和始为杨州从事。月旦当朝，未入顷，停车州门外。周侯诣丞相，历和车边。语林曰：“周侯饮酒已醉，箸白袷，凭两人来诣丞相。”和觅蝨，夷然不动。周既过，反还，指顾心曰：“此中何所有？”顾搏蝨如故，徐应曰：“此中最是难测地。”周侯既入，语丞相曰：“卿州吏中有一令仆才。”中兴书曰：“和有操量，弱冠知名。”

【校文】

“杨州” “杨”，景宋本作“扬”。

“蝨”字 景宋本俱作“虱”。

23 庾太尉与苏峻战，败，率左右十馀人，乘小船西奔。晋阳秋曰：“苏峻作逆，诏亮都督征讨，战于建阳门外，王师败绩，亮于陈携二弟奔温峤。”乱兵相剥掠，射误中柂工，应弦而倒。举船上咸失色分散，亮不动容，徐曰：“此手那可使箸贼！”众乃安〔一〕。

【校文】

注“二弟” “二”，景宋本作“三”。

【笺疏】

〔一〕晋书亮传及通鉴九十四作“此手何可使著贼”。胡注云：“言射不能杀贼，而反射杀柂工，自恨之辞也。”嘉锡案：晋书、通鉴均言亮左右射贼，误中柂工。世说先言亮率左右十馀人乘小船西奔，方叙射中柂工事，则射者亦是亮左右，非亮也。假使是亮手自发矢，则左右何为失色不安，岂畏亮尽杀馀人耶？既非亮所射，亮何用作自恨之辞。胡注望文生义，理不可通。顾炎武日知录二十七以注为非是，而曰亮意盖谓有此善射之手，使著贼身，亦必应弦而倒耳。解嘲之语也。赵绍祖通鉴胡注商五则曰："余按柂工在船后，亮船正走，而贼追之。故左右射贼，误中柂工，船上人不知，疑舟中有变，失色欲散。而亮故示闲暇以安之。言此箭若得著贼，亦必应弦而倒也。解嘲之辞耳。"嘉锡又案：顾氏之解庾亮语虽是，而云解嘲之语，则仍以为亮所自射，尚沿胡注之误。赵氏以为亮左右所射是也。而谓船上人疑舟中有变，则于情事尚未协。盖亮左右射贼，流矢乱发。及误中柂工，亦不知此箭是谁所射。既已肇祸，人人自疑，畏亮瞋怒，且悔且惧。故仓黄欲散，亮乃镇静不惊，从容谈笑，言此手所发之箭若使著贼，那可复当？不惟不怒，且反奖其善射。于是众心遂安也。晋书亦未解此意，改那可为何可，不合当时语气矣。

24　庾小征西尝出未还。妇母阮是刘万安妻，刘氏谱曰："刘绥妻陈留阮蕃女，字幼娥。"绥，别见〔一〕。与女上安陵城楼上〔二〕。俄顷翼归，策良马，盛舆卫。阮语女："闻庾郎能骑，我何由得见？"妇告翼，庾氏传曰："翼娶高平刘绥女，字静女。"翼便为于道开卤簿盘马，始两转，坠马堕地，意色自若。

【笺疏】

〔一〕嘉锡案：刘绥见赏誉篇"刘万安"条。

〔二〕程炎震云："安陵当作安陆。晋书地理志：江夏郡治安陆。翼本传：康帝即位，翼上疏移镇襄阳。帝纪、通鉴并系于建元元年。翼以永和元年卒，年四十一，则是年三十九矣。”

25　宣武桓温。与简文、太宰武陵王晞。共载，密令人在舆前后鸣鼓大叫。卤簿中惊扰，太宰惶怖求下舆。顾看简文，穆然清恬。宣武语人曰：“朝廷间故复有此贤。”〔一〕续晋阳秋曰：“帝性温深，雅有局镇。尝与桓温、太宰武陵王晞同乘，至板桥，温密敕令无因鸣角鼓噪，部伍并惊驰，温阳骇异，晞大震，帝举止自若，音颜无变。温每以此称其德量，故论者谓温服惮也。”

【笺疏】

〔一〕程炎震云：“晋书简文纪亦云‘尝与桓温及武陵王晞同载游板桥’云云。御览九十九引晋中兴书同。晞有武干，为温所忌，何至惶怖乎？据御览知出于中兴书，知是简文立后，史臣归美之词，未足据信。”嘉锡案：黜免篇注引司马晞传曰：“晞少不好学，尚武凶恣。时太宗辅政，晞以宗长不得执权，常怀愤慨。欲因桓温入朝杀之。”然则其人甚有胆勇，必不闻鼓噪而惶怖亦明矣。程氏以为史臣归美简文之词，盖是也。

26　王劭、王荟共诣宣武，劭荟别传曰：“劭字敬伦，丞相导第五子。清贵简素，研味玄赜。大司马桓温称为凤雏〔一〕。累迁尚书仆射、吴国内史。荟字敬文，丞相最小子。有清誉，夷泰无竞。仕至镇军将军。”正值收庾希家。中兴书曰：“希字始彦，司空冰长子。累迁徐、兖二州刺史。希兄弟贵盛，桓温忌之，讽免希官，遂奔于暨阳。初，郭璞筮冰子孙必有大祸，惟固三阳可以有后。故希求镇山阳，弟友为东阳，希自家暨阳。及温诛希弟柔、倩，闻希难，逃于海陵。后还京口聚众，事败，为温所诛。”〔二〕荟不自安，逡巡欲去；劭坚坐不动，待收信还，得不定乃出。论者以劭为优。

【笺疏】

〔一〕御览三百八十九引劭别传（误作桓邵）“清贵简素”下作“风姿甚美，而善治容仪，虽家人近习，莫见其怠堕之貌。温见而称之曰：‘可谓凤雏。’”

〔二〕程炎震云：“庾希事，据晋书简文纪在咸安二年。庾亮传谓‘温先杀柔、倩，希逃，经年乃于京口聚众’。与中兴书异。”嘉锡案：注中引中兴书“闻希难”若作“希闻难”，便与晋书无不合矣。传写误倒一字耳。亮传云：“倩太宰长史，最有才器，桓温深忌之。及海西公废，温陷倩及柔以武陵王党，杀之。希闻难便与弟邈及子攸之逃于海陵陂泽中。温遣兵捕希，希聚众于海滨，略渔人船，夜入京口城。温遣东海太守周少孙讨之，城陷被擒。希、邈及子侄五人斩于建康市。”馀详赏誉篇“庾公云逸少国举”条。

27 桓宣武与郗超议芟夷朝臣，条牒既定，其夜同宿。续晋阳秋曰：“超谓温雄武，当乐推之运，遂深自委结。温亦深相器重，故潜谋密计，莫不预焉。”明晨起，呼谢安、王坦之入，掷疏示之，郗犹在帐内。谢都无言，王直掷还，云：多！宣武取笔欲除，郗不觉窃从帐中与宣武言〔一〕。谢含笑曰：“郗生可谓入幕宾也。”帐，一作帷。

【笺疏】

〔一〕程炎震云：“晋书但云王、谢诣温论事，不言芟夷朝臣。盖以帐中窃言，事近难信也。然叙于太和以前则误。通鉴从晋书而移于宁康元年，殆近之。”

28　谢太傅盘桓东山时，与孙兴公诸人泛海戏。中兴书曰："安先居会稽，与支道林、王羲之、许询共游处。出则渔弋山水，入则谈说属文，未尝有处世意也。"风起浪涌，孙、王诸人色并遽，便唱使还。太傅神情方王，吟啸不言。舟人以公貌闲意说，犹去不止。既风转急，浪猛，诸人皆喧动不坐。公徐云："如此，将无归！"众人即承响而回。于是审其量，足以镇安朝野。

【校文】

注"安先居会稽"　"先"，景宋本作"元"。

29　桓公伏甲设馔，广延朝士，因此欲诛谢安、王坦之。晋安帝纪曰："简文晏驾，遗诏桓温依诸葛亮、王导故事。温大怒，以为黜其权，谢安、王坦之所建也。入赴山陵，百官拜于道侧，在位望者，战栗失色。或云自此欲杀王、谢。王甚遽，问谢曰："当作何计？"谢神意不变，谓文度曰："晋阼存亡，在此一行。"相与俱前。王之恐状，转见于色。谢之宽容，愈表于貌。望阶趋席，方作洛生咏，讽"浩浩洪流"〔一〕。桓惮其旷远，乃趣解兵。按宋明帝文章志曰："安能作洛下书生咏，而少有鼻疾，语音浊。后名流多敩其咏，弗能及，手掩鼻而吟焉。桓温止新亭，大陈兵卫，呼安及坦之，欲于坐害之。王入失措，倒执手版，汗流沾衣。安神姿举动，不异于常。举目徧历温左右卫士，谓温曰：'安闻诸侯有道，守在四邻。明公何有壁间著阿堵辈？'温笑曰：'正自不能不尔。'于是矜庄之心顿尽。命部左右，促燕行觞，笑语移日。"王、谢旧齐名，于此始判优劣。

【校文】

注“弗能及”　“弗”，景宋本作“菩”，非。沈本作“莫”。

注“失措”　“措”，景宋本作“厝”。

注“何有”　景宋本及沈本俱作“何须”。

注“命部左右”　“部”，景宋本作“却”。

【笺疏】

〔一〕嘉锡案：洛下书生咏，其辞不传。观安石作洛生咏，而所讽为嵇康诗。是盖仿洛下书生读书之声以咏诗，本非篇名矣。颜氏家训音辞篇曰：“音韵锋出，各有土风，递相非笑。指马之谕，未知孰是。共以帝王都邑，参校方俗，考核古今，为之折衷。榷而量之，独金陵与洛下耳。”按琅邪颜氏，自西平靖侯含随晋元过江，至之推已历九世（见北齐书之推传及元和姓纂四），金陵为南朝所都，故之推以与洛下并论。至于东晋士夫，多是中原旧族，家存东都之俗，人传洛下之音。是以茂弘熨腹，真长笑其吴语；安石病鼻，名流敩其高咏焉。洛生咏音本重浊（见轻诋篇“人问顾长康”条注），安以有鼻疾，自然逼真，而时人以吴音读之，故非掩鼻不能近似也。南齐书张融传曰：“獠贼执融将杀食之，融神色不动，方作洛生咏，贼异之而不害也。”盖江南名士慕安石之风流，故久而传其声。然融竟因以免祸，与安石同，斯亦异矣。吾友陈寅恪尝考东晋南朝之吴语（见历史语言研究所集刊第七本第一分），引世说此条及张融事论之曰：“据此则江东士族不独操中原之音，亦且敩洛下之咏。张融本吴人，而临危难仍能作洛生咏，虽由其心神镇定，异乎常人，要必平日北音习俗，否则决难致此无疑也。”程炎震云：“嵇康赠秀才入军诗：‘浩浩洪流，带我邦畿。’刘氏失注。”

30　谢太傅与王文度共诣郗超，日旰未得前，王便欲去。谢曰："不能为性命忍俄顷？"超得宠桓温，专杀生之威。

31　支道林还东，高逸沙门传曰："遁为哀帝所迎，游京邑久，心在故山，乃拂衣王都，还就岩穴。"时贤并送于征虏亭。丹阳记曰："太安中，征虏将军谢安立此亭〔一〕，因以为名。"蔡子叔前至，坐近林公。中兴书曰："蔡系字子叔，济阳人，司徒谟第二子。有文理，仕至抚军长史。"谢万石后来，坐小远。蔡暂起，谢移就其处。蔡还，见谢在焉，因合褥举谢掷地，自复坐。谢冠帻倾脱，乃徐起振衣就席，神意甚平，不觉瞋沮。坐定，谓蔡曰："卿奇人，殆坏我面。"〔二〕蔡答曰："我本不为卿面作计。"其后，二人俱不介意。

【笺疏】

〔一〕程炎震云："御览一百九十四引丹阳记云：'谢石创征虏亭，太元中。'则太安当作太元。谢安当作谢石。"

〔二〕程炎震云："据高僧传支遁传：'哀帝即位，出都，止东林寺。涉将三载，乃还东山。'考哀帝以升平五年辛酉即位，谢万召为散骑常侍（见初学记十二），会卒。则支遁还东时，万已卒一二年矣。晋书万传叙此事，但云送客，不言支遁，殆已觉其误也。高僧传作谢安石，亦误。安石此时当在吴兴，不在建康也。谢石有谢白面之称，以殆坏我面语推之，疑是谢石，后人罕见石奴，故于石字上或着安，或着万耳。"嘉锡案：程氏谓支遁还东时，谢万已死。其言固有明证，谓安石此时不得在建康，已失之拘。至因谢石号谢白面，遂以殆坏我面之语推定为石，则不免可笑。掷地坏面，岂问其色之白黑耶！

32　郗嘉宾钦崇释道安德问，安和上传曰："释道安者，常山薄柳人，本姓卫，年十二作沙门。神性聪敏而貌至陋，佛图澄甚重之。值石氏乱，于陆浑山木食修学，为慕容俊所逼，乃住襄阳。以佛法东流，经籍错谬，更为条章，标序篇目，为之注解。自支道林等皆宗其理。无疾卒。"饷米千斛，修书累纸，意寄殷勤。道安答直云："损米。"愈觉有待之为烦〔一〕。

【笺疏】

〔一〕刘盼遂曰："庄子齐物论：'景曰：吾有待而然者邪？吾所待又有待而然者邪？吾待蛇蚹蜩翼耶？'安公盖引此语。"嘉锡案：高僧传五作"安答书云：'损米千斛。'"世说殆因千斛二字复出从省。详审文义，"愈觉有待之为烦"一句，乃记者叙事之辞，非安公语也。盖嘉宾之书，填砌故事，言之累牍不能休。而安公答书，乃直陈其事，不作才语。读之言简意尽，愈觉必待词采而后为文者，无益于事，徒为烦费耳。由此观之，骈文之不如散文便于叙事，六朝人已知之矣。

33　谢安南免吏部尚书还东，晋百官名曰："谢奉字弘道，会稽山阴人。"谢氏谱曰："奉祖端，散骑常侍。父凤，丞相主簿。奉历安南将军、广州刺史、吏部尚书。"谢太傅赴桓公司马出西〔一〕，相遇破冈。既当远别，遂停三日共语。太傅欲慰其失官，安南辄引以它端。虽信宿中涂，竟不言及此事。太傅深恨在心未尽，谓同舟曰："谢奉故是奇士。"

【笺疏】

〔一〕程炎震云："晋书礼志，穆帝崩，哀帝立，议继统事，有尚书谢奉。则升平五年，奉犹为尚书。免官还东，更在其后。安石出西赴桓温司马，则当在升平四年，参差不合，岂弘道前此尝免官，复再起耶?”真诰八甄命授篇陶弘景注曰:“谢奉字宏道，会稽人。仕至吴郡丹阳尹、吏部尚书。”

34　戴公从东出，谢太傅往看之。谢本轻戴，见但与论琴书。戴既无吝色，而谈琴书愈妙。谢悠然知其量。晋安帝纪曰:“戴逵字安道，谯国人。少有清操，恬和通任，为刘真长所知。性甚快畅，泰于娱生。好鼓琴，善属文，尤乐游燕，多与高门风流者游，谈者许其通隐。屡辞征命，遂箸高尚之称。”

35　谢公与人围棋，俄而谢玄淮上信至。看书竟，默然无言，徐向局。客问淮上利害，答曰:“小儿辈大破贼。”意色举止，不异于常。续晋阳秋曰:“初，符坚南寇，京师大震。谢安无惧色，方命驾出墅，与兄子玄围棋。夜还乃处分，少日皆办。破贼又无喜容。其高量如此。”谢车骑传曰:“氐贼符坚，倾国大出，众号百万。朝廷遣诸军距之，凡八万。坚进屯寿阳，玄为前锋都督，与从弟琰等选精锐决战。射伤坚，俘获数万计，得伪辇及云母车，宝器山积，锦罽万端，牛、马、驴、骡、驼十万头匹。”〔一〕

【校文】

注“符坚”　“符”，景宋本俱作“苻”，是。

注“十万头匹”　景宋本及沈本无“匹”字。

【笺疏】

〔一〕晋书谢安传曰:“苻坚强盛，率众号百万，次于淮、肥。京师震恐，加安征讨大都督。玄入问计，安夷然无惧色，答曰:‘已别有旨。’既而寂然。玄不敢复言，乃令张玄重请。安遂命驾出山墅，亲朋毕集。方与玄围棋赌别墅，安常棋劣于玄，是日玄惧，便为敌手，而又不胜。安顾谓其甥羊昙曰：'以墅乞汝。'安遂游步，至夜乃还。指授将帅，各当其任。玄等既破坚，有驿书至，安方对客围棋。看书既竟，便摄放床上，了无喜色，棋如故。客问之，徐答云：'小儿辈遂已破贼。'既罢还内，过户限，心喜甚，不觉屐齿之折。其矫情镇物如此。"嘉锡案：所言与世说及续晋阳秋略同而加详。冯景解舂集文钞卷七题围棋赌墅图曰："尝观古之人，当大事危疑仓卒之时，往往托情博弈，以示镇静。魏公子无忌已开其先，不自谢安始也。费祎督师御魏，严驾将发，来敏就求围棋，祎留意对戏，色无厌倦。敏起曰：'聊试卿耳！信自可人，必能办贼。'安之与玄赌墅，亦犹敏之试祎与！抑不惟是，古人当大哀大乐死生呼吸之际，亦以围棋示度量。如顾雍与僚属围棋，外启信至，而无儿书，虽神色不变，而心了其故。以爪掐掌，血流沾褥，宾客既散，方叹曰：'已无延陵之高，岂可有丧明之责！'夫元叹逆知子凶问而漠然终弈，与安石既得捷书而漠然终弈，其矫情镇物同也。然哀之极而掌血流与乐之过而屐齿折，同一郁极而发，及其悲喜横决，反十倍于常情，不能自主也。"冯氏此文，颇切于情事，不同空言，故录之于此。赵蕤长短经臣行篇云："或曰：'谢安石为相，可与何人为比？'虞南曰：'昔顾雍封侯之日，而家人不知，前代称其质重，莫以为偶。夫以东晋衰微，疆埸日骇。永固六夷英主，亲率百万；苻融俊才名相，执锐先驱。厉虎狼之爪牙，骋长蛇之锋锷。先筑宾馆，以待晋君。强弱而论，鸿毛泰山不足为喻。文靖深拒桓冲之援，不喜谢玄之书，则胜败之数，固已存于胸中矣。夫斯人也，岂以区区万户之封，动其方寸者欤？若论其度量，近古以来，未见其匹。'"嘉锡案：旧唐志杂史类、新唐志杂家类并有虞世南帝王略论五卷。赵蕤所引，盖出此书，避太宗讳，故称虞南。

36　王子猷、子敬曾俱坐一室，上忽发火。子猷遽走避，不惶取屐；晋百官名曰："王徽之，字子猷。"中兴书曰："徽之，羲之第五子。卓荦不羁，欲为傲达，仕至黄门侍郎。"子敬神色恬然，徐唤左右，扶凭而出，不异平常。续晋阳秋曰："献之虽不修赏贯，而容止不妄。"世以此定二王神宇。

【校文】

注"赏贯"　"赏"，景宋本作"常"。

37　符坚游魂近境，坚，别见。谢太傅谓子敬曰："可将当轴，了其此处。"〔一〕

【校文】

"符"　景宋本作"苻"，是。

【笺疏】

〔一〕盐铁论杂论篇曰："车丞相即周、鲁之列，当轴处中，括囊不言，容身而去。彼哉！彼哉！"汉书车千秋传赞作"车丞相履伊、吕之业"，馀同。文选干令升晋纪总论曰："秉钧当轴之士，身兼官以十数。"

38　王僧弥、谢车骑共王小奴许集。王珉、谢玄并已见。小奴，王荟小字也。僧弥举酒劝谢云："奉使君一觞。"谢曰："可尔。"谢玄曾为徐州，故云使君〔一〕。僧弥勃然起，作色曰："汝故是吴兴溪中钓碣耳〔二〕！何敢诪张！"玄叔父安，曾为吴兴，玄少时从之游〔三〕，故珉云然。谢徐抚掌而笑曰："卫军，僧

弥殊不肃省〔四〕，乃侵陵上国也。”〔五〕

【笺疏】

〔一〕程炎震云：“玄前为兖州，不必定作徐州乃云使君也。此注殊泥。”

〔二〕李慈铭云：“案碣当作羯，玄之小名也。世说作遏。以封、胡推之，作羯为是。盖取胡、羯字为小名，寓简贱之意。如犬子、狗子（亦作苟子）、佛犬之类。古人小名皆此义也。此举其小名，故曰钓羯。”嘉锡案：御览四百四十六引语林：“谢碣绝重其姊”，正作“碣”。盖羯、碣通用。又八百三十四引谢玄与兄书曰：“居家大都无所为，正以垂纶为事，足以永日。北固下大有鲈鱼，一出手，钓得四十七枚。”又与书曰：“昨日疏成后，出钓。手所获鱼，以为二坩鲊，今奉送。”又八百六十二引谢玄与妇书曰：“昨出钓，获鱼，作一坩鲊。今奉送。”是则谢玄平生性好钓鱼，故王珉就其小字生义，诋为吴兴溪中钓碣，言汝不过钓鱼之羯奴耳。

〔三〕嘉泰吴兴志二记州治坊巷，有车骑坊。引旧图经云：“城东北二里，有晋车骑将军谢玄宅，在衙东门投北大街。”

〔四〕程炎震云：“晋书王荟传不言为‘卫军’。珉为荟族子，玄长珉八岁，故得于荟许斥珉小字。”

〔五〕嘉锡以为珉先斥玄小字，故玄以此报之，不必更论长幼也。然珉语近于丑诋，想见声色俱厉，而玄出之以游戏，固足称为雅量。

39　王东亭为桓宣武主簿，既承藉，有美誉，公甚欲其人地为一府之望。初，见谢失仪，而神色自若。坐上宾客即相贬笑。公曰：“不然，观其情貌，必自不凡，吾当试之。”后因月朝阁下伏〔一〕，公于内走马直出突之，左右皆宕仆，而王不动。名价于是大重，咸云“是公辅器也”。续晋阳秋曰：“珣初辟大司马掾，桓温至重之，常称‘王掾必为黑头公，未易才也’。”

【校文】

“欲” 沈本作“敬”。

【笺疏】

〔一〕嘉锡案：“阁下伏”，详见文学篇“王东亭到桓公吏”条。

40 太元末，长星见，孝武心甚恶之。徐广晋纪曰：“泰元二十年九月，有蓬星如粉絮，东南行，历须女〔一〕，至央星。”按太元末，惟有此妖，不闻长星也。且汉文八年，有长星出东方〔二〕。文颖注曰：“长星有光芒，或竟天，或长十丈，或二三丈，无常也。”〔三〕此星见，多为兵革事。此后十六年，文帝乃崩。盖知长星非关天子，世说虚也。夜，华林园中饮酒，举杯属星云：“长星！劝尔一杯酒。自古何时有万岁天子？”〔四〕

【校文】

注“至央星” “央”，沈本作“哭”。

注“太元” 景宋本及沈本作“泰元”。

【笺疏】

〔一〕程炎震云：“晋书天文志作‘历女虚，至哭星’。”嘉锡案：注文“历须女”当作“女虚”，见前引文。

〔二〕“汉文八年，长星见”，见汉书文帝纪。

〔三〕嘉锡案：此引文颖汉书注也。今颜师古注亦引之。

〔四〕嘉锡案：开元占经八十六引郄萌曰：“蓬星出太微中，天子（当为下）立王，期不出三年。”又引荆州占曰：“蓬星出北斗魁中，王者坐贼死。若大臣诸侯，有受诛者。蓬星出司命，王者疾死。”又引何法盛中兴书曰："晋孝武太元二十年九月，有蓬星如粉絮，东南行。历女、虚、危至哭星。其年烈宗崩。"然则孝武因蓬星之出，其占为王者死，故言古无万岁天子。世说误"蓬星"为"长星"耳。其言未必虚也。占经八十八引幽明录与此同。末多"取杯酬之，帝亦寻崩也"二句。

41 殷荆州有所识，作赋，是束晳慢戏之流。文士传曰："晳字广微，阳平元城人，汉太子太傅疏广后也。王莽末，广曾孙孟达自东海避难元城，改姓，去'疏'之足以为束氏〔一〕。晳博学多识〔二〕，问无不对。元康中，有人自嵩高山下得竹简一枚，上两行科斗书，司空张华以问晳。晳曰：'此明帝显节陵中策文也。'检校果然。曾为饼赋诸文〔三〕，文甚俳谑。三十九岁卒〔四〕，元城为之废市。"殷甚以为有才，语王恭："适见新文，甚可观。"便于手巾函中出之〔五〕。王读，殷笑之不自胜。王看竟，既不笑，亦不言好恶，但以如意帖之而已〔六〕。殷怅然自失。

【笺疏】

〔一〕晋书束晳传载改姓之说，略同文士传。二十二史考异二十一曰："说文：疏，从㐬，从疋，以疋得声。隶变疏为疎，与束缚之束本不相涉。疋古胥字，古人胥、疏同声，故从疋声也。疏之改束，自取声相转，如耿之为简，奚之为嵇耳。唐人不通六书，乃有去足之说。"嘉锡案：此说出自张骘文士传。骘虽不详时代，然裴松之、刘孝标皆引其书，则其人当生于晋代，不得归罪于唐人也。钱氏但就晋书言之耳。松之于魏志王粲传注中讥骘虚伪妄作，是其学识甚陋，容或不知六书。然疎孟达时，佐隶书已盛行，隶书疏字变为从足从束。去其偏旁，因有去足之说。此如说文序所谓马头人为长，人持十为斗，何必定合六书耶？考元和姓纂入声三烛引晋书云："疎广曾孙孟达，（今本姓纂作疎广之后孙孟达，据古今姓氏遥华韵癸集一引改。）避王莽乱，自东海徙沙鹿山南田，因去疋为束氏。"则晋书本作去疋，不作去足，未尝误也。第不知所引是否唐修晋书耳。

〔二〕御览三百六十二引作"广曾孙孟造，自东海避难归芜城"，非是。文选补亡诗注引王隐晋书曰："束晳字广微，平阳阳干人也。父惠，冯翊太守。兄璆，与晳齐名。尝览古诗，惜其不补，故作诗以补之。贾谧请为著作郎。"嘉锡案：今晋书束晳传称"祖混，陇西太守。父龛，冯翊太守。晳与兄璆俱知名"云云。其父兄之名与王隐书皆不同，未详其故。

〔三〕嘉锡案：晳饼赋，严可均全晋文八十七据书钞、类聚、初学记、御览辑录成篇。考宋祝穆事文类聚续集十七，亦载有此赋。视严辑本仅少六句。若非自古书录出，则必是宋人已有辑本也。

〔四〕程炎震云："晋书云：'年四十卒。'"

〔五〕程炎震云："御览三百九十一引函中二字作亟。"

〔六〕程炎震云："帖，御览作点。"

42　羊绥第二子孚，少有俊才，与谢益寿相好，益寿，谢混小字也。尝蚤往谢许，未食。俄而王齐、王睹来。王睹已见〔一〕。齐，王熙小字也。中兴书曰："熙字叔和，恭次弟。尚鄱阳公主，太子洗马，早卒。"既先不相识，王向席有不说色，欲使羊去。羊了不眄，惟脚委几上，咏瞩自若。谢与王叙寒温数语毕，还与羊谈赏，王方悟其奇，乃合共语。须臾食下，二王都不得餐，惟属羊不暇〔二〕。羊不大应对之，而盛进食，食毕便退。遂苦相留〔三〕，羊义不住，直云："向者不得从命，中国尚虚。"〔四〕二王是孝伯两弟。

【笺疏】

〔一〕嘉锡案：睹，王爽小字。见文学篇"王孝伯在京行散"条。

〔二〕嘉锡案：二王敬其人，故代谢作主人，劝其加餐。

〔三〕嘉锡案："苦相留"，二王留之也。

〔四〕嘉锡案：二王先欲羊去，羊已觉之，而置不与较。及二王前倨后恭，苦留共谈，羊乃云："向者，君欲我去。不得从命者，直因腹内尚虚。今食已饱，便当径去耳。"云中国尚虚者，盖当时人常语，以腹心比中国，四肢比夷狄也。

识鉴第七

1　曹公少时见乔玄，玄谓曰："天下方乱，群雄虎争，拨而理之，非君乎？然君实乱世之英雄，治世之奸贼。恨吾老矣，不见君富贵，当以子孙相累。"续汉书曰："玄字公祖，梁国睢阳人。少治礼及严氏春秋。累迁尚书令。玄严明有才略，长于知人。初，魏武帝为诸生，未知名也，玄甚异之。"魏书曰："玄见太祖曰：'吾见士多矣，未有若君者！天下将乱，非命世之才不能济也。能安之者，其在君乎？'"〔一〕按世语曰："玄谓太祖：'君未有名，可交许子将。'太祖乃造子将，子将纳焉。"孙盛杂语曰："太祖尝问许子将：'我何如人？'固问，然后子将答曰：'治世之能臣，乱世之奸雄。'太祖大笑。"〔二〕世说所言谬矣。

【笺疏】

〔一〕嘉锡案：桥玄称曹操之语，后汉书玄传作"今天下将乱，安生民者，其在君乎"，盖即翦裁魏书之语。魏志武纪直与魏书同，但无首二句耳。而裴注引魏书曰："太尉桥玄，世名知人，睹太祖而异之曰：'吾见天下名士多矣，未有若君者也。君善自持。吾老矣，愿以妻子为托。'由是声名益重。"反无"命世之才"等语。盖裴以其与魏志同而删之也。合此注所引观之，其文乃全。

〔二〕人物志英雄篇曰："夫草之精秀者为英，兽之特群者为雄，故人之文武茂异，取名于此。是故聪明秀出谓之英，胆力过人谓之雄。此其大体之别名也。若校其分数，则互相须各以二分，取彼一分，然后乃成。必聪能谋始，明能见机，胆能决之，然后可以为英。张良是也。气力过人，勇能行之，智足断事，乃可以为雄。韩信是也。

体分不同，以多为目，故英雄异名。然皆偏至之材，人臣之任也。若一人之身，兼有英雄，则能长世。高祖、项羽是也。”今人汤用彤读人物志曰：“英雄者，汉、魏间月旦人物所有名目之一也。天下大乱，拨乱反正，则需英雄。汉末豪俊并起，群欲平定天下，均以英雄自许。故王粲著有汉末英雄传。夫拨乱端仗英雄，故后汉书言许子将目曹操曰：‘子清平之奸贼，乱世之英雄。’而孟德为之大悦。盖操素以创业自任也。”

2 曹公问裴潜曰：“卿昔与刘备共在荆州，卿以备才如何？”潜曰：“使居中国，能乱人，不能为治。若乘边守险，足为一方之主。”〔一〕魏志曰：“潜字文行，河东人。避乱荆州，刘表待之宾客礼。潜私谓王粲、司马芝曰：‘刘牧非霸王之才，而欲以西伯自处，其败无日矣！’遂南渡，适长沙。”

【校文】

注“待之宾客礼”　“之”，景宋本作“以”。

注“遂南渡适长沙”　景宋本作“累迁尚书令，赠太常”。

【笺疏】

〔一〕嘉锡案：以刘备之才，若使早居中国，乘时得位，与曹操易地而处。备既宽厚爱人，辅之以诸葛亮，皋、伊之亚，其施政治民，奚啻高出于操，何至不能为治哉？而裴潜之言乃如此。考之潜本传，叙潜与操问答后即云：“时代郡大乱，以潜为代郡太守。在代三年，还后数十日，三单于反问至，乃遣鄢陵侯彰征之。”检魏武纪：“代郡、上谷、乌丸、无臣、氐等叛，遣鄢陵侯彰讨破之。”事在建安二十三年夏四月。故潜之守代郡，通鉴六十七叙之于二十一年五月之后。刘备已先于十九年夏四月克成都。方操与潜问答之时，备之取蜀，亦已久矣。此必二十年冬操已降张鲁，与备争汉中之时。方以备为劲敌，惧其不克，故发此问。潜知备之才足以定蜀，而地狭兵少，必不能遽复中原。操虽强盛，而所值乃当世人杰，亦决不能并蜀。故推测形势而为是言。此特战国策士揣摩之馀习，不足以言识鉴也。

3　何晏、邓飏、夏侯玄并求傅嘏交，而嘏终不许。魏略曰："邓飏字玄茂，南阳宛人，邓禹之后也。少得士名。明帝时为中书郎，以与李胜等为浮华被斥。正始中，迁侍中尚书。为人好货，臧艾以父妾与飏，得显官，京师为之语曰：'以官易富邓玄茂。'何晏选不得人，颇由飏，以党曹爽诛。"诸人乃因荀粲说合之，谓嘏曰："夏侯太初一时之杰士，虚心于子，而卿意怀不可交。合则好成，不合则致隙。二贤若穆，则国之休，此蔺相如所以下廉颇也。"史记曰："相如以功大拜上卿，位在廉颇右。颇怒，欲辱之。相如每称疾，望见，引车避匿。其舍人欲去之，相如曰：'夫以秦王之威而吾廷叱之，何畏廉将军哉？顾秦强赵弱，秦以吾二人故不敢加兵于赵。今两虎斗，势不俱生，吾以公家急而后私雠也。'颇闻，谢罪。"傅曰："夏侯太初志大心劳，能合虚誉，诚所谓利口覆国之人。何晏、邓飏有为而躁，博而寡要，外好利而内无关籥，贵同恶异，多言而妒前。多言多衅，妒前无亲。以吾观之：此三贤者，皆败德之人耳！远之犹恐罹祸，况可亲之邪？"后皆如其言。傅子曰："是时何晏以才辩显于贵戚之间，邓飏好交通，合徒党，鬻声名于闾阎，夏侯玄以贵臣子，少有重名，皆求交于嘏，嘏不纳也。嘏友人荀粲有清识远志，然犹劝嘏结交云。"〔一〕

【笺疏】

〔一〕李慈铭云："案夏侯重德，平叔名儒，嘏于是时名位未显，何至内交见拒，且烦奉倩为言？观晋书列女传，当何、邓在位时，嘏之弟玄以见恶于何、邓，至于求婚不得。岂有太初岳岳，反借嘏辈为重？此自缘三贤败后，晋人增饰恶言，国史既以忠为逆，私家复诬贤为奸。如魏志嘏传，皆不可信。傅子即玄所作，出于雠怨之辞，世说转据旧闻，是非多谬。然太初名德，终著古今，不能相累。平叔论语，永列学官，以视嘏辈，直蜉蝣耳。近儒王氏懋竑白田杂著中言之当矣。”魏志荀彧传注引何劭所为荀粲传曰：“粲与嘏善，夏侯玄亦亲。常谓嘏、玄曰：‘子等在世涂间，功名必胜我，但识劣我耳！’嘏难曰：‘能盛功名者，识也。天下孰有本不足，而末有馀者邪？’粲曰：‘功名者，志局之所奖也。然则志局自一物耳，固非识之所独济也。我以能使子等为贵，然未必齐子等所为也。’”嘉锡案：傅嘏传注引傅子称嘏与何曾善，劭即曾之子。晋书曾传称劭与武帝同年。帝以太熙元年崩，年五十五，则劭与帝盖同生于魏青龙四年。当正元二年，傅嘏卒时，劭年已二十矣。以通家子记其父执之生平，自必确凿可信。观其载荀粲评论夏侯玄与傅嘏之言，一则曰子等，再则曰子等，是必三人觌面之所谈也。夫促膝抵掌，相与论心，其交情之密可知。嘏之答粲，第谓识为功名之本，而不言己与玄志局之不同，是于粲之所评，固已默许之矣。其意气之相合，又可知也。而谓玄欲求交，而嘏不许，此矫诬之言，但欲以欺天下后世，而无如同时之何劭已载笔而从其后，何也？盖玄与嘏最初皆欲立功于国，已而各行其志，嘏为司马氏之死党，而玄则司马师之雠敌也。二人之交，遂始合而终睽。抑或玄败之后，嘏始讳之，饰为此言以自解免。傅玄著书，为其从兄门户计，又从而傅会之耳。嘏于叛君负国之事，攘臂恐后，则其忍于诬罔以卖其死友，亦固其所。独怪世说竟采其语，列于识鉴之篇，而后世论史者，亦皆深信而不疑，无一人能发其覆者，为可叹也！据本书方正篇及

注：玄不与锺会交，及下狱后，会因便狎玄，而玄正色拒之。与陈本善，而不与本弟骞相见，其严于交游如此。嘏与玄友，不为所拒亦幸矣。玄何为独虚心于嘏，欲求交而不可得乎？魏志嘏传注引傅子云："司隶校尉锺会年甚少，嘏以明智交会。"考之会传及注：会于司马师执政时，为中书侍郎，师称其有王佐才。师伐毌丘俭，嘏、会皆从，而会典知密事，盖有盛宠于师。师死后，二人协谋召司马昭而授之以兵，遂成魏室之祸。嘏先与荀粲善，粲者，荀彧之子，知名当世。傅子又称嘏与会及何曾、陈泰、荀顗、锺毓并相友善，盖在司马氏得政以后，以党援相结纳。然则嘏之取友，因名与势以为离合者也。方曹爽未败以前，玄以贵公子有重名，嘏未为何晏所排时，与爽亦无隙。及爽既败，司马懿犹以通家子遇玄，故晏等死而玄独免。嘏亦何所畏惮而不乐与玄交，且拒绝之乎？故吾谓此乃嘏与傅玄事后撰造之辞，而非其实也。又案：何晏、邓飏虽有浮华之过，然并一时名士。其死则因陷于曹爽之党，为司马懿所杀。爽等死，而司马氏篡逆之势成，为魏之臣子者当悲之，不当幸之也。至于夏侯玄之死，事由中书令李丰与皇后父光禄大夫张缉谋欲以玄辅政而诛司马师，事泄被杀。具见魏志夏侯尚传。缉等此谋，奉君命以讨逆臣，与董承衣带诏事无以异。玄为国家而死，尤不当以成败议之也。王懋竑白田杂著四论李丰、傅嘏曰："李丰为司马师所引用，乃与魏主谋，以夏侯玄代师辅政。此魏之忠臣，莫有过焉者也。""傅嘏论夏侯玄、何晏、邓飏语，论李丰语，皆出傅子，傅子，傅玄所著。玄、嘏从父兄弟，故多载其语。按嘏本传：'魏黄门侍郎，以与晏等不合免官，后起为荥阳太守，不就。司马懿请为从事中郎，遂附从懿父子以倾魏。爽之诛，齐王之废，嘏皆与有力焉。'故爽诛，即以嘏为河南尹，转尚书，赐爵关内侯。齐王废，进爵武乡亭侯。及毌丘俭、文钦兵起，嘏劝师自行，

与之俱东。师卒，中诏嘏还师。嘏辄与昭俱还，以成司马氏之篡。迹其始末，盖与贾充不异。幸其早死，不与佐命之数。此乃魏之逆臣，其与何晏、邓飏及玄、丰不平，皆以其为魏故，而自与锺毓、锺会、何曾、陈泰、荀颢善，则皆司马氏之党也。所讥议晏等语，大率以爱憎为之。如晏辈固不足道，若丰、玄岂不胜于锺会、何曾、荀颢，而嘏之好恶如此。陈寿论嘏用才达显，而裴松之谓嘏当时高流。寿所评不足见其美，庸人之论，浅陋可笑。”嘉锡案：世说此节与嘏传裴注所引傅子大同小异。孝标取世说所删去者，存之于注，以著其缘起，且以明世说之出于傅子也。傅玄在魏官位未高，或尚非司马氏之腹心。然其于何晏、邓飏，则雠敌也。晋书列女传曰：“杜有道妻严氏，字宪。女韡有淑德，傅玄求为继室，宪便许之。时玄与何晏、邓飏不穆，晏等每欲害之，时人莫肯共婚，及宪许玄，内外以为忧惧。或曰：‘何、邓执权，必为玄害，亦由排山压卵，以汤沃雪耳。奈何与之为亲？’宪曰：‘晏等骄侈，必将自败，司马太傅，睡兽耳！吾恐卵破雪消，行自有在。’遂与玄为婚。晏等寻亦为宣帝所诛。”此传末言宪以妹女妻玄子咸，必是玄父子所作，而晋史采之。观其言玄与晏、飏等不相容如此，固宜其载傅嘏之言，力诋晏等，以快其宿愤也。乃后之人为玄之文采所炫惑，裴松之既采其言入傅嘏传注中，刘义庆又录之世说，司马公作通鉴亦载于卷七十六，皆以嘏言为定评。不知李丰固忠臣，夏侯玄亦英杰，其人品皆非傅嘏所敢望。何晏为正始名士，虽与王弼鼓扇虚浮，不为无罪，而其死要为不幸，亦非嘏、玄兄弟所得而议也。李莼客以晏有注论语之功，推为名儒，未免太过。惟王氏之论为能协是非之公，故具录之于此，俾与莼客之评相参证焉。若夫嘏未尝拒不与玄交，已具见于前，此不复论。

4　晋武帝讲武于宣武场，帝欲偃武修文，亲自临幸〔一〕，悉召群臣。山公谓不宜尔，因与诸尚书言孙、吴用兵本意。遂究论，举坐无不咨嗟。皆曰："山少傅乃天下名言。"〔二〕史记曰："孙武，齐人。吴起，卫人。并善兵法。"竹林七贤论曰："咸宁中，吴既平，上将为桃林、华山之事，息役弭兵，示天下以大安。于是州郡悉去兵，大郡置武吏百人，小郡五十人。时京师犹讲武，山涛因论孙、吴用兵本意。涛为人常简默，盖以为国者不可以忘战，故及之。"名士传曰："涛居魏、晋之间，无所标明〔三〕，尝与尚书卢钦言及用兵本意。武帝闻之，曰：'山少傅名言也。'"〔四〕后诸王骄汰，轻遘祸难，于是寇盗处处蚁合，郡国多以无备，不能制服，遂渐炽盛，皆如公言。时人以谓山涛不学孙、吴，而闇与之理会。王夷甫亦叹云："公闇与道合。"竹林七贤论曰："永宁之后，诸王构祸，狡虏歘起，皆如涛言。"名士传曰："王夷甫推叹涛'晻晻为与道合，其深不可测'。皆此类也。"

【校文】

注"无所标明"　"明"，景宋本及沈本作"名"。

【笺疏】

〔一〕程炎震云："武纪：泰始十年、咸宁元年、三年十一月，数临宣武观大阅。"

〔二〕程炎震云："涛传：'咸宁初，转太子少傅，举卢钦论用兵之本，以为不宜去州郡武备。'武纪：'咸宁四年三月，尚书左仆射卢钦卒，山涛代之。'"

〔三〕宋本赏誉篇注引顾恺之画赞亦云："涛无所标名。"

〔四〕吴士鉴晋书山涛传注曰："案武帝纪：帝临宣武观大阅事，在咸宁三年。尚在平吴之前。七贤论误谓'吴既平'也。卢钦卒于咸宁四年，亦不逮平吴之后。世说谓‘举坐以为名言’，与本传及名士传作武帝之言亦异。”

5　王夷甫父乂为平北将军，有公事，使行人论不得。时夷甫在京师，命驾见仆射羊祜、尚书山涛。夷甫时总角，姿才秀异，叙致既快，事加有理，涛甚奇之。既退，看之不辍，乃叹曰：“生儿不当如王夷甫邪？”羊祜曰：“乱天下者，必此子也！”〔一〕晋阳秋曰：“夷甫父乂，有简书，将免官，夷甫年十七〔二〕，见所继从舅羊祜，申陈事状，辞甚俊伟。祜不然之，夷甫拂衣而起。祜顾谓宾客曰：‘此人必将以盛名处当世大位，然败俗伤化者，必此人也！’”汉晋春秋曰：“初，羊祜以军法欲斩王戎，夷甫又忿祜言其必败，不相贵重。天下为之语曰：‘二王当朝，世人莫敢称羊公之有德。’”

【笺疏】

〔一〕李慈铭云：“案此条诸人皆名，夷甫独字，孝标为梁武讳，追改之耳。”

〔二〕程炎震云：“王衍以永嘉五年卒，年五十六。则十七岁，乃泰始八年。考羊祜为尚书左仆射，五年二月督荆，此当是泰始五年事。晋书衍传作年十四，是也。”嘉锡案：晋书武帝纪“泰始四年二月，以中军将军羊祜为尚书左仆射。五年二月，以尚书左仆射羊祜都督荆州诸军事。”则祜之为仆射，首尾仅及一年，王衍之见祜，必当在泰始四、五年之间。衍传言：衍年十四，在京师造仆射羊祜。案衍为石勒所杀，年五十六。本传不言其死之年月。考之通鉴卷八十七，事在永嘉五年。以此推之，则泰始五年，衍年十四。盖其时祜尚未赴荆州，故衍得往见，情事正合。若如晋阳秋之言，衍年十七，始见羊祜，则祜去仆射之任，已三年矣。盖传闻异辞，与世说不同。孝标引以为注，失之不考。晋书于羊祜传，亦叙王衍诣祜于祜都督荆州之后，盖杂采成书，而未核其年月，不悟其与衍传自相抵牾也。吴承仕曰："晋书羊祜传：衍诣祜，辞甚俊辩。祜不然之。衍拂衣而起。祜顾谓宾客曰'王夷甫方以盛名处大位'云云，按方以二字，当为将以。以衍传证之，时年方十四耳。王衍传言：泰始八年诏举奇才可以安边者，衍初好论纵横之术，故尚书卢钦举为辽东太守，不就。按泰始八年，衍年仅十七，恐非情实。"

6　潘阳仲见王敦小时，谓曰："君蜂目已露，但豺声未振耳。必能食人，亦当为人所食。"〔一〕晋阳秋曰："潘滔字阳仲，荥阳人，太常尼从子也。有文学才识。永嘉末，为河南尹，遇害。"汉晋春秋曰："初，王夷甫言东海王越，转王敦为杨州。潘滔初为太傅长史，言于太傅曰：'王处仲蜂目已露，豺声未发，今树之江外，肆其豪强之心，是贼之也。'"晋阳秋曰："敦为太子舍人，与滔同僚，故有此言。"习、孙二说，便小迁异〔二〕。春秋传曰："楚令尹子上谓世子商臣，蜂目而豺声，忍人也。"

【校文】

注"杨州"　景宋本作"扬州"。

【笺疏】

〔一〕李详云："详案：汉书王莽传，有用方技待诏黄门者，或问以莽形貌。待诏曰：'莽所谓鸱目虎吻，豺狼之声者也。故能食人，亦当为人所食。'阳仲之语本此。"

〔二〕程炎震云："如习说，则在惠帝末；如孙说，则在惠帝初。皆非王敦小时。孝标此注，盖隐以规正本文，今晋书则从孙说。"

7　石勒不知书，石勒传曰："勒字世龙，上党武乡人，匈奴之苗裔也。雄勇好骑射。晋元康中，流宕山东，与平原茌平人师欢家庸，耳恒闻鼓角鞞铎之音，勒私异之。初，勒乡里原上地中生石日长，类铁骑之象。国中生人参，葩叶甚盛。于时父老相者皆云：'此胡体貌奇异，有不可知。'劝邑人厚遇之，人多哂而不信。永嘉初，豪杰并起，与胡王阳等十八骑诣汲桑，为左前督。桑败，共推勒为主。攻下州县，都于襄国。后僭正号，死，谥明皇帝。"使人读汉书。闻郦食其劝立六国后，刻印将授之，大惊曰："此法当失，云何得遂有天下？"至留侯谏，乃曰："赖有此耳！"邓粲晋纪曰："勒手不能书，目不识字，每于军中令人诵读，听之，皆解其意。"汉书曰："项羽急围汉王于荥阳，汉王与郦食其谋挠楚权。食其劝立六国后，王令趣刻印。张良入谏，以为不可。辍食吐哺，骂郦生曰：'竖儒几败乃公事！'趣令销印。"

【校文】

注"勒手不能书"　景宋本及沈本作"勒不知书"。

8　卫玠年五岁，神衿可爱。祖太保曰："此儿有异，顾吾老，不见其大耳！"〔一〕晋诸公赞曰："瓘字伯玉，河东安邑人。少以明识清允称。傅嘏极贵重之，谓之甯武子〔二〕。仕至太保，为楚王玮所害。"玠别传曰："玠有虚令之秀，清胜之气，在群伍之中，有异人之望。祖太保见玠五岁曰：'此儿神爽聪令，与众大异，恐吾年老，不及见尔。'"

【笺疏】

〔一〕程炎震云："伯玉死于永康元年，玠年六岁。"

〔二〕论语公冶长："子曰：'甯武子，邦有道则知，邦无道则愚。其知可及也，其愚不可及也。'"注：孔安国曰："详愚似实，故曰不可及也。"皇侃义疏引王朗曰："或曰：'详愚，盖运智之所得，缘有此智，故能有此愚。岂得云同此智而阙其愚哉？'答曰：'智之为名，止于布德尚善，动而不黜者也，愚无预焉。至于详愚，韬光潜彩，恬然无用，支流不同，故其称亦殊。且智非足者之目可有，虽审其显，而未尽其愚者矣。'"嘉锡案：以甯武子之愚为详愚，乃汉、魏人解论语与宋儒异处。晋书卫瓘传云："弱冠为魏尚书郎，转中书郎。时权臣专政，瓘优游其间，无所亲疏，甚为傅嘏所重，谓之甯武子。"权臣谓曹爽也。傅嘏乃司马氏之党，与爽等异趣，故以爽执政之时为无道之世，而叹瓘之能韬光潜彩，为似甯武子也。

9　刘越石云："华彦夏识能不足，强果有馀。"虞预晋书曰："华轶字彦夏，平原人，魏太尉歆曾孙也。累迁江州刺史。倾心下士，甚得士欢心。以不从元皇命见诛。"汉晋春秋曰："刘琨知轶必败，谓其自取之也。"

10　张季鹰辟齐王东曹掾〔一〕，在洛见秋风起，因思吴中菰菜羹、鲈鱼脍〔二〕，曰："人生贵得适意尔，何能羁宦数千里以要名爵！"遂命驾便归〔三〕。俄而齐王败，时人皆谓为见机〔四〕。文士传曰："张翰字季鹰。父俨，吴大鸿胪。翰有清才美望，博学善属文，造次立成，辞义清新。大司马齐王冏辟为东曹掾。翰谓同郡顾荣曰：'天下纷纷未已，夫有四海之名者，求退良难。吾本山林间人，无望于时久矣。子善以明防前，以智虑后。'荣捉其手，怆然曰：'吾亦与子采南山蕨，饮三江水尔！'翰以疾归，府以辄去除吏名。性至孝，遭母艰，哀毁过礼。自以年宿，不营当世，以疾终于家。”

【校文】

注“府以辄去除吏名”　“府”沈本作“荣”。

【笺疏】

〔一〕程炎震云：“晋书翰传：齐王冏辟为大司马东曹掾。”

〔二〕御览引作“菰菜、莼羹、鲈鱼脍”，与晋书合，当据补。齐民要术八作羹臛法篇有脍鱼、莼羹，则莼北方亦有之，不必吴中。而季鹰思之不置者，以他处之莼入秋辄不可食也。要术曰：“四月莼生，茎而未叶，名作雉尾莼。第一作肥羹。叶舒长足，名曰丝莼。五月、六月用丝莼。入七月尽。九月、十月内不中食，莼有蜗虫著故也。虫甚细微，与莼一体，不可识别，食之损人。”嘉泰吴兴志二十曰：“长兴县西湖出佳莼。今水乡亦种，夏初来卖，软滑宜羹。夏中辄麄涩不可食，不如吴中者，至秋初亦软美。”此张翰所以思也。御览八百六十二引春秋佐助期曰：“八月雨后，苽菜生于洿下地中，作羹臛甚美。吴中以鲈鱼作脍，（原作鲈，误。）苽菜为羹，鱼白如玉，菜黄若金，称为金羹玉鲈，一时珍食。”吴郡志二十九曰：“菰叶羹，晋张翰所思者。按菰即茭也。菰首，吴谓之茭白，甘美可羹，而叶殊不可噉。疑叶衍或误。”嘉锡案：晋书张翰传作“菰菜、莼羹”，世说作“菰菜羹”，无作菰叶羹者。吴郡志实误引而误辨。志又曰：“鲈鱼生松江，尤宜脍。洁白松软，又不腥，在诸鱼之上。江与太湖相接。湖中亦有鲈。俗传江鱼四鳃，湖鱼止三鳃，味辄不及。秋初鱼出，吴中好事者竞买之。或有游松江就脍之者。”金谷园记谓鲈鱼常以仲秋从海入江。

〔三〕岁华纪丽三：“张季鹰之歌发。鲈鱼歌曰：‘秋风起兮木叶飞，吴江水兮鲈正肥。三千里兮家未归，恨难禁兮仰天悲。’遂挂冠而去。”

〔四〕文廷式纯常子枝语卷五曰：“季鹰真可谓明智矣。当乱世，惟名为大忌。既有四海之名而不知退，则虽善于防虑，亦无益也。季鹰、彦先皆吴之大族。彦先知退，仅而获免。季鹰则鸿飞冥冥，岂世所能测其浅深哉？陆氏兄弟不知此义，而干没不已，其沦胥以丧，非不幸也！”

11　诸葛道明初过江左，自名道明，名亚王、庾之下。中兴书曰：“恢避难过江，与颍川荀道明〔一〕、陈留蔡道明俱有名誉，号曰‘中兴三明’。时人为之语曰：‘京都三明各有名，蔡氏儒雅荀、葛清。’”〔二〕先为临沂令，丞相谓曰：“明府当为黑头公。”〔三〕语林曰：“丞相拜司空，诸葛道明在公坐，指冠冕曰：‘君当复著此。’”

【校文】

注“恢避难”　书钞所引“恢”下有：“字道明，弱冠知名。中宗元帝为安东，召为主簿。”

注“与颍川荀道明陈留蔡道明”　书钞“与”作“于时”，“荀”下有“颢字”二字，“蔡”下有“谟字”二字。

【笺疏】

〔一〕程炎震云：“荀道明名闿，见晋书恢传。文选王文宪集序注引中兴书同。”嘉锡案：荀闿者，勖之孙。晋书附见勖传，文选注引中兴书作荀颢者误。颢字景倩，彧子。晋书有传。程氏于此未能考正。

〔二〕嘉锡案：书钞六十九引世说即此条注也，较今本多数句。盖宋人因恢仕履已见方正篇注中，以此为重复而删之。其实两注所引不同，无妨互见也。“避难过江”四字，“各有名”三字，书钞无。

〔三〕李慈铭云：“案王导临沂人，故称恢为明府。汉人称明府皆属太守。晋以后始以称县令，盖尊崇之若太守。然而至今以为故事，不知本义矣。”

12 王平子素不知眉子，曰：“志大其量，终当死坞壁间。”晋诸公赞曰：“王玄字眉子，夷甫子也。东海王越辟为掾，后行陈留太守。大行威罚，为坞人所害。”

【校文】

“其量” “其”，景宋本及沈本俱作“无”。

13 王大将军始下，杨朗苦谏不从，遂为王致力，乘“中鸣云露车”径前曰〔一〕：“听下官鼓音，一进而捷。”王先把其手曰：“事克，当相用为荆州。”既而忘之，以为南郡。晋百官名曰：“朗字世彦，弘农人。”杨氏谱曰：“朗祖嚣，典军校尉。父淮〔二〕，冀州刺史。”王隐晋书曰：“朗有器识才量，善能当世。仕至雍州刺史。”王败后，明帝收朗，欲杀之。帝寻崩，得免。后兼三公〔三〕，署数十人为官属。此诸人当时并无名，后皆被知遇。于时称其知人。

【笺疏】

〔一〕程炎震云：“晋书平原王幹传：‘阴雨则出犊车。’王尼传：‘惟蓄露车，有牛一头。’”嘉锡案：此云“中鸣云露车”，疑与寻常所谓露车不同，俟考。

〔二〕程炎震云：“魏志陈思王传注：‘杨修子嚣，嚣子凖，皆知名于晋世。凖，惠帝末为冀州刺史。’品藻篇‘冀州刺史杨淮’条，宋本亦作凖，晋书乐广传亦作凖。”

〔三〕李慈铭云：“案三公下当有一曹字。三公曹郎主典选。”程炎震云：“晋书职官志列曹尚书有三公曹。渡江止有吏部、祠部、五兵、左民、度支五尚书，而十八曹郎内仍有三公曹。盖以他尚书摄职，故云兼也。”

14 周伯仁母冬至举酒赐三子曰：“吾本谓度江托足无所。尔家有相，尔等并罗列吾前，复何忧？”周嵩起，长跪而泣曰：“不如阿母言。伯仁为人志大而才短，名重而识闇，好乘人之弊，此非自全之道。嵩性狼抗，亦不容于世。惟阿奴碌碌，当在阿母目下耳！”邓粲晋纪曰：“阿奴，嵩之弟周谟也。”三周并已见。

15 王大将军既亡，王应欲投世儒，世儒为江州。王含欲投王舒，舒为荆州。含语应曰：“大将军平素与江州云何，而汝欲归之？”应曰：“此乃所以宜往也。晋阳秋曰：“应字安期，含子也。敦无子，养为嗣，以为武卫将军，用为副贰，伏诛。”江州当人强盛时，能抗同异〔一〕，此非常人所行。及睹衰危，必兴愍恻。王彬别传曰：“彬字世儒，琅邪人。祖览，父正，并有名德。彬爽气出侪类，有雅正之韵。与元帝姨兄弟，佐佑皇业，累迁侍中。从兄敦下石头，害周伯仁，彬与顗素善，往哭其尸，甚恸。既而见敦，敦怪其有惨容而问之。答曰：‘向哭周伯仁，情不能已。’敦曰：‘伯仁自致刑戮，汝复何为者哉？’彬曰：‘伯仁清誉之士，有何罪？’因数敦曰：‘抗旌犯上，杀戮忠良！’音辞忼慨，与泪俱下。敦怒甚。丞相在坐，代为之解，命彬曰：‘拜谢。’彬曰：‘有足疾。比来见天子尚不能拜，何跪之有？’敦曰：‘脚疾何如颈疾？’以亲故不害之。累迁江州刺史、左仆射。赠卫将军。”荆州守文，岂能作意表行事？”含不从，遂共投舒。舒果沈含父子于江。传曰："舒字处明，琅邪人。祖览，知名。父会，御史。舒器业简素，有文武干。中宗用为北中郎将、荆州刺史、尚书仆射。出为会稽太守。以父名会，累表自陈。讨苏峻有功，封彭泽侯，赠车骑大将军。"彬闻应当来，密具船以待之，竟不得来，深以为恨。含之投舒，舒遣军逆之，含父子赴水死。昔郦寄卖友见讥，况贩兄弟以求安，舒非人矣！

【校文】

注"传曰舒字处明"　"传"上景宋本及袁本有"王舒"二字。

【笺疏】

〔一〕通鉴九十三胡注云："王应之见，犹能出乎寻常。此敦所以以之为后欤？能立同异，谓哭周顗数敦罪及谏敦为逆也。"

16　武昌孟嘉作庾太尉州从事，已知名。褚太傅有知人鉴，罢豫章还，过武昌，问庾曰："闻孟从事佳，今在此不？"庾云："卿自求之。"褚眄睐良久，指嘉曰："此君小异，得无是乎？"庾大笑曰："然！"于时既叹褚之默识，又欣嘉之见赏。嘉别传曰："嘉字万年，江夏鄳人。曾祖父宗，吴司空。祖父揖，晋庐陵太守。宗葬武昌阳新县，子孙家焉。嘉少以清操知名。太尉庾亮，领江州，辟嘉部庐陵从事。下都还，亮引问风俗得失。对曰：'待还，当问从事吏。'亮举麈尾掩口而笑，语弟翼曰：'孟嘉故是盛德人。'转劝学从事。太傅褚裒有器识，亮正旦大会，裒问亮：'闻江州有孟嘉，何在？'亮曰：'在坐，卿但自觅。'裒历观久之，指嘉曰：'将无是乎？'亮欣然而笑，喜裒得嘉，奇嘉为裒所得，乃益器之。后为征西桓温参军，九月九日温游龙山〔一〕，参寮毕集。时佐史并著戎服，风吹嘉帽堕落，温戒左右勿言，以观其举止。嘉初不觉，良久如厕，命取还之。令孙盛作文嘲之，成，箸嘉坐。嘉还即答，四坐嗟叹。嘉喜酣畅，愈多不乱。温问：'酒有何好，而卿嗜之?'嘉曰：'明公未得酒中趣尔。'又问：'听伎，丝不如竹，竹不如肉，何也?'答曰：'渐近自然。'转从事中郎，迁长史。年五十三而卒。"〔二〕

【笺疏】

〔一〕范成大吴船录卷下云："辛未泊沙头道大堤，入城谒诸官，询龙山落帽台，云在城北三十里，一小丘耳。"嘉锡案：此所谓城，指江陵城也。

〔二〕程炎震云："晋书褚裒传云：'康帝为琅邪王，聘裒女为妃，由是出为豫章太守。及康帝即位，征拜侍中。'则裒罢豫章时，亮死二年矣。晋书嘉传作'褚裒时为豫章太守，正旦朝亮'，盖依渊明所为别传而略节之。此注引别传，并删裒为豫章一语，亦小失也。"

17 戴安道年十馀岁，在瓦官寺画。王长史见之曰："此童非徒能画，续晋阳秋曰："逵善图画，穷巧丹青也。"亦终当致名。恨吾老，不见其盛时耳！"

18 王仲祖、谢仁祖、刘真长俱至丹阳墓所省殷扬州，殊有确然之志。中兴书曰："浩栖迟积年，累聘不至。"既反，王、谢相谓曰："渊源不起，当如苍生何?"深为忧叹。刘曰："卿诸人真忧渊源不起邪?"

19 小庾临终，自表以子园客为代〔一〕。园客，爰之小字也。庾氏谱曰："爰之字仲真，翼第二子。"中兴书曰："爰之有父翼风，桓温徙于豫章。年三十六而卒。”朝廷虑其不从命，未知所遣，乃共议用桓温。刘尹曰：“使伊去，必能克定西楚，然恐不可复制。”陶侃别传曰：“庾翼薨，表其子爰之代为荆州。何充曰：‘陶公重勋也，临终高让。丞相未薨，敬豫为四品将军〔二〕，于今不改。亲则道恩，优游散骑，未有超卓若此之授。’乃以徐州刺史桓温为安西将军、荆州刺史。”宋明帝文章志曰：“翼表其子代任，朝廷畏惮之，议者欲以授桓温。时简文辅政，然之。刘惔曰：‘温去必能定西楚，然恐不能复制。愿大王自镇上流，惔请为从军司马。’〔三〕简文不许。温后果如惔所算也。”

【笺疏】

〔一〕程炎震云：“永和元年七月，庾翼卒。晋书翼传曰：‘疾笃，表第二子爰之行辅国将军、荆州刺史。’”

〔二〕程炎震云：“敬豫，王恬也。导第二子，为后将军。导薨，去官。俄起为后将军。通典晋官品：后军将军，第四品。”

〔三〕程炎震云：“晋书作‘劝帝自镇上流，而已为军司’，此从字、马字并误衍。”

20　桓公将伐蜀，在事诸贤咸以李势在蜀既久，承借累叶，且形据上流，三峡未易可克。惟刘尹云：“伊必能克蜀。观其蒲博，不必得，则不为。”〔一〕华阳国志曰：“李势字子仁，洛阳临渭人〔二〕。本巴西宕渠賨人也。其先李特，因晋乱据蜀，特子雄，称号成都。势祖骧，特弟也。骧生寿，寿篡位自立，势即寿子也。晋安西将军伐蜀〔三〕，势归降，迁之扬州。自起至亡，六世三十七年。”〔四〕温别传曰：“初，朝廷以蜀处险远，而温众寡少，县军深入，甚以忧惧。而温直指成都，李势面缚。”语林曰：“刘尹见桓公每嬉戏必取胜，谓曰：‘卿乃尔好利，何不焦头？’及伐蜀，故有此言。”

【校文】

“克” 景宋本及沈本作“剋”。

注“县军” “县”，景宋本及沈本作“悬”。

【笺疏】

〔一〕嘉锡案：李氏在蜀，并不难取，特以晋之士大夫皆因循无远略，遂以为难耳。晋书袁乔传载乔劝温曰：“蜀人自以斗绝一方，恃其完固，不修攻战之具。若以精卒一万，轻军速进，比彼闻之，我已入其险要。李氏君臣，不过自力一战，擒之必矣。”考穆帝纪：温以永和二年十一月伐蜀，拜表辄行。三年三月，李势降。师行万里，不过一百许日而灭一国。取之至易，何难之有？宋郭允蹈蜀鉴四曰：“李雄之据蜀也，北不得汉中，而瞿塘滟预又无一夫之守。二门悉开，洞见堂奥。桓温之泝鱼复也，徘徊以观八阵之图，如入无人之境，而遂制蜀之死命矣。”

〔二〕程炎震云：“洛阳，晋书李特载记作略阳。”嘉锡案：华阳国志亦作略阳，当据改。

〔三〕程炎震云：“‘安西将军’下当有脱文，因此所引皆檃括志文，故不能悉校。”嘉锡案：考御览百二十三李势条引曰：“嘉宁二年，晋遣安西将军荆州刺史桓温来伐。”此处所脱当是“荆州刺史桓温”六字。

〔四〕程炎震云：“‘三十七’，李特载记作‘四十六’。华阳国志卷九云：‘李氏自起事至亡，六世四十七年。’正僭号四十三年。”

21 谢公在东山畜妓〔一〕，简文曰：“安石必出。既与人同乐，亦不得不与人同忧。”宋明帝文章志曰：“安纵心事外，疏略常节，每畜女妓，携持游肆也。”

【笺疏】

〔一〕通鉴一百一注云："东山在今绍兴府上虞县西南四十五里，安故居今为国庆禅寺。"

22 郗超与谢玄不善〔一〕。符坚将问晋鼎，既已狼噬梁、岐〔二〕，又虎视淮阴矣。车频秦书曰："符坚字永固，武都氐人也。本姓蒲，祖父洪，诈称谶文，改曰'符'。言已当王，应符命也。坚初生，有赤光流其室，及诞，背赤色隐起，若篆文。幼有美度，石虎司隶徐正名知人，坚六岁时，尝戏于路，正见而异焉，问曰：'符郎！此官街，小儿行戏，不畏缚邪？'坚曰：'吏缚有罪，不缚小儿。'正谓左右曰：'此儿有王霸相。'石氏乱，伯父健及父雄西入关，健梦天神使者朱衣冠，拜肩头为龙骧将军。肩头，坚小字也。健即拜为龙骧，以应神命。后健僭帝号。死，子生立，凶暴，群臣杀之而立坚。坚立十五年，遣长乐公丕攻没襄阳。十九年，大兴师伐晋〔三〕，众号百万，水陆俱进，次于项城。自项城至长安，连旗千里，首尾不绝。乃遣告晋曰：'已为晋君于长安城中建广夏之室，今故大举渡江相迎，克日入宅也。'"于时朝议遣玄北讨，人间颇有异同之论。惟超曰："是必济事。吾昔尝与共在桓宣武府，见使才皆尽，虽履屐之间，亦得其任。以此推之，容必能立勋。"〔四〕元功既举，时人咸叹超之先觉，又重其不以爱憎匿善。中兴书曰："于时氐贼强盛，朝议求文武良将可镇靖北方者。卫大将军安曰：'惟兄子玄可任此事。'中书郎郗超闻而叹曰：'安违众举亲，明也。玄必不负其举。'"〔五〕

【校文】

"符坚"　"符"，景宋本俱作"苻"，是。

【笺疏】

〔一〕嘉锡案：晋书超传曰："常谓其父名公之子，位遇应在谢安右。而安入掌机权，愔优游而已。恒怀愤愤，发言慷慨，由是与谢氏不穆。安亦深恨之。"超之与谢玄不善，盖亦由此。

〔二〕程炎震云："梁谓梁州。宁康元年冬，秦取梁、益二州。岐字无着，或益之误。"

〔三〕程炎震云："此十五年、十九年，并是苻坚建元之年，非始立之年也。车频本书，不应有误。盖本是'坚建元十五年'云云，今本出于后人妄改。坚之建元十五年，是为晋太元四年己卯，其十九年则太元八年癸未也。"

〔四〕嘉锡案：善知人者观人于微，即其平居动静之间而知其才。吴志潘濬传注曰："樊伷颇能弄唇吻，而实无才略。臣所以知之者，伷昔尝为州人设馔，比至日中，食不可得，而十馀自起，此亦侏儒观一节之验也。"刘惔之论桓温，郗超之知谢玄，皆观其一节而已。

〔五〕程炎震云："据通鉴百零四：太元二年，谢玄以征西司马为兖州刺史，领广陵相。其年十二月，郗超卒。淝水之役，超固不及见。坚将彭超等攻彭城淮阴，亦后超卒一年。"嘉锡案：谢玄以太元二年冬十月为兖州刺史，已见晋书孝武帝纪。惟郗超之卒，本传不著年月，独见于通鉴耳。文选谢玄晖和王著作八公山诗注引中兴书曰："时盗贼强盛，侵寇无已，朝议求文武良将可以镇北方者，卫将军谢安曰：'惟兄子玄可堪此任。'于是拜建武将军，兖州刺史领广陵相，监江北诸军事。"孝标注与选注所引互有详略。太平御览五百一十二合为一条。观其言，则安之举玄与郗超之叹玄不负所举，皆在太元二年玄刺兖州之时可知矣。惟谢安之拜卫将军，据孝武纪在太元五年五月。中兴书于此时已称卫将军安，不免小有差互耳。唐修晋书（玄传）与何法盛悉合。世说云苻坚将问晋鼎，似是太元八年苻坚倾国入侵时事。然云虎视淮阴，则正是预指后来三四年间秦据彭城，克淮阴，拔盱眙事也。虽遣玄时淮阴尚未失，而坚已有此谋矣。孝标引秦书“坚建元十九年大兴师伐晋”以注之，殊为失考。程氏颇疑其误，而言之未畅，故复考之如此。

23　韩康伯与谢玄亦无深好。玄北征后，巷议疑其不振。康伯曰：“此人好名，必能战。”续晋阳秋曰：“玄识局贞正，有经国之才略。”玄闻之甚忿，常于众中厉色曰：“丈夫提千兵，入死地，以事君亲，故发，不得复云为名。”

24　褚期生少时，谢公甚知之，恒云：“褚期生若不佳者，仆不复相士。”期生，褚爽小字也。续晋阳秋曰：“爽字茂弘〔一〕，河南人。太傅裒之孙，秘书监韶之子〔二〕。太傅谢安见其少时，叹曰：‘若期生不佳，我不复论士。’及长，果俊迈有风气。好老、庄之言，当世荣誉，弗之屑也，惟与殷仲堪善。累迁中书郎、义兴太守。女为恭帝皇后。”

【笺疏】

〔一〕程炎震云：“茂弘，晋书爽传作弘茂。”

〔二〕程炎震云：“韶，爽传作歆，裒传亦作歆，云字幼安。则从音从欠为是。”

25　郗超与傅瑗周旋。瑗见其二子，并总发〔一〕。超观之良久，谓瑗曰：“小者才名皆胜，然保卿家，终当在兄。”〔二〕即傅亮兄弟也。傅氏谱曰：“瑗字叔玉，北地灵州人。历护军长史、安城太守。”宋书曰：“迪字长猷，瑗长子也。位至五兵尚书。赠太常。”丘渊之文章录曰：“亮字季友，迪弟也。历尚书令，仕光禄大夫〔三〕。元嘉三年，以罪伏诛。”

【校文】

注“仕光禄大夫”　“仕”，景宋本及沈本作“左”。

【笺疏】

〔一〕程炎震云：“亮以宋元嘉三年死，年五十三。则生于晋孝武宁康二年。则当太元二年丁丑郗超卒时，年四岁耳。”

〔二〕嘉锡案：宋书傅亮传云：“父瑗，与郗超善。超尝造瑗，瑗见其二子迪及亮。亮年四五岁，超令人解亮衣使左右持去，初无吝色。超谓瑗曰：‘卿小儿才名位宦当远逾于兄，然保家传祚，终在大者。’”其叙事较世说为详。盖超之品目二傅，亦验之于行事。犹见谢玄履屐间咸得其任，而知其必能立勋也。

〔三〕李慈铭云：“案仕当作左。李本作任更误。宋书傅亮传：少帝时，亮为中书监、尚书令。太祖登阼，加光禄大夫、开府仪同三司。本官悉如故。”

26　王恭随父在会稽〔一〕，王大自都来拜墓，恭父蕴、王忱，并已见。恭暂往墓下看之。二人素善，遂十馀日方还。父问恭：“何故多日？”对曰：“与阿大语，蝉连不得归。”因语之曰：“恐阿大非尔之友，终乖爱好。”果如其言。忱与恭为王绪所间，终成怨隙。别见〔二〕。

【笺疏】

〔一〕程炎震云：“王蕴为会稽内史，当在太元四年以后，九年以前。”

〔二〕程炎震云："恭、忱之隙，别见忿狷篇'王大、王恭俱在何仆射坐'条。据赏誉篇'王恭始与王建武甚有情'条注引晋安帝纪，则间之者乃袁悦，非因王绪也。此注微误。"嘉锡案：袁悦即袁悦之，王国宝之党也。事迹附见晋书国宝传。考唐写本世说规箴篇"王绪、王国宝相为唇齿"条注引晋安帝纪，绪为会稽王从事中郎，以佞邪亲幸，间王珣、王恭于王。而赏誉篇注亦引晋安帝纪，谓恭忱孝武及会稽王之不咸，欲忱谏王。忱令袁悦言之，悦乃于王坐责让恭妄生同异。此即所谓间恭于王，与离间忱、恭正是一事。然则袁悦之谋，实发踪指使于绪。孝标之言，自有所本。特于赏誉篇注未及王绪，以致前后不相照，是其偶疏耳。然参互观之，情事自可见也。程氏未见唐本，故以此注为误。

27　车胤父作南平郡功曹，太守王胡之避司马无忌之难〔一〕，置郡于酆阴。是时胤十馀岁，胡之每出，尝于篱中见而异焉。谓胤父曰："此儿当致高名。"后游集，恒命之。胤长，又为桓宣武所知。清通于多士之世，官至选曹尚书。续晋阳秋曰："胤字武子，南平人。父育，为郡主簿。太守王胡之有知人识，裁见，谓其父曰：'此儿当成卿门户，宜资令学问。'胤就业恭勤，博览不倦。家贫不常得油，夏月则练囊盛数十萤火以继日焉〔二〕。及长，风姿美劭，机悟敏率。桓温在荆州取为从事，一岁至治中。胤既博学多闻，又善于激赏，当时每有盛坐，胤必同之，皆云：'无车公不乐。'太傅谢公游集之日，开筵以待之。累迁丹阳尹、护军将军、吏部尚书。"

【校文】

"酆阴"　"酆"，景宋本作"澧"。

【笺疏】

〔一〕程炎震云："王敦使胡之父廙杀谯王承，见仇隟篇'王大将军执司马愍王'条，无忌尝为南郡太守，盖与胡之同时，故胡之避之。"

〔二〕康熙东华录卷一百七云："六十年三月谕大学士等曰：'书册所载有不可尽信者，如云囊萤读书。朕曾于热河取萤数百，盛以大囊，照书字画，竟不能辨。此书之不可尽信者也。'"嘉锡案：萤火之光极微，又闪烁不定，而复隔练囊以照书，自不能辨点画，其理固可推而知之。桓道鸾之言，盖里巷之讹传，不免浮夸失实耳。

28　王忱死，西镇未定，朝贵人人有望。时殷仲堪在门下，虽居机要，资名轻小，人情未以方岳相许。晋孝武欲拔亲近腹心，遂以殷为荆州。事定，诏未出。王珣问殷曰〔一〕："陕西何故未有处分?"〔二〕殷曰："已有人。"王历问公卿，咸云"非"。王自计才地必应在己，复问："非我邪?"殷曰："亦似非。"其夜诏出用殷。王语所亲曰："岂有黄门郎而受如此任！仲堪此举乃是国之亡征。"〔三〕晋安帝纪曰："孝武深为晏驾后计，擢仲堪代王忱为荆州。仲堪虽有美誉，议者未以方岳相许也。既受腹心之任，居上流之重，议者谓其殆矣。终为桓玄所败。"

【笺疏】

〔一〕程炎震云："珣时为尚书左仆射。"

〔二〕寰宇记百四十六引盛弘之荆州记云："自晋室东迁，王居建业。则以荆、扬为京师根本之所寄。荆、楚为重镇，上流之所总，拟周之分陕，故有西陕之号焉。"

〔三〕梁释宝唱比丘尼传一曰："妙音，未详何许人也。晋孝武帝、太傅会稽王道子并相敬奉。每与帝及太傅中朝学士谈论属文。一时内外才义者，因之以自达。供嚓无穷，富倾都邑，贵贱宗事，门有车马日百馀乘。荆州刺史王忱死，烈宗意欲以王恭代之。时桓玄在江陵，为忱所折挫，闻恭应往，素又惮恭。殷仲堪时为黄门侍郎，玄知仲堪弱才，亦易制御，意欲得之。乃遣使凭妙音尼为堪图州。既而烈宗问妙音尼：'荆州缺，外闻云谁应作者?'答曰：'贫道出家人，岂容及俗中论议。如闻内外谈者，并云无过殷仲堪，以其意虑深远，荆、楚所须。'帝然之，遂以代忱。权倾一朝，威行内外。"嘉锡案：此事奇秘，非惟史册所不载，抑亦学者所未闻。考其纪叙曲折，与当时情事悉合。晋书王国宝传曰："中书郎范甯，国宝舅也。疾其阿谀，劝孝武帝黜之。国宝乃使陈郡袁悦之因尼支妙音致书与太子母陈淑媛，说国宝忠谨，宜见亲信。帝知之，托以他罪杀悦之。国宝大惧。"又会稽王道子传曰："于时孝武帝不亲万机，但与道子酣歌为务，媒姆尼僧尤为亲暱，并窃弄其权。左卫领营将军会稽许荣上疏曰：'僧尼乳母，竞进亲党，又受货赂，辄临官领众。'"传中亦及王国宝、尼妙音事，与国宝传同。是妙音之干预朝政，窃弄威权，实有其事。王忱传曰："及镇荆州，威风肃然。桓玄时在江陵，既其本国，且奕叶故义，常以才雄驾物，忱每裁抑之。玄尝诣忱，通人未出，乘舆直进。忱对玄鞭门干。玄怒去之，忱亦不留。"则谓玄为忱所折挫，亦非虚语。孝武既发怒杀袁悦之，而仍以外事访之妙音者，或不知致书之事出于妙音。或知之而敬奉既深，宠信如故。昏庸之主，不可以常理测也。惟考孝武纪太元十五年二月，以中书令王恭为都督青兖幽并冀五州诸军事、前将军、青兖二州刺史。十七年十月，荆州刺史王忱卒。十一月以黄门郎殷仲堪为都督荆、益、梁（本传作荆、益、宁）三州诸军事、荆州刺史。则王忱死时，王恭已出镇，而比丘尼传谓烈宗欲以恭代王忱者，盖恭虽镇京口，总北府强兵，号为雄剧，而所督五州，皆侨置无实地。（恭本传所督尚有徐州及晋陵郡，乃太元以后事，传未分析言之，详见二十二史考异二十二。）荆州地处上游，控制胡虏，为国藩屏，历来皆以重臣坐镇。孝武方为身后之计，故欲移恭当此巨任。而又虑无人代恭，乃访外论于妙音，而桓玄之计得行。玄之为此，必尝与仲堪相要约，虽所谋得遂，固已落其度内矣。宜乎为玄所制，听人穿鼻，随之俯仰，不敢少立异同。称兵作乱，狼狈相依。逮乎玄既得志，争权不协，情好渐乖，驯至举兵相图。而玄势已成，卒身死其手，而国亦亡。王珣之言，不幸而中矣。尤悔篇注引隆安记曰："仲堪以人情注于玄，疑朝廷欲以玄代己。遣道人竺僧慭赍宝物遗相王宠幸媒尼左右，以罪状玄。玄知其谋而击灭之。"所谓媒尼疑即是妙音。既因玄纳交以得官，又欲师其故智以倾玄。成败皆出于一尼，所谓君以此始，必以此终者与？

世说新语卷中之下

赏誉第八上

1　陈仲举尝叹曰："若周子居者，真治国之器。汝南先贤传曰："周乘字子居，汝南安城人。天姿聪朗，高峙岳立，非陈仲举、黄叔度之俦则不交也。仲举尝叹曰：'周子居者，真治国之器也。'为太山太守，甚有惠政。"〔一〕譬诸宝剑，则世之干将。"〔二〕吴越春秋曰："吴王阖闾请干将作剑。干将者，吴人，其妻曰莫邪。干将采五山之精，六金之英，候天地，伺阴阳，百神临视，而金铁之精未流。夫妻乃剪发及爪而投之炉中，金铁乃濡，遂成二剑。阳曰'干将'，而作龟文，阴曰'莫邪'，而作漫理。干将匿其阳，出其阴以献阖闾，阖闾甚宝重之。"

【笺疏】

〔一〕风俗通五曰："豫章太守封祈武兴、泰山太守周乘子居为太守李张所举，函封未发，张病物故，夫人于柩侧下帷见六孝廉，曰：'李氏蒙国厚恩，据重任，咨嘉休懿，相授岁贡。上欲报称圣朝，下欲流惠氓隶。今李氏获保首领，以天年终，而诸君各怀进退，未肯发引。妾幸有三孤，足统丧纪，正相追随，蓬敩坟柏，何若曜德王室，昭显亡者？亡者有灵，实宠赖之。殁而不朽，此其然乎？'于是周乘顾谓左右：'诸君欲行，周乘当止者。莫逮郎君，尽其哀恻。'乘与郑伯坚即日辞行。祈与黄叔度、郅伯向、盛孔叔留随輀柩。乘拜郎，迁陵长，治无异称，意亦薄之。"应劭论之曰："民生于三，事之如一。夫人虽有恳切之教，盖子不以从令为孝。而乘嚣然要勒同侪，去丧即宠，谓能有功异也。明试无效，亦旋告退，安在其显君父德美之有？"嘉锡案：应仲远叙子居事，言其迁陵长，旋即告退。而其前又题为泰山太守。盖罢官后复起至太守也。汝南先贤传称其"在太山，甚有惠政"。而仲远则谓"治无异称"。岂优于二千石，而绌于令长耶？子居之为人，见褒于陈仲举，而见贬于应仲远。仲举名列三君，有知人之鉴，殆非仲远所能及。御览二百三十引续汉书曰："周乘字子居，拜侍御史、公车司马令。不畏强御，以是见怨于幸臣。"书钞三十六引汝南先贤传曰："周乘为交州刺史，上言愿为圣朝扫清一方。太守闻乘之威，即上疾乞骸，属县解印，四十馀城。"然则子居真治国之器，仲举赏誉不虚，而仲远顾不满之。考仲远亦尝为太山太守，与子居正先后同官。岂因治郡所见不同，遂并毁其平生乎？子居举孝廉事，亦见圣贤群辅录引杜元凯女诫，李张作太守李伥，郑伯坚作艾伯坚。略谓：伥妻于柩侧下帷见之，厉以宜行。子居叹曰："不有行者，莫宣公；不有止者，莫恤居。"于是与伯坚即日辞行。封、黄四人，留随柩车。是则居者行者，各有其人，两俱无憾。可无庸以去丧即宠为讥议也。子居，范书无传，事迹湮没。惠栋后汉书补注十三只引女诫，不及风俗通。故详考之如此。

〔二〕晋书文苑王沈传载沈所作释时论有曰："谈名位者，以谄媚附势；举高誉者，因资而随形。至乃空嚣者，以泓噌为雅量；瑮慧者，以浅利为鎗鎗。腌胎者，以无检为弘旷；偻垢者，以守意为坚贞。嘲哮者，以粗发为高亮；韫蠢者，以色厚为笃诚。痷婪者，以博纳为通济；眂眂者，以难入为凝清。拉答者，有沈重之誉；嗛闪者，得清勤之声。呛哼怯畏于谦让，阘茸勇敢于饕诤。斯皆寒素之死病，荣达之嘉名。”嘉锡案：沈此论作于晋初，其言当时之褒贬无凭、毁誉失实乃如此。流风所扇，沈迷不返，盖至过江之后而未已。此篇所载，虽未必皆然，然观其赏誉人者，如锺会、王戎、王衍、王敦、王澄、司马越、桓温、郗超、王恭、司马道子、殷仲堪之徒，并典午之罪人。被赏誉者，若乐广、郭象、刘舆、祖约、杨朗、王应之类，亦金行之乱贼。则其高下是非，又恶可尽信哉！

2　世目李元礼："谡谡如劲松下风。"李氏家传曰："膺岳峙渊清，峻貌贵重。华夏称曰：'颍川李府君，頵頵如玉山。汝南陈仲举，轩轩若千里马。南阳朱公叔，飂飂如行松柏之下。'"

3　谢子微见许子将兄弟，曰："平舆之渊，有二龙焉。"见许子政弱冠之时，叹曰："若许子政者，有干国之器。正色忠謇，则陈仲举之匹；汝南先贤传曰〔一〕：谢甄字子微，汝南邵陵人。明识人伦，虽郭林宗不及甄之鉴也〔二〕。见许子将兄弟弱冠时，则曰：'平舆之渊有二龙。'仕为豫章从事。许虔字子政，平舆人。体尚高洁，雅正宽亮。谢子微见虔兄弟，叹曰：'若许子政者，干国之器也。'虔弟劭，声未发时，时人以谓不如虔。虔恒抚髀称劭，自以为不及也。释褐为郡功曹，黜奸废恶，一郡肃然。年三十五卒。"海内先贤传曰："许劭字子将〔三〕，虔弟也。山峙渊停，行应规表。邵陵谢子微高才远识，见劭十岁时〔四〕，叹曰：'此乃希世之伟人也。'初，劭拔樊子昭于市肆，出虞承贤于客舍〔五〕，召李叔才于无闻，擢郭子瑜于小吏。广陵徐孟本来临汝南〔六〕，闻劭高名，召功曹。时袁绍以公族为濮阳长，弃官还。副车从骑将入郡界，乃叹曰：'许子将秉持清格，岂可以吾舆服见之邪?'遂单马而归。辟公府掾，敦辟皆不就。避地江南，卒于豫章也。"伐恶退不肖，范孟博之风。"张璠汉纪曰："范滂字孟博，汝南伊阳人〔七〕。为功曹，辟公府掾。升车揽辔，有澄清天下之志。百城闻滂高名，皆解印绶去。为党事见诛。"

【校文】

注"召功曹"　"召"，沈本作"辟"。

【笺疏】

〔一〕嘉锡案：汝南先贤传，魏周斐撰。斐，汝南人。仕至永宁少府。见品藻篇"刘令言"条注引王隐晋书。

〔二〕嘉锡案：后汉书郭太传曰："谢甄字子微，汝南召陵人也。与陈留边让，并善谈论，俱有盛名。每共候林宗，未尝不连日达夜。林宗谓门人曰：'二子英才有馀，而并不入道，惜乎!'甄后不拘细行，为时所毁。"汝南先贤传乃言其知人过于林宗，殆不免阿私乡曲之言也。

〔三〕续谈助卷四载殷芸小说引许劭列传曰："汝南中正周斐表称：许劭高节遗风，与郭林宗、李元礼、卢子干、陈仲弓齐名。劭特有知人之鉴。自汉中叶以来，其状人取士，援引扶持，进导招致，则有郭林宗。若其看形色，目童龀，断冤滞，摘虚名，诚未有如劭之懿也。尝以简别清浊为务。有一士失所，便谓投之潢汙。虽负薪抱关之类，吐一善言，未曾不有寻究欣然。兄子政常抵掌击节，自以为不及远矣。劭幼时，谢子微便云：'此贤当持汝南管籥。'樊子昭帻贾（原作责）之子，年十五六，为县小吏。劭一见便云：'汝南第三士也，此可保之。'后果有令名。"按隋志汝南先贤传五卷，魏周斐撰。盖斐既撰传以称颂郡中人士，又表扬劭之功德于朝也。

太平寰宇记一百六曰："洪州南昌县，许子将墓在州南三里，县南六里。"按雷次宗豫章记云："劭就刘繇于曲阿。繇败，随繇奔豫章，中途疾卒，因焚尸柩。天纪中，太守吴兴沈法秀招魂葬劭于此。"杭世骏道古堂文集二十一论许劭曰："太史慈暂渡江，到曲阿见刘繇，会孙策至。或劝繇可以慈为大将军，繇曰：'我若用子义，许子将不当笑我耶？'（按见吴志太史慈传）繇固碌碌不足责，劭之鉴裁，此可略见。蒋济著万机论云：'许子将褒贬不平，以拔樊子昭而抑许文休。'（按见蜀志庞统传注及本书品藻篇注引）诸葛诞与陆逊书又以为'自汉末以来，中国士大夫如许子将辈，所以更相谤讪，或至于祸。原其本起，非为大雠。惟坐克己不能尽如礼，而责人专以正义'。（按诸葛诞乃诸葛恪之误，见吴志恪传。）由二言观之，则劭所谓月旦评者，特出于汝南一时之俗，佣耳僦目，借劭以自重。未数十年，而四方之士已有起而议之者。吾以知劭之无真赏也。"嘉锡案：袁宏后汉纪二十七云："孙策略地江东，军及曲阿，刘繇败绩，将奔会稽，许劭曰：'不如豫章。'又云：'天下乱，劭渡江投刘繇。与繇俱行，终于豫章焉。'"然太史慈到曲阿之日，正子将依刘繇之时。繇之不以慈为将，必子将尝讥贬慈也。杭氏之论当矣。蜀志许靖传曰："少与从弟劭俱知名，并有人伦臧否之称，而私情不协。劭为郡功曹，排摈靖，不得齿叙，以马磨自给。"御览四百九十六引典论曰："汝南许劭与族兄靖俱避地江东，保吴郡。争论于太守许贡座，至于手足相及。"（杭氏论中亦略及此二事）可以知劭所以抑文休之故矣。兄弟之间尚如此，其于他人之褒贬，岂能尽得其平乎？抱朴子自叙篇曰："汉末俗弊，朋党分部。许子将之徒，以口舌取戒，争讼论议，门宗成雠。故汝南人士无复定价，而有月旦之评。魏武帝亦深疾之，欲取其首。尔乃奔波亡走，殆至屠灭。"就诸葛恪、葛洪之言观之，则许劭所谓汝南月旦评者，不免臧否任意，以快其恩怨之私，正汉末之弊俗。虽或颇能奖拔人材，不过借以植党树势，不足道也。

〔四〕“十岁时”，魏志和洽传注引汝南先贤传作“年十八时”。

〔五〕程炎震云：“承贤，魏志和洽传注作永贤。”

〔六〕程炎震云：“徐孟本，徐璆也。范书字孟玉。魏志武纪注引先贤行状字孟平。和洽传注引汝南先贤传则同此，作字孟本。”

〔七〕后汉书党锢传曰：“滂，汝南征羌人。”注引谢承书曰：“汝南细阳人。”嘉锡案：续汉书郡国志汝南郡无伊阳县，伊当是细之误。

4　公孙度目邴原：所谓云中白鹤，非燕雀之网所能罗也。魏书曰：“度字叔济，襄平人。累迁冀州刺史、辽东太守。”邴原别传曰：“原字根矩，东管朱虚人〔一〕。少孤，数岁时过书舍而泣。师问曰：‘童子何泣也？’原曰：‘凡得学者，有亲也。一则愿其不孤，二则羡其得学，中心感伤，故泣耳。’师恻然曰：‘苟欲学，不须资也。’于是就业。长则博览洽闻，金玉其行。知世将乱，避地辽东。公孙度厚礼之。中国既宁，欲还乡里，为度禁绝。原密自治严，谓部落曰：‘移比近郡。’以观其意。皆曰：‘乐移。’原旧有捕鱼大船，请村落，皆令熟醉，因夜去之。数日，度乃觉，吏欲追之，度曰：‘邴君所谓云中白鹤，非鹑鷃之网所能罗也。’魏王辟祭酒〔二〕，累迁五官中郎长史。”

【校文】

注“移比近郡”　“比”，景宋本作“北”。

【笺疏】

〔一〕程炎震云：“管当作莞，魏志邴原传曰：‘北海朱虚人。’按北海汉郡，东莞建安中所立。”

〔二〕程炎震云：“魏志注引别传曰：‘辟东阁祭酒。’”

5　钟士季目王安丰"阿戎了了解人意"。王隐晋书曰："戎少清明晓悟。"谓"裴公之谈，经日不竭"。裴頠已见。吏部郎阙〔一〕，文帝问其人于钟会，会曰："裴楷清通，王戎简要，皆其选也。"于是用裴。按诸书皆云：钟会荐裴楷、王戎于晋文王，文王辟以为掾，不闻为吏部郎〔二〕。

【笺疏】

〔一〕嘉锡案：吏部郎以下当别为一条。吏部郎以下出王隐晋书，见御览四百四十五。

〔二〕程炎震云："文选五十八褚渊碑注引臧荣绪晋书，与世说同。今晋书楷传则又转据臧书。孝标此驳，盖以楷辟掾有年，则为吏部郎时，无假钟会再荐，非谓楷不为吏部郎也。"嘉锡案：孝标谓诸书并无此事。臧荣绪书虽有之，或因荣绪齐人，后出之书不足为据。然御览四百四十五引王隐晋书，亦与世说同，仅少"于是用裴"四字，颇疑孝标失检。及细考之御览，此卷所引王书自"卫玠妻父"以下凡十条，并与今晋书一字不异。盖其间必有一条，本引"晋书曰"，误作"又曰"，于是诸条并蒙上文为王隐晋书矣。证以此注，尤为明白。使其事果先见王书，孝标必不束书不观，妄发此言也。

6　王濬冲、裴叔则二人，总角诣钟士季。须臾去后，客问钟曰："向二童何如？"钟曰："裴楷清通，王戎简要。后二十年，此二贤当为吏部尚书，冀尔时天下无滞才。"〔一〕晋阳秋曰："戎为儿童，钟会异之。"〔二〕

【笺疏】

〔一〕嘉锡案：德行篇注引晋诸公赞曰："戎字濬冲，文皇帝辅政，钟会荐之曰：'裴楷清通，王戎简要。'即俱辟为掾。"考魏志高贵乡公纪：正元二年二月丁巳，以卫将军司马文王为大将军，录尚书事。所谓文皇帝辅政也。晋书裴楷传但云卒年五十七，不著年月。然言"楚王玮既伏诛，以楷为中书令，加侍中，与张华、王戎并管机要。楷有渴利疾，不乐处势，王浑为楷请，不听，就加光禄大夫、开府仪同三司。疾笃，其年卒"。以张华、王戎传参互考之，知楷即卒于惠帝元康元年诛楚王玮之后。由此上推五十七年，当生于魏明帝景初元年。王戎传云"永兴二年卒，年七十二"，当生于明帝青龙二年，长于裴楷者四岁。当司马昭辅政之时，楷年十八，戎年二十二，俱因锺会之荐而被辟为掾。则清通简要之评，不独不发于二人总角之时，且不在裴楷为吏部郎之日也。傅畅生于西晋，叙所见闻，自当不谬。此条之言，疑即出于孙盛晋阳秋。盖因锺会之辞，加之傅会，以为美谈，不足信也。

〔二〕嘉锡案：初学记十一引王隐晋书曰："王戎为左仆射，领吏部尚书。自戎居选，未尝进一寒素，退一虚名，理一冤枉，杀一疸嫉。随其浮沈，门调户选。"然则戎之为吏部，葺阘不才已甚。锺会复何所见，而于二十年前豫以天下无滞才期之？会之藻鉴，本无足道。藉使果有此言，戎既不副所期，会为谬于赏誉，何足播为美谈！且古之名为知人者，不过一见决其必贵。或曰当至公辅，或曰必为卿相，如是而已。若其克期悬拟某年必除某官，此非方技之徒不能。会不闻精于卜相，果操何术而知其二十年后必为吏部尚书乎？由斯以谈，其为后人因锺会尝荐裴、王，加以傅会，昭然可见矣。通典二十三引"无"下有"复"字，作"无复滞才"。此与上条疑即一事，传者有异耳。

7　谚曰："后来领袖有裴秀。"虞预晋书曰："秀字季彦，河东闻喜人。父潜，魏太常。秀有风操，八岁能著文。叔父徽，有声名。秀年十馀岁，有宾客诣徽，出则过秀。时人为之语曰：'后进领袖有裴秀。'大将军辟为掾。父终，推财与兄。年二十五，迁黄门侍郎。晋受禅，封钜鹿公。后累迁左光禄、司空。四十八薨〔一〕，谥元公，配食宗庙。"

【笺疏】

〔一〕程炎震云："泰始七年三月，秀薨。"

8　裴令公目夏侯太初："肃肃如入廊庙中，不修敬而人自敬。"礼记曰："周丰谓鲁哀公曰：'宗庙社稷之中，未施敬而民自敬。'"一曰："如入宗庙，琅琅但见礼乐器。见锺士季，如观武库，但睹矛戟。见傅兰硕，江廧靡所不有〔一〕。见山巨源，如登山临下，幽然深远。"〔二〕玄、会、嘏、涛，并已见上。

【校文】

"江廧"　"江"，景宋本作"汪"。

【笺疏】

〔一〕李慈铭云："案江当作汪。晋书裴楷传作'傅嘏汪翔靡所不见'。汪翔即汪洋，言其广大也。廧、翔同音通借字。"刘盼遂曰："晋书裴楷传作'傅嘏汪翔，靡所不见'。汪廧与汪翔同，通作汪洋。"

〔二〕嘉锡案：此出王隐晋书，见御览四百四十五。

9　羊公还洛，郭奕为野王令。晋诸公赞曰："奕字泰业，太原阳曲人。累世旧族〔一〕。奕有才望，历雍州刺史、尚书。"羊至界，遣人要之，郭便自往。既见，叹曰："羊叔子何必减郭太业！"复往羊许，小悉还，又叹曰："羊叔子去人远矣！"〔二〕羊既去，郭送之弥日，一举数百里，遂以出境免官。复叹曰："羊叔子何必减颜子！"

【笺疏】

〔一〕程炎震云："魏志郭淮传注引晋诸公赞曰：'淮弟配，配弟镇，镇子奕。'"

〔二〕嘉锡案：奕再见羊，稍复熟悉，便自叹弗如也。

10 王戎目山巨源："如璞玉浑金，人皆钦其宝，莫知名其器。"顾恺之画赞曰："涛无所标明，淳深渊默，人莫见其际，而其器亦入道。故见者莫能称谓，而服其伟量。"

【校文】

注"标明" "明"，景宋本作"名"。

注"而其器亦入道" "其器"，景宋本及沈本作"嚣然"。

11 羊长和父繇，与太傅祜同堂相善，仕至车骑掾。蚤卒。长和兄弟五人，幼孤。羊氏谱曰："繇字堪甫，太山人。祖续，汉太尉，不拜。父祕，京兆太守。繇历车骑掾，娶乐国祯女，生五子：乘、洽、式、亮、悦也。"〔一〕祜来哭，见长和哀容举止，宛若成人，乃叹曰："从兄不亡矣！"

【校文】

注"乘洽式亮悦" "乘"，景宋本作"秉"；"悦"，景宋本作"忱"。

【笺疏】

〔一〕程炎震云："羊长和名忱，已见方正篇'羊忱性甚贞烈'条。此注乘字当作忱。晋书羊祜传云：'亮字长玄。'"李慈铭云："案乘当作秉，即卷上言语篇所谓'羊秉为抚军参军'者也。各本皆误。悦当作忧，说已见前。”嘉锡案：观越缦所校“裴令公”条“江廧”字及此条“乘”字，知所据亦纷欣阁本，未尝见明刻本也。

12　山公举阮咸为吏部郎，目曰：“清真寡欲，万物不能移也。”名士传曰：“咸字仲容，陈留人，籍兄子也。任达不拘，当世皆怪其所为。及与之处，少嗜欲，哀乐至到，过绝于人，然后皆忘其向议。为散骑侍郎。山涛举为吏部，武帝不用〔一〕。太原郭奕见之心醉，不觉叹服。解音，好酒以卒。”山涛启事曰：“吏部郎史曜出，处缺当选。涛荐咸曰：‘真素寡欲，深识清浊，万物不能移也。若在官人之职，必妙绝于时。’诏用陆亮。”晋阳秋曰：“咸行已多违礼度，涛举以为吏部郎，世祖不许。”竹林七贤论曰：“山涛之举阮咸，固知上不能用，盖惜旷世之俊，莫识其真故耳。夫以咸之所犯，方外之意，称其清真寡欲，则迹外之意自见耳。”

【校文】

注“莫识其真”　“真”，景宋本作“意”。

【笺疏】

〔一〕文选颜延年五君咏注引曹嘉之晋纪曰：“山涛举咸为吏部郎，三上，武帝不能用也。”

13　王戎目阮文业：“清伦有鉴识，汉元以来，未有此人。”杜笃新书曰：“阮武字文业，陈留尉氏人。父谌，侍中〔一〕。武阔达博通，渊雅之士。”陈留志曰：“武，魏末河清太守〔二〕。族子籍，年总角未知名，武见而伟之，以为胜己。知人多此类。著书十八篇，谓之阮子，终于家。”郭泰友人宋子俊称泰：“自汉元以来，未有林宗之匹。”〔三〕

【校文】

注“河清太守”　“河清”，沈本作“清河”。

【笺疏】

〔一〕程炎震云："魏志杜恕传注引阮氏谱曰：'谌字士信，征辟无所就。'"

〔二〕程炎震云："杜恕传云：'恕从赵郡还陈留，阮武亦从清河太守征。'其事尚在齐王芳嘉平之前，则非魏末。"

〔三〕御览七百十三引郭林宗别传曰："泰以有道君子征。同邑宋子俊劝使往，泰遂辞以疾，阖门教授。"后汉纪二十三曰："泰字林宗，太原介休人。同邑宋仲字隽，有高才，讽书日万言，与相友善。"又曰："石云考从容谓宋子俊曰：'吾与子不及郭生，譬犹由、赐不敢望回也。今卿言称宋、郭，此河西之人疑卜商于夫子者也。若遇曾参之诘，何辞以对乎？'子俊曰：'鲁人谓仲尼东家丘，荡荡体大，民不能名。子所明也。陈子禽以子贡贤于仲尼，浅见之言，故然有定耶！吾尝与杜周甫论林宗之德也：清高明雅，英达瓌玮，学问渊深，妙有俊才。然其恺悌玄澹，格量高俊，含弘博恕，忠粹笃诚。非今之人，三代士也。汉元以来，未见其匹也。周甫深以为然。此乃宋仲之师表也，子何言哉？'"嘉锡案：水经注卷六汾水注云："汾水又西南径介休县故城西，城东有征士郭林宗、宋子浚二碑。宋冲以有道司徒征。"据此，则宋冲字子浚，今本后汉纪作宋仲字隽或子俊者，皆误。水经注又言：林宗之卒，心丧期年者：韩子助、宋子浚等二十四人。则其倾服林宗，可谓至矣。嘉锡又案：林宗为人伦领袖，高名盖世，故宋子俊称之如此。王戎取以称阮武，信如所言，先无以处林宗。此名士标榜之言，不足据也。

14　武元夏目裴、王曰："戎尚约，楷清通。"〔一〕虞预晋书曰："武陔字元夏，沛国竹邑人。父周，魏光禄大夫。陔及二弟韶、茂皆总角见称，并有品望，乡人诸父，未能觉其多少。时同郡刘公荣名知人，尝造周，周见其三子。公荣曰：‘君三子皆国士。元夏器量最优，有辅佐之风，力仕宦，可为亚公。叔夏、季夏不减常伯纳言也。’陔至左仆射。”

【校文】

注“品望”　“品”，景宋本作“器”。

【笺疏】

〔一〕程炎震云：“陔在泰始初已为宿齿，故得目戎、楷。”

15　庾子嵩目和峤〔一〕：“森森如千丈松〔二〕，虽磊砢有节目〔三〕，施之大厦，有栋梁之用。”晋诸公赞曰：“峤常慕其舅夏侯玄为人，故于朝士中峨然不群，时类惮其风节。”

【校文】

注“惮其风节”　“惮”，景宋本作“传”。

【笺疏】

〔一〕程炎震云：“王观国学林卷三曰：‘晋书和峤传：“峤迁颍川太守，太傅从事中郎庾敳见而叹曰云云。”又庾敳传曰：“敳有重名，而聚敛积实，都官从事温峤奏之，敳更器峤云云。”两传所载，一以为和峤，一以为温峤，必有一失。今按庾敳参东海王越太傅军事，自惠、怀以来，敳仕渐显，正与温峤同时。而温峤传亦曰峤举奏庾敳。以此知所誉者乃温峤，非和峤也。和峤早显，与张华同佐武帝，又在前矣。’炎震曰：王说是也。敳为峻之第三子。和峤于武帝时已与峻及纯同官，于敳为先达。就令为之题目，亦当如王戎之称太保，谢安之叹伯道，不得抑扬其词也。若非晋书两载，无以证临川之误矣。”

〔二〕姚范援鹑堂笔记三十三曰：“晋书和峤传云，‘太傅从事中郎庾敳见而叹曰，峤森森如千丈松’云云。又庾敳传云‘敳有重名，而聚敛积实，谈者讥之。都官从事温峤奏之，敳更器峤，目峤森森如千丈松’云云。宋王楙野客丛谭云‘世说与和峤传并云目和峤，疑敳传作温峤误’。按为都官从事者实温峤，和峤未尝历是职。且和峤卒于元康二年，司马越之为太傅，则在永兴元年。敳为越从事中郎，上去元康二年相县一纪，况其齿位亦复殊邈，和峤岂待敳语为重哉？晋书敳传作温峤，自不误。其和峤传乃又采世说语妄入之，斯为误耳。梁玉绳瞥记四亦曰：‘子嵩所器者乃温太真，非和长舆也。因二峤名同，遂误属于和。世说亦误。’”嘉锡案：庾敳目和峤语出自王隐晋书，见御览九百五十三，而世说采之。类聚八十八引晋袁宏诗曰：“森森千丈松，磊砢非一节。虽无榱桷丽，较为栋梁桀。”全用庾敳之语。知非始见于世说矣。至温峤举奏庾敳，敳更器之事，出孙盛晋阳秋，见汪藻考异敬胤注中。今本晋书杂采诸家，失于契勘耳。凡世说所载事，皆自有出处，晋书往往与之同出一源。后人读晋书，见其与世说同，遂谓采自世说，实不然也。

〔三〕文选八上林赋“水玉磊砢”，郭璞注曰：“磊砢，魁垒貌也。”原本玉篇二十二曰：“砢，力可反。说文：磊砢也。野王案：累石之貌也。”嘉锡案：此言其节目之多，犹石之磊磊然也。

16 王戎云：“太尉神姿高彻，如瑶林琼树，自然是风尘外物。”名士传曰：“夷甫天形奇特，明秀若神。”八王故事曰：“石勒见夷甫，谓长史孔苌曰：‘吾行天下多矣！未尝见如此人，当可活不?’苌曰：‘彼晋三公，不为我用。’勒曰：‘虽然，要不可加以锋刃也。’夜使推墙杀之。”

17 王汝南既除所生服，遂停墓所。兄子济每来拜墓，略不过叔，叔亦不候。济脱时过，止寒温而已。后聊试问近事，答对甚有音辞，出济意外，济极惋愕。仍与语，转造清微。济先略无子侄之敬，既闻其言，不觉懔然，心形俱肃。遂留共语，弥日累夜。济虽俊爽，自视缺然，乃喟然叹曰："家有名士，三十年而不知！"济去，叔送至门。济从骑有一马绝难乘，少能骑者。济聊问叔："好骑乘不？"曰："亦好尔。"济又使骑难乘马，叔姿形既妙，回策如萦，名骑无以过之。济益叹其难测非复一事。邓粲晋纪曰："王湛字处冲，太原人。隐德，人莫之知，虽兄弟宗族，亦以为痴，惟父昶异焉。昶丧，居墓次，兄子济往省湛，见床头有周易，谓湛曰：'叔父用此何为？颇曾看不？'湛笑曰：'体中佳时，脱复看耳[一]。今日当与汝言。'因共谈易。剖析入微，妙言奇趣，济所未闻，叹不能测。济性好马，而所乘马骏驶，意甚爱之。湛曰：'此虽小驶，然力薄不堪苦。近见督邮马，当胜此，但养不至耳。'济取督邮马，谷食十数日，与湛试之。湛未尝乘马，卒然便驰骋，步骤不异于济，而马不相胜。湛曰：'今直行车路，何以别马胜不，惟当就蚁封耳！'于是就蚁封盘马，果倒踣[二]。其俊识天才乃尔。"既还，浑问济："何以暂行累日？"济曰："始得一叔。"浑问其故，济具叹述如此。浑曰："何如我？"济曰："济以上人。"武帝每见济，辄以湛调之曰："卿家痴叔死未？"济常无以答。既而得叔，后武帝又问如前，济曰："臣叔不痴。"称其实美。帝曰："谁比？"济曰："山涛以下，魏舒以上。"晋阳秋曰："济有人伦鉴识，其雅俗是非，少有优润。见湛，叹服其德宇。时人谓湛'上方山涛不足，下比魏舒有馀'。湛闻之曰：'欲以我处季孟之间乎？'"王隐晋书曰："魏舒字阳元，任城人。幼孤，为外氏甯家所养。甯氏起宅，相者曰：

‘当出贵甥。’外祖母意以盛氏甥小而惠，谓应相也。舒曰：‘当为外氏成此宅相。’少名迟钝，叔父衡使守水碓，每言：‘舒堪八百户长，我愿毕矣。’舒不以介意。身长八尺二寸，不修常人近事。少工射，箸韦衣入山泽，每猎大获。为后将军锺毓长史，毓与参佐射戏，舒常为坐画筹。后值朋人少，以舒充数，于是发无不中，加博措闲雅，殆尽其妙。毓叹谢之曰：‘吾之不足尽卿，如此射矣！’转相国参军。晋王每朝罢，目送之曰：‘魏舒堂堂，人之领袖！’累迁侍中、司徒。”于是显名。年二十八，始宦〔三〕。

【校文】

注“少有优润”　“润”，景宋本及沈本作“调”。

注“加博措闲雅”　“博”，沈本作“举”。

【笺疏】

〔一〕程炎震云：“王昶以甘露四年卒，济年甫十一耳。除服后，停墓所亦不过数年，安得云三十年乎？今晋书同邓粲，皆误也。当如世说云‘所生服’为是，盖谓所生母也。‘体中’下晋书湛传有‘不’字。”

〔二〕李慈铭云：“‘便’下疑有脱字，当作‘卒然便骑’，下以‘驰骋步骤’为一句。”又案：“‘果’上有脱字，当作‘济马果倒踣’。晋书王济传作‘济马果蹶，而督邮马如常’。”

〔三〕程炎震云：“晋书：湛年四十九，元康五年卒。则二十八是咸宁二年丙申。”

18　裴仆射，时人谓为“言谈之林薮”。惠帝起居注曰：“頠理甚渊博，赡于论难。”

19　张华见褚陶，语陆平原曰："君兄弟龙跃云津，顾彦先凤鸣朝阳，谓东南之宝已尽，不意复见褚生。"陆曰："公未睹不鸣不跃者耳！"褚氏家传曰："陶字季雅，吴郡钱塘人，褚先生后也。陶聪惠绝伦，年三十，作鸥鸟、水碓二赋。宛陵严仲弼见而奇之曰：'褚先生复出矣！'弱不好弄，清谈闲默，以坟、典自娱。语所亲曰：'圣贤备在黄卷中，舍此何求？'州郡辟不就。吴归命世祖，补台郎、建忠校尉。司空张华与陶书曰：'二陆龙跃于江、汉，彦先凤鸣于朝阳，自此以来，常恐南金已尽，而复得之于吾子！故知延州之德不孤，渊、岱之宝不匮。'仕至中尉。"

【校文】

注"年三十"　袁本作"年十三"。

注"水碓"　"碓"，景宋本及沈本俱作"碓"。

注"清谈闲默"　"谈"，景宋本作"淡"。

20　有问秀才："吴旧姓何如？"答曰："吴府君圣王之老成，明时之俊乂。朱永长理物之至德，清选之高望。严仲弼九皋之鸣鹤，空谷之白驹。顾彦先八音之琴瑟，五色之龙章。张威伯岁寒之茂松，幽夜之逸光。陆士衡、士龙鸿鹄之裴回，悬鼓之待槌。秀才，蔡洪也。集载洪与刺史周俊书曰："一日侍坐，言及吴士，询于刍荛，遂见下问。造次承颜，载辞不举，敕令条列名状，退辄思之。今称疏所知：吴展字士季，下邳人。忠足矫非，清足厉俗，信可结神，才堪干世。仕吴为广州刺史、吴郡太守。吴平，还下邳，闭门自守，不交宾客。诚圣王之老成，明时之俊乂也。朱诞字永长，吴郡人。体履清和，黄中通理。吴朝举贤良，累迁议郎，今归在家。诚理物之至德，清选之高望也。严隐字仲弼，吴郡人。禀气清纯，思度渊伟。吴朝举贤良，宛陵令。吴平，去职。九皋之鸣鹤，空谷之白驹也。张畅字威伯，吴郡人。禀性坚明，志行清朗，居磨涅之中，无淄磷之损。岁寒之松柏，幽夜之逸光也。”陆云别传曰：“云字士龙，吴大司马抗之第五子，机同母之弟也。儒雅有俊才，容貌瓌伟，口敏能谈，博闻强记。善著述，六岁便能赋诗，时人以为项托、扬乌之俦也。年十八，刺史周俊命为主簿。俊常叹曰：‘陆士龙当今之颜渊也！’累迁太子舍人、清河内史。为成都王所害。”凡此诸君：以洪笔为钮耒，以纸札为良田。以玄默为稼穑，以义理为丰年。以谈论为英华，以忠恕为珍宝。著文章为锦绣，蕴五经为缯帛。坐谦虚为席荐，张义让为帷幕。行仁义为室宇，修道德为广宅。”〔一〕按蔡所论士十六人，无陆机兄弟，又无“凡此诸君”以下，疑益之。

【校文】

“陆士衡士龙”　景宋本及沈本无“士衡”二字。

【笺疏】

〔一〕李慈铭云：“案太平广记，圣王之老成作圣朝之盛佐，至德作宏德，鸣鹤作鸿鹄，士龙上无士衡二字，玄默作玄墨，义让作议意，修作循，广宅作墙宅。中惟鸣鹤作鸿鹄当是广记传写之误，其馀皆较此本为长。”嘉锡案：敦煌写本残类书荐举篇引世说，有“士衡”二字。馀亦皆与今本同，但有误字耳。

21　人问王夷甫：“山巨源义理何如？是谁辈？”王曰：“此人初不肯以谈自居，然不读老、庄，时闻其咏，往往与其旨合。”顾恺之画赞曰：“涛有而不恃。”皆此类也。

22　洛中雅雅有三嘏：刘粹字纯嘏，宏字终嘏，漠字冲嘏〔一〕，是亲兄弟，王安丰甥，并是王安丰女婿。宏，真长祖也。晋诸公赞曰："粹，沛国人。历侍中、南中郎将。宏，历秘书监、光禄大夫。"晋后略曰："漠少以清识为名，与王夷甫友善，并好以人伦为意，故世人许以才智之名。自相国右长史出为襄州刺史。以贵简称。"按刘氏谱：刘邠妻，武周女，生粹、宏、漠。非王氏甥。洛中铮铮冯惠卿，名荪，是播子〔二〕。晋后略曰："播字友声，长乐人。位至大宗正，生荪。"八王故事曰："荪少以才悟，识当世之宜。蚤历清职，仕至侍中。为长沙王所害。"荪与邢乔俱司徒李胤外孙〔三〕，及胤子顺并知名。时称："冯才清，李才明，纯粹邢。"晋诸公赞曰："乔字曾伯，河间人。有才学，仕至司隶校尉。顺字曼长，仕至太仆卿。"〔四〕

【笺疏】

〔一〕程炎震云："漠，魏志管辂传作汉，晋书刘惔传作潢，皆形近之误。以其字冲嘏推之，漠为是也。"

〔二〕晋书冯紞传："子播，大长秋。"晋书惠帝纪："太安二年，乂杀冯荪。"

〔三〕晋书李胤传："胤字宣伯，辽东襄平人。"

〔四〕魏志邢颙传注引晋诸公赞曰："颙曾孙乔，字鲁伯，有体量局干，美于当世。历清职。元康中与刘涣俱为尚书吏部郎，稍迁至司隶校尉。"晋书惠纪云："光熙元年五月戊申，骠骑、范阳王虓杀司隶校尉邢乔。"又李胤传云："三子：固、真长、修。真长位至太仆卿。"盖真长即曼长，或有二名。

23　卫伯玉为尚书令，见乐广与中朝名士谈议，奇之曰："自昔诸人没已来，常恐微言将绝，今乃复闻斯言于君矣！"命子弟造之曰："此人，人之水镜也，见之若披云雾睹青天。”晋阳秋曰：“尚书令卫瓘见广曰：‘昔何平叔诸人没，常谓清言尽矣，今复闻之于君！’”王隐晋书曰：“卫瓘有名理，及与何晏、邓飏等数共谈讲，见广奇之曰：‘每见此人，则莹然犹廓云雾而睹青天。’”

24　王太尉曰：“见裴令公精明朗然，笼盖人上，非凡识也。若死而可作，当与之同归。”或云王戎语〔一〕。礼记曰：“赵文子与叔誉观于九原，文子曰：‘死者如可作也，吾谁与归？’”郑玄曰：“作，起也。”

【笺疏】

〔一〕程炎震云：“楷为中书令时，衍为黄门郎，故称为令公。若王戎则为尚书仆射，名位相当矣。云衍语为是。”

25　王夷甫自叹：“我与乐令谈，未尝不觉我言为烦。”晋阳秋曰：“乐广善以约言厌人心，其所不知，默如也。太尉王夷甫、光禄大夫裴叔则能清言，常曰：‘与乐君言，觉其简至，吾等皆烦。’”

26　郭子玄有俊才，能言老、庄。庾敳尝称之，每曰：“郭子玄何必减庾子嵩！”名士传曰：“郭象字子玄，自黄门郎为太傅主簿，任事用势，倾动一府。敳谓象曰：‘卿自是当世大才，我畴昔之意，都已尽矣！’其伏理推心，皆此类也。”〔一〕

【笺疏】

〔一〕嘉锡案：晋书象本传云：“东海王越引为太傅主簿，甚见亲委。遂任职当权，熏灼内外。由是素论去之。”又荀晞传：“晞上表曰：‘东海王越得以宗臣遂执朝政，委任邪佞，宠树奸党，至使前长史潘滔、从事中郎毕邈、主簿郭象等操弄天权，刑赏由己。’”云云，此庾子嵩所以失望也。而象以好老、庄能清言之人，行为如此，盖与太傅之三才，皆为当时所侧目。以雅量篇“王夷甫与裴景声志好不同”条注“邈历太傅从事中郎”及下条“裴景声清才”证之，晞表中之毕邈乃裴邈之误也。

27　王平子目太尉：“阿兄形似道，而神锋太俊。”太尉答曰：“诚不如卿落落穆穆。”王隐晋书曰：“澄通朗好人伦，情无所繫。”

【校文】

注“繫”　景宋本作“係”。

28　太傅有三才：刘庆孙长才，晋阳秋曰：“太傅将召刘舆，或曰：‘舆犹腻也，近将汙人。’太傅疑而御之。舆乃密视天下兵簿诸屯戎及仓库处所，人谷多少，牛马器械，水陆地形，皆默识之。是时军国多事，每会议事，自潘滔以下皆不知所对。舆便屈指筹计，所发兵仗处所，粮廪运转，事无凝滞。于是太傅遂委仗之。”潘阳仲大才，裴景声清才〔一〕。八王故事曰：“刘舆才长综核，潘滔以博学为名，裴邈强力方正，皆为东海王所暱，俱显一府。故时人称曰：舆长才，滔大才，邈清才也。”〔二〕

【校文】

注“诸屯戎”　“戎”，景宋本作“戍”。

【笺疏】

〔一〕嘉锡案：此出语林，见御览二百六引。

〔二〕嘉锡案：此三人者，刘舆最为邪鄙。裴邈事迹不甚详。惟潘滔能识王敦，可谓智士。要之为司马越所暱，辅之为恶，皆非君子也。

赏誉第八下

29 林下诸贤[一]，各有俊才子。籍子浑，器量弘旷。世语曰："浑字长成，清虚寡欲，位至太子中庶子。"康子绍，清远雅正。已见。涛子简，疏通高素。虞预晋书曰："简字季伦，平雅有父风。与嵇绍、刘漠等齐名[二]。迁尚书，出为征南将军。"咸子瞻，虚夷有远志。瞻弟孚，爽朗多所遗。名士传曰："瞻字千里，夷任而少嗜欲，不修名行，自得于怀。读书不甚研求，而识其要。仕至太子舍人。年三十卒。"中兴书曰："孚风韵疏诞，少有门风。初为安东参军，蓬发饮酒，不以王务婴心。"秀子纯、悌，并令淑有清流。竹林七贤论曰："纯字长悌，位至侍中。悌字叔逊[三]，位至御史中丞。"晋诸公赞曰："洛阳败，纯、悌出奔，为贼所害。"戎子万子，有大成之风，苗而不秀。晋诸公赞曰："王绥字万子，辟太尉掾，不就。年十九卒。"晋书曰："戎子万，有美号而太肥，戎令食穅，而肥愈甚也。"惟伶子无闻。凡此诸子，惟瞻为冠，绍、简亦见重当世。

【笺疏】

〔一〕程炎震云："林谓竹林也，解见任诞篇。"

〔二〕程炎震云："漠即冲嘏，今晋书简传误作谟。"嘉锡案：刘漠见上"洛中三嘏"条。

〔三〕嘉锡案：晋人最重家讳，弟名悌，而兄字长悌，绝不为弟子孙地，似非人情，恐有误字。

30　庾子躬有废疾，甚知名。家在城西，号曰城西公府[一]。虞预晋书曰："琮字子躬，颍川人，太常峻第二子，仕至太尉掾。"

【笺疏】

〔一〕程炎震云："栖逸篇注'李廞常为二府辟，故号李公府'。此云城西公府，亦以琮尝为太尉掾也。"

31　王夷甫语乐令："名士无多人，故当容平子知。"王澄别传曰："澄风韵迈达，志气不群。从兄戎、兄夷甫，名冠当年。四海人士，一为澄所题目，则二兄不复措意，云'已经平子'，其见重如此。是以名闻益盛，天下知与不知，莫不倾注。澄后事迹不逮，朝野失望。及旧游识见者，犹曰：'当今名士也。'"

32　王太尉云："郭子玄语议如悬河写水，注而不竭。"[一]名士传曰："子玄有俊才，能言庄、老。"

【笺疏】

〔一〕嘉锡案：书钞九十八引语林云："王太尉问孙兴公曰：'郭象何如人？'答曰：'其辞清雅，奕奕有馀。吐章陈文，如悬河泻水，注而不竭。'"以为孙绰之语，与此不同。

33　司马太傅府多名士，一时俊异。庾文康云："见子嵩在其中，常自神王。"[一]晋阳秋曰："敳为太傅从事中郎。"

【笺疏】

〔一〕程炎震云："今晋书庾敳传云：'敳在其中，常自神王。'不作庾亮语，盖有脱误。亮传云：'年十六，东海王越辟为掾，不就。'按亮年五十二，以咸康六年卒。则十六年是惠帝永兴元年，正越为太傅时。”御览二百四十九引臧荣绪晋书曰：“庾敳参太傅军事，从子亮少时见敳在太傅府，僚佐多名士，皆一世秀异。敳处其中，常自神王。”

34　太傅东海王镇许昌，以王安期为记室参军，雅相知重。敕世子毗曰：“夫学之所益者浅，体之所安者深。闲习礼度，不如式瞻仪形。讽味遗言，不如亲承音旨。王参军人伦之表，汝其师之！”或曰：“王、赵、邓三参军，人伦之表，汝其师之！”谓安期、邓伯道、赵穆也〔一〕。赵吴郡行状曰：“穆字季子，汲郡人。贞淑平粹，才识清通。历尚书郎、太傅参军。后太傅越与穆及王承、阮瞻、邓攸书曰：‘礼：八岁出就外傅，十年曰幼，学。明可以渐先王之教也。然学之所受者浅，体之所安者深。是以闲习礼度，不如式瞻轨仪。讽味遗言，不如亲承辞旨。小儿毗既无令淑之资，未闻道德之风，欲屈诸君，时以闲豫，周旋燕诲也。’穆历晋明帝师、冠军将军、吴郡太守。封南乡侯。”袁宏作名士传直云王参军。或云：“赵家先犹有此本。”〔二〕

【笺疏】

〔一〕程炎震云：“今晋书阮瞻传作‘瞻与王承、谢鲲、邓攸俱在越府，越与瞻书’。而王承传则与此同。盖两存之。文选竟陵王行状注引何法盛晋中兴书亦与此同，盖临川所取也。”嘉锡案：此当出于王隐晋书。书钞六十九引王晋书：“王丞为东海王越记室。越与世子毗敕曰：‘王参军人伦师表。’”王晋书即王隐晋书。是记此事者，不始于何法盛。且世说明云“袁宏作名士传直云王参军”，则临川实取之名士传。据沈约自序，何法盛为宋世祖时人，年辈当尚在临川之后，安得取其书乎？

〔二〕程炎震云：“全晋文一百三十八张湛列子注序云‘寻从辅嗣女婿赵季子家得六卷’，盖即赵穆。辅嗣以嘉平元年卒，至永嘉二年已六十年。穆过江时，当暮齿矣。即于三参军中，亦最为老宿也。”嘉锡案：王辅嗣亡时年二十四，其女不过数岁。又十馀年，方可适人。赵穆之年，若与之相匹，则过江之时最长亦不过四十馀耳。邓攸不知得年若干。王承卒于元帝时，年四十六。盖与穆齿相上下，无以见穆为老宿也。

35　庾太尉少为王眉子所知。庾过江，叹王曰：“庇其宇下，使人忘寒暑。”晋诸公赞曰：“玄少希慕简旷。”八王故事曰：“玄为陈留太守。或劝玄过江投琅邪王，玄曰：‘王处仲得志于彼，家叔犹不免害，岂能容我？’谓其器宇不容于敦也。”

36　谢幼舆曰：“友人王眉子清通简畅，嵇延祖弘雅劭长，董仲道卓荦有致度。”王隐晋书曰：“董养字仲道，太始初，到洛下，干禄求荣。永嘉中，洛城东北角步广里中地陷，中有二鹅，苍者飞去，白者不能飞。问之博识者，不能知。养闻，叹曰：‘昔周时所盟会狄泉，此地也。卒有二鹅，苍者胡象，后明当入洛，白者不能飞，此国讳也。’”谢鲲元化论序曰〔一〕：“陈留董仲道于元康中见惠帝废杨悼后，升太学堂叹曰：‘建此堂也，将何为乎？每见国家赦书，谋反逆皆赦，孙杀王父母，子杀父母不赦，以为王法所不容也。奈何公卿处议，文饰礼典以至此乎？天人之理既灭，大乱斯起。’顾谓谢鲲、阮孚曰：‘易称：知几其神乎！君等可深藏矣！’乃与妻荷担入蜀，莫知其所终。”〔二〕

【校文】

注“到洛下干禄”　“下”，沈本作“不”。

注“后明当入洛”　“明”，景宋本作“胡”。

【笺疏】

〔一〕程炎震云：“晋书董养传：‘及杨后废，养因游太学，升堂叹曰云云。因著无化论以非之。’此则元化当作无化。养作论而鲲序之也。”

〔二〕御览五百二引王隐晋书曰：“董养字仲道。惠帝时迁杨后于金墉，有侍婢十馀人，贾后夺之，然后绝膳，八日而崩。仲道喟然叹曰：‘天人既灭，大乱将至。倾危宗庙，在其日矣！’顾谓谢鲲、阮千里等曰：‘时既如斯，难可保也。不如深居岩洞耳！’乃自荷担，妻推鹿车，入于蜀山，莫知所止。”嘉锡案：盖即此注所引之下篇。孝标因其事出于元化论序，故舍彼取此耳。

37　王公目太尉：“岩岩清峙，壁立千仞。”顾恺之夷甫画赞曰：“夷甫天形瓌特，识者以为岩岩秀峙，壁立千仞。”〔一〕

【笺疏】

〔一〕程炎震云：“此王公当是茂宏，晋书则直用顾语。”

38　庾太尉在洛下，问讯中郎。庾敳。中郎留之云：“诸人当来。”寻温元甫、晋诸公赞曰：“温几字元甫，太原人。才性清婉。历司徒右长史、湘州刺史，卒官。”刘王乔〔一〕、曹嘉之晋纪曰：“刘畴字王乔，彭城人。父讷，司隶校尉。畴善谈名理。曾避乱坞壁，有胡数百欲害之。畴无惧色，援笳而吹之，为出塞入塞之声，以动其游客之思。于是群胡皆泣而去之〔二〕。位至司徒左长史。”裴叔则俱至，酬酢终日。庾公犹忆刘、裴之才俊，元甫之清中〔三〕。中，一作平。

【笺疏】

〔一〕程炎震云："晋书刘隗传云：'隗伯父讷，字令言。子畴，永嘉中位至司徒左长史，寻为阎鼎所杀。'文选王文宪集序注引晋诸公赞曰：'傅宣定九品，未讫，刘畴代之，悉改宣法。于是人人望品，求者奔竞。'即此刘王乔也。傅宣以怀帝即位转吏部郎。畴之代宣，晋书略之。"

〔二〕李慈铭云："案晋书刘琨传言：'琨在晋阳，尝为胡骑所围。琨乃乘月登楼清啸，贼闻之，皆凄然长叹。中夜奏胡笳，贼又流涕歔欷，有怀土之切。向晓复吹之，贼并弃围而走。'此以为刘畴事。畴晋书附刘隗传，亦载此事。两事相同，又皆刘姓，盖传闻各异。"

〔三〕程炎震云："庾敳死于永嘉五年，亮时年二十三，虽早从父过江，容能忆洛下时事。若裴楷死时，亮才数岁，纵能追为题目，焉得忆其酬酢耶？"

39　蔡司徒在洛，见陆机兄弟住参佐廨中，三间瓦屋，士龙住东头，士衡住西头。士龙为人，文弱可爱。士衡长七尺馀，声作钟声，言多忼慨〔一〕。文士传曰："云性弘静，怡怡然为士友所宗。机清厉有风格，为乡党所惮。"

【校文】

"忼慨"　"忼"，景宋本作"慷"。

【笺疏】

〔一〕程炎震云："机、云死于惠帝太安二年癸亥，谟年十九矣。谟父子尼与士衡同仕于成都王颖。士衡之死，子尼救之，其投分为不浅矣。"

40　王长史是庾子躬外孙，王氏谱曰："濛父讷，娶颍州庾琮之女〔一〕，字三寿也。"丞相目子躬云："入理泓然，我已上人。"子躬，子嵩兄也。

【笺疏】

〔一〕程炎震云："晋书濛传云：讷，新淦令。"又云："王本颍州作颍川。"

41　庾太尉目庾中郎：家从谈谈之许〔一〕。名士传曰："敳不为辨析之谈，而举其旨要。太尉王夷甫雅重之也。"一作"家从谈之祖"。从，一作诵。许，一作辞。

【笺疏】

〔一〕程炎震云："敳与亮父琛皆庾道之孙。亮为敳之族子，敳为从父矣，故曰家从。"李详云："谈谈犹沈沈，谓言论深邃也。史记陈涉世家：'涉之为王沈沈者。'索隐：'应劭以为沈沈，宫室深邃貌，音长含反。刘伯庄以沈沈犹谈谈，犹俗云谈谈汉是。'伯庄唐人，偶举俗语。是晋人此称，尚至唐代。要皆指为深邃，或状人物，或指言论，皆可通也。"嘉锡案：应劭语乃集解所引，以为索隐者误。"谈谈汉"，殿本作"谈谈深"。

42　庾公目中郎："神气融散，差如得上。"晋阳秋曰："敳颓然渊放，莫有动其听者。"

43　刘琨称祖车骑为朗诣，曰："少为王敦所叹。"〔一〕虞预晋书曰："逖字士稚，范阳遒人。豁荡不修仪检，轻财好施。"晋阳秋曰："逖与司空刘琨俱以雄豪著名。年二十四，与琨同辟司州主簿，情好绸缪，共被而寝。中夜闻鸡鸣，俱起曰：‘此非恶声也。’〔二〕每语世事，则中宵起坐，相谓曰：‘若四海鼎沸，豪杰共起，吾与足下相避中原耳！’为汝南太守，值京师倾覆，率流民数百家南度，行达泗口，安东板为徐州刺史。逖既有豪才，常忼慨以中原为己任，乃说中宗雪复神州之计，拜为豫州刺史，使自招募。逖遂率部曲百馀家，北度江，誓曰：‘祖逖若不清中原而复济此者，有如大江！’攻城略地，招怀义士，屡摧石虎，虎不敢复窥河南，石勒为逖母墓置守吏。刘琨与亲旧书曰：‘吾枕戈待旦，志枭逆虏，常恐祖生先吾箸鞭耳！’会其病卒。先有妖星见豫州分，逖曰：‘此必为我也！天未欲灭寇故耳！’赠车骑将军。”

【校文】

注“则中宵起坐”　“则”，景宋本及沈本作“或”。

注“忼慨”　“忼”，景宋本作“慷”。

【笺疏】

〔一〕嘉锡案：晋书刘琨传载琨闻逖被用，与亲故书，与晋阳秋同。愚谓世说此条，当亦琨书中之语。

〔二〕文选集注六十三引续文章志云：“早与祖逖友善，尝二大角枕同寐，闻鸡夜鸣，憙而相蹋，逖遂坠地。”嘉锡案：开元占经百十五引京房曰：“鸡夜半鸣，有军。”又曰：“鸡夜半鸣，流血滂沱。”盖时人恶中夜鸡鸣为不祥。逖、琨素有大志，以兵起世乱，正英雄立功名之秋，故喜而相蹋。且曰“非恶声也”。此与尹纬见袄星喜而再拜（见晋书姚兴载记），用心虽异，立意则同。今晋书逖传作“中夜闻荒鸡鸣”。周亮工因树屋书影四曰：“古以三更前鸡鸣为荒鸡，又曰兵象。”晋书祖逖传史臣曰：“祖逖散谷周贫，闻鸡暗舞。思中原之燎火，幸天步之多艰。原其素怀，抑为贪乱。”“中夜闻鸡鸣”，晋书祖逖传作“中夜闻荒鸡鸣”。嘉锡又案：元王恽秋涧集卷十有荒鸡行云：“茅檐月落霜棱棱，夜半起听荒鸡声。不知首唱自何处，喔喔满城争乱鸣。尔缘气类司早晏，乃今失职能无惊。凄风吹空星斗黑，漫漫长夜何时明。”读其诗，可以识荒鸡之义矣。明胡侍真珠船七云：“晋书：祖逖与刘琨共被同寝，中夜闻荒鸡鸣，蹴琨觉曰：‘此非恶声也！’因起舞。史臣曰：‘祖逖闻鸡暗舞，思中原之燎火，幸天步之多艰。原其素怀，抑为贪乱者矣。’元史：史天倪金大安末举进士不第，乃叹曰：‘大丈夫立身，独以文乎哉？使吾遇荒鸡夜鸣，拥百万之众，功名可唾手取也！’草木子：南阳府廉访佥事保保巡按至彼，忽初更闻鸡啼，曰：‘此荒鸡也。不久此地当为丘墟，天下其将乱乎？’遂弃官而隐。后南阳果陷。盖初更啼，即为荒鸡。余谓凡鸡夜鸣不时，皆谓之荒。祖逖之闻，在于中夜，不特初更，乃有兹称。有问荒鸡之说及起舞之义者，因述此。”魏志管辂传注引辂别传曰：“清河令徐季龙言：‘世有军事，则感鸡雉先鸣，其道何由？’辂言：‘贵人有事，其应在天。在天，则日月星辰也。兵动民忧，其应在物。在物，则山林鸟兽也。夫鸡者，兑之畜；金者，兵之精；雉者，离之鸟；兽者，武之神。故太白扬辉则鸡鸣，荧惑流行则雉惊。各感数而动。’”

44　时人目庾中郎：“善于托大，长于自藏。”名士传曰：“敳虽居职任，未尝以事自婴，从容博畅，寄通而已。是时天下多故，机事屡起，有为者拔奇吐异，而祸福继之。敳常默然，故忧喜不至也。”

45　王平子迈世有俊才，少所推服〔一〕。每闻卫玠言，辄叹息绝倒〔二〕。玠别传曰：“玠少有名理，善通庄、老。琅邪王平子高气不群，迈世独傲，每闻玠之语议，至于理会之间，要妙之际，辄绝倒于坐。前后三闻，为之三倒。时人遂曰：‘卫君谈道，平子三倒。’”

【笺疏】

〔一〕程炎震云："澄、玠皆以永嘉六年卒。澄四十四，玠二十七。盖以澄长玠十七岁而推服玠，故为异耳。"

〔二〕元俞德邻佩韦斋辑闻三云："世谓大笑为绝倒。然晋书王澄每闻卫玠言，辄叹息绝倒。则绝倒，因叹息也。北齐崔瞻使陈，过彭城，读道傍碑绝倒。从者以为中恶。史谓：是碑瞻父为徐州所立，故哀感焉。则又因哀感而绝倒矣。要之绝倒者，形体欹倾，不自支持之貌。笑而绝倒，叹而绝倒，哀而绝倒，皆以形体言，不专谓大笑也。"

46　王大将军与元皇表云："舒风概简正，允作雅人，自多于邃。王舒已见。王邃别传曰："邃字处重，琅邪人，舒弟也。意局刚清，以政事称。累迁中领军、尚书左仆射。"舒、邃并敦从弟。最是臣少所知拔。中间夷甫、澄见语〔一〕：'卿知处明、茂弘。茂弘已有令名，真副卿清论；处明亲疏无知之者，吾常以卿言为意，殊未有得，恐已悔之。'臣慨然曰：'君以此试，顷来始乃有称之者。'言常人正自患知之使过，不知使负实。"使，一作便。

【笺疏】

〔一〕李慈铭云："案此于王衍独称字者，亦是孝标避梁武讳，追改其文。"

47　周侯于荆州败绩还，未得用。王丞相与人书曰："雅流弘器，何可得遗？"邓粲晋纪曰："颉为荆州，始至，而建平民傅密等叛迎蜀贼。颉狼狈失据，陶侃救之，得免。颉至武昌投王敦〔一〕，敦更选侃代颉。颉还建康，未即得用也。"

【笺疏】

〔一〕程炎震云:"周颉为杜弢所败，投王敦。通鉴在建兴元年。"

48 时人欲题目高坐而未能，桓廷尉以问周侯，周侯曰:"可谓卓朗。"桓公曰:"精神渊箸。"高坐传曰:"庾亮、周颉、桓彝一代名士，一见和尚，披衿致契。曾为和尚作目，久之未得。有云:'尸利密可称卓朗。'于是桓始咨嗟，以为标之极似。宣武尝云:'少见和尚，称其精神渊箸，当年出伦。'其为名士所叹如此。"

49 王大将军称其儿云:"其神候似欲可。"王应也。

50 卞令目叔向:"朗朗如百间屋。"〔一〕春秋左氏传曰:"叔向，羊舌肹也。晋大夫。"〔二〕

【笺疏】

〔一〕程炎震云:"周婴卮林一曰:'世说赏誉、品藻止于魏、晋两朝。因曹蜍、李志而及廉、蔺，因高士传而出井丹。若尚论古人，羌无义例。予以为望之有叔名向，为之题目，以相标榜，若王大将军称其儿类耳。'炎震案:周氏所疑是也。惟壶叔名向，未见其证。"

〔二〕文廷式纯常子枝语卷五云:"世说皆当时语。若评论古人，不当收入。疑'叔向'二字有误。注则明人妄增也。"嘉锡案:凡题目人者，必亲见其人，挹其风流，听其言论，观其气宇，察其度量，然后为之品题。其言多用比兴之体，以极其形容。如本篇世目李元礼谡谡如劲松下风，公孙度目邴原为云中白鹤，以及裴令公之目夏侯太初等，庾子嵩之目和峤皆是也。卞令目叔向朗朗如百间屋，盖言其气度恢宏，此非与之亲熟者不能道。若为春秋时之晋大夫，卞望之与之相去且千年，安得见其人而为之题目乎？然则叔向之非羊舌肸，亦已明矣。称叔向而不言其姓，周氏以为卞令之叔，不为无理也。

51 王敦为大将军，镇豫章。卫玠避乱，从洛投敦，相见欣然，谈话弥日。于时谢鲲为长史，敦谓鲲曰："不意永嘉之中，复闻正始之音。阿平若在，当复绝倒。"〔一〕

玠别传曰："玠至武昌见王敦，敦与之谈论，弥日信宿。敦顾谓僚属曰：'昔王辅嗣吐金声于中朝，此子今复玉振于江表，微言之绪，绝而复续。不悟永嘉之中，复闻正始之音。阿平若在，当复绝倒。'"〔二〕

【校文】

注"当复绝倒" 景宋本及沈本"倒"下有"矣"字。

【笺疏】

〔一〕程炎震云："玠以永嘉四年六月南行，六年五月至豫章。王澄之死，亦当在六年。则玠、敦相见时，澄未必便死矣。且敦实杀澄，而为此言，亦殊不近事情。晋书云：'何平叔若在，当复绝倒。'或唐人所见世说不误，抑阿平固指何晏言，而后人附会为王澄耶？"日知录十三曰："魏明帝殂，少帝即位。改元正始，凡九年。其十年则太傅司马懿杀大将军曹爽，而魏之大权移矣。三国鼎立，至此垂三十年。一时名士风流，盛于雒下。乃其弃经典而尚老、庄，蔑礼法而崇放达，视其主之颠危若路人然。即此诸贤为之倡也。自此以后，竞相祖述。如晋书言王敦见卫玠，谓长史谢鲲曰：'不意永嘉之末，复闻正始之音。'沙门支遁以清谈著名于时，莫不崇敬。以为造微之功，足参诸正始。宋书：'羊玄保二子，太祖赐名曰咸，曰粲。谓玄保曰："欲令卿二子有林下正始馀风。"'王微与何偃书曰：'卿少陶玄风，淹雅修畅，自是正始中人。'南齐书言：袁粲言于帝曰：'臣观张绪有正始遗风。'南史言：何尚之谓王球：'正始之风尚在。'其为后人企慕如此。然而晋书儒林传序云：'摈阙里之典经，习正始之馀论。指礼法为流俗，目纵诞以清高。'此则虚名虽被于时流，笃论未忘乎学者。是以讲明六艺，郑、王为集汉之终；演说老、庄，王、何为开晋之始。以至国亡于上，教沦于下，羌戎互僭，君臣屡易。非林下诸贤之咎而谁咎哉？"

〔二〕程炎震云："通鉴八十八永嘉六年考异曰：'王澄死，周顗败，王敦镇豫章，王机入广州，纪传皆无年月。按卫玠传：玠依敦于豫章，以永嘉六年卒，故附于此。'"嘉锡案：以"王平子迈世有俊才"条及此条注合而观之，知此二事同出于卫玠别传。先言平子闻玠之语议，辄绝倒于坐；后言阿平若在，当复绝倒。则阿平自是指王平子，文义甚明。唐修晋书作何平叔者，后人妄改耳。通鉴书王澄之死、王敦之镇豫章于永嘉六年者，特因不得其年月，故约略其时，总叙之于此。其实澄未必果死于是年，更无以见澄死定在玠至豫章之后也。

52　王平子与人书，称其儿"风气日上，足散人怀"〔一〕。永嘉流人名曰："澄第四子徽。"澄别传曰："微迈上有父风。"〔二〕

【校文】

注"微"　沈本俱作"徽"。

【笺疏】

〔一〕李慈铭云："案晋、宋、六朝膏粱门第，父誉其子，兄夸其弟，以为声价。其为子弟者，则务鄙父兄，以示通率。交相伪扇，不顾人伦。世人无识，沿流波诡，从而称之。于是未离乳臭，已得华资。甫识一丁，即为名士。沦胥及溺，凶国害家。平子本是妄人，荆产岂为佳子？所谓风气日上者，淫荡之风、痴顽之气耳。长松下故当有清风，斯言婉矣。”

〔二〕程炎震云：“晋书澄传微作徽。”嘉锡案：微当作徽，说详言语篇。

53 胡毋彦国吐佳言如屑，后进领袖〔一〕。言谈之流，靡靡如解木出屑也。

【笺疏】

〔一〕程炎震云：“晋书辅之传作王澄与人书语。”刘盼遂曰：“按本条宜连上‘王平子与人书’为一条。晋书胡毋辅之传：澄尝与人书曰：‘胡毋彦国吐佳言如锯木屑，霏霏不绝，诚为后进领袖也。’严铁桥辑全晋文，于王澄卷中移录辅之传此札，乃注出世说注，且于王澄标目下注太原人，緟贻悂谬矣。”

54 王丞相云：“刁玄亮之察察，戴若思之岩岩，虞预书曰：“戴俨字若思〔一〕，广陵人。才义辩济，有风标锋颖。累迁征西将军，为王敦所害。赠左光禄大夫，仪同三司。”卞望之之峰距。”〔二〕卞壸别传曰：“壸字望之，济阴冤句人。父粹，太常卿。壸少以贵正见称，累迁御史中丞，权门屏迹，转领军尚书令。苏峻作乱，率众距战，父子二人俱死王难。”邓粲晋纪曰：“初，咸和中，贵游子弟能谈嘲者，慕王平子、谢幼舆等为达。壸厉色于朝曰：‘悖礼伤教，罪莫斯甚！中朝倾覆，实由于此！’欲奏治之。王导、庾亮不从，乃止。其后皆折节为名士。”〔三〕语林曰：“孔坦为侍中，密启成帝，不宜往拜曹夫人〔四〕。丞相闻之曰：‘王茂弘驽痾耳！若卞望之之岩岩，刁玄亮之察察，戴若思之峰距，当敢尔不？’”此言殊有由绪，故聊载之耳。

【校文】

注“率众距战”　“距”，景宋本及沈本作“拒”。

注“不宜往拜”　景宋本及沈本俱无“往”字。

【笺疏】

〔一〕李慈铭云："案戴若思本名渊，晋书因避唐高祖讳但称字。此云名俨，是若思有二名也。"

〔二〕李慈铭云："案距，晋书作岠。"陈僅扪烛脞存十二曰："峰距，犹岳峙也。言其高峻，使人不可近。"李详云："详案：丞相品此三人，语意未罄。据注：孔坦阻成帝不往拜曹夫人，故丞相激为此语。御览四百四十七引郭子，语与此同。下有'并一见我而服也'。如此方合。义庆书多本郭子，即郭颁世语也。"嘉锡案：隋志史部杂史类：魏晋世语十卷，晋襄阳令郭颁撰。子部小说家类：郭子三卷，东晋中郎将郭澄之撰。畔然二书。本书方正篇"夏侯玄既被桎梏"条注，以郭颁为西晋人，则自不得记王导之事。审言此语，可称巨谬。

〔三〕文苑英华三百六十二杨夔原晋乱说曰："晋室南迁，制度草创，永嘉之后，嚣风未除。廷臣犹以谢鲲轻佻，王澄旷诞，竞相祖习，以为高达。卞壸厉色于朝曰：'帝祚流移，社稷倾荡，职兹浮伪，致此隳败。犹欲崇慕虚诞，汙蠹时风，奏请鞫之，以正颓俗。'王导、庾亮抑之而止。噫！西晋之乱，百代所悲。移都江左，是塞源端本之日也。犹乃翼虚驾伪，宗扇佻薄，蹑诸败迹，踵其覆辙。以此创立朝纲，基构王业，何异登胶船而泛巨浸，操朽索以驭奔驷乎？设使从卞壸之奏，黜屏浮伪，登进豪贤，左右大法，维持纪纲，则晋亦未可量也。其后王敦作逆，苏峻继乱，余以为晋乱不自敦、峻，而稔于导、亮。"

〔四〕程炎震云："通鉴：咸康元年，帝幸司徒府拜导，并拜其妻。孔坦谏。"

55　大将军语右军："汝是我佳子弟，按王氏谱："羲之是敦从父兄子。”当不减阮主簿。”中兴书曰：“阮裕少有德行，王敦闻其名，召为主簿，知敦有不臣之心，纵酒昏酣，不综其事。”

56　世目周侯“嶷如断山”。晋阳秋曰：“颉正情嶷然，虽一时侪类，皆无敢媟近。”

57　王丞相招祖约夜语，至晓不眠。明旦有客，公头鬓未理，亦小倦。客曰：“公昨如是，似失眠。”公曰：“昨与士少语，遂使人忘疲。”

【校文】

“亦小倦”　“亦”上沈本有“体”字。汪藻考异同。

58　王大将军与丞相书，称杨朗曰：“世彦识器理致，才隐明断，既为国器，且是杨侯淮之子。世语曰：“淮字始立〔一〕，弘农华阴人。曾祖彪、祖修，有名前世。父嚣，典军校尉。淮元康末为冀州刺史。”荀绰冀州记曰：“淮见王纲不振，遂纵酒不以官事规意，消摇卒岁而已。成都王知淮不治，犹以其名士，惜而不遣，召为军咨议祭酒，府散停家。关东诸侯欲以淮补三事，以示怀贤尚德之事，未施行而卒。时年二十有七。”位望殊为陵迟，卿亦足与之处。”

【笺疏】

〔一〕程炎震云：“淮当作準，见前识鉴篇。御览四百四十四引郭子曰：‘準字彦清。’”李慈铭云：“案淮三国魏志陈思王植传注引世说作準，以字始立推之，作準为是。盖準或省作准，遂误为淮。如刘宋时王準之亦作准之，今遂误为王淮之矣。”

59　何次道往丞相许，丞相以麈尾指坐，呼何共坐曰："来！来！此是君坐。"〔一〕何充已见。

【笺疏】

〔一〕此出郭子，见御览三百九十三及七百三引。

60　丞相治杨州廨舍，按行而言曰："我正为次道治此尔！"何少为王公所重，故屡发此叹〔一〕。晋阳秋曰："充，导妻姊之子，明穆皇后之妹夫也。思韵淹济，有文义才情，导深器之。由是少有美誉，遂历显位。导有副贰己使继相意，故屡显此指于上下。"

【笺疏】

〔一〕此出郭子，见御览二百五十五引。

61　王丞相拜司徒而叹曰："刘王乔若过江，我不独拜公。"曹嘉之晋纪曰："畴有重名，永嘉中为阎鼎所害。司徒蔡谟每叹曰：'若使刘王乔得南渡，司徒公之美选也。'"

62　王蓝田为人晚成，时人乃谓之痴。晋阳秋曰："述体道清粹，简贵静正，怡然自足，不交非类。虽群英纷纷，俊乂交驰，述独蔑然，曾不慕羡。由是名誉久蕴。"王丞相以其东海子，辟为掾〔一〕。常集聚，王公每发言，众人竞赞之。述于末坐曰："主非尧、舜〔二〕，何得事事皆是！"丞相甚相叹赏〔三〕。言非圣人，不能无过。意讥赞述之徒。

【笺疏】

〔一〕程炎震云："晋书司徒王导辟为中兵属。"

〔二〕程炎震云："晋书作'人非尧舜'，是也。"

〔三〕御览二百四十九引语林曰："王蓝田少有痴称，王丞相以地辟之。既见，无所他问，问：'来时米几价？'蓝田不答，直张目视王公。王公云：'王掾不痴，何以云痴？'"

63　世目杨朗"沈审经断"。蔡司徒云："若使中朝不乱，杨氏作公方未已。"谢公云："朗是大才。"〔一〕八王故事曰："杨淮有六子，曰：乔、髦、朗、琳、俊、仲，皆得美名。论者以谓悉有台辅之望。文康庾公每追叹曰：'中朝不乱，诸杨作公未已也。'"

【校文】

注"杨淮"　沈本作"杨準"。

注"仲"　景宋本及沈本俱作"伸"。

【笺疏】

〔一〕嘉锡案：刘畴典选，改傅宣之成法，致令人人奔竞，而王导、蔡谟以为可作司徒公。杨朗为王敦致力，称兵犯顺，而谟及庾亮又惜其不作三公。当时所谓公辅之器者，例皆如此。其人才可想矣。王、庾不足论，道明、安石号称贤者，不知其鉴裁安在也！

64　刘万安即道真从子。庾公琮字子躬。所谓"灼然玉举"〔一〕。又云："千人亦见，百人亦见。"刘氏谱曰："绥字万安，高平人。祖奥，太祝令。父斌，著作郎。绥历骠骑长史。"

【笺疏】

〔一〕李详云："详案：郝懿行晋宋书故：'晋书邓攸传"举灼然二品"，不审灼然为何语。读阮瞻传"举止灼然"，温峤传"举秀才灼然"，为当时科目之名。'案此'灼然玉举'，亦似被举灼然之后，庾公加以赞辞，故下云'千人亦见，百人亦见'也。"嘉锡案：孙志祖读书脞录续编三云："晋书阮瞻传'举止灼然'，案止字疑衍。灼然者，晋世选举之名，于九品中正中为第二品也。温峤传：'举秀才灼然二品。'盖江左初不以第一流评峤，故但得二品耳。邓攸传亦云：'举灼然二品。'"孙氏此说在郝氏之前。余考书钞六十八引续汉书云："陈寔字仲躬，举灼然，为司徒属、大丘长。"则灼然之为科目自后汉已有之，不起于魏之中正也。又晋书苻坚载记云："坚下书悉发诸州公私马人，十丁遣一兵。门在灼然者，为崇文义从。"可见当时名列灼然者甚众。虽在九品之中，然并不能尽登二品。否则必如纪瞻、温峤之流，始与此选，其人当稀如星凤，安能发为义从乎？孙氏、郝氏所考，皆未为详备。

65　庾公为护军〔一〕，属桓廷尉觅一佳吏，乃经年。桓后遇见徐宁而知之，遂致于庾公曰："人所应有，其不必有；人所应无，已不必无〔二〕。真海岱清士。"〔三〕徐江州本事曰："徐宁字安期，东海郯人。通朗有德素，少知名。初为舆县令。谯国桓彝有人伦鉴识，尝去职无事，至广陵寻亲旧，遇风，停浦中累日，在船忧邑，上岸消摇，见一空宇，有似廨署，彝访之。云：'舆县廨也，令姓徐名宁。'彝既独行，思逢悟赏，聊造之。宁清惠博涉，相遇怡然。遂停宿，因留数夕，与宁结交而别。至都，谓庾亮曰：'吾为卿得一佳吏部郎。'亮问所在，彝即叙之。累迁吏部郎、左将军、江州刺史。"

【校文】

注"有似廨署"　"署"，景宋本及沈本作"舍"。

【笺疏】

〔一〕程炎震云："大宁三年十月，庾亮为护军将军。"

〔二〕李慈铭云："案'已不必无'，'不'是衍字，当作'已必无'。与下王长史道江道群语同。若作'不必无'，则庸下人矣，安得谓之清士？”

〔三〕刘盼遂曰：“‘己不必无’，‘不’字疑涉上文而衍。本篇‘王长史道江道群：人可应有，乃不必有；人所应无，己必无’。可据正。晋书桓彝传作‘人所应有，而不必有；人所应无，而不必无’，亦误。文选二十一颜延年五君咏注引顾凯之嵇康赞曰‘南海太守鲍靓，通灵士也。东海徐宁师之’云云，疑即此徐宁。”嘉锡案：盼遂所言虽似有据，然余以为徐宁、江灌之为人原不必相同，则桓彝、王濛之品题，亦故当有异。夫所谓人所应无者，谓衡之礼法不当有者也。而晋之名士固不为礼法所拘，礼所应无而竟有之者多矣。如王平子、谢幼舆之徒所为皆是也。时流竞相慕效，卞望之欲奏治之，而王导、庾亮不从。徐宁行事不知何如，然见用于庾亮，疑亦不羁之流，故桓彝评之如此。若江灌者，本传称其以执正积忤谢奕、桓温，视权贵蔑如，则实方正之士。故王濛反用桓彝之语，以为之目。其所取者既不一致，斯其所言，自不尽同矣。

66　桓茂伦云：“褚季野皮里阳秋。”〔一〕谓其裁中也。晋阳秋曰：“裒简穆有器识。”故为彝所目也。

【笺疏】

〔一〕程炎震云：“晋书九十三裒传作季野有皮里阳秋。言其外无臧否、而内有褒贬也。”

67　何次道尝送东人，瞻望见贾宁在后輪中〔一〕，曰：“此人不死，终为诸侯上客。”晋阳秋曰：“宁字建宁，长乐人，贾氏孽子也。初自结于王应、诸葛瑶。应败，浮游吴会，吴人咸侮辱之。闻京师乱，驰出投苏峻，峻甚暱之，以为谋主。及峻闻义军起，自姑孰屯于石头，是宁之计。峻败，先降。仕至新安太守。”

【校文】

注"字建宁"　"宁"，沈本作"长"。

【笺疏】

〔一〕李慈铭云："案'輪'疑是'艑'或'艙'字之误。"

68　杜弘治墓崩，哀容不称。庾公顾谓诸客曰："弘治至羸，不可以致哀。"晋阳秋曰："杜乂字弘治，京兆人。祖预、父锡，有誉前朝。乂少有令名，仕丹阳丞，蚤卒。成帝纳乂女为后。"又曰："弘治哭不可哀。"

69　世称"庾文康为丰年玉，穉恭为荒年谷"。庾家论云是文康称"恭为荒年谷[一]，庾长仁为丰年玉"[二]。谓亮有廊庙之器，翼有臣世之才，各有用也。

【校文】

注"臣世之才"　"臣"，景宋本作"匡"，是也。

【笺疏】

〔一〕程炎震云："诸庾别无名'恭'者，此当脱'穉'字。"

〔二〕程炎震云："长仁，庾统。见本篇'简文目庾赤玉'条。"

70　世目"杜弘治标鲜，季野穆少"。江左名士传曰："乂，清标令上也。"

71　有人目杜弘治"标鲜清令，盛德之风，可乐咏也"。语林曰："有人目杜弘治，标鲜甚清令，初若熙怡，容无韵[一]，盛德之风，可乐咏也。"

【笺疏】

〔一〕李慈铭云："案此当以'怡'字为句。'容'字上下当有脱字。"

72　庾公云："逸少国举。"故庾倪为碑文云〔一〕："拔萃国举。"倪，庾倩小字也。徐广晋纪曰："倩字少彦，司空冰子，皇后兄也。有才具，仕至太宰长史。桓温以其宗强，使下邳王晃诬与谋反而诛之。"〔二〕

【笺疏】

〔一〕程炎震云："桓温杀庾倩，在咸安元年。若右军以太元四年方卒，倩安得为作碑乎？"

〔二〕程炎震云："'下邳'，晋书纪传皆作'新蔡'，是也。西晋初别有下邳王晃，非此人。"颜之推还冤志云："太宰武陵王晞，性尚武事，温常忌之，故加罪状，奏免晞及子综官。又逼新蔡王晃使列晞、综及前著作郎殷涓、太宰长史庾倩等谋反，频请杀之。诏特赦晞父子，乃徙新安。杀涓、倩。倩坐有才望，且宗族甚强，所以致极法。"嘉锡案：各本还冤志此条有脱误，今据宝颜堂祕笈本。

73　庾穉恭与桓温书，称"刘道生日夕在事，大小殊快。义怀通乐既佳，且足作友，正实良器，推此与君，同济艰不者也"。宋明帝文章志曰："刘恢字道生，沛国人。识局明济，有文武才。王濛每称其思理淹通，蕃屏之高选。为车骑司马。年三十六卒，赠前将军。"〔一〕

【笺疏】

〔一〕晋书刘惔传曰："字真长，沛国相人也。"吴士鉴斠注曰："世说德行篇注引刘尹别传作沛国萧人。又赏誉篇注引宋明帝文章志曰：'刘恢字道生，沛国人。'案本传云，迁丹阳尹。隋志亦云：'梁有丹阳尹刘恢集二卷，亡。'本传云：'年三十六。'世说注引文章志亦云三十六卒。是刘恢皆为刘惔之讹。惟一字真长，一字道生。或古人亦有两字欤?"嘉锡案：刘惔传云："尚明帝女庐陵公主。"而本书排调篇"袁羊尝诣刘恢"条云："刘尚晋明帝女。"注引晋阳秋曰："恢尚庐陵长公主，名南弟。"益可证其为一人。佚存丛书本蒙求"刘恢倾酿"句下李翰自注引世说曰："刘恢字真长，为丹阳尹，常云：'见何次道饮酒，使人欲倾家酿。'"案此事见本篇，作"刘尹云见何次道"云云。而蒙求以为真长名恢，亦可为古本世说恢、惔互出之证。然孝标注书，于一人仕履，例不重叙。真长始末已见德行篇"刘尹在郡"条下。而于此又别引文章志，则亦未悟其为一人也。本书言语篇云："竺道潜在简文座，刘尹问道人何以游朱门。"高僧传卷四竺道潜传作"沛国刘恢嘲之"云云。刘惔传不云"为车骑司马，赠前将军"。此可以补史阙。嘉锡又案：魏志管辂传引晋诸公赞曰："刘邠位至太子仆。子粹，字纯嘏，侍中。次宏，字终嘏，太常。次汉，字仲嘏，光禄大夫。宏子耽，晋陵内史。耽子恢，字真长，尹丹阳，为中兴名士也。"所叙恢祖父名字，与本书赏誉上篇"洛中雅雅有三嘏"条及晋书刘惔传并合。惟仲嘏之名，赏誉上作"漠"，晋书作"潢"，为异耳。而真长之名，则一作恢，一作惔，其官又同为丹阳尹。然则恢之与惔，即是一人，无疑也。

74　王蓝田拜扬州〔一〕，主簿请讳，教云："亡祖、先君，名播海内，远近所知。内讳不出于外，礼记曰："妇人之讳不出门。"馀无所讳。"〔二〕

【笺疏】

〔一〕程炎震云："永和二年十月，王述为扬州刺史。"

〔二〕李慈铭云："案此条是六朝人矜其门第之常语耳。所谓专以冢中枯骨骄人者也。临川列之赏誉，谬矣！"

75 萧中郎，孙丞公妇父〔一〕。刘尹在抚军坐，时拟为太常，刘尹云："萧祖周不知便可作三公不？自此以还，无所不堪。"晋百官名曰："萧轮字祖周，乐安人。"刘谦之晋纪曰："轮有才学，善三礼，历常侍、国子博士。"

【笺疏】

〔一〕程炎震云："孙统字丞公，别见品藻篇'孙丞公云谢公清于无奕'条。"

76 谢太傅未冠，始出西，诣王长史，清言良久。去后，苟子问曰：王濛、子修并已见。"向客何如尊？"长史曰："向客亹亹，为来逼人。"〔一〕

【笺疏】

〔一〕程炎震云："安石长王修十四岁，此言未必然。"

77 王右军语刘尹："故当共推安石。"刘尹曰："若安石东山志立，当与天下共推之。"〔一〕续晋阳秋曰："初，安家于会稽上虞县，优游山林，六七年间，征召不至，虽弹奏相属，继以禁锢，而晏然不屑也。"

【笺疏】

〔一〕施注苏诗卷七游东西岩诗题下注云："公自注：'即谢安东山也。'

东山在会稽上虞县西南四十五里，晋太傅文靖公谢安所居，一名谢安山。岿然特立于众峰间，拱揖亏蔽，如鸾鹤飞舞。其巅有谢公调马路，白云、明月二堂址。千嶂林立，下视苍海，天水相接，盖绝景也。下山出微径，为国庆寺。乃安石故宅。安石传云：'寓居会稽，与王羲之、许询、支遁游，出则渔猎山水，入则言咏属文，后虽受朝寄，然东山之志，始终不渝。'安石孙灵运传云：'父祖并葬始宁山中，并有故宅及墅。'故其诗云：'偶与张邴合，久欲还东山。'世说王羲之语刘惔曰：'若安石东山志立，当与天下共推之。'注引续晋阳秋曰：安石家于上虞。放情邱壑，正在此山。自东汉末，析上虞之始宁乡为始宁县，至东晋有上虞、始宁二邑。阳秋所载，得其实矣。汝阴王性之铚游东山记，刻石国庆，考究甚备。性之云：'今临安境中亦有东山，金陵土山，俱非是。'临安山则许迈所称'文靖当往坐石室，临浚谷，谓与伯夷何远'者，盖为海山之游，而非所居之山也。"嘉锡案：东坡所谓谢安东山，实指临安之东山。故咸淳临安志卷二十五收东坡游东西岩诗于临安县东山条下。施注所考虽是，然不可谓东坡之自注为非也。谢灵运为谢玄之孙，谢涣之子，乃安石之侄曾孙，非其嫡孙。施注亦误。

78　谢公称蓝田："掇皮皆真。"徐广晋纪曰："述贞审，真意不显。"

79　桓温行经王敦墓边过，望之云："可儿！可儿！"〔一〕孙绰与庾亮笺曰："王敦可人之目，数十年间也。"

【笺疏】

〔一〕李慈铭云："案此是桓温包藏逆谋，引为同类，正与'作此宋宋，将令文景笑人'语同一致。深识之士，当屏弗谈；即欲收之，亦当在假谲、尤悔之列。而归之赏誉，自为不伦。”陆游老学庵笔记六曰：“晋语儿人二字通用。世说桓温曰：‘可儿！可儿！’盖谓可人为可儿也。故晋书及孙绰与庾亮笺，皆以为可人。又陶渊明‘不欲束带见乡里小儿’，亦是以小人为小儿耳。故宋书云‘乡里小人’也。”文馆词林六百九十九东晋庾亮黜故江州刺史王敦像赞教云：“王敦始者以朗素致称，遂饕可人之名。然其晚节，晋贼也。犹汉公之与王莽耳。”嘉锡案：此与孙绰笺，可以互证。知王敦生时，固有“可人”之目，故桓温从而称之。然其意则赞敦能为非常之举，犹其自命为司马宣王一流人物云耳。礼记杂记云：“管仲遇盗，取二人焉，上以为公臣，曰：‘其所与游辟也，可人也。’”郑注云：“言此人可也。”“可人”二字出于此。但晋人之言“可人”，谓其为可爱之人，与杂记之意微不同。乔松年萝藦亭札记五云：“可儿可人，六朝人通用。盖儿字古读声近泥。人字江南人读近宁。泥、宁双声，故人与儿通用。”程炎震云：“据绰与亮笺，是温少时语。晋书叙此于镇姑苏后，误。”

80　殷中军道王右军云：“逸少清贵人〔一〕。吾于之甚至〔二〕，一时无所后。”文章志曰：“羲之高爽有风气，不类常流也。”

【笺疏】

〔一〕孙志祖读书脞录七云：“世说：‘逸少清贵人。’杨升庵丹铅录云：‘右军清真，谓清致而真率也。李太白用其语为诗“右军本清真”，是其证也。近日吴中刻世说，乃妄改作清贵。’志祖案：太白诗乃借用山公目阮咸语尔，正不必泥。世说又云：‘殷中军道右军清鉴贵要。’则是清贵非清真，刻本不误也。晋书庾亮上疏，称羲之‘清贵有鉴裁’，亦可证。”

〔二〕李详云：“详案：吕氏春秋不侵篇：‘豫让国士也，而犹以人之于己也为念。’高诱注：‘于，犹厚也。’此引申为亲爱，皆古义。或作相于，繁钦孔融均有其语。”

81 王仲祖称殷渊源“非以长胜人，处长亦胜人”。晋阳秋曰：“浩善以通和接物也。”

82 王司州与殷中军语，叹云：“己之府奥，蚤已倾写而见，殷陈势浩汗，众源未可得测。”徐广晋纪曰：“浩清言妙辩玄致，当时名流，皆为其美誉。”

83 王长史谓林公：“真长可谓金玉满堂。”〔一〕林公曰：“金玉满堂，复何为简选？”王曰：“非为简选，直致言处自寡耳。”谓吉人之辞寡，非择言而出也。

【笺疏】

〔一〕老子道经曰：“金玉满堂，莫之能守。”

84 王长史道江道群：“人可应有，乃不必有；人可应无，己必无。”中兴书曰：“江灌字道群，陈留人，仆射彪从弟也。有才器，与从兄道名相亚〔一〕。仕尚书中护军。”

【校文】

注“兄道”　“道”，景宋本作“逌”。

【笺疏】

〔一〕程炎震云：“晋书八十三灌传云：‘才识亚于逌。’疑此注‘道’字为‘逌’之误。”

85　会稽孔沈、魏颉〔一〕、虞球、虞存、谢奉，并是四族之俊，于时之桀。沈、存、颉、奉并别见。虞氏谱曰："球字和琳，会稽馀姚人。祖授，吴广州刺史。父基，右军司马。球仕至黄门侍郎。"孙兴公目之曰："沈为孔家金，颉为魏家玉，虞为长、琳宗，谢为弘道伏。"长、琳，即存及球字也。弘道，谢奉字也。言虞氏宗长、琳之才，谢氏伏弘道之美也。

【校文】

"桀"　沈本作"傑"。

【笺疏】

〔一〕程炎震云："魏颉别见排调'魏长齐雅有体量'条。"

86　王仲祖、刘真长造殷中军谈，谈竟，俱载去。刘谓王曰："渊源真可。"王曰："卿故堕其云雾中。"中兴书曰："浩能言理，谈论精微，长于老、易，故风流者皆宗归之。"

87　刘尹每称王长史云："性至通，而自然有节。"濛别传曰："濛之交物，虚己纳善，恕而后行，希见其喜愠之色。凡与一面，莫不敬而爱之。然少孤，事诸母甚谨，笃义穆族，不修小洁，以清贫见称。"

【校文】

注"穆族"　"族"，景宋本及沈本作"亲"。

88　王右军道谢万石"在林泽中，为自遒上"。叹林公"器朗神俊"。支遁别传曰："遁任心独往，风期高亮。"道祖士少"风领毛骨，恐没世不复见如此人"。道刘真长

"标云柯而不扶疏"〔一〕。刘尹别传曰:"惔既令望,姻娅帝室,故屡居达官。然性不偶俗,心淡荣利。虽身登显列,而每挹降,闲静自守而已。"

【笺疏】

〔一〕程炎震云:"御览四百四十七引郭子曰:'祖士少道右军"王家阿菟,何缘复减处仲"?'原注:'羲之小名吾菟。'"嘉锡案:御览四百四十七引郭子曰:"祖士少道右军:'王家阿菟(原注菟羲之小名吾菟),何缘复减处仲?'右军道士少'风领毛骨,恐没世不复见如此人'。王子猷说'世目士少为朗迈,我家亦以为彻朗'。"观郭子之言,乃知王氏父子假借士少者,感其奖誉之私耳。此正晋人互相标榜之习。逸少贤者,亦自不免。郭子连类叙之,故自有意。汪藻考异载敬胤注,亦有祖士少道王右军一条。今本世说传写脱去耳。又案:祖约叛贼,观敬胤注所引王隐晋书叙其平生,至可嗤鄙。而王导与之夜谈,至于忘疲。逸少高识之士,亦称美之如此,所未解也。

89 简文目庾赤玉:"省率治除。"谢仁祖云:"庾赤玉胸中无宿物。"赤玉,庾统小字。中兴书曰:"统字长仁,颍川人,卫将军择子也〔一〕。少有令名,仕至寻阳太守。"

【笺疏】

〔一〕李慈铭云:"案'择'当作'怿',亮之弟也。"

90 殷中军道韩太常曰:"康伯少自标置,居然是出群器。及其发言遣辞,往往有情致。"续晋阳秋曰:"康伯清和有思理,幼为舅殷浩所称。"

91　简文道王怀祖："才既不长，于荣利又不淡〔一〕；直以真率少许，便足对人多多许。"晋阳秋曰："述少贫约，箪瓢陋巷，不求闻达，由是为有识所重。"

【笺疏】

〔一〕李慈铭云："案晋书述传云：'初述家贫，求试宛陵令，颇受赠遗而修家具。为州司所检，有一千三百条。王导使谓之曰："名父之子，不患无禄，屈临小县，甚不宜耳。"答曰："足自当止。"'故曰'于荣利又不淡'也。"

92　林公谓王右军云："长史作数百语，无非德音，如恨不苦。"苦谓穷人以辞。王曰："长史自不欲苦物。"

【校文】

"谓王右军云"　景宋本及沈本无"云"字。

93　殷中军与人书，道谢万"文理转遒，成殊不易"。中兴书曰："万才器俊秀，善自炫曜，故致有时誉。兼善属文，能谈论，时人称之。"

94　王长史云："江思悛思怀所通，不翅儒域。"〔一〕徐广晋纪曰："江惇字思悛，陈留人，仆射虨弟也。性笃学，手不释书，博览坟典，儒道兼综。征聘无所就，年四十九而卒。"〔二〕

【笺疏】

〔一〕刘盼遂曰："翅、啻古通。按众经音义引苍颉篇：'不啻，多也。''不啻儒域'，谓所通不止于儒域，以其并综文学也。文学篇殷浩曰：'使我解四本，谈不翅尔。'谓谈议当胜于此也。排调篇妇笑曰：'若使新妇得配参军，生儿故可不啻如此。'谓生儿当胜于此也。假谲篇'王文度阿智恶乃不翅'，谓冥顽殊甚也。世儒习知不翅为无异，因钼铻而鲜通矣。孟子之'奚翅色重'，注言'何其重也'（依阮校删不字）。正与此同。"嘉锡案："不翅儒域"即注所谓儒道兼综也。盼遂以为并综文学者非是。王引之经传释词九有"啻翅适"一条，略云："书多士曰：'尔不啻不有尔土'，释文曰：'啻，徐本作翅。'说文：'适从辵，啻声。'适、啻声相近，故古字或以适为啻。秦策曰：'疑臣者，不适三人。'不适与不啻同。故高注读适为翅。史记甘茂传作'疑臣者，非特三人'。非特犹不啻也。孟子告子篇曰：'饮食之人，无有失也。则口腹岂适为尺寸之肤哉。'适亦与啻同，故赵注曰'口腹岂但为肥长尺寸之肤邪'，但字正释适字。"嘉锡谓世说中之"不翅"，皆当作"不但"解。"不翅儒域"者，所通不但儒家之学也。"恶乃不翅"者，谓阿智之为人，不但是恶而已也。

〔二〕江惇，晋书附其父统传，云："征拜博士、著作郎，皆不就。东阳太守阮裕、长山令王濛，皆一时名士，并与惇游处，深相钦重。"

95　许玄度送母，始出都，人问刘尹："玄度定称所闻不？"刘曰："才情过于所闻。"许氏谱曰："玄度母，华轶女也。"按询集〔一〕，询出都迎姊，于路赋诗，续晋阳秋亦然。而此言送母，疑缪矣〔二〕。

【笺疏】

〔一〕隋志晋征士许询集八卷，录一卷。

〔二〕嘉锡案：本篇下文"许掾尝诣简文"条注引续晋阳秋曰："询能言理，曾出都迎姊"云云，故此注言续晋阳秋亦然。

96 阮光禄云："王家有三年少：右军、安期、长豫。"阮裕、王悦、安期、王应并已见〔一〕。

【笺疏】

〔一〕王先谦曰："按右军，羲之；安期，王承字；长豫，王悦字。晋书王羲之传，裕目羲之与王承、王悦，不及王应。此注语应有误。"刘盼遂曰："按晋书盖摭世说而误，未可据晋书驳世说也。考王承字安期，王应亦字安期。承卒于元帝渡江之初，自不与敬豫、羲之相接。应名德虽不若敬豫、羲之，然应核荆州之守文（本书识鉴篇文），知回飒于挝鼓（本书豪爽注），敦亦称其神候似欲可者，则应亦尔时之髦士也。与敬豫、羲之既同德业，又居昆弟，三少同称，亦固其所。且三年少皆出琅琊，承望属太原，何能与敬豫、逸少并论乎？特以世人知承字安期者多，知应字安期者少，故唐修晋书遂误王应为王承，而未计及于情势及刘注皆不合也。葵园乃是晋书而非刘注，是可谓倒植矣。"嘉锡案：刘说是。惟敬豫乃王恬字，此言长豫乃王悦，作敬豫误。

97 谢公道豫章："若遇七贤，必自把臂入林。"〔一〕江左名士传曰："鲲通简有识，不修威仪。好迹逸而心整〔二〕，形浊而言清。居身若秽，动不累高。邻家有女，尝往挑之。女方织，以梭投折其两齿。既归，傲然长啸曰：'犹不废我啸歌。'其不事形骸如此。"

【笺疏】

〔一〕程炎震云："晋书刘伶传：'与阮籍、嵇康相遇，欣然神解，携手入林。'"

〔二〕程炎震云："晋书鲲传云'好老易'。此注'迹逸'上盖脱二字。"

98 王长史叹林公："寻微之功，不减辅嗣。"支遁别传曰："遁神心警悟，清识玄远，尝至京师，王仲祖称其造微之功，不异王弼。"

99　殷渊源在墓所几十年。于时朝野以拟管、葛，起不起，以卜江左兴亡〔一〕。续晋阳秋曰："时穆帝幼冲，母后临朝，简文亲贤民望，任登宰辅。桓温有平蜀、洛之勋，擅强西陕。帝自料文弱，无以抗之。陈郡殷浩，素有盛名，时论比之管、葛。故征浩为扬州，温知意在抗己，甚忿焉。"

【笺疏】

〔一〕嘉锡案：世说但称"朝野"云云，不言何人，而晋书谓王濛、谢尚"以卜江左兴亡"。识鉴篇云："王、谢相谓曰：'渊源不起，当如苍生何？'"晋书之言，即本于此。浩传又载简文答浩书曰："足下去就，即是时之废兴。"则简文之意，与王、谢等。以殷浩拟管、葛者，必是此辈。盖简文以亲贤辅政，王、谢为风流宗主，此数人之言，即朝野之论所从出也。简文畏桓温之跋扈，仗浩以为之抗。温虽甚忿，而弗之惮，声言北伐，行达武昌（见温传），朝廷大惧，浩遂欲去位以避温（见通鉴九十九）。王彪之谓"当静以待之，令相王为手书，示以款诚"。浩曰："处大事正自难。顷日来欲使人闷，闻卿此谋，意始得了。"（见彪之传）昏庸如此，殊堪大噱；而犹不自揆，妄欲立功。连年北伐，师徒屡败，粮械都尽（见通鉴），浩败而内外大权，一归于温。遂怀异志，窥觊非望（见温传），皆由简文任用非人之所致也。然则浩之起，但能速晋之亡耳。江左苍生，其如浩何？唐史臣之论浩曰："入处国钧，未有嘉谋善政；出总戎律，惟闻蹙国丧师。是知风流异贞固之士，谈论非奇正之要。"谅哉！晋人之赏誉，多不足据，如殷浩者，可以鉴矣！程炎震云："晋书七十七浩传云'王濛、谢尚伺其出处，以卜江左兴亡’。”

100　殷中军道右军“清鉴贵要”。晋安帝纪曰：“羲之风骨清举也。”

101　谢太傅为桓公司马，续晋阳秋曰：“初，安优游山水，以敷文析理自娱。桓温在西蕃，钦其盛名，讽朝廷请为司马。以世道未夷，志存匡济。年四十〔一〕，起家应务也。”桓诣谢，值谢梳头，遽取衣帻，桓公云：“何烦此！”因下共语至暝。既去，谓左右曰：“颇曾见如此人不？”

【笺疏】

〔一〕程炎震云：“谢年四十，是升平三年，谢万败废时也。”

102　谢公作宣武司马，属门生数十人于田曹中郎赵悦子。伏滔大司马寮属名曰：“悦字悦子，下邳人。历大司马参军、左卫将军。”悦子以告宣武，宣武云：“且为用半。”赵俄而悉用之，曰：“昔安石在东山，缙绅敦逼，恐不豫人事；况今自乡选，反违之邪？”

103　桓宣武表云：“谢尚神怀挺率，少致民誉。”温集载其平洛表曰：“今中州既平，宜时绥定。镇西将军豫州刺史尚，神怀挺率，少致人誉，是以入赞百揆，出蕃方司。宜进据洛阳，抚宁黎庶。谓可本官都督司州诸军事。”

104　世目谢尚为"令达"。阮遥集云："清畅似达。"或云："尚自然令上。"晋阳秋曰："尚率易挺达，超悟令上也。"

105　桓大司马病〔一〕。谢公往省病，从东门入。温时在姑孰。桓公遥望，叹曰："吾门中久不见如此人！"

【笺疏】

〔一〕程炎震云："御览四百五引'病'下有'笃'字。"

106　简文目敬豫为"朗豫"。王恬已见。文字志曰："恬识理明贵，为后进冠冕也。"

107　孙兴公为庾公参军，共游白石山。卫君长在坐，卫氏谱曰："承字君长〔一〕，成阳人，位至左军长史。"孙曰："此子神情都不关山水，而能作文。"庾公曰："卫风韵虽不及卿诸人，倾倒处亦不近。"孙遂沐浴此言。

【笺疏】

〔一〕"卫承"当为"卫永"之误。世说人名谱卫氏谱云："永字君长，成阳人，左军长史。"

108　王右军目陈玄伯"垒块有正骨"。陈泰已见。

109　王长史云："刘尹知我，胜我自知。"〔一〕濛别传曰："濛与沛国刘惔齐名，时人以濛比袁曜卿，惔比荀奉倩，而共交友，甚相知赏也。”

【笺疏】

〔一〕程炎震云：“御览四百四十四引郭子曰：‘王仲祖云：“真长知我，胜我自知。”’盖临川改之。然仲祖未必称真长为尹，不如本文为得。”

110 王、刘听林公讲，王语刘曰：“向高坐者，故是凶物。”复东听，王又曰：“自是钵钎后王、何人也。”〔一〕高逸沙门传曰：“王濛恒寻遁，遇祇洹寺中讲，正在高坐上，每举麈尾，常领数百言，而情理俱畅。预坐百馀人，皆结舌注耳。濛云：‘听讲众僧，向高坐者，是钵钎后王、何人也。’”

【校文】

“复东听” “东”，景宋本作“更”。

注“濛云” 景宋本及沈本俱无“云”字。然实有脱文，疑当作“语”或“谓”，不当作“云”也。

【笺疏】

〔一〕程炎震云：“高僧传作濛叹曰：‘实緕钵之王、何也。’音义：‘緕，侧持切，旧作紂，与缁同。’缁钵之王、何，是以王弼何晏比遁，于文为合。世说此文，传写之误耳。”嘉锡案：此言林公之善谈名理，乃沙门中之王弼、何晏。本篇云“王长史叹林公寻微之功，不减辅嗣”，是也。钎即盂之借用字。玄应一切经音义十四四分律音云：“钵盂，律文作钎，钎古文铧字。”

111 许玄度言：“琴赋所谓‘非至精者，不能与之析理’，刘尹其人；‘非渊静者，不能与之闲止’，简文其人。”稽叔夜琴赋也。刘惔真长，丹阳尹。

【校文】

注“稽叔夜”　“稽”，景宋本及沈本作“嵇”。

112　魏隐兄弟，少有学义，魏氏谱曰：“隐字安时，会稽上虞人。历义兴太守〔一〕、御史中丞。弟遏，黄门郎。”总角诣谢奉。奉与语，大说之，曰：“大宗虽衰，魏氏已复有人。”

【笺疏】

〔一〕程炎震云：“晋书安纪：‘隆安三年十一月，妖贼孙恩陷会稽，义兴太守魏隐委官遁。’”

113　简文云：“渊源语不超诣简至，然经纶思寻处，故有局陈。”〔一〕

【笺疏】

〔一〕嘉锡案：此“陈”字，当读“兵陈”之“陈”。言其语布置有法，如兵陈之局势也。又案：袁本“陈”字误连次行，沈校云：“‘简文云’至‘故有局陈’为一则。‘初’字提行起。影宋本挤刻，‘陈’字适抵行末。”

114　初，法汰北来未知名，车频秦书曰：“释道安为慕容晋所掠〔一〕，欲投襄阳，行至新野，集众议曰：‘今遭凶年，不依国主，则法事难举。’乃分僧众，使竺法汰诣扬州，曰：‘彼多君子，上胜可投。’法汰遂渡江至扬土焉。”王领军供养之。中兴书曰：“王洽字敬和，丞相导第三子，累迁吴郡内史，为士民所怀。征拜中领军，寻加中书令，不拜。年二十六而卒。”〔二〕每与周旋，行来往名胜许〔三〕，辄与俱。

不得汰，便停车不行。因此名遂重〔四〕。名德沙门题目曰：“法汰高亮开达。”孙绰为汰赞曰：“凄风拂林，明泉映壑。爽爽法汰，校德无作。事外潇洒，神内恢廓。实从前起，名随后跃。”泰元起居注曰：“法汰以十二卒〔五〕。烈宗诏曰：‘法汰师丧逝，哀痛伤怀，可赠钱十万。’”

【校文】

注“慕容晋”　“晋”，景宋本及沈本作“俊”。

注“十二卒”　景宋本及沈本作“十五年卒”。

【笺疏】

〔一〕程炎震云：“晋书载记‘慕容晋’作‘慕容儁’。”

〔二〕程炎震云：“二十六晋书王洽传作‘三十六’。”

〔三〕程炎震云：“‘行来’盖晋、宋间恒语，宋书六十三王华传：‘张邵性豪，每行来常引夹毂。’”

〔四〕高僧传卷五曰：“法汰与道安避难，行至新野，安分张徒众，命汰下京，临别谓安曰：‘法师仪轨西北，下座弘教东南。江湖道术，此焉相忘矣。至于高会净国，当期之岁寒耳。’于是分手，涕泣而别。汰下都止瓦官寺。太宗简文皇帝深相敬重。领军王洽、东亭王珣、太傅谢安，并钦敬无极。以晋太元十二年卒，春秋六十有八。烈宗孝武诏曰：‘汰法师道播八方，泽流后裔。奄尔丧逝，痛贯于怀。可赙钱十万，丧事所须，随由备办。’”

〔五〕程炎震云：“高僧传五云：‘汰以太元十二年卒，年六十八。’”

115　王长史与大司马书，道渊源“识致安处，足副时谈”。

116　谢公云：“刘尹语审细。”孙绰为惔诔叙曰：“神犹渊镜，言必珠玉。”

【校文】

注“谏”　景宋本作“诔”，是也。

117　桓公语嘉宾：“阿源有德有言，向使作令仆，足以仪刑百揆。朝廷用违其才耳。”嘉宾，郗超小字也。阿源，殷浩也。

118　简文语嘉宾：“刘尹语末后亦小异，回复其言，亦乃无过。”

119　孙兴公、许玄度共在白楼亭〔一〕，会稽记曰：“亭在山阴，临流映壑也。”共商略先往名达。林公既非所关，听讫云：“二贤故自有才情。”

【笺疏】

〔一〕程炎震云：“御览四十七引孔华会稽记曰：‘重山，大夫種墓，语讹成重。汉江夏太守宋辅于山南立学教授，今白楼亭处是也。’又一百九十四引同，并引郡国志曰：‘沛国桓俨，避地至会稽，闻陈业贤而往候之，不见。临去入交州，留书系白楼亭柱而别。’”

120　王右军道东阳“我家阿林，章清太出”。“林”应为“临”。王氏谱曰：“临之字仲产，琅邪人，仆射彪之子。仕至东阳太守。”

121　王长史与刘尹书，道渊源“触事长易”。

122 谢中郎云："王修载乐托之性〔一〕，出自门风。"王氏谱曰：耆之字修载，琅邪人，荆州刺史廙第三子。历中书郎、鄱阳太守、给事中。"

【笺疏】

〔一〕刘盼遂曰："'乐托'即'落拓'，连绵字无定形也。亦作'落魄'（汉书郦食其传）、'落穆'（晋书王澄传）、'落度'（通鉴晋纪），今世则言'邋遢'。"

123 林公云："王敬仁是超悟人。"文字志曰："修之少有秀令之称。"

124 刘尹先推谢镇西，谢后雅重刘，曰："昔尝北面。"按谢尚年长于惔，神颖夙彰，而曰北面于刘，非可信。

【校文】

"谢后雅重"　景宋本及沈本俱无"后"字。

125 谢太傅称王修龄曰："司州可与林泽游。"王胡之别传曰："胡之常遗世务，以高尚为情，与谢安相善也。"〔一〕

【笺疏】

〔一〕嘉锡案：文馆词林一百五十七有谢安与王胡之诗一首，其五章曰："往化转落，运萃句芒。仁风虚降，与时抑扬。兰栖湛露，竹带素霜。蕊点朱的，薰流清芳。触地舞雩，遇流濠梁。投纶同咏，褰褐俱翔。"又六章曰："朝乐朗日，啸歌丘林。夕玩望舒，入室鸣琴。五弦清激，南风披襟。醇醪淬虑，微言洗心。幽畅者谁？在我赏音。”可想见二人同游之乐。

126　谚曰：“扬州独步王文度，后来出人郄嘉宾。”续晋阳秋曰：“超少有才气，越世负俗，不循常检。时人为一代盛誉者，语曰：‘大才槃槃谢家安，江东独步王文度，盛德日新郄嘉宾。’”其语小异，故详录焉。

【校文】

“郄”　景宋本作“郗”。

127　人问王长史江虨兄弟群从，王答曰：“诸江皆复足自生活。”虨及弟淳〔一〕，从灌，并有德行，知名于世。

【校文】

“虨”　沈本作“彪”。

【笺疏】

〔一〕程炎震云：“‘淳’，当据晋书作‘惇’。”

128　谢太傅道安北：“见之乃不使人厌，然出户去，不复使人思。”安北，王坦之也。续晋阳秋曰：“谢安初携幼释同好，养志海滨，襟情超畅，尤好声律，然抑之以礼，在哀能至。弟万之丧，不听丝竹者将十年。及辅政，而修室第园馆，丽车服，虽期功之惨，不废妓乐。王坦之因苦谏焉。”按谢公盖以王坦之好直言，故不思尔。

【校文】

注“幼释”　景宋本作“幼稚”。案“释”当是“穉”字之误。

129　谢公云：“司州造胜遍决。”宋明帝文章志曰：“胡之性简，好达玄言也。”

130　刘尹云：“见何次道饮酒，使人欲倾家酿。”〔一〕充饮酒能温克。

【笺疏】

〔一〕晋书何充传亦载此语。然书钞一百四十八引郑子，乃作何幼道。并有注云：“何唯，字幼道也。”嘉锡案：“郑子”当作“郭子”。“唯”当作“准”。何准字幼道，见栖逸篇注引中兴书及今晋书外戚传。郭子为晋郭澄之所撰，见隋志。其注则齐贾渊所作，见南齐书文苑传。时代早于二刘，而所记不同，盖传闻异辞也。考中兴书言：“准散带衡门，不及世事，于时名德皆称之。”而政事篇注引晋阳秋曰：“何充与王濛、刘惔好尚不同，由此见讥于当世。”则刘尹此言，似当为幼道而发，岂后人以准名不如充，遂移之次道耶？老学庵笔记十曰：“晋人所谓‘见何次道饮酒，令人欲倾家酿’，犹云：‘欲倾竭家赀，以酿酒饮之也。’故鲁直云：‘欲倾家以继酌。’”嘉锡案：唐李翰蒙求曰：“刘恢倾酿，孝伯痛饮。”详其文义，则所谓倾酿者，乃欲倾倒其家酿，而非倾家赀以酿酒也。杨守敬日本访书志十一曰：“倾家酿何等直捷，乃增成倾家赀以酿酒，迂曲少味矣。山谷诗翦截为句，亦非务观之意。”

131　谢太傅语真长：“阿龄于此事，故欲太厉。”修龄，王胡之小字也。刘曰：“亦名士之高操者。”胡之别传曰：“胡之治身清约，以风操自居。”

132　王子猷说：“世目士少为朗，我家亦以为彻朗。”〔一〕晋诸公赞曰：“祖约少有清称。”

【笺疏】

〔一〕刘盼遂曰：“‘我家’似指其父右军也。本篇‘谢公问孙僧奴，“君家道卫君长云何”’。排调篇‘嘉宾谓郗仓曰：“人以汝家比武侯，复何所言？”’皆以家为父。”嘉锡案：谢问孙语，见品藻篇，非本篇也。

133　谢公云：“长史语甚不多，可谓有令音。”王濛别传曰：“濛性和畅，能清言，谈道贵理中，简而有会。商略古贤，显默之际，辞旨劭令，往往有高致。”

134　谢镇西道敬仁“文学镞镞，无能不新”。语林曰：“敬仁有异才，时贤皆重之。王右军在郡迎敬仁，叔仁辄同车，常恶其迟。后以马迎敬仁，虽复风雨，亦不以车也。”

135　刘尹道江道群“不能言而能不言”。江灌已见。

136　林公云：“见司州警悟交至，使人不得住，亦终日忘疲。”王胡之别传曰：“胡之少有风尚，才器率举，有秀悟之称。”

137　世称“荀子秀出，阿兴清和”。荀子已见。阿兴，王蕴小字。

138　简文云：“刘尹茗柯有实理。”〔一〕柯，一作打，又作仃，又作打。

【校文】

注“一作打”　“打”，景宋本及沈本俱作“朾”。

【笺疏】

〔一〕李详云：“详案黄生义府引此，谓此种语言当即襄阳人歌山简之茗艼。茗艼即酩酊，后转声为懵懂，皆一义。此云‘茗柯有实理’，言当其醉中亦无妄语。传写讹误，其义遂晦。”嘉锡案：黄说是也。考释慧琳一切经音义三十曰：“懵懵，考声云：精神不爽也。字书：惛昧也。”卷四十二又曰：“懵懵，上邓登反，下墨崩反。字书：失志貌也。”懵懵即茗艼，亦即懵懂。此言真长精神虽似惛懵，而发言却有实理，不必是醉后始可称茗艼也。黄氏必并山简事言之，微失之拘。焦循易馀籥录十九曰：“世说赏誉篇‘刘尹茗柯有实理’，刘峻注‘柯一作打，一作仃’，按作打、仃是也。任诞篇载山季伦歌云：‘日暮倒载归，茗艼无所知。’茗仃即茗艼。言无所知而有实理，如酒醉无所知称酩酊。打，撞也。今俗写作钉（原注去声），而读打为大上声，而以打撞为顶撞，乃钉字古为金银之称，今俗作锭，即钉字也。茗打、茗艼则皆当日方言，而假借为文耳。或解作茶茗之枝柯则戾矣。”嘉锡又案：本书注中凡一作某，皆宋人校记，说详凡例。焦氏以为刘峻注者，非也。茗艼为叠韵，乃形容之词，本无定字。故焦氏以为作打、作仃皆可。宋本云一作朾。说文：“朾，橦也。从木，丁声。宅耕切。”盖即打之本字。原本当作朾，其作柯者，传写误耳。通雅卷六曰：“酩酊一作茗艼。茗仃，晋山简传作酩酊，世说作茗艼。升庵引简文帝曰：刘尹茗仃有实理。今本一作茗柯，误。”

139　谢胡儿作著作郎〔一〕，尝作王堪传。晋诸公赞曰：“堪字世胄，东平寿张人，少以高亮义正称。为尚书左丞，有准绳操。为石勒所害[二]，赠太尉。”不谙堪是何似人，咨谢公。谢公答曰：“世胄亦被遇。堪，烈之子，晋诸公赞曰：“烈字阳秀，蚤知名。魏朝，为治书御史。”阮千里姨兄弟，潘安仁中外。安仁诗所谓‘子亲伊姑，我父惟舅’。是许允婿。”岳集曰：“堪为成都王军司马。岳送至北邙别，作诗曰：‘微微发肤，受之父母。峩峩王侯，中外之首。子亲伊姑，我父惟舅。’”[三]

【校文】

景宋本于“堪烈之子”下，另析为一条。

【笺疏】

〔一〕晋书职官志：著作郎一人，谓之大著作郎，专掌史任。又置佐著作郎八人。著作郎始到职，必撰名臣传一人。

〔二〕程炎震云：“晋书怀纪：‘永嘉四年二月，石勒袭白马，车骑将军王堪死之。’”

〔三〕嘉锡案：类聚二十九有晋潘岳北芒送别王世胄诗，只八句。文馆词林一百五十二载其全篇，题作赠王胄，凡五章。见于类聚者，乃其末章。本注所引，则首章也。尚有二句曰：“昆同瓜瓞，心齐执友。”

140　谢太傅重邓仆射，常言“天地无知，使伯道无儿”[一]。晋阳秋曰：“邓攸既弃子，遂无复继嗣，为有识伤惜。”

【笺疏】

〔一〕嘉锡案：伯道弃子事，详见德行篇“邓攸始避难”条。晋书九十史臣曰：“攸弃子存侄，以义断恩。若力所不能，自可割情忍痛，何至预加徽缧，绝其奔走者乎？斯岂慈父仁人之所用心也？卒以绝嗣，宜哉！勿谓天道无知，此乃有知矣。”

141　谢公与王右军书曰："敬和栖托好佳。"中兴书曰："洽于公子中最知名，与颍川荀羡俱有美称。"

142　吴四姓旧目云：张文、朱武、陆忠、顾厚。吴录士林曰："吴郡有顾、陆、朱、张，为四姓。三国之间，四姓盛焉。"

【校文】

"旧目"　"目"，景宋本及沈本作"日"。

143　谢公语王孝伯："君家蓝田，举体无常人事。"按述虽简，而性不宽裕，投火怒蝇，方之未甚。若非太傅虚相褒饰，则世说谬设斯语也。

144　许掾尝诣简文，尔夜风恬月朗，乃共作曲室中语。襟怀之咏，偏是许之所长。辞寄清婉，有逾平日。简文虽契素，此遇尤相咨嗟，不觉造膝，共叉手语，达于将旦。既而曰："玄度才情，故未易多有许。"续晋阳秋曰："询能言理，会出都迎姊，简文皇帝、刘真长说其情旨及襟怀之咏，每造膝赏对，夜以系日。"

【校文】

"膝"　景宋本作"膝"。

145　殷允出西，郗超与袁虎书云："子思求良朋，托好足下，勿以开美求之。"中兴书曰："允字子思，陈郡人，太常康第六子。恭素谦退，有儒者之风。历吏部尚书。”世目袁为“开美”，故子敬诗曰：“袁生开美度。”

146 谢车骑问谢公：“真长性至峭，何足乃重？”答曰：“是不见耳〔一〕！阿见子敬，尚使人不能已。”语林曰：“羊骥因酒醉，抚谢左军谓太傅曰：‘此家讵复后镇西？’太傅曰：‘汝阿见子敬，便沐浴为论兄辈。’”推此言意，则安以玄不见真长，故不重耳。见子敬尚重之，况真长乎？

【笺疏】

〔一〕程炎震云：“刘惔卒时，谢玄才六七岁，故不见也。”

147 谢公领中书监，王东亭有事应同上省〔一〕，王后至，坐促，王、谢虽不通〔二〕，太傅犹敛膝容之。王、谢不通事。别见。王神意闲畅，谢公倾目。还谓刘夫人曰：“向见阿瓜，故自未易有。按王询小字法护，而此言阿瓜，未为可解，傥小名有两耳。虽不相关，正是使人不能已已。”

【校文】

“阿瓜”　“瓜”，景宋本及沈本俱作“苽”。

注“王询”　“询”，沈本作“珣”，是。

【笺疏】

〔一〕程炎震云：“太元元年正月，谢安为中书监，王恂于时盖为黄门侍郎。”

〔二〕王东亭与谢公交恶，见伤逝篇。

148 王子敬语谢公：“公故萧洒。”谢曰：“身不萧洒。君道身最得，身正自调畅。”续晋阳秋曰：“安弘雅有气，风神调畅也。”

【校文】

注“气” 景宋本及沈本俱作“器”。

149 谢车骑初见王文度曰：“见文度虽萧洒相遇，其复愔愔竟夕。”〔一〕

【笺疏】

〔一〕左氏昭十二年传：“祈招之愔愔，式昭德音。”注云：“愔愔，安和貌。”

150 范豫章谓王荆州：范甯、王忱并已见。“卿风流俊望，真后来之秀。”王曰：“不有此舅，焉有此甥！”

151 子敬与子猷书，道“兄伯萧索寡会，遇酒则酣畅忘反，乃自可矜”。

152 张天锡世雄凉州，以力弱诣京师，虽远方殊类，亦边人之桀也〔一〕。天锡已见。闻皇京多才，钦羡弥至。犹在渚住，司马著作往诣之。未详。言容鄙陋，无可观听。天锡心甚悔来，以遐外可以自固。王弥有俊才，美誉当时，闻而造焉。续晋阳秋曰：“珉风情秀发，才辞富赡。”既至，天锡见其风神清令，言话如流，陈说古今，无不贯悉。又谙人物氏族中来〔二〕，皆有证据。天锡讶服〔三〕。

【笺疏】

〔一〕李慈铭云："案天锡为轨曾孙。晋书轨传称：'轨为安定乌氏人，汉张耳十七代孙。家世孝廉，以儒学显。'是则张氏非殊类矣。临川生长江东，外视诸国，故有此言耳。"

〔二〕李慈铭云："案'中来'当是'中表'之误。魏、晋以来，重婚姻门望。上'谢胡儿欲作王堪传咨谢公'一条，谢公便历举其中外姻亲，即此可证。"嘉锡案：隋志有齐永元中表簿五卷。可见六朝人之重中表。

〔三〕嘉锡案：晋书孝武帝纪："太元元年秋七月，苻坚将苟苌陷凉州，虏刺史张天锡，尽有其地。"又张轨传云："苻坚先为天锡起宅，至以为尚书，封归义侯。坚大败于淮肥时，天锡为苻融征南司马，于阵归国。诏以为散骑常侍、左员外。"本书言语篇亦云"张天锡为凉州刺史，称制西隅。既为苻坚所禽，用为侍中。后于寿阳俱败，至都，为孝武所器"，注引张资凉州记，与晋书略同。建康实录九云："太元八年十月乙亥，玄、琰与桓伊等涉肥水决战，大破秦军于淝南。临阵斩苻融，而朱序、张天锡俱奔归。十一月乙未，以天锡为员外散骑常侍。"以诸书考之，天锡自亡国后，身为降虏，既已八年，至黜为苻融僚属。乘坚之败，始得奔逃归晋。本条乃云"天锡世雄凉州，以力弱诣京师"。似天锡与苟苌战败后，即已归晋者，殆类目不睹史册人语。又云"天锡心甚悔来，以遐外可以自固"，尤非事实。天锡国破家亡，羁旅异域，凉州已入秦版图，尺土一民，非其所有，不知何地可以自固。苻坚之败，慕容、拓跋并乘机复国，姚苌、吕光亦崛起自立，诚枭雄奋发之秋，而天锡非其人也。孝武纪云："太元九年十二月，苻坚将吕光称制于河右，自号酒泉公。十年九月，吕光据姑臧，自称凉州刺史。"又吕光载记云："初苻坚之败，张天锡南奔，其世子大豫为长水校尉王穆所匿。是月，大豫陷昌松郡，进逼姑臧，光出击破之。大豫奔广武，广武人执送之，斩于姑臧市。”向使天锡不临阵奔晋，而竟扈从还，反覆于丧乱之中，则非燕、秦之累囚，即父子同死吕光之手耳。凉州山河虽固，宁复有托足地乎？此条首赞天锡为边人之杰，末乃盛称僧弥才美，盖即王氏子弟之所为。此辈裙屐风流，不知外事，苟欲张大其词，以见其祖为远方豪杰所倾服。其实天锡弑君之贼，亡国之馀，末年形神昏丧，甘为司马元显弄臣，庸劣若斯，亦何足道！从来好事之徒喜假借外人以邀声誉，梯航偶通，辄以为一佛出世。考其始末，大都不过如此。岂真天仙化人，来自清都紫微也哉！

153　王恭始与王建武甚有情，后遇袁悦之间，遂致疑隟〔一〕。晋安帝纪曰：“初，忱与族子恭少相善，齐声见称。及并登朝，俱为主相所待，内外始有不咸之论。恭独深忧之，乃告忱曰：‘悠悠之论，颇有异同，当由骠骑简于朝觐故也。将无从容切言之邪？若主相谐睦，吾徒得戮力明时，复何忧哉？’忱以为然，而虑弗见令，乃令袁悦具言之。悦每欲间恭，乃于王坐责让恭曰：‘卿何妄生同异，疑误朝野？’其言切厉。恭虽惋怅，谓忱为搆己也。忱虽心不负恭，而无以自亮。于是情好大离，而怨隟成矣。”然每至兴会，故有相思时。恭尝行散至京口谢堂〔二〕，于时清露晨流，新桐初引。恭目之曰：“王大故自濯濯。”

【校文】

注“弗见令”　“令”，景宋本及沈本俱作“用”。

注“于王坐责让”　“责”，景宋本作“嗔”。

注“搆己”　“搆”景宋本作“構”。

【笺疏】

〔一〕嘉锡案：观忿狷篇“王大王恭”条。因大劝恭酒，恭不为饮，逼之转苦，至各呼左右，便欲相杀，其怨隙可见。

〔二〕程炎震云：“太元十五年，王恭为青、兖二州刺史，镇京口。”

154　司马太傅为二王目曰：“孝伯亭亭直上，阿大罗罗清疏。”恭，正亮沈烈，忱，通朗诞放。

【校文】

注“沈烈”　景宋本及沈本俱作“亢烈”。

155　王恭有清辞简旨，能叙说，而读书少，颇有重出。中兴书曰：“恭虽才不多，而清辩过人。”有人道孝伯“常有新意，不觉为烦”。

156　殷仲堪丧后，桓玄问仲文：“卿家仲堪，定是何似人？”仲文曰：“虽不能休明一世，足以映彻九泉。”〔一〕续晋阳秋曰：“仲堪，仲文之从兄也，少有美誉。”

【笺疏】

〔一〕嘉锡案：左氏宣三年传：“定王使王孙满劳楚子，楚子问鼎之大小轻重焉。对曰：‘在德不在鼎。德之休明，虽小，重也。’”桓玄夙轻仲堪，侮弄之于前，又屠割之于后，乃复问其为人于仲文者，欲观其应对耳。盖仲堪为仲文之兄，而灵宝之仇，过毁过誉，皆不可也。“休明一世”，意以指玄。言仲堪平生之功业，虽不及玄，然固是一时名士，故身死之后，犹能光景常新。

品藻第九

1　汝南陈仲举，颍川李元礼二人〔一〕，共论其功德，不能定先后。蔡伯喈续汉书曰："蔡伯喈，陈留圉人。通达有俊才，博学善属文，伎艺术数，无不精综。仕至左中郎将，为王允所诛。"评之曰："陈仲举强于犯上，李元礼严于摄下。犯上难，摄下易。"张璠汉纪曰："时人为之语曰：'不畏强御陈仲举，天下模楷李元礼。'"仲举遂在三君之下，谢沈汉书曰："三君者，一时之所贵也。窦武、刘淑、陈蕃，少有高操，海内尊而称之，故得因以为目。"元礼居八俊之上。薛莹汉书曰："李膺、王畅、荀绲、朱寓〔二〕、魏朗、刘佑、杜楷、赵典为八俊。"英雄记曰："先是张俭等相与作衣冠纠弹，弹中人相调，言：'我弹中诚有八俊、八乂，犹古之八元、八凯也。'"〔三〕谢沈书曰："俊者，卓出之名也。"姚信士纬曰："陈仲举体气高烈，有王臣之节。李元礼忠壮正直，有社稷之能。海内论之未决，蔡伯喈抑一言以变之，疑论乃定也。"〔四〕

【校文】

注"朱寓"　"寓"，景宋本及沈本作"寓"。

注"刘佑"　"佑"，沈本作"祐"。

【笺疏】

〔一〕李慈铭云："案二人疑士人之误。"

〔二〕程炎震云："宋本朱寓作朱寓，与范书合。"

〔三〕张俭等二句宋本疑有误。袁本亦不甚可解。

〔四〕御览四百四十七引士纬，与世说及注略同。

2　庞士元至吴，吴人并友之。蜀志曰：“周瑜领南郡，士元为功曹。瑜卒，士元送丧至吴，吴人多闻其名，及当还西，并会阊门与士元言。”见陆绩、文士传曰：“绩字公纪，幼有俊朗才数，博学多通。庞士元年长于绩，共为交友。仕至郁林太守。自知亡日，年三十二而卒。”顾劭、全琮环济吴纪曰：“琮字子黄，吴郡钱塘人。有德行义概，为大司马。”而为之目曰：“陆子所谓驽马有逸足之用，顾子所谓驽牛可以负重致远。”或问：“如所目，陆为胜邪？”曰：“驽马虽精速，能致一人耳。驽牛一日行百里，所致岂一人哉？”〔一〕吴人无以难。“全子好声名，似汝南樊子昭。”〔二〕蒋济万机论曰：“许子将褒贬不平，以拔樊子昭而抑许文休。刘晔难曰：‘子昭拔自贾竖，年至七十，退能守静，进不苟竞。’济答曰：‘子昭诚自幼至长，容貌完洁。然观其插齿牙，树颊颏，吐唇吻，自非文休之敌。’”

【校文】

注“琮字子黄”　沈本作“琮字子璜”。

【笺疏】

〔一〕嘉锡案：荀子劝学篇曰：“骐骥一跃，不能十步。驽马十驾，功在不舍。”是则驽马所以为人用者，以其能长行而不舍耳，本不望其奔逸绝尘也。若驽马而有逸足之用，则虽不能如骐骥一日千里；而在众马之中，固已出群矣。此言陆绩之奉公守职，不惟能尽力匪懈，其才亦有过人者。但不过庸中佼佼，未得为一代之英杰也。又案：驽之为言奴也，本以称马之凡下者。玉篇：“驽，乃呼切，最下马也。骀也。”汉书王陵传曰：“陛下不以臣驽下。”师古曰：“驽，凡马之称，非骏者也。”楚辞谬谏注曰：“驽，顿马也。”吕氏春秋贵卒篇曰：“所为贵骥者，为其一日千里也。旬日取之，与驽骀同。”注云：“驽骀十日亦致千里。”淮南子齐俗训曰：“夫骐骥千里，一日而通；驽马十舍，旬亦至之。”然则驽马一日所行，不过百里矣。今士元乃谓“驽马有逸足之用，驽牛可以负重致远”，是驽之名非复凡下之称，而驽马所行亦不止百里。昔人以驽下自谦，而今翻以题目名士，盖所谓美恶不嫌同辞也。礼记杂记下曰：“凶年则乘驽马。”郑注：“驽，马六种，最下者。”正义曰：“马有六种，六曰驽马，负重致远所乘。”案六马之名见周礼夏官校人。彼注谓“驽马给宫中之役”，而孔疏以为“负重致远所乘”者，盖“宫中”乃“官中”之误。穀梁庄二十九年疏正引作“官”（孙诒让说）。驽马既用以给官役，故知其为负重致远之所乘也。夫欲求其神骏，则驽马固不如骐骥，而驽牛亦自不如善走之快牛。然千里马、八百里駮不易得，得亦不可以驾盐车。负重致远，乃专恃驽牛马，斯其为用，亦已大矣。士元之于绩、劭，许其有实用，而不许其能致千里，故题目之如此耳。驽马固不能追风绝景，然使与牛并驱，便觉神速莫及。但其筋骨远不如牛，充其力之所极，不过能载送一人耳。牛行迟缓，固不如马之善走，然穷日之力，亦能及百里。而其负重载，动至千斤，百货转输，惟牛是赖，夫岂驽马之所能及哉！盖绩性俊快，而劭厚重。统言二人，虽各有短长，而劭之干济，非绩所及也。其后劭为豫章太守，风化大行，而绩在郁林，但笃志著述。虽并蚤卒，未竟其用，统之所评，谅不虚矣。

〔二〕程炎震云：“据蜀庞统传注，此文出于张勃吴录。”嘉锡案：“吴人无以难”，乃张勃记事之词。“全子”以下，又为士元语。此种文法于古有之。俞樾古书疑义举例三有叙论并行例，举左传、史记各二条。如僖三十三年左传：“秦伯素服郊次，乡师而哭曰：‘孤违蹇叔，以辱二三子，孤之罪也。’不替孟明。‘孤之过也，大夫何罪？且吾不以一眚掩大德。’”前后皆穆公语，中间著“不替孟明”四字，乃左氏记事之词是也。

3 顾劭尝与庞士元宿语，问曰："闻子名知人，吾与足下孰愈？"曰："陶冶世俗，与时浮沈，吾不如子；吴志曰："劭好乐人伦，自州郡庶几及四方人事〔一〕，往来相见，或讽议而去，或结友而别，风声流闻，远近称之。"论王霸之馀策，览倚仗之要害〔二〕，吾似有一日之长。"劭亦安其言。吴录曰："劭安其言，更亲之。"

【校文】

"倚仗" 景宋本及沈本作"倚伏"，是也。

【笺疏】

〔一〕李详云："详案：姚氏范援鹑堂笔记三十六：'庶几，乃谓当时知名士，国志多见。如吴志张承传："凡在庶几之流，无不造门。"又王羲之誓墓文："母兄鞠育，得见庶几。"'钱少詹三国志考异与姚略同。"

〔二〕嘉锡案："倚仗"当作"倚伏"。老子德经云："祸兮福之所倚，福兮祸之所伏。"作"倚仗"，则义不可通。日知录二十七云："汉书西南夷传注，师古曰：'要害者：在我为要，于敌为害也。'此解未尽。要害，谓攻守必争之地。我可以害彼，彼可以害我，谓之害。人身亦有要害。素问岐伯对黄帝曰'脉有要害'，后汉书来歙传'中臣要害'。黄生义府下云：'中臣要害（自注：犹今言致命伤），言身中紧要处犯之，必为害也。借地之冲要者，谓之要害。旧解"于我为要，于彼为害"，未确。'"嘉锡又案：要害本谓人身要处，黄说是也。事务之纷来，必有其至要之关节。皆处之得宜，则为福；反之则为祸。倚伏之机，正在于此。惟明者一览而知其然，此王霸之术，士元之所长也。故司马德操曰："识时务者在乎俊杰，此间自有伏龙、凤雏。"

4　诸葛瑾、弟亮及从弟诞〔一〕，吴书曰："瑾字子瑜，其先葛氏，琅邪诸县人，后徙阳都。阳都先有姓葛者，时人谓'诸葛'，因为氏。瑾少以至孝称。累迁豫州牧，六十八卒。"魏志曰："诞字公休，为吏部郎，人有所属托，辄显其言而亟用之。后有当不，则公议其得失〔二〕，以为褒贬。自是群寮莫不慎其所举。累迁扬州刺史、镇东将军、司空。谋逆伏诛。"并有盛名，各在一国。于时以为"蜀得其龙，吴得其虎，魏得其狗"〔三〕。诞在魏与夏侯玄齐名；瑾在吴，吴朝服其弘量。吴书曰："瑾避乱渡江，大皇帝取为长史，遣使蜀，但与弟亮公会相见，反无私面，而又有容貌思度。时人服其弘量。"

【校文】

注"时人谓诸葛因为氏"　"谓"下沈本有"之"字，"因"下有"以"字。案沈校所据宋本，与吴志注合。

注"后有当不"　"有"下景宋本及沈本俱有"得失"二字。

注"司空"　景宋本作"以其"。

注"反无私面"　"反"，景宋本作"退"。

【笺疏】

〔一〕嘉锡案：魏志诞传不言诞为亮之从弟，然吴志诸葛瑾传注引吴书曰："族弟诞显名于魏。"诸葛恪传载臧均表曰："故太傅诸葛恪伯叔诸人，遭汉祚尽，九州鼎立，分托三方，并履忠勤，熙隆世业。"又孙皓传注引襄阳记，载张悌答诸葛靓曰："且我作儿童时，便为卿家丞相所拔。"并可为诞与瑾、亮是同族兄弟之证。

〔二〕魏志无"得失"字。

〔三〕李慈铭云："案诞名德既重，身为魏死，忠烈凛然，安得致此鄙薄之称？盖缘公休败后，司马之党，造此秽言，诬蔑不经，深堪发指。承祚之志，世期之注，削而不登，当矣。临川取之，抑何无识！”嘉锡案：司马之党必不以孔明为龙。此所谓狗，乃功狗之狗，谓如韩卢宋鹊之类。虽非龙虎之比，亦甚有功于人。故曰“并有盛名”，非鄙薄之称也。观世说下文云“诞在魏与夏侯玄齐名”，则无诋毁公休之意亦明矣。太公六韬以文、武、龙、虎、豹、犬为次，知古人之视犬，仅下龙虎一等。凡读古书，须明古人词例，不可以后世文义求之也。胡应麟史书占毕四曰：“汉末，诸葛氏分处三国，并著忠诚。以为蜀得其龙，吴得其虎，并自笃论。至魏乃曲为訾诋，此晋人谀上之词耳。”所见与莼客暗合。御览四百七十引晋中兴书曰：“诸葛氏之先，出自葛国。汉司隶校尉诸葛丰以忠强立名，子孙代居二千石。三国之兴，蜀有丞相亮，吴有大将军瑾，魏有司空诞，名并盖海内，为天下盛族。”全祖望鲒埼亭集外编二十八书诸葛氏家谱后曰：“方逊志谓‘诸葛兄弟三人，才气虽不相类，皆人豪也。当司马昭僭窃之时，征东拒贾充之言，起兵讨之，事虽无成，身不失为忠义。岂非大丈夫乎？世俗乃以是訾之，谓“汉得龙，吴得虎，魏得狗”，为斯言者，必贾充之徒。扬雄所谓“舍其沐猴，而谓人沐猴者”’，善哉斯言！予观东汉之末，东南淑气萃于诸葛一门。观其兄弟分居三国，世莫有以为猜者，非大英雄不能。厥后各以功名忠孝表著，而又皆有令嗣，何多材也！”

5　司马文王问武陔：“陈玄伯何如其父司空？”陔曰：“通雅博畅，能以天下声教为己任者，不如也。明练简至，立功立事，过之。”魏志曰：“陔与泰善，故文王问之。”

6　正始中，人士比论，以五荀方五陈〔一〕：荀淑方陈寔，荀靖方陈谌，逸士传曰："靖字叔慈，颍川人。有俊才，以孝著名。兄弟八人，号'八龙'。隐身修学，动止合礼。弟爽，亦有才学，显名当世。或问汝南许章〔二〕：'爽与靖孰贤？'章曰：'二人皆玉也。慈明外朗，叔慈内润。'太尉辟，不就。年五十终，时人惜之，号玄行先生。"荀爽方陈纪，荀彧方陈群，典略曰："彧字文若，颍川人。为汉侍中，守尚书令。彧为人英伟，折节待士，坐不累席。其在台阁间，不以私欲挠意。年五十薨，谥曰敬侯。以其德高，追赠太尉。"荀顗方陈泰。晋诸公赞曰："顗字景倩，彧之子。蹈礼立德，思义温雅，加深识国体，累迁光禄大夫。晋受禅，封临淮公。典朝仪，刊正国式，为一代之制。转太尉，为台辅，德望清重，留心礼教。卒，谥康公。"又以八裴方八王：裴徽方王祥，裴楷方王夷甫〔三〕，裴康方王绥，晋百官名曰："康字仲豫，徽之子。"晋诸公赞曰："康有弘量，历太子左率。"裴绰方王澄，王朝目录曰："绰字仲舒，楷弟也，名亚于楷。历中书黄门侍郎。"裴瓒方王敦，晋诸公赞曰："瓒字国宝，楷之子。才气爽俊，终中书郎。"裴遐方王导，裴頠方王戎，裴邈方王玄。

【校文】

注"以其德高"　"其"下景宋本有"名"字。

【笺疏】

〔一〕李慈铭云："案范武子以清谈祸始，归罪王、何，谓其浮于桀、纣。予谓汉末之五荀、五陈，实任达之滥觞，浮华之作俑。观其父子兄弟，自相标榜，坐致虚声，托名高节。太丘吊张让之母，朱子谓其风节始颓。其后群附曹氏，泰党司马。荀氏则爽为卓用，彧成操篡，勗以还名节扫地。桀、纣之祸，自有所归。辅嗣名通，平叔正直，所不受也。”嘉锡案：谓荀、陈虚声诚是。欲为王、何减清谈之罪，则非事实。

〔二〕嘉锡案：“或问汝南许章”之“章”字误，当作“劭”。魏志荀彧传注引逸士传作“或问汝南许子将”。群辅录引荀氏谱作“汝南许劭”，皆可证。

〔三〕李慈铭云：“案此称夷甫，亦孝标追改之文。”

7　冀州刺史杨淮二子乔与髦〔一〕，俱总角为成器。淮与裴頠、乐广友善，遣见之。頠性弘方，爱乔之有高韵，谓淮曰：“乔当及卿，髦小减也。”广性清淳，爱髦之有神检，谓淮曰：“乔自及卿，然髦尤精出。”淮笑曰：“我二儿之优劣，乃裴、乐之优劣。”论者评之，以为乔虽高韵，而检不匝，乐言为得，然并为后出之俊〔二〕。荀绰冀州记曰：“乔字国彦，爽朗有远意。髦字士彦，清平有贵识。并为后出之俊。为裴頠、乐广所重。”晋诸公赞曰：“乔似淮而疏，皆为二千石。髦为石勒所害。”

【校文】

“杨淮”　“淮”，沈本俱作“準”。

【笺疏】

〔一〕程炎震云：“杨淮，宋本注均作準。御览四百九又四百四十四引郭子，亦均作準。”

〔二〕李详云：“详案：此条采自荀绰冀州记，见魏志陈思王植传裴注引。志注淮作準，乔作峤。案乔字国彦，自宜从乔为是。”又云：“志注作‘而神检不逮’。案上文云‘爱髦之有神检’，此故云‘神检不逮’，当以志注为长。”

8　刘令言始入洛，刘氏谱曰："纳字令言〔一〕，彭城丛亭人。祖瑾，乐安长。父彪，魏洛阳令。纳历司隶校尉。"见诸名士而叹曰："王夷甫太解明〔二〕，乐彦辅我所敬，张茂先我所不解，周弘武巧于用短，王隐晋书曰："周恢字弘武，汝南人。祖斐〔三〕，永宁少府。父隆，州从事。恢仕至秦相，秩中二千石。"杜方叔拙于用长。"晋诸公赞曰："杜育字方叔，襄城邓陵人〔四〕，杜袭孙也。育幼便岐嶷，号神童。及长，美风姿，有才藻，时人号曰'杜圣'。累迁国子祭酒。洛阳将没，为贼所杀。"

【校文】

注"纳"　沈本俱作"讷"。

【笺疏】

〔一〕程炎震云："宋本纳作讷，晋书刘隗传亦作讷。"

〔二〕程炎震云："晋书刘隗传解作鲜。礼记月令：'季夏行春令，则谷实鲜落。'吕氏春秋季夏纪、淮南时则训并作'解落'。墨子节葬篇'则解而食'，鲁问篇作'鲜而食之'。孙氏闲诂引顾千里校语，谓'作鲜者误'。古鲜、解两字或相乱。易说卦'为蕃鲜'，疏：'鲜，明也。取其春时蕃育而鲜明。'文选卷四张平子南都赋曰：'巾幭鲜明。'御览引抱朴子云：'棺中有人，髩毛班白鲜明。'汉书王吉传云：'皆好车马衣服，其自奉养，极为鲜明。'文选二十二左思招隐诗李善注曰：'峭茜，鲜明貌。'"嘉锡案：晋书刘隗传作"太鲜明"，当从之。

〔三〕嘉锡案：周斐著有汝南先贤传五卷，本书赏誉篇注曾引之，他书引用尤多。章宗源隋书经籍志考证、侯康补三国艺文志并不能举其仕履。姚振宗隋志考证二十以为始末未详，皆为失考。

〔四〕程炎震云："晋无邓陵县，魏书杜袭传云'颍川定陵县人'，此邓陵当作定陵。汉颍川县，晋分属襄城。”

9　王夷甫云：“闾丘冲〔一〕，荀绰兖州记曰：“冲字宾卿，高平人，家世二千石。冲清平有鉴识，博学有文义。累迁太傅长史，虽不能立功盖世，然闻义不惑，当世莅事，务于平允，操持文案，必引经诰，饰以文采，未尝有滞。性尤通达，不矜不假。好音乐，侍婢在侧，不释弦管。出入乘四望车，居之甚夷，不能亏损恭素之行，淡然肆其心志。论者不以为侈，不以为僭，至于白首，而清名令望，不渝于始。为光禄勋，京邑未溃，乘车出，为贼所害，时人皆痛惜之。”优于满奋、郝隆〔二〕。晋诸公赞曰：“隆字弘始，高平人。为人通亮清识。为吏部郎、杨州刺史。齐王冏起义，隆应檄稽留，为参军王邃所杀。”此三人并是高才，冲最先达。”兖州记曰：“于时高平人士偶盛，满奋、郝隆达在冲前，名位已显，而刘宝、王夷甫犹以冲之虚贵，足先二人。”

【校文】

注“不能亏损”　“能”，景宋本及沈本俱作“以”。

【笺疏】

〔一〕隋志云：“梁有晋光禄勋闾丘冲集二卷，录一卷，亡。”元和姓纂九鱼云：“晋有太常闾丘冲。”

〔二〕李慈铭云：“案晋书郝隆作郗隆，乃太尉鉴之叔父也。事附鉴传。此作郝，疑误。郝隆乃桓温时人。”

10　王夷甫以王东海比乐令，江左名士传曰：“承言理辩物，但明其旨要，不为辞费，有识伏其约而能通。太尉王夷甫一世龙门，见而雅重之，以比南阳乐广。”故王中郎作碑云：“当时标榜，为乐广之俪。”

11 庾中郎与王平子雁行。晋阳秋曰："初，王澄有通朗称，而轻薄无行。兄夷甫有盛名，时人许以人伦鉴识。常为天下士目曰：'阿平第一，子嵩第二，处仲第三。'敳以澄、敦莫己若也。及澄丧，敦败，敳世誉如初。"〔一〕

【笺疏】

〔一〕程炎震云："澄丧敦败之时，敳先死矣。"

12 王大将军在西朝时，见周侯辄扇障面不得住。敦性强梁，自少及长，季伦斩妓，曾无异色，若斯傲狠，岂惮于周顗乎？其言不然也。后度江左，不能复尔。王叹曰："不知我进，伯仁退？"沈约晋书曰："周顗，王敦素惮之，见辄面热，虽复腊月，亦扇面不休，其惮如此。"〔一〕

【校文】

注"其言不然"　"其"，景宋本作"此"。

【笺疏】

〔一〕嘉锡案：礼记大学曰："小人闲居为不善，无所不至，见君子而后厌然。"小人之惮君子，盖有发于不自觉者。言语篇注引晋阳秋曰："顗正体嶷然，侪辈不敢媟也。"然则周侯之丰采，必有使王敦自然慑服之处，见辄障面，不可谓必无其事也。又案：建康实录五引中兴书曰："王敦素惮顗，每见顗，辄面热。虽冬月仍交扇不休。"则沈约之言系采自中兴书，非取世说也。

13 会稽虞骙，元皇时与桓宣武同侠〔一〕，其人有才理胜望。虞光禄传曰："骙字思行，会稽馀姚人。虞翻曾孙，右光禄潭兄子也。虽机干不及潭，而至行过之。历吏部郎、吴兴守，征为金紫光禄大夫，卒。”王丞相尝谓騤曰：“孔愉有公才而无公望，丁潭有公望而无公才，愉已见。会稽后贤记曰：“潭字世康，山阴人，吴司徒固曾孙也〔二〕。沈婉有雅望，少与孔愉齐名。仕至光禄大夫。”晋阳秋曰：“孔敬康、丁世康、张伟康俱著名，时谓‘会稽三康’。伟康名茂，尝梦得大象，以问万雅。雅曰：‘君当为大郡而不善也。象，大兽也。取其音狩，故为大郡，然象以齿丧身。’后为吴郡，果为沈充所杀。”兼之者其在卿乎？”騤未达而丧。虞光禄传曰：“騤未登台鼎，时论称屈。”

【笺疏】

〔一〕程炎震云：“晋书七六虞騤传曰：‘与谯固、桓彝俱为吏部郎，情好甚笃。彝遣温拜騤，騤使子谷拜彝。’则此宣武，当作宣城。而同侠二字，亦有讹脱。”嘉锡案：同侠盖同僚之误。

〔二〕程炎震云：“吴书十二虞翻传注：‘丁固子弥，字钦远。孙潭。’则此曾字当衍。”嘉锡案：晋书丁潭传云：“祖固，吴司徒。”

14　明帝问周伯仁〔一〕：“卿自谓何如郗鉴？”周曰：“鉴方臣，如有功夫。”复问郗。郗曰：“周顗比臣，有国士门风。”邓粲晋纪曰：“伯仁清正嶷然，以德望称之。”

【笺疏】

〔一〕程炎震云：“此明帝疑亦元帝之误，互参后‘明帝问周伯仁卿自谓何如庾元规’条。”

15　王大将军下〔一〕，庾公问：“卿有四友，何者是？”答曰：“君家中郎，我家太尉、阿平，胡毋彦国。八王故事曰：“胡毋辅之少有雅俗鉴识，与王澄、庾敳、王敦、王夷甫为四友。”今故答也〔二〕。阿平故当最劣。”庾曰：“似未肯劣。”庾又问：“何者居其右？”王曰：“自有人。”又问：“何者是？”王曰：“噫！其自有公论。”左右蹑公，公乃止。敦自谓右者在己也。

【校文】

“卿有四友”　景宋本“卿”上有“闻”字。

【笺疏】

〔一〕李慈铭云：“案下者下都也。王敦镇武昌，在上流，故以至建业为下。”

〔二〕程炎震云：“晋书辅之传以澄、敦、敳、辅之为王衍四友，盖各自标榜，不无异同也。”

16　人问丞相：“周侯何如和峤？”答曰：“长舆嵯𡾊。”〔一〕虞预晋书曰：“峤厚自封植，嶷然不群。”

【笺疏】

〔一〕程炎震云：“说文、玉篇、广韵皆无𡾊字，盖即嶭之俗体。嵯嶭，犹云嵯峨、嶻嶭，状其高耳。汉书地理志：‘左为冯翊，池阳，嶻嶭山在北。’师古曰：‘嶻嶭，今俗所呼嵯峨山是也。’说文段注九卷下曰：‘嶻语转为嵯，嶭语转为峨。’”

17　明帝问谢鲲〔一〕：“君自谓何如庾亮？”答曰：“端委庙堂，使百僚准则，臣不如亮。一丘一壑，自谓过之。”〔二〕晋阳秋曰：“鲲随王敦下，入朝，见太子于东宫，语及夕，太子从容问鲲曰：‘论者以君方庾亮，自谓孰愈？’对曰：‘宗庙之美，百官之富，臣不如亮。纵意丘壑，自谓过之。’”邓粲晋纪曰：“鲲与王澄之徒，慕竹林诸人，散首披发，裸袒箕踞，谓之八达。故邻家之女，折其两齿。世为谣曰：'任达不已，幼舆折齿。'鲲有胜情远概，为朝廷之望，故时以庾亮方焉。"

【笺疏】

〔一〕程炎震云："晋书鲲传亦云明帝在东宫。"

〔二〕翟灏通俗编二云："晋书谢鲲传：'一丘一壑，自谓过之。'按汉书叙传班嗣论庄周曰：'渔钓于一壑，则万物不干其志。栖迟于一丘，则天下不易其乐。'谢鲲本此为语，故云'过之'，非泛道丘壑之胜也。"

18 王丞相二弟不过江，曰颖〔一〕，曰敞。时论以颖比邓伯道，敞比温忠武。议郎〔二〕、祭酒者也。王氏谱曰："颖字茂英，位至议郎，年二十卒。敞字茂平，丞相祭酒，不就。袭爵堂邑公，年二十有二而卒。"

【笺疏】

〔一〕程炎震云："晋书王导传颖作颍。"

〔二〕李慈铭云："案议郎上有脱字。"

19 明帝问周侯："论者以卿比郗鉴，云何？"周曰："陛下不须牵颉比。"按颉死弥年，明帝乃即位。世说此言妄矣〔一〕。

【笺疏】

〔一〕嘉锡案：此即前条"明帝问周，周答'鉴方臣，如有工夫'"一事，而纪载不同者也。孝标独驳此条，以其称"陛下"耳。

20 王丞相云："顷下论以我比安期、千里。亦推此二人〔一〕。唯共推太尉，此君特秀。”晋诸公赞曰：“夷甫性矜峻，少为同志所推。”

【笺疏】

〔一〕李慈铭云：“案安期王承，千里阮瞻也。‘亦推此二人’句上当有脱字。”嘉锡案：御览四百四十七引郭子，“顷下”作“雒下”，“亦推此二人”作“我亦不推此二人”，皆于义为长，世说传写误耳。

21　宋祎曾为王大将军妾〔一〕，后属谢镇西〔二〕。镇西问祎：“我何如王？”答曰：“王比使君，田舍、贵人耳！”镇西妖冶故也。未详宋祎。

【校文】

注“未详宋祎”　沈本作“宋祎未详”。

【笺疏】

〔一〕程炎震云：“御览三百八十一美妇人引俗说曰：‘宋祎是石崇妓珠绿弟子，有色，善吹笛。后在晋明帝处，帝疹患笃，群臣进谏，请出宋祎。帝曰：“卿诸人谁欲得之？”阮遥集时为吏部尚书，对曰：“愿以赐臣。”即与之。’珠绿二字盖误倒。”刘盼遂曰：“初学记笛类云：‘古之善吹笛宋祎。’自注：‘见世说。’艺文类聚笛类引俗说同。宋吴淑笛赋注引世说：‘石崇婢绿珠弟子名宋祎，国色，善笛。后入宫，帝疾笃，出宋祎。帝曰：“谁欲得者？”阮遥集曰：“愿以赐臣。”即与之。’据三书所引，似出世说注，而今亡矣。”

〔二〕御览四百九十七引俗记（当作说）曰：“宋祎死后葬在金城南山，对琅琊郡门。袁崧为琅琊太守，每醉，辄乘舆上宋祎冢，作行路难歌。”嘉锡案：石崇以惠帝永康元年为孙秀所杀，谢尚以穆帝永和十一年加镇西将军，前后相距五十三年。祎既绿珠弟子，至此当已七十内外矣，方为谢尚所纳，殊不近情。盖世说例以镇西称尚，不必定在此时。但祎称尚为使君，必在建元二年以南中郎将领江州刺史之后。上距石崇、绿珠之死、亦四十馀年矣。殆因祎善吹笛，故尚取之，以教伎人，犹之桓温之得刘琨巧作老婢耳。

22 明帝问周伯仁："卿自谓何如庾元规?"对曰："萧条方外，亮不如臣；从容廊庙，臣不如亮。"〔一〕按诸书皆以谢鲲比亮，不闻周顗。

【笺疏】

〔一〕嘉锡案：此条语意，全同谢鲲，必传闻之误也。

23 王丞相辟王蓝田为掾，庾公问丞相："蓝田何似?"王曰："真独简贵，不减父祖；然旷澹处故当不如尔。"王述狷隘故也。

24 卞望之云郗公〔一〕："体中有三反：方于事上，好下佞己，一反。治身清贞，大修计校，二反。自好读书，憎人学问，三反。"按太尉刘寔论王肃：方于事上，好下佞己，性嗜荣贵，不求苟合，治身不秽，尤惜财物。王、郗志性，傥亦同乎〔二〕?

【笺疏】

〔一〕程炎震云："卞死时，郗未拜公，不得称郗公。此云字当作目。"

〔二〕嘉锡案：刘寔论王肃语，见魏志肃传。

25 世论温太真，是过江第二流之高者〔一〕。时名辈共说人物，第一将尽之间，温常失色。温氏谱序曰："晋大夫郤至封于温，子孙因氏，居太原祁县，为郡著姓。"

【笺疏】

〔一〕嘉锡案：太真智勇兼备，忠义过人，求之两晋，殆罕其匹，而当时以为第二流。盖自汝南月旦评以来，所谓人伦鉴裁者，久矣夫不足尽据矣。

26 王丞相云："见谢仁祖恒令人得上。"〔一〕与何次道语，唯举手指地曰："正自尔馨！"前篇及诸书皆云王公重何充，谓必代己相。而此章以手指地，意如轻诋。或清言析理，何不逮谢故邪〔二〕？

【笺疏】

〔一〕嘉锡案：本篇后章云"嘉宾故自上"，注谓"超拔也"。此言见谢尚之风度，令人意气超拔。

〔二〕嘉锡案：导与充言，而充辄曰"正自尔馨"。是充与导意见相合，无复疑难。论语所谓"于吾言无所不说"也。导之赏充，正在于此，似无轻诋之意。

27 何次道为宰相，人有讥其信任不得其人。晋阳秋曰："充所暱庸杂，以此损名。"阮思旷慨然曰："次道自不至此。但布衣超居宰相之位，可恨唯此一条而已！"语林曰："阮光禄闻何次道为宰相，叹曰：'我当何处生活？'"此则阮未许何为鼎辅，二说便相符也〔一〕。

【校文】

注"充所暱"　"暱"，景宋本作"昵"。

【笺疏】

〔一〕程炎震云："符字语意未合，恐有误"。嘉锡案：言二说相合，符字不误。

28 王右军少时，丞相云："逸少何缘复减万安邪？"刘绥已见。

29 郗司空家有伧奴〔一〕，知及文章，事事有意。王右军向刘尹称之。刘问："何如方回？"郗愔别传曰："愔字方回，高平金乡人，太宰鉴长子也。渊靖纯素，无执无竞，简私昵，罕交游。历会稽内史、侍中、司徒。"〔二〕王曰："此正小人有意向耳！何得便比方回？"刘曰："若不如方回，故是常奴耳！"

【笺疏】

〔一〕程炎震云："司空谓郗鉴。晋书惔传作郗愔，误。愔为司空时，王、刘死久矣。"

〔二〕程炎震云："晋书纪传司徒作司空。"

30 时人道阮思旷："骨气不及右军，简秀不如真长，韶润不如仲祖，思致不如渊源。而兼有诸人之美。"中兴书曰："裕以人不须广学，正应以礼让为先，故终日颓然，无所修综，而物自宗之。"

31 简文云："何平叔巧累于理，嵇叔夜俊伤其道。"理本真率，巧则乖其致；道唯虚澹，俊则违其宗。所以二子不免也。

32　时人共论晋武帝出齐王之与立惠帝，其失孰多？晋阳秋曰："齐王攸，字大猷，文帝第二子。孝敬忠肃，清和平允，亲贤下士，仁惠好施。能属文，善尺牍。初，荀勖、冯紞为武帝亲幸，攸恶勖之佞，勖惧攸或嗣立，必诛己，且攸甚得众心，朝贤景附。会帝有疾，攸及皇太子入问讯，朝士皆属目于攸，而不在太子。至是勖从容曰：'陛下万年后，太子不得立也。'帝曰：'何故？'勖曰：'百寮内外，皆归心于齐王，太子安得立乎？陛下试诏齐王归国，必举朝谓之不可。若然，则臣言征矣。'侍中冯紞又曰：'陛下必欲建诸侯，成五等，宜从亲始，亲莫若齐王。'帝从之。于是下诏，使攸之国。攸闻勖、紞间己，忧忿不知所为。入辞，出，呕血薨。帝哭之恸。冯紞侍曰：'齐王名过其实，而天下归之。今自薨殒，陛下何哀之甚？'帝乃止。刘毅闻之，故终身称疾焉。"多谓立惠帝为重。桓温曰："不然，使子继父业，弟承家祀，有何不可？"武帝兆祸乱，覆神州，在斯而已。舆隶且知其若此，况宣武之弘俊乎？此言非也。

33　人问殷渊源："当世王公以卿比裴叔道，云何？"殷曰："故当以识通暗处。"遐与浩并能清言。

34　抚军问殷浩："卿定何如裴逸民？"良久答曰："故当胜耳。"

35　桓公少与殷侯齐名，常有竞心。桓问殷："卿何如我？"殷云："我与我周旋久〔一〕，宁作我。"

【笺疏】

〔一〕程炎震云："晋书七十七浩传作'我与君'。"

36　抚军问孙兴公："刘真长何如？"曰："清蔚简令。""王仲祖何如？"曰："温润恬和。"徐广晋纪曰："凡称风流者，皆举王、刘为宗焉。""桓温何如？"曰："高爽迈出。""谢仁祖何如？"曰："清易令达。""阮思旷何如？"曰："弘润通长。""袁羊何如？"曰："洮洮清便。""殷洪远何如？"曰："远有致思。""卿自谓何如？"曰："下官才能所经，悉不如诸贤；至于斟酌时宜，笼罩当世，亦多所不及。然以不才，时复托怀玄胜，远咏老、庄，萧条高寄，不与时务经怀，自谓此心无所与让也。"〔一〕

【校文】

"清易令达"　沈本作"清令易达"。

【笺疏】

〔一〕嘉锡案：绰所以自许，正是晋人通病。"不与世务经怀"，干宝所谓"当官者以望空为高，而笑勤恪。其倚仗虚旷，依阿无心者，皆名重海内"者也。

37　桓大司马下都，问真长曰："闻会稽王语奇进，尔邪？"桓温别传曰："兴宁九年〔一〕，以温克复旧京，肃静华夏，进都督中外诸军事、侍中、大司马，加黄钺，使人参朝政。"刘曰："极进，然故是第二流中人耳！"桓曰："第一流复是谁？"刘曰："正是我辈耳！"〔二〕

【笺疏】

〔一〕程炎震云："九年当作元年，兴宁无九年，检晋纪是元年事，各本皆误。”又云：“兴宁元年，刘惔死久矣。此当是桓温自徐移荆时，永和元年也。”

〔二〕嘉锡案：续谈助四引殷芸小说曰：“宣武（原作帝，今改。）问真长：会稽（原脱稽字，今补。）王如何？刘惔答：‘欲造微。’桓曰：‘何如卿？’曰：‘殆无异。’桓温乃喟然曰：‘时无许、郭，人人自以为稷、契。’”（原注云出杂记）是真长方以会稽王自比，而世说此条则自许在相王之上，盖所出不同，传闻异辞故也。

38　殷侯既废，桓公语诸人曰：“少时与渊源共骑竹马，我弃去，已辄取之，故当出我下。”续晋阳秋曰：“简文辅政，引殷浩为扬州，欲以抗桓。桓素轻浩，未之惮也。”

39　人问抚军：“殷浩谈竟何如？”答曰：“不能胜人，差可献酬群心。”

40　简文云：“谢安南清令不如其弟，安南，谢奉也。已见。谢氏谱曰：“奉弟聘、字弘远。历侍中、廷尉卿。”学义不及孔岩，中兴书曰：“岩字彭祖，会稽山阴人。父俭〔一〕，黄门侍郎。岩有才学，历丹阳尹、尚书、西阳侯，在朝多所匡正。为吴兴太守，大得民和。后卒于家。”居然自胜。”言奉任天真也。

【校文】

注“父俭”　“俭”，景宋本作“伦”。

【笺疏】

〔一〕程炎震云：“晋书本传：岩作严，父俭作父伦。”

41　未废海西公时，王元琳问桓元子："箕子、比干，迹异心同，不审明公孰是孰非？"曰："仁称不异，宁为管仲。"论语曰："微子去之，箕子为之奴，比干谏而死。子曰：'殷有三仁焉。'""子路曰：'桓公杀公子纠，召忽死之，管仲不死，曰未仁乎？'子曰：'桓公九合诸侯，一匡天下，不以兵车，管仲之力。如其仁！如其仁！'"

42　刘丹阳、王长史在瓦官寺集，桓护军亦在坐，桓伊已见。共商略西朝及江左人物。或问："杜弘治何如卫虎？"桓答曰："弘治肤清，卫虎奕奕神令。"王、刘善其言。虎，卫玠小字。玠别传曰："永和中，刘真长、谢仁祖共商略中朝人。或问：'杜弘治可方卫洗马不？'谢曰：'安得比！其间可容数人。'"江左名士传曰："刘真长曰：'吾请评之，弘治肤清，叔宝神清。'论者谓为知言。"

43　刘尹抚王长史背曰："阿奴比丞相，但有都长。"〔一〕阿奴，濛小字也〔二〕。都，美也。司马相如传曰："闲雅甚都。"语林曰："刘真长与丞相不相得，每曰：'阿奴比丞相，条达清长。'"

【笺疏】

〔一〕程炎震云："文选卷四十七袁宏三国名臣赞：'子瑜都长。'注曰：'都长，谓体貌都闲而雅，性长厚也。'"

〔二〕嘉锡案：阿奴，非濛字，说见方正篇"周叔治作晋陵太守"条。

44　刘尹、王长史同坐，长史酒酣起舞。刘尹曰："阿奴今日不复减向子期。"类秀之任率也。

45　桓公问孔西阳："安石何如仲文？"西阳即孔岩也。孔思未对，反问公曰："何如？"答曰："安石居然不可陵践，其处故乃胜也。"〔一〕

【校文】

"故乃胜也"　景宋本及沈本无"乃"字。

【笺疏】

〔一〕程炎震云："此仲文未知何人，刘氏无注，盖即殷仲文也。仲文之妻，桓玄之姊，即温婿矣。故欲以安石拟之。又以其年辈不伦，故仍以安为胜耳。"又云："岩盖尝事桓温，晋书略之。"

46　谢公与时贤共赏说，遏、胡儿并在坐。公问李弘度曰："卿家平阳，何如乐令？"晋诸公赞曰："李重字茂曾，江夏钟武人。少以清尚见称。历吏部郎、平阳太守。"于是李潸然流涕曰："赵王篡逆，乐令亲授玺绶。晋阳秋曰："赵王伦篡位，乐广与满奋、崔随进玺绶。"亡伯雅正，耻处乱朝，遂至仰药〔一〕。恐难以相比！此自显于事实，非私亲之言。"晋诸公赞曰："赵王为相国，取重为左司马，重以伦将篡，辞疾不就。敦喻之，重不复自治〔二〕，至于笃甚。扶曳受拜，数日卒。时人惜之。赠散骑常侍。"谢公语胡儿曰："有识者果不异人意。"

【校文】

注"茂曾"　袁本误"茂重"。沈校改。

【笺疏】

〔一〕本书贤媛篇曰："孙秀欲立威权，遂逼重自裁。"

〔二〕嘉锡案：魏志李通传注引晋诸公赞作"重遂不复自活"，然贤媛篇注云："重知赵王伦作乱，有疾不治，遂以致卒。"则作治为是。

47　王修龄问王长史："我家临川，何如卿家宛陵？"长史未答，修龄曰："临川誉贵。"长史曰："宛陵未为不贵。"中兴书曰："羲之自会稽王友，改授临川太守〔一〕。王述从骠骑功曹，出为宛陵令。述之为宛陵，多修为家之具，初有劳苦之声。丞相王导使人谓之曰：'名父之子，屈临小县，甚不宜尔。'述答曰：'足自当止。'时人未之达也。后屡临州郡，无所造作，世始叹服之。"

【笺疏】

〔一〕程炎震云："右军为临川，今晋书本传不载。据此，知与述为宛陵同时也。盖庾亮在江州时，咸康间。"何焯义门读书记评曾巩墨池记曰："中兴书云：'羲之授临川太守。'梁虞龢论书表曰：'羲之所书紫纸，多是少年临川时迹。'今晋书漏其为临川太守。"

48　刘尹至王长史许清言，时苟子年十三〔一〕，倚床边听。既去，问父曰："刘尹语何如尊？"长史曰："韶音令辞〔二〕，不如我；往辄破的，胜我。"刘惔别传曰："惔有俊才，其谈咏虚胜，理会所归，王濛略同，而叙致过之，其词当也。"

【笺疏】

〔一〕程炎震云："苟子年十三，是永和三年，其年王濛死矣。"

〔二〕韶音，犹美音也。说文云："韶，虞舜乐也。书曰'箫韶九成，凤皇来仪'，从音召声。"原本玉篇云："韶，视昭反。野王案：'舜乐名也。'礼记：'韶，继也。'郑玄曰：'韶之言绍也。言舜能绍尧之德也。'"嘉锡案：唐以前字书及经传训诂凡释韶字，不出顾野王所举诸义。而继也，绍也，正释舜乐之所以名韶，只是一义，别无他解。故段玉裁说文注云："韶字盖舜时始制也。至宋人之集韵平声四宵及类篇三始云：'一曰美也。'元人韵会举要下平二萧亦云'一曰美也'。凡言韶华、韶光，取此。"今据世说此条云"韶音令辞"，后又云"长史韶兴"，知以韶为美，东晋人已如此。盖因论语谓"韶尽美，又尽善"，遂引申之云尔。此六朝人用字与两汉不同处。

49　谢万寿春败后〔一〕，简文问郗超："万自可败，那得乃尔失士卒情？"超曰："伊以率任之性，欲区别智勇。"中兴书曰："万之为豫州，氐、羌暴掠司、豫，鲜卑屯结并、冀。万既受方任，自率众入颍，以援洛阳。万矜豪傲物，失士众之心。北中郎郗昙以疾还彭城，万以为贼盛致退，便向还南，遂自溃乱，狼狈单归。太宗责之，废为庶人。"

【校文】

注"士众之心"　"心"，景宋本及沈本作"和"。

注"便向还南"　"向"，景宋本及沈本作"回"。

【笺疏】

〔一〕程炎震云："谢万之败，在升平三年。"

50　刘尹谓谢仁祖曰："自吾有四友〔一〕，门人加亲。"谓许玄度曰："自吾有由，恶言不及于耳。"二人皆受而不恨。尚书大传曰："孔子曰：'文王有四友，自吾得回也，门人加亲，是非胥附邪？自吾得赐也，远方之士至，是非奔走邪？自吾得师也，前有辉，后有光，是非先后邪？自吾得由也，恶言不入于耳，是非御侮邪？'"

【笺疏】

〔一〕程炎震云："李莼客曰：'四友字当为回，与下句一例，形近故误耳。'"

51 世目殷中军"思纬淹通，比羊叔子。"羊祜德高一世，才经夷险。渊源蒸烛之曜，岂喻日月之明也。

52 有人问谢安石、王坦之优劣于桓公。桓公停欲言，中悔，曰："卿喜传人语，不能复语卿。"

53 王中郎尝问刘长沙曰："我何如荀子？"大司马官属名曰："刘奭字文时，彭城人。"刘氏谱曰："奭祖昶，彭城内史。父济，临海令。奭历车骑咨议、长沙相、散骑常侍。"刘答曰："卿才乃当不胜荀子，然会名处多。"王笑曰："痴！"

54 支道林问孙兴公："君何如许掾？"孙曰："高情远致，弟子蚤已服膺；一吟一咏，许将北面。"

55 王右军问许玄度："卿自言何如安石？"〔一〕许未答，王因曰："安石故相为雄，阿万当裂眼争邪？"中兴书曰："万器量不及安石，虽居藩任，安在私门之时，名称居万上也。"

【校文】

"何如安石"　"石"，沈本作"万"。

"相为雄"　"为"，景宋本作"与"。

【笺疏】

〔一〕程炎震云："宋本石作万。"

56 刘尹云："人言江虨田舍，江乃自田宅屯。"谓能多出有也。

57 谢公云："金谷中苏绍最胜。"〔一〕绍是石崇姊夫〔二〕，苏则孙，愉子也。石崇金谷诗叙曰："余以元康六年，从太仆卿出为使持节，监青、徐诸军事、征虏将军。有别庐在河南县界金谷涧中，或高或下，有清泉茂林，众果竹柏、药草之属，莫不毕备。又有水碓、鱼池、土窟，其为娱目欢心之物备矣。时征西大将军祭酒王诩当还长安，余与众贤共送往涧中，昼夜游宴，屡迁其坐。或登高临下，或列坐水滨。时琴瑟笙筑，合载车中，道路并作。及住，令与鼓吹递奏。遂各赋诗，以叙中怀。或不能者，罚酒三斗。感性命之不永，惧凋落之无期。故具列时人官号、姓名、年纪，又写诗箸后。后之好事者，其览之哉！凡三十人，吴王师、议郎、关中侯、始平武功苏绍字世嗣，年五十，为首。"〔三〕魏书曰："苏则字文师，扶风武功人。刚直疾恶，常慕汲黯之为人。仕至侍中、河东相。"晋百官名曰："愉字休豫，则次子。"山涛启事曰："愉忠义有智意，位至光禄大夫。"

【笺疏】

〔一〕嘉锡案：大唐传载曰："洛阳金谷去城二十五里。晋石崇依金谷为园苑，高台飞阁，馀址隐嶙。独有一皂荚树，至今郁茂。"晋书李含传云："含陇西狄道人，侨居始平。司徒选含领始平中正。含自以陇西人，虽户属始平，非所综悉，以让常山太守苏韶。"今此苏绍，正籍始平，当即一人。绍、韶不同，以其字世嗣推之，作绍为是。

〔二〕李详云："详案：魏志苏则传裴注云'石崇妻，绍之兄女'。此云绍为石崇姊夫，疑为辈行不伦。"

〔三〕嘉锡案：御览九百十九引石崇金谷诗序曰："吾有庐在河南金谷中，去城十里，有田十顷，羊二百口，鸡猪鹅鸭之类莫不毕备。"字句多出孝标注所引之外。案本书企羡篇曰："王右军得人以兰亭集序方金谷诗序，又以己敌石崇，甚有欣色。"若如此注所引，寂寥短章，远不如兰亭序之情文兼至，右军何取而欣羡之哉？以御览证之，知其所刊削多矣。疑亦出于宋人晏殊辈之妄删，未必孝标原本如此也。至于御览九百六十四又引金谷诗序曰"杂果庶乎万株"，则文选四十五所载石季伦思归引序亦有"百木几于万株"之句，疑御览误引，非此篇佚文。孙星衍续古文苑十一曰："案容止篇注又引石崇金谷诗叙曰：'王诩字季允，琅玡人。'盖三十人皆有爵里名氏，品藻篇不曾备引也。"魏志苏则传注曰："臣松之案：愉子绍，字世嗣，为吴王师。石崇妻，绍之兄女也。绍有诗在金谷集。"

58　刘尹目庾中郎："虽言不愔愔似道，突兀差可以拟道。"名士传曰："敳颓然渊放，莫有动其听者。"

59　孙承公云："谢公清于无奕，中兴书曰："孙统字承公〔一〕，太原人。善属文，时人谓其有祖楚风。仕至馀姚令。"润于林道。"陈逵别传曰："逵字林道，颍川许昌人。祖准，太尉。父畛，光禄大夫。逵少有干，以清敏立名。袭封广陵公、黄门郎、西中郎将，领梁、淮南二郡太守。"〔二〕

【笺疏】

〔一〕嘉锡案：此统字不避昭明讳，盖宋人所校正。

〔二〕程炎震云："魏志二十二陈群传注曰：'群之后名位遂微，谌孙佐，佐子準太尉，封广陵郡公，準孙逵。'"

60　或问林公："司州何如二谢？"林公曰："故当攀安提万。"王胡之别传曰："胡之好谈谐，善属文辞，为当世所重。"

【校文】

注"谈谐"　"谐"，景宋本作"讲"。

61　孙兴公、许玄度皆一时名流。或重许高情，则鄙孙秽行；或爱孙才藻，而无取于许。宋明帝文章志曰："绰博涉经史，长于属文，与许询俱与负俗之谈。询卒不降志，而绰婴纶世务焉。"续晋阳秋曰："绰虽有文才，而诞纵多秽行，时人鄙之。"

【校文】

注"俱与负俗"　"与"，景宋本及沈本作"有"。

62　郗嘉宾道谢公："造膝虽不深彻，而缠绵纶至。"又曰："右军诣嘉宾。"嘉宾闻之云："不得称诣，政得谓之朋耳！"谢公以嘉宾言为得。凡彻诣者，盖深核之名也。谢不彻，王亦不诣。谢、王于理，相与为朋俦也。

63　庾道季云："思理伦和，吾愧康伯；志力强正，吾愧文度。自此以还，吾皆百之。"庾龢已见。

64　王僧恩轻林公，蓝田曰："勿学汝兄，汝兄自不如伊。"僧恩，王祎之小字也。王氏世家曰："祎之字文劭，述次子。少知名，尚寻阳公主。仕至中书郎，未三十而卒。坦之悼念，与桓温称之，赠散骑常侍。"

65　简文问孙兴公："袁羊何似？"答曰："不知者不负其才；知之者无取其体。"言其有才而无德也。

66　蔡叔子云〔一〕："韩康伯虽无骨干，然亦肤立。"〔二〕

【笺疏】

〔一〕程炎震云："蔡系字子叔。此叔子二字盖误倒。"

〔二〕嘉锡案：康伯为人肥壮，故轻诋篇注引范启云："韩康伯似肉鸭。"此言其虽无骨干，而其见于外者亦足自立也。

67　郗嘉宾问谢太傅曰："林公谈何如嵇公？"谢云："嵇公勤著脚，裁可得去耳。"〔一〕支遁传曰："遁神悟机发，风期所得，自然超迈也。"又问："殷何如支？"谢曰："正尔有超拔，支乃过殷。然亹亹论辩，恐□欲制支。"〔二〕

【笺疏】

〔一〕嘉锡案：高僧传四曰："郗超问谢安：'林公谈何如嵇中散？'安曰：'嵇努力裁得去耳。'"此云"勤著脚"，盖谓嵇须努力向前，方可及支。

〔二〕嘉锡案：本篇载安答王子敬语，以为支遁不如庾亮。又答王孝伯，谓支并不如王濛、刘惔。今乃谓中散努力，才得及支；而殷浩却能制支，是中散之不如庾亮辈也。乃在层累之下也。夫庾、殷庸才，王仲祖亦谈客耳，讵足上拟嵇公？刘真长虽有才识，恐亦非嵇之比。支遁缁流，又不足论。安石褒贬，抑何不平？虽所评专指清谈，非论人品，然安石之去中散远矣！何从亲接謦欬，而遽裁量其高下耶？此必流传之误，理不可信。程炎震云："高僧传云：'恐殷制支。'此处□必是殷字，宋初讳殷，后来未及填写耳。"

68　庾道季云〔一〕："廉颇、蔺相如虽千载上死人，懔懔恒如有生气〔二〕。史记曰："廉颇者，赵良将也，以勇气闻诸侯。蔺相如者，赵人也。赵惠文王时，得楚和氏璧，秦昭王请以十五城易之。赵遣相如送璧，秦受之，无还城意。相如请璧示其瑕，因持璧却立倚柱，怒发上冲冠曰：'王欲急臣，臣头今与璧俱碎。'秦王谢之。后秦王使赵王鼓瑟，相如请秦王击筑。赵以相如功大，拜上卿，位在廉颇上。"曹蜍、蜍，曹茂之小字也。曹氏谱曰："茂之字永世，彭城人也。祖韶，镇东将军司马。父曼，少府卿。茂之仕至尚书郎。"李志晋百官名曰："志字温祖，江夏锺武人。"李氏谱曰："志祖重，散骑常侍。父慕，纯阳令〔三〕。志仕至员外常侍、南康相。"虽见在，厌厌如九泉下人〔四〕。人皆如此，便可结绳而治，但恐狐狸猯狢噉尽。"言人皆如曹、李质鲁淳悫，则天下无奸民，可结绳致治。然才智无闻，功迹俱灭，身尽于狐狸，无擅世之名也。

【笺疏】

〔一〕程炎震云："金楼子九上引此文云：'并抑抗之论也。'惟云'晋中朝庾道季'，中朝字有误。"嘉锡案：金楼子立言篇作"曹摅"，或梁元帝所见本与孝标不同。

〔二〕山谷外集注一引作"尚凛凛有生气"。

〔三〕程炎震云:“晋无纯阳县，恐是绥阳，属荆州新城郡。”

〔四〕“厌厌”，金楼子作“黯黯”。

69　卫君长是萧祖周妇兄，谢公问孙僧奴：僧奴，孙腾小字也。晋百官名曰:“腾字伯海，太原人。”中兴书曰:“腾，统子也〔一〕。博学。历中庶子、廷尉。”“君家道卫君长云何?”孙曰:“云是世业人。谢曰:“殊不尔，卫自是理义人。”于时以比殷洪远。

【笺疏】

〔一〕嘉锡案：腾，孙统子，见晋书五十六孙楚传。此作统误。

70　王子敬问谢公:“林公何如庾公?”谢殊不受，答曰:“先辈初无论，庾公自足没林公。”殷羡言行曰:“时有人称庾太尉理者，羡曰:‘此公好举宗本槌人。’”

【校文】

注“宗本槌人”　“宗”，景宋本作“素”。

71　谢遏诸人共道竹林优劣，谢公云:“先辈初不臧贬七贤。”魏氏春秋曰:“山涛通简有德，秀、咸、戎、伶朗达有俊才。于时之谈，以阮为首，王戎次之，山、向之徒，皆其伦也。”若如盛言，则非无臧贬，此言谬也〔一〕。

【笺疏】

〔一〕嘉锡案：竹林诸人，在当时齐名并品，自无高下。若知人论世，考厥生平，则其优劣，亦有可言。叔夜人中卧龙，如孤松之独立。乃心魏室，菲薄权奸，卒以伉直不容，死非其罪。际正始风流之会，有东京节义之遗。虽保身之术疏，而高世之行著。七子之中，其最优乎！嗣宗阳狂玩世，志求苟免，知括囊之无咎，故纵酒以自全。然不免草劝进之文词，为马昭之狎客，智虽足多，行固无取。宜其慕浮诞者，奉为宗主；而重名教者，谓之罪人矣。巨源之典选举，有当官之誉；而其在霸府，实入幕之宾。虽号名臣，却为叛党。平生善与时俯仰，以取富贵。迹其终始，功名之士耳。仲容借驴追婢，偕猪共饮，贻讥清议，直一狂生。徒以从其叔父游，为之附庸而已。子期以注庄显，伯伦以酒德著。流风馀韵，蔑尔无闻，不足多讥，聊可备数。濬冲居官则阘茸，持身则贪悋。王夷甫辈承其衣钵，遂致神州陆沈。斯真窃位之盗臣，抑亦王纲之巨蠹。名士若兹，风斯下矣。魏氏春秋之评，乃庸人之谬论，不足据也。”

72　有人以王中郎比车骑，车骑闻之曰："伊窟窟成就。"〔一〕续晋阳秋曰："坦之雅贵有识量，风格峻整。"

【笺疏】

〔一〕嘉锡案：车骑，谢玄也。窟窟无义，当作掘掘，以形声相近致讹耳。说文："搰，掘也。掘，搰也。"左氏哀二十六年传："掘褚师定子之墓焚之。"释文云："本或作搰。"庄子天地篇云："子贡过汉阴，见一丈人，方将为圃畦，凿遂而入井，抱瓮而出灌，搰搰然用力甚多，而见功寡。"释文云："搰搰，用力貌。"晋人谈论，好称引老、庄，必庄子别本有作掘掘者，故谢玄用之，云掘掘成就者，言坦之随事辄搰搰用力，故能成就其志业也。谢玄有经国之略，其平生使才，虽履屐间，咸得其任。是亦能搰搰用其心力者。卒之克建大勋，为晋室安危所系，与王坦之功名略等。其称坦之之言，殆即所以自寓也。

73　谢太傅谓王孝伯："刘尹亦奇自知，然不言胜长史。"

74　王黄门兄弟三人俱诣谢公，子猷、子重多说俗事，王氏谱曰："操之字子重，羲之第六子。历秘书监、侍中、尚书、豫章太守。"子敬寒温而已。既出，坐客问谢公："向三贤孰愈？"谢公曰："小者最胜。"客曰："何以知之？"谢公曰："吉人之辞寡，躁人之辞多〔一〕，推此知之。"

【笺疏】

〔一〕刘盼遂曰："二语本易系辞传。"

75　谢公问王子敬："君书何如君家尊？"答曰："固当不同。"公曰："外人论殊不尔。"王曰："外人那得知？"〔一〕宋明帝文章志曰："献之善隶书，变右军法为今体。字画秀媚，妙绝时伦，与父俱得名。其章草疏弱，殊不及父。或讯献之云：'羲之书胜不？''莫能判。'有问羲之云：'世论卿书不逮献之？'答曰：'殊不尔也。'它日见献之，问：'尊君书何如？'献之不答。又问：'论者云，君固当不如？'献之笑而答曰：'人那得知之也。'"

【笺疏】

〔一〕法书要录一南齐王僧虔论书云："谢安亦入能流，殊亦自重。得子敬书，有时裂作校纸。"张怀瓘书断卷中云："谢安学草正于右军，右军云：'卿是解书者。'"又卷下云："小王尝与谢安书，意必珍录；乃题后答之，亦以为恨。或曰：安问子敬：'君书何如家君？'答云：'固当不同。'安云：'外论殊不尔！'又云：'人那得知。'此乃短谢公也。”嘉锡案：据此两书所言，则谢安既自重其书，又甚尊右军，而颇轻子敬。其发问时，盖亦有此意。子敬心不平之，故答之如此。所谓“外人那得知”者，即以隐斥安石，非真与其父争名也。

76　王孝伯问谢太傅：“林公何如长史？”太傅曰：“长史韶兴。”〔一〕问：“何如刘尹？”谢曰：“噫！刘尹秀。”王曰：“若如公言，并不如此二人邪？”谢云：“身意正尔也。”

【笺疏】

〔一〕嘉锡案：濛自言“韶音令辞胜刘惔”，故谢亦赞其有韶美之兴会也。

77　人有问太傅：“子敬可是先辈谁比？”谢曰：“阿敬近撮王、刘之标。”续晋阳秋曰：“献之文义并非所长，而能撮其胜会，故擅名一时，为风流之冠也。”

78　谢公语孝伯：“君祖比刘尹，故为得逮。”孝伯云：“刘尹非不能逮，直不逮。”言濛质，而恢文也。

79　袁彦伯为吏部郎〔一〕，子敬与郗嘉宾书曰：“彦伯已入，殊足顿兴往之气。故知捶挞自难为人，冀小却，当复差耳。”〔二〕

【笺疏】

〔一〕程炎震云："彦伯为吏部郎在宁康中。"

〔二〕嘉锡案：御览二百十六引袁宏与谢仆射书曰："闻见拟为吏部郎，不知审尔？果当至此，诚相遇之过。"谢仆射者，安也。晋书孝武帝纪：宁康元年九月，以吏部尚书谢安为尚书仆射。捶挞，谓笞刑也。唐律疏议一曰："笞者，击也。又训为耻。言人有小愆，法须惩诫，故加捶挞以耻之。"唐书刑法志亦曰："笞之为言耻也。凡过之小者，捶挞以耻之。"子敬所以言此者，既喜彦伯之入吏部，又以晋世尚书郎不免笞挞，虑其蒙受耻辱，殆难为人也。日知录二十八有"职官受杖"一条，略云："撞郎之事，始自汉明，后代因之，有杖属官之法。曹公性严，掾属公事，往往加杖。魏略：'韩宣以当受杖，豫脱袴缠裈而缚。'晋书王濛传：'为司徒左西属，濛以此职有谴则应受杖，固辞。诏为停罚，犹不就。'南齐书陆澄传：'郎官旧有坐杖，有名无实。澄在官，积前后罚，一日并受千杖。'南史萧琛传：'齐明帝用法严峻，尚书郎坐杖罚者，皆即科行。琛乃密启曰："郎有杖起自后汉，尔时郎官位卑，亲主文案，与令史不异，故郎三十五人，令史二十人。士人多耻为此职。自魏、晋以来，郎官稍重。今方参用高华，吏部又近于通贵。不应官高昔品，而罚遵曩科。所以从来弹举，止是空文。许以推迁，或逢赦恩，或入春令，便得停息。乞特赐输赎，使与令史有异，以彰优缓之泽。"帝纳之。自是应受罚者，依旧不行。'此今日公谴拟杖之所自始。"顾氏所引，虽无晋世吏部郎受杖之明文，然御览六百五十引王隐晋书曰："武帝以山涛为司徒，频让，不许。出而径归家。左丞白褒又奏涛违诏，杖褒五十。"又引傅集曰："咸为左丞，杨济与咸书曰：'昨遣人相视，受罚云大重，以为恒然，相念杖痕不耐风寒，宜深慎护，不可轻也。'咸答：'违距上命，稽停诏罚，退思此罪，在于不测。才加罚黜，退用战悸。何复以杖重为剧?'”考宋书百官志：尚书丞郎虽为第六品，然书钞六十引晋百官志曰“左丞总领纲纪”，则其职任实远在曹郎之上。故宋志又称郎呼二丞曰左君右君。左丞尚以公事至受重杖，何有于吏部郎乎？子敬之意谓彦伯既知此职不免捶挞，当即进表辞让，或可得诏停罚，如王濛故事。故曰：“冀小却，当复差耳。”广雅释言：“却，退也。”方言三：“差，愈也。南楚病愈者谓之差。”此条因言彦伯有兴往之气，故入品藻。

80　王子猷、子敬兄弟共赏高士传人及赞。子敬赏“井丹高洁”，子猷云：“未若长卿慢世。”〔一〕嵇康高士传曰：“丹字大春，扶风郿人。博学高论，京师为之语曰：‘五经纷纶井大春，未尝书刺谒一人。’北宫五王更请，莫能致。新阳侯阴就使人要之，不得已而行。侯设麦饭、葱菜，以观其意，丹推却曰：‘以君侯能供美膳，故来相过，何谓如此！’乃出盛馔。侯起，左右进辇，丹笑曰：‘闻桀、纣驾人车，此所谓人车者邪?’侯即去辇。越骑梁松，贵震朝廷，请交丹，丹不肯见。后丹得时疾，松自将医视之，病愈。久之，松失大男磊，丹一往吊之。时宾客满廷，丹裘褐不完，入门，坐者皆悚，望其颜色。丹四向长揖〔二〕，前与松语，客主礼毕后，长揖径坐，莫得与语。不肯为吏，径出，后遂隐遁。其赞曰：‘井丹高洁，不慕荣贵。抗节五王，不交非类。显讥辇车，左右失气。披褐长揖，义陵群萃。'”“司马相如者，蜀郡成都人，字长卿。初为郎，事景帝。梁孝王来朝，从游说士邹阳等，相如说之，因病免游梁。后过临邛，富人卓王孙女文君新寡，好音，相如以琴心挑之，文君奔之，俱归成都。后居贫，至临邛买酒舍，文君当垆，相如著犊鼻幝，涤器市中。为人口吃，善属文。仕宦不慕高爵，常托疾不与公卿大事。终于家。其赞曰：‘长卿慢世，越礼自放。犊鼻居市，不耻其状。托疾避官，蔑此卿相。

乃赋大人，超然莫尚。’”

【笺疏】

〔一〕嘉锡案：二王平生，皆可于此见之。子敬赏井丹之高洁，故其为人峻整，不交非类（见忿狷篇注）。子猷爱长卿之慢世，故任诞不羁。中兴书言其欲为傲达，放肆声色颇过度。时人钦其才，秽其行（见任诞篇注）。岂非慢世之效欤？右军尝箴谢安之虚谈废务，浮文妨要，以为非宜（见言语篇）。又尝诫谢万之迈往不屑，劝其积小以致高大（见本传）。而子猷为桓冲骑兵参军，至不知身在何署，惟解道“西山朝来致有爽气”耳（见简傲篇）。以此为名士，真庾翼所谓“此辈宜束之高阁”者也。右军欲教子孙以敦厚退让，令举策数马，仿佛万石之风（见本传与谢万书）。而子猷之轻薄如此，即子敬亦不免有骄慢之失，致为郗愔、顾辟疆所愤怒（见简傲篇）。乃知自王、何清谈，嵇、阮作达，终晋之世，成为风气。虽名父不能化其子。而其习俗，往而不返。晋之所以为晋’亦可知矣。

〔二〕刘盼遂曰：“按四向长揖，犹袁绍之横揖也（魏志绍传注引献帝春秋）。今吾乡谓之撒网揖。王葵园校谓‘四向无解’，改作‘西向’，失之。”嘉锡案：“四向长揖”，今俗又谓之“罗圈揖”。

81　有人问袁侍中袁氏谱曰：“恪之字元祖，陈郡阳夏人。祖王孙，司徒从事中郎。父绝，临汝令。恪之仕黄门侍郎，义熙初为侍中。”曰：“殷仲堪何如韩康伯？”答曰：“理义所得，优劣乃复未辨；然门庭萧寂，居然有名士风流，殷不及韩。”故殷作诔云：“荆门昼掩，闲庭晏然。”

82　王子敬问谢公："嘉宾何如道季？"答曰："道季诚复钞撮清悟，嘉宾故自上。"〔一〕谓超拔也。

【笺疏】

〔一〕说文："钞，叉取也。""撮，四圭也。一曰两指撮也。"春秋序正义引刘向别录云："左丘明授曾申，申授吴起，起授其子期，期授楚人铎椒，铎椒作抄撮八卷，授虞卿。虞卿作抄撮九卷，授荀卿。荀卿授张苍。"嘉锡案：史记十二诸侯年表曰："鲁君子左丘明因孔子史记具论其语，成左氏春秋。铎椒为楚威王傅，为王不能尽观春秋，采取成败，卒四十章，为铎氏微。"然则铎椒书所以名抄撮，正谓采取春秋以著书耳。此云"钞撮清悟"，与续晋阳秋言王献之于文义能撮其胜会同意。言庾龢之谈名理，虽复采取群言，得其清悟，然不如郗超之自然超拔也。

83　王珣疾，临困，问王武冈曰：中兴书曰："谧字雅远，丞相导孙，车骑劭子。有才器，袭爵武冈侯，位至司徒。""世论以我家领军比谁？"武冈曰："世以比王北中郎。"东亭转卧向壁，叹曰："人固不可以无年！"〔一〕领军王洽，珣之父也。年二十六卒〔二〕。珣意以其父名德过坦之而无年，故致此论。

【笺疏】

〔一〕刘盼遂曰："按孝标指北中郎为王坦之。坦之学诣绩业，与安石齐名，洽非其比。借时人阿好，拟于不伦，珣亦宜欣然相领，不至有无年之叹。窃谓北中郎系指王舒。本传：'褚裒薨，遂代裒镇，除北中郎将。'考舒平生，庸庸无奇迹，正洽之媲，故时人得以相提并论。特人知王坦之之为北中郎者多，知舒之为北中郎者少，故孝标有此失耳。又南朝矜尚伐阅，拟人往往取其支属之中。此处不应独以太原王比琅邪也。”嘉锡案：刘说固亦有理，但舒即谧之族祖。使谧所指为舒，则第称为北中郎可矣，似不必加王字。孝标之注，恐不可易。姑存其说，以俟再考。

〔二〕程炎震云：“二十六应作三十六，辨见前。”

84　王孝伯道谢公“浓至”。又曰：“长史虚，刘尹秀，谢公融。”谓条畅也。

85　王孝伯问谢公：“林公何如右军？”谢曰：“右军胜林公，林公在司州前亦贵彻。”不言若羲之，而言胜胡之。

86　桓玄为太傅〔一〕，大会，朝臣毕集。坐裁竟，问王桢之曰：“我何如卿第七叔？”王氏谱曰：“桢之字公干，琅邪人，徽之子。历侍中、大司马长史。”第七叔，献之也。于时宾客为之咽气。王徐徐答曰：“亡叔是一时之标，公是千载之英。”一坐欢然。

【笺疏】

〔一〕程炎震云：“桓玄不为‘太傅’，当是‘太尉’之误，事在元兴元年。晋书桢之传作‘太尉’。”

87　桓玄问刘太常曰〔一〕：“我何如谢太傅？”〔二〕刘瑾集叙曰：“瑾字仲璋，南阳人。祖遐，父畅。畅娶王羲之女，生瑾。瑾有才力，历尚书、太常卿。”刘答曰：“公高，太傅深。”又曰：“何如贤舅子敬？”〔三〕答曰：“楂、梨、橘、柚，各有其美。”庄子曰："楂、梨、橘、柚，其味相反，皆可于口也。"

【笺疏】

〔一〕程炎震云："晋书九十九玄传：'玄为相国，楚王以平西长史刘瑾为尚书。'"嘉锡案：隋志有晋太常卿刘瑾集九卷。

〔二〕法书要录二梁中书侍郎虞龢论书表曰："谢灵运母刘氏，子敬之甥。故灵运能书，而特多王法。"嘉锡案：灵运母盖即刘畅之女也。

〔三〕嘉锡案：桓玄之为人，性耽文艺，酷爱书画，纯然名士家风，而又暴戾恣睢，有同狂狡。盖是杨广、赵佶一流人物，但彼皆帝王家儿，适承末运；而玄乃欲为开国之太祖，为可笑耳。其平生最得意者，尤在书法。今以法书要录考之，王僧虔论书云："桓玄书自比右军，议者未之许，云可比孔琳之。"虞龢论书表云："二王暮年，皆胜于少，同为终古之独绝，百代之楷式。桓玄耽玩，不能释手。乃撰二王纸迹，杂有缣素正行之尤美者，各为一帙，常置左右。及南奔，虽甚狼狈，犹以自随。擒获之后，莫知所在。"又云："子敬常笺与简文十许纸，题最后云：'民此书甚合，愿存之。'此书为桓玄所宝。"又云："谢奉起庙，悉用棐材。右军取棐，书之满床，奉收得一大箦。子敬后往，谢为说右军书甚佳，而密已削作数十棐板，请子敬书之，亦甚合。奉并珍录。奉后孙履，分半与桓玄，用履为扬州主簿。"庾肩吾书品：桓玄、敬道，品在中上。论曰："季琰（王珉字）、桓玄，筋力俱骏。"李嗣真后书品中中品云："桓玄如惊蛇入草，铦锋出匣。"窦臮述书赋云："敬道耽玩，锐思毫翰。依凭右军，志在凌乱。草狂逸而有度，正疏涩而犹惮。如浴鸟之畏人，等惊波之泛岸。"张怀瓘书断妙品云："桓玄尝慕小王，善于草法，譬之于马，则肉翅已就，兰筋初生，畜怒而驰，日可千里。洸洸赳赳，实亦武哉。非王之武臣，即世之刺客。列缺吐火，共工触山，尤刚健倜傥。夫水火之性，各有所长。火能外光，不能内照。水能内照，不能外光。若包五行之长，则可谓通矣。”按嗣真之意谓玄书虽佳，但嫌其过刚，而乏柔美之趣耳。综各书之言观之，玄赏鉴之精既如彼，毫素之工又如此。毕生景仰，惟在二王。结习既深，故屡以献之自比。其不上拟右军者，以永和胜流，沦丧都尽，无可发问故也。身为操、莽，而自命若斯，宁复有英雄之气乎？

88 旧以桓谦比殷仲文。中兴书曰：“谦字敬祖，冲第三子。尚书仆射、中军将军。”晋安帝纪曰：“仲文有器貌才思。”桓玄时，仲文入、桓于庭中望见之，谓同坐曰：“我家中军，那得及此也！”

规箴第十

1 汉武帝乳母尝于外犯事，帝欲申宪，乳母求救东方朔。汉书曰：“朔字曼倩，平原厌次人。”朔别传曰：“朔，南阳步广里人。”列仙传云：“朔是楚人。武帝时上书说便宜，拜郎中。宣帝初，弃官而去，共谓岁星也。”朔曰：“此非唇舌所争，尔必望济者，将去时但当屡顾帝，慎勿言！此或可万一冀耳。”乳母既至，朔亦侍侧，因谓曰：“汝痴耳！帝岂复忆汝乳哺时恩邪？”帝虽才雄心忍，亦深有情恋，乃凄然愍之，即敕免罪。史记滑稽传曰：“汉武帝少时，东武侯母尝养帝，后号大乳母。其子孙从奴，横暴长安中，当道夺人衣物。有司请徙乳母于边，奏可。乳母入辞。帝所幸倡郭舍人发言陈辞，虽不合大道，然令人主和说。乳母乃先见，为下泣。舍人曰：‘即入辞，勿去，数还顾。’乳母如其言。舍人疾言骂之曰：‘咄！老女子，何不疾行，陛下已壮矣，宁尚须乳母活邪？尚何还顾邪？’于是人主怜之。诏止毋徙，罚请者。”

2　京房与汉元帝共论，因问帝：“幽、厉之君何以亡？所任何人？”答曰：“其任人不忠。”房曰：“知不忠而任之，何邪？”曰：“亡国之君，各贤其臣，岂知不忠而任之？”房稽首曰：“将恐今之视古，亦犹后之视今也。”汉书曰：“京房字君明，东郡顿丘人。尤好锺律，知音声，以孝廉为郎。是时中书令石显专权，及友人五鹿充宗为尚书令，与房同经，论议相是非，而此二人用事，房尝宴见，问上曰：‘幽、厉之君何以亡？所任何人？’上曰：‘君亦不明，而臣巧佞。’房曰：‘知其巧佞而任之邪？将以为贤邪？’上曰：‘贤之。’房曰：‘然则今何以知其不贤？’上曰：‘以其时乱而君危知之。’房曰：‘是任贤而理，任不肖而乱，自然之道也。幽、厉何不觉悟而蚤纳贤？何为卒任不肖以至亡？’于是上曰：‘乱亡之君，各贤其臣。令皆觉悟，安得乱亡之君？’房曰：‘齐桓、二世何不以幽、厉疑之，而任竖刁、赵高，政治日乱邪？’上曰：‘唯有道者能以往知来耳。’房曰‘自陛下即位，盗贼不禁，刑人满市’云云，问上曰：‘今治也？乱也？’上曰：‘然愈于彼。’房曰：‘前二君皆然。臣恐后之视今，犹今之视前也。’上曰：‘今为乱者谁？’房曰：‘上所亲与图事帷幄中者。’房指谓石显及充宗。显等乃建言，宜试房以郡守，遂以房为东郡。显发其私事，坐弃市。”

【校文】

注“以房为东郡”　“东”，沈本作“魏”。

3　陈元方遭父丧，哭泣哀恸，躯体骨立。其母愍之，窃以锦被蒙上。郭林宗吊而见之，谓曰："卿海内之俊才，四方是则，如何当丧，锦被蒙上？孔子曰：'衣夫锦也，食夫稻也，于汝安乎？'论语曰："宰我问：'三年之丧，期已久矣。'子曰：'食夫稻，衣夫锦，于汝安乎？夫君子居丧，食旨不甘，闻乐不乐，居处不安，故不为也！今汝安，则为之。'"吾不取也！"奋衣而去〔一〕。自后宾客绝百所日〔二〕。所，一作许。

【笺疏】

〔一〕程炎震云："林宗之没，乃先于太丘二十馀年。范书、蔡集皆明著之，此之诬谤，可谓巨谬。"

〔二〕嘉锡案：此出语林，见御览五百六十一，文较略。又七百七引较详。而云"傅信字子思，遭父丧"云云。盖有两说。

4　孙休好射雉，至其时则晨去夕反。群臣莫不止谏："此为小物，何足甚耽？"休曰："虽为小物，耿介过人，朕所以好之。"〔一〕环济吴纪曰："休字子烈，吴大帝第六子。初封琅邪王，梦乘龙上天，顾不见尾。孙綝废少主，迎休立之。锐意典籍，欲毕览百家之事〔二〕。颇好射雉，至春，晨出莫反，唯此时舍书。崩，谥景皇帝。"条列吴事曰："休在位烝烝，无有遗事，唯射雉可讥。"〔三〕

【校文】

"莫不止谏"　唐本作"莫不上谏曰"。

注"吴大帝第六子"　唐本作"齐太皇帝第六子也"。

注"晨出莫反"　"莫"，唐本作"暮"。

注"无有遗事"　"无"，唐本作"少"。

注"唯射雉可讥"　唐本作"颇以射雉为讥云尔"。

【笺疏】

〔一〕嘉锡案：按吴志潘濬传注引江表传曰："权数射雉，濬谏权。权曰：'相与别后，时时暂出耳，不复如往日之时也。'濬出，见雉翳故在，手自撤坏之。权由是自绝，不复射雉。"今读世说及吴纪，知权父子皆有此好。但权闻义能徙，而休饰辞拒谏，以故贻讥当世。

〔二〕嘉锡案：今吴志孙休传言"休锐意典籍"云云，与吴纪同。且载休答张布曰："孤之涉学，群书略徧，所见不少。"又韦曜传言"休命曜依刘向故事，校定群书"，均可见休之好学。

〔三〕嘉锡案：初学记十一引有薛莹条列吴事。吴志薛综传注引干宝晋纪："武帝问莹孙皓之所以亡，吴士存亡者之贤愚。莹各以状对。"

5 孙皓问丞相陆凯曰："卿一宗在朝有几人？"陆曰："二相、五侯、将军十馀人。"皓曰："盛哉！"陆曰："君贤臣忠，国之盛也。父慈子孝，家之盛也。今政荒民弊，覆亡是惧，臣何敢言盛！"吴录曰："凯字敬风，吴人，丞相逊族子。忠鲠有大节，笃志好学。初为建忠校尉，虽有军事，手不释卷。累迁左丞相。时后主暴虐，凯正直强谏，以其宗族强盛，不敢加诛也。"

【校文】

"有几人"　唐本作"有人几"。

注"字敬风"下　唐本有"吴郡"二字。

注"不释卷"　"卷"，唐本作"书"。

注"不敢加诛也"　沈本"不"上有"故"字。

6 何晏、邓飏令管辂作卦，云："不知位至三公不?”卦成，辂称引古义，深以戒之。飏曰：“此老生之常谈。”辂别传曰：“辂字公明，平原人也。明周易，声发徐州。冀州刺史裴徽举秀才，谓曰：‘何、邓二尚书有经国才略，于物理无不精也〔一〕。何尚书神明清彻，殆破秋豪，君当慎之。自言不解易中九事，必当相问。比至洛，宜善精其理。’辂曰：‘若九事皆至义，不足劳思。若阴阳者，精之久矣。’辂至洛阳，果为何尚书问，九事皆明。何曰：‘君论阴阳，此世无双也。’时邓尚书在曰：‘此君善易，而语初不论易中辞义，何邪?’辂答曰：‘夫善易者，不论易也。’何尚书含笑赞之曰：‘可谓要言不烦也。’因谓辂曰：‘闻君非徒善论易，至于分蓍思爻，亦为神妙，试为作一卦，知位当至三公不?又顷梦青蝇数十来鼻头上，驱之不去，有何意故?’辂曰：‘鸱鸮，天下贱鸟也。及其在林食桑椹，则怀我好音。况辂心过草木，注情葵藿，敢不尽忠?唯察之尔。昔元、凯之相重华，宣慈惠和，仁义之至也。周公之翼成王，坐以待旦，敬慎之至也。故能流光六合，万国咸宁，然后据鼎足而登金铉，调阴阳而济兆民，此履道之休应，非卜筮之所明也。今君侯位重山岳，势若雷霆，望云赴景，万里驰风。而怀德者少，畏威者众，殆非小心翼翼，多福之士〔二〕。又鼻者，艮也，此天中之山，高而不危，所以长守贵也。今青蝇臭恶之物，而集之焉。位峻者颠，轻豪者亡，必至之分也。夫变化虽相生，极则有害。虚满虽相受，溢则有竭。圣人见阴阳之性，明存亡之理，损益以为衰，抑进以为退。是故山在地中曰谦，雷在天上曰大壮。谦则裒多益寡，大壮则非礼不履。伏愿君侯上寻文王六爻之旨，下思尼父彖象之义，则三公可决，青蝇可驱。’邓曰：‘此老生之常谈。’辂曰：‘夫老生者见不生，常谈者见不谈也。’”〔三〕晏曰：“知几其神乎！古人以为难。交疏吐诚，今人以为难。今君一面尽二难之道，可谓‘明德惟馨’。诗不云乎：‘中心藏之，何日忘之！’”〔四〕名士传曰：“是时曹爽辅政，识者虑有危机。晏有重名，与魏姻戚，内虽怀忧，而无复退也。著五言诗以言志曰：‘鸿鹄比翼游，群飞戏太清。常畏大网罗，忧祸一旦并。岂若集五湖，从流唼浮萍。永宁旷中怀，何为怵惕惊？’”盖因辂言，惧而赋诗。

【校文】

注“辂别传”　唐本与今本文字颇有不同，另录如下：辂别传曰：辂字公明，平原人也。八岁便好仰观星辰，得人辄问。及成人，果明周易，仰观风角占相之道，声发徐州，号曰“神童”。冀州刺史裴徽召补文学，一见清论终日，再见转为部钜鹿从事，三见转为治中，四见转为别驾。至十月，举为秀才。临辞，徽谓曰：“何、邓二尚书有经国才干，于物理不精也。何尚书神明清微，殆破秋豪，君当慎之。自言不解易中九，必当相问。比至洛，宜善精其理也。”辂曰：“若九事皆王义者，不足劳思也。若阴阳者，精之久矣。”辂至洛，果为何尚书所请，共论易九事，九事皆明。何曰：“君论阴阳，此世无双也。”时邓尚书在坐曰：“此君善易，而语初不及易中辞义，何耶？”辂寻声答曰：“夫善易者不论易。”何尚书含笑赞之曰：“可谓要言不烦也。”因谓辂曰：“闻君非徒善论易而已，至于分蓍思爻亦为神妙。试为作一卦，知位当至三公不？又项连青蝇数十头来鼻上，驱之不去，有何意故？”辂曰：“鸱鸮，天下贼鸟。及其在林食桑椹，则怀我好音。况辂心过草木，注情葵藿，敢不尽忠，唯之耳。昔元、凯之相重华，惠和仁义之至也。周公之翼成王，坐而待旦，敬慎之至也。故能流光六合，万国咸宁，然后据鼎足而登金，调阴阳而济兆民。此履道之休应，非卜筮之所明也。今君侯位重山岳，势若雷电，望云赴景，万里驰风，而怀德者少，畏威者众，殆非小心翼翼多福之士。又鼻者艮，此天中之山，高而不危，所以长守贵也。今青蝇，臭恶之物，集而之焉。位峻者颠，轻豪者亡，必至之分也。夫变化虽相生，极则有害；虚满虽相受，溢则有竭。圣人见阴阳之性，明存亡之理，损益以为衰，抑进以退，是故山在地中曰谦，雷在天上曰大壮。谦则裒多益寡，大壮则非礼不履。仲伏愿君侯上寻文王六爻之旨，下思尼父彖象之义，则三公可决，青蝇可驱。”邓尚书曰：“此老生之常谈。”辂曰：“夫老生者见不生，常谈者见不谈也。”

【笺疏】

〔一〕嘉锡案：“无不精也”，魏志本传注引无“无”字。

〔二〕嘉锡案：“位重山岳”，唐本“山”字似是后人所补。疑原本作“东”字。魏志本传作“山”。“多福之士”，传作“多福之仁”。

〔三〕嘉锡案：魏志注引辂别传皆与唐本合而加详。其与何晏问答，至“常谈者见不谈”，则已采入本传。但承祚有所删润，此其本文尔。

〔四〕嘉锡案：此出管辰所作辂别传，见魏志管辂传注。

7　晋武帝既不悟太子之愚，必有传后意。诸名臣亦多献直言。帝尝在陵云台上坐，卫瓘在侧，欲申其怀，因如醉跪帝前，以手抚床曰：“此坐可惜。”帝虽悟，因笑曰：“公醉邪？”晋阳秋曰：“初，惠帝之为太子，咸谓不能亲政事。卫瓘每欲陈启废之而未敢也。后因会醉，遂跪床前曰：‘臣欲有所启。’帝曰：‘公所欲言者，何邪？’瓘欲言而复止者三，因以手抚床曰：‘此坐可惜。’帝意乃悟，因谬曰：‘公真大醉也。’帝后悉召东宫官属大会，令左右赍尚书处事以示太子，令处决。太子不知所对。贾妃以问外人，代太子对，多引古词义。给使张弘曰：‘太子不学，陛下所知，宜以见事断，不宜引书也。’妃从之。弘具草奏，令太子书呈，帝大说，以示瓘。于是贾充语妃曰：‘卫瓘老奴，几败汝家。’妃由是怨瓘，后遂诛之。”

【校文】

“欲申其怀”　唐本“欲”下有“微”字。

注“晋阳秋”　唐本与今本文字不同，另录如下：晋阳秋曰：初，惠帝之为太子，朝廷百寮咸谓太子不能亲政事。卫瓘每欲陈启废之而未敢也。后因会醉，遂跪世祖床前曰：“臣欲有所启。”帝曰：“公所言何耶？”欲言而止者三，因以手抚床曰：“此坐可惜！”意乃悟，因谬曰：“公真大醉耶？”帝后悉召东宫官属大会，令左右赍尚书处事以示太子处决，太子不知所对。贾妃以问外，或代太子对，多引古义。给使张泓曰："太子不学，陛下所知，今宜以见事断，不宜引书也。"妃从之。泓具草，令太子书呈帝，帝读大悦，以示瓘。于是贾充语妃："卫瓘老奴，几破汝家！"妃由是怨瓘，后遂诛。嘉锡案：唐本所无之字，惟"奏"字是衍文，馀皆传写脱耳。

8　王夷甫妇郭泰宁女〔一〕，晋诸公赞曰："郭豫字太宁，太原人。仕至相国参军，知名。早卒。"才拙而性刚，聚敛无厌，干豫人事。夷甫患之而不能禁。时其乡人幽州刺史李阳，京都大侠，晋百官名曰："阳字景祖，高尚人〔二〕。武帝时为幽州刺史。"语林曰："阳性游侠，盛暑，一日诣数百家别，宾客与别，常填门，遂死于几下，故惧之。"犹汉之楼护，汉书游侠传曰："护字君卿，齐人。学经传，甚得名誉。母死，送葬车三千两。仕至天水太守。"郭氏惮之。夷甫骤谏之，乃曰："非但我言卿不可，李阳亦谓卿不可。"郭氏小为之损〔三〕。

【校文】

"干豫"　唐本"豫"作"预"。

注"高尚人"　唐本、景宋本及沈本作"高平人"。

注"故惧之"　唐本无。

注"学经传"　唐本作"学渊博"。

注"送葬车三千两"　唐本作"送葬者二三千两"。

"小为之损"　唐本作"为之小损"。

【笺疏】

〔一〕程炎震云："魏志二十六郭淮传注引晋诸公赞曰：'淮弟配，配子豫，女适王衍。'"

〔二〕李慈铭云："案晋无高尚县，二字有误。"程炎震云："高尚人宋本作高平。李阳云乡人，则当为并州人。然并州无高尚县，而高平国高平县别属兖州，恐皆有误字。"

〔三〕晋书王衍传曰："衍妻郭氏，贾后之亲，借中宫之势，刚愎贪戾。"嘉锡案：魏志郭淮传注引晋诸公赞曰："淮弟配，字仲南，裴秀、贾充皆配女婿。子豫，字泰宁，女配王衍。"然则衍妇之与贾后，中表女兄弟也。依倚其权势，是以衍虽患之，而不能禁。此事本出郭子，乃郭澄之所著。晋书文苑传称澄之太原阳曲人。盖即淮、配之后，故能知夷甫家门之事矣。又案：此出郭子，见御览四百九十二引，不全。

9　王夷甫雅尚玄远，常嫉其妇贪浊，口未尝言"钱"字。晋阳秋曰："夷甫善施舍，父时有假贷者，皆与焚券，未尝谋货利之事。"王隐晋书曰："夷甫求富贵得富贵，资财山积，用不能消，安须问钱乎？而世以不问为高，不亦惑乎！"妇欲试之，令婢以钱绕床，不得行。夷甫晨起，见钱阂行〔一〕，呼婢曰："举却阿堵物。"〔二〕

【校文】

"嫉"　唐本作"疾"。

"钱字"　唐本无"字"字。

注"焚券"　唐本作"之"。

"呼婢曰举却阿堵物"　唐本"呼"作"令"，无"曰""却"二字。

【笺疏】

〔一〕广雅释言："碍，阂也。"玉篇："阂，止也。与碍同。"

〔二〕程炎震云："沈涛铜熨斗斋随笔七云：'马永卿嬾真子曰："所谓阿

堵者，乃今所谓兀底也。王衍云去阿堵物，谓口不言去却钱，但云去却兀底耳。又如‘传神写照，正在阿堵中’，盖当时以手指眼，谓在兀底中耳。后人遂以钱为阿堵物，眼为阿堵中，皆非是。”涛案：此说阿堵字甚确。’王楙野客丛书亦云：‘阿堵，晋人方言，犹言这个耳。王衍当时指钱而为是言，非直以钱为阿堵也。’”容斋随笔卷四曰：“宁馨、阿堵，晋、宋间人语助耳。后人但见王衍指钱云‘举阿堵物却’，遂以阿堵为钱，殊不然也。顾长康画人物，不点目睛，曰：‘传神写照，正在阿堵中。’犹言此处也。”郝懿行晋宋书故曰：“阿堵音者，即今人言者箇。阿发语词，堵从者声，义得相通。说文云：‘者，别事词也。’故指其物而别之曰者箇。浅人不晓，书作这箇，不知这字音彦，以这为者，其谬甚矣。凡言者箇，随其所指，理俱可通。晋书王衍传：‘口未尝言钱。晨起见钱，谓婢曰：“举阿堵物却。”’谓钱也。世说巧艺篇顾长康曰：‘传神写照，正在阿堵中。’谓眼也。文学篇殷中军见佛经云：‘理亦应阿堵上。’谓经也。雅量篇注，谢安目卫士谓温曰：‘明公何用壁间著阿堵辈。’谓兵也。益知此语为晋代方言。今人读堵为睹音，则失之矣。”马永卿嬾真子录卷三曰：“古所谓阿堵者，乃今所谓兀底也。王衍曰‘去阿堵物’，谓口不言去却钱，但云去却兀底尔。如‘传神写照，正在阿堵中’，盖当时以手指眼，谓在兀底中尔。”嘉锡案：永卿述王衍语，作去阿堵物，且辩去字当音口举反，与诸书皆不同，未详其故。王若虚滹南诗话卷二曰：“阿堵者，谓阿底耳。”嘉锡案：此出郭子，见御览，与上文合为一条。

10　王平子年十四五，见王夷甫妻郭氏贪欲〔一〕，令婢路上儋粪。平子谏之，并言不可。郭大怒，谓平子曰：“昔夫人临终，以小郎嘱新妇，不以新妇嘱小郎！”永嘉流人名曰:“澄父乂,第三,娶乐安任氏女,生澄。”急捉衣裾,将与杖。平子饶力,争得脱,逾窗而走。

【校文】

“儋粪” 唐本“儋”作“檐”。

“并言不可” 唐本“言”下有“诸”字。

【笺疏】

〔一〕程炎震云:“衍长澄十三岁。”

11 元帝过江犹好酒,王茂弘与帝有旧,常流涕谏。帝许之,命酌酒一酣〔一〕,从是遂断。邓粲晋纪曰:“上身服俭约,以先时务。性素好酒,将渡江,王导深以谏,帝乃令左右进觞,饮而覆之〔二〕,自是遂不复饮。克己复礼,官修其方,而中兴之业隆焉。”

【校文】

“一酣” 唐本作“一唾”。

“遂断” 唐本无“遂”字。

注“渡江” “渡”,唐本作“度”。

注“深以谏” 唐本“谏”上有“戒”字,“谏”下无“帝”字。

注“遂不复饮” 唐本无“遂”字。

【笺疏】

〔一〕周祖谟云:“此条敬胤注:‘旧云酌酒一啯,因覆杯写地,遂断也。’唐写本‘一唾’,唾当即啯字之误。”

〔二〕程炎震云:“清一统志五十,建康志:‘覆杯池,在上元县北三里。晋元帝以酒废事,王导谏之,帝覆杯池中以为戒。因名。’”

12 谢鲲为豫章太守,从大将军下至石头。敦谓鲲曰：“余不得复为盛德之事矣。”〔一〕鲲曰：“何为其然？但使自今已后，日亡日去耳！”〔二〕鲲别传曰：“鲲之讽切雅正。”皆此类也。敦又称疾不朝，鲲谕敦曰：“近者，明公之举，虽欲大存社稷，然四海之内，实怀未达。若能朝天子，使群臣释然，万物之心于是乃服。仗民望以从众怀，尽冲退以奉主上，如斯，则勋侔一匡，名垂千载。”时人以为名言。晋阳秋曰：“鲲为豫章太守，王敦将肆逆，以鲲有时望，逼与俱行。既克京邑，将旋武昌，鲲曰：‘不就朝觐，鲲惧天下私议也。’敦曰：‘君能保无变乎？’对曰：‘鲲近日入觐，主上侧席，迟得见公，宫省穆然，必无不虞之虑。公若入朝，鲲请侍从。’敦曰：‘正复杀君等数百，何损于时？’遂不朝而去。”

【校文】

注“鲲有时望”　唐本“时”作“民”。

注“不就朝觐”　“就”，唐本作“敢”。

注“入觐”　唐本“入”下有“朝”字。

【笺疏】

〔一〕通鉴九十二注曰：“敦无君之心，形于言也。”

〔二〕程炎震云：“日亡，晋书作日忘，是。”通鉴注曰：“言日复一日，浸忘前事，则君臣猜嫌之迹亦日去耳。”

13　元皇帝时，廷尉张闿葛洪富民塘颂曰〔一〕：“闿字敬绪，丹阳人，张昭孙也。”〔二〕中兴书曰：“闿，晋陵内史，甚有威德。转至廷尉卿。”〔三〕在小市居，私作都门〔四〕，早闭晚开，群小患之。诣州府诉，不得理，遂至檛登闻鼓，犹不被判。闻贺司空出至破冈〔五〕，连名诣贺诉。贺循别传曰：“循字彦先，会稽山阴人。本姓庆，高祖纯，避汉帝讳，改为贺氏。父邵，吴中书令，以忠正见害。循少婴家祸，流放荒裔，吴平乃还。秉节高举，元帝为安东，王循为吴国内史。"〔六〕贺曰〔七〕："身被征作礼官〔八〕，不关此事。"群小叩头曰："若府君复不见治，便无所诉。"贺未语，令且去，见张廷尉当为及之。张闻，即毁门，自至方山迎贺。贺出见辞之曰〔九〕："此不必见关，但与君门情〔一〇〕，相为惜之。"张愧谢曰："小人有如此，始不即知，早已毁坏。"

【校文】

注"富民塘颂曰"　唐本"颂"下有"叙闿"二字。

注"中兴书曰闿晋陵内史"　唐本作"累迁侍陵内史"，疑当有脱误。

注"甚有威德"　唐本"德"作"惠"。

注"转至廷尉卿"　唐本作"转廷尉光禄大夫卒也"。

"槌"　唐本作"打"。

注"避汉帝讳"　唐本"汉"下有"安"字。

注"忠正"　唐本作"中正"。

注"秉节高举"　唐本作"秉节高厉举，动以"，"以"下有脱文。

注"安东王"　"王"，唐本作"上"，是也。

注"内史"　下唐本有"迁太常太傅，薨赠司空也"。

"贺出见辞之曰"　唐本"贺"下有"公之"二字，"见辞"作"辞见"。

【笺疏】

〔一〕李慈铭云："案晋书闿传：闿为昭之曾孙，补晋陵内史。立曲阿新丰塘，溉田八百馀顷，每岁丰稔。葛洪为其颂。即此所云'富民塘'者也。"

〔二〕程炎震云："晋书闿传云：'张昭曾孙。'"

〔三〕元和郡县志二十五曰："丹阳县新丰湖，在县东北三十里。晋元帝大兴四年，晋陵内史张闿所立。旧晋陵地广人稀，且少陂渠，田多恶秽。闿创湖，成灌溉之利。初以劳役免官，后追纪其功，超为大司农。”

〔四〕程炎震云：“晋书八十循传云：‘廷尉张闿住在小市，将夺左右近宅以广其居，乃私作都门。’于事明显。御览一百八十引丹阳记曰：‘张子布宅在淮水，面对瓦官寺门。’”

〔五〕程炎震云：“循传云：‘赠司空。’”

〔六〕李慈铭云：“案王当作上，元帝以琅邪王为安东将军，上循为吴国内史。见循本传。”

〔七〕唐本自“贺曰”提行另起，非是。

〔八〕李慈铭云：“案此云被征作礼官，是循改拜太常之日。今晋书循传叙此事在循起为元帝军谘祭酒之日，盖误。”程炎震云：“被征作礼官，当是建武、太兴间改拜太常时。晋书叙于元帝承制以为军谘祭酒时，非也。”

〔九〕嘉锡案：“贺出见辞之曰”，唐写本作“贺公之出辞见之曰”，“公之”二字当是衍文。“出辞见之”者，以群小诉词示闿也。今本“辞见”二字误倒。

〔一〇〕李慈铭云：“案循祖齐为吴将军，与张昭交善，故云门情。”

14　郗太尉晚节好谈〔一〕，既雅非所经，而甚矜之。中兴书曰：“鉴少好学博览，虽不及章句，而多所通综。”后朝觐，以王丞相末年多可恨，每见，必欲苦相规诫。王公知其意，每引作它言。临还镇，故命驾诣丞相。丞相翘须厉色，上坐便言：“方当乖别，必欲言其所见。”意满口重，辞殊不流。王公摄其次曰：“后面未期，亦欲尽所怀，愿公勿复谈。”〔二〕郗遂大瞋，冰衿而出〔三〕，不得一言。

【校文】

注“博览”下　唐本有“群书”二字。又“虽不及章句”，唐本作“学虽不章句”。

“丞相翘须厉色”　唐本及沈本无“丞相”二字。“翘须”，唐本作“翘鬓”。

“乖别”　唐本作“永别”。

“不流”　唐本作“不溜”。

“冰衿”　唐本作“冰矜”。

【笺疏】

〔一〕程炎震云：“郗鉴以咸和四年三月为司空，犹镇京口。”

〔二〕程炎震云：“陶侃、庾亮先后欲起兵废导，皆以鉴不许而止。导乃拒谏如是，信乎其愦愦乎。”

〔三〕嘉锡案：“冰衿”不可解，余初疑“冰”字为“砯”字之误。乃观唐写本，则作“冰矜”，点画甚分明，其疑始解。盖郗公不善言辞，故瞋怒之馀，惟觉其颜色冷若冰霜，而有矜奋之容也。陈仅扪烛脞存十二谓“冰衿谓涕泗沾衿”，未是。

15　王丞相为扬州〔一〕，遣八部从事之职〔二〕。顾和时为下传还〔三〕，同时俱见。诸从事各奏二千石官长得失，至和独无言。王问顾曰：“卿何所闻？”答曰：“明公作辅，宁使网漏吞舟，何缘采听风闻〔四〕，以为察察之政？”丞相咨嗟称佳，诸从事自视缺然也。

【笺疏】

〔一〕程炎震云：“晋志州所领郡各置部从事一人。元帝时，扬州当领十郡。一丹阳，二宣城，三吴，四吴兴，五会稽，六东阳，七新安，八临海，九义兴，十晋陵也。通鉴卷九十太兴元年胡注，不数义兴、晋陵。”

〔二〕通鉴九十注曰：“扬州时统丹阳、会稽、吴、吴兴、宣城、东阳、临海、新安八郡”，故分遣部从事八人。程炎震云“之职，晋书和传作之部，是。”

〔三〕程炎震云：“通典三十二：‘别驾从事史一人，从刺史行部，别乘传车。’此云‘下传’，盖和但以从事随部从事之部，如别驾从刺史，别乘传车，故云‘下传’。炎震案：晋制，从事、部从事，各职。”

〔四〕因树屋书影七曰：“按‘风闻’二字始此。”嘉锡案：汉书南粤王赵佗传曰：“佗上书皇帝，又风闻老夫父母坟墓已坏削，兄弟宗族已诛论。”注师古曰：“风闻，闻风声。”文选四十沈休文奏弹王源曰：“风闻东海王源嫁女与富阳满氏。”李善注即引尉佗语为证。可见二字始于汉书，不始于世说。史记南越尉佗传作“遥闻”，词亦不同。

16 苏峻东征沈充，晋阳秋曰：“充字士居，吴兴人。少好兵，谄事王敦。敦克京邑，以充为车骑将军，领吴国内史。明帝伐王敦，充率众就王含，谓其妻曰：‘男儿不建豹尾，不复归矣！’敦死，充将吴儒斩首于京都。”请吏部郎陆迈与俱。陆碑曰：“迈字功高，吴郡人。器识清敏，风检澄峻。累迁振威太守、尚书吏部郎。”将至吴，密敕左右，令入阊门放火以示威。陆知其意，谓峻曰：“吴治平未久，必将有乱。若为乱阶，请从我家始。”峻遂止。

【校文】

注“充将吴儒斩首于京师” 沈本“于”作“送”，是也。唐本作“使苏峻讨充，充将吴儒斩送充首”。

注“功高” 唐本，沈本“功”作“公”。

注“振威太守” 唐本作“振威长史”。

“密敕左右” 唐本及沈本“密”上皆有“峻”字。

“请从我家始” 唐本“请”作“可”。

17 陆玩拜司空〔一〕，玩别传曰：“是时王导、郗鉴、庾亮相继薨殂，朝野忧惧，以玩德望，乃拜司空。玩辞让不获，乃叹息谓朋友曰：‘以我为三公，是天下无人矣。’时人以为知言。”〔二〕有人诣之，索美酒，得，便自起，泻箸梁柱间地，祝曰：“当今乏才，以尔为柱石之用，莫倾人栋梁。”玩笑曰：“戢卿良箴。”

【校文】

注“以玩德望，乃拜司空” 唐本作“以玩有德望，乃拜为司空”。

注“辞让不获，乃叹息谓朋友曰” 唐本“获”下有“免既拜”三字，“朋友”作“宾客”。

“泻” 唐本作“写”。

“柱石之用” 唐本作“柱石之臣”。

【笺疏】

〔一〕程炎震云：“咸康六年正月，陆玩为司空。”

〔二〕嘉锡案：书钞五十二引晋中兴书，略同别传。且言玩虽居公辅，谦虚不辟掾属。然则玩非贪荣干进者也。或人之讥，盖狂诞之积习耳。

18 小庾在荆州，公朝大会，问诸僚佐曰：“我欲为汉高、魏武何如？”翼别见。宋明帝文章志曰：“庾翼名辈，岂应狂狷如此哉？时若有斯言，亦传闻者之谬矣。”一坐莫答，长史江虨曰：

"愿明公为桓、文之事，不愿作汉高、魏武也。"

【校文】

注"时若有斯言亦传闻者之谬矣"　唐本作"诸有若此之言，斯传闻之谬矣"。景宋本及沈本无"时"字。

19　罗君章为桓宣武从事，含别传曰："刺史庾亮初命含为部从事，桓温临州，转参军。"谢镇西作江夏，往检校之〔一〕。中兴书曰："尚为建武将军、江夏相。"罗既至，初不问郡事；径就谢数日，饮酒而还。桓公问有何事，君章云："不审公谓谢尚何似人。"桓公曰："仁祖是胜我许人。"君章云："岂有胜公人而行非者，故一无所问。"桓公奇其意而不责也。

【校文】

注"转参军"　唐本作"转为参军也"。

"谢尚何似人"　唐本"谢尚"下有"是"字。

【笺疏】

〔一〕程炎震云："案晋书七十九谢尚传：尚为江夏相时，庾翼以安西将军镇武昌，在咸康之间。至建元二年，庾冰薨时，已迁江州刺史。温以永和元年代翼为荆州，尚已去江夏矣。晋书八十二含传与此同。盖皆误以庾翼为桓温也。又案刺史庾亮以含为部从事，晋书含传亦同。惟御览引罗含别传作庾廙，廙即翼之误文，知是稚恭，非元规也。"

20　王右军与王敬仁、许玄度并善。二人亡后，右军为论议更克〔一〕。孔岩诫之曰："明府昔与王、许周旋有情[二]，及逝没之后，无慎终之好，民所不取。”右军甚愧。

【校文】

“孔岩” 唐本作“孔严”。

【笺疏】

〔一〕程炎震云：“观此知许询先右军卒。严可均全晋文一百三十五谓询咸安中征士，误。”

〔二〕李慈铭云：“案右军为会稽内史，孔山阴人，故称王为明府。”

21 谢中郎在寿春败，临奔走，犹求玉帖镫。太傅在军，前后初无损益之言。尔日犹云：“当今岂须烦此？”按万未死之前，安犹未仕。高卧东山，又何肯轻入军旅邪？世说此言，迂谬已甚。

【校文】

注“迂谬” 唐写本作“迕谬”。

22 王大语东亭：“卿乃复论成不恶[一]，那得与僧弥戏！”续晋阳秋曰：“珉有俊才，与兄珣并有名，声出珣右。故时人为之语曰：‘法护非不佳，僧弥难为兄。’”[二]

【校文】

“论成” 唐本作“伦伍”。

注“并有名，声出珣右” 唐本、景宋本及沈本“名”下俱有“而”字。

【笺疏】

〔一〕李慈铭云：“案‘论成不恶’四字，当有误。或云：论成者，谓时人‘法护非不佳，僧弥难为兄’之语。珣劣于珉，世论已成也。”

〔二〕嘉锡案：唐本与上文连为一条，非是。

23　殷觊病困。看人政见半面。殷荆州兴晋阳之甲，春秋公羊传曰："晋赵鞅取晋阳之甲，以逐荀寅、士吉射，寅、吉射者，君侧之恶人。"往与觊别，涕零，属以消息所患。觊答曰："我病自当差，正忧汝患耳！"晋安帝纪曰："殷仲堪举兵，觊弗与同，且以己居小任，唯当守局而已；晋阳之事，非所宜豫也。仲堪每邀之，觊辄曰：'吾进不敢同，退不敢异。'遂以忧卒。"〔一〕

【校文】

注"士吉射寅"　唐本"射"下有"荀"字，"寅"下有"士"字。

注"非所宜豫也"　"豫"，唐本作"预"。

【笺疏】

〔一〕李慈铭云："案晋书'殷觊'作'殷颢'。颢传：颢谓仲堪曰：'我病不过身死，但汝病在灭门。幸熟为虑，勿以我为念也。'语较明显而伉直。"嘉锡案：本书德行篇称："殷仲堪谋夺觊南蛮校尉，觊晓其旨，尝因行散，便不复还。"行散者，服寒食散后，当行步劳动，以行其药气也。巢氏诸病源候论六寒食散发候篇引皇甫谧论，其略云：寒食药者，御之至难，将之甚苦。服药之后，宜烦劳，不能行者，扶起行之。常当寒衣、寒饮、寒食、寒卧，极寒益善。又当数冷食，无昼夜，一日可六七食。药虽良，令人气力兼倍，然甚难将息。大要在能善消息节度，专心候察，不可失意，当绝人事。其失节度者，或两目欲脱，坐犯热在肝，速下之，将冷自止。或眩冒欲蹶，坐衣裳犯热，宜科头冷洗之。或目痛如刺，坐热气冲肝，上奔两眼故也。或寒热累月，张口大呼，眼视高，精候不与人相当。或瞑无所见，坐饮食居处温故也。或苦头眩目疼，不用食，由食及犯热，心膈有澼故也，可下之。由是观之，则殷觊之病困，正坐因小病而误服寒食散至热之药，又违失节度，饮食起居，未能如法，以致诸病发动，至于困剧耳。凡散发之病，巢氏所引皇甫谧语列举诸症，多至五十馀条。今虽不知觊病为何等，而其看人政见半面，明系热气冲肝，上奔两眼，晕眩之极，遂尔瞑瞑漠漠，目光欲散，视瞻无准，精候不与人相当也。散发至此，病已沈重。甚者用冷水百馀石不解。晋司空裴秀即以此死。觊既病困，益以忧惧，固宜其死耳。

24 远公在庐山中，豫章旧志曰："庐俗字君孝〔一〕，本姓匡，夏禹苗裔〔二〕，东野王之子。秦末，百越君长与吴芮助汉定天下，野王亡军中。汉八年，封俗鄡阳男〔三〕，食邑兹部，印曰庐君〔四〕。俗兄弟七人，皆好道术，遂寓于洞庭之山〔五〕，故世谓庐山。孝武元封五年，南巡狩，浮江，亲睹神灵，乃封俗为大明公，四时秩祭焉。"远法师庐山记曰："山在江州寻阳郡，左挟彭泽，右傍通川，有匡俗先生，出自殷、周之际，遁世隐时，潜居其下。或云：匡俗受道于仙人，而共游其岭，遂托室崖岫，即岩成馆，故时人谓为神仙之庐而命焉。"法师游山记曰："自托此山二十三载，再践石门，四游南岭，东望香炉峰，北眺九江。传闻有石井方湖，中有赤鳞踊出，野人不能叙，直叹其奇而已矣。"〔六〕虽老，讲论不辍。弟子中或有堕者〔七〕，远公曰："桑榆之光，理无远照；但愿朝阳之晖，与时并明耳。"执经登坐，讽诵朗畅，词色甚苦。高足之徒，皆肃然增敬。

【校文】

注"食邑兹部，印曰庐君"　唐本作"食邑滋部，号曰越卢君"。

注"遂寓于洞庭之山"　唐本"寓"下有"爽"字。

注"四游南岭"　"四"，唐本作"西"。

注“踊出”　“踊”，唐本作“涌”。

“有堕者”　“堕”，唐本作“惰”。

【笺疏】

〔一〕李慈铭云:“案‘君孝’续汉书郡国志作‘匡俗字君平’。”

〔二〕嘉锡案：水经注三十九引豫章旧志，庐俗名字，与此注同。陈舜俞庐山记一曰:“豫章旧记云：‘匡裕字君平，夏禹之苗裔也。或曰字君孝。’”疑舜俞参用续汉志注及此注为之，未必见原书也。

〔三〕嘉锡案：山谷外集注九引作“鄡阳”，与水经注合，当据改。

〔四〕水经注作“汉封俗于鄡阳，曰越卢君”。

〔五〕御览四十一引庐山记作“遂寓精爽于洞庭之山”。

〔六〕高僧传六慧远传曰:“后随安公，南逝樊、沔。伪秦建元九年，秦将苻丕寇并襄阳，道安为朱序所拘，不能得去，乃分张徒众，各随所之。远于是与弟子数十人南适荆州，住上明寺。后欲往罗浮山。及届浔阳，见庐峰清静，足以息心，始住龙泉精舍。刺史桓伊为远复于山东更立房殿，即东林是也。远创立精舍，洞尽山美，却负香炉之峰，傍带瀑布之壑。仍石叠基，即松栽构，清泉环阶，白云满室。复于寺内别置禅林，森树烟凝，石径苔合。凡在瞻履，皆神清而气肃焉。”

〔七〕李慈铭云:“案‘堕’当作‘惰’。”

25　桓南郡好猎〔一〕，每田狩，车骑甚盛。五六十里中，旍旗蔽隰。骋良马，驰击若飞，双甄所指〔二〕，不避陵壑。或行陈不整，麏兔腾逸，参佐无不被系束。桓道恭，玄之族也，桓氏谱曰:“道恭字祖猷，彝同堂弟也。父赤之，太学博士。道恭历淮南太守、伪楚江夏相〔三〕。义熙初，伏诛。”时为贼曹参军，颇敢直言。常自带绛绵绳箸腰中，玄问："此何为？"答曰："公猎，好缚人士，会当被缚，手不能堪芒也。"玄自此小差。

【校文】

"玄问此何为"　唐本"问"下有"用"字。

【笺疏】

〔一〕渚宫旧事五云："玄常作龙山猎诗，其序云：'故老相传，天旱猎龙山，辄得雨。因时之旱，宵往畋之。'其假仁狗欲如此。"

〔二〕程炎震云："晋书五十八周访传：'访系杜曾，使将军李桓督左甄，许朝督右甄。'音义：'甄，音坚。'左传文十一年杜注：'将猎，张两甄。'通鉴九十建武元年胡注曰：'盖晋人以左右翼为左右甄。'"

〔三〕李慈铭云："案桓道恭别无所见。但以时代论之：彝者，玄之祖，道恭安得为彝之同堂弟？疑此注字下有脱文。当是道恭之祖名猷，为彝同堂弟耳。'江夏相'，晋书桓玄传作'江夏太守'。"

26　王绪、王国宝相为唇齿〔一〕，并上下权要。王氏谱曰："绪字仲业，太原人。祖延。父乂，抚军。"晋安帝纪曰："绪为会稽王从事中郎，以佞邪亲幸。王珣、王恭恶国宝与绪乱政，与殷仲堪克期同举，内匡朝廷。及恭表至，乃斩绪以说诸侯。国宝，平北将军坦之第三子。太傅谢安，国宝妇父也，恶而抑之不用。安薨，相王辅政，迁中书令，有妾数百。从弟绪有宠于王，深为其说，国宝权动内外，王珣、王恭、殷仲堪为孝武所待，不为相王所眄。恭抗表讨之，车胤又争之。会稽王既不能拒诸侯兵，遂委罪国宝，付廷尉赐死。"王大不平其如此，乃谓绪曰："汝为此欻欻，曾不虑狱吏之为贵乎？"史记曰："有上书

告汉丞相欲反，文帝下之廷尉。勃既出叹曰：'吾尝将百万之军，安知狱吏之为贵也？'"〔二〕

【校文】

"上下"　唐本作"弄"，是也。"弄"俗作"卡"。

注"王氏谱"　唐本与今本文字不同，另录如下：王氏谱曰：绪字仲业，太原人。祖延早终，父乂抚军。晋安帝纪曰："绪为会稽王从事中郎，以佞邪亲幸，间王珣、王恭于王。王恭恶国宝与绪乱政，与殷仲堪克期同举，内匡朝廷。及恭至，乃斩绪于市，以说于诸侯。"国宝别传曰："国宝字国宝，平北将军坦之第三子也。少不修士业，进趣当世。太傅谢安，国宝妇父也，恶其为人，每抑而不用。会稽王妃，国宝从妹也，由是得与王早游，间安于王。安薨，相王辅政，超迁侍中、中书令，而贪恣声色，妓妾以百数，坐事免官。国宝虽为相王所重，既未为孝武所亲，及上览万机，乃自进于上，上甚爱之。俄而上崩，政由宰辅。国宝从弟绪有宠于王，深为其说，王忿其去就，未之纳也。绪说渐行，迁左仆射、领吏部、丹阳尹，以东宫兵配之。国宝既得志，权震外内，王珣、恭、殷仲堪并为孝武所待，不为相王所昵。国宝深惮疾之。仲堪、王恭疾其乱政，抗表讨之。国宝惧之，不知所为，乃求计于王珣。珣曰：'殷、王与卿素无深雠，所竞不过势利之间耳。若放兵权，必无大祸。'国宝曰：'将不为曹爽乎？'珣曰：'是何言与！卿宁有曹爽之罪，殷、王，宣王之畴耶？'车胤又劝之，国宝尤惧，遂解职。会稽王既不能距诸侯之兵，遂委罪国宝，收付廷尉赐死也。"

【笺疏】

〔一〕魏书僭晋司马叡传曰："道子以王绪为辅国将军，琅邪内史，辄并石头之兵，屯于建业。绪犹领其从事中郎，居中用事，宠幸当政。"

〔二〕嘉锡案：晋书王珣传云："恭起兵，国宝将杀珣等，仅而得免。语在国宝传。"及考国宝传，亦仅云："反，问计于珣，珣劝国宝放兵权以迎恭。国宝信之。语在珣传。”竟不知珣所说者为何等语，惟通鉴卷一百九有之，疑即本之孝标注所引国宝别传，而今本竟为晏元献辈奋笔删去。又车胤与珣同时劝国宝事，见国宝传。乃改劝之为争之，不知向谁争之，所争者又何事也。以此推之，全书中之遗文佚事，因其删改而失真者多矣。乃知刻书而书亡，在两宋已如此，不得专罪明人也。篇末所引史记，刊削太甚。不见狱吏之所以为贵，亦失古人引书之意。总之，谬妄而已矣。

27　桓玄欲以谢太傅宅为营〔一〕，谢混曰：“召伯之仁，犹惠及甘棠；韩诗外传曰：“昔周道之隆，召伯在朝，有司请召民。召伯曰：‘以一身劳百姓，非吾先君文王之志也。’乃暴处于棠下而听讼焉。诗人见召伯休息之棠，美而歌之曰：‘蔽芾甘棠，勿翦勿伐，召伯所茇。’”文靖之德，更不保五亩之宅。”玄惭而止。

【校文】

注“暴处于棠下”　唐本作“曝处于棠树之下”。

注“休息之棠”　唐本“休”上有“所”字，“棠”作“树”。

【笺疏】

〔一〕景定建康志四十二引旧志云：“谢安宅在乌衣巷骠骑航之侧，乃秦淮南岸，谢万居之北。”

捷悟第十一

1　杨德祖为魏武主簿，时作相国门，始构榱桷，魏武自出看，使人题门作“活”字，便去。杨见，即令坏之。既竟，曰：“门中‘活’，‘阔’字。王正嫌门大也。”文士传曰：“杨脩字德祖，弘农人，太尉彪子。少有才学思干。魏武为丞相，辟为主簿。脩常白事，知必有反覆教，豫为答对数纸，以次牒之而行。敕守者曰：‘向白事，必教出相反覆，若按此次第连答之。’已而风吹纸次乱，守者不别，而遂错误。公怒推问，脩惭惧，然以所白甚有理，终亦是脩。后为武帝所诛。”〔一〕

【校文】

注“思干”下　唐本有“早知名”三字。

注“必教出相反覆”　唐本作“必有教出相反覆”。

注“修惭惧”下 唐本作“以实对，然所白甚有理。初虽见怪，事亦终是，修之才解皆此类矣。为武帝所诛”。

【笺疏】

〔一〕嘉锡案：魏志陈思王传注引世语曰：“脩为植所友，每当就植，虑事有关，忖度太祖意，豫作答教十馀条，敕门下：教出以次答。教才出，答已入。太祖怪其捷，推问始泄。”与此风吹纸乱之说不同。文选集注七十九答临淄侯笺注引典略云：“杨脩字德祖，少谦恭有才学，早流奇誉。魏武为丞相，转主簿，军国之事皆预焉。脩思谋深长，常预为答教，故猜而恶焉。初临淄侯植有代嫡之议，脩厚自委昵，深为植所钦重。太子亦爱其才。武帝虑脩多谲，恐终为祸乱，又以袁氏之甥，遂因事诛之。”此与魏志陈思王传注所引详略不同。范书杨彪传即本之世语及典略。故具录之，以见德祖之始末云。

2　人饷魏武一杯酪，魏武噉少许，盖头上题“合”字以示众。众莫能解。次至杨脩，脩便噉，曰：“公教人噉一口也，复何疑？”

3　魏武尝过曹娥碑下，杨脩从，碑背上见题作“黄绢幼妇，外孙齑臼”八字。魏武谓脩曰：“解不？”答曰：“解。”魏武曰：“卿未可言，待我思之。”行三十里，魏武乃曰：“吾已得。”令脩别记所知。脩曰：“黄绢，色丝也，于字为绝。幼妇，少女也，于字为妙。外孙，女子也，于字为好。齑臼，受辛也，于字为辞。所谓‘绝妙好辞’也。”魏武亦记之，与脩同，乃叹曰：“我才不及卿，乃觉三十里。”〔一〕会稽典录曰：“孝女曹娥者，上虞人。父盱，能抚节按歌，婆娑乐神。汉安二年，迎伍君神，溯涛而上，为水所淹，不得其尸。娥年十四，号慕思盱，乃投瓜于江〔二〕，存其父尸曰〔三〕：‘父在此，瓜当沈。’旬有七日，瓜偶沈，遂自投于江而死。县长度尚悲怜其义，为之改葬，命其弟子邯郸子礼为之作碑。”按曹娥碑在会稽中。而魏武、杨脩未尝过江也。异苑曰：“陈留蔡邕避难过吴，读碑文，以为诗人之作，无诡妄也。因刻石旁作八字。魏武见而不能了，以问群寮，莫有解者。有妇人浣于汾渚，曰：‘第四车解。’既而，祢正平也。衡即以离合义解之。或谓此妇人即娥灵也。”〔四〕

【校文】

“魏武谓脩曰解不”　唐本“曰”下有“卿”字。又两“辞”字，唐本俱作辤。

注“按歌”　唐本作“安歌”。

注“投瓜”　及下文“瓜”字 唐本俱作“衣”。

注“存其父尸”　“存”，沈本作“祝”。

【笺疏】

〔一〕“乃觉”，山谷外集注十五引“觉”作“较”。方以智通雅卷三曰：“晋语‘有秦客廋辞于朝’，注：‘廋，隐也。’汉志有隐书十八篇。吕览审应篇：‘成公贾之讔喻。’高注曰：‘讔语。’刘勰曰：‘讔者，隐也。”孔融作离合诗，曹娥碑阴八字，参同契后序与越绝书隐袁康、吴平，皆后汉人伎俩也。智按：曹娥上虞人。旧说曹孟德不及杨脩三十里，孙权霸越，曹何以至？因杨脩知鸡肋而附会耳。”吴承仕曰：“觉三十里”，觉读为校。后云“东亭一人常在前，觉数十步”，亦同。嘉锡案：此出语林，见雕玉集聪慧篇引。

〔二〕后汉书列女传注曰：“娥投衣于水，祝曰：‘父尸所在当沈。’衣字或作瓜，见项原列女传。”然则此书唐、宋本各有所据。但以理度之，作“衣”为是。

〔三〕程炎震云：“宋本‘存’作‘祝’。”

〔四〕嘉锡案：蔡邕题字，实有其事，见后汉书注引会稽典录。至于杨脩、祢衡之事，则皆妄也。

4　魏武征袁本初，治装，馀有数十斛竹片，咸长数寸，众云并不堪用，正令烧除。太祖思所以用之，谓可为竹椑楯，而未显其言。驰使问主簿杨德祖。应声答之，与帝心同。众伏其辩悟。

【校文】

“众云并不堪用”　唐本作“众并谓不堪用”。

“太祖思所以用之”　唐本“太祖”下有“甚惜”二字。

“竹椑楯”　“椑”，唐本作“椑”。

“应声答之，与帝心同”　唐本作“应声答，与帝同”。

5　王敦引军垂至大桁，明帝自出中堂。温峤为丹阳尹，帝令断大桁，故未断，帝大怒，瞋目，左右莫不悚惧〔一〕。按晋阳秋、邓纪皆云：敦将至，峤烧朱雀桥以阻其兵。而云未断大桁，致帝怒，大为讹谬。一本云“帝自劝峤入”，一本作“噉饮帝怒”，此则近也〔二〕。召诸公来。峤至不谢，但求酒炙。王导须臾至，徒跣下地，谢曰：“天威在颜，遂使温峤不容得谢。”峤于是下谢，帝乃释然。诸公共叹王机悟名言。

【校文】

注“邓纪”　唐本作“邓粲晋纪”。

注“阻其兵”　唐本“兵”下有“势”字。

注“一本作噉”　唐本无。

“不容”　唐本无“容”字。

【笺疏】

〔一〕建康实录七云：“成帝咸康二年，更作朱雀门，新立朱雀浮航。航在县城东南四里，对朱雀门，南度淮水，亦名朱雀桥。’注云：“案地志：本吴南津大吴桥也。王敦作乱，温峤烧绝之，遂权以浮航往来。至是，始议用杜预河桥法作之，长九十步，广六丈，冬夏随水高下也。”景定建康志十六引旧志云：“镇淮桥在今府城南门里。即古朱雀航所。”嘉锡案：据孝标注及建康实录，则明帝时温峤所烧者是朱雀桥，而非浮航。敬胤注引丹阳记云“太元中，骠骑府立东桁，改朱雀为大桁”，则大桁之名，非明帝时所有。世说盖事后追纪之词耳。敬胤注征引甚详，在考异中，兹不备引。

〔二〕程炎震云：“晋书六十七峤传云：峤烧朱雀桥以挫其锋。帝怒之，峤曰：‘今宿卫寡弱，征兵未至，若贼豕突，危及社稷，陛下何惜一桥？’盖同孙、邓。”

6　郗司空在北府，桓宣武恶其居兵权。南徐州记曰：“徐州人多劲悍，号精兵，故桓温常曰：“京口酒可饮，箕可用，兵可使。’”

郗于事机素暗，遣笺诣桓："方欲共奖王室，修复园陵。"世子嘉宾出行，于道上闻信至，急取笺，视竟，寸寸毁裂，便回。还更作笺，自陈老病，不堪人间，欲乞闲地自养。宣武得笺大喜，即诏转公督五郡，会稽太守〔一〕。晋阳秋曰："大司马将讨慕容暐，表求申劝平北愔及袁真等严办。愔以羸疾求退，诏大司马领愔所任。"按中兴书：愔辞此行，温责其不从，转授会稽。世说为谬。

【校文】

注"徐州人多劲悍，号精兵"　唐本作"徐州民劲悍，号曰精兵"。

"急取笺视竟"　唐本"视"下重一"视"字。

注"表求申劝平北愔"云云　唐本作"表求勒平北将军愔及袁真等严办。愔以羸疾不堪戎行，自表求退。听之。诏大司马领愔所任，授愔冠军将军，会稽内史。按中兴书，愔辞此行，温责其不从处分，转授会稽。疑世说为谬者"。

【笺疏】

〔一〕程炎震云："太和二年九月，郗愔为徐州刺史。四年，转会稽。"又云："晋书六十七愔传云：用其子超计，以己非将帅才，不堪军旅，又固辞，解职。通鉴一百二则用此文。"

7　王东亭作宣武主簿，尝春月与石头兄弟乘马出郊。时彦同游者，连镳俱进。石头，桓遐小字〔一〕。中兴书曰："遐字伯道，温长子也。仕至豫州刺史。"唯东亭一人常在前，觉数十步〔二〕，诸人莫之解。石头等既疲倦，俄而乘舆回，诸人皆似从官，唯东亭奕奕在前。其悟捷如此。

【校文】

"郊"下　唐本有"野"字。

注两"遐"字　唐本俱作"熙"。

"悟捷"　唐本作"悟摄"。

【笺疏】

〔一〕嘉锡案：晋书桓温传，温六子：熙、济、歆、祎、伟、玄。熙字伯道。未有名遐者。自宋本世说误作遐，诸本并从之，莫有知其误者矣。唐写本作熙，不误。

〔二〕程炎震云："锺山札记三曰：'觉有与校义音义并同。诗"定之方中"，正义引郑志云："今就校人职，相觉有异趣。"赵岐孟子注"中也养不中"章："如此贤不肖相觉，何能分寸？"又"富岁子弟多赖"章："圣人亦人耳，其相觉者，以心知耳。"续汉书律历志中："至元和二年，太初失天益远，日月宿度，相觉浸多。"晋书傅玄传："古以百步为亩，今以二百四十步为亩。所觉过倍。"宋书天文志："斗二十一，井二十五，南北相觉，四十八度。"凡此皆以觉为校也。后人有不得其义而致疑者，更或辄改他字，故为详证之。'炎震曰：卢说是也。此觉数十步亦是校数十步。"

夙惠第十二

1　宾客诣陈太丘宿，太丘使元方、季方炊。客与太丘论议，二人进火，俱委而窃听。炊忘箸箄〔一〕，饭落釜中。太丘问："炊何不馏？"〔二〕元方、季方长跪曰："大人与客语，乃俱窃听，炊忘箸箄，饭今成糜。"太丘曰："尔颇有所识不？"对曰："仿佛志之。"二子俱说，更相

易夺，言无遗失。太丘曰："如此，但糜自可，何必饭也？"〔三〕

【校文】

"夙惠"　唐本作"夙慧"。

"志"　唐本作"记"。

"二子"　下唐本有"长跪"二字。

【笺疏】

〔一〕李慈铭云："案说文'箄，蔽也，所以蔽甑底'，甑者，蒸饭之器。考工记'陶人为甑七穿'，盖甑底有七穿，必以竹席蔽之，米乃不漏。尔雅释言'餴、馏，稔也'，稔者，饪之假借。说文：'饪，大熟也。'郭注：'餴熟为馏。'诗大雅释文引孙炎云：'蒸之曰餴，均之曰馏。'说文'馏，饭气蒸也'，诗正义引作'饭气流也'，盖馏之为言流也，再蒸而饭熟均，则气液欲流也。"程炎震云："箄当作箅，字之误也。说文：'箅，蔽也。所以蔽甑底。从竹，畀声。'段注曰：'甑底有七穿，必以竹席蔽之，米乃不漏。雷公炮炙论云："常用之甑，中箅能淡盐味。煮昆布，用弊箅。"哀江南赋曰："敝箅不能救盐池之咸。"箅，必至切。玉篇："箅，甑箅也。补计切。"广韵："博计切。"皆是此字。'今吾乡人或以铜为之，呼为饭闭。箄从卑声，音韵各异。"

〔二〕尔雅释言："餴、馏，稔也。"郭注："今呼餐饭为餴。餴熟为馏。"郝懿行疏曰："释文引苍颉篇云：'餐，餴也。'又引字书云：'餴，一蒸米。'玉篇云：'半蒸饭。'洞酌释文引孙炎云：'蒸之曰餴。均之曰馏。'然则餴者半蒸之，尚未熟。故释名云：'餴，分也。众粒各自分也。'馏者，说文云：'饭气蒸也。'诗正义引作'饭气流也。'盖馏之为言流也，饭皆蒸熟则气欲流。故孙炎云'均之曰馏'，郭云'餴熟为馏'，诗正义引作'饭均熟为馏'，义本孙炎。"

〔三〕御览四百三十二引袁山松后汉书曰："荀淑与陈寔神交。及其弃朗陵而归也，数命驾诣之。淑御，慈明从，叔慈抱孙文若而行。寔亦令元方侍侧，季方作食。抱孙长文而坐，相对怡然。尝一朝求食。季方尚少，跪曰：'向闻大人、荀君言甚善，窃听之。甑坏，饭成糜。'寔曰：'汝听谈解乎？'谌曰：'唯。'因令与二慈说之，不失一辞。二公大悦。"嘉锡案：与世说异。盖如世说之言，元方、季方年皆尚幼，故列之夙慧篇。据山松书，则元方年已长大，亦既抱子矣。太丘有六子（见本传）。后汉纪二十三称长子元方，小子季方，则二人之年相去必远，不得如世说所记，俱是幼童也。然荀淑卒时，谌尚未生（详见德行篇）。山松之言，亦非实录。嘉锡又案：御览七百五十七引袁山松后汉书曰："荀淑与陈寔神交，弃官，常命驾相就。令元方侍侧，季方作食。尝一朝食迟，季方跪曰：'向闻大人与荀君言甚善，窃听之，甑坏饭糜。'寔曰：'汝听谈解乎？'答曰：'解。'令说之，不误一言，公悦。"与此即一事，而传闻异辞。

2　何晏七岁，明惠若神，魏武奇爱之。因晏在宫内〔一〕，欲以为子。晏乃画地令方，自处其中。人问其故，答曰："何氏之庐也。"〔二〕魏武知之，即遣还。魏略曰："晏父蚤亡，太祖为司空时纳晏母。其时秦宜禄阿鳔亦随母在宫〔三〕，并宠如子，常谓晏为假子也。"〔四〕

【校文】

"明惠"　唐本作"明慧"。

"因晏在宫内，欲以为子"　唐本作"以晏在宫内，因欲以为子"。

"即遣还"　唐本作"即遣还外"。

注"纳晏母"以下唐本作"并收养。其时秦宜禄何鯵亦随母在公家，并见如宠公子。鯵性谨慎，而晏无所顾，服饰拟太子，故太子特憎之，每不呼其姓字，常谓之假子。魏氏春秋曰：晏母尹为武王夫人，故晏长于王宫也”。“如宠”当作“宠如”。

【笺疏】

〔一〕程炎震云：“御览三百八十五引‘在宫内’上有‘母’字。是也。”

〔二〕御览三百八十五引何晏别传曰：“晏小时养魏宫，七八岁便慧心大悟。众无愚智，莫不贵异之。魏武帝读兵书，有所未解，试以问晏。晏分散所疑，无不冰释。”又三百九十三引何晏别传曰：“晏小时，武帝雅奇之，欲以为子。每挟将游观，命与诸子长幼相次。晏微觉，于是坐则专席，止则独立。或问其故，答曰：‘礼，异族不相贯坐位。’”

〔三〕程炎震云：“魏书曹爽传注引作‘阿苏’，即秦朗也。‘鳔’是误字。”

〔四〕李慈铭云：“案三国志曹爽传云：‘晏，何进孙也。母尹氏，为太祖夫人。晏长于宫省，又尚公主。’注引魏略云：‘太祖为司空时，纳晏母，并收养晏。其时秦宜禄儿阿苏亦随母在公家，并见宠如公子。’苏即朗也。”嘉锡案：魏志注引魏略与此同。惟魏氏春秋语仅见于此。以魏略校本注，“秦宜禄”下当有“儿”字，“阿鳔”当是“阿苏”。

3 晋明帝数岁，坐元帝膝上。有人从长安来，元帝问洛下消息，潸然流涕。明帝问何以致泣？具以东渡意告之。因问明帝：“汝意谓长安何如日远？”答曰：“日远。不闻人从日边来〔一〕，居然可知。”元帝异之。明日集群臣宴会，告以此意，更重问之。乃答曰：“日近。”元帝失色，

曰："尔何故异昨日之言邪?"答曰："举目见日，不见长安。"〔二〕

【校文】

"渡"　唐本作"度"。

"长安"　下唐本有"案桓谭新论：'孔子东游，见两小儿辨，问其远近。日中时远。一儿以日初出远，日中近者，日初出大如车盖，日中裁如盘盖。此远小而近大也。言远者日月初出，怆怆凉凉，及中如探汤。此近热远怆乎？'明帝此对，尔二儿之辨耶也"。文字颇有讹夺。

【笺疏】

〔一〕李慈铭云："案初学记卷一、事类赋卷一引刘昭幼童传'不闻人从日边来'下，俱有'只闻人从长安来'一句。"

〔二〕李慈铭云："案初学记引幼童传作'举头不见长安，只见日'。事类赋引幼童传作'举头见日，不见长安'。"程炎震云："永嘉元年，元帝始镇建业。明帝时年九岁。若建兴元年，愍帝立于长安，则十五岁矣。初学记卷一引刘昭幼童传云'元帝为江东都督，镇扬州，时中原丧乱，有人从长安来。元帝问洛下消息，潸然流涕。帝年数岁，问泣故'云云。以为元帝始镇时较合。"嘉锡案：严可均全后汉文卷十五新论辑本于此条仅据法苑珠林卷七删节之辞辑入曰："余小时闻闾巷言：孔子东游，见两小儿辩斗，问其故？一儿曰：'我以日始出时近，日中时远。'一儿以'日初出远，日中时近'。"严氏自注曰"案殷敬顺列子释文卷下云：沧沧，桓谭新论亦述此事作怆凉。据知新论原文具如列子汤问篇，惟怆凉字有异"云云。今观唐本此注，足以证成严氏之说。且知晋人伪撰列子叙此事，全袭自新论也。惟此注脱误太多，宋本全删去，岂亦以其脱误不可校耶？今姑仍原本录之。

4　司空顾和与时贤共清言，张玄之、顾敷是中外孙，年并七岁，顾恺之家传曰："敷字祖根，吴郡吴人。滔然有大成之量。仕至著作郎，二十三卒。"在床边戏。于时闻语，神情如不相属。瞑于灯下〔一〕，二儿共叙客主之言，都无遗失。顾公越席而提其耳曰："不意衰宗复生此宝。"

【校文】

注"著作郎"　唐本无"郎"字，"作"下有"佐，苗而不秀，年"六字。

"二儿"　唐本"二"下有"小"字。

【笺疏】

〔一〕孙志祖读书脞录七曰："能改斋漫录云：'床凳之凳，晋已有此器。'引世说张元之、顾敷瞑于镫下，共叙主客之情。以为床凳之始。志祖案：镫即灯古字。楚词'华镫错些'可证。又借为鞍镫字。与床凳何涉耶？世说自谓灯下，不得云凳下也。"嘉锡案：说文有"镫"，无"灯"。文选二十三赠五官中郎将诗注曰："镫与灯音义同。"世说唐、宋本俱作灯。盖宋时偶有他本，从古字作镫者。吴曾不识字，遂生异说。

5　韩康伯数岁，家酷贫，至大寒，止得襦。母殷夫人自成之，令康伯捉熨斗，谓康伯曰："且箸襦，寻作复裈。"儿云："已足，不须复裈也。"母问其故，答曰："火在熨斗中而柄热，今既箸襦，下亦当煗，故不须耳。"母甚异之，知为国器。

【校文】

"康伯"下　唐本有"年"字。

"裈"　唐本俱作"裈"。

"而柄热" 唐本"柄"下有"尚"字。

6 晋孝武年十二，时冬天，昼日不箸复衣，但箸单练衫五六重〔一〕，夜则累茵褥。谢公谏曰："圣体宜令有常。陛下昼过冷，夜过热，恐非摄养之术。"帝曰："昼动夜静。"老子曰："躁胜寒，静胜热。"此言夜静寒，宜重肃也。谢公出叹曰："上理不减先帝。"简文帝善言理也。

【校文】

"十二" 唐本作"十三四"。

注"热" 唐本及景宋本俱作"署"。

注"夜静寒宜重肃也" 唐本作"夜静则寒，宜重茵"。

【笺疏】

〔一〕程炎震云："练当作綀。晋书王导传：'綀布单衣。'音义：'色鱼反。'广韵：'所葅切。''綀葛'，御览二十七作'单縜'，则练字似不误。"

7 桓宣武薨，桓南郡年五岁，服始除，桓车骑与送故文武别，桓冲别传曰："冲字玄叔，温弟也。累迁车骑将军、都督七州诸军事。"因指与南郡："此皆汝家故吏佐。"玄应声恸哭，酸感傍人。车骑每自目己坐曰："灵宝成人，当以此坐还之。"灵宝，玄小字也。鞠爱过于所生。

【校文】

注"诸军事"下 唐本有"荆州刺史，薨，赠太尉"八字。

"因指与南郡" "与"，唐本及景宋本俱作"语"。

"恸哭" 唐本作"泣恸"。

豪爽第十三

1　王大将军年少时，旧有田舍名，语音亦楚〔一〕。武帝唤时贤共言伎蓺事。人皆多有所知，唯王都无所关，意色殊恶，自言知打鼓吹。帝令取鼓与之，于坐振袖而起，扬槌奋击，音节谐捷，神气豪上，傍若无人。举坐叹其雄爽。或曰：敦尝坐武昌钓台，闻行船打鼓，嗟称其能。俄而一槌小异，敦以扇柄撞几曰："可恨！"应侍侧曰："不然，此是回颿槌。"使视之，云"船人入夹口"。应知鼓又善于敦也〔二〕。

【校文】

"人皆多有所知"　唐本"人"下重一"人"字。

"帝令取鼓与之"　唐本"帝"下有"即"字。

【笺疏】

〔一〕日知录二十九"方音"条引宋书"高祖虽累叶江南，楚音未变。雅道风流，无闻焉尔"，又"长沙王道怜素无才能，言音甚楚。举止施为，多诸鄙拙"，及世说此条。又引梁书儒林传："孙详、蒋显曾习周官，而音革楚、夏，学徒不至。"（见沈峻传。）又引文心雕龙云："张华论韵，谓士衡多楚，可谓衔灵均之声馀，失黄锺之正响也。"嘉锡案：此数书所指之楚，虽称名无异，而区域不同。则其语音亦当有别，未可一概而论也。宋高祖兄弟世为彭城绥里人，自其曾祖混始过江，居晋陵郡丹徒县。彭城于春秋属宋，战国时属楚。自项羽为西楚霸王，以及前汉之楚元王交、楚孝王嚣、后汉之楚王英并都彭城。宋书所谓楚言者，指彭城郡言之也。其地为清之江苏徐州府铜山县。以其越在江北，密迩胡虏，侨人杂处，号为伧楚。故南朝人鄙夷之如此。王敦为琅琊临沂人，其地属鲁，当作齐、鲁间语。陆机吴人，当操吴语，并不得忽用楚音。战国时鲁为楚所灭，吴先灭于越，而越并于楚。故诸国之地，皆得蒙楚称。史记货殖传云："自淮北沛、陈、汝南、南郡，此西楚也。彭城以东，东海、吴、广陵，此东楚也。衡山、九江、江南、豫章、长沙，是南楚也。"临沂于汉属东海郡，吴县属吴郡，并是东楚。世说谓王敦语音亦楚，张华论韵，谓士衡多楚者，指战国时楚地言之也。其为楚虽同，而实非一地。琅琊之方音不与吴同，则其语言必不同。此乃西晋全盛之时，洛下士大夫鄙视外郡，故用秦、汉旧名，概被以楚称耳。至于陆倕所谓音革楚、夏，则又别是一义。梁书儒林卢广传云"时北来人儒学者，有崔灵恩、孙详、蒋显，并聚徒讲说，而音辞鄙拙。惟广言论清雅，不类北人"云云。陆倕者，吴中旧族，（本传云："晋太尉玩六世孙。"）世仕南朝，故以江左为华夏，而又区别三吴之外，目之为楚。此乃吴人乡曲之见，犹之目中国人为伧耳。孙详、蒋显来自北朝，并是伧父。倕谓其音革楚、夏者，言北方之音非楚非夏，人所不解也。任昉作王俭集序云："以本官领丹阳尹，公不谋声训，而楚、夏移情。"意与陆倕同。言丹阳居民，杂有楚、夏之人，而皆能服俭之教化也。李善引史记货殖传"颍川、南阳，夏人之居"为注，则与丹阳无与矣。故六朝人之所谓楚，因时因地，互有不同。而其立言之意亦区以别矣。

〔二〕嘉锡案：袁本有此注，而唐本及宋本皆无之。考之汪藻考异，乃知是敬胤注也。孝标本未见敬胤书，故二家注无一条之偶合者。不应于此条独录其注，而没其名。袁本亦出于宋本。此必宋人所羼入，犹之尤悔篇"刘琨善能招延"条下有敬胤按云云，亦宋人所附录耳。

2　王处仲世许高尚之目，尝荒恣于色，体为之敝。左右谏之，处仲曰："吾乃不觉尔。如此者，甚易耳！"乃开后阁，驱诸婢妾数十人出路，任其所之，时人叹焉。邓粲晋纪曰："敦性简脱，口不言财，其存尚如此。"

【校文】

注"口不言财"　唐本"财"下有"位"字。

3　王大将军自目"高朗疏率，学通左氏"。晋阳秋曰："敦少称高率通朗，有鉴裁。"〔一〕

【校文】

"高朗"上　沈本有"性"字。

【笺疏】

〔一〕敦煌本晋纪残卷曰："敦内体豺狼之性，而外饰诈为，以眩或当世。自少及长，终不以财位为言。布衣疏食，车服粗眚，语辄以简约为首。故世目以高帅朗素。"

4　王处仲每酒后辄咏"老骥伏枥，志在千里。烈士暮年，壮心不已"。魏武帝乐府诗。以如意打唾壶〔一〕，壶口尽缺。

【校文】

"壶口尽缺"　唐本"壶"上有"唾"字，"口"作"边"。

【笺疏】

〔一〕艺文类聚卷七十引胡综别传曰："时有掘地得铜匣，长二尺二寸。

开之，得白玉如意。吴大帝以综多识，乃问之。综答云：'昔秦始皇东游金陵，埋宝物以当王者之气，此抑是乎？'"狩谷望之倭名类聚钞卷五注引指归云："古之爪杖也。或骨、角、竹、木，刻作人手指爪，柄可长三尺许。或脊背痒，手所不到，用以搔抓。如人之意，故曰如意。"通雅卷三十四引音义指归云："如意者，古之爪杖也。或骨、角、竹、木，作人手指，柄三尺许。背痒可搔，如人之意。清谈者执之。铁者兼藏御侮。"程炎震云："晋书敦传'唾壶'下有'为节'二字。"

5 晋明帝欲起池台，元帝不许。帝时为太子，好养武士。一夕中作池，比晓便成。今太子西池是也〔一〕。丹阳记曰："西池，孙登所创，吴史所称西苑也。明帝修复之耳。"

【校文】

注"丹阳记"云云 唐本作"丹阳记曰：西池者，孙登所创，吴史所称西苑宜是也。中时堙废，晋帝在东，更修复之，故俗称太子西池也"。

【笺疏】

〔一〕程炎震云："初学记十引徐爰释问注曰：'西苑内有太子池，孙权子和所穿。有土山台，晋帝在储宫所筑，故呼为太子池。或曰西池。'文选二十二谢混游西池注曰：'西池，丹阳西池。'"

6 王大将军始欲下都处分树置，先遣参军告朝廷，讽旨时贤。祖车骑尚未镇寿春〔一〕，瞋目厉声语使人曰："卿语阿黑：敦小字也。何敢不逊！催摄面去〔二〕，须臾不尔，我将三千兵槊脚令上！"王闻之而止。

【校文】

“处分”　唐本、景宋本及沈本俱作“更分”。

【笺疏】

〔一〕程炎震云：“祖逖自梁国退屯淮南，通鉴在太兴二年。胡注曰：‘此淮南郡，治寿春。’”

〔二〕“催摄面去”，汪藻考异敬胤注本“面”作“回”。

7　庾稚恭既常有中原之志，文康时，权重未在己。及季坚作相，忌兵畏祸，与稚恭历同异者久之，乃果行。倾荆、汉之力，穷舟车之势，师次于襄阳〔一〕。汉晋春秋曰：“翼风仪美劭，才能丰赡，少有经纬大略。及继兄亮居方州之任，有匡维内外，扫荡群凶之志。是时，杜乂、殷浩诸人盛名冠世，翼未之贵也。常曰：‘此辈宜束之高阁，俟天下清定，然后议其所任耳！’其意气如此。唯与桓温友善，相期以宁济宇宙之事。初，翼辄发所部奴及车马万数，率大军入沔，将谋伐狄，遂次于襄阳。”翼别传曰：“翼为荆州，雅有正志。每以门地威重，兄弟宠授，不陈力竭诚，何以报国。虽蜀阻险塞，胡负凶力，然皆无道酷虐，易可乘灭。当此时，不能扫除二寇以复王业，非丈夫也。于是征役三州，悉其帑实，成众五万，兼率荒附，治戎大举，直指魏、赵，军次襄阳，耀威汉北也。”大会参佐，陈其旌甲，亲授弧矢曰：“我之此行，若此射矣！”遂三起三叠，徒众属目，其气十倍〔二〕。

【校文】

“历同异”　“历”，唐本作“厝”。

注“盛名冠世，翼未之贵”　唐本作“盛名冠当世，翼皆弗之贵”。

注“及车马万数”　唐本“车马”作“车牛驴马”。“万”上有“以”字。

注“雅有正志”　“正”，景宋本及沈本作“大”。

注“魏赵”　沈本作“赵魏”。

注“汉北也” 唐本“汉”上有“沔”字，无“北也”二字。

“参佐” 唐本作“寮佐”。

“授” 唐本作“援”。

【笺疏】

〔一〕程炎震云:“晋书康帝纪：建元元年，庾翼迁镇襄阳。通鉴同。”

〔二〕李详云:“详案：晋书庾翼传不见此事。庾冰传：‘弟翼，当伐石季龙，冰求外出，除都督七州军事，以为翼援。’翼传：‘翼迁襄阳，举朝谓之不可，惟兄冰意同。’似季坚非与翼历同异者。世说此语，不知何出。”

8 桓宣武平蜀〔一〕，集参僚置酒于李势殿，巴、蜀缙绅，莫不来萃。桓既素有雄情爽气，加尔日音调英发，叙古今成败由人，存亡系才，其状磊落，一坐叹赏。既散，诸人追味馀言。于时寻阳周馥曰:“恨卿辈不见王大将军。”中兴书曰:“馥，周抚孙也，字济隐。有将略，曾作敦掾。”

【校文】

“来萃” 唐本作“悉萃”。

“其状” 唐本作“奇拔”。

“叹赏” 唐本作“赞赏不暇坐”。

“大将军” 下唐本有“馥曾作敦掾”五字。

注“曾作敦掾” 唐本作“仕晋寿太守”。

【笺疏】

〔一〕程炎震云:“永和三年，桓温平蜀。”

9 桓公读高士传，至於陵仲子，便掷去曰:“谁能作此溪刻自处！”皇甫谧高士传曰：“陈仲子字子终，齐人。兄戴相齐，食禄万锺。仲子以兄禄为不义，乃适楚，居於陵。曾乏粮三日，匍匐而食井李之实，三咽而后能视。身自织屦，令妻擗纑，以易衣食。尝归省母，有馈其兄生鹅者。仲子嚬𪗪曰：‘恶用此鶂鶂为哉！’后母杀鹅，仲子不知而食之。兄自外入曰：‘鶂鶂肉邪？’仲子出门，哇而吐之。楚王闻其名，聘以为相，乃夫妇逃去，为人灌园。”

【校文】

注“相齐”　唐本作“为齐丞”。

注“居於陵”　下唐本有“自谓於陵仲子，穷不求不义之食”十三字。

注“恶用此”　“此”，唐本作“是”。

注“灌园”　下唐本有“终身不屈其节”六字。

10　桓石虔，司空豁之长庶也。豁别传曰：“豁字朗子，温之弟。累迁荆州刺史，赠司空。”小字镇恶，年十七八未被举，而童隶已呼为镇恶郎。尝住宣武斋头。从征枋头，车骑冲没陈，左右莫能先救。宣武谓曰：“汝叔落贼，汝知不？”石虔闻之，气甚奋。命朱辟为副，策马于数万众中，莫有抗者，径致冲还，三军叹服〔一〕。河朔后以其名断疟。中兴书曰：“石虔有才干，有史学，累有战功。仕至豫州刺史，赠后军将军。”

【校文】

注“温之弟”　唐本下有“少有美誉也”五字。

注“赠司空”　唐本作“薨赠司空，谥敬也”。

“径”　唐本作“遂”。

注“刺史”　下唐本有“封作唐县”四字。

【笺疏】

〔一〕程炎震云："枋头之役，在太和四年己巳。冲时已为江州，不从征。晋书七十四石虔传云：'从温入关，冲为苻健所围。石虔跃马赴之，拔冲于数万众之中而还。'事在永和十年甲寅，相距十六年。石虔盖年少，较可信。"

11　陈林道在西岸〔一〕，晋阳秋曰："逵为西中郎将，领淮南太守，戍历阳。"都下诸人共要至牛渚会。陈理既佳，人欲共言折。陈以如意拄颊，望鸡笼山叹曰："孙伯符志业不遂！"吴录曰："长沙桓王讳策，字伯符，吴郡富春人。少有雄姿风气，年十九而袭业，众号孙郎。平定江东，为许贡客射破其面，引镜自照，谓左右曰：'面如此！岂可复立功乎？'乃谓张昭曰：'中国方乱，夫以吴、越之众，三江之固，足以观成败。公等善相吾弟。'呼大皇帝授以印绶曰：'举江东之众，决机于两陈之间，卿不如我；任贤使能，各尽其心，我不如卿。慎勿北渡！'语毕而薨，年二十有六。"于是竟坐不得谈。

【校文】

"既佳"　唐本作"甚佳"。

注"风气"　唐本无"气"字。

注"射破其面"　唐本"破"作"伤"。

注"岂可复立功乎"　唐本无"可"字，"功"下有"业"字。

注"其心"　唐本下有"以保江东"四字。

【笺疏】

〔一〕程炎震云："穆纪：永和五年，有西中郎将陈逵。"

12　王司州在谢公坐，咏"入不言兮出不辞，乘回风兮载云旗”。离骚九歌少司命之辞。语人云：“当尔时，觉一坐无人。”

13 桓玄西下，入石头。外白“司马梁王奔叛”。续晋阳秋曰：“梁王珍之字景度。”中兴书曰：“初，桓玄篡位，国人有孔璞者，奉珍之奔寻阳。义旗既兴，归朝廷，仕至太常卿，以罪诛。”玄时事形已济，在平乘上笳鼓并作，直高咏云：“箫管有遗音，梁王安在哉？”阮籍咏怀诗也。

【校文】

注“奔寻阳” 唐本作“奔寿阳”。

世说新语卷下之上

容止第十四

1　魏武将见匈奴使，自以形陋，不足雄远国，魏氏春秋曰："武王姿貌短小，而神明英发。"使崔季珪代，帝自捉刀立床头〔一〕。既毕，令间谍问曰："魏王何如？"匈奴使答曰："魏王雅望非常，魏志曰："崔琰字季珪，清河东武城人。声姿高畅，眉目疏朗，须长四尺，甚有威重。"然床头捉刀人，此乃英雄也。"魏武闻之，追杀此使〔二〕。

【笺疏】

〔一〕程炎震云："建安二十一年五月，操进爵为魏王。其时代郡乌丸行单于普富卢与侯王来朝。七月，匈奴南单于呼厨泉将其名王来朝。殆此时事。然其年琰即诛死，恐非实也。"

〔二〕李详云："详案：史通暗惑篇曰：'昔孟阳卧床，诈称齐后；纪信乘纛，矫号汉王。或主遘屯蒙，或朝罹兵革，故权以取济，事非获已。如崔琰本无此急，何得以臣代君？况魏武经纶霸业，南面受朝，而使臣居君坐，君处臣位，将何以使万国具瞻，百寮佥瞩也？又汉代之于匈奴，虽复赂以金帛，结以姻亲，犹恐虺毒不悛，狼心易扰。如辄杀其使者，不显罪名，何以怀四夷于外蕃，建五利于中国？'"嘉锡案：此事近于儿戏，颇类委巷之言，不可尽信。然刘子玄之持论，亦复过当。考后汉书南匈奴传：自光武建武二十五年以后，南单于奉藩称臣，入居西河，已夷为属国，事汉甚谨。顺帝时，中郎将陈龟迫单于休利自杀。灵帝时，中郎将张修遂擅斩单于呼征。其君长且俯首受屠割，纵杀一使者，曾何足言？且终东汉之世，未尝与匈奴结姻，北单于亦屡求和亲。虽复时有侵轶，辄为汉所击破。子玄张大其词，漫持西京之已事，例之建安之朝，不亦偵乎？

2　何平叔美姿仪，面至白；魏明帝疑其傅粉。正夏月，与热汤饼。既噉，大汗出，以朱衣自拭，色转皎然。

魏略曰："晏性自喜，动静粉帛不去手，行步顾影。"按此言，则晏之妖丽，本资外饰。且晏养自宫中，与帝相长，岂复疑其形姿，待验而明也〔一〕。

【笺疏】

〔一〕嘉锡案：晋书五行志曰："尚书何晏，好服妇人之服。傅玄曰：'此服妖也。'晏之行动妖丽，于此可见。嘉锡又案：古之男子，固有傅粉者。汉书佞幸传云："孝惠时，郎侍中皆傅脂粉。"后汉书李固传曰"梁冀猜专，每相忌疾。初，顺帝时，诸所除官，多不以次，固奏免百馀人。此等既怨，又希望冀旨，遂共作飞章，虚诬固罪曰：'大行在殡，路人掩涕。固独胡粉饰貌，搔头弄姿'"云云。此虽诬善之词，然必当时有此风俗矣。魏志王粲传附邯郸淳注引魏略曰"临菑侯植得淳甚喜，延入坐。时天暑热，植因呼常从取水，自澡讫，傅粉，遂科头拍袒胡舞”云云。何晏之粉白不去手，盖汉末贵公子习气如此，不足怪也。

3 魏明帝使后弟毛曾与夏侯玄共坐，〔一〕时人谓“蒹葭倚玉树”。魏志曰：“玄为黄门侍郎，与毛曾并坐。玄甚耻之，曾说形于色。明帝恨之，左迁玄为羽林监。”

【笺疏】

〔一〕程炎震云：“魏志后妃传：‘毛后，河内人。’曾驸马都尉，迁散骑侍郎。又玄传作‘散骑黄门侍郎’。”

4 时人目“夏侯太初朗朗如日月之入怀，李安国颓唐如玉山之将崩”。魏略曰：“李丰字安国，卫尉李义子也。识别人物，海内注意。明帝得吴降人，问江东闻中国名士为谁？以安国对之。是时丰为黄门郎，改名宣。上问安国所在？左右公卿即具以丰封。上曰：‘丰名乃被于吴、越邪？’仕至中书令，为晋王所诛。’

5 嵇康身长七尺八寸，风姿特秀。康别传曰：“康长七尺八寸，伟容色，土木形骸，〔一〕不加饰厉，而龙章凤姿，天质自然。正尔在群形之中，便自知非常之器。”见者叹曰：“萧萧肃肃，爽朗清举。”或云：“肃肃如松下风，高而徐引。”山公曰：“嵇叔夜之为人也，岩岩若孤松之独立；其醉也，傀俄若玉山之将崩。”

【笺疏】

〔一〕文选五君咏注引嵇康别传曰：“康美音气，好容色。”“土木形骸”，解见后。

6　裴令公目王安丰"眼烂烂如岩下电"〔一〕。王戎形状短小，而目甚清炤，视日不眩〔二〕。

【笺疏】

〔一〕李慈铭云："案下裴令公疾，夷甫谓其'双目闪闪，若岩下电'，此云裴以称王戎。临川杂采诸书，故有重互。"

〔二〕程炎震云："艺文类聚十七引竹林七贤论云：'王戎眸子洞彻，视日而眼明不亏。'"

7　潘岳妙有姿容，好神情。岳别传曰："岳姿容甚美，风仪闲畅。"少时挟弹出洛阳道，妇人遇者，莫不连手共萦之〔一〕。左太冲绝丑，续文章志曰："思貌丑悴，不持仪饰。"亦复效岳游遨，于是群妪齐共乱唾之，委顿而返。语林曰："安仁至美，每行，老妪以果掷之，满车。张孟阳至丑，每行，小儿以瓦石投之，亦满车。"二说不同〔二〕。

【笺疏】

〔一〕卢文弨锺山札记三云："晋书潘岳传云：'岳美姿仪，妇人遇之者，皆连手萦绕，投之以果。'此盖岳小年时，妇人爱其秀异，萦手赠果。今人亦何尝无此风？要必非成童以上也。妇人亦不定是少艾，在大道上，亦断不顿起他念。至岳更无用以此为讥议。乃史臣作论，以挟弹盈果与望尘趋贵相提并论，无乃不伦！"嘉锡案：文选藉田赋注引臧荣绪晋书曰："潘岳总角辨惠，摛藻清艳，乡里称为奇童。"以此推之，则挟弹掷果，亦必总角时事。卢氏之辩甚确。然惜其未考世说注，不知掷果者之本是老妪也。夫老年妇人爱怜小儿，乃其常情，了不足异。既令年在成童，亦不过以儿孙辈相视，复何嫌疑之有乎？

〔二〕程炎震云："晋书潘岳传作张载，盖用语林。"

8　王夷甫容貌整丽，妙于谈玄〔一〕，恒捉白玉柄麈尾〔二〕，与手都无分别。

【笺疏】

〔一〕文选四十九晋纪总论注引王隐晋书曰："王衍不治经史，唯以庄、老虚谈惑世。"

〔二〕能改斋漫录二引释藏音义指归云："名苑曰：鹿之大者曰麈。群鹿随之，皆看麈所往，随麈尾所转为准。今讲僧执麈尾拂子，盖象彼有所指麾故耳。"嘉锡案：汉、魏以前，不闻有麈尾，固当起于魏、晋谈玄之士。然未必为讲僧之所创有也。通鉴八十九注曰："麈，麋属。尾能生风，辟蝇蚋。晋王公贵人多执麈尾，以玉为柄。"

9　潘安仁、夏侯湛并有美容，喜同行〔一〕，时人谓之"连璧"〔二〕。八王故事曰："岳与湛著契，故好同游。"

【笺疏】

〔一〕程炎震云："晋书湛传云：'每行止，同舆接茵。'"

〔二〕文选集注百十三上夏侯常侍诔注引臧荣绪晋书曰："湛美容观，才章富盛，早有名誉。与潘安仁友善，每行止，同舆接茵，京师谓之连璧。"

10　裴令公有俊容姿，一旦有疾至困，惠帝使王夷甫往看，裴方向壁卧，闻王使至，强回视之。王出语人曰："双目闪闪，若岩下电，精神挺动〔一〕，体中故小恶。”名士传曰：“楷病困，诏遣黄门郎王夷甫省之，楷回眸属夷甫云：‘竟未相识。’夷甫还，亦叹其神俊。”

【笺疏】

〔一〕李详云：“详案：枚乘七发：‘筋骨挺解’与上下文‘四支委随，手足堕窳’相厕，则‘挺解’亦是倦埶之貌。挺动义并相同。”

11　有人语王戎曰：“嵇延祖卓卓如野鹤之在鸡群。”〔一〕答曰：“君未见其父耳！”康已见上。

【笺疏】

〔一〕程炎震云：“晋书绍传云：起家为秘书丞，始入洛。”

12　裴令公有俊容仪，脱冠冕，粗服乱头皆好。时人以为“玉人”。见者曰：“见裴叔则如玉山上行，光映照人。”

13　刘伶身长六尺，貌甚丑顇〔一〕，而悠悠忽忽，土木形骸〔二〕。梁祚魏国统曰：“刘伶，字伯伦，形貌丑陋，身长六尺；然肆意放荡，悠焉独畅。自得一时，常以宇宙为狭。”

【校文】

“顇”　景宋本作“悴”。

【笺疏】

〔一〕文选集注九十三酒德颂注引臧荣绪晋书曰：“刘灵父为太祖大将军掾，有宠，早亡。灵长六尺，貌甚丑悴，而志气旷放，以宇宙为挟也。”悴不作顇，与宋本合。

〔二〕汉书东方朔传曰：“土木衣绮绣，狗马被缋罽。”类聚二十四引应璩百一诗曰："奈何季世人，侈靡及宫墙。饰巧无穷极，土木被朱光。"嘉锡案：此皆言土木之质，不宜被以华采也。土木形骸者，谓乱头粗服，不加修饰，视其形骸，如土木然。

14　骠骑王武子是卫玠之舅，俊爽有风姿，见玠辄叹曰："珠玉在侧，觉我形秽！"玠别传曰："骠骑王济，玠之舅也。尝与同游，语人曰：'昨日吾与外生共坐，若明珠之在侧，朗然来照人。'"

15　有人诣王太尉，遇安丰、大将军、丞相在坐；往别屋见季胤、平子。石崇金谷诗叙曰："王诩字季胤，琅邪人。"王氏谱曰："诩，夷甫弟也，仕至修武令。"还，语人曰："今日之行，触目见琳琅珠玉。"

16　王丞相见卫洗马，曰："居然有羸形，虽复终日调畅，若不堪罗绮。"玠别传曰："玠素抱羸疾。"西京赋曰："始徐进而羸形，似不胜乎罗绮。"

17　王大将军称太尉"处众人中，似珠玉在瓦石间"〔一〕。

【笺疏】

〔一〕程炎震云："晋书衍传，王敦过江，尝称之。"

18　庾子嵩长不满七尺，腰带十围，颓然自放。

19　卫玠从豫章至下都，人久闻其名，观者如堵墙〔一〕。玠先有羸疾，体不堪劳，遂成病而死。时人谓“看杀卫玠”。玠别传曰：“玠在群伍之中，寔有异人之望。龆龀时，乘白羊车于洛阳市上，咸曰：‘谁家璧人？’于是家门州党号为‘璧人’。”按永嘉流人名曰：“玠以永嘉六年五月六日至豫章，其年六月二十日卒。”此则玠之南度豫章四十五日，岂暇至下都而亡乎？且诸书皆云玠亡在豫章，而不云在下都也。

【笺疏】

〔一〕礼记射义：“孔子射于矍相之圃，盖观者如堵墙。”

20　周伯仁道桓茂伦“嶔崎历落，可笑人”〔一〕。或云谢幼舆言〔二〕。

【笺疏】

〔一〕李治敬斋古今黈四曰：“周𫖮叹重桓彝云：‘茂伦嶔崎历落，可笑人也。’渭上老人以为古人语倒，治以为不然。盖𫖮谓彝为人不群，世多忽之，所以见笑于人耳！此正言其美，非语倒也。”

〔二〕程炎震云：“晋书彝传亦谓是周𫖮语。”

21　周侯说王长史父王氏谱曰：“讷字文开〔一〕，太原人。祖默〔二〕，尚书。父祜〔三〕，散骑常侍。讷始过江，仕至新淦令。”“形貌既伟，雅怀有概，保而用之，可作诸许物也”。

【校文】

注“开”　景宋本作“渊”。

注“祜”　景宋本作“祐”。

【笺疏】

〔一〕言语篇注引王长史别传云："父讷，叶令。"建康实录八云："濛，安西司马讷之子。"

〔二〕魏志王昶传云："兄子默，字处静。"

〔三〕程炎震云："祜当作祐，各本皆误。"嘉锡案：祜，言语篇注作佐，晋书杨骏、王湛、王济、王濛等传并作佑。湛传云"峤，字开山。父佑，位至北军中候。峤永嘉末携其二弟渡江，元帝教曰：'王佑三息始至，名德之胄，并有操行'"云云。则佑子三人齐名，讷盖峤之弟也。

22 祖士少见卫君长云："此人有旄仗下形。"

【校文】

"仗" 景宋本作"杖"。

23 石头事故，朝廷倾覆。晋阳秋曰："苏峻自姑孰至于石头，逼迁天子。峻以仓屋为宫，使人守卫。"灵鬼志谣征曰："明帝末有谣歌：'侧侧力，放马出山侧〔一〕。大马死，小马饿。'后峻迁帝于石头，御膳不具。"温忠武与庾文康投陶公求救〔二〕，陶公云："肃祖顾命不见及，且苏峻作乱，衅由诸庾，诛其兄弟，不足以谢天下。"徐广晋纪曰："肃祖遗诏，庾亮、王导辅幼主而进大臣官，陶侃、祖约不在其例。侃、约疑亮寝遗诏也。"中兴书曰："初，庾亮欲征苏峻，卞壶不许。温峤及三吴欲起兵卫帝室，亮不听，下制曰：'妄起兵者诛！'故峻得作乱京邑也。"于时庾在温船后闻之，忧怖无计。别日，温劝庾见陶，庾犹豫未能往，温曰："溪狗我所悉〔三〕，卿但见之，必无忧也！"庾风姿神貌，陶一见便改观。谈宴竟日，爱重顿至。

【校文】

“投陶公求救”　景宋本及沈本俱无“陶公求救”四字。

【笺疏】

〔一〕程炎震云：“晋书五行志作‘明帝太宁初’，又重力字，无出字。”

〔二〕程炎震云：“以晋书陶侃、温峤、庾亮诸传参考之，亮奔温峤于寻阳。侃后自江陵至，温、庾未尝投陶也。”

〔三〕程炎震云：“溪狗之溪，当从亻。傒狗字亦见南史胡谐之传。陶，豫章人，故云傒狗。李莼客孟学斋日记以明人呼江西人为鸡，是傒之误。”“溪狗”，孝标无注。案“溪”当作“傒”。李慈铭越缦堂日记第五册云：“前代人呼江西人为鸡。高新郑见严介溪，有‘大鸡小鸡’之谑，常不解所谓。按南史胡谐之传：‘谐之，豫章南昌人。齐武帝欲奖以贵族盛姻，以谐之家人语傒音不正，乃遣宫内四五人往谐之家教子女语。二年后，帝问谐之曰：“卿家人语音正未？”答曰：“宫人少，臣家人多，非唯不能得正音，遂使宫人顿成傒语。”帝大笑。’又范栢年云：‘胡谐是何傒狗’，乃知江西人曰傒，因傒误为鸡也。”嘉锡案：吾乡人至今犹呼江西人为鸡。淮南子本经训云：“傒人之子女。”注云：“傒，系囚之系，读若鸡。”是傒可转为鸡之证。南朝士夫呼江右人为傒狗，犹之呼北人为伧父，皆轻诋之辞。陶侃本鄱阳人，家于寻阳，皆江右地，故得此称。然温太真不应诋侃，盖庾亮与侃不协，必其平日与人言及侃，不曰士行，而曰傒狗。太真因顺其旨言之耳。高拱谑严嵩语见王肯堂郁冈斋笔麈二。梁书杨公则传云：“公则所领，是湘溪人，性怯懦，城内轻之，以为易与。”南史作：“公则所领，多是湘人，溪性懦怯。”是齐、梁之时，并呼湘州人为溪矣。

24　庾太尉在武昌，秋夜气佳景清，使吏殷浩、王胡之之徒登南楼理咏〔一〕。音调始遒，闻函道中有屐声甚厉〔二〕，定是庾公。俄而率左右十许人步来，诸贤欲起避之。公徐云："诸君少住，老子于此处兴复不浅！"〔三〕因便据胡床，与诸人咏谑，竟坐甚得任乐。后王逸少下，与丞相言及此事。丞相曰："元规尔时风范，不得不小穨。"右军答曰："唯丘壑独存。"孙绰庾亮碑文曰："公雅好所托，常在尘垢之外。虽柔心应世，蠖屈其迹，而方寸湛然，固以玄对山水。"

【校文】

"使吏"　"使"，景宋本及沈本俱作"佐"。

"因便"　"因"，沈本作"自"。

"小穨"　"穨"，景宋本作"颓"。

【笺疏】

〔一〕程炎震云："'使'字宋本及晋书亮传均作'佐'。"

〔二〕宋吴聿观林诗话云："'函道'，今所谓'胡梯'是也。"

〔三〕翟灏通俗编十八曰："老学庵笔记：'南郑俚俗谓父曰老子，虽年十七八，有子亦称老子。乃悟西人所谓大范老子，盖尊之以为父也。'按西人并不以老子为尊，唯有自称。然后汉书韩康传：'亭长使夺其牛，康即与之。使者欲奏杀亭长，康曰："此自老子与之，亭长何罪？"'康乃京兆霸陵人，正可为的证者。三国志甘宁传注：'夜入魏军，军皆鼓譟举火。还见权，权曰："足惊骇老子否？"'此老子似指曹操。权岂欲尊操而云然乎？晋书陶侃传：'顾谓王愆期曰："老子婆娑，正坐诸君辈。"'应詹传：'镇南大将军刘弘谓曰："君器识宏深，后当代老子于荆南矣。"'庾亮传：'诸君少住，老子于此兴复不浅。'诸人不皆西产，而其自称如此，必当时无以称父者，故得通行不为嫌。若五代史冯道传：‘耶律德光诮之曰：“汝是何等老子?”对曰：“无材无德，痴顽老子。”’更显见其称之不尊矣。”嘉锡案：曲礼曰：“大夫七十而致仕，若不得谢，则必赐之几杖，行役以妇人，适四方，乘安车，自称曰老夫。”注曰：“老夫，老人称也。”左氏隐四年传曰：“石碏使告于陈曰：‘卫国褊小，老夫耄矣，无能为也。’”注曰：“称国小已老，自谦以委陈。”汉、晋人之自称老子，犹老夫也，有自谦之意焉。至宋时，流俗乃称为人父者为老子。陆游言西人称大范老子，事见朱子三朝名臣录七引名臣传云：“仲淹领延安，养兵畜锐，夏人闻之，相戒曰：‘今小范老子腹中自有兵甲，不比大范老子可欺也。’戎人呼知州为老子，大范谓雍也。”是则西夏人之称大范，固非尊敬其人，然呼知州为老子，正是以其为父母官而尊之，犹后人之称官为老爷也。翟氏据汉、晋人之所以自称者以驳陆游，是不知古今之异也。但宋人仍有用古人之意入文词者，如老学庵笔记二载黄鲁直在戎州作乐府曰：“老子江南、江北，爱听临风笛。”此又非当时流俗人之所谓老子，不可以一概而论也。

25 王敬豫有美形，问讯王公。王公抚其肩曰：“阿奴，恨才不称!”〔一〕又云〔二〕：“敬豫事事似王公。”语林曰：“谢公云：‘小时在殿廷会见丞相，便觉清风来拂人。’”〔三〕

【笺疏】

〔一〕德行篇云：“丞相见长豫辄喜，见敬豫辄嗔。”注引文字志曰：“王恬字敬豫，少卓荦不羈，疾学尚武，不为导所重。”嘉锡案：此恨其才不称貌，亦嗔之也。

〔二〕李慈铭云：“案‘又云’字有误，上文乃导自谓其子之语。下不得作‘又云’也。当是他人品目之语。”

〔三〕程炎震云："王导卒时，谢安才二十岁，何由于殿廷见导乎？盖从其父裒官京师，故得见耳。"

26　王右军见杜弘治，叹曰："面如凝脂，眼如点漆，此神仙中人。"江左名士传曰："永和中，刘真长、谢仁祖共商略中朝人士。或曰：'杜弘治清标令上，为后来之美，又面如凝脂，眼如点漆，粗可得方诸卫玠。'"时人有称王长史形者，蔡公曰："恨诸人不见杜弘治耳！"

27　刘尹道桓公：鬓如反猬皮，眉如紫石棱，自是孙仲谋、司马宣王一流人〔一〕。宋明帝文章志曰："温为温峤所赏，故名温。"吴志曰："孙权字仲谋，策弟也。汉使者刘琬语人曰：'吾观孙氏兄弟，虽并有才秀明达，皆禄胙不终。唯中弟孝廉，形貌魁伟，骨体不恒，有大贵之表。'"晋阳秋曰："宣王天姿杰迈，有英雄之略。"

【校文】

注"禄胙"　"胙"，景宋本及沈本俱作"祚"。

【笺疏】

〔一〕程炎震云："晋书温传作'眼如紫石棱，须作蝟毛磔，孙仲谋、晋宣王之流亚也'。御览三百六十六引'眉'亦作'眼'。"御览三百九十六引语林曰："桓温自以雄姿风气是司马宣王、刘越石一辈器。有以比王大将军者，意大不平。征苻健还，于北方得一巧作老婢，乃是刘越石妓女。一见温入，潸然而泣。温问其故，答曰：'官家甚似刘司空。'温大悦；即出外修整衣冠，又入呼问：'我何处似司空？'婢答曰：'眼甚似，恨小；面甚似，恨薄；须甚似，恨赤；形甚似，恨短；声甚似，恨雌。'宣武于是弛冠解带，不觉惛然而睡，不怡者数日。”嘉锡案：唐人修晋书采入温本传。余谓温太真识温于襁褓之中，闻其啼声，称为英物，则其声必不雌。刘真长许为孙仲谋、司马宣王一流人，则其雄姿可想。亦何至眼小面薄，如语林所云者？此盖东晋末人愤温之自命枭雄，觊觎神器，造为此言，以丑诋之耳。晋书信为实录，非也。

28　王敬伦风姿似父。作侍中，加授桓公公服〔一〕，从大门入。桓公望之曰：“大奴固自有风毛。”〔二〕大奴，王劭也。已见。中兴书曰：“劭美姿容，持仪操也。”

【校文】

注“仪操也”　景宋本及沈本俱无“操”字。

【笺疏】

〔一〕程炎震云：“御览二百七引晋中兴书曰：‘桓温授侍中太尉，固让不受。旬月之中，使者八至，轺轩相望于道。温遂亲职。’按晋书穆纪：‘永和八年七月丁酉，以征西大将军桓温为太尉。’温传则云‘固让不拜’，据此知温终就职也。晋书哀纪：‘兴宁元年五月，加征西大将军桓温侍中、大司马、都督中外诸军事、假黄钺、录尚书事。’似加侍中在后。然侍中为门下省之长官，温既为太尉，必加侍中。其后自尉转马，则加官如故，晋书不及析言也。劭之授温，盖即永和八年事。至晋书劭传不言其为侍中，此‘作侍中’字恐有误，文或应在‘加授桓公’下。”

〔二〕程炎震云：“晋书劭传云：‘虽家人近习，未尝见其有堕替之容。’”又云：“雅量篇‘王劭王荟共诣宣武’条注引劭、荟别传曰：‘桓温称劭为凤雏。’然则有凤毛者，犹凤雏耳。”南齐书谢超宗曰：“新安王子鸾，孝武帝宠子。超宗以选补王国常侍，王母殷淑仪卒，超宗作诔奏之。帝大嗟赏曰：‘超宗殊有凤毛，恐灵运复出。’”金楼子杂记篇上曰："世人相与呼父为凤毛。而孝武亦施之祖，便当可得通用。不知此言意何所出？"嘉锡案：金楼子梁元帝所撰。据其所言，是南朝人通称人子才似其父者为凤毛。元帝已不能知其出处矣。劭、荟别传言桓温称劭为凤雏，彼自用庞士元事，与此意同而语异，不必即出于一时。虽可取以互证，然不得谓凤毛即凤雏也。若云"大奴固自有凤雏"，则不成语矣。

29　林公道王长史："敛衿作一来，何其轩轩韶举！"语林曰："王仲祖有好仪形，每览镜自照，曰：'王文开那生如馨儿！'时人谓之达也。"

30　时人目王右军"飘如游云，矫若惊龙"〔一〕。

【笺疏】

〔一〕程炎震云："晋书羲之传，论者称其笔势是也，今乃列于容止篇。"

31　王长史尝病，亲疏不通。林公来，守门人遽启之曰："一异人在门，不敢不启。"王笑曰："此必林公。"按语林曰："诸人尝要阮光禄共诣林公。阮曰：'欲闻其言，恶见其面。'"此则林公之形，信当丑异。

32　或以方谢仁祖不乃重者〔一〕。桓大司马曰："诸君莫轻道，仁祖企脚北窗下弹琵琶〔二〕，故自有天际真人想。"〔三〕晋阳秋曰："尚善音乐。"裴子云："丞相尝曰：'坚石挈脚枕琵琶，有天际想。'"坚石，尚小名。

【笺疏】

〔一〕嘉锡案：言有比人为谢尚者，其意乃实轻之。若曰“某不过谢仁祖之流耳”。

〔二〕李慈铭云：“案‘企’同‘跂’，企亦举也。”乐府诗集七十五载谢尚大道曲曰：“青阳二三月，柳青桃复红。车马不相识，音落黄埃中。”并引乐府广题曰：“谢尚为镇西将军，尝著紫罗襦，据胡床，在市中佛国门楼上弹琵琶，作大道曲。市人不知其三公也。”

〔三〕类聚四十四引俗说曰：“谢仁祖为豫州主簿，在桓温阁下。桓闻其善弹筝，便呼之。既至，取筝令弹，谢即理弦抚筝，因歌秋风，意气甚遒。桓大以此知之。”

33 王长史为中书郎〔一〕，往敬和许。敬和，王洽已见。尔时积雪，长史从门外下车，步入尚书，著公服。敬和遥望，叹曰：“此不复似世中人！”

【校文】

“著公服” 景宋本及沈本“著”作“省”，又无“公服”二字。

【笺疏】

〔一〕程炎震云：“王濛为中书郎，当在康帝时。王洽传不言为尚书省何官，盖略之。”

34 简文作相王时，与谢公共诣桓宣武。王珣先在内，桓语王：“卿尝欲见相王，可住帐里。”二客既去，桓谓王曰：“定何如？”王曰：“相王作辅，自然湛若神君，续晋阳秋曰：“帝美风姿，举止端详。”公亦万夫之望。不然，仆射何得自没？”仆射，谢安〔一〕。

【校文】

注“端详”　“端”，景宋本及沈本作“安”。

【笺疏】

〔一〕程炎震云:“桓温自徐移荆，迄于废立，与简文会者二：前在兴宁三年乙丑洌洲，后在太和四年己巳涂中。此是会涂中事。据排调篇‘君拜于前，臣立于后’语，知太和六年谢安犹为侍中。则太和四年，安亦以侍中从行，非仆射也。寻其时日，仆射乃王彪之。检彪之传，三为仆射：初以病不拜。次在穆帝升平二年戊午谢奕卒时，其年当出为会稽内史，居郡八年，至兴宁三年为桓温劾免下吏，会赦免，左降为尚书。顷之，复为仆射。考废纪：兴宁三年，即位有赦。十二月以会稽内史王彪之为尚书仆射。纪传皆合。自此至孝武宁康元年桓温死后，乃自仆射迁尚书令。珣为彪之子侄行。‘仆射何得自没’者，正以彪之不从行，巽言以解其被劾之前嫌耳。注以仆射为安，不知安为仆射在孝武宁康元年桓温死后。且安尝事温，珣即谢婿，何为辞费乎？此等似非刘注，孝标不至若是。知非洌洲会者。王珣以隆安四年卒，年五十二，则生于穆帝永和五年己酉。传云‘弱冠为桓温掾’，则洌洲会时，珣年十七，未入温幕。简文以太和元年始为丞相，前此不得称相王也。”

35　海西时，诸公每朝，朝堂犹暗；唯会稽王来，轩轩如朝霞举。

36　谢车骑道谢公“游肆复无乃高唱，但恭坐捻鼻顾睐，便自有寝处山泽间仪”。

37　谢公云："见林公双眼黯黯明黑。"孙兴公"见林公棱棱露其爽"〔一〕。

【笺疏】

〔一〕李慈铭云："案'孙兴公'下当有'亦云'二字。"

38　庾长仁与诸弟入吴，欲住亭中宿。诸弟先上，见群小满屋，都无相避意。长仁曰："我试观之。"乃策杖将一小儿，始入门，诸客望其神姿，一时退匿。长仁已见，一说是庾亮。

39　有人叹王恭形茂者，云："濯濯如春月柳。"

自新第十五

1　周处年少时，凶强侠气〔一〕，为乡里所患。处别传曰："处字子隐，吴郡阳羡人〔二〕。父鲂，吴鄱阳太守。处少孤，不治细行。"晋阳秋曰："处轻果薄行，州郡所弃。"又义兴水中有蛟，山中有邅迹一作白额。虎，并皆暴犯百姓，义兴人谓为三横，而处尤剧。或说处杀虎斩蛟，实冀三横唯馀其一。处即刺杀虎，又入水击蛟，蛟或浮或没，行数十里，处与之俱。经三日三夜，乡里皆谓已死，更相庆，竟杀蛟而出。闻里人相庆，始知为人情所患，有自改意〔三〕。孔氏志怪曰："义兴有邪足虎，溪渚长桥有苍蛟，并大噉人，郭西周，时谓郡中三害。"

周即处也。乃自吴寻二陆，平原不在，正见清河，具以情告，并云："欲自修改，而年已蹉跎，终无所成。"清河曰："古人贵朝闻夕死，况君前途尚可。且人患志之不立，亦何忧令名不彰邪？"处遂改励，终为忠臣孝子〔四〕。晋阳秋曰："处仕晋为御史中丞，多所弹纠。氐人齐万年反，乃令处距万年。伏波孙秀欲表处母老，处曰：'忠孝之道，何当得两全？'乃进战。斩首万计。弦绝矢尽，左右劝退，处曰：'此是吾授命之日。'遂战而没。"

【校文】

"乃自吴寻二陆"　"自"，景宋本及沈本作"入"。

【笺疏】

〔一〕程炎震云："御览三百八十六引侠作使。"

〔二〕嘉锡案：阳羡汉属吴郡，吴宝鼎元年分属吴兴郡，见吴志孙皓传注。晋惠帝永兴元年分属义兴郡，见晋书地理志。此作吴郡，乃吴兴之误。

〔三〕初学记七引祖台之志怪曰："义兴郡溪渚长桥下有苍蛟，吞噉人。周处执剑桥侧伺，久之，遇出，于是悬自桥上投下蛟背，而刺蛟数创，流血满溪。自郡渚至太湖句浦乃死。"

〔四〕嘉锡案：晋书周处传亦有杀猛兽斩蛟入吴寻二陆事，与此略同。劳格读书杂识五晋书校勘记曰："案此采自世说，予以处传及陆机传核之，知系小说妄传，非实事也。案处没于惠帝元康七年，年六十有二。推其生年，当在吴大帝之赤乌元年。陆机没于惠帝太安二年，年四十三。推其生年，当在吴景帝之永安五年。赤乌与永安相距二十馀载，则处弱冠之年，陆机尚未生也。此云入吴寻二陆，未免近诬。又考陆机传：年二十而吴灭，退居旧里。是吴未亡之前，机未尝还吴也。或以为处寻二陆，当在吴亡之后，亦非也。

考吴亡之岁，处年亦四十三，筮仕已久。据本传：处仕吴为东观左丞、无难督。故王浑之登建邺宫，处有对浑之言。如使吴亡之后，处方厉志好学，则为东观左丞、无难督者，果何人乎？以此推之，知世说所云尽属谬妄。晋书不加考核，遽采入本传，可谓无识。刘子玄讥其好采小说，诚非过也。又案处碑，世传陆机所撰，亦有'来吴事余厥弟'之语。此碑系唐刘从谏所重树，窜改旧文，事迹错互，不可尽据以为信。"

2　戴渊少时，游侠不治行检，尝在江、淮间攻掠商旅。陆机赴假还洛，辎重甚盛。渊使少年掠劫，渊在岸上，据胡床〔一〕，指麾左右，皆得其宜。渊既神姿峰颖〔二〕，虽处鄙事，神气犹异。机于船屋上遥谓之曰："卿才如此，亦复作劫邪？"渊便泣涕，投剑归机，辞厉非常〔三〕。机弥重之，定交，作笔荐焉〔四〕。虞预晋书曰："机荐渊于赵王伦曰：'盖闻繁弱登御，然后高墉之功显；孤竹在肆，然后降神之曲成。伏见处士戴渊，砥节立行，有井渫之洁；安穷乐志，无风尘之慕。诚东南之遗宝，朝廷之贵璞也。若得寄迹康衢，必能结轨骥騄；耀质廊庙，必能垂光瑜璠。夫枯岸之民，果于输珠；润山之客，烈于贡玉。盖明暗呈形，则庸识所甄也。'伦即辟渊。"过江，仕至征西将军。

【笺疏】

〔一〕嘉锡案："胡床"即"交床"，解在任诞篇"王子猷出都"条。

〔二〕"峰颖"，御览四百九作"锋颖"。

〔三〕"辞厉非常"，御览四百九作"辞属非常"。

〔四〕程炎震云："晋书若思传云：'遂与定交，后举孝廉，机荐于赵王伦。'"

企羡第十六

1 王丞相拜司空[一]，桓廷尉作两髻、葛裙、策杖，路边窥之，叹曰："人言阿龙超[二]，阿龙故自超!"[三]阿龙，丞相小字[四]。不觉至台门[五]。

【笺疏】

〔一〕程炎震云："元纪太兴四年七月，王导为司空。"

〔二〕李详云："详案：日知录卷三十二：'阿者，助语之辞，古人以为漫应声。老子："唯之与阿，相去几何?"今南人呼为入声，非。'又案隶释汉䲭阮碑阴云：'其间四十人，皆字其名，而系以阿字。如刘兴阿兴，潘京阿京之类。必编户民未有表德书石者，欲其整齐而强加之。'此见阿字托始之义。"

〔三〕程炎震云："导、彝同年生，彝盖差长，故李阐为颜含碑云：'王公虽重，故是吾家阿龙。君是王亲丈人，故呼王小字。'碑见续古文苑卷十五。晋人自言呼小字之例如此。洪容斋随笔卷七以为晋人浮虚之习，似未考也。" 嘉锡案：彝与导长幼不可知。晋人于相与亲狎者，亦得呼其小字，不必皆丈人行也。程氏因此遂谓彝长于导，未免过泥。容斋随笔卷七曰："颜鲁公书远祖西平靖侯颜含碑，晋李阐之文也。云：'含为光禄大夫，冯怀欲为王导降礼，君不从曰："王公虽重，故是吾家阿龙。"君是王亲丈人，故呼王小字。'晋书亦载此事，而不书小字。世说：'王丞相拜司空，桓廷尉叹曰："人言阿龙超，阿龙故自超。"'呼三公小字，晋人浮虚之习如此。"

〔四〕御览引郭子注云："导小名赤龙。"

〔五〕此事出郭子，见御览三百九十四。

2　王丞相过江，自说昔在洛水边，数与裴成公、阮千里诸贤共谈道。羊曼曰：“人久以此许卿，何须复尔？”王曰：“亦不言我须此，但欲尔时不可得耳！”欲，一作歎。

3　王右军得人以兰亭集序方金谷诗序〔一〕，又以己敌石崇〔二〕，甚有欣色〔三〕。王羲之临河叙曰：“永和九年，岁在癸丑〔四〕，莫春之初，会于会稽山阴之兰亭，修禊事也。群贤毕至，少长咸集〔五〕。此地有崇山峻岭，茂林修竹。又有清流激湍，映带左右。引以为流觞曲水，列坐其次。是日也，天朗气清，惠风和畅，娱目骋怀，信可乐也。虽无丝竹管弦之盛，一觞一咏，亦足以畅叙幽情矣。故列序时人，录其所述。右将军司马太原孙丞公等二十六人，赋诗如左，前馀姚令会稽谢胜等十五人不能赋诗，罚酒各三斗。”〔六〕

【笺疏】

〔一〕寰宇记九十六“越州山阴县兰亭在县西南二十七里。舆地志云：‘山阴郭西有兰渚，渚有兰亭，王羲之所谓曲水之胜境。制序于此。’”水经注四十渐江水注云：“湖水下注浙江，又径会稽山阴县，浙江又东与兰溪水合。湖南有天柱山，湖口有亭，号曰兰亭，亦曰兰上里。太守王羲之、谢安兄弟数往造焉。太守王廙之移亭水中。晋司空何无忌之临郡也，起亭于山椒，极高尽眺矣。亭宇虽坏，基陛尚存。”

〔二〕嘉锡案：此以金谷诗序与石崇分言之者，盖时人不独谓两序文词足以相敌，且以逸少为兰亭宴集主人，犹石崇之在金谷也。今晋书羲之传乃云：“或以潘岳金谷诗序方其文，羲之比于石崇，闻而甚喜。”与此不同。考诸书引用金谷诗序，无题为潘岳者，其文已略见品藻篇“金谷中苏绍最胜”条注中。观其波澜意度，知逸少临河叙实有意仿之。故时人以为比。潘岳金谷集诗在文选内，不闻有序。纵安仁尝别为之序，亦必非逸少所仿也。桂馥札朴六据羲之传遂谓石崇金谷诗叙即安仁代作，实非崇文。夫石季伦非不能文者，何须安仁捉刀？况他书并无此言，晋书单文孤证，恐系纪载之误，未可便以为据也。

〔三〕程炎震云：“晋书取此，东坡讥之。”

〔四〕太平广记二百七引羊欣笔阵图曰：“王羲之三十三书兰亭序。”宋桑世昌兰亭考八引同。嘉锡案：晋书羲之本传但云年五十九卒，不著年月。陶弘景真诰十六阐幽微注云：“逸少为会稽太守，永和十一年去郡，告灵不复仕。至升平五年辛酉岁亡，年五十九。”真诰虽不可信，而隐居之注，考证不苟，必有所据。张怀瓘书断卷中亦云：“升平五年卒，年五十九。”后来如黄伯思东观馀论卷下跋瘗鹤铭后，谓王逸少以晋惠帝大安二年癸亥岁生，至穆帝升平五年辛酉岁卒。兰亭考载李兼跋，与伯思同，因以推知右军兰亭之游，年五十有一。大抵皆据书断为说也。至钱大昕疑年录一独移下十八年，谓生大兴四年辛巳，卒太元四年己卯。且以东观馀论为误，而不言其何所本。徧检晋书考异、诸史拾遗，及养新录诸书亦并无一言。第以其说推之，则永和九年正得年三十有三，疑即本之羊欣笔阵图耳。考本书汰侈篇曰：“王右军少时，在周侯末坐，割牛心噉之，于此改观。”本传亦曰：“年十三，尝谒周颢，颢察而异之。时重牛心炙，坐客未噉，颢先割啗羲之，由是始知名。”按元帝大兴纪元尽四年，改元永昌。周颢即以其年四月为王敦所害。若如钱氏之说，则当颢之死，右军方在襁褓之中，安能与其末座噉牛心炙耶？盖所谓羊欣笔阵图者，本不可信，远不如真诰书断之足据也。

〔五〕御览一百九十四引王隐晋书曰："王羲之初渡江，会稽有佳山水，名士多居之。与孙绰、许询、谢尚、支遁等宴集于山阴之兰亭。"嘉锡案：兰亭考一载兰亭诗及云谷杂记，一载兰亭石刻，皆无许询、谢尚、支遁等三人。然考法书要录三所载唐何延之兰亭记，仅略举主宾十一人姓名，其中乃有支遁。不审何以不在石刻四十二人之内，又不审当修禊赋诗之时，许询、谢尚果在座中与否也。古事难考，如此类者多矣。

〔六〕严可均录此序入全晋文卷二十六。自注云："此与帖本不同，又多篇末一段，盖刘孝标从本集节录者。"嘉锡案：今本世说注经宋人晏殊、董弅等妄有删节，以唐本第六卷证之，几无一条不遭涂抹。况于人人习见之兰亭序哉。然则此序所删除之字句，未必尽出于孝标之节录也。

4　王司州先为庾公记室参军，后取殷浩为长史。始到，庾公欲遣王使下都，王自启求住曰："下官希见盛德，渊源始至，犹贪与少日周旋。"

5　郗嘉宾得人以己比符坚，大喜。

【校文】

"符坚"　景宋本作"苻坚"，是。

6　孟昶未达时，家在京口〔一〕。晋安帝纪曰："昶字彦达，平昌人。父馥，中护军。昶矜严有志局，少为王恭所知。豫义旗之勋，迁丹阳尹。卢循既下，昶虑事不济，仰药而死。"尝见王恭乘高舆，被鹤氅裘。于时微雪，昶于篱间窥之，叹曰："此真神仙

中人!”〔二〕

【笺疏】

〔一〕程炎震云:“太元十五年二月,王恭为青、兖二州刺史,镇京口。”

〔二〕李慈铭云:“案颜氏家训勉学篇云:‘梁朝全盛之时,贵游子弟无不熏衣剃面,傅粉施朱,驾长檐车,跟高齿屐,坐棋子方褥,凭斑丝隐囊,从容出入,望若神仙。’昶之所谓,正此类也。王恭凭借戚畹,早据高资,学术全无,骄淫自恣。及荷孝武之重委,任北府之屏藩,首创乱谋,妄清君侧。要求既遂,跋扈益张,再动干戈,连横群小。昧于择将,还以自焚。坐使诸桓得志,晋社遽移。金行之亡,实为罪首。枭首灭族,未抵厥辜。孟昶寒人,奴颜乞相,惊其炫丽,望若天人,鄙识琐谈,何足称述?而当时叹为名士,后世载其风流,六代陵迟,职由于此。昶得遭时会,缘借侯封,其子灵休,遂移志愿。临汝之饰,贻秽千秋。其父报仇杀人,其子必将行劫,此之谓矣!”嘉锡案:矜饰容止,固是南朝士大夫一病。然名士风流,仪形俊美者,自易为人所企羡,此亦常情。晋书王恭传载此事云:“恭美姿仪,人多爱悦,或目之云‘濯濯如春月柳’。尝被鹤氅裘,涉雪而行。孟昶窥见之,叹曰:‘此真神仙中人也!’”然则昶之赞恭,乃美其姿容,非第羡其高舆鹤氅裘而已。莼客乃鄙昶为寒人,诋为奴颜乞相,不知本书所载,若此者多矣!即如上篇王长史于积雪中著公服入尚书,王敬和叹为不复似世中人,此与昶之赞恭何异?敬和宰相之子,岂亦寒人奴颜乞相耶?莼客此评,深为无谓。若移家训语入容止篇下,以见风气之弊,则善矣。

伤逝第十七

1 王仲宣好驴鸣。魏志曰:“王粲字仲宣,山阳高平人。曾祖龚、父畅[一]，皆为汉三公。粲至长安见蔡邕，邕奇之，倒屣迎之曰：'此王公孙，有异才，吾不及也！吾家书籍，尽当与之。'避乱荆州，依刘表，以粲貌寝通脱，不甚重之。太祖以从征吴，道中卒。"[二]既葬，文帝临其丧，顾语同游曰："王好驴鸣，可各作一声以送之。"赴客皆一作驴鸣。按戴叔鸾母好驴鸣，叔鸾每为驴鸣以说其母。人之所好，傥亦同之[三]。

【笺疏】

〔一〕"父畅"，当从三国志本传作"祖父畅"。王粲父名谦，为何进长史。

〔二〕程炎震云："'太祖'以下，当有脱文。"又云："魏志粲传，建安二十一年，从征吴。二十二年春，道病卒，时年四十一。"

〔三〕嘉锡案：叔鸾名良，事见后汉书逸民传。此可见一代风气，有开必先。虽一驴鸣之微，而魏、晋名士之嗜好，亦袭自后汉也。况名教礼法，大于此者乎？

2　王濬冲为尚书令，著公服，乘轺车，经黄公酒垆下过，韦昭汉书注曰："垆，酒肆也。以土为堕，四边高似垆也。"顾谓后车客："吾昔与嵇叔夜、阮嗣宗共酣饮于此垆，竹林之游，亦预其末。自嵇生夭、阮公亡以来，便为时所羁绁。今日视此虽近，邈若山河。"[一]竹林七贤论曰："俗传若此。颍川庾爰之尝以问其伯文康，文康云：'中朝所不闻，江左忽有此论，皆好事者为之也。'"

【笺疏】

〔一〕程炎震云："王戎为尚书令，在惠帝永宁二年，去嵇、阮之亡，且四十年矣。此语殊阔于世情。晋书取此而不云为尚书令时，盖亦知戴逵之说而不能割爱也。”嘉锡案：此事盖出裴启语林。轻诋篇注引续晋阳秋曰：“晋隆和中，河东裴启撰语林，时人多好其事，文遂流行。后说太傅事不实，而有人于谢坐叙其黄公酒垆，司徒王珣为之赋。谢公加以与王不平，乃云：‘君遂复作裴郎学。’自是众咸鄙其事矣。”可与此注所引七贤论互证。临川既载谢安语入轻诋，而仍叙黄公酒垆于此，其不能割爱，与晋书同。又案：淮南览冥训云：“考其功烈，上际九天，下契黄垆。”注云：“黄泉下垆土也。”文选曹子建责躬诗云：“昊天罔极，生命不图。尝惧颠沛，抱罪黄垆。”魏志王粲传注引吴质别传曰：“文帝崩，质思慕作诗曰：‘何意中见弃，弃我归黄垆。’”然则黄垆所以喻人死后归土，犹之九京黄泉之类也。此疑王戎追念嵇、阮云亡，生死永隔，故有黄垆之叹。传者不解其义，遂附会为黄公酒垆耳。

3　孙子荆以有才，少所推服，唯雅敬王武子。武子丧时〔一〕，名士无不至者。子荆后来，临尸恸哭，宾客莫不垂涕。哭毕，向灵床曰：“卿常好我作驴鸣，今我为卿作。”体似真声〔二〕，宾客皆笑。孙举头曰：“使君辈存，令此人死！”语林曰：“王武子葬，孙子荆哭之甚悲，宾客莫不垂涕。既作驴鸣，宾客皆笑。孙曰：‘诸君不死，而令武子死乎？’宾客皆怒。”

【校文】

注“孙曰”　景宋本及沈本“孙”下俱有“闻之”二字。

注“而令武子死乎”　景宋本及沈本“令”下有“王”字。

【笺疏】

〔一〕程炎震云：“晋书济传：年四十六，先浑卒。不著何年。”

〔二〕李慈铭云：“案‘真声’误倒。晋书王济传作‘体似声真’，今据改。李本亦误。”

4　王戎丧儿万子〔一〕，山简往省之，王悲不自胜。简曰：“孩抱中物，何至于此？”王曰：“圣人忘情，最下不及情；情之所锺，正在我辈。”王隐晋书曰：“戎子绥，欲取裴遁女。绥既蚤亡，戎过伤痛，不许人求之，遂至老无敢取者。”简服其言，更为之恸。一说是王夷甫丧子，山简吊之〔二〕。

【笺疏】

〔一〕赏誉篇注引晋诸公赞曰：“王绥字万子，年十九卒。”

〔二〕程炎震云：“晋书王衍传取此，云衍尝丧幼子。盖以万年十九卒，不得云孩抱中物也。”嘉锡案：今晋书王衍传作“衍尝丧幼子，山简吊之”。即注所载一说也。吴士鉴注曰：“王戎丧子，年已十九，不得云孩抱中物。世说误衍作戎，合为一事。注引王绥事以实之，亦误也。”

5　有人哭和长舆曰：“峨峨若千丈松崩。”〔一〕

【笺疏】

〔一〕程炎震云：“晋书四十五和峤传云：‘元康二年卒，永平初策谥曰简。’周保绪晋略列传五曰：‘元康在永平后，峤非先卒，必豫于卫瓘之祸，何谥之有？’清殿本考证曰：‘永平定属永康之误，今改正。’按永康元年四月，贾后废后，追复故皇太子位号，峤得策谥，事或有之。然晋初追谥者少，卫瓘受祸，仅乃得之。张华且不得谥，恐峤非其比也。疑永平字不误。峤自永熙元年卒，误为元康二年耳。永熙元年之明年，即永平元年。”

6　卫洗马以永嘉六年丧，谢鲲哭之，感动路人。永嘉流人名曰："玠以六年六月二十日亡，葬南昌城许征墓东。玠之薨，谢幼舆发哀于武昌，感恸不自胜。人问：'子何恤而致哀如是？'答曰：'栋梁折矣，何得不哀？'"咸和中，丞相王公教曰："卫洗马当改葬〔一〕。此君风流名士，海内所瞻，可修薄祭，以敦旧好。"玠别传曰："玠咸和中改迁于江宁。丞相王公教曰：'洗马明当改葬。此君风流名士，海内民望，可修三牲之祭，以敦旧好。'"

【笺疏】

〔一〕建康实录五曰："玠卒，葬新亭东，今在县南十里。"自注曰："按地志：咸和中王导为扬州刺史，下令云云，改葬即此地也。未悉本葬何处。"嘉锡案：许嵩未考世说注，故不知其本葬南昌城。

7　顾彦先平生好琴，及丧〔一〕，家人常以琴置灵床上。张季鹰往哭之，不胜其恸，遂径上床，鼓琴，作数曲竟，抚琴曰："顾彦先颇复赏此不？"因又大恸，遂不执孝子手而出〔二〕。

【笺疏】

〔一〕程炎震云："永嘉六年，顾荣卒。晋书荣传：子毗。"

〔二〕嘉锡案：颜氏家训风操篇曰"江南凡吊者，主人之外，不识者不执手"云云。然则凡吊者，皆须执主人之手。此条言不执孝子手，后王东亭条言不执末婢手，皆著其独于死者悼恸至深，本不为生者吊，故不执手，非常礼也。

8　庾亮儿遭苏峻难遇害。诸葛道明女为庾儿妇，既寡，将改适，亮子会，会妻父彪〔一〕，并已见上。与亮书及之。

亮答曰："贤女尚少，故其宜也。感念亡儿，若在初没。"

【笺疏】

〔一〕李慈铭云："案父当作文。会妻名文彪也。见卷中方正篇注。"程炎震云："此父字当作文。文彪，会妻名也。见方正篇注。"

9　庾文康亡，何扬州临葬云〔一〕："埋玉树箸土中，使人情何能已已！"搜神记曰："初，庾亮病，术士戴洋曰：'昔苏峻事，公于白石祠中许赛车下牛，从来未解。为此鬼所考，不可救也。'明年，亮果亡。"〔二〕灵鬼志谣征曰："文康初镇武昌，出石头，百姓看者于岸歌曰：'庾公上武昌，翩翩如飞鸟；庾公还扬州，白马牵旒旐。'又曰：'庾公初上时，翩翩如飞鸦；庾公还扬州，白马牵旐车。'后连征不入，寻薨，下都葬焉。"

【笺疏】

〔一〕程炎震云："咸康六年，庾亮卒。何充时为护军将军、参录尚书事。"

〔二〕还冤志曰："晋时庾亮诛陶称。后咸康五年冬节会，文武数十人忽然悉起向阶拜揖。庾惊问故，并云：'陶公来。'陶公是称父侃也。庾亦起迎。陶公扶两人，悉是旧怨，传诏左右数十人皆操伏戈。陶公谓庾曰：'老仆举君自代，不图此恩；反戮其孤，故来相问。陶称何罪？身已得诉于帝矣。'庾不得一言，遂寝疾。八年一月死。"嘉锡案：此与搜神记不同，虽荒诞之言，无足深论，然使世无鬼神则已，如犹姑存其说，则与其谓亮死于白石之鬼，不如谓亮死于陶侃。使知嫉功妒能，背恩负义之不可为，亦以见人心世道之公也。亮以咸康五年杀陶称，六年正月卒。还冤记作八年，传写之误耳。

10 王长史病笃，寝卧镫下，转麈尾视之，叹曰："如此人，曾不得四十！"〔一〕及亡，刘尹临殡，以犀柄麈尾箸柩中，因恸绝〔二〕。濛别传曰："濛以永和初卒，年三十九。沛国刘惔与濛至交，及卒，惔深悼之。虽友于之爱，不能过也。"

【笺疏】

〔一〕程炎震云："法书要录卷九载张怀瓘书断称：'濛以永和三年卒，年三十九。'"

〔二〕高僧传八释道慧传云："慧以齐建元二年卒，春秋三十有一。临终呼取麈尾授友人智顺，顺恸曰：'如此之人，年不至四十，惜矣！'因以麈尾纳棺中而葬焉。"嘉锡案：智顺此言，正敩王濛耳。

11 支道林丧法虔之后，精神賈丧，风味转坠。支遁传曰："法虔，道林同学也。俊朗有理义，遁甚重之。"常谓人曰："昔匠石废斤于郢人，庄子曰："郢人垩漫其鼻端若蝇翼，使匠石运斤斫之，垩尽而鼻不伤，郢人立不失容。"牙生辍弦于锺子，韩诗外传曰："伯牙鼓琴，锺子期听之。方鼓琴，志在太山，子期曰：'善哉乎鼓琴！巍巍乎若太山！'莫景之间，志在流水，子期曰：'善哉乎鼓琴！洋洋乎若流水！'锺子期死，伯牙擗琴绝弦，终身不复鼓之，以为在者无足为之鼓琴也。"推己外求，良不虚也！冥契既逝，发言莫赏，中心蕴结，余其亡矣！"却后一年，支遂殒〔一〕。

【笺疏】

〔一〕程炎震云："高僧传卷四云：'乃著切晤章，临亡成之，落笔而卒。'"又云："'外求'高僧传作'求人'。"高僧传四云："遁有同学法虔，精理人神，先遁亡。遁叹曰云云，乃著切悟章。临亡成之，落笔而卒。"

12　郗嘉宾丧，左右白郗公"郎丧"，既闻，不悲，因语左右："殡时可道。"公往临殡，一恸几绝。中兴书曰："超年四十一，先愔卒[一]。超所交友，皆一时俊乂。及死之日，贵贱为诔者四十馀人。"续晋阳秋曰："超党戴桓氏，为其谋主，以父愔忠于王室，不令知之。将亡，出一小书箱付门生，云：'本欲焚此，恐官年尊，必以伤愍为毙[二]。我亡后，若大损眠食，则呈此箱。'愔后果恸悼成疾，门生乃如超旨，则与桓温往反密计。愔见即大怒曰：'小子死恨晚！'后不复哭。"

【笺疏】

〔一〕程炎震云："晋书超传不著卒年。通鉴系之太元二年十二月，当必有据。"又云："宋本作'二'，晋书亦云'四十二'。"

〔二〕"毙"晋书作"弊"，是。

13　戴公见林法师墓，支遁传曰："遁太和元年终于剡之石城山，因葬焉。"曰："德音未远，而拱木已积。冀神理绵绵，不与气运俱尽耳！"王珣法师墓下诗序曰："余以宁康二年，命驾之剡石城山，即法师之丘也。高坟郁为荒楚，丘陇化为宿莽，遗迹未灭，而其人已远。感想平昔，触物凄怀。"其为时贤所惜如此。

14　王子敬与羊绥善。绥清淳简贵，为中书郎，少亡。绥已见。王深相痛悼，语东亭云："是国家可惜人！"

15　王东亭与谢公交恶。中兴书曰："珣兄弟皆婿谢氏，以猜嫌离婚。太傅既与珣绝婚，又离妻[一]，由是二族遂成仇衅。"王在东闻谢丧[二]，便出都诣子敬，道欲哭谢公。子敬始卧，闻其言，便惊起曰："所望于法护。"[三]法护，珣小字。王于是往哭。督帅刁约不听前，曰："官平生在时，不见此客。"王亦不与语，直前，哭甚恸，不执末婢手而退。末婢，谢琰小字。琰字瑗度，安少子。开率有大度，为孙恩所害。赠侍中司空。

【笺疏】

〔一〕李慈铭云："案离下脱珉字。"嘉锡案："又离珉妻"，事见晋书王珣传。

〔二〕嘉泰吴兴志四云："三鹅冈，在长兴县西南六十五里，有晋谢安墓。冈中有断处，梁朝有童谣：'乌山出天子。'故凿焉。"又十三云："谢太傅庙，在县南三鸦冈，庙前即其墓。"按"三鹅""三鸦"，必有一误。元和郡县志二十五云："上元县谢安墓在县东南十里石子岗北。"景定建康志四十三云："谢安墓在城南九里梅岭岗。"南唐书："梅颐岗相接处，即谢安墓。"舆地纪胜十七云："谢安墓在上元县东十里石子冈北。"陈始兴王叔陵传："晋世王公贵人，多葬梅岭。及叔陵所生母彭氏卒，启求梅岭，乃发故太傅谢安旧墓，弃去安柩，以藏其母。"嘉锡案：安石墓本在建康，而嘉泰吴兴志乃云墓在长兴者，钱泳履园丛话卷十九云："谢安墓在长兴县西南六十里，地名三鸦冈。今尚有子孙守墓者。陈叔陵发冢以葬其母，裔孙夷吾适为长兴令，徙葬于此。"

〔三〕程炎震云："子敬长元琳五岁，故得斥其小字。晋书珣传云'诣族弟献之'，误矣。"

16　王子猷、子敬俱病笃，而子敬先亡。献之以泰元十三年卒，年四十五[一]。子猷问左右："何以都不闻消息？此已丧矣！”语时了不悲。便索舆来奔丧，都不哭。子敬素好琴，便径入坐灵床上，取子敬琴弹，弦既不调，掷地云：“子敬！子敬！人琴俱亡。”因恸绝良久，月馀亦卒。

幽明录曰：“泰元中，有一师从远来，莫知所出。云：‘人命应终，有生乐代者，则死者可生。若逼人求代，亦复不过少时。’人闻此，咸怪其虚诞。王子猷、子敬兄弟，特相和睦。子敬疾属纩，子猷谓之曰：‘吾才不如弟，位亦通塞，请以馀年代弟。’师曰：‘夫生代死者，以己年限有馀，得以足亡者耳。今贤弟命既应终，君侯算亦当尽，复何所代？’子猷先有背疾，子敬疾笃，恒禁来往。闻亡，便抚心悲惋，都不得一声，背即溃裂。推师之言，信而有实。”〔二〕

【校文】

“子敬子敬”　景宋本及沈本无下“子敬”二字。

【笺疏】

〔一〕程炎震云：“法书要录九载张怀瓘书断曰：‘子敬为中书令，太元十一年卒于官，年四十三。族弟珉代居之，至十三年而卒，年三十八。’案所载珉年，与晋书合，知所称子敬之年，亦当不误。此注或传写之讹耳。”

〔二〕嘉锡案：据世说：子敬亡时，子猷尚能奔丧，且有人琴俱亡之叹。其不哭也，盖强自抑止，以示其旷达，犹原壤之登木，庄生之鼓缶耳！非不能哭也。安得谓之都不得一声乎？当时虽复恸绝，然月馀乃卒，若其背疾即时溃裂，恐不能活至月馀矣。世说、幽明录均刘义庆所著，而其叙事不同如此，当由杂采诸书，不出一源故也。持矛刺盾，两相乖谬，其为虚诞，不攻自破。盖为天师道者，欲自神其术，造此妄说，以惑庸愚。以子敬兄弟名高，又家世奉道，故托之以取信耳。孝标取以作注，以为实有此事，不免为其所欺矣。

17　孝武山陵夕，王孝伯入临〔一〕，告其诸弟曰："虽榱桷惟新，便自有黍离之哀！"中兴书曰："烈宗丧，会稽王道子执政，宠幸王国宝，委以机任。王恭入赴山陵，故有此叹。"

【笺疏】

〔一〕程炎震云："晋书安纪：'太元二十一年十月，葬孝武帝于隆平陵。王恭自京口入赴。'"

18　羊孚年三十一卒〔一〕，桓玄与羊欣书曰："贤从情所信寄，暴疾而殒，孚已见。宋书曰："欣字敬元，太山南城人。少怀静默，秉操无竞。美姿容，善笑言，长于草隶。"羊氏谱曰："孚即欣从祖。"〔二〕祝予之叹，如何可言！"公羊传曰："颜渊死，子曰：'噫！天丧予！'子路亡，子曰：'噫！天祝予！'"何休曰："祝者，断也。天将亡夫子耳。"

【笺疏】

〔一〕李慈铭云："案卷上言语篇注引羊氏谱，称孚卒年四十六。"程炎震云："言语篇'桓玄问羊孚'条注引羊氏谱，作'年四十六'。"

〔二〕李慈铭云："案孚与欣为从祖兄弟，皆徐州刺史忱之曾孙。孚祖楷，父绥。欣祖权，父不疑。以年论之，孚当为欣之兄。此注从祖下脱一兄字，各本皆误。"

19　桓玄当篡位，语卞鞠云：卞范已见。"昔羊子道恒禁吾此意。今腹心丧羊孚，爪牙失索元，索氏谱曰："元字天保，燉煌人。父绪，散骑常侍。元历征虏将军、历阳太守。"幽明录曰："元在历阳，疾病，西界一年少女子姓某，自言为神所降，来与元相闻，许为治护。元性刚直，以为妖惑，收以付狱，戮之于市中。女临死曰：'却后十七日，当令索元知其罪。’如期，元果亡。”而匆匆作此诋突，讵允天心？”

栖逸第十八

1　阮步兵啸，闻数百步。苏门山中，忽有真人，樵伐者咸共传说。阮籍往观，见其人拥膝岩侧。籍登岭就之，箕踞相对。籍商略终古，上陈黄、农玄寂之道，下考三代盛德之美，以问之，仡然不应。复叙有为之教，栖神导气之术以观之，彼犹如前，凝瞩不转。籍因对之长啸。良久，乃笑曰：“可更作。”籍复啸。意尽，退，还半岭许，闻上啾然有声，如数部鼓吹，林谷传响。顾看，乃向人啸也〔一〕。魏氏春秋曰：“阮籍常率意独驾，不由径路，车迹所穷，辄恸哭而反。尝游苏门山，有隐者莫知姓名〔二〕，有竹实数斛，杵臼而已。籍闻而从之，谈太古无为之道，论五帝三王之义，苏门先生翛然曾不眄之。籍乃嘐然长啸，韵响寥亮。苏门先生乃逌尔而笑。籍既降，先生喟然高啸，有如凤音。籍素知音，乃假苏门先生之论以寄所怀〔三〕。其歌曰：‘日没不周西，月出丹渊中。阳精晦不见，阴光代为雄。亭亭在须臾，厌厌将复隆。富贵俛仰间，贫贱何必终。’”〔四〕竹林七贤论曰：“籍归，遂著大人先生论〔五〕，所言皆胸怀间本趣，大意谓先生与己不异也。观其长啸相和，亦近乎目击道存矣。”

【校文】

注“三王之义”　“王”，景宋本及沈本作“皇”。

【笺疏】

〔一〕嘉锡案：此出戴逵竹林七贤论，见类聚十九、御览三百九十二引，较世说稍略。

〔二〕文选集注四十二引公孙罗文选钞曰："隐有三种：一者求于道术，绝弃喧嚣，以居山林。二者无被征召，废于业行，真隐人。三者求名誉，诈在山林，望大官职，召即出仕，非隐人也，徼名而已。"

〔三〕御览五百十引袁淑真隐传曰："苏门先生尝行，见采薪于阜者。先生叹曰：'汝将以是终乎？哀哉！'薪者曰：'以是终者，我也；不以是终者，我也。且圣人无怀，何其为哀？圣人以道德为心，不以富贵为志。'因歌二章，莫知所终。"嘉锡案：袁淑所言，略本之阮籍大人先生传。然此特籍之寓言耳，未必真有是采薪者，乃能与先生相应答也。

〔四〕嘉锡案：此歌即大人先生传中采薪者所歌二章之一。

〔五〕阮嗣宗集大人先生传云："大人先生，盖老人也，不知姓字。陈天地之始，言神农、黄帝之事昭然也。莫知其生年之数，尝居苏门之山，故世咸谓之闲。养性延寿，与自然齐光。其视尧、舜之所事，若手中耳。先生以为中区之在天下，曾不若蝇蚊之著帷，故终不以为事，而极意乎异方奇域。游览观乐，非世所见，徘徊无所终极，遗其书于苏门之山而去，天下莫知其所如往也。"

2　嵇康游于汲郡山中，遇道士孙登，遂与之游。康临去，登曰："君才则高矣，保身之道不足。"康集序曰："孙登者，不知何许人。无家，于汲郡北山土窟住。夏则编草为裳，冬则被发自覆。好读易，鼓一弦琴，见者皆亲乐之。"魏氏春秋曰："登性无喜怒，或没诸水，出而观之，登复大笑。时时出入人间，所经家设衣食者，一无所辞，去皆舍去。"文士传曰："嘉平中，汲县民共入山中，见一人，所居悬岩百仞，丛林郁茂，而神明甚察。自云'孙姓，登名，字公和'。康闻，乃从游三年。问其所图，终不答。然神谋所存良妙，康每荼然叹息。将别，谓曰：'先生竟无言乎？'登乃曰：'子识火乎？生而有光，而不用其0光，果然在于用光。人生有才，而不用其才，果然在于用才。故用光在乎得薪，所以保其曜；用才在乎识物，所以全其年。今子才多识寡，难乎免于今之世矣！子无多求！'康不能用。及遭吕安事，在狱为诗自责云：'昔惭下惠，今愧孙登！'"王隐晋书曰："孙登即阮籍所见者也。嵇康执弟子礼而师焉。魏、晋去就，易生嫌疑，贵贱并没，故登或默也。"〔一〕

【笺疏】

〔一〕李慈铭云："案水经洛水篇注曰：'臧荣绪晋书称：孙登尝经宜阳山，作炭人见之，与语，登不应。作炭者觉其精神非常，咸共传说。太祖闻之，使阮籍往观，与语，亦不应。籍因大啸。登笑曰："复作向声。"又为啸。求与俱出，登不肯，籍因别去。登上峰，行且啸，如箫韶笙簧之音，声振山谷。籍怪而问作炭人，作炭人曰："故是向人声。"籍更求之，不知所止。推问久之，乃知姓名。余按孙绰叙高士传言在苏门山。又别作登传。孙盛魏氏春秋亦言在苏门山，又不列姓名。阮嗣宗感著大人先生论，言"吾不知其人。既神游自得，不与物交"。阮氏尚不能动其英操，复不识何人而能得其姓名。'案郦氏之论甚核。苏门长啸者与汲郡山中孙登，自是二人。王隐盖以时地相同，牵而合之。荣绪推问二语，即承隐书而附会。唐修晋书复沿臧说，不足信也。"嘉锡案：葛洪神仙传六孙登传叙事与嵇康集序及文士传略同，只多太傅杨骏遗以布袍，登以刀斫碎，及登死，骏给棺埋之，而登复活二事。并无一字及于阮籍者。盖洪为西晋末人，去登时不远，故其书虽怪诞，犹能知登与苏门先生之为二人也。水经清水注云："百门陂方五百步，在共县故城西，即共和之故国也。共伯既归帝政，逍遥于共山之上。山在国北，所谓共北山也，仙者孙登之所处。袁彦伯竹林七贤传：'嵇叔夜尝采药山泽，遇之于山，冬以被发自覆，夏则编草为裳，弹一弦琴，而五声和。'" 御览五百二引王隐晋书曰："魏末有孙登，字公和，汲郡人。无家属，时人于汲郡北山上土窟中得之。夏则编草为裳，冬则被发覆面，对人无言。好读易，鼓琴。初，宜阳山中作炭者忽见有人不语，精神不似常人。帝使阮籍往视，与语，亦不应。籍因大啸，野人乃笑曰：'尔复作向声。'籍又为啸。籍将求出，野人不听而去。登山并啸，如箫韶笙簧之音，声震山谷。而还问，炭人曰：'故是向人耳。'寻知求（此句中有脱误），不知所止。推问久之，乃知姓名。"嘉锡案：大人先生传及魏氏春秋并言苏门先生不知姓名，而王隐以为即嵇康所师事之孙登，与嵇、阮本集皆不合，显出附会。刘孝标引以为注，失于考核矣。今试以王隐之言与水经注所引臧荣绪书互较，知荣绪所述，全出于隐，并"推问久之"二句，亦隐之原文。如此，荣绪直录之耳。李莼客以为荣绪即承隐书而附会，非也。魏志王粲传注引魏氏春秋曰："初，康采药于汲郡共北山中，见隐者孙登。康欲与之言，登默然不对。逾时将去，康曰：'先生竟无言乎？'登乃曰：'子才多识寡，难乎免于今之世。'及遭吕安事，为诗自责曰：'欲寡其过，谤议沸腾。性不伤物，频致怨憎。昔惭柳下，今愧孙登。内负宿心，外赧良朋。'"又晋阳秋云："康见孙登，登对之长啸，逾时不言。康辞还曰：'先生竟无言乎？'登曰：'惜哉！'"嘉锡案：魏、晋两春秋皆孙盛所撰，其叙康之见登，一则曰逾时将去；再则曰逾时不言。然则康、登相见，不过一炊许时耳，而张骘文士传谓康从游三年。久暂不同，显然乖异。盛与骘虽不知孰先孰后，然裴松之尝讥骘虚伪妄作，不可胜纪，则其书疑未可信。

3　山公将去选曹，欲举嵇康；康与书告绝〔一〕。康别传曰："山巨源为吏部郎，迁散骑常侍，举康，康辞之，并与山绝。岂不识山之不以一官遇己情邪？亦欲标不屈之节，以杜举者之口耳！乃答涛书，自说不堪流俗，而非薄汤武。大将军闻而恶之。”

【笺疏】

〔一〕程炎震云：“魏志二十一嵇康传注曰：‘案涛行状，涛以景元二年除吏部郎。’盖当年即迁，故康书云：‘女年十三，男年八岁。’而景元四年康被诛时，嵇绍十岁也。晋书康传亦云：‘涛去选官，举康自代。’惟文选注引魏氏春秋云：‘山涛为选曹郎，举康自代。’而裴松之因之，盖漏去涛之迁官一节耳。”程炎震云：“康书云‘闻足下迁’，是涛已迁官之证。又云：‘前年从河东还，显宗、阿都说足下议以吾自代。’则别是一事，不必定是代为吏部郎。”

4　李廞是茂曾第五子，清贞有远操，而少羸病，不肯婚宦。居在临海，住兄侍中墓下。既有高名，王丞相欲招礼之，故辟为府掾。廞得笺命〔一〕，笑曰：“茂弘乃复以一爵假人！”〔二〕文字志曰：“廞字宗子，江夏锺武人。祖康〔三〕，秦州刺史。父重，平阳太守。世有名望。廞好学，善草隶，与兄式齐名。躄疾不能行坐，常仰卧弹琴，读诵不辍。河间王辟太尉掾，以疾不赴。后避难，随兄南渡，司徒王导复辟之。廞曰：‘茂弘乃复以一爵加人！’永和中卒。廞尝为二府辟，故号李公府也。式字景则，廞长兄也。思理儒隐，有平素之誉。渡江，累迁临海太守、侍中。年五十四而卒。”

【笺疏】

〔一〕程炎震云：“御览三百八十六引笺命作板命，是也。”

〔二〕嘉锡案：廞本不肯婚宦，兼素有高名，耻复屈身掾史，故其言如此。汉书朱云传曰：“薛宣为丞相，云往见之，宣从容谓云曰：‘在田野亡事，且留我东阁，可以观四方奇士。’云曰：‘小生乃欲相吏耶?'"李廞之意，亦若此而已。

〔三〕程炎震云:"祖康当作祖秉，见德行篇。"

5 何骠骑弟以高情避世，而骠骑劝之令仕。答曰:"予第五之名，何必减骠骑?"中兴书曰:"何准字幼道，庐江灊人。骠骑将军充第五弟也。雅好高尚，征聘一无所就。充位居宰相，权倾人主，而准散带衡门，不及世事。于时名德皆称之。年四十七卒。有女，为穆帝皇后。赠光禄大夫。子恢〔一〕，让不受。"

【笺疏】

〔一〕程炎震云:"恢，晋书准传作惔。"

6 阮光禄在东山，萧然无事，常内足于怀。阮裕别传曰:"裕居会稽剡山，志存肥遁。"有人以问王右军，右军曰:"此君近不惊宠辱，老子曰:"宠辱若惊，得之若惊，失之若惊。"虽古之沈冥，何以过此?"杨子曰:"蜀庄沈冥。"李轨注曰:"沈冥，犹玄寂，泯然无迹之貌。"

7 孔车骑少有嘉遁意，年四十馀，始应安东命。未仕宦时，常独寝，歌吹自箴诲，自称孔郎，游散名山。孔愉别传曰:"永嘉大乱，愉入临海山中，不求闻达，中宗命为参军。"百姓谓有道术，为生立庙。今犹有孔郎庙〔一〕。

【校文】

"歌吹" 景宋本无"吹"字。

"名山" 景宋本及沈本俱作"山石"。

【笺疏】

〔一〕李慈铭云："案'歌吹自箴诲'句有误。晋书孔愉传云：'东还会稽，入新安山中，改姓孙氏。以稼穑读书为务，信著乡里。后忽舍去，皆谓为神人，而为之立祠。'"程炎震云："晋书七十八愉传云：'永嘉中，元帝以安东将军镇扬土，命为参军。邦族寻求，莫知所在。建兴初，始出应召。'又晋书云：'入新安山中。'"水经注四十渐江水注云："湖水又径会稽山阴县。县南九里有侯山，山孤立长湖中，晋车骑将军孔敬康少时遁世，栖迹此山。"嘉泰会稽志九："会稽县侯山在县西四里。旧经云：'南湖侯山，回在湖中，俗名九里山。盖昔时去县之数也。'孔愉少栖此山。"寰宇记一百四曰："歙县孔灵村，在县南二十五里。按晋书云：'孔愉字敬康，会稽人。永嘉之乱，避地入新安山谷中，以稼穑读书为业，信著邻里。后忽舍去，皆以为神人，为之立庙。'按所居止在此，故谓之孔灵山。祀其上。"罗愿新安志三歙县古迹云："孔灵村在县南三十里。孔愉东还会稽，入新安山中，事见晋书本传。而世说亦云：'自称孔郎，游散名山，百姓为生立庙。'是其事也。今此村祷赛犹及孔愉先生云。"自注曰："愉别传云'愉入临海山中'，而晋书又以为会稽有新安山，然世说既称游散名山，明非一处。今此地以孔名，而寰宇志、祥符经皆言是愉隐处，不可没也。"嘉锡案：晋书言归会稽，后入新安山中耳。非谓会稽有新安山也。

8　南阳刘驎之，高率善史传，隐于阳岐〔一〕。于时符坚临江，荆州刺史桓冲将尽訏谟之益，征为长史，遣人船往迎，赠贶甚厚。驎之闻命，便升舟，悉不受所饷〔二〕，缘道以乞穷乏〔三〕，比至上明亦尽〔四〕。一见冲，因陈无用，翛然而退。居阳岐积年，衣食有无常与村人共。值己匮乏，村人亦如之。甚厚为乡闾所安〔五〕。邓粲晋纪曰："驎之字子骥，南阳安众人。少尚质素，虚退寡欲。好游山泽间，志存遁逸。桓冲尝至其家，驎之方条桑，谓冲：'使君既枉驾光临，宜先诣家君。'冲遂诣其父。父命驎之，然后乃还，拂短褐与冲言。父使驎之自持浊酒葅菜供宾，冲敕人代之。父辞曰：'若使官人，则非野人之意也。'冲为慨然，至昏乃退。因请为长史，固辞。居阳岐，去道斥近，人士往来，必投其家。驎之身自供给，赠致无所受。去家百里，有孤妪疾将死，谓人曰：'唯有刘长史当埋我耳！'驎之身往候之，疾终，为治棺殡。其仁爱皆如此。以寿卒。"〔六〕

【校文】

"符坚临江"　北堂书钞六十八引作"苻永固临江上"。

"桓冲"　北堂书钞引作"桓车骑"。

"翛然"　北堂书钞引作"萧然"。嘉锡案：书钞所引与今本不同处，皆义得两通，未详孰是。

注"拂短褐"　"短"，景宋本作"裋"。

【笺疏】

〔一〕李详云："详案：阳岐，村名，去荆州二百里。见后任诞篇注。"程炎震云："阳岐注见任诞篇'桓车骑在荆州'条。"

〔二〕李慈铭云："案当作'悉受所饷'，'不'字衍。"

〔三〕李详云："乞，与也。"

〔四〕程炎震云："晋书七十四桓冲传：'孱陵县界，地名上明，北枕大江，西接三峡。于是移镇上明。'水经注三十四江水篇：'江水又东经上明城北。晋太元中苻坚之寇荆州也，刺史桓冲徙渡江南，使刘波筑之，徙州治此城。其地夷敞，北据大江。'通典一百八十三：'江陵郡松滋县西有废上明城，即冲所筑。'通鉴一百四：'桓冲自江陵移镇上明。'在太元二年。"通鉴地理通释十三引郡县志云:"三明故城,亦谓之桓城,在江陵府松滋县西一里,居上明之地,而桓冲所筑,故兼二名。苻坚南侵,冲为荆州刺史。渡江南上明,筑城以御之。上明在县东三十步,明犹渠也。晋末朱龄石开三明,引江水以灌稻田,后堤坏,遂废。"嘉锡案:郡县志即元和郡县图志也。今本残阙,故无此条。舆地纪胜六十四亦引之,不如此详。宋书朱龄石传:"义熙八年,高祖西伐刘毅,龄石从至江陵。九年始自江陵伐蜀。"其开三明,当在此时。事在桓冲之后。然冲时既有上明,则当已有此三渠。其后淤废,龄石重开之耳。

〔五〕李慈铭云:"案'厚'字疑衍。"

〔六〕御览五百三引王隐晋书曰:"邓粲,长沙人也。少以高洁著名,与南阳刘驎之、南郡刘尚公同志友善,并不应州郡辟命。荆州刺史桓公卑辞厚礼,请粲为别驾。粲嘉其好贤,乃起应召。驎之、尚公谓粲曰:'卿道学深,众所推服,忽然改节,诚失所望。'"嘉锡案:据史通古今正史篇,王隐以咸康六年奏上其书,不应下及太元时为邓粲立传。御览所引,不知为何书之误。然由此可见粲所纪驎之事,乃亲所见闻,皆实录也。今晋书八十二粲传,与御览略同。御览五百四引晋中兴书曰:"刘驎之字子骥,一字道民。好游于山泽,志在存道,常采药至名山,深入忘返。见有一涧水,南有二石囷,一囷开,一囷闭,或说囷中皆仙方秘药,驎之欲更寻索,终不能知。桓冲请为长史,固辞,居于阳岐。人士往来,无不投止,驎之自供给,人人丰足。凡人致赠,一无所受。"嘉锡案:初学记五引臧荣绪晋书略同。惟名山作衡山,今晋书隐逸传从之。案此叙驎之所见,颇类桃花源,盖即一事而传闻异辞。陶渊明集五桃花源记,正太元中事,其末曰:"南阳刘子骥,高尚士也。闻之,欣然规往,未果,寻病终。后遂无问津者。"据记,驎之盖即卒于太元间。晋书谓骥之为光禄大夫耽之族。而渊明作其外祖父孟嘉传，言耽与嘉同在桓温府，渊明从父太常夔尝问嘉于耽，则渊明与耽世通家，宜得识骥之，故知其有欲往桃源事，惟不知与晋中兴书所记，孰得其真耳。嘉锡又案：搜神后记卷一兼载桃源及衡山二事，其书即托名陶潜。但易桃花源记中之南阳刘子骥为太守刘歆，作伪之迹显然。然亦梁以前书也。

9　南阳翟道渊〔一〕与汝南周子南少相友〔二〕，共隐于寻阳。庾太尉说周以当世之务，周遂仕，翟秉志弥固。其后周诣翟，翟不与语。晋阳秋曰："翟汤字道渊，南阳人，汉方进之后也。笃行任素，义让廉洁，馈赠一无所受。值乱多寇，闻汤名德，皆不敢犯。"寻阳记曰："初，庾亮临江州，闻翟汤之风，束带蹑屐而诣焉。亮礼甚恭。汤曰：'使君直敬其枯木朽株耳。'亮称其能言，表荐之。征国子博士，不赴〔三〕。主簿张玄曰：'此君卧龙，不可动也。'终于家。"

【笺疏】

〔一〕程炎震云："道渊，晋书九十四汤传作道深，唐人避讳改也。南阳晋书作寻阳，帝纪两见，前云寻阳，后云南阳，当两存之。"御览五百三引晋中兴书曰："翟汤字长渊，寻阳人。耕而后食。凡有馈赠，一无所受。庾亮荐汤，以国子博士征，不起。"嘉锡案：汤为方进之后，则其先本南阳翟氏，过江后侨居寻阳。长渊之与道渊，不知孰是。

〔二〕程炎震云："子南别见尤悔篇'庾公欲起周子南'条。"

〔三〕程炎震云："晋书成纪：咸和八年四月，以束帛征。康纪：建元元年六月，又以束帛征。"

10　孟万年及弟少孤，居武昌阳新县。万年游宦，有盛名当世，少孤未尝出，京邑人士思欲见之，乃遣信报少孤，云“兄病笃”。狼狈至都。时贤见之者，莫不嗟重，因相谓曰：“少孤如此，万年可死。”袁宏孟处士铭曰：“处士名陋，字少孤，武昌阳新人，吴司空孟宗后也。少而希古，布衣蔬食，栖迟蓬荜之下，绝人间之事，亲族慕其孝。大将军命会稽王辟之，称疾不至。相府历年虚位，而澹然无闷，卒不降志，时人奇之。”〔一〕

【笺疏】

〔一〕程炎震云：“晋书云‘以寿终’。此铭仍称会稽王，则在简文未立时。”御览五百四引晋中兴书曰：“孟陋字少孤，少而贞洁，清操绝伦，口不言世事。时或渔弋，虽家人亦不知所之。太宗辅政，以为参军，不起。桓温躬往造焉。或谓温宜引在府，温叹曰：‘会稽王不能屈，非敢拟议也。’陋闻之曰：‘亿兆之人，无官者十居八九，岂皆高士哉？我病疾，不堪忝相王之命，非敢为高也。’”今晋书隐逸传同。

11　康僧渊在豫章，去郭数十里，立精舍。旁连岭，带长川，芳林列于轩庭，清流激于堂宇。乃闲居研讲，希心理味，庾公诸人多往看之。观其运用吐纳，风流转佳。加已处之怡然，亦有以自得，声名乃兴。后不堪，遂出〔一〕。僧渊已见。

【校文】

“加已处之怡然”　景宋本及沈本俱无“已”字。

【笺疏】

〔一〕程炎震云：“高僧传云：‘后卒于寺。’”

12　戴安道既厉操东山，续晋阳秋曰："逵不乐当世，以琴书自娱，隐会稽剡山。国子博士征，不就。"而其兄欲建式遏之功。戴氏谱曰："逯字安丘，谯国人。祖硕，父绥，有名位。逯以武勇显，有功，封广陵侯，仕至大司农。"谢太傅曰："卿兄弟志业，何其太殊？"戴曰："下官'不堪其忧'，家弟'不改其乐'。"〔一〕

【笺疏】

〔一〕李慈铭云："案'逯'晋书作'逯'，附见谢玄传。言是逵之弟，封广信侯。'家弟'作'家兄'。"

13　许玄度隐在永兴南幽穴中，每致四方诸侯之遗。或谓许曰："尝闻箕山人似不尔耳！"许曰："筐篚苞苴，故当轻于天下之宝耳！"〔一〕郑玄礼记注云："苞苴，裹肉也。或以苇，或以茅。"此言许由尚致尧帝之让，筐篚之遗，岂非轻邪？

【笺疏】

〔一〕嘉锡案：易系辞传曰："天地之大德曰生，圣人之大宝曰位。"此言天下之宝，谓尧让许由以天子之位耳。

14　范宣未尝入公门，韩康伯与同载，遂诱俱入郡，范便于车后趋下〔一〕。续晋阳秋曰："宣少尚隐遁，家于豫章，以清洁自立。"

【笺疏】

〔一〕吴承仕曰："据此，是晋时车制与周制略同。据考工记，皆从车后登降也。"

15　郗超每闻欲高尚隐退者，辄为办百万资，并为造立居宇。在剡为戴公起宅，甚精整。戴始往旧居，与所亲书曰："近至剡，如官舍。"郗为傅约亦办百万资，傅隐事差互，故不果遗。约，琼小字〔一〕。

【笺疏】

〔一〕嘉锡案：刘注但称约为傅琼小字，而不言琼为何如人，似有脱文。本书识鉴篇言"郗超与傅瑗周旋"，南史傅亮传云："亮，晋司隶校尉咸之玄孙也。父瑗，与郗超善。"琼疑亦咸之曾孙，瑗之兄弟行，故得与超相识。其隐事差互，事不可考。

16　许掾好游山水，而体便登陟。时人云："许非徒有胜情，实有济胜之具。"〔一〕

【笺疏】

〔一〕"许"，后山诗集注引作"卿"。

17　郗尚书与谢居士善，常称"谢庆绪识见虽不绝人，可以累心处都尽。"尚书，郗恢也。别见。檀道鸾续晋阳秋曰："谢敷字庆绪，会稽人，崇信释氏。初入太平山中十馀年，以长斋供养为业，招引同事，化纳不倦。以母老还南山若邪中。内史郗愔表荐之，征博士，不就。初，月犯少微星，一名处士星〔一〕。古云：'以处士当之。'时戴逵居剡，既美才艺而交游贵盛，先敷著名，时人忧之。俄而敷死，会稽人士以嘲吴人云：'吴中高士，便是求死不得。'"

【笺疏】

〔一〕程炎震云："初学记一、御览七引此，'一名处士星'上有'少微'二字。"

贤媛第十九〔一〕

【笺疏】

〔一〕嘉锡案：本篇凡三十二条，其前十条皆两汉、三国事。有晋一代，唯陶母能教子，为有母仪，馀多以才智著，于妇德鲜可称者。题为贤媛，殊觉不称其名。唐修晋书，列女传才三十四人，而五人出于外族。其晋人行义足尚者，不过十馀人耳。考之传记，晋之妇教，最为衰敝。夫君子之道，造端夫妇。故关雎以为风始，未有家不齐而国能治者。妇职不修，风俗陵夷，晋之为外族所侵扰，其端未必不由于此也。故具列当时有识之言，以为世戒。干宝晋纪总论曰："其妇女庄栉织纴，皆取成于婢仆，未尝知女工丝枲之业，中馈酒食之事也。先时而婚，任情而动，故皆不耻淫逸之过，不拘妬忌之恶。有逆于舅姑，有反易刚柔，有杀戮妾媵，有黩乱上下，父兄弗之罪也，天下莫之非也。又况责之闻四教于古，修贞顺于今，以辅佐君子者哉？"抱朴子外篇疾谬篇曰："今俗妇女，休其蚕织之业，废其玄紞之务。不绩其麻，市也婆娑。舍中馈之事，修周旋之好。更相从诣，之适亲戚。承星举火，不已于行。多将侍从，暐晔盈路。婢使吏卒，错杂如市。寻道亵谑，可憎可恶。或宿于他门，或冒夜而返。游戏佛寺，观视畋渔。登高临水，去境庆吊。开车褰帏，周章城邑。杯觞路酌，弦歌行奏。转相高尚，习非成俗。生致因缘，无所不肯。诲淫之源，不急之甚。刑于寡妻，邦家乃正。愿诸君子，少可禁绝。妇无外事，所以防微矣。"

1　陈婴者，东阳人〔一〕。少修德行，箸称乡党。秦末大乱，东阳人欲奉婴为主，母曰〔二〕：“不可！自我为汝家妇，少见贫贱，一旦富贵，不祥！不如以兵属人。事成，少受其利；不成，祸有所归。”〔三〕史记曰：“婴故东阳令史，居县素信，为长者。东阳人欲立长，乃请婴。婴母见之。乃以兵属项梁，梁以婴为上柱国。”〔四〕

【校文】

注“婴母见之”　“见”，景宋本及沈本作“谏”。

【笺疏】

〔一〕史记正义引括地志云：“东阳故城，在楚州盱眙县东七十里，秦东阳县城也，在淮水南。”

〔二〕史记集解引张晏曰：“陈婴母，潘旌人。墓在潘旌。”索隐曰：“潘旌是邑聚之名，后为县，属临淮。”

〔三〕史记项羽本纪曰：“东阳少年杀其令，欲置长，无适用，乃请陈婴。婴谢不能，遂强立婴为长。县中从者，得二万人。少年欲立婴便为王，异军苍头特起。陈婴母谓婴曰：‘自我为汝家妇，未尝闻汝先古之有贵者。今暴得大名，不祥，不如有所属。事成，犹得封侯；事败，易以亡，非世所指名也。’婴乃不敢为王，以兵属项梁。”列女传八陈婴母传略同。世说此条事同而辞异，未知其所本。

〔四〕嘉锡案：史记东阳人之请婴，乃请为东阳长耳，未尝请见婴母。婴母云云，自以告婴，非见东阳人而语之也。此注所引过求省略，遂失本意。

2　汉元帝宫人既多，乃令画工图之，欲有呼者，辄披图召之。其中常者，皆行货赂。王明君姿容甚丽，志不苟求，工遂毁为其状〔一〕。后匈奴来和，求美女于汉帝，帝以明君充行。既召见而惜之。但名字已去，不欲中改，于是遂行。汉书匈奴传曰："竟宁元年，呼韩邪单于求朝，自言愿婿汉氏以自亲，元帝以后宫良家子王嫱字明君赐之。单于欢喜，上书愿保塞。"文颖曰："昭君本蜀郡秭归人也。"琴操曰："王昭君者，齐国王穰女也。年十七，仪形绝丽，以节闻国中。长者求之者，王皆不许，乃献汉元帝。帝造次不能别房帷，昭君恚怒之。会单于遣使，帝令宫人装出，使者请一女，帝乃谓宫中曰：'欲至单于者起。'昭君喟然越席而起。帝视之，大惊悔。是时使者并见，不得止，乃赐单于。单于大说，献诸珍物。昭君有子曰世违。单于死，世违继立。凡为胡者，父死妻母。昭君问世违曰：'汝为汉也？为胡也？'世违曰：'欲为胡耳。'昭君乃吞药自杀。"〔二〕石季伦曰："昭以触文帝讳，故改为明。"〔三〕

【校文】

注"单于求朝"　"求"，景宋本及沈本作"来"。

注"昭君恚怒之"　"之"，景宋本及沈本作"久"。

【笺疏】

〔一〕李详云："御览三百八十一作'志不苟求，工遂毁为甚丑'，当从御览，否则今本必去为字，方令人解。"嘉锡案：此以求字绝句。为者，作也。谓工人于作画时故意毁其容貌。无不可解者，不必从御览也。

〔二〕西京杂记二叙昭君事，与此略同。然其事实不可信。宋王观国学林四曰："前汉元帝纪'竟宁元年正月，匈奴呼韩邪单于来朝。赐单于待诏掖庭王嫱为阏氏'。匈奴传曰'王昭君号宁胡阏氏'。后汉南匈奴传曰：'王嫱字昭君，南郡人。汉元帝时，以良家子选入掖庭。时呼韩邪来朝，帝敕宫女五人赐之。昭君入宫数岁，不得见御，积悲怨，乃请掖庭令求行。呼韩邪临辞大会，帝召五女以示之。昭君丰容靓饰，光明汉宫，顾景裴回，竦动左右。帝见大惊，意欲留之，而难于失信，遂与匈奴。’小说西京杂记曰：‘汉元帝尝令画工图宫人，欲呼者，披图以召。故宫人多行赂于画工。王昭君姿容甚丽，无所苟求，工遂毁其状。后匈奴求美女，帝以昭君充行。既召见，帝悦之，而名字已去，遂不复留。帝怒，杀画工毛延寿。’观国案：前汉元帝纪曰：‘匈奴呼韩邪单于来朝，诏赐单于待诏掖廷王嫱为阏氏。’盖单于请婚，当时朝议许与单于和亲。则汉之君臣讲之素定矣。及单于来朝，而以待诏掖廷王嫱为阏氏，预选定也。其礼仪恩数，皆已素定，非临事而为之也。而后汉匈奴传乃谓‘以宫女五人赐之’，又谓‘昭君自求行’，又谓‘呼韩邪临朝辞，帝召五女以示之，而昭君丰容靓饰，帝见大惊，意欲留之而难于失信’。此皆误也。盖王嫱为阏氏者，行婚礼也。若以宫女五人赐之，则何人为阏氏耶？汉既许婚矣，必待单于临辞，然后以五女示之耶？后汉匈奴传所言王昭君一节，首尾皆乖谬之甚。杀画工毛延寿之事，尤不可信。按匈奴和亲，乃汉家大事。若以宫女妻之，而未尝简阅其人，凭图画以定大事，恐当时君臣，不如此之卤莽。汉赐单于阏氏，乃披画图择貌陋者赐之，又非和亲之意。盖小说多出于传闻，不可全信。”嘉锡案：观国所引西京杂记与今本字句多不合，而反与世说相同。但多杀毛延寿一事，未详其故。至其驳后汉书及杂记，则甚有理。汉书明言呼韩邪愿婿汉氏以自亲，则其意在求尚汉公主，非如杂记以世说所言，但求美女而已。汉以呼韩邪已为藩臣，与汉高和亲时强弱不侔，不欲以宗室女妻之，而赐之以后宫良家子。故昭君之为阏氏，汉所命也。岂泛赐以宫女数人，而使之自择者哉？且如后汉书之说，则昭君之下嫁匈奴，乃出于其所自请，初非因画工毁其容貌，元帝案图而遣之也。杂记之说，真颜师古所谓“其书浅俗，出于里巷，多有妄说”者矣。世说从而述之，孝标亦未加以辨正，皆惑也。

〔三〕嘉锡案：汉书匈奴传云："王昭君号宁胡阏氏，生一男伊屠智牙师，为右日逐王。大阏氏生四子：长曰雕陶莫皋。呼韩邪死，雕陶莫皋立，为复株累若鞮单于。复株累单于复妻王昭君，生二女。"后汉书南匈奴传曰："初，单于弟右谷蠡王伊屠知牙师以次当左贤王。左贤王即是单于储副，单于欲传其子，遂杀知牙师。（此单于舆时事，舆亦呼韩邪庶子。）知牙师者，王昭君子也。昭君生二子。及呼韩邪死，其前阏氏子代立，欲妻之。昭君上书求归。成帝敕令从胡俗，遂复为后单于阏氏焉。"据两汉书所言，则昭君子不名世违，且未立为单于，昭君亦未自杀。琴操之言，与正史不合。孝标不引两汉书而引琴操，岂欲曲成昭君之美耶？

3　汉成帝幸赵飞燕，飞燕谗班婕妤祝诅，于是考问。辞曰："妾闻死生有命，富贵在天。修善尚不蒙福，为邪欲以何望〔一〕？若鬼神有知，不受邪佞之诉〔二〕；若其无知，诉之何益？故不为也。"汉书外戚传曰："成帝赵皇后，本长安宫人。初生，父母不举，三日不死，乃收养之。及壮，属河阳主家学歌舞，号曰飞燕。帝微行过主，见而说之，召入宫，大得幸，立为后。班婕妤者，雁门人〔三〕。成帝初，选入宫，大得幸，立为婕妤。帝游后庭，尝欲与同辇，婕妤辞之。赵飞燕谮许皇后及婕妤，婕妤对有辞致〔四〕，上怜之，赐黄金百斤。飞燕娇妒〔五〕，婕妤恐见危，中求供养太后于长信宫〔六〕。帝崩，婕妤充奉园陵。薨，葬园中。"

【校文】

注"河阳主"　据汉书外戚传及师古注，当作"阳阿主"。

【笺疏】

〔一〕嘉锡案：汉书外戚传作"修正尚不蒙福"，正与邪对，所以辨祝诅之无益，此改为修善，非也。

〔二〕汉书作“不受不臣之诉”。嘉锡案：赵飞燕谮告许皇后、班倢伃挟媚道祝诅后宫，詈及主上，故曰“不臣之诉”。改为“邪佞”，则其语泛而不切。

〔三〕陈汉章列女传斠注曰：“今本汉书外戚传无雁门人三字。”

〔四〕嘉锡案：“有辞致”三字，乃檃括之词，非原文。

〔五〕汉书作“赵氏姊弟骄妒”。

〔六〕李慈铭云：“案中字当衍。今本汉书作‘恐久见危，求共养太后长信宫’，无中字。”

4　魏武帝崩，文帝悉取武帝宫人自侍。及帝病困，卞后出看疾。太后入户，见直侍并是昔日所爱幸者。太后问：“何时来邪？”云：“正伏魄时过。”因不复前而叹曰：“狗鼠不食汝馀〔一〕，死故应尔！”至山陵，亦竟不临。魏书曰：“武宣卞皇后，琅邪开阳人。以汉延熹三年生齐郡白亭，有黄气满室移日。父敬侯怪之，以问卜者王越。越曰〔二〕：‘此吉祥也。’年二十，太祖纳于谯。性约俭，不尚华丽，有母仪德行。”

【笺疏】

〔一〕左氏庄六年传曰：“楚文王伐申过邓。邓祁侯曰：‘吾甥也。’止而享之。骓甥、聃甥、养甥请杀楚子，邓侯弗许曰：‘人将不食吾馀。’”杜注曰：“言自害其甥，必为人所贱。”嘉锡案：卞后言此，斥丕之所为，禽兽不如也。

〔二〕程炎震云：“魏志后妃传注引两越字均作旦。”

5　赵母嫁女，女临去，敕之曰：“慎勿为好！”女曰：“不为好，可为恶邪？”母曰：“好尚不可为，其况恶乎？”列女传曰〔一〕：“赵姬者，桐乡令东郡虞韪妻，颍川赵氏女也。才敏多览。韪既没，文皇帝敬其文才〔二〕，诏入宫省。上欲自征公孙渊，姬上疏以谏。作列女传解，号赵母注〔三〕。赋数十万言。赤乌六年卒。”淮南子曰：“人有嫁其女而教之者，曰：‘尔为善，善人疾之。’对曰：‘然则当为不善乎？’曰：‘善尚不可为，而况不善乎？’”〔四〕景献羊皇后曰：“此言虽鄙，可以命世人。”〔五〕

【校文】

“其况恶乎”　沈本无“其”字。

注“姬上书以谏”　沈本无“以”字。

【笺疏】

〔一〕李慈铭云：“案隋书经籍志，自刘向撰列女传后，有高氏列女传八卷，项原列女后传十卷，皇甫谧列女传六卷，綦母邃列女传七卷。此所引当是项原列女传。”

〔二〕李慈铭云：“案文皇帝当作大皇帝，谓孙权也。”

〔三〕李慈铭云：“孙氏志祖曰：‘后汉书皇后纪论、文选李善注言列女传有虞贞节注，盖即赵母注也。’”

〔四〕淮南说山训曰：“人有嫁其子而教之曰：‘尔行矣，慎无为善！’曰：‘不为善，将为不善邪？’应之曰：‘善且由弗为，况不善乎？’”孝标所引与今本不同。

〔五〕嘉锡案：敦煌本古类书残本第二种贞烈部首引献皇后语二条，羊皇后语一条。罗振玉跋谓即晋景献羊后是也。其第四条曰：“昔人有女将嫁，其父诫之曰：‘慎勿立善名。’女曰：‘当作恶，可乎？’父曰：‘善名尚不可立，而况于恶乎？’后闻之曰：‘善哉！训言“鸟恶网罗，人恶胜己”，岂虚也哉？’”意与此同而文异。其语较赵母及淮南子尤为明晰。盖古之教女者之意，特不愿其遇事表暴，斤斤于为善之名，以招人之妒嫉，而非禁之使不为善也。其所谓后闻之者，亦即羊皇后，与孝标所引，当是同出一篇，而去取各异，故不同耳。

6　许允妇是阮卫尉女，德如妹，魏略曰："允字士宗，高阳人。少与清河崔赞，俱发名于冀州。仕至领军将军。"陈留志名曰："阮共字伯彦，尉氏人。清真守道，动以礼让。仕魏，至卫尉卿。少子侃，字德如，有俊才，而饬以名理。风仪雅润，与嵇康为友。仕至河内太守。"奇丑〔一〕。交礼竟，允无复入理，家人深以为忧。会允有客至，妇令婢视之，还，答曰："是桓郎。"桓郎者，桓范也。魏略曰："范字允明，沛郡人。仕至大司农，为宣王所诛。"妇云："无忧，桓必劝入。"桓果语许云："阮家既嫁丑女与卿，故当有意〔二〕，卿宜察之。"许便回入内。既见妇，即欲出。妇料其此出，无复入理，便捉裾停之〔三〕。许因谓曰："妇有四德，卿有其几？"周礼："九嫔掌妇学之法，以教九御。妇德、妇言、妇容、妇功。"郑注曰："德谓贞顺，言谓辞令，容谓婉娩，功谓丝枲。"妇曰："新妇所乏唯容尔〔四〕。然士有百行，君有几？"许云："皆备。"妇曰："夫百行以德为首，君好色不好德，何谓皆备？"〔五〕允有惭色，遂相敬重〔六〕。

【笺疏】

〔一〕"奇丑"下残类书多"有德艺"三字。

〔二〕"故当有意"下，残类书有"门承儒胄，必有德艺"二句。

〔三〕"便捉裾停之"，残类书作"捉衫裙停之"。

〔四〕黄生义府下曰："汉以还，呼子妇为新妇。后汉何进传：'张让向子妇叩头云："老臣得罪，当与新妇俱归私门。"'世说王浑妻锺氏云云，此自称新妇。凉张骏时童谣云：'刘新妇簸，石新妇炊。'北齐时童谣云：'寄书与妇母，好看新妇子。'盖必当时谓妇初来者为新妇，习之既久，遂不复改耳。"嘉锡案：后汉书列女传周郁妻阿传曰："郁父伟谓阿曰：'新妇贤者女，当以道匡夫。郁之不改，新妇过也。'"此呼其子妇也。本书文学篇王夫人云："新妇少遭家难，一生所寄，唯在此儿。"又本篇本条许允妇曰："新妇所乏唯容尔。"此自称也。其他类此者尚多，姑举其显著者耳。

〔五〕"何谓皆备"，残类书此下作"放衫，允不敢去，甚有愧惭，乃谢过"。

〔六〕嘉锡案：此事见初学记十九引郭子及魏志夏侯玄传注引魏氏春秋。残类书贞烈部于引羊皇后语四条之次引列女传鲁女师一事，即母仪传中之鲁母师。复次引锺、郝两夫人、李势女、诸葛诞女各一事，许允妇阮三事，周宣王姜后一事，五言诗一首，列女传鲁漆室女一事。其锺、郝夫人以下至姜后凡七事，均不出书名。而六事见于世说，惟锺、郝夫人及诸葛诞女两事与世说合。其馀文字皆有异同。罗振玉跋疑其即采自世说。今本经宋人改订，自不能无差异。余考之，殊不然。试以唐写本及诸类书所引用者，与今本校，其于孝标之注固多所刊落，而正文则但有讹夺，绝无删改。何以此数条为例独殊？不惟有溢出之句，乃至文词事迹亦颇不同，其非采自世说亦明矣。考周宣姜后事出刘向贤明传，余初以锺夫人等六事既杂厕于鲁母师及姜后之间，颇疑其亦是六朝人列女续传之文，继思此等兔园策子，恐不可以体例求之。其为果出何书，盖无可考。要之文辞尔雅，其必采自古书则可断言也。

7　许允为吏部郎，多用其乡里，魏明帝遣虎贲收之。其妇出诫允曰〔一〕："明主可以理夺，难以情求。"既至，帝核问之。允对曰："'举尔所知。'〔二〕臣之乡人，臣所知也。陛下检校为称职与不？若不称职，臣受其罪。"既检校，皆官得其人，于是乃释。允衣服败坏，诏赐新衣。初，允被收，举家号哭。阮新妇自若云："勿忧，寻还。"作粟粥待，顷之允至。魏氏春秋曰："初，允为吏部，选迁郡守。明帝疑其所用非次，将加其罪。允妻阮氏跣出，谓曰：'明主可以理夺，不可以情求。'允颔之而入。帝怒诘之，允对曰：'某郡太守虽限满，文书先至，年限在后，日限在前。'帝前取事视之，乃释然。遣出，望其衣败，曰：'清吏也。'"〔三〕

【笺疏】

〔一〕"其妇出诫允"，残类书作"有人告明帝，明帝收之。其妇出阁，隔纱帐诫允"。

〔二〕"允对曰"下残类书作"臣比奉诏，各令'举尔所知'"。

〔三〕嘉锡案：此事见类聚四十八引郭子，与魏氏春秋不同，世说则采自郭子也。

8　许允为晋景王所诛，门生走入告其妇。妇正在机中，神色不变，曰："蚤知尔耳！"魏志曰："初，领军与夏侯玄、李丰亲善，有诈作尺一诏书，以玄为大将军，允为太尉，共录尚书事。无何，有人天未明乘马以诏版付允门吏，曰：'有诏。'因便驱走。允投书烧之，不以关呈景王。"魏略曰："明年，李丰被收，允欲往见大将军。已出门，允回遑不定，中道还取袴。大将军闻而怪之曰：'我自收李丰，士大夫何为匆匆乎？'会镇北将军刘静卒，以允代静。大将军与允书曰：'镇北虽少事，而都典一方。念足下震华鼓，建朱节，历本州，此所谓著绣昼行也。'会有司奏允前擅以厨钱谷，乞诸俳及其官属。减死徙边，道死。"魏氏春秋曰："允之为镇北，喜谓其妻曰：'吾知免矣！'妻曰：'祸见于此，何免之有？'"〔一〕晋诸公赞曰："允有正情，与文帝不平，遂幽杀之。"妇人集载阮氏与允书，陈允祸患所起，辞甚酸怆，文多不录〔二〕。门人欲藏其儿，妇曰："无豫诸儿事。"后徙居墓所，景王遣锺会看之，若才流及父，当收〔三〕。儿以咨母。母曰："汝等虽佳，才具不多，率胸怀与语，便无所忧。不须极哀，会止便止。又可少问朝事。"〔四〕儿从之。会反以状对，卒免。世语曰："允二子：奇，字子太。猛，字子豹。并有治理。"晋诸公赞曰："奇，泰始中为太常丞，世祖尝祠庙，奇应行事，朝廷以奇受害之门，不令接近，出为长史。世祖下诏，述允宿望，又称奇才，擢为尚书祠部郎。猛礼学儒博，加有才识，为幽州刺史。"〔五〕

【校文】

注"取袴"　"袴"景宋本作"绔"。

注"允有正情"　沈本作"主"。

【笺疏】

〔一〕魏志夏侯玄传曰："后丰等事觉，徙允为镇北将军，假节督河北军事。未发，以放散官物，收付廷尉，徙乐浪。道死。"注引魏略，与此同。"减死徙边"下，作"允以嘉平六年秋徙，妻子不得自随，行道未到，以其年冬死"。嘉锡案：师欲杀允而先迁其官，且与书通殷勤者，盖师虽因允与夏侯玄、李丰亲善而疑之，然无实状可指。所谓诈作尺一诏书走马付允，事殊恍惚，有无不可知。即令有之，而其人不知谁何，无从质证。故师虽疑允，亦无可发怒，乃令出镇河北，慰谕使去，欲以军法诛之耳。阮氏明智，知其将然。故曰："祸见于此也。"师既念念欲杀允，于其未行，适有放散官物事，因摭以为罪，便收付狱，不复待其至河北矣。

〔二〕嘉锡案：魏志魏略均言允徙边道死，而此云文帝幽杀之。允实死于司马师为大将军时。文帝当是景帝之误。道死之与幽杀，亦自不同。考魏志毌丘俭传注引俭及文钦等表曰："近者领军许允，当为镇北，以厨钱给赐，而师举奏加辟，虽云流徙，道路饿杀。天下闻之，莫不哀伤。"则允实为师所杀，非仅死于道路而已。或疑俭等之表，出于仇口，欲著师之罪，未必不故甚其辞。然世说此条本之孙盛魏氏春秋，亦云"允为景王所诛"。裴松之齐王纪注据夏侯玄传及魏略以考允之事，而云："允收付廷尉，徙乐浪，追杀之。"不用道死之说。夫岂无所见而云然？盖师以允与李丰交结，事出暧昧，所坐放散官物，又罪不至死，故使人暗害之，托云道卒。鱼豢、陈寿，多为时讳，亦不敢著其实。傅畅书著于胡中（见魏志傅嘏传注），无所避忌；孙盛书则作于东晋，为时已远。故皆得存其直笔耳。当司马懿勒兵闭城门，奏废曹爽时，使允及陈泰解语爽，允与泰因说爽，使早自归罪（见爽传及注）。则允本党于司马氏，而卒死于师手，允之所不及料也。惜乎不见阮氏与允书，莫能知其祸患所由起矣。

〔三〕嘉锡案：此事亦见魏志注引魏氏春秋。疑郭子中或亦有之。残类书载此事，首数语与世说同。"神色不变"下作："叹曰：'故知耳尔。'（当作尔耳）织仍不止。门生欲抱其儿藏之，妇曰：'无预君事。'后提子徙居墓侧，积年露宿，晨夕哭临。景帝闻之，使大将军锺会看之，（大将军下有脱字，会后在司马昭大将军府管记室事，疑此处所脱亦是记室二字。）并视□□，若子神彩及父，当收养之，所司供给。帝惭其妇，悔之不已。"以上许允妇三事，残类书所引，均与世说不尽同。而此一事，尤为文情俱异。世说言"才流及父当收"者，虑其长大后不可制，或为晋室之害，故欲收杀之，以除后患耳。而类书所引，则是师闻阮氏之哀毁，内愧于心，乃使锺会视其子，若人材似父，有可造就，当令官为收养，以示恩意。两者情事，大相径庭。知其所出，决非一书。罗氏跋谓其即采自世说，真大误也。两书所言虽未知孰是？然允本司马氏之党，师特以疑而杀之，其罪状原不甚明。否则当已与李丰、夏侯玄等诸所连及者，同夷三族矣。观允出镇时，师所与书，其平日交情可知。允既死，师愧对其妇，感念旧勋，因思收养其孤，容或有之，不可谓事所必无。懿父子兄弟杀人之父，亦已多矣！除深仇如曹爽、王凌、李丰等皆族灭外，其馀亦未尝因虑其子之报雠，而尽诛其童稚。后来昭杀嵇康，寻亦中悔，未尝并诛嵇绍也。类书之言，故当存之，以资参考矣。

〔四〕嘉锡案：会盖假吊问之名以来，故必涕泣。会止儿亦止，以示不知其父得祸之酷。又令儿少问及朝廷之事者，阳为愚不晓事，不知会之侦己，无所疑惧也。

〔五〕政事篇“成帝在石头”条引许氏谱曰“猛吏部郎”，与此不同。隋志云：“梁有太子中庶子许孟集三卷，录一卷，亡。”文廷式补晋书艺文志六云：“许孟当作许猛。”

9 王公渊娶诸葛诞女。入室，言语始交，王谓妇曰：“新妇神色卑下，殊不似公休！”妇曰：“大丈夫不能仿佛彦云，而令妇人比踪英杰！”魏氏春秋曰：“王广字公渊，王凌子也。有风量才学，名重当世。与傅嘏等论才性同异，行于世。”魏志曰：“广有志尚学行，凌诛，并死。”臣谓王广名士，岂以妻父为戏，此言非也。

10 王经少贫苦，仕至二千石，母语之曰：“汝本寒家子，仕至二千石，此可以止乎！”经不能用。为尚书，助魏，不忠于晋[一]，被收。涕泣辞母曰："不从母敕，以至今日！"母都无戚容，语之曰："为子则孝，为臣则忠。有孝有忠，何负吾邪？"[二]世语曰："经字彦伟[三]，清河人。高贵乡公之难，王沈、王业驰告文王，经以正直不出。因沈、业申意，后诛经及其母。"晋诸公赞曰："沈、业将出，呼经，不从，曰：'吾子行矣！'"汉晋春秋曰："初，曹髦将自讨司马昭，经谏曰：'昔鲁昭不忍季氏，败走失国，为天下笑。今权在其门久矣，朝廷四方，皆为之致死，不顾逆顺之理，非一日也。且宿卫空阙，寸刃无有，陛下何所资用？而一旦如此，无乃欲除疾而更深之邪？'髦不听。后杀经，并及其母。将死，垂泣谢母。母颜色不变，笑而谓曰：'人谁不死，往所以止汝者，恐不得其所也。以此并命，何恨之有？'"干宝晋纪曰："经正直，不忠于我，故诛之。"按傅畅、干宝所记，则是经实忠贞于魏，而世语既谓其正直[四]，复云因沈、业申意，何其相反乎？故二家之言深得之。

【校文】

注"笑而谓曰"　"笑"，景宋本及沈本作"哭"。

【笺疏】

〔一〕孙志祖读书脞录续编三曰："陈寿魏志不为王经立传，而附见于夏侯尚传末。朱昭芑史纠讥之。志祖案：寿为司马氏之臣，不能无所回避。其曲笔犹可谅也。宋临川王义庆作世说时，晋室久移，乃于贤媛篇载经母事而曰：'经助魏，不忠于晋。'此何言欤？夫司马氏亦魏臣也。经以身殉国，岂得谓之助魏不忠于晋乎？临川此言，三纲坏矣。"嘉锡案：世说杂采群书，此条出自裴启语林，见御览四百四十。"助魏不忠于晋"，亦用语林本文。裴启晋人，其立言自不得不如此。然云助魏，正是许其以身殉国。云不忠于晋，则其忠于魏可知。微文见意，何损于经？且曰"为子则孝，为臣则忠"，其称经亦至矣。孙氏此言，似正而实未达文义，殆不足取。

〔二〕魏志夏侯玄传注引晋武帝太始元年诏曰："故尚书王经，虽身陷法辟，然守志可嘉。门户湮没，意常愍之。其赐经孙郎中。"

〔三〕文选四十七三国名臣序赞曰："王经字承宗，李注云：'裴松之曰"经字彦纬"，今云承宗，盖有二字也。'"嘉锡案：今本魏志夏侯尚传注引世语作"字彦伟"，与此同。而文选集注九十四引陆善经李善注皆作"字彦纬"，当从之。

〔四〕程炎震云："魏志高贵乡公纪注引重经字是也。"又云："此正直，谓以尚书在直，非忠贞之谓也。因沈、业申意，固是诬善之辞，然孝标误认正直二字与干宝同解，肆其弹射，亦为失矣。"

11　山公与嵇、阮一面，契若金兰。山妻韩氏，觉公与二人异于常交，问公，公曰："我当年可以为友者，唯此二生耳！"妻曰："负羁之妻亦亲观狐、赵，意欲窥之，可乎？"他日，二人来，妻劝公止之宿，具酒肉。夜穿墉以视之，达旦忘反。公入曰："二人何如？"妻曰："君才致殊不如，正当以识度相友耳。"公曰："伊辈亦常以我度为胜。"〔一〕晋阳秋曰："涛雅素恢达，度量弘远，心存事外，而与时俛仰。尝与阮籍、嵇康诸人箸忘言之契。至于群子，屯蹇于世，涛独保浩然之度。"〔二〕王隐晋书曰："韩氏有才识，涛未仕时，戏之曰：'忍寒，我当作三公，不知卿堪为夫人不耳？'"〔三〕

【校文】

"君才致"　景宋本及沈本俱无"才"字。

注"雅素"　景宋本作"雅量"。

【笺疏】

〔一〕程炎震云："此文全出于竹林七贤论，见全晋文一百三十七引御览四九，又四百四十四。”

〔二〕嘉锡案：嵇、阮虽以放诞鸣高，然皆狭中不能容物。如康之箕踞不礼锺会（见简傲篇），与山涛绝交书自言“不喜俗人，刚肠疾恶，轻肆直言，遇事辄发”，又幽愤诗曰“惟此褊心，显明臧否”，皆足见其刚直任性，不合时宜。籍虽至慎，口无臧否（见德行篇），然能为青白眼，见凡俗之士，辄以白眼对之（见简傲篇注）。则亦孤僻，好与俗忤。特因畏祸，能衔默不言耳。康卒掇杀身之祸。籍亦仅为司马昭之狎客，苟全性命而已。涛一见司马师，便以吕望比之，尤见赏于昭，委以腹心之任，摇尾于奸雄之前，为之功狗。是固能以柔媚处世者，宜其自以为度量胜嵇、阮，必当作三公也。呜呼！观于竹林诸人之事，则人之生当乱世而欲身名俱泰，岂不难哉！然士苟能不以富贵为心，则固有辟人辟世，处进退存亡而不失其正者。虽不为山涛，岂无自全之道也欤？嘉锡又案：晋书涛本传云：“与锺会、裴秀并申款昵。以二人居势争权，涛平心处中，各得其所，而俱无恨焉。锺会作乱于蜀，文帝将西征，时魏氏诸王公并在邺。帝谓涛曰：‘西偏吾自了之，后事深以委卿。’以本官行军司马，给亲兵五百人镇邺。”夫锺会之为人，嵇康所不齿，而涛与之款昵，又处会与裴秀交哄之际，能并得其欢心，岂非以会为司马氏之子房，而秀亦参谋略，皆昭之宠臣，故曲意交结，相与比周，以希诡遇之获欤？至为昭居留守之任，以监视魏之王公，俨然以锺繇、华歆自命。身为人作伍伯，视宗室如囚徒，非权奸之私昵，谁肯任此？与时俯仰是矣。然实身入局中，未尝心存事外也。通鉴八十四：“帝决意伐吴，贾充、荀勖、冯紞固争之。帝大怒，充免冠谢罪。仆射山涛退而告人曰：‘自非圣人，外宁必有内忧。今释吴为外惧，岂非算乎？’”胡注曰：“山涛身为大臣，不昌言于朝，而退以告人，盖求合于贾充者也。”胡氏此言，深得涛之用心。盖涛善揣摩时势，故司马氏权重，则攘臂以与其逆谋；贾充宠盛，则缄口以避其朋党。进不廷争，以免帝怒；退有后言，以结充欢。首鼠两端，所如辄合。此真所谓心存事外，与时俯仰也。传言“涛再居选职，每一官缺，辄拟数人，视帝意所欲为先”。其迎合之术，可谓工矣。操是术以往，其取三公，直如俯拾地芥，岂但以度量胜嵇、阮而已乎？

〔三〕嘉锡案：嵇、阮诸人，虽屯蹇于世，然如涛浩然之度，则固叔夜之所深羞，而嗣宗之所不屑也。

12 王浑妻锺氏生女令淑，虞预晋书曰：“浑字玄冲，太原晋阳人，魏司徒昶子。仕至司徒。”武子为妹求简美对而未得。有兵家子，有俊才，欲以妹妻之，乃白母，王氏谱曰：“锺夫人名琰之，太傅繇之孙。”〔一〕曰：“诚是才者，其地可遗，然要令我见。”武子乃令兵儿与群小杂处，使母帷中察之。既而，母谓武子曰：“如此衣形者，是汝所拟者非邪？”武子曰：“是也。”母曰：“此才足以拔萃，然地寒，不有长年，不得申其才用。观其形骨，必不寿，不可与婚。”武子从之。兵儿数年果亡。

【笺疏】

〔一〕程炎震云：“晋书云：‘字琰，繇曾孙。父徽，黄门郎。’下条亦云曾孙。”

13 贾充前妇，是李丰女。丰被诛，离婚徙边。妇人集曰：“充妻李氏，名婉字淑文〔一〕。丰诛，徙乐浪。”后遇赦得还，充先已取郭配女。贾氏谱曰："郭氏名玉璜，即广宣君也。"〔二〕武帝特听置左右夫人。李氏别住外，不肯还充舍。晋诸公赞曰："世祖践阼，李氏赦还，而齐献王妃欲令充遣郭氏，更纳其母。充不许，为李氏筑宅而不往来。充母柳氏将亡，充问所欲言者。柳曰：'我教汝迎李新妇尚不肯，安问他事！'"郭氏语充："欲就省李。"充曰："彼刚介有才气，卿往不如不去。"充别传曰："李氏有淑性令才也。"郭氏于是盛威仪，多将侍婢。既至，入户，李氏起迎，郭不觉脚自屈，因跪再拜。既反，语充，充曰："语卿道何物？"〔三〕按晋诸公赞曰："世祖以李丰得罪晋室，又郭氏是太子妃母，无离绝之理，乃下诏敕断，不得往还。"而王隐晋书亦云："充既与李绝婚，更取城阳太守郭配女，名槐。李禁锢解，诏充置左右夫人。充母柳亦敕充迎李。槐怒，攘臂责充曰：'刊定律令，为佐命之功，我有其分。李那得与我并？'充乃架屋永年里中以安李。槐晚乃知。充出，辄使人寻充。诏许充置左右夫人〔四〕。充答诏以谦让不敢当盛礼。"晋赞既云世祖下诏不遣李还，而王隐晋书及充别传并言诏听置立左右夫人。充惮郭氏，不敢迎李。三家之说并不同，未详孰是。然李氏不还，别有馀故，而世说云自不肯还，谬矣。且郭槐强狠，岂能就李而为之拜乎？皆为虚也〔五〕。

【校文】

注"强狠"　"狠"，景宋本作"很"。

【笺疏】

〔一〕李详云："详案：隋书经籍志：梁有晋太傅贾充妻李扶集一卷。是充妻之名扶也。"嘉锡案：李氏名字，刘注引妇人集甚明。婉之与扶，无因致误。隋志有司徒王浑妻锺夫人集一卷，此之李扶，疑亦李夫人之误。下条注"世称李夫人训"，可以为证。

〔二〕李慈铭云："案郭氏先封广城君，病笃改封宜城君。无广宣之号。"

〔三〕吴承仕曰："'语卿道何物'以今语译之，当云：'我曾告诉你说的是什么？'何物即什么，么即物之声转。"

〔四〕嘉锡案：注称充别传云云，而上文所引别传，但有"李氏有淑性令才也"八字，并无此处所述之语。其引王隐晋书，乃两言"诏充置左右夫人"，文义重复，知"使人寻充"之下，盖脱去"充别传曰"四字。然仍无充惮郭氏不敢迎李之事。疑其犹有脱文，或以所叙与王隐书同，故檃括其词，不复详引耳。

〔五〕嘉锡案：以注之所引合观之，三家之言皆是也。晋诸公赞言世祖践阼，李氏赦还，当是以泰始元年十二月遇赦。文馆词林六百六十八：西晋武帝即位，改元大赦，诏所谓"自谋反大逆不道已下，在今年十二月七日昧爽以前，皆赦除之"是也。其时充年四十八矣。齐王攸年已十九，李氏女必已为齐王妃。武帝素敬惮攸（见攸传），故李自乐浪还后，帝以其王妃之母，不便令充离异。充又宠后妻而轻故剑，不肯听其母之言，遣郭纳李。帝亦不欲重违其意，乃调停其间，听令两妻并立。此王隐书及充别传所以言"诏充置左右夫人"也。充既奉诏，其母亦敕充迎李，而郭槐攘臂与之争。充畏其悍，乃托言"谦让不敢当盛礼"，为李氏别架屋而不与之同居，犹不敢令郭知之。诸公赞言其不相往来，然王隐书言"槐晚乃知之。充出，辄使人寻充"，则其初之不免密相往来可知也。其后乃奉敕禁断，不得往还。以为郭氏是太子妃之母，无离绝之理。晋书亦言"郭槐女为太子妃，帝乃下诏，断如李比，皆不得还"。按之通鉴七十九及后妃传：充之谋结婚太子，在泰始七年。而册拜太子妃，则在八年二月，去李氏之还，已六年矣。此必郭氏疑充犹未与李氏绝，乃交通宫掖，求帝下诏，假王言以临之。所谓李丰得罪晋室者，托词焉耳。否则此诏何以不下于李氏初还之时，而顾待至六年以后乎？王隐书及冲别传所言"诏置左右夫人”，与晋诸公赞言“世祖下诏，敕断往还”，本非一时之事。傅畅与王隐等各记其所闻，虽不相通，而未尝抵牾。孝标未能细心推勘，乃疑三家之说不同耳。即李氏之不还，虽缘郭槐妒嫉，及有敕禁断，然二女同居，其志必不相得。当“诏置左右夫人时”，郭固不愿与李并，李亦未必愿与郭为伍。孝标必以世说云“李自不肯还”为谬，亦非也。今晋书充传兼采三家及世说，得之矣。由斯以谈，武帝感充能为晋为成济之事，及己之得立为太子，充与有力，其待充乃如慈母之爱娇子，务顺适其意，惟恐不至。既为创匹嫡之制，又宠树其后妻，断其结发之恩，颠倒错谬，未有如斯之甚者也！晋书何曾传言曾尝告其子遵等曰：“国家创业垂统，未尝闻经国远图，惟说平生常事，非贻厥孙谋之道也。”今观帝之于贾充，不惜以王言纶綍，屡与人床笫之事，岂但非经国远图而已乎？开国之规模如此，有以知晋祚之不长矣。

14　贾充妻李氏作女训，行于世。李氏女，齐献王妃；郭氏女，惠帝后。充卒，李、郭女各欲令其母合葬，经年不决。贾后废，李氏乃祔葬，遂定。晋诸公赞曰：“李氏有才德，世称李夫人训者。生女合〔一〕，亦才明，即齐王妃。”妇人集曰：“李氏至乐浪，遗二女典式八篇。”〔二〕王隐晋书曰：“贾后字南风，为赵王所诛。”

【笺疏】

〔一〕程炎震云：“晋书四十九充传云：‘李氏生二女：裒、裕。裒一名荃，裕一名濬。’此合字，盖即荃字之误。”

〔二〕文廷式补晋书艺文志四曰：“初学记卷四：‘华胜起于晋代，见贾充妻李夫人典戒。云像瑞图金胜之形，又取像西王母戴胜也。’玉烛宝典卷一引贾充李夫人典诫云：‘每见时人月旦，问信（文氏误作讯）到户，至花胜交相遗与，为之烦心劳倦。'”嘉锡案：两书作“戒”或“诫”，而此作“式”，未知孰是？疑当作“诫”。世说所言女训，盖即此书，文氏分著于录，非也。

15　王汝南少无婚，自求郝普女〔一〕。郝氏谱曰：“普字道匡，太原襄城人。仕至洛阳太守。”〔二〕司空以其痴，会无婚处，任其意，便许之。魏氏志曰：“王昶字文舒，仕至司空。”既婚，果有令姿淑德。生东海，遂为王氏母仪。或问汝南何以知之？曰：“尝见井上取水，举动容止不失常，未尝忤观。以此知之。”汝南别传曰：“襄城郝仲将〔三〕，门至孤陋，非其所偶也。君尝见其女，便求聘焉。果高朗英迈，母仪冠族。其通识馀裕，皆此类。”

【笺疏】

〔一〕程炎震云：“王昶卒时，湛才十一岁，岂能自觅妇耶？”

〔二〕程炎震云：“襄城不属太原，洛阳亦无太守，皆有误字。御览四百九十引此事，云出郭子，注云：‘郝氏，襄城人。父匡，字仲时，一名普，洛阳太守。'”

〔三〕嘉锡案：郝氏谱云“普字道匡”，而此称郝仲将，郭子注又云“匡字仲时”。“时”、“将”二字，必有一误，以其名匡推之，疑作“时”为是。

16　王司徒妇，锺氏女，太傅曾孙，王氏谱曰：“夫人，黄门侍郎锺琰女。”〔一〕亦有俊才女德。妇人集曰：“夫人有文才，其诗赋颂诔行于世。”〔二〕锺、郝为娣姒，雅相亲重。锺不以贵陵郝，郝亦不以贱下锺。东海家内，则郝夫人之法。京陵家内，范锺夫人之礼〔三〕。

【笺疏】

〔一〕李慈铭云："案晋书列女传：琰父徽，黄门侍郎。三国志：繇孙名见者，曰豫，封列侯；曰骏，嗣为定陵侯；（毓七子，而毓弟会。传又有兄子峻，盖即一人。）曰邕；曰毅；曰辿。邕、毅皆随锺会死于蜀。徽又一人也。琰是锺夫人名，此注误。"程炎震云："琰当作徽，说见前。"

〔二〕文廷式晋书艺文志丁部曰："初学记卷三引锺夫人诗曰：'冽冽季冬，素雪其霏。'类聚九十二有锺夫人莺赋。"

〔三〕姚振宗隋志考证二十四云："王汝南者，名湛，字处仲，仕至汝南太守。东海者，湛子承，字安期，东海内史。王司徒名浑，袭父爵，京陵侯湛之兄也。"嘉锡案：姚氏意谓京陵家内，即指浑家也。然上文言"则郝夫人之法"，系举其子承之家庭。此言"范锺夫人之礼"，何以独举其夫？且浑之官以司徒为重，不应忽称其世爵。余谓此亦指其子孙袭封者言之也。考晋书浑传：浑子济嗣，先浑卒。子卓，字文宣，嗣浑爵，拜给事中。卓名不显，故世说但称为京陵侯之家耳。

17　李平阳，秦州子，李重已见。永嘉流人名曰："康字玄胄〔一〕，江夏人，魏秦州刺史。"中夏名士，于时以比王夷甫。孙秀初欲立威权，咸云："乐令民望不可杀，减李重者又不足杀。"晋诸公赞曰："孙秀字俊忠，琅邪人。初，赵王伦封琅邪，秀给为近职小吏。伦数使秀作书疏，文才称伦意。伦封赵，秀徙户为赵人，用为侍郎，信任之。"晋阳秋曰："伦篡位，秀为中书令，事皆决于秀。为齐王所诛。"遂逼重自裁。初，重在家，有人走从门入，出髻中疏示重，重看之色动。入内示其女，女直叫“绝”。了其意，出则自裁〔二〕。按诸书皆云：“重知赵王伦作乱，有疾不治，遂以致卒。”而此书乃言自裁，甚乖谬。且伦、秀凶虐，动加诛夷，欲立威权，自当显戮，何为逼令自裁〔三〕？此女甚高明，重每咨焉。

【笺疏】

〔一〕李慈铭云：“案康当作秉，已见前。”

〔二〕程炎震云：“李重之死，本传云‘永康初’，永康止一年，故通鉴系之元年。”

〔三〕李慈铭云：“案前品藻篇亦有‘仰药自裁’之言。则重之死，当时固有异论。”嘉锡案：品藻篇载李弘度答谢公曰：“赵王篡逆，亡伯雅正，耻处乱朝，遂至仰药。”孝标于彼注但引晋诸公赞，言“重有疾不治，至于笃甚，卒”。而不言仰药之是非，顾于此发之，何也？

18　周浚作安东时，行猎，值暴雨，过汝南李氏。李氏富足，而男子不在。有女名络秀，闻外有贵人，与一婢于内宰猪羊，作数十人饮食，事事精办，不闻有人声。密觇之，独见一女子，状貌非常，浚因求为妾。父兄不许。络秀曰：“门户殄瘁，何惜一女？若连姻贵族，将来或大益。”父兄从之。八王故事曰：“浚字开林，汝南安城人。少有才名。太康初，平吴，自御史中丞出为扬州刺史。元康初，加安东将军。”遂生伯仁兄弟〔一〕。络秀语伯仁等：“我所以屈节为汝家作妾，门户计耳！按周氏谱：“浚取同郡李伯宗女。”此云为妾，妄耳。汝若不与吾家作亲亲者，吾亦不惜馀年。”伯仁等悉从命。由此李氏在世，得方幅齿遇〔二〕。

【笺疏】

〔一〕程炎震云："伯仁死于永昌九年王壬，年五十四。则生于泰始五年己丑。开林若于元康初为安东始纳络秀，伯仁已二十馀岁。此之诬妄，不辨可明。孝标更以谱证之，尤为坚据。晋书乃犹取入列女，误矣。"

〔二〕李慈铭云："郝氏懿行云：'方幅，当时方言，犹今语云公然也。'世语曰：'王以围棋为手谈。故其在哀制中，祥后客来，方幅会戏。'宋书武三王义季传云：'本无驰驱中原，方幅争锋理。'吴喜传云：'不欲方幅露其罪恶。'与此皆同。"嘉锡案：此郝氏晋宋书故之说也。其实出于意测，殊非确诂。如世说此条，若解作"由此李氏在世，得公然齿遇"，已不成语。又如周礼宰夫注："若今时举孝廉方正。"贾疏云："方正者，人虽无别行，而有方幅正直者也。"真诰稽神枢第一叙大茅山事云："至齐初，乃敕句容人王文清仍立此馆，号为崇玄。开置堂宇厢廊，殊为方副。"皆不得解为公然也。盖截木为方，裁帛为幅，皆整齐有度。故六朝人谓凡事之出于光明显著者为方幅。此言"方幅齿遇"，犹言正当礼遇之也。

19 陶公少有大志，家酷贫，与母湛氏同居。同郡范逵素知名，举孝廉，逵未详。投侃宿。于时冰雪积日，侃室如悬磬，而逵马仆甚多。侃母湛氏语侃曰："汝但出外留客，吾自为计。"湛头发委地，下为二髲，一作髢。卖得数斛米，斫诸屋柱，悉割半为薪，锉诸荐以为马草。日夕，遂设精食，从者皆无所乏〔一〕。逵既叹其才辩，又深愧其厚意。明旦去，侃追送不已，且百里许。逵曰：

"路已远，君宜还。"侃犹不返，逵曰："卿可去矣！至洛阳，当相为美谈。"侃乃返。逵及洛，遂称之于羊晫、顾荣诸人，大获美誉。晋阳秋曰："侃父丹，娶新淦湛氏女〔二〕，生侃。湛虔恭有智算，以陶氏贫贱，纺绩以资给侃，使交结胜己。侃少为寻阳吏，鄱阳孝廉范逵尝过侃宿，时大雪，侃家无草，湛彻所卧荐锉给。阴截发，卖以供调〔三〕。逵闻之叹息。逵去，侃追送之。逵曰：'岂欲仕乎？'侃曰：'有仕郡意。'逵曰：'当相谈致。'过庐江，向太守张夔称之。召补吏，举孝廉，除郎中。时豫章顾荣或责羊晫曰：'君奈何与小人同舆？'晫曰：'此寒俊也。'"王隐晋书曰："侃母既截发供客，闻者叹曰：'非此母不生此子。'乃进之于张夔。羊晫亦简之。后晫为十郡中正，举侃为鄱阳小中正，始得上品也。"〔四〕

【校文】

注"侃父丹"下　沈本有"吴扬武将军"五字。

【笺疏】

〔一〕宋诗纪事五引诗律武库云："晋陶侃少时，家贫，有友人见访，无以致诚。其邻人颇贤，谓侃曰：'子门有长者车，何不延之，以论当世事？'侃曰：'贫不能备酒醴。'邻人密于墙头度以浊酒只鸡，遂成终日之乐。本朝王冀公钦若过其庙题诗云：'九重天阙梦掉臂，黄鸡白酒邻舍恩。'用此事也。"嘉锡案：此不知出何书，疑即因陶母事而傅会。姑识于此，容俟再考。

〔二〕李详云："详案：晋书列女传湛氏传'侃父丹娉为妾'，与晋阳秋异。然云娉，似非妾称。"

〔三〕舆地纪胜二十三云："饶州延宾坊在萧家巷，世传为陶侃所居。陶侃传：孝廉范逵尝过侃，仓卒无以待。其母乃截发得双髢，以易酒炙。乐饮极欢。故后世以延宾坊名之。又云：陶侃字士行，鄱阳人，后徙居于浔阳。今城中有延宾坊，即其故居也。"

〔四〕程炎震云:“晋书云:‘时豫章国郎中令杨晫,侃州里士也,为乡论所归。侃诣之,晫曰:“易称‘贞固足以干事’,陶士行是也。”与同乘,见中书郎顾荣’,此注有脱文。”嘉锡案:晋书侃传云:“时豫章国郎中令杨晫,侃州里也,为乡论所归。侃诣之,晫曰:‘易称“贞固足以干事”,陶士行是也。’与同乘,见中书郎顾荣。荣甚奇之。吏部郎温雅谓晫曰:‘奈何与小人共载。’晫曰:‘此人非凡器也。’”御览二百六十五引晋书曰:“杨晫、陶侃共载诣顾荣。州大中正温雅责晫与小人共载,晫曰:‘江州名少风俗,卿已不能养成寒俊,且可不毁之。’杨晫代雅为大中正,举侃为鄱阳小中正。”其事与今晋书同而文异。职官分纪四十引作王隐晋书,是也。此注所引晋阳秋,初不言羊晫事,而忽云或责晫与小人同载,语意突兀。且“豫章顾荣”四字,亦无着落。盖由宋人妄删,原文必不如此。

20　陶公少时,作鱼梁吏,尝以坩鲊饷母〔一〕。母封鲊付使,反书责侃曰:“汝为吏,以官物见饷,非唯不益,乃增吾忧也。”侃别传曰:“母湛氏,贤明有法训。侃在武昌,与佐吏从容饮燕,常有饮限。或劝犹可少进,侃凄然良久曰:‘昔年少,曾有酒失,二亲见约,故不敢逾限。’及侃丁母忧,在墓下,忽有二客来吊,不哭而退,仪服鲜异,知非常人。遣随视之,但见双鹤冲天而去。”幽明录曰:“陶公在寻阳西南一塞取鱼,自谓其池曰鹤门。”按吴司徒孟宗为雷池监,以鲊饷母,母不受。非侃也。疑后人因孟假为此说〔二〕。

【校文】

“鲊”　景宋本及沈本俱作“鲊”。

注“常有饮限”　沈本作“饮常有限”。

【笺疏】

〔一〕程炎震云："晋书湛氏传：'以一坩鲊遗母。'音义：'坩，苦甘反。'玉篇：'坩，口甘切，土器也。'广韵二十三谈：'坩，坩瓨，苦甘切。'"又云："说文：'鲝，臧鱼也。南方谓之魿，北方谓之鲝。一曰大鱼为鲝，小鱼为魿。从鱼，差省声。'玉篇：'鲝，仄下切，藏鱼也。鲊同上。'广韵三十五马：'鲊，释名曰：鲊菹也。以盐米酿鱼以为菹，侧下切。'御览八百三十四谢玄与兄书：'昨日疏成后出钓，手所获鱼，以为二坩鲊，今奉送。'又八百六十二与妇书略同。并据全晋文八十三。"纬略一云："谢玄与妹书曰：'昨出钓获鱼，以为三坩鲊，今奉送。'亦用坩字。说文曰：'鲊，藏鱼也。'坩音龛。纂文曰：'大坩为坊。'东宫旧事曰：'白坩五枚。'"嘉锡案：谢玄语见御览八百六十二作与妇书。

〔二〕程炎震云："孟宗事见孝子传，御览六十五雷水部引之。"类聚七十二引列女后传曰："吴光禄勋孟宗为监鱼池司马。罢职，道作两器鲊以归奉母。母怒之曰：'吾老，为母戒言，唯听饮彼水，何吾言之不从也？'宗曰：'于道作之，非池鱼也。'母曰：'汝为主鱼吏，而获鲊以归，岂可家至户告耶？'乃还鲊于宗。宗伏，谢罪，遂沈鲊于江。"嘉锡案：此注作雷池监，而列女后传作监鱼池司马，彼此不同。三国志孙皓传："建衡三年，司空孟仁卒。"注引吴录曰："仁字恭武，江夏人也。本名宗，避皓字易焉。除为盐池司马。自能结网，手以捕鱼，作鲊寄母。母因以还之曰：'汝为鱼官，而以鲊寄我，非远嫌也。'""盐"疑当作"监"，以形近致误。

21　桓宣武平蜀，以李势妹为妾〔一〕，甚有宠，常著斋后。主始不知，既闻，与数十婢拔白刃袭之。续晋阳秋曰："温尚明帝女南康长公主。"正值李梳头，发委藉地，肤色玉曜，不为动容。徐曰："国破家亡，无心至此。今日若能见杀，乃是本怀。"主惭而退。妒记曰："温平蜀，以李势女为妾，郡主凶妒，不即知之。后知，乃拔刃往李所，因欲斫之。见李在窗梳头，姿貌端丽，徐徐结发，敛手向主，神色闲正，辞甚凄惋。主于是掷刀前抱之曰：'阿子〔二〕，我见汝亦怜，何况老奴。'遂善之。"〔三〕

【笺疏】

〔一〕程炎震云："御览一百五十四引妹作女。"

〔二〕宋书五行志二曰："晋穆帝升平中，童子辈忽歌于道，曰阿子闻。曲终辄曰：'阿子，汝闻不？'无几，穆帝崩。太后哭曰：'阿子，汝闻不？'"嘉锡案：据此，则"阿子"乃晋人呼儿女之词。盖公主怜爱李势妹，以儿女子畜之，呼为"阿子"者，亲之也。类聚十八引妒记作"阿姊"者，非。

〔三〕敦煌本残类书第二种曰："桓宣武平蜀，以李势女为妾，甚有宠，私置之后斋。公主初不知，既闻，领数十婢将棒袭之。正值李梳头，发委藉地，姿貌绝丽，肤色玉曜，不为动容。徐下地结发，敛手而言曰：'国破家亡，父母屠□，偷存旦暮，无心以生。今日若能见杀，实惬本怀。'主乃掷刀杖，泣而前抱之曰：'我见汝尚怜爱，心神凄怆，何况贼种老奴耶！'因厚礼相遇。"与此事同而加详。罗叔言先生跋，疑其即采自世说。今本经宋人改订，自不能无差异。嘉锡案：余尝以唐写本世说与宋本校，知宋人所删者，刘孝标注耳。其临川正文，但偶有三数字不同，未有刊削如此者。类书盖别有所本，非采自世说也。然其叙事详赡，过于世说及妒记矣。

22　庾玉台，希之弟也。希诛，将戮玉台。希已见。玉台，庾友小字。庾氏谱曰："友字惠彦，司空冰第三子。历中书郎、东阳太守。”玉台子妇，宣武弟桓豁女也。庾氏谱曰：“友字弘之，长子宣，娶宣武弟桓豁之女〔一〕，字女幼。”徒跣求进，阍禁不内。女厉声曰：“是何小人？我伯父门，不听我前！”因突入，号泣请曰：“庾玉台常因人，脚短三寸，当复能作贼不？”宣武笑曰：“婿故自急。”〔二〕遂原玉台一门。中兴书曰：“桓温杀庾希弟倩，希闻难而逃，希弟友当伏诛。子妇桓氏女，请温，得宥。”

【校文】

注“请温得宥”　沈本作“诉”。

【笺疏】

〔一〕李详云：“详案：晋书庾冰传作桓祕女。”

〔二〕嘉锡案：友若不获赦，则宣亦当从坐。故曰“婿故自急”。

23　谢公夫人帏诸婢，使在前作伎，使太傅暂见，便下帏。太傅索更开，夫人云：“恐伤盛德。”〔一〕刘夫人已见。

【笺疏】

〔一〕类聚三十五引妒记曰：“谢太傅刘夫人，不令公有别房。公既深好声乐，后遂颇欲立妓妾。兄子外生等微达此旨，共问讯刘夫人，因方便称关雎螽斯有不忌之德。夫人知以讽己，乃问：‘谁撰此诗？’答云：‘周公。’夫人曰：‘周公是男子，相为尔，若使周姥撰诗，当无此也。’”嘉锡案：自古未闻有以关雎螽斯为周公撰者。谢氏子弟不应发此无稽之言。且夫人为真长之妹，孙绰就谢公宿，言至款杂，夫人谓“亡兄门未有此客”（见轻诋篇）。何至出辞鄙倍如此？疑是时人造作此言，以为戏笑耳。然亦可见其以妒得名，乃有此等传说矣。

24　桓车骑不好箸新衣。浴后，妇故送新衣与。桓氏谱曰："冲娶琅邪王恬女，字女宗。"〔一〕车骑大怒，催使持去。妇更持还，传语云："衣不经新，何由而故？"桓公大笑，箸之。

【笺疏】

〔一〕嘉锡案：仇隟篇注引桓氏谱又曰："桓冲后娶颍川庾蔑女，字姚。"此条所记之妇，不知是王是庾也。

25　王右军郗夫人谓二弟司空、中郎曰：司空愔已见。郗昙别传曰："昙字重熙，鉴少子。性韵方质，和正沈简。累迁丹阳尹、北中郎将、徐、兖二州刺史。""王家见二谢〔一〕，倾筐倒庋；二谢：安、万。见汝辈来，平平尔。汝可无烦复往。"

【校文】

"倒庋"　"庋"，景宋本及沈本作"屣"。

【笺疏】

〔一〕嘉锡案：此王家乃指其夫右军。

26　王凝之谢夫人既往王氏，大薄凝之。既还谢家，意大不说。太傅慰释之曰："王郎，逸少之子，人材亦不恶，汝何以恨乃尔？"答曰："一门叔父，则有阿大、中郎〔一〕。群从兄弟，则有封、胡、遏、末〔二〕。封胡，谢韶小字。遏末，谢渊小字。韶字穆度，万子，车骑司马。渊字叔度，奕第二子，义兴太守。时人称其尤彦秀者。或曰封、胡、遏、末。封谓朗〔三〕，遏谓玄，末谓韶，朗玄渊。一作胡谓渊，遏谓玄，末谓韶也。不意天壤之中，乃有王郎！”

【校文】

“乃” 景宋本作“迺”。

【笺疏】

〔一〕程炎震云：“中郎，谢万。阿大不知何指，当即谓安。”嘉锡案：道韫不应面呼安为阿大，疑是谢尚耳。尚父鲲，只生尚一人，故称阿大。安兄弟六人，见纰漏篇注。大兄奕，次兄据，均见言语篇及注。则安乃第三，非大也。其于叔父独不及安者，尊者之前，不敢斥言之也。

〔二〕李慈铭云：“案晋书谢万传作封、胡、羯、末。”

〔三〕李慈铭云：“案此处封谓下脱韶胡谓三字。韶玄朗三字误衍，当作‘封谓韶，胡谓朗，遏谓玄，末谓渊’。晋书谢万传可证。彼渊作川，唐人避高祖讳。又案一作下脱封谓朗三字，以文义推之可知。”程炎震云：“晋书七十九谢万传及九十六列女传作‘封、胡、羯、末’。又云‘封谓谢韶，胡谓谢朗，羯谓谢玄，末谓谢川’。按川即渊，唐人避讳改。”陆龟蒙甫里集八自注云：“羯，谢玄小字。末，谢川小字。”与晋书合。嘉锡案：伤逝篇云：“王东亭闻谢丧，往哭，不执末婢手而出。”注云：“末婢，谢琰小字。”则末当即谢琰。孝标此注乃谓“遏末，谢渊小字”。晋书亦谓末是谢渊，渊与琰为从父兄弟，不应小字同用末字，其误必矣。

27 韩康伯母，隐古几毁坏，卞鞠见几恶，欲易之。鞠，卞范之。母之外孙也。答曰：“我若不隐此，汝何以得见古物？”〔一〕

【笺疏】

〔一〕嘉锡案：晋书范之传云："玄僭位，以范之为侍中，封临汝县公。玄既奢侈无度，范之亦盛营馆第，自以佐命元勋，深怀矜伐，以富贵骄人。"然则范之为人，盖习于奢靡，平生服用，必力求新异，韩母言不因己不得见古物，盖讥之也。

28　王江州夫人语谢遏曰："汝何以都不复进，夫人，玄之妹。为是尘务经心，天分有限？"〔一〕

【笺疏】

〔一〕嘉锡案：王江州即凝之，夫人即谢道韫。后条明云"谢遏绝重其姊"。御览八百二十四引有谢玄与姊书，则道韫是姊，非妹。况其言为尔汝之辞，直相诫励，亦非所以对兄。妹字决为传写之误无疑。

29　郗嘉宾丧，妇兄弟欲迎妹还，终不肯归。郗氏谱曰："超娶汝南周闵女，名马头。"曰："生纵不得与郗郎同室，死宁不同穴！"毛诗曰："谷则异室，死则同穴。"郑玄注曰："穴谓圹中墟也。"

30　谢遏绝重其姊，张玄常称其妹，欲以敌之。有济尼者，并游张、谢二家。人问其优劣，答曰："王夫人神情散朗，故有林下风气。顾家妇清心玉映，自是闺房之秀。"〔一〕

【笺疏】

〔一〕嘉锡案：林下，谓竹林名士也。赏誉篇曰："林下诸贤，各有俊才子。”是其证。此言王夫人虽巾帼，而有名士之风，言顾不如王。晋书列女传所载道韫事迹，如施青绫步障为小郎解围，嫠居后见刘柳与之谈议，皆足见其神情之散朗，非复寻常闺房中人举动。类聚八十八引其拟嵇中散诗曰：“遥望山上松，隆冬不能凋。愿想游下憩，瞻彼万仞条。腾跃不能升，顿足俟王乔。时哉不我与，大运所飘飖。”居然有论养生服石髓之意，此亦林下风气之一端也。道韫以一女子而有林下风气，足见其为女中名士。至称顾家妇为闺房之秀，不过妇人中之秀出者而已。不言其优劣，而高下自见，此晋人措辞妙处。

31　王尚书惠尝看王右军夫人〔一〕，宋书曰：“惠字令明，瑯邪人。历吏部尚书，赠太常卿。”问：“眼耳未觉恶不？”妇人集载谢表曰：“妾年九十，孤骸独存，愿蒙哀矜，赐其鞠养。”〔二〕答曰：“发白齿落，属乎形骸；至于眼耳，关于神明，那可便与人隔！”

【笺疏】

〔一〕程炎震云：“王惠，劭之孙，导之曾孙，右军孙行也。”

〔二〕嘉锡案：真诰阐幽微篇注云：“逸少升平五年辛酉岁亡，年五十九。”夫人若与右军年相上下，则其九十岁当在太元十七年前后。然王凝之至隆安三年五月始为孙恩所害，夫人上此表时，若凝之犹在，则不应云孤骸独存。夫人为郗愔之姊，愔以太元九年卒，年七十二。夫人盖较愔仅大二三岁，则其九十岁时，正当隆安三四年间，其诸子死亡殆尽，朝廷悯凝之殁于王事，故赐其母以鞠养也。

32　韩康伯母殷，随孙绘之之衡阳，韩氏谱曰：“绘之字季伦。父康伯，太常卿。绘之仕至衡阳太守。”于阖庐洲中逢桓南郡。卞鞠是其外孙，时来问讯。谓鞠曰：“我不死，见此竖二世作贼！”在衡阳数年，绘之遇桓景真之难也〔一〕，续晋阳秋曰：“桓亮字景真，大司马温之孙。父济，给事中。叔父玄，篡逆见诛。亮聚众于长沙，自号湘州刺史。杀太宰甄恭、衡阳前太守韩绘之等十馀人。为刘毅军人郭珍斩之。”〔二〕殷抚尸哭曰：“汝父昔罢豫章，征书朝至夕发。汝去郡邑数年，为物不得动，遂及于难，夫复何言？”

【笺疏】

〔一〕程炎震云：“桓亮之难，在义熙元年乙巳，距永和十二年殷浩殁时，整五十年。浩卒年五十二。康伯之母如是浩姊，年当百馀；如是浩妹，亦九十馀矣。”嘉锡案：晋书韩伯传第云母殷氏，舅殷浩，不言是浩姊或妹。建康实录九云：“太元五年八月，太常韩伯卒。伯母殷浩姊，伯早孤，卒时年四十九。”以此推之，康伯当生于咸和七年壬辰，下至义熙元年乙巳绘之死时，首尾七十四年。其母为殷浩之姊，生康伯时，年当三十馀，至此固已百馀岁矣。又案：阖庐洲不知所在，偏考地理书未见。晋书安帝纪：隆安二年七月，王恭、庾楷、殷仲堪、桓玄、杨佺期等举兵反。九月辅国将军刘牢之击败恭，收送京师，斩之。玄等走寻阳。通鉴一百十云：“冬十月，仲堪自燕湖南归，玄等狼狈西还，追仲堪，至寻阳及之。壬午，盟于寻阳。朝廷深惮之，以荆州还仲堪，优诏慰谕，仲堪等乃受诏，各还所镇。玄乃屯于夏口，引始安太守济阴卞范之以为谋主。”世说言康伯母随孙绘之之衡阳，逢桓玄，必是由建康赴任，遇之于道中。又言卞鞠时来问讯，知在范之已为玄长史之后。然则阖庐洲必在大江之中，去夏口不远。考影宋本寰宇记一百十三曰：“兴国军永兴县阖闾山，在州东四百七十里，（兴国军本属鄂州，故言在州东。）在县之北。史记云："阖闾九年，子胥伐楚。"吴越春秋云："子胥将兵破楚，掘平王之墓，屯军城于此山。"御览四十八地部有阖闾山，引武昌记曰："昔阖闾与伍子胥屯众于此山为城，故曰阖闾山。"舆地广记二十五云："永兴县有阖闾山，吴王阖闾与楚相持屯此。"此虽皆只言阖闾山而不言洲，然宋之兴国军即晋之阳新县，其东北滨大江。夏口在武昌郡，自寻阳泝江至武昌，中途必过阳新。阖庐洲盖即在阖闾山下。玄方由寻阳退屯夏口，故康伯母遇之于此。此洲所以不见纪载者，殆已沈没，或变为陆地，与岸相连矣。范之事见宠礼篇注。晋书附桓玄传云："范之为始安太守，桓玄少与之游。及玄为江州，引为长史，委以心膂之任，潜谋密计，莫不决之。后玄将为篡乱，范之与殷仲文阴撰策命。玄平，斩于江陵。"方康伯母遇之江中时，范之正从玄作乱，而韩母乃面斥玄为贼，盖欲以训戒之也。惜乎范之不能从其外祖母之言，终与逆贼同死，负母意矣。晋之士大夫感温之恩，多党附桓氏。母以一妇人独名其父子作贼，虽是衔其兄浩被废之雠，然词严义正，能明于顺逆，可不谓贤欤！

〔二〕李慈铭云："案太宰下当有脱字。"又云："案郭珍，桓玄传作郭弥。"

术解第二十

1　荀勖善解音声，时论谓之"闇解"。遂调律吕，正雅乐。每至正会，殿庭作乐，自调宫商，无不谐韵。阮咸妙赏，时谓"神解"〔一〕。每公会作乐，而心谓之不调。既无一言直勖，意忌之〔二〕，遂出阮为始平太守。后有一田父耕于野，得周时玉尺，便是天下正尺。荀试以校已所治钟鼓、金石、丝竹，皆觉短一黍，于是伏阮神识〔三〕。晋后略曰："钟律之器，自周之末废，而汉成、哀之间，诸儒修而治之。至后汉末，复隳矣〔四〕。魏氏使协律知音者杜夔造之，不能考之典礼，徒依于时丝管之声、时之尺寸而制之，甚乖失礼度。于是世祖命中书监荀勖依典制，定钟律。既铸律管，募求古器，得周时玉律数枚，比之不差。又诸郡舍仓库，或有汉时故钟，以律命之，皆不叩而应，声响韵合，又若俱成。"晋诸公赞曰："律成，散骑侍郎阮咸谓勖所造声高、高则悲。夫亡国之音哀以思，其民困。今声不合雅，惧非德政中和之音，必是古今尺有长短所致。然今钟磬是魏时杜夔所造，不与勖律相应，音声舒雅，而久不知夔所造〔五〕，时人为之，不足改易。勖性自矜，乃因事左迁咸为始平太守，而病卒。后得地中古铜尺，校度勖今尺，短四分，方明咸果解音，然无能正者。"干宝晋纪曰："荀勖始造正德、大象之舞，以魏杜夔所制律吕，校大乐本音不和〔六〕。后汉至魏尺，长于古四分有馀，而夔据之，是以失韵。乃依周礼，积粟以起度量，以度古器，符于本铭。遂以为式，用之郊庙。"

【笺疏】

〔一〕通典一百四十四曰："阮咸，亦秦琵琶也，而项长过于今制，列十有三柱。武太后时，蜀人蒯朗于古墓中得之。晋竹林七贤图阮咸所弹与此类同，因谓之'阮咸'。咸世实以善琵琶知音律称。"又自注曰："蒯朗初得铜者，时莫有识之。太常少卿元行冲曰：'此阮咸所造。'乃令匠人改以木为之，声甚清雅。"

〔二〕李慈铭云："案直下疑当重一勖字。谓咸无一言直勖，故勖忌之也。又案直同值，遇也。谓咸遭勖意忌也。"

〔三〕程炎震云："晋书乐志云'出咸为始平相'，误。又云：'于此伏咸之妙，复征咸归。’”又云：“晋书律历志云：‘后始平掘地得古铜尺，岁久欲腐，不知何代所出，果长勖尺四分。’又史臣案云：‘又汉章帝时，零陵文学史奚景于泠道舜祠下得玉律，度以为尺，相传谓之汉官尺。以校荀勖尺，勖尺短四分。汉官、始平两尺度同。’又云：‘文选注引晋诸公赞作“中护军长史阮咸”。’”

〔四〕李慈铭云：“案堕，有徒规徒可二反。作隳者俗谬。”

〔五〕李慈铭云：“案不知疑当作不如，谓勖所造不如夔也。”又：“案此当以舒雅读句，其声舒雅，而人不知是夔所造。盖勖未曾制钟磬，犹是夔所为也。”

〔六〕李慈铭云：“案本音当作八音。晋书律历志、宋书律志俱作八音。”

2 荀勖尝在晋武帝坐上食笋进饭，谓在坐人曰：“此是劳薪炊也。”坐者未之信，密遣问之，实用故车脚〔一〕。

【笺疏】

〔一〕隋书王劭传劭上表请变火曰：“昔师旷食饭，云是劳薪所爨。晋平公使视之，果然车辋。”

3 人有相羊祜父墓，后应出受命君。祜恶其言，遂掘断墓后，以坏其势。相者立视之曰：“犹应出折臂三公。”俄而祜坠马折臂，位果至公。幽明录曰：“羊祜工骑乘。有一儿五六岁，端明可喜。掘墓之后，儿即亡。羊时为襄阳都督，因盘马落地，遂折臂。于时士林咸叹其忠诚。”

4 王武子善解马性。尝乘一马，箸连钱障泥。前有水，终日不肯渡〔一〕。王云："此必是惜障泥。"使人解去，便径渡。语林曰："武子性爱马，亦甚别之。故杜预道'王武子有马癖，和长舆有钱癖'。武帝问杜预：'卿有何癖？'对曰：'臣有左传癖。'"

【校文】

注"武帝问杜预" 景宋本及沈本无"杜"字。

【笺疏】

〔一〕程炎震云："连钱，晋书济传作连乾。御览三百五十九引同。"又云："终日不肯渡，御览引无日字，是也。"

5 陈述为大将军掾，甚见爱重。及亡，郭璞往哭之，甚哀，乃呼曰："嗣祖，焉知非福！"俄而大将军作乱，如其所言。陈氏谱曰："述字嗣祖，颍川许昌人。有美名。"

6 晋明帝解占冢宅，闻郭璞为人葬，帝微服往看。因问主人："何以葬龙角？此法当灭族！"主人曰："郭云：'此葬龙耳，不出三年，当致天子。'"帝问："为是出天子邪？"答曰："非出天子，能致天子问耳。"青鸟子相冢书曰："葬龙之角，暴富贵，后当灭门。"

【校文】

注"青鸟子相冢书" "鸟"，宋本作"乌"。

7 郭景纯过江，居于暨阳，墓去水不盈百步，时人以为近水。景纯曰："将当为陆。"璞别传曰："璞少好经术，明解卜筮。永嘉中，海内将乱，璞投策叹曰：'黔黎将同异类矣！'便结亲昵

十馀家，南渡江，居于暨阳。”今沙涨，去墓数十里皆为桑田。其诗曰：“北阜烈烈，巨海混混；垒垒三坟，唯母与昆。”〔一〕

【校文】

注“永嘉中”　“中”，沈本作“末”。

【笺疏】

〔一〕李慈铭云：“案暨阳，晋属毗陵郡，即今常州府江阴县。”寰宇记九十二江阴县条下曰：“郭璞宅在黄山北长广村，去县七里，吴时烽火之所也。”日知录三十一曰：“晋书郭璞传：‘璞以母忧去职，卜葬地于暨阳，去水百步许。人以近水为言，璞曰：“当即为陆矣。”其后沙涨，去墓数十里皆为桑田。’王恽集乃云：‘金山西北大江中，乱石间有丛薄，鸦鹊栖集，为郭璞墓。’按史文元谓去水百步许，不在大江之中。且当时即已沙涨为田，而暨阳在今江阴县界，不在京口，又所葬者璞之母，而非璞也。世之所传皆误。”顾氏自注云：“世说载璞诗曰：‘垒垒三坟，惟母与昆。’则璞又有二兄同葬。”嘉锡案：王象之舆地纪胜九江阴军古迹条下曰：“今父老云：申港八里许，有郭璞母墓。”象之此说，尚与史合。而其卷七镇江府景物条云：“金山前有三岛，号‘石牌’，称郭璞墓。”则又与俗传相合。周必大奏事录曰：“金山龙游寺山门，借石门山为案，乃焦山三石峰耳。其外小山，稍有树木，而鸟雀不栖者，世传为郭璞墓。”又二老堂杂志五记镇江府金山曰：“山在京口江心，号龙游寺，南朝谓之浮玉山。别有小岛，相传为郭璞墓，大水不能没，下元水府亦在此。”必大此二条皆不免惑于世俗讹传。然亦可见其说已盛传于宋，不始于王恽也。

8　王丞相令郭璞试作一卦〔一〕，卦成，郭意色甚恶，云："公有震厄！"王问："有可消伏理不？"郭曰："命驾西出数里，得一柏树，截断如公长，置床上常寝处，灾可消矣。"王从其语。数日中，果震柏粉碎，子弟皆称庆。王隐晋书曰："璞消灾转祸，扶厄择胜，时人咸言京、管不及。"大将军云："君乃复委罪于树木。"〔二〕

【笺疏】

〔一〕程炎震云："晋书璞传云：'时参王导军事。'"

〔二〕南史张裕传曰："初裕曾祖澄当葬父，郭璞为占墓地曰：'葬某处，年过百岁，位至三司，而子孙不蕃。某处，年几减半，位裁卿校，而累世贵显。'澄乃葬其劣处。位光禄，年六十四而亡。其子孙遂昌云。"嘉锡案：合世说所载上二事观之，则璞在当时，必以卜葬相冢墓著盛名，故有此等传说。后世以葬书托之于璞，非无因也。又案：御览九百五十四引幽明录，与此略同，惟无王大将军语。幽明录亦义庆所著也。

9　桓公有主簿善别酒，有酒辄令先尝。好者谓"青州从事"，恶者谓"平原督邮"。青州有齐郡，平原有鬲县。"从事"言到脐〔一〕，"督邮"言在鬲上住〔二〕。

【笺疏】

〔一〕李详云："详案：脐古亦作齐，庄子达生篇：'与齐俱入。'释文：'司马云："齐，回水，如磨齐也。"'史记封禅书：'祠天齐渊。'索隐：'临淄城南有天齐泉，言如天之腹齐也。'"

〔二〕任渊山谷内集注一引至"平原督邮"止。以下作注云"青州有齐郡"云云。"言到脐"作"谓到齐下"，"言在鬲上住"作"谓到鬲上住也”。今本误作大字，混入正文。

10　郗愔信道甚精勤〔一〕，常患腹内恶，诸医不可疗。闻于法开有名〔二〕，往迎之。既来，便脉云：“君侯所患，正是精进太过所致耳。”合一剂汤与之。一服，即大下，去数段许纸如拳大；剖看，乃先所服符也〔三〕。晋书曰：“法开善医术，尝行，莫投主人，妻产〔四〕，而儿积日不堕。法开曰：‘此易治耳。’杀一肥羊，食十馀脔而针之。须臾儿下，羊膋裹儿出。其精妙如此。”

【笺疏】

〔一〕程炎震云：“郗愔奉天师道，见后排调篇‘二郗奉道’条。”御览六百六十六引太平经曰：“郗愔字方回，高平金乡人。为晋镇军将军。心尚道法，密自遵行。善隶书，与右军相埒。手自起写道经，将盈百卷。于今多有在者。”排调篇注引中兴书曰：“郗愔及弟昙，奉天师道。”晋书愔附父鉴传云：“与姊夫王羲之、高士许恂并有迈世之风。俱栖心绝谷，修黄、老之术。”

〔二〕隋书经籍志有议论备豫方一卷，于法开撰。高僧传四于法开传曰：“晋升平五年，孝宗有疾，开视脉，知不起，不肯复入。康献后令曰：‘帝小不佳，昨呼于公视脉，但到门不前，种种辞惮，宜收付廷尉。’俄而帝崩，获免。”嘉锡案：此可见法开视脉之精。文廷式纯常子枝语卷十四云：“魏、晋沙门皆依师为姓。余以僧传考之：于法兰高阳人。于道邃燉煌人。于法开不知何许人，然事兰公为弟子，则从师姓也。其姓于，未知何本。窃意其师必于阗国人，以国为姓，文不具耳。”

〔三〕真诰运象篇有九月六日夕紫微夫人喻作示许长史并与同学诗，注云："同学，谓郗方回也。"又有九月九日紫微夫人喻作因许示郗诗注云："郗犹是方回也。"嘉锡案：许长史名谧，一名穆，即道士许迈之弟。迈事附见晋书王羲之传。真诰称愔为同学，是愔已入道受箓，同于道士。而许穆又示以神仙之诗，将谓飞升可望，固宜其信道精勤矣。嘉锡又案：魏志张鲁传注引典略，谓太平道及五斗米道皆教病人叩头思过，因以符水饮之。甄命授亦云："若翻然奉张陵道者，我当与其一符使服之。如此，必愈而豁矣。"是奉天师道者，皆以符水治病。然亦有无病服符者。真诰协昌期篇有"明堂内经开心辟妄符"：用开日旦朱书，再拜服之，一月三服。郗愔所服，盖此类也。

〔四〕李慈铭云："案投下有脱字。嘉泰会稽志作'尝旅行，莫投主人，其家妻产'。"

11 殷中军妙解经脉〔一〕，中年都废。有常所给使，忽叩头流血。浩问其故，云："有死事，终不可说。"诘问良久，乃云："小人母年垂百岁，抱疾来久，若蒙官一脉，便有活理。讫就屠戮无恨。"浩感其至性，遂令舁来，为诊脉处方。始服一剂汤，便愈。于是悉焚经方。

【笺疏】

〔一〕程炎震云："晋书八十四仲堪传云：'躬学医术，究其精妙。'隋书经籍志：梁有殷荆州要方一卷，殷仲堪撰，亡。不闻殷浩，盖传写之失也。"嘉锡案：诸书并不言殷浩通医术，余初亦疑为仲堪之误。既而考之唐写本陶弘景本草集注序录云"自晋世已来，其贵胜阮德如、张茂先、裴逸民、皇甫士安及江左葛稚川、蔡谟、殷渊源诸名人等，并亦研精药术。凡此诸人，各有所撰用方"云云，乃知殷中军果妙解经脉，非多读古书见古本，不能知也。大观本草所录陶隐居序，殷渊源作商仲堪，盖宋人所妄改。文廷式纯常子枝语卷三十三曰："图书集成艺术典医部名医别传引医学入门云：'殷浩精通经脉，著方书。'"

巧艺第二十一

1 弹棋始自魏宫内，用妆奁戏〔一〕。傅玄弹棋赋叙曰："汉成帝好蹴踘，刘向以谓劳人体，竭人力，非至尊所宜御。乃因其体作弹棋。今观其道，蹴踘道也。"〔二〕按玄此言，则弹棋之戏，其来久矣。且梁冀传云："冀善弹棋，格五。"而此云起魏世，谬矣。文帝于此戏特妙，用手巾角拂之，无不中。有客自云能，帝使为之。客箸葛巾角，低头拂棋，妙逾于帝〔三〕。典论常自叙曰〔四〕："戏弄之事，少所喜，唯弹棋略尽其妙。少时尝为之赋〔五〕。昔京师少工有二焉〔六〕：合乡侯东方世安、张公子〔七〕，常恨不得与之对也。"博物志曰："帝善弹棋，能用手巾角。时有一书生，又能低头以所冠葛巾角撇棋也。"

【校文】

注"常自叙曰"　"常"，景宋本及沈本作"帝"。

【笺疏】

〔一〕李详云："详案：御览七百五十五引此作'弹棋始自魏文帝宫内装器戏也'。"沈涛交翠轩笔记一曰："老学庵笔记'大名龙兴寺佛殿有魏宫玉石弹棋局'云云（详见前）。案吕颐浩燕魏杂记：'北京隆兴寺佛殿两楹檐下有魏宫弹棋局，魏文帝时款识存焉。王钦臣赋诗云："邺城台榭付尘埃，玉局依然独未灰。妙手一弹那复得，宝奁当日为谁开。飘零久已抛红子，埋没惟斯近紫苔。此艺不传真可惜，摩挲聊记再看来。"此局因沈积中为朔漕，进入禁中，不复见矣。'宋时以大名府为北京，今隆兴寺遗址犹存。仲至此诗，宋诗纪事亦失采。"李详云："御览又引弹棋经后序曰：'自后汉冲、质已后，此蓺中绝。至献帝建安中，曹公执政，禁阑幽密，至于博弈之具，皆不得妄置宫中，宫人因以金钗玉梳戏于粧奁之上，即取类于弹棋也。及魏文帝受禅，宫人所为，更习弹棋焉。'"嘉锡案：弹棋经后序，此下尚有"故帝与吴季重曰，弹棋间设者也"二句。考魏志王粲传注引魏略曰："大将军西征，太子南在孟津小城，与质书曰'每念昔日南皮之游，诚不可忘。弹棋间设，终以博弈'"云云。"大将军西征"，文选四十二与朝歌令吴质书注引典略作"大军西征"，是也。案魏志武帝纪：建安十九年十二月，公至孟津。二十年三月，公西征张鲁。曹丕与质书当在此时。南皮之游，又在其前。而后序乃谓"文帝受禅，宫人更习弹棋，故帝与质书"云云，盖徒欲附会世说弹棋始自魏宫之说，而不知其岁月之不合也。后序有"唐顺宗在春宫日"及"长庆末"之语，盖唐末人所作，其叙汉、魏事绝不可信。恐读者误信其说，以为可以调停世说及刘孝标注，故因审言所引，驳之如此。御览引艺经曰："弹棋二人对局，黑白棋各六枚，先列棋相当，下呼上击之。"嘉锡案：黑白棋各六枚者，一人之棋也。两人则二十四枚。皇朝事实类苑卷五十二引赞宁要言云："弹棋或云粧奁戏，不知造者。故有鳌背局，似香奁盖故也。"赞宁之意，盖谓棋局有似香奁者，后人因造为起于魏宫粧奁戏之说，其实非也。

〔二〕嘉锡案：葛洪作西京杂记，托之刘歆云："成帝好蹴踘，群臣以蹴踘为劳体，非至尊所宜。帝曰：'朕好之，可择似而不劳者奏之。'家君作弹棋以献。帝大悦，赐青羔裘、紫丝履，服以朝觐。"与玄叙小异，余疑其说或出于七略蹴踘新书条下。

〔三〕周亮工书影五曰："古技艺中所不传者，弹棋。友人有言秦中一好古家藏有古弹棋局，方二尺，中心高如覆盂，皆与古所传合，予未之见。然弹棋之法不传，局即存，无庸也。"老学庵笔记十曰："吕进伯作考古图云：'古弹棋局，状如香炉。盖谓其中隆起也。李义山诗云：“玉作弹棋局，中心亦不平。”今人多不能解。’以进伯之说观之，则粗可见，但恨其艺之不传也。大名龙兴寺佛殿有魏宫玉石弹棋局，上有黄初中刻字，政和中取入禁中。”嘉锡案：诗话总龟二十八引古今诗话曰：“弹棋，今人罕为之。有谱一卷，盖唐贤所为。其局方二尺，中心高如覆盂，其巅为小壶，四角微起。李商隐诗云‘玉作弹棋局，中心最不平’，谓其中高也。乐天诗云‘弹棋局上事，最妙是长斜’，谓抹角长斜，一发过半局。今谱中具有此法。柳子厚叙：用二十四棋者，即此谓也。”其说较之放翁尤为详尽。文帝用手巾角拂之，书生以葛巾角撇棋者，盖时人皆以手弹之使起，二人独不用手，所以为巧。

〔四〕李慈铭云：“案常当是帝字之误。”

〔五〕艺文类聚七十四、御览七百五十五均引有魏文帝弹棋赋。

〔六〕“少工”，魏志注作“先工”，当据改。“焉”，魏志注作“马”。

〔七〕“世安”，魏志作“安世”。

2　陵云台楼观精巧〔一〕，先称平众木轻重，然后造构，乃无锱铢相负揭。台虽高峻，常随风摇动，而终无倾倒之理。魏明帝登台，惧其势危，别以大材扶持之，楼即穨坏。论者谓轻重力偏故也。洛阳宫殿簿曰：“陵云台上壁方十三丈，高九尺。楼方四丈，高五丈。栋去地十三丈五尺七寸五分也。”〔二〕

【笺疏】

〔一〕程炎震云：“水经注十六谷水篇引洛阳记曰：‘陵云台东有金市。金市北对洛阳垒。’御览一百七十八引述征记曰：‘陵云台在明光殿西，高八丈，累砖作道，通至台上。’则陵云台永嘉后犹存。”御览一百七十八引述征记曰：“陵云台在光明殿西，高八丈，累砖作道，通至台上。登回迥眺，究观洛邑，暨南望少室，亦山丘之秀极也。”嘉锡案：台高八丈，未为极峻，不称“陵云”之名。盖亦字有脱误也。洛阳伽蓝记一曰：“千秋门内道北有西游园，园中有凌云台，即是魏文帝所筑者。台上有八角井。高祖于井北造凉风观。观东有灵芝钓台，累木为之，出于海中，去地二十丈。风生户牖，云起梁栋。丹楹刻桷，图写列仙。刻石为鲸鱼，背负钓台。既如从地踊出，又似空中飞下。”案此所谓灵芝钓台，亦是累木为之。盖即规仿陵云台。但此钓台当是北魏高祖所造，非魏文所筑。聊并录之，以相参证耳。

〔二〕艺文类聚六十二引杨龙骧洛阳记曰：“陵云台高二十三丈，登之见孟津。”此注中“十三丈”上疑脱“二”字。编珠二引洛阳记曰：“凌云台高十三丈，铸五龙飞凤凰焉。”

3　韦仲将能书〔一〕。魏明帝起殿〔二〕，欲安榜，使仲将登梯题之。既下，头鬓皓然，因敕儿孙：“勿复学书。”〔三〕文章叙录曰：“韦诞字仲将，京兆杜陵人，太仆端子。有文学，善属辞。以光禄大夫卒。”〔四〕卫恒四体书势曰：“诞善楷书，魏宫观多诞所题。明帝立陵霄观，误先钉榜，乃笼盛诞，辘轳长絙引上，使就题之。去地二十五丈，诞甚危惧。乃戒子孙绝此楷法，箸之家令。”〔五〕

【笺疏】

〔一〕御览七百四十七引三辅决录曰：“韦诞字仲将，除武都太守。以书不得之郡，转侍中。洛阳、邺、许三都宫观始就，命诞铭题，以为永制。以御笔、墨皆不任用，因奏曰：‘夫工欲善其事，必先利其器。用张芝笔、左伯纸及臣墨，兼此三具，又得臣手，然后可以逞径丈之势，方寸千言。’”

〔二〕水经谷水注曰：“魏明帝上法太极，于洛阳南宫起太极殿于汉崇德殿之故处。南宫既建，明帝令侍中京兆韦诞以古篆书之。”

〔三〕李治敬斋古今黈六云：“晋书：王献之为谢安长史，太极殿新修成，欲使献之题其榜，难言之。试谓曰：‘魏时凌云殿榜未题而匠者误钉之，乃使韦仲将悬橙书之。比讫，须发尽白，裁馀气息。还语子弟，宜绝此法。’献之揣知其旨，正色曰：‘仲将，魏之大臣，宁有此事？使其若此，有以知魏德之不长也。’书法录云：‘魏明帝凌云台初成，令韦诞题榜，高下异好，就点正之。因危惧，以戒子孙，无为大字楷法。’王僧虔名书录云：‘魏明帝起凌云台，误先钉榜，而未之题。笼盛韦诞，鹿卢引上书之。去地二十五丈，诞甚危惧，乃戒子孙，绝此楷法。’李子曰：魏明帝之为人，人主中俊健者也。兴工造事，必不孟浪。况凌云殿非小小营构，其为匠氏者，必极天下之工；其为将作者，必欲当时之选。楼观题榜，以人情度之，宜必先定，岂有大殿已成，而使匠石辈遽挂白榜哉？误钉后书之说，万无此理。而名书录载之，晋史又载之，是皆好事者之过也。名书录又谓去地二十五丈，以笼盛诞，鹿卢引上书之，果可信耶？书法录言高下异好，令就点定。诞因危惧，以戒子孙。则此说其或有之。晋书又称诞比书讫，须发尽白。此尤不可信者。前人记周兴嗣一夕次千文成，须发尽白，已属缪妄。而诞之书榜，特荼顷耳，危惧虽甚，安能遽白乎？”嘉锡案：晋书王献之传载谢安欲令献之题榜事，与本书方正篇注所引宋明帝文章志全同，非唐之史臣所能杜撰也。至于魏时起陵云台误先钉榜，乃以鹿卢引韦诞上使书，则不独晋书言之，法书要录所载王僧虔启上古来能书人名，（与李治所引不同）即世说此条及注引卫恒四体书势，亦已先言之矣。但或以为殿，或以为台为观，互有不同耳。夫陵云台观，万人属目，乃竟钉未书之榜，诚非情理所有。然卫恒去韦诞时不远，又与王僧虔皆世代书家，纵所言不能无少误，然父师相传，岂得全无所本乎？李氏竟似未见世说者，可怪也。李所引书法录，不知出何书，其文乃与张怀瓘书断全同。据其所言，此榜仍是在平地书就，及悬之台上，方觉其不佳。榜既高大，又已钉牢，取之甚难，故悬诞使上，令就加描润耳。高下异好，书画之常。怀瓘此说，必别有所据，足以正从来相传之失矣。又知诞之戒子孙，乃专令绝大字楷法，并非禁使永不学书也。若夫须发尽白，乃是后来形容过甚之词，卫恒、王僧虔及广记所引书法录皆无此说，分别观之可矣。

〔四〕程炎震云："魏志二十一刘劭传注引文章叙录云：'诞，太仆端之子。建安中为郡上计吏，特拜郎中。稍迁侍中、中书监。以光禄大夫逊位。年七十五，卒于家。'"

〔五〕程炎震云："晋书三十六恒传、四体书势无此文。惟篆书篇云：'韦诞师淳而不及。太和中，诞为武都太守，以能书留补侍中。魏氏宝器铭题，皆诞书也。'三国志刘劭传注引同。详其文意，谓诞善篆书，非谓楷隶也。"

4　钟会是荀济北从舅〔一〕，二人情好不协。荀有宝剑，可直百万，常在母钟夫人许。孔氏志怪曰："勖以宝剑付妻。"会善书，学荀手跡，作书与母取剑，仍窃去不还。世语曰："会善学人书，伐蜀之役，于剑阁要邓艾章表，皆约其言。令词旨倨傲，多自矜伐。艾由此被收也。"荀勖知是钟而无由得也，思所以报之。后钟兄弟以千万起一宅，始成，甚精丽，未得移住。荀极善画，乃潜往画钟门堂，作太傅形象〔二〕，衣冠状貌如平生。二钟入门，便大感恸，宅遂空废。孔氏志怪曰："于时咸谓勖之报会，过于所失数十倍。彼此书画，巧妙之极。"

【笺疏】

〔一〕程炎震云："晋书三十九勖传：'武帝受禅，改封济北郡公，固辞为侯。'"

〔二〕程炎震云："勖，御览一百八十又三百四十三引并作深，是也。门堂下有并字，是也。馀同不悉出。"

5　羊长和博学工书，文字志曰："忱性能草书，亦善行隶，有称于一时。"能骑射，善围棋。诸羊后多知书，而射、弈馀蓺莫逮。

6　戴安道就范宣学，中兴书曰："逵不远千里，往豫章诣范宣，宣见逵，异之，以兄女妻焉。"视范所为：范读书亦读书，范钞书亦钞书。唯独好画，范以为无用，不宜劳思于此。戴乃画南都赋图；范看毕咨嗟，甚以为有益，始重画。

7　谢太傅云："顾长康画，有苍生来所无。"〔一〕续晋阳秋曰："恺之尤好丹青，妙绝于时。曾以一厨画寄桓玄，皆其绝者，深所珍惜，悉糊题其前。桓乃发厨后取之，好加理。后恺之见封题如初，而画并不存，直云：'妙画通灵，变化而去，如人之登仙矣。'"

【笺疏】

〔一〕历代名画记五引刘义庆世说云："谢安谓长康曰：'乡画自生人以来未有也。'又云：'卿画苍颉，古来未有也。'"并与今本不合。又引云："桓大司马每请长康与羊欣论书画，竟夕忘疲。"今本亦无此语。名画记一云："桓玄性贪好奇，天下法书名画，必使归己。及玄篡逆，晋府名迹，玄尽得之。玄败，宋高祖先使臧喜入宫载焉。”

8　戴安道中年画行像甚精妙。庾道季看之，语戴云：“神明太俗，由卿世情未尽。”戴云：“唯务光当免卿此语耳。”列仙传曰：“务光，夏时人也。耳长七寸，好鼓琴，服菖蒲韭根。汤将伐桀，谋于光，光曰：‘非吾事也。’汤曰：‘伊尹何如？’务光曰：‘强力忍诟，不知其它。’汤克天下，让于光，光曰：‘吾闻无道之世，不践其土。况让我乎？’负石自沈于卢水。”〔一〕

【笺疏】

〔一〕“韭”，名画记五引作“薤”。“卢水”引作“泸水”。

9　顾长康画裴叔则，颊上益三毛。人问其故，顾曰：“裴楷俊朗有识具，正此是其识具。”看画者寻之，定觉益三毛如有神明，殊胜未安时。恺之历画古贤，皆为之赞也。

10　王中郎以围棋是坐隐，支公以围棋为手谈〔一〕。博物志曰：“尧作围棋，以教丹朱。”语林曰：“王以围棋为手谈，故其在哀制中，祥后客来，方幅会戏。”〔二〕

【笺疏】

〔一〕水经注二十二渠水注引语林曰：“王中郎以围棋为坐隐，或亦谓之手谈，又谓之为棋圣。”

〔二〕隋书音乐志引沈约奏曰：“檀弓丛杂，又非方幅典诰之书也。”梁书徐勉传：“尝为书诫子崧曰：‘前割西边，施宣武寺。既失西厢，不复方幅。’”陈书姚察传：“补东宫学士，宫内所须，方幅手笔，皆付察立草。”南史萧坦之传：“帝夜遣内左右，密赂文季，文季不受。帝大怒。坦之曰：'官若诏敕出赐，令舍人主书送往，文季宁敢不受？政以事不方幅，故仰遣耳。'"又豫章王综传："普通四年，为都督南兖州刺史，颇勤于事，而不见宾客。其辞讼则隔帘理之，方幅出行，垂帷于舆。每云恶人识其面也。"嘉锡案：详此诸证，则方幅之言，谓事物之正当者耳。另参贤媛篇"周浚作安东时"条。

11　顾长康好写起人形。续晋阳秋曰："恺之图写特妙。"欲图殷荆州，殷曰："我形恶，不烦耳。"顾曰："明府正为眼尔。仲堪眇目故也。但明点童子，飞白拂其上，使如轻云之蔽日。"〔一〕日，一作月〔二〕。

【笺疏】

〔一〕历代名画记一顾恺之曰："画人最难，次山水狗马，其台阁，一定器耳，差易为也。"

〔二〕程炎震云："晋书九十二恺之传亦作月。"

12　顾长康画谢幼舆在岩石里。人问其所以，顾曰："谢云：'一丘一壑，自谓过之。'此子宜置丘壑中。"

13　顾长康画人，或数年不点目精。人问其故，顾曰："四体妍蚩，本无关于妙处；传神写照，正在阿堵中。"〔一〕

【笺疏】

〔一〕书钞一百五十四引俗说云："顾虎头为人画扇，作嵇、阮，都不点眼睛，便送还扇主，曰：‘点睛便能语也。’”

14　顾长康道画：“手挥五弦易，目送归鸿难。”〔一〕

【笺疏】

〔一〕程炎震云：“晋书：‘恺之每重嵇康四言诗，因为之图。’”嘉锡案：晋书恺之传云“恺之每重嵇康四言诗，因为之图”云云。世说不言作图，语意不明。文选二十四嵇叔夜赠秀才入军诗云：“目送归鸿，手挥五弦，俯仰自得，游心泰玄。”按淮南子俶真训云：“夫目视鸿鹄之飞，耳听琴瑟之声，而心在雁门之间。”叔夜之意，盖出于此。李善注未引。

宠礼第二十二

1　元帝正会，引王丞相登御床，王公固辞，中宗引之弥苦。王公曰：“使太阳与万物同晖，臣下何以瞻仰？”中兴书曰：“元帝登尊号，百官陪位，诏王导升御坐，固辞然后止。”

2　桓宣武尝请参佐入宿，袁宏、伏滔相次而至。莅名，府中复有袁参军，彦伯疑焉，令传教更质。传教曰：“参军是袁、伏之袁，复何所疑？”

3　王珣、郗超并有奇才，为大司马所眷拔。珣为主簿，超为记室参军。超为人多须，珣状短小。于时荆州为之语曰〔一〕：“髯参军，短主簿，能令公喜，能令公怒。"〔二〕续晋阳秋曰："超有才能，珣有器望，并为温所昵。"

【校文】

"多须，珣状短小"　"须"，景宋本作"鬊"。"珣"下景宋有"行"字，非。沈本有"形"字。

【笺疏】

〔一〕程炎震云："晋书超传作'府中语曰'。此荆州字误。珣弱冠从温，已移镇姑熟，不在荆州矣。"

〔二〕嘉锡案：此出晋阳秋，见书钞六十九引。

4　许玄度停都一月，刘尹无日不往，乃叹曰："卿复少时不去，我成轻薄京尹！"语林曰："玄度出都，真长九日十一诣之，曰：'卿尚不去，使我成薄德二千石。'"

5　孝武在西堂会，伏滔预坐。还，下车呼其儿，儿，即系也。丘渊之文章录曰："系字敬鲁，仕至光禄大夫。"〔一〕语之曰："百人高会，临坐未得他语，先问'伏滔何在？在此不？'〔二〕此故未易得。为人作父如此，何如？"

【笺疏】

〔一〕程炎震云："晋书九十二滔传系作系之。"李详云："详案：晋书伏滔传载滔子系之，与刘注异。"

〔二〕李慈铭云："案临上当有脱字。晋书伏滔传作'百人高会，天子先问伏滔在坐不？'"

6　卞范之为丹阳尹，羊孚南州暂还，往卞许，云："下官疾动不堪坐。"卞便开帐拂褥，羊径上大床，入被须枕。卞回坐倾睐，移晨达莫。羊去，卞语曰：“我以第一理期卿，卿莫负我。”丘渊之文章录曰：“范之字敬祖，济阴冤句人。祖嵎，下邳太守。父循，尚书郎。桓玄辅政，范之迁丹阳尹。玄败，伏诛。”

任诞第二十三〔一〕

【笺疏】

〔一〕嘉锡案：国于天地，必有兴立。管子曰：“四维不张，国乃灭亡。”自古未有无礼义，去廉耻，而能保国长世者。自曹操求不仁不孝之人，而节义衰；自司马昭保持阮籍，而礼法废。波靡不返，举国成风，纪纲名教，荡焉无存。以驯致五胡之乱，不惟亡国，且几亡种族矣。君子见微而知著，读世说任诞之篇，亦千古之殷鉴也。文选四十九干宝晋纪总论曰：“风俗淫僻，耻尚失所，学者以老、庄为宗，而黜六经；谈者以虚薄为辩，而贱名检；行身者以放浊为通，而狭节信。”又曰：“观阮籍之行，而觉礼教崩弛之由。”又曰：“民风国势如此，虽以中庸之才，守文之主治之，辛有必见之于祭祀，季札必得之于声乐，范燮必为之请死，贾谊必为之痛哭。又况我惠帝以荡荡之德临之哉！”李善注引王隐晋书曰：“贵游子弟，多祖述于阮籍，同禽兽为通。”抱朴子外篇刺骄篇曰：“世人闻戴叔鸾、阮嗣宗傲俗自放，见谓大度，而不量其材力非傲生之匹，而慕学之。或乱项科头，或裸袒蹲夷，或濯脚于稠众，或溲便于人前，或停客而独食，或行酒而止所亲。此盖左衽之所为，非诸夏之快事也。昔辛有见被发而祭者，知戎之将炽。余观怀、愍之世，俗尚骄亵，夷虏自遇，其后羌胡猾夏，侵掠上京，及悟斯事，乃先著之妖怪也。”戴叔鸾即后汉逸民传之戴良，见后“阮籍当葬母”条。全晋文三十五应詹上疏陈便宜曰："元康以来，贱经尚道。以玄虚宏放为夷达，以儒术清俭为鄙俗。望白署空，显以台衡之望；寻文谨案，目以兰薰之器。永嘉之弊，未必不由此也。"

1　陈留阮籍，谯国嵇康，河内山涛，三人年皆相比，康年少亚之。预此契者：沛国刘伶，陈留阮咸，河内向秀，琅邪王戎。七人常集于竹林之下〔一〕，肆意酣畅，故世谓"竹林七贤"〔二〕。晋阳秋曰："于时风誉扇于海内，至于今咏之。"

【笺疏】

〔一〕程炎震云："阮以汉建安十五年庚寅生，山以建安二十年乙未生，少阮五岁。嵇以魏黄初四年癸卯生，少阮十三岁。王戎以魏青龙二年甲寅生，盖于七人中最后死也。沈约七贤论曰：'仲容年齿不悬，风力粗可。'"

〔二〕程炎震云："文选卷二十一五君咏注引魏氏春秋曰：'康寓居河内之山阳县，与河内向秀友善，游于竹林。'水经注卷九清水篇曰：'长泉水出白鹿山，东南伏流，径十三里，重源浚发于邓城西北，世亦谓之重泉也。又径七贤祠东，左右筠篁列植，冬夏不变贞萋，向子期所谓"山阳旧居"也。后人立庙于其处。庙南又有一泉，东南流注于长泉水。郭缘生述征记所云"嵇公故居，时有遗竹"也。'御览一百八十引述征记曰：'山阳县城东北二十里，魏中散大夫嵇康园宅，今悉为田墟，而父老犹谓嵇公竹林，时有遗竹也。'"

2　阮籍遭母丧〔一〕，在晋文王坐进酒肉。司隶何曾亦在坐，晋诸公赞曰："何曾字颖考，陈郡阳夏人。父夔，魏太仆。曾以高雅称，加性仁孝，累迁司隶校尉。用心甚正，朝廷师之。仕晋至太宰。”〔二〕曰：“明公方以孝治天下，而阮籍以重丧，显于公坐饮酒食肉，宜流之海外，以正风教。”文王曰：“嗣宗毁顿如此，君不能共忧之，何谓？且有疾而饮酒食肉，固丧礼也！”籍饮噉不辍，神色自若〔三〕。干宝晋纪曰：“何曾尝谓阮籍曰：‘卿恣情任性，败俗之人也。今忠贤执政，综核名实，若卿之徒，何可长也！’复言之于太祖，籍饮噉不辍。故魏、晋之间，有被发夷傲之事，背死忘生之人，反谓行礼者，籍为之也。”魏氏春秋曰：“籍性至孝，居丧虽不率常礼，而毁几灭性。然为文俗之士何曾等深所雠疾。大将军司马昭爱其通伟，而不加害也。”

【校文】

注“加性仁孝”　“加”，沈本作“天”。

注“师之”　“师”，景宋本作“惮”。

【笺疏】

〔一〕程炎震云：“晋书三十三曾传：‘嘉平中为司隶校尉，积年迁尚书。正元中为镇北将军。’则嗣宗丧母，亦当在嘉平中，时年四十馀，昭未辅政。籍传叙于文帝让九锡后，误。”

〔二〕晋书曾传言：“曹爽专权，宣帝称疾，曾亦谢病。爽诛，乃起视事。魏帝之废也，曾预其谋焉。”是曾乃司马氏之死党。

〔三〕避暑录话上云：“阮籍既为司马昭大将军从事，闻步兵厨酒美，复求为校尉。史言虽去职，常游府内，朝宴必与。以能遗落世事为美谈。以吾观之，此正其诡谲，佯欲远昭而阴实附之。故示恋恋之意，以重相谐结。不然，籍与嵇康当时一流人物也，何礼法之士疾籍如仇，昭则每为保护，康乃遂至于杀身？籍何以独得于昭如是耶？至劝进之文，真情乃见。籍著大人论，比礼法士如群虱之处裩中。吾谓籍附昭乃裈中之虱，但偶不遭火焚耳。使王凌、毌丘俭等一得志，籍尚有噍类哉？”嘉锡案：观阮籍咏怀诗，则籍之附昭，或非其本心。然既已惧死而畏势，自昵于昭，为昭所亲爱。又见高贵乡公之英明，大臣诸葛诞等之不服，鉴于何晏等之以附曹爽而被杀，恐一旦司马氏事败，以逆党见诛。故沈湎于酒，阳狂放诞，外示疏远，以避祸耳。后人谓籍之自放礼法之外，端为免司马昭之猜忌及锺会辈之谗毁，非也。使籍果不附昭，以昭之奸雄，岂不能烛其隐而遽为所瞒，从而保护之，且赞其至慎，忧其毁顿也哉？观其于高贵乡公时，一醉六十日以拒司马昭之求婚。逮高贵乡公已被弑，诸葛诞已死，昭之篡形已成，遂为之草劝进文，籍之情可以见矣。世之论籍者，惟叶氏为得之。然王凌、毌丘俭之死，在懿及师时，非昭所杀。叶说亦有误。又案：此出王隐晋书，见书钞六十一。亦出干宝晋纪，见文选集注八十八嵇叔夜与山巨源绝交书注。

3　刘伶病酒，渴甚，从妇求酒。妇捐酒毁器，涕泣谏曰："君饮太过，非摄生之道，必宜断之！"伶曰："甚善。我不能自禁，唯当祝鬼神，自誓断之耳！便可具酒肉。"妇曰："敬闻命。"供酒肉于神前，请伶祝誓。伶跪而祝曰："天生刘伶，以酒为名〔一〕，一饮一斛，五斗解酲。毛公注曰："酒病曰酲。"妇人之言，慎不可听。"便引酒进肉，隗然已醉矣。见竹林七贤论。

【笺疏】

〔一〕黄生义府下曰："世说：'天生刘伶，以酒为名。'古名、命二字通用，谓以酒为命也。孟子：'其间必有名世者。'汉楚元王传作'命世'。此二字通用之证。"

4　刘公荣与人饮酒，杂秽非类，人或讥之。答曰："胜公荣者，不可不与饮；不如公荣者，亦不可不与饮；是公荣辈者，又不可不与饮。"故终日共饮而醉。刘氏谱曰："昶字公荣，沛国人。"晋阳秋曰："昶为人通达，仕至兖州刺史。"

5　步兵校尉缺，厨中有贮酒数百斛，阮籍乃求为步兵校尉。文士传曰："籍放诞有傲世情，不乐仕宦。晋文帝亲爱籍，恒与谈戏，任其所欲，不迫以职事。籍常从容曰：'平生曾游东平，乐其土风，愿得为东平太守。'文帝说，从其意。籍便骑驴径到郡，皆坏府舍诸壁障，使内外相望，然后教令清宁。十馀日，便复骑驴去。后闻步兵厨中有酒三百石，忻然求为校尉。于是入府舍，与刘伶酣饮。"竹林七贤论又云："籍与伶共饮步兵厨中，并醉而死。"此好事者为之言。籍景元中卒，而刘伶太始中犹在〔一〕。

【笺疏】

〔一〕程炎震云："晋书伶传云：'泰始初，对策罢，以寿终。'"

6　刘伶恒纵酒放达，或脱衣裸形在屋中，人见讥之。伶曰："我以天地为栋宇，屋室为裈衣，诸君何为入我裈中？"邓粲晋纪曰："客有诣伶，值其裸袒，伶笑曰：'吾以天地为宅舍，以屋宇为裈衣，诸君自不当入我裈中，又何恶乎？'其自任若是。"

7　阮籍嫂尝还家，籍见与别。或讥之，曲礼："嫂叔不通问。"故讥之。籍曰："礼岂为我辈设也？"

8　阮公邻家妇有美色，当垆酤酒。阮与王安丰常从妇饮酒，阮醉，便眠其妇侧。夫始殊疑之，伺察，终无他意。王隐晋书曰："籍邻家处子有才色，未嫁而卒。籍与无亲，生不相识，往哭，尽哀而去。其达而无检，皆此类也。"

【校文】

注"往哭"　"哭"下沈本有"之"字。

9　阮籍当葬母，蒸一肥豚，饮酒二斗，然后临诀〔一〕，直言"穷矣"！都得一号，因吐血，废顿良久〔二〕。邓粲晋纪曰："籍母将死，与人围棋如故，对者求止，籍不肯，留与决赌。既而饮酒三斗，举声一号，呕血数升，废顿久之。"

【校文】

"直言"　"言"沈本作"云"。

【笺疏】

〔一〕嘉锡案：居丧而饮酒食肉，起于后汉之戴良。故抱朴子以良与嗣宗并论。良事已见德行篇"王戎、和峤条"下。

〔二〕李慈铭云："案父母之丧，苟非禽兽，无不变动失据。阮籍虽曰放诞，然有至慎之称。文藻斐然，性当不远。且仲容丧服追婢，遂为清议所贬，沈沦不调。阮简居丧偶黍臛，亦至废顿，几三十年。嗣宗晦迹尚通，或者居丧不能守礼，何至闻母死而留棋决赌，临葬母而饮酒烹豚？天地不容，古所未有。此皆元康之后，八达之徒，沈溺下流，妄诬先达，造为悖行，崇饰恶言，以籍风流之宗，遂加荒唐之论。争为枭獍，坐致羯胡率兽食人，扫地都尽。邓粲所纪，世说所贩，深为害理，贻误后人。有志名教者，亟当辞而辟之也。"嘉锡案：以空言翻案，吾所不取。籍之不顾名教如此，而不为清议所废弃者，赖司马昭保持之也。观何曾事自见。

10　阮仲容、咸也。步兵居道南〔一〕，诸阮居道北。北阮皆富，南阮贫。七月七日，北阮盛晒衣〔二〕，皆纱罗锦绮。仲容以竿挂大布犊鼻幝于中庭〔三〕。人或怪之，答曰："未能免俗，聊复尔耳！"竹林七贤论曰："诸阮前世皆儒学，善居室，唯咸一家尚道弃事，好酒而贫。旧俗：七月七日，法当晒衣，诸阮庭中，烂然锦绮。咸时总角，乃竖长竿，挂犊鼻幝也。"

【笺疏】

〔一〕李慈铭云："案阮籍为步兵校尉，阮咸未尝为此官。此条阮仲容下'步兵'二字盖衍。后人或疑仲容、步兵连文，是并举咸、籍二人。故晋书阮咸传遂云：'咸与籍居道南。'盖即本世说之文。然临川如果并举咸、籍，则籍当先咸，而云'仲容步兵'，成何文理？且下但言挂幝，何须连及嗣宗？注引七贤论，亦无籍事。又孝标于下条注曰：'籍也'，而于此无注。则原本无此二字可知。唐修晋书，多本世说，而咸传载此，乃有咸与籍之文。则尔时世说已误也。"

〔二〕御览卷三十一引韦氏月录曰："七月七日晒曝革裘，无虫。"又引崔寔四民月令曰："七月七日暴经书及衣裳，习俗然也。"全唐诗沈佺期七夕曝衣篇自注引王子阳园苑疏云："太液池边有武帝阁，帝至七月七日夜，宫女出后衣曝之。"

〔三〕养新录四曰："史记司马相如传：'相如自著犊鼻裈。'韦昭曰：'今三尺布作，形如犊鼻矣。'案广雅：'松襣，幝也。幝无裆者谓之裷。裷，度没反。'说文无裷字，当为突，即犊鼻也。突、犊声相近，重言为犊鼻，单言为突。后人又加衣旁耳。"

11　阮步兵籍也。丧母，裴令公楷也。往吊之〔一〕。阮方醉，散发坐床，箕踞不哭。裴至，下席于地，哭吊唁毕，便去〔二〕。或问裴："凡吊，主人哭，客乃为礼。阮既不哭，君何为哭？"裴曰："阮方外之人，故不崇礼制；我辈俗中人，故以仪轨自居。"时人叹为两得其中。名士传曰："阮籍丧亲，不率常礼，裴楷往吊之，遇籍方醉，散发箕踞，旁若无人。楷哭泣尽哀而退，了无异色，其安同异如此。"戴逵论之曰："若裴公之制吊，欲冥外以护内，有达意也，有弘防也。"

【校文】

注"制吊"　"制"，景宋本及沈本俱作"致"。

【笺疏】

〔一〕程炎震云："阮长于裴且三十岁，宜裴以仪轨自居。然阮丧母在嘉平中，楷时未弱冠，似未必有此事。"又云："御览五百六十一引裴楷别传云：'初陈留阮籍遭母丧，楷弱冠往吊。'"

〔二〕书钞八十五引裴楷别传云："阮籍遭母丧，楷往吊。籍乃离丧位，神气晏然，纵情啸咏，旁若无人。楷便率情独哭，哭毕而退。"

12　诸阮皆能饮酒，仲容至宗人间共集，不复用常杯斟酌，以大瓮盛酒〔一〕，围坐，相向大酌。时有群猪来饮，直接去上〔二〕，便共饮之。

【笺疏】

〔一〕"瓮"，山谷外集注七引作"盆"。

〔二〕程炎震云："晋书四十九阮咸传云：'咸直接去其上。'"

13　阮浑长成，风气韵度似父，亦欲作达。步兵曰：

"仲容已预之，卿不得复尔。"竹林七贤论曰："籍之抑浑，盖以浑未识己之所以为达也。后咸兄子简，亦以旷达自居。父丧，行遇大雪，寒冻，遂诣浚仪令，令为它宾设黍臛，简食之，以致清议，废顿几三十年。是时竹林诸贤之风虽高，而礼教尚峻，迨元康中，遂至放荡越礼。乐广讥之曰：'名教中自有乐地，何至于此！'乐令之言有旨哉！谓彼非玄心，徒利其纵恣而已。"

14　裴成公妇，王戎女。王戎晨往裴许，不通径前。裴从床南下，女从北下，相对作宾主，了无异色。裴氏家传曰："頠取戎长女。"

15　阮仲容先幸姑家鲜卑婢。及居母丧，姑当远移，初云当留婢，既发，定将去。仲容借客驴箸重服自追之，累骑而返。曰："人种不可失！"即遥集之母也。竹林七贤论曰："咸既追婢，于是世议纷然。自魏末沈沦闾巷，逮晋咸宁中，始登王途〔一〕。"阮孚别传曰："咸与姑书曰：'胡婢遂生胡儿。'姑答书曰：'鲁灵光殿赋曰："胡人遥集于上楹"，可字曰遥集也。'故孚字遥集。"

【校文】

"定将去"　"定"，沈本作"乃"。

【笺疏】

〔一〕程炎震云："咸云人种，则孚在孕矣。孚传云：'年四十九卒'，以苏峻作逆推之，知是咸和二年。则生于咸宁五年。泰始五年荀勖正乐时，咸已为中护军长史、散骑侍郎，而云'咸宁中始登王途'，非也。"

16　任恺既失权势，不复自检括。或谓和峤曰："卿何以坐视元裒败而不救？"〔一〕和曰："元裒如北夏门，拉攞自欲坏，非一木所能支。"〔二〕晋诸公赞曰："恺字元裒，乐安博昌人。有雅识国干，万机大小多综之。与贾充不平，充乃启恺掌吏部，又使有司奏恺用御食器，坐免官，世祖情遂薄焉。"

【笺疏】

〔一〕程炎震云："晋书恺传云：'贾充遣尚书右仆射高阳王珪奏恺，遂免官。'考武纪，珪为仆射在太始七年，至十年薨。恺之免官，当在此数年中。和峤时为中书令，故人责以不救也。"

〔二〕程炎震云："北夏门盖即大夏门。"嘉锡案：晋书地理志："洛阳北有大夏、广莫二门。"洛阳伽蓝记序曰："北面西头，汉曰夏门，魏、晋曰大夏门。尝造三层楼，去地二十丈。洛阳城门楼皆两重，惟大夏门甍栋干云。"和峤于洛阳十二门独举北夏门者，盖以其最壮丽繁盛也。说文："拉，摧也。""攞"字始见集韵八戈及类篇十二上云："良何切，拣也。"韵会举要二十哿云："朗可切，裂也。"均与拉攞之义不相近。此乃六朝俗字，其义则推物使动也。今通作挪。玉篇云："挪，奴多切，搓挪也。"又见王仁煦切韵及篆隶万象名义。盖搓挪则物自移动，二字不知孰为后起。任恺为侍中，总门下枢要，管综既繁，权势日重，自为人所侧目。加以与贾充不平，充朋党甚盛，浸润多端，毁言日至，虽慈母犹不免投杼，况人主乎？峤与恺亲善，武帝所素知。若复以口舌相救，将益为帝所疑，于事终无所益。盖恺之必败，如城门之自坏，非一朝一夕之故矣。故其言如此。

17　刘道真少时，常渔草泽，善歌啸，闻者莫不留连。有一老妪，识其非常人，甚乐其歌啸，乃杀豚进之。道真食豚尽，了不谢。妪见不饱，又进一豚，食半馀半，乃还之。后为吏部郎，妪儿为小令史，道真超用之。不知所由，问母，母告之。于是赍牛酒诣道真，道真曰："去！去！无可复用相报。"刘宝已见。

18 阮宣子常步行，以百钱挂杖头，至酒店，便独酣畅。虽当世贵盛，不肯诣也。名士传曰："修性简任。"

19 山季伦为荆州〔一〕，时出酣畅。人为之歌曰："山公时一醉，径造高阳池〔二〕。日莫倒载归，茗艼无所知〔三〕。复能乘骏马，倒箸白接篱〔四〕。举手问葛强，何如并州儿？"高阳池在襄阳。强是其爱将，并州人也。襄阳记曰："汉侍中习郁于岘山南，依范蠡养鱼法作鱼池，池边有高堤，种竹及长楸，芙蓉菱芡覆水，是游燕名处也。山简每临此池，未尝不大醉而还，曰：'此是我高阳池也！'襄阳小儿歌之。"

【笺疏】

〔一〕程炎震云："晋书四十三本传：永嘉三年，简镇襄阳。"

〔二〕水经注二十八沔水注曰："沔水径蔡洲，又与襄阳湖水合。水上承鸭湖，东南流径岘山西。又东南流，注白马陂水。又东，入侍中襄阳侯习郁鱼池。郁依范蠡养鱼法作大陂，陂长六十丈，广四十步。池中起钓台。池北亭，郁墓所在也。列植松篁于池侧。沔水上，郁所居也。又作石洑，逗引大池水，于宅北作小鱼池。池长七十步，广二十步，西枕大道，东北二边，限以高堤，楸竹夹植，莲芡覆水，是游宴之名处也。山季伦之镇襄阳，每临此池，未尝不大醉而还。”元和郡县志二十一曰：“襄阳县习郁池在县南十四里。”太平寰宇记一百四十五曰：“习郁池在襄阳东十五里。”鸡肋编上曰：“余尝守官襄阳，今州城在岘、万两山之间。岘山在东，万山在西。习池在凤林寺。山北岸为汉江所啮，甚迩。数十年之后，当不复见矣。”王世贞宛委馀编八曰：“余过襄阳，城之十馀里为习家池，不能二亩许，乃是流泉汇而为池耳。前半里许，俯大江。按水经注‘沔水径蔡洲，与襄阳湖水合’云云。然则今之习池，非复昔之旧矣。又其地高，不可引湖水。”

〔三〕茗艼，水经沔水注及类聚九引襄阳记作“酩酊”。黄生义府下云：“酩酊二字古所无。世说‘茗艼无所知’，盖借用字。今俗云懵懂，即茗艼之转也。又列子‘眠娗諈诿’，张湛注：‘眠娗，不开通貌。’详注义，则眠娗当即读茗艼。”

〔四〕张淏云谷杂记二曰：“杜子美诗云‘醉把青荷叶，狂遗白接䍦’。王洙注引世说山简倒著白接䍦事，且云：‘接䍦，衫也。’予按郭璞尔雅注云：‘白鹭头翅背上皆有长翰毛，今江东人取以为睫攡。’又广韵云：‘接䍦，白帽。’而集韵又作䍦及毲，亦云‘白帽’。李白答人赠乌纱帽云：‘领得乌纱帽，全胜白接䍦。’则接䍦为帽明甚，非衫也。洙误矣。”尔雅释鸟郭注曰：“白鹭头翅背上皆有长翰毛，今江东人取以为睫攡，名之曰白鹭缞。”郝懿行疏曰：“郭云‘江东人取以为睫攡’者，广韵云：‘接䍦，白帽，即睫攡也。’御览引此注，正作接攡。”嘉锡案：景宋本御览六百八十七引郭注及世说实作接离，不作攡及篱也。元李治敬斋古今黈卷十曰：“晋书山简传：襄阳人歌曰：‘日暮倒载归。’人说倒载甚多，俱不洒脱。吾以为倒身于车中，无疑也。言倒即倒卧，言载即其车。可知倒载来归，既而复能骑骏马也。盖归时以茗艼之故，倒卧车中；比入城，酒稍解，遂能骑马。虽能骑马，终被酒困，故倒著白接离也。上倒上声，下倒去声，着入声。”

20　张季鹰纵任不拘，时人号为“江东步兵”。或谓之曰：“乡乃可纵适一时，独不为身后名邪?”答曰：“使我有身后名，不如即时一杯酒!”〔一〕文士传曰：“翰任性自适，无求当世，时人贵其旷达。”

【校文】

“独不为”　景宋本及沈本无“独”字。

【笺疏】

〔一〕明陆树声长水日抄曰：“张季鹰因秋风起，思吴中莼菜鲈鱼，幡然曰：‘人生贵适志，安能羁宦数千里，以要名爵?’观其语顾荣曰：‘天下纷纷，祸难未已。夫有四海之名者，求退良难。吾本志山林，无望于时。’故托言以去，而或者乃谓之曰：‘子独不为身后名?’不知翰方逃名当世，何暇计身后名耶?”

21　毕茂世云：“一手持蟹螯，一手持酒杯，拍浮酒池中，便足了一生。”晋中兴书曰：“毕卓字茂世，新蔡人〔一〕。少傲达，为胡毋辅之所知。太兴末，为吏部郎，尝饮酒废职。比舍郎酿酒熟，卓因醉，夜至其瓮间取饮之。主者谓是盗，执而缚之，知为吏部也，释之。卓遂引主人燕瓮侧，取醉而去。温峤素知爱卓，请为平南长史，卒。”

【笺疏】

〔一〕程炎震云：“晋书卓传云：新蔡鲖阳人。”

22　贺司空入洛赴命，为太孙舍人〔一〕。经吴阊门，在船中弹琴。张季鹰本不相识，先在金阊亭，闻弦甚清，下船就贺，因共语。便大相知说。问贺："卿欲何之？"贺曰："入洛赴命，正尔进路。"张曰："吾亦有事北京。"因路寄载，便与贺同发。初不告家，家追问乃知。

【笺疏】

〔一〕程炎震云："晋书六十八循传作'太子舍人'，是愍怀太子也。永康元年，愍怀废死，后立其子为皇太孙，太子官属即转为太孙官属。"

23　祖车骑过江时，公私俭薄，无好服玩。王、庾诸公共就祖，忽见裘袍重叠，珍饰盈列，诸公怪问之。祖曰："昨夜复南塘一出。"祖于时恒自使健儿鼓行劫钞，在事之人，亦容而不问〔一〕。晋阳秋曰："逖性通济，不拘小节。又宾从多是桀黠勇士，逖待之皆如子弟。永嘉中，流民以万数，扬土大饥，宾客攻剽，逖辄拥护全卫〔二〕，谈者以此少之〔三〕，故久不得调。"

【笺疏】

〔一〕此条有敬胤注。

〔二〕程炎震云："晋书逖传：'逖抚慰之曰："比复南塘一出不？"或为吏所绳，逖辄拥护救解之。'盖用晋阳秋语而较详，于事为合。如世说所云，则士雅自行劫矣。"

〔三〕嘉锡案：宾客攻剽，而逖拥护之者，此古人使贪使诈之术也。孟尝君以鸡鸣狗盗之徒为食客，亦是此意。谈者少之，遂归罪于逖，以为自使健儿劫钞矣。

24　鸿胪卿孔群好饮酒。王丞相语云："卿何为恒饮酒？不见酒家覆瓿布，日月糜烂？”〔一〕群曰：“不尔，不见糟肉，乃更堪久。”群尝书与亲旧：“今年田得七百斛秫米，不了麹糵事。”群已见上。

【笺疏】

〔一〕程炎震云：“晋书群传：日月下有久字。”

25　有人讥周仆射与亲友言戏，秽杂无检节。邓粲晋纪曰：“王导与周顗及朝士诣尚书纪瞻观伎。瞻有爱妾，能为新声。顗于众中欲通其妾，露其丑秽，颜无怍色。有司奏免顗官，诏特原之。”周曰：“吾若万里长江，何能不千里一曲。”〔一〕

【笺疏】

〔一〕嘉锡案：伯仁名德，似不宜有此。然魏、晋之间，蔑弃礼法，放荡无检，似此者多矣。御览八百四十五引典论曰：“孝灵末，常侍张让子奉为太医令，与人饮，辄去衣露形，为戏乐也。”可见此风起于汉末。本书德行篇曰：“王平子、胡毋彦国诸人皆以任放为达，或有裸体者。”注引王隐晋书曰：“魏末阮籍嗜酒荒放，露头散发，裸袒箕踞。其后贵游子弟阮瞻、王澄、谢鲲、胡毋辅之之徒皆祖述于籍，谓得大道之本。故去巾帻，脱衣服，露丑恶，同禽兽。甚者名之为通，次者名之为达也。”伯仁与瞻等同时，不免名士习气，故其举动相同。特因其死在瞻等之后，晚年名德日重，故不与诸人同科耳。或谓诸人虽裸袒，不过朋友作达，何至众中欲通人妾？不知王隐谓瞻等露丑恶，同禽兽，则亦何所不至！且此自是当时风气，亦不独瞻等为然也。抱朴子疾谬篇曰：“轻薄之人，迹厕高深。交成财赡，名位粗会，便背礼叛教，托云率任。才不逸伦，强为放达。以傲兀无检者为大度，以惜护节操为涩少。于是腊鼓垂，无赖之子，白醉耳热之后，结党合群，游不择类，携手连袂，以遨以集。入他堂室，观人妇女，指玷修短，评论美丑。或有不通主人，便共突前，严饰未办，不复窥听。犯门折关，逾垝穿隙，有似抄劫之至也。其或妾媵藏避不及，至搜索隐僻，就而引曳，亦怪事也。然落拓之子，无骨鲠而好随俗者，以通此者为亲密，距此者为不恭。于是要呼愦杂，入室视妻，促膝之狭坐，交杯觞于咫尺。弦歌淫冶之音曲，以诛文君之动心。载号载呶，谑戏丑亵。穷鄙极黩，尔乃笑（此句疑脱一字）。乱男女之大节，蹈相鼠之无仪。然而俗习行惯，皆曰此乃京城上国公子王孙贵人所共为也。”沈约宋书五行志一亦曰：“晋惠帝元康中，贵游子弟相与为散发倮身之饮，对弄婢妾。逆之者伤好，非之者负讥。希世之士，耻不与焉。盖胡翟侵中国之萌也。岂徒伊川之民，一被发而祭者乎？”二书之言，虽详略不同，而曲折相合，知当时之风气如此。伯仁大节无亏而言戏秽杂，盖习俗移人，贤者不免。以彼任率之性，又好饮狂药，昏醉之后，亦复何所不至？固不可以一眚掩其大德，亦不必曲为之辩，以为必无此事也。

26　温太真位未高时，屡与扬州、淮中估客樗蒱，与辄不竞。尝一过，大输物，戏屈，无因得反。与庾亮善，于舫中大唤亮曰：“卿可赎我！”庾即送直，然后得还。经此数四。中兴书曰：“峤有俊朗之目，而不拘细行。”

27　温公喜慢语，卞令礼法自居。卞壸别传曰：“壸正色立朝，百寮严惮，贵游子弟，莫不祇肃。”至庾公许，大相剖击。温发口鄙秽，庾公徐曰：“太真终日无鄙言。”重其达也。

28　周伯仁风德雅重，深达危乱。过江积年，恒大饮酒。尝经三日不醒，时人谓之“三日仆射”〔一〕。晋阳秋曰：“初，颉以雅望，获海内盛名，后屡以酒失。庾亮曰：‘周侯末年，可谓风德之衰也。’”语林曰：“伯仁正有姊丧，三日醉，姑丧，二日醉，大损资望。每醉，诸公常共屯守。”

【校文】

“雅重”　北堂书钞五十九引作“雅凝”。

【笺疏】

〔一〕晏殊类要二十八引作“颉常醉，及渡江，三日醒。”马国翰语林辑本注曰：“御览四百九十七引‘周伯仁过江恒醉，止有姊丧三日醒，姑丧三日醒也’。案刘（孝标）引当与御览同。后人以世说有三日不醒语，遂改两醒字为两醉字。止讹为正，三讹为二耳。”嘉锡案：御览所引，于文理事情，皆较世说注为协。马说是也。南史陈庆之传载庆之子暄与兄子秀书云“昔周伯仁度江，唯三日醒，吾不以为少”云云。正是用语林，可以为证。

29　卫君长为温公长史，温公甚善之。每率尔提酒脯就卫，箕踞相对弥日。卫往温许亦尔。卫永已见。

30　苏峻乱，诸庾逃散。庾冰时为吴郡，单身奔亡〔一〕，民吏皆去，唯郡卒独以小船载冰出钱塘口，蘧篨覆之〔二〕。时峻赏募觅冰，属所在搜检甚急。卒舍船市渚，因饮酒醉还，舞棹向船曰：“何处觅庾吴郡？此中便是。”冰大惶怖，然不敢动。监司见船小装狭，谓卒狂醉，都不复疑。自送过淛江，寄山阴魏家，得免。中兴书曰：冰为吴郡，苏峻作逆，遣军伐冰，冰弃郡奔会稽。”后事平，冰欲报卒，适其所愿。卒曰：“出自厮下，不愿名器。少苦执鞭，恒患不得快饮酒，使其酒足馀年毕矣，无所复须。”冰为起大舍，市奴婢，使门内有百斛酒，终其身。时谓此卒非唯有智，且亦达生。

【笺疏】

〔一〕程炎震云：“咸和二年二月，庾冰奔会稽。”

〔二〕李详云：“详案：说文：‘籧篨，粗竹席也。’通鉴九十四作蘧篨。胡注：‘从草者，今芦蕟也。’案古人从艸从竹之字互用，胡氏亦望文生义耳。其实竹席、芦席，皆可覆之。”嘉锡案：方言五曰：“簟，宋、魏之间谓之笙，或谓之籧苗。自关而西，或谓之簟，或谓之䇠，其粗者谓之籧篨。自关而东，或谓之盖掞。”郭注曰：“江东呼籧篨为蕟，音废。”

31　殷洪乔作豫章郡〔一〕，殷氏谱曰：“羡字洪乔，陈郡人〔二〕。父识，镇东司马。羡仕至豫章太守。”临去，都下人因附百许函书。既至石头〔三〕，悉掷水中，因祝曰：“沈者自沈，浮者自浮，殷洪乔不能作致书邮。”〔四〕

【笺疏】

〔一〕程炎震云：“羡于咸康中为长沙，见庾翼传。作豫章未知何时，盖亦成帝时。”

〔二〕书钞一百三引语林作“郡下人”。御览五百九十五作“郡人”。

〔三〕能改斋漫录九曰：“汪藻彦章为江西提学，作石头驿记云：‘自豫章绝江而西，有山屹然。并江西出，曰石头渚。世以为殷洪乔投书之地。今且千载，而洪乔之名与此山俱传。’然则石头之名，汪彦章徇流俗之失，竟以为洪乔投书之地，失之矣。予尝考之，盖江南有两石头：锺山龙蟠，石头虎踞，与夫王敦、苏峻之所据者，此隶乎金陵者也。余孝顷与萧勃即石头作两城，二子各据其一，此豫章之石头也。洪乔为豫章太守，都下人士因其行，致书百馀函，次石头皆投之。盖金陵晋室所都，都下人士以羡出守，故因书以附之。投之石头，谓羡出都而投，而非抵豫章而投也。后人以羡尝守豫章，而豫章适有石头，故因石头之名号投书渚矣。”嘉锡案：此事原有二说。世说及今晋书殷浩传均作都下人附书。羡既不肯为人作致书邮，则不必携至豫章而后掷之水中。吴曾以为是金陵之石头，固自有理。然御览七十一引晋书曰："殷羡建元中为豫章太守。去郡，郡人多附书一百馀封。行至江西石头渚岸，以书掷水中，故时人号为投书渚。"是附书者，乃豫章郡人，而非都下人士。且明明指为江西石头渚矣。寰宇记一百六载其事于洪州南昌县石头渚条下，并不始于汪彦章。吴曾之说知其一，未知其二也。世说此条本之语林。书钞、御览引语林，均作"郡人附书"。疑世说都字为传写之讹。唐史臣不觉其误，反据以改旧晋书，所谓郢书而燕说之也。景定建康志十九云："投书渚，今在城西。"是亦以为金陵之石头。而所引晋史，仍作"殷羡去郡，人多附书"。则又两失之矣。说郛卷五十引豫章古今记曰："石头津在郡江之西岸，亦名沈书浦。晋殷羡字洪乔，为豫章太守。临去，因附书百封，羡将至石头沈之。内有嘱托事，掷于水中曰：'有事者沈，无事者浮。'故名焉。"

〔四〕嘉锡案：此出语林，见御览五百九十五引。

32　王长史、谢仁祖同为王公掾。王濛别传曰："丞相王导辟名士时贤，协赞中兴。旌命所加，必延俊乂，辟濛为掾。”长史云：“谢掾能作异舞。”谢便起舞，神意甚暇。晋阳秋曰：“尚性通任，善音乐。”语林曰：“谢镇西酒后，于槃案间，为洛市肆工鸲鹆舞，甚佳。”王公熟视，谓客曰：“使人思安丰。”戎性通任，尚类之。

33　王、刘共在杭南〔一〕，酣宴于桓子野家。伊，已见。谢镇西往尚书墓还，葬后三日反哭。诸人欲要之，初遣一信，犹未许，然已停车。重要，便回驾。诸人门外迎之，把臂便下，裁得脱帻，箸帽酣宴。半坐，乃觉未脱衰。尚书，谢裒，尚叔也。已见。宋明帝文章志曰：“尚性轻率，不拘细行。兄葬后，往墓还。王濛、刘惔共游新亭，濛欲招尚，先以问惔曰：‘计仁祖正当不为异同耳。’惔曰：‘仁祖韵中自应来。’乃遣要之。尚初辞，然已无归意。及再请，即回轩焉。其率如此。”

【校文】

注“尚初辞”下　沈本有“不往”二字。

【笺疏】

〔一〕程炎震云：“杭，朱雀桁也。”

34　桓宣武少家贫，戏大输，债主敦求甚切，思自振之方，莫知所出。陈郡袁耽，俊迈多能。袁氏家传曰：“耽字彦道，陈郡阳夏人，魏郎中令涣曾孙也。魁梧爽朗，高风振迈，少倜傥不羁，有异才，士人多归之。仕至司徒从事中郎。”宣武欲求救于耽，耽时居艰，恐致疑，试以告焉。应声便许，略无慊吝。遂变服怀布帽随温去，与债主戏。耽素有蓺名，债主就局，曰："汝故当不办作袁彦道邪?"遂共戏。十万一掷，直上百万数。投马绝叫〔一〕，傍若无人，探布帽掷对人曰："汝竟识袁彦道不?"〔二〕郭子曰："桓公樗蒱，失数百斛米，求救于袁耽。耽在艰中，便云：'大快。我必作采，卿但大唤。'即脱其衰，共出门去。觉头上有布帽，掷去，箸小帽。既戏，袁形势呼袒，掷必卢雉，二人齐叫，敌家顷刻失数百万也。"〔三〕

【校文】

"慊吝" 景宋本作"嫌悋"。"慊"，沈本作"嫌"。

注"少倜傥不羁，有异才" 沈本作"少有异才，倜傥不羁"。

【笺疏】

〔一〕吴承仕曰："投马之马，当即今所谓筹马欤?"

〔二〕程炎震云："晋书八十三耽传云：'其通脱若此。'"

〔三〕嘉锡案：御览七百五十四引郭子曰："桓公年少至贫，尝樗蒱，失数百斛米。齿既恶，意亦沮，自审不复振，乃请救于袁彦道。桓具以情告，袁欣然无忤，便即俱去门，云'我不但拔卿，要为卿破之，我必作快齿，卿但快唤'云云。"较此注所引，互有详略。

35 王光禄云："酒，正使人人自远。"光禄，王蕴也。续晋阳秋曰："蕴素嗜酒，末年尤甚。及在会稽，略少醒日。"

36 刘尹云："孙承公狂士，每至一处，赏玩累日，或回至半路却返。"中兴书曰："承公少诞任不羁，家于会稽，性好山水。及求鄞县，遗心细务，纵意游肆，名阜盛川，靡不历览。"

37 袁彦道有二妹：一适殷渊源，一适谢仁祖。袁氏谱曰："耽大妹名女皇，适殷浩。小妹名女正，适谢尚。"语桓宣武云："恨不更有一人配卿。"

38 桓车骑在荆州，张玄为侍中，使至江陵，路经阳岐村〔一〕，村临江，去荆州二百里。俄见一人，持半小笼生鱼，径来造船云："有鱼，欲寄作脍。"张乃维舟而纳之。问其姓字，称是刘遗民〔二〕。中兴书曰："刘驎之，一字遗民。"已见。张素闻其名，大相忻待。刘既知张衔命，问："谢安、王文度并佳不?"张甚欲话言，刘了无停意。既进脍，便去，云："向得此鱼，观君船上当有脍具，是故来耳。"于是便去。张乃追至刘家，为设酒，殊不清旨。张高其人，不得已而饮之。方共对饮，刘便先起，云："今正伐荻，不宜久废。"张亦无以留之。

【校文】

"无停意"　"停"，渚宫旧事引作"留"。

"方共对饮"　"共"，渚宫旧事引作"欲"。

【笺疏】

〔一〕水经注三十五云："江水又右径阳岐山北，山枕大江。"寰宇记一百四十六云："阳岐山在石首县西一百步。"程炎震云："旧唐书地理志：'石首县显庆元年移治阳岐山下。'御览四十九引荆南记云：'石首县阳岐山，山无所出，不足可书。本属南平界。'又引范元年记云：'故老相承云：胡伯始以本县境无山，此山上计偕簿。'按此山当有脱文，今姑仍之。"

〔二〕李慈铭云："案史通杂说上史记篇注云：'刘遗民、曹缵皆于檀氏春秋有传。’今晋书则了无其名。宋书周续之传言彭城刘遗民遁迹庐山，与续之及陶渊明称浔阳三隐。白居易宿西林寺诗注有柴桑令刘遗民。郎瑛七修类稿谓刘遗民名程之。据此注引何法盛书，则遗民是驎之别字，岂柴桑令又一人欤？今晋书刘驎之传，不言一字遗民。”嘉锡案：此条自“名程之”以上，皆孙志祖之说，见读书脞录卷三。渚宫旧事五作“问其姓氏，称刘道岷”。注云：“一云字道民。”案道民、遗民，自是两人。隋书经籍志云：“梁有老子玄谱一卷，晋柴桑令刘遗民撰，亡。”又云：“梁有柴桑令刘遗民集五卷，录一卷，亡。”经典释文序录有刘遗民玄谱一卷，注云：“字遗民，彭城人，东晋柴桑令。”广弘明集三十二有释慧远与隐士刘遗民等书，道宣注云：“彭城刘遗民，以晋太元中除宜昌、柴桑二县令。值庐山灵邃，足以往而不返。丁母忧，去职入山。于西林涧北，别立禅坊，养志闲处。在山一十五年，年五十七。”莲社高贤传云：“刘程之字仲思，彭城人。刘裕以其不屈，乃旌其号曰遗民。”据此，则其人虽与刘驎之同时，同号遗民，而其名字、里贯、仕履以及平生事迹，乃无一同者。其非一人，了然易见。栖逸篇注言驎之居阳岐，去道斥近。晋书驎之传亦言居于阳岐，在官道之侧。与此条张玄往江陵，而道经阳岐村者合。然则与玄遇者，自是驎之，与白莲社中之刘遗民固绝不相干也。御览五百四引晋中兴书曰：“刘驎之字子驎，一字道民。”与此注引作一字遗民者不同。考水经注四十引有刘道民诗。盖驎之自字道民，后人校世说者但知有庐山之刘遗民，遂妄改为“遗”耳。又案：莲社高贤传，乃宋大观间沙门怀语据陈舜俞本重修。舜俞原书，见宋本庐山记卷三，题为十八贤传。其刘遗民传云：“刘程之字仲思，彭城聚里人。解褐府参军。程之既慕远公名德，欲白首同社，乃录寻阳、柴桑，以为入山之资。岁满弃去，结庐西林，蔽以榛莽。义熙间，公侯复辟之，皆不应。后易名遗民。义熙六年庚戌终，春秋五十七。”无刘裕以其不屈，旌其号曰遗民之说。高贤传之言，疑出傅会。佛祖通载八亦云：“司徒王谧、丞相桓玄、侍中谢混、太尉刘裕咸嘉其贤，欲相推荐。程之力辞。太尉亦以其志不屈，与群公议遗民之号旌焉。”与高贤传同一不可据。

39　王子猷诣郗雍州，中兴书曰：“郗恢字道胤，高平人。父昙，北中郎将。恢长八尺，美髭髯，风神魁梧。烈宗器之，以为蕃伯之望。自太子左率，擢为雍州刺史。”雍州在内。见有毾𣰆〔一〕，云：“阿乞那得此物？”阿乞，恢小字。令左右送还家。郗出见之，王曰：“向有大力者负之而趋。”庄子曰：“夫藏舟于壑，藏山于泽，谓之固矣。然有大力者负之而走，昧者不知也。”郗无忤色。

【校文】

“毾𣰆”　“毾”，沈本作“𣯚”。

【笺疏】

〔一〕李慈铭云：“案毾𣰆，当作𣯚𣰆。一切经音义引通俗文：‘织毛褥曰氍毹，细者谓之𣯚𣰆。’后汉书西域传注引埤仓：‘𣯚𣰆，毛席也。’北堂书钞引通俗文：‘氍毹之细者曰𣯚𣰆。’玉篇：‘𣯚𣰆，席也。’集韵：‘𣯚𣰆，罽也。’字书、韵书，并无毾字。”程炎震云：“毾即𣯚字。玉篇：‘𣯚，他腊切，𣯚𣰆席。𣰆，都能切，𣯚𣰆也。’广韵二十八盍：‘𣯚，吐盍切，𣯚𣰆。’又十七登：‘𣰆，都滕切，𣯚𣰆。’后汉书百十八西域传‘天竺国有细布好𣯚𣰆’，注：‘𣯚，它盍反。𣰆，音登。’埤苍：‘白毛席也。’释名曰：‘施之承大床前，小榻上，以登床也。’按今本释名卷六作榻登，贤注所引亦小异。”吴承仕曰：“据此，是毾𣰆尚希有，故时人珍之。”

40 谢安始出西戏，失车牛，便杖策步归。道逢刘尹，语曰："安石将无伤？"谢乃同载而归。

41 襄阳罗友有大韵，少时多谓之痴。尝伺人祠，欲乞食，往太蚤，门未开。主人迎神出见，问以非时，何得在此，答曰："闻卿祠，欲乞一顿食耳。"〔一〕遂隐门侧。至晓，得食便退，了无怍容。为人有记功，从桓宣武平蜀，按行蜀城阙观宇，内外道陌广狭，植种果竹多少，皆默记之。后宣武漂洲与简文集〔二〕，友亦预焉。共道蜀中事，亦有所遗忘，友皆名列，曾无错漏。宣武验以蜀城阙簿，皆如其言。坐者叹服。谢公云："罗友讵减魏阳元！"〔三〕后为广州刺史，当之镇，刺史桓豁语令莫来宿〔四〕。答曰："民已有前期。主人贫，或有酒馔之费，见与甚有旧，请别日奉命。"征西密遣人察之。至日，乃往荆州门下书佐家，处之怡然，不异胜达。在益州语儿云："我有五百人食器。"家中大惊。其由来清，而忽有此物，定是二百五十沓乌樏〔五〕。晋阳秋曰："友字它仁，襄阳人。少好学，不持节检。性嗜酒，当其所遇，不择士庶。又好伺人祠，往乞馀食，虽复营署垆肆，不以为羞。桓温常责之云：'君太不逮！须食，何不就身求？乃至于此！'友傲然不屑，答曰：'就公乞食，今乃可得，明日已复无。'温大笑之。始仕荆州，后在温府，以家贫乞禄。温虽以才学遇之，而谓其诞肆，非治民才，许而不用。后同府人有得郡者，温为席起别，友至尤晚。问之，友答曰：'民性饮道嗜味，昨奉教旨，乃是首旦出门，于中路逢一鬼，大见揶揄，云："我只见汝送人作郡，何以不见人送汝作郡？"民始怖终惭，回还以解，不觉成淹缓之罪。’温虽笑其滑稽，而心颇愧焉。后以为襄阳太守，累迁广、益二州刺史。在藩举其宏纲，不存小察，甚为吏民所安说。薨于益州。”〔六〕

【校文】

“至日”　“日”，景宋本及沈本作“夕”。

注“字它仁”　“它”，沈本作“宅”。

注“以才学遇之”　沈本“才”作“文”。

注“起别”　“起”，景宋本及沈本作“赴”。

注“始怖终惭”　“怖”，景宋本及沈本作“怍”。

【笺疏】

〔一〕钱大昕恒言录二曰：“世说罗友曰：‘闻君祠，欲乞一顿食耳。’南史徐湛之传：‘今日有一顿饱食，欲残害我儿子。’杜子美诗：‘顿顿食黄鱼。’旧唐书食货志：‘宜付所司决，痛杖一顿。’阮常生注曰：‘常生案：水经注：“尔雅曰：‘山一成谓之顿丘。’释名谓‘一顿而成丘，无高下小大之杀也’。”’”

〔二〕李慈铭云：“案漂洲，当作溧洲，本作烈洲，亦作洌洲。在今江南江宁县西南七十里，以旁有烈山得名。此因烈误洌，因洌误溧，遂讹为漂耳。晋书桓温传作洌洲。桓冲传亦误作漂洲。”程炎震云：“御览六十九引丹阳记曰：‘烈洲在县西南。’舆地志云：‘吴旧津所也。内有小水，堪泊船，商客多停以避烈风，故以名焉。王濬伐吴宿于此。简文为相时，会桓元子之所也。亦曰漂洲。洲上有山，山形似栗。伏滔北征赋谓之烈洲。’又曰：‘江宁县二十五里有洌洲。’按漂洲当作溧洲，即洌洲也。简文会温于洌洲，通鉴在哀帝兴宁三年二月。胡三省曰：‘今姑孰江中有洌山，即其地。又会桓元子之所也。’子字原脱，今补。”

〔三〕程炎震云：“桓温以永和三年丁未平蜀，至兴宁三年乙丑，凡十九年，是真强记者矣。”晋书：“魏舒字阳元，任城樊人也。官至司徒，谥曰康。”传不言其强记，其事未详。

〔四〕程炎震云：“兴宁三年，桓豁为荆州。”

〔五〕李慈铭云：“案沓，重也。槅已见卷中之上雅量篇。其器似盘中有隔，犹唐之牙盘，今之手盒。一器中攒聚数十隔。故友二百五十重乌槅者，每隔之下必有其托，遂成五百食器矣。友家清贫，盖用黑漆此器，故曰乌槅。”程炎震云：“玉篇：‘沓，重叠也。’广韵：‘沓，重也，合也。’槅当为有盖之器，故一槅可为两人食器也。”嘉锡案：广韵：“槅，力委切，似盘，中有隔也。”解见雅量篇“王夷甫尝属族人事”条。御览七百五十九引东宫旧事曰：“漆三十五子方槅二沓，盖二枚。”与此可以互证。槅之为器，其形似盘而有盖，又似盒，中分数隔。一隔之中，别置小盘以盛菜，如今之碟子，为其便于洗涤也，故谓之槅。槅之为言累也。盒为母，而碟为子，几隔则为几子。故杜兰香传有七子槅，而祖台之志怪谓之七子盒盘也。盒与碟合为一副，则谓之沓。沓者，叠也。言隔之上又有碟，其形叠叠然也。但东宫旧事之与世说，又自不同。旧事之所谓沓，举盒言之，故三十五子而为一沓。则槅一而碟三十五也。此所谓沓者，举碟言之，欲其数之多，故以一碟一隔为一沓。盖取出其碟，隔中亦可以盛菜，故二百五十沓，而可为五百人食器也。第不知凡为几槅，槅有几子耳。程氏以槅与盖，有两人食器，非也。槅必有隔，无隔则不得谓之槅。三十五子之槅，而止有一盖，则碟多而盖少。一沓恶能分食两人乎？乌槅者，涂之使黑，而不用漆，极言其清贫耳。后人或去盒，独用其碟。古无碟子，既不可名槅，又似盘而小，复不可名盘，遂谓之叠。酉阳杂俎十五云：“刘录事食鲙数叠，咯出一骨珠子，乃置于茶瓯中，以叠覆之。”又云：“有大虾蟆如叠。”金石萃编一百三唐济渎庙北海坛祭器碑，有碗二百个，叠子五十只，盘子五十双。王氏跋云："叠子厕于碗后，即今俗名碟子。叠有重累之义。碟音舌，集韵云'治皮也'，不与碗同类。今俗作碟，非也。"其说是矣。以余考之：碟字，宋人本作楪。归田录四云："吕文穆公为宰相，有一朝士家藏古鉴，自言能照二百里，欲因公弟献以求知。公笑曰：'吾面不过楪子大，安用照二百里！'"东京梦华录四云："都人风俗奢侈，凡酒店中两人对坐饮酒，亦须用注碗一副，盘盏两副，果菜碟各五片，水菜碗三五只。"武林旧事六记酒楼云："酒未至，则先设看菜数楪。及举杯，则又换细菜。"又卷九记高宗幸张俊府，俊所进奉宝器，有玉橡头楪儿一，玉圆临安样楪儿一。凡所谓楪子楪儿，皆即叠也。不知何时又转为碟。碟固俗字，然玉篇云："楪，馀涉切，牖也。"又"楪榆，县名"。以楪为叠，亦非其本义也。今人知碟子之出于楪者，鲜矣。故牵连并考之如此。通鉴长编卷一百四十三范仲淹言滕宗谅在邠州，声乐数日，乐人弟子得银楪子三二 十片。案三二十片，盖即三二十只也。以其小而浅，故谓之片。又案：类聚八十二引杜兰香传，有七子楪。详见雅量篇"王夷甫尝属族人事"条。

〔六〕渚宫旧事五云："友墓在公安县南。"

42 桓子野每闻清歌，辄唤"奈何！"谢公闻之曰："子野可谓一往有深情。"

43 张湛好于斋前种松柏。晋东宫官名曰："湛字处度，高平人。"张氏谱曰："湛祖嶷，正员郎。父旷，镇军司马。湛仕至中书郎。"〔一〕时袁山松出游，每好令左右作挽歌。山松别见。续晋阳秋曰："袁山松善音乐。北人旧歌有行路难曲，辞颇疏质。山松好之，乃为文其章句，婉其节制。每因酒酣，从而歌之，听者莫不流涕。初，羊昙善唱乐，桓尹能挽歌，及山松以行路难继之，时人谓之三绝。”今云挽歌，未详〔二〕。时人谓：“张屋下陈尸，袁道上行殡。”裴启语林曰：“张湛好于斋前种松，养鸲鹆。袁山松出游，好令左右作挽歌。时人云云。”

【笺疏】

〔一〕隋书经籍志曰：“列子八卷，东晋光禄勋张湛注。”宋书良吏王歆之传曰：“高平张祐，以吏材见知。祐祖湛，晋孝武时以才学为中书侍郎、光禄勋。”

〔二〕程炎震云：“御览四百九十七酣醉门引俗记曰：‘宋祎死后，葬在金城南山，对琅琊郡门。袁山松为琅邪太守，每醉，辄乘舆上宋祎冢，作行路难歌。’晋书八十三山松传并取两说。”详见品藻篇“宋祎曾为王大将军妾”条。读书脞录续编四曰：“志祖案：山松既歌行路难曲，复于出游好令左右作挽歌也。自是二事，不当牵合，晋书本传两载之。”

44　罗友作荆州从事〔一〕，桓宣武为王车骑集别。车骑，王洽，别见。友进，坐良久，辞出，宣武曰：“卿向欲咨事，何以便去？”答曰：“友闻白羊肉美，一生未曾得吃，故冒求前耳，无事可咨。今已饱，不复须驻。”了无惭色。

【笺疏】

〔一〕渚宫旧事五云：“友与兄崇及甥习凿齿同为温从事。”

45　张驎酒后挽歌甚凄苦〔一〕，桓车骑曰：“卿非田横门人，何乃顿尔至致？”驎，张湛小字也。谯子法训云：“有丧而歌者。或曰：‘彼为乐丧也，有不可乎？’谯子曰：‘书云：“四海遏密八音。”何乐丧之有？’曰：‘今丧有挽歌者，何以哉？’谯子曰：‘周闻之：盖高帝召齐田横至于户乡亭，自刎奉首，从者挽至于宫，不敢哭而不胜哀，故为歌以寄哀音。彼则一时之为也。邻有丧，舂不相引，挽人衔枚，孰乐丧者邪？’”按庄子曰：“绋讴所生，必于斥苦。”司马彪注曰：“绋，引柩索也。斥，疏缓也。苦，用力也。引绋所以有讴歌者，为人有用力不齐，故促急之也。”春秋左氏传曰：“鲁哀公会吴伐齐，其将公孙夏命歌虞殡。”杜预曰：“虞殡，送葬歌，示必死也。”史记绛侯世家曰：“周勃以吹箫乐丧。”然则挽歌之来久矣，非始起于田横也。然谯氏引礼之文，颇有明据，非固陋者所能详闻。疑以传疑，以俟通博。

【笺疏】

〔一〕程炎震云：“晋书卷二十礼志曰：‘汉、魏故事，大丧及大臣之丧，执绋者挽歌。新礼以为挽歌出于汉武帝役人之劳歌，声哀切，遂以为送终之礼。虽音曲摧怆，非经典所制，违礼设衔枚之义。方在号慕，不宜以歌为名，除（不）挽歌。挚虞以为：挽歌因倡和而为摧怆之声，衔枚所以全哀，此亦以感众。虽非经典所载，是历代故事。诗称“君子作歌，惟以告哀”。以歌为名，亦无所嫌。宜定新礼如旧，诏从之。’”

46　王子猷尝暂寄人空宅住，便令种竹。或问：“暂住何烦尔？”王啸咏良久，直指竹曰：“何可一日无此君？”中兴书曰：“徽之卓荦不羁，欲为傲达，放肆声色颇过度。时人钦其才，秽其行也。”

47　王子猷居山阴，夜大雪，眠觉，开室，命酌酒，四望皎然。因起仿偟，咏左思招隐诗。中兴书曰：“徽之任性放达，弃官东归，居山阴也。”左诗曰：“杖策招隐士，荒涂横古今。岩穴无结构，丘中有鸣琴。白雪停阴冈，丹葩曜阳林。”忽忆戴安道。时戴在剡[一]，即便夜乘小船就之。经宿方至，造门不前而返。人问其故，王曰：“吾本乘兴而行，兴尽而返，何必见戴？”

【笺疏】

〔一〕程炎震云：“山阴剡，即扬州会稽县。”

48　王卫军云：“酒正自引人箸胜地。”王簷已见。

【校文】

注“簷”　景宋本及沈本俱作“荟”，是。

49　王子猷出都，尚在渚下[一]。旧闻桓子野善吹笛，续晋阳秋曰：“左将军桓伊善音乐，孝武饮燕，谢安侍坐，帝命伊吹笛。伊神色无忤，既吹一弄，乃放笛云：‘臣于筝乃不如笛，然自足以韵合歌管。臣有一奴，善吹笛，且相便串，请进之。’帝赏其放率，听召奴。奴既至，吹笛，伊抚筝而歌怨诗，因以为谏也。”[二]而不相识。遇桓于岸上过，王在船中，客有识之者，云是桓子野。王便令人与相闻云：“闻君善吹笛，试为我一奏。”桓时已贵显，素闻王名，即便回下车，踞胡床[三]，为作三调。弄毕，便上车去。客主不交一言。

【笺疏】

〔一〕程炎震云：“晋书八十一伊传云：‘王徽之赴召京师，泊舟青溪侧。’”

〔二〕类聚四十四引语林曰："桓野王善解音，晋孝武祖宴西堂，乐阕酒阑，将诏野王筝歌。野王辞以须笛。于是诏其常吹奴硕，赐姓曰张，加四品将军，引使上殿。张硕意气激扬，吹破三笛。末取睹脚笛，然后乃理调成曲。"野王盖子野之误。书钞一百十引语林云："晋孝武祖宴西堂，诏桓子野弹筝，桓乃抚筝而歌怨诗，悲厉之响，一堂流涕。"嘉锡案：事详晋书八十一桓宣传。

〔三〕演繁露十四云："今之交床，制本虏来，始名胡床。桓伊下马，据胡床取笛三弄是也。隋以谶有胡，改名交床。"嘉锡案：御览卷六百九十九引风俗通曰："灵帝好胡服帐，京师皆竞为之。"又卷七百六引云："灵帝好胡床。"晋书五行志曰："泰始之后，中国相尚用胡床。"

50　桓南郡被召作太子洗马，玄别传曰："玄初拜太子洗马，时朝廷以温有不臣之迹，故抑玄为素官。"船泊荻渚〔一〕。王大服散后已小醉，往看桓。桓为设酒，不能冷饮，频语左右："令温酒来！"桓乃流涕呜咽，王便欲去。桓以手巾掩泪，因谓王曰："犯我家讳，何预卿事？"〔二〕晋安帝纪曰："玄哀乐过人，每欢戚之发，未尝不至呜咽。"王叹曰："灵宝故自达。"灵宝，玄小字也。异苑曰："玄生而有光照室，善占者云：'此儿生有奇耀，宜目为天人。'宣武嫌其三文〔三〕，复言为'神灵宝'，犹复用三。既难重前，却减'神'一字，名曰'灵宝'。"语林曰："玄不立忌日，止立忌时，其达而不拘，皆此类。"

【校文】

注"宜目为天人"　"目"，景宋本作"字"。

【笺疏】

〔一〕程炎震云："晋书玄传云：'年二十三，始拜太子洗马。'则是太元十六年，王忱已为荆州。此荻渚当在江陵。”

〔二〕嘉锡案：颜氏家训风操篇曰：“礼云：‘见似目瞿，闻名心瞿。’有所感触，恻怆心眼。若在从容平常之地，幸须申其情耳。必不可避，亦当忍之，不必期于颠沛而走也。梁世谢举甚有声誉，闻讳必哭，为世所讥。又有臧逢世，臧严之子，笃学修行，不坠门风。孝元经牧江州，遣往建昌督事，郡县民庶，竞修笺书。有称严寒者，必对之流涕。不省取记，多废公事。”由颜氏之言观之，知闻讳而哭，乃六朝之旧俗。故虽凶悖如桓玄，不敢不谨守此礼也。御览卷五百六十二引世说曰：“桓玄呼人温酒，自道其父名。既而曰：‘英雄正自粗疏。’”今世说既无其语，且正与此相反，不知本出何书。恐是孝标之注，盖引他书，以明与世说不同。今本为宋人所削耳。

〔三〕吴承仕曰：“嫌有三文，‘天人’非三文也。此注恐有夺误。”嘉锡案：宣武嫌其三文，若字为天人，则止二文。盖天人下脱一字。今本异苑亦误作“目为天人”。

51　王孝伯问王大：“阮籍何如司马相如？”王大曰：“阮籍胸中垒块，故须酒浇之。”言阮皆同相如，而饮酒异耳。

52　王佛大叹言：“三日不饮酒，觉形神不复相亲。”晋安帝纪曰：“忱少慕达，好酒，在荆州转甚，一饮或至连日不醒，遂以此死。”宋明帝文章志曰：“忱嗜酒，醉辄经日，自号上顿。世喭以大饮为‘上顿’，起自忱也。”〔一〕

【笺疏】

〔一〕程炎震云：“北堂书钞一百四十八引祖台之与王荆州忱书曰：‘君须复饮，不废止之，将不获已耶？通人识士，累于此物，古人屏爵去邑，焚罍毁榼。'案邑字有误。御览四百五十七引作卮。"嘉锡案：窦革酒谱诫失篇亦引云："古人以酒为戒，愿君屏爵弃卮，焚罍毁榼。殛仪狄于羽山，放杜康于三危。古人系重离必有赠言，仆之与君，其能已乎？"合此两书观之，知台之尝劝忱戒酒，而忱不从，故卒死于酒。书钞所引，无"殛仪狄"以下六句，且有脱误。严可均未检酒谱，故全晋文卷一百三十八所辑其文不全，今为补之如此。宋书范泰传曰："荆州刺史王忱嗜酒，醉辄累旬。及醒，则俨然端肃。"

53　王孝伯言："名士不必须奇才，但使常得无事，痛饮酒，熟读离骚，便可称名士。"〔一〕

【笺疏】

〔一〕"便"，山谷内集注十二引作"自"。又十九引作"便足"。嘉锡案：赏誉篇云："王恭有清辞简旨，而读书少。"此言不必须奇才，但读离骚，皆所以自饰其短也。恭之败，正坐不读书。故虽有忧国之心，而卒为祸国之首，由其不学无术也。自恭有此说，而世之轻薄少年，略识之无，附庸风雅者，皆高自位置，纷纷自称名士。政使此辈车载斗量，亦复何益于天下哉？

54　王长史登茅山，大恸哭曰："琅邪王伯舆，终当为情死。"王氏谱曰："廞字伯舆，琅邪人。父荟，卫将军。廞历司徒长史。"周祗隆安记曰："初，王恭将唱义，使喻三吴，廞居丧，拔以为吴国内史。国宝既死，恭罢兵，令廞反丧服。廞大怒，即日据吴都以叛。恭使司马刘牢之讨廞，廞败，不知所在。"〔一〕

【笺疏】

〔一〕宋书王华传云："父廞，司徒左长史。晋隆安初，王恭起兵讨王国宝，时廞丁母忧在家。恭檄令起兵，廞即聚众应之。以女为贞烈将军，以女人为官属。国宝既死，恭檄廞罢兵。廞起兵之际，多所诛戮。至是，不复得已。因举兵以讨恭为名。恭遣刘牢之击廞，廞败走，不知所在。"嘉锡案：廞之所以卒至于叛，晋书王荟传谓"廞墨绖合众，诛杀异己。自谓义兵一动，势必未宁，可乘间而取富贵。而曾不旬日，恭符廞去职，遂大怒，回众讨恭"。与宋书互有详略。要之，皆狂奴故态耳。其以女为将军，亦任诞之一端也。

简傲第二十四

1　晋文王功德盛大，坐席严敬，拟于王者。汉晋春秋曰："文王进爵为王，司徒何曾与朝臣皆尽礼，唯王祥长揖不拜。"唯阮籍在坐〔一〕，箕踞啸歌，酣放自若。

【笺疏】

〔一〕程炎震云："咸熙元年，昭进爵为王，阮已先一年卒矣。"

2　王戎弱冠诣阮籍，时刘公荣在坐。阮谓王曰："偶有二斗美酒，当与君共饮，彼公荣者，无预焉。"二人交觞酬酢，公荣遂不得一桮，而言语谈戏，三人无异。或有问之者，阮答曰："胜公荣者，不得不与饮酒；不如公荣者，不可不与饮酒；唯公荣，可不与饮酒。"晋阳秋曰："戎年十五，随父浑在郎舍，阮籍见而说焉。每适浑俄顷，辄在戎室久之。乃谓浑：'濬冲清尚，非卿伦也。'戎尝诣籍共饮，而刘昶在坐不与焉，衵无恨色。既而戎问籍曰：‘彼为谁也？’曰：‘刘公荣也。’濬冲曰：‘胜公荣，故与酒；不如公荣，不可不与酒；唯公荣者，可不与酒。’”〔一〕竹林七贤论曰：“初，籍与戎父浑俱为尚书郎，每造浑，坐未安，辄曰：‘与卿语，不如与阿戎语。’就戎，必日夕而返。籍长戎二十岁〔二〕，相得如时辈。刘公荣通士，性尤好酒。籍与戎酬酢终日，而公荣不蒙一杯，三人各自得也。戎为物论所先，皆此类。”

【校文】

“一桮”　“桮”，景宋本作“楹”。

注“酬酢”　“酬”，景宋本及沈本作“醻”。

【笺疏】

〔一〕容斋随笔卷十二云：“此事见戎传，而世说为详。又一事云：‘公荣与人饮酒，杂秽非类，人或讥之，答曰：“胜公荣者，不可不与饮；不如公荣者，亦不可不与饮。”故终日共饮而醉。’（按见任诞篇）二者稍不同。公荣待客如此，费酒多矣。顾不蒙一杯于人乎？”嘉锡案：余以为此即一事，而传闻异辞耳。又晋阳秋所载濬冲语，世说以为籍语，亦为小异。晋书从世说。程炎震云：“晋书四十三戎传作戎问籍答。”

〔二〕程炎震云：“籍长戎实二十四岁。”

3　锺士季精有才理，先不识嵇康。锺要于时贤俊之士，俱往寻康。康方大树下锻〔一〕，向子期为佐鼓排〔二〕。康扬槌不辍，傍若无人，移时不交一言。锺起去，康曰：“何所闻而来？何所见而去？”锺曰：“闻所闻而来，见所见而去。”〔三〕文士传曰：“康性绝巧，能锻铁。家有盛柳树〔四〕，乃激水以圜之，夏天甚清凉，恒居其下傲戏，乃身自锻。家虽贫，有人说锻者，康不受直。虽亲旧以鸡酒往与共饮噉，清言而已。”魏氏春秋曰：“锺会为大将军兄弟所昵，闻康名而造焉。会名公子，以才能贵幸，乘肥衣轻，宾从如云。康方箕踞而锻，会至不为之礼，会深衔之。后因吕安事，而遂谮康焉。”〔五〕

【校文】

注“有人说锻者”　“说”，景宋本及沈本作“就”。

【笺疏】

〔一〕李慈铭云：“案说文：‘锻，小冶也。’急就篇：‘锻铸铅锡镫锭鐎。’颜师古注‘凡金铁之属，椎打而成器者，谓之锻。销冶而成者，谓之铸。’王应麟补注引苍颉篇曰：‘锻，椎也。’”

〔二〕程炎震云：“后汉书杜诗传：‘迁南阳太守，造作水排，铸为农器。’贤注：‘排音蒲拜反，冶铸者为排以吹炭。排当作橐，古字通用。’魏书韩暨传：‘徙监治谒者，旧时治作马排，每一熟石，用马百匹。更作人排，又费工力。暨乃因长流为水排。’裴注曰：‘排，蒲拜反，为排以吹炭。’晋书杜须传：‘又作人排新器。’音义曰：‘排，蒲界反。’玉篇：‘韛，皮拜切，韦橐也。可以吹火令炽，亦作橐。’广韵十六怪：‘韛，韦囊，吹火。橐，上同，并蒲拜反。’盖古只作排，后乃造韛橐字。文选二十一五君咏注引向秀别传曰：‘秀尝与嵇康偶锻于洛邑，故锺得见之。’又十六思旧赋注引魏氏春秋‘康寓居河内之山阳，锺会为大将军所昵’云云。盖中有删节，故并两处为一。”李详云：“详案：玄应一切经音义卷一云：‘鞴囊，埤苍作韛。东观汉记作排。王弼注书作橐。同皮拜反，所以冶家用炊火令炽者也。’后汉书杜诗传：‘造作水排，铸为农器。’章怀注：‘排，音蒲拜反，冶铸者为排以吹炭。排当作橐，古字通用也。’案鞴以熟牛皮为之，故字从韦。吾乡冶铜者尚有此制。鞴、韛同字。”嘉锡案：审言笺引音义有删改，且误以“作排”以下均为埤苍语。今据原书改正。冶家，音义作治家，审言改作“锻家”，并非。慧琳音义四十二 误亦同。

〔三〕嘉锡案：嵇、锺问答之语，亦出魏氏春秋。见三国志王粲传注引。

〔四〕崔豹古今注曰：“合欢树似梧桐，枝叶繁，互相交结。每风来辄自解，了不相牵缀。树之阶庭，使人不忿。嵇康种之舍前。”

〔五〕魏志王粲传注、文选思旧赋注并引魏氏春秋曰“康寓居河内之山阳，锺会闻康名而造之。康方箕踞而锻”云云。嘉锡案：晋之河内郡山阳县，在今河南修武县西北。尝疑会以贵公子居京师，宾从如云，未必走数百里，远至山阳访康。考御览四百九引向秀别传曰：“秀字子期，少为同郡山涛所知。又与谯国嵇康，东平吕安友善。其趍舍进止，无不必同。造事营生，业亦不异。常与康偶锻于洛邑，与吕安灌园于山阳。收其馀利，以供酒食之费。或率尔相携，观原野，极游浪之势，亦不计远近。或经日乃归，复常业。”据此，是嵇、向偶锻之地在洛邑，不在山阳。故会得与一时贤俊俱往寻康。魏氏春秋所谓康居山阳，特记其竹林之游，而于此事，则未及分析言之耳。

4　嵇康与吕安善，每一相思，千里命驾。晋阳秋曰：“安字中悌，东平人，冀州刺史招之第二子〔一〕。志量开旷，有拔俗风气。”干宝晋纪曰：“初，安之交康也，其相思则率尔命驾。”安后来，值康不在，喜出户延之，不入。晋百官名曰：“嵇喜字公穆，历扬州刺史，康兄也。阮籍遭丧，往吊之。籍能为青白眼，见凡俗之士，以白眼对之。及喜往，籍不哭，见其白眼，喜不怿而退。康闻之，乃赍酒挟琴而造之，遂相与善。”干宝晋纪曰：“安尝从康，或遇其行，康兄喜拭席而待之，弗顾，独坐车中。康母就设酒食，求康儿共与戏。良久则去，其轻贵如此。”题门上作“凤”字而去。喜不觉，犹以为欣故作。

"凤"字，凡鸟也。许慎说文曰："凤，神鸟也。从鸟，凡声。"

【校文】

注"中悌"　"中"，景宋及沈本作"仲"。

【笺疏】

〔一〕程炎震云："魏志十六杜恕传：'镇北将军吕昭，又领冀州牧。'注引世语曰：'昭字子展。长子巽，字长悌，为相国掾，有宠于司马文王。次子安，字仲悌。次子粹，字季悌，河南尹。'按昭为冀州，盖在太和中。"

5　陆士衡初入洛，咨张公所宜诣，刘道真是其一。陆既往，刘尚在哀制中。性嗜酒，礼毕，初无他言，唯问："东吴有长柄壶卢，卿得种来不？"〔一〕陆兄弟殊失望，乃悔往〔二〕。

【笺疏】

〔一〕嘉锡案：通典八十八孙为祖持重议载刘宝以为孙为祖不三年，引据经典甚详。则宝亦治丧服之学者，而其居丧乃如此！违其实而习其文，此魏、晋之经学，所为有名无实也。

〔二〕抱朴子外篇讥惑论东晋初江表风俗之失曰："又闻贵人在大哀，或有疾病，服石散，以数食宣药势，以饮酒为性命。疾患危笃，不堪风冷，帏帐茵褥，任其所安。于是凡琐小人之有财力者，了不复居于丧位，常在别房，高床重褥，美食大饮。或与密客，引满投空，至于沈醉。曰：'此京洛之法也。'不亦惜哉！余之乡里先德君子，其居重难，或并在衰老，于礼唯应缞麻在身，不成丧致毁者，皆过哀啜粥，口不经甘。时人虽不肖者，莫不企及自勉。而今人乃自取如此！何其相去之辽缅乎？"嘉锡案：据抱朴之言，则居丧饮酒，自是京洛间之习俗。盖自阮籍居母丧，饮酒食肉，士大夫慕其放达，相习成风。刘道真任诞之徒，自不免如此。恣情任性，自放于礼法之外耳。非必因有疾，及服寒食散也。抱朴吴人，言其乡先德居丧，莫不守礼。士衡兄弟，吴中旧族，习于礼法，故乍闻道真之语，为之骇然失望。当时因风尚不同，南北相轻，此亦其一事。及五马南浮，名士过江如鲫。三吴子弟，仰其风流，群相仿效，虽凡琐小人，亦从风而靡矣。

6 王平子出为荆州，晋阳秋曰："惠帝时，太尉王夷甫言于选者，以弟澄为荆州刺史，从弟敦为青州刺史。澄、敦俱诣太尉辞〔一〕。太尉谓曰：'今王室将卑，故使弟等居齐、楚之地，外可以建霸业，内足以匡帝室，所望于二弟也！'" 王太尉及时贤送者倾路。时庭中有大树，上有鹊巢。平子脱衣巾，径上树取鹊子。凉衣拘阂树枝，便复脱去。得鹊子还，下弄，神色自若，傍若无人〔二〕。邓粲晋纪曰："澄放荡不拘，时谓之达。"

【笺疏】

〔一〕程炎震云："晋书四十三澄传作'惠帝末'，是也。通鉴八十六以澄刺荆，系之永嘉元年。盖光熙元年刘弘卒，即议代者，明年澄乃之镇耳。通鉴考异引晋春秋，青州作扬州。温公驳之，盖所见本偶误耳。"又云："光熙元年，王衍为司空。明年十一月，为司徒。"

〔二〕李慈铭云："案王澄一生，绝无可取。狂且恃贵，轻侻丧身。既无当世之才，亦绝片言之善。虚叨疆寄，致乱逃归。徒以王衍、王戎，纷纭标榜。一自私其同气，一自附于宗英。大言不惭，厚相封殖。观于此举，脱衣上树，裸体探雏，直是无赖妄人，风狂乞相。以为简傲，何啻寱言！晋代风流，概可知矣。舍方伯之威仪，作驱乌之儿戏，而委以重任，镇扼上流。夷甫之流，谋国如是，晋之不竞，亦可识矣。”

7　高坐道人于丞相坐，恒偃卧其侧。见卞令，肃然改容云：“彼是礼法人。”高坐传曰：“王公曾诣和上，和上解带偃伏，悟言神解。见尚书令卞望之，便敛衿饰容。时叹皆得其所。”

8　桓宣武作徐州，时谢奕为晋陵。中兴书曰：“奕自吏部郎，出为晋陵太守。”先粗经虚怀，而乃无异常。及桓还荆州〔一〕，将西之间，意气甚笃，奕弗之疑。唯谢虎子妇王悟其旨。虎子，谢据小字，奕弟也。其妻王氏，已见。每曰：“桓荆州用意殊异，必与晋陵俱西矣！”俄而引奕为司马。奕既上，犹推布衣交。在温坐，岸帻啸咏，无异常日。宣武每曰：“我方外司马。”遂因酒，转无朝夕礼〔二〕。桓舍入内，奕辄复随去。后至奕醉，温往主许避之。主曰：“君无狂司马，我何由得相见？”

【笺疏】

〔一〕程炎震云：“建元元年，温为徐州。永和元年，迁荆州。此还字当作迁。”

〔二〕程炎震云：“晋书七十九奕传，朝夕作朝廷。”嘉锡案：“遂因酒，转无朝夕礼”，书钞六十八引作“遂因酒纵诞”。

9　谢万在兄前，欲起索便器。于时阮思旷在坐曰：“新出门户，笃而无礼。”

10　谢中郎是王蓝田女婿，谢氏谱曰："万取太原王述女，名荃。"尝箸白纶巾，肩舆径至扬州听事见王〔一〕，直言曰："人言君侯痴，君侯信自痴。"蓝田曰："非无此论，但晚令耳。"述别传曰："述少真独退静，人未尝知，故有晚令之言。"

【笺疏】

〔一〕程炎震云："万以升平三年败废。五年起为散骑常侍。述时皆为扬州。"又云："文选十六闲居赋注引周迁舆服杂事记曰：'步舆方四尺，素木为之，以皮为襻 挧之。自天子至于庶人，通得乘之。'"

11　王子猷作桓车骑骑兵参军，桓问曰："卿何署？"答曰："不知何署，时见牵马来，似是马曹。"中兴书曰："桓冲引徽之为参军，蓬首散带，不综知其府事。"桓又问："官有几马？"答曰："不问马，何由知其数？"论语曰："厩焚，孔子退朝曰：'伤人乎？'不问马。"注"贵人贱畜，故不问也。"又问："马比死多少？"答曰："未知生，焉知死？"论语曰："子路问死。孔子曰：'未知生，焉知死？'"马融注曰："死事难明，语之无益，故不答。"

12　谢公尝与谢万共出西，过吴郡。阿万欲相与共萃王恬许，恬已见。时为吴郡太守。太傅云："恐伊不必酬汝意，不足尔！"万犹苦要，太傅坚不回，万乃独往。坐少时，王便入门内，谢殊有欣色，以为厚待己。良久，乃沐头散发而出，亦不坐，仍据胡床，在中庭晒头，神气傲迈，了无相酬对意。谢于是乃还。未至船，逆呼太傅。安曰："阿螭不作尔！"〔一〕王恬，小字螭虎。

【笺疏】

〔一〕李慈铭云："案作当作足，此仍述安石语。'不足尔'，言不足往也。"嘉锡案：江左王、谢齐名，实在安立功名以后。此时谢氏兄弟甫有盛名，而其先本非世族，故阮裕讥为新兴门户。王恬贵游子弟，宜其不礼谢万也。

13 王子猷作桓车骑参军〔一〕。桓谓王曰："卿在府久，比当相料理。"初不答，直高视，以手版拄颊云："西山朝来，致有爽气。"

【笺疏】

〔一〕渚宫旧事五作"王子猷为桓温参军"，误也。

14 谢万北征，常以啸咏自高，未尝抚慰众士〔一〕。谢公甚器爱万，而审其必败，乃俱行，从容谓万曰："汝为元帅，宜数唤诸将宴会，以说众心。"万从之。因召集诸将，都无所说，直以如意指四坐云："诸君皆是劲卒。"诸将甚忿恨之〔二〕。谢公欲深箸恩信，自队主将帅以下，无不身造，厚相逊谢。及万事败，军中因欲除之。复云："当为隐士。"故幸而得免。万败事已见上。

【笺疏】

〔一〕嘉锡案：晋书王羲之传："万为豫州都督，羲之遗万书诫之曰：'以君迈往不屑之韵，而俯同群辟，诚难为意也。然所谓通识，正自当随事行藏，乃为远耳。愿君每与士之下者同，则尽善矣。食不二味，居不重席，此复何有？而古人以为美谈。济否所由，实在积小以致高大，君其存之！’万不能用。”观此章所叙，万之轻傲诸将，正所谓迈往不屑之气也。右军之言，深中其病。以此等狂妄之徒，而付之征讨之任，其败固宜。

〔二〕通鉴一百胡注曰：‘如意，铁如意也。凡奋身行伍者，以兵与卒为讳。既为将矣，而称之为卒，所以益恨也。”

15　王子敬兄弟见郗公，蹑履问讯，甚修外生礼。及嘉宾死，皆箸高屐，仪容轻慢〔一〕。命堂，皆云“有事，不暇坐”。既去，郗公慨然曰：“使嘉宾不死，鼠辈敢尔！”愔子超，有盛名，且获宠于桓温，故为超敬愔〔二〕。

【笺疏】

〔一〕程炎震云：“龙城札记三曰：‘屐可以游山，亦可以燕居著之，谢安之履齿折，是也。纨绔少年喜着高齿屐，见颜氏家训中。大抵通傥之服，非正服也。宋阮长之为中书郎，直省，应往邻省，误着屐出阁。依事，自列门下。事见南史。盖宫省谨严之地，宜着履舄。在直所，容可不拘，而出阁则必不可以亵，此其所以自劾也。’”

〔二〕惜抱轩笔记五曰：“晋书郗超传言王献之兄弟于超死后简敬于郗愔，此本世说，吾谓其诬也。子敬佳士，岂慢舅若此？且超权重，为人所畏，乃简文时。及孝武时，桓温丧，超失势矣，岂存没尚足轻重于其父哉？”

16　王子猷尝行过吴中，见一士大夫家极有好竹。主已知子猷当往，乃洒扫施设，在听事坐相待。王肩舆径造竹下，讽啸良久。主已失望，犹冀还当通，遂直欲出门。主人大不堪，便令左右闭门不听出。王更以此赏主人，乃留坐，尽欢而去。

17　王子敬自会稽经吴，闻顾辟疆顾氏谱曰："辟疆，吴郡人。历郡功曹、平北参军。"有名园〔一〕。先不识主人，径往其家，值顾方集宾友酣燕。而王游历既毕，指麾好恶，傍若无人。顾勃然不堪曰："傲主人，非礼也；以贵骄人，非道也。失此二者，不足齿人，伧耳！"便驱其左右出门。王独在舆上，回转顾望，左右移时不至，然后令送箸门外，怡然不屑〔二〕。

【校文】

"不足齿人"　"人"，沈本作"之"。

【笺疏】

〔一〕吴郡志十四云："顾辟疆园，自西晋以来传之，池馆林泉之盛，号吴中第一。晋、唐人题咏甚多，今莫知遗跡所在。考龟蒙之诗，则在唐为任晦园亭。今任园亦不可考矣。"嘉锡案：顾辟疆东晋人，志云"西晋以来传之"，误也。

〔二〕李慈铭云："晋书作'不足齿之伧耳，便驱出门'。此处人字疑是之字形误。惟晋书言'便驱出门'，盖采世说之文而误。子敬固为无礼，亦安得遽摽之门外？依临川所说，乃是驱其左右，斯为近理云。王独在舆上者，六朝贵游登临游历，多以肩舆。如陶渊明门生舁竹舆，上条王子敬看竹亦云'肩舆径造竹下'也。"程炎震云："人，宋本作之。晋书八十献之传亦作之。"嘉锡案：颜氏家训涉务篇曰："梁世士大夫皆尚褒衣博带，大冠高履。出则车舆，入则扶侍。郊郭之内，无乘马者。"今以晋人之事观之，则出必车舆，自是江南习俗。之推指为梁事，特就身所亲历言之耳。

世说新语卷下之下

排调第二十五〔一〕

【笺疏】

〔一〕程炎震云："排当作俳。金楼子捷对篇曰：'诸如此类，合曰俳调。过乃疏鄙，不足多称。'魏志二十九华陀传注引曹植辩道论曰：'自家王与太子及余兄弟，并以为调笑。'文心雕龙谐隐篇云：'魏文因俳说以著笑书，薛综凭宴会而发嘲调。'亦一证也。"

1　诸葛瑾为豫州，遣别驾到台，瑾已见。语云："小儿知谈，卿可与语。"连往诣恪，江表传曰："恪字元逊，瑾长子也。少有才名，发藻岐嶷，辩论应机，莫与为对。孙权见而奇之，谓瑾曰：'蓝田生玉，真不虚也！'仕吴至太傅。为孙峻所害。"恪不与相见。后于张辅吴坐中相遇，环济吴纪曰："张昭字子布，忠正有才义，仕吴，为辅吴将军。"别驾唤恪："咄咄郎君。"恪因嘲之曰：

"豫州乱矣，何咄咄之有?"答曰："君明臣贤，未闻其乱。"恪曰："昔唐尧在上，四凶在下。"答曰："非唯四凶，亦有丹朱。"于是一坐大笑〔一〕。

【笺疏】

〔一〕程炎震云："黄龙元年，瑾为豫州牧。张昭嘉禾五年卒。当在此八年中。恪死时年五十一，是时三十上下矣。"

2　晋文帝与二陈共车，过唤锺会同载，即驶车委去。比出，已远。既至，因嘲之曰："与人期行，何以迟迟？望卿遥遥不至。"会答曰："矫然懿实，何必同群?"帝复问会："皋繇何如人?"答曰："上不及尧、舜，下不逮周、孔，亦一时之懿士。"〔一〕二陈，骞与泰也。会父名繇，故以"遥遥"戏之。骞父矫，宣帝讳懿，泰父群，祖父寔，故以此酬之。

【笺疏】

〔一〕李慈铭云："案皋陶古皆作咎繇。说文言部谟字下引虞书咎繇谟。许君所称，古文尚书也。离骚、尚书大传、汉书皆作咎繇。故司马昭以戏锺会，非仅取同音也。"李详云："详案：锺会父繇。魏时自音繇，非如今时音由也。礼檀弓：'咏斯犹。'郑注：'犹当为摇声之误，秦人犹、摇声相近。'又尔雅释诂：'繇，喜也。'郭注：'礼记："咏斯犹。"犹即繇，古今字耳。'"援鹑堂笔记三十云："盖旧读繇为遥，以其父名为戏也。今皆读为由音。"

3　锺毓为黄门郎，有机警，在景王坐燕饮。时陈群子玄伯、武周子元夏同在坐，魏志曰："武周字伯南，沛国竹邑人。仕至光禄大夫。”共嘲毓。景王曰：“皋繇何如人？”对曰：“古之懿士。”顾谓玄伯、元夏曰：“君子周而不比，群而不党。”〔一〕孔安国注论语曰：“忠信为周，阿党为比。党，助也。君子虽众，不相私助。”

【笺疏】

〔一〕嘉锡案：此与上一条即一事，而传闻有异耳。

4　嵇、阮、山、刘在竹林酣饮，王戎后往。步兵曰：“俗物已复来败人意！”魏氏春秋曰：“时谓王戎未能超俗也。”王笑曰：“卿辈意，亦复可败邪？”

5　晋武帝问孙皓：吴录曰：“皓字元宗，一名彭祖，大皇帝孙也。景帝崩，皓嗣位，为晋所灭，封归命侯。”“闻南人好作尔汝歌，颇能为不？”皓正饮酒，因举觞劝帝而言曰：“昔与汝为邻，今与汝为臣。上汝一杯酒，令汝寿万春。”帝悔之。

6　孙子荆年少时欲隐，语王武子“当枕石漱流”，误曰“漱石枕流”。王曰：“流可枕，石可漱乎？”孙曰：“所以枕流，欲洗其耳；逸士传曰：“许由为尧所让，其友巢父责之。由乃过清泠水洗耳拭目，曰：‘向闻贪言，负吾之友。’”所以漱石，欲砺其齿。”〔一〕

【笺疏】

〔一〕李详云：“详案：蜀志秦宓传‘枕石漱流，吟咏缊袍’。”嘉锡案：此乃彭羕传羕荐宓于许靖语，不在宓传。李氏谓是秦宓传中语，误。又案：宋书乐志三魏武帝秋胡行曰："遨游八极，枕石漱流饮泉。沈吟不决，遂上升天。""枕石漱流"四字，始见于此。然彭羕荐秦子敕亦用之，未必袭自魏武，疑其前更有出处也。晋书隐逸宋纤传，太守杨宣画其像作颂曰："为枕何石？为漱何流？身不可见，名不可求。"知此语为魏、晋人所常用矣。此出王隐晋书，见御览五十一引。

7 头责秦子羽云：子羽未详。"子曾不如太原温颙、颍川荀寓、温颙已见。荀氏谱曰："寓字景伯，祖式，太尉。父保〔一〕，御史中丞。"世语曰："寓少与裴楷、王戎、杜默俱有名，仕晋，至尚书。"范阳张华、士卿刘许〔二〕、晋百官名曰："刘许字文生，涿鹿都人。父放，魏骠骑将军。许，惠帝时为宗正卿。"按许与张华同范阳人，故曰士卿，互其辞也。宗正卿，或曰士卿。义阳邹湛〔三〕、河南郑诩？晋诸公赞曰："湛字润甫，新野人。以文义达，仕至侍中。诩字思渊，荥阳开封人，为卫尉卿。祖泰，扬州刺史。父褒〔四〕，司空。"此数子者，或謇喫无宫商〔五〕，或尪陋希言语，或淹伊多姿态，或讙哗少智谞，或口如含胶饴，或头如巾齑杵〔六〕，文士传曰："华为人少威仪，多姿态。"推意此语，则此六句，还以目上六人，而"口如含胶饴"，则指邹湛。湛辩丽英博，而有此称。未详。而犹以文采可观，意思详序，攀龙附凤，并登天府。"张敏集载头责子羽文曰〔七〕："余友有秦生者，虽有姊夫之尊，少而狎焉。同时好暱〔八〕，有太原温长仁颙、颍川荀景伯寓、范阳张茂先华、士卿刘文生许、南阳邹润甫湛、河南郑思渊诩。数年之中，继踵登朝，而此贤身处陋巷，屡沽而无善价，亢志自若，终不衰堕，为之慨然。又怪诸贤既已在位，曾无伐木嘤鸣之声，甚违王贡弹冠之义，故因秦生容貌之盛，为头责之文以戏之，并以嘲六子焉。

虽似诣谑，实有兴也。”其文曰：“维泰始元年，头责子羽曰：‘吾托子为头，万有馀日矣。大块禀我以精，造我以形。我为子植发肤、置鼻耳、安眉须、插牙齿、眸子摛光，双颧隆起〔九〕。每至出入之间，遨游市里，行者辟易，坐者竦跽。或称君侯，或言将军，捧手倾侧，伫立崎岖。如此者，故我形之足伟也。子冠冕不戴，金银不佩，钗以当笄，帢以代帼〔一〇〕，旨味弗尝，食粟茹菜，隈摧园间，粪壤汙黑，岁莫年过，曾不自悔。子厌我于形容，我贱子乎意态。若此者乎，必子行己之累也。子遇我如雠，我视子如仇，居常不乐，两者俱忧〔一一〕，何其鄙哉！子欲为人宝也〔一二〕，则当如皋陶、后稷、巫咸、伊陟，保乂王家，永见封殖。子欲为名高也，则当如许由、子威、卞随、务光、洗耳逃禄，千岁流芳。子欲为游说也，则当如陈轸、蒯通、陆生、邓公〔一三〕，转祸为福，令辞从容〔一四〕。子欲为进趣也，则当如贾生之求试，终军之请使。砥砺锋颖，以干王事。子欲为恬淡也，则当如老聃之守一，庄周之自逸。廓然离欲，志陵云日。子欲为隐遁也〔一五〕，则当如荣期之带索，渔父之瀺灂，栖迟神丘，垂饵巨壑。此一介之所以显身成名者也〔一六〕。今子上不希道德，中不效儒墨，块然穷贱，守此愚惑。察子之情，观子之志，退不为于处士，进无望于三事，而徒玩日劳形，习为常人之所喜，不亦过乎！’于是子羽愀然深念而对曰：‘凡所教敕，谨闻命矣。以受性拘系〔一七〕，不闻礼义，设以天幸，为子所寄。今欲使吾为忠也，即当如伍胥屈平。欲使吾为信也，则当杀身以成名。欲使吾为介节邪〔一八〕，则当赴水火以全贞。此四者，人之所忌，故吾不敢造意。’头曰：‘子所谓天刑地网，刚德之尤，不登山抱木，则褰裳赴流。吾欲告尔以养性，诲尔以优游，而以虮虱同情〔一九〕，不听我谋，悲哉！俱寓人体，而独为子头！且拟人其伦，喻子侪偶。子不如太原温颙〔二〇〕、颍川荀寓、范阳张华、士卿刘许、南阳邹湛、河南郑诩。此数子者，或謇喫无宫商，或尪陋希言语，或淹伊多姿态，或讙哗少智谞，或口如含胶饴，或头如巾齑杵〔二一〕，而犹文采可观，意思详序，攀龙附凤，并登天府。夫舐痔得车，沈渊得珠〔二二〕，岂若夫子徒令唇舌腐烂，手足沾濡哉！居有事之世，而耻为权图，譬犹凿池抱瓮，难以求富。嗟乎子羽！何异槛中之熊〔二三〕，深阱之虎，石间饥蟹，窦中之鼠。事力虽勤，见功甚苦。宜其拳局翦蹙〔二四〕，至老无所希也。支离其形，犹能不困，非命也夫！岂与夫子同处也〔二五〕。'"

【校文】

"謇喫"　"喫"，景宋本及沈本作"吃"。

注"许由子威"　"威"，沈本作"臧"。

注"廓然离欲"　"欲"，沈本作"俗"。

注"不闻礼义"　"闻"，景宋本及沈本俱作"闲"。

注"为忠也""为信也"　"也"，沈本俱作"邪"。

注"而以虮虱同情"　"以"，沈本作"与"。

注"而犹文采可观"　"犹"下沈本有"以"字。

注"翦蹙"　"翦"，景宋本及沈本俱作"煎"。

【笺疏】

〔一〕李慈铭云："案'式'当作'彧'，'保'当作'俣'。三国志荀彧传'子俣御史中丞'，注引荀氏家传曰'俣字叔倩，子寓，字景伯'，又引世语云云，与此同。"程炎震云："'祖式、父保'，当据魏志十荀彧传改作'祖彧、父俣'。"

〔二〕魏志刘放传曰："放薨，子正嗣。"注云："臣松之案：头责子羽曰士卿刘许，字文生，正之弟也。与张华六人，并称文辞可观，意思详序。晋惠帝世，许为越骑校尉。"隋志云："梁有宗正刘訏集二卷，录一卷，亡。"新唐志作刘许。程炎震云："魏书刘放传'子正'，裴注曰：'头责子羽文曰士卿刘许，字文生，正之弟也。与张华六人并称，文辞可观，意思详序。'"

〔三〕晋书地理志：武帝平吴，分南阳立义阳郡。张敏此文作于泰始元年，在未平吴之前。故注引此文，两称南阳邹湛。此作义阳者，盖后来所改。然惠帝时分南阳立新野郡，而此不称新野，则临川所据者晋初之本也。

〔四〕李慈铭云："案'褒'当作'袤'。晋书郑袤传：'袤字林叔，荥阳开封人，汉大司农众之元孙。'父即范书所言公业也。"

〔五〕通雅卷五曰："謇㥄，一作謇喫。列子曰：謇㥄凌谇，好陵责骂人也。㥄，吃也。说文曰：急性也。方言：謇㥄，吃也。或谓之轧，谓之𨈚。郭璞曰：江东曰喋，皆谓口吃好言之状。头责子羽文'或謇喫无宫商'。喫，广韵音毄。"

〔六〕嘉锡案：言其头小而锐，如捣齑之杵，而冠之以巾也。初学记十九引刘思真丑妇赋云"头似研米槌"。

〔七〕隋志有晋尚书郎张敏集二卷，梁五卷。唐宋志仍二卷。洪迈容斋五笔四曰："故簏中得旧书一帙，题为晋代名臣文集，凡十有四家。所载多不能全。有张敏者，太原人，仕历平南参军、太子舍人、济北长史。其一篇曰头责子羽文，极为尖新。古来文士，皆无此作。恐艺文类聚、文苑英华或有之。惜其泯没不传，谩采之以遗博雅君子。其文九百馀言，颇有东方朔客难，刘孝标绝交论之体。集仙传所载神女成公智琼传见于太平广记，盖敏之作也。"严可均全晋文八十曰："张敏，太原中都人，咸宁中为尚书郎，领祕书监，太康初出为益州刺史。"文廷式补晋书艺文志丁部六曰："张敏集，遂初堂书目尚著录。是此书南宋犹存。"嘉锡案：张敏仕履，得洪氏、严氏所述而始全。然洪氏未考世说，故不知头责子羽文具存孝标注中。且云文苑英华或有之。夫英华上继文选，起自梁代，安得有晋人文耶？严氏又未考五笔，故所载官职不完。智琼传见广记六十一，不著姓名。洪氏知为张敏所作者，据晋代名臣文集也。严氏仅从书钞百二十九采其神女传三句，而于此传全篇失收，传中有张华神女赋序一篇，全晋文五十八张华文中亦未录入，皆千虑之一失也。文选五十六剑阁铭注引臧荣绪晋书曰："张载作剑阁铭，益州刺史张敏见而奇之，乃表上其文。世祖遣使镌石记焉。"据今晋书张载传，事在太康初。

〔八〕李慈铭云："案洪氏迈容斋五笔引此文小有异同。其此本灼然误者，辄注其旁。可互通者别出之。'狎焉'作'狎之'，'好昵'作'昵好'。"

〔九〕汉书东方朔传："上复问朔：'方今公孙丞相、兒大夫、董仲舒之伦，先生自视何与比哉？'朔对曰：'臣观其舌齿牙，树颊颏，吐唇吻，擢项颐，结股脚，连脽尻，遗蛇其迹，行步偊旅，臣朔虽不肖，尚兼此数子者。'"张敏所谓植发肤云云，其意度盖出于此。

〔一〇〕李慈铭云："洪本两'不'字俱作'弗'。'帢'作'帽'，乃'帕'之误，'帕'即'帢'字。'帼'作'带'，当以洪本为是，带与戴佩韵。"

〔一一〕汉书匈奴传曰："高后时，冒顿寖骄，乃为书使使遗高后曰：'陛下独立，孤偾独居。两者不乐，无以自虞。'"

〔一二〕李慈铭云："'人宝'洪本作'仁贤'，误。"

〔一三〕汉书晁错传曰："错已死，谒者仆射邓公为校尉，击吴楚为将，还见上，上问曰：'道军所来，闻晁错死，吴楚罢不？'邓公曰：'吴为反数十岁矣。发怒削地，以诛错为名，其意不在错也。且臣恐天下之士，钳口不敢复言矣。'上曰：'何哉？'邓公曰：'夫晁错患诸侯强大不可制，故请削之，以尊京师。万世之利也。计画始行，卒受大戮，内杜忠臣之口，外为诸侯报仇。臣窃为陛下不取也。'于是景帝喟然长息曰：'公言善，吾亦恨之。'乃拜邓公为城阳中尉。邓公，成固人也。多奇计。建元年中上招贤良，公卿言邓先。邓先时免，起家为九卿，一年，复谢病，免归。"

〔一四〕李慈铭云："洪本令作含，疑此误。"〔以下"李云"并据洪迈容斋五笔校。〕

〔一五〕李云："廓作漠，欲作俗。六'也'字俱作'耶'，古也耶通用，也自为古。"

〔一六〕李云："一介之下有人字，此脱。"

〔一七〕李云："受上无以字，此误衍。"

〔一八〕李云："设作误。三'也'字亦皆作耶，伍作包。"

〔一九〕李云："以作与。"

〔二〇〕李云："子不如作曾不如。案当作子曾不如。"

〔二一〕程炎震云："文心雕龙谐隐篇作握舂杵。"

〔二二〕李云："犹下有以字，与正文合。得珠作窃珠。"

〔二三〕李云："槛中作牢槛。"

〔二四〕李云："翦作煎。"

〔二五〕李云："洪本作命也夫与子同处。"

8　王浑与妇锺氏共坐，见武子从庭过，浑欣然谓妇曰："生儿如此，足慰人意。"妇笑曰："若使新妇得配参军，生儿故可不啻如此！"王氏家谱曰："伦字太冲〔一〕，司空穆侯中子，司徒浑弟也。醇粹简远，贵老、庄之学，用心淡如也。为老子例略、周纪。年二十馀，举孝廉，不行。历大将军参军。年二十五卒，大将军为之流涕。"〔二〕

【校文】

注"伦字太冲"　"伦"，沈本作"沦"。

【笺疏】

〔一〕李慈铭云："案闺房之内，夫妇之私，事有难言，人无由测。然未有显对其夫，欲配其叔者。此即倡家荡妇，市里淫姏，尚亦惭于出言，赧其颜頬。岂有京陵盛阀，太傅名家，夫人以礼著称，乃复出斯秽语？齐东妄言，何足取也！‘伦’当作‘沦’。”

〔二〕程炎震云：“御览三百九十一引郭子同，惟末有‘沦字太冲，为晋文王大将军，从征寿春，遇疾亡，时人惜焉’五句。盖郭子本文，而临川删之，下军字上当脱参字。”

9 荀鸣鹤、陆士龙二人未相识〔一〕，俱会张茂先坐。张令共语。以其并有大才，可勿作常语。陆举手曰：“云间陆士龙。”荀答曰：“日下荀鸣鹤。”陆曰：“既开青云睹白雉，何不张尔弓，布尔矢？”荀答曰：“本谓云龙骙骙，定是山鹿野麋。兽弱弩强，是以发迟。”张乃抚掌大笑。晋百官名曰：“荀隐字鸣鹤，颍川人。”荀氏家传曰：“隐祖昕，乐安太守。父岳，中书郎。隐与陆云在张华坐语，互相反覆，陆连受屈，隐辞皆美丽，张公称善云。世有此书，寻之未得〔二〕。历太子舍人，廷尉平，蚤卒。”

【笺疏】

〔一〕晋书陆机传吴士鉴注曰：“荀岳墓碣云：‘岳字于伯，小字异姓，乐平府君之第一子。夫人东莱刘仲雄之女。息男隐，字鸣鹤。隐，司徒左西曹掾。子男琼，字华孙。’又历叙岳之官阀，自本郡功曹史至中书侍郎。案世说注引家传：‘岳父昕，乐安太守。’当据碑作‘乐平’以正之。家传：隐官廷尉平，而碑作左西曹掾。盖初为廷尉平，而终于西曹掾，亦当以碑为得实。刘仲雄名毅，有传。惟荀昕不见史传，碑又不敢直书其名。考魏志荀攸传：攸叔父衢。裴注引荀氏家传曰：‘衢子祈，字伯旗，位至济阴太守。’疑昕与祈即一人，因字形相近而误。或曾历济阴、乐平两郡，而碑与传各举其一耳。”嘉锡案：荀岳墓碣见芒洛冢墓遗文三编，题为墓志铭，略云：“君乐平府君第二子。”碑阴又云：“岳字于伯，小字异姓。”考姓字始见左传昭二十一年云：“宋华姓居于公里。”说文云：“姓，女字也。从女，主声。”广韵上声四十五厚云：“姓，天口切，人名。”吴氏引作“乐平第一子”，又引作“小字异姓”。盖谛视拓本不审耳。碑立于元康五年十月，而云“息男隐，字鸣鹤，年十九”。隐虽蚤卒，未必即死于是年。然则碑言隐官司徒掾，盖立碑时之官。家传言历廷尉平，蚤卒，则其最后之官。吴氏以为终于西曹掾，非也。乐平君之名，以其字伯旗推之，当是旂常之旂。作祈与昕者，皆传写之误。

〔二〕“世有此书，寻之未得”两句，乃孝标之语，谓有一书具载鸣鹤、士龙反覆之辞，而寻之未得，故不能知其详也。

10　陆太尉诣王丞相，陆玩已见。王公食以酪。陆还遂病。明日与王笺云：“昨食酪小过，通夜委顿。民虽吴人，几为伧鬼。”〔一〕

【笺疏】

〔一〕程炎震云：“晋书玩传云：‘其轻易权贵如此。’”嘉锡案：吴人以中州人为伧人，见雅量篇“褚公于章安令”条。又案：类聚七十二引笑林曰：“吴人至京，为设食者有酪苏，未知是何物也，强而食之。归吐，遂至困顿。谓其子曰：‘与伧人同死，亦无所恨，然汝故宜慎之。’”笑林为魏邯郸淳所著，在陆玩之前，疑玩即用其语，以戏王导耳。

11　元帝皇子生〔一〕，普赐群臣。殷洪乔谢曰：殷羡已见。“皇子诞育，普天同庆。臣无勋焉，而猥颁厚赉。”中宗笑曰：“此事岂可使卿有勋邪？”

【笺疏】

〔一〕程炎震云：“元帝六男，惟简文帝生于即位之后，此当即简文也。”

12 诸葛令、王丞相共争姓族先后，王曰：“何不言葛、王，而云王、葛？”令曰：“譬言驴马，不言马驴，驴宁胜马邪？”〔一〕诸葛恢。

【校文】

注“诸葛恢” “恢”下景宋本及沈本有“已见”二字。

【笺疏】

〔一〕嘉锡案：凡以二名同言者，如其字平仄不同，而非有一定之先后如夏商、孔颜之类，则必以平声居先，仄声居后，此乃顺乎声音之自然，在未有四声之前，固已如此。故言王、葛驴马，不言葛、王马驴，本不以先后为胜负也。如公穀、苏李、嵇阮、潘陆、邢魏、徐庾、燕许、王孟、韩柳、元白、温李之属皆然。

13 刘真长始见王丞相，时盛暑之月，丞相以腹熨弹棋局，曰：“何乃渹！”〔一〕吴人以冷为渹。刘既出，人问见王公云何，刘曰：“未见他异，唯闻作吴语耳。”语林曰：“真长云：‘丞相何奇，止能作吴语及细唾也。’”〔二〕

【笺疏】

〔一〕李慈铭云：“案玉篇：‘渹，虚觥切，水浪渹渹声。’广韵：‘呼宏切，水石声，又大也。’集韵：‘水相激声。’俱无冷训。说文：‘訇，騃言声。’韵会引作‘骇言声’。訇从言，匀省声，虎横切。渹即从訇声。盖因寒而骇呼，其声若宏，因为渹字耳。今吴下亦无此方言。”嘉锡案：演繁露卷六云：“玉篇：‘渹者，虚觥反，水石声也。’腹熨棋局，水石之声非所言也。今乡俗状凉冷之状者曰‘冷渹渹’，即真长之谓吴语也乎？”案程大昌为休宁人，其地于春秋及三国时正属吴，据其所言，则南宋犹有此吴语矣。莼客乃以今吴下无此方言为疑。然则刘真长、裴荣期、刘义庆、刘孝标皆不解方言，误以他郡语作吴语也乎？李详云：“详案：太平御览七百五十五引作‘何如乃㵾’，注：‘吴人以冷为㵾也。音楚敬切。’说文：‘㵾，冷寒也。’段注引此条云：‘御览引此事，渹作㵾。集韵类篇同楚庆切，吴人谓冷也。今吴俗谓冷物附他物，其语如郑国之郑，即㵾字也。’”文廷式纯常子枝语卷三云：“御览七百五十四引世说‘丞相以腹熨弹棋局，问曰：何如乃瀞’注：‘吴人以冷为瀞也，音楚敬切。’卷三十四引语林作‘何乃渹’。渹字亦音楚敬切。余谓㵾、渹皆清字之别体耳。曲礼：‘冬温而夏清。’释文：‘清，才性反，字从冫，冰冷也。本或作水旁，非也。’吕氏春秋有度篇：‘冬不用䈔，非爱䈔也，清有馀也。’即此字。”

〔二〕嘉锡案：吾乡呼冷物附身凉浸肌骨者，其音如靓，亦即㵾字。此句之义，当以段氏说为定。俞正燮癸巳类稿七有夥颐何乃渹还音义一篇，谓何字为句，即陈涉传之“夥颐”，似可备一说。至谓“乃渹”即六朝俗语之“宁馨”，则迂曲不可通矣。程氏本铜熨斗斋随笔七之说，亦以“乃渹”为“那亨”。日知录二十九曰：“五方之语，虽各不同，然使友天下之士而操一乡之音，亦君子之所不取也。故仲由之喭，君子病之；鴃舌之人，孟子所斥。而宋书谓‘高祖虽累叶江南，楚言未变，雅道风流，无闻焉尔’。又谓‘长沙王道怜素无才能，言营甚楚。举止施为，多诸鄙拙’。世说言‘刘真长见王丞相，惟闻作吴语’。又言‘王大将军年少时，旧有田舍名，语音亦楚’（见豪爽篇）。又言‘支道林入东，见王子猷兄弟还，人问：“见诸王何如？”答曰：“见一群白项乌，但闻唤哑哑声。”’（见轻诋篇）夫以创业之君，中兴之相，不免时人之议，而况于士大夫乎？北齐杨愔称裴谳之曰：‘河东士族，京官不少，惟此家兄弟全无乡音。’其所贱可知矣。”嘉锡又案：顾氏谓士大夫不宜操乡音，固是通论，然瑯琊王氏本非吴人，而以吴语为真长、道林所笑，故当别自有意，非乡音之谓也。盖四方之音不同，各操土风，互相非笑，惟以帝王都邑所在，聚四方之人，而通其语言，去泰去甚，便为正音，颜氏家训论之详矣（已见雅量篇“桓公伏甲设馔”条）。东汉、魏、晋并都洛阳，风俗语言为天下之准则。及五胡云扰，中原士夫相牵过江，虽久居吴土，举目有山河之异。而举止风流，犹有承平故态。谈玄便思正始名士，咏诗必学洛下书生。虽曰乐操土风，亦所以自表其为故家旧族也。王导系出瑯玡，生于京洛，思旧之情，时萦梦寐。观其于洛水边游戏，（见企羡篇“王丞相过江”条，及轻诋篇“王丞相轻蔡公”条。）津津乐道，知其不忘故土矣。第以元帝初镇建康，吴人不附，导劝帝虚己顺心，引用南士（见晋书本传）。又自欲与陆玩结婚（见方正篇），皆所以调和南北，消弭异同也。即其造次之间，偶作吴语，亦将以此达彼我之情，犹之禹入裸国而裸耳。陈寅恪曰：“王导、刘惔本北人，而又皆士族，导何故用吴语接之？盖东晋之初，基业未固，导欲笼络江东人心，作吴语者，亦其开济政策之一端也。观世说政事篇所载‘王丞相拜扬州，宾客数百人，并加沾接，人人有说色。因过胡人前弹指曰：“兰阇！兰阇！”群胡同笑’，则知导接胡人，尚操胡语。然此不过一时之权略，自不可执以为三百年之常规明矣。”寅恪此言，可谓识微之论。然则真长之讥王导，无乃犹未察其用心，而索之于形骸之内也乎？抱朴子讥惑篇曰：“上国众事，所以胜江表者多，然亦有可否者。君子行礼，不求变俗，谓违本邦之他国，不改其桑梓之法也。况其在于父母之乡，亦何为当事弃旧，而更强学乎？乃有转易其声音，以效北语。既不能便良，似可耻可笑。所谓不得邯郸之步，而有匍匐之嗤者，此犹其小者耳。乃有遭丧者，而学中国哭者，令忽然无复念之情。昔锺仪、庄舄不忘本声，孔子云：'丧亲者若婴儿之失母，其号岂常声之有？宁令哀有馀而礼不足。'哭以泄哀，妍媸何在？而乃冶饰其音，非痛切之谓也。"葛洪抱朴子成于建武元年（见自叙）。然则西晋之末，因中原士大夫之渡江，三吴子弟慕其风流，已有转易声音以效北语者。相沿日久，浸以成俗。但中原士大夫与吴中士庶谈，或不免作吴语。王子猷兄弟虽系出高门，而生长江左，习惯自然，竟忘旧俗。群居共语，开口便作吴音。固宜为支道林之所讥笑矣。陈寅恪曰："宋书顾琛传云：'先是宋世江东贵达者，会稽孔季恭、季恭子灵符、吴兴丘渊之及琛吴音不变。'寅恪案：史言唯此数人吴音不变，则其馀士族虽本吴人，亦不操吴音，断可知矣。（此下有论洛生咏一节，已见雅量篇"桓公伏甲"条下。）颜氏家训音辞篇云：'易服而与之谈，南方士庶，数音可辨。隔垣而与之语，北方朝野，终日难分。'寅恪案：南北所以如此不同者，盖江左士族操北语，而庶人操吴语。河北则社会阶级虽殊，而语音无别故也。南史王敬则传云：'王敬则，临淮射阳人也，侨居晋陵南沙县。'南齐书王敬则传云：'敬则名位虽达，不以富贵自遇。接士庶皆吴语，而殷勤周悉。'寅恪案：据敬则传，东晋南朝官吏接士人则用北语，接庶人则用吴语。是士人皆北语阶级，而庶人皆吴语阶级，得以推知。此点可与颜氏家训音辞篇互证。"又曰："永嘉南渡之士族，其北方原籍虽各有不同，然大抵操洛阳近傍之方言，似无疑义。故吴人之仿效北语，亦当同是洛阳近傍之方言。如洛生咏，即其一证也。”嘉锡案：寅恪之论吴语，详矣。然东晋士大夫侨居既久，又日与吴中士庶应接，自不免杂以吴音。况其子孙生长江南，习其风土，则其所操北语必不能尽与洛下相同。盖不纯北，亦不纯南，自成为一种建康语耳。观颜氏家训音辞篇以洛下与金陵并言，可以悟矣。

14　王公与朝士共饮酒，举琉璃盌谓伯仁曰："此盌腹殊空，谓之宝器，何邪?”以戏周之无能。答曰："此盌英英，诚为清彻，所以为宝耳!”

【校文】

诸“盌”字　景宋本俱作“椀”。

“所以为宝耳”　“耳”下沈本有“公乃王导”四字，分列两行，为小注。

15　谢幼舆谓周侯曰："卿类社树，远望之，峨峨拂青天；就而视之，其根则群狐所托，下聚溷而已!”谓颉好媟渎故。答曰："枝条拂青天，不以为高；群狐乱其下，不以为浊。聚溷之秽，卿之所保，何足自称!”

16　王长豫幼便和令，丞相爱恣甚笃。每共围棋，丞相欲举行，长豫按指不听〔一〕。丞相笑曰："讵得尔？相与似有瓜葛。”蔡邕曰："瓜葛，疏亲也。”〔二〕

【笺疏】

〔一〕程炎震云："'按指不听'，晋书六十五悦传云'争道'。"

〔二〕珩璜新论云："俗所谓瓜葛，亦有所出也。后汉礼仪志上陵仪注：

‘苟先帝有瓜葛之属，男女毕会也。’”嘉锡案：玉台新咏二乐府诗集七十七魏明帝种瓜篇云：“与君新为婚，瓜葛相牵连。”

17　明帝问周伯仁：“真长何如人？”答曰：“故是千斤犗特。”〔一〕王公笑其言。伯仁曰：“不如卷角牸，有盘辟之好。”〔二〕以戏王也。

【笺疏】

〔一〕玉篇云：“犗，加败切。犗之言割也，割去其势，故谓之犗。”说文云：“扑特，牛父也。”嘉锡案：真长年少有才，故伯仁比之骟牛，言其驯扰而有千斤之力也。

〔二〕嘉锡案：玉篇云：“牸，母牛也。”论语乡党篇：“足躩如也。”集解引包氏曰：“足躩，盘辟貌。”敦煌本论语郑注作“逡巡貌”。然则盘辟即逡巡也。汉书何武传曰：“坐举方正，所举者，槃辟雅拜。”师古曰：“槃辟，犹言槃旋也。”又儒林传曰：“鲁徐氏善为颂。”注苏林曰：“不知经，但能盘辟为礼容。”以此数说考之，则盘辟为从容雅步，不能速行之貌也。牛老则卷角，筋力已尽，行步盘旋，不能速进。政事篇载庾亮讥导曰：“公之遗事，天下未以为允。”又言：“导晚年略不复省事，自叹曰：‘人言我愦愦，后人当思此愦愦。’”是导在当时虽为元老宿望，而有不了事之称，故伯仁以此戏之。

18　王丞相枕周伯仁膝，指其腹曰：“卿此中何所有？”答曰：“此中空洞无物，然容卿辈数百人。”

19　干宝向刘真长中兴书曰：“宝字令升，新蔡人。祖正〔一〕，吴奋武将军。父莹，丹阳丞〔二〕。宝少以博学才器著称，历散骑常侍。”叙其搜神记，孔氏志怪曰："宝父有嬖人，宝母至妬，葬宝父时，因推著藏中。经十年而母丧，开墓，其婢伏棺上，就视犹暖，渐有气息。舆还家，终日而苏。说宝父常致饮食，与之接寝，恩情如生。家中吉凶，辄语之，校之悉验。平复数年后方卒。宝因作搜神记，中云'有所感起'是也。"〔三〕刘曰："卿可谓鬼之董狐。"春秋传曰："赵穿攻晋灵公于桃园，赵宣子未出境而复。太史书：'赵盾弑其君。'宣子曰：'不然。'对曰：'子为正卿，亡不越境，反不讨贼，非子而谁？'孔子曰：'董狐，古之良史也，书法不隐。赵盾，古之贤大夫也，为法受恶。'"

【笺疏】

〔一〕程炎震云："祖正，晋书八十二宝传作祖统。"

〔二〕文廷式纯常子枝语卷六云："晋书干宝传：'父莹，丹阳丞。'舆地纪胜：嘉兴府古迹有干莹墓。注云：'干宝父也。墓在海盐。'"

〔三〕嘉锡案：唐无名氏文选集注六十二江文通拟郭弘农游仙诗注引雷居士豫章记云："吴猛，豫章建宁人。干庆为豫章建宁令，死已三日。猛曰：'明府算历未应尽，似是误耳。今为参之。'乃沐浴衣裳，复死于庆侧。经一宿，果相与俱生。庆云：'见猛天曹中论诉之。'庆即干宝之兄。宝因之作搜神记。故其序云：'建武中，有所感起，是用发愤焉。'"案此所引"有所感起"句，与孝标注合。然今搜神记自序乃无此句。盖今本出于后人搜辑，非干宝原书，其自序则录自晋书本传，已经史臣刊削，不全故也。晋书兼载宝父婢再生及兄死复悟两事。然不及吴猛，又不。详宝兄之名。御览八百八十七广记三百七十八引幽明录，记干庆事虽详，然不言为干宝之兄。独见于文选集注，亦可谓珍闻也矣。

20 许文思往顾和许，顾先在帐中眠。许至，便径就床角枕共语。许琛已见。既而唤顾共行，顾乃命左右取枕上新衣，易己体上所著。许笑曰："卿乃复有行来衣乎？"

【校文】

"取枕上新衣"　"枕"，景宋本作"机枕"，沈本作"其枕"。

21　康僧渊目深而鼻高，王丞相每调之。僧渊曰："鼻者面之山，管辂别传曰："鼻者天中之山。"相书曰："鼻之所在为天中，鼻有山象，故曰山。"目者面之渊。山不高则不灵，渊不深则不清。"〔一〕

【笺疏】

〔一〕李详云："案梁简文谢安吉公主饷胡子一头启：'山高水深，宛在其貌。'即用侩渊此事。胡子者，胡奴也。僧渊本胡人。

22　何次道往瓦官寺礼拜甚勤。充崇释氏，甚加敬也。阮思旷语之曰："卿志大宇宙，尹子曰："天地四方曰宇，往古来今曰宙。"勇迈终古。"终古，往古也。楚辞曰："吾不能忍此终古也。"何曰："卿今日何故忽见推？"阮曰："我图数千户郡，尚不能得；卿乃图作佛，不亦大乎！"思旷，裕也。

23　庾征西大举征胡，既成行，止镇襄阳。晋阳秋曰："翼率众入沔，将谋伐狄。既至襄阳，狄尚强，未可决战。会康帝崩，兄冰薨，留长子方之守襄阳，自驰还夏。"殷豫章与书，送一折角如意以调之。豫章，殷羡。庾答书曰："得所致，虽是败物，犹欲理而用之。"

【校文】

注“还夏” 景宋本“夏”下有“口”字。

24 桓大司马乘雪欲猎，先过王、刘诸人许。真长见其装束单急，问：“老贼欲持此何作？”桓曰：“我若不为此，卿辈亦那得坐谈？”语林曰：“宣武征还，刘尹数十里迎之，桓都不语，直云：‘垂长衣，谈清言，竟是谁功？’刘答曰：‘晋德灵长，功岂在尔？’”二人说小异，故详载之。

25 褚季野问孙盛：“卿国史何当成？”孙云：“久应竟，在公无暇，故至今日。”褚曰：“古人‘述而不作’，何必在蚕室中！”汉书曰：“李陵降匈奴，武帝甚怒。太史令司马迁盛明陵之忠，帝以迁为陵游说，下迁腐刑。乃述唐、虞以来，至于获麟，为史记。迁与任安书曰：‘李陵既生降，仆又茸之以蚕室。’”苏林注曰：“腐刑者，作密室蓄火，时如蚕室。旧时平阴有蚕室狱。”

26 谢公在东山，朝命屡降而不动。后出为桓宣武司马，将发新亭，朝士咸出瞻送。高灵时为中丞〔一〕，亦往相祖。先时，多少饮酒，因倚如醉，戏曰：“卿屡违朝旨，高卧东山，诸人每相与言：‘安石不肯出，将如苍生何？’今亦苍生将如卿何？”谢笑而不答〔二〕。高灵已见。妇人集载桓玄问王凝之妻谢氏曰：“太傅东山二十馀年，遂复不终，其理云何？”谢答曰：“亡叔太傅先正，以无用为心，显隐为优劣，始末正当动静之异耳。”

【笺疏】

〔一〕高崧见言语篇“谢万拜豫州都督”条。但彼注云：“阿酃，崧小字也。”此作灵为异。

〔二〕程炎震云：“晋书七十一崧传，不言尝为中丞，盖略之。安传则同此。又安传云：‘安甚有愧色。’”

27 初，谢安在东山居，布衣，时兄弟已有富贵者〔一〕，翕集家门，倾动人物。刘夫人戏谓安曰：“大丈夫不当如此乎？”谢乃捉鼻曰：“但恐不免耳！”〔二〕

【笺疏】

〔一〕通鉴一百胡注曰：“谢尚、谢奕、谢万皆为方伯，盛于一时。”

〔二〕通鉴注曰：“言恐亦不免如诸兄弟也。”嘉锡案：安意盖谓己本无心于富贵，故屡辞征召而不出。但时势逼人，政恐终不得免耳。安少有鼻疾，语音重浊（见雅量篇注）。所以捉鼻者，欲使其声轻细以示鄙夷不屑之意也。能改斋漫录三乃谓“安所以不仕，政畏桓温。其答妻之言，盖畏温知之而不免其祸，非为不免富贵也”。以文义考之，其说非是。

28 支道林因人就深公买印山〔一〕，深公答曰：“未闻巢、由买山而隐。”〔二〕逸士传曰：“巢父者，尧时隐人。山居，不营世利，年老以树为巢而寝其上，故号巢父。”高逸沙门传曰：“遁得深公之言，惭恧而已。”

【笺疏】

〔一〕程炎震云：“印山当作岇山，见德行言语篇注。高僧传四亦作岇山。音义云：‘吾浪切，山名，在越剡县。’”

〔二〕嘉锡案：印山当作岇山。高僧传四竺道潜传曰："支遁遣使求买岇山之侧沃洲小岭，欲为幽栖之处。潜答云：'欲来辄给，岂闻巢、由买山而隐。'"

29　王、刘每不重蔡公。二人尝诣蔡，语良久，乃问蔡曰："公自言何如夷甫？"答曰："身不如夷甫。"王、刘相目而笑曰："公何处不如？"答曰："夷甫无君辈客！"

30　张吴兴年八岁，亏齿，玄之已见。先达知其不常，故戏之曰："君口中何为开狗窦？"张应声答曰："正使君辈从此中出入！"

【校文】

"答曰"　沈本无"答"字。

31　郝隆七月七日出日中仰卧。人问其故，答曰："我晒书。"〔一〕征西寮属名曰："隆字佐治，汲郡人。仕吴至征西参军。"〔二〕

【笺疏】

〔一〕玉烛宝典卷七及太平御览卷三十一并引崔寔四民月令曰："七月七日曝经书及衣裳。"故郝隆因此自谓晒书，亦兼用边韶"腹便便，五经笥"之语耳。

〔二〕李慈铭云："案'吴'字疑衍。"

32　谢公始有东山之志，后严命屡臻，势不获已，始就桓公司马。于时人有饷桓公药草，中有“远志”。公取以问谢：“此药又名‘小草’，何一物而有二称？”本草曰：“远志一名棘菀，其叶名小草。”谢未即答。时郝隆在坐〔一〕，应声答曰：“此甚易解：处则为远志，出则为小草。”谢甚有愧色〔二〕。桓公目谢而笑曰：“郝参军此过乃不恶〔三〕，亦极有会。”

【笺疏】

〔一〕李详云：“御览九百八十九引‘郝隆在坐’下有‘谢因曰“郝参军有知识，试复通看”’二语。”

〔二〕尔雅释草曰：“葽绕、棘蒬。”注曰：“今远志也。似麻黄，赤华，叶锐而黄，其上谓之小草。”广雅云：“大观本草六引神农本经曰：‘远志味苦温。主欬逆伤中，补不足，除邪气，逆九窍，益智慧，耳目聪明不忘，强志倍力，久服轻身不老。叶名小草，一名棘菀，一名葽绕，一名细草。’注引陶隐居曰：‘小草状似麻，黄而青。’又引苏颂图经曰：‘远志，根黄色，形如蒿根，苗名小草。’古方通用远志、小草，今医但用远志，稀用小草。”嘉锡案：据此，则远志之与小草，虽一物而有根与叶之不同。叶名小草，根不可名小草也。郝隆之答，谓出与处异名，亦是分根与叶言之。根埋土中为处，叶生地上为出。既协物情，又因以讥谢公，语意双关，故为妙对也。

〔三〕“郝参军此过”，“过”，御览及渚宫旧事五并作“通”。

33　庾园客诣孙监，值行，见齐庄在外，尚幼，而有神意。庾试之曰：“孙安国何在？”即答曰：“庾稚恭家。”庾大笑曰：“诸孙大盛，有儿如此！”又答曰：“未若诸庾之翼翼。”还，语人曰：“我故胜，得重唤奴父名。”孙放别传曰：“放兄弟并秀异，与庾翼子园客同为学生。园客少有佳称，因谈笑嘲放曰：‘诸孙于今为盛。’盛，监君讳也。放即答曰：‘未若诸庾之翼翼。’放应机制胜，时人仰焉。司马景王、陈、锺诸贤相酬，无以逾也。”〔一〕

【校文】

正文及注“庾园客”　“园”，景宋本及沈本作“爰”。

【笺疏】

〔一〕李慈铭云：“案父执尽敬，礼有明文。入门问讳，尤宜致慎。而魏、晋以来，举此为戏，效市井之唇吻，成宾主之嫌仇。越检逾闲，深堪忿疾。而锺、马行之于前，孙、庾效之于后。饮其狂药，传为佳谈。夫子云：‘群居终日，言不及义，好行小慧，难矣哉！’若此者，乃不义之极致，小慧之下流。误彼后生，所宜深戒。‘爱亲者，不敢恶于人；敬亲者，不敢慢于人。’斯道也，自天子以达于庶人，一也。”

34　范玄平在简文坐，谈欲屈，引王长史曰：“卿助我。”范汪别传曰：“汪字玄平，颍阳人。左将军略之孙〔一〕。少有不常之志，通敏多识，博涉经籍，致誉于时。历吏部尚书、徐兖二州刺史。”王曰：“此非拔山力所能助！”史记曰：“项羽为汉兵所围，夜起歌曰：‘力拔山兮气盖世，时不利兮骓不逝。’”

【笺疏】

〔一〕程炎震云：“晋书七十五汪传颍阳作顺阳，略作晷。”

35　郝隆为桓公南蛮参军，三月三日会，作诗。不能者，罚酒三升。隆初以不能受罚，既饮，揽笔便作一句云：“娵隅跃清池。”桓问：“娵隅是何物？”答曰：“蛮名鱼为娵隅。”桓公曰：“作诗何以作蛮语？”隆曰：“千里投公，始得蛮府参军，那得不作蛮语也！”

【校文】

“三月三日会，作诗。不能者” 渚宫旧事五作“三月三日大会参佐，令赋诗，迟者”。

“三升” 景宋本及沈本作“三斗”。

“蛮语也” 渚宫旧事五无“也”字，“语”下有“温大笑”三字。

36 袁羊尝诣刘恢〔一〕，恢在内眠未起。袁因作诗调之曰：“角枕粲文茵，锦衾烂长筵。”唐诗曰：“晋献公好攻战，国人多丧，其诗曰：‘角枕粲兮，锦衾烂兮，予美亡此，谁与独旦？’”袁故嘲之。刘尚晋明帝女，晋阳秋曰：“恢尚庐陵长公主，名南弟。”主见诗，不平曰：“袁羊，古之遗狂！”

【校文】

注“唐诗曰” 沈本“诗”下有“序”字。

【笺疏】

〔一〕程炎震云：“恢当作惔，各本皆误，下同。”

37 殷洪远答孙兴公诗云：“聊复放一曲。”〔一〕刘真长笑其语拙，问曰：“君欲云那放？”殷曰：“榼腊亦放，何必其鎗铃邪？”〔二〕殷融已见。

【笺疏】

〔一〕嘉锡案："放一曲"，谓放声长歌也。

〔二〕榼与榻同，见广韵入声二十八盍。榼腊者，击鼓之声也。说文曰："鼛，鼓声也。"段玉裁改鼓声为鼙声。注云："司马法曰：'鼙声不过阘。'音义曰：'阘，吐腊反。刘汤答反。阘即鼛字也。'投壶音义曰：'郑呼为鼙也。其声下，其音榻榻然。榻音吐腊反，榻亦即鼛也。'史记上林赋'铿鎗镗鼛'，汉书、文选作'闛鞈'。郭璞曰：'闛鞈，鼓音也。'此浑言之耳。鼙亦鼓也。淮南兵略训：'若声之与响，若镗之与鞈。'高注：'镗鞈，鼓鼙声。'此谓镗鼓声，鞈鼙声也。"嘉锡案：段氏所引司马法，今本无。其文见周礼大司马郑注，故有陆德明音义也。鼛为鼓声，通作榻，故疾言之则为榻榻，徐言之则为榻腊。隋书乐志下："龟兹、疏勒乐器，皆有答腊鼓。"答腊即榻腊，盖象其声以为之名也。通典一百四十四曰："答腊鼓制，广羯鼓而短，以指揩之，其声甚震。俗谓之揩鼓。"敦煌琐缀中有唐人所作字宝，其入声字有"手榼拉"，盖榼腊本为鼓声，及转为答腊，又转为榼拉，遂为揩鼓之专名。以其纯用手击，故谓之"手榼拉"。可与此条互证。说文曰："鎗，钟声也。"段注曰："引申为他声。"广雅释训曰："铃，铃声也。"此云"榼腊亦放，何必鎗铃"者，谓己诗虽不工，亦足以达意，何必雕章绘句，然后为诗？犹之鼓虽无当于五声，亦足以应节，何必金石铿鎗，然后为乐也？

38　桓公既废海西，立简文，晋阳秋曰："海西公讳奕，字延龄，成帝子也。兴宁中即位。少同阉人之疾，使宫人与左右淫通生子。大司马温自广陵还姑孰，过京都，以皇太后令，废帝为海西公。"侍中谢公见桓公拜。桓惊笑曰："安石，卿何事至尔？"谢曰：

"未有君拜于前，臣立于后！"

39　郗重熙与谢公书，道："王敬仁闻一年少怀问鼎。郗昙、王修已见。史记曰："楚庄王观兵于周郊，周定王使王孙满迎劳楚王，王问鼎大小轻重，对曰：'在德不在鼎。'庄王曰：'子无阻九鼎，楚国折钩之喙，足以为九鼎也。'"不知桓公德衰，为复后生可畏？"春秋传曰："齐桓公伐楚，责苞茅之不贡。"论语曰："后生可畏，焉知来者之不如今？"孔安国曰："后生，少年。"

【校文】

注"郗昙王修"　沈本无"王修"二字。

40　张苍梧是张凭之祖，尝语凭父曰："我不如汝。"凭父未解所以。苍梧曰："汝有佳儿。"张苍梧碑曰："君讳镇，字义远，吴国吴人。忠恕宽明，简正贞粹。泰安中，除苍梧太守。讨王含有功，封兴道县侯。"凭时年数岁，敛手曰："阿翁，讵宜以子戏父？"

41　习凿齿、孙兴公未相识，同在桓公坐。桓语孙："可与习参军共语。"孙云："'蠢尔蛮荆'，敢与大邦为雠？"习云："'薄伐猃狁'，至于太原。"〔一〕小雅诗也。毛诗注曰："蠢，动也。荆蛮，荆之蛮也。猃狁，北夷也。"习凿齿，襄阳人。孙兴公，太原人。故因诗以相戏也。

【笺疏】

〔一〕渚宫旧事五云"王恂，太原人，为征南主簿。在温坐嘲习凿齿"

云云，与本书及注皆不同。盖别有所本。然为征南主簿，乃琅玡王珣，非太原人。旧事不可从。

42　桓豹奴是王丹阳外生，形似其舅，桓甚讳之。豹奴，桓嗣小字。中兴书曰："嗣字恭祖，车骑将军冲子也。少有清誉。仕至江州刺史。"王氏谱曰："混字奉正，中军将军恬子。仕至丹阳尹。"宣武云："不恒相似，时似耳！恒似是形，时似是神。"桓逾不说〔一〕。

【笺疏】

〔一〕朱子语类百三十八云："因说外甥似舅，以其似母故也。问：'形似母，情性须别？'曰：'情性也似，大抵形是箇重浊底，占得地步较阔。情性是箇轻清底，易得走作。'"嘉锡案：语类所谓情性之似，即神似也。如朱子说，则人之似其母，形似处多，而神似处少。桓嗣方以似其舅为讳，而温谓其神似，故逾不说。但人生似舅，世所常有，不晓豹奴何故讳之也？

43　王子猷诣谢万，林公先在坐，瞻瞩甚高。王曰："若林公鬚发并全，神情当复胜此不？"谢曰："唇齿相须，不可以偏亡。春秋传曰："唇亡齿寒。"鬚发何关于神明！"林公意甚恶，曰："七尺之躯，今日委君二贤。"〔一〕

【校文】

"鬚"　景宋本俱作"须"。

【笺疏】

〔一〕容止篇：谢公云："见林公双眼黯黯明黑。"孙兴公见林公"棱棱露其爽"。嘉锡案：容止篇"王长史"条注言："林公之形，信当丑异。”疑道林有齞唇历齿之病。谢万恶其神情高傲，故言正复有发无关神明；但唇亡齿寒，为不可缺耳。其言谑而近虐，宜林之怫然不悦也。

44 郗司空拜北府，南徐州记曰：“旧徐州都督以东为称。晋氏南迁，徐州刺史王舒加北中郎将。北府之号，自此起也。”王黄门诣郗门拜，云：“应变将略，非其所长。”骤咏之不已。郗仓谓嘉宾曰：“公今日拜，子猷言语殊不逊，深不可容！”仓，郗融小字也。郗氏谱曰：“融字景山，愔第二子，辟琅邪王文学，不拜而蚤终。”嘉宾曰：“此是陈寿作诸葛评。蜀志陈寿评曰：“亮连年动众，而无成功，盖应变将略，非其所长也。”王隐晋书曰：“寿字承祚，巴西安汉人。好学，善著述。仕至中庶子。初，寿父为马谡参军，诸葛亮诛谡，髡其父头。亮子瞻又轻寿。故寿撰蜀志，以爱憎为评也。”人以汝家比武侯，复何所言？”

【校文】

注“故寿撰蜀志” 景宋本无“故寿”二字，非。

45 王子猷诣谢公，谢曰：“云何七言诗？”东方朔传曰：“汉武帝在柏梁台上，使群臣作七言诗。”七言诗自此始也。子猷承问，答曰：“昂昂若千里之驹，泛泛若水中之凫。”出离骚。

46 王文度、范荣期俱为简文所要。范年大而位小，王年小而位大。将前，更相推在前。既移久，王遂在范后。王因谓曰：“簸之扬之，糠秕在前。”范曰：“洮之汰之，沙砾在后。”〔一〕王坦之、范启已见。世说是孙绰、习凿齿言。

【校文】

注“世说”　“世”，景宋本及沈本作“一”。

【笺疏】

〔一〕程炎震云：“晋书五十六绰传作孙、习语。”诗小雅大东曰：“维南有箕，不可以簸扬。”书仲虺之诰曰：“肇我邦予有夏，若苗之有莠，若粟之有秕。”孔传曰：“始我商家，国于夏世，欲见翦除，若莠生苗，若秕在粟，恐被锄治簸扬。”释文曰：“飏，音扬。”嘉锡案：文度之言，全出孔传。释慧琳一切经音义二十八引通俗文云：“淅米谓之洮汰。”荣期因文度比之为糠秕，故亦取义于淅米。米经洮汰，则沙砾留于最后也。

47　刘遵祖少为殷中军所知，称之于庾公。庾公甚忻然，便取为佐。既见，坐之独榻上与语。刘尔日殊不称，庾小失望，遂名之为“羊公鹤”。昔羊叔子有鹤善舞，尝向客称之。客试使驱来，氃氋而不肯舞〔一〕。故称比之。徐广晋纪曰：“刘爰之字遵祖，沛郡人。少有才学，能言理。历中书郎、宣城太守。”

【校文】

“忻然”　景宋本及沈本无“然”字。

【笺疏】

〔一〕影宋本太平寰宇记百十八：“朗州武陵县鹤泽。案刘义庆说苑曰：‘晋羊祜领荆州，于沅陵泽中得鹤，教其舞以娱宾。因名为鹤泽。’”王象之舆地纪胜六十八“常德府鹤泽”条下引为说苑，不出姓名。且驳之曰：“象之窃谓羊祜在晋，止屯襄阳，不应得鹤于此而有其地。及羊祜已没，杜预继之，始平吴耳。其年月不相应，当考。”嘉锡案：刘义庆说苑，隋唐志皆不著录，亦不见他书引用，恐是寰宇记之误。以其既称义庆姓名，姑存之以备参考。舆地纪胜六十四云：“晋羊祜镇荆州，江陵泽中多有鹤，常取之教舞以娱宾客。因名曰鹤泽。后人遂呼江陵郡为鹤泽。”

48　魏长齐雅有体量〔一〕，而才学非所经。初宦当出，虞存嘲之曰：“与卿约法三章：谈者死，文笔者刑，商略抵罪。”魏怡然而笑，无忤于色。魏氏谱曰：“颛字长齐，会稽人。祖胤，处士。父说，大鸿胪卿。颛仕至山阴令。”汉书曰：“沛公入咸阳，召诸父老曰：‘天下苦秦苛法久矣，今与父老约法三章耳：杀人者死，伤人及盗抵罪。’”应劭注曰：“抵，至也。但至于罪。”

【笺疏】

〔一〕程炎震云：“金楼子立言篇作魏长高。又云：‘更觉长高之为高，虞存之为愚也。’则长齐当作长高，草书相近之误耳。”

49　郗嘉宾书与袁虎，道戴安道、谢居士云：“恒任之风，当有所弘耳。”以袁无恒，故以此激之。袁、戴、谢并已见。

50　范启与郗嘉宾书曰：“子敬举体无饶纵，掇皮无馀润。”郗答曰：“举体无馀润，何如举体非真者？”范性矜假多烦，故嘲之。

51　二郗奉道，二何奉佛，皆以财贿。谢中郎云：

"二郗谄于道，二何佞于佛。"〔一〕中兴书曰："郗愔及弟昙奉天师道。"晋阳秋曰："何充性好佛道，崇修佛寺，供给沙门以百数。久在扬州，征役吏民，功赏万计，是以为遐迩所讥。充弟准，亦精勤，唯读佛经，营治寺庙而已矣。"

【校文】

注"唯读佛经"　景宋本及沈本无"唯"字。

注"而已矣"　景宋本及沈本无"矣"字。

【笺疏】

〔一〕嘉锡案：事详术解篇"郗愔信道"条。法苑珠林五十五（支那撰述百二十卷本）引冥祥记曰："晋司空庐江何充，字次道，弱而信法，心业甚精。常于斋堂，置于空座，筵帐精华，络以珠宝，设之积年，庶降神异。后大会，道俗甚盛。"可见其佞佛之甚也。高僧传十竺佛图澄传曰："尚书张良、张离等，家富事佛，各起大塔。澄谓曰：'事佛在于清静无欲，慈矜为心。檀越虽仪奉大法，而贪悋未已，游猎无度，积聚不穷，方受现世之罪，何福报之可希耶？'"然则如充之聚敛财贿，以营寺塔，非惟达识之所讥，亦古德高僧所不许也。

52　王文度在西州，与林法师讲〔一〕，韩、孙诸人并在坐。林公理每欲小屈，孙兴公曰："法师今日如著弊絮在荆棘中，触地挂阂。"

【笺疏】

〔一〕程炎震云："坦之未尝为扬州，支遁下都在哀帝时，王述方刺扬州，盖就其父官廨中设讲耳。"

53　范荣期见郗超俗情不淡，戏之曰："夷、齐、巢、许，一诣垂名，何必劳神苦形，支策据梧邪？"郗未答。韩康伯曰："何不使游刃皆虚？"庄子曰："昭文之鼓琴，师旷之支策，惠子之据梧，三子之智几矣，皆其盛也，故载之末年。庖丁为文惠君解牛，三年之后，未尝见全牛也。用刀十九年矣，所解数千牛，而刀刃若新发于硎。文惠君问之，庖丁曰：'彼节者有间，而刀刃无厚；以无厚入有间，恢恢乎其于游刃必有馀地。'"

【校文】

注"数千牛"　景宋本及沈本无"数"字。

54　简文在殿上行，右军与孙兴公在后。右军指简文语孙曰："此啖名客！"简文顾曰："天下自有利齿儿。"后王光禄作会稽，谢车骑出曲阿祖之〔一〕，王蕴、谢玄已见。王孝伯罢秘书丞在坐，谢言及此事，因视孝伯曰："王丞齿似不钝。"王曰："不钝，颇亦验。"〔二〕

【笺疏】

〔一〕程炎震云："谢玄时盖镇广陵。"

〔二〕嘉锡案："啖名客"与"利齿儿"，语意不甚可解。名既不可啖，且啖名亦何须利齿？若谓简文此语为指右军言之，则右军仅寥寥一语，未可便谓之"利齿儿"。考宋曾慥类说四十九载殷芸小说引世说作"右军指孙曰：'此是啖石客。'简文曰：'公岂不闻天下自有利齿儿耶？'"夫简文既称右军为公，则不得复呼之为"利齿儿"，益知此语不为右军而发。盖道家有啖石之法，右军以兴公善于持论，然多强辞夺理，故戏之为"啖石客"。简文闻之，便解其意，因答言彼齿牙坚利，自能啖石耳。亦以讥兴公也。下文谢玄亦云

"王丞齿似不钝"，正是以右军戏兴公者讥之。后人不解啖石之义，妄改为噉名。又以简文语与右军意不相干，复改右军指孙为指简文语孙，于是右军与简文共嘲兴公者，变为二人互相嘲矣。不知使此语在简文即位以后，则天子也。即在未即位以前，亦相王也。右军非狂诞之徒，安敢如此轻相戏侮耶？宋晁载之续谈助卷四载殷芸小说引世说"右军指孙曰"，指下多一"谓"字，简文下多"闻之"二字，馀与今本同，似不如类说所引为得其真。惟"噉名"亦作"噉石"，知今本名字，确为传写之误矣。

55　谢遏夏月尝仰卧，谢公清晨卒来，不暇著衣，跣出屋外，方蹑履问讯。公曰："汝可谓前倨而后恭。"战国策曰："苏秦说惠王而不见用，黑貂之裘弊，黄金百斤尽，大困而归。父母不与言，妻不为下机，嫂不为炊。后为从长，行过洛阳，车骑辎重甚众，秦之昆弟妻嫂侧目不敢视。秦笑谓其嫂曰：'何先倨而后恭？'嫂谢曰：'见季子位高而金多。'秦叹曰：'一人之身，富贵则亲戚畏惧，贫贱则轻易之，而况于他人哉！'"

56　顾长康作殷荆州佐，请假还东。尔时例不给布帆，顾苦求之，乃得。发至破冢，遭风大败。周祗隆安记曰："破冢，洲名，在华容县。"作笺与殷云："地名破冢，真破冢而出。行人安稳，布帆无恙。"〔一〕

【笺疏】

〔一〕说文禾部新附云："稳，蹂谷聚也。一曰安也。从禾，隐省。古通用安隐。"礼记曲礼云："主人不问，客不先举。"郑注云："客自外来，宜问其安否无恙。"尔雅释诂云："恙，忧也。"郭注云："今人云无恙，谓无忧也。”艺文类聚七十五引风俗通曰：“无恙，俗说疾也。凡人相见及书问者，曰：‘无疾耶？’按上古之时，草居露宿。恙，噬虫也，食人心。凡相劳问者曰：‘无恙乎？’非为疾也。”嘉锡案：应劭此语，颜师古匡谬正俗八已据尔雅驳之。谓恙非食人之虫。然由此可见汉、晋时常语于人之无忧无病者，皆谓之无恙。布帆，物也，非人也，安得谓之无恙乎？盖本当云：“布帆安稳，行人无恙。”因帆已破败，不可言安稳，故易其语以见意。此乃以文滑稽耳。后人习闻此语，而不晓其意，以为长康欲诳仲堪，诡言布帆未破，于是凡言及物之完好如故者，辄曰“布帆无恙”，非也。

57　符朗初过江，裴景仁秦书曰：“朗字元达，符坚从兄[一]。性宏放，神气爽悟。坚常曰：‘吾家千里驹也。’坚为慕容冲所围，朗降谢玄，用为员外散骑侍郎。吏部郎王忱与兄国宝命驾诣之。沙门法汰问朗曰：‘见王吏部兄弟未？’朗曰：‘非一狗面人心，又一人面狗心者是邪？’忱丑而才，国宝美而狠故也。朗常与朝士宴，时贤并用唾壶，朗欲夸之，使小儿跪而张口，唾而含出。又善识味，会稽王道子为设精馔，讫，问：‘关中之食，孰若于此？’朗曰：‘皆好。唯盐味小生。’即问宰夫，如其言。或人杀鸡以食之，朗曰：‘此鸡栖，恒半露。’问之，亦验。又食鹅炙，知白黑之处，咸试而记之，无豪釐之差。著符子数十篇，盖老、庄之流也。朗矜高忤物，不容于世，后众谗而杀之。”王咨议大好事，问中国人物及风土所生，终无极已，王氏谱曰：“肃之字幼恭，右将军羲之第四子。历中书郎、骠骑咨议。”朗大患之。次复问奴婢贵贱，朗云：“谨厚有识中者乃至十万，无意为奴婢问者止数千耳。”

【校文】

正文及注诸“符”字　景宋本俱作“苻”。

注“性宏放”　“宏”，景宋本作“宕”。

【笺疏】

〔一〕嘉锡案：苻朗为苻坚从兄子，此注“兄”下脱“子”字。

58　东府客馆是版屋。谢景重诣太傅，时宾客满中，初不交言，直仰视云：“王乃复西戎其屋。”〔一〕秦诗叙曰：“襄公备其兵甲，以讨西戎，妇人闵其君子，故作诗曰：‘在其版屋，乱我心曲。’”毛公注曰：“西戎之版屋也。”

【笺疏】

〔一〕程炎震云：“左思三都赋序曰：‘见在其版屋，则知秦野西戎之宅。’”嘉锡案：此必座中之人有不可于意者，故不与之交言，且微辞以讥之。

59　顾长康啖甘蔗，先食尾。问所以，云：“渐至佳境。”〔一〕

【笺疏】

〔一〕嘉锡案：类聚八十七引世说曰：“顾恺之为虎头将军，每食蔗，自尾至本。人或问，曰：‘渐入佳境。’”与今本不同。考晋书职官志无虎头将军之号，亦绝不见于他书。宋人修太平御览，多采用类聚，而其九百七十四甘蔗门改引晋书“顾恺之每食蔗”云云，则类聚之误审矣。宋吴曾能改斋漫录五引世说，与类聚全同。然曾所征引，往往即从类书贩稗得之，未必所见世说果有异于今本也。历代名画记五曰：“顾恺之字长康，小字虎头。”然则虎头是小字，而非官名。及叙其仕履，仅云："义熙初，为散骑常侍。"且自注其下曰："见晋史、中兴书、檀道鸾续晋阳秋、刘义庆世说及顾集。"可见恺之并未尝为将军也。孙志祖读书脞录五亦云虎头将军，未悉其为何等官属。仍当以名画记为正。

60　孝武属王珣求女婿，曰："王敦、桓温，磊砢之流，既不可复得，且小如意，亦好豫人家事，酷非所须。正如真长、子敬比，最佳。"珣举谢混。后袁山松欲拟谢婚，续晋阳秋曰："山松，陈郡人。祖乔，益州刺史。父方平，义兴太守。山松历秘书监、吴国内史。孙恩作乱，见害。初，帝为晋陵公主访婿于王珣，珣举谢混云：'人才不及真长，不减子敬。'帝曰：'如此便已足矣。'"王曰："卿莫近禁脔。"〔一〕

【笺疏】

〔一〕李详云："详案：晋书谢安传附谢混载此语云：'元帝始镇建业，公私窘罄，每得一㹠，以为珍膳。项上一脔尤美，辄以荐帝。群下未尝敢食，于时呼为禁脔。故珣因以为戏。'"程炎震云："混传云云，盖是世说本文，而今本失之。不然，禁脔二字，孝标不容无注也。"建康实录十曰："案中兴书：初元帝出镇建邺，属永嘉丧乱，天下分离，公私窘罄。每得一㹠，为珍膳。顶上一脔尤美，辄将荐帝，群下未尝敢食。于时呼为禁脔。或曰鹑炙也。故珣以为戏。"顶上，今晋书谢混传作项上，亦无鹑炙之说。

61　桓南郡与殷荆州语次，因共作了语。顾恺之曰："火烧平原无遗燎。"桓曰："白布缠棺竖旒旐。"〔一〕殷曰："投鱼深渊放飞鸟。"次复作危语〔二〕。桓曰："矛头淅米剑头炊。”〔三〕殷曰：“百岁老翁攀枯枝。”顾曰：“井上辘轳卧婴儿。”殷有一参军在坐，云：“盲人骑瞎马，夜半临深池。”〔四〕殷曰：“咄咄逼人！”〔五〕仲堪眇目故也〔六〕。中兴书曰：“仲堪父尝疾患经时，仲堪衣不解带数年。自分剂汤药，误以药手拭泪，遂眇一目。”

【笺疏】

〔一〕竖，渚宫旧事五作附。

〔二〕嘉锡案：古文苑有宋玉大言赋、小言赋，为楚襄王、唐勒、景差、宋玉共造，如联句之体。如大言赋：宋玉曰“方地为车，圆天为盖。长剑耿耿倚天外”云云。了语、危语，意盖仿此。

〔三〕程炎震云：“某氏曰：‘内则云：“析稌。”魏武嘲王景兴在会稽析粳米。’析与淅古字通，故韩、孟联句有‘析玉不可从’，俗谬改作淅。若淅米，则不合用矛头也。”嘉锡案：此说穿凿不可从，淅米固不合用矛头，炊饭岂当用剑头耶？此不过言于战场中造饭，死生呼吸，所以为危也。

〔四〕李慈铭云：“案晋书顾恺之传脱‘顾曰井上’一句，又脱‘夜半’二字，皆误。当据此补。”

〔五〕嘉锡案：“咄咄”，惊叹之辞。“咄咄逼人”，亦晋人口头常语。法书要录卷二宋羊欣采古来能书人名曰：“王修善隶、行，与羲之善，殆穷其妙，子敬每省修书云：‘咄咄逼人。’”又卷十王右军与司空郗公书曰：“献之，字子敬，少有清誉，善隶书，咄咄逼人。”淳化阁帖卷五卫夫人书曰：“卫有一弟子王逸少，甚能学卫真书，咄咄逼人。”

〔六〕嘉锡案：此出语林，见类林杂说五引。

62　桓玄出射，有一刘参军与周参军朋赌，垂成，唯少一破。刘谓周曰："卿此起不破，我当挞卿。"〔一〕周曰："何至受卿挞？"刘曰："伯禽之贵，尚不免挞，而况于卿！"尚书大传曰："伯禽与康叔见周公，三见而三笞。康叔有骇色，谓伯禽曰：'有商子者，贤人也，与子见之。'乃见商子而问焉。商子曰：'南山之阳有木焉，名乔。'二三子往观之，见乔实高高然而上。反，以告商子。商子曰：'乔者，父道也。南山之阴有木焉，名曰梓。'二三子复往观焉，见梓实晋晋然而俯。反以告商子。商子曰：'梓者，子道也。'二三子明日见周公，入门而趋，登堂而跪。周公拂其首，劳而食之，曰：'尔安见君子乎？'"礼记曰："成王有罪，周公则挞伯禽。"亦其义也。周殊无忤色。桓语庾伯鸾曰：晋东宫百官名曰："庾鸿字伯鸾，颍川人。"庾氏谱曰："鸿祖羲，吴国内史。父楷，左卫将军。鸿仕至辅国内史。"〔二〕"刘参军宜停读书，周参军且勤学问。"〔三〕

【笺疏】

〔一〕嘉锡案：此盖桓玄僚属，分朋赌射。刘、周同在一朋，周当起射，如不破的，则全朋不胜，故戏言激之。

〔二〕李慈铭云："案羲当作羲，太尉亮次子也。晋书作会稽内史。（此据楷传。而羲本传作吴兴内史，则误。吴兴非国，当曰太守，不当曰内史也。吴兴盖吴国之讹。）左卫将军，晋书作左将军。辅国内史亦有误。辅国惟有将军，安得有内史？"

〔三〕嘉锡案：刘滥引故事，比拟不伦，以书传资其利口，故曰宜停读书。周被骂而无忤色，盖本不知伯禽为何人，故曰"且勤学问"。

63　桓南郡与道曜讲老子，王侍中为主簿在坐。桓曰："王主簿，可顾名思义。"王未答，且大笑。桓曰：

"王思道能作大家儿笑。"道曜，未详。思道，王祯之小字也。老子明道，祯之字思道，故曰"顾名思义"〔一〕。

【笺疏】

〔一〕程炎震云："祯当作桢，品藻篇'桢之字公干'，则字当从木，晋书亦从木。"

64 祖广行恒缩头。诣桓南郡，始下车，桓曰："天甚晴朗，祖参军如从屋漏中来。"祖氏谱曰："广字渊度，范阳人。父台之，仕光禄大夫。广仕至护军长史。"

【校文】

注"仕光禄大夫" 景宋本及沈本无"仕"字。

65 桓玄素轻桓崖，崖在京下有好桃，玄连就求之，遂不得佳者。崖，桓修小字。续晋阳秋曰："修少为玄所侮，于言端常嗤鄙之。"玄与殷仲文书，以为嗤笑曰："德之休明，肃慎贡其楛矢；如其不尔，篱壁间物亦不可得也。"国语曰："仲尼在陈，有隼集陈侯之庭而死，楛矢贯之，石砮尺有咫。问于仲尼。对曰：'隼之来远矣。此肃慎之矢也。昔武王克商，通道于九夷百蛮，使各以方贿贡，于是肃慎氏贡楛矢。古者分异姓之职〔一〕，使不忘服也，故分陈以肃慎之贡；若求之故府，其可得。'使求，得之金椟，如初。"〔二〕

【笺疏】

〔一〕程炎震云："国语作'分异姓以远方之职贡'，此恐有脱字。"

〔二〕"如初"，国语作"如之"。

轻诋第二十六

1　王太尉问眉子："汝叔名士，何以不相推重？"眉子已见。叔，王澄也。眉子曰："何有名士终日妄语？"

2　庾元规语周伯仁："诸人皆以君方乐。"周曰："何乐？谓乐毅邪？"史记曰："乐毅，中山人。贤而为燕昭王将军，率诸侯伐齐，终于赵。"庾曰："不尔，乐令耳！"周曰："何乃刻画无盐，以唐突西子也。"〔一〕列女传曰："锺离春者，齐无盐之女也。其丑无双，黄头深目，长壮大节，鼻昂结喉，肥项少发，折腰出胸，皮肤若漆。行年三十，无所容入，衒嫁不售，乃自诣齐宣王，乞备后宫，因说王以四殆。王拜为正后。"吴越春秋曰："越王句践得山中采薪女子，名曰西施，献之吴王。"

【校文】

注"锺离春"　"春"，景宋本作"春"。

【笺疏】

〔一〕程炎震云："文选卷四十任昉到大司马记室笺曰：'惟此鱼目，唐突玙璠。'注引孔融汝颍优劣论：陈群曰："颇有芜菁，唐突人参。'张铣注：'唐突，诋触也。'骈雅训纂卷二曰：'按翟氏灏通俗编卷十三引毛诗郑笺"豕之性唐突难禁制"，后汉书段颎传"唐突诸郡"，曹植牛斗诗"欻起相唐突"，晋子夜歌"小喜多唐突"，晋书周颢传"唐突西施"，南史王思远传"唐突卿宰"，陆厥传"那得此道人，禄蔌似队父唐突人"，又后汉书孔融传"揬突宫掖"，文选长笛赋"奔遁砀突"，揬与砀皆唐之通用字。困学纪闻云"唐突见南史陆厥传”，不知其前已多见。’此条援据甚博，惟考今本范书孔融传实作唐，不作搪。惠氏栋后汉书补注卷十六唐突注引丁度曰：‘搪突，触也。’吴曾曰律有唐突之罪。”嘉锡案：能改斋漫录一曰：“律有唐突之罪。”汉马融长笛赋曰：“濕瀑喷沫，犇遁砀突。”李善注：“砀，徒郎切。”以唐为砀。魏曹子建牛斗诗云：“行至土山头，歘起相搪突。”见太平广记。

3 深公云：“人谓庾元规名士，胸中柴棘三斗许。”〔一〕

【笺疏】

〔一〕程炎震云：“周婴卮林引此条，下有‘深公即殷源也’六字。力辨其误。今以此本无此注，故不录入。卮林又曰：‘方正篇载深公语，则元规于法深不薄，今乃发轻诋。夫倚庾之贵以拒诽，訾庾之短以鬻重，法深岂高逸沙门哉？’”

4 庾公权重，足倾王公。庾在石头，王在冶城坐〔一〕，大风扬尘，王以扇拂尘曰：“元规尘汙人！”〔二〕按王公雅量通济，庾亮之在武昌，传其应下，公以识度裁之，嚣言自息。岂或回贰有扇尘之事乎？王隐晋书戴洋传曰：“丹阳太守王导，问洋得病七年，洋曰：‘君侯命在申，为土地之主，而于申上冶，火光昭天，此为金火相烁，水火相炒，以故相害。’导呼冶令奕逊，使启镇东徙，今东冶是也。”丹阳记曰：“丹阳冶城，去宫三里，吴时鼓铸之所，吴平犹不废。”又云：“孙权筑冶城，为鼓铸之所。”既立石头大坞，不容近立此小城，当是徙县冶空城而置冶尔。冶城疑是金陵本冶〔三〕。汉高六年，令天下县邑〔四〕，秣陵不应独无。

【校文】

注“昭天”　“昭”，景宋本作“照”。

注“金火相烁”　“烁”，景宋本及沈本作“铄”。

【笺疏】

〔一〕李详云：“详案：困学纪闻书类周公城录条原注：‘世说注云：“推周公城录：冶城宜是金陵本里。”’据此知今注‘冶城’上当夺‘推周公城录’五字，‘宜’、‘疑’、‘冶’、‘里’，并以音同传写之误。万氏集证谓王原注当在言语篇‘谢公登冶城’注中，非也。”嘉锡案：困学纪闻二曰：“禹贡释文：周公职录云：‘黄帝受命风后，受图割地，分九州。’隋唐志无此书。太平御览一百五十七引太一式占、周公城名录有此三句。夹漈通志艺文略：周公城名录一卷。城、职字相似，恐传写之误。”原注曰“世说注”云云。抱朴子内篇登涉引周公城名录，审言所引未全，今具录之，以见周公城录之确有其书也。姚振宗汉书艺文志拾补五曰：“或称城名录，或称职录，大抵是河洛图纬之佚存者。”程炎震云：“此云庾在石头，王在冶城。盖咸和元二年间。晋书导传云：‘亮居外镇，据上流，拥强兵。’则是亮镇武昌时，通鉴因之系之咸康四年。盖以苏峻叛前，王、庾不闻有郄也。”

〔二〕嘉锡案：事见雅量篇“往来者云庾公有东下意”条。

〔三〕“县冶空城”、“金陵本冶”两“冶”字皆当作“治”。

〔四〕李慈铭云：“县邑下脱城字。”汉书注师古曰：“县之与邑，皆令筑城。”

5　王右军少时甚涩讷〔一〕，在大将军许，王、庾二公后来，右军便起欲去。大将军留之曰：“尔家司空、王丞相已见。元规，复可所难？”〔二〕

【笺疏】

〔一〕御览七百三十九引语林曰："王右军少尝患癫，一二年辄发动。后答许询诗，忽复恶中得二十字云：'取欢仁智乐，寄畅山水阴。清泠涧下濑，历落松竹林。'既醒，左右诵之，读竟，乃叹曰：'癫何预盛德事耶?'"按右军病癫，他书未闻。裴启与右军同时，言或不妄。聊附于此，以为谈助。

〔二〕程炎震云："王本可作何。"嘉锡案："王本"即明王世贞评点本。

6 王丞相轻蔡公，曰："我与安期、千里共游洛水边，何处闻有蔡充儿?"〔一〕晋诸公赞曰：充字子尼，陈留雍丘人。"充别传曰："充祖睦，蔡邕孙也〔二〕。充少好学，有雅尚，体貌尊严，莫有媟慢于其前者。高平刘整有隽才，而车服奢丽，谓人曰：'纱縠，人常服耳。尝遇蔡子尼在坐，终日不自安。'见惮如此。是时，陈留为大郡，多人士，琅邪王澄尝经郡境，问：'此郡多士，有谁乎?'〔三〕吏曰：'有江应元、蔡子尼。'时陈留多居大位者，澄问：'何以但称此二人?'吏曰：'向谓君侯问人，不谓位也。'澄笑而止。充历成都王东曹掾，故称东曹。"妒记曰："丞相曹夫人性甚忌，禁制丞相，不得有侍御，乃至左右小人，亦被检简，时有妍妙，皆加诮责。王公不能久堪，乃密营别馆，众妾罗列，儿女成行。后元会日，夫人于青疏台中，望见两三儿骑羊，皆端正可念。夫人遥见，甚怜爱之。语婢：'汝出问，是谁家儿?'给使不达旨，乃答云：'是第四王等诸郎。'曹氏闻，惊愕大恚。命车驾，将黄门及婢二十人，人持食刀，自出寻讨。王公亦遽命驾，飞辔出门，犹患牛迟。乃以左手攀车兰〔四〕，右手捉麈尾，以柄助御者打牛，狼狈奔驰，劣得先至。蔡司徒闻而笑之，乃故诣王公，谓曰：'朝廷欲加公九锡，公知不?'王谓信然，自叙谦志。蔡曰：'不闻馀物，唯闻有短辕犊车，长柄麈尾。'王大愧。后贬蔡曰：'吾昔与安期、千里，共在洛水。'"〔五〕

【校文】

“蔡充儿”之“充”及注“充”字，　景宋本俱作“克”。

注“蔡邕孙也”　“孙也”，沈本作“从孙”。

注“尝经郡境”　景宋本“郡”下有“人”字。

注“第四王等”　“王”，景宋本作“五”。

注“吾昔与安期千里”　景宋本及沈本无“昔”字。

【笺疏】

〔一〕李慈铭云：“案充，晋书蔡谟传作克。”

〔二〕越缦堂日记第二十一册（五十七叶）云：“后汉书蔡邕传邕上疏有‘臣年四十有六，孤特一身’之语。不言其后有子否也。其女文姬传谓‘曹操愍邕无嗣’。案晋书羊祜传：‘祜为蔡邕外孙，讨吴有功，当晋爵土，请以封舅子蔡袭，遂封袭关内侯。’是邕有孙，昔人已有言之者。今案世说轻诋篇注引蔡充别传曰：‘充祖睦，蔡邕孙也。’则邕孙不止一人，尤有明证。充，司徒谟之父。晋书作克，附见谟传。”嘉锡案：明周婴卮林六曰：“羊祜讨吴有功，将进爵土，乞以赐舅子蔡袭，袭非邕之孙乎？又世说新语注引蔡充别传曰：‘充祖睦，蔡邕孙也。’而晋书蔡谟传曰：‘蔡睦，魏尚书。睦生德，乐平太守。德生充，为东曹掾。充生谟，至司徒。谟生邵、系等。’世系昭然。邕未尝为庭坚之不祀也。而史言‘曹操痛邕无嗣，遣使者以金璧赎琰还’，岂为其子早凋故乎？然蔡豹传曰：‘豹高祖质，汉卫尉左中郎将邕叔父也。祖睦，魏尚书。父宏，阴平太守。’据此，则睦为邕叔父之孙，与世说注不同，未知孰是。”周氏所考甚详，越缦岂未之见耶？余以为羊祜之舅子袭，自是蔡邕之孙。惟是否邕有子先死，仅遗幼孙，抑邕本无子孙，而袭父子以同宗入继，皆不可知。至于蔡睦，则实非邕后。晋书蔡豹传有明文可考。元和姓纂八亦云：“蔡携生棱，棱生邕、质，元孙克。”与晋书合。世说注多脱误，不可据。各本作“充祖睦，蔡邕孙”者固误，淳熙本作“蔡邕从孙”，亦非也。以世次考之，睦乃蔡邕从子耳。

〔三〕李慈铭云：“案晋书作‘琅邪太守吕豫遣吏迎澄，澄问吏曰’云云。此注入境问下，疑脱吏曰二字。多士疑当作名士。”

〔四〕“兰”，类聚三十五引妬记作“拦”。案“拦”当从木，作“栏”字。

〔五〕注文“王大愧，后贬蔡曰”下袁本作“吾昔与安期、千里共在洛水集处，不闻天下有蔡克儿。正忿蔡前戏言耳”。

7 褚太傅初渡江，尝入东，至金昌亭。吴中豪右，燕集亭中。谢歆金昌亭诗叙曰〔一〕：“余寻师，来入经吴，行达昌门，忽睹斯亭，傍川带河，其榜题曰‘金昌’。访之耆老，曰：‘昔朱买臣仕汉，还为会稽内史，逢其迎吏，游旅北舍，与买臣争席。买臣出其印绶，群吏惭服自裁。因事建亭，号曰“金伤”，失其字义耳。’”褚公虽素有重名，于时造次不相识别。敕左右多与茗汁，少箸粽〔二〕，汁尽辄益，使终不得食。褚公饮讫，徐举手共语云：“褚季野！”于是四座惊散，无不狼狈。

【校文】

注“游旅北舍”　景宋本“游”作“逆”，“北”作“比”。袁本“游”亦作“逆”。

【笺疏】

〔一〕全晋文百三十五云：“歆爵里未详。”嘉锡案：隋志注：梁有车骑司马谢韶集三卷，歆、韶形近，或即其人。

〔二〕李慈铭云：“案通鉴卢循遗刘裕益智粽。宋书：废帝杀江夏王义恭，以蜜渍目睛，谓之鬼目粽。近儒段玉裁谓粽皆当作糉。广韵、集韵、类篇、干禄字书皆有粖字，蜜渍瓜食也。桑感切。粖即糁字，今之小菜。齐民要术引广州记：'益智子取外皮，蜜渍为糁。'其字径作糁。胡三省注通鉴曰：'角黍，盖误认为粽。'慈铭案：段说是也。玉篇、广韵皆以粽为糉之俗，训云：'芦叶裹黍。'与宋书所谓蜜渍者，迥不相合。世说此处粽字亦粖之误。当以'少箸粖'读句，谓多与以茗汁，而少与以小菜。如今客来与茶，别设菜果也。若作糉，则茗汁中岂可箸此？且古人角黍非常食之物，未闻有以此待客者。李本径改作糉，益误矣。"嘉锡案：北户录二云："辩州以蜜渍益智子，食之亦甚美。"注引颜之推云："今以蜜藏杂果为粖。"字苑曰："杂藏果也，音素感反。"嘉锡考之诸书，凡释粖字，皆谓蜜渍瓜果。盖即今之所谓蜜饯。凡茶坊中犹为客设之以佐茶。此俗古今不异。段氏、李氏解为小菜，非是。藏小菜之法，以盐不以蜜，且安有以小菜佐茗饮者乎？

8　王右军在南，丞相与书，每叹子侄不令。云："虎犺、虎犊，还其所如。"〔一〕虎犺，王彭之小字也。王氏谱曰："彭之字安寿，琅邪人。祖正，尚书郎。父彬，卫将军。彭之仕至黄门郎。虎犊，彪之小字也。彪之字叔虎，彭之第三弟。年二十而头鬓皓白，时人谓之王白鬓。少有局干之称。累迁至左光禄大夫。"

【校文】

注两"鬓"字，景宋本俱作"须"。

【笺疏】

〔一〕程炎震云："王导卒于咸康五年，彪之年三十四。此盖彪之初为郎时，右军当在江州。"嘉锡案：言彭之、彪之，生长高门，而才质凡下，羊质虎皮，恰如其名也。嘉锡又案：言彭之真豚犬之流，彪之初生之犊，二人之才正如其小字耳。

9　褚太傅南下，孙长乐于船中视之〔一〕。长乐，孙绰。言次，及刘真长死，孙流涕，因讽咏曰："人之云亡，邦国殄瘁。"大雅诗。毛公注曰："殄，尽。瘁，病也。"褚大怒曰："真长平生，何尝相比数，而卿今日作此面向人！"孙回泣向褚曰："卿当念我！"〔二〕时咸笑其才而性鄙。

【笺疏】

〔一〕程炎震云："此盖褚裒彭城败后还镇京口时，故云南下，永和五年也。其冬，裒卒矣。"

〔二〕程炎震云："御览六十六引语林曰：'褚公游曲阿后湖，狂风忽起，船倾。褚公已醉，乃曰："此舫人皆无可以招天谴者，唯有孙兴公多尘滓，正当以此厌天欲耳！"便欲捉孙掷水中。孙惧无计，唯大呼曰："季野！卿念我！"'疑即此一事，而此文未全。褚裒曰'真长'云云，亦是常语，孙何为便作哀鸣？知必有恶剧也。临川盖以捉掷水中非佳事，故节取之。又'季野！卿念我'下有注，以季野为彦回字，误，今不取。"又云："曲阿在京口，地亦相合，故是一时事。"嘉锡案：此可见褚裒深恶绰之为人。

10　谢镇西书与殷扬州，为真长求会稽。殷答曰："真长标同伐异，侠之大者。常谓使君降阶为甚，乃复为之驱驰邪？"

11　桓公入洛，过淮、泗，践北境〔一〕，与诸僚属登平乘楼〔二〕，眺瞩中原，慨然曰："遂使神州陆沈〔三〕，百年丘墟，王夷甫诸人，不得不任其责！”八王故事曰：“夷甫虽居台司，不以事物自婴，当世化之，羞言名教。自台郎以下，皆雅崇拱默，以遗事为高。四海尚宁，而识者知其将乱。”晋阳秋曰：“夷甫将为石勒所杀，谓人曰：‘吾等若不祖尚浮虚，不至于此！’”袁虎率而对曰：“运自有废兴，岂必诸人之过？”桓公懔然作色，顾谓四坐曰：“诸君颇闻刘景升不？刘镇南铭曰：“表字景升，山阳高平人。黄中通理，博识多闻。仕至镇南将军、荆州刺史。”有大牛重千斤，噉刍豆十倍于常牛，负重致远，曾不若一羸牸。魏武入荆州，烹以飨士卒，于时莫不称快。”〔四〕意以况袁。四坐既骇，袁亦失色〔五〕。

【校文】

“率而”　“而”，景宋本作“尔”。

【笺疏】

〔一〕程炎震云：“桓温入洛，是永和十二年伐姚襄时，过淮、泗，是太和四年征慕容暐时，首尾十四年，非一役也。此以入洛与过淮、泗并举，殊误。晋书温传叙此于伐姚襄时，而云自江陵北伐，过淮、泗，尤误。案入洛之役，戴施屯河上，勒舟师以逼许、洛。温不自御也。周保绪晋略列传二十五曰：‘温伐燕，自姑孰乘舟，顺江而下。入淮、泗，登平乘楼。’此为合矣。”嘉锡案：通鉴一百亦叙袁宏之对于永和十二年，盖沿用晋书之文。文学篇曰：“桓宣武北征，袁虎时从，被责免官。”注引温别传曰：“温以太和四年上疏，自征鲜卑。”又案：袁宏之免官，不见于晋书本传。据孝标注，则在太和四年。与此条所云“过淮、泗，践北境”，正一时之事。盖宏因此对，失温之意，遂致被责免官矣。温虽颇慕风流，而其人有雄姿大略，志在功名，故能矫王衍等之失。英雄识见，固自不同。

〔二〕程炎震云："宋书六十三王昙首传：'太祖镇江陵，昙首转长史。太祖入奉大统，昙首固陈，上乃下，严兵自卫。中兵参军朱容子抱刀在平乘户外。'"又六十一武三王江夏王义恭传曰："平乘船皆下两头，作露手形，不得儗象龙舟，悉不得朱油。"李详云："详案：通鉴一百胡注：'平乘楼，大船之楼。'隋书杨素传：'楼船亦有平乘之名。'"

〔三〕原本玉篇水部云："庄子：'是陆沈者也。'司马彪曰：'无水而沈也。'野王案：陆沈，犹沦翳也。言居陆而若沈溺无闻也。史记'陆沈于俗，避世金马门'是也。"嘉锡案：陆沈者，无水而沈。淮南子览冥训："是谓坐驰陆沈，昼冥宵明"及此条之神州陆沈，皆其本义。至于庄子则阳篇、史记滑稽传之以陆沈喻隐沦，论衡谢短篇："知古不知今，谓之陆沈。"以喻人之不学，则其引伸之义也。通鉴胡注曰："以王衍等尚清谈而不恤王事，以致夷狄乱华也。"身之之言，与刘注同意。

〔四〕晋书殷浩传庾翼贻浩书曰："王夷甫，先朝风流士也。然吾薄其立名非真，而始终莫取。若以道非虞、夏，自当超然独往，而不能谋始，大合声誉，极致名位，正当抑扬名教，以静乱源。而乃高谈庄、老，说空终日。虽云谈道，实长华竞。及其末年，人望犹存。思安惧乱，寄命推务。而甫自申述，徇小好名。既身囚胡虏，弃言非所。凡明德君子，遇会处际，宁可然乎？而世皆然之。益知名实之未定，弊风之未革也。"嘉锡案：晋人之论王夷甫者，庾翼之言为最切矣。翼传言见桓温总角，便期之以远略，谓有英雄之才。固宜其议论之有合也。又案：文学篇"袁彦伯作名士传成"，注曰："宏以裴叔则、乐彦辅、王夷甫、庾子嵩、王安期、阮千里、卫叔宝、谢幼舆为中朝名士。"然则宏亦祖尚玄虚，服膺夷甫者。桓温所谓诸人，正指中朝名士，固宜为之强辩矣。

〔五〕通鉴注曰："温意以牛况宏，徒能糜俸禄，而无经世之用。"

12　袁虎、伏滔同在桓公府，桓公每游燕，辄命袁、伏，袁甚耻之，恒叹曰："公之厚意，未足以荣国士，与伏滔比肩，亦何辱如之！"〔一〕

【笺疏】

〔一〕嘉锡案：文选三国名臣序赞引晋阳秋曰："袁宏为大司马府记室参军。"本书言语篇注引中兴书曰："伏滔少有才学，举秀才，大司马桓温参军。"足证二人同在桓温府也。考文选集注九十四引臧荣绪晋书云："袁宏好学，善属文，谢尚以为豫州别驾，桓温命为安西参军。"按之晋书帝纪，桓温之为安西将军，在穆帝永和元年。其为大司马，在哀帝兴宁元年前后。相距已十有八年。宏先为安西参军，则其入桓温幕府亦已久矣。今晋书文苑传不叙宏入安西府事，第云累迁大司马桓温记室者，略之也。然又云"伏滔先在温府，与宏善"。则不知何据，疑其误也。

13　高柔在东，甚为谢仁祖所重。既出，不为王、刘所知。仁祖曰："近见高柔，大自敷奏，然未有所得。"真长云："故不可在偏地居，轻在角觚奴角反。中〔一〕，为人作议论。"高柔闻之，云："我就伊无所求。"人有向真长学此言者，真长曰："我寔亦无可与伊者。"然游燕犹与诸人书："可要安固。"安固者，高柔也。孙统为柔集叙曰："柔字世远，乐安人。才理清鲜，安行仁义。婚泰山胡毋氏女，年二十，既有倍年之觉，而姿色清惠，近是上流妇人。柔家道隆崇，既罢司空参军、安固令〔二〕，营宅于伏川。驰动之情既薄，又爱玩贤妻，便有终焉之志。尚

书令何充取为冠军参军，俛俛应命，眷恋绸缪，不能相舍。相赠诗书，清婉辛切。”〔三〕

【校文】

注“辛切”　“辛”，沈本作“新”。

【笺疏】

〔一〕李详云：“详案：广韵四觉：‘䚒，屋角。’今人谓屋隅为角䚒，当作此字。”嘉锡案：今俗作“角落”。

〔二〕程炎震云：“安固县属扬州临海郡。”

〔三〕文廷式补晋书艺文志丁部曰“世说高柔在东”云云，与魏之高柔别是一人。魏高柔，字文惠，三国志有传。书钞一百一十高文惠与妇书曰：‘今置琵琶一枚，音甚清亮也。’一百三十六高文惠妇与文惠书云：‘今奉织成袜一量。’御览六百八十九高文惠妇与文惠书：‘今聊奉组生履一緉。’六百八十八高文惠妇与文惠书曰：‘今奉总帢十枚。’据世说注当是高世远妇。书钞、御览误也。”嘉锡案：文氏说是也。严可均全三国文五十四亦疑之，而不能定。今观世远夫妇往复书，盖上拟秦嘉、徐淑，文采必有可观，惜乎仅存残篇断句，无以窥其清婉辛切之旨矣。

14　刘尹、江虨、王叔虎、孙兴公同坐，江、王有相轻色。虨以手歙叔虎云：“酷吏！”词色甚强。刘尹顾谓：“此是瞋邪？非特是丑言声，拙视瞻。”言江此言，非是丑拙，似有忿于王也。

15　孙绰作列仙商丘子赞曰：“所牧何物？殆非真猪。傥遇风云，为我龙摅。”列仙传曰：“商丘子晋者，商邑人。

好吹竽牧豕，年七十，不娶妻而不老。问其须要，言‘但食老术、昌蒲根，饮水，如此便不饥不老耳’。贵戚富室，闻而服之，不能终岁辄止，谓将有匿术。”孙绰为赞曰：“商丘卓荦，执策吹竽。渴饮寒泉，饥食菖蒲。所牧何物？殆非真猪。傥逢风云，为我龙摅。”时人多以为能。王蓝田语人云：“近见孙家儿作文，道何物真猪也。”

【校文】

注“须要”　景宋本作“道要”。

16　桓公欲迁都[一]，以张拓定之业。孙长乐上表谏此议甚有理。桓见表心服，而忿其为异，令人致意孙云：“君何不寻遂初赋，而强知人家国事！”孙绰表谏曰：“中宗龙飞，实赖万里长江，画而守之耳。不然，胡马久已践建康之地，江东为豺狼之场矣。”绰赋遂初，陈止足之道。

【笺疏】

〔一〕程炎震云：“永和十二年，桓温请迁都洛阳。”

17　孙长乐兄弟就谢公宿，言至款杂。刘夫人在壁后听之，具闻其语。谢公明日还，问：“昨客何似？”刘对曰：“亡兄门，未有如此宾客！”夫人，刘惔之妹。谢深有愧色。

18　简文与许玄度共语，许云：“举君、亲以为难。”简文便不复答。许去后而言曰：“玄度故可不至于此！”按邴原别传：“魏五官中郎将，尝与群贤共论曰：‘今有一丸药，得济一人疾，而君、父俱病，与君邪？与父邪？’诸人纷葩，或父、或君。原勃然曰：‘父子，一本也。’亦不复难。”君、亲相校，自古如此。未解简文诮许意。

【校文】

注“纷葩”　“葩”，沈本作“纷”。

19　谢万寿春败后还[一]，书与王右军云：“惭负宿顾。”[二]右军推书曰：“此禹、汤之戒。”春秋传曰：“禹、汤罪己，其兴也勃焉。”言禹、汤以圣德自罪，所以能兴。今万失律致败，虽复自咎，其可济焉？故王嘉万也[三]。

【笺疏】

〔一〕程炎震云：“升平三年，谢万败。”

〔二〕嘉锡案：晋书羲之传“万为豫州都督，羲之遗书诫之曰：‘愿君每与士之下者同，则尽善矣。’万不能用，果败。”故此书云“惭负宿顾”也。

〔三〕嘉锡案：注意谓万虽自咎，亦无所济。则不当以右军为嘉万。况世说著其事于轻诋篇，是右军此语，乃讥笑之词，其不嘉万亦明矣。王字疑当作不。

20　蔡伯喈睹睐笛椽[一]，孙兴公听妓，振且摆折。伏滔长笛赋叙曰：“余同寮桓子野有故长笛，传之耆老云‘蔡邕伯喈之所制也’。初，邕避难江南，宿于柯亭之馆，以竹为椽，邕仰眄之，曰：‘良竹也。’取以为笛，音声独绝[二]。历代传之至于今。”王右军闻，大嗔曰：“三祖寿一作台。乐器，虺瓦一作尩凡。吊孙家儿打折。”[三]

【笺疏】

〔一〕嘉锡案：据注，此笛为桓子野所有。考类聚四十四引语林“子野令奴张硕吹睹脚笛”，与此作“睹睐”不同。疑以“睹脚”为是。

盖邕睹竹椽之脚，而知其为良材，遂以为名。犹之琴名焦尾也。

〔二〕御览一百九十四引郡国志曰："柯亭，一名千秋亭，又名高迁亭。"会稽记云："汉议郎蔡邕避难宿于此亭，仰观椽竹，知有奇响，因取为笛，果有异声。"后汉书邕传注引张骘文士传曰："邕告吴人曰：'吾昔尝经会稽高迁亭，见屋椽竹，东间第十六可以为笛。'取用，果有异声。"

〔三〕嘉锡案：此条语不可通，虽从"一作"，亦终难解，必有误字也。

21　王中郎与林公绝不相得。王谓林公诡辩，林公道王云："箸腻颜帢〔一〕，緆布单衣，挟左传，逐郑康成车后，问是何物尘垢囊？"〔二〕中郎，坦之。帢，帽也。裴子曰："林公云：'文度箸腻颜，挟左传，逐郑康成，自为高足弟子。笃而论之〔三〕，不离尘垢囊也。'"

【笺疏】

〔一〕李慈铭云："案晋书五行志：'魏造白帢，横缝其前以别后，名之曰颜帢。至永嘉之间，稍去其缝，名无颜帢。'据此，则江东时以颜帢为旧制，故道林以腻颜帢诮之。"嘉锡案："腻颜帢"居易录三十二已解释甚详，但未明引晋书五行志耳。

〔二〕嘉锡案：后汉书襄楷传云："天帝遗以好女，浮屠曰'此但革囊盛血'，遂不眄之。"注云："四十二章经：天神献玉女于其佛，佛曰：'此是革囊盛众秽耳。'""尘垢囊"即"革囊盛众秽"之意，其鄙坦之至矣。然由此可知坦之独抱遗经，谨守家法，故能辟庄周之非儒道，箴谢安之好声律。名言正论，冠绝当时。夫奏箫韶于溱洧，袭冠裳于裸国，固宜为众喙之所咻，群犬之所吠矣。若支遁者，希闻至道，徒资利口，嗔痴太重，我相未除。曾不得为善知识，恶足称高逸沙门乎？书钞百三十五引语林云："王□为诸人谈，有时或排摈高秃，以如意注林公云：'阿柱，汝忆摇橹时不?'阿柱，乃林公小名。"嘉锡案：书钞所称王某，盖即王中郎。本篇又言其尝作沙门不得为高士论。其轻侮支遁如此，宜遁之报以恶声矣。　又案：晋书坦之传及经典释文序录并不言坦之治左传。隋书经籍志有春秋左氏经传通解四卷、春秋旨通十卷并王述之撰。六朝人名有"之"字者，多去"之"为单名。述之疑即王述。故金楼子立言篇云"王怀祖颇有儒术"，盖谓此也。坦之传其父学，故支遁因而讥之耳。两唐志于经传通解不著录，而有王延之春秋旨通十卷，恐是传写之误。经义考一百七十五遂以两书为南齐之尚书左仆射王延之撰，殆非也。

〔三〕庄子田子方篇老聃曰："夫天下也者，万物之所一也。得其所一而同焉，则四支百体，将为尘垢；而死生终始，将为昼夜。""笃而论之"犹云"要而言之"。盖魏、晋人常语也。金楼子立言下引诸葛亮曰："追观光武二十八将，下及马援之徒，忠贞智勇，无所不有。笃而论之，非减曩时。"

22　孙长乐作王长史诔云〔一〕："余与夫子，交非势利，心犹澄水，同此玄味。"礼记曰："君子之交淡若水，小人之交甘若醴。"王孝伯见曰："才士不逊，亡祖何至与此人周旋！"

【笺疏】

〔一〕程炎震云："法书要录卷九载张怀瓘书断：王濛永和三年卒，年三十九。"

23　谢太傅谓子侄曰："中郎始是独有千载！"车骑曰："中郎衿抱未虚，复那得独有？"中郎，谢万。

24　庾道季诧谢公曰："裴郎云：'谢安谓裴郎乃可不恶，何得为复饮酒？'庾龢、裴启已见。裴郎又云：'谢安目支道林，如九方皋之相马，略其玄黄，取其俊逸。'"支遁传曰[一]："遁每标举会宗，而不留心象喻，解释章句，或有所漏，文字之徒，多以为疑。谢安石闻而善之曰：'此九方皋之相马也，略其玄黄，而取其俊逸。'"列子曰："伯乐谓秦穆公曰：'臣所与共儋纆薪菜者，有九方皋，此其于马，非臣之下也。'公使行求马，反，曰：'得矣！牡而黄。'使人取之，牝而骊。公曰：'毛物牡牝之不知，何马之能知也？'伯乐曰：'若皋之观马者，天机也。得其精，亡其粗；在其内，亡其外；见其所见，不见其所不见；视其所视，遗其所不视。若彼之所相，有贵于马也。'既而，马果千里足。"谢公云："都无此二语，裴自为此辞耳！"庾意甚不以为好，因陈东亭经酒垆下赋。读毕[二]，都不下赏裁，直云："君乃复作裴氏学！"于此语林遂废。今时有者，皆是先写，无复谢语[三]。续晋阳秋曰："晋隆和中，河东裴启撰汉、魏以来迄于今时，言语应对之可称者，谓之语林。时人多好其事，文遂流行。后说太傅事不实，而有人于谢坐叙其黄公酒垆，司徒王珣为之赋，谢公加以与王不平，乃云：'君遂复作裴郎学。'自是众咸鄙其事矣。安乡人有罢中宿县诣安者，安问其归资。答曰：'岭南凋弊，惟有五万蒲葵扇，又以非时为滞货。'安乃取其中者捉之，于是京师士庶竞慕而服焉。价增数倍，旬月无卖。夫所好生羽毛，所恶成疮痏。谢相一言，挫成美于千载；及其所与，崇虚价于百金。上之爱憎与夺，可不慎哉！"

【校文】

注“儋纆” “纆”，景宋本作“纒”。

注“牡而黄” “牡”，景宋本作“牝”。

注“毛物牡牝” “牡牝”，景宋本及沈本俱作“牝牡”。

注“得其精” “得”，景宋本作“问”。

【笺疏】

〔一〕嘉锡案：支遁传不知谁撰，盖必作于语林成书之后，故采取其语，今高僧传亦仍而不改。

〔二〕李慈铭云：“案读毕下当有谢公字。”

〔三〕嘉锡案：伤逝篇载“王戎过黄公酒垆”事，注引竹林七贤论曰：“俗传若此：颍川庾爰之尝以问其伯文康。文康云：‘中朝所不闻，江左忽有此论，盖好事者为之耳。’”是此事之不实，庾亮已辩之于前。谢安盖熟知之。乃俗语不实，流为丹青。王珣既因之以作赋，裴启又本之以著书。于草野传闻，不加考辨，则安石之深鄙其事斥为裴郎学，非过论也。但王珣赋甚有才情，谢以与王不平，故于其赋之工拙不置一词。意以为选题既诬，其文字亦无足道焉耳。

25　王北中郎不为林公所知，乃箸论沙门不得为高士论。大略云：“高士必在于纵心调畅，沙门虽云俗外，反更束于教，非情性自得之谓也。”

26　人问顾长康：“何以不作洛生咏？”答曰：“何至作老婢声！”〔一〕洛下书生咏，音重浊，故云老婢声。

【笺疏】

〔一〕嘉锡案：洛下书生咏者，效洛下读书之音，以咏诗也。陆法言切韵序云："吴、楚则时伤轻浅，燕、赵则多伤重浊。"洛下虽非燕、赵，而同在大河南北，故其音亦伤重浊。长康世为晋陵无锡人，习于轻浅，故鄙夷不屑为之。晋书王敦传曰："含军败，敦闻怒曰：'我兄，老婢也！'"长康漫论声韵，而忽作此詈人之语，世说亦入之轻诋篇，则其言必有所为。长康素为 桓温所亲昵。温死，谢安执政，而长康作诗哭温，有"鱼鸟无依"之叹（见言语篇"顾长康拜桓宣武墓"条）。然则"老婢"之讥，殆为谢安发也。亦可谓不识好恶者矣。　又案："谢安少能作洛下书生咏，有鼻疾，语音浊。后名流多敩其咏，弗能及，手掩鼻而吟焉。"见雅量篇"桓公伏甲"条注引文章志。

27　殷觊、庾恒并是谢镇西外孙。谢氏谱曰："尚长女僧要适庾龢，次女僧韶适殷歆。"〔一〕殷少而率悟，庾每不推。尝俱诣谢公，谢公熟视殷曰："阿巢故似镇西。"巢，殷觊小字也。于是庾下声语曰："定何似？"谢公续复云："巢颊似镇西。"庾复云："颊似，足作健不？"庾氏谱曰："恒字敬则。祖亮，父龢。恒仕至尚书仆射。"

【笺疏】

〔一〕程炎震云："晋书殷觊传：父康。此云歆，未知孰是？"

28　旧目韩康伯：将肘无风骨。说林曰："范启云：'韩康伯似肉鸭。'"〔一〕

【校文】

"将"　景宋本作"捋"。

【笺疏】

〔一〕嘉锡案：方言一云："京、奘、将，大也。秦、晋之间，凡人之大谓之奘，或谓之壮。燕之北鄙，齐、楚之郊，或曰京，或曰将，皆古今语也。"据此，则"将"为"壮"之声转。康伯为人肥大，故范启以肉鸭比之。凡人肥则肘壮。此云将肘者，江北伧楚人语也。品藻篇云："韩康伯虽无骨干，然亦肤立。"同讥其无骨，而毁誉不同，爱憎之见异耳。观注语知康伯甚肥，故时人讥其有肉无骨。

29　符宏叛来归国〔一〕，谢太傅每加接引，宏自以有才，多好上人，坐上无折之者。适王子猷来，太傅使共语。子猷直孰视良久，回语太傅云："亦复竟不异人！"宏大惭而退。续晋阳秋曰："宏，符坚太子也。坚为姚苌所杀，宏将母妻来投，诏赐田宅。桓玄以宏为将，玄败，寇湘中，伏诛。"〔二〕

【校文】

"符"　景宋本俱作"苻"。

【笺疏】

〔一〕程炎震云："太元十年六月符宏来降。"　嘉锡案：见晋书孝武帝纪，与通鉴作七月不同。嘉锡又案：考之晋书苻坚载记及通鉴一百六，太元九年慕容冲、姚苌等并叛秦。八月冲进逼长安。十年五月，冲攻长安，苻坚留太子宏守城，帅骑数百出奔五将山。六月，宏不能守长安，将数千骑与母妻西奔下辩。七月，姚苌遣兵执苻坚送诣新平。太子宏至下辩，南秦州刺史杨壁拒之。宏奔武都投氐豪强熙，假道来奔。八月姚苌遣人缢坚于新平佛寺。世说据晋人纪载，以宏背父来降，故书之以叛。实则宏出长安时，坚已奔五将。父子不相见，无所受命。宏之自武都来归，坚又已被擒，存亡不可知，宏非背其父而出走也。故责宏以不能死守长安以身殉国，则可矣；谓之为叛父，固非其罪也。是年四月，刘牢之已率兵救苻丕于邺，为慕容垂所败而归。太保谢安又请自将救秦。宏之来奔，自必请兵复雠，故安每加接引。八月，安卒，乃不果出兵耳。宋书谢灵运传载其山居赋自注曰："太傅既薨，远图已辍。"此之谓也。（远图，各本皆误作建图，据文选述祖德诗注引改。）

〔二〕晋书桓玄传云："安帝反正，湘州刺史苻宏走入湘中，害郡守。长史檀祇讨宏于湘东，斩之。"又苻坚载记云："宏历位辅国将军。桓玄篡位，以宏为凉州刺史。义熙初，以谋叛被诛。"通鉴卷二百九十二云："溆州蛮酋苻彦通自称苻秦苗裔。"胡注曰："苻秦之亡，苻宏奔晋，从诸桓于荆、楚，其后无闻。彦通自以为苻秦苗裔，盖言出于宏之后。"

30　支道林入东，见王子猷兄弟。还，人问："见诸王何如？"答曰："见一群白颈乌，但闻唤哑哑声。"〔一〕

【笺疏】

〔一〕嘉锡案：详见排调篇"刘真长始见王丞相"条。　老学庵笔记八曰："古所谓揖，但举手而已。今所谓喏，乃始于江左诸王。方其时，惟王氏子弟为之，故支道林见王子猷兄弟曰：'见一群白项乌，但闻唤哑哑声。'即今喏也。"嘉锡案：道林之言，讥王氏兄弟作吴音耳。哑哑之声与唱喏殊不相似，放翁之说，近于傅会。

31　王中郎举许玄度为吏部郎。郗重熙曰："相王好事，不可使阿讷在坐。"〔一〕讷，询小字。

【校文】

“在坐”　景宋本“坐”下有“头”字。

【笺疏】

〔一〕程炎震云：“坦之尝为抚军掾，郗愔为抚军司马，盖同时。然坦之晚进位卑，恐未得举玄度也。”

32　王兴道谓“谢望蔡霍霍如失鹰师”。永嘉记曰：“王和之字兴道，琅琊人。祖翼〔一〕，平南将军。父胡之，司州刺史。和之历永嘉太守、正员常侍。”望蔡，谢琰小字也〔二〕。

【笺疏】

〔一〕程炎震云：“翼当据晋书作廙。”

〔二〕程炎震云：“谢琰传‘封望蔡公’，非小字，注误。”

33　桓南郡每见人不快，辄嗔云：“君得哀家梨，当复不烝食不？”〔一〕旧语：秣陵有哀仲家梨甚美，大如升，入口消释。言愚人不别味，得好梨烝食之也。

【笺疏】

〔一〕程炎震云：“某氏曰：北户录引作‘不烝不食’。”

假谲第二十七

1　魏武少时，尝与袁绍好为游侠，观人新婚，因潜入主人园中，夜叫呼云："有偷儿贼！"青庐中人皆出观〔一〕，魏武乃入，抽刃劫新妇与绍还出。失道，坠枳棘中，绍不能得动。复大叫云："偷儿在此！"绍遑迫自掷出，遂以俱免。曹瞒传曰："操小字阿瞒，少好谲诈，游放无度。"孙盛杂语云："武王少好侠，放荡不修行业。尝私入常侍张让宅中，让乃手戟于庭，逾垣而出，有绝人力，故莫之能害也。"

【笺疏】

〔一〕玉台新咏一古诗无名人为焦仲卿妻作云："其日牛马嘶，新妇入青庐。"酉阳杂俎一礼异篇云："北朝婚礼，青布缦为屋，在门内外，谓之青庐，于此交拜。"

2　魏武行役，失汲道，军皆渴，乃令曰："前有大梅林，饶子，甘酸，可以解渴。"士卒闻之，口皆出水，乘此得及前源〔一〕。

【校文】

"失汲道，军皆渴"　沈本无"道"字，景宋本"军"上有"三"字。

【笺疏】

〔一〕嘉锡案：通典一百五十六引此作"世说新书"，字句小异。

3　魏武常言："人欲危己，己辄心动。"因语所亲小人曰："汝怀刃密来我侧，我必说心动，执汝使行刑，汝但勿言其使，无他，当厚相报！"执者信焉〔一〕，不以为惧。遂斩之。此人至死不知也。左右以为实，谋逆者挫气矣〔二〕。曹瞒传曰："操在军，廪谷不足，私语主者曰：'何如？'主者云：'可以小斛足之。'操曰：'善。'后军中言操欺众，操题其主者背以徇曰：'行小斛，盗军谷。'遂斩之。仍云：'特当借汝死以厌众心。'"其变诈皆此类也。

【校文】

"常言"　景宋本及沈本作"常谓"。

【笺疏】

〔一〕嘉锡案：执者，广记一百九十引殷芸小说作侍者。

〔二〕宋马永卿记刘安世之语为元城语录，其卷中曰："老先生曰：'昨夜看三国志，识破一事。操之遗令，谆谆百言，下至分香卖履之事，家人婢妾，无不处置详尽，无一语语及禅代之事。其意若曰：禅代之事，自是子孙所为，吾未尝教为之。是实以天下遗子孙，而身享汉臣之名。此遗令之意，昨夜偶窥破之。'老先生似有喜色。某因此历观曹操平生之事，无不如此。夜卧圆枕，啖野葛至尺许，饮鸩酒至一盏，皆此意也。操之负人多矣，恐人报己，故先扬此声以诳时人，使人无害己意也。然则遗令之意，亦扬此声以诳后世耳。"嘉锡案：安世所谓扬其声以诳时人，正从世说所载二事看出。老先生者，安世所以称司马温公也。

4　魏武常云："我眠中不可妄近，近便斫人，亦不自觉，左右宜深慎此！"后阳眠〔一〕，所幸一人窃以被覆之，因便斫杀。自尔每眠，左右莫敢近者。

【笺疏】

〔一〕嘉锡案：阳眠，广记一百九十引殷芸小说作阳冻。

5　袁绍年少时，曾遣人夜以剑掷魏武，少下，不箸〔一〕。魏武揆之，其后来必高，因帖卧床上，剑至果高。按袁、曹后由鼎跱，迹始携贰。自斯以前，不闻雠隟，有何意故而剚之以剑也？

【笺疏】

〔一〕吴承仕曰："'少下不著'者，剑著床下耶？此节记事可疑。"

6　王大将军既为逆，顿军姑孰。晋明帝以英武之才，犹相猜惮，乃箸戎服，骑巴賨马，赍一金马鞭，阴察军形势〔一〕。未至十馀里，有一客姥，居店卖食，帝过愒之〔二〕，谓姥曰："王敦举兵图逆，猜害忠良，朝廷骇惧，社稷是忧。故劬劳晨夕，用相觇察。恐形迹危露，或致狼狈。追迫之日，姥其匿之。"便与客姥马鞭而去。行敦营匝而出，军士觉，曰："此非常人也！"敦卧心动，曰："此必黄须鲜卑奴来！"命骑追之，已觉多许里，追士因问向姥："不见一黄须人骑马度此邪？"姥曰："去已久矣，不可复及。"于是骑人息意而反〔三〕。异苑曰："帝躬往姑孰，敦时昼寝，卓然惊悟曰：'营中有黄头鲜卑奴来，何不缚取？'帝所生母荀氏，燕国人，故貌类焉。"

【校文】

"姑孰"　景宋本"孰"作"熟"。

"卖食"　景宋本及沈本无"卖"字。

【笺疏】

〔一〕程炎震云:"此明帝太宁二年事。"又云:"晋书明纪作'巴滇马'。"

〔二〕李慈铭云:"案说文:'愒,息也。'今作憩,乃愒之俗。"

〔三〕晋书明帝纪云:"帝至于湖,阴察敦营垒而出。有军士疑帝非常人。"又:"敦正昼寝,梦日环其城,惊起曰:'此必黄须鲜卑奴来也。'"与世说"敦卧心动"之说合。神仙传九郭璞传云:"王敦镇南洲,欲谋大逆,乃召璞为佐。时明帝年十五。一夕,集朝士,问太史:'王敦果得天下耶?'史臣曰:'王敦致天子,非能得天下。'明帝遂单骑微行,直入姑熟城。敦正与璞食。璞久之不白敦。敦惊曰:'吾今同议定大计,卿何不即言?'璞曰:'向见日月星辰之精灵,五岳四海之神祇,皆为道从翼卫,下官震悸失守,不得即白将军。'敦使闻,谓是小奚戏马,检定非也。遣三十骑追不及。"嘉锡案:据其所言,则敦并未昼寝,且亦不知是明帝。语涉妄诞,恐不足信。

7　王右军年减十岁时,大将军甚爱之,恒置帐中眠。大将军尝先出,右军犹未起。须臾,钱凤入,屏人论事,晋阳秋曰:"凤字世仪,吴嘉兴尉子也。奸慝好利,为敦铠曹参军。知敦有不臣心,因进说。后敦败,见诛。"都忘右军在帐中,便言逆节之谋。右军觉,既闻所论,知无活理,乃剔吐汙头面被褥,诈孰眠。敦论事造半,方意右军未起,相与大惊曰:"不得不除之!"及开帐,乃见吐唾从横,信其实孰眠,于是得全。于时称其有智。按诸书皆云王允之事,而此言羲之,疑谬〔一〕。

【校文】

“年减十岁”　“减”，沈本作“裁”。

“乃剔吐”　“剔”，沈本作“阳”。

“孰眠”　“孰”，沈本作“熟”。

“方意右军”　“意”，沈本作“忆”。

【笺疏】

〔一〕御览四百三十二引晋中兴书曰：“王允之字渊猷，年在总角，从伯敦深智之。尝夜饮，允之辞醉先眠。时敦将谋作逆，因允之醉别床卧，夜中与钱凤计议。允之已醒，悉闻其语，恐或疑，便于眠处大吐，衣面并汙。凤既出，敦果照视，见其眠吐中，以为大醉，不复疑之。”嘉锡案：今晋书允之传略同，且曰：“时父舒始拜廷尉，允之求还定省，敦许之。至都，以敦、凤谋议事白舒。舒即与导俱启明帝。”其非右军事审矣。世说之谬，殆无可疑。

8　陶公自上流来，赴苏峻之难，令诛庾公。谓必戮庾，可以谢峻。晋阳秋曰：“是时成帝在襁褓，太后临朝，中书令庾亮以元舅辅政，欲以风轨格政，绳御四海。而峻拥兵近甸，为逋逃薮。亮图召峻，王导、卞壶并不欲。亮曰：‘苏峻豺狼，终为祸乱，晁错所谓削亦反，不削亦反。’遂下优诏，以大司农征之。峻怒曰：‘庾亮欲诱杀我也。’遂克京邑。平南温峤闻乱，号泣登舟，遣参军王愆期推征西陶侃为盟主，俱赴京师。时亮败绩奔峤，人皆尤而少之。峤愈相崇重，分兵以配给之。”庾欲奔窜，则不可；欲会，恐见执，进退无计。温公劝庾诣陶，曰：“卿但遥拜，必无它，我为卿保之。”庾从温言诣陶，至便拜。陶自起止之，曰：“庾元规何缘拜陶士行？”毕，又降就下坐，陶又自要起同坐。坐定，庾乃引咎责躬，深相逊谢，陶不觉释然〔一〕。

【校文】

"陶士行"　"行"，景宋本作"衡"。

"同坐坐定"景宋本及沈本无下一"坐"字。

【笺疏】

〔一〕程炎震云："此是咸和三年，亮奔寻阳时。晋书六十六侃传叙侃语于石头平后，非也。"

9　温公丧妇，从姑刘氏，家值乱离散，唯有一女，甚有姿慧，姑以属公觅婚。公密有自婚意，答云："佳婿难得，但如峤比云何？"姑云："丧败之馀，乞粗存活，便足慰吾馀年，何敢希汝比！"却后少日，公报姑云："已觅得婚处，门地粗可，婿身名宦，尽不减峤。"因下玉镜台一枚。姑大喜。既婚，交礼，女以手披纱扇，抚掌大笑曰："我固疑是老奴，果如所卜！"按温氏谱："峤初取高平李晅女，中取琅琊王诩女，后取庐江何邃女。"都不闻取刘氏，便为虚谬〔一〕。谷口云："刘氏，政谓其姑尔，非指其女姓刘也。孝标之注，亦未为得。"〔二〕玉镜台，是公为刘越石长史，北征刘聪所得。王隐晋书曰："建兴二年，峤为刘琨假守左司马，都督上前锋诸军事，讨刘聪。"晋阳秋曰："聪一名载，字玄明，屠各人。父渊，因乱起兵。死，聪嗣业。"

【笺疏】

〔一〕御览五百五十四引晋中兴书曰："温峤葬豫章。至峤后妻何氏卒，便载峤丧还都。诏令葬建平陵北，并赠峤二妻王氏、何氏始安夫人印绶云。"嘉锡案：晋书本传同。并与温氏谱合。诏书不及李氏者，盖以早亡，又不从葬故也。峤之不婚刘氏，亦已明矣。又案：晋书阎鼎传有中书令李晅，为鼎所杀。

〔二〕李慈铭云："案'谷口'以下，盖宋人校语。既谓其姑，必仍姓温，何得云刘？宋人疏谬，往往如是。"程炎震云："温峤三娶，见晋书礼志中，孝标此难是也。'谷口'不知何人。此数语宋本已有之，当考。姑既适刘，其女非姓刘而何？"

10　诸葛令女，庾氏妇，既寡，誓云"不复重出"。此女性甚正强，无有登车理。即庾亮子会妻。父彪，已见上〔一〕。恢既许江思玄婚，乃移家近之。初，诳女云："宜徙于是。"家人一时去，独留女在后。比其觉，已不复得出。江郎莫来，女哭詈弥甚，积日渐歇。江虨暝入宿，恒在对床上。后观其意转帖，虨乃诈厌〔二〕，良久不悟，声气转急。女乃呼婢云："唤江郎觉！"江于是跃来就之曰："我自是天下男子，厌，何预卿事而见唤邪？既尔相关，不得不与人语。"女默然而惭，情义遂笃。葛令之清英，江君之茂识，必不背圣人之正典，习蛮夷之秽行。康王之言，所轻多矣。

【校文】

"江郎莫来"　"莫"，景宋本作"暮"。

【笺疏】

〔一〕程炎震云："父彪当作文彪，见方正篇'诸葛恢大女'条。"嘉锡案：江彪字思玄。此所叙即彪事，不应称父彪。彪当作恢。

〔二〕李慈铭云："案厌俗作魇。"李详云："详案：一切经音义七引苍颉篇云：'厌，眠内不详也。'说文：'厌，笮也。'案笮，迫也。今人病厌，如有压迫之者，惊呼不自觉是也。说文'寐'下云：'寐而厌也。’山海经西山经：‘冀望之山，有鸟焉，名曰䳕䳜，服之使人不厌。’与此皆厌之古字，俗作魇。”嘉锡案：玄应音义七正法华经音引苍颉篇云：“‘伏合人心曰厌。’亦眠内不祥也。”审言本此为说。然其书卷一大方等大集经音及慧琳音义曰：“十六大智度论音并引字苑云：‘厌，眠内不祥也。苍颉篇云：“伏合人心曰厌。”’”然则“眠内不祥”非苍颉篇之语也，审言误矣。

11　愍度道人始欲过江，与一伧道人为侣。谋曰：“用旧义在江东，恐不办得食。”便共立“心无义”。既而此道人不成渡，愍度果讲义积年。名德沙门题目曰：“支愍度才鉴清出。”孙绰愍度赞曰：“支度彬彬，好是拔新。俱禀昭见，而能越人。世重秀异，咸竞尔珍。孤桐峄阳，浮磬泗滨。”后有伧人来，先道人寄语云：“为我致意愍度，无义那可立？旧义者曰：“种智有是，而能圆照。然则万累斯尽，谓之空无，常住不变，谓之妙有。”而无义者曰：“种智之体，豁如太虚，虚而能知，无而能应。居宗至极，其唯无乎？”治此计，权救饥尔，无为遂负如来也！”〔一〕

【笺疏】

〔一〕程炎震云：“高僧传四愍度作敏度，云：‘敏度亦聪哲有誉，著传译经录，今行于世。’又高僧传五法汰传云：‘时沙门道恒颇有才力，常执心无义，大行荆土。汰曰：“此是邪说，应须破之。”乃大集名僧，令弟子昙壹难之。日色既暮，明日更集。慧远就席，攻难数番，关责锋起。恒自觉义途差异，神色微动，麈尾扣案，未即有答。远曰：“不疾而速，杼柚何为？”坐者皆笑。心无之义，于是而息。’盖道恒述敏度义者也。寻敏度过江，当庾亮在江州。法汰过江，则桓温在荆州。相去殆二十馀年也。”高僧传四康僧渊传云：

“晋成之世，与康法畅、支敏度等俱过江。敏度亦聪哲有誉，著传译经录，今行于世。”嘉锡案：无义出三藏记十二。陆澄法论目录有刘遗民释心无义。夫心无之义，既因慧远而息，遗民乃慧远之徒，不知何为，犹著书以释之，岂所谓释者，将以攻驳其义耶？法论既亡，其详不可得闻矣。

12　王文度弟阿智，恶乃不翅〔一〕，当年长而无人与婚。孙兴公有一女，亦僻错，又无嫁娶理。因诣文度，求见阿智。既见，便阳言：“此定可，殊不如人所传，那得至今未有婚处！我有一女，乃不恶，但吾寒士，不宜与卿计，欲令阿智娶之。”文度欣然而启蓝田云：“兴公向来，忽言欲与阿智婚。”蓝田惊喜。既成婚，女之顽嚚，欲过阿智。方知兴公之诈。阿智，王虔之小字。虔之字文将，辟州别驾，不就。娶太原孙绰女，字阿恒〔二〕。

【笺疏】

〔一〕李详云：“详案：说文：‘疷，病不翅也。’段氏注：‘翅同啻。’仓颉篇曰：‘不啻，多也。’（详案：一切经音义七引）古语不啻，如楚人言夥颐之类。世说新语‘恶乃不翅’，晋、宋间人尚作此语。”嘉锡案：“不翅”之义，详见赏誉篇“江思悛”条。此言阿智之为人，不但是恶而已。

〔二〕嘉锡案：此注当是引王氏谱，各本皆脱去书名。

13　范玄平为人，好用智数，而有时以多数失会。尝失官居东阳，桓大司马在南州，故往投之。桓时方欲招起屈滞，以倾朝廷；且玄平在京，素亦有誉，桓谓远来投己，喜跃非常。比入至庭，倾身引望，语笑欢甚。顾谓袁虎曰："范公且可作太常卿。"范裁坐，桓便谢其远来意。范虽实投桓，而恐以趋时损名，乃曰："虽怀朝宗〔一〕，会有亡儿瘗在此，故来省视。"桓怅然失望，向之虚伫，一时都尽〔二〕。中兴书曰："初，桓温请范汪为征西长史，复表为江州，并不就。还都，因求为东阳太守，温甚恨之。汪后为徐州，温北伐，令汪出梁国，失期，温挟憾奏汪为庶人。汪居吴，后至姑孰见温，温语其下曰：'玄平乃来见，当以护军起之。'汪数日辞归，温曰：'卿适来，何以便去？'汪曰：'数岁小儿丧，往年经乱，权瘗此境，故来迎之，事竟去耳。'温愈怒之，竟不屑意。"

【校文】

"姑孰"　"孰"，景宋本作"熟"。

注"起之"　"起"，沈本作"处"。

注"故来迎之"　"故"，沈本作"因"。

【笺疏】

〔一〕李详云："详案：晋时礼谒上官谓之朝宗。陶潜孟府君传'褚裒为豫章太守，出朝宗亮'（庾亮）是也。晋书范汪传去此语，唐之史臣盖不审所云，疑以谓僭。"

〔二〕李慈铭云："案范素忤桓，此之远来，自以己事，窥温奸志，直折其谋。进退较然，可谓不畏强御。世说乃谓其'多数失会'，又云'恐以趋时损名'。夫远省儿丧，安知其实投桓氏？既曰投桓，何又辞去？此皆矫诬之言，妄诬贤者也。"程炎震云："玄平自为桓温长史，后与温立异，闲废积年。岂当晚节，更希苟合？孝标引中兴书，盖以驳正世说。唐修晋书于汪传乃弃彼取此，亦不乐成人之美矣。”嘉锡案：注引中兴书，并无范实投桓，而恐以趋时损名之语。且云：“温愈怒之，竟不屑意。”然则范本无投桓之心可知矣。晋书儒林传载汪孙弘之与司马道子笺曰：“桓温于亡祖，虽其意难测，求之于事，正免黜耳，非有至怨也。”盖温怒汪甚至，故其意难测。又与王珣书曰：“吾少尝过庭，备闻祖考之言，未尝不发愤冲冠，情见乎辞。”又曰：“上愤国朝无正义之臣，次惟祖考有没身之恨。”然则汪之恨温亦切矣。

14　谢遏年少时，好箸紫罗香囊，垂覆手〔一〕。太傅患之，而不欲伤其意，乃谲与赌，得即烧之。遏，谢玄小字。

【笺疏】

〔一〕嘉锡案：“覆手”不知何物，恐是手巾之类。御览七百十六引竹林七贤论曰：“王戎以手巾插腰。”殆即所谓“垂覆手”也。

黜免第二十八

1　诸葛厷在西朝〔一〕，少有清誉，为王夷甫所重，时论亦以拟王。后为继母族党所谗，诬之为狂逆。将远徙，友人王夷甫之徒，诣槛车与别。厷问："朝廷何以徙我？"王曰："言卿狂逆。"厷曰："逆则应杀，狂何所徙！"厷已见。

【校文】

"槛车"　景宋本与沈本无"车"字。

【笺疏】

〔一〕嘉锡案：倭名类聚钞卷一引作宏，说详文学篇"诸葛厷年少"条。

2　桓公入蜀，至三峡中〔一〕，部伍中有得猿子者。荆州记曰："峡长七百里，两岸连山，略无绝处，重岩叠障，隐天蔽日。常有高猿长啸，属引清远。渔者歌曰：'巴东三峡巫峡长，猿鸣三声泪沾裳。'"其母缘岸哀号，行百馀里不去，遂跳上船，至便即绝。破视其腹中，肠皆寸寸断。公闻之，怒，命黜其人。

【笺疏】

〔一〕程炎震云："御览五十三引庾仲雍荆州记曰：'巴陵，楚之世有三峡：明月峡、广德峡、东突峡，即今之巫峡、秭归峡、归乡峡。'"

3　殷中军被废〔一〕，在信安，终日恒书空作字。扬州吏民寻义逐之，窃视，唯作"咄咄怪事"四字而已〔二〕。晋阳秋曰："初，浩以中军将军镇寿阳，羌姚襄上书归降。后有罪，浩阴图诛之。会关中有变，符健死。浩伪率军而行，云'修复山陵'。襄前驱，恐，遂反。军至山桑，闻襄将至，弃辎重驰保谯。襄至，据山桑，焚其舟实。至寿阳，略流民而还。浩士卒多叛，征西温乃上表黜浩，抚军大将军奏免浩，除名为民。浩驰还谢罪。既而迁于东阳信安县。"

【笺疏】

〔一〕程炎震云："永和十年，殷浩废徙。"

〔二〕程炎震云："御览五十引凉州记曰：'赫连定据平凉，登此山，有群狐绕之而鸣。射之，竟不得一。定乃叹曰："咄咄！此亦怪事也！"'"嘉锡案："咄咄"者，叹诧之声，观赫连定语可见。解见汰侈篇"石崇为客作豆粥"条。袁宏后汉纪二十六曰："盖勋为羌所破，滇吾以马与勋。勋曰：'我欲死，不去也。'众曰：'金城购君羊万头、马千匹，欲与君为一。'勋咄咄曰：'我死不知也！'"开元占经八十三引幽明录曰："汉武帝常微行，过人家。家有婢，国色，帝悦之，因留宿。夜与婢□。有书生亦家宿，善天文，忽见客星移，掩帝座，甚逼。书生大惊跃，连呼'咄咄'，不觉声高。"

4　桓公坐有参军椅烝薤不时解〔一〕，共食者又不助，而椅终不放，举坐皆笑〔二〕。桓公曰："同盘尚不相助，况复危难乎？"敕令免官。

【校文】

"勅"　景宋本作"敕"。

【笺疏】

〔一〕程炎震云："椅，当是人名，然上下恐有脱文。"

〔二〕椅，御览九百七十七引作犄，注云："音羁，箸取物也。"嘉锡案：

猗为箸取物者，释玄应一切经音义十五引通俗文："以箸取物曰攲。"御览七百六十引同，并有注云："音羁。"则猗与攲，通用字也。今本误作椅，遂不可解。书钞四十五引作"参军名倚"，则以为人名。其书传写失真，不足据。大藏经梁释僧旻宝唱等经律异相四十九地狱部云："炙地狱者，大铁山火焰相搏，以铁铲铲之，周匝猗炙，一面适熟，铲自然转，反覆颠倒。"释慧琳一切经音义七十九云："猗炙，上音依，犹倚也，倚立于旁曰猗。"今案经律异相之意，盖谓以铁铲取人入火，反覆炙之，如箸之取物，故曰猗炙。慧琳不知猗、攲通用，乃望文生训，释猗作倚，非是。以此推之，则此所谓"猗烝薤不时解"，"猗终不放"者，谓以箸取薤不得，乃反覆用箸，终不释手也。今世伧人犹有反手挟菜者，其状鄙野，故为举坐所笑。薤今名藠子，无蒸食之者。而齐民要术九素食篇有薤白蒸。其法略曰"秫米一石，熟舂煮之。葱、薤等寸切，令得一石许，油五升，合和蒸之。气馏，以豉汁五升洒之。凡三洒。半熟，更以油五升洒之"云云。观其作法，乃是米薤同蒸，调以油豉。则蒸熟后必凝结如餈不可解，故挟取较难耳。

5　殷中军废后，恨简文曰："上人箸百尺楼上，儋梯将去。"〔一〕续晋阳秋曰："浩虽废黜，夷神委命，雅咏不辍，虽家人不见其有流放之戚。外生韩伯始随至徙所，周年还都，浩素爱之，送至水侧，乃咏曹颜远诗曰：'富贵它人合，贫贱亲戚离。'因泣下。"〔二〕其悲见于外者，唯此一事而已。则书空、去梯之言，未必皆实也。

【笺疏】

〔一〕嘉锡案：殷浩之被废，今晋书浩传但云："桓温素忌浩，既闻其败，上疏罪浩，竟坐废为庶人。"温传亦云："时殷浩至洛阳，修复园陵，经涉数年，屡战屡败，器械都尽。温复进督司州，因朝野之怨，乃奏废浩。自是，内外大权，一归温矣。”若如所言，则浩之见废，纯出于温，无与简文事。浩岂不知，何为归怨乎？纵浩本无此言，乃纪载之不实，然造言者，果何自而生耶？今读上条注引晋阳秋，言“征西温上表黜浩，抚军大将军奏免浩，除名为民”。抚军大将军者，简文也。浩除名徙信安，事在永和十年。时简文方以抚军录尚书事辅政，故疏请废浩，虽出于温，而定其罪罚者，则实简文。言语篇“顾悦与简文同年”条注引中兴书曰：“悦上疏理浩，或谏以浩为太宗所废，必不依许。”然则浩之得罪，以情言之，简文乃迫于桓温，非其本怀。以事言之，则固明明抚军之所奏请，不得谓非太宗之所废也。由是世人相传：浩恨简文，有上楼去梯之语。虽不知实否，要不可谓之无理矣。嘉锡又案：浩之得罪，固由于自请北伐，大败于姚襄，致桓温得因以为罪，然其为政，亦甚失人情。其尤谬者，莫过于处置蔡谟一事。谟除司徒，三年不就职。永和六年，帝临轩征谟不至，公卿奏请送廷尉。谟惧，稽颡待罪。浩欲加谟大辟，会徐州刺史荀羡入朝，浩以问羡。羡曰：“蔡公今日事危，明日必有桓、文之举。”浩乃止，下诏免谟为庶人（见蔡谟荀羡传及通鉴九十九）。谟此举诚不能无过，然特谦冲太甚，非争权乱政者比也。纵欲正上下之分，其罪亦何至于死！况其时天子幼冲，政在宰辅。浩以无功新进，凭其威势，辄欲专杀大臣。使其果行，荀羡纵不举兵，桓温亦必入清君侧。晋室之乱，可翘足而待也。浩本与羡友善，故擢居重任，以为羽翼（见羡及浩传）。其词尚不平如此，则其时人心之汹汹可知矣。史言温因朝野之怨，乃奏废浩，首举蔡谟事为言（见温及浩传）。然则浩纵不战败，亦必覆公𫗧，败国家事，不待桓温之废之也。免官禁锢，咎由自取，复何怨乎？程炎震云：“说文：‘儋，何也。’管子七法：‘檐竿而欲定其末。’注：‘檐，举也。’”

〔二〕嘉锡案：韩伯家素贫窭（见伯传），其母子初必依浩为生。浩以永和十年被废。伯从之经年，年已二十有四。其辞去还都，盖以浩在困顿中，不宜复累之。故浩有感于曹颜远之诗，以素爱之不忍别，因而自伤，非怨之也。又案：曹摅字颜远，其感旧诗见文选二十九。

6　邓竟陵免官后赴山陵〔一〕，过见大司马桓公，公问之曰："卿何以更瘦？"大司马寮属名曰："邓遐字应玄，陈郡人，平南将军岳之子。勇力绝人，气盖当世，时人方之樊哙。为桓温参军，数从温征伐，历竟陵太守〔二〕。枋头之役，温既怀耻忿，且惮遐，因免遐官，病卒。"邓曰："有愧于叔达，不能不恨于破甑！"郭林宗别传曰："钜鹿孟敏，字叔达，敦朴质直。客居太原，杂处凡俗，未有所名。尝至市买甑，荷儋堕地坏之，径去不顾。适遇林宗，见而异之，因问曰：'坏甑可惜，何以不顾？'客曰：'甑既已破，视之何益？'林宗赏其介决，因以知其德性，谓必为美士，劝令读书。游学十年，遂知名，三府并辟，不就。东夏以为美贤。"

【笺疏】

〔一〕程炎震云："竟陵郡，惠帝分江夏置。东晋时属荆州，亦当属江州。"又云："咸和二年十月，葬简文帝于高平陵。"

〔二〕程炎震云："御览三百七十八引'何以更瘦'下，原注徐广晋纪曰'邓遐勇力绝人'云云。此注当有脱文。又从温征伐下有为冠军将军五字，无历字。"

7　桓宣武既废太宰父子〔一〕，仍上表曰："应割近情，以存远计。若除太宰父子，可无后忧。"简文手答表曰：

“所不忍言，况过于言！”宣武又重表，辞转苦切。简文更答曰：“若晋室灵长，明公便宜奉行此诏〔二〕；如大运去矣，请避贤路！”桓公读诏，手战流汗，于此乃止。太宰父子，远徙新安〔三〕。司马晞传曰：“晞字道升，元帝第四子。初封武陵王，拜太宰。少不好学，尚武凶恣。时太宗辅政，晞以宗长不得执权，常怀愤慨，欲因桓温入朝杀之。太宗即位，新蔡王晃首辞，引与晞及子综谋逆。有司奏晞等斩刑，诏原之，徙新安。晞未败四五年中，喜为挽歌，自摇大铃，使左右习和之。又燕会，使人作新安人歌舞离别之辞，其声甚悲，后果徙新安。”

【校文】

注“使人作新安人歌舞离别之辞”　“使人”，景宋本作“倡妓”。

【笺疏】

〔一〕程炎震云：“咸安元年，桓温废武陵王晞。”

〔二〕程炎震云：“此诏，晋书简文纪作前诏，是。”

〔三〕晋书简文纪云：“帝虽神识恬畅，而无济世大略。故谢安称为惠帝之流，清谈差胜耳。”嘉锡以为简文虽制于权臣，而能保全海西公及武陵王晞。其人盖长者而短于才。然其言不恶而严，足令桓温骇服。即此一事，以视惠帝之听人提掇，弑母杀子，戮舅废妻，皆懵然不能出一语者，相去何止万万！谢安之言，拟人不于其伦。疑是记者之失，不足以为定评也。

8　桓玄败后，殷仲文还为大司马咨议〔一〕，意似二三，非复往日。大司马府听前有一老槐，甚扶疏。殷因月朔，与众在听，视槐良久，叹曰：“槐树婆娑，无复生意！”〔二〕晋安帝纪曰：“桓玄败，殷仲文归京师，高祖以其卫从二后，且以大信宣令，引为镇军长史。自以名辈先达，位遇至重，而后来谢混之徒，皆畴昔之所附也，今比肩同列，常怏然自失。后果徙信安。”

【笺疏】

〔一〕程炎震云：“义熙元年三月，瑯邪王德文为大司马，后为恭帝。”又云：“晋书九十九仲堪传取此事，而不言为大司马咨议，盖略之。”

〔二〕李详云：“详案：婆娑本训为舞貌。舞必宛转倾侧，引申为人偃息纵弛之状。项岱注汉书叙传（隋志汉书叙传五卷，项岱注）‘婆娑，偃息’，是也。仲文此语，谓槐树婆娑剥落，无复生趣。与陶桓公言‘老子婆娑’正同。通鉴九十五胡注‘婆娑：肢体缓纵不收之貌。’”嘉锡案：文选四十五班孟坚答宾戏：“婆娑乎术艺之场。”注：“项岱曰：‘婆娑，偃息也。’”盖李善引项氏叙传注之语，不见于汉书颜注。审言不明著出处，聊为补之。

9　殷仲文既素有名望，自谓必当阿衡朝政。忽作东阳太守，意甚不平。晋安帝纪曰：“仲文后为东阳，愈愤怨，乃与桓胤谋反，遂伏诛〔一〕。仲文尝照镜不见头，俄而难及。”及之郡，至富阳，慨然叹曰：“看此山川形势，当复出一孙伯符！”孙策，富春人。故及此而叹。

【笺疏】

〔一〕文选集注六十二江文通拟殷东阳兴瞩诗注引续晋阳秋云：“刘毅博才好士，以仲文早有令名，深相礼重。何无忌甚慕之。自以进达之，令府中才士孙阐、孔甯之徒并称撰文义以待焉。仲文既失志，恍忽不知如此，遂相忌疏，唯达笺疏而已。无忌甚以邀忽而轻也，大以为憾。及朝臣议欲北伐，无忌曰：‘方今殷仲文、桓玄为腹心之疾，舍近事远，非长策也。’遂因此而陷仲文焉。”嘉锡案：此所引“自以进达之”句，文义不明，疑有脱误。晋书殷仲文传作“迁为东阳太守，何无忌甚慕之。东阳无忌所统，仲文许当便道修谒，无忌故益钦迟之”云云。又是时桓玄已死，无忌不当以玄及仲文为言，本传作桓胤是也。程炎震云：“义熙三年二月，仲文诛死。”

俭啬第二十九

1　和峤性至俭，家有好李，王武子求之，与不过数十。王武子因其上直，率将少年能食之者，持斧诣园，饱共噉毕，伐之，送一车枝与和公，问曰：“何如君李？”和既得，唯笑而已。晋诸公赞曰：“峤性不通，治家富拟王公，而至俭〔一〕，将有犯义之名。”语林曰：“峤诸弟往园中食李，而皆计核责钱。故峤妇弟王济伐之也。”

【笺疏】

〔一〕李详云：“详案：魏志和洽传裴注引诸公赞作‘家产丰富，拟于王公，而性至俭啬’。”

2　王戎俭吝，其从子婚，与一单衣，后更责之。王隐晋书曰：“戎性至俭，不能自奉养，财不出外。天下人谓为膏肓之疾。”

3　司徒王戎，既贵且富，区宅僮牧，膏田水碓之属，洛下无比。契疏鞅掌，每与夫人烛下散筹筭计。晋诸公赞曰：“戎性简要，不治仪望，自遇甚薄，而产业过丰。论者以为台辅之望不重。”〔一〕王隐晋书曰：“戎好治生，园田周徧天下。翁妪二人，常以象牙筹昼夜筭计家资。”晋阳秋曰：“戎多殖财贿，常若不足。或谓戎故以此自晦也。”戴逵论之曰：“王戎晦默于危乱之际，获免忧祸，既明且哲，于是在矣。或曰：‘大臣用心，岂其然乎？’逵曰：‘运有险易，时有昏明，如子之言，则蘧瑗、季札之徒，皆负责矣。自古而观，岂一王戎也哉！’”〔二〕

【笺疏】

〔一〕御览七百十六引竹林七贤论曰：“王戎虽为三司，率尔私行，巡省田园，不从一人，以手巾插腰。戎故吏多大官，相逢，辄下道避之。”

〔二〕嘉锡案：观诸书及世说所言，戎之鄙吝，盖出于天性。戴逵之言，名士相为护惜，阿私所好，非公论也。

4　王戎有好李，卖之，恐人得其种，恒钻其核。

5　王戎女适裴頠，贷钱数万。女归，戎色不说。女遽还钱，乃释然。

6　卫江州在寻阳，永嘉流人名曰：“卫展字道舒，河东安邑人。祖列，彭城护军。父韶，广平令。展，光熙初除鹰扬将军、江州刺史。”〔一〕有知旧人投之，都不料理，唯饷“王不留行”一斤。此人得饷，便命驾。本草曰：“王不留行，生太山，治金疮，除风，久服之，轻身。”李弘范闻之曰：“家舅刻薄，乃复驱使草木。”中兴书曰：“李轨字弘范，江夏人。仕至尚书郎。”按轨，刘氏之甥。此应弘度，非弘范也。

【校文】

“草木”　“草”，景宋本作“卉”。

【笺疏】

〔一〕程炎震云："晋书三十六展传云'永嘉中'。光熙止一年，明年即为永嘉。"

7　王丞相俭节，帐下甘果，盈溢不散。涉春烂败，都督白之，公令舍去，曰："慎不可令大郎知。"王悦也。

8　苏峻之乱，庾太尉南奔见陶公。陶公雅相赏重。陶性俭吝，及食，啖薤，庾因留白。陶问："用此何为？"庾云："故可种。"于是大叹庾非唯风流，兼有治实〔一〕。

【笺疏】

〔一〕嘉锡案：陶公爱惜物力，竹头木屑，皆得其用。既是性之所长，亦遂以此取人。其因庾亮啖薤留白，而赏其有治实，犹之有一官长取竹连根，而超两阶用之之意也。事见政事篇。此之俭吝，正其平生经济所在。与王戎辈守财自封者，固自不同。

9　郗公大聚敛，有钱数千万，嘉宾意甚不同。常朝旦问讯，郗家法，子弟不坐，因倚语移时，遂及财货事。郗公曰："汝正当欲得吾钱耳！"乃开库一日，令任意用。郗公始正谓损数百万许，嘉宾遂一日乞与亲友，周旋略尽。郗公闻之，惊怪不能已已。中兴书曰："超少卓荦而不羁，有旷世之度。"

汰侈第三十

1　石崇每要客燕集，常令美人行酒，客饮酒不尽者，使黄门交斩美人。王丞相与大将军尝共诣崇，丞相素不能饮，辄自勉强，至于沈醉。每至大将军，固不饮，以观其变。已斩三人，颜色如故，尚不肯饮。丞相让之，大将军曰："自杀伊家人，何预卿事！"〔一〕王隐晋书曰："石崇为荆州刺史，劫夺杀人，以致巨富。"王丞相德音记曰："丞相素为诸父所重，王君夫问王敦：'闻君从弟佳人，又解音律，欲一作妓，可与共来。'遂往。吹笛人有小忘，君夫闻，使黄门阶下打杀之，颜色不变。丞相还，曰：'恐此君处世，当有如此事。'"两说不同，故详录〔二〕。

【笺疏】

〔一〕李慈铭云："案晋书王敦传，以此为王恺事，非石崇。疑皆传闻过实之辞。崇、恺虽暴，不至是也。"

〔二〕程炎震云："晋书九十八敦传，兼取行酒及吹笛两事，但云王恺，不云石崇。又不言已杀三人，较可信。"

2　石崇厕，常有十馀婢侍列，皆丽服藻饰〔一〕。置甲煎粉、沈香汁之属，无不毕备。又与新衣箸令出，客多羞不能如厕。王大将军往，脱故衣，箸新衣，神色傲然。群婢相谓曰："此客必能作贼。"语林曰："刘寔诣石崇，如厕，见有绛纱帐大床，茵蓐甚丽，两婢持锦香囊。寔遽反走，即谓崇曰：'向误入卿室内。'崇曰：'是厕耳。'"

【笺疏】

〔一〕李详云："详案：汉书外戚卫皇后子夫传：'帝起更衣，子夫侍尚衣。'更衣即厕所，有美人列侍，帝戚平阳主家始有之。石崇仿之，所以为侈。"

3　武帝尝降王武子家，武子供馔，并用瑠璃器。婢子百馀人，皆绫罗绔纙[一]，以手擎饮食。烝㹠肥美，异于常味。帝怪而问之，答曰："以人乳饮㹠。"帝甚不平，食未毕，便去。王、石所未知作。纙，一作罷。

【笺疏】

〔一〕程炎震云："济尚常山公主，故帝幸其家。"又云："玉篇：'纙，力货切，女人上衣也。罷，彼皮切，关东人呼裙也。'两字皆得通，未知孰是。御览四百七十二引，绔纙作袴褶。"

4　王君夫以粭糒澳釜[一]，石季伦用蜡烛作炊。君夫作紫丝布步障碧绫里四十里，石崇作锦步障五十里以敌之。石以椒为泥，王以赤石脂泥壁[二]。晋诸公赞曰："王恺字君夫，东海人，王肃子也。虽无检行，而少以才力见名，有在公之称。既自以外戚，晋氏政宽，又性至豪。旧制，鸩不得过江，为其羽栎酒中，必杀人。恺为翊军时[三]，得鸩于石崇而养之，其大如鹅，喙长尺馀，纯食蛇虺。司隶奏按恺、崇[四]，诏悉原之，即烧于都街[五]。恺肆其意色，无所忌惮。为后军将军[六]，卒谥曰丑。"

【笺疏】

〔一〕程炎震云："晋书三十三崇传无糒字。音义出粭澳二字。糒是干饭，疑衍此字。晋书音义：'粭，与之反。'考玉篇、广韵皆无粭字。而广韵饴字正切与之。盖粭、饴同字。又广韵：'燠，乌到切。'燠釜，以水添釜，则字当从火。"

〔二〕元河南志卷一云："毓德坊有斗富台。今洛人相传云：石崇王恺筑会之所。而韦述记不著，疑妄。"

〔三〕程炎震云："武纪太康元年六月，初置翊军校尉官。"

〔四〕程炎震云："崇、恺传并云：司隶傅祗。案祗为司隶，在元康元年。"

〔五〕李详云："详案：晋书九十三王恺传：'石崇与恺将为鸩毒之事。司隶校尉傅祗劾之。'案司隶所劾，因恺、崇豢养毒鸟，留之害人，故焚于都街。如晋书言，似二人谋为悖逆之事，殊为误会。左传庄公三十二年正义引晋诸公赞曰：'旧制：鸩不得渡江，有重法。石崇为南中郎将，得鸩，以与王恺养之。大如鹅，喙长尺馀，纯食蛇虺。司隶傅祗于恺家得此鸟。奏之，宣示百官，烧于都街。'"

〔六〕程炎震云："晋书崇传云：'崇得鸩鸟雏，以与后军将军王恺。'恺传亦云'转后将军'。"

5　石崇为客作豆粥，咄嗟便办〔一〕。恒冬天得韭蓱齑〔二〕。又牛形状气力不胜王恺牛，而与恺出游，极晚发，争入洛城，崇牛数十步后，迅若飞禽，恺牛绝走不能及。每以此三事为搤腕〔三〕。乃密货崇帐下都督及御车人，问所以。都督曰："豆至难煮，唯豫作熟末，客至，作白粥以投之。韭蓱齑是捣韭根，杂以麦苗尔。"复问驭人牛所以驶。驭人云："牛本不迟，由将车人不及制之尔〔四〕。急时听偏辕，则驶矣。"恺悉从之，遂争长。石崇后闻，皆杀告者。晋诸公赞曰："崇性好侠，与王恺竞相夸炫也。"

【笺疏】

〔一〕叶梦得石林诗话上曰："刘贡父以司空图诗中'咄喏'二字辨晋书所载'石崇豆粥，咄嗟而办'为误，以喏为嗟，非也。孙楚诗自有'三命皆有极，咄嗟不可保'之语。咄嗟，皆声也。自晋以前，未见有言咄。殷浩所谓'咄咄逼人'，盖拒物之声。嗟乃叹声。咄嗟犹言呼吸。疑是晋人一时语，故孙楚亦云云尔。”王楙野客丛书二十三云：“窃谓此语，自古而然，非特晋也。前汉书‘项羽意乌猝嗟’，李奇注：‘猝嗟，犹咄嗟也。’后汉何休注公羊曰：‘噫咄嗟也。’又战国策有叱咄、叱嗟等语。益知此语自古而然。咄咄逼人乃殷仲堪语，石林谓殷浩语，误也。殷浩语乃咄咄书空。”桂馥札朴五云：“左思咏史诗：‘俯仰生荣华，咄嗟复枯凋。’此言苏秦、李斯，忽而荣华，忽而枯凋也。馥谓咄嗟便办，犹言一呼即至也。豆粥难成，惟崇家立具，称其疾也。”嘉锡案：咄嗟，本叱咤之声，王楙所言，是其本义。至左思、孙楚及世说所谓咄嗟，皆言其疾速，乃后起之义。自是魏、晋时人语。叶石林引证虽有误，其以咄嗟为呼吸，固不误也。

〔二〕程炎震云：“虀字误，当作韲。晋书作齏，是俗字。玉篇尚无齏字，广韵始有之。齐民要术八引崔实曰：‘八月取韭菁，作捣齏。’故冬天为难得。文选卷四张平子南都赋：‘浮蚁若蓱。’善注曰：‘如蓱之多者。’韭蓱盖亦如此。”

〔三〕晋书石崇传“每”上有“恺”字。

〔四〕晋书石崇传此句作“良由驭者逐之不及而反制之”。

6　王君夫有牛，名“八百里驳”〔一〕，常莹其蹄角。王武子语君夫：“我射不如卿，今指赌卿牛，以千万对之。”君夫既恃手快，且谓骏物无有杀理，便相然可。令武子先射。武子一起便破的，却据胡床，叱左右：“速探牛心来！”须臾，炙至，一脔便去。相牛经曰：“牛经出甯戚，传百里奚。汉世河西薛公得其书，以相牛，千百不失。本以负重致远，未服辎軿，故文不传。至魏世，高堂生又传以与晋宣帝，其后王恺得其书焉。”臣按其相经云：“阴虹属颈，千里。”〔二〕注曰：“阴虹者，双筋白尾骨属颈，甯戚所饭者也。”恺之牛，其亦有阴虹也。甯戚经曰：“棰头欲得高，百体欲得紧，大膁疏肋难龄䶬〔三〕，龙头突目好跳。又角欲得细，身欲促，形欲得如卷。”

【校文】

注“白尾”　“白”，沈本作“自”。

注“其亦”　景宋本及沈本无“其”字。

注“龄䶬”　景宋本及沈本无“龄”字；“䶬”，沈本作“龆”。

【笺疏】

〔一〕演繁露一曰：“王济之‘八百里驳’。驳，亦牛也。言其色驳而行速，日可八百里也。”嘉锡案：此王恺之牛，演繁露误作王济。

〔二〕程炎震云：“齐民要术六引相牛经，千里上有行字。”

〔三〕齐民要术引此句作“大膁疏肋难饲”。

7　王君夫尝责一人无服馀衵，因直内箸曲阁重闺里，不听人将出。遂饥经日，迷不知何处去。后因缘相为，垂死，乃得出。

8　石崇与王恺争豪，并穷绮丽，以饰舆服。续文章志曰：“崇资产累巨万金，宅室舆马，僭拟王者。庖膳必穷水陆之珍。后房百数，皆曳纨绣，珥金翠，而丝竹之蓺，尽一世之选。筑榭开沼，殚极人巧。与贵戚羊琇、王恺之徒竞相高以侈靡，而崇为居最之首，琇等每愧羡，以为不及也。”〔一〕武帝，恺之甥也，每助恺。尝以一珊瑚树，高二尺许赐恺。枝柯扶疏，世罕其比。恺以示崇。崇视讫，以铁如意击之，应手而碎。恺既惋惜，又以为疾己之宝，声色甚厉。崇曰：“不足恨，今还卿。”乃命左右悉取珊瑚树，有三尺四尺，条干绝世，光彩溢目者六七枚，如恺许比甚众。恺惘然自失〔二〕。南州异物志曰：“珊瑚生大秦国，有洲在涨海中，距其国七八百里，名珊瑚树洲。底有盘石，水深二十馀丈，珊瑚生于石上。初生白，软弱似菌。国人乘大船，载铁网，先没在水下，一年便生网目中，其色尚黄，枝柯交错，高三四尺，大者围尺馀。三年色赤，便以铁钞发其根，系铁网于船，绞车举网。还，裁凿恣意所作。若过时不凿，便枯索虫盘。其大者输之王府，细者卖之。”广志曰：“珊瑚大者，可为车轴。”

【笺疏】

〔一〕宋书五行志曰：“晋兴，何曾薄太官御膳，自取私食。子劭又过之。而王恺又过劭。王恺、羊琇之畴，盛致声色，穷珍极丽。至元康中，夸恣成俗，转相高尚。石崇之侈，遂兼王、何而俪人主矣。崇既诛死，天下寻亦沦丧。僭侈之咎也。”晋书五行志同。

〔二〕嘉锡案：此出语林，见御览七百三。

9　王武子被责，移第北邙下。晋诸公赞曰：“济与从兄恬不平，济为河南尹，未拜，行过王宫，吏不时下道，济于车前鞭之，有司奏免官。论者以济为不长者。寻转太仆，而王恬已见委任，济遂斥外。”于时人多地贵，济好马射，买地作埒，编钱匝地竟埒。时人号曰“金沟”。沟一作埒。

【校文】

注“兄恬”“王恬”　“恬”，沈本俱作“佑”。

注“沟一作埒”　景宋本无此四字。

10　石崇每与王敦入学戏，见颜、原象家语曰："颜回字子渊，鲁人。少孔子二十九岁，而发白，三十二岁蚤死。"原宪已见。而叹曰："若与同升孔堂，去人何必有间！"王曰："不知馀人云何，子贡去卿差近。"史记曰："端木赐字子贡，卫人。尝相鲁，家累千金，终于齐。"石正色云："士当令身名俱泰，何至以瓮牖语人！"原宪以瓮为巨牖〔一〕。

【笺疏】

〔一〕程炎震云："'原宪瓮牖'，见韩诗外传、新序节士篇及庄子让王篇。此注不备引，恐非孝标之旧矣。"

11　彭城王有快牛，至爱惜之。朱凤晋书曰："彭城穆王权，字子舆，宣帝弟馗子。太始元年封。"〔一〕王太尉与射，赌得之。彭城王曰："君欲自乘则不论；若欲噉者，当以二十肥者代之。既不废噉，又存所爱。"王遂杀噉。

【笺疏】

〔一〕程炎震云："权子植，孙释，并为彭城王。权薨于咸宁元年，衍才二十岁。此彭城王，未必定是权。"

12　王右军少时，在周侯末坐。割牛心噉之，于此改观〔一〕。俗以牛心为贵，故羲之先飡之。

【校文】

注"飡"　景宋本作"食"。

【笺疏】

〔一〕程炎震云："晋书八十羲之传云：'年十三，尝谒周顗。时重牛心炙。

坐客未噉，顗先割啗羲之。于是始知名。' 右军十三岁，是建兴四年。"

忿狷第三十一〔一〕

【笺疏】

〔一〕程炎震云："狷当作悁。文选潘岳西征赋：'方鄙吝之忿悁。'注引战国策张仪曰：'秦忿悁含怒之日久矣。'"

1　魏武有一妓，声最清高，而情性酷恶。欲杀则爱才，欲置则不堪。于是选百人一时俱教。少时，还有一人声及之，便杀恶性者。

【校文】

"还"　景宋本作"果"。

2　王蓝田性急。尝食鸡子，以筯刺之，不得，便大怒，举以掷地。鸡子于地圆转未止，仍下地以屐齿蹍之，又不得，瞋甚，复于地取内口中，啮破即吐之。王右军闻而大笑曰："使安期有此性，犹当无一豪可论，况蓝田邪？" 中兴书曰："述清贵简正，少所推屈，唯以性急为累。"〔一〕安期，述父也。有名德，已见。

【笺疏】

〔一〕程炎震云："晋书七十五述传曰：'既跻重位，每以柔克为用。'"

3　王司州尝乘雪往王螭许。王胡之、王恬并已见。恬小字螭虎。司州言气少有牾逆于螭，便作色不夷。司州觉恶，便舆床就之，持其臂曰："汝讵复足与老兄计？"按王氏谱：胡之是恬从祖兄。螭拨其手曰："冷如鬼手馨，强来捉人臂！"

4　桓宣武与袁彦道樗蒱，袁彦道齿不合，遂厉色掷去五木。温太真云："见袁生迁怒，知颜子为贵。"〔一〕论语曰："哀公问弟子孰为好学？孔子曰：'有颜回者，好学，不迁怒，不贰过，不幸短命死矣。'"

【笺疏】

〔一〕嘉锡案：桓温以孝武帝宁康元年卒，年六十二。逆数至成帝咸和四年温峤卒时，凡四十五年。温才十七岁。袁彦道卒于咸康初，年二十五，其长于温不过数岁。两童子儿戏相争，事所恒有，未足深责也。

5　谢无奕性粗强。以事不相得，自往数王蓝田，肆言极骂。王正色面壁不敢动，半日。谢去良久，转头问左右小吏曰："去未？"答云："已去。'然后复坐。时人叹其性急而能有所容。

6　王令诣谢公，值习凿齿已在坐，当与并榻。王徙倚不坐，公引之与对榻。去后，语胡儿曰："子敬实自清立，但人为尔多矜咳，殊足损其自然。"刘谦之晋纪曰："王献之性甚整峻，不交非类。"〔一〕

【校文】

“矜咳”　“咳”，沈本作“硋”。

【笺疏】

〔一〕嘉锡案：习凿齿人才学问独出冠时，而子敬不与之并榻，鄙其出身寒士，且有足疾耳。所谓“不交非类”者如此。非孔子“无友不如己者”之谓也。

7　王大、王恭尝俱在何仆射坐。中兴书曰：“何澄字子玄〔一〕，清正有器望。历尚书左仆射。”恭时为丹阳尹，大始拜荆州。灵鬼志谣征曰：“初，桓石民为荆州，镇上时，民忽歌黄昙曲曰：‘黄昙英，扬州大佛来上朋。’〔二〕少时，石民死，王忱为荆州。”〔三〕佛大，忱小字也。讫将乖之际，大劝恭酒，恭不为饮，大逼强之转苦，便各以裙带绕手。恭府近千人，悉呼入斋，大左右虽少，亦命前，意便欲相杀〔四〕。何仆射无计，因起排坐二人之间，方得分散。所谓势利之交，古人羞之。

【校文】

注“上时”　沈本作“上明”。

注“上朋”　沈本作“上明”。

【笺疏】

〔一〕程炎震云：“晋书何准传作季玄。”

〔二〕李慈铭云：“案上时当作上明，下文上朋亦上明之误。晋、宋五行志皆作上明。上明者，荆州地名也。卷下之上栖逸篇：‘刘之驎见荆州刺史桓冲，比至上明。’宋书州郡志：‘荆州刺史桓冲，始治上明。’今湖北荆州府松滋县有上明故城。”

〔三〕程炎震云:"太元十四年六月桓石虔卒，王忱代之。明年王恭亦出镇京口矣。"

〔四〕嘉锡案：恭与忱有隙，详见赏誉篇注引晋安帝纪。

8　桓南郡小儿时，与诸从兄弟各养鹅共斗。南郡鹅每不如，甚以为忿。乃夜往鹅栏间，取诸兄弟鹅悉杀之。既晓，家人咸以惊骇，云是变怪，以白车骑。车骑曰："无所致怪，当是南郡戏耳!"〔一〕问，果如之。

【笺疏】

〔一〕吴承仕曰:"车骑口中，何云南郡？此记事不中律令处。"

谗险第三十二

1　王平子形甚散朗，内实劲侠〔一〕。邓粲晋纪云:"刘琨尝谓澄曰:'卿形虽散朗，而内劲狭，以此处世，难得其死!'澄默然无以答。后果为王敦所害。刘琨闻之曰:'自取死耳!'"

【校文】

注"而内劲狭"　景宋本"内"下有"实"字。

【笺疏】

〔一〕程炎震云:"晋书四十三王澄传劲侠作动侠。通鉴八十八胡注曰:'言其心轻易动，又豪侠自喜也。'虽望文生义，然可知宋时梅磵所见本即是动字。'

2　袁悦有口才，能短长说，亦有精理。始作谢玄参军，颇被礼遇。后丁艰，服除还都，唯赍战国策而已。

语人曰："少年时读论语、老子，又看庄、易，此皆是病痛事，当何所益邪？天下要物，正有战国策。"既下，说司马孝文王〔一〕，大见亲待，几乱机轴，俄而见诛。袁氏谱曰："悦字元礼，陈郡阳夏人。父朗，给事中。仕至骠骑咨议。太元中〔二〕，悦有宠于会稽王，每劝专览朝权，王颇纳其言。王恭闻其说，言于孝武。乃托以它罪，杀悦于市中〔三〕。既而朋党同异之声，播于朝野矣。"

【笺疏】

〔一〕李慈铭云："案孝文当作文孝，晋书作文孝。"

〔二〕嘉锡案：自太元中以下，似别引一书，非袁氏谱之言。传写脱去书名耳。

〔三〕嘉锡案：悦尝离间王忱、王恭，见赏誉篇"王恭与王建武甚有情"条。晋书王国宝传曰："中书郎范宁，国宝舅也。疾其阿谀，劝孝武帝黜之。国宝乃使陈郡袁悦之因尼妙音致书与太子母陈淑媛，说国宝宜见亲信。帝知之，托以他罪杀悦之。"与此不同。盖孝武之积怒于悦，非一事也。

3　孝武甚亲敬王国宝、王雅。雅别传曰："雅字茂建，东海沂人〔一〕，少知名。"晋安帝纪曰："雅之为侍中，孝武甚信而重之。王珣、王恭特以地望见礼，至于亲幸，莫及雅者。上每置酒燕集，或召雅未至，上不先举觞。时议谓珣、恭宜傅东宫，而雅以宠幸，超授太傅、尚书左仆射。"雅荐王珣于帝〔二〕，帝欲见之。尝夜与国宝、雅相对，帝微有酒色，令唤珣，垂至，已闻卒传声。国宝自知才出珣下，恐倾夺要宠，因曰："王珣当今名流，陛下不宜有酒色见之，自可别诏也。"帝然其言，心以为忠，遂不见珣。

【校文】

“倾夺要宠”　“要”，景宋本作“其”。

“别诏也”　景宋本“诏”下有“召”字。

【笺疏】

〔一〕李慈铭云：“案晋书王雅传：‘东海郯人，魏卫将军肃之曾孙。’茂建作茂达。”程炎震云：“晋书八十三雅传作‘雅字茂达，东海郯人’。”

〔二〕李慈铭云：“案太傅当作太子少傅。晋书会稽王道子领太子太傅，以雅为太子少傅。”程炎震云：“太元十二年立太子，雅尝为傅。明年，珣自吴国内史授为尚书右仆射，代谯王恬之，盖雅荐之。”

4　王绪数谗殷荆州于王国宝，殷甚患之，求术于王东亭〔一〕。曰：“卿但数诣王绪，往辄屏人，因论它事，如此，则二王之好离矣。”殷从之。国宝见王绪问曰：“比与仲堪屏人何所道？”绪云：“故是常往来，无它所论。”国宝谓绪于己有隐，果情好日疏，谗言以息。按国宝得宠于会稽王，由绪获进〔二〕，同恶相求，有如市贾，终至诛夷，曾不携贰。岂有仲堪微间而成离隟〔三〕。

【笺疏】

〔一〕嘉锡案：宠礼篇言珣为桓温主簿，荆州为之语曰：“髯参军，短主簿。能令公喜，能令公怒。”则其人必长于揣摩。时人以其多智数，故造为此言耳。

〔二〕程炎震云：“晋书国宝传云‘国宝进从祖弟绪’，与此注异。”

〔三〕嘉锡案：唐写本规箴篇注引国宝别传曰“国宝虽为相王所重，既未为孝武所亲，及上览万机，乃自进于上。上甚爱之。俄而上崩，政由宰辅。国宝从弟绪有宠于王，深为其说。王忿其去就，未之纳也。绪说渐行，迁左仆射，领吏部、丹阳尹，以东宫兵配之。国宝权震外内”云云。是则国宝之复得宠于会稽王，实由王绪之力。此规箴篇所以言王绪、王国宝相为唇齿。而孝标此注亦谓二人同恶相求，有如市贾也。今本删除首尾，但存“从弟绪有宠于王，深为其说”二语，遂使读者莫知其所谓矣。至唐修晋书，于国宝传乃云：“安帝即位，国宝复事道子，进从祖弟绪为琅邪内史，亦以佞邪见知。道子复惑之，倚为心腹。”今考简文三子传云：“道子复委任王绪，由是朋党竞扇，友爱道尽。太妃每和解之，而道子不能改。”是则当孝武之时，绪已见知于道子，倚为心腹久矣。何待安帝即位，始因国宝以进耶？国宝传叙此既误，而又删除王绪为国宝进说之事，则其曲折尤不明。故专据晋书，必不可以读世说也。当王恭讨国宝檄至时，绪尚说国宝令矫道子命召王珣、车胤杀之，以除众望。而国宝为珣、胤所动，遂上疏解职，既而悔之，方谋距恭。道子乃委罪国宝，付廷尉赐死，并斩绪以谢恭。故孝标谓二人终至诛夷，曾不携贰。然则其未死之前，未尝为殷仲堪所间亦明矣。

尤悔第三十三

1　魏文帝忌弟任城王骁壮，因在卞太后阁共围棋，并噉枣。文帝以毒置诸枣蒂中，自选可食者而进，王弗悟，遂杂进之。既中毒，太后索水救之。帝预敕左右毁瓶罐，太后徒跣趋井，无以汲〔一〕。须臾，遂卒。魏略曰：“任城威王彰，字子文，太祖卞太后第二子。性刚勇而黄须，北讨代郡，独与麾下百馀人突虏而走。太祖闻曰:'我黄须儿可用也!'"魏志春秋曰:"黄初三年〔二〕,彰来朝。初,彰问玺绶,将有异志,故来朝不即得见,有此忿惧而暴薨。"〔三〕复欲害东阿,太后曰:"汝已杀我任城,不得复杀我东阿。"〔四〕魏志方伎传曰:"文帝问占梦周宣:'吾梦磨钱文,欲灭而愈更明,何谓?'宣怅然不对。帝固问之,宣曰:'陛下家事,虽欲尔,而太后不听,是以欲灭更明耳。'帝欲治弟植之罪,逼于太后,但加贬爵。"

【笺疏】

〔一〕吴承仕曰:"须水岂必须井边汲?岂无豫储之水耶?想见古时生具之拙。"嘉锡案,井水解毒,不见于本草,然古人相传有之。后汉书李固传曰:"冀忌帝聪慧,恐为后患,遂令左右进鸩。帝苦烦甚,使促召固。固入,前问:陛下得患所由?帝尚能言,曰:'食煮饼。今腹中闷,得水尚可活。'时冀亦在侧,曰:'恐吐,不可饮水。'语未绝而崩。"

〔二〕程炎震云:"三年,魏志彰传作四年,曹子建赠白马王彪诗序亦作四年。"

〔三〕李慈铭云:"案有盖用字之误。"

〔四〕林国赞三国志裴注述卷一云:"后妃传注引魏书,称东阿王为有司所奏,卞后终不假借。及见文帝,亦不以为言。裴注非之。案曹丕偪于卞后,不能深罪植,史有明文。植传注引魏略正同。且彼时植方为临菑侯,迨徙王东阿,丕卒已八年矣,亦不得于彼时遽称东阿王。世说新语称魏文帝既害任城王,复欲害东阿。太后曰:'汝已杀我任城,不得复杀我东阿。'亦足与裴说互参。惟称植为东阿,仍与魏书同误。"嘉锡案:魏志植本传:植以太和三年徙封东阿,即丕死后之三年。林氏以为丕卒已八年者,亦误。魏书之称东阿,时代虽误,犹可诿为史臣叙事之词。若世说此语出于卞氏口中,安得预称其后来之封号?其误又甚于魏书矣。盖彰之暴卒,固为丕所杀，又实有害植之意，以卞氏不听，得免。世俗遂因其事而增饰之耳。

2　王浑后妻，琅邪颜氏女。王时为徐州刺史〔一〕，交礼拜讫，王将答拜，观者咸曰："王侯州将，新妇州民，恐无由答拜。"王乃止。武子以其父不答拜，不成礼，恐非夫妇，不为之拜，谓为颜妾。颜氏耻之。以其门贵，终不敢离。婚姻之礼，人道之大，岂由一不拜而遂为妾媵者乎！世说之言，于是乎纰缪。

【笺疏】

〔一〕程炎震云："晋书浑传：'武帝受禅，迁徐州刺史。'"

3　陆平原河桥败〔一〕，为卢志所谗，被诛。王隐晋书曰："成都王颖讨长沙王乂，使陆为都督前锋诸军事。"机别传曰："成都王长史卢志，与机弟云趣舍不同。又黄门孟玖求为邯郸令于颖〔二〕，颖教付云，云时为左司马，曰：'刑馀之人，不可以君民！'玖闻此怨云，与志谗构日至。及机于七里涧大败，玖诬机谋反所致，颖乃使牵秀斩机。先是，夕梦黑幔绕车，手决不开，恶之。明旦，秀兵奄至，机解戎服，箸衣帢见秀，容貌自若，遂见害。时年四十三。军士莫不流涕。是日天地雾合，大风折木，平地尺雪。"干宝晋纪曰："初，陆抗诛步阐，百口皆尽，有识尤之。及机、云见害，三族无遗。"临刑叹曰："欲闻华亭鹤唳，可复得乎！"〔三〕八王故事曰："华亭，吴由拳县郊外墅也，有清泉茂林。吴平后，陆机兄弟共游于此十馀年。"语林曰："机为河北都督，闻警角之声，谓孙丞曰：'闻此不如华亭鹤唳。'故临刑而有此叹。"

【笺疏】

〔一〕晋书惠帝纪："太安二年十月戊申，破陆机于建春门。"水经注十六谷水注曰："谷水又东屈，南经建春门石桥下。昔陆机为成都王颖入洛，败北而还。"

〔二〕程炎震云："晋书云传作'孟玖欲用其父为邯郸令'，与此不同。"

〔三〕元和郡县志二十五曰："华亭县，华亭谷在县西三十五里，陆逊、陆抗宅在其侧。逊封华亭侯。陆机曰'华亭鹤唳'，此地是也。"通鉴八十五注曰："华亭时属吴郡嘉兴县，界有华亭谷、华亭水。至唐始分嘉兴县为华亭县。今县东七十里，其地出鹤，土人谓之鹤窠。"通鉴八十五胡注曰："机发此言，有咸阳市上叹黄犬之意。"

4　刘琨善能招延，而拙于抚御。一日虽有数千人归投，其逃散而去亦复如此。所以卒无所建〔一〕。邓粲晋纪曰："琨为并州牧〔二〕，纠合齐盟，驱率戎旅，而内不抚其民，遂至丧军失士，无成功也。"敬彻按："琨以永嘉元年为并州，于时晋阳空城，寇盗四攻，而能收合士众，抗行渊、勒，十年之中，败而能振，不能抚御，其得如此乎？凶荒之日，千里无烟，岂一日有数千人归之？若一日数千人去之，又安得一纪之间以对大难乎？"〔三〕

【校文】

注"敬彻"　"彻"，景宋本作"胤"。

【笺疏】

〔一〕此条有敬胤注。

〔二〕嘉锡案：并州凶荒之状，具见于晋书本传琨在路所上怀帝表。御览四百八十六引琨与王丞相笺曰："不得进军者，实困无食。残民鸟散，拥发徒跣。木弓一张，荆矢十发。编草盛粮，不盈二日。夏即桑椹，冬则营豆。视此哀叹，令人气索。恐吴、孙、韩、白，犹或难之。况以琨怯弱凡才，而当率此，以殄强寇。”此笺晋书不载。观其所言，知遗民所以逃散者，实因乏食之故。神农之教曰：“有石城十仞，汤池百步，带甲百万，而无粟者，不能守也。”（汉书食货志引）大禹曰：“民无食也，则我弗能使也。”（贾子修政语上引）饥困如此，而责琨不能抚御，是必王敦党徒之议论，所谓“设淫辞而助之攻”也。

〔三〕嘉锡案：汪藻考异录第十卷五十一事，与世说多重出，惟有三事为今本所无。其注则与孝标注全不同，多自称“敬胤案”。汪藻云：“其所载以宋、齐人为今人。则敬胤者，孝标以前人也。”嘉锡又案：孝标并不采用敬胤注，而独有此一条，盖宋人所附入也。

5 王平子始下，丞相语大将军：“不可复使羌人东行。”平子面似羌。按王澄自为王敦所害，丞相名德，岂应有斯言也。

6 王大将军起事，丞相兄弟诣阙谢。周侯深忧诸王，始入，甚有忧色。丞相呼周侯曰：“百口委卿！”周直过不应。既入，苦相存救。既释，周大说，饮酒。及出，诸王故在门。周曰：“今年杀诸贼奴，当取金印如斗大系肘后。”大将军至石头，问丞相曰：“周侯可为三公不？”丞相不答。又问：“可为尚书令不？”又不应。因云：“如此，唯当杀之耳！”复默然。逮周侯被害，丞相后知周侯救己，叹曰：“我不杀周侯，周侯由我而死。幽冥中负此人！”〔一〕虞预晋书曰：“敦克京邑，参军吕漪说敦曰：‘周顗、戴渊，皆有名望，足以惑众。视近日之言，无惭惧之色，若不除之，役将未歇也。’敦即然之，遂害渊、𫖮。初，漪为台郎，渊既上官，素有高气，以漪小器待之，故售其说焉。”

【笺疏】

〔一〕建康实录五引中兴书曰：“𫖮死后，王导校料中书故事，见𫖮表救己殷勤。乃执表垂泣，悲不自胜，告诸子曰：‘吾虽不杀伯仁，伯仁因我而死。幽冥之中，负此良友！’”今晋书𫖮本传略同。宋施德操北窗炙輠录卷上云：“禹锡问余曰：‘周伯仁救王导，逮事已解，固尝同车入见，虽告之以相救之意，庸何伤？卒不告，后竟遇害。伯仁亦□□。’余曰：‘不然，此所以见古人用心处也。元帝与王导，岂他君臣比？同甘共苦，相与奋起于艰难颠沛之中。今以王敦，遂相猜疑如此，此君子所以深惜也。故伯仁之救导，欲其尽出于元帝，不出于己，所以全君臣终始之义。伯仁之贤，正在于此。’”嘉锡案：此论推勘伯仁心事可谓入微。

7　王导、温峤俱见明帝，帝问温前世所以得天下之由。温未答。顷，王曰：“温峤年少未谙，臣为陛下陈之。”王乃具叙宣王创业之始，诛夷名族，宠树同己。及文王之末，高贵乡公事。宣王创业，诛曹爽，任蒋济之流者是也。高贵乡公之事，已见上。明帝闻之，覆面箸床曰：“若如公言，祚安得长！”〔一〕

【校文】

“祚安得长”　袁本“祚”作“胙”。

【笺疏】

〔一〕李慈铭云：“案祚李本作胙，是也。古无祚字。”程炎震云：“晋书宣纪载此事，但云导，不言峤，盖略之。”

8　王大将军于众坐中曰："诸周由来未有作三公者。"有人答曰："唯周侯邑五马领头而不克。"〔一〕大将军曰："我与周，洛下相遇，一面顿尽。值世纷纭，遂至于此！"因为流涕。邓粲晋纪曰："王敦参军有于敦坐樗蒱，临当成都，马头被杀〔二〕，因谓曰：'周家奕世令望，而位不至三公，伯仁垂作而不果，有似下官此马。'敦慨然流涕曰：'伯仁总角时，与于东宫相遇，一面披衿，便许之三司。何图不幸，王法所裁。凄怆之深，言何能尽！'"

【校文】

注"临当成都"　"都"，景宋本作"者"，是。

【笺疏】

〔一〕李慈铭云："案邑疑已字之误。"

〔二〕李慈铭云："案晋书颉传作'敦坐有一参军摴蒱，马于博头被杀'。"

9　温公初受刘司空使劝进，母崔氏固驻之，峤绝裾而去。温氏谱曰："峤父襜，娶清河崔参女。"迄于崇贵，乡品犹不过也。每爵皆发诏〔一〕。虞预晋书曰："元帝即位，以温峤为散骑侍郎。峤以母亡，逼贼，不得往临葬，固辞。诏曰：'峤以未葬，朝议又颇有异同，故不拜。其令人坐议，吾将折其衷。'"

【笺疏】

〔一〕李慈铭云："案晋书孔愉传云：'初，愉为司徒长史，以平南将军温峤母亡，遭乱不葬，乃不过其品。至苏峻平，而峤有重功。愉往石头诣峤，峤执手流涕曰："天下丧乱，忠孝道废。能持古人节，岁寒不凋者，惟君一人耳！"时人咸称峤居公，而重愉之守正。'"吴承仕曰："乡评不与，而发诏特进之。然则平人进爵，必先检乡评矣。当时九品中正之制乃如此。”

10　庾公欲起周子南，子南执辞愈固。庾每诣周，庾从南门入，周从后门出。庾尝一往奄至，周不及去，相对终日。庾从周索食，周出蔬食，庾亦强饭，极欢；并语世故，约相推引，同佐世之任。既仕，至将军二千石，寻阳记曰：“周邵字子南，与南阳翟汤隐于寻阳庐山。庾亮临江州，闻翟、周之风，束带蹑履而诣焉。闻庾至，转避之。亮后密往，值邵弹鸟于林，因前与语。还，便云：‘此人可起。’即拔为镇蛮护军、西阳太守。”其集载与邵书曰：“西阳一郡，户口差实，非履道真纯，何以镇其流遁？询之朝野，佥曰足下。今具上表，请足下临之无让。”而不称意。中宵慨然曰：“大丈夫乃为庾元规所卖！”一叹，遂发背而卒。

11　阮思旷奉大法，敬信甚至。大儿年未弱冠，忽被笃疾。阮氏谱曰：“牖字彦伦，裕长子也〔一〕。仕至州主簿。”儿既是偏所爱重，为之祈请三宝，昼夜不懈。谓至诚有感者，必当蒙祐。而儿遂不济。于是结恨释氏，宿命都除。以阮公智识，必无此弊。脱此非谬，何其惑欤！夫文王期尽，圣子不能驻其年，释种诛夷，神力无以延其命。故业有定限，报不可移。若请祷而望其灵，匪验而忽其道，固陋之徒耳，岂可以言神明之智者哉！

【校文】

“蒙祐”　“祐”，沈本作“佑”。

注“岂可以”　“以”，景宋本及沈本俱作“与”。

【笺疏】

〔一〕程炎震云："晋书裕传云：'三子：傭、宁、普，傭早卒。'牖、傭字相近，恐是晋书误也。"

12　桓宣武对简文帝，不甚得语。废海西后，宜自申叙，乃豫撰数百语，陈废立之意。既见简文，简文便泣下数十行。宣武矜愧，不得一言。

13　桓公卧语曰："作此寂寂，将为文、景所笑！"既而屈起坐曰："既不能流芳后世，亦不足复遗臭万载邪？"续晋阳秋曰："桓温既以雄武专朝，任兼将相，其不臣之心，形于音迹。曾卧对亲僚，抚枕而起曰：'为尔寂寂，为文、景所笑！'众莫敢对。"

14　谢太傅于东船行，小人引船，或迟或速，或停或待，又放船从横，撞人触岸。公初不呵谴，人谓公常无嗔喜。曾送兄征西葬还，征西，谢奕。日莫雨，驶小人皆醉〔一〕，不可处分。公乃于车中，手取车柱撞驭人，声色甚厉。夫以水性沈柔，入隘奔激。方之人情，固知迫隘之地，无得保其夷粹。孟子曰："湍水，决之东则东，决之西则西。搏而跃之，可使过颡；激而行之，可使在山。岂水之性哉？人可使为不善，性亦犹是也。"

【校文】

"或速"　景宋本及沈本作"或疾"。

【笺疏】

〔一〕程炎震云："御览卷十雨部引驶作驭，无小字，是也。"

15　简文见田稻不识，问是何草，左右答是稻。简文还，三日不出，云："宁有赖其末，而不识其本！"文公种菜，曾子牧羊，纵不识稻，何所多悔〔一〕！此言必虚。

【笺疏】

〔一〕淮南子泰族训曰："夫观逐者，于其反也。而观行者，于其终也。故舜放弟，周公杀兄，犹之为仁也。文公树米，曾子架羊，犹之为知也。"高诱注云："文公，晋文公也。树米而欲生之也。架，连架所以备知也。"其语仍不可解。新语辅政篇曰："故智者之所短，不如愚者之所长。文公种米，曾子驾羊，相士不熟，信邪失方。察察者有所不见，恢恢者何所不容。"说苑杂言篇曰："文公种米，曾子驾羊，孙叔敖相楚，三年不知轭在衡后。务大者，固忘小。"刘子新论观量篇曰："项羽不学一艺，韩信不营一飡。非其心不爱艺，口不嗜味，由其性大，不缀细业也。晋文种米，曾子植羊，非性闇蠢，不辩方隅，以其运大，不习小务也。"以此参互考之，知菜当作米，牧当作驾。此言君子可大受，而不可小知。故智有所不明，神有所不通。如种田当树谷，驾车当用牛，此愚夫愚妇之所知也，而文公、曾子不知。然不可谓之不智，何者？君子之学务其大者、远者，薄物细故，虽不知无害也。故曰："纵不识稻，何所多悔？"若作种菜牧羊，则语意全失。高诱之注，望文生义，亦非也。

16　桓车骑在上明畋猎。东信至，传淮上大捷。语左右云："群谢年少，大破贼。"因发病薨。谈者以为此死，贤于让扬之荆〔一〕。续晋阳秋曰："桓冲本以将相异宜，才用不同，忖己德量不及谢安，故解扬州以让安。自谓少经军镇，及为荆州，闻符坚自出淮、肥，深以根本为虑，遣其随身精兵三千人赴京师。时安已遣诸军，且欲外示闲暇，因令冲军还。冲大惊曰：'谢安乃有庙堂之量，不闲将略。吾量贼必破襄阳，而并力淮、肥。今大敌果至，方游谈示暇，遣诸不经事年少，而实寡弱，天下谁知〔二〕？吾其左衽矣！'俄闻大勋克举，惭慨而薨。"〔三〕

【笺疏】

〔一〕程炎震云："宁康元年，冲为扬州。三年，改徐州，镇丹徒。太元二年，桓豁卒，始代为荆州，非自扬之荆也。"

〔二〕程炎震云："'天下谁知'，晋书冲传作'天下事可知'。"

〔三〕程炎震云："太元八年十月，有肥水之捷。九年二月，桓冲卒。晋书七十四冲传云'冲本疾病，加以惭耻'，得之。"嘉锡案：冲不知谢玄之必能立勋，其知人料事，诚不及郗超。然淝水破敌，江左危而复安，举国以为大庆。冲闻捷音，固当惊喜出于意外。纵耻其前言之失，不过惭沮而已。亦复何关利害，而遂至于发病以死乎？今以晋书及通鉴考之，则冲之死，盖自有其故矣。孝武纪云："宁康三年五月，以中军将军扬州刺史桓冲为镇北将军、徐州刺史，镇丹徒。尚书仆射谢安领扬州刺史。"此即续晋阳秋所谓"解扬州以让安"也。冲传云："时丹杨尹王蕴以后父之重昵于安。安意欲出蕴为方伯，乃复解冲徐州，直以车骑将军都督豫、江二州之六郡军事，自京口迁镇姑熟。"纪不书解冲徐州事，传又不著年月，惟通鉴一百四载之。太元元年正月云"谢安欲以王蕴为方伯，故先解冲徐州"，是也。（晋书记此事多误。如称王蕴为丹阳尹，而据蕴传则其尹丹阳在徐州之后。又纪于太元二年十月始书尚书王蕴为徐州刺史，恐亦不当悬缺，待蕴至年馀之久也。）其时距冲之让扬州才八阅月耳。徐州刺史镇京口，为天下劲兵处。桓温所称“京口酒可饮、兵可使”者也（见捷悟篇注）。故温尝逐郗愔而代之。冲先本以江州刺史监江、荆、豫三州之六郡军事。温死后，乃徙督扬、江、豫三州，扬州刺史代温居任。及让扬州，改授都督徐、兖、豫、青、扬五州之六郡军事、徐州刺史。至是，谢安忽无故解其徐州。盖安意在强干弱枝，以尊王室，不欲桓氏兵权过重，故解冲方镇之任，以朝廷亲信之王蕴代之。仅令冲督豫、江二州之六郡，又不兼刺史，其势任反不如温未死时。自常人视之，则安为以怨报德，殆非人情所能堪。度冲之心，未必无少望。至太元二年，桓豁卒，乃复用冲都督荆、江等七州军事、荆州刺史，始得复领重镇。此在谢安，必有甚不得已者。盖已察知冲之心无他，而桓氏积为荆、楚所服，非冲无以安之耳。冲至镇，请以王荟补江州刺史。荟遭兄丧，不欲出，谢安更以中领军谢辅代之。冲闻之而发怒，上疏以为辅文武无堪，求自领江州，许之。按辅乃会稽谢氏，非安之子弟，其人南土之望（见宋书裴松之传），后为会稽内史，尝发妖贼孙泰反谋，泰遂伏诛（见晋书孙恩传）。是其才智足办，何至如冲所诋“文武无堪”？安以宰相用一刺史，而为方镇所距，朝廷亦曲从之。孰谓冲与安果能和衷共济，毫无芥蒂耶？传又云：“初，冲之西镇，以贼寇方强，故移镇上明。谓江东力弱，正可保固封疆，自守而已。又以将相异宜，自以德望不逮谢安，故委之内相，而四方镇扞，以为己任。又与朱序款密，俄而序没于贼，冲深用愧惋。”今按冲之材武，本不如温。惩于枋头之败，而苻坚之强又过慕容暐，故甫镇荆州，即移州治。其畏葸之情，已可概见。然当温北伐时，冲尝破苻雄于白鹿原，大败姚襄于伊水（见温传）。故心虽怯敌，犹狃于前事，自负将才，以镇扞四方为己任。既而坚遣苻丕等寇樊、邓，（此据苻坚载记及通鉴。冲传作苻融，误也。）

鲁阳、南乡、魏兴等郡，所在陷没（事在太元三四年）。此皆冲之所部，坐视胡骑纵横，而莫之能御。冲之愧惋，盖不独朱序败没一事而已。其后六年冬，冲遣桓石虔击擒秦襄阳太守阎震。计冲与秦战，惟此一役，尚为有功。至八年五月，冲帅师十万伐秦，攻襄阳不克，仅桓石虔败其别将张崇，颇有俘获。会秦慕容垂救至，冲惧，遽退，还上明。（冲传载此事不详，又误叙于擒阎震之前，今据坚载记及通鉴一百五。）其畏敌如虎若此。冲之所以自任者，固已情见势绌矣。（传言冲遣将攻克魏兴等三郡，据纪及通鉴乃九年事。）及其年八月，苻坚倾国入寇。以当时诸将位望言之，元帅之任，非冲莫属。荆州虽重，别遣他将守之可矣。安竟以谢石为征讨大都督，（安传言安亦为此官，不应顿有二人，本纪及通鉴皆不书。）诸将玄、琰等，皆其子弟也，而冲不敢争。固由其能尽忠守分，亦以前此屡败，气已中馁故也。冲尝以十万之众，望风遁走。石等所统，才八万人耳。以与百万之敌相当，固应忧其寡弱。又为坚先声所夺，谈虎色变，则其惴惴惧为左衽也亦宜。然谢玄已于太元四年破秦将俱难等于淮阴，其时秦兵去广陵仅百里，朝廷震动，赖玄却敌，功亦钜矣。玄三战三胜（见玄传），虽古之名将，何以过之？而冲乃斥为不经事年少，何其言之易也。盖冲畏坚太甚，又夙轻安不知兵，料其必败，且已与安有隙，故发此愤懑不平之言耳。既而玄等竟获大捷，勋庸莫二，而己无尺寸之功。回思居分陕之任，既已六年，丧败频仍，而大功乃出于向所薄视之少年，不免相形见绌。此乃于桓氏之威望有损，不徒自愧而已。冲之为人，非能不以得丧动心者。固宜其愤怒伤身，郁郁以死矣。然但深自怨艾，而不为跋扈之举，为国家生事，此所以谈者以为此死贤于让扬之荆也。续晋阳秋叙次不明，晋书改之曰：“俄而闻坚破，大勋克举。又知朱序因以得还。冲本疾病，加以惭耻，发病而卒。”于情事较为得之。通鉴但云“冲自以失言惭恨”，而删去朱序得还事，非也。由此可见谢安虽保全江左，功在奕世，而当其时，固众谤群疑，极艰贞之会。大勋之成，良非易事。冲既卒，朝议欲以谢玄为荆、江二州刺史，安自以父子名位太盛，又惧桓氏失职怨望，桓石虔新有功，而虑其难制，不欲令据形胜之地，乃以桓石民为荆州，桓伊为江州，石虔为豫州。彼此无怨，各得其任（安传及通鉴一百五）。安之所以能安江左者，以其能用人，而不务张己之权势也。然当其用王蕴及石、玄时，人犹不免疑其信用私昵。使非遇桓冲能守臣节，或尚难免因以致乱。桓伊尝为孝武歌曰：“为君既不易，为臣良独难。”（伊传）讵不信哉！

17　桓公初报破殷荆州〔一〕，周祗隆安记曰：“仲堪以人情注于玄，疑朝廷欲以玄代己，遣道人竺僧慥赍宝物遗相王宠幸媒尼左右〔二〕，以罪状玄，玄知其谋而击灭之。”曾讲论语〔三〕，至“富与贵，是人之所欲，不以其道得之不处”，孔安国注曰：“不以其道得富贵，则仁者不处。”玄意色甚恶。

【笺疏】

〔一〕程炎震云：“陈少章曰：桓公当作桓玄。”又云：“隆安三年十二月，玄袭江陵。”

〔二〕嘉锡案：此所谓媒尼，疑是支妙音，详识鉴篇“王忱死”条注。

〔三〕李慈铭云：“案曾当作会。”

纰漏第三十四

1　王敦初尚主。敦尚武帝女舞阳公主，字修祎。如厕，见漆箱盛干枣，本以塞鼻，王谓厕上亦下果，食遂至尽。既还，婢擎金澡盘盛水，琉璃碗盛澡豆〔一〕，因倒箸水中而饮之，谓是干饭。群婢莫不掩口而笑之。

【笺疏】

〔一〕千金方六下面药篇有："洗手面令白净悦泽澡豆方：每日常用，以浆水洗手面甚良。"又有："洗面黑不净澡豆洗手面方：用洗手面，十日色白如雪，三十日如凝脂。神验。"又有："洗面药澡豆方：每旦取洗手面，百日白净如素。"又有："澡豆治手干燥少润腻二方、澡豆方、桃人澡豆主悦泽去皯䵟方。"

2　元皇初见贺司空，言及吴时事，问："孙皓烧锯截一贺头，是谁？"司空未得言，元皇自忆曰："是贺劭。"邵即循父也。皓凶暴骄矜，邵上书切谏，皓深恨之。亲近惮邵贞正，谮云谤毁国事，被诘责。后还复职。邵中恶风，口不能言语。皓疑邵托疾，收付酒藏，考掠千数，卒无一言。锯杀之。司空流涕曰："臣父遭遇无道，创巨痛深，无以仰答明诏。"〔一〕礼记："创巨者其日久，痛深者其愈迟。"元皇愧惭，三日不出。

【校文】

注"锯杀之"　"锯"，景宋本作"遂"。

【笺疏】

〔一〕程炎震云："晋书六十八循传，臣父作先父，创巨上有循字。明诏二字无。盖以元帝为安东时，循非王国官，不当称臣也。"

3　蔡司徒渡江〔一〕，见彭蜞〔二〕，大喜曰："蟹有八足，加以二螯。”〔三〕令烹之。既食，吐下委顿，方知非蟹。后向谢仁祖说此事，谢曰：“卿读尔雅不熟，几为劝学死。”〔四〕大戴礼劝学篇曰：“蟹二螯八足，非蛇蟺之穴无所寄托者，用心躁也。”故蔡邕为劝学章取义焉。尔雅曰：“蝟蚏小者蟧。”即彭蜞也，似蟹而小。今彭蜞小于蟹，而大于彭蝟，即尔雅所谓蝟蚏也。然此三物，皆八足二螯，而状甚相类。蔡谟不精其小大，食而致弊，故谓读尔雅不熟也。

【笺疏】

〔一〕程炎震云：“晋书七十七谟传云：‘避乱渡江，时明帝为东中郎将，引为参军。’盖建兴中。”

〔二〕北户录一曰：“儋州出蟚蜞。”注引证俗音曰：“有毛者曰蟚蜞，无毛者为彭滑，堪食。俗呼彭越，讹耳。”并引世说此条为证。

〔三〕李慈铭云：“案螯俗字。说文蟹字注作敖。荀子、大戴亦俱作螯。”

〔四〕李氏晋书札记四云：“大戴礼劝学云‘蟹二螯八足’，荀子劝学篇云‘蟹六跪而二螯’，跪即足也，六亦八之误。大戴劝学即本荀子。后蔡邕用之作劝学篇，如急就、凡将之流。其文盖四字为句。‘蟹有八足，加以二螯’二语，疑即劝学篇语。谟为邕之从曾孙行，故诵其语。而谢尚以为劝学死嘲之。”嘉锡案：李氏此解，最为明晰。魏书刘芳传及文选注、类聚、御览、法书要录诸书引蔡邕劝学篇，皆四字句，可证也。又案：小学钩沈五王念孙校云：“案‘蟹有八足，加以二螯’，即蔡邕劝学篇文，与‘鼫鼠五能，不成一技’，皆取义于大戴礼劝学篇。其断四字为句，亦正相似。司徒熟于蔡邕劝学篇‘蟹有八足，加以二螯’之语，不熟于尔雅释鱼蝟蚏之文，因而误食彭蜞。故曰‘读尔雅不熟，几为劝学死’也。”然则王怀祖已先言之，李氏偶未考耳。

4　任育长年少时，甚有令名。武帝崩，选百二十挽郎[一]，一时之秀彦，育长亦在其中。王安丰选女婿，从挽郎搜其胜者，且择取四人，任犹在其中。童少时神明可爱，时人谓育长影亦好。自过江，便失志。王丞相请先度时贤共至石头迎之，犹作畴日相待，一见便觉有异。坐席竟，下饮[二]，便问人云："此为茶，为茗？"觉有异色，乃自申明云："向问饮为热，为冷耳。"尝行从棺邸下度[三]，流涕悲哀。王丞相闻之曰："此是有情痴。"晋百官名曰："任瞻字育长，乐安人。父琨，少府卿。瞻历谒者仆射、都尉、天门太守。"

【笺疏】

〔一〕亡友高阆仙步瀛曰："北堂书钞设官部八引续汉书百官志曰：'辒车拂挽为公卿子弟，六卿。十人挽两边。白素帻，委貌冠，都布衣也。'（今续汉志无此文）可见挽郎之设，起于后汉。世说曰：'武帝崩，选百二十挽郎。'书钞又引晋要事曰：'咸康七年，尚书仆射诸葛恢奏："恭皇后今当山陵，依旧公卿六品清官子弟为挽郎，非古也。岂牵曳国士，为之役夫，请悉罢之。"'此晋时挽郎也。南齐书高逸传：'何求元嘉末为宋文帝挽郎。'周书檀翥传：'年十九，为魏孝明帝挽郎。'此南北朝时挽郎也。唐代尚沿之。"嘉锡案：续汉书礼仪志下大丧礼曰："载车著白系，参缪绋，长三十丈，大七寸，为挽六行，行五十人。公卿以下子弟凡三百人，皆素帻，委貌冠，衣素裳。"书钞所引，疑即此条，误作百官志。其不同处，当是别引他书，传写谬乱耳。后汉挽郎三百人，晋武只百二十，已减于旧。晋书礼志曰："成帝咸康七年，皇后杜氏崩。有司奏依旧选公卿以下六品子弟六十人为挽郎。诏停之。孝武帝太元四年，皇后王氏崩，有司奏选挽郎二十四人。诏停之。”其数更锐减，且停罢不行矣。不知何时复行选用也。

〔二〕李详云：“详案陆羽茶经引此并原注云：‘下饮，谓设茶也。’”

〔三〕嘉锡案：棺邸者，卖棺之店也。唐律疏议卷四曰：“居物之处为邸，沽卖之所为店。”示儿编卷十七引作“棺底下”，无“度”字，非是。

5 谢虎子尝上屋熏鼠。虎子，据小字。据字玄道，尚书褒第二子。年三十三亡。胡儿既无由知父为此事，闻人道“痴人有作此者”，戏笑之。时道此非复一过。太傅既了己之不知，因其言次，语胡儿曰：“世人以此谤中郎，亦言我共作此。”中郎，据也。章仲反。按世有兄弟三人，则谓第二者为中。今谢昆弟有六，而以据为中郎，未可解。当由有三时，以中为称，因仍不改也。胡儿懊热，一月日闭斋不出。太傅虚托引己之过，以相开悟，可谓德教。

【校文】

注“褒” 景宋本及沈本作“衷”。

6 殷仲堪父病虚悸，闻床下蚁动，谓是牛斗。殷氏谱曰：“殷师字师子。祖识、父融，并有名。师至骠骑咨议，生仲堪。”续晋阳秋曰：“仲堪父曾有失心病，仲堪腰不解带，弥年父卒。”孝武不知是殷公〔一〕，问仲堪：“有一殷，病如此不？”仲堪流涕而起曰：“臣进退唯谷。”大雅诗也。毛公注曰：“谷，穷也。”

【笺疏】

〔一〕程炎震云："此公字作父字解。"

7　虞啸父为孝武侍中，帝从容问曰："卿在门下，初不闻有所献替。"虞家富春，近海，谓帝望其意气〔一〕，对曰："天时尚暖，鱀鱼虾鲊未可致〔二〕，寻当有所上献。"帝抚掌大笑。中兴书曰："啸父，会稽人，光禄潭之孙，右将军纯之子〔三〕。少历显位，与王廞同废为庶人。义旗初，为会稽内史。"〔四〕

【校文】

"虾鲊"　"鲊"，景宋本作"鲝"。

【笺疏】

〔一〕程炎震云："意气二字恐误，晋书但云'谓帝有所求'。"

〔二〕李慈铭云："案鲊当作鲝。说文：'鲝，藏鱼也。'玉篇：'鲝，仄下切，藏鱼也。'又：'鲊，同上。'释名：'鲊，菹也。以盐米酿鱼如菹，熟而食之也。'广韵：'鲊，侧下切。'晋书虞啸父传作'虾鲊'。鱀，说文、玉篇俱无此字。广韵十三祭'鱀，鱼名，可为酱。征例切。'"

〔三〕李详云："晋书虞潭传：'子仡嗣，官至右将军司马。仡卒，子啸父嗣。'是名仡，不名纯。右将军司马又与右将军有异也。"

〔四〕程炎震云："与王廞同废为庶人。晋书云：'有司奏啸父与廞同谋。'此当脱谋字。晋书云：'桓玄用事，以为太尉左司马，迁护军将军，出为会稽内史。义熙初去职。'与此不同。"

8　王大丧后，朝论或云"国宝应作荆州"。晋安帝纪曰："王忱死，会稽王欲以国宝代之。孝武中，诏用仲堪，乃止。"国宝主簿夜函白事[一]，云："荆州事已行。"国宝大喜，而夜开阁，唤纲纪[二]，话势虽不及作荆州，而意色甚恬。晓遣参问，都无此事。即唤主簿数之曰："卿何以误人事邪？"

【校文】

"而夜" 景宋本及沈本作"其夜"。

【笺疏】

〔一〕程炎震云："王忱死时，国宝为中领军，故其属官得有主簿。"

〔二〕李详云："详案：文选三十六李善注：'纲纪，谓主簿也。'又引虞预晋书：'东平主簿王豹白事，齐王曰："况豹虽陋，故大州之纲纪也。"'观此条下唤主簿，是主簿即纲纪也。"

惑溺第三十五

1 魏甄后惠而有色，先为袁熙妻，甚获宠。曹公之屠邺也，令疾召甄，左右白："五官中郎已将去。"公曰："今年破贼正为奴。"魏略曰："建安中，袁绍为中子熙娶甄会女。绍死，熙出在幽州，甄留侍姑。及邺城破，五官将从而入绍舍，见甄怖，以头伏姑膝上。五官将谓绍妻袁夫人：'扶甄令举头。'见其色非凡，称叹之。太祖闻其意，遂为迎娶，擅室数岁。"世语曰："太祖下邺，文帝先入袁尚府，见妇人被发垢面，垂涕立绍妻刘后。文帝问，知是熙妻，使令揽发，以袖拭面，姿貌绝伦。既过，刘谓甄曰：'不复死矣。'遂纳之，有子。"魏氏春秋曰："五官将纳熙妻也，孔融与太祖书曰：'武王伐纣，以妲己赐周公。'太祖以融博学，真谓书传所记。后见融问之，对曰：'以今度古，想其然也。'"

【校文】

注“出在幽州”　“在”，景宋本及沈本作“任”。

注“见甄怖”　沈本无“见”字，“甄”下有“惊”字。

注“有子”　景宋本作“有宠”。

2　荀奉倩与妇至笃，冬月妇病热，乃出中庭自取冷，还以身熨之。妇亡，奉倩后少时亦卒。以是获讥于世。粲别传曰：“粲常以妇人才智不足论，自宜以色为主。骠骑将军曹洪女有色，粲于是聘焉。容服帷帐甚丽，专房燕婉。历年后妇病亡。未殡，傅嘏往喭粲，粲不明而神伤〔一〕。嘏问曰：‘妇人才色并茂为难。子之聘也，遗才存色，非难遇也，何哀之甚？’粲曰：‘佳人难再得！顾逝者不能有倾城之异，然未可易遇也。’痛悼不能已已。岁馀亦亡。亡时年二十九。粲简贵，不与常人交接，所交者一时俊杰。至葬夕，赴期者裁十馀人，悉同年相知名士也。哭之，感恸路人。粲虽褊隘，以燕婉自丧，然有识犹追惜其能言。”奉倩曰：“妇人德不足称，当以色为主。”裴令闻之曰：“此乃是兴到之事，非盛德言，冀后人未昧此语。”何劭论粲曰：“仲尼称‘有德者有言’。而荀粲减于是，力顾所言有馀，而识不足。”

【校文】

注“力顾”　“力”，景宋本及沈本作“内”。

【笺疏】

〔一〕李慈铭云：“案明字误。三国志荀彧传注作不哭。”

3　贾公闾充别传曰：“充父逵，晚有子，故名曰充，字公闾，言后必有充闾之异。”后妻郭氏酷妒，有男儿名黎民，生载周，充自外还，乳母抱儿在中庭，儿见充喜踊，充就乳母手中呜之〔一〕。郭遥望见，谓充爱乳母，即杀之。儿悲思啼泣，不饮它乳，遂死。郭后终无子。晋诸公赞云："郭氏即贾后母也。为性高朗，知后无子，甚忧爱愍怀，每劝厉之。临亡，诲贾后，令尽意于太子，言甚切至。赵充华及贾谧母〔二〕，并勿令出入宫中。又曰：'此皆乱汝事！'后不能用，终至诛夷。"〔三〕臣按：傅畅此言，则郭氏贤明妇人也。向令贾后抚爱愍怀，岂当纵其妒悍，自毙其子。然则物我不同，或老壮情异乎？

【校文】

注"甚忧爱愍怀"　"忧"，沈本作"抚"。

【笺疏】

〔一〕程炎震云："'充就乳母手中呜之'，晋书充传作'充就而拊之'。"周祖谟曰："'呜之'者，亲之也。"

〔二〕李慈铭云："案赵充华，赵粲，武帝充华也。贾谧母，贾午，韩寿妻也。"

〔三〕嘉锡案：晋书愍怀太子传言：贾后母郭槐欲以韩寿女为太子妃而寿妻贾午及后皆不听。又载太子被废后与妃书曰："鄙虽愚顽，欲尽忠孝之节，虽非中宫所生，奉事有如亲母。自为太子以来，敕见禁检，不得见母。自宜城君亡，不见存恤，恒在空室中坐。"宜城君者，郭槐也。此书出自太子之手，固当可信。然则槐之抚爱愍怀，谅非虚语。世说及晋书所载槐之妒悍或晋人恶充父女者过甚之辞也。

4　孙秀降晋〔一〕，晋武帝厚存宠之，太原郭氏录曰〔二〕："秀字彦才，吴郡吴人，为下口督，甚有威恩。孙皓惮欲除之，遣将军何定遡江而上，辞以捕鹿三千口供厨。秀豫知谋，遂来归化。世祖喜之，以为骠骑将军、交州牧。”妻以姨妹蒯氏，室家甚笃。妻尝妒，乃骂秀为“貉子”〔三〕。晋阳秋曰：“蒯氏襄阳人，祖良，吏部尚书。父钧，南阳太守。”秀大不平，遂不复入。蒯氏大自悔责，请救于帝。时大赦，群臣咸见。既出，帝独留秀，从容谓曰：“天下旷荡，蒯夫人可得从其例不？”秀免冠而谢，遂为夫妇如初。

【笺疏】

〔一〕程炎震云：“泰始六年十二月，孙秀来奔。”

〔二〕李详云：“详案：此何法盛中兴书也，传写遗其书名。法盛中兴书于诸姓各为一录：如会稽贺录、琅琊王录、陈郡谢录、丹阳薛录、浔阳陶录等，凡数十家。此郭氏录当衍氏字。”

〔三〕程炎震云：“狢、貉同字。蜀志关羽传注引典略‘羽骂孙权为狢子’。御览二百四十九引后秦记曰：‘姚襄遣参军薛瓒使桓温，温以胡戏瓒。瓒曰：“在北曰狐，居南曰狢。何所问也？”’”晋书陆机传“宦人孟玖弟超为小都督，纵兵大掠。机录其主者。超直入机麾下夺之，顾谓机曰：‘貉奴，能作督不？’”章炳麟新方言二曰：“说文：‘貉，北方豸种。’今江南运河而东，相轻贱则呼貉子，貉音如马。若肆师甸祝，以表貉为表祃矣。”嘉锡案：魏、晋以降，北人率骂吴人为貉子。关羽、孟超之言，可以为证。然北史王罴传云：“神武遣韩轨、司马子如宵济袭罴，罴持一白棒大呼而出曰：‘老罴当道卧，貉子那得过！’”则只是寻常詈人之词。轨，太安狄那人。子如，河内温人。并非吴人也。

5　韩寿美姿容，贾充辟以为掾。充每聚会，贾女于青璅中看，见寿，说之。恒怀存想，发于吟咏。后婢往寿家，具述如此，并言女光丽。寿闻之心动，遂请婢潜修音问。及期往宿。寿跻捷绝人，逾墙而入，家中莫知。晋诸公赞曰：“寿字德真，南阳赭阳人〔一〕。曾祖暨，魏司徒，有高行。”寿敦家风，性忠厚，岂有若斯之事？诸书无闻，唯见世说，自未可信。自是充觉女盛自拂拭，说畅有异于常。后会诸吏，闻寿有奇香之气，是外国所贡，一箸人，则历月不歇。十洲记曰：“汉武帝时，西域月氏国王遣使献香四两，大如雀卵，黑如桑椹，烧之，芳气经三月不歇。”盖此香也。充计武帝唯赐己及陈骞，馀家无此香，疑寿与女通，而垣墙重密，门閤急峻，何由得尔？乃托言有盗，令人修墙。使反曰：“其馀无异，唯东北角如有人迹。而墙高，非人所逾。”充乃取女左右婢考问，即以状对。充秘之，以女妻寿。郭子谓与韩寿通者，乃是陈骞女，即以妻寿，未婚而女亡。寿因娶贾氏，故世因传是充女〔二〕。

【笺疏】

〔一〕程炎震云：“赭阳，晋书谧传作堵阳。”

〔二〕类聚卷三十五引臧荣绪晋书曰：“贾充后妻郭氏，又生二女，少有淫行。年十四五，通于韩寿，充未觉。时外国献奇香，世祖分与充，充以赐女。充与寿坐，闻其衣香，心疑之。充家严峻，墙高丈五，荐以枳棘。周行东北角，有如狸鼠行迹。充潜知，杀婢，遂以女妻之。”疑即因世说加以粉饰。唐修晋史全本臧书，故亦以为充女也。御览五百引郭子云：“贾公闾（宋本误作问）女悦韩寿，问婢‘识不’，一婢云是其故主。女内怀存想。婢后往寿家说如此。寿乃令婢通己意，女大喜，遂与通。”嘉锡案：孝标方引郭子，谓寿所通者是陈骞女，以驳世说。若如御览所引，则正与世说合。一书之中，岂得自相违异？疑“贾公闾”三字本作“陈休渊”，宋人校御览者据世说妄改之。御览九百八十一又引郭子曰：“陈骞以韩寿为掾，每会，闻寿有异香气，是外国所贡，一着衣，历日不歇。骞计武帝唯赐己及贾充，他家理无此香。嫌寿与己女通，考问左右，婢具以实对。骞以女妻寿。寿时未婚。”按此是郭子本文。孝标以其文与世说多同，遂檃括引之耳。御览所引未全，故无女亡娶贾氏之语。晋书陈骞传云：“弟稚与其子舆忿争，遂说骞子女秽行。骞表徙弟，以此获讥于世。”李慈铭晋书札记三云：“世说注引郭子，言韩寿私通者乃骞女，即此所谓‘子女秽行’也。”

6　王安丰妇常卿安丰。安丰曰：“妇人卿婿，于礼为不敬，后勿复尔。”妇曰：“亲卿爱卿，是以卿卿；我不卿卿，谁当卿卿？”遂恒听之。

7　王丞相有幸妾姓雷，颇预政事纳货。蔡公谓之“雷尚书”。语林曰：“雷有宠，生恬、洽。”

【校文】

注“生恬、洽”　景宋本及沈本俱作“生洽、恬”。

仇隙第三十六

1　孙秀既恨石崇不与绿珠，干宝晋纪曰：“石崇有妓人绿珠〔一〕，美而工笛，孙秀使人求之。崇别馆北邙下〔二〕，方登凉观，临清水。使者以告，崇出其婢妾数十人以示之曰：‘任所以择。’使者曰：‘本受命者，指绿珠也，未识孰是？’崇勃然曰：‘绿珠，吾所爱，不可得也！’使者曰：

'君侯博古知今，察远照迩，愿加三思。'崇不然。使者已出又反，崇竟不许。"又憾潘岳昔遇之不以礼。后秀为中书令，岳省内见之，因唤曰："孙令，忆畴昔周旋不?"秀曰："中心藏之，何日忘之?"岳于是始知必不免。王隐晋书曰："岳父文德〔三〕，为琅邪太守，孙秀为小吏给使，岳数蹴蹋秀，而不以人遇之也。"〔四〕后收石崇、欧阳坚石，同日收岳。晋阳秋曰："欧阳建字坚石，渤海人。有才藻，时人为之语曰：'渤海赫赫，欧阳坚石。'初，建为冯翊太守，赵王伦为征西将军，孙秀为腹心，挠乱关中，建每匡正，由是有隙。"王隐晋书曰："石崇、潘岳与贾谧相友善，及谧废，惧终见危，与淮南王谋诛伦，事泄，收崇及亲期以上皆斩之。初，岳母诫岳以止足之道，及收，与母别曰：'负阿母!'崇家河北，收者至。曰：'吾不过流徙交、广耳!'及车载东市〔五〕，始叹曰：'奴辈利吾家之财。'收崇人曰：'知财为害，何不蚤散?'崇不能答。"石先送市，亦不相知。潘后至，石谓潘曰："安仁，卿亦复尔邪?"〔六〕潘曰："可谓'白首同所归'。"语林曰："潘、石同刑东市，石谓潘曰：'天下杀英雄，卿复何为?'潘曰：'俊士填沟壑，馀波来及人。'"潘金谷集诗云："投分寄石友，白首同所归。"乃成其谶。

【笺疏】

〔一〕岭表录异上曰："白州有一派水，出自双水山，合容州江，呼为绿珠井，在双角山下。昔梁氏之女有容貌，石季伦为交趾采访使，以真珠三斛买之。梁氏之居，旧井存焉。"嘉锡案：晋书石崇传，崇未尝至交州。据通典三十二，唐开元十二年始置采访处置使，晋时亦无此官。崇于惠帝时尝以南中郎将、荆州刺史、兼南蛮校尉。其买绿珠，或在此时。续谈助五抄乐史绿珠传云："越俗以珠为上宝，生女名珠娘，生男名珠儿。绿珠之名，由此而称。"

〔二〕洛阳伽蓝记一曰："昭仪尼寺在东阳门内一里御道南，有池，京师学徒谓之翟泉。后隐士赵逸云：'此地是晋侍中石崇家池，池南有绿珠楼。'于是学徒始寤，经过者想见绿珠之容也。"嘉锡案：伽蓝记所言"在洛阳城内"，与此所言"北邙别馆"，盖非一地。

〔三〕程炎震云："晋书五十五岳传云'父芘'，则文德盖其字也。"

〔四〕李详云："详案：文选潘岳金谷集诗善注引隐书作'不以仁遇'，为是。人、仁古通。"

〔五〕李慈铭云："案车载下脱一诣字，当据晋书石崇传补。"

〔六〕程炎震云："石、潘之死，通鉴系之永康元年。崇年五十二。岳秋兴赋云：'晋十有四年，余春秋三十有二。'则是年五十四。"

2　刘玙兄弟少时为王恺所憎〔一〕，尝召二人宿，欲默除之。令作坑，坑毕，垂加害矣。石崇素与玙、琨善，闻就恺宿，知当有变，便夜往诣恺，问二刘所在。恺卒迫不得讳，答云："在后斋中眠。"石便径入，自牵出，同车而去。语曰："少年，何以轻就人宿？"刘璨晋纪曰："琨与兄玙俱知名，游权贵之间，当世以为豪杰。"

【校文】

注"权贵之间"　"间"，沈本作"门"。

【笺疏】

〔一〕李慈铭云："案玙，晋书作舆。"

3　王大将军执司马愍王，夜遣世将载王于车而杀之，当时不尽知也。晋阳秋曰："司马丞字元敬，谯王逊子也。为中宗相州刺史〔一〕，路过武昌，王敦与燕会，酒酣，谓丞曰：'大王笃实佳士，非将御之才。’对曰：‘焉知铅刀不能一割乎？’敦将谋逆，召丞为军司马，丞叹曰：‘吾其死矣！地荒民解，势孤援绝。赴君难，忠也；死王事，义也。死忠与义，又何求焉！’乃驰檄诸郡丞赴义〔二〕。敦遣从母弟魏乂攻丞，王廙使贼迎之，薨于车。敦既灭，追赠骠骑，谥曰愍王。”虽愍王家，亦未之皆悉，而无忌兄弟皆稚。无忌别传曰：“无忌字公寿，丞子也。才器兼济，有文武干。袭封谯王，卫军将军。”王胡之与无忌，长甚相昵，胡之尝共游，无忌入告母，请为馔。母流涕曰：“王敦昔肆酷汝父，假手世将。司马氏谱曰：“丞娶南阳赵氏女。”王廙别传曰：“廙字世将。祖览、父正。廙高朗豪率。王导、庾亮游于石头，会廙至，尔日迅风飞帆，廙倚船楼长啸，神气甚逸。导谓亮曰：‘世将为复识事。’亮曰：‘正足舒其逸耳。’性倨傲，不合己者面拒之，故为物所疾。加平南将军，薨。”吾所以积年不告汝者，王氏门强，汝兄弟尚幼，不欲使此声著，盖以避祸耳！”无忌惊号，抽刃而出，胡之去已远。

【笺疏】

〔一〕李慈铭云：“案丞晋书作承，元敬作敬才。相当作湘。”

〔二〕李慈铭云：“案军司马，晋书作军司是也。魏、晋有军司，主一军之事，以高秩重望者居之。承既藩王，又为方伯，故敦以为军司，不当为军司马也。地荒民解，晋书作地荒人鲜。解乃鲜字之误。诸郡下衍丞字，或是亟字之误。”

4　应镇南作荆州〔一〕，王隐晋书曰：“应詹字思远，汝南南顿人，璩曾孙也。为人弘长有淹度，饰之以文才。司徒何充叹曰：‘所谓文质之士！’累迁江州刺史、镇南将军。”王修载、谯王子无忌同至新亭与别，坐上宾甚多，不悟二人俱到。有一客道：“谯王丞致祸，非大将军意，正是平南所为耳。”无忌因夺直兵参军刀，便欲斫。修载走投水，舸上人接取，得免。中兴书曰：“褚褒为江州，无忌于坐拔刀斫耆之，褒与桓景共免之〔二〕。御史奏无忌欲专杀害〔三〕，诏以赎论。”前章既言无忌母告之，而此章复云客叙其事，且王廙之害司马丞，遐迩共悉，修龄兄弟岂容不知。孙盛之言，皆实录也〔四〕。

【校文】

注两“褒”字　景宋本俱作“裒”。

注“孙盛之言”　“孙”，景宋本作“法”，是。

【笺疏】

〔一〕程炎震云：“应詹止作江州，不作荆州，此荆字当作江。孝标注不加纠正，知当时尚未误也。”

〔二〕李慈铭云：“案褒当作裒。”

〔三〕李慈铭云：“案‘御史’晋书作‘御史中丞车灌’。”程炎震云：“晋书三十七无忌传云‘时王廙子丹阳丞耆之在坐’，又云‘丹阳尹桓景’，又云‘御史中丞车灌奏’。”

〔四〕程炎震云：“詹为江州，在明帝太宁二年，去承之死才三年。承之难，无忌以少得免，则尔时未能报仇也。褚裒为江州，以裒传及康纪参考，是咸康八年代王允之。则去承死二十一年，无忌已官黄门侍郎矣。晋书从中兴书为是。”

5　王右军素轻蓝田，蓝田晚节论誉转重，右军尤不平。蓝田于会稽丁艰，停山阴治丧。右军代为郡，屡言出吊，连日不果。后诣门自通，主人既哭，不前而去，以陵辱之。于是彼此嫌隟大构。后蓝田临扬州，右军尚在郡。初得消息，遣一参军诣朝廷，求分会稽为越州，使人受意失旨，大为时贤所笑。蓝田密令从事数其郡诸不法，以先有隙，令自为其宜。右军遂称疾去郡，以愤慨致终〔一〕。中兴书曰："羲之与述志尚不同，而两不相能。述为会稽，艰居郡境。王羲之后为郡，申慰而已，初不重诣，述深以为恨。丧除，征拜扬州，就征，周行郡境，而不历羲之。临发，一别而去。羲之初语其友曰：'王怀祖免丧，正可当尚书，投老可得为仆射。更望会稽，便自邈然。'述既显授，又检校会稽郡，求其得失，主者疲于课对。羲之耻慨，遂称疾去郡，墓前自誓不复仕。朝廷以其誓苦，不复征也。"〔二〕

【笺疏】

〔一〕程炎震云："晋书八十羲之传用中兴书，不取此文。盖'以陵辱之'云，太不近情也。"

〔二〕金楼子立言篇下云："王怀祖之在会稽居丧，每闻角声即洒扫，为逸少之吊也。如此累年，逸少不至。及为扬州，称逸少罪。逸少于墓所自誓，不复仕焉。余以为怀祖为得，逸少为失也。怀祖地不贱于逸少，颇有儒术，逸少直虚胜耳。才既不足，以为高物，而长其狠傲，隐不违亲，贞不绝俗，生不能养，死方肥遁。能书，何足道也！若然，魏勰之善画，绥明之善棋，皆可凌物者也。怀祖构怨，宜哉！主父偃之心，苏季子之帛，自于怀祖见之。"程炎震云："御览四十七引孔华会稽记曰：'诸暨县北界有罗山，越时西施、郑旦所居。所在有方石，是西施晒纱处，今名纻罗山。王羲之墓在山足，有石碑，孙兴公为文，王子敬所书也。'"

6　王东亭与孝伯语，后渐异。孝伯谓东亭曰："卿便不可复测！"答曰："王陵廷争，陈平从默，但问克终云何耳。”汉书曰：“吕后欲王诸吕，问右相王陵，以为不可。问左丞相陈平，平曰：‘可。’陵出让平，平曰：‘面折廷争，臣不如君；全社稷，定刘氏，君不如臣。’”晋安帝纪曰：“初，王恭赴山陵，欲斩国宝，王珣固谏之，乃止。既而恭谓珣曰：‘此日视君，一似胡广。’珣曰：‘王陵廷争，陈平从默，但问克终如何也。’”

7　王孝伯死，县其首于大桁。司马太傅命驾出至标所，孰视首，曰：“卿何故趣欲杀我邪？”续晋阳秋曰：“王恭深惧祸难，抗表起兵。于是遣左将军谢琰讨恭。恭败，走曲阿，为湖浦尉所擒。初，道子与恭善，欲载出都，面相折数，闻西军之逼，乃令于兒塘斩之〔一〕，枭首于东桁也。”

【笺疏】

〔一〕李慈铭云：“案兒，古倪字，晋书作倪塘。”

8　桓玄将篡，桓修欲因玄在修母许袭之。庾夫人云：“汝等近过我馀年，我养之，不忍见行此事。”桓氏谱曰：“桓冲后娶颍川庾蔑女〔一〕，字姚。”晋安帝纪曰：“修少为玄所侮，言论常鄙之，修深憾焉，密有图玄之意。修母曰：‘灵宝视我如母，汝等何忍骨肉相图！’修乃止。”

【笺疏】

〔一〕李慈铭云：“案庾蔑为明穆皇后伯父衮之子。衮见晋书孝友传。蔑官至侍中。”

附录一

世说新语序目

晋人乐旷多奇情，故其言语文章别是一色，世说可睹已。说为晋作，及于汉、魏者，其馀耳。虽典雅不如左氏国语，驰骛不如诸国策，而清微简远，居然玄胜。概举如卫虎渡江，安石教儿，机锋似沈，滑稽又冷，类入人梦思，有味有情，咽之愈多，嚼之不见。盖于时诸公剸以一言半句为终身之目，未若后来人士俯焉下笔，始定名价。临川善述，更自高简有法。反正之评，戾实之载，岂不或有？亦当颂之，使与诸书并行也。晚后浅俗，奈解人正不可得。呜呼！人言江左清谈遗事，槊槊一老出其游戏馀力，尚足办此百万之敌，兹非谈之宗欤？抑吾取其文，而非论其人也。丙戌长夏，病思无聊，因手校家本，精划其长注，间疏其滞义。明年以授梓，乃五月既望梓成。耘庐刘应登自书其端，是为序。

尝考载记所述晋人话言，简约玄澹，尔雅有韵。世言江左善清谈，今阅新语，信乎其言之也。临川撰为此书，采掇综叙，明畅不繁；孝标所注，能收录诸家小史分释其义。诂训之赏见于高似孙纬略。余家藏宋本，是放翁校刊本。谢湖躬耕之暇，手披心寄，自谓可观。爰付梓人，传之同好。因叹昔人论司马氏之祚亡于清谈，斯言也无乃过甚矣乎？竹林之俦，希慕沂乐；兰亭之集，咏歌尧风；陶荆州之勤敏，谢东山之恬镇；解庄易，则辅嗣平叔擅其宗；析梵言，则道林法深领其乘。或词冷而趣远，或事琐而意奥，风旨各殊，人有兴托。王茂弘、祖士稚之流，才通气峻，心翼王室，又斑斑载诸册简。是可非之者哉？诗不云乎，"济济多士，文王以宁"。余以瑯琊王之渡江，诸贤弘赞之力为多，非强说也。夫诸晤言，率遇藻裁，遂为终身品目，故类以标格相高。玄虚成习，一时雅尚，有东京厨俊之流风焉。然旷达拓落，滥觞莫拯，取讥世教，抚卷惜之。此于诸贤，不无遗憾焉耳矣。刻成，序之。嘉靖乙未岁立秋日也。吴郡袁褧撰。

附录二

世说旧题一首旧跋二首

宋临川王义庆采撷汉、晋以来佳事佳话为世说新语，极为精绝，而犹未为奇也。梁刘孝标注此书，引援详确，有不言之妙。如引汉、魏、吴诸史及子传地理之书皆不必言，只如晋氏一朝史及晋诸公列传谱录文章，凡一百六十六家，皆出于正史之外。记载特详，闻见未接，寔为注书之法。右见高氏纬略。

右世说三十六篇，世所传厘为十卷。或作四十五篇，而末卷但重出前九卷中所载。余家旧藏，盖得之王原叔家。后得晏元献公手自校本，尽去重复，其注亦小加翦截，最为善本。晋人雅尚清谈，唐初史臣修书，率意窜定，多非旧语，尚赖此书以传后世。然字有讹舛，语有难解，以它书证之，间有可是正处，而注亦比晏本时为增损。至于所疑，则不敢妄下雌黄，姑亦传疑，以俟通博。绍兴八年夏四月癸亥，广川董弅题。

郡中旧有南史刘宾客集版，皆废于火，世说亦不复在。游到官，始重刻之，以存故事。世说最后成，因并识于卷末。淳熙戊申重五日，新定郡守笠泽陆游书。

世说新语索引

目　　次

《世说新语》常见人名异称表 …………………………… 1
《世说新语》人名索引 ………………………………… 12
《世说新语》引书索引 ………………………………… 135

《世说新语》常见人名异称表

为便于读者了解本书中的人名异称，特列此表，所收人名以书中常见并出现二次以上者为准。

三画　山　卫　习

山涛字巨源，又称山司徒、山少傅、山公、康侯。

山简字季伦，又称山公。

卫玠字叔宝，又称卫虎、卫君、卫洗马。

卫瓘字伯玉，又称太保。

习凿齿字彦威，又称习参军。

四画　王 支 车 卞 孔 邓

王乂字叔元，又称王平北。

王戎字濬冲，又称阿戎、安丰、王安丰、安丰侯。

王导字茂弘，又称阿龙、丞相、王丞相、仲父、司空、王公。

王含字处弘，又称王光禄。

王忱字元达，又称王大、阿大、佛大、王佛大、建武、王建武、王荆州、王吏部。

王劭字敬伦，又称大奴。

王坦之字文度，又称中郎、王中郎、王北中郎、安北。

王述字怀祖，又称蓝田、蓝田侯、王蓝田、宛陵、王掾。

王承字安期，又称东海、王东海、王参军。

王珉字季琰，又称王弥、僧弥、王僧弥、小令。

王荟字敬文，又称小奴、王小奴、王卫军。

王胡之字脩龄，又称阿龄、王长史、司州、王司州。

王临之字仲产，又称阿林、阿临、东阳。

王衍字夷甫，又称太尉、王太尉。

王恬字敬豫，又称阿螭、螭虎、王螭。

王洽字敬和，又称领军、王领军、王车骑。

王浑字玄冲，又称王司徒，王侯。

王昶字文舒，又称穆侯、司空。

王珣字元琳，又称阿瓜、法护、东亭、王东亭、东亭侯、短主簿。

王恭字孝伯，又称王甯、阿甯、王丞。

王脩字敬仁，又称苟子、王苟子、王脩之。

王悦字长豫，又称大郎。

王爽字季明，又称王睹。

王彪之字叔虎，又称虎犊、王白须。

王舒字处明，又称王中郎、彭泽侯。

王敦字处仲，又称阿黑、大将军、王大将军。

王湛字处冲，又称王汝南。

王谧字雅远，又称武冈、王武冈、武冈侯。

王献之字子敬，又称阿敬、王令。

王廙字世将，又称平南。

王蕴字叔仁，又称阿兴、光禄、王光禄。

王廞字伯舆，又称王长史。

王澄字平子，又称阿平。

王羲之字逸少，又称右军、王右军、临川。

王濛字仲祖，又称长史、王长史、阿奴、王掾。

王凝之字叔平，又称王江州、王郎。

王徽之字子猷，又称王黄门。

王徽字幼仁，又称荆产、王荆产。

支遁字道林，又称支氏、支公、林公、林道人、林法师。

车胤字武子，又称车公。

卞壶字望之，又称卞令。

卞范之字敬祖，又称卞范、卞鞠。

孔坦字君平，又称廷尉、孔廷尉。

孔岩字彭祖，又称孔西阳、西阳侯。

孔愉字敬康，又称孔郎、车骑、孔车骑、馀不亭侯。

孔群字敬休，又称中丞。

邓飏字玄茂，又称邓尚书。

邓遐字应玄，又称邓竟陵。

五画　石　乐　司

石勒字世龙，又称明皇帝。

乐广字彦辅，又称乐令、乐君。

司马乂字士度，又称长沙王。

司马师字子元，又称大将军、景王、晋景王、晋景帝。

司马伦字子彝，又称赵王。

司马丞字元敬，又称谯王、司马愍王、愍王。

司马冏字景治，又称齐王。

司马攸字大猷，又称齐王、齐献王。

司马炎字安宇，又称晋王、晋武帝、世祖。

司马绍字道畿，又称晋明帝、肃祖。

司马昱字道万，又称会稽、抚军、抚军大将军、相王、晋简文帝、太宗。

司马昭字子上，又称大将军、晋王、晋文王、司马文王、文皇帝、晋文帝、太祖。

司马衍字世根，又称晋成帝、显宗。

司马奕字延龄，又称晋海西公、晋废帝。

司马晞字道升，又称武陵王、太宰。

司马越字元超，又称太傅、司马太傅、东海王。

司马道子，又称会稽王、司马太傅、文孝王、司马文孝王。

司马颖字叔度，又称成都王。

司马叡字景文，又称琅邪王、晋王、元皇、元皇帝、晋元帝、中宗。

司马曜字昌明，又称孝武皇帝、晋孝武帝、烈宗。

司马懿字仲达，又称宣文侯、宣王、太傅、司马宣王、晋宣王、晋宣帝、高祖。

六画　刘羊江许阮孙

刘表字景升，又称刘牧、刘镇南。

刘昶字公荣，又称刘公。

刘准字君平，又称刘河内。

刘惔字真长，又称刘尹、刘丹阳。

刘琨字越石，又称刘司空、广武侯。

刘瑾字仲璋，又称刘太常。

刘毅字仲雄，又称刘功曹。

刘驎之字子骥，又称刘遗民、刘长史。

羊孚字子道，又称羊侯。

羊忱字长和，又称羊陶。

羊祜字叔子，又称羊公、羊太傅。

江虨字思玄，又称江郎、江君、江仆射。

许询字玄度，又称阿讷、许掾。

许璪字思文，又称许侍中。

阮裕字思旷，又称阮主簿、阮光禄、阮公。

阮籍字嗣宗，又称步兵、阮步兵、阮公。

孙权字仲谋，又称大皇帝、吴大帝。

孙休字子烈，又称琅邪王、景皇帝、吴景帝。

孙秀字俊忠，又称孙令。

孙盛字安国，又称监君、孙监。

孙绰字兴公，又称孙长乐。

孙策字伯符，又称孙郎、长沙桓王。

孙皓字元宗，又称孙彭祖、归命侯。

七画　杜李邴何沈张陆陈

杜育字方叔，又称神童、杜圣。

杜预字元凯，又称当阳侯。

李秉字玄胄，又称秦州。

李重字茂曾，又称平阳、李平阳。

李膺字元礼，又称李府君。

郗原字根矩，又称郗君。

何充字次道，又称何扬州、骠骑、何骠骑。

何晏字平叔，又称阿平、何尚书。

沈充字士居，又称沈令。

张天锡字纯嘏，又称归义侯。

张玄之字祖希，又称张玄、张冠军、张吴兴。

张华字茂先，又称张公。

张凭字长宗，又称张孝廉。

张昭字子布，又称张辅吴。

张湛字处度，又称张驎。

张翰字季鹰，又称江东步兵。

陆机字士衡，又称陆平原。

陆玩字士瑶，又称陆太尉。

陆逊字伯言，又称神君。

陈逵字林道，又称广陵公。

陈寔字仲弓，又称太丘、陈太丘。

陈群字长文，又称司空。

八画　范 和 竺 周 庞 孟

范甯字武子，又称范豫章。

和峤字长舆，又称和公。

竺法深，又称竺道潜、深公、法师。

周顗字伯仁，又称周仆射、周侯。

庞统字士元，又称凤雏、庞公。

孟嘉字万年，又称孟从事。

九画　郝荀郗祖贺

郝隆字佐治，又称郝参军。

荀彧字文若，又称敬侯。

荀爽字慈明，又称荀谞。

荀勖字公曾，又称荀济北。

荀淑字季和，又称荀君、荀朗陵。

荀顗字景倩，又称荀侍中、临淮公。

荀羡字令则，又称荀中郎。

荀靖字叔慈，又称玄行先生。

郗昙字重熙，又称中郎。

郗恢字道胤，又称阿乞、郗雍州、郗尚书。

郗超字嘉宾，又称景兴、郗郎、髯参军。

郗愔字方回，又称司空、郗司空、郗公。

郗鉴字道徽，又称郗太尉、郗太傅、郗司空、郗公。

祖逖字士稚，又称祖车骑、祖生。

贺邵字兴伯，又称贺太傅。

贺循字彦先，又称司空、贺司空、贺生。

十画　袁桓贾顾殷高郭诸陶

袁宏字彦伯，又称袁虎、袁生、袁参军。

桓玄字敬道，又称灵宝、南郡、桓南郡、南郡公、桓义兴、桓公。

桓伊字叔夏，又称子野、桓子野、桓尹、桓护军。

桓冲字玄叔，又称车骑、桓车骑、桓公。

桓温字元子，又称桓宣武、宣武、宣武侯、宣武公、桓荆州、桓大司马、大将军、桓公。

桓嗣字恭祖，又称豹奴、桓豹奴。

桓豁字朗子，又称征西、桓征西。

桓彝字茂伦，又称桓常侍、桓宣城、桓廷尉。

贾充字公闾，又称鲁郡公。

顾邵字孝则，又称顾子。

顾和字君孝，又称顾司空、顾公。

顾荣字彦先，又称顾骠骑、元公。

顾雍字元叹，又称阳遂乡侯、顾侯。

殷仲堪，又称殷荆州、殷侯。

殷浩字渊源，又称阿源、殷扬州、殷中军、殷侯。

殷觊字伯道，又称阿巢。

殷羡字洪乔，又称殷豫章。

殷融字洪远，又称太常、殷太常。

高坐道人，又称尸黎密、帛尸黎密。

高崧字茂琰，又称阿酃、高灵、高侍中。

郭泰字林宗，又称郭太、郭有道。

郭槐，又称郭玉璜、郭氏、广宣君。

诸葛亮字孔明，又称伏龙、武侯。

诸葛恢字道明，又称葛令、诸葛令。

陶范字道则，又称胡奴、陶胡奴。

陶侃字士衡，又称陶士行、陶公、长沙郡公、桓公。

十一画　曹　庾

曹丕字子桓，又称五官将、魏文帝。

曹植字子建，又称东阿王、鄄城侯、陈思王。

曹髦字彦士，又称高贵乡公。

曹操字孟德，又称阿瞒、曹公、武王、魏王、魏武帝、太祖、魏太祖。

曹叡字太冲，又称魏明帝。

庾友字惠彦，又称弘之、玉台、庾玉台。

庾会字会宗，又称阿恭。

庾冰字季坚，又称庾吴郡、庾司空、庾公。

庾爰之字仲真，又称园客、庾园客。

庾亮字元规，又称庾公、太尉、庾太尉、文康、庾文康。

庾统字长仁，又称庾赤玉。

庾倩字少彦，又称庾倪。

庾琮字子躬，又称庾公。

庾敳字子嵩，又称中郎、庾中郎。

庾羲字叔和，又称道恩。

庾翼字稚恭，又称小庾、庾郎、庾征西、庾小征西。

十二画　韩 嵇 傅 释 温 谢

韩伯字康伯，又称韩豫章、韩太常。

嵇绍字延祖，又称嵇侍中。

嵇康字叔夜，又称嵇中散、嵇生，嵇公。

傅瑗字叔玉，又称傅约。

释惠远，又称释慧远，远公、远法师。

温峤字太真，又称温司马、温忠武、温公。

谢万字万石，又称阿万、谢中郎、关内侯。

谢玄字幼度，又称谢遏、谢孝、车骑、谢车骑、谢左军。

谢安字安石，又称太傅、谢太傅、谢相、谢家安、仆射、谢公、文靖。

谢奉字弘道，又称安南、谢安南。

谢尚字仁祖，又称坚石、镇西、谢镇西、谢郎、谢掾。

谢奕字无奕，又称晋陵、安西、谢安西。

谢朗字长度，又称胡儿、谢胡、谢胡儿、东阳。

谢混字叔源，又称益寿、谢益寿。

谢渊字叔度，又称谢末。

谢琰字瑗度，又称末婢、望蔡、谢望蔡。

谢裒字幼儒，又称谢尚书。

谢道蕴，又称王凝之妻、谢夫人、王江州夫人。

谢韶字穆度，又称谢封。

谢敷字庆绪，又称谢居士。

谢据字玄道，又称虎子、谢虎子、中郎。

谢鲲字幼舆，又称谢豫章。

十三画　褚

褚裒字子野，又称褚太傅、褚公。

十四画　蔡　裴　锺

蔡洪字叔开，又称秀才。

蔡谟字道明，又称蔡司徒、蔡公。

裴秀字季彦，又称钜鹿公、元公。

裴启字荣期，又称裴郎。

裴頠字逸民，又称裴仆射、成公、裴成公、裴令。

裴遐字叔道，又称裴散骑。

裴楷字叔则，又称裴令公。

裴徽字文季，又称裴冀州、裴使君。

锺毓字稚叔，又称锺君。

《世说新语》人名索引

凡　　例

一、本索引收录《世说新语》正文及刘注中的所有人名。

二、本索引以姓名或常用称谓为主目，其它称谓如字、小名、绰号、官名、爵名等附注于后，并列为参见条目。

三、凡原书姓名记载有误者，一律改正，并作注说明之。为便于读者查索，特将原误姓名列为参见条目，但不作为主目后的异称。

四、凡同姓名人物，在姓名后注明其特征，以示区别。

五、人名下的数码，表示该人在本书中所见的篇次及条数。

例如：山简（季伦、山季伦、山公）8/29 *

表示山简见于《世说新语》第八篇（赏誉）第 29 条。

六、凡刘注有小传者，缀以 * 号，并排列在最前面，以供读者参考。

二画　丁 卜 九 刁

丁

丁世康　见丁潭

丁固

9/13

丁潭(世康、丁世康)

9/13 *

卜

卜商　见子夏

九

九方皋

26/24

刁

刁玄亮　见刁协

刁协(玄亮、刁玄亮)

5/27 *

5/23

8/54

刁约

17/15

三画　干 于 士 下 大 万 上 小 山 千 凡 广 义 尸 卫 子 习 马

干

干正

25/19

干令升　见干宝

干宝(令升、干令升)

25/19 *

4/76

5/6

5/8

5/9

19/10

20/1

23/2

24/4

33/3

干将

8/1

干将妻　见莫邪

干莹

25/19

于

于法开

4/45 *

20/10

士

士元　见庞统

士少　见祖豹

士吉射

10/23

士贞子

5/35

士则　见邓艾

士安　见皇甫谧

士伯

5/35

士言　见祖纳

士季　见吴展

士季　见锺会

士宗　见许允

士度　见司马乂

士彦　见杨髦

士载　见邓艾

士瑶　见陆玩

士蔚　见袁豹

士衡　见陆机

士衡　见陶侃

士穉　见祖逖

下

下惠　见柳下惠

大

大司马　见桓温

大奴　见王劭

大吴　见吴坦之

大明公　见庐俗

大和尚　见佛图澄

大乳母　见汉武帝乳母

大郎　见王悦

大春　见井丹

大皇帝　见孙权

大禹　见禹

大将军　见王敦

大将军　见晋文帝

大将军　见晋景帝

大将军　见桓温
大将军　见曹爽
大猷　见司马攸
万
万子　见王绥
万石　见谢万
万石君　见石奋
万年　见孟嘉
万雅
9/13
上
上蔡君　见甄逸
小
小令　见王珉
小奴　见王荟
小吴　见吴隐之
小庾　见庾翼
山
山少傅　见山涛
山公　见山涛
山公　见山简
山本
3/5
山司徒　见山涛
山季伦　见山简
山该(伯伦)
5/15 *
山涛(巨源、山司徒、山少傅、山公、康侯)
3/5 *
2/18
2/78
3/7
3/8
3/21
4/94
5/15
7/4
7/5
8/8
8/10
8/12
8/17
8/21
8/29
9/71
14/5
18/3
19/11
23/1
25/4
山涛妻　见韩氏
山遐(彦林)
3/21 *
山简(季伦、山季伦、山公)
8/29 *
3/21
17/4
23/19
山曜
3/5
千
千里　见阮瞻
凡
凡伯　见百里奚
广
广武侯　见刘琨
广宣君　见郭槐
广陵公　见陈逵
广陵侯　见戴逯
广微　见束皙
义
义远　见张镇
尸
尸黎密　见高坐道人
卫
卫永(君长、卫君长)
8/107 * ①

① 原作“卫承”,据笺疏考定,承字讹,当作卫永。今从之。

9/69
14/22
23/29
卫权（伯舆、卫伯舆）
4/68
卫列
29/6
卫江州　见卫展
卫伯舆　见卫权
卫君　见卫玠
卫君长　见卫永
卫玠（叔宝、卫虎、卫君、卫洗马）
2/32＊
4/14
4/18
4/20
4/94
7/8
8/45
8/51
9/42
14/14
14/16
14/19
17/6
卫虎　见卫玠
卫承　见卫永
卫洗马　见卫玠
卫恒
2/32
21/3
卫展（道舒、卫江州）
29/6＊
卫康叔
25/62
卫韶
29/6
卫瓘（伯玉、卫伯玉、太保）
7/8＊
2/17
2/32
8/23
10/7

子

子干　见卢植
子上［楚令尹］
7/6
子上　见晋文帝
子元　见朱博
子元　见晋景帝
子太　见许奇
子仁　见李势
子文
2/72
子文　见曹彰
子文　见鬬生
子布　见张昭
子玄　见何澄
子玄　见郭象
子产
2/65
子贡　见端木赐
子良　见许艳
子叔　见蔡系
子鱼　见华歆
子房　见张良
子房　见郗璿
子建　见曹植
子居　见周乘
子终　见陈仲子
子政　见刘向
子荆　见孙楚
子南　见周邵
子威
25/7
子思　见原宪
子思　见殷允
子重　见王操之
子宣　见范宣
子真　见刘寔
子桓　见魏文帝
子烈　见孙休
子笏　见卢珽
子躬　见庾琮
子豹　见许猛

子卿　见周翼
子高　见苏峻
子家　见卢毓
子通　见卢志
子黄　见全琮
子野　见桓伊
子渊　见颜回
子隐　见周处
子期　见向秀
子敬　见王献之
子道　见羊孚
子瑜　见诸葛瑾
子楚　见秦庄襄王
子路(仲由)
4/55
5/36
9/41
9/50
17/18
24/11
子嵩　见庾敳
子微　见谢甄
子慎　见服虔
子臧　见司马骏
子舆　见司马权
子徽　见司马肜
子彝　见司马伦
子骥　见刘骥之

习

习郁
23/19
习参军　见习凿齿
习凿齿(彦威、习参军)
2/72 *
4/80
7/6
25/41
25/46
31/6

马

马骏
25/44
马援(文渊)
2/35 *
马融(季长)
4/1 *
2/72
24/11

四画　王 井 开 夫 天 元 无 韦 五 支 太 友 车 巨 牙 比 少 中 毛 长 仁 仆 介 公 月 丹 凤 卞 文 方 尹 孔 允 邓 毌

王

王乂[王绪父]
10/26
王乂(叔元、王平北)
1/26 *
王乂妻　见任民
王大　见王忱
王大将军　见王敦
王万
8/29
王万子
8/29
王小奴　见王荟
王广(公渊、王公渊)
19/9 *
4/5
王广妻　见诸葛氏
王卫军　见王荟
王子敬　见王献之
王子猷　见王徽之
王女宗(桓冲前妻)
19/24
王元琳　见王珣
王夫人　见王绥
王太尉　见王衍
王车骑　见王洽
王中郎　见王坦之
王中郎　见王舒
王长史　见王胡之
王长史　见王廞
王长史　见王濛

世说新语笺疏

王长豫　见王悦
王仆射　见王愉
王公　见王导
王公仲
1/15
王氏(谢据妻)
24/8
王丹阳　见王混
王凤
2/64
王文开　见王讷
王文度　见王坦之
王允
9/1
27/7
王正
7/15
26/8
36/3
王右军　见王羲之
王右军夫人　见郗璿
王平北　见王乂
王平北　见王澄
王东亭　见王珣
王东海　见王承
王北中郎　见王坦之
王业
5/8
19/10
王仪伯　见王璋
王白须　见王彪之
王令　见王献之王尊
2/58
王主簿　见王桢之
王玄(眉子、王眉子)
7/12 *
2/32
8/35
8/36
9/6
26/1
王永言　见王讷之
王司州　见王胡之
王司徒　见王浑
王戎(璿冲、王璿冲、阿戎、安丰、王安丰、安丰侯)
1/17 *
1/16
1/19
1/20
1/21
2/23
2/25
4/94
5/11
6/4
6/5
6/6
6/7
7/5
8/5
8/6
8/10
8/13
8/14
8/16
8/22
8/24
8/29
8/31
9/6
9/71
14/6
14/11
14/15
17/2
17/4
23/1
23/8
23/14
23/32
24/2
25/4
25/7
29/2
29/3

29/4
29/5
34/4
35/6
王戎妻(王安丰妇)
35/6
王吏部　见王忱
王夷甫　见王衍
王光禄　见王含
王光禄　见王蕴
王乔　见刘畴
王延
10/26
王仲宣　见王粲
王仲祖　见王濛
王伦见王沦
王会
7/15
王江州　见王凝之
王江州夫人　见谢道蕴
王汝南　见王湛
王兴道　见王和之
王安丰　见王戎
王安丰妇　见王戎妻
王安期　见王承
王讷(文开、王文开)
14/21 *
2/66
8/40
14/29
王讷之(永言)
4/62 *
王讷妻　见庾三寿
王导(茂弘、阿龙、丞相、王丞相、仲父、司空、王公)
1/27 *
1/29
2/31
2/33
2/36
2/37
2/39
2/40
2/70
2/102
3/12
3/13
3/14
3/24
4/21
4/22
5/23
5/24
5/36
5/37
5/39
5/40
5/42
5/45
5/46
6/8
6/13
6/14
6/19
6/22
6/26
6/29
7/11
7/15
7/19
8/37
8/40
8/46
8/47
8/54
8/57
8/58
8/60
8/61
8/62
8/114
9/6
9/13
9/16
9/18

9/20
9/23
9/26
9/28
9/43
9/47
9/83
10/11
10/14
10/15
10/17
11/5
14/15
14/16
14/23
14/24
14/25
14/32
16/1
16/2
17/6
18/4
20/8
22/1
23/23
23/24
23/25
23/32
24/7
25/10
25/12
25/13
25/14
25/16
25/18
25/21
26/4
26/5
26/6
26/8
27/8
29/7
30/1
33/5
33/6
33/7
34/4
35/7
36/3
王导妻　见曹淑
王导妾　见雷氏
王孙满
25/39
王阳［石勒十八骑］
7/7
王阳［汉人，益州刺史］
2/58
王丞　见王恭
王丞相　见王导
王旷
1/39
2/62①
王佐　见王佑
王佑
2/66②
14/21③
王伯仪　见王璋
王伯舆　见王廞
王佛大　见王忱
王含（处弘、王光禄）
2/37 *
5/28
7/15
10/16
25/40

① 原作“王矿”，笺疏云“矿当作旷，《晋书》作旷，各本皆误”，今从之。
② 原作“王佐”，笺疏引吴士鉴《晋书斠注》“谓佐为佑之讹”，今从之。
③ 原作“王祐”，笺疏云“祐当作佑”，今改正。

王应(安期)
7/15 *
8/49
8/67
8/96
13/1
王沦(太冲)
25/8 * ①
王怀祖　见王述
王忱(元达、王大、阿大、佛大、王佛大、建武、王建武、王荆州、王吏部)
1/44 *
1/40
3/24
5/66
7/26
7/28
8/150
8/153
8/154
9/22
10/26
23/50
23/51
23/52
25/57
31/7
34/8
王君夫　见王恺
王劭(敬伦、大奴)
6/26 *
9/83
14/28
王武子　见王济
王武冈　见王谧
王坦之(文度、王文度、中郎、王中郎、王北中郎、安北)
2/72 *
1/42
1/44
2/79
4/35
5/46
5/47
5/58
5/66
6/27
6/29
6/30
8/126
8/128
8/149
9/10
9/52
9/53
9/63
9/64
9/72
9/83
10/26
21/10
23/38
25/46
25/52
26/21
26/25
26/31
27/12
王坦之妻　见范盖
王英彦(殷仲堪妻)
4/62
王荀子　见王脩
王述(怀祖、王怀祖、蓝田、蓝田侯、王蓝田、宛陵、王

① 原作“王伦”,笺疏云“伦”当作“沦”,今从之。

掾）
4/22 *
2/72
5/47
5/58
8/62
8/74
8/78
8/91
8/143
9/23
9/47
9/64
24/10
26/15
27/12
31/2
31/5
36/5
王矿　见王旷
王叔
2/72
王叔虎　见王彪之
王尚书　见王惠
王国宝
2/50
5/64
10/26
17/17
23/54
25/57
32/3
32/4
34/8
36/6
王畅
9/1
17/1
王明君　见王嫱
王和之（兴道、王兴道）
26/32 *
王侍中　见王桢之
王法惠　见孝武定王皇后
王郎　见王凝之
王祎之（文劭、僧恩、王僧恩）
9/64 *
王祎之妻　见寻阳公主
王诩（季胤）
14/15 *
9/57
27/9
王建武　见王忱
王肃
9/24
30/4
王肃之（幼恭、王咨议）
25/57 *
王弥　见王珉
王承（安期、王安期、东海、王东海、王参军）
3/9 *
1/34
2/72
3/10
4/22
4/94
8/32
8/62
9/10
9/20
19/15
19/16
26/6
31/2
王参军　见王承
王经（彦伟）
19/10 *
5/8
王经母
19/10
王珉（季琰、王弥、僧

弥、王僧弥、小令）
3/24 *
3/25
6/38
8/152
10/22
王荆产　见王徽
王荆州　见王忱
王荃（谢万妻）
24/10
王荟（敬文、小奴、王小奴、王卫军）
6/26 *
6/38
23/48①
23/54
王胡之（脩龄、王脩龄、阿龄、司州、王司州、王长史）
2/81 *
2/54
5/52
7/27
8/82
8/125
8/129
8/131
8/136
9/47
9/60
9/85
13/12
14/24
16/4
26/32
31/3
36/3
36/4
王临之（仲产、阿林、阿临、东阳）
8/120 *
4/62
王览
1/14
1/27
7/15
36/3
王览妻
1/14
王昭君　见王嫱
王思道　见王桢之
王修载　见王耆之
王修龄　见王胡之
王侯　见王浑
王衍（夷甫、王夷甫、太尉、王太尉）
2/23 *
4/11
4/12
4/13
4/18
4/19
4/94
5/20
6/8
6/9
6/11
6/12
7/4
7/5
7/6
8/16
8/21
8/22
8/24
8/25
8/27
8/31
8/32

① 刘注作“王簹”，据宋本、沈本当作“王荟”，今改正。

8/37
8/41
8/46
9/6
9/8
9/9
9/10
9/11
9/15
9/20
10/8
10/9
10/10
14/8
14/10
14/15
14/17
17/4
19/17
24/6
25/29
26/1
26/11
28/1
30/11
王衍妻　见郭氏
王咨议　见王肃之
王洽（敬和、领军、王领军、王车骑）
8/114 *
2/102
3/24
8/141
9/83
14/33
23/44
35/7
王济（武子、王武子）
2/24 *
2/22
2/23
2/26
2/32
3/5
5/11
8/17
14/14
17/3
19/12
20/4
25/6
25/8
29/1
30/3
30/6
30/9
33/2
王济妻　见常山主
王浑（长原）
1/21 *
2/24
王浑（玄冲、王司徒、王侯）
19/12 *
1/42
2/24
8/17
19/16
25/8
33/2
王浑后妻　见颜氏
王浑妻　见锺琰
王恺（君夫、王君夫）
30/4 *
30/1
30/5
30/6
30/7
30/8
36/2
王恺（茂仁）
5/58 *
王恺妻　见桓伯子
王恬（敬豫、王敬豫、阿螭、螭虎、王螭）
1/29 *

5/42
7/19
8/106
14/25
19/24
24/12
25/42
30/9
31/3
35/7
王祜　见王佑
王袛(文舒、穆侯、司空)
19/15 *
1/15
8/17
19/12
25/8
王眉子　见王玄
王珣(元琳、阿瓜、法护、东亭、王东亭、东亭侯、短主簿)
2/102 *
2/93
3/24
3/26
4/64
4/90
4/92
4/95
4/96
6/39
7/28
8/147
9/83
10/22
10/26
11/7
14/34
17/13
17/14
17/15
22/3
25/60
26/24
32/3
32/4
36/6
王耆之(修载、王修载)
8/122 *
36/4
王恭(孝伯、王孝伯、王甯、阿甯、王丞)
1/44 *
1/40
1/42
2/86
2/100
4/101
4/102
4/104
5/63
5/64
6/41
6/42
7/26
8/143
8/153
8/154
8/155
9/73
9/76
9/78
9/84
9/85
10/26
14/39
16/6
17/17
23/51
23/53
23/54
25/54
26/22

31/7
32/2
32/3
36/6
36/7
王莽
5/57
6/41
王桢之（公干、思道、王思道、王侍中、王主簿）
9/86 *
25/63①
王烈（阳秀）
8/139
王虔之（阿智、文将）
27/12 *
王虔之妻　见孙阿恒
王晃
8/72
王脩（敬仁、王敬仁、苟子、王苟子、王脩之）
4/38 *
4/57
4/83
8/76
8/123
8/134
8/137
9/48
9/53
10/20
25/39
王脩之　见王脩
王淩（彦云）
5/4 *
19/9
王朔
4/61
王悦（长豫、王长豫、大郎）
1/29 *
8/96
25/16
29/7
王朗（景兴）
1/12 *
1/13
2/1
王祯之　见王桢之
王祥（休征）
1/14 *
1/17
1/19
9/6
24/1
王祥生母　见薛氏
王祥后母　见朱夫人
王祥妻
1/14
王陵
36/6
王绥（万子）
17/4 *
8/29
9/6
王绥（彦猷）
1/42 *
王绥（谢据妻、谢朗母、王夫人）
4/39
王黄门　见王徽之
王彬（世儒）
7/15 *
26/8
王爽（季明、王睹）
4/101 *
5/64
5/65

① 原作"王祯之"，笺疏云祯当作桢，字思道当从木，今从之。

6/42
王粪
17/1
王辅嗣　见王弼
王彪之（叔虎、王叔虎、虎犊、王白须）
26/8 *
2/101
4/62
5/47
5/62
8/120
17/8
26/14
王领军　见王洽
王逸之　见王羲之
王混（奉正、王丹阳）
25/42 *
2/90
王隐
1/12
1/16
1/17
1/23
1/26
1/28
1/43
2/22
2/35
2/43
2/47
3/5
3/6
3/8
4/13
4/68
4/73
4/76
4/79
5/12
5/14
5/16
5/34
5/37
5/39
5/43
6/2
7/13
8/5
8/17
8/23
8/27
8/36
9/8
10/9
17/4
18/2
19/13
19/14
19/19
20/8
23/8
25/44
26/4
27/9
29/2
29/3
30/1
33/3
36/1
36/4
王绪（仲业）
10/26 *
7/26
32/4
王堪（世胄）
8/139 *
王越
19/4
王彭之（安寿、虎犳）
26/8 *
王裁
1/27
王掾　见王述
王掾　见王濛
王敬仁　见王脩

王敬伦　见王劭
王敬豫　见王恬
王惠(令明、王尚书)
19/31 *
王雅(茂建)
32/3 *
王敞(茂平、堂邑公)
9/18 *
王荟　见王荟
王舒(处明、王中郎、彭泽侯)
7/15 *
2/99①
8/46
25/44
王颍(茂英)
9/18 *
王敦(处仲、王处仲、阿黑、大将军、王大将军)
4/20 *
2/30
2/37
2/42
3/11
4/18
4/76
5/27
5/28
5/30
5/31
5/32
5/33
5/34
5/39
7/6
7/13
7/15
8/35
8/43
8/46
8/47
8/49
8/51
8/54
8/55
8/58
8/79
9/11
9/12
9/15
9/17
9/21
10/12
10/16
11/5
13/1
13/2
13/3
13/4
13/6
13/8
14/15
14/17
20/8
24/6
25/60
26/5
27/6
27/7
30/1
30/2
30/10
33/5
33/6
33/8

① 原作"王中郎",笺疏云"坦之卒于宁康三年,天锡以淝水来降,不及见矣。此王中郎盖别是一人"。据《晋书·王舒传》,王舒此时"除北中郎将、监青徐二州军事",故此"王中郎",实指王舒。

34/1
36/3
36/4
王敦妻　见舞阳公主
王湛（处冲、王汝南）
8/17 *
3/9
4/22
19/15
王湛妻　见郝氏
王愉（茂和、王仆射）
1/42 *
王愔之
2/100
王愔之妻　见谢月镜
王甯　见王恭
王谧（雅远、武冈、王武冈、武冈侯）
9/83 *
2/106
王弼（辅嗣）
4/6 *
2/19
2/38
2/50
4/7
4/8
4/10
4/17
4/38
4/85
4/94
8/51
8/98
王蓝田　见王述
王献之（子敬、王子敬、阿敬、王令）
1/39 *
2/86
2/91
3/25
5/59
5/62
6/36
6/37
8/145
8/146
8/148
8/151
9/70
9/74
9/75
9/77
9/79
9/80
9/82
9/86
9/87
17/14
17/15
17/16
24/15
24/17
25/50
25/60
31/6
王献之妻　见郗道茂
王献之妻　见徐姚公主
王粲（仲宣、王仲宣）
17/1 *
7/2
王睹　见王爽
王微　见王徽
王愆期
27/8
王韬
4/39
王熙（王齐、叔和）
6/42
4/38
王熙妻　见鄱阳公主
王僧弥　见王珉

王僧珍　4/64①
王僧首(羊孚妻)
4/62
王廙(世将、平南)
36/3 *
2/6
2/62
2/81
5/39
8/122
26/32②
36/4
王嫱(明君、王明君、王昭君)
19/2 *
王璋(伯仪、王伯仪)
2/72③
王蕴(叔仁、阿兴、光禄、王光禄)
1/44
5/65
7/26
8/134
8/137
23/35
25/54
王廞(伯舆、王伯舆、王长史)
23/54 *
34/7
王黎
4/6
王褒
4/85
王遵
4/23
王澄(平子、王平子、阿平)
1/23 *
2/32
2/67
5/31
7/12
8/6
8/27
8/31
8/45
8/46
8/52
8/54
9/11
9/15
9/17
10/10
14/15
24/6
26/1
26/6
32/1
33/5
王操之(子重)
9/74 *
王融
1/14
王融妻　见薛氏
王螭　见王恬
王默
14/21
王穆之　见哀靖王皇后
王凝之(叔平、王江州、王郎)
2/71 *
19/26
19/28

① 原作“僧弥”,据笺疏考定,此僧弥当是王僧珍之误,今从之。
② 原作王翼,笺疏云“翼当据《晋书》作廙”。今从之。
③ 原作“王仪伯”,据《后汉书》卷六十七王璋字伯仪,此作仪伯当为伯仪之倒误,今乙正。

25/26
王凝之妻　见谢道蕴
王羲之（逸少、王逸少、右军、王右军、临川）
2/62 *
1/39
2/69
2/70
2/71
4/36
4/43
5/25
5/61
6/19
6/28
6/36
8/55
8/72
8/77
8/80
8/88
8/92
8/96
8/100
8/108
8/120
8/134
8/141
9/28
9/29
9/30
9/47
9/55
9/62
9/74
9/75
9/85
9/87
10/20
14/24
14/26
14/30
16/3
18/6
19/25
19/26
25/54
25/57
26/5
26/8
26/19
26/20
27/7
30/12
31/2
36/5
王羲之妻　见郗璿
王濛（仲祖、王仲祖、长史、王长史、阿奴、王掾）
2/66 *
1/44
2/68
3/18
3/21
4/22
4/38
4/42
4/55
4/56
5/49
5/51
5/54
5/55
5/65
7/17
7/18
8/40
8/73
8/76
8/81
8/83
8/84
8/86
8/87
8/92

8/94
8/98
8/109
8/110
8/115
8/121
8/127
8/133
9/30
9/36
9/42
9/43
9/44
9/47
9/48
9/73
9/76
9/78
9/84
14/21
14/26
14/29
14/31
14/33
17/10
23/32
23/33
25/24
25/29
25/34
26/13
王徽（幼仁、荆产、王荆产）
2/67 * ①
8/52
王徽之（子猷、王子猷、王黄门）
6/36 *
8/132
8/151
9/74
9/80
9/86
17/16
23/39
23/46
23/47
23/49
24/11
24/13
24/16
25/43
25/44
25/45
26/29
26/30
王濬冲　见王戎
王邃（处重）
8/46 *
王邃［参军，杀郗隆］
9/9
王翼　见王廙
王穢
19/2

井

井大春　见井丹
井丹（大春、井大春）
9/80 *

开

开林　见周浚

夫

夫差（吴王）
26/2

天

天保　见索元

元

元子　见桓温
元公　见顾荣
元公　见裴秀
元方　见陈纪

① 原作“王微”，笺疏以为“作徽者是”，今从之。

元叹　见顾雍
元礼　见李膺
元礼　见袁悦
元达　见王忱
元达　见苻朗
元仲　见魏明帝
元甫　见温几
元规　见庾亮
元直　见徐庶
元凯　见杜预
元宗　见孙皓
元矩
2/72
元皇　见晋元帝
元祖　见袁恪之
元夏　见武陔
元常　见锺繇
元琳　见王珣
元超　见司马越
元敬虞皇后(敬后)
5/23
元裒　见任恺
无
无奕　见谢奕
无盐
26/2
韦
韦仲将　见韦诞
韦诞(仲将、韦仲将)
21/3 *
5/62
韦昭
17/2
韦端
21/3
五
五官将　见魏文帝
五羖大夫　见百里奚
五鹿充宗
10/2
支
支氏　见支遁
支公　见支遁
支法师　见支遁
支度　见支愍度
支遁(道林、支道林、支氏、支公、林公、林道人、林法师)
2/63 *
1/30
2/45
2/75
2/76
2/87
3/18①
4/25
4/30
4/32
4/35
4/36
4/37
4/38
4/39
4/40
4/41
4/42
4/43
4/45
4/51
4/55
6/28
6/31
6/32
8/83
8/88
8/92
8/98
8/110
8/119

① 原作“林公”,笺疏云“此林公必是深公之误”。

8/123
8/136
9/54
9/60
9/64
9/67
9/70
9/76
9/85
14/29
14/31
14/37
17/11
17/13
21/10
25/28
25/43
25/52
26/21
26/24
26/25
26/30
支道林　见支遁
支愍度（支度、愍度道人）
27/11 ＊
太
太公
6/2
7/27 ＊
2/90
10/26
太丘　见陈寔
太宁　见郭豫
太冲　见王沦
太冲　见左思
太初　见夏侯玄
太叔广（季思）
4/73 ＊
太宗　见晋简文帝
太保　见卫瓘
太祖　见魏武帝
太祖卞太后（卞太后）
33/1
太真　见温峤
太宰　见司马晞
太常　见殷融
太尉　见王衍
太傅　见司马越
太傅　见司马道子
太傅　见晋宣帝
太傅　见谢安
友
友声　见冯播
车
车公　见车胤
车武子　见车胤
车育
7/27
车胤（武子、车武子、车公）
7/27 ＊
2/90
10/26
车骑　见孔愉
车骑　见桓冲
车骑　见谢玄
车频
7/22
8/114
巨
巨源　见山涛
牙
牙生　见伯牙
比
比干
9/41
少
少正卯
3/26
6/2
少主　见孙亮
少昊
2/72
少孤　见孟陋
少彦　见庾倩
中
中军　见桓谦
中丞　见孔群
中宗　见晋元帝

中郎　见郗昙
中郎　见庾敳
中郎　见谢万
中郎　见谢据
中悌　见吕安
毛
毛公　见毛苌
毛玄(伯成、毛伯成)
2/96 *
毛安之(关中侯)
5/62
毛苌(毛公)
4/3
4/52
25/58
毛伯成　见毛玄
毛曾
14/3
长
长广公主(甄德妻)
5/11
长仁　见庾统
长史　见王濛
长乐公　见苻丕
长乐亭主
1/16
长达　见羊秉
长成　见阮浑
长齐　见魏顗
长兴　见陆亮
长沙王　见司马乂
长沙郡公　见陶侃
长沙桓王　见孙策
长和　见羊忱
长宗　见张凭
长度　见谢朗
长原　见王浑
长卿　见司马相如
长高　见魏顗
长悌　见向仁
长康　见顾恺之
长猷　见傅迪
长舆　见和峤
长豫　见王悦
仁
仁祖　见谢尚
仆
仆射　见谢安
介
介葛卢
2/68
公
公干　见刘桢
公山　见刘岱
公休　见诸葛诞
公羊高
2/72
公孙支
1/26
公孙龙
4/24
公孙述
2/35
公孙度(叔济)
8/4 *
公孙夏
23/45
公孙渊
19/5
公孙鞅　见商鞅
公纪　见陆绩
公寿　见司马无忌
公叔　见朱穆
公明　见管辂
公和　见孙登
公荣　见刘昶
公闾　见贾充
公祖　见乔玄
公渊　见王广
公曾　见荀勖
公输般
4/26
公穆　见嵇喜
月
月氏国王
35/5
丹

丹朱
21/10
25/1
凤
凤雏　见庞统
卞
卞太后　见武宣卞皇后
卞氏见卞和
卞令见卞壸
卞向
8/50
卞后　见武宣卞皇后
卞范之（敬祖、卞范、卞鞠）
22/6 *
2/106
17/19
19/27
19/32
卞和（卞氏）
2/10
卞眈
2/90
卞壸（望之、卞望之、卞令）
8/54 *
2/48
8/50
9/24
14/23
23/27
24/7
27/8
卞望之　见卞壸
卞随
25/7
卞敬侯
19/4
卞崀
22/6
卞循
22/6
卞粹
8/54
卞鞠　见卞范之
文
文王　见晋文帝
文开　见王讷
文公　见晋文公
文业　见阮武
文生　见刘许
文礼　见边让
文师　见苏则
文休　见许靖
文行　见裴潜
文时　见刘奭
文劭　见王祎之
文若　见荀彧
文和　见郑冲
文季　见裴徽
文昭甄皇后（甄氏、甄夫人、甄后）
2/10
2/13
35/1
文信侯　见吕不韦
文皇帝　见晋文帝
文将　见王虔之
文度　见王坦之
文举　见孔融
文宣太后　见简文宣郑太后
文殊师利
4/35
文通　见杨济
文康　见庾亮
文渊　见马援
文惠君　见梁惠王
文舒　见王昶
文颖
6/40
19/2
文靖　见谢安
方
方回　见郗愔
方叔　见杜育

尹
尹吉甫
2/6
尹伯邽
2/6
尹伯奇
2/6
孔
孔子(孔丘、仲尼、尼父)
1/35
2/3
2/9
2/17
2/46
2/50
2/60
2/108
3/3
3/26
4/29
4/55
4/92
4/93
5/36
5/51
6/1
6/2
9/50
10/3
10/6
24/11
25/2
25/19
25/65
30/10
31/4
35/2
孔车骑　见孔愉
孔仆射　见孔安国
孔岩(彭祖、孔西阳、西阳侯)
9/40 *
9/45
10/20
孔文举　见孔融
孔丘　见孔子
孔西阳　见孔岩
孔廷尉　见孔坦
孔安国[汉人,孔武子,注论语]
1/35
2/9
2/22
2/103
3/20
25/3
25/39
33/17
孔安国(安国、孔仆射)
1/46 *
孔苌
8/16
孔沈
2/44 *
8/85
孔君平　见孔坦
孔坦(君平、孔君平、廷尉、孔廷尉)
2/43 *
2/44
5/37
5/43
8/54
孔尚
2/3
孔明　见诸葛亮
孔竺
5/36
孔宙
2/3
孔郎　见孔愉
孔俭
9/40
孔奕
2/44

5/36
孔淳之(彦深、孔隐士)
2/108 *
孔隐士 见孔淳之
孔愉(敬康、孔敬康、孔郎、车骑、孔车骑、馀不亭侯)
5/38 *
1/46
9/13
18/7
孔群(敬休、中丞)
5/36 *
2/44
5/38
23/24
孔璞
13/13
孔融(文举、孔文举)
2/3 *
2/1
2/4
2/5
2/8
35/1
允
允明 见桓范
邓
邓仆射 见邓攸
邓公
25/7
邓艾(士载、士则、邓范)
2/17
21/4
邓玄茂 见邓飏
邓攸(伯道、邓伯道)
1/28 *
5/25
8/34
8/140
9/18
邓伯道 见邓攸
邓飏(玄茂、邓玄茂、邓尚书)
7/3 *
2/72
8/23
10/6
邓范 见邓艾
邓尚书 见邓飏
邓岳
28/6
邓禹
2/72
7/3
邓绥
1/28
邓竟陵 见邓遐
邓遗民
1/28
邓遐(应玄、邓竟陵)
28/6 *
邓骘
4/1
邓粲
1/28
2/33
2/37
2/40
4/19
5/26
5/39
6/9
7/7
7/14
8/17
8/47
8/54
9/14
9/17
10/11
12/2
18/8
23/6
23/9

23/25
24/6
32/1
33/4
33/8
毌
毌丘俭
2/16
五画 末 正 功 甘 世
丙 左 石 右 平
东 卢 归 申 田
史 丘 白 令 乐
句 处 务 市 玄
兰 汉 它 冯 永
司 尼 弘 召 边
纠 幼
末
末婢　见谢琰
正
正平　见祢衡
正叔　见潘尼
正熊　见崔豹
功
功高　见陆迈
甘
甘茂
2/42
甘罗
2/42
世
世龙　见石勒
世仪　见钱凤
世同　见晋康帝
世远　见高柔
世违
19/2
世林　见宗承
世胄　见王湛
世将　见王廙
世彦　见杨朗
世祖　见晋武帝
世根　见晋成帝
世康　见丁潭
世嗣　见苏绍
世踰　见刘超
世儒　见王彬
丙
丙吉
3/14
左
左太冲　见左思
左思(太冲、左太冲)
4/68 *
2/22
4/51
14/7
23/47
左雍
4/68
石
石生　见石鉴
石头　见桓熙
石奴　见谢石
石奋(万石君)
2/72
石虎(季龙)
2/45 *
7/22
8/43
石季伦　见石崇
石显
10/2
石勒(世龙、明皇帝)
7/7 *
1/28
2/23
2/45
4/75
6/15
8/16
8/43
8/139
9/7
26/11
33/4
石崇(季伦)
30/8 *

9/12
9/57
16/3
19/2
30/1
30/2
30/3
30/4
30/5
30/10
36/1
36/2
石鉴(石生)
3/5
右
右军　见王羲之
平
平子　见王澄
平仲　见晏婴
平阳　见孝重
平叔　见何晏
平南　见王廙
平原君　见赵胜
东
东方世安(合乡侯)
21/1
东方朔(曼倩)
10/1 *
2/72
4/61
东阳　见王临之
东阳　见谢朗
东阿王　见曹植
东武侯　见郭他
东武侯母　见汉武帝乳母
东亭　见王珣
东亭侯　见王珣
东郭先生
2/72
东海　见王承
东海王　见司马越
东海定王　见曹霖
东野王
10/24
卢
卢子干　见卢植
卢奴　见江敳
卢充
5/18
卢志(子通)
5/18 *
33/3
卢钦
7/4
卢珽(子笏)
5/18 *
卢植(子干)
4/1
5/18
卢循
1/47
16/6
卢毓(子家)
5/18 *
归
归义侯　见张天锡
归命侯　见孙皓
申
申生
2/5
田
田子方
2/72
田氏[简文宣郑太后前夫]
5/23
田光
2/72
田单
2/72
田横
23/45
史
史仲和
2/15
史涣

2/15
史曜
8/12
丘
丘渊之
2/88
2/108
4/99
7/25
22/5
22/6
白
白起(武安君)
2/15
令
令升　见干宝
令则　见荀羡
令言　见刘纳
令明　见王惠
令狐氏
4/61
令思　见华谭
乐
乐广(彦辅、乐彦辅、乐令、乐君)
2/25＊
1/23
2/23
2/72
2/99
2/100
4/12
4/14
4/16
4/70
4/94
8/23
8/25
8/31
9/7
9/8
9/10
9/17
9/46
23/13
26/2
乐令　见乐广
乐君　见乐广
乐国祯
8/11
乐毅
26/2＊
5/5
句
句龙
5/21
句践(越王)
1/25
26/2
处
处弘　见王含
处仲　见王敦
处冲　见王湛
处明　见王舒
处重　见王邃
处度　见张湛
处默　见吴隐之
务
务光
21/8
25/7
市
市南宜僚
2/72
玄
玄平　见范汪
玄行先生　见荀靖
玄冲　见王浑
玄伯　见陈泰
玄茂　见邓飏
玄叔　见桓玄
玄明　见刘聪
玄胄　见李秉
玄度　见伏滔
玄度　见许询
玄道　见谢据
玄德　见刘备

兰

兰硕　见傅嘏

汉

汉王　见汉高祖

汉元帝

10/2

19/2

汉文帝

5/11

6/40

10/26

汉成帝

2/64

4/23

19/3

21/1

汉光武帝

2/27

2/35

汉阴丈人

2/72

汉灵帝

1/10

4/4

汉武帝(孝武皇帝)

2/74

4/23

4/61

10/1

25/25

25/45

35/5

汉武帝乳母(大乳母、东武侯母)

10/1

汉明帝

4/23

6/41

汉顺帝

4/61

汉哀帝

4/23

汉宣帝

10/1

汉高祖(沛公、汉王)

2/35

5/11

7/7

10/18

25/48

汉景帝

9/80

汉献帝

4/1

它

它仁　见罗友

冯

冯太常　见冯怀

冯怀(祖思、冯太常)

4/32 *

冯纨

9/32

冯荪(惠卿、冯惠卿)

8/22 *

冯亭

2/15

冯惠卿　见冯荪

冯播(友声)

8/22 *

永

永长　见朱诞

永言　见王讷之

司

司马乂(士度、长沙王)

2/25 *

5/17

8/22

33/3

司马无忌(公寿)

36/3 *

7/27

36/4

司马太傅　见司马越

司马太傅　见司马道子

司马文王　见晋文帝

司马文孝王　见司马道子
司马允(淮南王)
36/1
司马芝
7/2
司马权(子舆、彭城王、彭城穆王)
30/11 *
司马师　见晋景帝
司马迁
25/25
司马伦(子彝、赵王)
1/18 *
1/12
1/24
2/23
5/17
5/19
9/46
15/2
19/14
19/17
36/1
司马丞(元敬、谯王、司马愍王、愍王)
36/3 * ①
36/4
司马丞妻　见赵氏女
司马冏(景治、齐王)
5/17 *
4/68
7/10
9/9
19/17
司马攸(大猷、齐王、齐献王)
9/32 *
5/9
5/11
5/14
5/17
19/13
19/14
司马攸妻　见李荃
司马伷(琅邪王)
2/29
5/8
司马肜(子徽、梁王、梁孝王)
1/18 *
司马君　见司马徽
司马玮(楚王)
6/7
7/8
司马岳　见晋康帝
司马炎　见晋武帝
司马承　见司马丞
司马珍之(景度、梁王、司马梁王)
13/13 *
司马南弟　见庐陵长公主
司马相如(长卿)
9/80 *
4/85
23/51
司马昱　见晋简文帝
司马昭　见晋文帝
司马脩祎　见舞阳公主
司马衍　见晋成帝
司马奕　见晋海西公
司马恢之
2/31
司马宣王　见晋宣帝
司马逊(谯王)
36/3
司马泰(高密王)
6/10

① 《晋书》本传作“司马承”。

司马晃(新蔡王)
28/7
司马虓(范阳王)
6/10
司马骏(子臧、扶风王、扶风武王)
1/22 *
司马著作
8/152
司马彪
23/45
司马晞(道升、武陵王、太宰)
28/7 *
6/25
司马梁王　见司马珍之
司马综
28/7
司马越(元超、太傅、司马太傅、东海王)
6/10 *
7/6
7/12
8/28
8/33
8/34
司马景王　见晋景帝
司马裒(宣城公、琅邪王)
5/23
司马道子(会稽王、司马太傅、文孝王、司马文孝王)
2/98 *
2/100
2/101
4/58
5/65
8/154
9/37
10/26
17/17
25/57
32/2
36/7
司马颖(叔度、成都王)
2/25 *
4/73
8/20
8/58
33/3
司马愍王　见司马丞
司马瑾(琅邪恭王)
2/29
司马颙(河间王)
18/4
司马德操　见司马徽
司马遹(愍怀太子)
35/3
司马叡　见晋元帝
司马徽(德操、司马德操、德公、司马君)
2/9 *
司州　见王胡之
司空　见王导
司空　见王昶
司空　见陈群
司空　见郗愔
司空　见贺循
司隶　见傅祗
司徒　见陈娇

尼

尼父　见孔子

弘

弘之　见庾友
弘远　见谢聘
弘武　见周恢
弘治　见杜乂
弘始　见郗隆
弘度　见李轨
弘度　见李充
弘道　见谢奉

召

召伯
10/27
召忽
2/72
9/41
边
边文礼　见边让
边让(文礼、边文礼)
2/1 *
纠
纠
9/41
幼
幼仁　见王徽
幼仁　见羊辅
幼节　见陆抗
幼安　见管宁
幼度　见谢玄
幼恭　见王肃之
幼道　见何准
幼舆　见谢鲲
幼儒　见谢裒
六画　匡 邢 老 扬 共 西 百 匠 成 夷 尧 毕 师 光 当 吕 朱 先 廷 乔 伟 休 伍 伏 延 仲 任 华 伊 向 后 全 会 合 负 庄 庆 刘 齐 羊 关 冲 次 江 兴 汤 汲 安 祁 许 寻 阮 孙 阳 阴 防 如 纡 纪
匡
匡术
5/36
5/38
匡俗先生　见庐俗
匡简子
5/36
邢
邢乔(曾伯)
8/22 *
老
老子(老聃、伯阳、李老君)
1/1
2/3
2/84
3/16
4/8
4/10
4/15
4/17
4/18
25/7
25/8
25/57
老莱
2/72
老聃　见老子
扬
扬乌
8/20
扬雄
2/38
4/85
共
共工
4/80①
共工氏
5/21
共王　见共工
西
西子　见西施
西平公　见张天锡
西阳侯　见孔岩
西伯　见周文王
西施(西子)

① 原作"共王",笺疏以为"共王为共工之误",今从之。

26/2
百
百里奚(凡伯、五羖大夫)
1/26 *
30/6
匠
匠石
17/11
成
成阳景王　见刘章
成国　见刘熙
成济
5/8
成都王　见司马颖
成倅
5/8
夷
夷吾　见管仲
夷甫　见王衍
尧
尧(唐尧、尧帝)
2/1
2/9
2/18
3/16
3/26
5/30
5/31
8/62
18/13
21/10
25/1
25/2
25/6
25/25
尧帝　见尧
毕
毕卓(茂世、毕茂世)
23/21 *
师
师子　见殷师
师丹
2/64
师欢
7/7
师旷
5/59
25/53
师冕
2/60
光
光禄　见王蕴
当
当阳侯　见杜预
吕
吕不韦(文信侯)
2/9
2/42
吕后
36/6
吕安(中悌)
24/4 *
2/18
4/17
6/2
18/2
24/3
吕安妻　见徐氏
吕招
24/4
吕逊
6/2
吕虔
1/14
吕漪
33/6
朱
朱夫人(朱氏、王祥后母)
1/14
朱公叔　见朱穆
朱氏　见朱夫人
朱凤
1/18
2/17
2/29

30/11
朱永长　见朱诞
朱买臣
26/7
朱诞(永长、朱永长)
8/20 *
朱博(子元)
2/38 *
朱寓
9/1
朱辟
13/10
朱穆(公叔、朱公叔)
8/2
先
先主　见刘备
廷
廷尉　见孔坦
乔
乔玄(公祖)
7/1 *
伟
伟长　见徐干
伟康　见张茂
休
休元　见陈本
休渊　见陈骞
休屠王
4/23
休徵　见王祥
休豫　见苏愉
伍
伍军神
11/3
伍胥
25/7
伏
伏三老　见伏湛
伏龙　见诸葛亮
伏系(敬鲁)
22/5 *
伏高阳
2/72
伏湛(伏三老)
2/72
伏滔(玄度)
2/72 *
4/92
4/97
22/2
22/5
26/12
26/20
伏徵君
2/72
伏羲
2/72
延
延祖　见嵇绍
延祖　见羊曼
延陵季子
6/1
延龄　见晋海西公
仲
仲弓　见陈寔
仲父　见王导
仲文　见殷仲文
仲业　见王绪
仲由　见子路
仲尼　见孔子
仲产　见王临之
仲约　见刘简
仲初　见庾阐
仲凯　见江敳
仲思　见诸葛觐
仲将　见韦诞
仲举　见陈蕃
仲宣　见王粲
仲祖　见王濛
仲真　见梅颐
仲真　见庾爰之
仲容　见阮咸
仲谋　见孙权
仲雄　见刘毅
仲舒　见裴绰
仲道　见董养
仲弼　见严隐

仲璋　见刘瑾
仲豫　见裴康
任
任氏(王乂妻)
10/10
任安
25/25
任育长　见任瞻
任让
3/11 *
任城王　见曹彰
任城威王　见曹彰
任昭光　见任嘏
任昭先　见任嘏
任恺(元裒)
23/16 *
任嘏(昭光、任昭光)
2/72①
任颙
3/12
任瞻(育长、任育长)
34/4 *
华
华士
6/2
华子鱼　见华歆
华令思　见华谭
华阳夫人
2/9
华轶(彦夏、华彦夏)
7/9 *
5/38
8/95
华峤
1/13
5/3
华彦夏　见华轶
华夏
8/2
华歆(子鱼、华子鱼)
1/10 *
1/11
1/12
1/13
2/72
5/3
7/9
华谭(令思、华令思)
2/22
伊
伊尹
2/101
21/8
伊存
4/23
伊陟
25/7
伊籍
2/24
向
向子期　见向秀
向秀(子期、向子期)
2/18 *
9/44
4/17
4/32
4/36
4/94
8/29
9/71
23/1
24/3
向纯(长悌)
8/29 *
向悌(叔逊)
8/29 *
向雄(茂伯)
5/16 *

① 原作“任昭先”，据《后汉书》卷三十五《郑玄传》注，任嘏字昭光，非昭先。今据改。

后

后稷

2/69

25/7

全

全琮(子黄)

9/2 *

会

会宗　见庾会

会稽王　见司马道子

会稽王　见晋简文帝

合

合乡侯　见东方世安

负

负羁

19/11

庄

庄子(庄周、庄生)

1/18

2/50

2/61

2/84

4/8

4/15

4/17

4/32

4/36

25/7

25/8

25/57

庄生　见庄子

庄周　见庄子

庆

庆孙　见刘舆

庆绪　见谢敷

刘

刘万安　见刘绥

刘子政　见刘向

刘子真　见刘寔

刘王乔　见刘畴

刘夫人(谢安妻、谢公夫人)

1/36

8/147

19/23

25/27

26/17

刘太常　见刘瑾

刘长(淮南厉王)

5/11

刘长史　见刘驎之

刘长沙　见刘奭

刘氏(袁绍妻、刘夫人)

35/1

刘氏(温峤从姑)

27/9

刘公　见刘昶

刘公干　见刘桢

刘公山　见刘岱

刘公荣　见刘昶

刘丹阳　见刘惔

刘文生　见刘许

刘尹　见刘惔

刘功曹　见刘毅

刘东曹　见刘简

刘令言　见刘纳

刘玄德　见刘备

刘汉　见刘漠

刘司空　见刘琨

刘弘

2/47

刘成国　见刘熙

刘迈

2/35

刘乔

5/50

刘仲谋

2/72

刘仲雄　见刘毅

刘向(子政、刘子政)

4/23

21/1

刘郃

8/22

刘郃妻　见武氏

刘庆孙　见刘舆

刘讷
2/53
8/38
刘许(文生、刘文生)
25/7 *
刘玙
36/2
刘孝标
27/9
刘佑
9/1
刘伯伦　见刘伶
刘伶(伯伦)
14/13 *
4/69
4/94
8/29
9/71
23/1
23/3
23/5
23/6
25/4
刘伶妻
23/3
刘沈(道真)
8/64
刘宏(终嘏)
8/22 *
刘牢之(道坚)
4/104 *
23/54
刘劭(彦祖)
2/53 *
刘纳(令言、刘令言)
9/8 *
刘武(梁孝王)
9/80
刘表(景升、刘景升、刘牧、刘镇南)
26/11 *
2/9
7/2
17/1
刘松
2/53
刘畅
9/87
刘牧　见刘表
刘岱(公山、刘公山)
2/72
刘备(玄德、刘玄德、先主)
2/9
2/102
4/80
5/5
7/2
刘放
5/14
25/7
刘河内　见刘准
刘宝(道真、刘道真)
1/22 *
9/9
23/17
24/5
刘宠(祖荣、刘祖荣)
2/72
刘参军
25/62
刘爰之(遵祖、刘遵祖)
25/47 *
刘哀帝
4/23
刘济
9/53
刘恢(道生、刘道生)
8/73 *
25/36
刘恢妻　见庐陵长公主
刘祖荣　见刘宠
刘袒(公荣、刘公荣、刘公)
23/4 *

1/30
8/14
9/53
24/2
刘珽
5/50
刘载　见刘聪
刘耽
1/36
刘真长　见刘惔
刘桢(公干、刘公干)
2/10 *
刘晔
9/2
刘准(君平、刘河内)
5/16 *①
6/9
刘绥(万安、刘万安)
8/64 *
6/24
9/28
刘绥妻　见阮幼娥
刘逵(刘渊林)
4/68
刘章(城阳景王)
1/17
3/11
刘淑
9/1
刘淮　见刘准
刘渊
27/9
33/4
刘渊林　见刘逵
刘惔(真长、刘真长、刘尹、刘丹阳)
1/35 *
2/48
2/54
2/64
2/66
2/67
2/69
2/73
3/18
3/22
4/26
4/33
4/46
4/53
4/56
4/83
5/44
5/51
5/53
5/54
5/55
5/59
6/34
7/18
7/19
7/20
8/22
8/75
8/77
8/86
8/87
8/95
8/109
8/110
8/111
8/116
8/118
8/121
8/124
8/130
8/131
8/135
8/138
8/144

① 原文皆作“刘淮”，笺疏云“淮”当作“准”，今从之。

8/146
9/29
9/30
9/36
9/37
9/42
9/43
9/44
9/48
9/50
9/56
9/58
9/73
9/76
9/78
9/84
14/26
14/27
17/10
22/4
23/33
23/36
23/40
25/13
25/17
25/19
25/24
25/29
25/37
25/60
26/9
26/10
26/13
26/14
26/17
刘隗
2/37
5/31
刘琨（越石、刘越石、刘司空、广武侯）
2/35 *
2/36
7/9
8/43
27/9
32/1
33/4
33/9
36/2
刘琮
2/9
刘琬
14/27
刘越石　见刘琨
刘超（世踰、临沂慈乡侯、零阳伯）
3/11 *
刘景升　见刘表
刘畴（王乔、刘王乔）
8/38 *
8/61
刘遗民　见刘驎之
刘奥
8/64
刘遁
4/104
刘斌
8/64
刘道生　见刘恢
刘道真　见刘宝
刘寔（子真、刘子真）
1/36
9/24
30/2
刘谦之
2/107
3/11
4/87
5/32
8/75
31/6
刘遐
2/54
9/87
刘彪
9/8
刘简（仲约、刘东曹）

5/50 *
刘简之
2/107
刘漠(冲嘏)
8/22 *
4/12①
8/29
刘静
19/8
刘静女(庾翼妻)
6/24
刘熙(成国、刘成国)
2/72
刘舆(庆孙、刘庆孙)
6/10 *
8/28
刘粹(纯嘏)
8/22 *
刘肇
6/6
刘瑾(仲璋、刘太常)
9/87 *
9/8
刘奭(文时、刘长沙)
9/53 *
刘聪(刘载、玄明)
27/9 *
刘镇南　见刘表
刘徵
3/11
刘毅(仲雄、刘仲雄、刘功曹)
1/17
6/6
9/32
刘毅[晋末北府兵将领]
2/105
19/32
刘遵祖　见刘爰之
刘璠
2/35
刘整
26/6
刘璨
36/2②
刘驎之(子骥、刘遗民、刘长史)
18/8 *
23/38
齐
齐万年
15/1
齐王　见司马冏
齐王　见司马攸
齐王　见曹芳
齐由　见孙潜
齐庄　见孙放
齐庄公
2/44
齐灵公
2/44
齐宣王
3/9
26/2
齐桓公
2/35
2/36
2/47
9/41
10/2
10/18
23/34
25/39
齐景公
2/9

① 原作"刘汉",笺疏云当作"刘漠",今从之。

② 原文作"刘璨《晋纪》",各志皆无刘璨撰《晋纪》之著录,疑此刘璨为邓粲之误,因无确凿证据,故仍单独立目。

齐献王　见司马攸
羊
羊子道　见羊孚
羊元
2/65
羊元妻　见郑氏
羊太傅　见羊祜
羊长和　见羊忱
羊公　见羊祜
羊式
8/11
羊权(道舆)
2/65 *
羊舌肸(叔向、叔誉)
8/24
8/50
羊孚(子道、羊子道、羊侯)
2/104 *
2/105
4/62
4/100
4/104
6/42
17/18
17/19
22/6
羊孚妻　见王僧首
羊忱(长和、羊长和、羊陶)
5/19 *
2/65①
5/25
8/11
21/5
羊坦
6/20
羊叔子　见羊祜
羊昙
23/43
羊固(道安)
6/20 *
羊秉(长达)
2/65 *
8/11②
羊欣(敬元)
17/18 *
羊侯　见羊孚
羊亮
8/11
羊洽
8/11
羊祜(叔子、羊叔子、羊公、羊太傅)
2/86 *
2/47
3/6
7/5
8/9
8/11
9/51
20/3
25/47
羊乘　见羊秉
羊秘
8/11
羊悦　见羊忱
羊陶　见羊忱

① 刘注原作"羊悦",笺疏云"悦当作忱",今从之。
② 原作"羊乘",据笺疏考定"乘"当作"秉",今从之。

羊绥(仲彦)
5/60＊
2/104
4/62
6/42
17/14
羊琇(穉舒、羊穉舒)
5/13＊
30/8
羊辅(幼仁)
4/62＊
羊曼(延祖)
6/20＊
16/2
羊续
2/65
8/11
羊晫
19/19
羊楷(道茂)
5/25＊
2/104
4/62
5/60
羊暨
6/20
羊骈
8/146
羊穉舒　见羊琇
羊繇(堪甫)
8/11＊
5/19
5/25

关

关中侯　见毛安之
关中侯　见苏绍
关内侯　见谢万
关羽
5/5

冲

冲嘏　见刘漠

次

次道　见何充

江

江仆射　见江虨
江正
5/63
江东步兵　见张翰
江卢奴　见江敳
江夷(茂远)
5/63＊
江应元　见江统
江君　见江虨
江郎　见江虨
江革
2/72
江思玄　见江虨
江思悛　见江惇
江统(江应元)
26/6
江逌
8/84①
江淳　见江惇
江惇(思悛、江思悛)
8/94＊
8/127②
江道　见江逌

① 原文作“江道”,笺疏疑此“道”为“逌”之误。江逌《晋书》有传,今据改。
② 原文作“江淳”,笺疏云“当据《晋书》作惇”,今从之。

江道群　见江灌
江敳（仲凯、卢奴、江卢奴）
5/63 *
江鄘　见江虨
江虨（思玄、江思玄、江郎、江君、江仆射）
5/42 *
1/29
5/25
5/46
5/63
8/84
8/94
8/127①
9/56
10/18
26/14
27/10
江灌（道群、江道群）
8/84 *
8/127
8/135
兴
兴公　见孙绰
兴伯　见贺邵
兴道　见王和之
兴道县侯　见张镇
汤
汤
18/3
21/8
26/19
汲
汲桑
7/7
汲黯
9/57
安
安丰侯　见王戎
安仁　见潘岳
安公　见释道安
安北　见王坦之
安丘　见戴逯
安西　见谢奕
安宇　见晋武帝
安寿　见王彭之
安时　见魏隐
安国　见孔安国
安国　见孙盛
安国　见李丰
安固　见高柔
安法师　见释道安
安南　见谢奉
安期　见王应
安期　见王承
安期　见徐宁
安期先生
2/72
安道　见戴逵
祁
祁午
2/7
祁奚
2/7
许
许子政　见许虔
许子将　见许劭

① 原文作"江鄘"，沈本及本书他处皆作"江虨"。

许文休　见许靖
许允(士宗)
19/6 *
3/11
5/6
8/139
19/7
19/8
许允妻　见阮氏
许由(武仲)
2/1 *
2/9
2/18
2/50
2/69
18/13
25/6
25/7
25/28
25/53
许玄度　见许询
许永(思妣)
3/11
许贡
13/11
许劭(子将、许子将)
8/3 *
7/1
9/2
9/6①
许奇(子太)
19/8 *
许叔重　见许慎
许侍中　见许璪
许询(玄度、许玄度、阿讷、许掾)
2/69 *
2/73②
4/38
4/40
4/55
4/85
6/28
8/95
8/111
8/119
8/144
9/50
9/54
9/55
9/61
10/20
18/13
18/16
22/4
26/18
26/31
许询母
8/95
许柳(季祖)
3/11 *
许柳妻
3/11
许思文　见许璪
许皇后　见孝成许皇后
许艳(子良)

① 原作"许章",笺疏云"章字误,当作劭",今从之。
② 原作许珣,当是许询之误,今改正。

6/16＊
许珣　见许询
许虔(子政)
8/3＊
许猛(子豹)
19/8＊
3/11
许章　见许劭
许琛　见许璪
许掾　见许询
许靖(文休、许文休)
9/2
许慎(许叔重)
1/11
24/4
许裴(季显)
6/16
许徵
17/6
许璪(思文、许思文、许侍中)
6/16＊
25/20①

寻

寻阳公主(王袆之妻)
9/64

阮

阮千里　见阮瞻
阮卫尉　见阮共
阮公　见阮裕
阮公　见阮籍
阮氏(许允妻、阮新妇)
19/6
19/7
19/8
阮文业　见阮武
阮主簿　见阮裕
阮幼娥(刘绥妻)
6/24
阮共(伯彦、阮卫尉)
19/6＊
阮光禄　见阮裕
阮步兵　见阮籍
阮孚(遥集、阮遥集)
6/15＊
4/75
8/29
8/36
8/104
23/15
阮孚母　见鲜卑婢
阮武(文业、阮文业)
8/13＊
阮侃(德如)
19/6＊
阮放
6/20
阮咸(仲容、阮仲容)
8/12＊
4/94
6/15
8/29
9/71
20/1
23/1
23/10
23/12

① 原作“许文思”,刘注云“许琛已见”。《世说》一书中未有名许琛者,此云“许琛已见”之“许琛”,当为“许璪”之误。许璪见《世说·雅量篇》(6/16),刘注于该处云“字思文”,《世说人名谱》亦云“许璪字思文,侍中”。故此许文思当为许思文之误。刘注所云许琛,亦为许璪之误,今均改正。

23/13
23/15
阮思旷　见阮裕
阮修(宣子、阮宣子)
4/18 *
5/21
5/22
23/18
阮浑(长成)
8/29 *
23/13
阮宣子　见阮修
阮略
1/32
阮谌
8/13
阮顗
1/32
阮裕(思旷、阮思旷、阮主簿、阮光禄、阮公)
1/32 *
4/24
5/53
5/61
8/55
8/96
9/27
9/30
9/36
14/31
18/6
24/9
25/22
33/11
阮瑀
1/15
阮嗣宗　见阮籍
阮简
23/13
阮遥集　见阮孚
阮新妇　见阮氏
阮蕃
6/24
阮牖(彦伦)
33/11 *
阮瞻(千里、阮千里)
8/29 *
1/23
4/94
8/34
8/139
9/20
16/2
26/6
阮籍(嗣宗、阮嗣宗、阮步兵、步兵、阮公)
1/15 *
1/23
2/40
4/12
4/67
4/94
8/12
8/13
8/29
9/71
13/13
17/2
18/1
18/2
19/11
23/1
23/2
23/5
23/7
23/8
23/9
23/10
23/11

23/13
23/51
24/2
24/4
25/4
阮籍邻家妇
23/8
阮籍嫂
23/7

孙

孙子荆　见孙楚
孙长乐　见孙绰
孙令　见孙秀
孙弘
2/24
孙权（仲谋、孙仲谋、大皇帝、吴大帝）
2/5
2/102
4/80
6/1
9/4
10/4
13/11
14/27
19/5①
25/1
25/5
26/4
孙休（子烈、琅邪王、景皇帝、吴景帝）
10/4 *
25/5
孙仲谋　见孙权
孙齐由　见孙潜
孙兴公　见孙绰
孙安国　见孙盛
孙丞
33/3
孙丞公　见孙统
孙秀（俊忠、孙令）
19/17 *
4/70
36/1
孙秀（彦才）
35/4 *
15/1
孙秀妻　见蒯氏
孙伯符　见孙策
孙阿恒（王虔之妻）
27/12
孙统　见孙统
孙武
7/4
孙叔敖
1/31
2/72
孙放（齐庄）
2/50 *
2/49
25/33
孙郎　见孙策
孙承公　见孙统
孙亮（少主）
10/4
孙统（承公、孙承公、孙丞公）
9/59 *
3/17
8/75
9/69②

① 原作“文皇帝”，笺疏云“文皇帝当作大皇帝，谓孙权也”，今从之。
② 原作“孙统”，笺疏云此“统”字当作“统”，今从之。

16/3
23/36
26/13
孙泰
1/45
孙监　见孙盛
孙恩(灵秀)
1/45 *
2/71
17/15
25/60
孙峻
25/1
孙资
2/24
5/14
孙宾硕　见孙嵩
孙盛(安国、孙安国、监君、孙监)
2/49 *
2/5
2/50
4/25
4/31
4/56
5/6
5/9
5/16
7/1
7/6
7/16
9/71
25/25
25/33
27/1
36/4
孙綝
10/4①
孙绰(兴公、孙兴公、孙长乐)
2/84 *
4/30
4/36
4/78
4/81
4/84
4/85
4/86
4/89
4/91
4/93
5/48
6/28
8/79
8/85
8/107
8/114
8/116
8/119
9/36
9/54
9/61
9/65
14/24
14/37
25/37
25/41
25/46
25/52
25/54
26/9
26/14
26/15

① 原文作“孙琳”,据《三国志·吴书》当作孙綝。

26/16
26/17
26/20
26/22
27/11
27/12
孙琳　见孙綝
孙彭祖　见孙皓
孙策(伯符、孙伯符、孙郎、长沙桓王)
13/11 *
3/4
14/27
28/9
孙皓(元宗、孙彭祖、归命侯)
25/5 *
2/21
3/4
10/5
35/4
孙登(公和)
18/2 *
4/91
孙登[孙权子]
13/5
孙楚(子荆、孙子荆)
2/24 *
4/72
9/59
17/3
25/6
孙楚妻　见胡毋氏
孙嵩(宾硕、孙宾硕)
2/72
孙腾(伯诲、僧奴、孙僧奴)
6/69 *
孙僧奴　见孙腾
孙潜(齐由、孙齐由)
2/50 *
阳
阳元　见魏舒
阳平亭侯　见崔烈
阳仲　见潘滔
阳秀　见王烈
阳和　见赵至
阳遂乡侯　见顾雍
阴
阴就(新阳侯)
9/80
防
防风氏
5/4
如
如来
2/41
27/11
纣
2/22
3/16
9/80
35/1
纪
纪瞻
23/25
七画　麦 远 扶 抚 孝 邯 严 苏 杜 巫 李 杨 束 邴 连 步 坚 吴 园 秀 何 佐 伯 伶 佛 谷 狄 邹 应 庐 辛 闵 怀 沛 汰 沙 沈 宋 罕 君 灵 即 张 陆 阿 陈 附 纯
麦
麦丘人
2/72
远

远公　见释惠远
远法师　见释惠远
扶
扶风王　见司马骏
扶风武王　见司马骏
抚
抚军　见晋简文帝
抚军大将军　见晋简文帝
孝
孝己
2/6
孝文王　见司马道子
孝尼　见袁准
孝成许皇后(许皇后)
19/3
孝则　见顾邵
孝先　见陈忠
孝伯　见王恭
孝武定王皇后(王法惠)
5/65
孝武皇帝　见汉武帝
孝武皇帝　见晋孝武皇帝
孝若　见夏侯湛
邯
邯郸子礼
11/3
严
严尤
2/15
严仲弼　见严隐
严隐(仲弼、严仲弼)
8/20 *
8/19
苏
苏门先生
18/1
苏子高　见苏峻
苏则(文师)
9/57 *
苏林
25/25
苏绍(世嗣、始平武公)
9/57 *
苏秦
25/55
苏峻(子高、苏子高)
5/34 *
2/102
3/11
5/25
5/36
5/37
6/15
6/17
6/20
6/23
7/15
8/54
8/67
10/16
14/23
17/9
23/30
27/8
29/8
苏硕
5/37
苏愉(休豫)
9/57 *
杜
杜乂(弘治、杜弘治)
8/68
8/70
8/71
9/42
13/7
14/26

杜几
5/12
杜元凯　见杜预
杜方叔　见杜育
杜弘治　见杜乂
杜圣　见杜育
杜延年
5/12
杜府君　见杜恕
杜育（方叔、杜方叔、神童、杜圣）
9/8 *
杜笃
8/13
杜恕（杜府君）
1/17
5/12
杜预（元凯、杜元凯、当阳侯）
5/12 *
2/68
2/79
5/13
5/24
5/59
8/68
20/4
23/45
杜袭
9/8
杜楷
9/1
杜锡
8/68
杜默
25/7
杜夔
20/1

巫

巫咸
25/7

李

李乂
14/4
李丰（安国、李安国）
14/4 *
4/5
5/6
19/8
19/13
李元礼　见李膺
李氏　见李婉
李公府　见李廞
李弘度　见李充
李弘度　见李轨
李式（景则）
18/4 *
李老君　见老子
李轨（弘度、李弘度）
29/6 *
18/6
李合　见李荃
李充（弘度、李弘度）
2/80 *
4/85
9/46
李安国　见李丰
李寻
2/38
李阳（景祖）
10/8 *
李寿
7/20
李志（温祖）
9/68 *
李伯宗
19/18
李势（子仁）
7/20 *
13/8

19/21

李势妹(桓温妾)

19/21

李叔方

8/3

李秉(玄胄、秦州)

19/17 * ①

1/15

2/80

18/4②

李府君　见李膺

李荃(司马攸妻、齐献王妃)

19/13

19/14③

李昭

5/8

李矩

2/80

李重(茂曾、平阳、李平阳)

9/46 *

9/68

18/4

19/17

李顺(曼长)

8/22 *

李胜

7/3

李胤

8/22

李络秀(周浚妻)

19/18

李特

7/20

李陵

25/25

李康　见李秉

李婉(淑文、李氏、李新妇、贾充前妻)

19/13 *

19/14

李喜(季和)

2/16 *

李雄

2/47

7/20

李廞(宗子、李公府)

18/4 *

李晅

27/9

李新妇　见李婉

李慕

9/68

李肇

6/7

李膺(元礼、李元礼、李府君)

1/4 *

1/3

1/5

2/3

8/2

9/1

李骧

7/20

杨

杨广(德度)

1/41 *

① 原作“李康”,笺疏云“李康当作李秉”,今从之。

② 同上。

③ 刘注作“李合”,笺疏云“此合字盖即荃字之误”,今从之。

杨氏子
2/43
杨右卫　见杨济
杨乔(国彦)
9/7 *
8/62
杨仲
8/62
杨佺期
1/41
1/42
4/103
杨侯　见杨准
杨俊
8/62
杨济(文通、杨右卫)
5/12 *
杨脩(德祖、杨德祖)
11/1 *
8/58
11/2
11/3
11/4
杨准(始立、杨侯)
8/58 *①
7/13②
8/62③
9/7④
杨朗(世彦)
7/13 *
8/58
8/63
杨骏
5/12
6/7
杨彪
8/58
11/1
杨淮　见杨准
杨悼后　见武悼杨皇后
杨琳
8/62
杨髦(士彦)
9/7 *
8/63
杨震
1/41
杨德祖　见杨脩
杨器
7/13
8/58
束
束孟达
6/41
束皙(广微)
6/41 *
郦
郦君　见郦原
郦根矩　见郦原
郦原(根矩、郦根矩、郦君)
8/4 *
1/10
1/11
2/72
连
连叔

① 原作“杨淮”,笺疏考定此“淮”当作“准”,今从之。
② 原作“杨淮”,笺疏考定此“淮”当作“准”,今从之。
③ 同上。
④ 同上。

2/75
步
步兵　见阮籍
步阐
33/3
坚
坚石　见欧阳健
坚石　见谢尚
吴
吴大帝　见孙权
吴王　见夫差
吴王　见阖闾
吴氏（简文宣郑太后舅）
5/23
吴芮
10/24
吴坚
1/47
吴坚妻　见童秦姬
吴坦之（处靖、道助、吴道助、大吴）
1/47＊
吴奋
5/16
吴府君　见吴展
吴起
7/4
吴展（士季、吴府君）
8/20＊
吴隐之（处默、附子、小吴）
1/47＊
吴景帝　见孙休
吴道助　见吴坦之
吴儒
10/16
园
园客　见庾爰之
秀
秀才　见蔡洪
何
何仆射　见何澄
何平叔　见何晏
何扬州　见何充
何休
17/18
何次道　见何充
何充（次道、何次道、何扬州、骠骑、何骠骑）
3/17＊
2/54
3/18
3/22
5/28
5/41
7/19
8/59
8/60
8/67
8/130
9/26
9/27
17/9
18/5
25/22
25/51
26/13
36/4
何进
2/1
2/14
4/1
何劭
35/2
何苗
2/14
何尚书　见何晏
何法盛
5/23

5/52
何定
35/4
何恢
18/5
何晏（平叔、何平叔、阿平、何尚书）
2/14 *
2/72
4/6
4/7
4/10
4/85
4/94
7/3
8/23
8/51
9/31
10/6
12/2
14/2
何准（幼道）
18/5 *
25/51
何曾（颖考）
23/2 *
24/1
何骠骑　见何充
何澄（子玄、何仆射）
31/7 *
何邃
27/9
何夔
23/2
佐
佐治　见辛毗
佐治　见郝治
伯
伯牙（牙生）
17/11
伯仁　见周顗
伯玉　见卫瓘
伯仪　见王璋
伯乐
1/31
26/24
伯成子高
2/9
伯成　见毛玄
伯夷
1/47
2/9
25/53
伯伦　见山该
伯伦　见刘伶
伯阳　见老子
伯言　见陆逊
伯虎　见胡威
伯南　见武周
伯济　见郭淮
伯海　见孙腾
伯符　见孙策
伯鸾　见庾鸿
伯喈　见蔡邕
伯道　见邓攸
伯道　见桓熙
伯道　见殷觊
伯舆　见卫权
伯舆　见王廞
伶伦
2/15
佛
佛大　见王忱
佛图澄（大和尚）
2/45 *
6/32
谷
谷口
27/9

狄
狄臣
5/35
邹
邹阳
9/80
邹衍
2/72
邹润甫　见邹湛
邹湛（润甫、邹润甫）
25/7＊
邹奭
2/72
应
应玄　见邓遐
应劭
25/48
应詹（思远、应镇南）
36/4＊
应镇南　见应詹
应璩
36/4
庐
庐君　见庐俗
庐俗（君孝、庐君、鄡阳男、大明公、匡俗先生）
10/24＊
庐陵长公主（司马南弟、刘恢妻）
25/36
辛
辛佐治　见辛毗
辛昺
1/45
辛毗（佐治、辛佐治）
5/5＊
闵
闵子骞
2/13
怀
怀祖　见王述
沛
沛公　见汉高祖
汰
汰法师　见竺法汰
沙
沙律
4/23
沈
沈令　见沈充
沈充（士居、沈令）
10/16＊
6/18
9/13
沈约
4/47
9/12
宋
宋子俊
8/13
宋武帝（高祖）
28/8
宋明帝
2/89
2/95
4/53
4/98
5/62
6/29
7/19
7/21
8/73
8/129
9/61
9/75
10/18
14/27
23/33
23/52
宋祎

9/21

罕

罕虎

2/65

君

君长　见卫永

君平　见孔坦

君平　见刘准

君齐　见顾夷

君孝　见庐俗

君孝　见顾和

君叔　见顾悦

君明　见京房

君卿　见楼护

君章　见罗含

灵

灵秀　见孙恩

灵宝　见桓玄

即

即墨士大

2/72

张

张飞

5/5

张天锡（纯嘏、归义侯、西平公）

2/94 *

2/99

8/152

张公　见张华

张公子

21/1

张玄　见张玄之

张玄之（张玄、祖希、张祖希、张冠军、张吴兴）

2/51 *

3/24

5/66

12/4

18/9

19/30

23/38

25/30

张玄妹　见顾家妇

张让

27/1

张弘

10/7

张耳

2/94

张轨

2/94

张廷尉　见张闿

张伟康　见张茂

张华（茂先、张茂先、张公）

1/12 *

2/23

2/26

2/47

4/68

4/84

6/41

8/19

9/8

24/5

25/7

25/9

张安世

2/23

张孝廉　见张凭

张苍梧　见张镇

张吴兴　见张玄之

张旷

23/43

张良（子房、留侯）

2/12

2/35

7/7

张茂（伟康、张伟康）

9/13
张茂先　见张华
张畅（威伯）
8/20 *
张季鹰　见张翰
张凭（长宗、张孝廉）
4/53 *
4/82
25/40
张孟阳　见张载
张威伯　见张畅
张昭（子布、张辅吴）
25/1 *
10/13
13/11
张俨
7/10
张俭
9/1
张禹
2/64
张亮
1/12
张闿（敬绪、张廷尉）
10/13 *
张冠军　见张玄之
张祖希　见张玄之
张载（孟阳、张孟阳）
4/68
14/7
张恭祖
4/1
张晏
2/8
张唐
2/42
张资
2/94
2/99
张辅吴　见张昭
张野
4/61
张敏
25/7
张湛（处度、张驎）
23/43 *
23/45
张镇（义远、张苍梧、兴道县侯）
25/40 *
张澄
2/51
张驎见张湛
张璠
1/6
2/7
8/3
9/1
张翰（季鹰、张季鹰、江东步兵）
7/10 *
17/7
23/20
23/22
张夔
19/19

陆

陆乂
3/7
陆士龙　见陆云
陆士衡　见陆机
陆子　见陆绩
陆云（士龙、陆士龙）
8/20 *
2/26
5/18
8/39
15/1
25/9
33/3

陆太尉　见陆玩
陆平原　见陆机
陆生　见陆贾
陆机（士衡、陆士衡、陆平原）
2/26 *
4/84
4/85
4/89
5/18
8/19
8/20
8/39
15/1
15/2
24/5
33/3
陆迈（功高）
10/16 *
陆仰
4/82
陆伊
4/82
陆抗（幼节）
3/4 *
2/26
5/18
8/20
33/3
陆纳
2/90
陆玩（士瑶、陆太尉）
3/13 *
5/24
10/17
25/10
陆英
3/13
陆凯（敬风）
10/5 *
4/82
陆亮（长兴）
3/7 *
8/12
陆退（黎民）
4/82 *
陆逊（伯言、神君）
5/18 *
2/26
3/4
10/5
陆贾（陆生）
25/7
陆通（接舆）
2/17
2/72
2/75
陆绩（公纪、陆子）
9/2 *
陆瑁
3/13

阿

阿大　见王忱
阿大　见谢尚
阿万　见谢万
阿乞　见郗恢
阿龙　见王导
阿平　见王澄
阿平　见何晏
阿瓜　见王珣
阿奴　见王濛
阿奴　见周谟
阿戎　见王戎
阿兴　见王蕴
阿讷　见许询
阿苏　见秦朗
阿林　见王临之
阿春　见简文宣郑太后
阿临　见王临之
阿恭　见庾会

阿巢　见殷颉
阿敬　见王献之
阿黑　见王敦
阿智　见王虔之
阿甯　见王恭
阿龄　见王胡之
阿源　见殷浩
阿璃　见王恬
阿瞒　见魏武帝
阿酃　见高崧
阿鳔　见秦朗

陈

陈元方　见陈纪
陈太丘　见陈寔
陈长文　见陈群
陈本(休元)
　5/7 *
陈平
　36/6
陈玄伯　见陈泰
陈仲弓　见陈寔
陈仲子(子终、於陵仲子)
　13/9 *
　2/72
陈仲举　见陈蕃
陈纪(元方、陈元方)
　1/6 *
　1/8
　1/10
　2/6
　3/3
　5/1
　9/6
　10/3
　12/1
陈寿(承祚)
　25/44 *
陈君　见陈寔
陈林道　见陈逵
陈述(嗣祖)
　20/5 *
陈忠(孝先)
　1/8 *
陈季方　见陈谌
陈轸
　25/7
陈思王　见曹植
陈侯　见陈滑公
陈恒
　2/28
陈泰(玄伯、陈玄伯)
　5/8 *
　8/108
　9/5
　9/6
　25/2
　25/3
陈畛
　9/59
陈准
　9/59①
陈逵(林道、陈林道、广陵公)
　9/59 *
　13/11
陈婴
　19/1 *
陈矫(司徒)
　5/7
　25/2
陈淮　见陈准
陈谌(季方)

① 原作“陈淮”,笺疏云“当作陈准”,今从之。

1/7 *
1/6
1/8
9/6
12/1
陈遗
1/45
陈寔(仲弓、陈仲弓、陈君、太丘、陈太丘)
1/6 *
1/7
1/8
2/6
3/1
3/2
3/3
5/1
9/6
12/1
25/2
陈韪
2/3
陈骞(休渊)
5/7 *
25/2
35/5
陈群(长文、陈长文、司空)
1/8 *
1/6
1/31
5/2
5/3
5/8
9/5
9/6
25/2
25/3
25/33
陈滑公(陈侯)
25/65①
陈蕃(仲举、陈仲举)
1/1 *
1/3
8/1
8/2
8/3
9/1
陈戴
13/9
陈穉叔
1/5
附
附子 见吴隐之
纯
纯嘏 见刘粹
纯嘏 见张天锡
八画 奉 环 武 若 茂 苻 荀 苑 范 林 欧 轮 叔 卓 虎 昆 国 昌 昐 明 呼 鸣 罗 和 季 竺 侍 帛 征 服 周 鱼 京 庞 庖 於 育 郑 法 河 宗 宛 郎 肩 建 肃 屈 承 孟 妲 始 终
奉
奉正 见王混
奉倩 见荀粲
奉高 见袁阆

① 原作“陈侯”,据《史记·孔子世家》,此陈侯为陈滑公。

环

环济

3/4

6/1

9/2

10/4

25/1

武

武丁　见殷高宗

武子　见王济

武子　见车胤

武子　见范甯

武王　见魏武帝

武元夏　见武陔

武冈　见王谧

武冈侯　见王谧

武氏(刘邠妻)

8/22

武仲　见许由

武安君　见白起

武茂(季夏)

8/14

武周(伯南)

25/3 *

8/14

8/22

武陔(元夏、武元夏)

8/14 *

9/5

25/3

武秋　见满奋

武侯　见诸葛亮

武宣卞皇后(卞后)

19/4 *

33/1

武陵王　见司马晞

武悼杨皇后(杨悼后)

8/36

武歆(叔夏)

8/14

若

若思　见戴俨

茂

茂仁　见王恺

茂世　见毕卓

茂平　见王敞

茂弘　见王导

茂弘　见褚爽

茂达　见诸葛宏

茂先　见张华

茂伦　见桓彝

茂远　见江夷

茂伯　见向雄

茂英　见王颖

茂和　见王愉

茂建　见王雅

茂祖　见桓胤

茂琰　见高崧

茂曾　见李曾

苻

苻丕(长乐公)

7/22①

苻生

7/22

苻坚(永固、苻郎、肩头)

7/22 *

2/94

2/99

4/64

4/104

6/35

① 苻丕及以下苻生、苻健、苻洪、苻朗、苻雄、苻坚之“苻”,原皆作“符”,今据笺疏一律改正。

6/37
16/5
18/8
25/57
26/29
33/16
苻宏
26/29
苻郎　见苻坚
苻洪
7/22
苻健
7/22
28/3
苻朗(元达)
25/57 *
苻雄
7/22
苟
苟子　见王脩
苑
苑康
1/6
范
范公　见范汪
范丹
1/38
范文子
2/31
范玄平　见范汪
范宁(武子、范豫章)
2/97 *
5/66
8/150
范阳王　见司马虓
范坚
4/86
范汪(玄平、范玄平)
25/34 *
3/17
5/42
5/66
27/13
范启(荣期、范荣期)
4/86 *
25/46
25/50
25/53
26/28
范孟博　见范滂
范荣期　见范启
范宣(子宣、范宣子)
1/38 *
18/14
4/61
21/6
范宣子　见范宣
范逵
19/19
范略
25/34
范盖(王坦之妻)
5/66
范滂(孟博、范孟博)
8/3 *
范豫章　见范甯
范蠡
23/19
林
林公　见支遁
林法师　见支遁
林宗　见郭泰
林道　见陈逵
林道人　见支遁
欧
欧阳坚石　见欧阳建
欧阳建(坚石、欧阳坚石)
36/1 *
4/21
轮

轮扁
2/72
叔
叔开　见蔡洪
叔元　见王乂
叔仁　见王蕴
叔玉　见傅瑗
叔平　见王凝之
叔皮　见班彪
叔达　见孟敏
叔则　见裴楷
叔向　见羊舌肸
叔齐
1/47
2/9
25/53
叔孙通
2/72
叔虎　见王彪之
叔和　见王熙
叔和　见庾羲
叔夜　见嵇康
叔治　见周谟
叔宝　见卫玠
叔度　见司马颖
叔度　见黄宪
叔度　见谢渊
叔济　见公孙度
叔逊　见向悌
叔真　见梅陶
叔夏　见武歆
叔夏　见桓伊
叔鸾　见戴良
叔智　见董艾
叔道　见桓歆
叔道　见裴遐
叔慈　见荀靖
叔源　见谢混
叔誉　见羊舌肸
卓
卓王孙
9/80
卓文君
9/80
卓茂
2/72
虎
虎子　见谢据
虎犊　见王彭之
虎犊　见王彪之
昆
昆邪王
4/23
国
国宝　见裴瓒
国彦　见杨乔
昌
昌明　见晋孝武帝
盼
盼子
2/72
明
明君　见王嫱
明皇帝　见石勒
明穆皇后　见明穆庾皇后
明穆庾皇后（明穆皇后）
1/31
8/60
呼
呼韩邪单于
19/2
鸣
鸣鹤　见荀隐
罗
罗友（它仁）
23/41 *
23/44
罗企生（宗伯）
1/43 *
罗企生母　见胡氏
罗含（君章、罗君章）
5/56 *

10/19
罗君章　见罗含
罗彦
5/56
罗绥
5/56
罗遵生
1/43
和
和长舆　见和峤
和公　见和峤
和峤（长舆、和长舆、和公）
5/9 *
1/17
3/5
5/11
5/12
5/14
5/27
8/15
9/16
17/5
20/4
23/16
29/1
和逌
5/9
和琳　见虞球
季
季子　见赵穆
季友　见傅亮
季长　见马融
季氏　见季平子
季方　见陈谌
季札
29/3
季龙　见石虎
季平子（季氏）
19/10
季主
4/91
季伦　见山简
季伦　见韩绘之
季坚　见庾冰
季明　见王爽
季明　见锺皓
季和　见李喜
季和　见荀淑
季显　见许裴
季思　见太叔广
季胤　见王诩
季彦　见裴秀
季祖　见许柳
季珪　见崔琰
季夏　见武茂
季野　见褚裒
季琰　见王珉
季雅　见褚陶
季鹰　见张翰
竺
竺侩傥
33/17
竺法汰（汰法师）
4/54
8/114
25/57
竺法深（竺道潜、法深、深公、法师）
1/30
2/48
3/18①
4/30
5/45
25/28

① 原文作“林公”（即支遁），笺疏云“此林公字必是深公之误……浅人见林公，罕见深公，故辄改耳”，今从之。

26/3
竺道潜　见竺法深
竺德　见道壹道人
侍
侍其
2/72
帛
帛尸黎密　见高坐道人
征
征西　见桓豁
征西　见谢奕
服
服子慎　见服虔
服虔(子慎、服子慎)
4/2 *
4/4
周
周子居　见周乘
周子南　见周邵
周马头(郗超妻)
19/29
周丰
8/8
周仆射　见周顗
周公(公旦)
2/7
2/54
3/3
4/67
10/6
25/2
25/62
35/1
周文王(西伯)
2/7
2/22
2/70
3/9
7/2
9/50
10/6
10/27
33/11
周厉王
10/2
周处(子隐)
15/1 *
周弘武　见周恢
周成王
10/6
25/62
周优
1/24
周仲智　见周嵩
周抚
13/8
周伯仁　见周顗
周闵
19/29
周邵(子南、周子南)
33/10 *
18/9
周武王
1/1
2/7
2/22
2/29
18/3
25/65
35/1
周叔治　见周谟
周和
1/27
周定王
25/39
周孟玉　见周璆
周参军
25/62
周勃
10/27
23/45
周威王
3/10

周幽王
10/2
周侯　见周顗
周俊
8/20
周奕
1/24
周恢（弘武、周弘武）
9/8 *
周宣
33/1
周宣王
2/6
周祗
1/41
1/44
4/60
4/65
23/54
25/56
33/17
周乘（子居、周子居）
8/1 *
1/2
周浚（开林）
19/18 *
2/30
周浚妻　见李络秀
周隆
9/8
周斐
9/8
周顗（伯仁、周伯仁、周仆射、周侯）
2/30 *
2/31
2/39
2/40
5/23
5/26
5/27
5/29
5/30
5/31
5/33
6/21
6/22
7/14
7/15
8/47
8/48
8/56
9/12
9/14
9/16
9/19
9/22
14/20
14/21
19/18
23/25
23/28
25/14
25/17
25/18
26/2
30/12
33/6
33/8
周鲂
15/1
周谟（叔治、周叔治、阿奴）
5/26 *
7/14
周瑜
9/2
周嵩（仲智、周仲智）
5/26 *
5/27
6/21
7/14
周璆（孟玉、周孟玉）
2/72

周震
1/27
周镇(康时)
1/27 *
周翼(子卿)
1/24 *
周馥(祖宣)
6/9 *
13/8
鱼
鱼豢
4/23
京
京房(君明)
10/2 *
20/8
庞
庞士元　见庞统
庞公　见庞统
庞统(士元、庞士元、凤雏、庞公)
2/9 *
2/72
9/2
9/3
庖
庖丁
25/53
於
於陵仲子　见陈仲子
育
育长　见任瞻
郑
郑夫人　见郑氏
郑太　见郑泰
郑太后　见简文宣郑太后
郑氏　见郑玄
郑氏(羊元妻、郑夫人)
2/65
郑玄(康成、郑康成)
4/1 *
2/72
2/105
4/2
4/3
4/29
4/52
4/93
5/16
5/36
8/24
18/13
19/6
19/29
26/21
郑后　见简文宣郑太后
郑冲(文和)
3/6 *
4/67
郑诩(思渊、郑思渊)
25/7 *
郑思渊　见郑诩
郑泰(郑太)
1/13
25/7
郑宽中
2/64
郑崇
4/1
郑康成　见郑玄
郑袤(郑褒)
25/7①
郑缉
1/47

① 原作“郑褒”,笺疏云“褒当作袤”,今从之。

郑褒　见郑袤

法

法冈　见法冈道人

法冈道人(法冈)

4/64

法师　见竺法深

法胜

4/64

法虔

17/11 *

法深　见竺法深

河

河阳主

19/3

河间王　见司马颙

宗

宗子　见李廞

宗世林　见宗承

宗伯　见罗企生

宗承(世林、宗世林)

5/2 *

宗资

5/2

宛

宛陵　见王述

郎

郎宗

2/72

肩

肩头　见苻坚

肩吾

2/75

建

建武　见王忱

建宁　见贾宁

肃

肃祖　见晋明帝

屈

屈平　见屈原

屈伯彦

1/3

屈原

2/72

4/91

25/7

承

承公　见孙统

承幼子　见承宫

承宫(承幼子)

2/72

承祚　见陈寿

孟

孟万年　见孟嘉

孟子

3/9

孟元基

2/15

孟从事　见孟嘉

孟玉　见周璆

孟本　见徐璆

孟母

4/68

孟阳　见张载

孟玖

33/3

孟坚　见班固

孟宗

7/16

18/10

19/20

孟陋(少孤)

18/10 *

孟轲

2/72

孟昶(彦达)

16/6 *

4/104

孟敏(叔达)

28/6 *

孟著　见顾显

孟揖

7/16

孟博　见范滂

孟嘉(万年、孟万年、

孟从事）
7/16 *
18/10
孟馥
16/6
妲
妲己
35/1
始
始平武公　见苏绍
始立　见杨准
始彦　见庾希
终
终军
2/72
25/7
终嘏　见刘宏
九画　契 项 城 赵 贲
郝 荆 莒 荀 荣
胡 南 相 柳 郦
威 牵 临 竖 显
昭 思 郧 钜 重
段 修 皇 禹 俊
郗 郤 哀 度 奕
庭 彦 闾 洪 济
宣 祖 神 祢 眉
姚 贺
契
2/69
项
项讬
8/20
项羽
7/7
25/34
项梁
19/1
城
城阳景王　见刘章
赵
赵广汉
3/16
赵飞燕（赵皇后）
19/3 *
赵王　见司马伦
赵氏（司马丞妻）
36/3
赵文子
8/24
赵至（景真、赵景真、赵翼、阳和）
2/15
赵充华
35/3
赵孝成王
2/15
赵典
9/1
赵皇后　见赵飞燕
赵盾（赵宣子）
25/19
赵胜（平原君）
2/15
赵宣子　见赵盾
赵穿
25/19
赵高
10/2
赵悦（悦子、赵悦子）
8/102 *
赵悦子　见赵悦
赵姬（虞䖍妻）
19/5 *
赵惠文王
9/68
赵景真　见赵至
赵鞅
10/23
赵穆（季子、南乡侯）
8/34 *
赵翼　见赵至
贲
贲泰
2/30

郝
郝夫人　见郝氏
郝氏（郝夫人、王湛妻）
19/15
19/16
郝仲将　见郝普
郝参军　见郝隆
郝隆（佐治、郝参军）
25/31＊
25/32
25/35
郝隆　见郗隆
郝普（道匡、仲将）
19/15＊
郝嘏
5/33
荆
荆产　见王徽
莒
莒大夫
2/72
荀
荀巨伯
1/9＊
荀中郎　见荀羡
荀氏　见荀豫章君
荀式　见荀彧
荀汪
1/6
荀君　见荀淑
荀奉倩　见荀粲
荀林父
5/35
荀昕
25/9
荀鸣鹤　见荀隐
荀侍中　见荀顗
荀岳
25/9
荀肃
1/6
荀俣
25/7①
荀保　见荀俣
荀俭
1/6
荀闿（道明、荀道明）
7/11
荀济北　见荀勖
荀彧（文若、敬侯）
9/6＊
1/6
4/9
25/7②
荀卿
2/72
荀朗陵　见荀淑
荀焘
1/6
荀爽（慈明、荀慈明、荀谞）
1/6
2/7
5/14
9/6
荀勖（公曾、荀济北）
5/14＊
2/99
3/6
9/32
20/1
20/2
21/4
荀崧

① 原作“荀保”，笺疏云“保当作俣”，今从之。
② 原作荀式，笺疏云“式当作彧”，今从之。

2/74
荀淑(季和、荀季和、荀君、荀朗陵)
1/5 *
1/6
9/6
荀寅
10/23
荀谞　见荀爽
荀隐(鸣鹤、荀鸣鹤)
25/9 *
荀绰
2/20
4/67
8/58
9/7
9/9
荀景伯　见荀寓
荀景倩　见荀顗
荀顗(景倩、荀景倩、荀侍中、临淮公)
9/6 *
1/15
2/20
2/99
5/8
5/9
荀羡(令则、荀中郎)
2/74 *
8/141
荀道明　见荀闿
荀粲(奉倩、荀奉倩)
4/9 *
5/59
7/3
8/109
35/2
荀靖(叔慈、玄行先生)
9/6 *
1/6
荀慈明　见荀爽
荀敷
1/6
荀豫章君(荀氏)
27/6
荀融
4/6
荀鲲
1/6
9/1
荀寓(景伯、荀景伯)
25/7 *
荣
荣启期(荣期)
25/7①
荣期　见范启
荣期　见荣启期
荣期　见裴启
胡
胡儿　见谢胡
胡广
36/6
胡氏(罗企生母)
1/43
胡毋氏(孙楚妻)
4/72
胡毋氏(高柔妻)
26/13
胡毋彦国　见胡毋辅之
胡毋辅之(彦国、胡毋彦国)
1/23 *
8/53
9/15
23/21

① 原作“荣期”,当是荣启期之省称,《列子》作荣启期。

胡奴　见陶范
胡质
1/27
胡威(伯虎)
1/27 *
南
南乡侯　见赵穆
南风　见惠贾皇后
南郡　见桓玄
南郡公　见桓玄
南康长公主(桓温妻)
19/21
相
相王　见晋简文帝
柳
柳下惠(下惠)
18/2
柳氏(贾充母)
19/13
郦
郦生　见郦食其
郦食其(郦生)
7/7
郦寄
7/15
威
威考　见崔烈
威伯　见张畅
牵
牵秀
33/3
临
临川　见王羲之
临孝存
2/72
临沂慈乡侯　见刘超
临淮公　见荀顗
竖
竖刁
2/47
10/2
显
显宗　见晋成帝
昭
昭文
25/53
昭光　见任嘏
昭先　见任嘏
思
思文　见许璪
思玄　见江彪
思远　见应詹
思远　见郗迈
思旷　见阮裕
思妣　见许永
思悛　见江惇
思渊　见郑诩
思道　见王桢之
郧
郧公　见锺仪
钜
钜鹿公　见裴秀
重
重华　见舜
重熙　见郗昙
段
段匹磾
2/35
修
修载　见王耆之
皇
皇甫叔侯
4/68
皇甫叔献
4/68
皇甫谧(士安)
4/68 *
2/1
2/8
4/73
13/9
皇甫嵩
4/68
禹

禹（大禹、夏禹）
2/9
2/22
2/70
3/16
5/4
26/19
俊
俊忠　见孙秀
郗
郗夫人　见郗璿
郗太尉　见郗鉴
郗太傅　见郗鉴
郗公　见郗愔
郗公　见郗鉴
郗仓　见郗融
郗司空　见郗愔
郗司空　见郗鉴
郗迈（思远）
1/24 *
郗尚书　见郗恢
郗昙（重熙、郗重熙、中郎）
19/25 *
1/39
9/49
23/39
25/39
25/51
26/31
郗郎　见郗超
郗重熙　见郗昙
郗恢（道胤、阿乞、郗雍州、郗尚书）
23/39 *
18/17
郗虑
1/24
郗隆（弘始）
9/9 *①
郗超（嘉宾、郗嘉宾、景兴、郗郎、髯参军）
2/59 *
2/75
6/27
6/30
6/32
7/22
7/25
8/117
8/118
8/126
8/145
9/49
9/62
9/67
9/79
9/82
11/6
16/5
17/12
18/15
19/29
22/3
24/15
25/44
25/49
25/50
25/53
29/9
郗超妻　见周马头
郗道茂（王献之妻）
1/39
郗愔（方回、司空、郗司空、郗公）
9/29 *
2/59

① 原作"郝隆"，据笺疏考定此郝隆当作郗隆，今从之。

11/6
17/12
18/17
19/25
20/10
24/15
25/44
25/51
29/9
郗鉴（道徽、郗太尉、郗太傅、郗司空、郗公）
1/24 *
2/38
6/19
9/14
9/19
9/24
9/29
10/14
10/17
11/6
19/25
郗雍州　见郗恢
郗嘉宾　见郗超
郗璿（子房、王羲之妻、王右军夫人、郗夫人）
6/19
19/25
19/31
郗融（景山、郗仓）
25/44 *

卻

卻至
9/25

哀

哀仲
26/33
哀靖王皇后（王穆之）
5/65

度

度尚
11/3

奕

奕逊
26/4

庭

庭坚　见皋繇

彦

彦士　见曹髦
彦才　见孙秀
彦云　见王凌
彦升　见袁乔
彦达　见孟昶
彦先　见贺循
彦先　见顾荣
彦伟　见王经
彦伦　见阮牖
彦伯　见袁宏
彦林　见山遐
彦国　见胡毋辅之
彦威　见习凿齿
彦胄　见锺雅
彦祖　见刘劭
彦夏　见华轶
彦深　见孔淳之
彦道　见袁耽
彦猷　见王绥

闾

闾丘冲（宾卿）
9/9 *

洪

洪乔　见殷羡
洪远　见殷融

济

济尼
19/30

宣

宣子　见阮修
宣文侯　见晋宣帝
宣武　见桓温
宣武公　见桓温
宣武侯　见桓温

宣城公　见司马裒
宣帝张夫人　见宣穆张皇后
宣穆张皇后（宣帝张夫人）
1/18
祖
祖乙
2/29
祖士少　见祖约
祖广（渊度、祖参军）
25/64 *
祖车骑　见祖逖
祖生　见祖逖
祖台之
25/64
祖光禄　见祖约
祖约（士少、祖士少）
6/15 *
3/11
8/57
8/88
8/132
14/22
14/23
祖希　见张玄之
祖纳（士言、祖光禄）
1/26 *
祖参军　见祖广
祖荣　见刘宠
祖思　见冯怀
祖宣　见周馥
祖根　见顾敷
祖逖（士穉、祖车骑、祖生）
8/43 *
3/11
13/6
23/23
祖涣
3/11
祖猷　见桓道恭
神
神农
2/72
18/1
神君　见陆逊
神童　见杜育
祢
祢正平　见祢衡
祢衡（正平、祢正平）
2/8 *
2/72
11/3
眉
眉子　见王玄
姚
姚苌
2/94
26/29
姚信
9/1
姚襄
28/3
贺
贺太傅　见贺邵
贺生　见贺循
贺司空　见贺循
贺齐
3/4
贺邵（兴伯、贺太傅）
3/4 *
10/13
34/2
贺纯
10/13
贺景
3/4
贺循（彦先、司空、贺司空、贺生）
10/13 *
2/34
23/22
34/2

十画　泰秦班袁挚
恭莫晋真桓
根索贾夏原
顾烈监晁晏
峻钱脩皋徐
殷豹逢桀留
馀高郭席唐
悦益涓浮润
宾宰朗诸屑
陶骊

泰

泰业　见郭奕

秦

秦二世
10/2
秦子羽(秦生)
25/7
秦王　见秦昭王
秦生　见秦子羽
秦庄襄王(子楚)
2/9
秦州　见李秉
秦丞相
2/14
秦孝公
2/70
秦伯　见秦桓公
秦伯　见秦穆公
秦宜禄
12/2
秦始皇(秦政)
2/74
2/77
4/80
秦政　见秦始皇
秦昭王(秦王)
7/3
9/68
秦桓公(秦伯)
4/14①
秦朗(阿鳔、阿苏)
12/2
秦姬
2/13
秦康公
2/13
秦惠王
25/55
秦景
4/23
秦穆公(秦伯)
1/26
2/13
2/79②
5/16
26/24

班

班伯
2/64
班固(孟坚)
4/99 *
班彪(叔皮)
2/35 *
班婕妤
19/3 *

袁

袁山松(袁府君)
25/60 *
1/45
23/43
袁女正(谢尚妻)
23/37
袁女皇(殷浩妻)
23/37
袁王孙

① 原作“秦伯”,据《左传》,此秦伯为秦桓公。
② 原作“秦伯”,据《左传》,此秦伯为秦穆公。

9/81
袁夫人　见刘氏
袁公　见袁绍
袁方平
25/60
袁本初　见袁绍
袁生　见袁宏
袁生　见袁耽
袁乔(彦升、袁羊、湘西伯)
2/90 *
4/78
9/36
9/65
25/36
25/60
袁羊　见袁乔
袁孝尼　见袁准
袁闳
2/1
袁宏(彦伯、袁彦伯、袁虎、袁生、袁参军)
2/83 *
1/1
2/90
2/101
3/3
4/88
4/92
4/94
4/96
4/97
5/6
8/34
8/145
9/79
18/10
22/2
25/49
26/11
26/12
27/13
袁纶
9/81
袁奉高　见袁阆
袁虎　见袁宏
袁尚
35/1
袁侍中　见袁恪之
袁质
4/99
袁府君　见袁山松
袁参军　见袁宏
袁绍(本初、袁本初、袁公)
3/3
8/3
11/4
27/1
27/5
35/1
袁绍妻　见刘氏
袁临汝　见袁勖
袁彦伯　见袁宏
袁彦道　见袁耽
袁恪之(元祖、袁侍中)
9/81 *
袁耽(彦道、袁彦道、袁生)
23/34 *
4/99
23/37
31/4
袁真
2/59
2/102
11/6
袁豹(士蔚)
4/99 *
袁准(孝尼、袁孝尼)
4/67 *
6/2
袁阆(奉高、袁奉高)

1/3 *①
1/2
2/1②
2/7
袁涣(曜卿、袁曜卿)
4/67
8/109
23/34
袁悦(元礼)
32/2 *
1/40
8/153
袁朗
32/2
袁勖(袁临汝)
2/83
4/88
袁焕
2/83
袁猷
2/83
袁熙
35/1
袁曜卿　见袁涣
袁瓌
2/90

挚

挚仲治　见挚虞
挚茂
4/73
挚育
2/42
挚虞(仲治、挚仲治)
4/73 *
2/42
4/4
4/68
挚模
4/73
挚瞻(景游)
2/42 *

恭

恭帝褚皇后
7/24
恭祖　见桓嗣

莫

莫邪(干将妻)
8/1
莫邪[临儿国太子浮图母]
4/23

晋

晋王　见晋元帝
晋王　见晋武帝
晋元帝(司马叡、景文、琅邪王、晋王、元皇、元皇帝、中宗)
2/29 *
1/24
1/37
2/33
2/35
2/36
2/39③
3/9
3/11
5/23

---

① 原作"袁奉高""袁闳",笺疏云当作"袁阆",据《后汉书》袁阆字奉高,袁闳字夏甫。

② 原作"袁奉高""袁闳",笺疏云当作"袁阆",据《后汉书》袁阆字奉高,袁闳字夏甫。

③ 笺疏以为此"元帝"当作"成帝"为是。

5/27
5/38
5/45
6/9
7/15
8/35
8/43
8/46
9/13
10/11
10/13
12/3
13/5
18/7
22/1
25/11
26/16
33/9
34/2
36/3
晋文王　见晋文帝
晋文公
2/13
2/35
10/18
33/15
晋文帝（司马昭、子上、大将军、晋王、晋文王、司马文王、文皇帝、太祖）
1/15 *
1/17
1/26
1/43
2/12
2/17
2/18
3/5
3/6
4/67
5/6
5/8
5/10
6/2
8/5
9/5
9/32
14/4
18/3
19/2
19/8
19/10
23/2
23/5
24/1
25/2
33/7
33/13
晋平公
5/35
晋成帝（司马衍、世根、显宗）
3/11 *
2/39①
2/53②
5/41
8/54
8/68
25/38
27/8
晋孝武帝（昌明、孝武皇帝、烈宗）

① 原文作“晋元帝”，当是晋成帝事。
② 原文作“晋武帝”，笺疏以为当是晋成帝事。

2/89 *
1/40
1/46
2/90
2/94
5/62
5/64
5/65
6/40
7/28
8/114
10/26
12/6
17/17
22/5
23/39
23/49
25/60
32/2
32/3
34/6
34/7
晋灵公
25/19
晋武帝(司马炎、安字、晋王、世祖)
2/19 *
1/17
1/27
2/20
2/23
2/25
2/53①
2/78
3/7
3/8
4/68
5/9
5/10
5/11
5/13
5/14
5/15
5/16
6/6
7/4
8/12
8/17
8/19
9/32
10/7
10/8
13/1
19/8
19/13
20/1
20/2
20/4
23/16
25/5
30/3
30/8
34/1
34/4
35/4
35/5
晋明帝(肃祖)
3/11
5/23
5/30
5/32
5/37
5/45
7/13

① 笺疏云此“武帝”当作“成帝”。

8/34
9/14
9/17
9/19
9/22
10/16
11/5
12/3
13/5
14/23
19/21
20/6
25/17
25/36
27/6
33/7
晋废帝　见晋海西公
晋侯　见晋悼公
晋哀帝
4/42
5/65
6/31
晋宣帝(宣文侯、宣王、太傅、司马宣王、晋宣王、高祖)
1/15
1/22
2/14
2/16
2/17
3/5
5/4
5/5
14/27
19/6
25/2
30/6
33/7
晋恭帝
7/24
晋海西公(司马奕、延龄、晋废帝)
25/38 *
1/37
2/59
9/41
14/35
33/12
晋陵　见谢奕
晋陵公主
25/60
晋康帝(司马岳、世同)
5/41 *
25/23
晋悼公(晋侯)
2/7
晋惠帝
1/43
2/28
4/73
5/9
8/36
9/32
10/7
14/10
19/14
24/6
25/7
晋景王　见晋景帝
晋景公
2/31
4/14
晋景帝(司马师、子元、大将军、景王、晋景王)
2/16 *
3/5
4/6
5/6
19/8

25/3
25/33
33/13
晋献公
2/13
25/34
晋简文帝(司马昱、道万、会稽王、抚军、抚军大将军、相王、太宗)
1/37 *
2/39
2/48
2/54
2/56
2/57
2/59
2/60
2/61
2/65
2/89
2/98
2/100
3/20
3/21
3/22
4/29
4/40
4/44
4/51
4/53
4/56
4/80
4/85
4/87
5/23
5/49
5/65
6/25
6/29
7/19
7/21
8/75
8/89
8/91
8/99
8/106
8/111
8/113
8/118
8/138
8/144
9/31
9/34
9/36
9/37
9/38
9/39
9/40
9/49
9/65
10/26
12/6
14/34
14/35
18/10
23/41
25/34
25/38
25/46
25/54
26/18
26/31
28/3
28/5
28/7
33/12
33/15
33/17
晋穆帝
1/37

8/99
18/5
真
真长　见刘惔
桓
桓大司马　见桓温
桓义兴　见桓玄
桓子
5/35
桓子野　见桓伊
桓女幼(庾宣妻)
19/22
桓元子　见桓温
桓车骑　见桓冲
桓公　见桓玄
桓公　见桓温
桓尹　见桓伊
桓石民
31/7
桓石虔(镇恶、镇恶郎)
3/10 *
桓玄(敬道、灵宝、南郡、桓南郡、南郡公、桓义兴、桓公)
1/41 *
1/42
1/43
1/47
2/101
2/103
2/104
2/106
2/107
4/65
4/100
4/102
4/103
4/104
7/28
8/156
9/86
9/87
9/88
10/25
10/27
12/7
13/13
17/18
17/19
19/32
21/7
22/6
23/50
25/26
25/61
25/62
25/63
25/64
25/65
26/29
26/33
28/8
31/8
33/17
36/8
桓式　见桓歆
桓廷尉　见桓彝
桓伊(叔夏、子野、桓子野、桓尹、桓护军)
5/55 *
9/42
23/33
23/42
23/43
23/49
26/20
桓冲(玄叔、车骑、桓车骑、桓公)
12/7 *
9/88

13/10
18/8
19/24
23/38
23/45
24/11
24/13
25/42
31/8
33/16
36/8
桓冲后妻　见庾姚
桓冲前妻　见王女宗
桓赤之
10/25
桓护军　见桓伊
桓伯子（王恺妻）
5/58
桓茂伦　见桓彝
桓范（允明、桓郎）
19/6 *
桓征西　见桓豁
桓郎　见桓范
桓荆州　见桓温
桓荣
1/30
2/55
桓南郡　见桓玄
桓脩（桓崖）
25/65
36/8
桓胤（茂祖）
4/100 *
28/9
桓亮（景真、桓景真）
19/32 *
桓济
19/32
桓宣武　见桓温
桓宣城　见桓彝
桓豹奴　见桓嗣
桓常侍　见桓彝
桓崖　见桓脩
桓景
5/55
36/4
桓景真　见桓亮
桓道恭（祖猷）
10/25 *
桓温（元子、桓宣城、宣武、桓宣武、宣武侯、宣武公、桓荆州、桓大司马、大将军、桓公）
2/55 *
1/37
1/41
2/55
2/56
2/58
2/59
2/60
2/64
2/72
2/90
2/95
2/101
2/102
3/16
3/19
3/20
4/22
4/29
4/80
4/87
4/92
4/95
4/96
4/97
4/98
4/100

5/44
5/50
5/54
5/55
5/56
5/58
6/25
6/26
6/27
6/29
6/30
6/33
6/39
7/16
7/19
7/20
7/22
7/27
8/48
8/72
8/73
8/79
8/99
8/101
8/102
8/103
8/105
8/115
8/117
9/13
9/32
9/35
9/36
9/37
9/38
9/42
9/45
9/52
9/64
10/19
11/6
11/7
12/7
13/7
13/8
13/9
13/10
14/27
14/28
14/32
14/34
17/12
18/10
19/21
19/22
19/32
20/9
22/2
22/3
23/34
23/37
23/41
23/44
23/50
24/8
24/15
25/24
25/26
25/32
25/35
25/38
25/41
25/42
25/60
26/11
26/12
26/16
27/13
28/2
28/3
28/4

28/6
28/7
31/4
33/12
33/13
桓温妻　见南康长公主
桓温妾　见李势妹
桓谦(敬祖、中军)
9/88＊
桓遐　见桓熙
桓嗣(恭祖、豹奴、桓豹奴)
25/42＊
4/100
桓颖
1/30
桓歆(叔道、桓式)
3/19＊
桓熙(伯道、石头)
11/7＊①
桓豁(朗子、征西、桓征西)
13/10＊
2/85
19/22
23/41
桓彝(茂伦、桓茂伦、桓常侍、桓宣城、桓廷尉)
1/30＊
1/34
2/55
4/74
8/48
8/65
8/66
10/25
14/20
16/1
根
根矩　见邴原
索
索元(天保)
17/19＊
索绪
17/19
贾
贾公闾　见贾充
贾生　见贾谊
贾宁(建宁)
8/67＊
贾后　见惠贾皇后
贾充(公闾、贾公闾、鲁郡公)
3/6＊
3/7
5/8
5/9
10/7
19/13
19/14
23/16
35/3
35/5
贾充母　见柳氏
贾充后妻　见郭槐
贾充前妻　见李婉
贾妃　见惠贾皇后
贾谊(贾生)
1/31
4/91

① 原作桓遐,笺疏云"宋本《世说》误作遐,诸本并从之,莫有知其误者矣,唐写本作熙,不误"。今从之。

25/7
贾逵
3/6
35/3
贾彪
3/2
贾谧
4/68
35/3
36/1
贾黎民
35/3
夏
夏禹　见禹
夏侯太初　见夏侯玄
夏侯玄（太初、泰初、夏侯太初）
5/6 *
1/31
4/12
4/94
5/7
6/3
7/3
8/8
8/15
9/4
14/3
14/4
19/8
夏侯孝若　见夏侯湛
夏侯尚
5/6
夏侯泰初　见夏侯玄
夏侯渊
4/71
夏侯湛（孝若、夏侯孝若）
4/71 *
2/65
14/9
夏施
3/16
原
原宪（子思）
2/9 *
5/16
30/10
顾
顾之
6/16
顾子　见顾邵
顾长康　见顾恺之
顾公　见顾和
顾司空　见顾和
顾夷（君齐、顾君齐）
4/91 *
顾君齐　见顾夷
顾邵（孝则、顾劭、顾子）
6/1 *
9/2
9/3
顾劭　见顾邵
顾和（君孝、顾司空、顾公）
2/33 *
2/37
2/51
6/16
6/22
10/15
12/4
25/20
顾治
6/16
顾孟著　见顾显
顾荣（彦先、顾彦先、顾骠骑、元公）
1/25 *
2/29

2/33
5/29
6/16
7/10
8/19
8/20
17/7
19/19
顾相
2/33
顾显(孟著、顾孟著)
5/29 *
顾侯　见顾雍
顾彦先　见顾荣
顾恺之(长康、顾长康、顾凯之)
2/88 *
2/57
2/85
2/95
4/67
4/98
6/3
8/10
8/21
8/37
21/7
21/9
21/11
21/12
21/13
21/14
25/56
25/59
25/61
26/26
顾说　见顾悦
顾悦(君叔、顾说)
2/57 *
2/88
顾家妇(张玄妹)
19/30
顾容
2/33
顾淳
6/16
顾隗
6/16
顾厥
4/91
顾雍(元叹、阳遂乡侯、顾侯)
6/1 *
1/24
顾辟疆
24/17 *
顾骠骑　见顾荣
顾敷(祖根)
12/4 *
2/51
顾履
6/16
顾穆
1/24
顾霸
4/91

烈

烈宗　见晋孝武帝

监

监君　见孙盛

晁

晁错
27/8

晏

晏子　见晏婴
晏平仲　见晏婴
晏婴(平仲、晏平仲、晏子)
2/44 *
2/72

5/41
峻
峻文　见诸葛衡
钱
钱凤(世仪)
27/7 *
脩
脩龄　见王胡之
皋
皋陶　见皋繇
皋繇(皋陶、庭坚)
3/6
3/26
25/2
25/3
25/7
徐
徐干(伟长、徐伟长)
7/72
徐广
1/42
2/59
2/79
3/15
5/29
5/42
5/48
5/62
6/40
8/72
8/78
8/82
8/94
9/36
14/23
25/47
徐元直　见徐庶
徐氏(吕安妻)
6/2
徐正
7/22
徐宁(安期)
8/65 *
徐伟长　见徐干
徐防
2/72
徐孟本　见徐璆
徐庶(元直、徐元直)
5/5
徐璆(孟本)
8/3
徐稺(孺子、徐孺子)
1/1 *
2/2
徐孺子　见徐稺
殷
殷夫人　见殷氏
殷太常　见殷融
殷中军　见殷浩
殷氏(韩伯母、殷夫人)
1/47
12/5
19/32
殷允(子思)
8/145 *
殷扬州　见殷浩
殷师(师子)
34/6
殷仲文(仲文)
2/106 *
4/99
8/156
9/45
9/88
25/65
28/8
28/9
殷仲堪(殷荆州、殷侯)
1/40 *

1/41
1/43
2/50
2/103
3/26
4/60
4/61
4/62
4/63
4/65
4/103
6/41
7/24
7/28
8/156
9/81
10/23
10/26
21/11
25/56
25/61
32/4
33/17
34/6
34/8
殷仲堪妻　见王英彦
殷识
3/22
23/31
34/6
殷荆州　见殷仲堪
殷侯　见殷仲堪
殷侯　见殷浩
殷洪乔　见殷羡
殷洪远　见殷融
殷桓
1/42
殷觊　见殷颉
殷高宗(武丁)
2/6
2/8
殷浩(渊源、殷渊源、阿源、殷扬州、殷中军、殷侯)
3/22 *
1/31
1/47
2/57
2/74
2/80
4/22
4/23
4/26
4/27
4/28
4/31
4/33
4/34
4/43
4/46
4/47
4/48
4/49
4/50
4/51
4/56
4/59
4/74
5/53
7/18
8/80
8/81
8/82
8/86
8/90
8/93
8/99
8/100
8/113
8/115
8/117
8/121
9/30
9/33

9/34
9/35
9/38
9/39
9/51
9/67
13/7
14/24
16/4
20/11
23/37
25/47
26/10
28/3
28/5
殷浩妻　见袁女皇
殷康
2/106
殷渊源　见殷浩
殷颢（伯道、阿巢）
1/41 ＊①
10/23
26/27
殷羡（洪乔、殷洪乔、殷豫章）
23/31 ＊
1/38
3/14
3/22
25/11
25/23
殷道护
1/43
殷歆
26/27
殷猷妻　见谢僧韶
殷豫章　见殷羡
殷融（洪远、殷洪远、太常、殷太常）
4/74 ＊
1/40
2/106
9/36
9/69
25/37
34/6
豹
豹奴　见桓嗣
逢
逢丑父
2/72
逢萌
2/72
桀
桀
9/80
21/8
留
留侯　见张良
馀
馀不停侯　见孔瑜
馀姚公主（王献之妻）
1/39
高
高世远　见高柔
高阳氏　见颛顼
高丽道人
1/30
高坐道人（尸黎密、帛尸黎密）
2/39 ＊
8/48
24/7

① 《晋书》本传作“殷颢”，本书 26/27 亦作殷颢，《世说人名谱 · 陈郡长平殷氏谱》及本书 1/41、10/23 皆作殷觊。

高灵　见高崧
高侍中　见高崧
高贵乡公　见曹髦
高祖　见宋武帝
高祖　见晋宣帝
高柔(世远、高世远、安固)
26/13 *
2/84
高柔妻　见胡毋氏
高悝
2/82
高堂生
30/6
高崧(茂琰、阿酃、高灵、高侍中)
2/82 *
25/26
高密王　见司马泰

郭

郭子玄　见郭象
郭子瑜
8/3
郭太　见郭泰
郭太业　见郭弈
郭氏　见郭槐
郭氏(王衍妻)
10/8
10/10
郭玉璜　见郭槐
郭他(东武侯)
10/1
郭有道　见郭泰
郭林宗　见郭太
郭舍人
10/1
郭珍
19/32
郭弈(泰业、太业、郭太业)
8/9 *
8/12
郭泰(郭太、林宗、郭林宗、郭有道)
1/3 *
3/17
8/3
8/13
10/3
28/6
郭泰宁　见郭豫
郭配
19/13
郭颁
5/6
郭象(子玄、郭子玄)
4/17 *
4/19
4/32
4/46
8/26
8/32
郭淮(伯济)
5/4 *
郭淮妻
5/4
郭景纯　见郭璞
郭瑗
4/76
郭槐(郭玉璜、郭氏、贾充后妻、广宣君)
19/13 *
19/14
35/3
郭豫(太宁、郭泰宁)
10/8
郭璞(景纯、郭景纯)
4/76 *
4/85
6/26
20/6

20/7
20/8
郭默略
2/45
席
席坦
4/68
唐
唐尧　见尧
悦
悦子　见赵悦
益
益寿　见谢混
涓
涓子
2/72
浮
浮图
4/23
润
润甫　见邹湛
宾
宾硕　见孙嵩
宾卿　见闾丘冲
宰
宰我
10/3
朗
朗子　见桓豁
诸
诸葛厷　见诸葛宏
诸葛氏（王广妻）
19/9
诸葛文彪（诸葛氏、庾会妻、庾氏妇）
5/25
17/8
27/10
诸葛文熊（谢石妻）
5/25
诸葛孔明　见诸葛亮
诸葛令　见诸葛恢
诸葛妃（琅邪王妃）
5/10
诸葛宏（茂达）
4/13 *①
28/1
诸葛诞（公休）
2/12
2/21
5/10
5/25
6/3
9/4
19/9
诸葛亮（孔明、诸葛孔明、伏龙、武侯）
5/5 *
2/9
6/29
9/4
25/44
诸葛恢（道明、诸葛道明、葛令、诸葛令）
5/25 *
7/11
17/8
25/12
27/10
诸葛恪（元逊）
25/1 *
诸葛绪
4/13
诸葛靓（仲思）

① 原作“诸葛厷”，笺疏云“厷当作宏”。今从之。

2/21 *

5/10

5/25

诸葛道明　见诸葛恢

诸葛瑶

8/67

诸葛瑾(子瑜)

9/4 *

25/1

诸葛衡(峻文)

5/25 *

诸葛瞻

25/44

屑

屑头邪

4/23

陶

陶士行　见陶侃

陶士衡　见陶侃

陶公　见陶侃

陶丹

19/19

陶范(道则、胡奴、陶胡奴)

5/52 *

4/97

陶侃(士衡、陶士衡、陶士行、陶公、长沙郡公、桓公)

2/47 *

3/16

3/11

4/97

5/37

5/39

5/52

7/19

8/47

14/23

19/19

19/20

27/8

29/8

陶胡奴　见陶范

骊

骊姬

2/13

十一画　琅 接 黄 萧 梅 曹 鄄 龚 盛 辅 堂 常 曼 崔 符 第 盘 领 逸 庾 康 商 望 阎 淑 淮 渊 渔 淳 深 梁 屠 隋 隗 维 绿 巢

琅

琅邪王　见司马伷

琅邪王　见司马裒

琅邪王　见孙休

琅邪王　见晋元帝

琅邪王妃　见诸葛妃

琅邪恭王　见司马觐

接

接舆　见陆通

黄

黄公

17/2

黄叔度　见黄宪

黄帝

2/15

18/1

黄宪(叔度、黄叔度)

1/2 *

1/3

8/1

黄祖

2/8

萧

萧广济

1/14
萧中郎　见萧轮
萧轮（祖周、萧祖周、萧中郎）
8/75 *
9/69
萧祖周　见萧轮
梅
梅仲真　见梅颐
梅陶（叔真）
5/39
梅颐（仲真、梅仲真）
5/39 *
曹
曹夫人　见曹淑
曹公　见魏武帝
曹氏　见王导妻
曹丕　见魏文帝
曹休
4/93
曹芳（齐王、魏帝）
5/8
6/3
曹茂之（永世、曹蜍）
9/68 *
曹盱
11/3
曹毗（辅佐、曹辅佐）
4/93 *
曹洪
35/2
曹娥
11/3 *
曹爽（大将军）
3/5
5/6
7/3
7/14
8/7
10/6
33/7
曹辅佐　见曹毗
曹彪（楚王）
5/4
曹曼
9/68
曹淑（曹氏、曹夫人、王导妻）
1/29
8/54
26/6
曹植（子建、东阿王、鄄城侯、陈思王）
4/66 *
33/1
曹蜍　见曹茂之
曹髦（彦士、高贵乡公）
5/8 *
19/1
33/7
曹嘉之
5/14
8/38
8/61
曹彰（子文、任城王、任城威王）
33/1 *
曹韶
1/29
9/68
曹颜远　见曹摅
曹霖（东海定王）
5/8
曹叡　见魏明帝
曹摅（曹颜远）
28/5
鄄
鄄城侯　见曹植
龚
龚胜

4/91

盛

盛弘之

2/85

辅

辅佐　见曹毗

堂

堂邑公　见王敞

常

常山主(王济妻)

5/11

曼

曼长　见李顺

曼倩　见东方朔

崔

崔少府

5/18

崔氏　见崔春烦

崔氏　见温峤母

33/9

崔正熊　见崔豹

崔州平

5/5

崔杼

2/28

崔季珪　见崔琰

崔参

33/9

崔春烦(温休、崔氏)

5/18

崔烈(威考、阳平亭侯)

4/4 *

崔豹(正熊)

2/28 *

崔随

9/46

崔琰(季珪、崔季珪)

14/1 *

崔瑗

4/4

崔谟

4/17

符

符丕　见苻丕

符生　见苻生

符坚　见苻坚

符宏　见苻宏

符郎　见苻坚

符洪　见苻洪

符健　见苻健

符朗　见苻朗

符雄　见苻雄

第

第五元

4/1

第五琦

2/42

盘

盘庚

2/29

领

领军　见王洽

逸

逸少　见王羲之

逸民　见裴頠

庾

庾三寿(王讷妻)

8/40

庾小征西　见庾翼

庾义　见庾羲

庾子躬　见庾琮

庾子嵩　见庾敳

庾夫人　见庾姚

庾元规　见庾亮

庾太尉　见庾亮

庾友(惠彦、玉台、庾玉台、弘之)

19/22 *

6/26

庾中郎　见庾敳
庾长仁　见庾统
庾公　见庾冰
庾公　见庾亮
庾公　见庾琮
庾氏妇　见诸葛文彪
庾文康　见庾亮
庾玉台　见庾友
庾司空　见庾冰
庾仲初　见庾阐
庾会(会宗、阿恭)
6/17 *
5/25
17/8
庾会妻　见诸葛文彪
庾冰(季坚、庾季坚、庾吴郡、庾司空、庾公)
5/41 *
3/14
5/43
6/26
8/72
13/7
19/22
23/30
25/23
庾赤玉　见庾统
庾园客　见庾爰之
庾伯鸾　见庾鸿
庾希(始彦)
6/26 *
19/22
庾季坚　见庾冰
庾征西　见庾翼
庾法畅　见康法畅
庾怿
2/53
8/89
庾郎　见庾翼
庾爰之(仲真、园客、庾园客)
7/19 *
17/2
25/33
庾亮(元规、庾元规、庾公、太尉、庾太尉、文康、庾文康)
1/31 *
2/30
2/41
2/49
2/50
2/52
2/53
2/79
3/22
4/22
4/75
4/77
4/79
5/25
5/35
5/36
5/37
5/41
5/45
5/48
6/13
6/17
6/18
6/23
7/11
7/16
8/33
8/35
8/38
8/41
8/42
8/48
8/54

8/63
8/65
8/68
8/69
8/72
8/79
8/107
9/15
9/17
9/22
9/23
9/70
10/17
10/19
13/7
14/23
14/24
14/38
16/4
17/2
17/8
17/9
18/9
18/11
23/23
23/26
23/27
23/28
25/23
25/47
26/2
26/3
26/4
26/5
26/27
27/8
29/8
33/10
36/3
庾恒(敬则)
26/27 *
庾宣妻　见桓女幼
庾姚(庾夫人、桓冲后妻)
36/8
庾柔
6/26
庾统(长仁、庾长仁、赤玉、庾赤玉)
8/89 *
3/14
8/69
14/38
庾峻
4/15
庾倩(少彦、庾倪)
8/72
6/26
19/22
庾倪　见庾倩
庾阐(仲初、庾仲初)
4/77 *
2/59
4/79
庾鸿(伯鸾、庾伯鸾)
25/62 *
庾琮(子躬、庾子躬、庾公)
8/30 *
8/40
8/64
庾琛
1/31
庾道季　见庾龢
庾道恩　见庾羲
庾楷
25/62
庾蔑
36/8
庾敳(子嵩、庾子嵩、中郎、庾中郎)

4/15 *
4/12
4/75
4/94
5/20
6/10
8/15
8/26
8/33
8/38
8/40
8/41
8/42
8/44
9/11
9/15
9/58
14/18
庾羲(叔和、道恩、庾道恩)
5/48 *
25/62①
庾稺恭　见庾翼
庾翼(稺恭、庾稺恭、小庾、庾郎、庾征西、庾小征西)
2/53 *
6/24
7/16
7/19
8/69
8/73
10/18
13/7
25/23
25/33
庾翼妻　见刘静女
庾龢(道季、庾道季)
2/79 *
9/63
9/68
9/82
21/8
26/24
庾龢妻　见谢僧要
康
康成　见郑玄
康时　见周镇
康伯　见韩伯
康法畅
4/30②
康侯　见山涛
康僧渊
4/47
18/11
25/20
商
商子
25/62
商丘子
26/15
商臣　见楚穆王
商容
1/1
商鞅(公孙鞅)
2/70
望
望之　见卞壸
望蔡　见谢琰
阎
阎鼎
8/61
淑

① 原作“庾义”,当是庾羲之讹,《世说人名谱·鄢陵庾氏谱》亦作庾羲。
② 原作“庾法畅”,笺疏据《高僧传·康僧渊传》考定,当作康法畅。今据改。

淑文　见李婉
淮
淮南王　见司马允
淮南厉王　见刘长
渊
渊度　见祖广
渊源　见殷浩
渔
渔父
2/72
2/108
4/55
4/91
25/7
淳
淳于髡
2/72
深
深公　见竺法深
梁
梁王　见司马肜
梁孝王　见司马肜
梁孝王　见刘武
梁松
9/80
梁祚
14/13
梁惠王(文惠君)
25/53
屠
屠羊说
2/72
隋
隋侯
2/22
隗
隗嚣
2/35
维
维摩诘
4/35
绿
绿珠
36/1
巢
巢父
25/28 *
2/1
2/9
2/18
2/69
25/6
25/53

十二画　堪 越 提 彭 壹 期 葛 董 敬 蒋 韩 惠 雅 景 短 嵇 傅 焦 復 释 禽 舜 鲁 童 道 曾 湛 湘 温 甯 谢 缓

堪
堪甫　见羊繇
越
越王　见句践
越石　见刘琨
提
提婆　见僧伽提婆
彭
彭泽侯　见王舒
彭城王　见司马权
彭城穆王　见司马权
彭祖　见孔岩
壹
壹公　见道壹道人
期
期生　见褚爽
葛
葛令　见诸葛恢
葛旟(虚旟)
5/17 *

葛洪
8/99
10/12
葛彊
23/19
董
董艾(叔智)
5/17 *
董仲达
1/15
董仲舒
2/6
董仲道　见董养
董卓
2/7
董狐
5/34
25/19
董养(董仲道)
8/36 *
董符起
2/6
董遇
5/17
董绥
5/17
敬
敬元　见羊欣
敬仁　见王脩
敬风　见陆凯
敬文　见王荟
敬则　见庾恒
敬休　见孔群
敬伦　见王劭
敬后　见元敬虞皇后
敬彻　见敬胤
敬和　见王洽
敬侯　见荀彧
敬胤
33/4①
敬祖　见卞范之
敬祖　见桓谦
敬康　见孔愉
敬道　见桓玄
敬豫　见王恬
蒋
蒋济
2/12
9/2
33/7
韩
韩太常　见韩伯韩寿(德真)
35/5 *
韩氏
2/22
韩氏(山涛妻)
19/11
韩伯(康伯、韩康伯、韩豫章、韩太常)
1/38 *
1/47
2/72
2/79
4/27
5/57
7/23
8/90
9/63
9/81
12/5
18/14
19/27
19/32
25/52

① 原作"敬彻",宋本作"敬胤",今从宋本。

25/53
26/28
28/5
韩伯母　见殷氏
韩绘之(季伦)
19/32 *
韩暨
35/5
韩豫章　见韩伯
惠
惠子　见惠施
惠施(惠子)
2/61
4/58
25/53
惠贾皇后(南风、贾妃、贾后)
10/7
19/14
35/3
惠卿　见冯荪
雅
雅远　见王谧
景
景山　见郗融
景王　见晋景帝
景升　见刘表
景丹
2/27
景文　见晋元帝
景则　见李式
景兴　见王朗
景兴　见郗超
景声　见裴邈
景伯　见荀寓
景纯　见郭璞
景治　见司马冏
景重　见谢重
景皇帝　见孙休
景度　见司马珍之
景祖　见李阳
景真　见桓亮
景虑
4/23
景倩　见荀𫖮
景游　见挚瞻
景献羊皇后
19/5
短
短主簿　见王珣
嵇
嵇中散　见嵇康
嵇公　见嵇康
嵇生　见嵇康
嵇延祖　见嵇绍
嵇叔夜　见嵇康
嵇侍中　见嵇绍
嵇绍(延祖、嵇延祖、嵇侍中)
1/43 *
2/15
3/8
5/10
5/17
8/29
8/36
14/11
嵇康(叔夜、嵇叔夜、嵇中散、嵇生、嵇公)
1/16 *
1/43
2/15
2/18
2/40
3/5
3/8
4/5
4/17
4/21
4/91
4/94

4/98
5/10
6/2
8/29
8/111
9/31
9/67
9/80
14/5
14/11
17/2
18/2
18/3
19/6
19/11
23/1
24/3
24/4
25/4
嵇喜(公穆)
24/4 *
傅
傅介子
4/9
傅玄
21/1
傅兰硕　见傅嘏
傅约　见傅瑗
傅畅
19/10
傅迪(长猷)
7/25 *
傅咸
2/53
傅亮(季友)
7/25 *
4/99①
傅祗(司隶)
6/7
30/4
傅说
2/8
傅密
8/47
傅琼　见傅瑗
傅瑗(叔玉、傅约)
7/25 *
18/15②
傅嘏(兰硕、傅兰硕)
4/9 *
4/5
4/6
7/3
7/8
8/8
19/9
35/2
傅毅
4/23
焦
焦伯
5/8
復
復豆

① 原作博亮,笺疏疑博字当作傅,谓傅亮也,今从之。

② 原文云郗“超为傅约亦办百万资”。刘注云“约,傅琼小字”。笺疏疑琼为傅咸之曾孙,傅瑗之兄弟行,故得与郗超相识。今检史籍,未有名傅琼者。《宋书·傅亮传》云:“瑗,以学业知名,位至安成太守,瑗与郗超善。”《世说人名谱·北地傅氏谱》亦云:“瑗,咸孙,字叔玉,小字约,位至安成太守。”由此可知,此傅约当为傅瑗小字,刘注以为傅琼,实误。

4/23
释
释昙翼
4/61
释惠远（释慧远、远公、远法师）
4/61 *
4/64
10/24
释道安（安公、安法师）
6/32 *
4/54
4/61
8/114
释慧远　见释惠远
禽
禽庆
2/72
舜
舜（虞）
2/1
2/22
2/53
2/72
3/16
3/26
5/30
5/31
8/62
25/2
25/25
鲁
鲁公伯禽
25/62
鲁仲连
2/72
鲁连
2/72
鲁昭公
19/10
鲁哀公
8/8
23/45
31/4
鲁郡公　见贾充
童
童伇
1/47
童秦姬（吴坚妻）
1/47
道
道万　见晋简文帝
道升　见司马晞
道长　见虞存
道生　见刘恢
道匡　见郝普
道则　见陶范
道安　见羊固
道坚　见刘牢之
道助　见吴坦之
道茂　见羊楷
道林　见支遁
道明　见荀闿
道明　见诸葛恢
道明　见蔡谟
道季　见庾龢
道标法师
4/64
道胤　见郗恢
道真　见刘沈
道真　见刘宝
道真　见虞謇
道恩　见庾羲
道渊　见翟汤
道壹道人（竺德、壹公）
2/93
道舒　见卫展
道群　见江灌
道舆　见羊权

道徽　见郗鉴
道曜
25/63
曾
曾子　见曾参
曾伯　见邢乔
曾参(曾子)
2/13
6/1
33/15
曾参父
4/68
湛
湛氏(陶丹妻、陶侃母)
19/19
19/20
湘
湘西伯　见袁乔
温
温几(元甫、温元甫)
8/38 *
温元甫　见温几
温太真　见温峤
温长仁　见温颙
温司马　见温峤
温休　见崔春烋
温忠武　见温峤
温峤(太真、温太真、温司马、温忠武、温公)
2/35 *
1/26
2/36
2/46
2/55
2/102
4/77
5/31
5/32
6/17
6/23
9/18
9/25
11/5
14/23
14/27
23/21
23/26
23/27
23/29
27/9
31/4
33/7
33/9
温峤从姑　见刘氏
温峤母　见崔氏
温祖　见李志
温颙(温长仁)
25/7
温襜
33/9
甯
甯武子
7/8
甯戚
2/72
30/6
甯越
3/10
谢
谢万(万石、谢万石、阿万、谢中郎、关内侯)
2/77 *
2/82
4/91
5/55
5/62
6/31
8/88

8/93
8/122
9/49
9/55
9/60
10/21
19/25
24/9
24/10
24/12
24/14
25/43
25/51
26/19
26/23
谢万妻　见王氏
谢子微　见谢甄
谢夫人　见谢道蕴
谢无奕　见谢奕
谢太傅　见谢安
谢车骑　见谢玄
谢中郎　见谢万
谢仁祖　见谢尚
谢公　见谢安
谢公夫人　见刘夫人
谢月镜（王愔之妻）
2/100 *
谢凤
6/33
谢末　见谢渊
谢左军　见谢玄
谢石（石奴）
2/90
5/25
谢石妻　见诸葛文熊
谢玄（幼度、谢遏、谢孝、车骑、谢车骑、谢左军）
2/78 *
1/40
2/51
2/71
2/92
2/108
4/41
4/52
4/58
4/104
6/35
6/38
7/22
7/23
8/146
8/149
9/46
9/71
9/72
14/36
19/26
19/28
19/30
25/54
25/55
25/57
26/23
27/14
32/2
谢幼舆　见谢鲲
谢庆绪　见谢敷
谢安（安石、谢安石、太傅、谢太傅、谢相、谢家安、仆射、谢公、文靖）
1/34 *
1/36
2/62
2/70
2/71
2/75
2/77
2/78

2/83	6/34	8/148
2/90	6/35	9/45
2/92	6/37	9/46
2/101	6/38	9/52
3/14	7/21	9/55
3/23	7/24	9/57
4/24	7/27	9/59
4/39	8/76	9/60
4/48	8/77	9/62
4/52	8/78	9/67
4/55	8/97	9/69
4/79	8/101	9/70
4/82	8/102	9/71
4/87	8/105	9/73
4/94	8/116	9/74
5/18	8/125	9/75
5/53	8/126	9/76
5/55	8/128	9/77
5/60	8/129	9/78
5/61	8/131	9/82
5/62	8/133	9/84
6/27	8/139	9/85
6/28	8/140	9/87
6/29	8/141	10/21
6/30	8/143	10/26
6/31	8/146	10/27
6/33	8/147	12/6

13/12
14/25
14/34
14/36
14/37
17/15
18/12
19/23
19/25
19/26
21/7
23/38
23/40
23/41
23/42
23/49
24/12
24/14
25/26
25/27
25/32
25/38
25/39
25/45
25/55
25/58
26/17
26/23
26/24
26/27
26/29
27/14
31/6
33/14
33/16
34/5
谢安石　见谢安
谢安西　见谢奕
谢安妻　见刘夫人
谢安南　见谢奉
谢孝　见谢玄
谢沈
9/1
谢灵运
2/108 *
谢奉（弘道、安南、谢安南）
6/33 *
2/83
8/85
8/112
9/40
谢虎子　见谢据
谢尚（仁祖、谢仁祖、坚石、镇西、谢镇西、谢郎、谢掾）
2/46 *
2/47
4/22
4/28
4/56
4/88
5/52
7/18
8/89
8/103
8/104
8/124
8/134
8/146
9/21
9/26
9/36
9/42
9/50
10/19
14/26
14/32
19/26 参见前注。
23/32
23/33

23/37
26/10
26/13
26/27
34/3
谢尚书　见谢裒
谢尚妻　见袁女正
谢郎　见谢尚
谢居士　见谢敷
谢承
1/1
谢封　见谢韶
谢胡儿　见谢胡
谢相　见谢安
谢重(景重、谢景重)
2/98 *
2/100
2/101
25/58
谢胜
16/3
谢奕(无奕、谢无奕、晋陵、安西、谢安西)
1/33 *
1/34
2/71
2/78
4/41
9/59
19/26
24/8
31/5
33/14
谢益寿　见谢混
谢涣
2/108
谢家安　见谢安
谢朗(长度、胡儿、谢胡、谢胡儿、东阳)
2/71 *
2/79
2/98
4/39
8/139
9/46
19/26
31/6
34/5
谢朗母　见王绥
谢据(玄道、虎子、谢虎子、中郎)
34/5 *
2/71
4/39
19/26①
24/8
谢据妻　见王绥
谢望蔡　见谢琰
谢混(叔源、益寿、谢益寿)
2/105 *
4/85
6/42
10/27
25/60
28/8
谢渊(叔度、谢末)
19/26 *
谢琰(瑗度、末婢、望

① 此处原文为“一门叔父,则有阿大中郎”。据考证此“阿大”为谢尚,“中郎”当指“谢据”(详见拙文“阿大中郎考”,《文史》第五辑;《谢道韫与阿大中郎》,台湾《中国文化月刊》134 期)。汪藻《世说人名谱·陈国阳夏谢氏谱》亦云据“小字虎子,号中郎”。

蔡、谢望蔡）
17/15 *
2/105
6/35
26/32
36/7
谢掾　见谢尚
谢遏　见谢玄
谢景重　见谢重
谢裒（幼儒、谢尚书）
5/25 *
1/33
23/33
谢道蕴（谢夫人、王凝之妻、王江州夫人）
2/71 *
19/26
19/28
19/30
25/26
谢聘（弘远）
9/40 *
谢甄（子微、谢子微）
8/3 *
谢歆　见谢韶
谢僧要（庾龢妻）
26/27
谢僧韶（殷歆妻）
26/27
谢韶（穆度、谢封）
19/26 *
26/7①
谢端
6/33
谢敷（庆绪、谢庆绪、谢居士）
18/17 *
25/49
谢镇西　见谢尚
谢豫章　见谢鲲
谢衡
1/33
4/20
5/25
谢鲲（幼舆、谢幼舆、谢豫章）
4/20 *
1/23
2/32
2/46
4/94
8/36
8/51
8/54
8/97
9/17
9/22
10/12
14/20
17/6
21/12
25/15
谢瞻
4/98

缓

缓
4/14

十三画　瑗 鄢 蓝 蒯 楚 楼 甄 雷 零 虞 路 嗣 简 遥 鲍 解 廉 新 阖 慈 满 窦 褚 愍 颖

瑗

① 原作谢歆，笺疏考定当是谢韶之误，今从之。

瑗度　见谢琰

鄳

鄳阳男　见庐俗

蓝

蓝田　见王述

蓝田侯　见王述

蒯

蒯夫人　见蒯氏

蒯氏（蒯夫人、孙秀妻）

蒯良

35/4

蒯钧

35/4

蒯通

25/7

楚

楚王　见司马玮

楚王　见曹彪

楚王　见楚威王

楚王　见楚惠王

楚老

4/91

楚庄王

5/35

25/39

楚威王（楚王）

2/61

楚惠王（楚王）

4/26①

13/9②

楚穆王（商臣）

7/6

楼

楼护（君卿）

10/8 *

甄

甄夫人　见文昭甄皇后

甄氏　见文昭甄皇后

甄后　见文昭甄皇后

甄会

35/1

甄畅

2/13

甄恭

19/32

甄象

2/13

甄逸（上蔡君）

2/13

甄德

5/11

甄德妻　见长广公主

雷

雷氏（王导妾、雷尚书）

35/7

零

零阳伯　见刘超

虞

虞存（道长）

3/17 *

8/85

25/48

虞伟

3/17

虞阳

3/17

虞纯

34/7

虞承贤

8/3

---

① 原作“楚王”，据孙诒让《墨子年表》此楚王为楚惠王。

② 原作“楚王”，据其时代考索，当为楚惠王。

虞预
1/14
1/16
1/21
2/23
2/30
2/35
3/5
5/14
5/17
5/27
7/9
8/7
8/14
8/29
8/30
8/43
8/54
9/16
15/2
19/12
33/6
33/9
虞球(和琳)
8/85 *
虞授
8/85
虞基
8/85
虞啸父
34/7 *
虞韪
19/5
虞韪妻　见赵姬
虞潭
9/13
34/7
虞騑(思行)
9/13 *
虞謇(道真)
3/17
虞翻
9/13
虞龢
26/27
路
路戎
5/31
嗣
嗣宗　见阮籍
嗣祖　见陈述
简
简文宣郑太后(阿春、郑后、郑太后、文宣太后)
5/23 *
简文宣郑太后前夫　见田氏
简文宣郑太后舅　见吴氏
遥
遥集　见阮孚
鲍
鲍叔
2/72
鲍季礼
1/43
解
解狐
2/7
廉
廉将军　见廉颇
廉颇(廉将军)
9/68 *
2/15
7/3
新
新阳侯　见阴就
新蔡王　见司马晃
阖
阖闾(吴王)

8/1
慈
慈明　见荀爽
满
满宠
2/20
满奋(武秋)
2/20 *
9/9
9/46
窦
窦武
1/1
9/1
褚
褚太傅　见褚裒
褚公　见褚裒
褚生　见褚陶
褚先生
8/19
褚季野　见诸裒
褚治
1/34
褚陶(季雅、褚生)
8/19 *
褚砻
1/34
褚爽(茂弘、期生、褚期生)
7/24 *
褚期生　见褚爽
褚裒(季野、诸季野、诸太傅、诸公)
1/34 *
2/54
4/25
6/18
7/16
7/24
8/66
8/70
25/25
26/7
26/9
36/4
褚韶
7/24
愍
愍王　见司马丞
愍怀太子　见司马遹
愍度道人　见支愍度
颖
颖考　见何曾
十四画　慕 蔡 蔺 熙 臧 谯 裴 踈 锺 舞 箕 管 僧 鄱 鲜 端 翟 骠 缪
慕
慕容冲
25/57
慕容時
11/6
慕容俊　见慕容晋
慕容晋　见慕容儁
慕容儁
6/32①
蔡
蔡子尼　见蔡充
蔡子叔　见蔡系
蔡公　见蔡谟
蔡司徒　见蔡谟
蔡充(子尼、蔡子尼)
26/6 *
蔡伯喈　见蔡邕

① 原作“慕容俊”、“慕容晋”,当为慕容儁之讹,今改正。

蔡系(子叔、蔡子叔)
6/31 *
9/66①
蔡叔子　见蔡系
蔡洪(叔开、秀才)
2/22 *
8/20
蔡邕(伯喈、蔡伯喈)
9/1 *
1/3
4/70
6/1
11/3
17/1
25/16
26/6
26/20
34/3
蔡道明　见蔡谟
蔡谟(道明、蔡道明、蔡司徒、蔡公)
5/40 *
7/11
8/39
8/61
8/63
14/26
25/29
26/6
34/3
35/7
蔡睦
26/6

蔺

蔺相如
9/68 *
7/3

熙

熙伯　见缪袭

臧

臧艾
7/3
臧荣绪
6/3

谯

谯王　见司马无忌
谯王　见司马丞

裴

裴仆射　见裴頠
裴公　见裴頠
裴令　见裴頠
裴令公　见裴楷
裴成公　见裴頠
裴秀(季彦、钜鹿公、元公)
8/7
1/18
2/23
3/6
裴启(荣期、裴郎)
4/90 *
23/43
26/24
裴纬　见裴绰
裴松之
2/5
4/90
裴叔则　见裴楷
裴叔道　见裴遐
裴使君　见裴徽
裴郎　见裴启
裴逸民　见裴頠
裴康(仲豫)

① 原作"蔡叔子",笺疏云"蔡系字子叔,此叔子二字盖误倒"。今据此乙正,并入蔡系条。

9/6 *
裴散骑　见裴遐
裴景仁
25/57
裴景声　见裴邈
裴逋
17/4
裴遐（叔道、裴叔道、裴散骑）
4/19 *
2/32
6/9
9/6
9/33
裴楷（叔则、裴叔则、裴令公）
1/18 *
1/17
2/19
3/5
3/6
4/94
5/13
6/7
8/5
8/6
8/8
8/14
8/24
8/25
8/38
9/6
14/6
14/10
14/12
21/9
23/11
25/7
35/2
裴绰（仲舒）
9/6
4/19①
裴頠（逸民、裴逸民、裴令、裴仆射、裴成公、裴公）
2/23 *
1/20
4/11
4/12
6/11
6/12
8/5
8/18
9/6
9/7
9/34
16/2
23/14
29/5
裴潜（文行）
7/2 *
4/8
8/7
裴冀州　见裴徽
裴穉
4/90
裴徽（文季、裴冀州、裴使君）
4/8 *
1/18
4/9
8/7
9/6
10/6
裴邈（景声、裴景声）

①　原作“裴纬”，笺疏云“纬当作绰”，是，今从之。

6/11 *
8/28
9/6
裴瓒(国宝)
9/6 *
6/7
踈
踈广
6/41
锺
锺士季　见锺会
锺子　见锺子期
锺子期(锺子、锺期)
2/53
17/11
锺夫人　见锺琰
锺氏　见锺琰
锺仪(郧公)
2/31
锺仲常
3/11
锺会(士季、锺士季)
2/12 *
1/17
2/11
4/5
4/9
5/6
6/2
8/5
8/6
8/8
19/8
21/4
24/3
25/2
锺君　见锺皓
锺君　见锺毓
锺离春
26/2
锺琰(锺氏、锺夫人、王浑妻)
19/12
19/16
25/8
锺期　见锺子期
锺雅(彦胄)
3/11 *
5/34
5/35
锺皓(季明、锺君)
1/5 *
锺毓(稚叔、锺君)
2/11 *
2/12
5/6
8/17
25/3
锺徽
19/16①
锺繇(元常)
2/11 *
2/12
3/11
5/14
19/12
25/2
25/33
舞
舞阳公主(司马脩祎、王敦妻)
34/1
箕

① 刘注原文为“黄门侍郎锺琰女”,笺疏云“琰是锺夫人名,此注误”,“琰当作徽”,今从之。

箕子
9/41
管
管宁(幼安、管幼安)
1/11 *
1/10
2/72
管夷吾　见管仲
管仲(夷吾、管夷吾)
1/11
2/35
2/36
2/47
2/72
5/5
9/41
管辂(公明)
10/6 *
8/99
20/8
僧
僧奴　见孙腾
僧伽提婆(提婆)
4/64 *
僧弥　见王珉
僧恩　见王祎之
僧意
4/57
僧肇
4/50
鄱
鄱阳公主(王熙妻)
6/42
鲜
鲜卑婢(阮孚母)
23/15
端
端木赐(子贡)
30/10 *
2/9
2/72
2/105
4/9
4/55
翟
翟方进
18/9
翟汤(道渊、翟道渊)
18/9 *
33/10
翟道渊　见翟汤
骠
骠骑　见何充
缪
缪袭(熙伯)
2/13 *
十五画　髯 樊 颛 墨
镇 黎 德 颜
遵 潘 豫
髯
髯参军　见郗超
樊
樊子昭
8/3
9/2
樊哙
28/6
颛
颛孙师
9/50
颛顼(高阳氏)
1/6
墨
墨子
4/26
镇
镇西　见谢尚
镇恶　见桓石虔
镇恶郎　见桓石虔
黎
黎民　见陆退

德
德公　见司马徽
德如　见阮侃
德度　见孔沈
德度　见杨广
德祖　见杨脩
德真　见韩寿
德操　见司马徽
颜
颜子　见颜回
颜氏（王浑后妻）
33/2
颜回（颜渊、子渊、颜子）
30/10 *
1/2
2/46
8/9
8/20
9/50
9/51
17/18
31/4
颜渊　见颜回
颜歜
2/72
遵
遵祖　刘爰之
潘
潘文德
36/1
潘尼（正叔）
3/5 *
7/6
潘安仁　见潘岳
潘阳仲　见潘滔
潘岳（安仁、潘安仁）
4/70 *
2/107
3/5
4/71
4/84
4/85
4/89
8/139
14/7
14/9
36/1
潘岳母
36/1
潘最
3/5
潘满
3/5
潘滔（阳仲、潘阳仲）
7/6 *
8/28
豫
豫章　见谢鲲
十六画　燕 薛 霍 螭 黔 穆 隰
燕
燕昭王
26/2
薛
薛公
30/6
薛氏（王融妻、王祥生母）
1/14
薛方
2/72
薛恭祖
1/3
薛莹
1/4
9/2
霍
霍光
2/101
螭

螭虎　见王恬
黔
黔子
2/72
穆
穆侯　见王祉
穆度　见谢韶
隰
隰朋
2/72
十七画　戴 檀 穉 魏 澹 孺
戴
戴公　见戴逵
戴安道　见戴逵
戴良（叔鸾、戴叔鸾）
1/2
17/1
戴若思　见戴俨
戴叔鸾　见戴良
戴俨（戴渊、若思、戴若思）
8/54 *
15/2
33/6
戴洋
17/9
26/4
戴绥
18/12
戴逵（安道、戴安道、戴公）
6/34 *
7/17
17/13
18/12
18/15
18/17
21/6
21/8
23/11
23/47
25/49
29/3
戴硕
18/12
戴渊　见戴若思
戴逯（安丘、广陵侯）
18/12 *
戴奥
4/12
檀
檀子
2/72
檀道鸾
1/6
2/101
4/90
18/17
穉
穉叔　见锺毓
穉恭　见庚翼
穉舒　见羊琇
魏
魏乂
36/3
魏王　见魏武帝
魏太祖　见魏武帝
魏长齐　见魏觊
魏文帝（曹丕、子桓、五官将）
2/10 *
2/11
2/13
4/66
5/2
5/3
5/4
5/8
17/1
19/4

21/1
33/1
35/1
魏阳元　见魏舒
魏迟钝　见魏舒
魏武帝（曹操、阿瞒、曹公、武王、魏王、太祖、魏太祖）
27/1 *
2/1
2/5
2/8
2/9
2/10
2/86
4/66
5/2
7/1
7/2
8/4
10/18
11/1
11/2
11/3
11/4
12/2
13/4
14/1
17/1
19/4
26/11
27/2
27/3
27/4
27/5
31/1
33/1
35/1
魏明帝（曹叡、太冲）
2/13 *
5/2
5/5
6/5
7/3
14/2
14/3
14/4
19/7
21/2
21/3
魏胤
25/48
魏帝　见曹芳
魏说
25/48
魏朗
9/1
魏遏
8/112
魏隐（安时）
8/112
魏颛（长齐、魏长齐、长高）
25/48 *①
8/85
魏舒（阳元、魏阳元）
8/17 *
23/41
魏衡
8/17
濬
濬冲　见王戎
孺
孺子　见徐稺
十八画　曜

① 原作“长齐”，笺疏云“长齐当作长高，草书相近之误耳”。今从之。

曜

曜卿　见袁涣

十九画　蘧

蘧

蘧瑗

29/3

二十一画　夔

夔

夔

2/53

二十四画　鬬

鬬

鬬生（子文）

1/41

《世说新语》引书索引

凡　　例

一、本索引收录刘注中征引的书名及文章篇名。凡仅提及书名或文章篇名而无引文者，不予收录。

二、凡刘注引书注明作者者，今以书名为主目，作者姓名列为参见条目，并附注于书名之后。

三、书名相同而又非同一书者，则在书名后注明。例如：

王氏谱〔琅邪临沂〕

王氏谱〔太原晋阳〕

四、书名下的数字，前者为《世说新语》篇次，后者为条数。例如：

晋阳秋

1/17(2)

表示《晋阳秋》见于《世说新语》第一篇(德行)第17条。(2)表示《晋阳秋》的引文在该处有二条。

五、由于刘注记载书名时有省略或舛误，今尽可能查对《隋书·经籍志》、《旧唐书·经籍志》、《新唐书·艺文志》诸书，予以订正，对其舛错之处，则作注说明。

六、本索引以字头笔画多少排列。

二画　十　八　人

十

十洲记
35/5

八

八王故事
2/25(2)
5/12
5/17
6/10
8/16
8/22
8/28
8/35
8/63
9/15
14/9
19/18
26/11
33/3

人

人物论(康法畅)
2/52①
4/30

三画　三干士大万山广卫习马

三

三将叙(严尤)
2/15

三秦记
1/4
2/24

干

干宝见晋纪

士

士纬(姚信)
9/1

大

大司马寮属名(伏滔)
8/102
9/53
28/6

大智度论
2/51

大戴礼劝学篇
34/3

万

万机论(蒋济)
9/2

山

山涛启事　见山公启事

山公启事
3/8
8/12
9/57

广

广志
30/8

卫

卫氏谱
8/107

卫玠别传
2/32

① 原文作“庾法畅”，笺疏云“庾”字误，当作“康法畅”，今从之。

4/20
7/8
8/45
8/51
9/42
14/14
14/16
14/19
17/6
卫恒见四体书势
习
习凿齿集
4/80
马
马融　见论语马融注
马融自叙
4/1
四画　王 元 韦 五 支 不 太 历 车中毛长风丹卞文 尹孔邓劝
王
王乂别传
1/26
王中郎传
2/72
王长史别传
2/66
王氏世家
9/64
王氏家谱
25/8
王氏谱[太原晋阳]
2/67
5/58
5/66
8/40
10/26
14/21
19/12
19/16
王氏谱[琅邪临沂]
1/29
1/39
2/71
6/19
8/55
8/122
9/18
9/74
9/86
14/15
23/54
25/42
25/57
26/8
31/3
王司徒传
2/102
王丞相别传
1/27
王丞相德音记
30/1
王含别传
2/37
王劭别传
6/26
王述别传
4/22
5/47
24/10
王珉别传
3/24
王荟别传
6/26
王胡之别传
2/81
8/125
8/131
8/136
9/60
王修集
4/83
王珣　见法师墓下诗序
王珣　见游严陵濑诗叙

王恭别传
1/44
王祥世家
1/14
王彬别传
7/15
王彪之别传
5/46
王隐　见不与故君相闻议
王隐　见论扬雄太玄经
王隐　见晋书
王朝目录
9/6
王雅别传
32/3
王舒别传
7/15
王敦别传
4/20
王弼　见老子注
王弼　见易王弼注
王弼别传
4/6
4/8
王献之别传
1/39
王廙　见系辞注
王廙别传
36/3
王澄别传
8/31
8/52
王羲之　见临河叙
王濛别传
8/87
8/109
8/133
17/10
23/32
王邃别传
8/46

元

元化论序(谢鲲)
8/36

韦

韦昭　见汉书韦昭注

五

五经要义
1/12
五经通义
2/2

支

支公书
2/76
支法师传
4/36
支遁　见支道林集
支遁　见逍遥论
支遁传
9/67
17/11
17/13
26/24
支遁别传
8/88
8/98
支道林集(支遁)
4/35
支愍度赞(孙绰)
27/11

不

不与故君相闻议(王隐、孙盛)
5/16

太

太原郭氏录
35/4
太康地记
2/77

历

历纪(徐广)
3/15

车

车频　见秦书

中

中兴书
1/24
1/27
1/28
1/29
1/33
1/38
1/41
1/42
1/43
2/37
2/49
2/50
2/57
2/72
2/74
2/77
2/80
2/82
2/84
2/94
2/97
3/16
3/22
4/22
4/24
4/39
4/74
4/77
4/86
4/91
4/93
4/98
4/100
4/101
5/23(2)
5/25
5/28
5/41
5/44
5/53
5/58
5/64
5/65
6/13
6/22
6/26
6/28
6/31
6/36
6/42
7/11
7/18
7/19
7/22
8/29
8/55
8/84
8/86
8/89
8/93
8/114
8/141
8/145
8/155
9/30
9/40
9/47
9/49
9/55
9/59
9/69
9/83
9/88
10/13
10/14
10/19
11/6
11/7
13/8
13/10
13/13
14/23
14/28
17/12
17/15
17/17

18/5
19/22
21/6
22/1
23/26
23/30
23/36
23/38
23/39
23/46
23/47
24/8
24/11
25/19
25/42
25/51
25/61
27/13
29/9
31/2
31/7
34/7
36/4
36/5

毛

毛公　见诗毛苌注
毛苌　见诗毛苌注

长

长笛赋叙(伏滔)
26/20

风

风俗通
5/21

丹

丹阳记
2/31
2/100
6/13
6/31
13/5
26/4

卞

卞壸别传
8/54
23/27

文

文士传
1/25
2/1
2/8
2/10
2/24
3/5
4/17(2)
4/71
6/2
6/41
7/10
8/39
9/2
11/1
18/2
23/5
23/20
24/3
25/7

文字志
1/29
1/34
2/53
2/62
4/38
4/55
5/19
6/20
8/106
8/123
18/4
21/5

文章传
4/84①

① 《文章传》,隋唐志皆无著录,疑此为《文士传》或《文章志》、《文章录》之讹,因无确凿证据,姑仍单独立目。

文章志（宋明帝）
2/89
2/95
4/53
4/98
5/62
6/29
7/19
7/21
8/73
8/80
8/129
9/61
9/75
10/18
14/27
23/33
23/52
文章志（挚虞）
4/4
文章录（丘渊之）
2/88
4/99①
7/25
22/5
22/6
文章叙录
1/16
2/13
4/6
4/10
21/3
文颖见汉书文颖注
文颖见晋纪文颖注

尹

尹子
25/22

孔

孔氏志怪
5/18
15/1
21/4（2）
25/19
孔氏谱
2/44
孔丛子
4/24
孔安国　见论语孔安国注
孔安国　见尚书孔安国注
孔愉别传
5/39
18/7
孔融别传
2/3

邓

邓粲　见晋纪

劝

劝进文（阮籍）
4/67

五画　世 古 本 左 石 东 史 四 丘尔汉冯礼永司出

世

世语
1/21
2/5
5/4
5/7
5/16
5/18
7/1

① 原文作"丘渊之文章叙"，据《隋书·经籍志》丘渊之所撰为《文章录》，此"叙"字，当为"录"字之讹。今改正。

8/29
8/58
19/8
19/10
21/4
25/7
35/1
古
古史考
2/9
3/26
本
本草
25/32
29/6
左
左思　见招隐诗
左思　见蜀都赋
左思　见魏都赋
左思别传
4/68(2)
石
石勒传
7/7
石崇　见金谷诗叙
东
东方朔传
4/61
25/45
东方朔别传
10/1
东阳记
3/21
东观汉记
2/35
史
史记
2/36
2/42
2/74
7/3
7/4
9/68
10/1
10/26
19/1
23/45
25/34
25/39
26/2
30/10
四
四体书势(卫恒)
21/3
丘
丘渊之　见文章录
丘渊之　见新集录
尔
尔雅
2/34
34/3
汉
汉书
2/35
2/38
2/58
2/64
5/11
5/57
7/7
10/1
10/2
10/8
19/3
36/6
汉书韦昭注(韦昭)
17/2
汉书文颖注(文颖)
19/2
汉书苏林注(苏林)
25/25

汉书应劭注(应劭)
25/48
汉纪(张璠)
1/6
2/7
8/3
9/1
汉纪(袁宏)
1/1
3/3
汉武故事
4/23
汉南纪
2/7
4/2
汉晋春秋
5/8(2)
5/16
7/5
7/6
7/9
13/7
19/10
24/1
冯
冯氏谱
4/32
礼
礼记
1/12
1/20
2/44
2/70
6/1
8/8
8/74
23/7
25/62
26/22
34/2
礼记郑注(郑玄)
5/16
5/36
8/24
18/13
永
永嘉记
26/32
永嘉流人名
1/23
1/27
4/8
4/19
5/25
5/39
8/52
10/10
14/19
17/6
19/17
29/6
司
司马无忌别传
36/3
司马氏谱
36/3
司马相如传
9/43
司马彪　见庄子司马彪注
司马晞传
28/7
司马徽别传
2/9
出
出经叙
4/64(2)
六画　老 扬 吏 西 成 列 夷 曲
吕朱先竹伏华向后
会杂名庄刘齐羊江

汝安许论寻异阮孙
妇羽牟
老
老子
12/6
18/6
老子王弼注(王弼)
2/19
扬
扬州记
2/70
吏
吏部虞存诔叙(孙统)
3/17
西
西京赋
14/16
西河旧事
2/94
成
成实论
4/30
4/48
列
列子
26/24
列女传
19/5
26/2
列仙传(刘向)
2/17
4/23
10/1
21/8
26/15
夷
夷甫画赞(顾恺之)
8/37
曲
曲礼　见周礼
吕
吕氏春秋
2/15
2/47
3/10
朱
朱凤　见晋书
先
先贤行状
1/5
1/6
竹
竹林七贤论
2/23
3/5
3/8
4/17
4/69
6/5
6/6
7/4(2)
8/12
8/29
17/2
18/1
23/5
23/10
23/13
23/15
24/2
伏
伏滔　见大司马寮属名
伏滔　见长笛赋叙
伏滔集
2/72
华
华阳国志
2/9
7/20
华峤　见谱叙

向

向秀　见逍遥义

向秀别传

2/18

4/17

后

后汉书(谢沈)

9/1(2)①

后汉书(谢承)

1/1

后汉书(薛莹)

1/4

9/1②

会

会稽土地志

2/91

8/87

会稽记

8/119

会稽后贤记

5/36

9/13

会稽典录

1/3

会稽郡记

2/91

杂

杂语(孙盛)

7/1

27/1

名

名士传

1/18

3/9

4/18

4/69

5/7

6/4

6/7

7/4(2)

8/12

8/16

8/26

8/29

8/32

8/41

8/44

9/58

10/6

14/10

23/11

23/18

名士传(袁宏)

5/6

名德沙门题目

4/45

8/114

27/11

庄

庄子

2/9

2/45

2/61

2/75

2/108

4/55

4/58

4/62

① 原作“谢沈《汉书》”,据《隋书·经籍志》、《旧唐书·经籍志》、《新唐书·艺文志》云,谢沈所撰为《后汉书》,此“汉书”应作“后汉书”。

② 原作“薛莹《汉书》”,此“汉书”应作“后汉书”,本书1/4及《隋书·经籍志》皆作“后汉书”。

9/87

17/11

23/39

25/53

庄子司马彪注(司马彪)

23/45

庄子郭注(郭象)

4/46

刘

刘氏谱

5/50

6/24

8/22

8/64

9/8

9/53

23/4

刘尹别传

1/35

8/88

刘向　见列仙传

刘向　见别录

刘伶　见酒德颂

刘惔别传

9/48

刘惔诔叙(孙绰)

8/116①

刘谦之　见晋纪

刘瑾集叙

9/87

刘镇南铭

26/11

刘璨　见晋纪

齐

齐王官属名

5/17

羊

羊氏谱

2/65

2/104

4/62

5/25

5/60

8/11

17/18

羊秉叙(夏侯湛)

2/65

羊曼别传

6/20

江

江左名士传

8/70

8/97

9/10

9/42

14/26

江表传

6/1

25/1

江惇传

3/21

汝

汝南先贤传

1/1

1/3

8/1

8/3

汝南别传

19/15

安

安和上传

4/54

6/32

① 原文“诔”作“谏”,误。宋本作诔,《晋书·刘惔传》载有孙绰诔。今据改。

安法师传　见安和上传
许
许氏谱
3/11(2)
6/16
8/95
许慎　见说文
论
论扬雄太玄经(王隐)
4/79
论语
1/41
2/60
4/35
9/41
10/3
31/4
论语马融注(马融)
2/72
24/11
论语孔安国注(孔安国)
1/35
2/9
2/103
25/3
25/39
33/17
论语包氏注
1/35
论语郑玄注(郑玄)
2/105
4/93
论衡
5/22
寻
寻阳记
18/9
33/10
异
异苑
23/50
27/6
阮
阮氏谱
33/11
阮光禄别传
1/32
阮孚别传
6/15
23/15
阮裕别传
18/6
阮籍　见劝进文
孙
孙子兵法
6/21
孙放别传
2/50
25/33
孙统　见吏部虞存诔叙
孙统　见高柔集叙
孙盛　见不与故君相闻议
孙盛　见杂语
孙绰　见支愍度赞
孙绰　见刘惔诔叙
孙绰　见庾亮碑文
孙绰　见谏桓公迁都
孙绰　见遂初赋叙
孙绰集
5/48
孙楚集
4/72
妇
妇人集
2/71
19/8
19/13

19/14
19/16
19/31
25/26
羽
羽扇赋序(傅咸)
2/53
牟
牟子
4/23
七画　远孝声严苏杜李杨
邴吴别伯佛条系言
应庐沙沈宋启灵张
陆阿陈妒
远
远法师铭(张野)
4/61
孝
孝子传(郑缉)
1/47
孝子传(萧广济)
1/14
孝文王传
2/98
孝经
1/20
声
声无哀乐论(嵇康)
4/21
严
严尤　见王将叙
苏
苏林　见汉书苏林注
杜
杜笃　见新书
杜预　见春秋传杜预注
李
李氏家传
8/2
李轨　见杨子李轨注
李秉　见家诫
杨
杨子李轨注(李轨)
18/6
杨氏谱
7/13
邴
邴原别传
8/4
26/18
吴
吴氏谱
1/47
吴书
5/18
9/4(2)
吴兴记
2/81
吴纪(环济)
3/4
6/1
9/2
10/4
25/1
吴志
6/1
9/3
14/27
吴录
3/4
8/142
9/3
10/5
13/11
25/5
吴越春秋
8/1
26/2
别

别录(刘向)
2/44
伯
伯乐　见相马经
佛
佛图澄别传
2/45
条
条列吴事
10/4
系
系辞注(王廙)
2/6
言
言尽意论(欧阳建)
4/21
应
应劭　见汉书应劭注
庐
庐山记(释惠远)
10/24
沙
沙门题目
2/93
沈
沈约　见晋书
宋
宋书
2/108
5/63
17/18
宋明帝　见文章志
启
启参佐名(庾亮)
6/18
灵
灵鬼志谣征
5/37
14/23
17/9
31/7
张
张氏谱
23/43
张苍梧碑
25/40
张资　见凉州记
张野　见远法师铭
张敏集
25/7
张璠　见汉纪
陆
陆云别传
8/20
陆氏谱
4/82(2)
陆机别传
2/26
33/3
陆迈碑
10/16
陆玩别传
3/12
10/17
阿
阿毗昙叙(释惠远)
4/64
陈
陈氏谱
1/8
20/5
陈留志
8/13
陈留志名
19/6
陈逵别传
9/59
妒

妒记
19/21
26/6
八画　环青招英范画欧尚国明易典罗征金周兖郑法诗孟经
环
环济　见吴纪
青
青乌子相冢书
20/6
招
招隐诗(左思)
23/47
英
英雄记
9/1
范
范汪　见棋品
范汪别传
25/34
范宣别传
1/38
画
画赞(顾恺之)
8/10
8/21
欧
欧阳建　见言尽意论
尚
尚书
2/22
2/70
尚书大传
9/50
25/62
尚书孔安国注(孔安国)
2/22
3/20
国
国语
25/65
明
明帝东宫僚属名
6/20
易
易王弼注(王弼)
2/38
易乾凿度
4/29
易象妙于见形
4/56
典
典论
21/1
典略
1/2
2/8
2/10
9/6
罗
罗含别传
10/19
罗府君别传
5/56
征
征西寮属名
2/96
25/31
金
金谷诗叙(石崇)
9/57
14/15
金昌亭诗叙(谢韶)
26/7①
周

① 谢韶,原作谢歆。《隋书·经籍志》云,梁有车骑司马谢韶集三卷。谢韶官车骑司马,乃谢万子,附见《晋书·谢安传》,谢歆则无考。疑此歆字当韶之讹。

周氏谱
1/24
19/18
周处别传
15/1
周礼
4/14
19/6
周祗　见隆安记
周顗别传
5/31
周髀
2/15
兖
兖州记（荀绰）
4/67
9/9(2)
郑
郑玄　见礼记郑注
郑玄　见论语郑玄注
郑玄　见诗郑玄注
郑玄别传
4/1
郑缉　见孝子传
法
法师游山记
10/24
法师墓下诗序（王珣）
17/13
法华经
4/37
诗
2/13
2/80
2/94
25/36
25/58
诗毛苌注（毛苌）
4/3
4/52
23/3
25/41
25/58
26/9
34/6
诗郑玄注（郑玄）
4/52
19/29
孟
孟子
2/9
2/22
3/9
33/14
孟处士铭（袁宏）
18/10
孟嘉别传
7/16
经
经
4/54

九画　春 赵 郝 荆 荀 南 相 战 临 幽 秋 皇 郗 帝 养 洛 语 祖 神 说 姚 贺

春
春秋公羊传
10/23
17/18
春秋左氏传
1/41
2/7
2/29
2/31
2/69
4/14
5/21
5/35
8/50
25/19

25/39
25/43
26/19
春秋考异邮
2/95
春秋传杜预注(杜预)
2/68
2/79
5/24
5/59
23/45
赵
赵书
2/45
赵至叙(嵇绍)
2/15
赵吴郡行状
8/34
郝
郝氏谱
19/15
荆
荆州记(盛弘之)
2/85
28/2
荀
荀氏家传
1/9
25/9
荀氏谱
25/7
荀绰　见兖州记
荀绰　见冀州记
荀粲别传
4/9(2)
35/2
南
南州异物志
30/8
南徐州记
2/74
11/6
25/44
相
相马经(伯乐)
1/31
相牛经(甯戚)
30/6
相书
25/21
战
战国策
2/70
25/55
临
临河叙(王羲之)
16/3
幽
幽明录
17/16
17/19
19/20
20/3
秋
秋兴赋叙(潘岳)
2/107(2)
皇
皇甫谧　见帝王世纪
皇甫谧　见高士传
郗
郗氏谱
19/29
25/44
郗昙别传
19/25
郗超别传
2/75
郗愔别传
9/29
郗鉴别传
1/24

帝
帝王世纪(皇甫谧)
2/6
2/8
2/29
2/70
养
养生论(嵇康)
4/21
洛
洛阳宫殿簿
21/2
语
语林(裴启)
1/31
2/24
2/36
2/66
3/12
4/43
5/13
5/31①
6/3
6/22
7/11
7/20
8/54
8/71
8/134
8/146
9/27
9/43
10/8
14/7
14/25
14/29
14/31
14/32②
17/3
20/4
21/10
22/4
23/28
23/32
23/43
23/50
25/13
25/24
26/21③
29/1
30/2
33/3
35/7
36/1
祖
祖氏谱
25/64
祖约别传
6/15
神
神农书
4/34
说
说文(许慎)
24/4
说苑
1/26
说林
26/28
姚

① 原文作《裴子》,当即裴启《语林》。
② 见前注。
③ 见前注。

姚信　见士纬

贺

贺循别传

10/13

十画　泰秦袁挚晋

桓索贾

夏顾道钱徐殷高郭

凉酒涅海家诸陶

泰

泰元起居注

8/114

秦

秦书(车频)

7/22

8/114

秦书(裴景仁)

25/57

秦丞相　见寒食散论

袁

袁氏世纪

4/67

袁氏家传

2/90

4/78

23/34

袁氏谱

9/81

23/37

32/2

袁宏　见汉纪

袁宏　见名士传

袁宏　见孟处士铭

袁宏集

4/92

挚

挚氏世本

2/42(2)

挚虞　见文章志

晋

晋中兴人士书

2/73

晋中兴书

1/47

23/21

晋文章记(顾恺之)

4/67

晋书(王隐)

1/12

1/16

1/17

1/23

1/26

1/28

1/43

2/22

2/35

2/43

2/47

3/5

3/6

3/8(2)

4/13

4/68

4/73

4/76

5/12

5/14

5/34

5/37

5/39

5/43

6/2

7/13

8/5

8/17

8/23

8/27

8/36

9/8

10/9

17/4

18/2
19/11
19/13
19/14
19/19
20/8
20/10
23/8
25/44
26/4
27/9
29/2
29/3
30/1
33/3
36/1(2)
39/4
晋书(沈约)
9/12
晋书(朱凤)
1/18
2/17①
2/29
30/11
晋书(虞预)
1/14
1/16
1/21
1/22
2/23
2/25
2/30
2/35
3/5
5/14
5/17
5/27
7/9
8/7
8/14
8/29(2)
8/30
8/43
8/54
9/16
15/2
19/12
33/6
33/9
晋世谱
2/19
3/11
晋东宫百官名
23/43
25/62
晋百官名
1/22
2/25
2/28
2/50
6/16
6/33
6/36
7/13
8/75
9/6
9/57
9/68
9/69
10/8
24/4
25/7

① 原文作“朱凤《晋纪》”,据《隋书·经籍志》朱凤所撰为《晋书》,非《晋纪》,本书1/18、2/29、30/11亦作《晋书》,此“纪”当是“书”字之讹。

25/9
34/4
晋后略
8/22(2)
20/1
晋安帝纪
1/40
1/41
1/44
1/45
1/47
2/59
2/71
2/101
2/105
4/63
4/102
5/63
5/66
6/29
6/34
7/28
8/100
8/153
9/88
10/23
10/26
16/6
23/52
28/8
28/9
32/3
34/8
36/6
36/8
晋阳秋
1/14
1/17(2)
1/19
1/27
1/28
1/31
1/34
2/23
2/24
2/25
2/26
2/30
2/46
2/54
2/58
2/59
2/74
2/102
3/11(2)
3/12
3/16
3/17
3/18
4/15
4/20
4/70
4/75
4/92
5/5
5/7
5/9
5/17
5/26
5/31
5/33
5/34
5/36
5/41(2)
6/2
6/6
6/7
6/10
6/15
6/18
6/23

7/5
7/6(2)
7/15
8/6
8/12
8/17
8/23
8/25
8/28
8/33
8/42
8/43
8/56
8/60
8/62
8/66
8/67
8/68
8/81
8/91
8/104
8/140
9/11
9/13
9/17
9/27
9/32
9/46
10/7
10/9
10/12
10/16
11/5
11/6
13/3
13/11
14/23
14/27
14/32
15/1(2)
18/9
19/11
19/17
19/19
23/1
23/4
23/23
23/28
23/32
23/41
24/2
24/4
24/6
25/23
25/38
25/51
26/11
27/7
27/8
27/9
28/3
29/3
35/4
36/1
36/3
晋纪(干宝)
5/6
5/8
5/9
19/10
20/1
23/2
24/4(2)
33/3
36/1
晋纪(邓粲)
1/28
2/33
2/37
2/40
4/19

5/26
5/39
6/9
7/7
7/14
8/17
8/47
8/54
9/14
9/17
10/11
11/5
13/2
18/8
23/6
23/9
23/25
24/6
32/1
33/4
33/8
晋纪(刘谦之)
2/107
3/11
4/87
5/32
8/75
31/6
晋纪(刘璨)
36/2①
晋纪(徐广)
1/42
2/59
2/79
5/29
5/42
5/48
5/62
8/72
8/78
8/82
8/94
9/36
14/23
25/47
晋纪(曹嘉之)
5/14
8/38
8/61
晋纪文颖注(文颖)
6/40
晋诸公赞
1/14
1/17
1/18
1/22
1/23
2/16
2/20
2/21
2/23
2/24
2/32
2/86
3/6
3/7
3/8
4/11
4/12
4/19
5/9
5/10
5/11
5/13

① 原文作"刘璨《晋纪》",此书隋唐志皆不著录,疑即邓粲之误。

5/15
5/16
5/39
6/7
6/11
7/8
7/12
8/9
8/15
8/22(2)
8/29
8/35
8/38
8/132
8/139(2)
9/6(2)
9/7
9/8
9/9
9/20
9/46(2)
10/8
19/8(2)
19/10
19/13(2)
19/14
19/17
20/1
23/2
23/16
25/7
26/6
29/1
29/3
30/4
30/5
30/9
35/3
35/5
晋惠帝起居注
2/23
4/12
8/18
桓
桓氏谱
3/19
10/25
19/24
36/8
桓玄别传
1/41
1/43
4/103
23/50
桓玄集
4/102
桓冲别传
12/7
桓温别传
2/55
3/19
4/96
5/54
7/20
9/37
桓温集
8/103
桓豁别传
13/10
桓彝别传
1/30
索
索氏谱
17/19
贾
贾氏谱
19/13
贾充别传
19/13
35/3
贾谊　见新书

夏

夏小正

5/36

夏侯湛　见羊秉叙

夏侯湛集叙

4/71

顾

顾氏谱

4/91

24/17

顾和别传

2/33

顾恺之　见夷甫画赞

顾恺之　见画赞

顾恺之　见晋文章记

顾恺之　见顾悦传

顾恺之家传

12/4

顾悦传

2/57

逍

逍遥义(向秀)

4/32

逍遥义(郭象)

4/32

逍遥论(支遁)

4/32

钱

钱唐县记

6/18

徐

徐广　见历纪

徐广　见晋纪

徐江州本事

8/65

殷

殷氏谱

4/62

23/31

34/6

殷浩别传

3/22

4/27

殷羡言行

3/14

9/70

高

高士传(皇甫谧)

4/1

13/9

高士传(嵇康)

9/80

高坐传

8/48

24/7

高坐别传

2/39

高柔集叙(孙统)

26/13

高逸沙门传

2/48

2/63

4/40

4/42

4/43

4/45

5/45

6/31

8/110

25/28

郭

郭子

23/34

35/5

郭林宗别传

28/6

郭泰别传

1/3

3/17

郭象　见庄子郭注

郭象　见逍遥义

郭璞别传
4/76
20/7
凉
凉州记(张资)
2/94
2/99
酒
酒德颂(刘伶)
4/69
涅
涅盘经
2/41
海
海内先贤传
1/1
1/5
1/7
8/3
家
家诫(李秉)
1/15
家语
2/9
3/26
5/36
30/10
诸
诸葛氏谱
5/25
诸葛恢别传
5/25
陶
陶氏叙
2/47
陶侃别传
5/52
7/19
19/20
十一画　萧 曹 逸 庾 康 淮 梁 谏
弹隆续维
萧
萧广济　见孝子传
曹
曹氏谱
9/68
曹嘉之　见晋纪
曹瞒传
27/1
27/3
逸
逸士传
9/6
25/6
25/28
庾
庾氏谱
5/25
6/17
6/24
7/19
19/22(2)
25/62
26/27
庾法畅　见人物论
庾亮　见启参佐名
庾亮碑文(孙绰)
14/24
庾亮僚属名
4/22
庾翼别传
2/53
13/7
康
康法畅　见人物论
淮
淮南子
19/5
梁
梁祚　见魏国统

梁冀传
21/1
谏
谏桓公迁都(孙绰)
26/16
弹
弹棋赋叙(傅玄)
21/1
隆
隆安记(周祗)
1/41
1/44
4/60
4/65
23/54
25/56
33/17
续
续文章志
4/84
14/7
30/8
续汉书
1/3
2/3
2/15
4/99
7/1
9/1
续晋阳秋(檀道鸾)
1/6
1/37
1/38
1/46
2/51
2/59
2/69
2/71
2/83
2/90
2/98
2/106
3/6
3/23
3/25
4/31
4/80
4/85
4/88
4/92
4/95
4/97
4/98
4/99
5/55
6/25
6/27
6/35
6/36
6/39
7/17
7/23
7/24
7/27
8/77
8/90
8/99
8/101
8/126
8/128
8/144
8/148
8/152
8/156
9/38
9/61
9/72
9/77
10/22
13/13
14/34

17/12
18/12
18/14
18/17
19/21
19/32
21/7
21/11
22/3
23/35
23/43
23/49
25/60
25/65
26/24
26/29
28/5
33/13
33/16
34/6
36/7
维
维摩诘经
4/35
维摩诘经注(僧肇)
4/50
十二画　琴 塔 博 搜 葛 蒋 韩 棋 遗 嵇 傅 释 道 遂 温 游 寒 富 甯 谢
琴
琴操
2/6
19/2
塔
塔寺记
2/39
博
博物志
21/1
21/10
搜
搜神记
17/9
葛
葛洪　见富民塘颂
蒋
蒋济　见万机论
韩
韩氏谱
19/32
韩诗外传
10/27
17/11
棋
棋品(范汪)
3/17
5/42
遗
遗令(魏武帝)
2/86
嵇
嵇绍　见赵至叙
嵇康　见声无哀乐论
嵇康　见养生论
嵇康　见高士传
嵇康别传
1/16
14/5
18/3
嵇康集叙
1/16
18/2
傅
傅子
1/11
4/9
7/3
傅氏谱
7/25

傅玄　见弹棋赋叙
傅咸　见羽扇赋序
释
释氏经
4/44
释氏辨空经
4/43
释惠远　见庐山记
释惠远　见阿毗昙叙
道
道贤论
4/36
遂
遂初赋叙（孙绰）
9/84
温
温氏谱
9/25
27/9
33/9
游
游严陵濑诗叙（王珣）
2/93
寒
寒食散论（秦丞相）
2/14
富
富民塘颂（葛洪）
10/13
甯
甯戚　见相牛经
谢
谢氏谱
1/36
2/100
4/39
5/25
6/33
9/40
24/10
26/27
谢车骑传　见谢车骑家传
谢车骑家传
2/78
6/35①
谢沈　见后汉书
谢承　见后汉书
谢韶　见金昌亭诗叙
谢鲲别传
4/20
10/12
十三画　楚 虞 蜀 新 褚
楚
楚国先贤传
1/26
5/2
楚辞
25/22
虞
虞氏谱
8/85
虞光禄传
9/13（2）
虞预　见晋书
蜀
蜀志
2/9
5/5
9/2
25/44
蜀都赋（左思）
2/22

① 原文作《谢车骑传》，无家字，当为一书，今统一作《谢车骑家传》。

4/68
新
新书(杜笃)
8/13
新书(贾谊)
1/31
新集录(丘渊之)
2/108
褚
褚氏家传
8/19
十四画　蔡 裴 锺 管 僧 谯 谱
蔡
蔡司徒别传
5/40
蔡充别传
26/6
蔡洪集
8/20
蔡洪集录
2/22
裴
裴子　见语林
裴氏家传
4/90
23/14
裴景仁　见秦书
锺
锺雅别传
3/11(2)
管
管辂传
4/9
管辂别传
10/6
25/21
僧
僧肇　见维摩诘经注
谯
谯子法训
23/45
谱
谱叙(华峤)
1/13
5/3
十五画　樊 墨 潘 豫
樊
樊英列传
4/61
墨
墨子
4/26
潘
潘岳　见秋兴赋叙
潘岳别传
14/7
潘岳集
8/139
豫
豫章旧志
10/24
十六画　薛　冀
薛
薛莹　见后汉书
冀
冀州记(荀绰)
2/20
2/23
8/58
9/7
十七画　戴 檀 魏 襄
戴
戴氏谱
18/12
檀
檀道鸾见续晋阳秋
魏
魏氏志

19/15①
魏氏春秋
1/15
2/5
4/6
4/7
5/6
5/8(2)
9/71
14/1
18/1
18/2
19/7
19/8
19/9
23/2
24/3
25/4
33/1②
35/1
魏氏谱
8/112
25/48
魏书
1/8
1/12
1/15
2/11
2/13(2)
2/16
7/1
8/4
19/4
魏本传
2/13
魏志
1/10
2/10
2/11
2/12
2/17
4/5
4/9
4/66
5/5
5/6
5/7
5/8(2)
5/18
7/2
9/4
9/5
14/1
14/3
17/1
19/8
19/9
25/3
33/1
魏武帝　见遗令
魏国统(梁祚)
14/3
魏都赋(左思)
4/51
魏略
1/10
1/11
2/14
4/23
7/3
12/2
14/2
14/4

① 《隋书·经籍志》无此书,疑此"氏"字衍,或"志"为"谱"字之误。因无确凿证据,仍分别立目。

② 原作"魏志春秋",《隋书·经籍志》有《魏氏春秋》,二十卷,孙盛撰。无魏志春秋,此"志"为"氏"字之误,今改正。

19/6(2)
19/8
33/1
35/1
襄
襄阳记
2/9
23/19